COLEÇÃO RECONQUISTA DO BRASIL (2ª Série)

165. QUANDO MUDAM AS CAPITAIS - J. A. Meira Penna
166. CORRESPONDÊNCIA ENTRE MARIA GRAHAM E A IMPERATRIZ DONA LEOPOLDINA - Américo Jacobina Lacombe
167. HEITOR VILLA-LOBOS - Vasco Mariz
168. DICIONÁRIO BRASILEIRO DE PLANTAS MEDICINAIS - J. A. Meira Penna
169. A AMAZÔNIA QUE EU VI - Gastão Cruls
170. HILÉIA AMAZÔNICA - Gastão Cruls
171. AS MINAS GERAIS - Miran de Barros Latif
172. O BARÃO DE LAVRADIO E A HIGIENE NO RIO DE JANEIRO IMPERIAL - Lourival Ribeiro
173. NARRATIVAS POPULARES - Oswaldo Elias Xidieh
174. O PSD MINEIRO - Plínio de Abreu Ramos
175. O ANEL E A PEDRA - Pe. Hélio Abranches Viotti
176. AS IDÉIAS FILOSÓFICAS E POLÍTICAS DE TANCREDO NEVES - J. M. de Carvalho
177/78. FORMAÇÃO DA LITERATURA BRASILEIRA – 2vols. - Antônio Cândido
179. HISTÓRIA DO CAFÉ NO BRASIL E NO MUNDO - José Teixeira de Oliveira
180. CAMINHOS DA MORAL MODERNA; A EXPERIÊNCIA LUSO-BRASILEIRA - J. M. Carvalho
181. DICIONÁRIO HISTÓRICO-GEOGRÁFICO DE MINAS GERAIS - W. de Almeida Barbosa
182. A REVOLUÇÃO DE 1817 E A HISTÓRIA DO BRASIL - Um estudo de história diplomática - Gonçalo de Barros Carvalho e Mello Mourão
183. HELENA ANTIPOFF - Sua Vida/Sua Obra -Daniel I. Antipoff
184. HISTÓRIA DA INCONFIDÊNCIA DE MINAS GERAIS - Augusto de Lima Júnior
185/86. A GRANDE FARMACOPÉIA BRASILEIRA - 2 vols. - Pedro Luiz Napoleão Chernoviz
187. O AMOR INFELIZ DE MARÍLIA E DIRCEU - Augusto de Lima Júnior
188. HISTÓRIA ANTIGA DE MINAS GERAIS - Diogo de Vasconcelos
189. HISTÓRIA MÉDIA DE MINAS GERAIS - Diogo de Vasconcelos
190/191. HISTÓRIA DE MINAS - Waldemar de Almeida Barbosa
193. ANTOLOGIA DO FOLCLORE BRASILEIRO - Luis da Camara Cascudo
192. INTRODUÇÃO À HISTORIA SOCIAL ECONÔMICA PRE-CAPITALISTA NO BRASIL - Oliveira Vianna
194. OS SERMÕES - Padre Antônio Vieira
195. ALIMENTAÇÃO INSTINTO E CULTURA - A. Silva Melo
196. CINCO LIVROS DO POVO - Luis da Camara Cascudo
197. JANGADA E REDE DE DORMIR - Luis da Camara Cascudo
198. A CONQUISTA DO DESERTO OCIDENTAL - Craveiro Costa
199. GEOGRAFIA DO BRASIL HOLANDÊS - Luis da Camara Cascudo
200. OS SERTÕES, Campanha de Canudos - Euclides da Cunha
201/210. HISTÓRIA DA COMPANHIA DE JESUS NO BRASIL - Serafim Leite. S. I. - 10 Vols
211. CARTAS DO BRASIL E MAIS ESCRITOS - P. Manuel da Nóbrega
212. OBRAS DE CASIMIRO DE ABREU - (Apuração e revisão do texto, escorço biográfico, notas e índices)
213. UTOPIAS E REALIDADES DA REPÚBLICA (Da Proclamação de Deodoro à Ditadura de Floriano) Hildon Rocha
214. O RIO DE JANEIRO NO TEMPO DOS VICE-REIS - Luiz Edmundo
215. TIPOS E ASPECTOS DO BRASIL - Diversos Autores
216. O VALE DO AMAZONAS - A.C. Tavares Bastos
217. EXPEDIÇÃO ÀS REGIÕES CENTRAIS DA AMÉRICA DO SUL - Francis Castelnau
218. MULHERES E COSTUMES DO BRASIL - Charles Expilley
219. POESIAS COMPLETAS - Padre José de Anchieta
220. DESCOBRIMENTO E A COLONIZAÇÃO PORTUGUESA NO BRASIL - Miguel Augusto Gonçalves de Souza
221. TRATADO DESCRITIVO DO BRASIL EM 1587 - Gabriel Soares de Sousa
222. HISTÓRIA DO BRASIL - João Ribeiro
223. A PROVÍNCIA - A.C. Tavares Bastos
224. À MARGEM DA HISTÓRIA DA REPÚBLICA - Org. por Vicente Licinio Cardoso
225. O MENINO DA MATA - Crônica de Uma Comunidade Mineira - Vivaldi Moreira
226. MÚSICA DE FEITIÇARIA NO BRASIL (Folclore) - Mário de Andrade
227. DANÇAS DRAMÁTICAS DO BRASIL (Folclore) - Mário de Andrade
228. OS COCOS (Folclore) - Mário de Andrade
229. AS MELODIAS DO BOI E OUTRAS PEÇAS (Folclore) - Mário de Andrade
230. ANTÔNIO FRANCISCO LISBOA - O ALEIJADINHO - Rodrigo José Ferreira Bretas
231. ALEIJADINHO (PASSOS E PROFETAS) - Myriam Andrade Ribeiro de Oliveira
232. ROTEIRO DE MINAS - Bueno Rivera
233. CICLO DO CARRO DE BOIS NO BRASIL - Bernardino José de Souza
234. DICIONÁRIO DA TERRA E DA GENTE DO BRASIL - Bernardino José de Souza
235. DA AVENTURA PIONEIRA AO DESTEMOR À TRAVESSIA (Santa Luzia do Carangola) - Paulo Mercadante
236. NOTAS DE UM BOTÂNICO NA AMAZÔNIA - Richard Spruce

HISTÓRIA
DA
COMPANHIA DE JESUS
NO
BRASIL

TOMO IX

TOMO X

RECONQUISTA DO BRASIL (2ª Série)
Dirigida por Antonio Paim, Roque Spencer Maciel de Barros
e Ruy Afonso da Costa Nunes. Diretor até o volume 92,
Mário Guimarães Ferri (1918-1985)

VOL. 209 e 210

Capa
CLÁUDIO MARTINS

EDITORA ITATIAIA
BELO HORIZONTE
Rua São Geraldo, 53 — Floresta — Cep. 30150-070
Tel.: 3212-4600 — Fax: 3224-5151
e-mail: vilaricaeditora@uol.com.br
www.villarica.com.br

SERAFIM LEITE S. I.

HISTÓRIA DA COMPANHIA DE JESUS NO BRASIL

TOMO IX
(Escritores: de N a Z - SUPLEMENTO BIOBIBLIOGRÁFICO-II)

TOMO X
(ÍNDICE GERAL)

Edição Fac-Símile

*A Mancha desta edição foi ampliada
por processo mecânico*

EDITORA ITATIAIA
Belo Horizonte

2006

Direitos de Propriedade Literária adquiridos pela
EDITORA ITATIAIA
Belo Horizonte

Impresso no Brasil
Printed in Brazil

SERAFIM LEITE S. I.

HISTÓRIA DA COMPANHIA DE JESUS NO BRASIL

TOMO IX

(Escritores: de N a Z - SUPLEMENTO BIOBIBLIOGRÁFICO - II)

EDITORA ITATIAIA

Belo Horizonte

P. António Vieira

"Este, que teve a fama e a glória tem,
Imperador da língua portuguesa"

(Fernando Pessoa, *Mensagem*)

Conjunto alegórico, onde se vêem rodeando o P. Vieira, tribuno da Restauração, as três grandes figuras de João Pinto Ribeiro, Febo Moniz e D. Luiz de Meneses.

Pintura mural de Columbano no Parlamento Português (Assembleia Nacional)

Como os precedentes, a começar do Tomo III, também este IX se publica pelo Instituto Nacional do Livro, do Ministério da Educação, de que é nobre e digno titular o Dr. Clemente Mariani.

HISTÓRIA
DA
COMPANHIA DE JESUS
NO
BRASIL

CARTAS JESUITICAS
I

Cartas do Brasil

DO PADRE

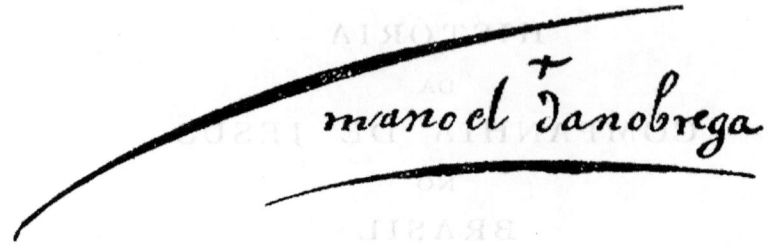

(1549 - 1560)

RIO DE JANEIRO
IMPRENSA NACIONAL
1886

EDIÇÃO DE VALE CABRAL

Ver Cartas do Brasil enviadas por Nóbrega e outros Padres, recebidas em Portugal em 1551. Edição *princeps* desta série de Cartas. — Por ser o monumento bibliográfico mais antigo, com ele se abriu a Bibliografia geral dos Jesuítas do Brasil.
(Cf. supra, *História*, VIII, p. IV/V).

SERAFIM LEITE, S. I.

HISTÓRIA
DA
COMPANHIA DE JESUS
NO
BRASIL

TÔMO IX

ESCRITORES: de N a Z
(Suplemento Biobibliográfico - II)

1949

INSTITUTO NACIONAL DO LIVRO
RIO DE JANEIRO

LIVRARIA CIVILIZAÇÃO BRASILEIRA
Rua do Ouvidor — RIO

LIVRARIA PORTUGÁLIA
Rua do Carmo — LISBOA

ASSINATURAS AUTÓGRAFAS

1. *Luiz Nogueira.* Professor e jurista.
2. *Plácido Nunes.* Orador e autor de "Cartas Ânuas".
3. *Cornélio Pacheco.* Orador e autor de "Cartas Ânuas".
4. *António Pais.* Missionário e autor de uma "Carta Ânua".
5. *António Pinto.* Humanista. Autor de "Sexennium Litterarum".
6. *Francisco Pinto.* Mártir do Ceará.
7. *Belchior de Pontes.* Missionário de S. Paulo.
8. *Domingos Ramos.* Professor e Moralista.
9. *João Pimenta.* Procurador do Brasil em Lisboa.

NOTA LIMINAR

> "Veja a Europa que lhe não cede o Brasil na qualidade dos Escritores". — D. José Barbosa.

Este Tomo IX é a segunda parte da Bibliografia Geral dos Jesuítas do Brasil, cuja primeira é o Tomo precedente. Formando ambos um só corpo, os Preliminares, com que se abriu o Tomo VIII, são os mesmos deste.

O facto de se estudar aqui o nome de Vieira justifica a nossa humilde confiança (e não vã complacência) em abrir este Tomo com aquela frase de D. José Barbosa, aluno dos Jesuítas de Lisboa e Cronista da Sereníssima Casa de Bragança. Porque na nossa língua, e em bibliografia, só o imortal cantor de "Os Lusíadas" pede meças ao P. António Vieira, da Província do Brasil da Companhia de Jesus, aluno do Colégio da Baía. E como ele se impôs à Europa, mesmo além das fronteiras portuguesas, que ouviu, leu, e traduziu Vieira com rapidez notável, segue-se que a cultura colonial do Brasil não ficava a dever nada à europeia do seu tempo.

Portada da edição da Academia Brasileira de Letras, com que se abriu a série de *Cartas Jesuíticas* da mesma Academia

ESCRITORES

TÔMO SEGUNDO

Serie 5.ª ★ B R A S I L I A N A ★ Vol. 194
BIBLIOTECA PEDAGOGICA BRASILEIRA

SERAFIM LEITE S. I.
Da Academia Brasileira de Letras.
Da Academia Portuguesa de História.

NOVAS CARTAS JESUÍTICAS

(De Nóbrega a Vieira)

COMPANHIA EDITORA NACIONAL
São Paulo — Rio — Recife — Pôrto Alegre
1940

Contém 32 Cartas inéditas: 15 de Nóbrega; 8 Avulsas (dos primeiros
Jesuítas); 9 de Vieira.

ESCRITORES JESUÍTAS DO BRASIL

(ASSISTÊNCIA DE PORTUGAL)

1549 — 1773

N

NÓBREGA, Manuel da. *Fundador da Província do Brasil.* Nasceu a 18 de Outubro de 1517 em Portugal. Bacharel em Cânones pela Universidade de Coimbra (1541). Entrou na Companhia, já Sacerdote, na mesma cidade, a 21 de Novembro de 1544. Fez a peregrinação a Santiago de Compostela e exercitou-se em missões apostólicas rurais até ser escolhido para a empresa do Brasil. Com apenas 31 anos de idade ia ser o primeiro Jesuíta e chefe de Jesuítas na América. Embarcou de Lisboa em 1549 com cinco companheiros, na Armada do primeiro Governador Geral do Brasil, Tomé de Sousa, de quem foi amigo e conselheiro, como o foi, e ainda mais, do terceiro e grande Governador Mem de Sá. Assistiu e colaborou na fundação da cidade do Salvador da Baía; concorreu eficazmente para a fundação do Rio de Janeiro; e fundou S. Paulo. Percorreu todas as Capitanias do Brasil de então, desde Pernambuco a S. Vicente, promovendo a catequese e liberdade dos Índios e a instrução e educação dos meninos. Primeiro Superior e primeiro Provincial do Brasil. Depois que passou ao seu sucessor Luiz da Grã o cargo de Provincial, ficou Superior das Capitanias do Sul (Espírito Santo, Rio e S. Vicente). Fundou o Colégio do Rio de Janeiro (1567) e foi o seu primeiro Reitor. Nomeado Provincial do Brasil pela 2.ª vez, não chegou a tomar posse do cargo, por falecer, entretanto, no Colégio do Rio de Janeiro, a 18 de Outubro de 1570, o próprio dia em que completava 53 anos. Bom jurista, administrador de energia e clarividência, e homem de Deus. A actividade de Nóbrega quer como Religioso quer como Português, no fortalecimento e unificação da nova terra, faz dele, no Estado embrionário do Brasil, a primeira figura política do tempo. No *Menológio* da Companhia traz o nome de "Pai da Província".

1. *Carta que o Padre Manuel da Nóbrega escreveu aos Irmãos do Colégio de Coimbra andando pregando no Bispado da Guarda e lugares vizinhos.* [Da Guarda, 31 de Julho de 1547]. (Bibl. de Évora, cód. CVIII/1-33, fs. 147-148). Publ. por S. L., *Nóbrega em Portugal*, na *Brotéria*, XXI (1935) 185-189.

Não traz lugar nem data. O lugar infere-se do texto: "hoje vim pregar a esta cidade da Guarda". Diz que estivera antes em S. Antão. S. Antão é um conhecido Colégio dos Jesuítas em Lisboa, como se diz em nota, mas trata-se de S. Antão de Benespera, a umas três léguas da Guarda, comenda daquele Colégio de S. Antão de Lisboa. A data do *dia e mês* consta da carta: escrita na *véspera* de S. Pedro in Vinculis (1 de Agosto), portanto a 31 de Julho; quanto ao *ano*, diz Franco (*Imagem de Coimbra*, II, 165), referindo-se a esta missão, que Nóbrega andava nela quando D. João III determinou enviar Padres ao Brasil e o escolheu. Embarcando Nóbrega de Lisboa para o Brasil em Fevereiro de 1549 parecia óbvio que a missão se realizasse no ano precedente e fosse a data da carta, 31 de Julho de 1548. Todavia, uma de Belchior Barreto de 27 de Setembro de 1547 diz que pouco antes andara Nóbrega em missão na Guarda. O que determina o ano com a precisão devida. — Franco, no lugar citado, ao narrar a missão de Nóbrega, transcreve alguns trechos desta carta "para os Irmãos do Collegio de Coimbra", reproduzidos nas *Cartas do Brasil*, cap. II da *Vida do Padre Manuel da Nóbrega*.

2. *Carta que o Padre Manuel da Nóbrega, preposito provincial da Companhia de Jesus, em o Brasil, escreveu ao Padre Mestre Simão o anno de 1549.* Desta Bahia [1.ª quinzena de Abril]. (*Cartas dos Padres da Companhia de Jesus sobre o Brasil desde o anno de 1549 até o anno de 1568*, B. N. do Rio de Janeiro, I, 5, 2, 38). Publ. a 1.ª vez na *Rev. do Inst. Hist. e Geogr. Bras.*, V (1843) 429-433 (3.ª edição, 457-460); — Inocêncio, *Chronica* de Simão de Vasconcelos (Lisboa 1865) 289-292; — Vale Cabral, *Cartas do Brasil* (1886) 47-51; — *Ib.*, (ed. da Academia, 1931) 71-76; — Brás do Amaral em *Memórias* de Accioli, I (Baía 1919) 282-284, onde também se reproduziram mais algumas cartas já impressas de Nóbrega e dos seus companheiros.

O "Padre Mestre Simão" é Simão Rodrigues, Provincial de Portugal. O título da carta foi-lhe dado ao copiar-se em 1568, depois de o Brasil ser *Província* e Nóbrega *Provincial*. Em 1549, o Brasil era ainda *Missão* e o P. Nóbrega *Superior* dela.

— Primeira carta de Jesuítas, do Brasil e de toda a América, enviada para a Europa (Portugal).

3. *Carta para o P. Mestre Simão*, da Baía, [15 de Abril de 1549]. (*Cartas dos Padres* da B. N. do Rio de Janeiro). Publ. na *Rev. do Inst. Hist. e Geogr. Bras.*, V, 433 (3.ª ed., 461-462); — *Chronica*, 300-301; — *Cartas do Brasil* (1.ª ed.) 52-53; — (2.ª ed.) 77-78.

Não tem data, mas infere-se do contexto; e determina a data da precedente, de que esta é continuação.

4. *Carta ao P. Mestre Simão*, desta Bahia, a 9 de Agosto de 1549. ("*Cartas dos Padres*" da B. N. do Rio de Janeiro). Publ. na

Rev. do Inst. Hist. e Geogr. Bras., V, 435-442 (3.ª ed.) 463-470; — *Chronica*, 293-300;—*Cartas do Brasil* (1.ª ed.) 54-61;—(2.ª ed.) 77-87.

5. *Carta ao Dr. Navarro, seu Mestre em Coimbra*, "desta Baía e Cidade do Salvador a 10 de Agosto dia de S. Lourenço de 1549 anos". Em italiano, *Copia de vna litera del Padre Manuel de Nobrega della Compagnia di Iesu mandata del Brasil Al Dottor Nauarro suo Maestro in Coymbra riceuuta l'anno de 1552*, em *Avisi Particolari* (Roma 1552) 86-99; — *Diversi Avisi* (Veneza 1558) 32v-37v; — *Diversi Avisi* (Veneza 1565) 32-37; — *Cartas de S. Inacio de Loyola Fundador de la Compañia de Jesus*, III (Madrid 1877) 543-551; — *Cartas do Brasil*, (1.ª ed.) 62-69; — (2.ª ed.) 88-96, traduzida por João Ribeiro, do texto italiano de 1558.

O texto castelhano publicado em 1877, tirado do códice de Alcalá, *Varia Historia*, III, 68, é mais completo e perfeito que o italiano, e dele deve ser feita a tradução directa em futura edição das *Cartas do Brasil*.

6. *Informação das Terras do Brasil* [*1550*]. Publ. em *Copia de vnas cartas embiadas del Brasil por el Padre Nobrega dela Companhia* [sic] *de Jesus: y otros padres que estan debaxo de su obediēcia: al padre maestre Simon, preposito de la dicha Compañia* [sic] *en Portugal: y a los padres y hermanos de Jesus de Coimbra. Tresladadas de Portugues en Castellano Recebidas el año de M. D. LI.* S. a. n. l. nem nome de impressor. 4.º, 27 pp. inums. [Contém 6 cartas do Brasil. A primeira é esta *Informacion de las partes del Brasil*]; — *Copia de alcvne littere mandate dal Brasil per il Padre Nobrega della Compagnia de Iesu, & Altri che sóno a su obediencia, al Padre preposito d'essa Compagnia in Portugallo, & al Collegio di Coymbra di detta Compagnia tradotte in Italiano. Receuute l'anno de 1552*, em *Avisi Particolari delle Indie di Portogallo* (Roma 1552) 100-108; —*Avisi Particolari*, 100-155; — *Diversi Avisi* (Veneza 1559) 38-41; — *ib.* (Veneza 1565) 38-41; — *Epistolæ Japanicæ* (Lovanii 1569) 177-187; — *ib.* (Lovanii 1570) 396-401; — Baltasar da Silva Lisboa, *Annaes do Rio de Janeiro*, VI (Rio 1835) 39-46; — *Rev. do Inst. Hist. e Geogr. Bras.*, VI (Rio de Janeiro 1844) 91-94; — *Ostensor Brasileiro*, I (1844) 226-228; — *Cartas do Brasil* (1.ª ed.) 69-73; — (2.ª ed.) 97-102.

A tradução italiana de 1552 (*Avisi Particolari*) contém as mesmas 6 cartas da tradução castelhana das cartas recebidas em 1551, e pela mesma ordem. Note-se a supressão, no título da cópia italiana, do nome do P. Simão Rodrigues, e a mudança do ano de 1551 para 1552, reproduzido nas subsequentes edições italianas e latinas, originando confusões.

A *Informação* de Nóbrega não traz data, e têm-se lhe dado diversas, a começar de 1549. Parece que se deve situar em 1550. Dos seus próprios termos se infere que os Padres e Irmãos de Portugal lha pediram, aguçada a curiosidade pelas primeiras cartas do ano de 49; e porque, além de se referir já à criação de animais domésticos, explica melhor a indicação de se receber no ano de 1551, ao qual realmente pertencem outras de *Copia de vnas cartas*.

— Primeira "*Informação do Brasil*", que viu a luz da imprensa, e com expansão europeia, rápida e notável. Cf. infra, Apêndice A.

7. *Carta ao Padre Mestre Simão Rodrigues*, deste Porto Seguro, 6 de Janeiro de 1550. Publ. em *Nuovi Avisi* (Veneza 1562) 1a-8b; — *Kurzes Verzeichnis und Historisches Beschreibung* (Ingolstadt 1586) 328-342; — *Cartas do Brasil* (1.ª ed.) 74-82; — (2.ª ed.) 103-113.

A carta não traz endereço; tira-se do contexto que foi para o mesmo a quem se dirigiu a carta de 9 de Agosto de 1549. A tradução portuguesa de João Ribeiro fez-se por uma cópia da tradução italiana, remetida de Paris a Vale Cabral pelo Barão do Rio Branco.

8. *Carta ao Padre Mestre Simão Rodrigues*, [de Pernambuco, 11 de Agosto de 1551]. Traduzida do português e publ. em castelhano em 1551 em *Copia de vnas cartas* (cf. supra n.º 6). [Vem a seguir à carta de 2 de Agosto de 1551, de António Pires, com este título: "Otra de otro Padre embiada de la misma Capitania de Pernãbuco"]. — *Copia de alcvne littere* em *Avisi Particolari* (Roma 1552) 125; — *Diversi Avisi* (Veneza 1559) 48-50; — *Rev. do Inst. Hist. e Geogr. Bras.*, VI (1844) 104-106 (em português, transcrita do Cód. da B. N. do Rio de Janeiro, supra n.º 2); — *Ostensor Brasileiro*, I (1884-1886) 104-106; — *Chronica*, de Simão de Vasconcelos, II (ed. de Inocêncio 1865) 309-311; — *Cartas do Brasil* (1.ª ed.) 83-85; — (2.ª ed.) 114-117.

A carta anda publicada com endereço colectivo: "Aos Padres da Província de Portugal" (*Chronica*), "Aos Padres e Irmãos" (*Cartas do Brasil*), e assim se lê na primeira linha dela: "Em estas partes depois que cá estamos, caríssimos Padres e Irmãos, se fez muito fruto". Mas no texto é ao Provincial de todos que se dirige: "Isto será o primeiro que cometeremos, como *V.ª R.ª mandar quem sustente est'outras partes*"; "o Governador determina ir cedo correr esta costa e eu irei com ele, e dos Padres, *que V.ª Reverência mandar levarei alguns comigo*". Endereço pessoal, que é o P. Mestre Simão. [V.ª Reverência, não Reverendíssima, como se lê em *Cartas do Brasil* e noutras cartas jesuíticas, desdobramento, que não corresponde a V.ª R.ª, nem é usado pelos Padres da Companhia entre si]. — A data é dada por Barbosa Machado, e está de acordo com a própria posição da carta, na edição de 1551, a seguir à de 2 de Agosto de 1551. Franco transcreve parte dela na *Vida do P. Nóbrega* (*Imagem de Coimbra*, II, 169) reproduzida em *Cartas do Brasil* (2.ª ed., p. 37).

9. *Carta para os Padres e Irmãos do Collegio de Jesus de Coimbra*, desta Capitania de Pernambuco a 13 de Setembro de 1551. Transcrita do códice da B. N. do Rio de Janeiro (cf. n.º 2) e publ. por Vale Cabral, *Cartas do Brasil* (1.ª ed.) 86-89; — (2.ª ed.) 118-122.

10. *Carta a El-Rei D. João III*, desta Villa de Olinda, a 14 de Setembro de 1551. (Torre do Tombo, C. Cronol., Parte 1.ª, maço 86, D 125). Publ. na *Rev. do Inst. Hist. e Geogr. Bras.*, II (1840) 277-280 (com um lapso na data, 17 em vez de 14); — *Chronica*, de Simão de Vasconcelos (ed. de Inocêncio, 1865) 301-308; — *Cartas do Brasil* (1.ª ed.) 90-93; — (2.ª ed.) 123-127, com o fac-símile da assinatura de Manuel da Nóbrega.

11. *Exortação aos moradores de Pernambuco*, desta Baía, [Maio de 1552]. (Bibl. de Évora, cód. XCVI/2-33, f. 183). Publ. na *Rev. do Inst. Hist. e Geogr. Bras.*, XLIII, 1.ª P. (1880) 81-87; — *Cartas do Brasil* (1.ª ed.) 122-126; — (2.ª ed.) 163-168.

Não traz data, mas pelo contexto se vê que foi depois da Páscoa e antes da Ascensão. Tem-se dado como dirigida aos "Moradores de S. Vicente". Pelo mesmo contexto se tira que não se trata de S. Vicente, mas de Pernambuco. Nóbrega escreve para um lugar onde ele tinha estado; e onde estava António Pires, e diz que esperava para breve o Bispo e Padres da Companhia. A esta data Nóbrega tinha estado em Pernambuco, residia lá o P. António Pires e esperava-se Bispo (D. Pedro Fernandes Sardinha), que chegou em Junho de 1552, e vieram no ano seguinte os Padres da expedição de Luiz da Grã. Vale Cabral procurou ajustar-se ao título equivocado e deu a este documento a data de 1557, depois da volta de Nóbrega de S. Vicente. Mas a essa data António Pires não estava em S. Vicente nem para lá foi: vivia na Baía e aí continuou; nem havia a expectativa próxima da chegada de Bispo.

12. *Ao P. Simão Rodrigues, Provincial de Portugal*, da Baía, 10 de Julho de 1552. (Bras.3(1), 47-48). Em castelhano, traduzida e publ. por S. L., *Novas Cartas Jesuíticas* (S. Paulo 1940) 23-28. Cópia em Évora, cód. CXVI/1-33, f. 189v, sem data, publ. na *Rev. do Inst. Hist. e Geogr. Bras.*, XLIII, 1.ª P. (1880) 100-104; — *Cartas do Brasil* (1.ª ed.) 94-97; — (2.ª ed.) 128-132.

O corpo desta carta é o mesmo nas duas cópias; mas a de Évora tem referências ao Governador e ao Bispo (começo da carta) que não estão na cópia do Arquivo da Companhia; esta, em compensação, tem a data expressa e referências à Capitania de S. Vicente (fim da carta), que não se acham naquela.

Em extracto, também não exactamente igual, com alguns trechos suprimidos, anda em italiano, *Nuovi Avisi* (Roma 1553) n.º 3; — *Diversi Avisi* (Veneza 1559) 149v-150; — *ib.* (1565) 149-150.

13. *Carta ao P. Simão Rodrigues*, da Baía, Julho de 1552. (*Bras.15*, 62-63). Cópia em port., publ. por S. L., em *Novas Cartas* (1940) 29-33.

14. *Carta a El-Rei D. João*, da Baía, [Julho de 1552]. (Bibl. de Évora, cód. CXVI/1-33, f. 192). Publ. na *Rev. do Inst. Hist. e Geogr. Bras.*, XLIII, 1.ª P. (Rio 1880) 96-100; — *Cartas do Brasil* (1.ª ed.) 98-100; — (2.ª ed.) 133-136.

15. *Carta ao Padre Mestre Simão*, da Baía, [Agosto de 1552]. (Bibl. de Évora, cód. CXVI/1-33, f. 194v). Publ. na *Rev. do Inst. Hist. e Georg. Bras.*, XLIII, 1.ª P. (Rio 1880) 105-111; — *Cartas do Brasil*, (1.ª ed.) 101-105; — (2.ª ed.) 137-143.

Não traz data, mas já se refere à festa de N.ª S.ª de Agosto (dia 15).

16. *Carta ao Padre Mestre Simão Rodrigues*, de S. Vicente, Dominga da Quinquagésima de 1553 [12 de Fevereiro]. (*Bras.3(1)*, 106-107). Cópia em esp. Trad. e publ. por S. L., *Novas Cartas* (1940) 34-38.

17. *Carta ao Padre Luiz Gonçalves da Câmara*, de S. Vicente, 15 de Junho de 1553. (*Bras. 3(1)*, 96-98). Cópia em esp. Trad. e publ. em *Novas Cartas* (1940) 39-50.

18. *Carta ao P. Luiz Gonçalves da Câmara*, do Sertão de S. Vicente, 31 de Agosto de 1553. (*Bras.3(1)*, 99-99v). Cópia em esp. Traduzida em português e lida por S. L. em S. Paulo, no Instituto Histórico, dia 5 de Junho de 1934, na conferência *Revelações sobre a fundação de S. Paulo*, publ. na *Rev. do Arquivo Municipal de S. Paulo*, II, 39-47, 99-100, com o fac-símile; — *Revista da Academia Brasileira de Letras*, n.º 160, p. 452-463; — *Páginas da História do Brasil*, 92-94; — César Salgado, *De João Ramalho a 9 de Julho* (S. Paulo 1934) 129; — J. F. de Almeida Prado, *Primeiros Povoadores do Brasil*, 1500-1530 (S. Paulo 1935) 98. — Saiu ainda em diversos jornais do Brasil. Cf. S. L., *História*, II, 381.

19. *Carta para El-Rei Dom João*, de S. Vicente [1553]. (Bibl. de Évora, cód. CXVI/1-33, f. 193). Publ. na *Rev. do Hist. Inst. e Geogr. Bras.*, XLIII, 1.ª P. (1880) 94-96; — *Cartas do Brasil* (1.ª ed.) 106-107; — (2.ª ed.) 144-146.

Carta sem ano. Vale Cabral dá-lhe o de 1554; Cândido Mendes de Almeida o de 1553. (*Rev. do Inst. Hist. e Geogr. Bras.*, XL, 2.ª P., 371). Depois de conhecida a carta de 31 de Agosto de 1553, não resta dúvida que foi depois de Nóbrega fundar a Aldeia de Piratininga, a 29 de Agosto de 1553 e antes de erigir o Colégio de S. Paulo a 25 de Janeiro de 1554, data oficial da fundação da Cidade de S. Paulo. Nesta Carta a El-Rei ainda não fala do Colégio de S. Paulo, mas do Colégio de S. Vicente, onde "se doutrinam" os filhos de Piratininga. Depois da fundação do Colégio de S. Paulo, os filhos de Piratininga "doutrinavam-se" em Piratininga.

20. *Carta a Santo Inácio de Loiola*, de S. Vicente, 25 de Março de 1555. (*Bras.3(1)*, 135-136v). Autógr. em esp. Trad. e publ. em *Novas Cartas*, 55-61.

21. *Carta ao P. Miguel de Torres, Provincial de Portugal*, [de S. Vicente, 1556, antes de 3 de Maio]. (Bibl. de Évora, cód. CXVI/1-33, f. 198v). Publ. na *Rev. do Inst. Hist. e Geogr. Bras.*, XLIII, 1.ª P. (1880) 113-118; — *Cartas do Brasil* (1.ª ed.) 111-115; — (2.ª ed.) 150-165.

Não traz lugar nem data. Inferem-se do texto. O lugar não é Piratininga ("aquela" Casa de Piratininga), mas S. Vicente ("nesta" Casa de S. Vicente). No cód. de Évora e nas reproduções seguintes diz-se dirigida ao P. Inácio, a que Vale Cabral ajunta *de Loiola*. A carta é ao Provincial de Portugal, Miguel de Torres. Nela se lê: "Sendo nós nesta perplexidade... nos pareceu escrever estas cousas todas a V. P. e ao Padre-Mestre Inácio". Este P. M. Inácio não é *de Azevedo*, que então nem era Visitador do Brasil nem Provincial de Portugal, nem se pensava ainda então em o enviar ao Brasil. É *S. Inácio*, a quem Nóbrega por esta mesma ocasião efectivamente mandou a carta que a seguir se inscreve. E consta que o P. Nóbrega escreveu ao Provincial de Portugal Miguel de Torres sobre negócios (*Bras.* 3 (1), 148); e a cartas, que recebera do Brasil, se refere o mesmo Miguel de Torres, em uma sua, de Lisboa, 4 de Novembro de 1556 (M. H. S. I., *Mixtae*, V, 503).

22. *Carta para o Padre Inácio* [*de Loiola*], da Capitania de S. Vicente 1556, [antes de 3 de Maio]. (Bibl. de Évora, cód. CXVI/1-33, f. 197). Publ. na *Rev. do Inst. Hist. e Geogr. Bras.*, XLIII, 1.ª P. (1880) 111-113; — *Cartas do Brasil* (1.ª ed.) 109-110; — (2.ª ed.) 147-149.

A carta não traz data, que se infere do contexto; Vale Cabral cuidou que se tratasse de Inácio de Azevedo; pelo mesmo contexto se vê com clareza que é o P. Geral, S. Inácio de *Loiola*.

23. *Quadrimestre do Colégio da Baía de Janeiro até Abril de 1557*. Na Bibl. de Évora, cód. CXVI/1-33, f. 200v. Publ. na *Rev. do Inst. Hist. e Geogr. Bras.*, XLIII, 1.ª P. (1880) 118-125;— *Cartas do Brasil*, (1.ª ed.) 116-121; — (2.ª ed.) 156-162.

No códice de Évora dá-se ainda como dirigida ao P. Inácio [de Loiola], que tinha falecido a 31 de Julho de 1556, e a sua morte já era conhecida na Baía em Abril de 1557. Mas foi mandada para Roma ao P. Geral ou a quem fizesse as vezes dele: o contexto exclui outro qualquer destinatário.

24. *Carta para o Provincial de Portugal*, "desta Casa do Rio Vermelho", na Baía, 1557 (Agosto ?). (Bibl. de Évora, cód. CXVI/1-33, f. 205). Publ. na *Rev. do Inst. Hist. e Geogr. Bras.*, XLIII, 1.ª P. (1880) 125-132; — *Cartas do Brasil* (1.ª ed.) 127-132; — (2.ª ed.) 169-176.

25. *Carta ao P. Miguel de Torres, Provincial de Portugal*, da Baía, 2 de Setembro de 1557. (*Bras.15*, 41-44). Em port. Publ. por S. L., *Novas Cartas* (1940) 62-74.

26. *Apontamento de coisas do Brasil*, da Baía, 8 de Maio de 1558. (Arq. Prov. Port.). Em port. Publ. por S. L., *Novas Cartas* (1940) 75-87.

27. *Aos Padres e Irmãos de Portugal*, desta Baía, a 5 de Julho de 1559. (*Cartas dos Padres*, cód. da B. N. do Rio de Janeiro, cf. supra, n.º 2). Publ. por Vale Cabral, *Cartas do Brasil* (1.ª ed.) 134-135; — (2.ª ed.) 177-190.

28. *Carta a Tomé de Sousa*, desta Baía, a 5 de Julho de 1559. (B. N. do Rio de Janeiro). Publ. a 1.ª vez por Baltasar da Silva Lisboa, *Annaes do Rio de Janeiro*, VI (1835) 63-100; — Accioli, *Memorias Historicas da Bahia*, III, 210-235; — *Cartas do Brasil* (1.ª ed.) 146-168; — (2.ª ed.) 191-218, com o fac-símile da cláusula e assinatura autógrafa de *Manuel da Nóbrega*.

29. *Carta ao P. Geral Diogo Lainez*, da Baía, 30 de Julho de 1559. (*Bras.15*, 64-65). Em esp. Trad. e publ. em *Novas Cartas* (1940) 88-92.

30. *Carta ao Infante Cardeal* [D. Henrique], de S. Vicente, o 1.º de Junho de 1560. ("*Cartas dos Padres*" da B. N. do Rio de Janeiro, cf. *supra* n.º 2). Publ. nos *Annaes do Rio de Janeiro*, VI (1835) 102-111; — *Rev. do Inst. Hist. e Geogr. Bras.*, V (1843) 328-333 (3.ª ed.) 352-358; — *Chronica*, de Simão de Vasconcelos (ed. de Inocêncio 1865) 312-317; — *Brasil Historico*, I, 2.ª série (1886) 115-118; — *Cartas do Brasil* (1.ª ed.) 169-176; — (2.ª ed.) 220-228; — *Ivlii Gabrielii Eugubini Orationum et Epistolarum Libri duo* (Venetiis 1569) f. 44b-52b.

31. *Carta ao P. Miguel de Torres*, de S. Vicente, 14 de Abril de 1561. (*Bras.15*, 114v-115. Na cópia original: Junho emendado para Abril). Publ. por S. L., *Novas Cartas* (1940) 93-95.

32. *Carta ao P. Francisco Henriques*, de S Vicente, 12 de Junho de 1561. (*Bras.15*, 114). Publ. por S. L., *Novas Cartas* (1940) 96-97.

33. *Carta ao mesmo P. Francisco Henriques*, de S. Vicente, 12 de Junho de 1561. (*Bras.15*, 114-114v). Publ. por S. L., *Novas Cartas* (1940) 98-99.

34. *Carta para o mesmo P. Francisco Henriques*, de S. Vicente, 12 de Junho de 1561. (*Bras.15*, 114v). Publ. por S. L., *Novas Cartas* (1940) 100-101.

35. *Carta ao P. Geral Diogo Lainez*, de S. Vicente, 12 de Junho de 1561 (*Bras.15*, 116-118). Publ. por S. L., *Novas Cartas* (1940) 102-112.

36. *Dialogo do Padre Nobrega sobre a conversão do Gentio. Interlocutores: Gonçalo Alves e Matheus Nogueira.* (Bibl. de Évora, cód. CXVI/1-33, f. 208). Publ. na *Rev. do Inst. Hist. e Geogr. Bras.*, XLIII, 1.ª P. (1880) 133-152; — *Cartas do Brasil* (2.ª ed.) 229-245.

O *Diálogo de Nóbrega* é um tratado apologético sobre a catequese dos Índios: A superioridade dos Romanos e outros "não lhes veio de terem naturalmente melhor entendimento, mas de terem melhor criação". — Está aqui todo o pensamento catequético dos Jesuítas, sobre as raças humanas: o que as exalta é a formação e educação (*criação*).

37. *Se o Pai pode vender a seu filho e se um se pode vender a si mesmo* [1567]. (Bibl. de Évora, cód. CXVI/1-33, f. 145-152). Publ. por S. L., *Jornal do Commercio* do Rio de Janeiro (20 de Novembro de 1938); — *Novas Cartas* (1940) 113-129; — *Rev. do Inst. Hist. do Rio Grande do Sul*, n.º 882, Junho de 1941.

Não é publicação integral deste breve tratado. Omitiu-se a discussão teórica dos autores sobre "se um homem se pode vender a si mesmo". Indica-se no lugar respectivo essa omissão e reproduz-se, integralmente, a parte essencial, doutrinal ou histórica, em defesa dos Índios do Brasil.

38. *Cartas Jesuiticas*, I. *Cartas do Brasil do Padre Manoel da Nobrega (1549-1560)*. Rio de Janeiro, Imprensa Nacional, 1886. Constitui o vol. n.º 2, Dezembro de 1886, de *Materiaes e Achegas* *para a Historia e Geographia do Brasil publicados por ordem do Ministro da Fazenda*. Com introdução e notas de Valle Cabral. O texto de pp. 1 a 46 é preenchido pela *Vida do Padre Manuel da Nóbrega*, de António Franco, tirado da *Imagem de Coimbra*, II.

39. *Cartas Jesuíticas*, I. Manuel da Nóbrega, *Cartas do Brasil* (1549-1560). Publicações da Academia Brasileira de Letras, Rio de Janeiro, 1931. Nota Preliminar de Afrânio Peixoto. 8.º, 258 pp.

Reproduz-se integralmente a ed. de 1886, acrescentada com alguma nota de Rodolfo Garcia. E tem a mais o *Dialogo do Padre Nobrega sobre a conversão do gentio*. As *Cartas do Brasil* incluem todas as cartas de Nóbrega impressas e conhecidas até à data da sua publicação (1886, 1931).

40. *Novas Cartas Jesuíticas — De Nóbrega a Vieira*. Publicadas por S. L. Companhia Editora Nacional. (Brasiliana, n.º 194). S. Paulo, 1940, 8.º, 344 pp.

Contém 15 Cartas inéditas de Nóbrega (pp. 19-129), mencionadas, supra, nas datas respectivas.

A. *Copia de Una del P. M.ᵉˡ de Nobrega p.ª el P. m.º Simon. Del Brasil*. (Bras.3(1), 104-105). Trad. esp. enviada para Roma. Em Roma escreveram. "Dalla Capit.ª di S. Vinc.ᶻº l'anno 1552". — Sobre a sua tentativa de ir ao Paraguai, estado moral e material da Capitania de S. Vicente.

De assuntos similares às Cartas de Nóbrega do mesmo período já publicadas, mas diferente: sobre as minas que "presumem ser prata" diz: "as quais minas acharam e descobriram os castelhanos de Paraguai que estarão daqui desta Capitania 100 léguas e *está averiguado* estar na conquista de El-Rei de Portugal". "Está averiguado": noutra carta escreveu: "e dizem que..."

B. *Profissão solene de Nóbrega*, S. Vicente, 27 de Abril de 1556. (*Lus.1*, 5v). No autógrafo, lemos V.º (b.º) Kal. Maii (*História*, II, 457). Polanco leu 6.º Kal. Maii (26 de Abril), *Chronicon*, VI, 40.

Padre Manuel da Nóbrega, por José de Anchieta, em *Cartas de Anchieta* (Rio 1933)469-482. Biografia conservada e incluida por António Franco, na biografia maior donde é tirada.

Padre Manuel da Nobrega na *Chronica da Companhia de Jesus em Portugal*. Por Baltasar Teles, I (1645)434-471.

Chronica da Companhia de Jesu do Estado do Brasil ... enquanto alli trabalhou o Padre Manoel da Nobrega Fundador & Primeiro Prouincial desta Prouin-

cia com sua vida e morte digna de memoria. Lisboa, 1663. Pelo P. Simão de Vasconcelos. — Ver este nome.

O ter-lhe dado o título de *Chronica* fez que se não repare que é uma *Vida* de Nóbrega, e vai desde a sua chegada ao Brasil até à sua morte (1549-1570). As *Notícias antecedentes e curiosas* não fazem parte da *Chronica*. Esta (com o primeiro e único tomo) conclui assim: "Pare a pena em escrever, onde pára Nóbrega em obrar: a suas empresas especialmente se dedica este Tomo primeiro por *primeiro Apóstolo do Brasil;* como outro se dedicou a Xavier por primeiro Apóstolo da Índia; outro a Inácio Patriarca nosso, por primeiro Geral da Companhia".

Padre Manuel da Nóbrega em *Varones Ilustres de la Compañia.* Por Afonso de Andrade, 2.ª ed., III (Bilbao 1889)509-530.

Vida do P. Manuel da Nobrega. Por António Franco em *Imagem de Coimbra,* II (Coimbra 1719)157-193. Reproduzida à frente das Cartas de Nóbrega ou *Cartas do Brasil* (1886, 1931).

Vie du Vénérable Joseph Anchieta de la Compagnie de Jésus précédée de la vie du P. Emmanuel de Nobrega de la même Compagnie. Par Charles Sainte-Foy. Paris et Tournay. H. Casterman, 1858, 8.°, XII-300 pp.
— Na tradução portuguesa (S. Paulo 1878), na Prefação, p. XIII, lê-se esta *Nota do Traductor:* "omitimos a parte relativa ao P. Nóbrega".

P. Manuel da Nóbrega no Ano Santo. Por António Franco (Porto 1931) 599-606.

O Jesuíta Manuel da Nobrega. Por Inácio Accioli de Cerqueira e Silva, *Rev. do Inst. Hist. e Geogr. Bras.,* VII (1845) 404-414.

Nóbrega em Portugal. Por S. L., na "Brotéria", XXI (1935) 185-189. Cf. supra n.° 1; *História,* II, 461.

Manuel da Nóbrega. Por Pedro Calmon em *Figuras de Azulejo* (S. Paulo, 1940) 24-26, 8.°

O Padre Manuel da Nóbrega. Por Manuel da Fonseca, ed. do Colégio António Vieira, Baía, 1940 (n.° 1 da colecção "Missionários Célebres no Brasil"). Com o retrato de Nóbrega (azulejo de Jorge Colaço). 8.° peq., 80 pp.

Nóbrega, o primeiro Jesuíta do Brasil, por José Mariz de Morais. Separata da "Revista do Instituto Histórico e Geográfico Brasileiro". Imprensa Nacional, Rio de Janeiro, 1940, 8.°, 278 pp. Com uma Carta-prefácio de Serafim Leite. Traz na 1.ª página a seguinte inscrição: "A Portugal nas festas de 1940 — Homenagem".

Nobrega of Brazil. Por Jerome V. Jacobsen, em *Mid-America,* vol. 24 (New Series, 13) July 1942 (Chicago) 151-187.

Nóbrega e a Civilização Brasileira. Por Mário Alves. Imprensa Nacional, Rio de Janeiro, 1948. 8.°, 449 pp. Ilustrado.

Padre Manuel da Nóbrega. Por José Pedro Leite Cordeiro. Conferência no Instituto Hist. e Geogr. de S. Paulo. Publ. no "Jornal do Commercio" (Rio), 20 de Março de 1949.

Padre Manuel da Nóbrega, S. J. - 4.º Centenário da sua vinda ao Brasil: 29-III-1949. Por Luiz Gonzaga Jaeger S. J. Porto Alegre, 1949. 24 pp. Ilustrado.

Breve elogio de Nóbrega. Ms. de Alegambe. (*Vitae* 24, 233-233v).

Quatro Cartas de S. Inácio ao P. Manuel da Nóbrega. Em M. H. S. I., *Mon. Ignatiana,* V (Matriti 1907): de Roma, 9 de Julho de 1553, com a Patente de Provincial, criando a Província do Brasil (pp. 180-183); de Roma, 18 de Julho de 1553 (pp. 197-198); de Roma, 13 de Agosto de 1553 (pp. 329-330); de Roma, 16 de Janeiro de 1554, vol. VI, 199.

Carta do P. Diogo Laines ao P. Manuel da Nóbrega, de Trento, 16 de Dezembro de 1562. *Lain. Monum.,* VI, 577-580.

O nome de Nóbrega, unido à fundação das Cidades da Baía, Rio de Janeiro e S. Paulo, faz parte da história do Brasil no século XVI, e portanto com referência, mais ou menos desenvolvida, em todos os escritores portugueses, brasileiros e estrangeiros, que tratam do Brasil, nesse período histórico.

B. Machado, III, 318-319;—Inocêncio, II, 41; VI, 69; XVI (Brito Aranha) 2754, 14; — Sommervogel, VI, 1781-1783; — Vale Cabral, em *Cartas do Brasil,* 14-16; — Streit, I, 34; II, 331-338, 347, 757; III, 644; — S. L., *História,* I, *passim;* II, 455-470, e *passim;* III, 448-449.

NOGUEIRA, José. *Professor.* Nasceu em 23 de Setembro de 1711 no Recife. Entrou na Companhia a 9 de Novembro de 1727. Fez a profissão solene no Rio de Janeiro a 20 de Fevereiro de 1746, recebendo-a Roberto de Campos. Ensinou Letras Humanas, em que era mestre consumado, Filosofia, Teologia e Sagrada Escritura. Superior do Seminário Diocesano de Mariana (Minas Gerais), onde ensinou Teologia Moral. Estava na residência de Santa Cruz (Rio de Janeiro), quando sobreveio a perseguição geral e a deportação em 1760 para Lisboa e daí para Itália. Ainda vivia em Pésaro em 1774, onde deve ter falecido, por então, porque o seu nome já vem com uma cruz.

1. *Juris Consultissimo Domino Ignatio Dias Madeira, olim Indiarum Quaestori integerrimo, nunc Brasiliensis Status Criminalium Causaram Censori absolutissimo Epigrammata varia.* Ulyssipone, apud Michaelem Menescal da Costa, Typ. S. Officii, 1742, 4.º

A. *Annuæ Provinciæ Brasiliæ ab anno 1739 usque ad 1740.* E Collegio Bahiensi pridie Kalendas Januarii anni M.D.C.CX.LI. (*Bras.10,* 395-397). *Lat.*

B. *Annuæ Provinciæ Brasiliæ ab anno 1741.* E Collegio Bahiensi pridie Kalendas anni 1742. (*Bras.10,* 407-410). — Excerpto sobre a Igreja de S. Paulo, S. L., *História,* VI, 386. *Lat.*

C. "Quantidade de papeis, escriptos em latim e vulgar, prosa e verso". — Conteúdo do seu baú, sequestrado em 1759. Sem mais pormenores. (Lamego, III, 177).

A. S. I. R., *Bras.*6, 409; — *Lus.*16, 243; — Gesù, Colleg, n.º 1477; — B. Machado, II, 811; — Loreto Couto, II, 13; — Sommervogel, V, 1802.

NOGUEIRA, Luiz. *Jurisconsulto e Moralista.* Nasceu a 6 de Dezembro de 1620 em Formoselha (Coimbra). Filho de Manuel Fernandes e Ana Francisca. Entrou na Companhia a 25 de Março de 1637. Ensinou Humanidades e Filosofia em Braga e durante 26 anos Teologia Moral e Direito, sobretudo no Porto onde o seu voto era sempre acatado. Em 1663 foi ao Brasil como companheiro do Visitador Jacinto de Magistris, que o nomeou Reitor do Colégio da Baía, cargo que ocupou pouco tempo, por causa dos sucessos que assinalaram esta visita. Voltou a Portugal. Foi Reitor do Seminário Irlandês de S. Patrício em Lisboa. Passou os últimos anos na Casa Professa de S. Roque, onde escreveu os seus livros, e onde faleceu a 30 de Junho de 1696.

1. *R. P. Ludovici Nogueira Lusitani Formosiliensi Societatis Jesu Theologi, Expositio Bullæ Cruciatæ Lusitaniæ concessae in qua Etiam declaratur Bulla Hispana, et ostenduntur discrimina, quæ inter utramque Bullam reperiuntur, et Decreta aliqua S. S. Pontificum, et S. Cardin. Congreg. ab Authoribus nondum explicata, noviter enodantur. Opus Valde utile, et necessarium Prælatis Beneficiariis, animarum curam gerentibus, necnon omnibus Sacerdotibus, et utriusque juris peritis.* Cum duplici indice. Coloniae Agrippinae, Sumptibus Fratrum Huguetan, M.DC.LXXXXI, fol., 530 pp; dedicado a Luis Vieira da Silva; — *Editio Secunda à multis Mendis, quibus Prima scatebat, expurgata.* Antverpiae, Apud Henricum et Cornelium Verdussen, M.D.CC.XVI, fol., 530 pp.; — ibid., 1733, fol.; — Coloniae, ex typis Societatis, 1744, fol. (com o Tratado *De Bulla* do P. Fr. Caeyro, S. J.).

O P. Manuel Gomes fez um resumo desta obra.

2. *R. P. Ludovici Nogueira e Societate Jesu Quæstiones singulares experimentales, et practicæ, per quatuor disputationes distributæ: Prima continet Quæstiones singulares de Sacramentis; Secunda Quæstiones de Missis, Cappelaniis et Legatis; Tertia De Censuris, Irregularitatibus, et Simoniis, Quarta de Restitutione, et Justitia. Quæ omnes juxta Doctrinam Sacræ Theologiæ, Sacrorum Canonum, et Legum Imperialium resolvuntur. Cum indicibus disputationum, ac quæstionum nec non rerum notabilium.* Conimbricae, apud Joannem Antunes, 1698, fol.; — Venetiis, apud Paulum Balleonium, 1702, fol., 386 pp.; — Venetiis, 1711, fol.

A. *Carta do P. Luiz Nogueira ao P. Geral Oliva*, de Lisboa, 5 de Abril de 1663. (Gesú, *Censura Libr.*, 703). — Sobre o "Paraíso na América" do P. Simão de Vasconcelos. Tem um exemplar impresso na "Chronica". Não é de fé que o paraíso fosse no Oriente, e, estando já impresso, não se devia suprimir, para se não suspeitar de menos seguro na fé um livro que não merece tal nota. *Lat.* — Ver *Vasconcelos* (Simão de), letra A.

B. *Declaração em como lhe não consta que o P. Simão de Vasconcelos, tomasse parte no que se praticou no Colégio da Baía contra o Visitador Jacinto de Magistris e contra os Padres Belchior Pires e Sebastião Vaz, antes da chegada do Provincial José da Costa.* (Gesù, *Missiones*, 721). *Lat.*

C. *Carta do P. Luiz Nogueira ao P. Oliva*, de Lisboa, 10 de Junho de 1664. (*Bras.*9, 176-179). — Dá o seu parecer jurídico sobre a deposição do P. Visitador Jacinto de Magistris, a qual prova ser nula, escandalosa e imprudente. *Lat.*

D. *Sententia lata a P. Ludovico Nogueira ex Commissione N. R. P. Generalis in lite mota à Collegio Divi Antonii Authore, contra Provinciam Ream supra debitum et illius reditus Ducis Averii.* (*Lus.78*, 30-31v). Cf. Franc. Rodrigues, *História*, III-1, 283. *Lat.*

E. *De casibus reservatis in Episcopatibus Lusitaniæ, ejusque ditionibus*, 4.° *Lat.*

Franco, *Imagem de Coimbra*, II, 622; — Id., *Ano Santo*, 350; — B. Machado, III, 121; — Sommervogel, V, 1800-1801; — S. L., *História*, V, 82.

NUNES, Leonardo. *Professor e Missionário.* Nasceu em S. Vicente da Beira, Bispado da Guarda. Filho de Simão Álvares e Isabel Fernandes. Entrou na Companhia, em Coimbra, já sacerdote, no dia 6 de Fevereiro de 1548. No ano seguinte embarcou para o Brasil, com Nóbrega, e nesse mesmo ano, fins de 1549 ou princípios de 1550, chegou a S. Vicente dando começo a uma espécie de Seminário ou Colégio, onde os filhos da terra aprendiam português, a ler e escrever, e alguns mais hábeis latim. Por este título é o fundador da instrução no actual Estado de S. Paulo. Fez algumas excursões à costa do Sul, uma das quais aos Patos (Laguna, Estado de S. Catarina) e foi o primeiro Jesuíta que esteve nos Campos de Piratininga, afeiçoando os índios e as índias, com que se abriu caminho à fundação de S. Paulo, constituindo-se assim o primeiro apóstolo do Planalto. Cantor e músico. E incansável. Ia a caminho de Portugal e Roma, enviado por Nóbrega, a dar conta das coisas do Brasil, quando naufragou a 30 de Junho de 1554. "Cuja trágica morte foi universalmente sentida".

1. *Carta do P. Leonardo Nunes aos Padres e Irmãos da Província de Portugal*, da Capitania de S. Vicente, a 20 de Junho de 1551. Traduzida em italiano em *Nuovi Avisi* (Roma 1553) n.º 9; — *Diversi Avisi* (Veneza 1559) 137-140; — Id. (Veneza 1565) 137-140.—Transcrita de "Cartas dos Padres", cód. da B. N. do Rio de Janeiro, em *Cartas Avulsas* (Rio 1931) 65-68.

2. *Cópia de uma do mesmo no mesmo tempo*. 1551. Em italiano a seguir à carta precedente: "Copia di vna del medesimo nel medesimo tempo" em *Diversi Avisi* (Veneza 1559) 140.

3. *Carta do P. Leonardo Nunes aos Padres e Irmãos de Jesus de Coimbra*, do Porto e Capitania de S. Vicente, aos 24 de Agosto de 1551. Traduzida e impressa em castelhano em *Copia de vnas cartas embiadas del Brasil por el Padre Nobrega* [...] *recebidas el año de 1551*. — Ver Nóbrega, n.º 2.

É a 6.ª carta desta colectânea: *Otra carta embiada del puerto de S. Vicente. Desta Capitania de Sant Vicente a XIIII De Agosto M.D.LI.* Traduzida em italiano em *Avisi Particolari* (Roma 1552) 144-155, já com o nome do autor expresso; — *Diversi Avisi* (Veneza 1559) 56-60; — Id. (Veneza 1565) 55-60. Transcrita de *Cartas dos Padres*, códice da BNRJ, em *Cartas Avulsas* (Rio 1931) 57-63, com a data de 24 de Agosto de 1550; mas, pela 1.ª impressão e pelo contexto, se vê que é de 1551.

4. *Carta do P. Leonardo Nunes ao P. Manuel da Nóbrega*, deste S. Vicente, hoje 29 de Junho de 1552. (*Bras. 3 (1)*, 88-89). Cópia em castelhano. Traduzida e publ. por S. L., *Novas Cartas Jesuíticas* (1940) 135-140. Na cópia o número 2 do ano está riscado e emendado para 3. Conservamos o 2, porque em Junho de 1553 já o P. Nóbrega estava em S. Vicente com o P. Leonardo Nunes.

O "P. Leonardo", de que fala Sommervogel, letra A, não é *Nunes*, mas *Vale*, que compôs em 1574 uma "doutrina na língua brasílica". — Ver *Vale* (Leonardo do).

Franco, *Vida do Padre Leonardo Nunes missionário do Brasil*, na *Imagem de Coimbra*, II, 193-199, transcreve alguns passos das suas cartas.

Vita del P. Leonardo Nunes. (*Lus. 58, Necrol. I*, 31v-37).

Franco, *Ano Santo*, 349-350; — B. Machado, III, 7-8; — Sommervogel, V, 1839; — Streit, II, 333; — S. L., *História*, I, 252-255.

NUNES, Manuel. *Professor, Administrador e Linguista.* Nasceu por 1606 em Lisboa. O seu pai foi António Fernandes Filho casado com Maria Nunes. Entrou na Companhia na Baía, em 1621. Companheiro de estudos do P. António Vieira com quem recebeu na Baía as Ordens Maiores em 1634. Mestre em Artes; Professor de Filosofia na Baía por ocasião do cerco dos holandeses em 1638, prestando relevantes serviços na defesa da cidade. Professor de Teologia Moral no Colégio de Faro, no Algarve, e no Colégio de Évora. Fez a profissão solene no Rio de Janeiro em 1648. Embarcou da Baía para o Maranhão em 1653 como Superior da Missão, cargo que então não teve efeito por já achar com o mesmo cargo o P. António Vieira. Mas foi-o mais tarde, assim como esteve à frente dos Colégios do Pará e de S. Luiz e de outras Casas, dalgumas das quais foi o próprio fundador. Reconstituiu a Missão do Maranhão, em 1662, depois do motim do ano precedente; fez entradas ao Rio Pindaré e ao Tocantins e Tocaiunas, e era pregador e exímio conhecedor da língua brasílica, pela qual trocou o aparato de cátedras mais altas, e dele dizia o P. António Vieira em 1659: "Lente de prima de Teologia em Portugal e no Brasil, Superior da Casa e Missões do Pará, mui prático e eloquente na língua tupi". Morreu afogado, em fins de Novembro de 1676, caindo ao mar, do barco em que viajava, por alturas da tapera de *Maracanã a Velha*. O seu corpo, que se achou, sepultou-se primeiro na Igreja de Maracanã, e trasladou-se depois para a do Pará.

A. *Catecismo na língua dos Nheengaíbas.* O P. Manuel Nunes "foi o primeiro missionário dos *Ingaíbas*, cujo *Catecismo* compôs em língua deles, que até hoje se ensina". (Bettendorff, *Crónica*, 311).

B. *Carta do P. Manuel Nunes ao P. Geral Gosvino Nickel*, do Maranhão, 22 de Maio de 1653. (*Bras. 26*, 2). — Da sua chegada, e como achou com satisfação o P. Vieira, ficando assim desobrigado de governos. Iria fundar a Missão de Gurupá. Salvou-se de naufrágio. Excerpto em S. L., *História*, IV, 214. *Port.*

A. S. I. R., *Bras. 5*, 128; — *Bras. 5*(2), 11; — *Lus. 6*, 200; — *Cartas de Vieira*, I (Coimbra 1925) 554; — *Livro dos Óbitos*, 3; — S. L., *Novas Cartas Jesuíticas*, 255.

NUNES, Plácido. *Professor, Pregador e Administrador.* Nasceu por 1683 em Lisboa. Entrou na Companhia, com 16 anos, a 30 de Julho de 1699. Fez a profissão solene na Baía no dia 15 de Agosto de 1718. Pregador de renome, e lê-se na relação da sua morte que pregava o sermão anual, na Festa de S. Ana. Homem de notáveis dotes literários e de vasto e sólido saber. Não havia no seu tempo, em toda a Província do Brasil, quem fosse mais amigo da biblioteca e dos livros. Reitor de Olinda e da Baía e Professor de Sagrada Escritura. Faleceu na Baía a 2 de Março de 1755.

1. *Carta do P. Plácido Nunes Reitor do Colégio da Baía a André de Melo e Castro, Conde das Galveas, Vice-rei do Brasil*, da Baía, 5 de Outubro de 1738. (Arq. Público da Baía, *Ordens Régias*, vol. 35, p. 341). Publ. por Luiz Vianna Filho em *Estudos Brasileiros*, vol. V (Rio, Julho-Out. 1940) 283-290. Excerptos em S. L., *História*, VI, 129.

2. *Oração Funebre nas Reaes exequias da Magestade Fidelissima o Muito Alto e poderoso Rey o Senhor D. Joaõ V. celebradas na Cathedral de Bahia de Todos os Santos a 11 de Novembro de 1750 que recitou o M. R. P. M. Placido Nunes da Companhia de Jesus: offerecida a Fidelissima Augusta Magestade da Rainha Mãy nossa Senhora, D. Marianna de Austria, por Fernando Antonio da Costa de Barbosa.* Lisboa, Na Regia Officina Sylviana, e da Academia Real. M.DCCLII. Com todas as licenças necessárias. 4.º, VI pp. inumrs. (prelims.) e 31 numrs. além de 2 inumrs. e 1 em branco finais (com as licenças). Nas prelimins. a dedicatória (III-VI). (*Catálogo da Livraria Azevedo-Samodães*, II (Porto 1922) 862).

Barbosa Machado dá uma 2.ª edição no ano seguinte de 1753.

A. *Annuæ Litteræ Provinciæ Brasiliæ* (1715-1716), da Baía, 24 de Junho de 1716. (*Bras.10*, 113-119). — Cit., sem o nome do Autor, em S. L., *História*, VI, 104. *Lat.*

B. *Annuæ Litteræ Provinciæ Brasiliæ Anni 1717*, da Baía, 13 de Agosto de 1717. (*Bras.10*, 130-135v). *Lat.*

C. *Carta do P. Plácido Nunes ao P. Geral Tamburini*, da Baía, 8 de Agosto de 1726. (*Bras.4*, 335-335v). — Ocupa o cargo de Companheiro do Provincial por morte do P. Manuel Álvares que o desempenhava, e diz que não serve para tal ofício. *Lat.*

D. *Acta et Postulata Congregationis Abbreviatæ in Collegio Bahiensi anno 1727, Præside R. P. Gaspare de Faria Brasiliæ Provinciali, Bahyæ,* 5 Aug. 1727. (*Congr. 89*, 107-110). Autógr. do P. Plácido Nunes. Assina também o Provincial. *Lat.*

E. *Carta do P. Plácido Nunes ao P. Geral Tamburini*, Baía, 18 de Agosto de 1727. (*Bras. 4*, 357). — Como consultor do Colégio diz que os Noviços já se podem mudar para a nova Casa do Noviciado na Jiquitaia. *Lat.*

A. S. I. R., *Bras.6*, 39v; — *Bras.10(2)*, 495; — *Lus.14*, 90; — B. Machado, IV, 238; — Sommervogel, V, 1839; — S. L., *História*, V, 585.

O

OLIVA, António de. *Missionário e Pregador.* Nasceu em 1631 na Baía. Entrou na Companhia, com 17 anos, a 9 de Janeiro de 1648. Fez a profissão solene de 3 votos no dia 2 de Fevereiro de 1671 em Porto Seguro, onde passou grande parte da vida. O seu apelido era Oliveira, por haver na Companhia o P. António de Oliveira (que foi Provincial), ficou a chamar-se Oliva. Ainda vivia em 1685.

A. *Depoimento no Processo do P. José da Costa sobre a deposição do Visitador Jacinto de Magistris, em 1663.* (Gesù, Missiones, 721). — Manifesta-se contrário ao Visitador e ao P. Manuel Carneiro e refere o que diziam e pensavam o seu irmão Cónego José de Oliveira Serpa, a sua irmã Luisa de Oliveira e o seu primo António Guedes. *Lat.*

A. S. I. R., *Bras 5(2)*, 6v, 79; — *Lus.9*, 22.

OLIVA, João de. *Administrador.* Nasceu em 1570, na Vila de Ilhéus, de pais portugueses. Entrou na Companhia, na Baía, a 28 de Novembro de 1589. Mestre em Artes. Fez a profissão solene a 8 de Dezembro de 1611, na Baía, recebendo-a Henrique Gomes. Ministro e Reitor do Colégio do Rio de Janeiro, Mestre de Noviços e Pregador. Cativo dos Holandeses em 1624, padeceu os cárceres de Holanda, foi a Roma e voltou ao Brasil em 1628. Era homem de valor e prestou bons serviços no cerco que os holandeses puseram em 1638 à Baía, de cujo Colégio também foi Reitor. Faleceu na Baía, a 13 de Janeiro de 1652.

A. *Carta do P. João de Oliva a Francisco Soares de Abreu*, do Colégio da Baía, 1 de Setembro de 1637. (Bibl. da Ajuda, cód. 51-X-12, f. 178). — Felicita-o por ter casado o sobrinho Cristóvão Soares tanto a seu gosto; no dia de S. João também se casou D. Brites de Oliva com o capitão João Garçon (*sic*); e agradece os serviços que prestou a seu irmão Francisco de Oliva e a suas sobrinhas freiras; as coisas da guerra vão para a ruina, que se concluirá de todo, se não vier um bom socorro de "Galiões e Dunquerques" para assegurar a cidade da Baía. *Port.*

A. S. I. R., *Bras.5*, 69v; — *Bras.9*, 13-14; — S. L., *História*, V, 35, 81; VI, 24.

OLIVA, Manuel de. *Humanista e Missionário.* Nasceu a 24 de Janeiro de 1690 no Porto. Entrou na Companhia, a 1 de Fevereiro de 1707. Fez a profissão solene a 25 de Março de 1725. Tinha talento para os estudos, tanto de Filosofia e Teologia como de Belas Letras, para que mais se inclinava, e em que ocupava os tempos livres. Trabalhou nas Aldeias sobretudo nas do distrito do Rio de Janeiro, Santa Cruz, Itaguaí e S. Lourenço (Niteroi), de que era Superior, quando faleceu, a 27 de Novembro de 1740.

A. *Annuæ Litteræ Provinciæ Brasilicæ ab anno 1723 usque ad 1725.* Ex Collegio Bahiensi, decima sexta Octobris anni a Partu Immaculatae Virginis MDCCXXV. (*Bras.10(2)*, 271-277v). *Lat.*

B. *Livro de Versos em honra de Nossa Senhora.* "Cum praedivite pangendis carminibus venâ polleret, ingentem de ejus Laudibus epigrammatum librum suprema jam manu perpolitum nobis reliquit. Dignissimus sane qui publicae Luci mandetur, ut argutis, magnisque Brasilicae Provinciae fetibus Lusitanica praela desudent", escreve José Nogueira no Necrológio do P. Manuel de Oliva. (*Bras. 10 (2)*, 396v).

A. S. I. R., *Bras.*6, 97v, 313v.

OLIVEIRA, António de. *Professor, Missionário e Administrador.* Nasceu cerca de 1627 na Baía. Entrou na Companhia, com 14 anos de idade, a 20 de Setembro de 1641. Mestre em Artes. Fez a profissão solene na sua cidade natal no dia 29 de Agosto de 1660. Pregador, Professor de Latim, Filosofia e Teologia, Missionário dos Paiaiases do sertão baiano, que foi o primeiro a reduzir, Reitor de Olinda (1679), e Provincial, em cujo ofício levantou os estudos, fomentou as missões, favoreceu as Congregações e introduziu a visita aos hospitais. Vítima do "mal da bicha" (febre amarela), faleceu na Baía a 7 de Junho de 1686. "In quo Provincia amisit subjectum non vulgare".

1. *Lista do que consignam para dote e fundação de um Colégio na Cidade da Paraíba, Manuel Martins Vieira e Inês Neta sua mulher.* 4 de Julho de 684. Em S. L., *História*, V, 492-493.

2. *Carta do Provincial António de Oliveira a El-Rei sobre o serviço dos Índios aos brancos e as queixas do capitão de Cabo Frio, mui alheias da verdade.* Rio de Janeiro, 30 de Julho de 1684. (A. H. Col., *Rio de Janeiro.* Apensos, 30. VII. 1684). Lamego, *A Terra Goitacá*, III, 236-237.

A. *Aprovação à "Suma" ou "Recopilaçam" da Vida de Anchieta pelo P. Simão de Vasconcelos*, Baía, 12 de Junho de 1668. (*Vitæ* 153, 457).

B. *Carta ao P. Geral Oliva*, da Baía, 25 de Junho de 1669. (*Bras.3(2)*, 78). — Informa como consultor sobre o modo como o Reitor governa. *Lat.*

C. *Informação para Superiores*, ao P. Geral Oliva, da Baía, 22 de Julho de 1682. (*Bras.9*, 317-317v.). *Lat.*

D. *Carta do Provincial António de Oliveira ao P. Geral Noyelle*, do Rio de Janeiro, 20 de Junho de 1684. (*Bras.3(2)*, 178). — Sobre a ida do P. Jacobo Roland para a Ilha de S. Tomé, a pedido e à custa do Bispo daquela Ilha. *Lat.*

E. *Carta ao P. Aloísio Conrado Pfeil*, ex Collegio Fluminis Januarii, die 25 Junii 1684. (Do Arq. do Dr. Alberto Lamego, Fotoc. no Arq. Prov. Port., *Pasta 177*, 4.º). — Sobre as visitas dos Bispos às Missões do Pará e Maranhão. Diz que no Brasil se não praticam; e que o Concílio Tridentino se interpreta das missões sujeitas ao Prelado e não das dos Índios, que segundo as leis são de jurisdição de El-Rei, que a delega nos Missionários e seus Prelados; e que a *Junta* de Missões antes é *Ruina* de Missões. — Com esta nota do P. Luiz Maria Bucarelli: "Conferi por ordẽ do R. P. Superior M.^{el} de Britto esta copia com o original, o qual fica no cartorio deste Coll.º do Maranham, maço 5.º n.º 8, e concorda fielmente. O q̃ affirmo c̃ fé de verd.^{c} Este dia, 19 de Mayo de 1725. Luis Maria". *Lat.*

F. *Carta ao P. Geral Noyelle*, da Baía, 1 de Julho de 1685. (*Bras.3(2)*, 210-211v). — Sobre a expulsão dos Padres do Maranhão [*Motim do Estanco*]; Coadjutores; P. Cristóvão Colaço, etc. *Lat.*

G. *Carta ao P. Geral Noyelle*, da Baía, 1 de Dezembro de 1685. (*Bras.3 (2)*, 220). — Em 1683 tinha pedido que o deixasse ir passar 6 meses no Noviciado, para se dar mais a Deus. Não recebeu resposta, talvez por não ser costume tanto tempo. Renova o pedido, mas por 2 meses. E pede para ir para as Missões do Ceará. *Lat.*

A. S. I. R., *Bras.3(2)*, 177, 222; — *Bras.5*, 182v; — *Lus.7*, 275; — *Hist. Soc.49*, 14.

OLIVEIRA, Bento de. *Professor e Administrador.* Nasceu a 30 de Abril de 1650 em Coimbra. Entrou na Companhia a 21 de Maio de 1669. Mestre de Humanidades, Retórica e Filosofia. Em 1693 embarcou para o Maranhão como Superior da Missão, com faculdade de voltar. Em 1696 ficou Reitor do Pará e Professor do Curso de Filosofia, concluído o qual voltou a Portugal, com bela folha de serviços. Em Portugal governou ainda a Casa Professa de Vila Viçosa, o Colégio do Porto, o Noviciado e a Casa Professa de S. Roque, em Lisboa, onde morreu a 4 de Janeiro de 1725. "Vir multae bonitatis et charitatis".

1. *Novena de Santa Quitéria e suas Irmãs*, Coimbra, 1711, no Colégio das Artes.

Sommervogel descreve em latim o título desta Novena, mas diz que é em português, e que saiu anónima: *Novendiale S. Quiteriae et sororum ad promovendum cultum SS. Virginum et Martyrum quas veluti tutelares patronas colit Lusitania*. Só à vista da própria obra, se poderá restabelecer exactamente o título original português.

A. *Carta do P. Reitor do Pará Bento de Oliveira ao P. Geral*, do Pará, 28 de Julho de 1697. (*Bras.26*, 186-186v). — Morte do P. Gaspar Misch. Doenças. Diz que fez mais ofício de enfermeiro do que de Reitor, durante todo o ano. Já vai no 2.º, e como as naus são raras, pede patente para o seu sucessor; e que volte também a Portugal o Ir. António Afonso, que veio com ele, com a condição de com ele tornar. Lembra-o, para que ninguém possa impedir a volta do Irmão. *Lat.*

B. *Carta do P. Bento de Oliveira, ao P. Geral*, de Vila Viçosa, 5 de Abril de 1701. (*Lus.76*, 16). *Lat.*

A. S. I. R., *Bras.27*, 15; — Bettendorff, *Chronica*, 584; — Franco, *Synopsis*, 466; — Sommervogel, V, 1915.

OLIVEIRA (OLIVER), Francisco de. *Pregador e Administrador.* Nasceu cerca de 1597 em Modica na Sicília. Entrou na Companhia em Messina em 1614. Embarcou de Lisboa para o Brasil em 1622. Fez a profissão solene no Rio de Janeiro a 3 de Maio de 1636. Superior das Casas de Santos e Espírito Santo (Capitania), e pregador. Faleceu na Baía a 17 de Janeiro de 1652.

A. *Certificado do P. Francisco de Oliveira, Superior da Casa de Santos, em como os moradores de S. Paulo e mais vilas desta Capitania vão ao sertão cativar os Índios contra as leis de S. Majestade*, 5 de Junho de 1630. (Gesù, *Coleg. 20*, 30). Cit. em S. L., *História*, V, 325. *Port.*

O Governador Geral do Brasil António Teles da Silva diz, no seu testamento autógrafo, que o "deixo na Bahya em poder do Padre Francisco d'Oliver, meu confessor, da Comp.ª de Jesu", 20 de Outubro de 1645. (Arq. particular da Família Teles da Silva (Tarouca), Lisboa).

A. S. I. R., *Bras.5*, 148v; — *Lus.5*, 183; — Bibl. Vitt. Em., f. ges. 3492/1363, n.º 6.

OLIVEIRA, Gonçalo de. *Missionário e Capelão Militar.* Nasceu por 1534 em Arrifana de S. Maria (S. João da Madeira). Entrou na Companhia na Baía, com 17 anos de idade, em 1552. Para atender à urgência da Catequese, estudou pouco latim, o que mais tarde o iria prejudicar na profissão que não chegou a fazer. Em compensação, era "grande língua do Brasil". Foi capelão do exército da conquista do Rio de Janeiro contra franceses e índios inimigos, no Arraial de Estácio de Sá e assistia aos Índios entre os quais se distinguia Arariboia. Num assalto dos Índios, a barraca-residência do P. Gonçalo de Oliveira foi atravessada de setas, sem que nenhuma o atingisse. O que vendo os soldados, se animaram e disseram que Deus os protegia. Fez toda a campanha, presente aos combates (1565-1567). Muito estimado do P. Nóbrega, a cuja morte assistiu em 1570, e em cujo lugar ficou algum tempo à frente do Colégio do Rio. Seguiu para a Baía em 1574, onde tinha família. Saiu da Companhia pouco depois, com licença, para viver com a mãe viuva, continuando a confessar-se com o P. Anchieta, dizendo que ainda havia de morrer na Companhia, profecia sua própria, que se cumpriu, depois de ter entrado (1584), saído (1590), e tornado a entrar, por último (1610). Um dos raros exemplos de Padres entrados três vezes na Companhia. Quase fizeram jus a esta singularidade os 20 e tantos anos vividos nela, no período heróico da fundação do Rio de Janeiro, em que tão grande parte lhe coube. Trabalhou também em S. Paulo, Espírito Santo, Baía e Pernambuco, onde fundou a primeira Aldeia de Índios da Capitania. Nos últimos seis anos de vida cegou, e deu provas de notável paciência. Não podendo celebrar missa por falta de vista, comungava todos os dias e metia-se no confessionário, onde atendia a toda a sorte de pessoas. Faleceu a 17 de Abril de 1620, no Colégio de Olinda, à roda dos 86 anos de idade, dos quais viveu 40 na Companhia.

1. *Petição do P. Gonçalo de Oliveira, em nome do P. Manuel da Nóbrega, Reitor e Comissário da Companhia de Jesus na Capitania do Espírito Santo e S. Vicente, ao Capitão-mor Estácio de Sá, da Sesmaria de Iguaçu, para o Colégio de Jesus, do Rio de Janeiro.* Dada no Rio de Janeiro, ao 1 de Julho de 1565 anos. (Bras.11, 416-423). Em S. L., *Terras que deu Estácio de Sá ao Colégio do Rio de Janeiro,* separata da *Brotéria* (Lisboa, Fevereiro de 1935) 13-14.

2. *Carta do P. Gonçalo de Oliveira, por comissão de Manuel da Nóbrega ao P. Geral S. Francisco de Borja, da Casa de S. Sebastião, do Rio de Janeiro, 21 de Maio de 1570.* (Bras. 15, 202-205 v). Em S. L., *Páginas de História do Brasil* (1937) 142-146, com uma notícia sobre Gonçalo de Oliveira.

3. *Petição do P. Gonçalo de Oliveira, Procurador do Colégio de S. Sebastião do Rio de Janeiro ao Governador Cristóvão de Barros para se concluir a demarcação da Sesmaria de Iguaçu.* Com despacho do Governador, hoje, 14 de Janeiro de 1574. (Bras.11, 416-423). Em S. L., *Terras que deu Estácio de Sá ao Colégio do Rio de Janeiro,* 23.

4. *Informação do P. Gonçalo de Oliveira sobre o que se passou com o P. José de Anchieta para a sua readmissão na Companhia de Jesus.* 1590. Em Anais da B. N. do Rio de Janeiro, XIX, 64-65; — Cartas de Anchieta, 457-459.

A. *Annual do Collegio da Cidade de S. Sebastião do Rio de Janeiro e das residencias a elle suieitas do anno de 1573 do P.e Oliveira* [Gonçalo]. Deste Collegio de S. Sebastião do Rio de Janeiro, de Novembro de 1573. (B. N. de Lisboa, fg. 4532, f. 36v-39; *Bras.15*, 233-238). Cf. S. L., *História*, I, p. XXVI. Port.

_{A. S. I. R., *Bras.5*, 13; — *Bras.8*, 279v; — Bibl. Vitt. Em., f. ges. 3492/1363, n.º 6; — S. L., *História*, I, 389.}

OLIVEIRA, José de. *Missionário.* Nasceu a 7 de Março de 1719 na Cachoeira (Baía). Entrou, com 17 anos, a 17 de Dezembro de 1737. Fez a profissão solene a 2 de Fevereiro de 1755 na Casa de Ilhéus. Era Superior dela em 1759, quando sobreveio a perseguição geral, que o deportou no ano seguinte para Lisboa e Roma, onde faleceu a 1 de Novembro de 1767.

A. *Annuæ Litteræ anni 1750 ex Provincia Brasiliæ*, Bahyae, die 20 Julii 1751. (*Bras.10(2)*, 436-438). — Outra via, com a data de 25 de Julho. (*Ib.*, 431-433).

_{Apênd. ao Cat. Português, de 1903.}

OLIVEIRA, Manuel de (1). *Professor e Administrador.* Nasceu em 1564 em Portel. Entrou na Companhia em Évora em 1582, e embarcou para o Brasil em 1591. Mestre em Artes. Fez a profissão solene na Baía, no dia 30 de Maio de 1604, recebendo-a Fernão Cardim. Superior de Santos e de S. Paulo, Vice-Reitor do Colégio do Rio de Janeiro e Reitor da Baía (1607). Já não consta do Catálogo seguinte, de 1610. Sabia a língua brasílica e era bom humanista e pregador.

A. *Annuæ Litteræ Provinciæ Brasilicæ.* Ex Collegio Pernambucensi, quinto Nonas Octobris 1596. Ex cõmissione patris Provincialis Petri Rotherici, *Emmanuel de Oliveira.* (*Bras.15*, 422-423v). Lat.

Sommervogel, V, 1896, aplica a este Padre, *Carmina Latina*, existentes em Évora. Indica-as Rivara, II, 52: "Poesias Latinas do P. Manuel de Oliveira, Jesuíta", cód. CXIV/1-10, pp. 16, 113 e 275; cód. CXIV/1-19, fs. 140 e 275. Devem ser de outro P. Manuel de Oliveira, poeta latino, que floresceu em Portugal um século mais tarde e fez o epitáfio do P. António Vieira, e do qual se publicou: *P. M. Emmanuelis Oliverae Ulyssiponensis opuscula poetica.* Constitui a 1.ª parte do II tomo da obra *Bibliotheca Latino-Poetica*, P. M. Didaci Camerae, Ulyssipone, 1754 (Miguel Menescal da Costa). De Manuel de Oliveira, poeta latino, trata Barbosa Machado, III (1752); e não menciona ainda esta obra impressa, nem o podia fazer em 1752: menciona outras, que todavia não entram no quadro da bibliografia do Brasil.

A. S. I. R., *Bras.5*, 67; — *Lus.3*, 124.

OLIVEIRA, Manuel de (2). *Administrador.* Nasceu por 1622 na Ilha da Madeira. O Catálogo de Portugal, a cuja Província pertencia, dá-o em 1678 com 56 anos de idade. Coadjutor Espiritual formado, residente no Brasil, Engenho do Colégio de S. Antão. Chegou à Baía a 13 de Junho de 1663, e ainda aí estava em 1700.

A. *Treslado do Protesto que fes o P. Manuel de Oliveira sobre o Engenho de Sergipe do Conde aos Padres Provincial da Provincia do Brazil Joseph da Costa, e V. Rejtor do Collegio da Bahia Jacinto de Carvalhaes*, Coll.º da Bahia, 20 de Fevereiro de 1665. (Torre do Tombo, *Cartório dos Jesuítas*, maço 15). — Tem junto a resposta dos PP. José da Costa e Jacinto de Carvalhais, de 26 de Fevereiro, e a seguinte réplica. *Port.*

B. *Informação da Resposta com que se pretende satisfazer ou encontrar a verdade conteúda no papel do meo requerimento e protesto de perdas e danos.* Colégio da Baía, 2 de Março de 1665. (Torre do Tombo, *ib.*, maço 15). *Port.*

C. *Carta do P. Manuel de Oliveira ao P. Nuno da Cunha, Reitor do Colégio de S. Antão*, do Colégio da Baía, 22 de Setembro de 1668. (B. N. de Lisboa, Col. Pomb., 475). — Trata de exigências que fazem os Padres do Colégio da Baía, "terrivel gente", sem a aprovação do Provincial do Brasil, que lhe diz exponha o caso ao Reitor de S. Antão e este ao Geral; e repete, sem o citar, a frase conhecida do P. António Vieira, "potentados livres". *Port.*

D. *Copia do ajuste de contas que se fes do que auia rendido o Engenho do Conde antes do concerto que se fes entre os dous Collegios*, Collegio da Bahia, hoje 27 de Mayo de 1670. — O P. Manuel de Oliveira atesta que está conforme com o original. (Torre do Tombo, *Cartório dos Jesuítas*, maço 15). *Port.*

E. *Contas do Engenho de Sergipe da safra de 1669 pera 1670 assistindo nelle o P. Manoel de Oliveira.* Assin. autógr. "Manoel de Oliveira". (Torre do Tombo, *ib.*, maço 17). *Port.*

F. *Requerimento do treslado duma escritura de venda que lhe fez este Colegio da B.ª* — Despacho de 16 de Maio de 1679. Com o traslado. (Torre do Tombo, *ib.*, maço 52). *Port.*

G. *Safra do Engenho de Sergipe do Conde de 1680 pera 1681.* (Torre do Tombo, *ib.*, maço 17). *Port.*

H. *Requerimento do treslado das safras de Sergipe do Conde de 1654 a 1655 (gerência do P. Filipe Franco) e de 1655 a 1656 (começada por Filipe Franco e concluida pelo P. Pedro Dias).* — Despacho de 24 de Maio de 1687. Com o traslado. (Torre do Tombo, *ib.*, maço 17). *Port.*

I. *Contas da safra do Engenho de Sergipe do Conde de 1699 pera 1700, assistindo nele o P. Manoel de Oliveira.* (Torre do Tombo, *ib.*, maço 17). *Port.*

O nome do P. Manuel de Oliveira aparece muitas vezes, em virtude do seu cargo, no "Tombo das Terras pertencentes à Igreja de Santo Antão da Companhia de I. H. S. — Baía, Livro V". Publ. em *Doc. Hist.*, LXII(1943). Cf. p. 221 (1680) e *passim.*

Vivia, então, no Brasil, e da Província do Brasil, outro P. Manuel de Oliveira, natural do Porto, com quem este se não deve confundir. (*Bras.* 5 (2), 45).

A. S. I R., *Lus.46*, 21v; — *Bras.5(2)*, 6v, 37.

OLIVEIRA, Salvador de. *Missionário da Amazónia.* Nasceu em Belas, arredores de Lisboa, a 30 de Agosto de 1695. Entrou na Companhia a 5 de Fevereiro de 1715. Criou-se de noviço na Missão do Maranhão e Pará e foi dos mais brilhantes alunos dela. Fez a profissão solene na Aldeia de Tapajoz (Santarém), a 5 de Fevereiro de 1732. Mestre de Latim no Pará, missionário das tropas de resgate e nas Aldeias de Piraquiri e Arucará, na última das quais faleceu, com 41 anos de idade, a 15 de Novembro de 1736. "Homem recto e são". (*Necrológio*).

A. *Carta ao P. Visitador Geral Jacinto de Carvalho,* da Fortaleza do Rio Negro, 5 de Janeiro de 1728. (B. N. de Lisboa, fg. 4517, f. 126). — Conta como chegou, e bom recebimento que teve. *Port.*

B. *Carta ao mesmo,* do Arraial de Uniixi, 21 de Abril de 1728. (*Ib.*, f. 128-132). — Narra a sua expedição. *Port.*

C. *Carta ao mesmo,* da Aldeia de Ipicuri, 31 de Maio de 1728. (*Ib.*, f. 127). — Assuntos da expedição. *Port*

D. *Carta ao mesmo*, do Arraial, 13 de Julho de 1728. (*Ib.*, f. 133-134). — Sobre os sucessos do Rio Negro. *Port.*

E. *Carta ao P. Geral*, da Aldeia de Arucará, 2 de Setembro de 1736. (*Bras.26*, 294). — Baptistérios; que se corrija o *Catecismo*, antiquado, e se encarregue disso o P. José Vidigal. Cit. em S. L., *História*, IV, 315. *Lat.*

Carta do P. Geral ao P. Salvador de Oliveira, *Bras. 25, 77v.*

Teses de Filosofia e Teologia defendidas pelo P. Salvador de Oliveira: — Ver *Homem* (Rodrigo) e *Araújo* (Domingos de).

A. S. I. R., *Bras.27*, 40v; — *Lus.15*, 122; — *Livro dos Óbitos*, 16v; — *Hist. Soc.52*, 250.

OLIVEIRA, Silvestre de. *Pregador e Missionário.* Nasceu a 31 de Dezembro de 1715 em Lisboa. Entrou na Companhia em Évora no dia 7 de Maio de 1733. Embarcou para as Missões do Maranhão em 1737. Fez a profissão solene no Pará a 2 de Fevereiro de 1754. Mestre de Humanidades (4 anos). Pregador e Missionário dos Índios. Atingido pela perseguição geral e deportado para Lisboa em 1760, aí ficou, saindo da Companhia.

A. *Carta do P. Silvestre de Oliveira ao Governador do Pará*, de Borari, 25 de Fevereiro de 1756. (B. N. de Lisboa, Col. Pomb. 622, f. 146). — Está há 2 meses na Aldeia, por isso não mandou farinha: se estivesse há mais tempo a mandaria, mas vai fazer grande roça. *Port.*

B. *Carta do mesmo ao mesmo*, de Borari, 15 de Maio de 1756. (*Ib.*, f. 174). — Ainda sobre a derrama da farinha; e que fique certo que a mandará. *Port.*

A. S. I. R., *Bras.27*, 168; — *Lus.17*, 181; — S. L., *História*, IV, 368.

OLIVEIRA, Simão de. *Missionário e Administrador.* Nasceu cerca de 1650 em S. Paulo. Entrou na Companhia, com 17 anos, a 5 de Junho de 1667 e fez a profissão solene a 3 de Dezembro de 1688. Mestre de Humanidades, prefeito dos Estudos no Colégio do Rio, Superior nas Aldeias dos Índios, e Reitor do Colégio de S. Paulo (1715). Sabia a língua dos Índios admiràvelmente. Interveio como pacificador em 1709 na "Guerra dos Emboabas". Faleceu no Rio de Janeiro a 12 de Junho de 1723.

1. *Aprovação do Catecismo Brasílico da Doutrina Christãa* do P. António de Araújo. [2.ª ed.]. Rio de Janeiro, 1 de Junho de 1685. (Preliminares do *Catecismo*, Lisboa, 1686).

A. S. I. R., *Bras.5(2)*, 79v; — *Bras.10(2)*, 271; — *Lus 11*, 121; — *Hist. Soc. 51*,328; — S. L., *História*, V, 581; VI, 411.

ORLANDINI, João Carlos. *Missionário e Administrador.* Nasceu em 1646 em Sena (Toscana). Entrou na Companhia em 1662. Chegou de Génova a Lisboa em 1678, e embarcou no ano seguinte para as Missões do Maranhão e Pará. Fez a profissão solene a 15 de Agosto de 1680, recebendo-a Pedro de Pedrosa. Mestre de Humanidades (5 anos), Reitor dos Colégios do Maranhão e Pará, Vice-Superior da Missão e Visitador. Bom e construtivo missionário de Gurupatuba (Monte Alegre), de Caeté (Bragança), em que mostrou grande caridade numa epidemia de varíola, e de Itacuruçá (Xingu), onde faleceu a 29 de Agosto de 1717; e sepultou-se na Igreja, que ele próprio tinha construído.

A. *Carta do P. João Carlos Orlandini ao P. Reitor do Colégio do Pará António da Cunha*, s. l., 26 de Abril de 1701 (ou 1704). (Arq. Prov. Portug., *Pasta 176*, n.º 31). — Sobre carregamento de cravo. *Port.*

B. *Aviso que o P. Superior João Carlos Orlandini mandou aos Pays dos Estudantes*, Maranhão, 1706. (B. N. de Lisboa, fg. 4517, f. 23). — Sobre as festas de S. Inácio e distúrbios dos estudantes mascarados. *Port.*

Carta Régia de 30 de Março de 1708 ao P. João Carlos Orlandini sobre o ter fechado as escolas da Cidade do Maranhão por causa das desordens dos Estudantes. (Bibl. de Évora, cód. CXV/2-12, 116). Cit. em S. L., *História*, IV, 267.

A. S. I. R., *Bras.,27, 24*; — *Lus.10, 31*; — *Livro dos Óbitos*, 8v.

ORTEGA, Manuel de. *Missionário da América do Sul.* Nasceu em 1561 na Diocese de Lamego. Indo novo para o Brasil, entrou na Companhia no Rio de Janeiro a 8 de Setembro de 1580. Fez os estudos na Baía, mas o campo da sua actividade foi a Missão do Paraguai, de que é um dos fundadores (1588). Além da língua tupi, que aprendera no Brasil, dedicou-se à dos Índios Ibirajaras, na região de Guairá como missionário incansável. Caluniado e levado para Lima, pela Inquisição do Perú, descoberta e retractada a calúnia, saiu com grandes honras do cárcere; e ainda trabalhou, com o ardor de sempre, nas missões dos Chiriguanes e de Tarija, na Bolívia actual. Faleceu a 21 de Outubro de 1622 em Chuquisaca (Sucre, Bolívia).

1. *Carta contando a Missão que deu com o P. Barzana no distrito de Cordoba do Tucumã.*

2. *Carta contando a Missão aos Ibirajaras.*

Ambas transcritas em Lozano, *Historia de la Compañía de Jesús de la Provincia del Paraguay*, I (Madrid 1755) 29, 71.

A. *Carta de los Padres de la Compañía de Jesús del Colegio de la ciudad de la Plata [Chuquisaca], Manuel de Ortega, Francisco de Aramburu y Valeriano del Castillo, á S. M.,* Plata, 9 de Noviembre de 1612. (Arquivo de Índias, Sevilha, 75-6-5). — Recomendam a El-rei o Ouvidor da Real Audiência de Plata, Bejarano, recentemente jubilado, para que se digne mantê-lo no cargo, pelas razões que dão. (Cf. Pastells, *Paraguay*, I, 221-222). *Esp.*

"Naufragio o empantanamento en que estubo el P. Manuel de Ortega, de la C. de J., con treinta personas naturales, dos dias con sus noches arriesgo de se ahogar todos, en la provincia del Paraguay. Año de 1598". (B. A., Archivo General de la Nación, legajo 9. 21. 5. 2, fs. 43-50).

Acta notarial del P. Manuel de Ortega, fechada en Villarica el 12 de Octubre de 1599. (Ib., leg. 9. 7. 3. 5, fs. 8-9).

Necrología del P. Manuel de Ortega por el P. Luis de Santillán, escrita en La Plata (actual Bolívia) el 30 Noviembre 1622, y dirigida al Rector de Potosi P. Francisco Arámburu. (Ib., leg. 9. 21. 5. 2, fs. 39-42).

S. L., *História*, I, 358; III, 446.

P

PACHECO, Cornélio. *Pregador.* Nasceu a 25 de Dezembro de 1699 em Iguaraçu (Pernambuco). Filho de Cosme de Alarcão, advogado, e Isabel Gomes de Lima. Entrou na Companhia, com 16 anos, a 17 de Outubro de 1716. Fez a profissão solene na Baía a 15 de Agosto de 1738. Excelente pregador, cegou nos últimos anos da vida, ocupando-se mais no ministério de confessar. Sobrevindo a perseguição geral, foi deportado do Recife para Lisboa, e faleceu no mar, a 12 de Maio de 1760.

1. *Oraçaõ funebre que recitou o Padre Cornelio Pacheco da Companhia de Jesus na Igreja de N. Senhora da Graça do Real Collegio de Olinda nas exequias, que os Senhores Deaõ, Dignidades, Conegos e mais Cabido da Santa Igreja Cathedral da mesma Cidade celebraraõ no dia 16 de Março de 1754 pelo Coronel Antonio Borges da Fonseca, governador, que foy da Capitania da Parayba.* — Impresso em Lisboa em 1754, sem nome de impressor.

2. *Oraçaõ funebre nas Exequias de Antonio Borges da Fonseca, Coronel do Regimento de Infantaria pago da Guarniçaõ da Cidade de Olinda Governador da Capitania de Paraiba, recitada na Cathedral da dita Cidade.* Lisboa, por Francisco Luiz Ameno, 1755, 4.º

A. *Annuæ Litteræ Provinciæ Brasiliæ.* Bahiæ, pridie Nonas Junuarias Anni MDCC.XXXVII. Ex mandato R. P. Visitatoris Michaelis â Costa. (*Bras.10(2)*, 369-372; 2.ª via, *ib.*, 377-380). — Excerptos em S. L., *História*, VI, 383-384. *Lat.*

B. *Annuæ Litteræ Provinciæ Brasiliæ.* Ex Collegio Bahiensi, die octava Januarii Anno Domini 1738. Ex mandato R. P. Ioannis Pererii Moderatoris Provinciæ. (*Bras.10(2)*, 381-382v). — Excerptos em S. L., *História*, V, 157-158. *Lat.*

A. S. I. R., *Bras.6*, 408v; — *Lus.15*, 318; — Caeiro, 172; — B. Machado, IV, 83; — Loreto Couto, II, 16; — Sommervogel, VI, 59.

PAIS, António. *Missionário.* Nasceu a 27 de Julho de 1682 em S. Miguel de Alagoas, freguesia de N.ª S.ª do Ó. Filho de Constantino Correia Pais e sua mulher Ana de Araújo Barbosa. Entrou na Companhia, com 18 anos, a 9 de Fevereiro de 1701, a princípio com o nome de António de Araújo, apelido materno. Fez a profissão solene a 12 de Março de 1719 na Residência do Rio de S. Francisco. Tinha talento para a pregação; e apesar de perder a vista por volta de 1730, era companheiro infatigável de Missionários. Deportado do Recife para Lisboa em 1760, foi para os cárceres de Azeitão, onde faleceu a 18 de Fevereiro de 1761.

A. *Annuæ Litteræ Collegii Fluminis Ianuarii*, Rio de Janeiro, 18 de Abril de 1712. (*Bras.10*, 86-90). — Excerpto sobre a invasão francesa de 1711 em S. L., *História*, VI, 49-51. *Lat.*

O P. Manuel Xavier Ribeiro escreveu em português a *Vida do P. António Pais*. (Cf. S. L., *História*, I, 536-537).

A. S. I. R., *Bras.6*, 97; — *Lus.14*, 95; — Carayon, IX, 251; — S. L., *História*, V, 587.

PAIS, Francisco. *Pregador e Administrador.* Nasceu cerca de 1589 em Porto Seguro. Era estudante, já com seis anos de latim, quando entrou na Companhia em 1610. Sabia a língua brasílica. Pregador e professo. Nas lutas contra os invasores holandeses, esteve na campanha de Pernambuco, no Rio Real e na Armada do Conde da Torre. Cativo e levado à Holanda, passou a Flandres, padeceu grandes trabalhos nos cárceres, e voltou a Portugal e ao Brasil. Visitador do Colégio do Rio de Janeiro, Reitor de Olinda e de S. Paulo, quando em 1653 os Jesuítas voltaram ao seu Colégio a pedido dos Paulistas. Faleceu com 80 anos de idade, na Baía, em 1669.

1. *Carta do P. Francisco Pais ao P. Paulo da Costa sobre os sucessos da Armada do Conde da Torre.* "Destes baixos de S. Roque, costa do Rio Grande e Rio do Touro, em 1 de Fevereiro de 1640". Cópia na Academia Real de la Historia de Madrid. Em Porto Seguro, *Historia das Lutas com os Holandeses no Brasil* (Viena de Austria 1871) 326-331. Cf. S. L., *História*, V, 380.

A. *Carta ao P. Geral Vitelleschi*, do Colégio da Baía, 10 de Novembro de 1643. (*Bras.3(1)*, 230-230v). — Dá conta do estado da Capitania de Porto Seguro, de que é Superior; e fôra 7 anos Superior no Camamu, de cujas terras faz breve descrição, sob o ponto de vista económico. *Port.*

A. S. I. R., *Bras.5*, 101; — *Bras.9*, 208v-209.

PAIVA, João de. *Missionário e Administrador.* Nasceu cerca de 1598 em Lisboa. Entrou na Companhia em Coimbra a 29 de Agosto de 1612, tendo 14 anos de idade. Partiu em 1623 para as missões de Angola, Congo e Rio Cuanza, onde se assinalou, e conta-se entre os seus serviços o de levantar "classe de latim para os filhos dos portugueses e dos negros". Expulso pelos holandeses, voltou a Portugal, passando por Pernambuco, e levando para o Reino informações úteis à restauração do mesmo Pernambuco. Durante a estada no Reino, foi Vice-Reitor do Colégio do Porto e Mestre de Noviços em Lisboa. Voltou ao Brasil em 1655. Mestre de Noviços e Vice-Reitor do Colégio da Baía, com atribuições de Vice-Provincial num período difícil do mesmo, a seguir à deposição do Visitador Jacinto de Magistris. Depois disto, negou-se a qualquer governo, alegando motivos de saude. Faleceu na Baía a 29 de Maio de 1681. Homem de notável caridade. E deixou fama de santo.

1. *Notícias sobre o P. Jerónimo Vogado, missionário de Angola.* Excerptos em António Franco, *Imagem de Coimbra*, II, 648-649.

2. *Aprovação do livro do P. Alexandre de Gusmão, "Escola de Bethlem"*, Évora, 1678. Datada da Baía, 20 de Agosto de 1676, e impressa nos preliminares do mesmo livro.

3. *Elogio do P. Domingos Cardoso, Missionário de Angola.* (Falecido a 7 de Janeiro de 1677). O qual refiro, diz Franco (*Ano Santo*, 11) na 1.ª Parte da *Imagem do 2.º Século da Companhia em Portugal* (Liv. 4.º, cap. 18).

4. *Carta do Vice-Reitor da Baía, fazendo as vezes de Provincial, ao muito nobre e ilustre Senado desta cidade da Baía*, Julho de 1665. (*Bras.9*, 11-12v. — Cópia sem assinatura). — Responde à que lhe foi pessoalmente dirigida (e citada na sua resposta) pela Câmara, a 14 de Julho de 1665, assinada por Lourenço de Abreu de Brito e Sousa, António de Sousa de Andrade, Rui Lobo Freire, José Moreira de Azevedo e Paulo de Cerqueira Ferraz. Carta sobre a ida à Europa do delegado da Província do Brasil, P. Francisco Morato; e o negarem-se os postos de honra aos naturais do Brasil. Responde João de Paiva e enumera os muitos e altos postos em que estão ocupados os naturais do Brasil em governos e cátedras, com os nomes respectivos. Publ. por S. L., *História*, VII, Livro I, Cap. II, § 4.

Cópia da carta da Câmara ao P. João de Paiva, autenticada pelo Chanceler Jorge Seco de Macedo, Francisco Barradas de M.ª e Manuel de Almeida Peixoto. (Gesù, *Colleg.* 1369).

A. *Aditamento do P. João de Paiva, Vice-Reitor do Colégio do Porto à Verdadeira Relação dos Sucessos do P. Pedro Tavares da Companhia de Jesus em as suas missões dos Reinos de Angola e do*

Congo. (Bibl. de Évora, cód. CXVI/2-4. Rivara, I, 244. Autógr.). Port.

B. *Relação do P. Lactâncio Leonardi que morreu no Congo a 5 de Outubro de 1636.* Pelo P. João de Paiva. (*Lus.58(2)*, 303). Tr. Ital.

C. *Declaração a favor do P. Simão de Vasconcelos em como este não tratou da deposição do Visitador Jacinto de Magistris antes da Consulta do Provincial.* (Gesù, 721). Lat.

D. *Copia do que o P. João de Payva escreveo da Bahia ao P. Nuno da Cunha Reitor do Collegio de Coimbra em huma carta em data de 27 de Junho de 1666.* (Catálogo da livraria de José Maria Nepomuceno (Lisboa 1897) n.º 2052).

E. *Carta ao P. Geral Oliva*, da Baía, 17 de Outubro de 1667. (*Bras.3(2)*, 52-53v). — "Eu fuy hum dos chamados do P. Comissario para ouvirem a carta de V. P. q̃ relataua a outra que aquelle professo desta prouincia escreveo a V. P. tam exorbitante e insolente e descomedidamente que todos ficamos atonitos quãdo a ouvimos". Propõe que seja despedido esse professo, não para ficar no Brasil nem ir para o Reino, mas para entrar noutra Ordem Religiosa, porque meteu os seculares na vida interna da Companhia e a torna odiosa, e é parente de um Mestre de Campo que não só "tinha já escolhido para sy huãs terras deste Coll.º", mas projectava a expulsão dos Padres da Companhia, aliciando outros, etc. [Sem o nomear cita uma frase da carta do P. Barnabé Soares, por onde se identifica o professo de que trata]. Port.

<small>A. S. I. R., *Bras.3(2)*, 139; — *Bras.5*, 221; — Franco, *Ano Santo*, 763; — Sommervogel, VI, 402; IX, 760; — Franc. Rodrigues, *História*, III-2, 238, 328; — S. L., *História*, V, 82-83.</small>

PASSOS, Inácio Custódio de. *Missionário.* Nasceu a 9 de Outubro de 1722 na Baía. Entrou na Companhia, com 14 anos, a 28 de Setembro de 1737. Fez a profissão solene na Baía, a 2 de Fevereiro de 1756. Deportado na perseguição geral de 1760 para Lisboa e Roma, passou a 1 de Julho de 1766 para os Irmãos de S. João de Deus.

A. *Annuæ Litteræ Brasiliæ anni 1754*, Baía, 16 de Janeiro de 1755. (*Bras.10*, 445-449). Lat.

<small>A. S. I. R., *Bras.6*, 273; — *Lus.17*, 239; — *Bras.28*, 87v.</small>

PEDROSA, Pedro de. *Missionário, Administrador e Sertanista.* Nasceu por 1632 em Coimbrão, termo de Leiria. Filho de Pedro Álvares de Pedrosa. Entrou na Companhia em Coimbra em 1648. Para corresponder ao pedido do P. António Vieira, embarcou em Lisboa para o Maranhão em 1655. No ano seguinte fundou a Missão de Ibiapaba. "Missionário da Guerra do Camocim", Ceará, e no Rio Xingu. O primeiro português que penetrou neste Rio, o sertão dos Tacanhapes, e quem primeiro abriu por terra caminho para a comunicação do Estado do Maranhão com o Ceará. Sabia a língua brasílica e era pregador benquisto. Desenvolveu prodigiosa actividade no Brasil, como procurador do Maranhão para que se pagassem as dotações em atraso. Fez a profissão solene na Baía, no dia 2 de Fevereiro de 1679, recebendo-a o P. Domingos Barbosa. Voltou ao Maranhão como Visitador por parte da Província do Brasil, facto que originou controvérsia e a oposição dalguns Padres influentes do Maranhão. Trabalhou com os Guajajaras do Rio Pindaré. Foi a Lisboa e à volta em 1688, não querendo apartar-se da Missão de Ibiapaba, separando-se esta do Maranhão, separou-se também ele, ficando na Província do Brasil; e voltava ao Ceará, quando faleceu a meio da viagem, numa Aldeia do Rio Grande do Norte, em 1691. Para defender as suas empresas, persistir nelas, e tolerar trabalhos, era duro como pedra. Duas vezes, como o seu nome, apelido ou trocadilho dos seus contemporâneos.

1. *Protesto contra a repartição dos Índios Columis e Cunhantães, que ao Sr. Governador e Capitão General do Estado do Maranhão faz o Padre Pedro de Pedrosa da Companhia de Jesus, Visitador das Missões deste Estado, em seu nome, e dos principais das Aldeias e Padres Missionários, que na forma das Leis de Sua Alteza as têm a seu cargo.* Colégio de S. Alexandre [Pará], 12 de Dezembro de 1680. (Bibl. de Évora, cód. CXV/2-16, f. 22-22v). Publ. (sem indicação de fonte) em Melo Morais, IV, 325-332.

2. *Petição do Padre Pedro de Pedrosa à Junta de Repartição dos Índios, em nome dos Missionários e dos mesmos Índios, sobre a dita repartição.* Colégio de S. Alexandre [Pará], 27 de Dezembro de 1680. (Bibl. de Évora, cód. CXV/2-16, f. 6-6v). Publ. (sem indicação de fonte) em Melo Morais, IV, 315-324.

3. *Da possibilidade e facilidade de ir por terra e pelo mar do Maranhão ao Brasil.* [25 de Agosto de 1682]. (Bras.9, 321-321v; Bras.26, 91-92v). Studart, *Documentos*, IV, 388-389: Confirmam o depoimento do P. Pedro de Pedrosa mais 4 Padres: Sebastião Pires, Diogo da Costa, António Gonçalves e Manuel Nunes. Conclusão fac-similar em S. L., *História*, III, 388/389; cf. *ib.*, IV, 219.

A. *Carta do P. Visitador Pedro de Pedrosa ao P. Geral Oliva*, do Maranhão, 1 de Novembro de 1679. (Bras.26, 79-80v). — Sobre a sua chegada do Brasil com os Padres e Noviços a 18 de Outubro de 1679; construção da igreja; resistência dalguns Padres em reconhecerem a capacidade do Brasil para enviar Visitador. — Excerpto em S. L., *História*, IV, 217-218. *Port.*

B. *Parecer sobre se debaixo do vocabulo e nome Indios, q̃ S. A. q̃ Deos guarde, ordena se repartam para o serviço dos moradores do Estado do Maranhão se comprehendem as Indias e os Columis e Cunhatais, que val o mesmo que meninos e meninas.* [1680]. (Bibl. de Évora, cód. CXV/2-16, f. 18-20). Cf. supra n.º 2. *Port.*

C. *Carta do Visitador Pedro de Pedrosa a S. Alteza, dando conta de tudo o que se obra nas Missões da Capitania do Maranhão até o Rio dos Tapajoz as quaes elle em razão do seu officio visitou,* da Aldeia do Rio Xingu, 28 de Março de 1681. (Bibl. de Évora, cód. CXV/2-16, f. 8-13v). *Port.*

D. *Carta do P. Visitador Pedro de Pedrosa ao P. Geral Oliva,* da Aldeia do Xingu, 31 de Março de 1681. (Bras.3(2), 136-137v). — A controvérsia da visita. Notícias. Excerpto em S. L., *História*, IV, 218. *Port.*

E. *Contas do P. Pedro de Pedrosa com a Missão em geral e com o Collegio do Maranhão em particular e conveniencia que a Missão teve em comprar o barco.* [1681]. (Bras.9, 389-389v; Bras.26, 93-93v). *Port.*

F. *Carta do P. Pedro de Pedrosa a S. A. em continuação da de 28 de Março,* do Maranhão, a 25 de Outubro de 1681. (Bibl. de Évora, cód. CXV/2-16 f. 14-16v). *Port.*

A. S. I. R., *Lus.9*, 276; — *Lus.45* (Cat. de 1649) 13; — Sommervogel, VI, 419; — Streit II, 770; — S. L., *História*, III, 33-35.

PEREIRA, Álvaro. *Missionário.* Nasceu pelo ano de 1613 em Pernambuco. Entrou na Companhia na Baía em 1628. Trabalhou nas Aldeias e Fazendas, com Índios, cuja língua sabia bem. Esteve com o P. Francisco de Avelar na guerra de Pernambuco e foi superior de Porto Seguro, onde faleceu a 4 de Março de 1681.

A. *Carta do P. Álvaro Pereira ao P. Assistente Antão Gonçalves em Roma,* [Do Colégio da Baía], 2 de Junho de 1675. (Bras.3(2), 134-135v). — Há falta de Padres aptos; não se estuda a língua; e não se visitam bem as casas. *Port.*

A. S. I. R., *Bras.5*, 133; — *Hist. Soc.49*, 9.

PEREIRA, António. *Mártir do Cabo do Norte* (*Amapá*). Nasceu cerca de 1638 em S. Luiz do Maranhão. Entrou na Companhia na sua cidade natal por volta de 1655, admitido pelo P. António Vieira, que deixou dele em vida o maior elogio. Expulso no Motim do Maranhão, embarcou para Lisboa em Junho de 1662, onde estudou Casos de Consciência e se ordenou de Sacerdote no Colégio de S. Antão. Voltou ao Brasil no ano seguinte. Está na Baía em Setembro de 1663 e um mês depois no Colégio de Pernambuco, com 25 anos de idade, e de Companhia "circiter octo", e ocupava-se em confissões enquanto não seguia para a sua missão. Sendo porém destinado a estudos em ordem à profissão solene, que efectivamente fez mais tarde, voltou à Baía para os Cursos de Filosofia e Teologia, e durante eles, além do ofício de confessor, foi adjunto do Mestre de Noviços, e teve cuidado dos enfermos, dando-se também a estudos de Medicina. Concluidos com satisfação os estudos teológicos, voltou a Lisboa e daí ao Maranhão, onde chegou em 1674, ficando Mestre de Noviços. Trabalhou com os Guajajaras do Rio Pindaré e no Rio Tapajós, e foi Reitor do Colégio do Pará e Vice-Superior da Missão; e vinha patente de Superior dela, quando se soube que os gentios fronteiros da Guiana Francesa, o tinham aleivosamente matado e ao seu companheiro P. Bernardo Gomes, com alguns familiares seus, no Sertão do Cabo do Norte, actual Território do Amapá, em dia, não bem averiguado, no mês de Setembro de 1687. "Insigne língua e fervente missionário".

A. *Declaração em como o P. Simão de Vasconcelos não se intrometeu na deposição do Visitador Jacinto de Magistris nem concordou com os Padres da Província do Brasil nesta questão.* Baía, 14 de Setembro de 1663. (Gesù, 721). *Lat.*

B. *Carta do P. António Pereira Reitor do Pará ao P. Geral Oliva*, do Pará, 12 de Setembro de 1679. (Bras.26, 70). — Morte do P. Francisco Veloso; chegada de Missionários; estado do Colégio; o novo Bispo revela-se contrário, pretendendo ser superior dos Missionários e dispor deles, independentemente dos seus Superiores regulares. *Port.*

C. *Reposta ao despacho do Sr. Bispo.* Pará, 25 de Março de 1681. (Bibl. de Évora, cód. CXV/2-16). Cf. infra, letra F. *Port.*

D. *Carta ao P. Procurador Geral Francisco de Matos*, do Pará, 12 de Abril de 1681. (B. N. de Lisboa, fg. 4517, f. 32-36). — Sobre a situação criada pelas novas leis a respeito da liberdade dos Índios, e com muitas notícias de Índios e entradas ao sertão. *Port.*

E. *Outra carta ao P. Francisco de Matos*, do Pará, 12 de Abril de 1681. (*Ib.*, f. 37-43v). — Sobre o que o Bispo "tem dito e feito contra nós". *Port.*

F. *Cópia de uns verbais que mandou o Sr. Bispo do Maranhão e reposta delles.* Colégio de S. Alexandre, 19 de Abril de 1681. (Bibl. de Évora, cód. CXV/2-16, f. 24). Cf. supra, letra C. *Port.*

Neste Processo de jurisdições, além do P. João Maria Gorzoni e Pedro de Pedrosa, interveio também Bettendorff, cuja letra nele se vê.

G. *Pedido de uma certidão de cauza que moveram os Padres da Companhia ao Provisor da Fazenda João de Almeida por uma atrocissima injuria que elle disse por escripto contra a sua Religião.* Colégio de S. Alexandre de Belém do Pará, [13 de Novembro de 1681]. (*Ib.*, fs. 58-60). *Port.*

H. *Carta do P. Vice-Superior António Pereira ao P. Geral*, do Pará, 22 de Novembro de 1685. (*Bras.26*, 119-120). — Estado das coisas no Maranhão; o Governador Gomes Freire de Andrade; temores e novas ameaças. [Rescaldo do "Motim do Estanco"]. *Port.*

I. *Catecismo para instrução dos Meninos e Meninas nos rudimentos da fé com exercício quotidiano de manhã e de tarde na língua brasílica.*

Ver infra Pfeil, letra J: Relação das circunstâncias da morte do P. António Pereira.

Atestações judiciais sobre a morte do P. António Pereira e seu companheiro (Bibl. da Ajuda, 52-X-2, f. 44; Bibl. de Évora, cód. CXV/2-18, f. 124v; Torre do Tombo, *Cartório dos Jesuítas*, maço 88).

Bettendorff chama ao P. António Pereira ao voltar de Lisboa ao Brasil, depois do Motim, "irmão estudante" [1663]; e ao voltar de Lisboa ao Maranhão em 1674, "noviço". (*Crónica*, 222, 303). A primeira expressão fez supor que fosse então ordenar-se a Portugal; segundo lapso, que tivesse entrado na Companhia em Portugal em 1674. (Francisco Rodrigues, *A Formação*, 382). Mas todos os Catalogos o dão Sacerdote e confessor desde 1663; e em Bettendorff, onde se lê: "P. António Pereira e P. Francisco Ribeiro, noviços" (1674), deve ler-se a palavra noviços não no plural, mas no singular, noviço, referida apenas ao P. Francisco Ribeiro, que havia saido da Companhia e tornara a entrar, recomeçando o noviciado.

A. S. I. R., *Bras.5(2)*, 10v; 30, 33, 36; — B. Machado, IV, 47; — Sommervogel, VI, 493. — Bettendorff, *Crónica*, 425-435; — S. L., *História*, III, 257-263; IV, 315.

PEREIRA, Carlos. *Missionário e Administrador.* Nasceu a 26 de Abril de 1689 em Lisboa. Entrou na Companhia na Maranhão em 1708. Fez a profissão solene a 26 de Dezembro de 1725. Ensinou Gramática e presidiu ano e meio o Curso de Filosofia. Ministro e Procurador da Missão; Mestre de Noviços e Padre Espiritual; Missionário durante 12 anos; Superior de Tapuitapera (1726), Reitor do Colégio do Maranhão (1730) e Vice-Provincial (1747-1750). Faleceu no Maranhão a 18 de Abril de 1752.

A. *Resposta do Provincial da Companhia de Jesus no Maranhão à ultima Ordem Interina da Secretaria de Estado sobre a visita dos Bispos às Aldeias dos Missionários*, do Pará, 1 de Junho de 1749. Bibl. de Évora, cód. CXV/2-14, n.ᵒˢ 18 e 19 (2 cópias).

Quatro cartas dos Padres Gerais ao P. Carlos Pereira (1723-1724; 1733-1734), *Bras.25*, 19v, 25v, 60, 64v.

A. S. I. R., *Bras.27*, 152 (1750), 189v.

PEREIRA, Estêvão. *Administrador.* Nasceu cerca de 1589 em S. Miguel das Marinhas (outro Catálogo diz Alvito). Em 1614 vivia no Colégio de Braga, com 25 anos de idade e 8 de Companhia. Já tinha estudado Teologia Moral (dois anos) e dispunha de poucas forças. Em 1622 era Ministro do Colégio de S. Miguel (Açores). Como Procurador do Colégio de S. Antão de Lisboa, esteve na Baía, Engenho de Sergipe do Conde, de 1629 a 1633. Voltou à sua Província de Portugal, onde ficou.

1. *Dá-se Rezão da Fazenda que o Collegio de Santo Antão tem no Brazil e de seus rendimentos.* Coimbra, 23 de Agosto de 1635. (Torre do Tombo, *Cartório dos Jesuítas*, maço 13). Publ. por Afonso de E. Taunay, *Anais do Museu Paulista*, IV (1931) 775-794, talvez por uma cópia imperfeita, porque traz equivocadas as três primeiras palavras numa só: "*Descrezão da Fazenda*"... E por este erróneo título citámos (*História*, V, 252) a estimada informação impressa.

A. S. I. R., *Lus.44*, 323, 403v.

PEREIRA, João (I). *Professor e Administrador.* Nasceu em 1619 na Baía. Entrou na Companhia em 1636. Fez a profissão solene na Baía no dia 11 de Novembro de 1657, recebendo-a o P. Simão de Vasconcelos. Superior de Ilhéus, Vice-Reitor de Olinda, Reitor da Baía, Secretário do Provincial e Visitador da Província em nome do Provincial. Professor de Filosofia 6 anos, de Teologia Escolástica dois, de Moral 14, faculdade que ensinou outra vez em Olinda em 1683. Faleceu na Baía a 30 de Maio de 1691.

1. *Censura à "Chronica da Companhia de Jesu do Estado do Brasil" do P. Simão de Vasconcelos.* Baía, 17 de Abril de 1661. (Gesù, *Cens. Libr.* 670, 42-44). Impressa nos Preliminares da mesma obra. Lisboa, 1663; — 2.ª ed., Lisboa, 1865.

A. *Censura do Tomo III de "Sermoens" do P. António Vieira.* Datada de 20 de Julho de 1682 (Elogio). Gesù, *Cens. Libr.* 672, f. 69, 70).

A. S. I. R., *Bras.5*(2), 64v; — *Lus.7,* 222; — *Hist. Soc.49,* 148v.

PEREIRA, João (2). *Professor, Pregador e Administrador.* Nasceu em 1646 em Ponta Delgada, Ilha de S. Miguel, Açores. Filho de António Pereira de Elvas e Apolónia da Silveira. Entrou na Companhia a 23 de Novembro de 1662 (Franco). Ensinou Retórica e Teologia Moral (9 anos). Reitor dos Colégios de Angra, Elvas, Braga, Santarém e Coimbra, e Vice-Provincial. Em 1702 embarcou para o Brasil como Provincial. Foi também Visitador Geral e voltou ao Reino em 1706, sendo a nau tomada e saqueada pelos franceses. A maneira de governar do P. João Pereira, diz Mateus de Moura, foi "vere patris", "suavis et minime politica". Era Prepósito da Casa de S. Roque, Lisboa, quando faleceu a 23 de Abril de 1715.

1. *Informação para a Junta das Missões de Lisboa (Carácter informativo e económico)*, da Baía, 5 de Julho de 1702. (*Bras.10,* 23-26). Em S. L., *História,* V, 569-573.

2. *Exhortaçoens domesticas feytas nos Collegios, e Cazas da Companhia de Jesus, de Portugal & Brasil. Compostas pelo P. João Pereyra da Companhia de Jesus, Provincial, que foi na Provincia do Brasil, & Visitador Geral, & Vice-Provincial na Provincia de Portugal.* [Vinheta quadrangular com o trigrama da Companhia]. Coimbra. No Real Collegio das Artes da Companhia de Jesus. Anno M.DCC.XV. 4.º, XXIV pp. inums.-638 nums. Com 2 Índices da p. 583 em diante.

Nos Preliminares: Dedicatória "Ao Illustrissimo & Excellentissimo Senhor D. Alvaro de Abranches, Bispo de Leyria" (p. III-X), licenças do costume e *Indice das Exhortaçoens.* (*Catálogo da Livraria Azevedo-Samodães,* II (Porto 1922) 96).

A. *Epigramma in Scribam Serenissimæ Portugaliæ Reginæ.* (Bibl. de Évora, cód. CVII/1-26, f. 338). Lat.

B. *Vida e morte do Ir. Luiz Manuel, construtor naval, falecido em 1702.* Baía, 18 de Junho de 1702. (*Lus.58*(2), 534v-535). Letra do P. Andreoni. Cláusula e assinatura autógr. do P. João Pereira. *Lat.*

Fonte do P. Boero para a notícia deste Irmão no seu *Menológio,* I, 136-137.

C. *Carta do P. João Pereira ao P. Geral*, da Baía, 23 de Junho de 1702. (*Bras.10*, 46-47v). — Prodígios e graças de Anchieta. *Lat.*

D. *Carta ao P. Geral*, da Baía, 26 de Junho de 1702. (*Bras.10*, 27-29v). — Conspecto das Missões. *Lat.*

E. *Carta ao P. Geral*, da Baía, 8 de Setembro de 1703. (*Bras.4*, 95-96). — Assuntos de S. Paulo e Rio; donativo do P. Manuel Fernandes Leça. — Excerptos, sobre o Colégio de S. Paulo, em S. L., *História*, VI, 349, 352. *Lat.*

F. *Carta do P. Visitador e Provincial João Pereira ao P. Geral*, do Rio de Janeiro, 10 de Junho de 1704. (*Bras.4*, 100-100v). — Assuntos económicos do Colégio (dívidas); Negros; Governadores, etc. *Lat.*

G. *Carta do Provincial João Pereira ao P. Geral*, da Baía, 20 de Novembro de 1704. (*Bras.4*, 107-107v). — Sobre a convocação da Congregação Provincial (de Procuradores). *Lat.*

H. *Carta ao P. Geral*, da Baía, 28 de Novembro de 1704. (*Bras.4*, 108-109v). — Sobre a fundação do Noviciado por Domingos Afonso Sertão. *Lat.*

I. *Carta ao P. Geral*, da Baía, 4 de Dezembro de 1704. (*Bras.4*, 110-110v). — Visita do Recife e Olinda; Governador; Bispo, etc. *Lat.*

A. S. I. R., *Bras.4*, 98-113; — Franco, *Imagem de Coimbra*, II, 620; — Id., *Synopsis*, 452; — B. Machado, II, 661; — Sommervogel, VI, 512.

PEREIRA, João (3). *Administrador.* Nasceu por 1680 no Recife Filho de Nicolau Pereira e Leonor de Abreu e chamava-se do seu nome de família, João Gomes de Abreu, com ascendência em Melgaço (Minho). Entrou na Companhia, com 14 anos, a 20 de Outubro de 1694. Fez a profissão solene no Rio de Janeiro a 29 de Setembro de 1714, recebendo-a o P. Reitor Francisco de Sousa. Presidente de Filosofia na Baía em 1716; Reitor do Espírito Santo (1722), de Belém da Cachoeira (1732), do Noviciado da Jiquitaia (1735), Provincial (1737) e Reitor da Baía (1740). Cegou na velhice, dando notável exemplo de edificação e piedade. Faleceu na Baía a 11 (3.º Nonas) de Janeiro de 1755.

A. *Carta do P. Reitor João Pereira ao P. Geral Tamburini*, do Espírito Santo, 15 de Janeiro de 1722. (*Bras.4*, 227-227v). — Legado de Jorge Fraga e Engenho de Araçatiba. *Lat.*

B. *Carta ao P. Geral Tamburini*, do Espírito Santo, 10 de Novembro de 1723. (*Bras.4*, 282). — Estado Geral do Colégio. *Lat.*

C. *Carta do Provincial João Pereira a El-Rei D. João V, sobre o castigo de alguns Religiosos do Colégio do Recife que livraram a um Clérigo que ia preso às ordens do Bispo de Pernambuco,* do Colégio da Baía, 7 de Agosto de 1737. (A. H. Col., *Baía*, Apensos, 7 de Agosto de 1737). — Diz que os Padres já tinham sido castigados pelo Provincial seu predecessor, e que o Bispo está em boa harmonia com os mesmos Padres. *Port.*

D. *Carta do Provincial João Pereira ao P. Geral,* da Baía, 10 de Setembro de 1739. (*Congr.89*, 307-308). — Manifesta-se contra a divisão da Província do Brasil por motivos económicos, porque na do Norte o que vale é a Baía; e sem o Sul, o Noviciado da Baía não terá subsistência bastante. *Lat.*

A. S. I. R., *Bras.10(2)*, 495; — *Lus.13*, 296; — Loreto Couto, I, 286; — S. L., *História*, V, 585.

PEREIRA, Júlio. *Missionário e Administrador.* Nasceu a 9 de Agosto de 1698 em Lisboa. Entrou na Companhia a 15 de Fevereiro de 1715. Fez a profissão solene em N.ª S.ª da Conceição do Tapajós (Santarém), no dia 5 de Fevereiro de 1732, recebendo-a Sebastião Fusco. Missionário, Pregador, Procurador das Missões, Reitor do Colégio do Maranhão e do Pará, Vice-Provincial. Homem de capacidade. Sobrevindo a perseguição geral, foi deportado para o Reino em 1760 e ficou 6 anos nos cárceres de Azeitão; mas sendo nomeado Superior dos mais, foi transferido, em 1767, para reclusão mais apertada em Pedrouços (Lisboa), onde faleceu, pelo ano de 1775.

A. *Carta do P. Procurador Júlio Pereira ao Vice-Provincial José de Sousa declarando não ter dito nem lhe passado pela cabeça uma proposição de que o acusou a El-Rei o Provedor da Fazenda do Pará,* do Colégio do Pará, 15 de Setembro de 1740. (B. N. de Lisboa, fg. 4517, f. 208-209). — A proposição era: "que o furtar a Sua Majestade e aos seus reais dízimos nem era pecado, nem havia obrigação de restituição". *Port.*

B. *Carta do P. Júlio Pereira ao Governador do Pará,* da Missão dos Arapiuns, 19 de Julho de 1755. (*Ib.*, f. 77-77v). — Sobre as derramas do arroz e da farinha e 25 Índios que vão para o Arraial do Rio Negro. *Port.*

C. *Carta do P. Júlio Pereira Missionário do Comaru ao Governador do Pará,* da Missão dos Arapiuns, 14 de Dezembro de 1755. (*Ib.*, f. 107). — Já tem pronto o arroz e a farinha e está à espera de canoa. *Port.*

D. *Carta do mesmo ao mesmo*, da Missão dos Arapiuns, 21 de Fevereiro de 1756. (*Ib.*, f. 142-142v). — Do arroz que dava a Missão enviou agora os últimos 80 paneiros; dos 400 de farinha já deu tudo, menos 65, porque a maniba é nova e os Índios dizem que por enquanto não é capaz de farinha. Os homens que a levam ao Arraial, em vez de procurarem acrescentá-la, "tenho noticia que a diminuiram". *Port.*

E. *Carta ao P. Geral Lourenço Ricci*, do cárcere de Azeitão, 21 de Novembro de 1766. (*Lus.87*, 359). — Diz que pela carta do Geral ao P. Manuel de Figueiredo, viu que tinha sido nomeado Superior deste cárcere: não recusa o cális. Com todas as dificuldades, "regularis disciplina quantum carceris angustiæ permittuntur non delabitur". *Lat.*

Três cartas do P. Geral ao P. Júlio Pereira (1731-1740), *Bras.25*, 51v, 78, 95.

A. S. I. R., *Bras.27*, 96; — *Lus.15*, 114; — S. L., *História*, IV, 232, 364.

PEREIRA, Rui. *Pregador.* Nasceu em 1533 em Vila Real de Trás-os-Montes. Filho de Pero Borges e Isabel Pereira. Entrou na Companhia a 23 de Março de 1550. Em 1556 tinha concluído o Curso de Artes e começado o de Teologia. Embarcou em Lisboa para o Brasil em 1559. Pregou na Quaresma de 1561 em Pernambuco, e não se adaptando na Companhia, deixou de pertencer a ela. Já não está no Catálogo de 1565.

1. *Carta do P. Ruy Pereira aos Padres e Irmãos da Companhia da Provincia de Portugal*, da Baía, a 15 de Setembro de 1560. *Nuovi Avisi* (Veneza 1562)·136-150, com indicação de escrita na Aldeia do Espírito Santo; — B. N. do Rio de Janeiro, "Cartas dos Padres", 1, 5, 2, 38, f. 90v, em português, por Accioli, *Memorias Historicas*, III (Baía 1830) 235-253; — Baltasar da Silva Lisboa, *Annaes do Rio de Janeiro*, IV (Rio 1835) 139-165; — *Cartas Avulsas* (Rio 1931).

Streit confunde *Annaes do Rio de Janeiro* (livro) com *Annaes da B. N. do Rio de Janeiro* (revista).

2. *Carta que escreveu o Padre Ruy Pereira, do Brasil, para os Padres e Irmãos da Companhia em Portugal, no anno de 1561, a 6 de Abril que foi dia da Pascoa*. [De este Pernambuco, Olinda, Nova Lusitania]. Em "Cartas dos Padres", cód. cit. da B. N. do Rio de Janeiro, f. 103, publ. em *Cartas Avulsas* (Rio 1931) 281-290, com notas de Afrânio Peixoto, esta e a precedente.

B. Machado, III, 651; — Sommervogel, VI, 519; — Streit, II, 348; — S. L., *História*, I, 479.

PEREIRA, Sebastião. *Missionário.* Nasceu em 5 de Outubro de 1670 em Lisboa. Filho de João de Matos, que em 1697 era almoxarife de Belém do Pará. Entrou na Companhia a 10 de Abril de 1689. Fez o Curso de Artes no Colégio do Pará e a profissão solene. Da sua missão de Canumã no Rio Madeira veio doente para o Colégio do Pará, onde faleceu a 8 de Agosto de 1713.

A. *Carta ao P. Procurador Geral em Lisboa, Miguel Cardoso*, do Pará, 5 de Agosto de 1713. (B. N. de Lisboa, fg. 4517, 56-57). — Assuntos económicos, etc. "Eu fico ao prezente com umas quartãs que a seis mezes me tem cortido". *Port.*

Tinha uma irmã, D. Maria, religiosa em Chelas, a quem o Procurador em Lisboa dava de vez em quando dinheiro, a pedido do irmão, para comprar remédios.

A. S. I. R., *Bras.4*, 178; — *Bras.27*, 16v; — *Livro dos Óbitos*, 7v; — Bettendorff, *Crónica*, 638.

PERES (PERRET), Jódoco. *Professor e Administrador.* Nasceu a 20 de Fevereiro de 1633 em Friburgo (Suiça). Entrou na Companhia a 15 de Outubro de 1653 na Alemanha. Ensinou Filosofia em Munique e na Universidade de Dilinga. Mandado para a Galiza como Penitencieiro de Santiago de Compostela, passou a Lisboa e de Lisboa à Baía, para Mestre de Filosofia. Começando a "ler sentenças novas", teve que largar o ensino, e passou ao Maranhão em 1678 e dali ao Pará. Exercitou algum tempo o múnus de Missionário, sem saber a língua, nem a chegou a aprender; ocupou-se nos Colégios e cargos de administração. Superior da Missão ao dar-se o "Motim do Estanco" em 1684, e foi expulso do Maranhão, pelos amotinados, padeceu, com fortaleza de ânimo, tormentos atrozes, que lhe infligiram os piratas, que achou no mar. Abandonado com os companheiros numa ilha deserta, buscou meios de passar a Belém do Pará, donde foi a Lisboa tratar da volta dos missionários. Já lá encontrou o P. Bettendorff, enviado pelos Padres do Brasil para o mesmo fim, e patenteou-se entre ambos diferença de critérios: Bettendorff maleável e discreto; Peres a querer forçar o governo português e o P. Geral da Companhia aos seus modos de ver. Mal aceito pelo Governo e pelo Geral, foi obrigado a retirar-se da Côrte para Coimbra e Évora, a angariar novos missionários com mais zêlo do que tacto. Desabafou então em palavras contra os Portugueses (quer nascidos em Portugal, quer no Brasil); só o valimento do mesmo Bettendorff lhe evitou ser deposto do ofício de Superior, voltando à missão com a aparência do cargo, substituindo-o em breve o mesmo Bettendorff, que dizia dele: "Pater Superior Jodocus vellet omnia expedire; sed ego dico quod sat cito si sat bene". Afora a tendência irrequieta e o apêgo ao próprio juízo, que explicam a trajectória da sua vida, era homem piedoso e de grande cultura. Faleceu a 22 de Maio de 1707 no Pará.

1. *Epitome Philosophiæ recentioris.* Monachi, 1668.

2. *Quaestiones logicæ de Universalibus*, quas in alma, catholica et episcopali Universitate Dilingana, Præside Jodoco Perret Societatis Jesu, Philosophiæ Professore Ordinario, publicæ concertationi proposuit nobilis et eruditus Dominus Joannes Franciscus Mohr, Brigantinus Acronianus, Logicæ et Ethicæ studiosus. Anno Christi M.DC.LXIX. Dilingæ, Formis Academicis, apud Joannem Federle, 8.º

3. *Disputationes Philosophicæ:* De causis Physicis quas in ... Academicæ concertationi exposuit prænobilis et perdoctus D. Joannes Rudulphus ab Ow Physicæ et institutionum imp. studiosus. Mense Julio Anno M.DC.LXX. Ibid., id., 8.º, 115 pp.

4. *Placita philosophica*, auspice Invictissimo et Potentissimo Leopoldo I. Romanorum Imperatore semper Augusto, rege ter maximo, publicæ concertationi proposita a Francisco Volmaro, Volmar, L. B. de Rieden, metaphysicæ studioso, Præside ... ordinario in alma catholica et episcopali Universitate Dilingana, anno M.DC.LXXI. Ibid., id., 8.º, 289 pp.

5. *Quæstiones Philosophicæ selectæ*, auspice S. Francisco Borgia ex Duce Gandiæ Præposito Societatis Jesu Generali III, nunc recens a S. D. N. Clemente X. Sanctorum albo adscripto, præside ... ordinario, publice propugnatæ a nobili et doctissimo Domino Francisco Michaele Lang Metaphysicæ studioso, in alma... anno M.DC.LXXI, Formis ... 8.º, 88 pp. e um belo retrato.

6. *Theses universæ Philosophiæ*, quas Præside ... publice propugnabit ornatus et doctissimus D. Joannes Antonius Podatnaniensis Tyrolensis, Philosophiæ baccalaureus, metaphysicæ studiosus et S. D. N. Clementis X. alumnus in alma ... anno M.DC.LXXXI. Ibid., id., 8.º, 27 pp.

7. *Representação que o P. Jódoco Peres queria oferecer a El-Rei para se desfazer a Missão do Maranhão e Pará. 1685.* Publ. por Bettendorff, *Chronica*, 404-406.

A. *Carta do P. Jódoco Peres ao P. Geral*, do Pará, 10 de Abril de 1679. (*Bras.26*, 61). — Descreve com cores vivas o estado moral da terra; propõe a fundação de um seminário para meninos; que os noviços e escolásticos se formem na missão e não se enviem à Baía nem a Portugal; propõe a nomeação de um Conservador da Companhia para se atalharem calúnias. *Lat.*

B. *Treslado de algumas clausulas das cartas que o Nosso Muyto R. P. Geral Joam Paulo Oliva* [e P. Carlos de Noyelle] *escreveo ao R. P. P.º Luiz, Superior da Missão do Maranhão.* Pará, 18 de Julho de 1682. (a) *Judoco Perez.* (Arq. Prov. Port., *Pasta 176*, n.º 6).

C. *Carta ao P. Geral*, de Tapuitapera, 18 de Junho de 1684. (*Bras.26*, 97-98). — Narra a sua expulsão do Maranhão com os mais no *Motim do Estanco*. *Lat.*

D. *Carta ao P. Geral*, de Coimbra, 27 de Agosto de 1685. (*Bras.26*, 112-112v). — Envia o Mapa da Missão do Maranhão feito pelo P. Conrado Pfeil; e trata do P. António da Cunha e Ir. Juzarte. — Excerpto em S. L., *História*, III, 255. *Lat.*

E. *Carta ao P. Geral*, de Coimbra, 17 de Setembro de 1685. (*Bras.26*, 113). — O que lhe parece necessário para o progresso da Missão. *Lat.*

F. *Carta ao P. Geral*, de Évora, 10 de Novembro de 1685. (*Bras.3(2)*, 219-219v). 10 pontos sobre assuntos do Maranhão. *Lat.*

G. *Carta ao P. Geral*, de Évora, 1 de Dezembro de 1685. (*Bras. 26,125*).— Urge que se cumpram os decretos da Companhia e se restaure a observância religiosa. *Lat.*

H. *Carta ao P. Geral*, de Évora, 20 de Dezembro de 1685. (*Bras.26*, 127). — Trata dos missionários que em Coimbra e Évora estavam dispostos a ir para o Maranhão. *Lat.*

I. *Carta ao P. Geral*, de Évora, 1 de Janeiro de 1686. (*Bras.26*, 131-132v). — Justifica-se perante o Geral de ter vindo a Portugal, e que ignorava que tivesse chegado antes Bettendorff; e procura também justificar-se de não ter sabido conservar a amizade do Governador e do Bispo do Maranhão. *Lat.*

J. *Carta ao P. Geral*, de Évora, 1 de Agosto de 1686. (*Bras.26*, 136-137v). — Propõe que a Missão se eleve a Vice-Província e pede sucessor; outros assuntos. *Lat.*

K. *Carta ao P. Secretário da Companhia*, de Lisboa, 1 de Fevereiro de 1687. (*Bras.26*, 145-146). — Em duas partes: 1) o que fez a favor do Maranhão (notas auto-biográficas); 2) contra Portugal e contra os Padres nascidos em Portugal e no Brasil. "Dignetur quaeso R. V. inclusas tradere P. Vicario Generali, ne in lusitanas manus veniant". *Lat.*

L. *Carta ao P. Geral*, do Pará, 20 de Julho de 1687. (*Bras.26*, 154-155v). — Estado da Missão; louva o Governador Gomes Freire de Andrade; estudos; moradores. *Lat.*

M. *Directorio para os Padres que hão de ir nas tropas de resgate.* Pará, 10 de Abril de 1690, *Judoco Peres*. — Treslado feito em 1744 pelo P. Aníbal Mazzolani. (Arq. da Prov. Port., *Pasta 176*, n.º 14). *Port.*

Tratava-se de ir aos Irurises do Rio Madeira.

N. *Dúvidas sobre a faculdade que tem de dispensar em graus matrimoniais.* (*Bras.9*, 388-388v). *Lat.*

O. *Briefe in München.* No cód. Lat. Mon. 26.473 (al. Moll. 105), fol. 101, zum Theil bei Friedrich, Beiträge 34, f. 36-46. (*Huonder*).

Sommervogel dá, para o nascimento, o dia 21 de Fevereiro, e chama-lhe Josse Perret.

A. S. I. R., *Bras.26*, 134; — *Bras.27*, 8v; — *Livro dos Óbitos*, 5v; — Bettendorff, *Chronica*, 323-324; — Sommervogel, VI, 555-556; — Huonder, 159; — S. L., *História*, IV, 82, 341.

PERIER, Alexandre. *Missionário e Pregador.* Nasceu cerca de 1651 em Turim. Filho de Cláudio Perier e sua mulher Susana d'Omas (?). Entrou na Companhia em 1668. Fez a profissão solene já no Brasil, a 15 de Agosto de 1686. Superior da Paraíba e do Cabo Frio, e Procurador das Missões. Falava bem francês e era pregador. Tendo dificuldades no Brasil, voltou à Europa, e era esperado na Itália, em 1715, onde ainda vivia em 1722.

A. *Carta do P. Alexandre Perier ao P. Geral Noyelle*, da Paraíba, 24 de Setembro de 1683. (*Bras.3(2)*, 170-170v). — Sobre o estado da missão da Paraíba. *Lat.*

B. *Carta a El-Rei*, da Baía, 5 de Julho de 1696. (A. H. Col., Baía, Apensos, na Capilha de 1697). — Sobre os distúrbios da Casa da Torre. Missões. *Port.*

C. *Sermões.* Um volume, pronto para impressão em 1711, já revisto pela Inquisição e Ordinário. (*Bras.4*, 178).

D. *Declaração a favor do P. João Guedes.* — Na própria carta, que este lhe dirigira, datada de Olinda, 9 de Setembro de 1717. (*Bras.4*, 199).

A. S. I. R., *Bras.5(2)*, 65; — S. L. *História*, V, 175, 581.

PESSOA, Luiz. *Missionário.* Nasceu cerca de 1603 em Alhandra, Diocese de Lisboa. Entrou na Companhia na Baía em 1618. Fez a profissão solene em 1638. Ocupou-se em diversos ministérios, era pregador e sabia a língua brasílica. Ainda estava no Brasil em 1646. Passou depois a Portugal, deixando por isso de se incluir no Catálogo da Província do Brasil. Acompanhou o P. António Vieira a Roma na Embaixada de 1649. Faleceu a 13 de Agosto de 1657 em "Santanderi". (Santander, à letra, mas será Santarém ?).

1. *Informação do P. Luiz Pessoa ao Conselho Ultramarino favorável a darem-se a Salvador Correia de Sá e Benevides 100 léguas de terra no Distrito de Santa Catarina, 1647.* Em Luiz Norton, *A Dinastia dos Sás no Brasil* (Lisboa 1943) 310-311.

<small>A. S. I. R., *Bras.5*, 166v, 187; — *Hist. Soc.48*, 93v; — S. L., *História*, IV, 19.</small>

PESTANA, Inácio. *Administrador.* Nasceu a 11 de Julho de 1705 na Baía. Entrou na Companhia na Baía a 23 de Maio de 1720. Fez a profissão solene a 10 de Outubro de 1738, recebendo-a Simão Marques, no Rio de Janeiro, onde no ano seguinte era presidente das disputas de Filosofia e dado à pregação e a ministérios. Reitor de Olinda (1752) e do Noviciado da Jiquitaia na Baía (1759). Atingido pela perseguição geral e deportado para Lisboa e Roma em 1760, ficou Superior no Palácio de Sora. Escritor diligente e elegante na língua portuguesa. Faleceu em Roma a 19 de Fevereiro de 1765.

A. *Dois recibos em açúcar por conta da Real Côngrua deste Colégio de Olinda.* Colégio de Olinda, 27 de Outubro e 16 de Novembro de 1753. Autógr. (A. H. Col., *Pernambuco, Avulsos,* Capilha de 28 de Julho de 1755). Port.

B. *Vida do Venerável Mártir P. Inácio de Azevedo e seus companheiros.* Port.

C. *Vida do P. Alexandre de Gusmão.* Não concluída.

<small>A. S. I. R., *Bras.6*, 138; — *Lus.15*, 335; — Sommervogel, VI, 588; — S. L., *História*, I, 535-536.</small>

PFEIL, Aloísio Conrado. *Missionário e Cartógrafo.* Nasceu em 4 de Janeiro de 1638 na cidade de Constança. Germano, "Helvécio de nação", diz Bettendorff. Entrou na Companhia a 28 de Setembro de 1654. Pediu as missões da América. O P. Geral destinou-lhe o Maranhão Português. Embarcou em Génova para Lisboa, chegando à Capital portuguesa a 4 de Fevereiro de 1678. Seguiu em 1679 para a Missão, onde se revelou a princípio descontente das coisas e Padres dela. Deu no entanto provas de zêlo, e para o fim adaptou-se. Trabalhou em várias missões entre as quais as do Cabo do Norte, Alto Amazonas (Matari) e Rio Negro. Fez a profissão solene no Pará, a 2 de Fevereiro de 1684. Sabia pintar e era "insigne nas matemáticas e fortificações". E foi a sua principal e importante utilidade na Missão, no assunto de limites com a França e com a Espanha. Padeceu dos piratas, que lhe roubaram os instrumentos matemáticos (1684). Louvado por D. Pedro II e chamado por ele a Lisboa, para melhor utilização e possível publicação dos seus mapas e memórias, faleceu no Mar dos Açores, durante a viagem do Pará a Lisboa, por Agosto de 1701.

1. *La Rivière de Vincent Pinçon ou Oyapoc, d'après un manuscript du Père Pfeil de la Societé de Jésus, Missionaire dans l'Araguary.* Publ. pelo Barão do Rio Branco em "Questões de Limites com a Guiana Francesa", *Second Mémoire*, Tomo II (Berne 1899) 107-117 (doc. n.º 19); Tomo IV (*ib.*, 1899): o original português (doc. n.º 4), p. 21-29.

A parte aqui publicada vai de f. 104 a 117, do original da Ajuda. Ver infra *Anotaçam*, letra S.

A. *Leben u. tugenden Annæ Xantoniæ.* Vida da Madre Ana de Xantonge, escrita em 4 livros, de que se serviu, resumindo-a, o P. João Mourath, na que publicou em 1681. — Título completo e outras indicações em Sommervogel, V, 1342 no título *Mourath*.

B. *Carta ao P. Geral*, de Génova, 5 de Novembro de 1677. (*Mediolan.*96, 287). — Prestes a embarcar para o Maranhão; e confia no seu patrono S. Luiz. *Lat.*

C. *Brief aus Evora*, 17 Junii 1678. (Arch. Prov. Germaniæ, IX.T, Brevis Vita P. B. Amrhin).

D. *Carta ao P. Geral*, de Lisboa, 6 de Fevereiro de 1679. (*Bras.*26, 60). — Esperou um ano: embarcará no dia seguinte com 9 companheiros, para o "seu doce Maranhão". Refere-se à devoção ao S. Coração de Jesus. *Lat.*

E. *Carta ao P. Geral Oliva*, de Mamaiacu [Pará], 12 de Agosto de 1679. (*Bras.*26, 69). — Chega a esta missão; mas está destinado ao Rio Amazonas. *Lat.*

F. *Carta ao P. Geral Oliva*, do Xingu, 15 de Outubro de 1681. (*Bras.*26, 90). — Situação difícil da Missão. Mostra-se contrário ao governo dos Portugueses como Superiores dela. [Pedro de Pedrosa; António Pereira: um nascido em Portugal, outro no Brasil]. *Lat.*

G. *Carta ao P. Geral*, de Tapuitapera, 19 de Junho de 1684. (*Bras.*26, 101-102). — Conta a sua expulsão, com os mais, do Maranhão [*Motim do Estanco*]. *Lat.*

H. *Carta aos Padres e Irmãos da Alemanha Superior*, de Mortigura [Pará], 22 de Dezembro de 1684. (*Bras*.9, 322-339). — Narrativa desenvolvida da expulsão do Maranhão [*Motim do Estanco*]. Cit. em S. L., *História*, IV, 80. *Lat.*

I. *Carta ao P. Geral*, do Pará, 15 de Novembro de 1685. (*Bras*.26, 117). Do ódio dos moradores contra a Companhia. *Lat.*

J. *Relação da maneira como indagou as circunstâncias em que foram mortos em Setembro de 1687 os Padres António Pereira e Bernardo Gomes e como na presença das testemunhas que com ele se assinam recolheu os ossos dos missionários e colocou duas cruzes no local onde os encontrou.* Fortaleza de Santo António no Rio Araguari, 12 de Julho de 1688. — Assinam com ele, Miguel Ferreira, Leandro de Matos, António de Resende e Augustinino da Cunha. (Bibl. da Ajuda, 52-X-2, f. 77; Ferreira, *Inventário*, n.º 1582). *Port.*

K. *Carta ao P. Geral*, do Pará, 27 de Fevereiro de 1691. (*Bras*.9, 361-368). — Estado geral da missão. Mostra-se contra portugueses e brasileiros. Critica o P. Bettendorff; a administração temporal das Aldeias é nociva e abominável. A sua actividade no Cabo do Norte. A estima que dele fazia El-Rei de Portugal; o governador de Caiena, Ferroles, Padres franceses da Companhia, fortificações, etc. Excerptos em S. L., *História*, III, 264. *Lat.*

L. *Carta ao P. Geral Tirso González*, do Pará, 7 de Julho de 1693. (*Bras*.3(2), 330). — Esteve no celebérrimo Rio Negro por mandado de El-Rei para fundar missões, mas adoeceu e voltou ao Pará. El-Rei quer que faça um mapa perfeito do Rio Negro e dos limites entre Castela e Portugal. Acha que se não deve meter nestas questões entre Reinos; e entende que a linha passa pelo Tapajoz, mas talvez El-Rei de Portugal tenha outros títulos. O de França, que ameaça o continente, é que não tem nenhuns direitos sólidos. El-Rei nomeou-o Arquitecto e consultor das Fortificações. *Lat.*

M. *Carta ao P. Geral*, do Pará, 2 de Agosto de 1696. (*Bras*.26, 176-176v). — Manifesta-se contra a facilidade em admitir candidatos à Companhia e em conceder sepulturas dentro da Igreja; a Carta Ânua devia ser feita pelo P. Bettendorff e não por um Ir. escolástico; escreveu ao Imperador sobre a canonização de S. Luiz Gonzaga; enviou à Rainha um opúsculo com as suas observações do Cometa de 1695. *Lat.*

N. *Carta ao P. Geral*, do Pará, 28 de Julho de 1697. (*Bras.* 26, 183). — Escreve como consultor da missão. Opinião sobre 12 Padres que poderiam ser superiores dela, mas nenhum com as qualidades absolutamente indispensáveis, para o que se requere na Missão. Devia vir um da Província Romana ou doutra Província da Itália; e, não podendo ser, de Portugal; ou então que fique o actual Superior, a quem dá extraordinário elogio, P. José Ferreira, mas ao fim do triénio, com os poderes de Visitador. Lat.

O. *O Cometa de 1695 observado no Pará.* Opúsculo r metido à Rainha de Portugal. (Cf. supra, letra M).

P. *Mapa do Grande Rio das Amazonas*, 1684. Feito a pedido de El-Rei e do P. António Vieira.

Oferecido a El-Rei D. Pedro II de Portugal em 1685: "Um grande mapa novo e belo, do grande Rio das Amazonas, delineado e feito pelo P. Aloísio Conrado Pfeil, insigne matemático, para aí ver as terras e rios que tinha, desde o Pará até o marco do Cabo do Norte pela costa, sita aquém do Rio de Vicente Pinzón, e pelo Rio das Amazonas arriba, até onde chega o distrito destas conquistas do Estado do Maranhão. Alegrou-se Sua Magestade muito com o Mapa, e o guardou em seu camarote, onde, diz Bettendorff, o vi depois sobre um bufete". (Cf. S. L., *História*, III, 255).

Q. *Mapa da Missão do Maranhão.* 1685.

Mandado, de Coimbra, ao P. Geral, pelo Superior da Missão então nessa cidade: "Remeto a V.ª Paternidade o mapa da nossa Missão do Maranhão, feito pelo P. Aloísio Conrado Pfeil, com a exactidão que pôde, depois que foi roubado, pelos piratas, de todos seus instrumentos matemáticos". (S. L., *História*, III, 255).

A Missão do Maranhão ia desde o Rio Parnaíba (Piauí) à fronteira da Guiana, pela costa; e pelo Amazonas desde a foz até ao Rio Negro e Solimões.

R. *Mapa do Rio Amazonas e Capitania do Cabo do Norte.* 1700. "Tenho feito proprio e novo Mapa destas novas terras Portuguesas", diz Pfeil nas duas últimas linhas do seu "Compendio".

Pelas indicações do próprio "Compendio" e da "Anotaçam", se infere que terras eram: pela costa até à Guiana; pelo Rio Amazonas, não só até o Tapajós (onde, segundo ele, caía a Linha), mas pelo Amazonas acima, pelo título do Rei de Portugal adquirido pelo "imortal" Pedro Teixeira. (*Anotaçam*, f. 166).

S. *Anotaçam contra hũs Incoherentes Pontos No Tractado da Jvstificaçam, formada pelos Plenipotenciarios Na Corte Real de Lisboa, & Impressa no Anno 1681 Sobre os Limites do Brasil com a Resolvçam Da Linha do Polo á Polo Lançada. Que diuide as Terras*

Occidentaes De Portugal, & Castella. E Resposta. Se além desta antiga Linha Divisoria El Rey de Portugal tem hoje Legitimo Dominio de mais terras para Occidente, e até onde se estendaõ. Composta por o P. Aloysio Conrado Pfeil da Companhia de Jesu, Germano, e Missionário do Maranhão. (Bibl. da Ajuda, cód. 51-IX-19. In f. de 211 pp.). Original. Partes passadas a limpo, partes os próprios rascunhos autógrafos em letra miúda e sumamente emendados. Port.

No mesmo códice, f. 168-173 o *Sumário:* Três Partes e em cada parte, quatro capítulos. No último fala das "façanhas e nome imortal de Pedro Teixeira, português, descobridor do Rio das Amazonas". E o último parágrafo, "Epilogo com allocução del Rey D. Pedro II: que a Capitania do Norte, como sempre sua, contra o Governador de Cayana, sempre defendida".

T. *Compendio das mais substançiaes Razões e argumentos, que evidentemente provam que a Capitania chamada Norte situada na boca do Rio das Amazonas legitimamente pertence à Coroa de Portugal. E que El Rey de França para ella como nem ao Pará, ou Maranhaõ tem, ou teve jus algum.* (Bibl. da Ajuda, cód. 51-V-17, f. 151-167). Port.

Dedicatória a El-Rei, por mãos do P. Sebastião de Magalhães.

Datado do Colégio do Pará, 1 de Abril de 1700. Assina: "Aloysio Conrado Pfeil da Comp.ª de Jesu"; e a seguir uma explicação da urgência deste trabalho, que não teve tempo de coser com fio. Autógrafo. Igualmente autógrafa a palavra *Finis*.

Tanto a *Anotaçam* como o *Compendio* foram utilizados pelo Barão do Rio Branco, *Obras*, IV, *Questões de Limites com a Guiana Francesa*, 2.ª *Memória*, Rio de Janeiro, 1945, com um trecho em fac-símile, p. 96/97. E chama-lhe "document vraiment décisif". Ver supra, n.º 1.

Ainda nesta 2.ª *Memória*, pp. 189-193, vem a lista de todos os mapas que Rio Branco publicou (116): nenhum de Pfeil, indício de que os não viu, e se ignora o seu paradeiro actual.

Carta do P. Sebastião de Magalhães ao P. Luis Conrado, de Lisboa, 27 de Janeiro de 1701. (Bibl. N. de Lisboa, fg. 4517, p. 51). — Diz o confessor de El-Rei que recebeu a carta de Pfeil e o "papel", e que veio outra cópia ao Secretário de Estado [o "Compendio" e o sumário da "Anotaçam"]. Foi muito aprovado pelo acerto e perícia; e o P. Geral não só dá licença, mas "ordena a V. R. que entregue o seu tratado sobre esta materia ou pera se provar a nossa Justiça ou pera se dar à estampa como S. Majestade quizer". "S. Majestade se dá por bem servido de V. R. que lhe escreve uma carta muito honrada e lhe manda que logo venha a Portugal, trazendo consigo todos os papeis, com todos os papeis que tiver feito nessa materia, com todos os documentos em forma autentica, que poder aver", etc.

O catálogo do Brasil de 1690 dá 1638 como ano da nascimento do P. Pfeil.

A. S. I. R., *Bras.26*, 50; — *Bras.27*, 7; — *Lus.10*, 243; — Bettendorff, *Crónica*, 323; — Sommervogel, VI, 656; — Streit, II, 770; — Huonder, 159-160; — S. L., *História*, III, 254-256, 375.

PIMENTA, João. *Procurador.* Nasceu em 1622 em Famalicão. Entrou na Companhia no Rio de Janeiro a 2 de Maio de 1646, de cujo Colégio era aluno. Sabia a língua brasílica. Foi se ordenar a Portugal e à volta ficou por doença na Ilha da Madeira. Curou-se, voltou e fez os últimos votos na Baía a 16 de Maio de 1660, recebendo-os o Vice-Reitor P. Francisco Ribeiro. Procurador em Lisboa em 1662 e o foi largos anos. Em 1669 pedia para voltar ao Brasil e acabar o resto da vida nalguma Aldeia de Índios. Faleceu em Lisboa a 4 de Março de 1677.

1. *Carta do Procurador Geral P. João Pimenta ao P. Lourenço Cardoso*, de Lisboa, 20 de Março de 1676. Publ. em *Inventários e Testamentos*, XVII (S. Paulo 1921) 449. (Cf. S. L., *História*, VI, 392). *Port.*

A. *Carta do P. Procurador João Pimenta ao P. Geral Oliva*, de Lisboa, 20 de Agosto de 1663. (*Bras.3(2)*, 39-40v). — Sobre dívidas e despesas da Província do Brasil; e o P. António de Sá e outros. *Port.*

B. *Carta ao P. Geral Oliva*, de Lisboa, 20 de Dezembro de 1663. (*Bras.3(2)*, 43). — Pede carta de participação de merecimentos e sepultura para o P. Rafael Cardoso que tinha sido da Companhia. *Port.*

C. *Carta ao P. Geral Oliva*, de Lisboa, 6 de Junho de 1667. (*Bras.3(2)*, 44). — Sobre dificuldade de comunicações; subsídios para a "beatificação dos SS. Mártires". *Port.*

D. *Carta ao P. Geral Oliva*, de Lisboa, 4 de Janeiro de 1668; *Bras.26*, 23). — Seis do Maranhão que se ordenaram em Lisboa; outros que vão; cartas. *Port.*

E. *Carta ao P. Geral Oliva*, de Lisboa, 28 de Setembro de 1668. (*Bras.3(2)*, 70). — Beatificação de Inácio de Azevedo e companheiros mártires; e para ela envia cravo (ao P. Fócio) e cartas dos Príncipes para Sua Santidade e o Cardeal Protector; e também dos Duques e Cabidos e Câmaras; e que Anchieta em Lisboa é advogado contra as sezões; Maranhão, etc. *Port.*

F. *Carta ao P. Geral Oliva*, de Lisboa, 13 de Janeiro de 1669. (*Bras.3(1)*, 71). — Subsídios para a beatificação dos Mártires do Brasil; demora no Reino do P. Gonçalo Barbosa; *Vida de Anchieta* do P. Simão de Vasconcelos, etc. *Port.*

G. *Carta ao P. Geral Oliva*, de Lisboa, 13 de Maio de 1669. (*Bras.3(2)*, 76-77v). — Sobre a *Vida de Anchieta* do P. Simão de Vasconcelos, cuja impressão corre por conta do Coronel Francisco Gil de Araújo. Outras despesas e gastos. *Port.*

H. *Carta ao P. Geral Oliva*, de Lisboa, 11 de Agosto de 1669. (*Bras.3(2)*, 84). — Assuntos da procuratura: P. António Vieira. Cit. em S. L., *História*, IV, 62. *Port.*

I. *Carta ao P. Geral Oliva*, de Lisboa, 7 de Setembro de 1669. (*Bras.3(2)*, 88-88v). — A causa dos 40 Mártires do Brasil: as Províncias de Portugal e Castela, por terem tantos Mártires, estavam dispostas a ajudar, mas o Geral determinou que as despesas fossem só pelo Brasil; foi a Roma o P. Vieira; Engenho de Sergipe do Conde; P. Gonçalo Barbosa, etc. *Port.*

J. *Carta ao P. Geral Oliva*, de Lisboa, 28 de Novembro de 1669. (*Bras.3(2)*, 105-105v). — Assuntos da procuratura; do mais tratará o P. António Vieira. *Port.*

A. S. I. R., *Bras.5*, 172v, 186v; — *Lus.23*, 26; — *Hist. Soc.49*, 121.

PIMENTEL, Manuel. *Administrador.* Nasceu no Porto a 15 de Fevereiro de 1701. Embarcou para o Brasil em 1717, tendo entrado na Companhia a 5 de Abril deste mesmo ano. Fez a profissão solene em S. Paulo, a 1 de Novembro de 1737, recebendo-a José de Moura. Superior da Colónia do Sacramento, Procurador do Colégio da Baía, Reitor de Santos e Superior da Fazenda de Santa Ana (S. Paulo) em 1757. Dois anos depois foi atingido pela perseguição geral, transferido de S. Paulo para o Rio de Janeiro em 1769, e daí para Lisboa e Itália.

A. *Carta do Reitor de Santos Manuel Pimentel [ao Vice-Rei do Brasil?]*, do Colégio de Santos, 2 de Junho de 1749. (A. H. Col., S. Paulo, Avulsos, 2 de Junho de 1749: no maço provisório de 1710-1830). — Remete para o M.c de Campo Matias Coelho de Sousa, um baú grande e 2 arcas que lhe entregou fechados o secretário que foi do governo de S. Paulo Manuel Pedro de Macedo Ribeiro. A carta não nomeia a pessoa a quem é dirigida, mas trata-a por "Ill.mo e Ex.mo S.or" *Port.*

A. S. I. R., *Bras.6*, 138; — *Lus.15*, 274; — Caeiro, 294.

PINA, Sebastião de. *Missionário e Pregador.* Nasceu em 1542 em Aviz. Entrou na Companhia em Évora, com 15 anos de idade, no dia 2 de Agosto de 1557. Embarcou para o Brasil em 1563. Era Superior de Ilhéus em 1574. Saíu da Companhia em 1577. Sebastião de Pina tinha talento para pregar, e trabalhou com zêlo os 14 anos que esteve no Brasil. Ainda vivia em Lisboa em 1591.

1. *Carta do Ir. Sebastião de Pina para o Padre Gonçalo Vaz,* da Baía, 12 de Maio de 1563. (B. N. do Rio de Janeiro, "Cartas dos Padres", f. 138). Publ. em *Cartas Avulsas,* 395-398, com notas de Afrânio Peixoto.

S. L., *História,* I, 194.

PINHEIRO, Manuel. *Missionário.* Nasceu a 2 de Fevereiro de 1695 no Porto, freguesia da Sé. Filho de Bento Gonçalves Carvalho e Maria Lopes da Veiga. Entrou na Companhia a 12 de Dezembro de 1714. Fez os últimos votos a 1 de Janeiro de 1734 no Ceará, recebendo-os Luiz de Mendoça. Trabalhou com os Índios: em Ibiapaba (1745), no Hospício de Aquirás (1747), nas Aldeias das Guaraíras no Rio Grande do Norte (1757). Superior destes dois últimos lugares. Deportado na perseguição geral, em 1760, do Recife para Lisboa e daí para Roma. Ainda vivia, na Rufinella, com 79 anos de idade em 1774.

1. *Notizie della Capitania del Seará e de' patimenti de Nr̃i Padri nella fondazione della casa nostra.*

2. *Notizie delle fatiche sofferte dai NN. PP. nel prendere il possesso delle popolazione del Siará.* Publicadas em italiano pelo Barão de Studart: *Duas memorias do Jesuita Manuel Pinheiro.* Extraídas da "Revista da Academia Cearense", Fortaleza, 1905, 46 pp. Introdução de Studart (1-27), 1.ª Noticia (28-36); 2.ª Noticia (37-46); — *Rev. do Inst. do Ceará,* XLVI (Fortaleza 1932) 177-212.

Diz Studart na Introdução, p. 26, que estas *Notizie* lhe foram enviadas do Arquivo Geral da Companhia pelo P. J. B. van Meurs.

A. S. I. R., *Bras.*6, 138v; — *Lus.*24, 143; — *Gesù, Colleg.,* 1477.

PINHEIRO, Simão. *Pregador e Administrador.* Nasceu por 1568 em Aveiro (na "Vila de Milho", junto de Aveiro, lê-se em Franco: mas será Verdemilho?). Filho de António Pinheiro e de Jerónima de Mariz. Entrou na Companhia em Coimbra aos 21 de Janeiro de 1584. Embarcou em Lisboa para o Brasil em 1591, tendo 23 anos de idade. Mestre em Artes. Fez a profissão solene na Baía, recebendo-a Fernão Cardim, no dia 30 de Maio de 1604. Superior de Porto Seguro, Reitor de Pernambuco (2 vezes), Reitor da Baía (2 vezes) e Provincial (1618). Promoveu as missões, sobretudo nos dois extremos do Brasil, norte e sul. Estava no Colégio da Baía em 1631, derradeira menção do seu nome, e faleceu antes de 1641.

A. *Carta do Provincial Simão Pinheiro ao P. Geral*, da Baía, 16 de Agosto de 1620. (*Bras.8*, 310-314). — Novo regime das Aldeias; P. Henrique Gomes procurador a Roma; pede missionários, etc. *Port.*

B. *Arresoado que o P.e Simão Pinheiro Provincial da Companhia de Jesus neste Brasil apresenta ao S.or G.or Dom Luis de Souza p.ª se não tornarem os Indios de Jaguaripe ao posto onde dantes estavão em reposta de hum recado que lhe mandou Sua S. de como estava resoluto a tornar a mandar os Indios para o mesmo Jaguaripe.* Em 25 de Setembro de 620 (ass. autógr.). (Bibl. do Itamarati (Rio), *Livro 1 do Governo do Brasil*, s. p.). *Port.*

C. *Declaração a pedido do P. Manuel do Couto sobre a necessidade que padecem os Indios que se mudaram de Sergipe para Jaguaripe contra o seu parecer.* Do Colégio [da Baía], 13 de Outubro de 1620. S. assin. No mesmo códice, imediatamente antes do *Arresoado*. *Port.*

A. S. I. R., *Bras.5*, 34, 127; — *Lus.3*, 123; — Franco, *Ano Santo*, 492.

PINTO, António. *Humanista.* Nasceu em 1632 no Porto. Entrou na Companhia na Baía em 1646. Ensinou Humanidades. Já estava ordenado em 1659 e ensinava de novo Humanidades em Pernambuco em 1660. Homem de talento e virtude prematuramente falecido na Baía a 23 de Outubro de 1664.

A. *Sexennium Litterarum ab anno 1651 usque ad 1657*, Bahiæ, 29 Julii anni 1657. (*Bras.9*, 13-25). Uma das mais notáveis *Ânuas* do Brasil (*Guerra de Pernambuco, Rio de S. Francisco, S. Paulo*, etc.). Cit. e excerptos em S. L., *História*, V e VI, passim. *Lat.*

A. S. I. R., *Bras.5*, 234; — *Hist. Soc.48*, 13.

PINTO, Francisco. *Pacificador e Mártir do Ceará.* Nasceu cerca de 1552 em Angra, Açores. Entrou na Companhia na Baía a 31 de Outubro de 1568. Fez os últimos votos em 1588. Grande sertanista e missionário. Trabalhou nas Aldeias; pacificou os Potiguares do Rio Grande do Norte; sabia a língua brasílica, e chamavam-lhe o *Amanaiara*, senhor da chuva. Ia a caminho do Maranhão com o P. Luiz Figueira, quando depois de incomportáveis trabalhos foi morto na Serra de Ibiapaba, Ceará, pelos Índios contrários, a 11 de Janeiro de 1608.

1. *Informação dos Casamentos dos Índios do P.e Francisco Pinto.* Em S. L., *História*, II, 625-626. *Port.*

2. *Carta ao P. Pero Rodrigues sobre a conquista do Rio Grande do Norte, de 19 de Maio de 1599, incluída noutra do mesmo P. Pero*

Rodrigues. (*Bras.15*, 477-477v). Em S. L., *História*, I, 521-525. Port.

A. *Carta ao P. Geral Aquaviva sobre a Missão aos Potiguares do Rio Grande*, do Colégio de Pernambuco, 17 de Janeiro de 1600. (*Bras.3(1)*, 177-179v). — Excerptos em S. L., *História*, V, 504-506. Port.

O Padre Francisco Pinto ou a Primeira Catequese de Índios no Ceará. Por Paulino Nogueira Borges da Fonseca, Ceará, 1887, 52 pp. (Separata de *Rev. do Inst. do Ceará*, XVIII, 5-49).

P. Franciscus Pintus Soc. IESV. odio fidei Christianæ à Brasilis crudelitur occisus. A. 1608. 11 Ianuarij, Ibiapaua. Gravura assinada; C. S. d. — M. K, f. Publicada em Mathia Tanner, *Societas Iesu usque ad sanguinis et Vitæ profusionem militans*, Pragæ, 1675. — Muito reproduzida, e também por S. L. em *Luiz Figueira*, 144/145.

O nome de Francisco Pinto entrou nos *Menológios*, na *História* da Companhia de Jesus, e na *História* do Brasil, que todas mais ou menos se referem a êle, ao tratar da expansão nortenha.

A. S. I. R., *Bras.5*, 11v, 72v; — Sommervogel, VI, 830; — S. L., *História*, III, 4-11.

PINTO, Mateus. *Missionário*. Nasceu por 1631 em Manteigas (Diocese de Viseu). Entrou na Companhia, com 18 anos, a 16 de Janeiro de 1649. Fez a profissão solene de 3 votos a 2 de Fevereiro de 1671. Trabalhou nas Aldeias e foi algum tempo Vice-Reitor do Colégio do Rio de Janeiro, onde faleceu a 17 de Fevereiro de 1711.

A. *Carta do P. Mateus Pinto ao P. Geral Tirso González*, do Rio de Janeiro, 24 de Janeiro de 1704. (*Bras.4*, 97). — Sobre a má administração da Aldeia de Cabo Frio. Lat.

A. S. I. R., *Bras.6*, 38; — *Bras.10*, 86.

PIRES, Ambrósio. *Missionário e Administrador*. Nasceu cerca de 1525 em Lisboa. Entrou na Companhia em Coimbra no dia 22 de Maio de 1546. Mestre em Artes. Procurador do Colégio de Coimbra e Roma, onde esteve um ano. Amigo do P. Simão Rodrigues, como o P. Luiz da Grã, e com este embarcou para o Brasil em 1553. Trabalhou em Porto Seguro e foi Reitor do Colégio da Baía. Voltou a Portugal, em vez do P. Leonardo Nunes morto em naufrágio, com o fim de informar das coisas do Brasil, e foi recebido com pouca benevolência pelo Provincial, Miguel de Torres. Ainda foi Reitor do Colégio de S. Antão, um ano, mas enfim saiu da Companhia em 1568, morrendo pobre. Homem de piedade. No Brasil trabalhou com notável zêlo; e dizia Nóbrega que valia "por cinco".

1. *Extracto de uma carta do P. Ambrósio Pires [a S. Inácio de Loiola]*, da Baía do Salvador, 12 ou 15 de Junho de 1555. Tra-

duzida para Italiano em *Avisi Particolari* (Roma 1557) 45a-47b; — *Diversi Avisi* (Veneza 1559) 246-248; — Id. (Veneza 1565) 246-248, tornada a traduzir para português e impressa nas *Cartas Avulsas* e reimpressa e publicada, *ib.* (Rio 1931) 140-143.

2. *Retrato do P. Manuel da Nóbrega.* Excerpto de uma carta do P. Ambrósio Pires. No final da *Vida do Padre Manuel da Nóbrega*, pelo P. António Franco, *Imagem de Coimbra*, II, 192-193. Transcrita em Manuel da Nóbrega, *Cartas do Brasil*, 2.ª ed. (Rio 1931) 68-69.

A. *Carta do P. Ambrósio Pires para os Padres e Irmãos de Coimbra*, de Porto Seguro, 5 de Maio de 1554. (*Bras.3(1)*, 111-111v). — Sete dias depois da chegada de Lisboa à Baía foi para Porto Seguro com o Ir. Gregório Serrão. Caíram ambos doentes de febres. Passou por ali o P. Leonardo Nunes, a caminho do sul; levava consigo o P. Brás Lourenço, Vicente Rodrigues e os Irmãos Anchieta e Blásquez. Este ficou em Porto Seguro, indo em seu lugar Gregório Serrão. O P. Navarro anda pelo sertão. Estado da terra e povoações que tem. O Engenho de Brás Teles. *Esp.*

B. *Carta do P. Ambrósio Pires ao Provincial de Portugal.* "Deste Brasil, oje, 6 de Junho de 1555". (*Bras.3(1)*, 139-139v). — Por ordem do P. Nóbrega acabava de chegar de Porto Seguro à Baía, e era esperado o mesmo Nóbrega para dar princípio a um Colégio. Clero da terra. Chegada de órfãos e falta de gasalhado para eles. Guerra com os Índios contrários. Já voltou a Porto Seguro o P. Navarro e não ainda à Baía, onde o desejam ver. Outras notícias darão os encarregados de as escrever: Ir. António Blásquez, João Gonçalves e P. António Pires. *Port.*

B. Machado, I, 130; — Sommervogel, VI, 847; — Streit, II, 343; — S. L., *História*, I, 60-61.

PIRES, António (1). *Missionário e Administrador.* Nasceu cerca de 1519 em Castelo Branco. Entrou na Companhia, já Padre, em Coimbra a 6 de Março de 1648, durante o Reitorado do P. Luiz da Grã. Pertence ao grupo dos primeiros Padres que chegaram ao Brasil em 1549 com o P. Manuel da Nóbrega. Trabalhou nas Aldeias. Aprendeu e ensinou o ofício de carpinteiro. Foi o primeiro Superior e Visitador de Pernambuco, Reitor do Colégio da Baía. Homem de confiança, de bom conselho e governo. Não obstante ser Coadjutor espiritual ocupou os cargos de "Superintendente" do Colégio da Baía (superior ao de Reitor), e de Vice-Provincial pelo falecimento de Nóbrega, de 1570 a 1572, em cujo exercício acabou seus dias, na Baía, a 27 de Março de 1572.

1. *Carta do P. António Pires aos Padres e Irmãos de Jesus de Coimbra*, de Pernambuco, 2 de Agosto de 1551. Em "*Copia de unas cartas... a los Padres y hermanos de Jesus de Coimbra. Tresladadas de portugues en castellano. Recebidas el año de 1551*". S. a. n. l., nem nome de impressor. 4.º, 27 pp. inums. (Ver *Nóbrega, Manuel da*). É a carta n.º 2: *Vna embiada de la Capitania de Pernambuco*, 2 de Agosto de 1551 (8 pp.). — Traduzida em italiano, *Avisi Particolari* (Roma 1552) 109-125; — *Diversi Avisi* (Roma 1557) 41-48; — *Id.* (Roma 1559) 41-48. — Reproduzida de "Cartas dos Padres", cód. da B. N. do Rio de Janeiro, I, 5, 2, 38, na *Rev. do Inst. Hist. e Geogr. Bras.*, VI, 95-103; — *Cartas Avulsas* (Rio), impressão de 1887, e reimpressão e publicação de 1931, pp. 76-84.

Barbosa Machado dá a esta carta a data de 11 de Agosto; nota-o Sommervogel e que anda sem nome em *Diversi Avisi*. A data de 2 de Agosto consta do impresso de 1551, e o nome infere-se dos adjuntos e da própria carta: estavam em Pernambuco Nóbrega e o P. Pires, e quem escreveu a carta foi o companheiro de Nóbrega: "O Padre Nóbrega e *eu*".

2. *Carta do P. António Pires*, de Pernambuco, 5 de Junho de 1552. Transcrita de "Cartas dos Padres", B. N. do Rio de Janeiro, em *Cartas Avulsas*, 121-125 (ed. de 1931).

3. *Treslado de uma carta do P. António Pires*, da Baía, 19 de Julho de 1558. Transcrita de "Cartas dos Padres", B. N. do Rio de Janeiro, em *Cartas Avulsas*, 198-202 (ed. de 1931).

4. *Carta que escreveu o P. António Pires, do Brasil, para os Padres e Irmãos da Companhia de Jesus*. Escrita na Aldeia de Santiago, da Baía, 22 de Outubro de 1560. Transcrita de "Cartas dos Padres", B. N. do Rio de Janeiro, em *Cartas Avulsas*, 274-280 (ed. de 1931).

Todas as 4 Cartas com notas de Afrânio Peixoto.

Franco, no capítulo consagrado ao P. António Pires, *Imagem de Coimbra*, II, 209-212, transcreve breves passos dalgumas destas cartas.

Barbosa Machado refere-se a outra carta de Pernambuco, de 1551, como do P. Pires, mas é de Manuel da Nóbrega, a n.º 3 do livro "*Copia de unas cartas... 1551*", onde traz o título: "Otra de *otro* Padre embiada de la misma Capitania".

A. *Carta do P. António Pires*, da Baía, 17 de Abril de 1569. (*Lus.63*, 58-58v). — Dá conta do estado da Província. *Port.*

A. S. I. R., *Bras.5*, 6; — Franco, *Ano Santo*, 699-700; — B. Machado, I, 352; — Sommervogel, VI, 847; — Streit, II, 334; — S. L., *História*, II, 475-477.

PIRES, António (2). *Missionário*. Nasceu cerca de 1604 em Benavente (Ribatejo). O Catálogo de 1649 dá-o com 44 anos e 12 de Companhia, e em Angola. Irmão coadjutor da Província de Portugal. Esteve no Brasil mais de uma vez, donde foi na nau capitânia "Nossa Senhora da Caridade", na viagem, que ele próprio relata, e na qual como conhecedor das coisas do mar e prático das costas de Angola prestou bons serviços em diversas acções de reconhecimento.

1. *Relação da viagem q. fizerão o capitão mor Antonio Teixeira de Mendonça e o sargento mor Domingos Lopes de Siqueira, indo da Bahia em socorro a Angola*. Pub. na *Revista de História*, XII (Lisboa 1923) 13-18.

2. *Relação da Viagem que fez o Governador Francisco de Sotto-Mayor, mandado por Sua Magestade, do Rio de Janeiro, onde estava governando, ao governo e conquista de Angola: escrita pello Irmão Antonio Pires da Companhia de Jesus que com elle foy* [1645]. Publ. na *Revista de História*, XII (Lisboa 1923) 18-23.

Ambas estas Relações foram publicadas por Artur Viegas (P. António Antunes Vieira, S. I.) com uma introdução e título de *Duas tentativas da reconquista de Angola, em 1645* (ib., 5-23); e da primeira, que não vem assinada, diz que "pelas referências que encerra, e até pelo estilo, não parece conjectura temerária atribui-la à mesma autoria" (p. 12).

A. S. I. R., *Lus.45*, 27; — Franc. Rodrigues, *História*, III-1, 379.

PIRES, Belchior. *Missionário e Administrador*. Nasceu em 1582 em Aljustrel, Alentejo. Entrou na Companhia em Évora em 1597. Embarcou para o Brasil em 1602. Fez a profissão solene em Olinda, no dia 8 de Setembro de 1621. Ensinou Humanidades. Aprendeu a língua brasílica e trabalhou e foi Superior nas Aldeias cerca de 14 anos; tomou parte activa na guerra de Pernambuco a confessar os soldados e a incitar os Índios a reunir-se e combater contra os invasores holandeses. Pregador e Provincial. Homem de exímia observância religiosa, procurou defender os bens e a honra da Companhia; e gravemente afligido na velhice, faleceu, "meritis completus", diz a *Ânua* de Manuel Barreto, a 24 de Junho de 1668, na Baía.

1. *Procuração do P. Belchior Pires, nomeando como Provincial e testamenteiro do Governador Mem de Sá, seus procuradores em Lisboa aos Padres Francisco Gonçalves, Francisco Ribeiro e António Vieira*. Colégio da Baía, 9 de Junho de 1651. *Doc. Hist.*, LXII (1943) 146.

A. *Carta do P. Belchior Pires ao P. Geral Vitelleschi*, da Baía, 12 de Novembro de 1643. (*Bras.3(1)*, 231-232v). — Manifesta-se contra os que queriam vender os bens e reduzir os Colégios da Companhia a mosteiros de Capuchos. Em particular contra Simão de Vasconcelos, que também dizia se largassem as Aldeias dos gentios, como se a Companhia sem as cristandades, a que viera, tivera alguma coisa que fazer no Brasil. *Port.*

B. *Carta ao P. Geral Caraffa*, da Baía, 8 de Abril de 1646. (*Bras.3(1)*, 243). — Sobre as benemerências do Governador António Teles da Silva. *Port.*

C. *Carta ao P. Geral Caraffa*, da Baía, 21 de Setembro de 1649. (*Bras.3(1)*, 275-276v). — Trata do provimento de missionários para o Maranhão, que o P. Francisco Pires pede por estar só; de Portugal mandaram dois, mas é pouco; do Brasil não podem ir, por estarem no caminho os inimigos holandeses; e informa sobre diversos Padres. Cit. em S. L., *História*, VI, 101. *Port.*

D. *Carta ao P. Assistente de Portugal em Roma*, da Baía, 11 de Fevereiro de 1650. (*Bras.3(1)*, 277-277v). — Sobre o melhor aproveitamento do Engenho de Sergipe do Conde; Engenho de Ilhéus; um pedreiro do Colégio que pretendia ser Irmão de fora. *Port.*

E. *Carta ao P. Assistente de Portugal em Roma*, da Baía, 12 de Fevereiro de 1650. (*Bras.3(1)*, 278). — Pede esclarecimentos sobre a absolvição de casos reservados ao Bispo. *Port.*

F. *Carta ao P. Geral Piccolomini*, da Baía, 15 de Setembro de 1650. (*Bras.3(1)*, 280-281). — Recebeu carta de El-Rei D. João IV para enviar missionários línguas para o Maranhão ao menos seis, o qual em carta particular ao Governador manda se lhes dê embarcação e provimento, e que vão com a frota do Reino até escapar aos Holandeses. Estava ausente no Rio, por isso não pôde satisfazer aos desejos de El-Rei. Dá-lhe trabalho não ter no Brasil quem possa preencher o lugar do P. Luiz Figueira, como Superior. Escreveu ao P. Luiz Pessoa para ir como Visitador. Tenciona fundar no Maranhão duas Residências, mas no Brasil também fundou algumas; e de Portugal podem ir missionários, que aprendam lá a lingua, como ele, que também veio de Portugal, e a aprendeu. *Port.*

Carta Régia ao P. Belchior Pires, de Lisboa, 22 de Outubro de 1649. Publ. por José de Morais, *História*, 238-239.

G. *Carta ao P. Geral Nickel*, da Baía, 18 de Outubro de 1655. (*Bras. 3 (1)*, 296). — Sobre a Igreja nova do Colégio da Baía; o P. Simão de Vasconcelos quer mudar os planos, derrubando um corredor; o lugar, que os Padres antigos deixaram, sobeja para uma formosa igreja. *Port.*

H. *Declaração do P. Belchior Pires em como durante o tempo em que foi Provincial tomou contas e deu por boas as do P. Simão de Sotomaior no Engenho de Sergipe.* Baía, 17 de Junho de 1653. No livro "Contas dos rendimentos e despesas do Engenho de Sergipe de 1622 a 1663", entre as folhas 177/178. (Torre do Tombo, *Jesuítas*, maço 13). *Port.*

I. *Carta ao P. Geral Oliva*, da Baía, 26 de Fevereiro de 1662. (*Bras. 3(2)*, 3-4v). — Sobre o Engenho da Pitanga. *Port.*

J. *Resposta aos artigos e falsos testemunhos dos que depuseram o Visitador Jacinto de Magistris, cuja autoridade sustentou.* 1663. (Gesù, *Missiones*, 721). *Lat.*

K. *Outra resposta mais breve*, 1663. (*Ib.*). *Lat.*

Capítulos das Acusações e capelo lido no refeitório contra o P. Belchior Pires, 1663. (Gesù, *Missiones*, 721).

Ver supra, *Magistris* (Jacinto de).

A. S. I. R., *Bras.5*, 68; — *Lus.4*, 174; — *Bras.9*, 208v (Ânua); — Bibl. Vitt. Em., f. ges. 3492/1363, n.º 6; — S. L., *História*, V, 383.

PIRES, Francisco (1). *Missionário e Administrador.* Nasceu cerca de 1522 em Celorico da Beira (Diocese da Guarda). Entrou na Companhia no dia 24 de Fevereiro de 1548. Embarcou para o Brasil em 1550. Trabalhou em Porto Seguro e na Baía até 1553, em que seguiu com o P. Nóbrega para S. Vicente. Voltou à Baía e teve a seu cargo a "Escola geral de meninos da terra e filhos de cristãos". Reitor do Colégio da Baía em 1560, Superior de Ilhéus em 1565. Também trabalhou no Espírito Santo. Bom operário e "bom filho", como o trata Manuel da Nóbrega. Ao seu nome ficou ligado, em Porto Seguro, o Santuário de N.ª S.ª da Ajuda. Faleceu na Baía a 12 de Janeiro de 1586.

1. *Carta dos Meninos do Colégio de Jesus da Baía ao P. Pedro Domenech*, da Baía, 5 de Agosto de 1552. (*Bras.3(1)*, 64-67). *Espanhol.* Traduzimo-la e publicamo-la em *Novas Cartas* (S. Paulo 1940) 141-152.

A carta diz: "*De vossos Irmãos Diogo Topinamba Peribira, Mongeta Quatia,*" mas foi escrito por um Padre (fala no singular, *eu*) que em nota dissemos ser ou o P. Manuel da Nóbrega ou o P. Francisco Pires "e este com mais probabilidade". Reforça esta probabilidade a referência aos "meninos" no final da carta seguinte.

2. *Carta do P. Francisco Pires para os Irmãos de Portugal*, da Baía, a 17 de Setembro de 1552. (Bibl. de Évora, cód. CXVI/1-33, f. 186, entre as Cartas de Nóbrega, mas é de Francisco Pires): *Nuovi Avisi* (Roma 1553) n.º 4; — *Diversi Avisi* (Veneza 1559) 150v-154; — *Diversi Avisi* (Veneza 1565) 150-154; — em português em I. Accioli; — B. Amaral, *Memorias Historicas e Politicas da Bahia*, I (Baía 1919) 304-306, com a seguinte cota: Bibl. Nac., *Cartas dos Jesuitas sobre o Brasil*, f. 39; — *Cartas Avulsas* (Rio 1931) 126-132.

A data da carta é da edição italiana, e dá-a também Barbosa Machado e a transcreve Sommervogel; não traz as primeiras 11 linhas, que se encontram em *Avulsas*, mas tem, no fim, mais notícias sobre a continuação da igreja da Baía; e conclui elogiando a fidelidade, engenho e fervor de alguns meninos, etc.

3. *Treslado de alguns capítulos de cartas do P. Francisco Pires, que hão vindo do Espírito Santo.* [1558]. *Nuovi Avisi* (Veneza 1562) 45v-47v; — *Cartas Avulsas* (Rio 1931) 194-197. Carta incluída noutra de António Blasques, de 30 de Abril de 1558, que em *Nuovi Avisi* vai de p. 41v a 51.

4. *Carta do P. Francisco Pires, do Brasil, de novas depois da geral*, [da Baía, 1559, depois de 21 de Julho citado no texto]. *Cartas Avulsas*, 239-241 (sem indicação da fonte).

5. *Carta do P. Francisco Pires, com outra do Irmão António Rodrigues para o P. Nóbrega*, da Baía, 2 de Outubro de 1559. Copiada de "Cartas dos Padres", cód. da B. N. do Rio de Janeiro, I, 5, 2, 38, f. 65v, e publ. em *Cartas Avulsas*, 244-246. — Ver *Rodrigues* (António).

6. *Carta do P. Francisco Pires para o Padre Doutor* [Miguel de Torres], da Baía, 2 de Outubro de 1559. Copiada de "Cartas dos Padres", f. 66, e publ. em *Cartas Avulsas*, 247-249.

Todas as cartas das *Avulsas* (2-6) levam notas de Afrânio Peixoto.

Streit traz como de Francisco Pires a carta "da Cidade do Salvador, anno de 1551" que é do P. Azpilcueta Navarro.

António Franco, *Imagem de Coimbra*, II, 215-217, transcreve parte da Carta e aplica ao P. Pires, em *Porto Seguro*, o que se passou com Navarro já na Baía, como consta da própria carta. — Ver *Azpilcueta Navarro* (João).

Também Sommervogel confunde com o nosso P. Francisco Pires, do Brasil, outro P. Francisco Pires ou Peres, da Índia, que escrevia de Cochum em 1555.

Do P. Francisco Pires escreveu breve elogio o P. Anchieta e no-lo conservou Franco, *Imagem de Coimbra*, pp. 215-216.

<small>Franco, *Ano Santo*, 19; — B. Machado, II, 205-206; — Sommervogel, VI, 848; — Streit, II, 335-336; — S. L., *História*, I, 61-62.</small>

PIRES, Francisco (2). *Pregador e Administrador.* Nasceu em 1580 em Aljustrel. Entrou na Companhia em Évora, em 1606. Embarcou para o Brasil em 1609. Em 1631 foi como Procurador a Lisboa, e em 1634 a Roma, donde voltou ao Brasil em fins de 1635, ou princípios de 1636. Tornou a ir a Lisboa, onde estava em 1644, a promover com El-Rei D. João IV, de quem era benquisto, os assuntos do Brasil e as pretensões do Governador Geral do Brasil, António Teles da Silva, não só os de carácter pessoal, mas os que se referiam aos Holandeses naqueles tempos de preparação imediata do levante pernambucano. "Bom letrado e pregador". Prestou serviços no cerco da Baía em 1638, e foi ainda naquela ida a Portugal, a serviço da Pátria contra as invasões do Brasil, que o colheu a morte à roda de 1644.

A. *Memorial do P. Francisco Pires sobre diversas propostas de cousas concernentes a Provincia do Brasil com as respostas de N. M. R. P. G. Mutio Vitelleschi*, dadas em 10 de Setembro de 1634. (*Bras.8*, 427-432a; 436-439). *Port.*

B. *Proposta do P. Francisco Pires para que se acabe a demanda com Santo Antão e resposta do Geral*, 10 de Setembro de 1634. (*Bras.8*, 434-435, 440-456). *Port.*

<small>A. S. I. R., *Bras.5*, 131, 182; — *Bras.8*, 472; — S. L., *História*, V, 395-396.</small>

PIRES, Francisco (3). *Mártir.* Era Pároco em Portugal quando entrou no noviciado da Companhia de Jesus, e com um ano dele embarcou na grande expedição do P. Luiz Figueira em 1643. Escapou do naufrágio, concluiu o Noviciado no Maranhão, tendo 46 anos de idade. Em 1646 era companheiro do P. Benedito Amodei, que fala dele com elogio. Ficou Superior do Maranhão depois do falecimento de Amodei, e morreu no Itapicuru à mão dos bárbaros, a 29 de Agosto de 1649.

A. *Certificado do P. Francisco Pires a favor do Provedor mor da Fazenda do Maranhão, Manuel Pita da Veiga*, 28 de Janeiro de 1648. (A. H. Col., *Maranhão, Avulsos*, nesta data). Traslado autêntico. *Port.*

<small>A. S. I. R., *Bras.3(2)*, 254; — S. L., *História*, III, 144-146.</small>

PIRES, Sebastião. *Missionário.* Nasceu em Nazaré (Estremadura). Entrou na Companhia em Portugal e foi para o Maranhão em 1679. Fez a profissão solene em S. Luiz, no dia 2 de Fevereiro de 1680. Recuperou o Colégio do

Maranhão, ocupado pelos homens do *Motim do Estanco*, e ficou Vice-Reitor (1685). Dotado de talento oratório e de bom coração para com todos. Faleceu no Maranhão a 10 de Novembro de 1688.

1. *Cópia do Termo que fez o Padre Sebastião Pires no Maranhão tornando para lá os Padres*, 23 de Setembro de 1685. (*Bras.26*, 121). Em S. L., *História*, IV, 85-86.

A. *Carta ao P. Geral*, de S. Luiz do Maranhão, 2 de Outubro de 1685. (*Bras.26*, 114). — Toma posse do Colégio depois da sedição; Gomes Freire de Andrade restabelece a ordem; espera que nenhum dos 6 condenados à fôrca seja executado. *Lat.*

A. S. I. R., *Lus.10*, 33; — Bettendorff, *Crónica*, 457; — S. L., *História*, IV, 341.

PONTES, Belchior de. *Missionário.* Nasceu em 1644 em S. Paulo e baptizou-se a 6 de Dezembro do mesmo ano. Entrou na Companhia, com 25 anos, em 25 de Junho de 1670. Filho de Pedro Nunes da Ponte e de Inês Domingues Ribeira. Fez o noviciado na Baía e aplicou-se a estudos, não revelando capacidade bastante para os levar a cabo com satisfação. Em compensação sabia admiràvelmente a língua brasílica, o que determinou o ser ocupado nas Aldeias e pregações rurais. Fez os votos de Coadjutor Espiritual, no "Colégio de Santo Inácio" de S. Paulo, a 15 de Agosto de 1683, recebendo-os o P. Reitor Manuel Correia. Dizia-se em 1704 que trabalhava em S. Paulo e nas Fazendas do Colégio com grande fruto e aceitação dos Paulistas. Não é o mais insigne Jesuíta de S. Paulo, mas o mais popular, pela *Vida* que dele escreveu o P. Manuel da Fonseca. Faleceu em S. Paulo a 22 de Setembro de 1719.

1. *Carta do P. Belchior de Pontes a José Correia Penteado*, de 13 de Agosto de 1718. Excerptos, sobre o estado moral de Minas Gerais, em Manuel da Fonseca, *Vida*, 247-248. Excerptos de outras cartas, do mesmo Padre, sem data, ao Capitão-mor Tomé Monteiro de Faria e António de Almeida Lara, *ib.*, 118.

Vida do Ven. P. Belchior de Pontes pelo P. Manuel da Fonseca; — trad. italiana de Ortensio M. Chiari. — Ver: *Fonseca* (Manuel da).

A. S. I. R., *Bras.5(2)*, 80; — *Bras.10*, 36; — *Lus.23*, 89; — *Lus.58(Necrol.1)*, 20; — S. L., *História*, V, 582.

PUGAS, Francisco de. *Missionário.* Nasceu a 6 de Abril de 1720 em Ponte de Lima. Entrou na Companhia, com 22 anos, a 23 de Junho de 1742. Em 1757 era Superior da Aldeia de S. João (Porto Seguro). Preso na perseguição, e levado para a Baía, ficou nesta cidade fora da Companhia, em 1760.

A. *Epistola ad Reformatorem Decanum à P. Francisco de Pugas e Societate Jesu data*, Baía, 12 de Fevereiro de 1760. Em *Prov. Bras. Pers.* do P. Silveira, 212.

A. S. I. R., *Bras.6*, 411; — Caeiro, 120.

R

RAMOS, Domingos. *Professor e Pregador.* Nasceu a 27 de Abril de 1653 na Cidade da Baía. Filho de Manuel Ramos Parente e Andresa Casada. Entrou na Companhia com 13 anos no dia 30 de Julho de 1666. Fez a profissão solene na Baía, a 15 de Agosto de 1686, recebendo-a o P. Alexandre de Gusmão. Ensinou Humanidades, Filosofia e Teologia. Em 1694 foi eleito procurador a Roma e assistiu à Congregação XIV, que teve início a 19 de Novembro de 1696. Retomou o caminho do Brasil, onde foi professor de prima de Teologia e Prefeito dos Estudos Gerais do Colégio da Baía, pregador e consultor do Arcebispo, intervindo nas Constituições Sinodais da Baía, cidade onde faleceu a 11 de Julho de 1728. Promoveu a prática dos Exercícios Espirituais, e a devoção e culto dos 40 Mártires do Brasil.

1. *Sermam nas exeqvias da Raynha N. S. D. Maria Sophia Isabel, celebradas na Cathedral Metropolitana da Cidade da Bahya aos 31 de Março de 1700, Que pregou o Padre Domingos Ramos da Companhia de Jesu Lente de Prima actual na sagrada Theologia nos Estudos geraes da mesma Cidade. Offerecido a Sua Magestade qve Deos gvarde, por D. João de Alencastre Governador, & Capitão Gèral do Estado do Brasil &c.* Anno. [Escudo das armas reais portuguesas] de 1702. Lisboa. Com as Licenças necessarias. Por Bernardo da Costa de Carvalho, 4.º, 36 pp. (*Catálogo da Livraria Azevedo-Samodães*, II (Porto 1922) 869).

Faz um resumo ou análise deste Sermão o P. Francisco de Matos, *Dor sem Lenitivos*, 119-125.

2. *Sermão nas Exequias de El Rey Dom Pedro II. Senhor Nosso, celebradas na Cathedral Metropolitana da Cidade de Bahia aos 20. de Outubro de 1707, Que pregou o M. R. P. Domingos Ramos Religioso da Companhia de Jesu.* Publ. por Sebastiam da Rocha Pita no *Breve Compendio e Narraçam do funebre espectaculo que na insigne cidade da Bahia, cabeça da America Portugueza, se vio na morte de El Rey D. Pedro II, de gloriosa Memoria.* Lisboa, Off. de Valentim da Costa Deslandes, 1709, 4.º, XIV-92 pp.

O *Sermão* vem da p. 53 até o fim. — "Melhor representado do que escrito" (Rocha Pita, p. 17).

3. "Breve ejus excerptum de medicamento antidysenterico, vulgo radice "ipecacuana", exhibet Cinellius, articulo Leibnitz".

A. *Apologia pro Paulistis* (1695). Cf. *Cartas de Vieira*, III, 666.

B. *Carta ao P. Geral Tirso González*, de Palermo, 24 de Maio de 1697 (*Bras.4*, 28). — Escreve a justificar-se das suas viagens. Trazia cláusula do P. Geral, "rejectis omnino aliis digressionibus". O Vice-Rei da Sicília recebeu-o bem, pois foi a seu chamado. *Esp.*

C. *Carta ao P. Geral*, de Lisboa, 20 de Agosto de 1697. (*Bras. 4*, 44-44v). — Caminho que trouxe: Cádis, Sevilha, Évora, Lisboa. *Esp.*

D. *Carta ao P. Geral Tirso González*, da Baía, 28 de Agosto de 1701. (*Bras.4*, 91-92). — Diz que concluiu o livro que o Geral lhe encomendara sobre o Probabilismo: em forma silogística; e segue a doutrina do livro do mesmo Geral. *Lat.*

E. *Carta ao P. Geral*, da Baía, 12 de Outubro de 1702. (*Bras.4*, 94). — O seu livro, ainda não limado, constará de três partes: 1. De vera probabilitate practica in communi; 2. De vera probabilitate practica in particulari; 3. De vera probabilitate speculativa tam in communi quam in particulari. E pergunta qual é a opinião de Clemente XI. A dos Papas Inocêncio XI e XII já sabe. *Lat.*

F. *Carta ao P. Geral Tamburini*, da Baía, 30 de Agosto de 1722. (*Bras.4*, 241-242). — Diz que não respondia às cartas do Geral por se sentir magoado; sobre o culto do dia 15 de Julho consagrados aos 40 Mártires, Inácio de Azevedo e Companheiros; e que uma capela se consagre se não ao Mártires, ao menos a N.ª S.ª dos 40 Mártires [a Imagem de S. Lucas]. *Lat.*

G. *Carta ao P. Geral Tamburini*, da Baía, 15 de Julho de 1724. (*Bras.4*, 262-262v). — Festa de Nossa Senhora dos 40 Mártires do Brasil; estudos no Colégio. *Lat.*

H. *Carta ao P. Geral Tamburini*, da Baía, 29 de Março de 1727. (*Bras.4*, 345-345v). — Festa e Capela dos 40 Mártires; cubículos separados para Padres seculares em Exercícios Espirituais. *Lat.*

I. *Quæstiones Theologicæ de Opinione probabili.* — Ver supra, letra E.

J. *Cursus Philosophicus.* Cf. S. L., *História*, I, 534, n.º 16.

Lê-se numa carta, ao P. Alexandre de Gusmão, de Roma, 8 de Fevereiro de 1687: "Poterit R.ª V.ª Lugdunum mittere *Cursum Philosophicum* P. Dominici Ramos ibi recognoscendum; at non edendum nisi post concessam a novo Societatis Preposito facultatem ad quem mittenda erit sententia Revisorum". (*Bras. 1*, 19). A notícia da sua morte diz que escreveu obras de Teologia, Filosofia e Moral. Não se conhece a existência ou o paradeiro actual destas obras.

A. S. I. R., *Bras.*10(2), 304v; — *Lus.*11, 15; — B. Machado, I, 696; — Sommervogel, VI, 1436; — S. L., *História*, V, 581.

RANGEL, António. *Professor e Pregador.* Nasceu cerca de 1635 em Lisboa. Entrou na Companhia na mesma cidade com 17 anos no dia 29 de Novembro de 1652. Embarcou para o Brasil por 1655 (não consta do Catálogo de 1654, sim do 1657: Ir. filósofo, e com a nota de que já sabia um pouco da língua brasílica). Fez a profissão solene na Baía, no dia 2 de Fevereiro de 1672. Procurador a Roma enviado pela Congregação Provincial, voltando ao Brasil em 1691. Director de estudos no Colégio da Baía. Professor de Latim e Teologia Especulativa e Moral (esta durante nove anos). Pregador "cum laude". Faleceu no mar a 14 de Setembro de 1696.

1. *Aprovação à "Escola de Bethlem"*, do P. Alexandre de Gusmão, na Baía, 18 de Agosto de 1676. Impressa nos preliminares deste livro (Évora 1678).

A. *Aprovação ao livro do P. Alexandre de Gusmão, "História do Predestinado Peregrino e seu irmão Precito".* Baía, 17 de Junho de 1679. (Gesù, Cens. Libr. 671, 561).

B. *Aprovação ao Tomo III dos "Sermoens" do P. António Vieira*, datada da Baía, 21 de Julho de 1682. (Gesù, 672, f. 69, 70).

C. *Carta ao P. de Marinis, com o parecer favorável ao livro do P. Alexandre de Gusmão, "Meditações para todos os dias do ano".* (Bras.3(2), 242). Lat.

D. *Postulados da Província e outros do Brasil que apresentou em Roma.* (Gesù, Assist., 627).

E. *Consulta ao P. Geral se uma pessoa devedora a um Colégio da Companhia pode aplicar esse dinheiro ao Colégio de Paraíba*, Roma, 17 de Maio de 1689. — Resposta ao lado, do P. Geral: "Não parece que se possa fazer, a não ser que não passe de 200 escudos, e o Colégio, que deve, seja rico; e o outro pobre". (Gesù, *Colleg.* 20).

A. S. I. R., *Bras.*5(2), 79, 92; — *Lus.*9, 24; — *Hist. Soc.*49, 32.

REBOUÇA, João. *Professor.* Nasceu a 9 de Março de 1689 na Baía. Entrou na Companhia a 28 de Setembro de 1703. Fez a profissão solene na mesma cidade, a 19 de Março de 1723, recebendo-a o P. Reitor Rafael Machado. Professor de Letras, Filosofia e Teologia, e Visitador do Colégio do Rio e do Sul. Em 1753 era Superior de Porto Seguro. Faleceu na Baía a 8 de Julho de 1754.

A. *Annuæ Litteræ Provinciæ Brasiliæ*, Bahyæ, die 29 Novembris anni 1723. (*Bras.10(2)*, 263-265). *Lat.*

A. S. I. R., *Bras.6*, 97; — *Bras.10(2)*, 448; — *Lus.14*, 235.

REIS, Ângelo dos. *Pregador e Professor.* Nasceu em 1664 no Rio Real, Sergipe. Entrou na Companhia no dia 8 de Novembro de 1681. Ordenou-se de Sacerdote em 1693 e fez a profissão solene, na Baía, a 15 de Agosto de 1699. Professor na Baía e no Rio de Janeiro de Filosofia e Teologia, e Prefeito dos Estudos de Humanidades. Pregador de renome e de boa linguagem, Membro supranumerário da Academia Portuguesa da História. Conheceu o P. António Vieira de quem foi algum tempo secretário. Superior da Aldeia de Canabrava no sertão da Baía, onde faleceu de um antrás. Tocado pela doença, conheceu a natureza dela e escreveu ao Reitor do Colégio da Baía, prevendo a morte próxima, que foi a 21 de Dezembro de 1723.

1. *Sermam da Restauraçam da Bahia, prégado na Sé da mesma Cidade em dia dos Apostolos S. Filippe, e Santiago Pelo Padre Angelo dos Reis da Companhia de JESV, da Provinçia do Brasil, offerecido ao Serenissimo Principe Dom Joaõ nosso senhor. Lisboa. Na Officina de Miguel Manescal, Impressor do Santo Officio. Anno de 1706.* 8.º, XII – 18 pp. 2.

2. *Sermaõ da Canonização do grande Apostolo do Oriente S. Francisco Xavier pregado no dia da mesma festa no Collegio do Rio de Janeiro.* Lisboa, por Valentim da Costa Deslandes, 1709, 4.º

3. *Sermaõ de N. S. de Belem pregado no Seminario do mesmo nome, e na primeira Outava do Natal no anno de 1716.* Lisboa, por Antonio Pedrozo Galrão, 1718, 4.º

4. *Sermaõ da Soledade da Mãy de Deos pregado na Sé da Bahia no anno de 1718.* Lisboa, por Antonio Pedrozo Galrão. 1719, 4.º — Ramiz Galvão, *O púlpito no Brasil*, na Rev. do Inst. Hist. e Geogr. Bras., vol. 146 (1926) 53-56, transcreve diversos trechos deste Sermão.

5. *Ode:* "Admodum D. D. Sebastiano Monteyro da Vide Metropolitano Antistiti Brasiliensi, Panegiris — Sebastianus ma-

nifestus". Nos Prelims. da *Vida Chronologica de S. Ignacio de Loyola*, do P. Francisco de Matos, Lisboa, 1718, 4.º, 3 pp.

6. *Censura do M. R. P. Angelo dos Reys*, datada do Collegio da Bahia, 17 de Mayo de 1716, à *Vida Chronologica*, citada no n.º precedente, e nos Prelims. da mesma, Lisboa, 1718, 4.º, 2 pp.

A. *Carta ao P. Geral*, do Rio de Janeiro, 8 de Fevereiro de 1704. (*Lus.59*, 225). — Propõe que o P. Jacobo Rolando, a quem deve a vocação e faleceu na Ilha de S. Tomé, se inscreva no Menológio do Brasil.

<small>A. S. I. R., *Bras.5*(2), 59v; — *Bras.10*(2), 271v; — *Lus.12*, 63; — B. Machado, I, 174; — Inocêncio, I, 71; — Sommervogel, VI, 1699; — S. L., *História*, V, 582.</small>

REIS, Luiz dos. *Missionário e Administrador*. Nasceu por 1684 em Azurara (Vila do Conde). Entrou na Companhia com 16 anos, a 22 de Agosto de 1700. Fez a profissão solene na Aldeia do Saco dos Morcegos (sertão da Baía) no dia 15 de Agosto de 1718. Superior da Casa de Porto Seguro (1720), Reitor do Colégio do Recife (1735), Vice-Reitor do Noviciado da Jiquitaia duas vezes (1740 e 1754). Atingido pela perseguição geral, foi exilado da Baía para Lisboa e Itália. Faleceu em Roma, no Palácio de Sora, a 7 de Abril de 1761.

A. *Certificado dos bons procedimentos do Doutor Caetano da Silva Pereira, advogado nos auditórios de Pernambuco e do Colégio do Recife*. Recife, 13 de Abril de 1736. (A. H. Col., *Pernambuco Avulsos*, Capilha de 12.IX.736). *Port*.

<small>A. S. I. R., *Bras.6*, 408; — *Lus.14*, 52; — Gesù, 690 (Spese); — Bibl. Vitt. Em., f. ges. 3492/1363, n.º 6; — Caeiro, 124; — S. L., *História*, V, 586, n.º 301.</small>

RIBEIRO, António (1). *Cartógrafo e Missionário*. Nasceu em Portugal e embarcou em Lisboa para o Maranhão em 1663, sendo ainda noviço. Revelou-se bom missionário e sertanista. Como Irmão Coadjutor, que era, acompanhou o P. Pedro de Pedrosa ao Sertão dos Tacanhapes, e foi na expedição de 1676 ao Rio Parnaíba entre os actuais Estados do Maranhão e Piauí, levando consigo o astrolábio. Depois do *Motim do Estanco* no Maranhão (1684), ficou na Província do Brasil e faleceu em Olinda no ano de 1686, servindo aos empestados do "mal da bicha" (febre amarela).

A. *Mapa do Rio Parnaíba*. 1676. O Ir. António Ribeiro "tinha feito um mapa dos rios e terras em que tinha entrado". (Bettendorff, *Chronica*, 314).

<small>Bettendorff, *Chronica*, 222; — S. L., *História*, III, 161-162; IV, 284, 340; V, 449.</small>

RIBEIRO, António (2). *Professor*. Nasceu em 1678 na Baía. Entrou na Companhia na mesma cidade, com 15 anos, a 14 de Agosto de 1693. Fez a profissão solene na Baía, a 16 de Abril de 1713. Pregador e Professor notável de Letras Humanas, Filosofia e Teologia. Faleceu na Baía a 24 de Julho de 1744.

1. *Panegírico de D. Sebastião Monteiro da Vide, Arcebispo da Baía*. Em *português*, segundo o Catálogo "Scriptores Provinciæ Brasiliensis" (S. L.); em *latim*, na transcrição de Rivière.

A. *Declaração do P. Mestre António Ribeiro em como consta do Livro dos Cursos e Graus do Colégio de Olinda, que o seu discípulo Pedro de Sequeira Varejam recebeu o grau de Licenciado e Mestre em Artes*, Olinda, 10 de Julho de 1717. (A. H. Col., *Pernambuco, Avulsos, Capilha de 13 de Setembro de 1723*). *Port*.

A. S. I. R., *Bras.6*, 287v; — *Lus.13*, 244; — Rivière, n.º 5206; — S. L., *História*, I, 535, n.º 24; V, 584.

RIBEIRO, Francisco (1). *Administrador e Pregador*. Nasceu cerca de 1609 em S. Paulo. Entrou na Companhia na Baía em 1626. Estava em Pernambuco em 1631 e fez toda a campanha com heroismo, até ser cativo dos Holandeses no Forte de Nazaré em 1635 e desterrado. Voltou ao Brasil. Fez a profissão solene no Rio de Janeiro a 23 de Fevereiro de 1648, recebendo-a o P. Francisco Carneiro. Seguiu em 1650 para Lisboa como Procurador na frota de Antão Temudo, e foi cativo dos Ingleses que o deixaram em Castela, donde passou a Portugal. Tratou com diligência da questão do Engenho de Sergipe do Conde, esteve em Roma em 1656, e pediu e alcançou licença de ir para o Maranhão, impedindo-o o P. Simão de Vasconcelos. Já estava na Baía em 1659 como Pregador, e em 1662 Vice-Reitor; e em 1663 em S. Paulo, onde pouco depois ficou Reitor, cargo em que faleceu a 10 (ou 16) de Outubro de 1666.

1. *Carta do P. Francisco Ribeiro ao P. Geral Vitelleschi sobre a sua estada na Guerra de Pernambuco e os seus estudos*, da Baía, 15 de Fevereiro de 1643. (*Bras.3(1)*, 220). Em S. L., *História*, V, 385.

A. *Carta do P. Francisco Ribeiro, Procurador do Brasil, ao P. Geral*, de Lisboa, 16 de Janeiro de 1653. (*Bras.11*, 374-375). — Sobre a causa do Colégio da Baía com o Colégio de Santo Antão. *Port*.

B. *Rezões do P. Francisco sobre a causa do Engenho de Sergipe*, Lisboa, 17 de Julho de 1654. (Torre do Tombo, *Cartório dos Jesuítas*, maço 88). *Port*.

C. *Carta ao P. Geral sobre a controvérsia do Engenho de Sergipe*. [S. a. No texto, cita-se uma carta de Roma de 25 de Março de 1656]. (*Bras.11(1)*, 228). — Propõe a nomeação de dois juízes amigos da Companhia, um pelo Colégio de S. Antão, outro pelo Colégio da Baía; e se for necessário um terceiro juíz, que se eleja por ambos os Colégios. *Lat.*

D. *Diversos pareceres, e razões, de 1651 a 1658 do P. Francisco Ribeiro, Procurador Geral do Brasil.* No Caderno "Exame e recensam das contas entre as Provincias de Portugal e do Brasil que a requerimento das mesmas Provincias se mandão rever por ordem do nosso muito R.do P. Geral Francisco Caraffa". (Torre do Tombo, *Cartório dos Jesuítas*, maço 53). *Port.*

Da parte de Portugal era procurador Cosme Coelho.

Entre os autógrafos deste processo doméstico, vê-se, a f. 39v, a assinatura do P. António Vieira, um dos juízes dele.

A. S. I. R., *Bras.5*, 136; — *Lus.6*, 196; — Vasconcelos, *Almeida*, 249-251; — S. L., *História*, V, 385-386.

RIBEIRO, Francisco (2). *Professor e Administrador.* Nasceu por 1641 em Lisboa. Entrou na Companhia na Baía a 20 de Março de 1657. Mestre de Humanidades em S. Paulo em 1663. Despedido pouco depois, por mostrar repugnância em ir para uma Aldeia, enquanto esteve fora da Companhia foi capelão de João Peixoto. Persuadido a voltar pelo P. António Pereira, quando este viveu na Baía, foi a Lisboa e chegou ao Maranhão, outra vez noviço, em 1674, reiniciando a sua carreira, como mestre de Humanidades no Colégio do Maranhão e catequista experimentado. E houve-se com tanta satisfação, que fez profissão solene no Pará, a 2 de Fevereiro de 1684, recebendo-a Jódoco Peres. Superior do Caeté e Vice-Reitor do Pará. Faleceu nesta cidade a 25 de Novembro de 1694.

A. *Carta do P. Vice-Reitor Francisco Ribeiro ao P. Geral,* do Pará, 6 de Dezembro de 1685. (*Bras.26*, 126). — Pede pela 3.ª ou 4.ª vez que o tirem de Reitor: alega doença. *Lat.*

B. *Carta ao P. Geral,* do Pará, 20 de Julho de 1687. (*Bras.3(2)*, 239). — Estado do Colégio, subsídios reais; há 4 anos que é Reitor do Colégio: pede para ser substituido. *Lat.*

C. *Carta ao P. Geral,* do Pará, 28 de Julho de 1687. (*Bras.26*, 153). — Pede licença para trocar uns terrenos por outros e dá as razões. *Lat.*

D. *Carta ao P. Geral,* do Pará, 20 de Setembro de 1687. (*Bras.26*, 160). — Insiste em que o alivie do cargo e informa sobre os sucessos da publicação dos novos decretos no Pará. Cit. em S. L., *História*, IV, 92. *Port.*

E. *Carta ao P. Geral Tirso González*, do Pará, 10 de Janeiro de 1688. (*Bras.26*, 164-164v). — Dá conta do martírio dos Padres António Pereira e Bernardo Gomes, na Missão do Cabo do Norte. Excerpto em S. L., *História*, III, 258-260. *Port*.

F. *Carta ao P. Geral Tirso González*, do Pará, 15 de Janeiro de 1688. (*Bras.26*, 165). — Sobre os Padres António Pereira e Bernardo Gomes, mortos pelos Índios selvagens do Cabo do Norte, Amapá. *Port*.

<small>A. S. I. R., *Bras.5*, 218v; — *Lus.10*, 241-242; — *Livro dos Óbitos*, 4.</small>

RIBEIRO, Geraldo. *Missionário.* Nasceu por 1652 em Celas (Coimbra). Entrou na Companhia em Portugal e foi para o Maranhão em 1679. Trabalhou nas Missões. Irmão coadjutor "de grandes e notáveis prendas". Faleceu no Colégio do Pará a 17 de Janeiro de 1701.

A. *Carta do Ir. Giraldo Ribeiro ao P. Geral em que pede a Missão dos Tobajaras*, do Maranhão, 1 de Junho de 1690. (*Bras.26*, 170). *Port*.

<small>*Livro dos Óbitos*, 6.</small>

RIBEIRO, Joaquim. *Pregador.* Nasceu a 23 de Novembro de 1702 na freguesia de Santa Eulália, Fafe, Arquidiocese de Braga. Filho de João de Basto Ferreira e Mariana Ribeiro. Entrou na Companhia a 16 de Junho de 1717 (já está no Catálogo do Brasil de 1718). Fez a profissão solene na Igreja de Santiago, Espírito Santo, a 15 de Agosto de 1737. Tinha talento para as Letras. Ocupou-se nos ministérios e pregação. Visitava os Hospitais e dirigia a obra dos Exercícios Espirituais para externos. Ao dar-se a perseguição geral foi deportado do Recife para Lisboa em 1760 e dali para a Itália. Faleceu em Castel Gandolfo a 10 de Abril de 1771.

1. *Dois sermões de N.ª Senhora do Ó*: "Edidit contiones duas de Expectatione Partus Beatissimæ Virginis".

"Contiones" (sermões); não "cantiones" (poemas), como em Sommervogel.

A. *Annuæ Litteræ Provinciæ Brasiliæ*, Bahiæ ex Collegio Bahyensi, pridie Kal. Ianuarij anno M.D.CC.XXXIII. (*Bras.10(2)*, 346-348). *Lat*.

B. *Declaração em como António Pereira de Sousa cursara Filosofia no Colégio do Recife e se graduara de Bacharel "maxima cum laude"*. Colégio do Recife, 7 de Maio de 1745. (A. H. Col., *Pernambuco*, Avulsos, Capilha de 30 de Agosto de 1745). *Port*.

Declaração passada a pedido do Bacharel, anos depois do curso, que fôra o que leu o P. Lourenço de Almeida.

<small>A. S. I. R., *Bras.6*, 399v; — *Lus.15*, 285; — Sommervogel, VI, 1760; — Rivière, n.º 5208; — S. L., *História*, I, 536.</small>

RIBEIRO, Manuel (1). *Missionário.* Nasceu no Porto pelo ano de 1601. Entrou na Companhia na Baía em 1617. Fez a profissão solene no Rio, a 1 de Janeiro de 1642. Pregador e sabia a língua brasílica. Foi Reitor do Colégio do Rio de Janeiro, mas passou quase toda a vida nas Aldeias dos Índios. Faleceu no Rio de Janeiro a 15 de Julho de 1681.

A. *Requerimento do Reitor do Colégio do Rio de Janeiro, Manuel Ribeiro para que se lhe passem os treslados da inquirição de testemunhas e das terras do Cabo Frio dadas em 1617.* Despacho, Rio de Janeiro, 29 de Julho de 1667. — Com os traslados. (Torre do Tombo, Cartórios dos Jesuítas, maço 88). *Port.*

A. S. I. R., *Bras.5*, 132, 206v; — *Lus.6*, 36; — *Hist. Soc.49*, 64; — S. L., *História*, VI, 10.

RIBEIRO, Manuel (2). *Professor, Pregador e bibliógrafo.* Nasceu a 16 de Fevereiro de 1687 em Coimbra. Filho de José Francisco e Mariana Ribeiro. Entrou na Companhia a 13 de Novembro de 1701. Fez a profissão solene a 15 de Agosto de 1720. Professor de Letras Humanas nos Colégios do Espírito Santo, S. Paulo e Baía. E neste também de Filosofia e Teologia. Prefeito dos Estudos Gerais e Examinador Sinodal do Arcebispado da Baía. Em 1725, depois de ser sete anos a fio lente de Prima de Teologia no Colégio da Baía, pediu para descansar e foi Superior da Aldeia do Espírito Santo (Abrantes). De génio vivo e desprendido, e de horror inato à ociosidade. Grande letrado nas Ciências divinas e humanas. Faleceu na Baía a 17 de Dezembro de 1745.

1. *Coroa Virginea com as doze pedras preciosas do Racional de Arão em obsequio das Santas onze mil Virgens com O Compendio da sua Vida, e Martyrio.* Lisboa, por Antonio Pedrozo Galrão, 1734, 8.º (Barbosa Machado). O "Diario de los Literatos de España", t. II (1734) 369, traduz o título mais completo: *Corona Virginea, esmaltada con las doce piedras preciosas del Racional de Aarōn: Modo facil de implorar el patrocinio de la gloriosa Virgen, y Martyr Santa Ursula, y de las once mil Virgenes, para la hora de la muerte, repartido por los doce dias, desde diez de Octubre, hasta el dia de su martyrio. Por un Jesuita Conimbricense, Misionario del Brasil.*

Segundo o Catálogo *Scriptores Provinciæ Brasiliensis* (S. L.), esta obra aparece em duas partes ou livros distintos: 1.º "Contio Panegyrica"; 2.º "Novendiales preces", títulos que traduz Rivière, citando a Caballero.

2. *Sermaõ da Gloriosa Santa Anna Mãy da Mãy de Deos, pregado na ação votiva, que na Igreja do Real Collegio da Companhia de Jesus da Cidade da Bahia dedicou a mesma Santa a Senhora D. Joanna da Silva Guedes de Brito.* Lisboa, por Manuel Fernandes da Costa, 1735, 4.º

3. *Sermaõ do Principe dos Apostolos S. Pedro pregado na Igreja do mesmo Santo em a Bahia no anno de 1733*. Coimbra, no Real Collegio das Artes da Companhia de Jesus, 1736, 4.º

4. *Carta ao P. André de Barros sobre o exame que fez ao crânio do P. António Vieira*. Barros, *Vida do Apostolico Padre Antonio Vieira* (Lisboa 1746) 659-660.

A. *Annuæ Litteræ Provinciæ Brasiliæ Anni 1717*, Bayæ, die decima Augusti anni millesimi Septingentesimi decimi octavi. (*Bras.10*, 175-178v). *Lat.*

B. *Judicium P. Emmanuelis Ribeiro contra divisionem Provinciæ Brasilicæ*, Baía, 5 Agosto de 1725. (Bibl. Vitt. Em., f. ges. 1255, n.º 32). *Lat.*

C. *Catálogo dos Escritores da Província do Brasil* (1726). "Direi porêm o que agora observey, e já tenho escrito a Roma no *Catalogo dos Escritores desta Provincia*, que fiz por ordem do nosso M. R. P. Miguel Angelo Tamborino". (Da Carta de Manuel Ribeiro a André de Barros, publicada por este na *Vida do Apostolico Padre Antonio Vieira*, 660). Cf. S. L., *História*, V, 93.

Catálogo utilizado por João Lopes de Arbizu.

D. *Censura sobre o Menológio de homens ilustres da Província do Brasil*. Baía, 30 de Setembro de 1740. (Gesù, 680). Está bem; mas no elogio do P. António Vieira deve-se acrescentar a luz que apareceu sobre o Colégio da Baía, na noite em que morreu, e viram muitas testemunhas oculares. *Lat.*

E. *Opus morale de mancipiorum servitute Parochis ac Confessariis admodum utile*. Preparava-o para a imprensa quando faleceu.

A. S. I. R., *Bras.6*, 97; — *Bras.10(2)*, 423-424; — B. Machado, III, 346; — Sommervogel, VI, 1760; — Rivière, n.º 5209; — S. L., *História*, 1,535.

RIBEIRO, Manuel (3). *Missionário*. Nasceu a 12 de Janeiro de 1712 em Vouzela (não Souselas), Bispado de Viseu. Filho de Matias Ribeiro e Maria Marques. Entrou na Companhia a 17 de Junho de 1728 e embarcou para a Vice-Província do Maranhão e Pará em 1731. Fez a profissão solene no Pará a 15 de Agosto de 1745. Ministro do Colégio do Pará e Missionário por largos anos nas Aldeias, em particular na de Arucará (Portel), donde socorria os Macapenses que o chamavam "Pai de Macapá". Um dos primeiros atingidos pela perseguição nascente, deportado para o Reino em 1756. Encerrado em 1759 nos cárceres de Almeida, passou em 1762 para os de S. Julião da Barra. Deles saíu com vida em 1777 ao restaurarem-se em Portugal as liberdades cívicas. Tinha então 65 anos de idade.

I. *Soneto na morte do P. David Fay, nos cárceres de S. Julião da Barra, a 12 de Janeiro de 1767.* Nos Anais da B. N. do Rio de Janeiro, LXIV (1944) 241.

A. *Carta do P. Manuel Ribeiro ao P. Procurador Bento da Fonseca,* da Aldeia de Arucará, 12 de Novembro de 1753. (B. N. de Lisboa, fg., 4529, doc. 54). — Pede um frontal para o altar mor da Igreja do Pará; contas da Missão, etc. Cit. em S. L., *História*, III, 310. *Port.*

B. *Carta do mesmo ao mesmo,* de Arucará, 14 de Novembro de 1753. B. N. L., *loc. cit.*, doc. 55. — Breve notícia histórica desta Aldeia da invocação de N.ª S.ª da Luz; Padres que ali estiveram antes dele; e do que fizeram. *Port.*

Sobre o título de "Pai de Macapá", cf. Domingos António, *Collecção,* 24.

A. S. I. R., *Lus.16,* 191; — S. L., *História,* IV, 353.

RIBEIRO, Miguel. *Poeta.* Nasceu a 27 de Janeiro de 1716 no Recife. Entrou na Companhia com 14 anos, a 13 de Dezembro de 1730. Em 1745 estava na sua cidade natal, Professor da primeira classe de Gramática e Director da Congregação dos Estudantes. Saiu da Companhia em 1752.

A. *Quinhentos Epigramas ao nascimento do Menino Deus.* "Por justas causas obteve de seus Prelados faculdade para sair, e vive retirado no seu Engenho novo do Cabo. Tinha escrito quinhentos epigramas ao nascimento do Menino Deus". — "Elegantíssimo poeta" (Loreto Couto).

A. S. I. R., *Bras.6,* 272, 375v; — Loreto Couto, II, 32.

ROCHA, António da. *Missionário e Administrador.* Nasceu por 1536 em Baltar, Diocese do Porto. Filho de Pero Gonçalves e Maria Gonçalves. Entrou na Companhia em 1558 e foi para o Brasil em 1566; e tempo depois, a 20 de Janeiro, fez os últimos votos na Capitania do Espírito Santo (Igreja de Santiago), recebendo-os o B. Inácio de Azevedo, com quem tinha ido de Portugal. Superior do Espírito Santo, Ilhéus e outras Residências e Procurador da Província. "Verus pietatis et religiosæ cultor pauperpatis". Faleceu em Porto Seguro em Agosto de 1593.

1. *Carta do P. António da Rocha ao P. Geral Francisco de Borja sobre as dificuldades do Brasil em matéria de castidade*, do Espírito Santo, 26 de Junho de 1569. (*Bras.3(1)*, 161-162). Publ. em S. L., *História*, II, 405-406.

A. *Carta do P. António da Rocha ao P. Geral*, do Espírito Santo, 18 de Junho de 1571. (*Bras.15*, 231-232v). — Repete as dificuldades manifestadas na carta precedente. *Esp.*

A. S. I. R. *Bras.5*, 22v; — S. L., *História*, II, 407.

ROCHA, João da. *Pregador e Administrador.* Nasceu por 1654 em Sergipe de El-Rei. Entrou na Companhia com 16 anos, a 24 de Maio de 1670. Fez a profissão solene na Igreja de Santiago, Capitania do Espírito Santo, a 3 de Dezembro de 1688, recebendo-a o P. Reitor Paulo Carneiro. Pregador, Superior da Aldeia do Espírito Santo (Abrantes), Reitor do Colégio de Santos (1694), e Procurador da Província do Brasil em Lisboa. Pediu e alcançou ir para a Índia Oriental, falecendo, durante a viagem, no mar de Moçambique, a 5 de Maio de 1702.

1. *Carregação feita por mim o Padre João da Rocha, da Companhia de Jesus, Procurador Geral da Província do Brasil, para o Colegio do Pará*. Ano de 1699. Em S. L., *História*, IV, 381-383.

A. *Carta do Procurador P. João da Rocha ao P. Geral Tirso González*, de Lisboa, 12 de Maio de 1697 (*Bras.4*, 27). — Sobre uma diferença de câmbios entre o Colégio do Rio de Janeiro e o Procurador do Paraguai, e sobre a pensão do P. Baltasar Duarte. *Lat.*

B. *Carta ao mesmo*, de Lisboa, 1 de Abril de 1698. (*Bras.4*, 45). — Sobre os livros do P. Valentim Estancel. *Lat.*

C. *Carta ao mesmo*, de Lisboa, 1 de Abril de 1698. (*Bras.4*, 47). — Todos os lucros dos livros do P. António Vieira já estão gastos ou aplicados. *Lat.*

D. *Carta ao mesmo*, de Lisboa, 27 de Outubro de 1698. (*Bras.4*, 53). — Manda para Roma dois livros do P. António Maria Bonucci. *Lat.*

E. *Carta ao mesmo*, de Lisboa, 16 de Março de 1699. (*Bras.4*, 56). — Pede licença para publicar os seus sermões, pregados no Brasil. *Lat.*

F. *Carta ao mesmo*, de Lisboa, 26 de Maio de 1699. (*Bras.4*, 57). — Sobre o livro do P. Valentim Estancel, que estava na Bélgica, e foi mandado apreender pelo P. Geral. Cit. em S. L., *O P. António Vieira e as Ciências Sacras no Brasil — A famosa "Clavis Prophetarum" e seus satélites*, em *Verbum*, I (Rio de Janeiro 1945) 261. Lat.

G. *Carta ao mesmo*, de Lisboa, 9 de Novembro de 1699. (*Bras.4*, 60). — Que enviará para Roma na primeira oportunidade o livro do P. António Vieira, *Clavis Prophetarum*, que recebeu do Brasil. Lat.

H. *Carta ao mesmo*, de Lisboa, 19 de Janeiro de 1700. (*Bras.4*, 62). — Remeteu de Lisboa para Roma a *ClavisProphetarum*, do P. António Vieira por intermédio do P. Flisco, Reitor do Colégio de Génova; remete também o último tomo impresso dos *Sermoens* de Vieira. Lat.

I. *Carta ao mesmo*, de Lisboa, 21 de Novembro de 1701. (*Bras.4*, 93). — Pede as missões da Índia na Província de Goa ou de Malabar, esta sobretudo, por três motivos: para se ver livre das importunações dos seus parentes; porque lavra demasiado no Brasil a peste do amor dos conterrâneos com prejuízo da união e caridade religiosa; e porque na Índia há mais necessidade do que no Brasil. Lat.

J. *Sermões*. "Dum in mea Provincia Brasilica commoratus fui, Superiorum compulsus *concionibus* publicis in nostris et externis templis operam dedi"... et "aliqualem fructum ex earum comparari posse si proeli beneficio publicam in lucem prodeant", para o que pede licença ao P. Geral. (Carta de Lisboa, 16 de Março de 1699, *Bras.4*, 56: supra, E).

A. S. I. R., *Bras.5*(2), 80; — *Lus 11*, 103; — *Hist. Soc.51*, 159; — S. L., *História*, V, 581.

ROCHA, José da. *Missionário e Administrador*. Nasceu a 14 de Outubro de 1714 em S. Luiz do Maranhão. Filho de António da Rocha e Ana Correia. Entrou na Companhia a 15 de Julho de 1729. Fez a profissão solene no Maranhão a 2 de Fevereiro de 1748. Sabia a língua brasílica. Pregador, Missionário, Pocurador do Colégio do Maranhão. Vice-Reitor do Seminário do Guanaré e Reitor do Colégio do Maranhão. Nesta qualidade defendeu a honra da Religião, sendo uma das primeiras vítimas da perseguição geral nascente. Deportado em 1757 para o Reino e confinado no Mosteiro de Pedroso (Carvalhos). Preso em 1759 nos cárceres de Almeida, passou em 1762 para os de S. Julião da Barra; e aí faleceu a 20 de Agosto de 1775.

1. *Requerimento ao Governador do Bispado do Maranhão, na Junta de Missões* [13 de Abril de 1757]. Publ. por Lamego, III, 365-367, sem data, nem nome de autor.

Lamego traz *Exmo. Sr.* No original, *Illm.º* — Conclui com o pedido de que na Junta de Missões se mande escrever, "no que R. M." ("receberá mercê"). (Cf. Arq. Prov. Port., pasta 177, 5.º).

2. *Requerimento do P. José da Rocha, Reitor do Colégio de N.ª S.ª da Luz, com poderes de Vice-Provincial no Maranhão, ao Governador da Capitania do Maranhão Gonçalo Pereira Lobato e Sousa pedindo-lhe protecção contra as violentas determinações do Governador do Bispado João Rodrigues Covete.* Maranhão, 13 de Abril de 1757. Em Domingos António, *Collecção*, 99-101.

Ambos os Requerimentos traduzidos em latim no *Fasciculus Myrrhæ* do P. Francisco de Toledo. (*Lus.87*, 78-79v).

A. *Carta do P. Reitor José da Rocha ao P. Geral*, do Maranhão, 30 de Janeiro de 1757. (*Lus.90*, 102v-103). — Deixou de ser Regente do Seminário e começou a ser Reitor. Por causa dos "rolos de pano" (moeda) do Colégio, não pôde evitar uma questão com o Provedor da Fazenda e talvez ele ficasse melindrado. *Lat.*

B. *Carta ao P. Geral*, do Maranhão, 21 de Abril de 1757. (*Lus.90*, 103-104). — Guerra do Bispo do Pará e Governador contra a Companhia; o Bispo, com carta de Irmandade da Companhia, quer dispor dos Missionários nas Aldeias como se fossem clérigos; o Governador quer os bens da Companhia, cuidando que dão grandes proventos, olhando mais à *medida* dos mesmos bens que à sua *utilidade* real, que é o caso de Tutoia. *Lat.*

S. L., *História*, III, 133; IV, 363.

ROCHA, Luiz da. *Administrador.* Português, e da Província de Portugal. Esteve no Brasil como administrador do Engenho de Sergipe do Conde da Igreja de S. Antão, de Lisboa. Já aí residia em 1735, como adjunto do P. Luiz Veloso; e, como Superior, em 1738, e o foi durante alguns anos, sucedendo-lhe o P. Manuel Carrilho em 1746.

A. *Esquema do Engenho de Petinga que se comprou no anno de 1742 sendo Perfeyto da Igreja o P. Francisco Guerra, e Superior do Engenho do Conde o P. Luiz da Rocha, em que diz o comprou por 46.000 cruzados.* (Torre do Tombo, *Cartório dos Jesuítas*, maço 12). *Port.*

Com um desenho das posições do Engenho de Sergipe e Petinga, levadas, pastos, etc.

B. *Auto da entrega do Engenho de Sergipe do Conde ao P. Manuel Carrilho.* 1745. (Torre do Tombo, *ib.*, maço 15). — Com várias instruções e pareceres sobre o estado do Engenho e Capela e diz estar tudo velho. *Port.*

C. *Requerimento ao P. Reitor e Vice-Provincial Manuel de Sequeira para que se examinem as suas contas.* (Torre do Tombo, *ib.*, maço 17). *Port.*

Com o despacho do P. Sequeira, de 6 de Outubro de 1646, e os pareceres dos Padres Plácido Nunes, José de Andrade e José de Mendoça; e ordem do P. Manuel de Sequeira determinando as esferas de actividade administrativa do P. Rocha e do seu sucessor, no Engenho de Sergipe, P. Manuel Carrilho.

A. S. I. R., *Bras.6*, 195, 202, 248; — S. L., *História*, V, 254.

ROCHA, Martim da. *Místico.* Nasceu a 5 de Março de 1542 em Coimbra. Entrou na Companhia na mesma cidade em Janeiro de 1563 (faltavam-lhe 2 meses para completar 21 anos, diz ele). Fez a profissão solene de 3 votos em S. Roque (Lisboa), a 18 de Janeiro de 1572, 10 dias antes de embarcar para o Brasil. Na viagem, serviu de refeitoreiro. No Brasil foi ministro do Colégio do Rio e Procurador do da Baía, e não pôde continuar nestes ofícios, porque se esquecia de apontar as coisas com prejuízo dos Colégios. Deu-se então a ministérios com os moradores e aprendeu a língua brasílica para tratar com os Índios em Reritiba e noutras Aldeias e Vilas. Homem corpulento como o P. João de Almeida e também semelhante no espírito e na ciência humana, que não era grande. Mas a *Ânua*, que conta o falecimento do P. Martim da Rocha, dá testemunho doutra ciência que possuía em alto grau, a da familiaridade com Deus e da caridade para com o próximo. Faleceu em S. Paulo a 10 de Maio de 1615.

A. *Parte de hũa que o Padre Martim da Rocha escreveu aos Irmãos de Portugal em chegando ao Brasil, feita em Setembro de 1572.* (B. N. de Lisboa, fg. 4532, f. 33v-35v). — Vida a bordo duma expedição missionária. *Port.*

B. *Carta do P. Martim da Rocha que do Brasil escreveu ao Padre Jorge Sarrão Provincial de Portugal.* (B. N. de Lisboa, fg. 4532, f. 35v-36v). — Na primeira parte, exortação ao zelo, e qualidades de bom missionário; na segunda, diversas notícias. *Port.*

C. *Carta do P. Martim da Rocha ao P. Geral*, de Piratininga, 20 de Junho de 1600. (*Bras.8*, 140-145). — Autobiografia desde pequenino, e graças recebidas de Deus. Entre estas põe em relevo: "oração mental em o altar do coração". *Port.*

D. *Carta do P. Martim da Rocha, ao P. Geral*, de Piratininga, na Casa de S. Paulo, 22 de Junho de 1600. (*Bras.8*, 145-146). —

Lista dos seus Padres Espirituais; e fala das suas coisas e graças espirituais, e das "visitas" que tinha de N. S.; fala "como theologo, não Theologia que aprendi em as escolas, senão da experimental que aprendi na Escola de Christo". *Port.*

E. *Carta do P. Martim da Rocha ao P. Geral*, desta Casa de S. Paulo da Companhia de Jesus, 12 de Julho de 1600. (*Bras.8*, 147-148). — Continuam os casos da sua vida. Com este título posto pelo próprio Padre: "Treslado da 3.ª carta cõ algumãs cousinhas acrescẽtadas". *Port.*

F. *Carta do P. Martim da Rocha ao P. Geral*, s. l. n. a. (*Bras.8*, 146-146v). São as "cousinhas acrescẽtadas". [A este grupo se deve juntar a f. 140, desgarrada]. *Port.*

A carta de 12 de Julho de 1600 traz a nota: "Pera V. P. saber o respeito q̃ nesta Prouinçia do Brasil se tem as cousas de V. P. saiba q̃ esta carta assim cerrada e sellada com 7 sellos a dei a dous P.^{es} meus Superiores e P.^{es} Espirituais p.ª q̃ a abrissem para terem mais notiçia das merçes q̃ Nosso S.^{or} me faz e caminhos por onde me leva: e nenhũ delles a ousou de abrir e me disserão q̃ assi sellada amandasse a V. P. e assi a deixo na minha caxinha p.ª depois da minha morte lhe ser mandada cõ outras. 14 de feuereiro de 613. *Martim da Rocha*".

G. *Carta do P. Martim da Rocha ao P. Geral Aquaviva*, de Piratininga, 3 de Junho de 1613. (*Bras.8*, 198-198v). — Sobre a devoção de S. Inácio em Piratininga e que a assinatura do Santo tem feito muitos milagres em partos difíceis. *Port.*

H. *Carta do P. Martim da Rocha ao P. Geral Aquaviva*, desta Casa do S.^{to} P.^{e} Inácio de Piratininga, 15 de Junho de 1613. (*Bras.8*, 150-151). — Das suas coisas espirituais e meios que usa para ir adiante no caminho da perfeição. *Port.*

A. S. I. R., *Bras.8*, 141v; 222-223; — *Bibl. Vitt. Em.*, f. ges. 3492/1363, n.º 6; — Vasconcelos, *Almeida*, 71.

RODRIGUES, António (1). *Soldado e Missionário*. Nasceu cerca de 1516 em Lisboa. Em 1535 partiu de Sevilha como soldado na Armada de D. Pedro de Mendoza. Assistiu à primeira fundação de Buenos Aires (1536) e à de Assunção (1537). Foi com Irala ao Chaco e com Fernando de Ribera pelo Paraguai acima até ao actual Estado de Mato Grosso. Viajou, por terra, do Paraguai a S. Vicente, onde entrou na Companhia em 1553, e assinalou-se logo pela sua actividade, crédito e estima que granjeou de todos os Índios, com o conhecimento que tinha da língua tupi-guarani. Preparou com Nóbrega a fundação de S. Paulo; e em 1556 seguiu com o mesmo Nóbrega, de quem era intérprete, para a Baía, onde fundou várias Aldeias, nomeadamente a do Rio Vermelho. Na Guerra do Paraguaçu acompanhou Mem de Sá. No segundo combate, mais difícil. Mem de Sá falou aos Portugueses, António Rodrigues aos Índios, e alçançaram vitória. Dada a sua autoridade e prudência, estudou mais algum latim e moral, ordenando-se de Sacerdote; e numa Aldeia, a de S. Pedro (Baía), celebrou a 1.ª missa, a 18 de Novembro de 1562. O B. Inácio de Azevedo levou-o para o Sul, na Armada, com o fim de ter mão e trato com os Índios, que Mem de Sá conduziu do Espírito Santo para a conquista do Rio de Janeiro em 1567, em cujo Colégio, logo fundado, permaneceu na catequese dos Tamoios e outros Índios, até à morte, a 19 de Janeiro de 1568. Excelente religioso, grande língua, grande cantor e tocador de flauta: organizou os filhos dos Índios, em grupos corais, um dos segredos do seu prestígio.

1. *Copia de uma do Irmão Antonio Rodrigues para os Irmãos de Coimbra*, de S. Vicente, 31 de Maio de 1553. (*Bras.3(I)*, 91v-93v). Cópia em castelhano. Traduzida em português e publ. em *António Rodrigues, soldado, viajante e jesuíta português na América do Sul no século XVI*, com introdução e notas do Padre Serafim Leite, S. I., Rio de Janeiro, 1936, 4.º, 20 pp. Separata dos *Anais da B. N. do Rio de Janeiro*, XLIX (1936); e em S. L., *Páginas de História do Brasil* (S. Paulo 1937) 122-136.

2. *Carta do Irmão Antonio Rodrigues para o Padre Nobrega* [1556]. Trad. italiana em *Nuovi Avisi*, 3.ª P. (Veneza 1562) 57-57v. Transcrita de "Cartas dos Padres", cód. da B. N. do Rio de Janeiro, I, 5, 2, 38, f. 195v, em *Cartas Avulsas*, impressas em 1887, reimpressas e publicadas (Rio 1931) 232.

3. *Carta do Ir. Antonio Rodrigues para o P. Nobrega*, s. a., *Nuovi Avisi* (1562) 57v-58; — *Cartas Avulsas* (1931) 234-235.

4. *De uma outra do mesmo*, 1559. *Nuovi Avisi* (Veneza 1562) 58v-59.

Esta carta consta aqui de 50 linhas impressas. As primeiras 15 estão em *Cartas Avulsas*, 236, com o título de *Carta de Antonio Rodrigues para o Padre Nobrega*. A outra parte da carta trata da Guerra dos Ilhéus, e é do P. António Blasques ao P. Geral, em 10 de Setembro de 1559, data que pertence à carta de Blasques, não à de Rodrigues.

5. *Copia de quanto escreveu depois o mesmo Irmão Antonio Rodrigues ao Padre Nobrega*. Em *Nuovi Avisi* (Veneza 1652) 59v-60; — *Cartas Avulsas* (1931) 237-238.

O tradutor italiano, de *Nuovi Avisi*, vendo o nome de S. Paulo aplicado a uma terra, não advertindo que se tratava de uma Aldeia da Baía, escreveu "San Paolo di Goa". O mais corresponde.

6. *Carta do P. Antonio Rodrigues ao P. Manuel da Nobrega, dando conta da vitoria alcançada por Mem de Sá na Guerra de Paraoaçu,* [escrita no Paraguaçu], hoje véspera de S. Miguel [28 de Setembro de 1559]. Incluída na carta de Francisco Pires, de 2 de Outubro de 1559. ("Cartas dos Padres", cód. da B. N. do Rio de Janeiro, f. 65v). Publ. em *Cartas Avulsas* (Rio 1931) 244-246.

7. *Carta de António Rodrigues ao Padre Provincial Luiz da Grã,* da Aldeia do Bom Jesus [Baía], 1561. Em "Cartas dos Padres", cód. da B. N. do Rio de Janeiro, I, 5, 2, 38, donde se transcreveu em *Cartas Avulsas,* 295.

8. *Carta de Antonio Rodrigues para os Irmãos da Bahia,* da Aldeia do Bom Jesus, 1561. ("Cartas dos Padres", cód. da B. N. do Rio de Janeiro). Publ. nas *Cartas Avulsas,* 296-297. Tinham saído em italiano, *Nuovi Avisi,* 4.ª P. (Veneza 1565) 170-171v.

Estas duas cartas (7-8) foram-nos conservadas por António Blasques, que as transcreve noutras suas. Também depois da carta do Ir. António Rodrigues (supra n.º 5), se lê em *Nuovi Avisi* (Veneza 1562) 60v-61: "Cópia de quanto o mesmo escreve ao P. Geral da Companhia de Jesus, da Baía do Salvador aos 10 de Setembro de 1559". Materialmente parece de António Rodrigues, autor da carta precedente, e como tal a dão Barbosa Machado, Sommervogel, e Streit; mas é de António Blasques, como se infere dos adjuntos e consta de outros documentos. — Ver *Blasques* (António).

Serafim Leite, *Um Lisboeta Ilustre do Século XVI — António Rodrigues, Soldado, Conquistador e Jesuíta* no *Boletim Cultural e Estatístico* (da Câmara Municipal de Lisboa), I (Lisboa 1937) 327-331.

B. Machado, I, 367; — Sommervogel, VI, 1939; — Streit, II, 347 349; — S. L., *História,* I, 394-395.

RODRIGUES, António (2). *Pregador e Missionário.* Nasceu cerca de 1589 na Ilha de S. Miguel, Açores. Estudante de Teologia Moral e já Mestre em Artes, quando entrou na Companhia no Colégio da Baía em 1618. Concluído o noviciado passou ao Colégio de S. Paulo; e quando voltava à Baía em 1624 foi cativo dos Holandeses e levado para os cárceres de Amesterdão. Voltou ao Brasil. Fez a profissão solene na Baía no dia 3 de Maio de 1636. Pregador; e sabia a língua brasílica. Trabalhou nas Aldeias e foi Superior de Porto Seguro e Vice-Reitor do Colégio do Rio de Janeiro. Religioso autorizado e esmoler. Faleceu no Rio, a 28 de Setembro de 1653.

A. *Requerimento do Reitor do Colégio do Rio de Janeiro de treslados de uma sentença que os Religiosos da Companhia "tem pelos Breves Apostolicos pera não pagarem dizimos de suas Lavouras, Curraes,*

Pescarias e Engenhos e de tudo o mais de que os que não tem os ditos Privilegios pagão''. — Despacho de 20 de Março de 1649. Com os traslados. (Torre do Tombo, *Cartório dos Jesuítas*, maço 88). Port.

B. *Carta do Vice-Reitor P. António Rodrigues ao P. Geral Caraffa, do Rio de Janeiro, 24 de Junho de 1649.* (Bras.3(1), 273-274v). — Excerpto sobre o Interdito da Vila de S. Paulo, em S. L., *História*, VI, 270. Port.

A. S. I. R., *Bras.5*, 130v, 199v; — *Bras.9*, 21; — *Lus.5*, 178.

RODRIGUES, António (3). *Pregador e Administrador.* Nasceu cerca de 1650 em Paiopires (Almada) em frente a Lisboa. Embarcou para o Brasil em 1668, afim de entrar na Companhia, o que fez a 15 de Maio de 1668, no Colégio da Baía, com 17 anos de idade. Ocupou-se em ministérios nos Colégios do Espírito Santo e S. Paulo, até fazer os últimos votos nesta última vila a 14 de Dezembro de 1694, recebendo-os o P. Manuel Pedroso. Missionário discurrente na costa até Paranaguá e Laguna, e nas vilas do Planalto piratiningano. Reitor de Santos e de S. Paulo (1706). Actividade notável que lhe mereceu a profissão solene de 3 votos, a 15 de Agosto de 1706. Faleceu no Rio de Janeiro a 2 de Março de 1736.

1. *Atestado sobre o que Jerónimo Bueno dissera ao morrer sobre partilhas.* S. Paulo, 7 de Dezembro de 1695. *Inventários e Testamentos*, XXIII, 516.

A. *Carta da missam que o anno de 99 fizeram dous Religiosos da Companhia de Jesu na Villa de S. Paulo e mais Villas adjacentes pera o P. Francisco de Mattos da Companhia de Jesu Provincial da Provincia do Brasil.* Collegio de S. Ignacio da Villa de S. Paulo, 25 de Janeyro de 1700. (Bras.10, 1-3v). — Cit. em S. L., *História*, VI, 379. Port.

B. *Carta Annua da Missão q̃ fizeram dous Religiosos da Comp.ª em algũas Vilas de S. Paulo no anno de 1700 p.ª o P. Francisco de Matos da Companhia de Jesu Provincial da Provincia do Brazil.* Collegio de S. Ignacio da Vila de S. Paulo, 24 de Dezembro de 1700. (Bras.10, 5-7v). Port.

A. S. I. R. *Bras.5(2)*, 79; — *Bras.6*, 38; — *Bras.10(2)*, 378; — *Lus.23*, 143; S. L., *História*, V, 583; VI, 384.

RODRIGUES, Bartolomeu. *Missionário da Amazónia.* Nasceu a 24 de Agosto de 1674 no lugar de Copeiro (Diocese de Coimbra). Embarcou em Lisboa em 1696 para entrar na Companhia no Maranhão, que foi a 28 de Junho deste ano (Cat. de 1697). Aprendeu a língua brasílica e tornou-se grande missionário. Fez a profissão solene no Pará a 15 de Agosto de 1714, recebendo-a José Vidigal. Faleceu a 6 de Dezembro de 1714 na Missão dos Tupinambaranas, Amazonas.

1. *Carta do P. Bartolomeu Rodrigues ao P. Jacinto de Carvalho sobre as terras, rios e gentio do Rio Madeira e outros do Baixo Amazonas*, da Missão de Guaicurupá dos Tupinambaranas, 2 de Maio de 1714. (Bibl. de Évora, cód. CXV/2-13, f. 309-311; Rivara, I, 44, onde trata a Jacinto de Carvalho, de "Provincial", que não era). Publ. por Melo Morais, IV, 361-372, sem indicação da fonte; — S. L., *História*, III (1943) 393-400.

Utilizámos a publicação de Melo Morais, por a guerra nos impossibilitar a consulta directa da fonte, e portanto com a declaração de que a leitura dos nomes indígenas ficava sujeita a conferência mais autorizada com o próprio original.

A. S. I. R., *Bras.27*, 13v; — *Lus.13*, 291; — *Hist. Soc.51*, 45; — *Livro dos Óbitos*, 7-8; — Sommervogel, VI, 1940.

RODRIGUES, Bernardo. *Missionário*. Nasceu a 17 de Maio de 1708 em Lisboa. Entrou na Companhia, na sua cidade natal, a 20 de Março de 1726. No mesmo ano embarcou para as Missões do Maranhão e Pará. Fez a profissão solene no Maranhão no dia 15 de Agosto de 1743. Gastou quase toda a vida nas Fazendas e Aldeias dos Índios, de cuja defesa e conversão era sumamente zeloso. Deportado na perseguição geral de 1760 para Lisboa e dali para a Itália, faleceu em Pésaro a 8 de Março de 1791.

A. *Carta ao Governador do Estado do Maranhão e Pará*, do Maranhão, 18 de Dezembro de 1753. (B. N. de Lisboa, Col. Pomb. 623, f. 75-76). — Pede providências contra uns moradores que perturbaram a Aldeia de S. Lourenço dos Barbados, estando ausente dela. *Port*.

A. S. I. R., *Lus.16*, 93; — Castro, II, 374; — S. L., *História*, IV, 364.

RODRIGUES, Inácio. *Pregador e Escriturário*. Nasceu a 5 de Junho de 1701 em Santos. Filho do cirurgião mor Francisco Lourenço e sua mulher Maria Álvares. (Foi o 11.º de 12 filhos, o 2.º dos quais, Simão Álvares, também Jesuíta, e o 4.º, Bartolomeu Lourenço o "Voador", foi algum tempo da Companhia de Jesus como noviço; e todos protegidos do P. Alexandre de Gusmão). Inácio Rodrigues entrou na Companhia a 20 de Junho de 1716. Fez a profissão solene no dia 2 de Fevereiro de 1738. Procurador dos Índios na Corte de Lisboa em 1746. Assinalou-se como orador sacro, renovando o estilo de pregar, e como professor da Sagrada Escritura. Era-o no Colégio da Baía em 1757. Atingido pela perseguição geral, foi deportado para Lisboa em 1760, onde por doença e pressões externas ficou fora da Companhia. Voltou ao Brasil, e faleceu não muito depois, em dia e ano incertos.

1. *Sermoens da Paixão pregados na Sancta Igreja de Lisboa no anno de 1738 e no de 1745.* Lisboa, na Off. de Pedro Ferreira, 1746, 4.°, 40 pp.; — José Caetano de Mesquita, *Instrucções de Rhetorica e eloquencia dadas aos Seminaristas do Seminario do Patriarchado* (Lisboa 1795) 200-260.

Reimpressos neste livro como modelos no seu género "*muito perfeitos*". "Na verdade o pregador brasileiro havia abandonado o estylo vicioso do seu tempo, e apresenta mui poucos ressaibos do Seiscentismo. Elle e o P. José Pegado parece haverem sido os primeiros que tentaram introduzir em Portugal o novo methodo de pregar, conforme à eschola franceza, ou pelo menos os que apresentaram modelos praticos desse methodo, o que attrahiu sobre elles criticas e sarcasmos da parte dos admiradores do velho gosto". (Inocêncio).

2. *Sermão do Espírito Santo.* Saiu com nome alheio. "Edidit in Societate contiones tres, nempe binas de Passione Domini; tertiam de Sp. S.^{to} sub alieno nomine tipis mandatam". (S. L.).

Sommervogel, além dos dois Sermões da Paixão traz: "Obra poetica sobre la pasion del Salvador y sobre el Espíritu Santo". Leitura equivocada: *cantiones* em vez de *contiones.*

A. *Sermões.*

B. *Lectiones de Sacra Scriptura.* "Edendas parabat ex Superiorum praescripto plures alias *contiones,* et *expositiones Sacræ Scripturæ* in Collegio Bahiensi per quadriennium habitas, quæ tamen in lucem non prodiere ob notas Societatis calamitates"(S. L.).

A. S. I. R., *Bras.*6, 98, 138v, 382; — B. Machado, IV, 152; — Inocêncio, III, 215; — Sommervogel, VI, 1941; IX, 813; — S. L., *História,* I, 535.

RODRIGUES, Jerónimo. *Missionário.* Nasceu em 1552 em Cucanha (Lamego). Filho de pais nobres, Gonçalo do Vale e Margarida Fernandes. Entrou na Companhia em Coimbra aos 2 de Janeiro de 1572, tendo vinte anos de idade. Passou ao Brasil em 1575. Fez os últimos votos na Vila da Vitória (Espírito Santo), no dia 21 de Setembro de 1594, recebendo-os o P. José de Anchieta. Gastou a vida ao serviço dos Índios, cuja língua aprendeu. Homem de trato e estilo ameno, de zelo notável e amigo da perfeição religiosa. Faleceu quase octogenário na Aldeia de Reritiba (Espírito Santo) em 1631.

1. *Carta do P. Jerónimo Rodrigues,* da Lagoa dos Patos, 26 de Novembro de 1605. Resumida e impressa em 1609 por Fernão Guerreiro, *Relação Anual,* IV; na ed. de Coimbra, 1931, II, 419-423; — compendiada por Pierre du Jarric, *Troisieme partie des choses plus memorables advenues tant aux Indies Orientales qu'aux outres pais de la decouverte des Portugais* (Bordeaux 1614) 481-486.

2. *Carta do P. Jerónimo Rodrigues, da Lagoa dos Patos*, 11 de Agosto de 1606. — Resumida por Fernão Guerreiro, *op. cit.*, II, 423-424.

3. *A Missão dos Carijós — 1605-1607. Relação do P. Jerónimo Rodrigues*. (Bras.15, 73-100). — Narrativa original, completa. Publ. e anotada por S. L., *Novas Cartas Jesuíticas* (1940), 196-246; — reproduzida por Múcio Leão, incluindo as notas, em *Autores e Livros*, IX, n.º 10 (Rio, 10.10.1948) 114ss.

A. S. I. R., *Bras.5*, 101v; — *Lus.19*, 65; — Vasconcelos, *Almeida*, 38; — Franco, *Ano Santo*, 491; — S. L., *História*, I, 330.

RODRIGUES, João. *Pregador e Professor.* Nasceu por 1680 na Baía. Filho de João Rodrigues e Leonor Álvares Delgado. Entrou na Companhia, na sua cidade natal, a 12 de Novembro de 1695. Fez a profissão solene na mesma cidade a 15 de Agosto de 1714, recebendo-a Estanislau de Campos. Pregador, e Professor na Baía e Rio de Janeiro, de Filosofia, Teologia e Direito Canónico. No Rio de Janeiro, onde também foi Prefeito Geral dos Estudos, era muito consultado pelo Bispo. Faleceu nesta cidade a 26 de Setembro de 1738.

A. *Epistola ad R. P. Generalem Franciscum Retz*, ex Collegio Fluminensi, 19 Nov. 1732. (Bras.4, 397). — Tendo ensinado os últimos 9 anos Teologia Moral, desejaria ser Expositor da Sagrada Escritura e dar-se a ministérios de pregação ,e do próximo. E envia as dúvidas seguintes. *Lat.*

B. *Dubia orta ex novo Compendio Indico quæ proponuntur et resolvuntur a Professore Theologiæ Moralis in Collegio Fluminensi*, 14 Nov. 1732. (Bras.4, 398-399). *Lat.*

A. S. I. R., *Bras.6*, 39v, 248; — *Bras.10(2)*, 388-388v; — *Lus.13*, 323; — S. L., *História*, V, 585.

RODRIGUES, Jorge. *Missionário.* Nasceu cerca de 1539 na Cidade de Évora. Entrou na Companhia, em Portugal, com 20 anos de idade, em 1559, embarcando logo para o Brasil. Fez os últimos votos a 30 de Novembro de 1583 na Baía, recebendo-os o Visitador Cristóvão de Gouveia. Ensinou latim no Colégio da Baía (1562), e primeiras letras em Ilhéus (1565). Mestre de Noviços na Baía (3 anos). Era Pregador e Licenciado em Artes; sabia a língua brasílica e trabalhou com os Índios em diversas Aldeias. Faleceu na de S. Barnabé (Rio de Janeiro) em 1612.

1. *Carta do Padre Jorge Rodrigues, dos Ilhéos do Brasil pera os Padres e Irmãos da Companhia de Jesu de Portugal, escripta a 21 de Agosto de 1565.* ("Cartas dos Padres", cód. da B. N. do Rio de Janeiro, I, 5, 2, 38). Publ. em *Cartas Avulsas* (Rio 1931) 465-470.

A. S. I. R., *Bras.5*, 10v; — *Lus.19*, 10; — S. L. *História*, I, 562-563.

RODRIGUES, Luiz. *Missionário.* Nasceu em Portugal e embarcou para o Brasil em 1560. Ordenou-se de Sacerdote nesse mesmo ano, pelo Natal. Trabalhou em diversas Aldeias da Baía (Santiago e Itaparica) e nos Ilhéus. Voltou para Portugal em 1565 onde foi despedido da Companhia pelo P. Leão Henriques. Em 1567 estava de novo na Companhia em Roma. Não voltou ao Brasil.

1. *Carta do P. Luiz Rodrigues, dos Ilheos, pera o Padre Gonçalo Vaz*, a 11 de Março de 1563. (*Bras.3(2)*, 27-28v; e em "Cartas dos Padres", cód. da B. N. do Rio de Janeiro, 1, 5, 2, 38). Desta 2.ª fonte se transcreveu e publ. em *Cartas Avulsas* (1931) 372-377.

S. L., *História*, I, 562.

RODRIGUES, Manuel. *Boticário e Arquitecto.* Nasceu em 1630 em Ponta Delgada, Açores. Entrou na Companhia em 1656 e embarcou em Lisboa para as Missões do Maranhão e Pará em 1660. Trabalhou com os Índios Guajajaras e outros, nas Aldeias, e ocupou quase todos os ofícios próprios do seu estado de Irmão Coadjutor, entre os quais o de enfermeiro e boticário. Esteve à frente de algumas fazendas da Ilha do Maranhão e era excelente fazendeiro, como filho que era de um da Ilha de S. Miguel. Desaguou pântanos, praticou obras de escoamento e construiu por traça própria a igreja de Anindiba. Expulso nos motins de 1661 e 1684, voltou à Missão, de que foi benemérito. Ainda vivia em 1724, no Colégio do Maranhão com 94 anos de idade.

A. *Carta do Ir. Manuel Rodrigues ao P. Geral Oliva*, do Maranhão, 31 de Março de 1671. (*Bras.26*, 28-30v). — Carta familiar em que narra, à sua maneira, o que nota e acha que se deve emendar, contando casos concretos, na observância, caridade, liturgia, vestuário, barrete dos Irmãos, etc. — Cit. em S. L., *História*, IV, 164. Port.

A. S. I. R., *Bras.*, 27, 41v. 49.

RODRIGUES, Matias. *Missionário e Historiador.* Nasceu a 24 de Fevereiro de 1729 em Portelo (Diocese de Miranda). Entrou na Companhia em Lisboa a 24 de Março de 1748. Seguiu logo, nesse mesmo ano, para a Vice-Província do Maranhão e Grão Pará, onde concluíu os estudos. Deportado em 1760 para o Reino e daí para a Itália. O P. Matias Rodrigues recebeu o grau em 4 de Agosto de 1767 e estava em Roma, no Palácio de Sora, 16 dias depois (20 de Agosto). Em 1774 vivia em Rufinella (Frascati). Não se nomeia na lista dos que ainda residiam na Itália em 1780.

1. *Succinta relazione della vita del P. Achille Maria Avogadri.* Novara presso Francesco Cavalli. Curta notícia, datada de Roma, Casa di Sora, 23 de Julho de 1762. — Reimpressa por Boero, *Menologio*, II (R ma 1859) 78-79.

A. *Maragnonensis Vice-Provinciæ Historia per litteras exhibetur Centum-Cellis scriptas a Patre Mathia Rodrigues Maragnonensis Vice-Provinciæ alumno ad R. Adm. P. N. Laurentium Ricci anno 1761.* (Bibl. Real de Bruxelas, cód. 20126). Códice com o título geral de *Historia Persecutionis Maragnonensis et Brasiliensis Provinciarum* em 2 Partes: *Pars Prima*, que é esta (p. 1-39); *Pars Secunda* (39-214), que é a *Provinciæ Brasiliensis Persecutio*, do P. Francisco da Silveira. (Ver este nome). Cf. S. L., *História*, III, p. XXI.

Esta narrativa epistolar do P. Matias Rodrigues, assinada por ele, está datada de Civita-Vecchia (Centum Cellis), 17 de Janeiro de 1761: "Omnium nomine et jussu Patris Bernardi de Aguiar".

Sommervogel, II, 398, no art. *Burgos* (Mathieu Emmanuel Xavier de) cita o códice da Bibl. de Ajaccio [ms. 115]: *Historia persecutionis Societatis Jesu in Lusitania, Sebast. Josepho Carvalho Mello sub Josepho I regnum moderante. Partes tres, quarum prima exilium provinciæ Lusitanæ lib. V continetur; secunda ingentes labores et aerumnæ provinciæ Goanæ duabus partibus exponuntur; tertia et ultima persecutio Maragnoniæ et Brasiliæ provinciarum exhibetur*, 4.º, 7 vols.

O *Catal. Gén. des Mss. des bibl. pub. de France et Departements*, III, p. 209, descreve assim este códice: A 1.ª parte, (t. I, tem 2 vol. pp. 447; t. II, tem 3 vol. pp. 591). A 2.ª, escrita em 1763 pelo P. Burgos, tem 1 vol. pp. 331. A 3.ª escrita em 1761 pelo P. Matias (não Mathieu) Rodrigues tem 1 vol. pp. 274. Não vimos o ms., mas esta nota de Sommervogel parece-nos incompleta.

A primeira parte (Portugal), cujo nome se não nomeia, deve ser de José Caeiro; a segunda (Goa) é do P. Manuel (não Mateus) Xavier de Burgos; e a terceira cremos se deve desdobrar nos dois autores citados: Matias Rodrigues (Maranhão) e Francisco da Silveira (Brasil), pois não consta que Matias Rodrigues se ocupasse de Província diferente da sua própria. E estes três — Silveira, Rodrigues e Burgos — são as fontes de Caeiro para o *De Exilio Provinciarum transmarinarum Assistentiæ Lusitanæ Societatis Jesv* para as respectivas Províncias do *Brasil*, *Maranhão* e *Goa*.

[Manuel Xavier de Burgos, nasceu na Baía a 16 de Setembro de 1729; e entrou na Companhia, a 20 de Junho de 1748, não porém, na Província do Brasil].

A *Historia Persecutionis* foi utilizada e largamente transcrita em *Anedoctes du ministère de Sebastien Joseph Carvalho*, livro dado como impresso em Varsóvia em 1784, e do qual dizem as *Nouvelles Ecclés.*, de 31 de Out. de 1783, que foi impresso em Liège por Lemarié: "Quatre Jésuites en sont les auteurs... un Français et un Portugais venus à Liège et secondés par Feller et Savy". (Sommervogel, III, 1964, art. *Gusta* (Francisco).

B. *De Vita Ven. Gabrielis Malagridæ Societatis Iesu insignis Missionariorum Apostolicorum prototypi libri IV a P. Matia Rodrigues scripti Romæ Anno Domini 1762,* f. 377 pp. (Catál. de La Serna Santander, n.º 4041); — *De Vita V. P. Gabrielis Malagridæ natione Itali, Patria Menasiensis, e Societate Iesu, Socii V. Provinciæ Maragnonensis, insignisque Missionariorum Apostolicorum Prototypi Libri quatuor, a quodam ex eadem Societate ac V. Provincia Presbytero elucubrati,* anno a partu Virginis MDCCLXII. Romæ. 4.º peq., 312 pp. Assinado: "Mathias Rodrigues".

Este segundo título, do códice da Bibl. dos Bolandistas, de Bruxelas, é dado por Paulo Mury no prefácio à sua *Historia de Gabriel Malagrida* (Lisboa 1875) XXVIII, tr. de Camilo Castelo Branco, e constitui a fonte principal dessa *História*. Diz Mury: "O autor do manuscrito é primoroso na exactidão histórica a termos de citar, em seguida a cada facto que expende, o nome e a qualidade da testemunha que lho transmitiu de viva voz ou por escrita". (*Ib.*, XXVIII-XXIX).

Também desta obra se utilizou ou "pôs em estilo" o Autor [José Caeiro] de *De Vita, Morte et causa Mortis Gabrielis Malagridæ,* em 3 Partes, que se guarda na Bibl. da Universidade de Friburgo (Suiça), escrita 5 anos depois em 1767. Data que se infere do § 119 da Parte I, ao falar do Terremoto de Lisboa de 1755: "cujus meminisse post annos *circiter duodecim* absque ingenti horrore non possum"; e também Cordara, A. S. I. R. (*Vitæ 141*).

Da *Vita* escrita por Matias Rodrigues, guarda-se um exemplar neste mesmo Arquivo (*Vitæ 64a*).

C. *Historia Proprovinciæ Maragnonensis Societatis Iesu Pars Prima: Ortus et res gestas ab anno 1607 ad 1700 complectens.* Prefácio datado "Ex domo Professa Romana Decimo quinto Kalend. Septembris 1770". 730 pp. (par e impar) in f. Só vai até ao ano de 1660.

Não tem nome de autor e pertence ao Sr. J. F. de Almeida Prado (S. Paulo, Brasil). Descreve-se em S. L., *Páginas da História do Brasil* (S. Paulo 1937)241ss., ainda sem identificação do autor. Já identificado em S. L., *História*, III, pp. XXXII-XXXIII, segundo Sommervogel e outros adjuntos, tirados da vida do P. Matias Rodrigues e do "Prefácio" da *Historia Proprovinciae*.

A. S. I. R., *Bras.27*, 159v; — Sommervogel, VI, 1977; — Rivière, n.º 5222; — S. L., *História*, IV, 365.

RODRIGUES, Migue . *Professor, Pregador e Missionário*. Nasceu em 1571 em Vila Nova da Ribeira, Arquidiocese de Lisboa. Entrou na Companhia em Évora em 1598. Embarcou para o Brasil a primeira vez em 1601, sendo tomado pelos corsários ingleses, e deixado em terra; embarcou a segunda vez em 1601. Fez a profissão solene na Baía a 21 de Outubro de 1617. Superior de Ilhéus, Vice-Reitor do Colégio da Baía e Mestre de Noviços. Trabalhou nas Aldeias dos Índios, cuja língua aprendeu. Pregador e Mestre em Artes, Professor de Filosofia e de Teologia Especulativa e Moral, em que foi exímio. Companheiro do Bispo D. Marcos Teixeira nos assaltos contra os holandeses na Baía em 1624. Estava no Colégio do Rio de Janeiro, com 60 anos, em 1631. Faleceu antes de 1641 em cujo catálogo não consta.

A. *Carta ao P. Geral Vitelleschi sobre a guerra que o Bispo do Brasil faz aos Holandeses*, da Aldeia do Espírito Santo (Baía), 18 de Junho de 1624. (*Bras.3(1)*, 203-203v). — Excerpto em S. L., *História*, V, 50-51. Port.

A. S. I. R., *Bras.5*, 131v; — *Lus.4*, 58.

RODRIGUES, Pero. *Administrador, Pregador e Cronista*. Nasceu em 1542 na Cidade de Évora (Arco). Filho de Sebastião Borralho e Catarina Rodrigues. Entrou na Companhia em Évora, com 14 anos, a 15 (sic) de Fevereiro de 1556. Fez a profissão solene no Funchal a 27 de Janeiro de 1577. Mestre de Artes e Pregador. Professor de Humanidades (cinco anos), de Teologia Moral (cinco anos), Reitor do Funchal (sete anos) e de Bragança (sete anos). Na Ilha da Madeira compôs as desavenças entre o Bispo e o Conde da Calheta. O seu nome incluiu-se numa breve lista donde devia sair o Bispo do Japão, prova do bom conceito que dele havia para os altos cargos do exterior. Não foi para o Japão, mas Visitador de Angola (2 anos) e depois Provincial do Brasil durante nove anos; e no Brasil ficou até à morte. Ocupou ainda os cargos de Superior da Capitania do Espírito Santo, Visitador das Aldeias, Consultor e Director da Congregação; e gastou em ministérios com o próximo os últimos anos da longa vida. Durante o seu provincialato organizou e promoveu as Missões dos Potiguares e Maramomins e ainda outras, com zêlo e religião. Homem de espírito metódico, diligente, recto e claro. E excelente humanista, um dos mais fecundos escritores do Brasil do seu tempo. Faleceu em Olinda a 27 de Dezembro de 1628.

1. *Informação deste Reyno e Minas [de Angola]*. Cap. 1.º da "*História da Residencia dos Padres da Companhia de Jesu em Angola, e cousas tocantes ao Reino e Conquista*". Pub. por Franc. Rodrigues, *Uma História inédita de Angola* (Manuscrito do século XVI), no "Arquivo Histórico de Portugal", Lisboa, 1936.

Informação escrita, parte pelo P. Baltasar Afonso, parte pelo P. Pero Rodrigues. O Cap. I, de Pero Rodrigues, está com o seu nome. E talvez mais algum capítulo seja dele.

2. "*Visita do P. Pero Rodrigues à Missão de Angola*", 15 de Abril de 1594. Publ. por Franc. Rodrigues, *História*, II-2, 630-635.

3. *De hũa do Padre Pero Rodriguez Prouincial da Prouincia do Brasil da Companhia de Jesv, pera o Padre Ioão Aluarez da mesma*

Companhia: Assistente do Padre Geral. Da Bahia, primeiro de Mayo de 97. Em Amador Rebelo, *Compendio de Algũas Cartas* (Lisboa 1598) 213-237; — *Anais da B. N. do Rio de Janeiro*, XX (Rio de Janeiro, 1899) 255-265.

Inocêncio diz que Ternaux-Compans, na sua *Bibliothèque Américaine*, traz esta carta como publicação distinta da do *Compendio*, mas ele próprio o põe em dúvida e com razão.

4. *Carta ao P. Assistente João Álvares*, da Baía, 15 (ou 13) de Junho de 1597. (*Bras.15*, 424-426; 435-437v). Publ. por S. L., *História*, I, 244-246. Narra uma entrada ao Sertão, pelo Rio Doce, e, não obstante a data, anda incluída na carta de 1 de Maio de 1597, com algumas omissões e variantes. — Trad. ital. (*Bras.15*, 441-445v).

5. *Annuæ Litteræ Provinciæ Brasiliæ anni 1597.* Em *Annvæ Litteræ Societatis Iesv. Anni M.DXCVII. Patribus Fratribusque Societatis Iesu* (Neapoli 1607) 492-501. Sem nome de autor. Mas é o mesmo das *Annotationes Annuæ Provinciæ Brasiliæ anni Domini*, assinadas pelo P. Pero Rodrigues. Cf. infra, letra X.

6. *Carta Quinquenal do Brasil.* Deste Collegio da Bahia e de Dezembro 19 de 99. (Assinatura autógrafa. 2.ª via, *Bras.15*, 473-478. Outra via na B. N. de Lisboa, fg., caixa 30). Publ., pelo original da 2.ª via, em S. L., *História*, I, 514-526.

7. *Catálogo dos PP. e Irmãos da Província do Brasil em Janeiro de 600.* Em S. L., *História*, I, 578-584.

8. *Vida de José de Anchieta, V Provincial que foi da Companhia de Iesus, no Estado do Brasil, composta pelo P.ᵉ Pero Rodrigues, Provincial que tambem foi no mesmo Estado, e as cousas que escreve foram tiradas de originaes authenticos e juridicos e com testemunhas Juradas.* Na Bahia a 30 de Janeiro de 1607. Bibl. de Évora, cód. CX/1-17, 28 f., 4.º (Rivara, III, 139). Incompleta. Publ. nos *Anais da B. N. do Rio de Janeiro*, XIX (Rio de Janeiro 1897) 3-48, com uma nota de Eduardo Prado; — *Vida do Padre José de Anchieta da Companhia de Jesu Quinto Prouincial que foy da mesma Companhia no Estado do Brazil. Escrita pello Padre Pero Roiz, natural da Cidade de Evora e setimo Prouincial da mesma Prouincia.* Na B. N. de Lisboa, Códices Alcobacenses, n.º 431 (moderno 306) 1-59. Com variantes e passos que não se encontram na precedente. Publ. nos *Anais da B. N. do Rio de Janeiro*, XXIX (Rio 1909) 183-286.

Abre com uma carta de Fernão Cardim, remetendo a *Vida* ao P. Geral Cláudio Aquaviva, da Baía, outo de Mayo de seis centos e seis; [Dedicatória]. Do P. P.º Rois aos P.es e Irmãos da Companhia de Jesus; e declaração de Mateus da Costa Aborim, do Rio de Janeiro, 10 de Maio de 1608. — No fim, declaração do que fez o traslado, Christóvão de Sousa Coutinho, e nota de Eduardo Prado com as diferenças entre este códice da B. N. de Lisboa e o da Bibl. de Évora. Outro exemplar no Arq. da Universidade Gregoriana, cód. 1067, com título igual ao da B. N. de Lisboa, tendo apenas a mais a palavra "Theologo" a seguir ao nome do P. Pero Roiz. Cópia de vários amanuenses.

Esta *Vida* não se publicou em português no século XVII, como era vontade do autor e Padres do Brasil. (Ver infra, letra SS). Mas é a fonte principal das mais ou directamente ou através da seguinte.

Josephi Anchieta Societatis Iesv Sacerdotis in Brasilia defvncti Vita. Ex iis, quæ de eo Petrvs Roderigvs Societatis Iesu Praeses Prouincialis in Brasilia quatuor libris Lusitanico idiomate collegit, aliisque monumentis fidedignis. A Sebastiano Beretario ex eadem Societatis descripta. Prodiit nvnc primum. Lvgdvni, Sumptibus Horatij Cardon. M.DC.XVII. Cum privilegio Regis. 8.º, 277 pp. — Outra edição, no mesmo ano, em Colónia. Também a tradução francesa menciona o nome do primeiro autor.

La Vie Miracvlevse Du P. Joseph Anchieta de la Compagnie de Jesus: escritte en portugais par le P. Pierre Roderiges puis en latin augmentée de beaucoup, par le P. Sebastien Beretaire, finalement traduite du latin en françois par vn Religieux de la mesme Compagnie. A. Douay, Imp. Marc Wyon, 1619. Tradução de Pierre d'Outreman ou Oultreman: "P. I. d'O. de la Compagnie de Jésus", como assina a tradução.

Na Bibl. de Viena há uma tradução latina: Rodrigues, Petri: "Vita P. Josephi de Anchieta Soc. Jesu Praepositi Provincialis in Brasilia". 4.º, 8ff. (C. ch. S. XVII, 4.º, II, 83; ou, segundo outra cota: *Catal. Mss. Bibl. Vindobon.,* t. 14, n.º 6050).

9. *Informação do Rio Maranhão e do Grāde Rio Pará.* Da Baía, 8 de Fevereiro de 1618. (*Bras.8*, 255-255v). Em S. L., *História*, III, 425-426.

A. *Ad Reginam.* (B. da U. de Coimbra, cód. 993, f. 105v). *Lat.*

B. *Ad divæ Elisabethæ insignibus.* (*Ib.*, f. 106). *Lat.*

Este códice 993 e o 994 constituiam o 2.º e 5.º tomos da *Colecção* "Rerum Scholasticarum, quæ a Patribus hujus Conimbricensis Collegii Scriptae sunt". E são "um precioso repositório de poesias latinas, gregas, hebraicas, comédias, tragédias, tragicomédias, e orações académicas de professores do Colégio das Artes, cuja consulta é indispensável a quem um dia pretender julgar a actividade literária deste estabelecimento de ensino". — Joaquim de Carvalho, "Catálogo dos Professores de Filosofia do Colégio das Artes de Coimbra e da Universidade de Évora desde 1555 a 1667" no *Boletim da Bibl. da Universidade de Coimbra*, VIII, 439. — Descrevem-se os dois códices no "Cat. de Mss. da Bibl. da U. de Coimbra" (1935) 108-128.

C. *Carta do P. Pero Rodrigues do Colégio de Coimbra para os mais Colégios da Província*, 3 de Novembro de 1570. (Bibl. de Évora, cód. CVIII/2-2, 345-346v). Descrição do teatro, e mais festas de Coimbra com a estada ali de El-Rei D. Sebastião. *Port.*

D. *Carta do P. Reitor Pero Rodrigues*, do Funchal [Ilha da Madeira], de 24 de Janeiro de 1573. (*Lus.65*, 111-112). — Cit. em Franc. Rodrigues, *História*, II-1, 50, 81.

E. *Carta ao P. Geral*, do Funchal, 17 de Maio de 1574. (*Lus.66*, 140). — Sobre o estado do Colégio. *Esp.*

F. *Carta do P. Pero Rodrigues*, do Funchal, 11 de Abril de 1575. (*Lus.65, 75*). — Cit. em Franc. Rodrigues, *História*, II-1,50.

G. *Carta ao P. Geral*, do Funchal, 17 de Julho de 1579. (*Lus.68*, 174). — Notícias do estado do Colégio e boa opinião geral. *Lat.*

H. *Carta ao P. Geral*, do Funchal, 20 de Agosto de 1579. (*Lus.68*, 225). — Visita do P. Cristóvão de Gouveia em nome do Provincial. *Lat.*

I. *Carta do P. Reitor Pero Rodrigues ao P. Geral*, de Bragança, 12 de Janeiro de 1587. (*Lus.70*, 19). — Fruto com ministérios; doença do P. Luiz da Cruz, de grande exemplo com os seus sermões e com os estudantes. *Esp.*

O P. Luiz da Cruz é o conhecido e famoso autor dramático.

J. *Carta ao P. Geral*, de Bragança, 20 de Março de 1587. (*Lus.70*, 91-91v). — Informações diversas. *Esp.*

K. *Carta ao P. Geral*, de Lisboa, 28 de Abril de 1587. (*Lus.70*, 114-114v). — Sobre a Congr. Provincial a que assistiu. *Lat.*

L. *Carta ao P. Geral*, de Bragança, 11 de Julho de 1587. (*Lus.70*, 203). — Está construída a Casa de Parámio "por traça do P. Silvestre Jorge", etc. Cit. em Franc. Rodrigues, *História*, II-2, 28.

M. *Carta ao P. Geral*, de Bragança, 26 de Setembro de 1587. (*Lus.70*, 256). — Informação sobre a confissão de mulheres suspeitas. *Esp.*

N. *Carta ao P. Geral*, de Lisboa, 10 de Janeiro de 1592. (*Lus.71*, 19). — Sobre a sua ida como Visitador de Angola e possível visita também do Brasil. *Esp.*

O. *Carta do P. Pero Rodrigues ao P. Geral Aquaviva*, da Baía, 7 de Agosto de 1592. (*Bras.15*, 393-393v). — Conta a sua arribada à Baía, indo como Visitador de Angola e medidas que acha úteis ao Brasil. Excerptos em S. L., *História*, II, 496. *Esp.*

P. *Carta ao P. Geral*, da Baía, 20 de Dezembro de 1592. (*Bras.15*, 407-408). — Informação sobre as coisas da Província do Brasil. Cit. em S. L., *História*, I, 100. *Esp.*

Q. *Apontamentos sobre a fundação de hũ collegio no Reino de Angola, em os quais concordarão os Padres abaixo assinados cõ o P. P.º Rõiz, Visitador da Comp.ª no mesmo reino*, a 15 de Junho de 1593. (*Lus.79*, 58v-59). — Excerptos em Franc. Rodrigues, *História*, II-2, 560-561. *Port.*

R. *Carta ao P. Geral*, da Baía, 29 de Setembro de 1594. (*Bras.3(2)*, 360-361v). — Informações gerais do Brasil. *Esp.*

S. *Carta do Provincial Pero Rodrigues ao P. Geral*, da Baía, 9 de Dezembro de 1594. (*Bras.3(2)*, 354-357v). Diferença com o P. Marçal Beliarte e outras informações. *Esp.*

T. *Provincia Brasiliensis*, 1594. (*Bras.15*, 415-417). Com este título, mas é a Ânua de 1594. Assinada: *Petrus Rodericus. Lat.*

Desta carta e de outra, escrita, por ordem do mesmo Padre Pero Rodrigues, por Manuel de Oliveira (Pernambuco 1596), vem um resumo ou arranjo latino não assinado em *Litteræ Societatis Iesu Duorum Annorum M.D.XCIIII. et M.D.XCV* (Neapoli 1604) 789-801.

U. *Carta ao P. Assistente João Álvares*, de Pernambuco, 24 de Março de 1596. (*Bras.15*, 418-418v). — Sobre Judeus e estrangeiros, e a sua visita a Pernambuco, aonde foi da Baía, por terra, para evitar os corsários; já visitou toda a Província incluindo Piratininga. *Port.*

V. *Carta ao P. Assistente João Álvares*, [da Baía], hoje sábado santo, 5 de Abril de 1597. (*Bras.15*, 428-429). — Responde a várias cartas e, conforme o pedido de uma delas, conta por extenso a ida a Pernambuco por terra, em que lhe foi bom companheiro o P. Henrique Gomes. *Port.*

X. *Annotationes Annuæ Provinciæ Brasiliæ anni Domini 1597* (Bras.15, 430-432). Publ., em resumo, nas *Annuæ Litteræ* (Napoli 1607) 492-501. Mas este *ms*. é mais completo. — Ver supra, n.º 5. *Lat.*

Y. *Carta ao P. Geral Aquaviva*, da Baía, 10 de Outubro de 1598. (Bras.15, 467-468). — Dá conta da sua visita às Capitanias do Sul até Piratininga. Partiu da Baía a 22 de Outubro de 1597, voltou à Baía a 31 de Maio de 1598; diversos assuntos. Cit. em S. L., *História*, I, 100. *Port.*

Z. *Excusatio Petri Rodrigues de obligatione cujusdam Portionis Collegii Bahiæ*, 23 de Dezembro de 1698 (sic). Gesù, *Informationes* 69, f. 556.

<small>Notícia tirada do Índice deste Códice 69, mas o próprio códice não se conserva no Arquivo. A data de 1698 (por 1598) é lapso do organizador ou copista do Índice.</small>

AA. *Carta ao P. Assistente João Álvares*, da Baía, 4 de Agosto de 1599. (Cópia no Arq. Prov. Port., Avulso). — Sobre o Rio de S. Francisco, Potiguares e Amoipiras. *Port.*

BB. *Carta ao P. Assistente*, de Pernambuco, 14 de Novembro de 1599. (Bras.15, 471). — Já visitou a Província duas vezes e não foi possível mais em cinco anos; pede o aliviem do cargo, para que conheçam que também pode e deve ser mandado; deseja socorrer a gentilidade, "até o famoso Rio do Maranhão". *Port.*

CC. *Carta ao P. Geral*, da Baía, 1 de Janeiro de 1600. (Bras.3(1), 169-169v). — Fez a visita de Pernambuco e prepara-se com o seu companheiro Henrique Gomes, para a do Sul, não obstante estar na Baía uma armada holandesa de hereges. Cit. em S. L., *História*, VI, 145. *Port.*

DD. *Carta ao P. Geral Aquaviva*, da Baía, 29 de Agosto de 1600. (Bras.3(1), 170-171). — Chegou a 22 de Agosto de visitar as Capitanias do Sul, desde o Espírito Santo a Piratininga; informa de coisas e pessoas. Cit. em S. L., *História*, I, 267. *Port.*

EE. *Carta ao P. Geral*, da Baía, 7 de Setembro de 1600. (Bras.3(1), 192-192v; 2.ª via, de 16 de Setembro, *ib*. 193). — Achou um queixume dos moradores sobre as terras dos Colégios da Baía e do Rio de Janeiro, que as não podem cultivar todas. Deseja dar um pedaço para Engenho em enfiteuse no Rio, e pede esclarecimentos e licenças do Geral ou da Santa Sé, se fôr preciso. *Port.*

FF. *Carta ao P. Geral*, da Baía, 20 de Setembro de 1600. (*Bras.3(1)*, 194-194v). Sobre os perigos e trabalhos das Aldeias e a dificuldade em as governar. *Port.*

GG. *Carta ao P. Geral*, da Baía, 24 de Abril de 1601. (*Bras.8*, 30-31). — Informação de pessoas, casas, estudos, observância. *Port.*

HH. *Carta ao P. Geral*, da Baía, 9 de Julho de 1601. (*Bras.8*, 13-13v). — Fez a Consulta trienal; Padres presentes a ela; não se manda Procurador a Roma, porque ainda não chegou o da Congregação passada. *Port.*

II. *Carta ao P. Geral*, da Baía, 15 de Setembro de 1601. (*Bras.8*, 28-29v). — Pede Missionários; Visita anunciada do P. Madureira; Reitores; notícias. *Port.*

JJ. *Carta ao P. Geral*, da Baía, 4 de Janeiro de 1602. (*Bras.8*, 14-14v). — Mudança de Reitores; o que se perdeu com a tomada pelos corsários do P. Visitador João de Madureira, Fernão Cardim, e outros. *Port.*

KK. *Carta ao P. Geral*, da Baía, 12 de Janeiro de 1602. (*Bras.8*, 19). — Sobre o P. Manuel de Sá e a licença antiga que este tem para voltar ao Reino. *Port.*

LL. *Carta ao P. Geral*, do Rio de Janeiro, 30 de Junho de 1602. (*Bras.8*, 23). — Anda na visita do Sul. Concedeu uma água e terra no Rio a seus moradores para fazer Engenho; Informações de Padres e Irmãos. *Port.*

MM. *Informação das agoas e terras do Collegio do Rio de Janeiro que dei para se fazerem ingenhos no anno de 1602.* No Rio de Janeiro, 30 de Junho de 1602. (*Bras.8*, 10-11). *Port.*

NN. *Carta do P. Geral*, da Baía, 15 de Setembro de 1602. (*Bras.8*, 16-18). — Chegou da visita ao Sul, a 22 de Agosto, e já achou na Baía o P. António de Abreu com 10 companheiros, que se salvaram. Manda tratar em Lisboa do resgate do P. Fernão Cardim, ainda que seja preciso vender os cálices sagrados. O mesmo dos outros cativos. Pede esclarecimentos sobre vários assuntos e trata de diversos Padres. Cit. em S. L., *História*, I, 572. *Port.*

OO. *Carta do P. Provincial Pero Rodrigues ao P. Geral Aquaviva*, da Baía, 16 de Setembro de 1602. (*Bras.8*, 18). — Que o Geral avise o Procurador em Lisboa que seja mais diligente nas coisas do Brasil e que não mande fazenda de pessoas de fóra com a nossa marca para a escusar de direitos das Alfândegas. *Port.*

PP. *Carta ao P. Geral*, da Baía, 18 de Fevereiro de 1606. (*Bras.* 5,59-59v). — Informa como Consultor sobre diversos Padres e Irmãos para a profissão ou últimos votos. *Port.*

QQ. *Emendas da impressão latina que se fez da Vida do P. Iosé de Anchieta no anno de 1617, Lugduni. Nomes errados.* De Pernambuco, 20 de Setembro de 1619. (*Bras.8*, 252-252v). *Port.*

RR. *Emendas da impressão Castelhana que se fez da Vida do P. José de Anchieta no anno de 1618 em Salamanca.* (*Bras.8*, 253-253v). De Pernambuco, 20 de Setembro de 1619. *Port.*

SS. *Carta ao P. Assistente em Roma Nuno Mascarenhas*, do Colégio de Pernambuco, 5 de Novembro de 1619. (*Bras.8*, 257; outra via, 258). — Sobre a vida que escreveu do P. Anchieta: se se tivesse publicado em português com a Carta do P. Fernão Cardim, a do Administrador do Rio e a do Bispo do Brasil, ter-se-iam evitado os deslizes que os tradutores cometeram; erros que se os estrangeiros os não notam, notam-nos os moradores do Brasil. E ter-se-iam evitado, se se dessem a rever as traduções a pessoas conhecedoras do Brasil, que as havia em Portugal. *Port.*

Uma nota ao lado diz que são erros insignificantes. de que não valeria a pena falar; mas há erros em nomes de pessoas, de tribos de Índios, de Rios (confundindo três), de medidas: Beretário traduz sete "palmos" por "ulnas", e Paternina "por varas de latitude" (trata-se de canoas), etc.

TT. *Millenario.* [Colectânea de mil exemplos escolhidos], 4.º

UU. *Anotações às obras de S. Agostinho.* 10 Tomos, que deixou à sua morte no Colégio de Olinda e se perderam na invasão holandesa.

Em *Bras.8*, f. 20-22, há uma carta do P. Geral ao P. Rodrigues, de 29 de Junho de 1602; e em *Bras.2 (Ordinationes)* 70ss., transcrevem-se umas trinta cartas ou respostas do Geral Aquaviva ao mesmo P. Pero Rodrigues (1595-1601).

A. S. I. R., *Lus.1*, 55; — *Lus 43*, 332; — Franco, *Ano Santo*, 491; — B. Machado, III, 601-602; — Inocêncio, VI, 445; — Sommervogel, VI, 36, 1943; — Streit, II, 359, 740, 746, 747; — Franc. Rodrigues, *História*, II-2, 552-553; — S. L., *História*, II, 496-498.

RODRIGUES, Vicente. *Professor, Missionário e Administrador.* Nasceu cerca de 1528 em S. João da Talha (Sacavém). Filho de António Rijo e Isabel Borges. Entrou na Companhia em Coimbra no dia 16 de Novembro de 1545. Foi em 1549 com o P. Manuel da Nóbrega no primeiro grupo de Jesuítas que pisaram terras americanas. E 15 dias depois de chegar á Baía tinha "escola de ler e escrever", constituindo-se assim *o primeiro mestre-escola do Brasil* (o "primeiro mestre de instrução primaria"). Homem sem alta cultura, simples irmão coadjutor, mas atendendo à falta de gente e à sua bondade estudou algum latim e casos de consciência para se ordenar de Sacerdote, fazendo os últimos votos em S. Vicente no ano de 1560, recebidos pelo P. Luiz da Grã. Vicente Rodrigues governou diversas Residências por espaço de 20 anos. Superior da Baía, na ausência do P. Nóbrega (1553) e de S. Paulo de Piratininga em 1562 e 1567. Faleceu no Rio de Janeiro, em 9 de Junho de 1600, com "51 anos de Brasil", diz o Provincial Pero Rodrigues, *"plenus dierum,* de grande bondade, paz, humildade e edificação para com todos os de casa e os de fora".

1. *De uma carta de Vicente Rodrigues* [*aos Irmãos de Coimbra*], *da Baía de Todos os Santos, de 17 de Março de 1552.* Parcialmente publicada em italiano: *Nuovi Avisi* (Roma 1553) n.º 5; — *Diversi Avisi* (Veneza 1559) 154-156; — *Id.*, (Veneza 1565) 154-156. — Transcrita de "Algumas Cartas", cód. da B. N. do Rio de Janeiro, I, 5, 2, 38, f. 21 e publ. em *Cartas Avulsas* (Rio 1931) 108-114.

Barbosa Machado, reproduzido por Sommervogel, dá a esta carta a data de "17 de Mayo de 1552". Franco, *Vida do Padre Vicente Rodrigues,* transcreve parte dela. (*Imagem de Coimbra,* II, 206-207).

2. *De outra do mesmo.* ("Cartas dos Padres" códice de B. N. do Rio de Janeiro, I, 5, 2, 38, f. 24v). Publ. em *Cartas Avulsas,* 116-119. Com este título: *Parte di alcune cose, che sono accadute alli fratelli della compagnia de Iesu nel Brasil scritte per lo governatore Tomaso de Sousa,* em *Nuovi Avisi* (Roma), n.º 6; — *Diversi Avisi* — (Veneza 1559) 156-159; — *Id.* (Veneza 1565) 156-159. Entre duas de Vicente Rodrigues.

3. *Cópia de uma carta de Vicente Rodrigues que está no Brasil, na Cidade de S. Salvador aos 17 de Setembro de 1552.* Em italiano. *Nuovi Avisi,* (Roma 1553) n.º 7; — *Diversi Avisi* (Veneza 1559) 159-160v; — *Id.,* (Veneza 1565) 159-160v). Traduzida e publ. em *Cartas Avulsas,* 134-136.

4. *Entrada ao certão e naufragio dos Padres Vicente Rodrigues e José de Anchieta, narrada pelo primeiro.* Excerptos na *Vida do Padre Vicente Rodrigues* por António Franco, *Imagem de Coimbra,* II, 208-209.

A. *Capítulo de uma carta do P. Vicente Rodrigues ao P. Luiz Gonçalves da Câmara*, [da Baía], 23 de Maio de 1553. (Bras.3(1), 103). — Sobre os procedimentos do Bispo D. Pedro Fernandes Sardinha. Cit. em S. L., *História*, II, 390, 518.

<small>A. S. I. R., *Bras.5*, 39; — *Bras.3(1)*, 170v; — *Lus.1*, 134; — Franco, *Imagem de Coimbra*, II, 204-209; — Id., *Ano Santo*, 308; — B. Machado, III, 770; — Sommervogel, VI, 1943; — Streit, II, 336-337, 338, 346, 351; — S. L., *História*, I, 58-59; VI, 405.</small>

RODRIGUES DE MELO, José. *Poeta.* Nasceu a 24 de Janeiro de 1723 na Cidade do Porto. Entrou na Companhia, na Baía, a 19 de Julho de 1739. Fez a profissão solene no Colégio de Paranaguá a 15 de Agosto de 1756. Professor de Letras Humanas nos Colégios de Santos e Paranaguá, no qual estava ao sobrevir a perseguição geral. Deportado em 1760 do Rio de Janeiro para Lisboa e Estados Pontifícios. Insigne humanista, e no exílio de Itália cultivou a poesia portuguesa e latina. Faleceu em Roma a 4 de Agosto de 1789.

1. *Carmen in nuptiis Joannis Ricci et Faustinæ Parraciani nobilium Romanorum.* Romæ, 1778.

2. *Excellentissimo D. D. Aloysio Eusebio Maria de Meneses primi ordinis inter Lusitanos proceres optimati Romæ nato 19 Kal. Septemb. anni 1780. Josephus Rodrigues de Mello Lusitanus D. O. C. Carmen Genethliacum.* Romæ ex Tip. Fratrum Pucinelli, 1780, 8.º Incluido no livro seguinte.

3. *De Rusticis Brasiliæ Rebus Carminum Libi IV.* — *De Cultura Radicis Brasilicæ Liber primus; De usu vario radicis Brasilicæ Liber secundus; De cura boum in Brasilia Liber unicus; De cultura herbæ nicotiana in Brasilia Libellus.*

Com estes quatro Livros, José Rodrigues de Melo incluiu o *Carmen genetlíaco* e a sua tradução portuguesa, "Paráfrase dos versos latinos"; e acrescentou-lhe o *Canto do Açúcar* de Prudêncio do Amaral, já anteriormente publicado, ou seja, como diz o frontispício:

Josephi Rodrigues de Mello Lusitani Portuensis De Rusticis Brasiliæ Rebus Carminum Libri IV. Accedit Prudentii Amaralii Brasiliensis De Sacchari Opificio Carmen. Romæ MDCCLXXXI. Ex Typographia Fratrum Puccinelliorum prope Templum S. Mariæ in Vallicella. Publica auctoritate. 8.º gr., VII-206 pp. Dedicado a Luis Eusébio Maria de Meneses. Com gravuras: uma representando uma grande moenda de canas de Engenho de Água; e 7 relativas à mandioca (planta, cultura e fabricação da farinha).

Nas *Animadversiones*, publicadas em 1789, a obra vem com este título: *Georgica Brasilica, sive de Rusticis Brasiliæ Rebus* (p. 210). Daqui o nome que prevaleceu de *Geórgica Brasileira* (Século XIX) e *Geórgicas Brasileiras* (Século XX).

Martius, ao transcrever o *De Sacchari Opificio Carmen* na *Flora Brasiliensis*, II (Stuttgartiæ 1829) 577-592, diz a p. 573: "Curavimus juxta editionem quam I. M. a Conceptione Velloso una cum Jos. Rod. Melli, *De Rebus Rusticis Brasilicis Libr. IV,* publici juris fecit. Ulisip., 1798, 4.º". Tipografia Patriarcal de João Procópio Correia da Silva, Lisboa. Inocêncio dá como feita em Roma, uma edição deste mesmo ano, do *De Rusticis Brasiliæ Rebus*. Como não faz menção da de Lisboa, supomos que se trate da mesma.

Geórgica Brasileira. De Rusticis Brasiliæ Rebus de José Rodrigues de Melo, acrescentado do *Canto do Açúcar* de Prudêncio do Amaral e do *Genetlíaco*, tal qual a edição de 1781, excepto a ordem. O *Canto do Açúcar* aparece antes dos 4 livros rústicos de Rodrigues de Melo. Tudo acompanhado da tradução portuguesa de João Gualberto Ferreira dos Santos Reis, tradução nova menos do *Genetlíaco*, cuja paráfrase portuguesa tinha sido feita pelo próprio Autor. A *Geórgica Brasileira* está no Tomo III das *Poesias*, de João Gualberto, impresso na Tipografia Imperial e Nacional, Baía, 1830.

João Gualberto havia publicado já em 1817 o poema bucólico de José Rodrigues de Melo, *A creação de Bois no Brasil*, acompanhado do texto latino em frente. Baía. Tipografia de Manuel Antonio da Silva Serva, 1817, 4.º, 96 pp. Na edição de 1830 diz João Gualberto, em nota preliminar, que oferecera este canto ao Conde dos Arcos, e o publicava de novo, corrigida e melhorada a tradução.

Prudêncio do Amaral e José Rodrigues de Melo, *Geórgicas Brasileiras* (*Cantos sobre coisas rústicas do Brasil, 1781*). Versão em linguagem de João Gualberto Ferreira dos Santos Reis. *Nota Preliminar* de Afrânio Peixoto. *Biografias e Notas* de Regina Pirajá da Silva. Publicações da Academia Brasileira (Colecção Afrânio Peixoto), Rio de Janeiro, 1941. 8.º gr., XLIX-395 pp.

4. *Vita Venerabilis Patris Emmanuelis Correæ e Societate Jesu in Brasilia Missionarii. Una cum adjectis animadversionibus historicis.* In Fano S. Martini, MDCCLXXXIX, 8.º, 303 pp. (As *Animadversiones*, p. 161-303). — 2.ª edição, MDCCLXXXX, no mesmo lugar, e com o mesmo número de páginas.

Pelos Arquivos acham-se alguns manuscritos da *Vita*, com a data de 1766, sem as *Animadversiones*. Um deles com 106 pp., diferente, portanto, de outro que dá Sommervogel com 131 pp. O Autor das *Animadversiones* declara que não era da Companhia.

A. *A Eneida* de Virgílio em verso português. Informação de Sommervogel, sem mais indicação sobre o paradeiro do manuscrito.

S. L., *Geórgicas Brasileiras*, em *Verbum*, III (Rio de Janeiro 1946) 31-43.

A. S. I. R., *Bras.*6, 346, 251v; — *Lus.*17, 251-251v; — Inocêncio, III, 382; V. 116; — Sommervogel, VI, 1981-1982; — Streit, III, 445; — S. L., *História*, I, 537.

ROLAND, Jacobo. *Missionário.* Nasceu cerca de 1683 em Amesterdão. Entrou na Companhia em Malinas em 1658. Estudou Filosofia em Douai. Embarcou de Lisboa para a Baía em 1664. Tinha começado a Teologia na Bélgica (1 ano); completou-a no Brasil (3 anos). Fez a profissão solene em 1675. Ministro do Colégio da Baía quase um ano; auxiliar do Provincial dois anos e meio; e ocupou com os Tapuias do sertão da Baía, cuja língua (o Quiriri) aprendeu, o resto do tempo que esteve no Brasil, onde sempre se mostrou descontente. Em 1664 o P. João Baptista Visscher de passagem na Baía achou-o tentado a sair da Companhia se não saísse do Brasil. Em 1683 (algum documento diz 1684, mas o Catálogo deste ano já o dá lá) foi para a Ilha de S. Tomé (Guiné Portuguesa), mandado pelo Provincial António de Oliveira, a pedido do Bispo dessa Diocese, que o conheceu no Brasil. Homem de zelo, mas um tanto versátil e aferrado ao próprio juizo; "*alioquin* santo", diz Vieira. Faleceu em 1684 na Ilha de S. Tomé.

A. *Carta ao P. Filipe Vanderstraeten*, da Baía de Todos os Santos, 8 de Fevereiro de 1664. (a) Jacobus Rolandus. (Bruxelas, Archives Génér. du Royaume, Arch. Jés. Prov. Fl.-Belg., n.º 872-915, Amérique). — Notícias da viagem e disputas com protestantes, sem êxito. *Flam.*

B. *Carta ao P. Provincial da Província Flandro-Belga, Egídio Van de Beke*. Ex missione S. Xavier, 21 Julii 1666. (Bruxelas, ib. n.º 872-915). — Declara-se contra os Portugueses. Tirando uns poucos, "ad nihilum valent ultra". *Lat.*

C. *Carta ao P. Geral Oliva*, da Aldeia S. Francisco Xavier de Jacobina, 9 de Janeiro de 1667. (*Bras.*3(2), 61-62). — Sobre a missão dos Tapuias: se se devem mudar ou não. *Lat.*

D. *Quæstio: Utrum Tapuiæ e Mediterranæis propius littora adducendi sint ut christianis inicientur sacris, an non?* A P. Jacobo Rolando ad R. P. Comissarium missa. Datada de S. Francisco Xavier de Jacobina, V Idus Januarii 1667. (*Bras.*9, 202-203v). — É de parecer que se catequizem no sertão. [Comissário era o P. Antão Gonçalves]. *Lat.*

E. *Carta ao P. Geral Oliva*, da Baía, 25 de Janeiro de 1668. (*Bras.3(2)*, 60). — Recomenda a sua missão dos Tapuias. *Lat.*

F. *Carta ao P. Oliva*, da Aldeia de Santa Cruz (no Sertão da Baía), 14 de Agosto de 1668. (*Bras.3(2)*, 66-67). — Progresso da missão dos Tapuias. Queixa-se dos Portugueses. *Lat.*

G. *Carta ao P. Geral Oliva*, de S. Inácio de Jacobina, 4 de Fevereiro de 1669. (*Bras. 3(2)*, 72-73). — Progressos e dificuldades da missão. O Provincial não ajuda. *Lat.*

H. *Carta ao P. Geral Oliva*, da Baía, 7 de Agosto de 1669. (*Bras.3(2)*, 82-83). — Abandona a missão do sertão por causa dum Padre português (P. António Pereira, secular, da Casa da Torre de Garcia de Ávila); e louva o P. Simão de Vasconcelos, e que só êle daria remédio. *Lat.*

I. *Carta ao P. Geral Oliva*, da Baía, 7 de Setembro de 1669. (*Bras.3(2)*, 89-89v). — Sobre a missão dos Tapuias. Assinam também: Simão de Vasconcelos e Gaspar Álvares. *Lat.*

J. *Carta ao P. Geral Oliva*, da Baía, 7 de Setembro de 1669. (*Bras.3(1)*, 91). — Jura em como Garcia de Ávila destruiu três igrejas. *Lat.*

K. *Glosas* ao "*Parecer do P. António Forti sobre a destruição das Aldeias*, datadas de 19 de Agosto de 1669. (*Bras.3(2)*, 94-94v). — Envia o *Parecer* ao P. Geral, dando-lhe o título de "Arrazoado do P. Antonio Forte contra os Missionarios", escrevendo ao lado dalguns parágrafos diversas explicações. Tudo da letra do P. Roland: *Parecer* de Forti em português; *Glosas* em latim. — Cit. em S. L., *História*, V, 285.

L. *Carta ao P. Filipe Vanderstraeten*, da Baía, 21 de Maio de 1673. (Bruxelas, Arch. Gén. du R. de Belgique: a mesma cota supra, A). — Fala da correspondência entre ambos, e da alegria que ela lhe causa, e do modo de enviar cartas de Flandres para o Brasil, por meio de um mercador holandês, residente em Lisboa: "Ao S.ᵒʳ Simão Granaet que Deus guarde muitos annos. Lisboa"; dos seus estudos no Brasil e que dentro de três meses fará o exame *ad gradum*. *Lat.*

M. *Carta ao P. Filipe Vanderstraeten*, "de la bourgade nomée l'Immaculée Conception, diocese de Bahia, 1 août 1676". (Arq. da

Prov. Belge S. J., cota supra, A). — Diz que pediu ao P. Geral que envie Padres como Vanderstraeten para a Província do Brasil, afim de se observar o Instituto, que quase se não conhece. Fez a profissão solene no dia 15 de Agosto do ano passado, graça que deve á Província do Brasil, "car si j'étais resté em Belgique je ne l'eusse certes pas émise"; notícias da sua missão [Natuba]. *Trad. franc.*

N. *Carta ao P. Geral Oliva*, da Baía, 28 de Julho de 1679. (*Bras.3(2)*, 145). — Mostra-se descontente dos Portugueses e do Reitor. Louva o Governador Geral e o P. Cocleo, etc. *Lat.*

O. *Carta ao P. Geral Noyelle*, da Baía, 18 de Julho de 1682. (*Bras.3(2)*, 159). — Envia o livro que traduziu em latim, do P. Alexandre de Gusmão, com o título de *Viaticum Spirituale*, e oferece-o ao Províncial e Província Flandro-Belga. *Lat.*

P. *Apologia pro Paulistis in qua probatur D. Pauli et adjacentium oppidorum incolas, etiamsi non desistant ab Indorum Brasiliensium invasione, neque restituta iisdem Indiis mancipiis suis libertate, esse nihilominus sacramentalis confessionis et absolutionis capaces. 1684.* (Bibl. Vitt. Em., 1249 [3]. Cópia. Cf. S. L., *História*, VI (1945) 311).

A dúvida, quanto à data, *ib.*, 343, tiramo-la pessoalmente em Roma no ano de 1947, confirmando-se 1684. O autor começa por dizer que era antes contra os Paulistas, e agora os defende. Não vem assinada. O nome do autor dá-o Vieira (*Cartas*, III, 667).

O P. João António Andreoni (*Bras.3(2)*, 181) diz que escreveu a biografia do P. Jacobo Roland, que enviou para a sua Província da Bélgica. (Notícia da biografia, não ela própria).

Carta do P. João Baptista Visscher, de Lisboa, 14 de Dezembro de 1664 (Arch. Gén. du Royaume: mesma cota, supra A, f. 33-33v). Indo para a Índia arribou à Baía, no dia 27 de Junho de 1664, onde encontrou o P. Roland, de quem fala. *Lat.*

A. S. I. R., *Bras.3(2)*, 139; — *Bras.5(2)*, 62v; — *Hist. Soc.49*, 136.

ROLIM, Manuel Leonardo. *O "Padre Filósofo"*. Nasceu a 6 de Janeiro de 1732 em S. Amaro (Baía). Entrou com 16 anos na Companhia a 1 de Fevereiro de 1748. Estava prestes a ordenar-se de Sacerdote quando sobreveio a perseguição geral e foi deportado para Lisboa e daí para a Itália. Concluídos os estudos no Colégio Romano assinalou-se pela notável caridade de que deu provas. Socorria os perseguidos e emigrados da Revolução Francesa, visitava os cárceres e os hospitais. Confessor diligente; e vivia em pobreza, enquanto alcançava grandes esmolas e favores para os pobres. Professor de Filosofia em Viterbo. Uma relação, "Miracolo fatto dal Padre Filosofo dopo morto", mostra a fama em que era tido e o epíteto que lhe davam. Faleceu em Viterbo a 6 de Janeiro de 1804.

1. *Prodigiosa risanazione Seguita in Viterbo li 25 Marzo 1770 per intercessione del glorioso patriarca S. Ignazio di Loyola fondatore della Compagnia di Gesù.* s. l. n. a. 6 pp. No fim: In Viterbo MDCCLXX. Per il Poggiarelli.

Entre as assinaturas está a do P. Rolim, confessor de Clara Pisani, a miraculada; e pergunta Sommervogel se não será ele o autor.

"Vida do P. Manuel Leonardo Rolim", por Tomaso di Caro seu confessor. (*Vitæ*, 155, 93-101). Escreveu também sobre ele o P. Francisco Pagnanelli, e de ambos se utilizou Boero, *Menologio*, I, 123-125.

— Ver *Carnoto* (José).

A. S. I. R., *Bras*.6, 393, 411v; — Guilhermy, 6 Janvier; — Sommervogel, VII, 30.

S

SÁ, António de (1). *Missionário.* Nasceu por 1537. O Catálogo de 1567 diz: "António de Saa sacerdote escolar de 30 anos; ha 8 que entrou na Companhia no Brasil; estudou algum latim e casos de consciencia. Sabe a lingua dos Indios". O Catálogo não menciona terras de naturalidade. Menciona-as o seguinte, de 1574, mas já aí não consta o nome de António de Sá, que à roda de 1570 voltou a Portugal para entrar na religião da Cartuxa. Talvez fosse dos órfãos de Lisboa. Tinha trabalhado nas Aldeias da Baía, Espírito Santo e Pernambuco.

1. *Cópia de uma carta do Irmão António de Sá, que escreveu aos Irmãos, do Espírito Santo, a 13 de Junho de 1559.* ("Cartas dos Padres", cód. da B. N. do Rio de Janeiro, I, 5, 2, 38, f. 62 em castelhano). Trad. e publ. em *Cartas Avulsas* (Rio 1931) 212-221.

2. *Carta do Padre António de Sá pera os Padres e Irmãos de Portugal da Companhia de Jesus*, de Pernambuco, de 8 de Setembro de 1563 annos. Em "Cartas dos Padres", f. 137, nas *Cartas Avulsas*, 400-403.

A. *Carta ao P. Geral* [do Brasil], 3 de Julho de 1568. (Lus.62, 238-238v). — Pede indulgências extraordinárias: muitas plenárias; e uma relíquia do Santo Lenho. *Port.*

A S. I. R., Bras.5, 6.

SÁ, António de (2). *Pregador Régio e Professor.* Nasceu a 26 de Julho de 1627 na Cidade do Rio de Janeiro, e nesta mesma cidade entrou na Companhia, com quase 14 anos de idade, no dia 12 de Junho de 1641. Já tinha dois anos de latim e sabia a língua brasílica. Depois concluiu os estudos e tomou o grau de Mestres em Artes. Sendo ainda Irmão ensinou meninos, um ano; e Humanidades, dois. Em 1657, já Padre, aparece Ministro do Colégio da Baía e Pregador. Fez o' 3.º ano de provação em 1559, e no seguinte, a 1 de Janeiro de 1660, a profissão solene, na Baía, recebendo-a o Vice-Reitor, Francisco Ribeiro; e era neste mesmo ano Prefeito dos Estudos e Professor de Teologia Especulativa. No seguinte de 1661, dá-o o Catálogo em Roma aonde fôra em companhia do Procurador Geral Simão de Vasconcelos, eleito na Congregação Provincial de

1660. Voltou de Roma a Portugal em 1662; e em Novembro residia no Colégio do Porto com o P. António Vieira, seu amigo e mestre, cujos passos queria também seguir nas missões do Maranhão e Pará. Já tinha licença para ir; dadas porém as perturbações que nelas ainda lavravam, ordenaram da Baía ao P. Simão de Vasconcelos, que o mandasse voltar à sua Província do Brasil. Pregara porém na Corte e na Capela Real com grande aceitação, e temia-se que os fidalgos alcançassem de El-Rei um decreto retendo-o em Portugal. (Carta de 20 de Agosto de 1663). Efectivamente em Outubro de 1663, depois da partida dos navios, ainda estava em Lisboa por ordem de El-Rei. Ao voltar ao Brasil, como tinha pretendido as missões do Maranhão, nomearam-no Superior da de Camamu, onde estava em 1666, quando propôs para capitão da Aldeia um índio que o Conde de Óbidos nomeou a rogos seus. Embora no Camamu ia pregar à Baía nas solenidades, com o que mantinha e apurava os créditos de orador até que veio ordem de El-Rei para ir ocupar na Corte o cargo de "pregador de S. Majestade", como aparece nalguns dos seus sermões impressos. Não agradou a nomeação, nem aos Superiores nem ao P. António de Sá, e prejudicou-a o vir acompanhada de outra para Eusébio de Matos, Padre que não estava moralmente à altura de tão grande ofício. António de Sá, com edificação e para imitação dos de casa e dos de fora, escreve o Provincial Francisco de Avelar, em vez de ir para a Corte preferiu ocupar-se nas missões dos Índios da Jacobina no sertão baiano (29 de Junho de 1669). Em 1670 estava na Baía dado a ministérios e à pregação em missões; a seguir foi para o Rio de Janeiro onde era Prefeito de Estudos em 1671. Não há Catálogo desde 1671 a 1679. Um dos sermões diz que foi pregado em 1674 na freguesia de S. Julião. Se se trata da Igreja deste nome em Lisboa, infere-se que se acedeu à vontade de El-Rei. Certo é que em fins deste ano de 1674 ou começos de 1675 começou a governar como Vice-Reitor o Colégio da Capitania do Espírito Santo. Ao concluir o triénio (1677), adoeceu gravemente. Comunica-se ao P. Geral que, se escapar da enfermidade, se não deve ocupar em governos, a que se não presta o seu temperamento; mas, com o belo talento de pregar, de que é dotado, se nisto se ocupar o resto da vida, fará grande fruto na Igreja de Deus. Confirmação das informações, que dele se devam em 1660, que não se referem a dotes de governo, e só de modo extraordinário, ao seu talento para as Belas Letras e Oratória; "Ingenio optimo, judicio et prudencia bona, profecit optime in lingua latina, Philosophia et Theologia; habet talentum ad studia, et *ad concionandum optimum*. Cholericus". António de Sá não resistiu à gravidade daquela doença, que se prolongou, não porém jugulou. Deixou nome de bom religioso e literàriamente o maior da sua geração e o que mais se aproxima de Vieira. Clássico da língua, de estilo puro e elegante. Faleceu no Rio de Janeiro a 1 de Janeiro de 1678.

1. *De Venerabili Patre Joanne de Almeyda Oratio.* No fim da *Vida* do P. João de Almeida, escrita pelo P. Simão de Vasconcelos. Lisboa, 1658, in-f.

2. *Sermão pregado à Justiça na Santa Se da Bahia na primeira Outava do Espiritu Santo.* Lisboa, por Henrique Valente de Oliveira,

1658, 4.°; — Coimbra pela Viuva de Manuel Carvalho, 1672, à custa de João Antunes. 4.°, II-21 pp.; — *Sermam qve pregou o Padre M. Antonio de Saa da Companhia de Jesus. Á Justiça na Bahia.* Coimbra, na Officina de Manoel Rodrigues d'Almeyda, Anno de M.DC.LXXXVI. A custa de Ioaõ Antunes mercador de livros. 4.°, 21 pp.; — reproduzido no Rio em 1924. — Ver infra, n.° 16.

3. *Sermaõ qve pregov o P. Antonio de Saa da companhia de IESV no dia que S. Magestade fas annos em 21. de Agosto de 663.* [Trigrama da Companhia]. Em Coimbra, Com todas as licenças necessarias. Na Officina de Thome Carvalho Impressor desta Vniversidade Anno 1665. 8.°, 20 pp. a duas colunas.

4. *Sermam do dia de Cinza Que pregou o P. Antonio de Saa da Companhia de Jesu e pregador de S. Magestade na Capella Real.* Em Lisboa. Na officina de Joam da Costa. A custa de Miguel Manescal, mercador de livros na Rua Nova. M.DC.LXIX. Com todas as licenças necessarias. 4.°, 34 pp.; — Coimbra. Na Officina de Rodrigo de Carvalho Coutinho, Anno 1673, 4.°, 22 pp., reproduzido no Rio de Janeiro em 1924. — Ver infra, n.° 16.

5. *Sermam na primeira sexta feira de Qvaresma qve pregov o R. P. Antonio de Saa na Freguezia de S. Julião anno de 1674.* Lisboa. Na Officina de Joam da Costa, M.DC.LXXIV. Com todas as licenças necessarias. A custa de Manuel Craueiro da Sylva, Mercador de liuros, ao Remolares. 4.°, 14 pp.; — Coimbra. Na officina de Manoel Rodrigues de Almeyda. M.DC.LXL (sic.). Com todas as licenças necessarias. A custa de Joam Antunes Mercador de Livros. 4.°, 14 pp.

6. *Sermam dos Passos que pregov Ao recolher da Procissam o P. Antonio de Saa da Companhia de Iesus.* Em Lisboa. Na officina de Joam Da Costa. A custa de Miguel Manescal, mercador de liuros na rua nova. M.DC.LXXV. Com todas as licenças necessarias. 4.°, 16 pp. [impresso por erro 61]; — *Sermam... da Prociçam...* Em Coimbra, Na Officina de Joseph Ferreyra, Anno 1689. A custa de Ioaõ Antunes, 4.°, 16 pp.; — reproduzido no Rio de Janeiro em 1924. — Ver infra, n.° 16.

7. *Sermão da Conceiçam da Virgem Maria Nossa Senhora,* [Trigrama da Companhia] *Qve pregov o R. Padre Antonio de Saa da*

Companhia de Iesv. Na Igreja Matriz do Recife de Pernambvco Anno de 1658. Em Coimbra. Com todas as licenças necessarias: Na Officina de Ioseph Ferreyra: Anno 1675. 4.°, 19 pp.; — reproduzido no Rio de Janeiro em 1924. — Ver infra, n.° 16.

8. *Sermão da Qvarta Dominga da Qvaresma qve pregov na Capella Real no anno de 1660 o M. R. P. Antonio de Saa da Companhia de IHS* [Trigrama da Companhia]. Em Coimbra. Com todas as licenças necessarias. Na Officina de José Ferreyra. Anno de 1675, 4.°, 20 pp.

9. *Sermão do glorioso S. Joseph esposo da Mãe de Deos, Que pregov o M. R. P. Antonio de Saa da Companhia de Iesu, offerecido ao preclarissimo e nobilissimo Senhor Alexandre do Valle Cidadam de Braga*, etc. Em Coimbra Na Officina de Joseph Ferreyra. Anno de 1675, 4.°, 20 pp.; — Em Coimbra na Officina de Joam Antunes, Anno 1692, 4.°, 20 pp.; — reproduzido no Rio de Janeiro em 1924. — Ver infra, n.° 16.

10. *Sermam que prégou o P. Antonio de Saa da Companhia de Jesus Na Capella Real dia do Apostolo S. Thome.* [Trigrama da Companhia]. Lisboa. Com todas as licenças necessarias. Por Antonio Rodriguez d'Abreu. Anno 1674. A custa de Martim Vaz Tagarro Mercador de liuros. 4.°, 27 pp.; — *Sermam Qve pregov o P. Antonio de Saa da Companhia de Jesus*. Na Capella Real dia do Apostolo S. Thome. Em Coimbra: Com todas as licenças necessarias. Na Officina de Joseph Ferreyra Impressor da Vr.iversidade Anno de M.DC.LXXXVI, 4.°, 27 pp.

11. *Tardes das Domingas da Quaresma pregadas na Parochial Igreja da Madalena em Lisboa* (5 Domingas). Sobre o tema das palavras do salmo 61 § 9: "Verumtamen vani filii hominum in stateris". Impressos e encorporados pelo livreiro, sem o nome do autor, nos *Sermões* do Bispo de Martíria, D. Fr. Cristóvão de Almeida, III (Lisboa 1680). Estavam em poder do livreiro-impressor Domingos Carneiro, que os cedeu, para engrossar o livro do Bispo de Martíria. (Inocêncio).

12. *Sermão do Glorioso Santo Amaro*. Coimbra por José Ferreira, 1699, 4.°

13. *Sermão de N. Senhora das Maravilhas pregado na Sé da Bahia no anno de 1660, na occasião do desacato que se fez à mesma*

Senhora, e a seu amado Filho. Lisboa por Manoel Fernandes da Costa Impressor do Santo Officio, 1732, 4.º

14. *Oração Funebre nas Exequias da Serenissima Rainha de Portugal D. Luiza Francisca de Gusmão em 1666.* Lisboa Occidental. Na Off. de Miguel Rodrigues Impressor do Senhor Patriarcha, 1735, 4.º, VI-36 pp. (Edição de Bernardo Gomes de Brito).

15. *Sermoens varios do Padre Antonio de Saa da Companhia de Jesus offerecidos ao Illustrissimo, e Excellentissimo Senhor Marquès de Marialva...* por Manoel da Conceição. Lisboa, na officina de Miguel Rodrigues, Impressor do Eminentissimo Senhor Patriarcha. 4.º, 312 pp.

Contém todos os Sermões da lista precedente, excepto o de S. Amaro (n.º 12), só mencionado em Sommervogel. Edição rara por se destruir quase toda no incêndio da casa do livreiro por ocasião do terremoto de 1755.

Seis dos Sermões avulsos, dados pelos bibliógrafos em 4.º, são (como os medimos) em 8.º Na dúvida de ter havido tiragem especial, conservamos aquela medida, com esta advertência.

16. *António de Sá,* vol. XII da "Estante Clássica" da "Rev. de Lingua Portuguesa", dirigida por Laudelino Freire, Rio de Janeiro, 1924, com Introdução e Annotações de J. L. de Campos.

Contém os Sermões à *Justiça, de Cinza, dos Passos, da Conceição e de S. José,* reproduzidos das edições que indicamos em cada um, com o fac-símile dos respectivos frontispícios. O texto não é fac-similar.

17. *Censura à "Chronica"* do P. Simão de Vasconcelos, Baía, 18 de Maio de 1661. Original em Gesù, *Cens. Libror.* 670, 42-44. Impresso nos preliminares da mesma *Chronica,* Lisboa, 1663.

Artur Mota, *História da Literatura Brasileira — Epoca de formação — Séculos XVI e XVII* (S. Paulo 1930) 433-434, inclui entre as obras do P. António de Sá umas *Memórias,* que são de Fr. António de Sá, da Ordem de S. Bento. Cf. B. Machado, I, 372.

A. *Carta ao P. Geral Oliva,* de Génova, 8 de Julho de 1662. (*Lus.75,* 55). — Está em Génova a caminho de Lisboa; está também o Visitador [de Magistris], e teme que este lhe retarde a viagem; pede licença para embarcar, sem que o Visitador lho possa impedir. *Lat.*

B. *Carta ao P. Geral Oliva,* de Génova, 21 de Julho de 1662 (*Lus.75,* 56). — Embarcará para Lisboa no dia seguinte com o

P. Simão de Vasconcelos e o Irmão companheiro; pede a bênção para a viagem, e para outra, a das missões do Maranhão, que deseja, porque para salvar uma só alma naquelas missões, se exporia a todos os perigos do mundo. *Ital.*

Ramiz Galvão transcreve alguns trechos de António de Sá, em *O Pulpito no Brasil* na "Biblioteca do Instituto dos Bachareis em Letras" (Rio de Janeiro 1867), 63-80, e na *Rev. do Inst. Hist. e Geogr. Bras.*, vol. 146 (Rio 1926)32-46. E acham-se outros excerptos pelas Antologias e Compêndios de Literatura.

A. S. I. R., *Bras.*3(2), 39; — *Bras.*5, 167v, 182, 241v; — *Bras.*5(2), 10v; — *Bras.*9, 246v; — *Lus* 7, 279; — *Gesù, Missiones*, 721; — B. Machado, I, 372-374; IV, 52-53; — Inocêncio, I, 262-263; II, 67; VIII, 302; — Sommervogel, VII, 354-357; — *Catálogo da Restauração*, 357; — S. L., *História*, I, 533.

SÁ, Manuel de. *Missionário e Administrador.* Nasceu na cidade de Braga em 1552. Entrou na Companhia no Brasil, com 20 anos de idade, em Dezembro de 1572. Foi Procurador nos Colégios da Baía e de Pernambuco, e padeceu uma crise de saudades de Portugal, aonde foi em 1602 e donde voltou em 1604, com o P. Fernão Cardim. Vencida a crise, foi incansável obreiro das almas e de exímia caridade em particular para com os pobres, da qual tece o P. António Vieira formoso elogio. Faleceu em Pernambuco em Janeiro de 1625.

A. *Carta do P. Manuel de Sá ao P. Geral Aquaviva*, da Baía, 20 de Fevereiro de 1593. (*Lus.*72, 54). — Mostra-se descontente das coisas do Brasil, mas está disposto a fazer a vontade de Deus. *Port.*

A. S. I. R., *Bras.*5, 13; — *Hist. Soc.*43, 68; — *Cartas de Vieira*, I, 65; — S. L., *História*, I, 572.

SAMPAIO, Francisco de. *Pregador e Administrador.* Nasceu em 9 de Maio de 1708 no Porto. Entrou na Companhia a 9 de Novembro (ou 23 de Maio) de 1727. Fez a profissão solene a 15 de Agosto de 1745, no Recife, onde era procurador das Causas Pias e dado a ministérios e pregações, para que tinha talento. Em 1748, Superior do Hospício do Ceará; e, depois, Superior do Piauí. Levado para a Baía, na perseguição geral e deportado para o Reino em 1760, esteve primeiro nos cárceres de Azeitão, donde passou em 1769 para os de S. Julião da Barra. Recuperou a liberdade em 1777 e ainda vivia, em 1784, diz Kaulen.

A. *Rellação dos cittios pertencentes a admenistração da Capella de Domingos Affonso Certam dados de arendamento comforme a Emformação do Padre Francisco de Sam Payo.* 1759. (A. H. Col., *Piauí, Avulsos,* 1759). *Port.*

A. S. I. R., *Bras.*6, 271v; — *Lus.*16, 194; — *Relação de algumas cousas* de Kaulen, 271.

SAMPAIO, João de. *Missionário.* Nasceu a 24 de Novembro de 1680 na Abrunheira (Dioc. de Coimbra). Entrou na Companhia a 13 de Maio de 1701. Embarcou em 1703 para as missões do Maranhão e Pará. Começou as salinas de Curuçá (Pará), sendo ainda estudante. Foi-se ordenar a Portugal, e voltou em 1712, indo logo para as missões do Rio Madeira, de que se constituiu o mais célebre missionário, neste Rio e nas Aldeias de seu perímetro, Canumã, Abacaxis, Tupinambaranas, Trocano. Fez os últimos votos de Coadjutor Espiritual em Tupinambari, a 20 de Março de 1718, recebendo-os Domingos da Cruz. Não se viu livre de intrigas locais, de que se justificou cabalmente. Fundou a Aldeia de S. António das Cachoeiras do Rio Madeira, [actual Território de Guaporé], reconheceu o Rio Mamoré e deixou o nome na Limnografia do Amazonas com o "Lago Sampaio". Dotado de zelo invulgar e estimado dos Índios. Faleceu no Engenho de Ibirajuba (Pará), a 22 de Janeiro de 1743.

A. *Carta do P. João de Sampaio ao P. Filipe Luiz, Procurador da Missão do Maranhão em Lisboa,* da Aldeia de Vera Cruz dos Abacaxis, 11 de Janeiro de 1724. (B. N. de Lisboa, fg. 4517, f. 80). — Assuntos da Missão. *Port.*

Cinco Cartas do P. Geral ao P. João de Sampaio (1715-1727), *Bras.25*, ff. 6v, 17v, 32, 36v, 44.

A. S. I. R., *Bras.27*, 99v; — *Lus, 24, 77*; — *Livro dos Óbitos,* 31; — S. L., *História,* III, 400-401; VI, 214.

SAMPERES, Gaspar de. *Arquitecto e Missionário.* Nasceu na Cidade de Valência por 1551. Engenheiro militar em Espanha e no Brasil. Entrou na Companhia no Rio de Janeiro em 1587. Já sabia latim. Na Companhia ensinou Letras Humanas 6 anos, e estudou Teologia Moral quanto bastou para se ordenar de Sacerdote. Trabalhou nas Aldeias, sobretudo no Distrito de Pernambuco, e tomou parte na Conquista do Rio Grande do Norte, onde fez a Fortaleza dos Reis Magos, mais tarde reconstruída pelo Engenheiro-Mor do Brasil, Francisco de Frias Mesquita. Os Catálogos do Brasil tratam o P. Samperes de Arquitecto, e alguns com a menção de "optimus". Na Guerra de Pernambuco prestou grandes serviços até à tomada do Arraial do Bom Jesus a 8 de Junho de 1635. Desterrado pelos invasores Holandeses para as Antilhas, passou dali a Cartagena da América (Colômbia actual), onde faleceu pouco depois de chegar, ainda dentro do mesmo ano de 1635.

1. *Relação das cousas do Rio Grande, do sítio e disposição da terra* (1607). Publ. por S. L., *História,* I, 557-559.

"Pelas palavras castelhanas que encerra, *ingenio, rocerias, gracia,* parece obra ou cópia de algum Padre espanhol. Vem-nos à lembrança o nome do P. Gaspar de Samperes, como provável autor" *(ib.,* I, 529).

O nome do Padre aparece também *Sempere, Semperes.*

A. S. I. R., *Bras.5,* 41v, 46v, 86v, 135v; — S. L., *História,* I, 516; V, 356, 384.

SANCHES, Manuel. *Professor e Pregador.* Nasceu cerca de 1584 em Alcains (Diocese da Guarda). Tinha começado o Curso de Artes, quando entrou na Companhia em Coimbra em 1602. Embarcou para o Brasil em 1607. Aprendeu a língua brasílica, trabalhou nas Aldeias, pregava com aceitação, e foi professor de Letras Humanas. E era-o também de Filosofia, e com louvor, em 1619, no Colégio da Baía, onde faleceu a 24 de Dezembro de 1627.

A. *Annuæ Litteræ Provinciæ Brasiliæ Anni 1615.* Bayæ, Sexto Idus Maij [1616]. (*Bras.8*, 191-196v). — Cit. em S. L., *História*, VI, 160. *Lat.*

A. S. I. R., *Bras.5*, 97v, 120; — *Bras.8*, 381; — *Hist. Soc.43*, 68.

SANTOS, Manuel dos (1). *Missionário e Administrador.* Nasceu por 1654 no Porto. Entrou na Companhia, na Baía, com 16 anos, a 25 de Junho de 1670. Fez os últimos votos na Igreja do Salvador de Porto Seguro, a 30 de Novembro de 1693. Reitor (ou Vice-Reitor) do Seminário de Belém da Cachoeira (1693), Reitor do Colégio do Espírito Santo (1697), Superior da Casa da Cidade da Paraíba (1705), e Vice-Reitor do Colégio do Recife quando estalou a guerra civil entre Olinda e o Recife (1710). Tentou evitar o derramamento de sangue e apaziguar os ânimos, merecendo o louvor público de El-Rei. Faleceu em Olinda a 23 de Agosto de 1715.

A. *Certificado a favor do Provedor da Fazenda da Capitania de Pernambuco, João do Rego Barros e do seu grande valor e serviços na guerra civil entre Olinda e Recife*, no Colégio do Recife de Pernambuco, 30 de Dezembro de 1710. (A. H. Col., *Pernambuco*, Avulsos, Capilha de 1 de Julho de 1712). *Port.*

B. *Carta a El-Rei, agradecendo a carta e louvor que lhe mandou dar, e elogia os Recifenses*, do Colégio do Recife, 27 de Novembro de 1711. (Ib., *Pernambuco*, Avulsos, 27.XI.1711, na Capilha de Documentos sobre a "Guerra dos Mascates"). *Port.*

A. S. I. R., *Bras.5(2)*, 47, 80; — *Bras.10*, 114; — *Lus.23*, 133; — Bibl. Vitt. Em., f. ges. 3492/1363, n.º 6; — S. L., *História*, V, 453.

SANTOS, Manuel dos (2). *Missionário.* Nasceu a 1 de Novembro de 1664 em Pereira (Dioc. de Coimbra). Já tinha 2 anos de Filosofia e 5 de Direito Canónico quando entrou na Companhia a 8 de Setembro de 1685 (Catálogo de 1690, o primeiro em que consta o seu nome; nos seguintes há alguma variedade). Embarcou para as Missões do Maranhão e Pará em 1688. Esteve no reconhecimento do Rio dos Urubus. Foi concluir os estudos em Coimbra, donde voltou em 1695. Ensinou Humanidades 3 anos e foi Procurador das Missões paraenses e Missionário. Ainda está no Catálogo de 1708, não já no de 1710. Saiu da Companhia. Foi Vigário do Pará, Vigário Geral, Provisor e Governador do Bispado. Pediu e obteve do P. Geral a faculdade de enterrar-se com a roupeta da Companhia, na Igreja do Colégio do Pará, onde faleceu a 17 de Janeiro de 1719.

A. *Carta do P. Manuel dos Santos ao P. Geral*, do Maranhão, 25 de Maio de 1706. (*Bras.26*, 206). — Diz que trabalhou 4 anos nas Missões dos Goiapises, e com os Tupinambaranas, Coriatós e Andirás. O Superior da Missão com título de o aliviar, mandou-o para o Maranhão: pede para ser enviado de novo para o meio dos seus Índios. *Port.*

Sommervogel, VII, 597, cuida que Santos (Tomás), do Maranhão *Espanhol*, é missionário do Maranhão *Português*, e aplica-lhe alguns dados, que lhe não pertencem (e algum pertence a este P. Manuel dos Santos). Os dados biográficos do P. Tomás Santos, Missionário do Maranhão Espanhol, no "Rio del Tigre", devem-se procurar em Catálogos da *Assistência* de Espanha.

A. S. I. R., *Bras.27*, 9, 25; — *Livro dos Óbitos*, 9; — S. L., *História*, III, 383.

SANTOS, Manuel dos (3). *Pregador e Missionário.* Nasceu a 30 de Julho de 1710 em Sardoal (Diocese da Guarda). Filho de Manuel Caldeira e Joana de Parada. Pertenceu primeiro à Província de Goa, na Índia, onde estudou Filosofia e ensinou Humanidades nos Colégios de Goa e Baçaim. Entrou segunda vez na Companhia em Évora, a 2 de Maio de 1736; e no ano seguinte partiu de Lisboa para as Missões do Maranhão e Pará. Estudou Teologia no Maranhão e fez a profissão solene no Pará a 1 de Novembro de 1751, recebendo-a o Reitor Júlio Pereira. Mestre de Humanidades e Pregador, Ministro do Colégio do Pará e da Vigia, Superior de Jaguarari e fundador da Aldeia de S. Francisco Xavier do Javari na fronteira com os domínios de Espanha em 1752, donde procede a actual cidade de Tabatinga. Entregou a Aldeia do Javari ao Mestre de Campo Gabriel de Sousa Filgueiras em fins de 1755. Atingido pela perseguição geral, foi dos primeiros desterrados para o Reino, em 1757, e confinado na Residência de S. João de Longos Vales; e depois encerrado em 1759 nos cárceres de Almeida e enfim em 1762 nos de S. Julião da Barra. Recuperou a liberdade em Março de 1777, quando se restauraram também as liberdades cívicas portuguesas. Faleceu em Janeiro de 1781.

A. *Carta ao P. Geral*, 20 de Outubro de 1753. (*Lus.90*, 80v-81). — Por obedecer às ordens do Governador e de El-Rei navegou para o Rio Solimões. Passou penúria e também contradições dos Padres Carmelitas, que levaram a mal a ida do novo missionário para ali. Fundou a Aldeia no dia de S. Francisco Xavier (3 de Dezembro de 1752) e logo ao dia 8 (Imaculada Conceição) trouxe do Sertão 90 almas. *Lat.*

B. *Carta ao P. Geral*, da Missão de S. Francisco Xavier (do Javari), 28 de Junho de 1754. (*Lus.90*, 81-82). — Veio para a

Missão com falta de remeiros; ajudou-o com alguns um bom P. Carmelita; nesta missão devem estar sempre 2 ou 3 da Companhia por ficar muito longe das outras. *Lat.*

C. *Carta do P. Manuel dos Santos ao Governador do Pará*, da Missão de S. Francisco Xavier [Rio Javari], 20 de Junho de 1755. (B. N. de Lisboa, Col. Pomb., cód. 628, f. 58). — Avisos e notícias referentes às Demarcações, que recebeu por meio de Quito; soldados fugidos, etc. *Port.*

D. *Carta do mesmo ao mesmo*, da Missão de S. Francisco Xavier, 11 de Julho de 1755 (*Ib.*, f. 66). — Soldados fugidos; Índios da Missão; a controvérsia com os Padres do Carmo; mantimentos e subsistências. *Port.*

Carta do Governador do Pará Francisco Xavier de Mendonça Furtado ao Senhor R.^{do} Missionario Manoel dos Santos que ia fundar a Aldeia do Javari por ordem de El-Rei e direcção do mesmo Governador. Palácio [do Pará], 11 de Fevereiro de 1752. Na *Collecção* de Domingos António, Bibl. da Univ. de Coimbra, 570, f. 20-20v, publ. por M. Lopes de Almeida (Coimbra 1947) 53.

Carta de Mendonça Furtado ao M. R. Padre e Senhor Manuel dos Santos, do Arraial de Marivá, 4 de Novembro de 1755. Em Caeiro, *Apologia, Lus. 95n*, 92-93. — Comunica-lhe que El-Rei, em vista do Vice-Provincial ter posto dificuldades à reservação que fizera do governo temporal [segundo o *Regimento das Missões*], era de seu agrado dispensar os Padres da Companhia da administração da Aldeia do Javari; e que o Missionário entregue ao Mestre de Campo do Regimento Gabriel de Sousa Filgueiras a Aldeia e as alfaias, custeadas pelo erário público.

Carta de Mendonça Furtado ao mesmo, do Arraial de Marivá, 5 de Novembro de 1755. *Ib.*, 93. — Diz que a carta do dia precedente fora *ex officio:* "agora por amizade lhe digo que essa Colónia se há de ornar com o título de *Cidade Nova da Prefeitura do Rio Negro*, dando-lhe outro Governador diverso do do Pará e outros Ministros de Justiça", por ser grande a distância dali ao Pará. Dá os parabens ao Padre por se ver livre das moléstias do lugar, que sabe de certo ali se padecem, e oferece os seus préstimos.

A. S. I. R., *Bras.*27, 133; — *Lus.*17, 20; — Domingos António, *Collecção*, 52-59; — S. L., *História*, III, 418; IV, 363.

SANTOS, Manuel dos (4). *Professor*. Nasceu cerca de 1712 na Ilha Terceira, Açores. Entrou na Companhia, com 17 anos, a 8 de Junho de 1729. Fez a profissão solene em 1746, e foi Professor de Humanidades e de Filosofia, Prefeito de Estudos e Bibliotecário da Baía. Deportado na perseguição geral de 1760, da Baía para Lisboa e Roma, faleceu, nesta cidade pouco depois de chegar, a 2 de Dezembro do mesmo ano de 1760.

A. *Annuæ Litteræ ex Provincia Brasilica ab anno MDCCXLVI ad MDCCXLVIII*, Bahyæ, Idibus Julii MDCCXLVIII. Além da assinatura de "Emmanuel dos Santos", leva a do Provincial, que mandou escrever a Ânua, "Simon Marques". (*Bras.10(2)*, 425-427v). *Lat.*

<small>A. S. I. R., *Bras.6*, 169; — *Lus.16*, 193; — *Apênd. ao Cat. Português*, de 1903.</small>

SARAIVA, Manuel. *Professor e Administrador.* Nasceu por 1649 em Olinda, Pernambuco. Entrou na Companhia, com 17 anos, a 17 de Outubro de 1666. Fez a profissão solene no Rio de Janeiro a 2 de Fevereiro de 1687. Adjunto do Mestre de Noviços e Mestre ele próprio, Professor de Filosofia na Baía e de Teologia no Rio de Janeiro, Secretário do Provincial e Reitor de Olinda (1701). Passou ao Maranhão e Pará como Visitador e Superior da Missão, cargo em que faleceu, ao fim de 3 anos, a 26 de Junho de 1706, na Aldeia de Icatu.

A. *Carta do P. Visitador Manuel Saraiva ao P. Procurador Geral em Lisboa*, do Colégio do Maranhão, 20 de Setembro de 1703. (B. N. de Lisboa, fg. 4517, f. 19). — Diz que chegou e vai-se informando da situação geral que descreve; fala do governo ou antes "desgoverno" das Aldeias, que a lei não permite melhor, e não lhe vê remédio. *Port.*

B. *Carta do P. Manuel Saraiva ao P. Francisco da Cruz em Lisboa*, do Pará, 5 de Novembro de 1704. (Bibl. da Ajuda, 52-X-2, f. 28). — Sobre as dificuldades e trabalhos que padecem os Missionários. *Port.*

C. *Carta do Superior da Missão P. Manuel Saraiva ao P. Geral*, do Pará, 12 de Novembro de 1704. (*Bras.26*, 198-199v). — Sobre o estado da Missão e dificuldades postas pelo Governador, etc. *Lat.*

<small>*Carta Régia de 3 de Maio de 1705 ao Superior P. Manoel Saraiva, queixando-se da falta de notícias das Missões e encommendando-lhe muito o cuidado dellas.* (Bibl. de Évora, cód. CXV/2-12, p. 112); — *Carta Régia de 25 de Agosto de 1706, ao mesmo, para que dê Índios para a construção do Armazém Novo do Maranhão* (Ib., p. 113); — *Carta Régia de 8 de Outubro de 1706 ao mesmo sobre a forma de dar conta do dinheiro dos resgates*, em *Anais da B. N. R. J.*, 66(1948)295. Nas datas da segunda e terceira Carta Régia, já o Superior da Missão tinha morrido.</small>

<small>Cartas Régias ao Ouvidor do Pará e Governador Manuel Rolim de Moura, de fins de 1705 e começos de 1706, a favor dos Índios e dos Padres, contra as dificuldades que lhes punham os Donatários e outras pessoas. Nessas cartas invoca El-Rei a conta oficial das Missões que lhe deu o Superior delas, P. Manuel Saraiva. Em *Anais da B. N. R. J.*, 66(1948)272-276.</small>

<small>A. S. I. R., *Lus.11*, 56; — S. L., *História*, IV, 228; V, 581.</small>

SCHWARZ, Martinho. *Missionário.* Nasceu em 1719 (ou 1722) em Amberga, Alemanha. Entrou na Companhia em 1738. Embarcou em 1753, de Lisboa para o Maranhão, onde chegou a 16 de Julho, sendo destinado ao Pará para a Missão de Guaricuru. Fez os votos de Coadjutor Espiritual em Araticum (Oeiras) a 19 de Setembro de 1755. Desterrado em 1760, ficou nos cárceres de S. Julião da Barra, donde saiu na restauração das liberdades cívicas portuguesas em 1777. Seguiu (via Génova) para a sua pátria, onde faleceu a 22 de Janeiro de 1788.

1. *Epigrama latino.* Em Carayon, *Doc. Inédits*, IX, 116.

São 2 dísticos que acompanhavam uma *pequena obra sua,* cujo título se não diz, feita no cárcere, e remetida, a 4 de Novembro de 1762, ao companheiro, nos mesmos cárceres de S. Julião, P. Anselmo Eckart.

A. S. I. R., *Lus.24.* 270; — Huonder, 160; — *Apêndice ao Cat. Port.* de 1906, XIII; — S. L., *História,* IV, 358.

SEIXAS, José de. *Professor e Administrador.* Nasceu cerca de 1612 em Lisboa. Filho de Belchior Gomes e Isabel de Seixas. Entrou na Companhia em Lisboa a 9 de Abril de 1627. Ensinou Latim (6 anos), Filosofia (4 anos) e Teologia (18 anos). Doutor e Professor de Prima na Universidade de Évora, Reitor dos Colégios de Braga e Coimbra. Embarcou para o Brasil em 1675, como Provincial, passando a Visitador três anos depois. "Governou por seis anos". Deixou nome de bom Superior, fomentando também as Missões. Concluído o governo, voltou a Portugal, onde ocupou ainda o cargo de Provincial 4 anos, e foi a Roma à Congregação Geral de 1682. Depois, outra vez, Reitor de Coimbra. Homem penitente e caridoso. Considerado "o maior homem da sua Província", qualificativo que lhe deu o P. Geral. Além de vasta cultura e sólida virtude, possuía o dom da conversa afável e repentista, fazendo-se eco dum destes casos o P. Manuel Bernardes. Faleceu em Coimbra a 9 de Fevereiro de 1691.

A. *Carta ao P. Geral Oliva,* de Lisboa, 6 de Abril de 1663. (Gesù, 703). — Expõe o caso do *Paraíso na América* (Brasil), do P. Simão de Vasconcelos; e entende que, estando já impresso, se deve deixar correr, para não tornar o P. Vasconcelos suspeito em matéria de fé, de que realmente se não trata, pois não há definição. *Lat.*

B. *Catálogo dos Padres e Irmãos eminentes em virtude,* enviado ao P. Geral Oliva, da Baía, 21 de Agosto de 1677. (*Bras.3(2)*, 139-140v). *Port.*

C. *Visitatio Prov. Brasiliæ a Maio anni 1676 ad Jul. anni 677,* Bayae, 24 Augusti 1677. (Gesù, *Colleg.* 20). *Lat.*

D. *Carta sobre a visita do Colégio de Pernambuco, ao P. Geral Oliva,* da Baía, 20 de Janeiro de 1679. (*Bras. 3(2)*, 142-143v). *Lat.*

E. *Vida do Santo Irmão Domingos da Cunha da Companhia de Jesus, o "Cabrinha", pintor e místico.*

Franco começa a narrativa: "Vida do Santo Irmão Domingos da Cunha"; e no decurso dela dá a alcunha e as duas qualidades que o caracterizavam. Trata-se de autobiografia, feita pelo próprio Irmão por ordem dos Superiores, remodelada e apresentada pelo P. José de Seixas. Di-lo o P. António Franco, que a recopilou, *Imagem de Lisboa*, p. 485-551; e resumiu-a Jorge Cardoso, *Agiologio Lusitano*, III, 196-198.

Vita del Fratello Dominico da Cugna († 15 Mag. 1644) *Coadjutore temporale formato... della Provincia di Portogallo... transportata dal portoghese in italiano.* 87 ff., 270/195 mm. (*Vitæ 109*); — Outra cópia (*Vitæ 110*).

Na Bibl. de Évora, cód. CIX/2-13, há um "B. concedendo a indulgência plenaria aos que se confessarem aos Missionarios da Companhia", de 29 de Janeiro de 1647. O Breve está "Em treslado passado em portuguez por José de Seixas, Reitor do Collegio de Coimbra, e traz o sêllo da Companhia". (Rivara, IV, 177).

Carta Régia de 29 de Março de 1680 ao Provincial do Brasil José de Seixas encomendando-lhe que envie para o Maranhão, para a conversão do sertão, quatro a seis Religiosos, que saibam a língua geral, e ordenando que se lhes paguem da fazenda pública os gastos de embarcação. (*Doc. Hist.*, LXXXII (1948) 354-355). — Os Missionários foram na Sumaca "São José e Almas", pagando-se-lhes 200$000 réis, na Capitania de Pernambuco (*ib.*).

A. S. I. R., *Lus.46*, 21v; — *Bras.3(2)*, 249; — Franco, *Imagem de Coimbra*, II, 707-709; — Id., *Ano Santo*, 66; — B. Machado, II, 825-826; — Boero, *Menologio*, II, 171-172; — Guilhermy, 9 de Fevereiro; — Sommervogel, VII, 1172; — Manuel Bernardes, *Nova Floresta*, IV (Porto 1911) 47-48.

SEIXAS, Manuel de (1). *Administrador.* Nasceu a 24 de Maio de 1661 em Rio Bom, Diocese de Lamego. Entrou na Companhia a 22 de Julho de 1677. Mestre de Gramática 5 anos, Ministro dos Irmãos Juniores, Reitor dos Colégios do Faial, S. Miguel e Ilha Terceira (Açores), Visitador da Missão do Maranhão em 1717. Favoreceu as Missões e notou os abusos dalgumas autoridades locais na repartição dos Índios, informando a El-Rei, que lhes mandou pôr cobro. Concluído o governo, concedeu-lhe o Geral a faculdade de voltar à sua Província de Portugal em 1721.

1. *Informação do Maranhão, Pará e Amazonas para El-Rei, do P. Visitador Manuel de Seixas.* Belém do Pará, 13 de Junho de 1718. (*Bras.26*, 213-216). Publ. em S. L., *História*, IV, 387-394.

A. *Carta a El-Rei sobre ser desserviço de Deus e de S. Majestade a continuação de um Manuel da Silva de Castro no cargo de procurador dos Índios*, de S. Luiz do Maranhão, 30 de Abril de 1718. (B. N. de Lisboa, fg. 4517, f. 78-79). Port.

B. *Segunda Informação do Maranhão, Pará e Amazonas para El-Rei sobre as opressões do Sr. de Pancas Cristóvão da Costa Freire*, Belém do Pará, 12 de Julho de 1718. (B. N. de Lisboa, fg. 4517, f. 216-218; 431-433). *Port.*

C. *Carta ao P. Geral*, do Pará, 12 de Setembro de 1718. (*Bras.26*, 219). — Sobre o estado da Missão. *Lat.*

D. *Carta a El-Rei sobre o Governador Bernardo Pereira de Berredo não ter a atenção e consideração devida às leis e recomendações de S. Majestade em matéria de Índios no Maranhão*, 17 de Setembro de 1720. (B. N. de Lisboa, fg. 4517, f. 428-429). *Port.*

Duas Cartas do P. Geral ao P. Visitador Manuel de Seixas, de 30 de Janeiro de 1720, e 4 de Fevereiro de 1721. *Bras.25*, 12, 13v-14v.

Ordens Régias referentes à administração do P. Seixas, e ao bom tratamento que os moradores devem dar aos Índios de repartição. *Anais do Pará*, I, 166-167; *Anais da B. N. R. J.*, 67(1948)173.

A. S. I. R., *Bras.25*, 14v; — *Bras.27*, 29; — S. L., *História*, IV, 229.

SEIXAS, Manuel de (2). *Administrador e Pregador.* Nasceu a 23 de Março de 1683 em Arrifana de Sousa (Penafiel). Entrou na Companhia a 30 de Agosto de 1703. Fez a profissão solene em Olinda, a 24 de Fevereiro de 1721. Ocupou-se em ministérios do confessionário e de pregação e foi Reitor dos Colégios de Olinda (1733) e da Paraíba (1748). Faleceu em Olinda a 27 de Março de 1757.

A. *Caminhante Curioso ou Methodo para fugir os vicios e seguir as Virtudes.* *Port.*

B. *Livro de Maria.* *Port.*

C. *Xavier vivo, Xavier morto, Xavier triunfante.* *Port.*

D. *Exercício Doutrinal.* *Port.*

E. *Carta do P. Manuel de Seixas ao Padre Geral Tamburini*, da Paraíba, 15 de Agosto de 1724. (*Bras.4*, 265). O Governador da Paraíba João de Abreu Castelo Branco levou para Lisboa o ms. do seu livro "Caminhante Curioso ou Methodo para fugir os vicios e seguir as Virtudes"; e pede se imprima. *Lat.*

F. *Carta do P. Manuel de Seixas ao P. Geral Retz*, de Olinda, 29 de Setembro de 1733. (*Bras.4*, 393). — Diz que escreveu três obras: "Livro de Maria"; Xavier vivo, Xavier morto, Xavier triunfante", e "Exercicio Doutrinal", e pede licença para se publicarem. *Lat.*

G. *Requerimento do Reitor de Olinda a El-Rei para que se guardem os estilos costumados no pagamento em açúcar da dotação real do Colégio.* Despacho de 10 de Outubro de 1733. (A. H. Col., Pernambuco, Avulsos, 10 de Outubro de 1733). *Port.*

O requerimento faz a história sumária da legislação sobre esta matéria; e tem junto o treslado duma Real Ordem de 1725 ao Procurador do mesmo Colégio.

H. *Certificado dos bons procedimentos do Doutor Caetano da Silva Pereira, advogado nos auditórios de Pernambuco e também do Colégio de Olinda.* Olinda, 10 de Abril de 1736. (A. H. Col., ib., Capilha de 12.IX.1736). *Port.*

A. S. I. R., *Bras.*6, 97, 400v; — *Lus.*14, 161.

SEPÚLVEDA, José de. *Poeta.* Nasceu a 16 de Agosto de 1711 na Baía. Filho de Manuel de Sepúlveda de Carvalho e Maria de Abreu. Entrou na Companhia a 21 de Abril de 1727. Fez a profissão solene na Baía a 15 de Agosto de 1745. Ensinou Retórica e era dado às Letras e muito culto, diz a Ânua que anuncia a sua morte, véspera de S. Francisco de Borja, em cuja honra tinha composto um poema. Faleceu no Seminário de Belém da Cachoeira a 9 de Outubro de 1748.

1. *Jurisperitissimo Domino Ignatio Dias Madeira Bahiensis Curiæ Laticlavario consultissimo Elogium.*

2. *Epigrama latino.* Ao mesmo.

Sairam estas duas obras com outras ao mesmo assunto. Lisboa, por Miguel Manescal da Costa, 1724, 4.º

A. *Annuæ Litteræ Societatis Jesu in Provincia Brasilica ad annũ M.DCC.XLVI.* Ex Collegio Bahiensi trigesimâ Octobris anni M.DCC.XLVI. (*Bras.*10(2), 421-424). Excerpto, traduzido em português, sobre a vida e morte do P. Luiz Tavares, em S. L., *História,* VI, 20. *Lat.*

B. *De divo Francisco Borgiæ Carmen Epicum.* (*Bras.*10(2),429).

A. S. I. R., *Bras.*6, 259; — *Bras.*10(2), 429; — *Lus.*16, 205; — B. Machado, II, 825; — Sommervogel, VII, 1131.

SEQUEIRA, Baltasar de. *Pregador e Administrador.* Nasceu cerca de 1588 na cidade da Baía. Entrou na Companhia a 25 de Maio de 1603. Mestre de Humanidades durante cinco anos (em 1614 era-o em Pernambuco). Fez a profissão solene a 20 de Outubro de 1624 na Aldeia do Espírito Santo (Abrantes), recebendo-a Fernão Cardim, entre o estrépito das armas contra a ocupação holandesa; e contra os mesmos holandeses prestou assinalados serviços no cerco da Baía em 1638. Reitor da Baía e Provincial. E também pregador de renome, pelos dons naturais de que era dotado: voz, acção, elocução e propriedade de linguagem. Faleceu na Baía a 9 de Março de 1663.

1. *Aprovação à "Vida do P. Joam d'Almeida" do P. Simão de Vasconcelos.* Nos Preliminares da mesma obra. Lisboa, 1658.

A. *Annuæ Litteræ Provinciæ Brasilicæ anni Domini 1616, a Patre Balthasare de Sequeira conscriptæ quarto idus Augusti anno 1617.* (Bras.8, 213-224v). Lat.

B. *Triennium Litterarum ab anno millesimo sexcentesimo decimo septimo ad decimum nonum per Patrem Baltasarem de Sequeira. Undecimo Calendas apriles anni vigesimi supra sexcentesimum.* Assinada pelo Provincial Simão Pinheiro. (Bras.8, 226-248v). — Excerpto em S. L., *História*, VI, 81; e sobre Cabo Frio, *ib.*, 120-121. Lat.

C. *Annuæ Litteræ Brasiliensis Provinciæ ab anno Millesimo sexcentesimo quinquagesimo nono usque ad Millesimum sexcentesimum sexagesimum annum*, Bahiæ, 12 Junii anni 1661. (Bras.9, 121-129). — Excerpto em S. L., *História*, V, 416; e sobre a pacificação de S. Paulo em 1660, *ib.*, VI, 303-304. Lat.

D. *Carta do Provincial Baltasar de Sequeira ao P. Geral*, da Baía, 26 de Maio de 1661. (Gesù, Cens. Libr. 670, f. 45). — Remete as Censuras da "Chronica" do P. Simão de Vasconcelos, e pede que se imprima sem ser preciso ir a Roma; e uns cadernos do mesmo Vasconcelos com novos prodígios do P. João de Almeida. [Assinatura autógr. do Provincial, mas letra do P. Jacinto de Carvalhais]. Port.

A. S. I. R., *Bras.5*, 70; — *Bras.9*, 163; — *Lus.4*, 232.

SEQUEIRA, Inácio de. *Missionário, Pacificador e Pregador.* Nasceu por 1581 em Resende (Diocese de Lamego). Entrou na Companhia na Baía, a 31 de Julho de 1598. Fez a profissão solene no Rio de Janeiro a 19 de Abril de 1626, recebendo-a Francisco Carneiro. Mestre de Humanidades, Superior de Ilhéus, Vice-Reitor e Procurador do Colégio do Rio de Janeiro. Sabia a língua brasílica e foi grande sertanista. Tentou o descobrimento da Serra das Esmeraldas (Minas Gerais), foi três vezes ao Sertão dos Goitacazes, que pacificou, e aos Carijós da Lagoa dos Patos, de que redigiu formosa relação, que denota escritor de merecimento. Cometeu-se-lhe a empresa de escrever a Vida de Anchieta, antes de Simão de Vasconcelos, que o declara "Teólogo, Pregador e judicioso, de cuja pena se esperava obra igual a seu engenho". Obstaram a isso enfermidades e a morte no Rio de Janeiro a 21 de Dezembro de 1644.

1. *Missão que fizerão aos Patos os Padres Ignacio de Sequeira e Francisco de Moraes.* Junho de 635. (*Bras.8*, 460-473). Publ. por S. L., *História*, VI, 461, 464-465, 493-521.

<small>A. S. I. R., *Bras.5*, 72; — *Lus.4*, 259; — *Hist. Soc.47*, 42; — Vasconcelos, *Vida de Anchieta*, Prólogo ao Leitor.</small>

SEQUEIRA, Manuel de. *Professor e Administrador.* Nasceu cerca de 1682, na Baía. Entrou na Companhia, com 17 anos, a 2 de Janeiro de 1699. Fez a profissão solene na Baía a 15 de Agosto de 1716, recebendo-a Mateus de Moura. Professor de Humanidades, Filosofia e Teologia; Reitor do Colégio do Recife, Seminário de Belém da Cachoeira, Colégio da Baía, Vice-Reitor do Noviciado da Jiquitaia e Provincial duas vezes (1745; 1758), em cujo último exercício o colheu a perseguição geral. Deportado da Baía para Lisboa em 1760 e daí para a Itália, faleceu em Roma a 8 de Janeiro de 1761.

A. *Certificado do Reitor do Colégio do Recife Manuel de Sequeira sobre o R.^{do} Doutor Manuel Freire de Andrade guardar o disposto canònicamente em levar as conhecenças da Quaresma.* Recife, 8 de Fevereiro de 1733. (A. H. Col., *Pernambuco*, Avulsos, 8. II. 1733). *Port.*

B. *Proponuntur rationes aliquæ pro non dividenda Provincia Brasilica, vel saltem pro differenda ad tempus opportunius.* Ex Domo Probationis Bahiensis, 28 Septembris 1739. (*Congr. 89*, 301-302v). *Lat.*

C. *Annuæ Litteræ Provinciæ Brasilicæ ab anno 1742 ad 43.* Ex Collegio Bahyensi, s. a. (*Bras.10(2)*, 411-414). *Lat.*

D. *Exposição do P. Provincial do Brasil, Manuel de Sequeira, sobre a Administração dos Índios do Brasil, apresentando a Sua Majestade o Novo Regimento de que Sua Majestade o tinha encarregado.* — Despacho régio, de Lisboa, 14 de Agosto de 1745, mandando que se consulte. — Tem as consultas para que se peçam informações do Brasil. (A. H. Col., *Baía*, Apensos, 14 de Agosto de 1745). *Port.*

E. *Novo Regimento dos Índios do Brasil, 1745.* Em 10 Artigos (53 parágrafos). — No fim: pede a S. Majestade se digne pôr os olhos naquelas Cristandades e acudir-lhes, com um "Regimento impresso, que a todos se faça publico, para dahi em diante servir de Ley por onde se governem", 23 fs. (46 pp.). (A. H. Col., *Baía*, 14 de Agosto de 1745). *Port*

F. *Requerimento a El-Rei sobre os distúrbios da Aldeia de Reritiba em que pede providências eficazes por meio de algum oficial* *ou ministro.* — Consulta do Conselho Ultramarino, 15 de Fevereiro de 1746, confiando o caso ao Vice-Rei do Brasil. (A. H. Col., *Baía*, Capilha de 28 de Janeiro de 1746). *Port.*

G. *Sobre a administração dos Engenhos do Colégio de S. Antão, de Lisboa, pelos Padres Luiz da Rocha e Manuel Carrilho, e as atribuições respectivas de cada um*, 6 de Outubro de 1746. (Torre do Tombo, *Cartório dos Jesuítas*, maço 17).

H. *Carta do P. Provincial Manuel de Sequeira a Tomé Joaquim da C. Corte Real sobre os distúrbios da Aldeia de S. Francisco Xavier do Duro*, da Baía, 25 de Junho de 1759 (A. H. Col., *Baía*, 4291).— Uns autos, enviados de Goiás, davam o P. José Vieira como culpado para ser punido; mas sendo o Padre Religioso e Professo, remete o caso ao Cardeal Reformador, ficando entretanto o P. José Vieira no Colégio do Rio. *Port.*

I. *Certificado sobre os Irmãos ingleses, Guilherme Linceo [Price], Tomás Luiz e Francisco Xavier, que de hereges se fizeram Católicos nos Domínios de Portugal.* Baía, 1759. (A. H. Col., *Baía*, Apensos, 1759). *Port.*

J. *Carta ao Vigário Geral Gonçalo de Sousa Falcão sobre o embarque dalguns Padres exilados para o Reino*, da Baía, 24 de Julho de 1759. (A. H. Col., *Baía*, 4516). *Port.*

Portaria do Conde das Galveias, de 2 de Junho de 1735 a favor do Reitor do Seminário de Belém da Cachoeira [P. Manuel de Sequeira] para que se lhe continuem a vender vinte alqueires de farinha por semana como até agora "para sustentação de cento e tantos seminaristas e dos escravos que se ocupam no serviço destes". (*Doc. Hist.*, LXXVI (1947)120-121).

A. S. I. R., *Bras*.6, 416; — *Lus*.13, 403; — *Apênd. ao Cat. Português*, de 1903; — S. L., *História*, V, 585.

SERRÃO, Gregório. *Missionário e Administrador.* Nasceu cerca de 1527 em Sintra. Entrou na Companhia, com 23 anos, em 1550 e embarcou para o Brasil em 1553, com o P. Luiz da Grã. Fez primeiro a profissão solene de três votos (1572) e depois, recebida por José de Anchieta, na Baía, a de quatro, a 24 de Fevereiro de 1581. Pregador, com boa graça, em ambas as línguas portuguesa e brasílica. Missionário das Aldeias, Reitor do Colégio da Baía, durante longos anos por duas vezes (com o governo de toda a Província durante algum tempo) e Procurador a Portugal e Roma em 1575 donde voltou em 1577 para reassumir o cargo de Reitor do Colégio da Baía. Operário da primeira hora, de confiança e prestimoso. Faleceu no Espírito Santo a 25 de Novembro de 1586.

A. *Carta ao P. Geral Francisco de Borja*, "Deste Collegio da Baya no Brasil", 14 de Junho de 1570. (a) "Greg.º Sarrão". *(Bras.15,* 198-198v). — Assuntos administrativos: dois Padres que inquietavam o Colégio e se foram para a Cartuxa; Aldeias; falta de gente de trabalho na terra e necessidade de escravaria para o tráfego do colégio; criação de gado e desvalorização dele. *Port.*

<small>A. S. I. R., *Bras.5,* 20; — *Lus.1,* 65, 119; — Franco, *Imagem de Coimbra,* II, 217-219; — Id., *Ano Santo,* 707-708; — S. L., *História,* I, 63-64.</small>

SILVA, António da. *Missionário.* Nasceu a 20 de Julho de 1718 em Lisboa. Entrou na Companhia, no Maranhão, a 25 de Abril de 1734. Fez os últimos votos no mesmo Colégio, a 2 de Fevereiro de 1757, recebendo-os o Reitor P. José da Rocha. Trabalhou nas Fazendas e Aldeias. Saiu da Companhia, no Pará, na perseguição geral de 1760.

A. *Carta do P. António da Silva ao Governador do Pará,* Peritoró, 14 de Dezembro de 1753. (B. N. de Lisboa, Col. Pomb., 623, f. 71). — Roga-lhe que intervenha para que não sejam despojados os Índios da sua Aldeia de S. Francisco Xavier dos Barbados, de que é Superior. *Port.*

<small>A. S. I. R., *Bras.27,* 101v; — S. L., *História,* IV, 367-368.</small>

SILVA, João da (1). *Estudante.* Nasceu cerca de 1677 na Baía. Entrou na Companhia a 7 de Setembro de 1693; e era estudante de Teologia quando deixou de pertencer à Companhia em 1705.

A. *Carta do Ir. João da Silva ao P. Geral,* s. l. n. a. [Baía, Abril de 1696]. *(Bras.4,* 6-6v). — Pede a Missão do Malabar, na passagem pela Baía do P. João da Costa, Procurador do Malabar, inflamado pelo exemplo do martírio do Venerável P. João de Brito. *Port.*

<small>A. S. I. R., *Bras.6,* 6v; — S. L., *História,* V, 584.</small>

SILVA, João da (2). *Farmacêutico.* Nasceu a 14 de Junho de 1691 em Pousadela, freguesia de S. Cristóvão de Nogueira da Regedoura, termo da Vila da Feira, Diocese do Porto. Entrou, com 19 anos, a 12 de Novembro de 1709. Fez os últimos votos de Irmão Coadjutor a 15 de Agosto de 1720. Ocupou-se em diversos ministérios próprios do seu grau e foi Subministro. Em 1757 estava no Colégio de Olinda, "Pharmacopola, Infirmarius Nostrorum et Servorum". Deportado na perseguição geral de 1760 do Recife para Lisboa e Itália, faleceu em Roma a 12 de Fevereiro de 1768.

1. *Explicação da Doutrina Christã,* 12.º

2. *Hinos de alguns Santos,* 12.º

"Ha dato alle stampe due libri in 12.º: l'uno di essi contiene la spiegazione della dottrina cristiana; l'altro alcune offizj di diversi Santi, di cui egli ha composti gl'Inni". — Informação de Sommervogel, que se transcreve, por nos faltarem elementos positivos para a negar.

A data de entrada na Companhia, que é a do Catálogo do Brasil de 1716, aparece mais tarde, 18 e 19 de Novembro.

A. S. I. R., *Bras*.6, 82v, 123v; — Sommervogel, VII, 1730-1731.

SILVA, Manuel da. *Professor e Missionário.* Nasceu a 6 de Abril de 1697 em Santiago de Besteiros (Diocese de Viseu). Entrou na Companhia a 4 de Março de 1717. Fez a profissão solene a 15 de Agosto de 1734, em S. Luiz do Maranhão. Professor de Filosofia e Teologia e Mestre de Noviços. Ajudou as Irmãs Ursulinas do Maranhão. Exímio em dar os Exercícios Espirituais de S. Inácio, e ardente missionário dos sertões do Maranhão, Piauí e Goiás, por onde andava, quando se desencadeou a perseguição geral de 1760, que o não poupou com as habituais injúrias. Preso algum tempo na Ilha das Cobras (Rio de Janeiro) e deportado em 1761, ficou nos cárceres de S. Julião da Barra, onde faleceu a 16 (ou 17) de Abril de 1766. A sua notícia necrológica traz esta breve frase ou epitáfio: "Vir valde zelosus et austeræ poenitenciæ".

1. *Philosophi Horologii, Rationibus ex rotis inter se ad numerum adstricti, primarium indicem, aureas Philosophiæ Horas in obsequium Luminaris Maximi scilicet Illustrissimi, ac Reverendissimi Proto-Præsulis D. D. Fr. Bartholomei do Pilar Supremo a Carmeli Culmine ad Cathedralem Paraensis Hemispherij Ecclesiam ascendentis Orbe in Logico per XII. Puncta demonstrantem, præside R. P. M. Emmanuele da Sylva e Societate Jesu, proment Christophorus de Carvalho et Alexius Antonius ex eâdem Societate.* In Maragnonensi Missionum Collegio solida die 27 hujus mensis. Ulyssipone Orientali Ex Typographia Augustiniana Anno M.DCC.XXXI. Cum facultate Superiorum. 4.º, 12 pp.

2. *Carta do P. Manuel da Silva ao P. Vice-Provincial Caetano Ferreira, dando conta da sua missão de Exercícios Espirituais pelos Sertões,* de Pastos Bons (Maranhão), 16 de Julho de 1745. (Bibl. de Évora, cód. CXV/2-13, f. 313-317). Melo Morais, IV, 396-410; excerpto em S. L., *História,* IV, 255-257. *Port.*

A. *Conclusiones Logicas... Beatissimæ Virgini Mariæ a Luce Nuncupatæ... Præside R. P. Sapientissimoque Magistro Emmanuele da Sylva Societatis Jesu, de genu sistunt et offerunt Franciscus da Veyga et Josephus Antonius ex eadem Soc.* In Maragnonensi Collegi Aula die 27 hujus mensis. (Bibl. de Évora, cód. CXVIII/1-1, f. 99-103v).

B. *Carta ao P. Geral,* do Pará, 9 de Outubro de 1729. (*Bras.26,* 263). — Diz que se fez a paz entre o Colégio e o Bispo D. Fr. Bartolomeu do Pilar, por intermédio do P. José Lopes. *Lat.*

C. *Carta ao Governador do Pará,* de Aldeias Altas, 24 de Outubro de 1753. (B. N. de Lisboa, Col. Pomb., cód. 623, f. 32-32v). — "Andando por estes sertões com as occupaçoens das minhas missões pedaneas", refere-se a cargos públicos e nomeações para eles; e move-o o acerto do Bem Público, "donde depende tambem o bem das almas que he o alvo do meo officio". *Port.*

Havia no Maranhão outro Manuel da Silva, almoxarife, de que há uma carta neste mesmo cód. 623, f. 117-117v. Cartas autógrafas ambas e de letras diferentes.

Nove Cartas do P. Geral ao P. Manuel da Silva (1732-1741), *Bras.25.*

Sommervogel, VII, 1207, menciona a carta impressa de 1745 com dados biográficos, que não pertencem ao autor dela; e os repete Streit, III, 451-452.

A. S. I. R., *Bras.27,* 41; — *Lus.15,* 173; — S. L., *História,* III, 125; IV, 367.

SILVA, Salvador da. *Professor e Pregador.* Nasceu por 1606 no Rio de Janeiro. Filho de Manuel Botelho de Almeida e Maria Rocha da Silva. Entrou na Companhia, na Baía, em 1621. Sabia a língua brasílica, ensinou Humanidades e era bom Pregador. Faleceu no Rio de Janeiro a 6 de Setembro de 1643.

A. *Annuæ Litteræ ex Provincia Brasilica ab anno 1629 ad 1630 et 1631.* (*Bras.8,* 410-420v). — Excerptos em S. L., *História,* V, 340, 351-352; VI, 407.

A. S. I. R., *Bras. 5* ,128v; — *Bras.8,* 534; — *Hist. Soc.47,* 64.

SILVEIRA, Francisco da. *Pregador, Professor e Cronista.* Nasceu a 2 de Outubro de 1718 na Ilha de S. Jorge, Açôres. Entrou na Companhia a 8 de Outubro de 1735. Fez a profissão solene no Recife, a 2 de Fevereiro de 1753. Excelente pregador e professor de Letras Humanas e Filosofia. Deportado na perseguição geral de 1760 para Lisboa e Itália, residia em 1774 e em 1780 em Colognola. Quando faleceu em Urbânia a 10 de Março de 1795, usava o nome completo de família, Francisco da Silveira Fagundes.

A. *Annuæ Litteræ Provinciæ Brasilicæ anni 1748 et 1749.* Bahyæ in Collegio Bahyensi 15 Januarii, anno 1750 (*Bras.10(2),* 429-430). — Excerpto, traduzido em português, em S. L., *História,*

VI, 388-389), dando por lapso o nome de Silva em vez de Silveira. A Ânua traz a assinatura autógrafa de "Francisco da Sylv.ª". *Lat.*

B. *Provinciæ Brasiliensis persecutio sive Brevis narratio eorum quæ ab Archiepiscopo Reformatore nec non Prorege ac Regis Ministris de Mandato Lusitani Regis peracta sunt in Dioecesi Bahiensi Auctore P. Francisco da Sylveira.* Bibl. Real de Bruxelas, cod. 20126. *Pars Secunda* [deste códice — a *Pars Prima* é a *Maragnonensis Vice-Provinciæ Historia* do P. Matias Rodrigues]; — *Narratio de Expulsione Jesuitarum Brasiliensium e Provincia Brasiliæ auctore P. Francisco Silveira.* Arq. da Universidade Gregoriana, 138, fs. 176-286. Mais completo. E traz no fim: *Addenda ad Brasiliensium Jesuitarum Reformationis Historiam*, com a indicação, ao fundo da primeira página, *Scribebat P. Carnoto — Patris Emmanuelis Leonardii Rolini.* As "Adições" vão da p. 261 a 285v.

Sobre outro *ms.* da Bibl. de Ajaccio, ver *Rodrigues* (Matias).

C. *Poema das Minas de Oiro.* "Ha fatta una lunga descrizione dello scavo delle miniere dell'oro del Brasile in versi Latini exametri. Ma non l'ha fatta fin ora stampare" (Sommervogel). *Lat.*

O primeiro Catálogo que traz o nome de Francisco da Silveira (1736), dá-o da Ilha Terceira; o seguinte de 1737 corrigiu para "Ilha de S. Jorge" (também dos Açôres), e assim os mais Catálogos. Daí a menção que às vezes tem, de "insulanus" ("ilhéu"), que Sommervogel interpretou de Ilhéus (Brasil); o dia do nascimento é 2 (não 4); e ao mesmo tempo que o P. Francisco da Silveira, da Província do Brasil, viviam na Itália outros dois (um Padre e um Irmão) de igual nome, da Província de Portugal.

A. S. I. R., *Bras.6*, 237v, 243; — *Lus.17*, 106; — Sommervogel, VII, 1210; — *Jesuítas Portugueses na Itália em 1780* (ms.); — Castro, II, 378.

SIMÕES, João. *Missionário e Professor de Tupi.* Nasceu por 1647 em Arrifana (Diocese do Porto). Entrou na Companhia, com 20 anos, a 2 de Fevereiro de 1667. Superior de Porto Seguro (1697) e de Ilhéus (1711). Passou muitos anos nas Aldeias, onde foi Mestre da língua brasílica dos Irmãos. Faleceu no Colégio da Baía a 21 de Outubro de 1723. De grande caridade, simples e recto de coração.

A. *Carta ao P. Geral Tamburini*, da Aldeia dos Reis Magos, Capitania do Espírito Santo, 11 de Junho de 1706. (*Bras.4*, 119-119v). — Anda há 25 anos em Missões. Pede para deixar de ser Superior e ir para o Colégio da Baía. *Lat.*

A. S. I. R., *Bras.5(2)*, 79v; — *Bras.10(2)*, 263v; — S. L., *História* V, 583.

SOARES, Barnabé. *Pregador e Administrador.* Nasceu por 1626 na Baía. Entrou na Companhia, com 14 anos, a 31 de Outubro de 1640. Fez a profissão solene em 1659. Pregador e Ministro do Colégio da Baía, Reitor do Colégio do Espírito Santo, Superior das Casas do Recife e da Paraíba, Visitador da Província em nome do Provincial, Reitor do Rio de Janeiro, Visitador do Maranhão e Reitor da Baía. Deixou fama de bom administrador em coisas temporais e de grande caridade nas epidemias públicas; unia a este extremo, outro, que era o de manifestar-se, quando não gostava de alguma coisa ou pessoa, "cum strepitu et turbulentia". (Informação do P. Domingos Barbosa). Faleceu na Baía, ou no mar a caminho e já perto dela, a 17 de Abril de 1705.

A. *Declaração a favor do P. Simão de Vasconcelos e da sua não intromissão na deposição do Visitador Jacinto de Magistris.* Baía, 4 de Outubro de 1663. (Gesù, *Missiones*, 721). *Lat.*

B. *Excerpta fideliter et verbatim ex Litteris P. Barnabas Soares datis in Collegio S. Spiritus, 24 Junii 1666, quæ tangebant R. P. N. Generalem, omissis multis quæ spectabant ad alios.* (Gesù, *Missiones*, 721). — Nove excerptos contra o P. Geral: ao lado as respostas do P. Geral. Assunto: a deposição, na Baía, do Visitador P. Jacinto de Magistris, reprovada pelo P. Geral. *Lat.*

C. *Cartas de Claro Sylvio para seu filho Rosifloro escritas no desterro das Montanhas a que fora mandado por Albercan Principe Tirano* [1680].

Censura, desfavorável, do P. João Furtado, Professor do Colégio Romano, datada de 24 de Julho de 1681; outra censura, sem assinatura, mais favorável (não absolutamente favorável) declara o P. Barnabé Soares autor deste livro. (Gesù, V, 672, f. 45, 46).

Conhecem-se as censuras, não o livro.

D. *Carta ao P. Assistente Francisco de Almada, da Baía, 20 de Abril de 1682.* (Bras.9, 250). — Sobre um legado e o livro, que tinha escrito. *Port.*

E. *Memoria Actorum coeterorumque in nostram a Maranhone expulsionem, adiunctorum, 25 Februarii 1584 mane subscripta.* (Bras.3(2), 172-174). — Cit. em S. L., *História*, IV, 74, 75, 77. *Lat.*

F. *Carta ao P. Geral Noyelle, de Olinda, 8 de Julho de 1684.* (Bras.3(2), 180v). — Assuntos do Maranhão, e que o P. Geral não dê crédito ao P. Pedro de Pedrosa. *Lat.*

G. *Carta ao P. Geral Noyelle, de Pernambuco, 12 de Agosto de 1684.* (Bras.3(2), 183). — Ainda sobre os assuntos do Maranhão e contra o P. Pedro de Pedrosa. *Lat.*

H. *Carta ao P. Geral Noyelle*, de Olinda 23 de Agosto de 1684. (*Bras.3(2)*, 186). — Queixas contra diversos Padres: Reitor, Provincial, etc. *Lat.*

I. *Carta ao P. Geral Noyelle*, do Colégio de Pernambuco, 24 de Agosto de 1684. (*Bras.3(2)*, 187). — Contra o P. Cristóvão Colaço. *Lat.*

J. *Carta ao P. Geral Noyelle*, de Pernambuco, 25 de Agosto de 1684. (*Bras.3(2)*, 188). — Queixas contra o P. Provincial António de Oliveira e amigos deste; e contra o P. Reitor Cristóvão Colaço; e elogia os seus próprios amigos. *Lat.*

K. *Carta ao P. Geral Noyelle*, da Paraíba, 20 de Junho de 1685. (*Bras.11*, 461; outra via em *Bras.3(2)*, 206). — Propõe a fundação de um Colégio na Paraíba; e diz porquê. *Lat.*

L. *Carta ao P. Geral Noyelle*, da Paraíba, 20 de Junho de 1685. (*Bras.3(2)*, 206-207v). — Razões da experiência para que se faça boa visita da Província. *Lat.*

M. *Carta ao P. Geral Noyelle*, de Pernambuco, 25 de Julho de 1685. (*Bras.3(2)*, 212-213). — Ainda contra o Provincial António de Oliveira: entre outras queixas diz que o nomeou Visitador do Maranhão e da Paraíba, para o exilar; e que o Geral lhe mande restituir pùblicamente a fama com os de casa, e com os de fora, e com os seus parentes. *Lat.*

N. *Carta ao P. Geral Tirso González*, da Baía, 16 de Julho de 1689. (*Bras.3(2)*, 272-273v). — Pede licença para imprimir "huãs Cartas que fiz para a educação dos Meninos". Cf. supra C. *Port.*

O. *Instructio ab iis qui Officinam Sacchaream administrant servanda*, 27 Dez. 1692. (*Bras.11*, 132-134). — Cit. em S. L., *História*, V, 258. *Lat.*

P. *Carta ao P. Geral Tirso González*, do mar, 15 de Julho de 1695. (*Bras.3(2)*, 344). — Breve notícia sobre o estado económico do Colégio da Baía. *Lat.*

S. L., *Barnabé Soares, Autor das "Cartas de Cloro Silvio"*, em *Verbum*, I (Rio de Janeiro 1944) 167-170.

A. S. I. R., *Bras.5(2)*, 79; — *Hist. Soc.* 51, 40.

SOARES, Bento. *Missionário.* Nasceu a 10 de Setembro de 1710 em S. Paulo. Entrou na Companhia, com 16 anos, a 15 de Julho de 1726 (Catálogo de 1732). Fez a profissão solene em S. Paulo em 1745. Superior do Engenho Novo do Rio de Janeiro em 1757. Ocupou-se em pregações e missões. Andava numa no interior de S. Paulo, colhendo-o a perseguição geral em Itu, donde passou a S. Paulo, Rio, Lisboa e Roma em 1760. Ainda vivia em Pésaro em 1788.

A. *Notizia della Missione, che si fece nella Città di S. Paolo del Brasile nell'anno 1759.* (Bras.10(2), 469-470). — Cit. em S. L., *História,* VI, 380. Ital.

A. S. I. R., *Bras.6,* 168v; — *Lus.16,* 185; — Castro, II, 374.

SOARES, Diogo. *Geógrafo, Cartógrafo e Naturalista.* Nasceu a 16 de Janeiro de 1684, em Lisboa. Filho de Bernardo Rodrigues Branco e Filipa Soares. Entrou na Companhia em Lisboa a 17 de Novembro de 1701. Pregador de claro estilo. Ensinou Humanidades (6 anos); Filosofia na Universidade de Évora (4 anos) e Matemáticas no Colégio de S. Antão, Lisboa (4 anos). Nomeado Geógrafo Régio no Estado do Brasil, em vez de P. João Baptista Carbone, destinado ao Maranhão mas retido e ocupado na Corte, partiu com o P. Domingos Capassi para o Brasil, em 1729. O Alvará Régio de 18 de Novembro de 1729, de D. João V, nomeando-os, marca a instituição oficial dos trabalhos geográficos e cartográficos do Brasil, com a incumbência de "se fazerem mapas das terras do dito Estado não só pela marinha, mas pelos sertões". Para se documentar, Diogo Soares pediu informações a diversas personalidades e estas respostas constituem hoje, na Biblioteca de Évora, a útil "Colecção Diogo Soares". Nos Catálogos do Brasil aparece com o nome de "matemático régio" e "astrónomo régio", nos mapas, "Geógrafo Régio" ou "Geógrafo de Sua Majestade"; e a ele e ao seu companheiro se deve o primeiro levantamento das Latitudes e Longitudes de grande parte do Brasil. A obra de Diogo Soares no Brasil classifica-se nestas cinco categorias: Topografia Militar; Astronomia Matemática; Cartografia; Ciências Naturais; Pesquisa Documental. Obra científica vasta e valiosa, missão a que unia a religiosa, nos lugares por onde passava, desde o Rio de Janeiro ao Rio da Prata e desde S. Paulo aos sertões das Minas. O ordenado régio empregava-o em obras de beneficência, a pobres públicos ou envergonhados, e em casar moças pobres; e foi benfeitor insigne do Colégio de Santos, o mais necessitado de toda a Província do Brasil. Francisco da Silveira, autor da *Carta Bienal de 1748-1749,* diz que o P. Diogo Soares falecera em 1748, nas Minas de Goiás, para onde seguira na prossecução dos seus trabalhos científicos e ignorava-se, até ao momento da redacção da Bienal, o dia e mês em que falecera. Averiguou-se depois o mês: Janeiro de 1748.

1. *Pobreza vencedora e applaudida, ou triumpho com que os Terceiros pobres da nobre, e sempre ilustre Villa do Redondo na Província do Alentejo celebrão a nova tresladação do seu grande Patriarcha,*

e Pay dos Pobres Saõ Francisco. Evora na Officina da Universidade, 1723, 4.°

2. *Carta do P. Diogo Soares a El-Rei D. João V, sobre as suas actividades e as de seu companheiro P. Domingos Capassi,* do Rio de Janeiro, 4 de Julho de 1730. (A. H. Col., *Rio de Janeiro,* Apensos, 4 VII 1730). Publ. por Serafim Leite, *Diogo Soares, S. I., Matemático, Astrónomo e Geógrafo de Sua Majestade no Estado do Brasil (1684-1748) com uma Carta inédita a El-Rei D. João V.* Edições "Brotéria" (Lisboa 1947) 12-13. Excepto esta carta, o mais saiu também na Rev. "Brotéria", vol. XLV, Fasc. 6, Dezembro de 1947; e infra, *Apêndice D,* p. 393.

3. *Carta do P. Diogo Soares a El-Rei D. João V,* da Colónia do Sacramento, 27 de Junho de 1731. (A. H. Col., *Rio de Janeiro,* 7623). Publ. em *Anais da Bibl. Nac. do Rio de Janeiro,* XLVI, 135-136. E, depois, muitas vezes. Excerptos em S. L., *História,* VI, 526. Dá conta das plantas que desenhou no Rio da Prata e propõe alvitres para aumento e defesa da Colónia.

4. *Carta ao Conde de Sarzedas, sobre a administração dos Índios,* de Santos, 12 de Dezembro de 1735. Em Lúcio José dos Santos, *A Companhia de Jesus,* na Revista *Estudos Brasileiros,* V (1940) 51-52. Cit. em S. L., *História,* VI, 346.

5. *Taboada das Latitudes dos principaez Portos, Cabos e Ilhas do mar do Sul na America Austral e Portuguesa pelos Padres Diogo Soares e Domingos Capacy Matematicos Regios do Estado do Brazil. 1730-1737.* (A. H. Col., *Rio de Janeiro,* Apensos, 1737). Publ. na *Rev. do Inst. Hist. e Geogr. Bras.,* XLV (1882) 125-126; 142-145, mas com algumas variantes, quer quanto à ordem dos lugares, quer quanto à medida das Latitudes.

6. *Mapas e Plantas:*

a) *O Grande Rio da Prata na América Portuguesa, e Avstral.* T. D. E. O. ao poderosissimo rey, e senhor D. João V. no seo real Concelho Vltramarino Pelo P. M. Diogo Soares S. I. Seo Geographo no Estado do Brazil. Colonia. 1731. 0,^{m} 413 × 0,^{m} 698. Cópia contemp. ? Aquarela. (*Ensaio de Chartografia Brazileira extrahido do Catalogo da Exposição de Historia do Brazil* (Rio de Janeiro 1883) n.° 1975).

b) *Carta Topographica da Nova Colonia e Cidade do Sacramento no grande Rio da Prata.* T. D. E. O. ao poderosissimo rey e Senhor D. João V. &c, pelo P. M. Diogo Soares S. J. seo Geographo no Estado do Brazil. Anno de 1731. 0,^{m}535 × 0,^{m}793. Cópia. Aquarela. Com 16 pequenas plantas e vistas. (*Ensaio*, n.º 1977).

c) *Mappa topografico da Barra, dos Baixos das Ilhas, e Prayas do Porto da Nova Colonia dos Portuguezes feito por hum curioso da Companhia de Jesus a effeito de se opportunamente fortificar no anno de 1731.* 0,^{m}434 × 0,^{m}634. Cópia. Aquarela. — Outra cópia com o título de "Mappa hydrogr." (*Ensaio*, n.º 1976).

Este "curioso da Companhia de Jesus" também pode ser Domingos Capassi.

d) *Planta da Barra do Rio da Prata.* (A. H. Col., *Cat. dos Mapas*, 392).

Incompleta e não assinada. Pelo colorido e técnica parece de Diogo Soares. Inclui-se aqui como elemento de estudo.

e) *Nova e 1.ª Carta da Terra firme, e Costas do Brazil ao Meridiano do Rio de Janeiro, desde o R.º da Prata athe Cabo Frio, com o novo cam.º do Certão do R.º Gr.^{de} athé â Cia.^{e} de S. Paulo.* O. E. D. ao Poderozissimo Rey e Sr D. João V. Pelo P. M. Diogo Soares S. J. seu G. R. no mesmo Estado. 0,^{m}482 × 0,^{m}694. Aquarela. Original? (*Ensaio*, n.º 123).

f) *A Villa da Laguna e a Barra do Taramandi na Costa do Brazil e America Portugueza.* [Abrange parte da Costa entre a Ilha do Coral e o Rio Grande do Sul e para o interior até o Rio Taquari]. Pelo Padre Diogo Soares S. I. Geogr. Reg. no mesmo Estado. 1738. 0,^{m}315 × 0,^{m}235. Colorida. Original. A. H. Col., *Cat. dos Mapas*, 302.

g) *Carta Corografica da Costa da Capitania do Rio de Janeiro desde Paraty athe o Cabo de S. Thome.* Pelo Padre Diogo Soares. 0,^{m}427 × 0,^{m}571. Aquarela. Original. E mais tres cópias. (*Ensaio*, n.º 1161).

h) *O Rio de S. Fr.^{co} Xavier Na America Austral, e Portugueza.* Aos 26º 12' e 58" de Latitude. Pelo P. M. Diogo Soares S. I. Geografo Regio no Estado do Brazil. (A. H. Col., *Cat. dos Mapas*, 378).

S. Francisco do Sul (actual Estado de Santa Catarina).

i) *Carta 4.ª A Costa a Ponta de Araçatuba Ilha de S. Catharina Rio de S. Francisco Parnagua athe a Barra de Ararapirá.* Com parte do caminho do "Certão", etc. Colorida. (A. H. Col., *Cat. dos Mapas,* 312).

Não está assinada nem ainda transposta caligràficamente com o primor das seguintes. Mas parece fazer parte do mesmo grupo *numerado* e assinado.

j) *Carta 5.ª da Costa do Brasil. Ao Merediano do Rio de Janeyro Desde a B. d'Ibepetuba athe a ponta de Guaratuba na E[nseada] de Syri.* Pelo P. Diogo Soares S. I. G. R. no E. do Brazil. 0,^{m}320 × 0,^{m}195. Colorida. (A. H. Col., *Cat. dos Mapas,* 307).

k) *Carta 6.ª da Costa do Brasil Ao Merediano do Rio d'Janr.º Desde a Ponta de Araçatuba athe a Barra do Guaratuba.* Pelo P. M. Diogo Soares, S. I. G. R. no Estado do Brazil. 0,^{m}315 × 0,^{m}190. Colorida. (A. H. Col., *Cat. dos Mapas,* 308).

l) *Carta 7.ª da Costa do Brazil Ao Merediano do Rio d'Janeiro Desde a Barra da Bertioga athe a ponta de Guaratuba.* Pelo P. M. Diogo Soares S. I. G. R. no Estado do Brazil. 0,^{m}315 × 0,^{m}190. Colorida. (A. H. Col., *Cat. dos Mapas,* 309).

m) *Carta 9.ª da Costa do Brazil Ao Merediano do Rio d'Janeyro Desde a Barra de Santos athe a da Marambaya.* Pelos PP. Diogo Soares e Domingos Capaci S. I. G. R. no Estado do Brazil. 0,^{m}315 × 0,^{m}190. Colorida. (A. H. Col., *Cat. dos Mapas,* 310).

n) *Carta 10.ª da Costa do Brasil Ao Merediano do Rio de Janeyro Desde a Barra da Marambaya athe Cabo Frio.* Pelos PP. Diogo Soares e Domingos Capacy S. I. G. R. no Estado do Brazil. 0,^{m}315 × 0,^{m}190. Colorida. (A. H. Col., *Cat. dos Mapas,* 311).

A numeração (Carta 4, 5, 6, 7, 9, 10), não consta deste Catálogo dos Mapas. Tiramo-la directamente do original, e parece-nos elemento importante para averiguação da obra cartográfica dos geógrafos Jesuítas. Como se vê faltam nessa Catalogação alguns números.

o-r) *Quatro Mapas da Capitania de Minas Gerais.* [Abrangendo os territórios banhados pelos Rios de S. Francisco, Guarapiranga, dos Coroados, Paraopeba, das Velhas, Gualaxo, Pardo, Pardo Pequeno, Arassuaí, Gequitinhonha, Tucambira, Açu, etc.]. — 0,^{m}325 × 0,^{m}200. Originais. Coloridos. (A. H. Col., *Cat. dos Mapas,* 252-255)

Em elaboração. Alguns têm simultâneamente letra caligráfica e de escrita corrente. Faltam as legendas e portanto o nome do Autor. Mas o desenho, papel, tinta e processo parecem iguais a alguns Mapas que têm o nome de Diogo Soares; e um deles (o n.º 252) traz uma Aldeia de Índios à margem do Rio das Pedras, confluente do Rio das Velhas, afluente do Rio S. Francisco. Como a Aldeia do Rio das Pedras se menciona entre as dos Padres da Companhia (antes de 1758) na lista geral das Aldeias dependentes do Colégio de S. Paulo, anexa à *Hist. Persec.* do P. Francisco da Silveira (códice da Univ. Gregoriana), incluem-se aqui estes mapas, sem atribuição positiva. Em todo o caso, como elemento útil de pesquisa sobre a cartografia de Diogo Soares, que andou por estas regiões até 1747. Talvez se trate de cópias ulteriores com modificações, ou até de mais de um autor, em cópias feitas mais tarde.

s) *Planta do Forte de Villeganhon na enceada do Rio de Janeiro.* Tirou-a o P. Diogo Soares... 1730. $0,^m 398 \times 0,^m 428$. Original. Aquarela. (*Ensaio*, n.º 1403; cf. A. H. Col., *Cat. dos Mapas*, 318).

t) *Planta do Forte de S. Diogo na Barra do Rio de Janeiro.* Tirou-a o P. M. Diogo Soares, S. I. Geografo de Sua Magestade. 1730. $0,^m 287 \times 0,^m 430$. Original. Aquarela. (*Ensaio*, n.º 1411; cf. A. H. Col., *Cat. dos Mapas*, 319).

u) *Planta da Fortaleza ou Bateria da praya Vermelha na Costa do Sul da Barra do Rio de Janeiro, e a pouca distancia dela.* Tirou-a o P. M. Diogo Soares S. I. Geografo de Sua Magestade. Anno 1730. $0,^m 285 \times 0,^m 413$. Original Aquarela. (*Ensaio*, n.º 1398; Cf. A. H. Col., *Cat. dos Mapas*, 320).

v) *Planta da Fortaleza da Lage na Barra do Rio de Janeiro.* Tirou-a o P.e Diogo Soares... 1730. $0,^m 288 \times 0,^m 425$. Original. Aquarela. E uma cópia de 1863. (*Ensaio*, n.º 1390; cf. A. H. Col., *Cat. dos Mapas*, 321).

x) *Planta da Fortaleza de N. S. da Conceição na Cidade do Rio de Janeiro.* Tirou-a o P. M. Diogo Soares... 1730. $0,^m 270 \times 0,^m 453$. Original. Aquarela. E uma cópia de 1862. (*Ensaio*, n.º 1412; cf. A. H. Col., *Cat. dos Mapas*, 322).

y) *Planta das Fortalezas de terra no morro de S. João, Barra do Rio de Janr.º* Tirou-a o P. Mestre Diogo Soares S. I. Geografo de Sua Mag.de Anno 1730. $0,^m 288 \times 0,^m 425$. Original. Aquarela. (*Ensaio*, n.º 1393; cf. A. H. Col. *Cat. dos Mapas*, 323).

z) *Planta da Fortaleza de S. Sebastião na Cidade do Rio de Janeiro.* Tirou-a o P. M. Diogo Soares, S. I. Geografo de Sua

Magestade. Anno de 1730. $0,^m286 \times 0,^m478$. Original. Aquarela. (*Ensaio*, n.º 1416; cf. A. H. Col., *Cat. dos Mapas*, 324).

aa) *Planta do Forte de S. João na Barra do Rio de Janeiro.* Tirou-a o P. M. Diogo Soares S. I. Geografo de Sua Magestade. 1730. $0,^m289 \times 0,^m426$. Original. Aquarela. (*Ensaio*, n.º 1392; cf. A. H. Col., *Cat. dos Mapas*, 325).

Não temos notícia completa das diversas publicações destes mapas e plantas; nem fizemos pesquisas especiais sobre Cartografia impressa. O primeiro da lista (a) reproduzimo-lo em *História*, VI, 552/553; e cf., ib., 536/537; 549/550, com a indicação de que esse e o segundo (b) os publicou Guilherme Furlong-Cardiff, *Cartografía Jesuítica del Río de la Plata*, Buenos Aires, 1936, II, n.ºs 13-14. E têm sido publicados mais vezes.

A. *Derrota da minha viagem* [*de Lisboa ao Rio de Janeiro*] *com a vista desta Barra e de todas as mais Ilhas que nela avistei e delineei para cómodo e utilidade dos Pilotos, que navegam para esta América.* Oferecida a El-Rei por intermédio do Provincial da Companhia. Carta de Diogo Soares a El-Rei, Rio de Janeiro, 4 de Julho de 1730. — Ver supra n.º 2.

B. *Historia Natural dos Rios, Montes, Arvores, Ervas, Fructas, Animaes e Passaros, que ha no Brasil.*

Francisco Xavier da Silva, *Elogio funebre e Historico do muito Alto, Poderoso, Augusto, Pio, e Fidelissimo Rey de Portugal o Senhor D. João V*, Lisboa, 1750, para mostrar o favor que o Rei Magnânimo dava às Ciências e Artes, refere-se aos Matemáticos Diogo Soares e Domingos Capassi. Depois de ter dito a parte que coube ao último, prossegue: "Nem o Padre Soares se descuidou da sua incumbencia, porque fez outras *Cartas* muito boas do Rio da Prata e do Sitio da Nova Colonia, e continuando as mais daquele vasto Dominio, forma no mesmo tempo huma *historia natural dos rios, montes, arvores, ervas, fructas, animaes e passaros que ha no Brasil*: applicações tão uteis que só se devem à diligencia, com que sua Majestade procura adiantar as sciencias, pois não só serviam a Portugal, mas tambem à Europa que dellas fez a devida estimação". (Cf. Fidelino de Figueiredo, *Do Aspecto scientifico da Colonisação Portuguesa da America*, na *Revista d'Historia*, vol. XIV (Lisboa 1925)203; D. António Caetano de Sousa, *Historia Genealogica da Casa Real Portugueza*, VIII, 271).

Consulta do Conselho Ultramarino e ordem de El-Rei D. João V, de Lisboa, 19 de Outubro de 1729, mandando que devendo partir, na Guarda-Costa do Brasil que está pronta, os Padres Matemáticos Domingos Capassi e Diogo Soares, para fazerem os Mapas do Brasil e Maranhão, se expeçam para os Estados do Brasil e do Maranhão as ordens necessárias a esse efeito. Com anexos. (A. H. Col., *Baía*, Apensos, 19 de Outubro de 1729).

Colecção P. Diogo Soares ou *Noticias Praticas de varias Minas, e do descobrimento de novos caminhos, e outros sucessos do Brazil, dirigidas ao P. Diogo Soares.* (Bibl. de Évora, cód. CXVI/2-15, 1 vol., 4.º).

Contém:

I. *Noticias Praticas das Minas do Cuyabá e Guyazes na Capitania de S. Paulo:*

— Noticia Primeira Pratica que dá ao R. P. Diogo Soares o Capitão Antonio Cabral Camelo sobre a viagem que fez às Minas de Cuyabá, no anno de 1727 (f. 1; repetida a f. 61). Publ. na *Rev. do Inst. Hist. e Geogr. Bras.*, IV, p. 487ss.

— Noticia 2.ª Pratica do que lhe soccedeo na volta que fez das mesmas Minas de S. Paulo (f. 6v).

Datadas ambas as Notícias da Vila de S. João, 16 de Abril de 1734.

— Noticia 3.ª Pratica, dada pelo Capitão Domingos Lourenço de Araujo ao R. P. Diogo Soares sobre o infeliz sucesso que tiveram no Rio Paraguay as tropas, que vinham para S. Paulo no ano de 1730. Rio de Janeiro, 3 de Novembro de 1730 (f. 10v; repetida a f. 78).

— Noticia 4.ª Pratica, vinda da cidade do Paraguay á Nova Colonia do Sacramento com aviso da venda que fizeram os Payaguaz dos Captivos Portuguezes naquela mesma Cidade, escripta por D. Carlos de los Reis Valmaseda. Paraguay, 4 de Novembro de 1730 (f. 12; repetida a f. 81).

— Noticia 5.ª Pratica, dada pelo Capitão Antonio Pires de Campos, ao Capitão Domingos Lourenço de Araujo e comunicada por este ao R. P. Diogo Soares sobre os Reinos e Nações de Barbaros, que ha na derrota e viagem do Cuyabá, e seu reconcavo (f. 13v; repetida a f. 83v).

— Noticia 6.ª Pratica e relação verdadeira da derrota e viagem que fez da Cidade de S. Paulo para as Minas do Cuyabá o Ex.mo Sr. Rodrigo Cezar de Menezes, Governador e Capitão General da Capitania de S. Paulo, e suas Minas descobertas no tempo de seu governo, e nelle mesmo estabelecidas. — Escreve-a na Villa Real do Bom Jesu do Cuyabá, o 1.º de Fevereiro de 1727, Gervasio Leite Rebello, Secretário de S. Ex.ª (f. 18; repetida a f. 92).

— Noticia 7.ª Pratica, e Roteiro verdadeiro das Minas do Cuyabá, e de todas as suas marchas, cachoeiras, itaipavas, varadouros, e descarregadouros de canoas, que navegam para as ditas Minas, com os dias de navegação, e traveça, que costumam fazer por mar e terra. — Destes já mandei hum borrão com o melhor e mais vistoso de toda a campanha ao R. P. Jeronimo Barbosa, meu cunhado etc. Manuel de Barros (f. 25v; repetida a f. 106v).

— Noticia 8.ª Pratica, exposta na copia de uma Carta escripta de Cuyabá aos novos Pretendentes daquellas Minas (f. 35; repetida a f. 122).

— Noticia 9.ª Pratica que da ao P. Mestre Diogo Soares o Alferes José Peixoto da Silva Braga do que passou na Primeira Bandeira, que entrou no descobrimento das Minas de Guaytez até sair na Cidade de Belem do Grão Pará (1727). Minas Gerais, Passage das Cegonhas, 25 de Agosto de 1734 (f. 53).

II. *Noticias Praticas das Minas Geraes do Ouro e Diamantes:*

— Noticia 1.ª Pratica, que dá ao R. P. Diogo Soares o Capitão Luiz Borges Pinto sobre os seus descobrimentos da celebre Casa da Casca, emprendidos nos annos de 1726, 27 e 28, sendo Governador e Capitão General D. Lourenço de Almeida (f. 147).

— Noticia 2.ª Pratica dada pelo Alferes... Moreira ao P. M. Diogo Soares das suas Bandeiras no descobrimento do celebrado Morro da Esperança, emprendido nos annos de 1731, e 1732 sendo General D. Lourenço de Almeida(f.141v).

— Noticia 3.ª Pratica, que dá ao R. P. Diogo Soarés o Mestre de Campo José Rebello Perdigão sobre os primeiros descobrimentos das Minas Geraes do Ouro. Do Ribeirão abaixo, 2 de Janeiro de 1733 (f. 150).

— Noticia 4.ª Pratica, que dá ao R. P. Diogo Soares o Sargento Mor José Mattol sobre os descobrimentos do famoso Rio das Mortes (f. 152).

III. *Noticias Praticas do novo Caminho que se descobrio das campanhas do Rio Grande e Nova Colonia do Sacramento para a Villa de Coritiba, no anno de 1727 por ordem do Governador e General de S. Paulo, Antonio da Silva Caldeira Pimentel:*

— Noticia 1.ª Pratica, dada ao R. P. M. Diogo Soares pelo Sargento Mór da Cavallaria Francisco de Souza e Faria, primeiro descobridor e abridor do dito caminho. — Porto do Rio Grande de S. Pedro, 21 de Fevereiro de 1738 (f. 169).

— Roteiro do Certão e Minas de Inhaguera, vindo da Villa de Coritiba para ellas (f. 171v).

— Noticia 2.ª Pratica, dada ao R. P. Diogo Soares sobre a abertura do novo caminho, pelo Piloto José Ignacio, que foi e acompanhou em todo elle ao mesmo Sargento Mor, Francisco de Sousa Faria. — Do Porto do Rio Grande de S. Pedro, 29 de Março de 1738 (f. 172v).

— Noticia 3.ª Pratica, dada pelo Coronel Christovão Pereira de Abreu sobre o mesmo caminho ao R. P. M. Diogo Soares (f. 176).

IV. *Noticias Praticas da Costa e Povoações do Mar do Sul:*

— Noticia 1.ª Pratica, e resposta que deu o Sargento Mor da Praça de Santos, Manoel Gonçalves de Aguiar, ás perguntas que lhe fez o Governador e Capitão General da Cidade do Rio de Janeiro e Capitanias do Sul, Antonio de Brito e Menezes sobre a Costa e povoações do mesmo mar. Da Praça de Santos, 26 de Agosto de 1721 (f. 188).

— 2.ª Noticia Pratica, que dá ao P. M. Diogo Soares, o capitão Christovão Pereira sobre as campanhas da Nova Colonia e Rio Grande ou Porto de S. Pedro (f. 195v; incompleta).

— Fica uma Noticia, que se deve juntar a estas e é: Noticia Pratica do Sitio da Nova Colonia do Sacramento e mais operações dos inimigos, desde o mes de Setembro athe 18 de Dezembro de 1735, sendo Governador daquella Praça Antonio Pedro de Vasconcellos (f. 159). (Cf. Rivara, I, 191-194).

S. L., *Diogo Soares S. I., Matemático, Astrónomo e Geógrafo de Sua Majestade no Estado do Brasil (1684-1748). Com uma carta inédita a El-Rei D. João V.* Edições Brotéria, Lisboa, 1947.

As *Notícias Práticas* do P. Diogo Soares são "manancial de extraordinário valor para o estudo da expansão geográfica do Brasil". — Afonso de E. Taunay, *Notavel documento monçooeiro inédito (1727),* no "Jornal do Commercio" (Rio de Janeiro) 27 de Março de 1949.

A. S. I. R., *Lus 47,* 302; — *Bras.6,* 202, 313; — *Bras.10(2),* 429; — *Hist. Soc.53,* 96; — B. Machado, I, 680; IV, 95; — Sommervogel, VII, 1328; — S. L., *História,* IV, 286-287; VI, 526-527.

SOARES, Francisco (1). *Professor.* Nasceu cerca de 1545 na cidade do Pôrto. Entrou na Companhia em 1561. Assinalou-se na peste de Évora, de 1580, pela sua extrema caridade para com os atingidos por ela; Professor na Universidade de Évora em 1583 e 1584 (Teologia Moral), e embarcou para o Brasil, como superior de uma expedição de missionários, saída de Lisboa a 30 de Janeiro de 1585, acometida logo fora da barra por piratas franceses que feriram mortalmente o P. Lourenço Cardim. Deixados pelos piratas em terras de Galiza, o P. Francisco Soares e mais sobreviventes, voltaram a Portugal. Soares embarcou de novo para o Brasil em 1587, onde ensinou algum tempo a mesma faculdade de Teologia Moral (Casos de Consciência), que já tinha ensinado em Évora e ocupou alguns cargos de governo, em S. Paulo e no Rio de Janeiro, conforme o Catálogo de 1598: "O P. Francisco Soares, da Cidade do Pôrto, tem 53 annos, saúde regular. Entrou na Companhia em 1561. Estudou Letras Humanas, 5 anos; Artes Liberais, 4; outros tantos Teologia; leu Casos de Consciência, 6. Pregador. Mestre em Artes Liberais. Foi Superior da Casa de Piratininga dois anos e meio; Vice-Reitor do Colégio do Rio de Janeiro, cargo que agora ocupa. Professo de 4 votos desde 1587". Reitor então (1598) era o P. Fernão Cardim, eleito Procurador a Roma, ficando Reitor o P. Francisco Soares, que faleceu no mesmo Colégio do Rio de Janeiro a 2 de Fevereiro de 1602.

I. *Capítulo de uma carta do P. Francisco Soares ao P. Provincial Pero Rodrigues, do Rio de Janeiro, 12 de Agosto de 1594, incluída noutra do mesmo Provincial.* (Bras. 3, 361). Em S. L., *História*, II, 441-442.

A. *Narração da tomada e morte do P. Lourenço Cardim pelos piratas hereges em Janeiro-Fevereiro de 1585. Port.*

Cita-a e utiliza-a António Franco, e diz: "A narraçam destas cousas, mais diffusa do que aqui vay, escreveo o P. Francisco Soares, como quem nellas tivera tam grande parte". *Imagem de Coimbra*, II, 555-560.

Sommervogel, VII, 1328-1329, atribui por equívoco esta narração ao P. Francisco Soares, de Ponte de Lima, como tambem inclui entre as obras de Francisco Soares Granatense (VII, 1684, I e J), que não foi mestre em Évora, as duas seguintes, de Francisco Soares, do Pôrto, Professor em Évora nos anos de 1583 e 1584:

B. *Annotationes in materiam de Pænitentia a sapientissimo necnon religiosissimo præceptore Francisco Soares ex Societate Iesu Anno Domini nostri 1583*, f. 219-258 de um códice *ms.* in-4.º, do Escolasticado da Província de Tolosa.

C. *Commentarii in materiam de Voto a sapientissimo atque religiosissimo præceptore Fr.co Soares ex Societate Iesu anno Dñi nostri 1584*, f. 147-217, do mesmo manuscrito da Província de Tolosa.

O *ms.* "De Voto" também se guarda em Lisboa, cf. Stegmüller, *Zur Literargeschichte der Philosophie und Theologie an den Universitäten Evora und Coimbra im XV. Jahrhundert* (Munster 1931) 388 (nota 8), 423. — Ver *Lima,* Manuel de (1). Está junto com outros tratados, num códice não paginado: É a última parte dele, e ocupa 91 páginas: "*Materia de Voto*", P. Francisco Soares lusitano" (sic). año 1584, 17 die februarij. (B. N. de Lisboa, fg. 3650).

— Aparecendo aqui a designação de "lusitano", convém distinguí-lo de outro Francisco Soares Lusitano, Autor do "Cursus Philosophicus", que floresceu nos meados do século XVII.

A. S. I. R., *Bras.5,* 39; — Rivière, n.º 133; — S. L., *História,* I, 404, 569; Id., *Luiz Figueira,* 98.

SOARES, Francisco (2). *Procurador.* Nasceu por 1560 em Ponte de Lima. Entrou na Companhia em 1575, mas só começou a estudar mais tarde. Sabia a língua brasílica. O facto de ser língua e só começar a estudar sete anos depois de entrar supõe que a princípio se ocupou em ministérios temporais, o que explica as observações pessoais que se encontram na sua narrativa. Pelo seu talento seria depois dedicado aos estudos. (São intermitentes os Catálogos deste período: em 1574 ainda não consta; em 1584 estudante de gramática; em 1586 ouve casos de consciência, ainda não Sacerdote, discípulo do P. Luiz da Fonseca; em 1589 continua o mesmo curso, já Padre, discípulo do Padre, do mesmo nome, Professor Francisco Soares). Em 1589 acompanhou o Visitador Cristóvão de Gouveia, na sua volta a Portugal, caindo em mãos de piratas, com os maus tratos que constam da *Narrativa Epistolar* de Fernão Cardim. Não tornou ao Brasil. Faleceu em Bragança a 11 de Novembro de 1597.

1. *Das cousas do Brasil e Costumes da Terra polo P. Francisco Soares.* Na Acad. de la Historia, Madrid, *Jesuítas,* 119, n.º 254. É a 2.ª parte do *ms.* 54, anónimo, "De algumas cousas mais notáveis do Brasil", da Bibl. da Universidade de Coimbra, que com a 1.ª parte anda impresso no *Arquivo Bibliográfico,* da mesma Universidade, de 1904 e 1906, principiando no fascículo 1 do vol. IV, pp. 13ss., e na *Revista do Inst. Hist. e Geog. Bras.,* vol. 148 (1927) 367-421.

Em "*De algumas coisas mais notáveis do Brasil*" — *Quem é o autor desta obra*" na Rev. *Brotéria,* vol. XVII(1933)93-97, aventávamos a hipótese de ser seu autor o P. Luiz da Fonseca. Depois disso, vimos, com o nome expresso de Francisco Soares, o manuscrito daquela 2.ª parte, que na referida Bibl. da Academia de la Historia, de Madrid, está descompanhada da 1.ª

A. S. I. R., *Bras.5,* 21v, 28; — S. L., *História,* II, 582.

SOARES, Francisco (3). *Missionário.* Nasceu cerca de 1662 em Lisboa. Entrou na Companhia na Baía a 16 de Outubro de 1683, com 21 anos de idade, indo logo para o Maranhão, donde voltou à Baía em 1684, obrigado pelo *Motim do Estanco.* Concluiu aí os estudos. Tornou para a Missão do Maranhão em 1688. Missionou em diversas paragens, uma das quais o Rio Tapajós.

Trabalhou com zêlo, mas revelando-se instável nos seus desejos, deixou de pertencer à Companhia em 1693.

A. *Carta do Ir. Francisco Soares ao P. Geral*, da Baía, 27 de Dezembro de 1687. (*Bras.3(2)*, 231). — Pede a Missão de Malabar, para seguir os passos do P. João de Brito, que por alí passou este ano. Grande fervor. Diz que estava destinado ao Maranhão. *Lat.*

A. S. I. R., *Bras.5(2)*, 81v; — *Bras.27*, 8; — Bettendorff, *Crónica*, 547.

SOTOMAIOR, João de. *Professor e Missionário.* Nasceu em 1623 em Lisboa. Filho de Baltasar da Vide e de Maria Sotomaior [o apelido aparece escrito, com os seus componentes unidos ou separados: Sotomaior, Soto-Maior e Souto-Maior]. Entrou na Companhia a 26 de Janeiro de 1637, contra a vontade dos pais. Um Irmão seu fingiu-se da Companhia para o desviar dela, saindo ambos. João, no mundo, vivia como religioso até ser de novo admitido. Concluídos os estudos empregou-se em serviço da Pátria e fez uma excursão apostólica a Torres Vedras com o P. António Vieira, onde deu provas de zêlo. Navegou para o Maranhão em 1652. Fundou a primeira Casa, donde surgiu o Colégio de S. Alexandre, no Pará, e é considerado o primeiro *mestre público* do Estado. Foi aos Nheengaíbas da Ilha do Marajó; e faleceu entre os Índios, durante a jornada ao Rio Pacajá ao descobrimento do ouro, em 1656, com apenas 33 anos de idade. Bom Pregador e "Homem Santo", diz o seu Necrológio.

1. *Diario da Jornada que fiz ao Pacajá anno 1656.* Publicado na *Rev. do Inst. Hist. e Geogr. Bras.*, LXXVII, 2.ª P. (Rio 1916) 157-179, com o título de "Diario da Jornada que o Padre João de Sotto Mayor fez ao Pacajá em 1656" com Prefácio de J. Lúcio de Azevedo. Reproduzido (mais completo) do original autógrafo da Bibl. de Évora, cód. CX/2-11, f. 66 (Rivara, I, 28) sob o título de *Descobrimento do Ouro*, em *Documentos dos Arquivos Portugueses que importam ao Brasil*, secção de Intercâmbio Luso-Brasileiro do S. N. I., n.º 8 (Lisboa Julho de 1945) 1-8.

O *Diario*, é bela e comovente narrativa, a cujo autor Lúcio de Azevedo chama "apóstolo".

A. *Copia de huã carta do P.ᵉ Joaõ de Sotto Mayor em que refere o sucesso da nossa armada com a dos Parlamentarios. Que foi na nau Capitania dos Princepes. No anno de 1650.* (Bibl. de Évora, Reservados 451, f. 69-71). *Port.*

B. *Testamento do P. João de Sottomaior, antes da jornada do Pacajá.* (Bibl. de Évora, cód. CXV/2-11, f. 326-327). — Conservado na *Chronica* de Domingos de Araújo e talvez com algum retoque deste. *Port.*

S. L., *História*, III, 306-308.

SOTOMAIOR, Simão de. *Administrador.* Nasceu cerca de 1585 em Lisboa. Entrou na Companhia em Évora em 1604. Fez os últimos votos a 26 de Abril de 1620. Pertencia à Província de Portugal, e, como Procurador da Igreja Nova do Colégio de S. Antão de Lisboa, passou muitos anos na Baía e consta como tal do Catálogo do Brasil de 1641. Mas a sua estada no Brasil vinha de longe. Tinha sido cativo dos Holandeses em 1624 e levado à Holanda. Libertado, voltou ao Brasil e prestou bons serviços contra os invasores no cerco da Baía de 1638. Ainda vivia no Brasil com o cargo de Procurador de Santo Antão em 1652.

A. *Caderno das Contas do Engenho de Seregipe da safra que comesou em 21 de Julho de 622 e acabou em 19 de Majo de 623 em que assistio o P.^e Simão de Souto Major. O anno seguinte não fez o Engenho por amor dos Olandeses.* (Torre do Tombo, *Cartório dos Jesuítas*, maço 17, 20 fs.). Port.

B. *Memorial do P. Simão de Soto-Maior para o Nosso muito Reverendo P. Geral sobre a fazenda da Senhora Condessa de Linhares, que a dita Senhora deixou no Brasil à Igreja do Colégio de Santo Antão de Lisboa.* 1626. (Bras.11(1), 379-380). — Excerptos em S. L., *História*, V, 246-247. Port.

C. *Lembrança das dividas que se devẽ na Bahia a fasenda de Sergippe e o que deve a ditta fasenda a diversas pessoas.* Assin. aut., "Simão de Sottomayor". (Torre do Tombo, *Cartório dos Jesuítas*, maço 13). Port.

D. *Requerimento e treslado de embargos que pôs o P. Simão de Sotomaior Procurador de Sergipe ao procedimento das suspeições postas ao Ouvidor Geral da Bahia.* (Ib., maço 13). Port.

E. *Treslado que se fes da morte do Senhor guovernador Men de Saa.* O traslado é de 16 de Junho de 1633. — Com este autógr.: "Recebi os proprios Simão de Sottomajor". (Ib., maço 19). Port.

F. *Sobre a fazenda de Mem de Saa. Pera se fazerem as partilhas entre os tres legatarios e Coll.º de Santo Antão de Lisboa.* 3 de Dezembro de 1639. — Abre com um rol da fazenda de Mem de Sá ao tempo da sua morte. (Ib., maço 19. — 16 fs.). Port.

G. *Renovação de arrendamentos das terras da Igreja de S. Antão, na Baía, feitos pelo P. Sebastião Vaz, Procurador da mesma Igreja.* [Entre 1644 e 1648]. (Ib., maço 13). Port.

H. *Caderno da safra em este año prezente [de 1651 a 1652] do rendimento do Engenho de Sergippe da Igreja noua de Sancto Antão da* Cidade de Lisboa de que eu o P. Simaõ de Soto Mayor da Companhia de Jesv como seu Procurador Geral dou conta. (*Ib.*, maço 13). No fim do Livro "Contas dos Rendimentos e despezas do Engenho de Ceregippe, de 21 de Junho do anno de 1622 aos 21 de Maio de 1653". Port.

Neste livro e neste maço, outros documentos referentes à administração do P. Simão de Sotomaior, ou por ele coligidos.

A. S. I. R., *Bras.3(1)*, 277; — *Bras.5*, 151v; — *Lus.21*, 16; — *Lus.44*, 325v, 592v.

SOUSA, António de. *Missionário.* Nasceu a 14 de Novembro de 1712 em Muía (Arquid. de Braga). Entrou na Companhia, com 17 anos, a 4 de Fevereiro de 1729. Fez a profissão solene no Rio de Janeiro a 15 de Agosto de 1746. Trabalhou nas Aldeias (estava na de Reritiba em 1759) e em missões volantes. Sobrevindo a perseguição geral foi deportado para Lisboa em 1760 e daí para a Itália. Vivia em Pésaro, e faleceu a 19 de Dezembro de 1790.

A. *Lettera della missione che fecere li Padri Antonio di Souza e Giuseppe Machado ne' villagi di Igoape e Cananea l'anno 1759 al R.^{do} P.^{e} Provinciale Manoele di Siqueira.* Redigida ou traduzida na Itália, mas datada pelo P. António de Sousa, do *Colégio de Paranaguá*, 25 de Maio de 1759. (*Bras.10(2)*, 463-467v). Cit. em S. L., *História*, VI, 437. Ital.

A. S. I. R., *Bras.6*, 169, 272; — *Lus.16*, 212; — Castro, II; 374.

SOUSA, Francisco de. *Professor e Administrador.* Nasceu por 1643 em Guimarães. Filho de Domingos Lopes e Isabel Fernandes. Estudante da Universidade de Coimbra, quando entrou na Companhia, com 21 anos, a 8 de Maio de 1664. Embarcou para o Brasil no ano seguinte. Fez a profissão solene na Baía, a 15 de Agosto de 1681, recebendo-a o P. Alexandre de Gusmão. Mestre de Noviços duas vezes, Reitor dos Colégios da Baía e Rio de Janeiro, onde prestou assinalados serviços no tempo das invasões francesas; Visitador de Pernambuco; Professor de Filosofia, Teologia Especulativa e Moral; Fundador da Congregação dos Penitentes (da Baía). Homem de virtude e notável piedade. Deve-se à sua diligência o famoso tecto apainelado da Igreja do Colégio da Baía, hoje catedral. Faleceu no Rio de Janeiro a 8 de Dezembro de 1717.

A. *Carta do P. Reitor Francisco de Sousa ao P. Geral Tirso González*, da Baía, 29 de Junho 1696. (*Bras.4*, 16-16v). — Estado do Colégio; louva o P. Andreoni. Lat.

B. *Carta do Reitor ao P. Geral Tirso González*, da Baía, 27 de Julho de 1697. (*Bras.4*, 38-39v). — Rol das obras do P. António Vieira e como se guardam. Lat.

Assinam o Rol mais três Padres, um dos quais Andreoni, secretário da Província e Relator. O Rol anda publicado em Sommervogel, VIII, 675-677, e o reproduzimos em Vieira. — Ver Andreoni e Vieira.

C. *Carta ao P. Geral Tirso González*, da Baía, 14 de Julho de 1698. (*Bras.4*, 52-52v). — Nomeado Superior da Missão do Maranhão, pede que o dispense, porque no mar costuma padecer enjoos até ao sangue e tem uma hérnia que em viagem o colocou já uma vez às portas da morte. *Lat.*

D. *Declaração ao Bispo do Rio sobre a ida às Minas Gerais.* Colégio do Rio de Janeiro, 30 de Abril de 1715. (A. H. Col., *Rio de Janeiro*, 3461). Declara que até então ninguém tinha sido mandado "positivamente" às Minas, nem como pároco nem a fundar Residências e Missões; e agradece que S. Majestade livre das Minas os Padres da Companhia; mas se os mandar, irão como é próprio do seu Instituto. *Port.*

Não vem assinada. Atribuimo-la ao P. Reitor Francisco de Sousa; também poderia ser do Provincial Estanislau de Campos se porventura estivesse então no Colégio do Rio de Janeiro.

A. S. I. R., *Bras.6*, 37; — *Bras.10*, 175v-176; — *Lus.10*, 70-71v; — S. I., *História*, V, 128, 581.

SOUSA, Inácio de. *Professor e Administrador.* Nasceu em Fevereiro de 1704 em Lisboa, na freguesia de Santa Catarina do Monte Sinai. Filho de Manuel dos Santos Moreira e Antónia Maria Caetano. Entrou na Companhia, com 15 anos, a 17 de Fevereiro de 1719. Fez a profissão solene em Olinda a 15 de Agosto de 1737. Pregador. Professor de Humanidades, Filosofia e Teologia. Exercia o cargo de Reitor do Colégio de Olinda, quando sobreveio a perseguição geral. Deportado em 1760 do Recife para Lisboa e Itália. Faleceu em Roma, no Palácio de Sora, em 8 de Julho de 1764.

A. *Annuæ Litteræ Provinciæ Brasiliæ Anni M.D.CCXXXI.* Bahyæ, Kalendis Augusti Anni M D CCXXXI. (*Bras.10(2)*, 326-328). *Lat.*

B. *Annuæ Litteræ Provinciæ Brasilicæ Anni M.D.CCXXXII,* Bahyæ, Kalendis Decembris, Anni MD.CCXXXII. (*Bras.10(2)*, 340-343). *Lat.*

A. S. I. R., *Bras.6*, 235; — *Lus.15*, 284; — Gesù, 690 (Spese).

SOUSA, Jerónimo de. *Administrador.* Nasceu cerca de 1684 em Arrifana (Dioc. do Porto). Entrou na Companhia a 13 de Setembro de 1701. Fez os últimos votos a 2 de Fevereiro de 1717 em Olinda, recebendo-os o P. João Guedes. Era Superior da Fazenda de Santa Cruz em 1741. O seu Necrológio louva-o como administrador e que padeceu, com mansidão e paciência, graves injúrias. Faleceu no Rio de Janeiro a 5 de Maio de 1743.

A. *Requerimento do P. Jerónimo de Sousa, Superior da Aldeia de Guajuru, no Rio Grande [do Norte] para se dar aos Índios da Aldeia uma légua de terra no lugar que chamam a "Cidade dos Veados".* — Carta Régia, concedendo-a, de 10 de Janeiro de 1726. Registada em Pernambuco pelo Governador D. Manuel Rolim de Moura a 31 de Julho de 1727. (A. H. Col., *Pernambuco*, 10 de Janeiro de 1726).

A. S. I. R., *Bras.6*, 136v, 324, 334; — *Lus.24*, 72.

SOUSA, João de. *Missionário.* Nasceu a 26 de Outubro de 1706 no Maranhão. Entrou na Companhia a 30 de Julho de 1725. Fez a profissão solene no Pará a 15 de Agosto de 1742, recebendo-a José de Sousa. Ensinou Humanidades 4 anos, foi Superior de Residência e Missionário largos anos. Ao sobrevir a perseguição geral foi mandado recolher ao cárcere pelo Bispo Bulhões, por lhe constar que criticava o "santo fim da reforma" e "o rectíssimo e gloriosíssimo governo de Sua Majestade". Deportado para Lisboa na perseguição geral e preso nos cárceres de S. Julião da Barra, saiu deles com vida em 1777, ao restaurarem-se em Portugal as liberdades cívicas. Já tinha 71 anos de idade e ficou a residir na própria freguesia de S. Julião, onde faleceu em 1779.

A. *Carta do P. João de Sousa ao R. Reitor do Colégio do Pará, Manuel Ferreira, de Mortigura, 20 de Junho de 1745.* (Arq. Prov. Port., Pasta 176, n.º 30). — Dá conta da sua ida à Ilha do Marajó e das medições dos currais. — Excerptos em S. L., *História*, III, 250.

A. S. I. R., *Bras.27*, 164v; — *Lus.16*, 72; — *Apênd. ao Cat. Português*, de 1903; — Lamego, III, 315; — S. L., *História*, IV, 364.

SOUSA, José de. *Missionário e Administrador.* Nasceu a 29 de Dezembro de 1686 em Santa Marta do Bouro. Filho de Domingos Álvares e Juliana de Sousa. Entrou na Companhia em Évora a 6 de Outubro de 1703. Embarcou para as missões do Maranhão e Pará em 1712. Fez a profissão solene em 2 de Fevereiro de 1718. Missionário 26 anos, Reitor do Pará (3 anos) e Vice-Provincial (6 anos). Superior de Residência (6 anos). De génio activo meteu-se em escusadas questões canónicas, que a atmosfera do tempo já não comportava, como a que sustentou com o Bispo do Pará, D. Fr. Bartolomeu do Pilar, com quem aliás depois ficou amigo e a quem dedicou o livro *Triplex Instructio;* mas deste mesmo génio e actividade resultaram efeitos úteis sob o aspecto colonial e construtivo, como as pazes que fez com o chefe índio do Rio Negro, de cujas mãos recebeu a bandeira holandesa que arvorava; fundou a igreja do Rosário, no Pará, e Colégio e a Igreja da Vigia, onde faleceu em 1752.

1. *Registos de Índios do Rio Negro e declaração de estarem solenemente baptizados,* Rio Negro, Arrayal de S. José e S. Anna,

28 de Julho de 1726; e Arrayal de N.ª S.ª do Carmo e S. Ana, 2 de Agosto de 1727. Publ. por João Francisco Lisboa, *Obras*, II (Lisboa 1901) 608-609.

2. *Embargos do P. Reitor do Colégio do Pará, José de Sousa, no processo que lhe moveu o Bispo do Pará D. Fr. Bartolomeu do Pilar sobre repiques de sinos no Sábado Santo.* De 20 de Julho e 17 de Setembro de 1729. (Arq. Prov. Port., Pasta 177, n.º 17). Em Lamego, III, 401-406, 412-413, com outra documentação deste processo sobre a interpretação das jurisdições diocesana e pontifícia.

3. *Representação do P. Provincial José de Sousa ao Governador do Estado do Maranhão e Pará sobre a falta de observância do Regimento e Leis e outras desordens cometidas contra a Aldeia da Capitania de Caeté* [1742]. Em S. L., *História*, III, 295-296.

O Maranhão não era ainda Província, mas Vice-Província, a que corresponde o cargo de Vice-Provincial. Pràticamente equivalia ao de Provincial e assim se usava com gente de fora.

A. *Registos de índios do Rio Negro, Arraial de N.ª S.ª do Carmo e Santa Ana (22 de Setembro — 17 de Outubro de 1727).* Originais com as assinaturas do P. José de Sousa e do Cabo da Tropa. (Arq. Prov. Port., Pasta 176, n.º 11). Cit., S. L., *História*, III, 377. *Port.*

B. *Certidão do que se passou com a descida dos Índios Manaos.* Colégio de S. Alexandre (Pará), 23 de Agosto de 1730. (B. N. de Lisboa, f. g. 4517, f. 148-151). *Port.*

C. *Parecer do P. José de Sousa acerca do gado que os Padres da Companhia tinham na Ilha do Marajó.* 12 de Dezembro de 1737. (Arq. Prov. Port., Pasta 176, n.º 25). — Além do P. José de Sousa assinam seis Padres: João Teixeira, José Lopes, Luiz Maria Bucarelli, Aloysius Belleci, Francisco Xavier e Aníbal Mazzolani.

D. *Triplex instructio pro triplici examini Sacerdotis Confessarii et Concionatoris complectens breviter cuncta quæ communiter interrogari solent.* Escrita em 1739 e dedicada a D. Frei Bartolomeu do Pilar, Bispo do Pará. 4.º *Lat.*

E. *Carta ao P. M. Bento da Fonseca,* do Pará, 15 de Setembro de 1740. (B. N. de Lisboa, fg. 4529, doc. 24). — Recomenda o P. Francisco Pinheiro Marques. Tem junto um Memorial. *Port.*

F. *Carta do Vice-Provincial José de Sousa a El-Rei, com uma carta inclusa do P. Júlio Pereira.* (B. N. de Lisboa, fg. 4517, f. 211). *Port.*

G. *Carta ao P. M. Bento da Fonseca*, 17 de Outubro de 1740, (B. N. de Lisboa, fg. 4529, docs. 16 e 17). — Envia dinheiro de Manuel Rodrigues Vila Real para diversas compras a serem remetidas ao Pará; e que as não mande com a marca da Companhia. *Port.*

H. *Carta ao P. M. Bento da Fonseca*, 20 de Outubro de 1740. (*Ib.*, docs. 18 e 19). — Sobre assuntos do mesmo Manuel Rodrigues Vila Real. *Port.*

I. *Dois requerimentos do R. P. José de Sousa Vice-Provincial do Maranhão ao Bispo do Pará, D. Frei Guilherme de S. José contra o Vigário de Caeté o R. P. Francisco Dias Lima que tinha favorecido o motim contra os Missionários da Companhia de Jesus*, 1742. (Arq. Prov. Port., Pasta 177, n.º 8). *Port.*

J. *Carta do P. José de Sousa ao R. P. Superior Caetano Xavier*, de Mocajuba, 18 de Agosto de 1747. (Arq. Prov. Port., Pasta 177, n.º 16a). — Sobre bens que tinha aplicado à Casa da Vigia quando foi Vice-Provincial. *Port.*

K. *Carta ao P. V. Provincial Carlos Pereira*, do Sítio da Mãe de Deus de Tabatinga [junto à Vigia], 27 de Agosto de 1749. (Ib., Pasta 177, n.º 16). — Agradece o tê-lo mandado para a Casa da Mãe de Deus da Vigia. *Port.*

Onze Cartas do P. Geral ao P. José de Sousa (1717-1744). *Bras. 25.*

A. S. I. R., *Bras.27*, 163v; — B. Machado, IV, 204; — Sommervogel, VII, 1406; — S. L., *História*, III, 281.

SOUSA, Luiz de. *Professor e Missionário.* Nasceu cerca de 1654 na Baía. Entrou na Companhia, com 14 anos, a 1 de Maio de 1668. Fez a profissão solene na Baía a 15 de Agosto de 1687, recebida pelo P. Alexandre de Gusmão. Ensinou Gramática, Filosofia e Prima de Teologia. Em 1696 ensinava o Curso de Teologia Mariana. Depois deu-se a missões; sabia a língua brasílica; e foi Reitor de Olinda, onde faleceu a 2 de Maio de 1706.

A. *Carta do P. Luiz de Sousa ao P. Geral*, da Baía, 19 de Julho de 1697. (*Bras.4*, 32-33v). — Louva os Padres Domingos Ramos, Manuel Saraiva e Alexandre de Gusmão. *Lat.*

B. *Carta do P. Reitor Luiz de Sousa ao P. Geral Tirso González*, de Olinda, 29 de Março de 1704. (*Bras.4*, 99-99v). — Trata de Missões e de alguns Padres. *Lat.*

A. S. I. R., *Bras.4*, 15v; — *Bras.5(4)*, 79v; — *Lus.11*, 48; — Bibl. Vitt. Em., f. ges. 3492/1363, n.º 6.

STAFFORD ou LEE, Inácio. *Matemático.* Nasceu em 1599 no Staffordshire, Inglaterra. Entrou na Companhia em Espanha (Villagarcia) em 1619. Fez a Profissão solene em 1636. Ensinou Matemáticas no Colégio de S. Antão de Lisboa. Além de matemático era pregador e esteve na Baía (1640-1641), como confessor do Vice-Rei Marquês de Montalvão, com quem voltou a Lisboa. Faleceu em 11 de Fevereiro de 1642.

1. *Carta sobre o achado do corpo de Sir Francis Tregian*, de Lisboa, 26 de Abril de 1625. Em *The Catholic Miscellany*, Junho, de 1823; — *Collections illustrating the History of the Catholic Religion* (London 1857) 8.º, pp. 204-205. — *The troubles of our Catholic Forefathers*, do P. J. de Morris, Serie I, p. 613.

2. *Elementos Mathematicos* por el Padre Ignacio Stafford de la Compañia de I H S a la Nobleza Lusitana. En la Real Academia Mathematica del Collegio de S. Antõ de la Compañia de Jesus de Lisboa. En Lisboa, Año de CIC.ICCXXXIV. En la Imprenta de Mathias Rodrigues. Bela Portada alegórica de Agostinho Soares Floriano.

Trad. port. de Brás de Almeida, ms., o qual, segundo Barbosa Machado, teria traduzido e deixado em ms. outro livro de Stafford: *Tratado de Geometria Practica*.

3. *Theoremas Mathematicos*, Preside o P. M. Ignacio Stafford, da Companhia de Jesu. Defende Henrique Brandão no Collegio de S. Antão a 3 de Junho por todo o dia. Lisboa, por Lourenço Craesbeeck, 1638, f.

4. *Historia de la celestial Vocacion, Missiones apostolicas, y gloriosa Muerte, del Padre Marcelo Fran.co Mastrilli, Hijo del Marques de S. Marsano, Indiatico felicissimo de la Compañia de I H S. A Antonio Telles de Silva. Por el P.e Ignacio Stafford De la Compañia de Jesus.* No fim: Con todas las licencias necessarias. En Lisboa. Por Antonio Aluarez. Año de 1639. 4.º, IV-136 pp. Bela portada alegórica, assinada A. S. F. (Agostinho Soares Floriano) e do martírio em Nangasaqui, com legenda do mesmo gravador; — Outra edição, castelhana, em 1667; — Trad. franc. do P. Laurent Chefflet, Lyon, 1640, 8.º; — Trad. ital., Viterbo, 1642, 8.º, 44 pp.

Descreve a edição de Lisboa (1639), reproduzindo as estampas, e a declaração da imprensa, o *Catalogo da Livraria Azevedo-Samodães*, II (Porto 1922)601-603.

A. *Varias Obras Mathematicas compuestas por el P. Ignacio Stafford, mestre de Mathematica en el Colegio de S. Anton de la Compañia de Jesús, y no acabadas por cauza de la muerte del dicho*

Padre. Lisboa año de 1638. *Ms.* in-f., 642 pp. Com figuras, desenhos e índice. Boa letra da época. (B. N. de Lisboa, Col. Pomb., cód. 240).

<small>A. S. I. R., *Bras.5*, 151v; — B. Machado, IV, 74; — Sommervogel, VII, 1472-1473; — Edgar Prestage, *D. Francisco Manuel de Mello* (Coimbra 1914)34-35; — Franc. Rodrigues, *A Formação*, 287; — Soares, *História da Gravura*, I, n.ºs 978 e 981.</small>

STANCEL, Valentim. — Ver **ESTANCEL, Valentim.**

SZENTMARTONYI, Inácio. *Astrónomo Régio.* Nasceu em Kotiri (Croácia) a 28 de Outubro de 1718. ("Húngaro", nos documentos do tempo). Insigne matemático, convidado por D. João V para as demarcações entre as Coroas de Portugal e Espanha. Mas só em 1753 partiu para o Pará, cuja posição geográfica determinou. Foi para o Arraial do Rio Negro, numa numerosa expedição a que o Governador por ordem do seu irmão Ministro, para espantar fàtuamente os espanhois, deu ostentação desproporcionada com as realidades amazónicas, sobre as quais os dois irmãos discreteavam muito, com conhecimentos mais de gabinete que positivos. Nem o Governador levava dinheiro bastante para os compromissos assumidos em Lisboa com os soldados, nem farinha para sustentar tanta gente naquelas distâncias, se por qualquer percalço, sempre emergente nos sertões, se dilatasse o encargo oficial, que tão longe o levava. Com efeito, o plenipotenciário espanhol, impedido pelas perturbações indígenas do Rio Orinoco não chegou no prazo estabelecido nem em nenhum; e os soldados, por lhes não pagarem os salários a tempo, revoltaram-se e fugiram. O desafortunado Governador e o seu irmão Ministro, para encobrir o fracasso da inútil e dispendiosa viagem, recorreram ao comum derivativo de atribuir a culpa a terceiros, que no caso lhes convinha que fossem Jesuítas. E assim, sem "mais fundamento que meras suspeitas ou deliberada má fé" (Lúcio de Azevedo), se condenaram os Religiosos a cárceres perpétuos. (O historiador português, de quem são as palavras aspadas, acrescenta: "e sobre tais bases se tem construido a história!"). A torna-viagem do sábio astrónomo, tratado com duplicidade, foi para os cárceres de S. Julião da Barra, donde como a súbdito seu, o reclamou a Imperatriz Maria Teresa. Szentmartonyi saiu de S. Julião, cuidando todos que para a liberdade, como se deu a entender, e era novo engano. Para que o fiel servidor de Portugal não fosse dizer na Europa a verdadeira causa dos insucessos do Pará, ocultaram-no algum tempo, restituindo-o aos cárceres de S. Julião em 1769, onde ficou até 1777, quando se restauraram as liberdades cívicas portuguesas, e se derrubou o regime de polícia, que, para sustentar no poder quatro homens de uma família, enchia de milhares de outros as prisões de Portugal e dos seus Domínios, com desprezo e escárnio da Europa. Em S. Julião, o P. Astrónomo ocupara o cárcere n.º 8, o maior da Torre, com mais 4 Religiosos, um dos quais Francisco Bernardes, do Recife; e foi professor de Matemática dos Padres mais novos, companheiros seus dos mesmos cárceres, que quiseram aprender essa faculdade para a hipótese de lhes ser útil um dia. Em Julho de 1777, seguiu de Lisboa para a sua pátria, falecendo na Croácia em 1793. (Outros dizem que foi Pároco de Sobotica, e aí faleceu a 13 de Fevereiro de 1806).

1. (*Ignaz Szent-Martony's*). *Einleitung zur Kroatischen Sprachlehre für Teutsche.* s. l. (Varasdin), 1783, 8.°, 118 pp.

2. *Klage eines Seelenhirten beym Tode Ioseph Gallyuff, Bischofs von Agram.* Agram, Mit Trattnerischen Schriften, 1786, 8.°, 4ff.

<small>Morais, *História*, 484; — Caeiro, 620; — Carayon, IX, 256; — *Arcis Sancti Juliani Ichnographia*; — *Compendio Istorico* (Nizza 1791) 370; — Eckart, *Diário*, 77-78; — Lúcio de Azevedo, *Os Jesuítas no Grão Pará*, 330; — Sommervogel, VII, 1775.</small>

SZLUHA, João Nepomuceno. *Missionário.* Nasceu a 23 de Agosto de 1725 em Gyalu (Hungria). Entrou na Companhia a 14 de Outubro de 1738. Ensinou Gramática e Retórica. Em 1753 embarcou em Lisboa para o Maranhão, onde chegou a 16 de Julho. Ficou no Rio Pinaré. Fez a profissão solene no Maranhão, a 2 de Fevereiro de 1757. Ao sobrevir a perseguição geral, foi obrigado a retirar-se para Portugal (1759), onde ficou nos cárceres de Azeitão (1760). O nome deste Padre aparece, em diversos papéis, Szluhua, Szlunga, Szluka, Rua. O de Nepomuceno, igual ao de outro Padre, do Maranhão, João Nepomuceno, natural de Guimarães, falecido em Roma em 1761, originou uma confusão, que redundou a seu favor, saindo livre do cárcere de Azeitão, com outros Portugueses para a Itália. Szluha voltou à Hungria, foi capelão dos exércitos imperiais e Reitor do Colégio de Raab. Faleceu depois de 1773.

A. "Confecit partim Ullyssipone, partim in Brasilia mappam provinciæ Maragnan., quam P. Antonio Reviczki ex Brasilia transmisit, a cujus tamen morte, quæ Budæ 1791 contigit, illa deperdita videtur esse, cum nasquam eam reperire sit. (Murr, in "Relationibus de diversis regionibus Americæ Hispanicæ", Hallæ, 1809, Præfatione, p. IV" (Stoger). — Mas ver *Kaulen* (Lourenço), n.° 1.

B. *Carta a D. Maria Ana de Áustria, Rainha de Portugal,* do Rio Pinaré, 1754. "João Nepomuceno Szluka, missionário de Pinaré que ainda em 1754 escrevera a D. Mariana d'Áustria. Autógrafo da minha collecção" — diz Alberto Lamego, III, 314.

<small>A. S. I. R., *Lus.17*, 280; — Murr, *Journal*, VIII, 239; — Sommervogel, VII, 1787; — Huonder, 161; — S. L., *História*, IV, 358.</small>

T

TAVARES, Domingos. *Missionário.* Nasceu a 10 de Dezembro de 1720 em Montalvão (Diocese de Portalegre). Entrou na Companhia em Coimbra a 17 de Outubro de 1739. Embarcou de Lisboa para o Brasil em 1741. Fez a profissão solene no Colégio do Maranhão, a 24 de Abril de 1754, recebendo-a o P. Reitor José da Rocha. Era Superior das Aldeias Altas, quando sobreveio a perseguição geral. Exilado em 1760 para o Reino e daí para a Itália, vivia em 1774 em Collevechio (Província de Perúsia) e em 1780 em Roma (Trastevere).

A. *Litteræ Annuæ Collegij Maragnonensis datæ ad P. Visitatorem et Vice-Provincialem.* In Collegio Maragnonensi, 28 Maij año 1755. Ex comissione R. P. Rectoris Antonii Dias. (*Bras.10(2), 503-503v*). *Lat.*

B. *Litteræ Annuæ Collegii Maragnonensis ad R. P. Visitatorem et Vice-Provincialem [Francisco de Toledo].* In Collegio Maragnonensi, 21 Novembris año 1757. Ex commissione R.^{di} P. Rectoris Josephi da Rocha. (B. N. de Lisboa, fg. 4529, doc. 111). — Diz que o P. Rocha tomara conta do cargo a 8 de Dezembro de 1756, e refere-se a trabalhos nas Aldeias, Residências, Exercícios Espirituais, solenidades religiosas, Índios e dificuldades ambientes. *Lat.*

A. S. I. R., *Lus.17*, 267; — S. L., *História*, IV, 355, 364; — Gesù, *Colleg.*, 1477; — *Jesuítas Portugueses na Itália em 1780* (ms.).

TAVARES, João. *Professor e Missionário.* Nasceu a 24 de Setembro de 1679 no Rio de Janeiro. Entrou com 17 anos, a 11 de Julho de 1697. Fez a profissão solene no Maranhão a 31 de Julho de 1717, recebendo-a o Visitador Manuel de Seixas. Professor de Humanidades e Filosofia, e diz-se em 1718, que deixara de ser Professor de Teologia no Maranhão, aonde passara, e desejava voltar à sua Província do Brasil. Embora recordasse de vez em quando estes desejos, foi ficando, ocupado sobretudo com os Índios com quem era diligente e a quem defendia. Fundou a Aldeia dos Tremembés (Cidade de Tutoia). Faleceu no

Maranhão, no dia aniversário da sua entrada na Companhia, a 11 de Julho de 1744 (preferível a 1743).

A. *Carta ao P. Geral Tamburini*, do Rio de Janeiro, 10 de Fevereiro de 1706. (*Bras.4*, 116). — Pede a Missão do Malabar na Índia Oriental. *Lat.*

B. *Carta ao Procurador Geral, Jacinto de Carvalho*, do Colégio do Maranhão, 18 de Julho de 1721. (B. N. de Lisboa, fg. 4517, f. 410-411). — Sobre os Caìcaíses, e a favor de Acuti, filho do principal já morto; Guanarés, Barbados, etc. *Port.*

C. *Breve descrição das grandes recreações do Rio Muni do Maranhão*, pelo P. João Tavares da Companhia de Jesus, Missionário do dito Estado, an. 1724. (Bibl. de Évora, cód. CV/1-7, f. 165-171v). — Relação tirada de uma carta, que João Tavares escreveu ao Visitador Geral Jacinto de Carvalho (Rivara, I, 29). — Excerpto em César Marques, *Dic. do Maranhão*, 322; cf. S. L., *História*, III, 159. *Port.*

D. *Carta ao P. Geral*, do Curral da Conceição, 15 de Agosto de 1728. (*Bras.26*, 258). — Um homem dá-lhe metade de uma herança com que já pode dotar uma religiosa e sustentar a mãe. Escreve a 3 dias do Colégio do Maranhão, onde está a tratar do novo curral. *Lat.*

E. *Carta do P. João Tavares ao P. Proc. Jacinto de Carvalho*, da Engenhoca do Maracu, 12 de Agosto de 1729. (B. N. de Lisboa, fg. 4517, f. 341-350). Dízimos, Tremeés, etc. *Port.*

F. *Carta ao P. Geral*, escrita em viagem ("longo itinere"), 22 de Agosto de 1729. (*Bras.26*, 260-261). — Sobre a visita da Vice-Província e da sua Missão dos Trememés, que fundara, e certos homens ambiciosos ocuparam. *Lat.*

G. *Resposta à menos veridica informação que deram os oficiais da Câmara sobre as considerações do P. João Tavares da Companhia de Jesus Vice-Reitor do Colégio de N.ª S.ª da Luz de S. Luiz do Maranhão*. S. a. (B. N. de Lisboa, f. g. 4517, f. 324-327v). *Port.*

H. *Verídica informação sobre as terras de Atotoia contra as que deu o Governador Sousa Freire em carta de 16 de Setembro de 1728*. Colégio de N.ª S.ª da Luz (Maranhão), 28 de Agosto de 1730. (*Ib.*, f. 356-364; cf. *ib.*, 315-323). *Port.*

I. *Carta ao P. Geral, da Aldeia de S. José, 9 de Agosto de 1735.* (*Bras.26, 289*). — Contradiz outros que querem deixar estas pequenas missões. *Lat.*

J. *Carta do P. João Tavares ao P. Reitor Inácio Xavier sobre as guerras contra os Gùêgùês e Timbiras ordenadas pelo Governador José da Serra e as queixas deste contra a Companhia.* [Colégio do Maranhão, 29 de Agosto de 1736]. (B. N. de Lisboa, fg. 4517, f. 373-374). — A queixa era que não tinha dado Índios para transportes; João Tavares, residente então no Itapicuru, diz que deu os que lhe pediram e como lhos pediram. *Port.*

K. *Certidão sobre o ajuste de pazes com os Caìcaíses e o que disse o principal Acuti.* Anindiba, 23 de Junho de 1739. (*Ib.*, f. 85-86; cf. *ib.*, f. 94). *Port.*

L. *Copia de huma carta que o P. João Tavares escreveo ao P. V. Provincial José de Souza, e para ver o R.^{do} P. Jacintho de Carvalho,* Anindiba, 23 de Junho de 1739. (*Ib.*, 87-87v). — Sobre a interpretação das leis a respeito de pactos com Índios: e manda a certidão precedente. *Port.*

M. *Resposta do P. Provincial José Vidigal a El-Rei sobre a visita do Bispo do Pará.* "Obra do P. João Tavares" (Rivara, I, 29).

Oito cartas do P. Geral ao P. João Tavares (1715-1723), *Bras. 25.*

Carta Régia de 24 de Abril de 1723 ao Governador João da Maia da Gama aprovando e louvando o aldeamento dos Taramambés pelo P. João Tavares para cuja obra manda do Reino 200$000 réis em drogas de que os Índios gostam para se granjear a amizade deles. *Anais da B. N. R. J.*, 67 (1948) 192-193; cf. *ib.*, 246--247, outra carta régia a Alexandre de Sousa Freire, de 8 de Julho de 1730 em defesa do mesmo aldeamento e das suas terras contra injustos ocupantes.

A. S. I. R., *Bras.6*, 39v; — *Bras.27*, 39, 124v; — *Lus.14(1)*, 34; — *Lembrança dos Def.*, 12v; — *Hist. Soc.53*, 180; — Sommervogel, VII, 1897; — Streit, III, 452; — S. L., *História*, III, 166-167.

TAVARES, José. *Missionário.* Nasceu a 8 de Dezembro de 1704 em Portalegre. Entrou na Companhia a 2 de Abril de 1724, ano em que também chegou à Missão do Maranhão e Pará. Fez primeiro os últimos votos e depois a profissão solene de 3, na Aldeia de Piraquiri, no dia 3 de Maio de 1753 em atenção ao seu zelo de missionário. Trabalhou nas Fazendas e sobretudo nas Aldeias dos Índios. Deportado na perseguição geral de 1760 para Lisboa e Itália, faleceu em Urbânia a 28 de Março de 1789.

A. *Carta ao P. Procurador Geral Bento da Fonseca*, da Aldeia de Aricará, 10 de Março e um complemento até 22 de Maio de 1749. (B. N. de Lisboa, fg. 4529, doc. 27). — Dá parte de tudo o que encontrou e do que fez na sua missão de Aricará (Pará). *Port.*

B. *Carta ao P. Procurador Bento da Fonseca*, da Aldeia de Aricará, 20 de Setembro de 1751. (*Ib.*, doc. 40). — Responde a uma carta em que Bento da Fonseca lhe pedia os nomes dos Padres que estiveram na Aldeia e que o visse nos *Livros dos Baptismos*. Dá os nomes desses Padres. *Port.*

<small>A. S. I. R., *Lus.17*, 124; — S. L., *História*, IV, 365; — Castro, II, 376.</small>

TAVEIRA, Inácio. *Pregador e Professor.* Nasceu cerca de 1593 na cidade da Baía. Entrou na Companhia em 1608. Em 1621 fez dois pedidos ao Geral: para sair da Companhia por certos motivos, diz ele; e para escolher o confessor que quisesse, com poderes para o absolver. A 21 de Julho de 1621 responde-lhe o Geral que exponha as suas razões ao Provincial e que não é justo o que pede: e concede-lhe o confessor que quiser. Fez a profissão solene a 29 de Setembro de 1632, na Baía, recebendo-a Domingos Coelho. Bom talento de pregador e de Professor de Teologia. Sabia a língua brasílica. Mestre em Artes e exímio latinista. Faleceu na sua cidade natal a 1 de Novembro de 1650.

A. *Annuæ Litteræ Provinciæ Brasilicæ anno 1620*, Bahiæ pridie Kalendas Februarii [s. a.]. (*Bras.8*, 274-280v). *Lat.*

<small>A. S. I. R., *Bras.5*, 127v, 199v; — *Lus.1*, 84; — *Lus.5*, 111; — *Hist. Soc.48*, 64.</small>

TÁVORA, Marcos de. *Professor, Pregador e Administrador.* Nasceu a 24 de Abril de 1699 em Bragança. Entrou na Companhia, com 18 anos, a 10 de Abril de 1717. Pregador. Sabia a língua brasílica. Fez a profissão solene na Baía, a 16 de Janeiro de 1735. Professor de Filosofia e Teologia, Reitor de S. Paulo (1750) e Vice-Reitor do Rio (1753). Deportado na perseguição geral de 1760 da Baía para Lisboa e Itália, faleceu em Roma pouco depois de chegar a 23 de Agosto do mesmo ano.

A. *Annuæ Litteræ Provinciæ Brasiliæ ann. 1726-1727.* Bahyæ ex Collegio Bahyensi an. MD.CCXXVII. (*Bras.10(2)*, 293-301). Excerpto sobre as missões do sul do Brasil em S. L., *História*, VI, 453. *Lat.*

B. *Annuæ Litteræ Provinciæ Brasiliæ.* Bahyæ ex Collegio Bahyensi, Idibus Octobris anni M.D.CC.XXIX. (*Bras.10(2)*, 310-314; outra via, 316-320v). *Lat.*

<small>A. S. I. R., *Bras.6*, 408; — *Lus.15*, 222; — *Apênd. ao Cat. Português*, de 1903.</small>

TEIXEIRA, Dionísio. *Professor.* Nasceu a 4 de Agosto de 1696 no Rio de Janeiro. Entrou na Companhia a 4 de Julho de 1714. Mestre da 2.ª classe no Rio em 1720; em 1725 ainda não tinha principiado a estudar Teologia. Faleceu na mesma Cidade a 4 de Fevereiro de 1730.

1. *Termo e juramento do escrivão P. Dionísio Teixeira na "Devassa" sobre o aparecimento de N.ª S.ª da Conceição de Cabo Frio.* Assinada por ele e pelo P. Manuel Ferraz, na Igreja Matriz de Cabo Frio, a 12 de Junho de 1726. Publ. por Alberto Lamego em *Verdadeira Noticia do Apparecimento da Milagrosa Imagem de N. S. da Conceição que se venera na cidade de Cabo Frio* (Bruxelas 1919) 19.

Lamego publica vários excerptos desta *Devassa*, que diz estar no Arquivo Ultramarino de Lisboa, sem indicar a cota.

A. S. I. R., *Bras.6*, 138v; — *Bras.10(2)*, 323v; — *Hist. Soc.52*, 58.

TEIXEIRA, João. *Missionário e Administrador.* Nasceu a 24 de Junho de 1676 em Lisboa. Passou a adolescência na Índia (15 anos). Entrou na Companhia a 9 de Janeiro de 1702 e embarcou de Lisboa para o Maranhão e Pará em 1703. Missionário, Procurador em Lisboa (7 anos), Reitor dos Colégios do Maranhão e Pará. Fez primeiro os últimos votos em 1717 e depois a profissão solene de 3, a 15 de Agosto de 1725. Quando Procurador em Lisboa (1724-1731) mandou para a Igreja do Pará a imagem de N.ª S.ª da Boa Morte. Dourou todos os retábulos da mesma Igreja. Foi Missionário no Arucará, "disse ele, 18 anos", e no Jaguarari 10 anos. "Vir maximæ virtutis". Faleceu no Pará a 10 de Janeiro de 1758.

1. *Procuração do P. João Teixeira, Procurador Geral da Vice-Província do Maranhão, ao Dr. Manuel Gonçalves da Silva, para por sua via, se lhe dar vista de um requerimento que fizeram os moradores do Estado do Maranhão.* Lisboa, 18 de Junho de 1729. (Bibl. de Évora, cód. CXV/2-12). Em Melo Morais, *Corografia*, IV, 331.

2. *Requerimento do P. João Teixeira, Procurador Geral das Missões e Colégios do Maranhão ao Sr. Provedor da Casa da Índia lhe mande passar a certidão do que este ano passado mandaram a este Reino.* Com a certidão, datada de Lisboa Ocidental, 13 de Julho de 1729. (*Ib.*, IV, 285-286).

A. *Carta do Procurador P. João Teixeira ao P. Geral,* de Lisboa, 2 de Julho de 1726. (*Bras.26*, 240). — Pede dispensa de idade (antes dos 15 anos completos) para a er trada dalguns que pretendem ir para a Missão do Maranhão. *Lat.*

B. *Carta ao P. Geral*, de Lisboa, 12 de Novembro de 1726. (*Bras.26*, 250). — Agradece a chegada do novo missionário para o Maranhão, P. Monaci. *Lat.*

C. *Carta ao P. Geral*, de Lisboa, 9 de Dezembro de 1726. (*Bras.26*, 251). — Pede licença para comprar um prédio por conta dos Missionários dos Abacaxis, P. Manuel da Mota. *Lat.*

D. *Carta ao P. Jacinto de Carvalho*, do Pará, 25 de Agosto de 1731. (*Bras.26*, 274-275v). — Dá conta da sua viagem de Lisboa ao Maranhão com 16 companheiros, elogia as missões do Maranhão e Pará não menos gloriosas que as da Índia; e defende o proceder do P. Vice-Provincial, José Lopes, na fundação da Casa da Madre de Deus, contra os seus detractores. (Comentário no fim da carta, feito em Roma, para onde ela foi remetida, a favor do testemunho e virtude do P. Teixeira). Cit. em S. L., *História*, IV, 353. *Port.*

E. *Parecer do P. João Teixeira dado em consulta sobre a inconveniência de os Currais do Marajó estarem muito divididos, com perda de tempo*. Pará, 13 de Agosto de 1737. Com outras assinaturas e pareceres dos Padres Aníbal Mazzolani, Júlio Pereira, Lucas Xavier, Caetano Xavier e José Lopes. (Arq. Prov. Port., Pasta 176, n.º 25).

A. S. I. R., *Bras.27*, 27; — *Diário de 1756-1760* (ms.).

TEIXEIRA, Nicolau. *Professor*. Nasceu na Ilha de S. Jorge, Açores. Entrou na Companhia em Lisboa a 5 de Agosto de 1638. Irmão estudante quando embarcou para o Maranhão em 1643 com o P. Luiz Figueira, naufragando com ele à entrada do Pará. Escapou do naufrágio e voltou a Portugal a concluir os estudos, onde escreveu a relação ou sucesso do naufrágio, perda e morte dos seus companheiros. Não voltou à Missão; em Portugal leu Filosofia, e Ciências Morais em Coimbra, afamado pela "fundura e clareza da sua doutrina". Depois foi Reitor do Colégio de Angra, nos Açores. Acabado o governo, ocupou-se em ministérios com o próximo, em que era incansável. Faleceu em Angra a 5 de Junho de 1685.

1. *Sucesso da Viagem do Maranhão*, de Évora, 1 de Agosto de 1644. (*Bras.8*, 560-561, 1.ª via; 562-563v, 2.ª via; Bibl. de Évora, cód. CXV/2-13, f. 363). Publ. por Studart, *Documentos*, III, 91-96; — S. L., *Luiz Figueira*, 227-234.

A. *Apostillas sobre a materia da restituição pelo P. Nicolau Teixeira da Companhia de Jesus, anno de 1667*. (Univ. de Coimbra, cód. 253; Arq. Bibliogr. da U. de Coimbra, II (1904) 25). *Lat.*

Bettendorff, *Crónica*, 49; — Franco, *Synopsis*, 379; — Id., *Ano Santo*, 297.

TEIXEIRA, Pedro. *Administrador.* Nasceu em Portugal, a cuja Província pertencia. Estava no Brasil em 1730, à frente do Engenho de S. Ana do Colégio de S. Antão (Lisboa).

A. *Estado em que achey e fez entrega do Engenho de S. Anna dos Ilheus o P. Manoel de Figueiredo aos 7 de Agosto de 1730.* (Torre do Tombo, *Jesuítas*, maço 15). *Port.*

B. *Obra que fiz este ano, 20 de Julho de 1731.* (Torre do Tombo, *ib.*). *Port.*

TENREIRO, Manuel. *Professor.* Nasceu cerca de 1573 em Fronteira (Arquidiocese de Évora). Entrou na Companhia em Évora no ano de 1587. Embarcou para o Brasil em 1595. Fez a profissão solene, na Baía, a 25 de Março de 1608, recebendo-a o Visitador Manuel de Lima. Sabia a língua brasílica. Superior da Capitania do Espírito Santo, Visitador do Colégio de Pernambuco e do Rio de Janeiro, de que foi Vice-Reitor um ano. Professor afamado de Filosofia e Teologia Especulativa e Moral. Pregador e Prefeito Geral dos Estudos do Colégio da Baía. Cativo dos Holandeses em 1624, padeceu os cárceres de Holanda. Libertado, voltou ao Brasil em 1628, e tornou a ser cativo dos mesmos invasores do Brasil, sucumbindo no mar, em 1636, a caminho do novo desterro de Holanda. (No mar, não em Pechilinga como se lê nalgum documento).

A. *Arrezoado do P. Manuel Tenreiro sobre o direito que tem o Collegio da Baya, Misericordia e Orfãos nas terras de Sirigipe do Conde pelo testamento do Sr. Men de Sá.* Neste Collegio da Bahia em 2 de Janeiro de 1617. (Torre do Tombo, *Cartório dos Jesuítas*, maço 88). — Cit. em S. L., *História*, V, 245. *Lat.*

A. S. I. R., *Bras.*5, 96, 135v; — *Lus.*3, 172; — *Lus.*74, 270; — S. L., *História*, V, 378, 384.

TOLEDO, Francisco de. *Missionário e Administrador.* Nasceu a 15 de Setembro de 1694 na Cidade de S. Paulo. Filho de João de Toledo Castelhanos, morgado de Pico Redondo, Ilha Terceira, e sua mulher Ana do Canto de Almeida (outros escrevem Ana do Canto de Mesquita). Entrou na Companhia, com 18 anos, a 15 de Setembro de 1712. Ordenou-se de Sacerdote na Baía em 1725 pelo Arcebispo de Goa, de passagem na cidade, a caminho de Portugal. Fez a profissão solene em S. Paulo no dia 8 de Dezembro de 1729, recebendo-a o Reitor P. João de Mariz. Sabia a língua brasílica e tinha talento para a pregação e missões. Reitor do Colégio de Santos. (Na própria patente, de 3 de Janeiro de 1742, escreveu: "Tomei posse aos 24 de Março de 1743 e dey-a ao P. M.el Pimentel aos 26 de Fevereiro de 1747"). De Santos passou a Reitor do Seminário de Belém da Cachoeira, no Recôncavo da Baía (Patente de 15 de Dezembro de 1746 na qual escreveu: "Tomei posse ao 1.º de Julho de 1748 e acabey aos 4 de Agosto de 1752 em que sahi do Seminario para a Bahia"). Toledo seguiu para a Vice-Província do Maranhão e Pará, como Vice-Provincial e Visitador, em

1755, onde em breve o colheu a perseguição geral, cujos manejos ocultos e determinados não alcançou logo, pela duplicidade que revestiram. Quaisquer porém que fossem as resoluções que tomasse, a perseguição seguiria os seus trâmites, quer na Metrópole, quer nos Domínios, porque era ponto assente, anterior à chegada do Visitador; e o mal tinha raízes largas e não apenas dentro de fronteiras portuguesas. O facto é que os Missionários do Maranhão e Pará, entre os de todas as nações do mundo, foram os mais cruelmente tratados (garrote e cárceres perpétuos), pela desumanidade conjugada, no Pará, do governador e do bispo, e em Lisboa, do secretário de Estado. Exilado para Lisboa com outros, em Novembro de 1757, Francisco de Toledo foi confinado em Passo de Sousa, donde passou em 1759 para o Forte de Almeida e em 1762 para os cárceres de S. Julião de Barra (Lisboa). A rija têmpera do seu ânimo deu-lhe forças para sair deles com vida, em Março de 1777, na restauração geral das liberdades cívicas portuguesas. Tinha 82 anos o venerável ancião, e não tendo para onde ir, ficou na própria freguesia de S. Julião a guardar 36 túmulos na Igreja paroquial, e se sepultar junto a estes seus 36 irmãos de cativeiro e martírio, em 1784, ano em que deve ter falecido, pois ainda viveu 7 depois da libertação.

1. *Requerimento do Vice-Provincial e Visitador P. Francisco de Toledo ao Governador do Pará, Francisco Xavier de Mendonça Furtado, sobre qual a situação económica dos Missionários, se haviam de ficar Coadjutores nas Aldeias, e os géneros que mandaram buscar ao sertão para pagarem despesas feitas em benefício das missões.* Com despacho contrário do Governador, de 10 de Fevereiro de 1757. Em *Anais do Pará*, IV (1905) 207-209; — *Collecção de Crimes e decretos* [...] *e resposta a elles*, pelo P. Domingos António. (Bibl. da Universidade de Coimbra, ms. 570). Publ. por M. Lopes de Almeida e *Nota Preliminar* de Serafim Leite, S. I. (Coimbra 1947) 124-125.

2. *Carta ao Governador do Pará*, do Colégio do Pará, 13 de Fevereiro de 1757. (Bibl. da U. de Coimbra, *ms.* 570, f. 85-85v). Publ. na *Collecção* de Domingos António, 126-127.

3. *Carta ao Governador do Pará*, do Colégio do Pará, 14 de Fevereiro de 1757. (*Ib.*, f. 87-87v). Publ. *ib.*, p. 129-130.

4. *Carta ao Governador do Pará*, do Colégio do Pará, 24 de Fevereiro de 1757. (*Ib.*, f. 76). Publ., *ib.*, p. 116-117.

5. *Carta ao Governador do Pará*, do Colégio do Pará, 26 de Fevereiro de 1757. (*Ib.*, f. 77-77v). Publ. *ib.*, p. 117-119.

Das cartas precedentes há tradução latina, *Lus.*90,117v-138.

6. *Capítulo de uma carta ao Governador do Pará*, 6 de Abril de 1757. Na *Collecção* de Domingos António, e publ. *ib.*, 47-48.

A. *Certificado do P. Francisco de Toledo, Reitor do Colégio de Santos sobre a capacidade e ciência do Lic. Manuel Mendes Cardoso como Cirurgião e ainda como Médico.* Colégio de Santos, 18 de Agosto de 1746. — Tem junto outro certificado a favor do mesmo, passado por José Bonifácio de Andrada, Médico pela Universidade de Coimbra, Santos, 4 de Agosto de 1746. (A. H. Col., *S. Paulo*, Avulsos, nestas datas). *Port.*

B. *Carta do Visitador Francisco de Toledo ao P. Geral*, do Colégio do Pará, 18 de Agosto de 1755. (*Lus.90*, 83v-84). — Responde ao Geral; se os Missionários se servem de mais Índios do que lhes é permitido, ainda o não examinou e não ha tempo de o fazer antes de sair o navio. *Lat.*

C. *Carta ao P. Geral*, do Pará, 18 de Agosto de 1755. (*Lus.90*, 84-86). — O Ouvidor da Mocha encarniça-se contra nós; decreto de exílio dos Padres Teodoro da Cruz, António José e Roque Hundertpfundt, por defenderem o bem da Religião; disputa entre o P. Teodoro da Cruz e o Ouvidor João da Cruz Dinis por este não pagar aos Índios e insultos do Dr. Cruz Dinis ao P. Cruz; se esta carta for às mãos do Secretário Sebastião José, que tudo governa despòticamente por *fas* e *por nefas* contra a observância das leis vigentes, também ele Visitador será exilado, mas não recusa padecer por amor da justiça. *Lat.*

D. *Carta ao P. Geral*, do Pará, 29 de Outubro de 1755. (*Lus.90*, 86-88). — História da Aldeia de S. Francisco Xavier do Rio Javari, Solimões (fundação, ministérios, e ordem de entrega aos Padres Carmelitas); explica tudo ao Procurador Bento da Fonseca para que o exponha a El-Rei; oxalá tudo o que se padece seja "propter justitiam". *Lat.*

E. *Carta ao Governador Franc. Xavier de Mendonça Furtado*, do Pará, 23 de Fevereiro de 1756. (*Lus.90*, 98-100v). — Responde à carta deste, datada de Borba a Nova, 2 de Janeiro de 1756, sobre a Aldeia de Trocano e os bens da Missão. *Trad. Lat.* Tem junto, também traduzida, a carta do Governador.

F. *Carta do P. Visitador e Vice-Provincial Francisco de Toledo ao P. Anselmo Eckart, Missionário de Trocano*, do Pará, 23 de Fevereiro de 1756 e recebida aos 22 de Abril. É o registo nos livros da Missão de Trocano, com esta nota do Governador: "O original da letra do P.ᵉ Eckart foi para a Corte a meu irmão junto com uma conta datada de 12 de Outubro de 1756". (B. N. de Lisboa, Col. Pomb., 622, f. 213-213v). — O Visitador dá instruções como o Missionário se há de haver ao deixar a Aldeia, com coisas que são da Companhia, não de El-Rei, pois não foram dadas por ele, nem dos Índios, pois se lhes pagou salário; e que deixe paramentos ao missionário, que o for substituir, mas emprestados. *Port.*

G. *Carta do R. P. Vice-Provincial Francisco de Toledo ao P. Superior Sylvestre de Oliveira*, do Pará, 28 de Fevereiro de 1756. (Arq. Prov. Port., 176, n.º 6). — Alegra-se por o Padre ter encomendado a telha para as casas; e se tiver que deixar a Aldeia, os que vierem depois acharão que os da Companhia faziam casas de branco; não se persuade que a expulsão das Aldeias seja universal; em todo o caso, ponha a bom recato e em segredo as coisas mais preciosas da Missão e as remeta ao Colégio. *Port.*

H. *Carta ao P. Geral*, do Pará, 12 de Outubro de 1756. (*Lus.90*, 88-89v). — O bispo chamou-o para em nome de El-Rei desterrar os Padres Aleixo António e Manuel Ribeiro; o primeiro por recorrer ao seu Superior Geral sobre a admissão de candidatos à Companhia; o segundo por permitir combinações de farinha entre Índios e os Macapaenses, e se alcançar a quantidade que se havia de remeter para o Rio Negro. *Lat.*

I. *Carta ao P. Geral*, do Pará, 17 de Outubro de 1756. (*Lus.90*, 90v-92). — Remeta a carta do Bispo do Pará, de 16 de Outubro de 1756, com que desterra os Padres Aleixo António e Manuel Ribeiro; e diz que não acha verdade na carta do bispo, inimigo paliado da Companhia. *Lat.*

J. *Carta ao P. Geral*, do Pará, 21 de Outubro de 1756. (*Lus.90*, 94v-96v). — Depois de visitar a Missão de Trocano, o Governador elevou-a a Vila no dia 1 de Janeiro de 1756 e deixou lá um clérigo até o Bispo nomear Pároco; e o que se passou com os bens da Missão, o Governador e o P. Anselmo Eckart, missionário daquela Aldeia. *Lat.*

K. *Carta ao Bispo do Pará D. Miguel de Bulhões*, do Colégio do Pará, 24 de Fevereiro de 1757. (*Lus.90*, 130v-131). — Diz que ordenara aos Missionários, que antes de se retirarem das missões, fizessem inventário de paramentos, ornamentos e objectos de culto, para a todo o tempo fazer fé. *Trad. latina.*

L. *Carta ao P. Geral,* do Pará, Abril de 1757. (*Lus.90,* 104v-107). — Não sabe como não morre ao lembrar-se que ao começar a velhice foi mandado para esta Vice-Província tão cheia de trabalhos; mas Deus sabe que está disposto a padecer mais; manda a súplica a El-Rei, sem crer no remédio, porque o secretário é irmão do Governador, o qual com o bispo, maquina a destruição das Missões e Ordens Religiosas, com tão grande detrimento da conversão e conservação dos Índios; só resta que os mandem sair também do Colégio. *Lat.*

M. *Carta a El-Rei,* do Colégio do Pará, 10 de Abril de 1757. (*Lus.90,* 107-115v). — Expõe a situação e pede remédio. *Trad. Lat.*

N. *Cinco rectificações a uma carta do Governador Mendonça Furtado,* de 14 de Maio de 1757. (*Lus.87,* 2). — Com a carta do Governador, cuja verdade restabelece: a 3.ª rectificação diz: "He falso q..." etc. Autógrafo. *Port.*

O. *Carta do P. Francisco de Toledo ao P. David Fay,* do Maranhão, 26 de Julho de 1757. (*Lus.87,* 1). — Para que responda à acusação do Governador, de 10 de Maio de 1757, em que acusa o P. Fay de fazer um tratado "sedicioso" com os Amanajós. *Port.*

P. *Carta do P. Francisco de Toledo a Mendonça Furtado,* do Maranhão, 14 de Setembro de 1757. (*Lus.87,* 1v). — Envia a resposta do P. Fay, amigo de Portugal, na qual jura pelos santos Evangelhos em como é falsa a acusação. *Port.*

Q. *Anotação a uma carta de Mendonça Furtado, do Pará, 14 de Outubro de 1757, em que desterra o P. António Moreira.* (*Lus.87,* 4v). — Diz que o Guardião dos Franciscanos desfez com certidões juradas as acusações invocadas contra o P. Moreira. *Port.*

R. *Carta do P. Francisco de Toledo a Mendonça Furtado,* do Maranhão, 20 de Outubro de 1757. (Lus.*87,* 3-4v). — Responde a quatro cartas do Governador em que acusa e desterra diversos Padres e o próprio Visitador, todas de 14 de Setembro de 1757. Mostra a não procedência das acusações, uma das quais a de retirarem os seus bens das Igrejas. Tendo os primeiros missionários (de Mortigura e Sumauma), ao serem elevadas a Vilas e Paróquias, trazido só os seus livrinhos e coisas de seu uso particular, deixando nelas todos os bens das Igrejas e das Casas, o Governador lhe disse "que não era aquilo o que queria", mas sòmente o que conduzisse ao estabelecimento das povoações, as oficinas de ferraria, carpintaria, tecelões, canoas, etc. Por isso ele Visitador deu ordem para arrecadarem os bens das suas Igrejas. Agora fazem disso um crime. Não recusam padecer por Cristo, mas vão todos inocentes, e em todo o caso sem ser julgados nem ouvidos para dizerem da sua justiça como é de direito. *Port.*

S. *Cópias fieis de algumas cartas que me escreveu o General do do Pará Francisco Xavier de Mendonça Furtado e suas respostas.* (*Lus. 87*, 1-6). — Autógrafo do P. Toledo. Além das cartas de Mendonça Furtado, incluem-se os documentos relativos ao exílio do Visitador e outros Padres. *Port.*

T. *Carta do P. Francisco Toledo ao P. Geral*, de Passo de Sousa, 15 de Abril de 1758. (*Lus. 89*). 78 v.). — Conta a sua actividade na Vice-Província do Maranhão e a perseguição de que é objecto; e como o Geral o repreendia de não ter conservado a amizade com o Governador, responde que não era possível com tal homem. *Lat.*

U. *Carta do P. Francisco de Toledo ao P. Geral*, de Passo de Sousa, 15 de Abril de 1758. (*Lus.89*, 9-10v). — Sobre a perseguição no Maranhão e Pará, cujo Governador é difamador e espoliador. *Lat.*

V. *Carta do P. Francisco de Toledo ao P. Geral*, de Passo de Sousa, 15 de Abril de 1758. (*Lus.89*, 11-11v). — Apenas chegou a Lisboa foi desterrado para Passo de Sousa; se não fosse este exílio desejaria voltar à sua Província do Brasil. *Lat.*

X. *Fasciculus Myrrhæ Viginti Societatis Iesv Patribus propinatæ a Status Paraensis Gubernatore, id est — Collectio horum criminum mihi per V. Provinciam Maragnonensem Visitatori, et V. Provinciali ab eodem per literas porrectorum in Collegio Maragnon. eorundem exterminium nomine Regis præscribente: et de facto inauditis quidem partibus, Maragnonio Vlyssiponem, statimque nulla interposita morâ, Vlyssipone plusquam 50 leucas versus Urbem Portuensem relegaturum.* "In Residentia, quae vulgo dicitur Passo de Souza, 4.ª Novembris 1758". (*Lus.87*, 65-86). *Lat.*

A *Collecção dos Crimes e decretos*, do P. Domingos António, é a correspondência (não tradução), em português, desta obra do P. Toledo.

Y. *Patentes do P. Francisco de Toledo.* Documentos Romanos, mas com notas autógrafas do P. Toledo. Bibl. de Évora, cód. CXV/2-15, n.º 16.

Francisco de Toledo, Jesuíta de S. Paulo, Visitador do Maranhão e Pará — Nota Biobibliográfica, por S. L., no "Jornal do Commercio" (Rio), 9 de Maio de 1948.

Ver *João Daniel, autor do "Tesouro Descoberto no Máximo Rio Amazonas" — À luz de documentos inéditos*, por S. L., na "Rev. da Academia Brasileira de Letras", vol. 63 (1942) 79-89.

A. S. I. R., *Bras.6*, 138v; — *Bras.10(2)*, 282; — *Lus.15*, 19; — Carayon, IX, 284; — S. L., *História*, IV (1943)231).

TOLEDO, Pedro de. *Pregador e Administrador.* Nasceu cerca de 1550 em Granada. Entrou na Companhia em 1571. Mestre em Artes e Pregador. Embarcou de Lisboa para o Brasil em 1576. Professor de Teologia Moral, Superior de Ilhéus, Reitor dos Colégios de Pernambuco, Rio de Janeiro e Baía, e Provincial. Sentiu alguma dificuldade em ficar no Brasil, a seguir a 1580 (depois da união das duas corôas de Portugal e Castela), mas superada a crise, acomodou-se; e, quer nos cargos que desempenhou, quer na sua vida religiosa, deixou bom nome e alguns lhe chamavam santo. Faleceu na Baía a 6 de Março de 1619.

A. *Carta do P. Pedro de Toledo ao P. Geral*, de Ilhéus, 20 de Outubro de 1592. (*Bras.15*, 403). — Diz que passou de Vice-Reitor de Pernambuco a Superior de Ilhéus, "donde estamos quatro de la Compañia". *Esp.*

B. *Carta ao P. Geral Aquaviva*, de Pernambuco, 16 de Setembro de 1599. (*Bras.8*, 8-8v). — Aldeias; paz no Rio Grande; admissão de mamelucos. *Esp.*

C. *Annuæ Litteræ Provinciæ Brasiliæ, anno 1609 et 1610*, Bayae, Kal. Junii anni 1611. (*Bras.8*, 103-113). *Lat.*

A. S. I. R., *Bras.8*, 226v; — *Hist. Soc.43*, 66; — S. L., *História*, I, 404.

TOLOSA, Inácio de. *Professor e Administrador.* Nasceu cerca de 1533 em Medinaceli (Segóvia). Entrou já Padre na Companhia, em Portugal, a 25 de Março de 1560. Tomou o grau de doutor, e foi o primeiro da Companhia que o tomou na Universidade de Évora. Em 1561 era Professor de Filosofia na Universidade de Coimbra. Professor também de Teologia Especulativa e Moral. Em 1568 lia Moral no Colégio de Braga, quando pediu as missões. Nomeado Provincial do Brasil, fez a profissão solene em S. Roque (Lisboa), no dia 13 de Janeiro de 1572, embarcando 8 dias depois. Na Ilha da Madeira pregou na Sé. Ao chegar ao Brasil, logo visitou a Província. Depois foi Reitor dos

Colégios do Rio de Janeiro e da Baía e ainda Vice-Provincial. Notaram alguns que sendo cristão novo tivesse tantos cargos de governo. O facto é que possuía talento para eles e era dotado de piedade, prudência e zêlo. Promoveu o culto eucarístico. Faleceu na Baía a 22 de Setembro de 1611.

1. *Testemunho do P. Inácio de Tolosa sobre o P. Inácio de Azevedo*, em Franco, *Imagem de Coimbra*, II, 69-70.

2. *Carta a um Padre do Colégio de Braga* (Cipriano Soares?), da Baía, 25 de Novembro de 1575. (Arq. da Univ. de Coimbra, estante XIX, R/2/1). Publ. por Mário Brandão em *Brasilia*, II (Coimbra 1943) 577-578. *Esp.*

3. *Pedaços de terras e casas que tem o Colégio da Baía, de que parece se não deve levar escritura* (6 de Abril de 1575). (*Bras.11*, 59). Publ. por S. L., *História*, I, 152-153

4. *Copia de huã do P.ᵉ Ignatio de Tollosa p.ᵃ o P.ᵉ Geral*, deste Collegio de la Baia siete de Setembro de 1575. (B. N. de Lisboa, f. g. 4532, f. 161-167). *Esp* Publicou a parte, relativa às Missões do P. Gaspar Lourenço, Felisberto Freire, *Historia de Sergipe* (Rio 1891) 6-13; e o que se refere ao P. Francisco Pinto, o Barão de Studart, *Documentos para a Historia do Brasil* (Fortaleza 1904) 45.

Ainda não foi publicada integralmente.

A. *Tractatus in Physicam*. I-VIII. Começado em Coimbra (1563) F. 7. (Cf. Stegmüller, 433).

B. *De Excommunicatione*. (B. N. de Lisboa, fg. 3970, f. 236-295). Ano de 1567. (Stegmüller, 425).

C. *De Voto et Juramento*. (B. N. de Lisboa, fg. 5139).

D. *De Restitutione*. (B. N. de Lisboa, fg. 5139). Ano de 1567. Stegmüller, 427-428.

Ver título completo da obra de Stegmüller, supra, *História*, VIII, 317, letra A.

E. *Carta ao P. Geral*, de Braga, 8 de Janeiro de 1569. (*Lus.* 63, 7-7v). — Notícias do Colégio. Amizade do Arcebispo D. Fr. Bartolomeu dos Mártires. Estudos. *Exp.*

F. *Carta ao P. Geral*, de Braga, 24 de Março de 1569. (*Lus.* 63, 47). — Aproveita a ida a Roma do P. Inácio de Azevedo para pedir as missões ultramarinas. Fala em particular do Japão.

G. *Carta ao P. Geral*, de Coimbra, 16 de Julho de 1570. (*Lus.64*, 69-69v). — Não escreveu de Braga por causa da peste, que já terminou; Visita do Provincial; Arcebispo; Cipriano Soares; e espera que o P. Geral o mande ao Japão ensinar meninos. *Esp.*

H. *Carta ao P. Geral*, de Lisboa 22 de Janeiro de 1572. (*Lus.64*, 249-249v). — Pediu o Japão e mandam-no ao Brasil: o Japão era vontade sua; o Brasil de Deus. Vão agora seis, todos numa nau. Assuntos do Brasil. *Esp.*

I. *Carta ao P. Geral*, de Lisboa, 23 de Janeiro de 1572. (*Lus.64*, 251). — Vai ao Brasil consolado por ir por obediência, e estar a viagem santificada com o sangue do P. Inácio de Azevedo e seus companheiros. Pede que se enviem relíquias ao Brasil. *Esp.*

J. *Carta ao P. Geral*, de Lisboa, 26 de Janeiro de 1572. (*Lus.64*, 252). — Sobre licenças que tinha o P. Inácio de Azevedo e se convirá que também ele tenha. *Esp.*

K. *Copia de vna del P.ᵉ Inacio de Tolosa para los Padres y Hermanos de la Cõp.ª de Jesus em Portugal*. Desta Baya de todos los Santos a 17 de Maio de 1572 años. (B. N. de Lisboa, *Acta Publice in Eborense Academia*, fg. 4532, 31-33). — Conta a viagem de Lisboa à Baía e dá notícia de diversos Padres. *Esp.*

L. *Carta em que narra o seu naufrágio e como escapou, em 1573* (*Setembro?*). Inserta na "Anual do Rio de Janeiro", do P. Gonçalo de Oliveira. (B. N. de Lisboa, fg. 4532, 37-39). *Port.*

M. *Carta do P. Inacio de Tolosa*, do Brasil, 3 de Fevereiro de 1574. (*Bras.8*, 1-2a v. — Não diz o destinatário). — Catequese; Aldeias; confrarias; Índios. *Lat.*

N. *Informação ao P. Geral das rendas e escolas do Brasil*. (*Bras.11*, 329). *Esp.*

O. *Ânua de 1576*. De Pernambuco, 31 de Agosto de 1576. (*Bras.15*, 284-286). — Excerptos em S. L., *História*, I, 444-446. *Esp.*

P. *Carta ao P. Geral*, da Baía, 11 de Maio de 1592. (*Bras.15*, 412). — Visita do P. Provincial pelas Casas e Colégios; Salvador Correia: notícias. *Esp.*

Q. *Carta ao P. Geral Aquaviva*, da Baía, 26 de Maio de 1593. (*Lus. 72*, 107). — Bom estado do Colégio; Notícias. *Esp.*

R. *Carta ao P. Geral,* da Baía, 15 de Junho de 1597. (*Bras.15,* 433-433v). — Entrada infeliz ao sertão de homens que iam cativar Índios; epidemia de varíola; caridade dos Padres. Procissões de misericórdia; pregações. *Esp.*

S. *Carta ao P. Geral,* da Baía, 17 de Agosto de 1598. (*Bras.15,* 469-469v). — Para que o P. Geral não aceite alguns postulados da Congregação Provincial (Junho de 1598). Defende os Padres Pero Leitão e Quirício Caxa e não se mostra afeiçoado aos Padres Pero Rodrigues e Fernão Cardim. *Esp.*

T. *Carta ao P. Geral Aquaviva,* da Baía, 16 de Maio de 1600. (*Bras.3(1),* 190). — Morte do Bispo do Brasil D. António Barreiros; outras notícias. Cit. em S. L., *História,* II, 526. *Esp.*

U. *Carta ao P. Geral,* da Baía, 5 de Setembro de 1600. (*Bras.3(1),* 191-191v). — Sobre as terras do Passé. *Esp.*

V. *Carta do Vice-Provincial Inácio de Tolosa ao P. Geral Aquaviva,* da Baía, 29 de Setembro de 1604. (*Bras.8,* 102). — Entrega o cargo ao P. Cardim. Estado da Província. *Esp.*

X. *Parecer sobre os casamentos dos Índios do Brasil.* (Bibl. de Évora, cód. CXVI/1-33). Cf. S. L., *História,* I, 77. *Lat.*

A. S. I. R., *Lus.1,* 112; — *Lus.43,* 241v; — Franco, *Ano Santo,* 270; — Rivière, n.º 124; — S. L., *História,* II, 477-479.

TRAER, João Xavier. *Escultor e Pintor.* Nasceu a 23 de Outubro de 1668 na Diocese de Brixen, Áustria. Entrou na Companhia em Viena, a 27 de Outubro de 1696. Embarcou de Lisboa para as Missões do Maranhão e Pará em 1703. Pintor e sobretudo escultor de talento, ensinou o seu ofício no Colégio do Pará, aos filhos da terra, transpondo para aí a arte da Europa Central, de que são exemplares os púlpitos da Igreja do Colégio do Pará feitos por ele e os seus discípulos índios. Nos últimos anos presidia ao transporte de madeiras de Itapicuru, no Maranhão, para a obra do Pará. Numa das viagens padeceu naufrágio no mar diante da Aldeia de Maracanã. Salvo a custo, faleceu, já em terra, no dia seguinte, 4 de Maio de 1737, depois de receber a Extrema-Unção.

1. *Brief Bruders Joanis Treyer S. J. geschriben zu Para, einer Haubt-Stadt in Brasilia,* den 16 Martii 1705. Em Stöcklein, *Weltbott,* II, Th.14 (Augsburg 1729) n.º 322, p. 64-67.

Sommervogel dá a data do nascimento a 20, transcrita por Huonder e Streit. Nos *Catálogos* achamos que 23 é a data do primeiro, depois da sua chegada ao Brasil, o de 1708 (*Bras.27,* 22); mantém-se algum tempo, copiando-se depois 28, e no último, 20. Parece mais natural a primeira referência dos Catálogos.

A sua pátria vem indicada por *Dioec. Briciens*. Traduzimos "de Brixia", que Streit (*Atlas Hierarchicus*) dá igual a Brescia na Itália (*História*, III, 220), mas há também Brixen, na Áustria, e desta se trata.

O nome de Traer (dos Catálogos do Brasil) aparece nos documentos austríacos: Treyer, Treuer.

Livro dos Óbitos, 28-28v; — Sommervogel, VIII, 229; — Huonder, 161; — Streit, III, 422 — S. L., *História*, III 220.

TRAVAÇOS, Simão. *Missionário e Capelão Militar*. Nasceu cerca de 1543 em Ferreiros, Arquidiocese de Braga. Entrou na Companhia em 1562. Ordenou-se de Sacerdote em 1574 no Colégio de S. Antão de Lisboa. Embarcou para a Baía em 1577 com o P. Gregório Serrão, que voltava da Europa, aonde tinha ido como Procurador do Brasil a Lisboa e Roma. Na Baía, foi Mestre de Noviços; e depois foi para Pernambuco, onde todos os Catálogos, a seguir a 1584, em que fez os últimos votos, assinalam a sua presença até à morte. Trabalhou não só no Colégio de Olinda, mas nas empresas do seu âmbito, como a Paraíba, em cuja conquista tomou parte activa em 1585 e onde entrou como Superior em 1591. Consultor do Colégio, confessor e visitador da cadeia e do hospital de Olinda, onde faleceu a 4 de Outubro de 1618. Austero consigo mesmo, suave com os demais.

1. *Summario das armadas que se fizeram e guerras que se deram na conquista do Rio Parahyba escrito e feito por mandado do muito reverendo Padre em Christo, o padre Christovão de Gouvea Visitador da Companhia de Jesus de toda a Provincia do Brasil*. Publ. no *Iris*, jornal literário de José Feliciano de Castilho (Rio 1848-1849); e na *Rev. do Inst. Hist. e Geogr. Bras.*, XXXVI, 1.ª P. (1873) 5-89.

O ms. da Bibl. de Évora, cód. CXVI/I-25, tem no começo dois sonetos em castelhano; e no fim dois epigramas latinos em honra de Martim Leitão, o herói do "Summario". Estas quatro poesias, sem nome dos autores.

Também não traz, expresso, o do *Sumário*, mas pelo contexto se infere que foi Simão Travaços. Escrito entre 1587-1589.

A. *Carta do P. Simão Travaços ao P. Geral*, de Pernambuco, 8 de Março de 1592. (*Bras.15*, 411). — Diz que escreveu mais largo na primeira via. Estivera agora na Paraíba mais de um ano, e veio doente, deixando em seu lugar o P. Jerónimo Veloso. Vão-se arruinando muitos línguas nas Aldeias "maiormente dos que são filhos do Brasil". O P. Pero de Toledo foi à Baía à Congregação Provincial; ficou em seu lugar o P. Henrique Gomes, "pessoa de boas letras e aceito na terra", etc. *Port*.

Breve elogio, do P. Simão Travaços. *Ms*. de Alegambe (*Vitæ* 24, 214).
A. S. I. R., *Bras.5*, 24v; — S. L., *História*, I, 500-501.

TRISTÃO, Manuel. *Enfermeiro.* Nasceu cerca de 1546 na Ilha do Faial, Açôres. Diz o Catálogo de 1574: "Manuel Tristão entrou ano 68 com 22 anos pouco mais ou menos. Foi recebido para coadjutor temporal. Tem prudência e muito bom talento. É da Ilha do Faial". Trabalhou em diversas casas e em 1598, quando Fernão Cardim embarcou para Portugal, estava no Colégio da Baía, e se diz que "havia muitos anos já, que era enfermeiro". Em 1621 ainda vivia no Colégio de Pernambuco, velhinho e trémulo, com 75 anos de idade. Não consta do Catálogo seguinte de 1631.

A. *Colecção de receitas medicinais.* No fim do manuscrito dos *Tratados*, publicados por Purchas em 1625, os quais demonstrou Capistrano de Abreu serem de Fernão Cardim, recorrendo a provas intrínsecas e extrínsecas.

Purchas pensou em atribuir a autoria dos Tratados ao Irmão Tristão: "I finde at the end of Booke some medicinall receipts and the name subscribed *Ir. Manoel Tristaon Emfermeiro do Colegio do Baya:* whom I imagine to have beene Author of this Treatise". (Cf. Samuel Purchas, *Hakluytus Posthumus*, or Purchas his Pilgrimes [1625], reimpresso em 20 vols. (Glasgow 1905-1907), XVI, 418; J. Manuel Espinosa, *Fernão Cardim, Jesuit Humanist of Colonial Brazil*, em *Mid-America*, vol. 24, New Series, vol. XIII, 263).

Manuel Tristão chegou menino ao Brasil e já tinha 16 anos de Companhia, à data dos *Tratados* (1584); dada a sua qualidade de enfermeiro e notável talento, o seu nome sugere a idéia de ter sido uma das fontes dos *Tratados* de Fernão Cardim, onde se descrevem com tanto relevo as qualidades medicinais de numerosos elementos da flora e fauna do Brasil.

A. S. I. R., *Bras.5*, 13, 37v.

V

VALE, António do. *Administrador.* Nasceu por 1674 em Évora. Estudava Filosofia quando entrou, com 18 anos, na Companhia em Lisboa, a 2 de Fevereiro de 1692, seguindo neste mesmo ano para o Brasil. Fez a profissão solene na Igreja de S. Tiago no Espírito Santo, recebendo-a o Reitor Miguel de Andrade, a 8 de Setembro de 1711. Pregador, Superior da Residência da Colónia do Sacramento no Rio da Prata (1719), Reitor de Belém da Cachoeira (1721), do Colégio da Baía (1725) e Vice-Reitor do Noviciado da Jiquitaia (1737). Com dotes de governo e de serenidade, que se assinalavam pela harmonia das comunidades que dirigia. Faleceu na Baía a 4 de Agosto de 1755.

A. *Carta do P. Reitor António do Vale ao P. Geral Tamburini, do Seminário de Belém da Cachoeira, 15 de Dezembro de 1724.* (*Bras.4*, 283). — Envia uma relação da morte do P. Alexandre de Gusmão. E pede que o alivie do cargo de Reitor, porque os seus padecimentos não lhe permitem continuar. *Lat.*

B. *Representação a Sua Magestade, do Reitor e mais Padres do Colégio da Baía, para que se tire do Terreiro de Jesus o pelourinho de leilões e arrematações e o cadafalso de horrorosas execuções de justiça que nele se começaram havia 5 anos, contra os ajustes do Colégio com a Câmara, vendo-se enforcar uns, queimar e esquartejar outros, vendo-se pendentes da forca os quartos de uns e arvorada a cabeça de outros, etc., espectáculo indigno e perturbador do mais desafogado passeio da Cidade, da mais famosa Igreja dela e do único Colégio Geral de Estudos de todas as Artes e Ciências que costuma a Companhia para a mocidade de tão populosa cidade, além de muitos estudantes de todo o Estado do Brasil que a ele vem estudar.* Primeiro despacho de D. João V, pedindo informações, de Lisboa Ocidental, 27 de Fevereiro de 1727. O último, do mesmo Rei, de 17 de Maio de 1729, ordenando que o Pelourinho se mude do Terreiro de Jesus para o de S. Bento, defronte do Corpo da Guarda e aí se façam as execuções de justiça. Com pareceres e outros documentos anexos, um dos quais o treslado da doação da Câmara ao Colégio, de 23 de Fevereiro de 1583. (A. H. Col., *Baía*, Apensos, 28.IV.1727; 23.I.1729). Excerptos em S. L., *O Curso de Filosofia e tentativas para se criar a Universidade do Brasil no século XVII*, na Rev. *Verbum* (Rio 1948) 131-132 — Ver infra, *História*, VII, Livro III, Cap. V, § 3. *Port.*

A. S. I. R., *Bras.4*, 313; — *Bras.5*, 109v; — S. L., *História*, V, 86, 584.

VALE, Leonardo do. *Missionário e Mestre da Língua Brasílica.* Nasceu cerca de 1538 em Bragança. Foi menino para o Brasil, onde o P. Leonardo Nunes, primeiro apóstolo da Capitania de S. Vicente (S. Paulo), o admitiu na Companhia de Jesus em 1553, com 15 anos de idade. Fez os últimos votos no ano de 1560 em Piratininga, recebendo-os Manuel da Nóbrega. Estudou Humanidades, Dialéctica e Teologia (3 anos). Gastou a vida com os Índios das Aldeias da Baía, Porto Seguro e S. Paulo, onde estava quando se fundou (havia dúvidas, por se desconhecer a identidade de Leonardo com António do Vale). Caminhava nas missões com alpergatas de cardos bravos e respeitavam-no e amavam-no os Índios. Em 1567 residia no Colégio da Baía e cinco anos depois era Lente da Língua Brasílica (Tupi), tendo como alunos os Irmãos Estudantes do mesmo Colégio, onde ainda se encontrava em 1574. Dez anos depois já vivia em Piratininga, "língua e pregador"; e aí, e nas Aldeias do seu distrito, permaneceu até à morte. Faleceu a 2 de Maio de 1591 em S. Paulo de Piratininga.

1. *Carta do Padre Leonardo do Valle para os Irmãos*, deste Collegio de Jesus, Bahia de Todolos Santos, a 23 de Setembro de 1561. Em *Nuovi Avisi* (Veneza 1565) 172-180, sem nome dos autores, parte António Blasques, parte Leonardo do Vale, o "P.ᵉ Leonardo". Constam os nomes e o que pertence a cada um em "Cartas dos Padres", códice da B. N. do Rio de Janeiro, I, 5, 2, 38, f. 111v, donde se imprimiu em *Cartas Avulsas* (1887) e reimprimiu e publicou na mesma Colecção de *Cartas Avulsas* editada pela Academia Brasileira, "Cartas Jesuíticas", II (1931) 323-335.

Com notas de Afrânio Peixoto, como as três seguintes.

2. *Carta do Padre Leonardo para os Padres e Irmãos da Companhia de Jesus em S. Roque*, da Bahia de Todolos Santos, de 26 de Junho de 1562. Cópia do original português, *Bras.15*, 134-139; Trad. italiana, *ib.*, 120-132, 142-154. Transcrita de "Cartas dos Padres", cód. da B. N. do Rio de Janeiro, f. 116, e publ. nas *Cartas Avulsas*, 334-371.

3. *Carta do Padre Leonardo do Valle, para o Padre Gonçalo Vaz, Provincial da Companhia de Jesus de Portugal*, da Baía, aos 12 de Maio de 1563. Transcrita de "Cartas dos Padres", cód. da B. N. do Rio de Janeiro, f. 132, e publ. nas *Cartas Avulsas*, 378-392.

4. *Carta do Padre Leonardo do Valle*, escrita de S. Vicente a 23 de Junho de 1565. (Em italiano, *Bras.15*, 174-178v; em latim, *ib.*, 180-182v). Transcrita de "Cartas dos Padres", cód. da B. N. do Rio de Janeiro, f. 165, e publ. em *Cartas Avulsas*, 443-451.

Estas 4 Cartas foram conservadas em cópias e traduções, não nos originais.

5. *Vocabulário na Língua Brasílica. Manuscrito português-tupi do século XVII*. Coordenado e prefaciado por Plínio Airosa. Vol. XX da "Colecção do Departamento de Cultura", S. Paulo, 1938. 8.º gr., 434 pp.

Não traz nome de autor. Trata-se de uma cópia feita em Piratininga no ano de 1621. Analisa-se no *Prefácio* quem poderia ser ou não ser o Autor, segundo os indícios antigos ou afirmações biográficas referentes a Pedro de Castilho e a José de Anchieta. Desconhecia-se ainda então o documento positivo, que dá a autoria a Leonardo do Vale, que deixou pronto o *Vocabulário na Língua Brasílica*, com as características que transmite para Roma o Provincial do Brasil, Marçal Beliarte:

"*Dicit Piratiningæ defunctum esse 2 Maii 1591 P. Leonardum de Valle linguis in Brasilicis facile principem, eloquentissimum quasi Tullium, ut Indi ipsi mirarentur hominis talentum et gratiam singularem; qua quidem Deo et Societati egregie servivit dum vixit, adjunctusque P. Nobrega et primis aliis Patribus, plurimus labores non sine notabili fructu suscepit et superavit.* Composuit vero illius linguæ optimum, copiosum, et válde utile Vocabularium ex quo facile est addiscere; *item conciones plurimas, explicationes cathechismi, et alia utilissima Documenta pro educatione et instructione Indorum, etc.*".

Ou seja, em português:

"Diz que faleceu em Piratininga no dia 2 de Maio de 1591 o Padre Leonardo do Vale, príncipe sem dúvida dos línguas do Brasil, eloquentíssimo como Túlio, e até os índios se admiravam do seu talento e graça singular, com a qual serviu excelentemente a Deus e à Companhia; e, junto com o P. Nóbrega e os primeiros Padres, tomou sobre si muitos trabalhos e os levou a cabo não sem notável fruto. E compôs o *Vocabulário daquela língua, óptimo, abundante e muito útil, com que é fácil aprender*, e muitos sermões, explanações do Catecismo, e outros utilíssimos avisos para a educação e instrução dos índios, etc." (Carta de Marçal Beliarte, da Baía, 21 de Setembro de 1591, *Bras.15*, 373v).

Na B. N. de Lisboa, fg. 3144, há outra cópia, feita com mais cuidado, da qual publicámos 3 páginas zincogravadas em *Leonardo do Vale, Mestre da Língua Tupi-Guarani* (1946); e ainda na Bibl. N. do Rio de Janeiro, I-1, 1, 24, outro exemplar, "por letra do século XVI", a que faltam as duas primeiras letras (A, B). Cf. A. Lemos Barbosa, *O "Vocabulario na Lingua Brasilica"*. Ministério da Educação e Saude. Serviço de documentação. Imprensa Nacional (Rio de Janeiro 1948)29. Este último exemplar parece o mais antigo dos conhecidos até agora. E notam-se entre eles algumas diferenças acidentais. Resta averiguar se representam corte ou interpolação ao Vocabulário-fonte de Leonardo do Vale.

A. *Doutrina Cristã na Língua do Brasil.* "O P.ᵉ Leonardo compôs este ano [1574] uma *Doutrina na Língua do Brasil*, quase tresladando a que fez o P.ᵉ Marcos Jorge de boa memória. Custou muito trabalho, mas entende-se que será proveitosa. Também se fizeram os aparelhos para confessar, baptizar e ajudar a bem morrer, e um confessionário na língua". (*Historia de la fundacion del Collegio de la Baya de Todolos Santos, y de sus Residencias*, em Anais da B. N. do Rio de Janeiro, XIX (1897) 117).

A conhecida obra do P.ᵉ Marcos Jorge, Professor de Teologia em Coimbra e Lisboa, chama-se *Doutrina Cristã*, impressa em Lisboa em 1561 e muitas vezes reimpressa antes e depois da remodelação feita pelo Padre Inácio Martins. O Conde de la Viñaza, *Bibliografía española de lenguas indígenas de América* (Madrid 1892)28, cita aquelas palavras transcritas da *Historia de la fundación*, do ms., que diz pertencer então à "Biblioteca particular de S. M. el Rey de Itália". Sommervogel, V, 1839, inclui-as no verbete de Leonardo *Nunes*, vendo no entanto a dificuldade cronológica de tal atribuição, pelo facto de Leonardo Nunes ter falecido muito antes de 1574.

B. *Sermões na Língua do Brasil.* (Cf. supra, n.º 5).

C. *Avisos para a educação e instrução dos Índios na língua do Brasil.*

Informação do Provincial Marçal Beliarte (supra, n.º 5), que a *Historia de la Fundación del Colegio de la Baya* desdobra nos seus componentes: "aparelhos para confessar, baptizar e ajudar a bem morrer, e um confessionário na língua", feitos no Colégio da Baía, cuja actividade se descreve no ano de 1574, em que ainda residia nesse Colégio o P. Leonardo do Vale, professor da língua. (Bras.5, 10). As actividades dos outros Colégios, do mesmo período, descrevem-se nas respectivas "Historias", autónomas e diferentes desta da Baía.

S. L., *Leonardo do Vale, Autor do primeiro "Vocabulario na Lingua Brasilica"*, na Rev. *Verbum*, I (Rio de Janeiro 1944)18-28; Id., *Leonardo do Vale, Mestre da Língua Tupi-Guarani*, na *Revista de Portugal*, Série A — Língua Portuguesa, X (Lisboa 1946)181-190.

A. S. I. R., *Bras.5*, 6; — *Lus.I*, 137; — Sommervogel, VIII, 445; — Streit, II, 352; — S. L., *História*, II, 552-556.

VALE, Salvador do. *Professor e Missionário.* Nasceu em 1628 na Baía. Já era Mestre em Artes quando entrou na Companhia, com 17 anos, a 24 de Dezembro de 1645. Sabia a língua brasílica e trabalhou nas Aldeias do Rio e da Baía e residia na do Espírito Santo (Abrantes) em 1654. Pouco depois seguiu para o Maranhão, via Lisboa, e chegou à Missão com o P. António Vieira em 1655. Desenvolveu grande actividade, no Pará, Marajó, Pacajá e Amazonas até aos Pauxis (Óbidos), interrompida com as perturbações de 1661. Preso pelos amotinados e expulso para Lisboa, voltou no ano seguinte, retomando o trabalho apostólico, a que juntou o de Professor de Teologia no primeiro curso que houve na Missão. Fez a profissão solene na Igreja de S. João Baptista de Gurupi, a 2 de Fevereiro de 1669, de cuja Casa foi Superior. Deixou fama de homem culto, simples e animoso. Faleceu a 25 de Junho de 1676 no Grão Pará.

1. *Trimestre da Aldeia de S. Pedro. Carta de Salvador do Vale ao P. Simão de Vasconcelos, sobre os Índios Gesseraçus descidos para o Cabo Frio.* Da Aldeia de S. Pedro, 12 de Setembro de 1648. (*Bras.3(1)*, 268-268v). Publ. em S. L., *História*, VI, 123-126.

A. S. I. R., *Bras.5*, 169, 186; — *Lus.8*, 341; — *Livro dos Óbitos*, 3.

VALENTE, Cristóvão. *Pregador e Poeta da língua brasílica.* Nasceu em 1566 em Montemor o Novo, Alentejo. Foi menino para o Brasil e entrou na Companhia em 1583, na Baía, onde também fez a profissão solene a 25 de Março de 1608, recebendo-a o Visitador Manuel de Lima. Mestre de Gramática na Baía, Prefeito dos Estudos e da Congregação em Pernambuco, Superior de Ilhéus e de S. André de Goiana. Exímio pregador e mestre da língua brasílica no Colégio da Baía. Intrépido em acudir aos Índios e homem de vida interior. Cegou alguns anos antes de morrer, na Baía, em 1627.

1. *Cantigas na lingoa, pera os mininos da Sancta Doctrina. Feitas pello Padre Christouão Valente Theologo, & mestre da lingoa.* "Do nome santissimo de Iesù; "Ovtra em lovvor da Virgem"; Ovtra do Anio da Guarda"; Ovtra do Santissimo Sacramento". Nos preliminares do *Catecismo na Lingua Brasilica* do P. António de Araújo. Em Lisboa, por Pedro Craasbeck, 1618, 8.º, 8 pp. inums. (depois da licença do P. Geral Múcio Vitelleschi e antes do "Prologo ao Leitor").

São 4 "cantigas" tupis, com rima e metro português de 7 sílabas, parte quintilhas, parte quadras, algumas com o seu "mote" e "volta".

Poemas brasilicos do Padre Cristovão Valente, Theologo da Companhia de Jesus emendados para os minimos cantarem. Na 2.ª ed. do *Catecismo*, do P. António de Araújo, tambem "emendado" pelo P. Bartolomeu de Leão. Lisboa, Oficina de Miguel Deslandes, 1868, 8.º

O primeiro poema ou cantiga do *Santissimo nome de Jesus*, logo a seguir ao título e que parece pertencer-lhe, não faz parte do título, que abrange na sua generalidade também as três cantigas seguintes: a N.ª S.ª, ao Anjo da Guarda, e ao Santíssimo Sacramento. As emendas desta 2.ª edição recaem todas ou quase todas sobre a cópia ou ortografia das palavras tupis, e sobre os títulos das poesias, nenhum exactamente igual ao da edição princeps: "Ao Santissimo Nome de Jesus", A Virgem Santissima Maria Mãy de Deus Senhora Nossa", "Ao Santo Anjo da Guarda", "Do Santissimo Sacramento da Eucaristia". As emendas tocam uma ou outra vez na forma. Bartolomeu de Leão transformou em sextilha, o que era quintilha na última estrofe da última poesia (ao Santissimo Sacramento), aumentando-lhe o primeiro verso "Iangaturámbaé supé", que não está no original de Cristóvão Valente.

Une Fête Brésilienne celebrée à Rouen em 1550 suivie d'un fragment du XVIe siècle roulant sur la Théogonie des anciens peuples du Brésil et des poésies en langue tupique de Christovam Valente, par Ferdinand Dinis. Paris, 1850, 8.º, 104 pp.

As "Cantigas" de Cristóvão Valente lêem-se pp. 98-102, transcritas da 2.ª edição.

Na reprodução fac-similar no *Catecismo*, feita por Júlio Platzman também da 2.ª edição. Leipzig, 1898.

Poemas brasílicos do P.^{e} Cristóvão Valente, S. I. Notas e tradução de Plínio Ayrosa. S. Paulo, 1941. 8.º gr., 50 pp.

Traduzidos em português, transcritos da 2.ª edição do *Catecismo* do P. António de Araújo. Este opúsculo constitui o *Boletim XXIII*, da Faculdade de Filosofia, Ciências e Letras da Universidade de S. Paulo, e é o n.º 2 das "Publicações da cadeira de Etnografia e Língua Tupi-Guarani", S. Paulo, 1941.

Barbosa Machado conheceu a 1.ª ed. e transcreve exactamente o título das "Cantigas" (excepto "Sancta" que escreve sem c), e nomeia e distingue as 4 composições de que consta; e o reproduz Sommervogel. Também Inocêncio se refere às cantigas da 1.ª edição, acrescentando que ignorava a existência em Lisboa de exemplar algum. A maior parte dos bibliógrafos tem conhecimento das "Cantigas" de Cristóvão Valente através da 2.ª ed. de 1686.

Para os títulos completos das edições respectivas do *Catecismo*, ver *Araújo* (António de); e *Leão* (Bartolomeu de).

S. L., *Cristóvão Valente, autor dos "Poemas Brasílicos"*, na Rev. *Verbum*, I (Rio de Janeiro 1944) 172-174.

A. S. I. R., *Lus.3*, 173; — B. Machado, I, 576; — Inocêncio, I, 87; — Sommervogel, VIII, 387; — Ayrosa, *Apontamentos*, 262-263.

VASCONCELOS, Simão de. *Professor, Administrador e Cronista.* Nasceu cerca de 1596 na Cidade do Porto. Passou adolescente ao Brasil com pessoas de família. Entrou na Companhia, com 19 anos, em 1615. Fez a profissão solene na Baía, no dia 3 de Maio de 1636, recebendo-a o P. João de Oliva. Sabia a língua brasílica. Mestre em Artes, Pregador e Professsor de Humanidades, e de Teologia Especulativa e Moral. Vice-Reitor do Colégio da Baía e Reitor do Colégio do Rio de Janeiro. Foi a Portugal em 1641 na Embaixada da Restauração. Procurador a Roma em 1662 e Provincial (1655). Teve considerável influência no Brasil do seu tempo, dentro e fora da Companhia, confessor de Vice-Reis, e pacificador dos Garcias e Camargos como Visitador do Colégio de S. Paulo. Tomou parte preponderante nas controvérsias sobre o Engenho de Sergipe do Conde e o Visitador Jacinto de Magistris. Amigo da ostentação, visava ao grande e gastava à larga com as obras do culto e os pobres. E, quanto mais gastava, diz a Ânua que o conta, mais Deus lhe dava. Foi o principal promotor da construção da grande Igreja do Colégio da Baía, hoje catedral; e, embora obedecendo à mentalidade e métodos encomiásticos do tempo, deixou obra útil, que não destroem os senões que encerra. Criador do "ufanismo" brasileiro, com a teoria do "Paraíso na América", e, dentro da América, no Brasil. Faleceu no Rio de Janeiro a 29 de Setembro de 1671.

1. *Carta do P. Simão de Vasconcelos a Salvador Correia de Sá e Benevides sobre Pernambuco*, da Baía, 18 de Agosto de 1645. Na *Rev. do Inst. Arq. Pernambucano*, V, 97; — S. L., *História*, V, 399.

2. *Carta ao P. Geral Gosvino Nickel sobre a fundação e benfeitores da Igreja nova do Colégio da Baía*, da Baía, 9 de Outubro de 1655. (*Bras.3(1)* 293-294v). Publ. por S. L., *História*, V, 112-116.

3. *Rezões do acôrdo que se tomou no ano de 1654 sobre o sítio da Igreja Nova do Colégio aa Baía*. (*Bras.3(1)*, 302-303v). Publ. por S. L., *História*, V, 107-111.

4. *Vida do P. Joam d'Almeida da Companhia de Iesv, na Provincia do Brazil, composta pello Padre Simam de Vasconcellos da mesma Companhia, Prouincial na dita Prouincia do Brazil. Dedicada ao Senhor Salvador Correa de Sâ, & Benauides dos Conselhos de Guerra, & Vltramarino de Sua Magestade.* Em Lisboa. Com todas as licenças necessarias. Na Officina Craesbeeckiana, Anno 1658. Fol. peq., 10 ff. inums.-406 pp. nums. pela frente e mais 8 inums. de "Index" e "Principaes Erros". Retrato do P. João de Almeida, delin. por Erasmus Quellinus e grav. por Richard Collin, do Luxemburgo. No fim: *Pratica da morte do Padre Ioam d'Almeida em 27 de Setembro de 1653. E contem uma Suma de toda a sua vida pera os que breuemente a quizerem passar* (pp. 355-369). [Prática feita no 3.º dia da morte].

Além da "Pratica", várias composições poéticas, que se mencionam nos verbetes dos autores respectivos.

5. *Continuação das maravilhas que Deus é servido obrar no Estado do Brasil, por intercessão do mui religioso e penitente servo seu, o veneravel P. João de Almeida, da Companhia de Jesus.* Lisboa, Offic. de Domingos Carneiro 1662. Fól., 16 páginas não numeradas.

A vida de Vasconcelos foi utilizada pelo P. António de Macedo, *Vita Ioannis de Almeida*; e pelo Ir. Henrique Foley S. I., *Records of the English Province*, Londres, 1883, VII, 1321-1339. — Ver *Almeida* (João de).

6. *Chronica da Companhia de Jesv do Estado do Brasil: E do qve obrarão sevs filhos nesta parte do Novo Mvndo. Tomo primeiro da entrada da Companhia de Jesv nas partes do Brasil & dos fvndamentos que nellas lançârão, & continuàrão seus Religiosos em quanto alli trabalhou o Padre Manoel da Nobrega Fundador, & primeiro Prouincial desta Prouincia, com sua vida, & morte digna de memoria: e algvãs noticias antecedentes curiosas, & necessarias das cousas daquele Estado, pello Padre Simão de Vasconcellos da mesma Companhia. Natural da Cidade do Porto, Lente que foi da sagrada Theologia, & Prouincial no dito Estado.* Lisboa. Na Officina de Henrique Valente de Oliueira Impressor delRey N. S. Anno M.DC.LXIII. In-f., VI pp. inums.-188 (aliás 182)-528 nums. a duas colunas-6 de Índice. Até p. 188, *Alguãs Noticias*; de p. 479 em diante, o Poema de Anchieta *De Beata Virgine Dei Matre Maria*.

Nos Prelimins., dedicatória *A Magestade do muito alto, e poderoso Rei de Portugal D. Affonso VI Nosso Senhor*. Aprovações: de António de Sá (Baía, 18 de Maio de 1661); Jacinto de Carvalhais (Baía, 20 de Maio de 1661); João Pereira (Baía, 17 de Abril de 1661); João Paulo Oliva (Romæ, 4 Julii 1662). Licença do Paço do Dr. Francisco Brandão, cronista-mor do Reino, que já tinha assinado também, como revisor do Santo Ofício, com Fr. Duarte da Conceição. Ainda nos Prelims. um *Elogium* e um *Epigrama*, ambos latinos, sem nome dos autores. Portada artística grav. por Alberto Clouwet, de Autuerpia, que reproduzimos em *História*, II, 96-97. Não obstante ter já as aprovações canónicas, a de três revisores e a do P. Geral, o Visitador Jacinto de Magistris, que tinha as suas diferenças de critério com o P. Procurador Simão de Vasconcelos em diversos assuntos, tentou também neste impedir a impressão, fundado em que aos Padres António Vieira, Baltasar Teles e Manuel Luiz, não satisfazia o estilo de Simão de Vasconcelos; mas a aprovação de Francisco Brandão, cronista-mor do Reino —"posso certificar a V.ª Majestade, que he uma bem trabalhada escritura" — terminou a pendência. (Cf. Francisco Rodrigues, *O P. Antonio Vieira — Contradições e applausos* na *Rev. de Historia*, XI (Lisboa 1922)92-93; *Id.*, *História*, III-1, 158). Sobre um ponto particular — o do *Paraíso na América* — houve outro dissídio, que se verá abaixo na letra A. Estimulado por estas controvérsias Simão de Vasconcelos caprichou na parte gráfica. Segundo Inocêncio, "é uma das melhores edições daquele século, tanto no que diz respeito à grandeza e consistência do papel, como no tocante à beleza dos caracteres de impressão".

Chronica da Companhia de Jesu do Estado do Brasil... Tomo Primeiro (e único). Segunda edição correcta e augmentada. Com uma *Advertencia Preliminar acerca da presente edição* por Inocêncio Francisco da Silva. Em 2 vols. Editor A. J. Fernandes Lopes, Lisboa 1865. 8.º gr., I vol., CLVI-200 pp; II vol. 340 pp. nums.— 4 inums.

Inclui o Poema e um *Appendice á Chronica da Companhia de Jesu do Estado do Brasil* n'esta segunda edição, com 7 cartas do P. Manuel da Nóbrega, transcritas da *Revista do Inst. Hist. e Geogr. Bras.* Reprodução exacta e fiel da princeps. Inocêncio justifica a reedição da "Chronica" pela extrema raridade da primeira e por "ser procurada com avidez, quer em Portugal quer no Brasil, como uma das mais notáveis e estimadas no seu género".

Chronica... Segunda edição. Accrescentada com uma Introdução e notas historicas e geograficas pelo Conego Dr. Joaquim Caetano Fernandes Pinheiro. Rio de Janeiro, Tipographia de João Ignacio da Silva, 1864-1867, 8.º, 2 vol.

Edição defeituosa e incompleta. Traz duas datas de impressão, uma anterior à de Inocêncio, outra depois dela, pelo que pràticamente deve-se ter como 3.ª edição.

Pinheiro Chagas ocupou-se do P. Simão de Vasconcelos e da *Chronica* num artigo crítico inserto no *Panorama*, n.º 1 de 1867, pp. 13ss.

7. *Noticias cvriosas e necessarias das covsas do Brasil. Pello P. Simam de Vasconcellos da Companhia de Jesvs, natural da Cidade do Porto Lente que foi da Sagrada Theologia e Provincial naquelle Estado.* Em Lisboa. Na officina de Ioam da Costa. Anno 1668. Com as licenças necessarias. 4.º, 8-291-10 pp.

São as mesmas da *Chronica*. Mas aqui, nos Preliminares: *Dedicatoria* "Ao Senhor Capitam Francisco Gil de Aravio, Bemfeitor insigne, & singular Protector da Companhia de Iesus no Estado do Brasil". *Aos que lerem*. [Diz que Araújo corre com as despesas da impressão, e se faz separada da *Chronica* para fazer o Brasil mais conhecido]; Uma décima ao *Protector* do Livro (em português); uma décima ao *Autor* (em castelhano). Segue-se o corpo da obra e índice final; — Rio de Janeiro, 1824, 4.º, 183 pp., mais os preliminares e o índice.

8. *Vida do Veneravel Padre Ioseph de Anchieta da Companhia de Iesv, Tavmatvrgo do Nouo Mundo, na Prouincia do Brasil. Composta pello P. Simam de Vasconcellos, da mesma Companhia, Lente de Prima na sagrada Theologia, & Prouincial que foi na mesma*

Prouincia, natural da Cidade do Porto. Dedicada ao Coronel Francisco Gil d'Aravio. [Trigrama da Companhia]. Em Lisboa. Na Officina de Ioam da Costa. M.DC.LXXII. Com todas as licenças necessarias. Fol., XXXII pp. prelim. inums., 593 - 2 - 95 pp. nums.

Nos Preliminares: *Dedicatória* ao Coronel Francisco Gil de Araújo; *Poesias* em latim e um soneto em português ao Mecenas e ao Autor, e outro soneto em espanhol sobre a profecia do trigo, antes que o houvesse, e "de que oi es tan abundãte la Villa de S. Pablo" (nenhuma poesia assinada); *Prologo ao Leitor; Licenças:* as da Ordem são dos Revisores Francisco Leite (S. Roque, 27 de Junho de 670), António Carvalho (S. Roque, 1 de Junho de 1670), e Antam Gonçalves, Provincial em Portugal (Lisboa, 1 de Julho de 1670). *Indice.* Com o retrato de Anchieta e o brasão do Coronel Araújo. Reproduz o Poema, já publicado na *Chronica*, de Anchieta *De Beata Virgine Dei Matre Maria* (pp. 443-593) e uma *Recopilaçam da Vida do P. Joseph de Anchieta*, feita pelo mesmo P. Vasconcelos com frontispício solto e nova numeração de 95 pp. a seguir à p. 593 em vez de 594. Correu com os gastos da impressão Francisco Gil de Araújo.

Vida do Veneravel Padre José de Anchieta por Simão de Vasconcelos. Prefácio de Serafim Leite S. I., Ministério da Educação. Instituto Nacional do Livro, n.º 3 da "Biblicteca Popular Brasileira". Imprensa Nacional. Rio de Janeiro, 1943. 12.º, I vol., XV-219 pp.; II vol., 269 pp.

Sem os Preliminares da 1.ª edição nem o "Poema", nem a "Recopilaçam". Diz-se porque se omitiram, no fim do 2.º vol., numa "Explicação da presente edição", em que o Instituto, editor, director e revisor da obra, justifica as supressões e a inclusão desta obra na "Biblioteca Popular Brasileira".

Da "Suma" ou *Recopilaçam* conservam-se as censuras ou aprovações autógrafas dos três mestres de Teologia, Inácio Faia, António de Oliveira e Eusébio de Matos, e do Provincial Gaspar Álvares, todas datadas do Colégio da Baía, 12 de Junho de 1668. (*Vitæ 153*, 457); e o Soneto "De hum engenho ao author do livro", cópia anónima, que nos parece, pelo conteúdo semelhante à aprovação de Eusébio de Matos, ser também deste (*Vitæ 153*, 68); e anda impresso nos Preliminares da 1.ª ed. da *Vida* (1672).

9. *Sermão qve pregov na Bahia em o primeiro de Janeiro de 1659. Na festa do Nome de Jesv, o Padre Simão de Vasconcelos Provincial da Companhia de Jesv no Estado do Brasil.* Lisboa. Com todas as licenças necessarias. Na officina de Henrique Valente de Oliueira, Impressor del Rey N. S. Anno 1663. 4.º, 20 pp. inums. (*Catálogo da Livraria Azevedo-Samodães*, II (Porto 1922) 697).

A. *O Paraíso na América,* do P. Simão de Vasconcelos. Bibl. Vitt. Em., f. ges. 1255 [29]. *Port.*

A primeira impressão de *Notícias Antecedentes e Curiosas,* que precedem a *Chronica,* feita em 1663, continha 111 parágrafos. Os últimos 7 (§ § 105, 106, 107, 108, 109, 110 e 111) desenvolviam-se com a pergunta e respectiva explanação: se o Paraíso não seria na América. O P. Visitador Jacinto de Magistris e alguns êmulos do autor informaram desfavoràvelmente o P. Geral, que não obstante haver já dado aprovação, ordenou se riscasse. Quando esta contraordem chegou a Lisboa já estava impressa a *Chronica* e se haviam distribuido uns 10 exemplares pelos fidalgos amigos de Simão de Vasconcelos. Magistris mandou que se recolhesse a *Chronica* até se decidir. Vasconcelos consultou os mestres de Coimbra, Lisboa e Évora, e enviou para Roma os pareceres, todos unânimes em declarar que não havia nada definido em matéria de fé sobre o lugar do Paraíso Terrestre, e que Vasconcelos não afirmava, mas apenas lembrava a probabilidade de o Paraíso ser na América, isto é, no Brasil, probabilidade que deixava ao critério do leitor. Assinavam os Doutores: António Pinheiro, João Gomes, Miguel Tinoco, Jorge da Costa, Inácio Mascarenhas, João de Sousa, Mateus de Figueiredo, Manuel Pereira, André de Moura, José de Seixas e Luiz Nogueira; e este último enviou juntamente os 7 parágrafos impressos, numa cópia manuscrita, cuja veracidade atesta, "hoje, 17 de Abril de 1663". É esta cópia que se conserva em Roma, na Bibl. Central de Vitt. Em., onde a vimos e lemos. Jacinto de Magistris foi de opinião que se não distribuisse a *Chronica* e se recolhessem os exemplares já oferecidos aos amigos; e, por ser a conclusão das *Notícias Antecedentes,* não via dificuldade, nem grandes despesas, em se suprimirem os 7 parágrafos, substituindo-os por uma página final em lugar das já impressas. Assim se fez. E verificamos que da página 178 (última das *Notícias*) se salta para a 185 (primeira do índice); e remata-se no § 104. Neste § e no precedente toca-se no assunto, mantém-se a comparação ou semelhança dalguma parte do Brasil com o "Paraíso da terra", e citam-se os autores alegados, mas omite-se toda a explanação de conjunto. — O P. Rafael Machado, no *Discurso sobre a novidade dos Descobrimentos Portugueses* alude ao *Paraíso na América* e à prova de Simão de Vasconcelos, que por desgraça, diz ele, não se publicou. Na verdade *imprimiu-se* e não se *publicou.* Ordem de recolha e supressão executada com rigor, porque até hoje não se nos deparou nenhum daqueles primeiros exemplares de paginação completa e com os 7 parágrafos impressos do "Paraíso na América".

— Ver *Magistris* (Jacinto de), *Nogueira* (Luiz) e *Seixas* (José de), em cujos títulos (pois estiveram no Brasil), tem cabida a notícia dos respectivos pareceres.

Comunicação de S. L. à Academia Brasileira de Letras sobre "*O Tratado do Paraíso na América e o ufanismo brasileiro*", no "Jornal do Commercio" Rio de Janeiro, 23 de Maio de 1948.

B. *Annuæ Litteræ Provinciæ Brasiliensis ab anno 1621 usque ad 1623.* (Jussu R. Patris Ferdinandi Cardim, *Simon de Vasconcelos*). S. l. n. a. (*Bras.8*, 326-332). *Lat.*

C. *Treslado de uma carta do P. Simão de Vasconcelos a um irmão do Bispo D. Pedro da Silva.* Do Colégio da Baía, 27 de Maio de 1638. (Bibl. de Évora, cód. CXVI/2-3, f. 91-92). — Sobre o cerco da Baía de 1638 pelos Holandeses; e elogia a actividade do Bispo do Brasil. *Port.*

D. *Petição do Procurador do Brasil Simão de Vasconcelos, a El-Rei para ressarsir os danos das guerras dos Holandeses, e côngrua sustentação para os Religiosos que trabalham nas Aldeias.* Petição concedida: 1.º despacho, de Lisboa, 22 de Março de 1642; último, de 1643. (A. H. Col., *Baía*, Apensos, 22 de Março de 1642). — Tratava-se de embarcar ou pau brasil para o Reino ou sal do Reino para o Brasil. *Port.*

E. *Carta a uma personalidade da Corte de Lisboa,* da Baía, 21 de Setembro de 1643. (A. H. Col., *Baía*, Apensos, 21 de Setembro de 1643). — Recomenda António Camelo que foi da Companhia, chegou à Teologia e saiu sem desdouro. *Port.*

F. *Carta do Vice-Reitor do Colégio Simão de Vasconcelos ao P. Geral Vitelleschi,* da Baía, 24 de Dezembro de 1643. (*Bras.3(1)*, 238). — Estado da controvérsia com o Colégio de S. Antão sobre o Engenho de Sergipe do Conde. *Port.*

G. *Carta ao P. Geral Caraffa,* do Rio de Janeiro, 5 de Julho de 1646. (*Bras.3(1)*, 248-249). — Situação económica dos Colégios do Rio e da Baía e pagamento rápido das dívidas de que é partidário decidido; o Interdito da Vila de S. Paulo, que a Santa Sé deve avocar a si directamente. — Cit. em S. L., *História*, VI, 270. *Port.*

H. *Carta do P. Reitor Simão de Vasconcelos ao P. Geral Caraffa,* do Rio de Janeiro, 14 de Outubro de 1646. (*Bras.3(1)*, 252-253). — Sobre ser executor da restituição ao seu cargo, do Prior dos Carmelitas, Fr. António Soares, que os súbditos amotinados tinham deposto e preso, e ameaçavam resistir pelas armas ao Governador se o tentasse repor. *Port.*

I. *Carta ao P. Geral Caraffa,* do Rio de Janeiro, 7 de Maio de 1648. (*Bras.3(1)*, 263). — Pagou todas as dívidas (as líquidas, não as litigiosas). As Aldeias do Rio de Janeiro só se devem tornar a receber se a Câmara se comprometer a determinadas condições, sem o que será de novo o descrédito e a perturbação. *Port.*

J. *Carta ao P. Geral Caraffa*, do Rio de Janeiro, 19 de Junho de 1648. (*Bras.3(1)*, 265). — El-Rei mandou que os Padres retomassem as Aldeias; missão de "indios selvagens"; estado do Interdito de S. Paulo e papéis que se fazem. *Port.*

K. *Carta ao P. Geral Caraffa*, do Rio de Janeiro, 30 de Agosto de 1648. (*Bras.3(1)*, 266-266v). — Já se retomaram as Aldeias e viu "o Povo de quanto proveito era a nossa assistência com os Índios"; Missão dos Índios bravos Gesseraçus; açúcares que enviou para Portugal, e ainda há mais para remeter, a fim de pagar a dívida e sustentar os encargos do Colégio, muitos e grandes, com os seus 80 Padres e Irmãos, 21 dos quais estudantes de Filosofia; elevação da Casa do Espírito Santo a Colégio. *Port.*

L. *Carta ao P. Geral Caraffa*, do Rio de Janeiro, 21 de Dezembro de 1648. (*Bras.3(1)*, 270). — Elevação da Casa Reitoral do Espírito Santo a Colégio; ele, os consultores e outros Padres foram de parecer que se dotasse da renda do Colégio do Rio. — Além de Simão de Vasconcelos, assinam os consultores e alguns Padres. Reproduzem-se as assinaturas autógrafas, com a cláusula da carta, em S. L., *História*, VI, 440-441. *Port.*

M. *Parecer do Reitor Simão de Vasconcelos sobre o valor no Brasil dos tostões e meios tostões velhos*. No Colégio da Baía, 9 de Janeiro de 1655. (A. H. Col., *Baía*, Apensos, 9 de Janeiro de 1655). Com o P. Reitor assinam os consultores José da Costa, Agostinho Luiz, Francisco Reis e Manuel Pedroso. *Port.*

N. *Carta do Provincial Simão de Vasconcelos ao P. Geral Nickel*, da Baía, 26 de Novembro de 1655. (*Bras.26*, 5). — Remete as aprovações à *Vida do P. João de Almeida* e pede que se imprima; o P. António Vieira fez em Lisboa grande abalo com os sermões; e os fidalgos e ainda os Religiosos das Sagradas Religiões querem que se publiquem, e ele Vasconcelos o pede ao Geral; dos outros livros, como a "Clavi Prophetica" (sic), se verá depois, quando se souber melhor de que tratam. *Port.*

O. *Carta ao P. Geral Nickel*, da Baía, 1.º [de Dezembro?] de 1555. (*Bras.3(1)*, 300-301v). — Data ilegível. A cota romana é 1 de Janeiro, mas no começo da carta se diz que a expedição aos "Amoypiras" se realiza no "principio do Janeiro seguinte". Além das Missões dos Tapuias, informa sobre o P. Rafael Cardoso e o

P. Francisco Ribeiro, a quem o Geral concedera licença para o Maranhão: tem dificuldade em o deixar ir por ser preciso no Brasil. *Port.*

P. *Sobre a controvérsia do Engenho de Sergipe do Conde entre os Colégios da Baía e de S. Antão.* S. a. [1656]. (*Bras.11(1)*, 235-236; 240-249).

Q. *Carta ao P. Geral Nickel*, da Baía, 20 de Fevereiro de 1657. (*Bras. 3(1)*, 305). — Por meio de André Vidal de Negreiros pediu o P. António Vieira (com outros Padres do Maranhão) lhe acudisse com Missionários do Brasil. O Brasil não pode mandar muitos, porque seria desmantelar uma Província para fazer outra; que o Geral acuda da Europa, porque é missão grande e gloriosa. *Port.*

R. *Carta ao P. Geral Nickel*, da Baía, 18 de Abril de 1657. (*Bras.3(1)*, 306-307v). — Sobre o benfeitor insigne Francisco Gil de Araújo, fundador da capela mor do Colégio da Baía; e que se lhe conceda sepultura perpétua, sem nenhuma restrição, até à 3.ª geração. — Assinam Simão de Vasconcelos e os Padres Sebastião Vaz, José da Costa, Belchior Pires e Jacinto de Carvalhais. Cit. em S. L., *História*, V, 117. *Lat.*

S. *Carta ao P. Geral Nickel*, da Baía, 19 de Abril de 1657. (*Bras.3(1)*, 308-308v). — Não se pode conservar o Engenho de Pitanga só à custa do Colégio, por isso deve manter-se o contracto com Salvador Correia de Sá. *Port.*

T. *Carta ao P. Geral Nickel*, da Baía, 6 de Agosto de 1657. (*Bras.3(1)*, 311). — Propõe que se ofereça e dê uma das 4 capelas colaterais da Igreja nova, dentro do cruzeiro, a António da Silva Pimentel, insigne benfeitor. Excerpto em S. L., *História*, V, 117). *Port.*

U. *Rezões do P. Simam de Vasconcellos Procurador da Provincia do Brasil propostas ao P. Jacinto de Magistris Visitador da mesma*, [Lisboa], 11 de Novembro de 1662. (*Bras.3(2)*, 12). *Port.*

V. *Carta ao P. Geral*, de Lisboa, 9 de Abril de 1663. (Gesù, 703). — Sobre o "Paraíso na América", e remete os pareceres dos Doutores de Coimbra, Évora e Lisboa. Ver supra, A.

X. *Carta ao Provincial José da Costa*, Baía, 6 de Outubro de 1663. (Gesù, *Missiones*, 721). — Sobre o P. Belchior Pires;

e defende-se a si próprio, enumerando as obras que realizou e alega e transcreve diversas cartas. *Lat.*

Y. *Declaração sobre o Paraíso na América.* Baía, 6 de Outubro de 1663. (Gesù, *Missiones*, 721). — Em como o Visitador Jacinto de Magistris assentara consigo não responder à ordem do P. Geral sobre esta questão, sem irem primeiro os pareceres dos Doutores; e depois respondeu; e, ignorando que o Padre Vasconcelos o soubesse, negou com juramento que tivesse escrito; Vasconcelos aduz os testemunhos jurados do P. João Leitão e Ir. Manuel Luiz, que viram a resposta autógrafa de Visitador. [É a carta do P. de Magistris, de Lisboa, 4 de Abril de 1663, Gesù, 703]. *Lat.*

Z. *Justificação sobre a aplicação de dinheiro e açúcares do Colégio do Rio de Janeiro.* Incluída no Processo justificativo do P. Simão de Vasconcelos mandada fazer pelo Provincial José da Costa. (Gesù, *Missiones*, 721). *Lat.*

AA. *Carta ao P. Geral Oliva*, da Baía, 7 de Novembro de 1667. (*Bras.3(2)*, 57). — Defende as missões do Sertão contra os que viam as dificuldades de se poderem sustentar, e diz que se sustentarão, se o P. Geral mandar missionários em particular belgas. *Port.*

BB. *Carta ao P. Geral Oliva*, da Baía, 13 de Agosto de 1669. (*Bras.3(2)*, 86). — Um capitão destruiu temeràriamente as igrejas que o P. Jacobo Roland tinha erguido nas missões do sertão. *Lat.*

CC. *P. Vasconcelli discursus super Ecclesiis destructis.* [Setembro de 1669?]. (*Bras.3(2)*, 92-93v). Narra a destruição das três igrejas por Garcia de Avila. (Letra do P. Roland). *Lat.*

DD. *Carta ao P. Geral Oliva*, da Baía, 2 de Novembro de 1669. (*Bras.3(2)*, 96-97v; outra via, 98-99v). — A favor do P. Roland, contra a Casa da Torre e Padres que preferiam a composição amigável. (Letra do P. Roland; só algumas linhas finais da letra do P. Vasconcelos, que assina a carta). *Lat.*

EE. *Carta ao P. Geral Oliva*, da Baía, 15 de Novembro de 1669. (*Bras.3(2)*, 103). — Sobre o caderno da visita do P. Comissário [Antão Gonçalves], que não se encontra, e ele cuida ser a mesma, ou com poucas mudanças, que deixou o Visitador P. Pedro de Moura. *Lat.*

FF. *Historia do Brasil.* — Citada por Hervás, *Idea dell'Universo*, t. XVIII, p. 26.

Talvez se trate de referência às *Noticias cvriosas* ou à *Chronica;* talvez realmente trabalhasse numa obra desta natureza, porque a *Ânua* de 1679 ao fazer menção da sua morte, depois de enunciar as obras impressas, acrescenta: "Plura daturus in lucem, nisi fata Divina meliore luce dignum nobis eripuisset" (*Bras.9,* 246v). Aliás no "Prologo ao Leitor" da *Vida de Anchieta* ele diz que, para a escrever, interrompeu (antes de 1670) a "historia geral das Chronicas desta Provincia com que me achava ocupado, e das quais tinha sahido a luz com o primeiro tomo".

Cartas ao P. Simão de Vasconcelos dos Padres Gerais Vicente Caraffa e Francisco Piccolómini; de Florêncio Montmorency e António Teles da Silva (1646-1650). Transcritas no seu processo justificativo e por si mesmo apresentadas. (Gesù, *Missiones,* 721). Cf. supra, X.

A. S. I. R., *Bras.3(2),* 76; — *Bras.5,* 127v, 148; — *Lus.5,* 177; — B. Machado, III, 710; — Inocêncio, VII, 286, XIX (Brito Aranha) 234; — José Pereira de Sampaio (Bruno), *Portuenses Illustres,* I (Porto 1907) 121-125; — Sommervogel, VIII, 484-486; — Streit, II, 755, 757, 758, 762; III, 598, 641; — S. L., *História,* I, 533; VI, 298.

VAZ, Sebastião. *Pregador e Administrador.* Nasceu cerca de 1582 na Ilha de Santa Maria, Açores. Entrou na Companhia na Baía em 1599. Fez a profissão solene na mesma cidade a 24 de Fevereiro de 1628, recebendo-a o P. Manuel Fernandes. Era Pregador e sabia a língua brasílica. Em 1631 andava a organizar a Residência de Sergipe de El-Rei. Foi também procurador do Engenho de Sergipe do Conde, por parte da Igreja do Colégio de S. Antão de Lisboa. Ministro e Vice-Reitor do Colégio da Baía, e outra vez, mais tarde, Reitor; e Vice-Reitor do Colégio de Pernambuco. Parente "por consanguinidade" do P. Francisco Pinto, di-lo ele próprio. Ainda consta o seu nome no Catálogo de 1671, já porém "senio confectus".

1. *Certificado do P. Sebastião Vaz, Reitor do Colégio da Baía, sobre o P. Francisco Pinto.* Em José de Morais, *História,* 48-49.

2. *Censura ao livro da Vida do P. Joam d'Almeida.* Datada da Baía, 15 de Novembro de 1655. Nos Preliminares da mesma obra do P. Simão de Vasconcelos. Lisboa 1658.

A. *Annuæ Litteræ Brasiliæ anni 1614.* Bahiæ, Decimo tertio Kalendas Junii anno 1615. (*Bras.8,* 155-167v). Lat.

B. *Arrendamentos feitos a diversos moradores da Baía, pelo P. Sebastião Vaz procurador da Igreja de S. Antão de Lisboa, no Engenho de Sergipe do Conde.* Datados de 31 de Outubro de 1633; 6 e 25 de Maio de 1646; 8 de Março de 1647. (Torre do Tombo, *Cartório dos Jesuítas,* Maço 13). Port.

C. *Carta ao P. Geral Nickel, da Baía, 2 de Março de 1655.* (*Bras.3(1),* 282). — Cit. em S. L., *História,* V, 111. Port.

A. S. I. R., *Bras.5,* 130v; — *Bras.5(2),* 36v; — *Lus.4,* 245; — S. L., *História,* V, 81.

VEIGA, Francisco da. *Missionário.* Nasceu a 10 (ou 6) de Fevereiro de 1709 em Reveles, Diocese de Coimbra. Entrou na Companhia a 6 de Março de 1726, ano em que chegou às missões do Maranhão e Pará. Fez a profissão solene no Maranhão, a 2 de Fevereiro de 1744, recebendo-a Júlio Pereira. Missionário, Ministro do Maranhão e Superior de Tapuitapera. Deportado na perseguição geral, faleceu em 1760 na viagem do mar, do Pará para Lisboa.

A. *Carta consultória do P. Francisco da Veiga ao P. Geral,* do Pará, 1 de Julho de 1755. (*Lus.90*, 83v). — O Governador Geral é inimigo da Missão; e tendo o irmão Secretário de Estado em Lisboa, faz quanto quer no Pará: o melhor é deixar as Aldeias ao Governador e ao Bispo, para não virmos a ter El-Rei também contra nós e contra toda a Companhia. *Lat.*

A. S. I. R., *Bras.27,* 75v, 165; — *Lus.16,* 149; — S. L., *História,* IV, 364, 368.

VELOSO, Francisco. *Pregador, Administrador e Pioneiro.* Nasceu em 1619 em Vila Nova de Famalicão. Passou ao Brasil na adolescência; e, sendo estudante de Humanidades, entrou na Companhia no Rio de Janeiro a 23 de Agosto de 1640. Seis anos depois diz-se que já tinha ensinado latim dois anos, andava no curso de Filosofia e simultâneamente era companheiro do Mestre de Noviços. Por então não haver Bispo no Brasil, seguiu em 1650 para Lisboa na frota de Antão Temudo, com mais 4 da Companhia, sendo cativos dos Ingleses, na Barra de Lisboa, e lançados em Castela, donde passaram a Portugal. Enfim, ordenado de Sacerdote, chegou às Missões do Maranhão e Pará em 1652. Fez a profissão solene no Pará, a 15 de Agosto de 1668, recebendo-a o Visitador Manuel Juzarte. Superior interino algum tempo da Missão e Reitor dos Colégios do Pará e Maranhão. Sabia a língua brasílica e todos os chistes dela: "nem houve outro que o igualasse". Ao mesmo tempo era pregador em português, e dizia o Governador que não conhecia melhor na Capela Real. Religioso exemplar e abnegado missionário dos Guajajaras do Rio Pindaré, e das Aldeias da Costa-Mar. Fez entradas célebres ao Rio Tocantins, aos Aruaquis do Amazonas, e cabe-lhe a honra da primeira ao Rio Negro em 1657. Vida cheia e grande. Faleceu, Reitor do Colégio do Pará, a 28 de Julho de 1679.

1. *Carta ao P. Visitador António Vieira, da Aldeia dos Tupinambás,* 1661. Em S. L., *Novas Cartas Jesuíticas,* 301-302. *Port.*

A. *Carta do P. Reitor Francisco Veloso ao P. Geral Oliva,* do Maranhão, 10 de Junho de 1669. (*Bras.26,* 24-25). — Sobre a visita do P. Juzarte. — Cit. em S. L., *História,* IV, 225. *Port.*

B. *Carta ao P. Geral,* de N.ª S.ª da Luz (Maranhão), 26 de Junho de 1673. (*Bras.26,* 31). — Pede Missionários. Excerpto sobre o descobrimento do Rio Mearim, em S. L., *História,* III, 170. *Port.*

C. *Carta do Reitor P. Francisco Veloso ao P. Geral, do Pará, 12 de Março de 1678. (Bras.26, 51).* — Os Mouros tomaram uns navios, com prejuízo da Missão. Estado miserável dela. Que venham Missionários, alguns ao menos para enterrar aos poucos que ainda vivem, e dizer algumas missas por eles. — Cit. em S. L., *História*, IV, 234-235. *Port.*

A. S. I. R., *Bras.5*, 174v, 167-168; — *Lus.8*, 259; — Vasconcelos, *Almeida*, 249-251; — S. L., *História*, III, 230, 370.

VELOSO, Luiz. *Administrador.* Nasceu em 1667 em S. Fins (Arquid. de Braga). Entrou na Companhia a 10 de Maio de 1685 (ou 1686). Fez os votos de Coadjutor Espiritual em Ilhéus, a 13 de Dezembro de 1699, recebendo-os o Provincial Francisco de Matos. Ocupou-se na administração dos Engenhos de S. Antão de Lisboa. Em 1698 estava no de Santa Ana, Ilhéus, e em 1717 no de Sergipe do Conde, quando os pretos deste Engenho mataram a um capitão de assaltos, que tinha lá ido prender um negro fugido do mesmo Engenho, o que deu ocasião a graves desgostos. Em 1721 foi chamado a Lisboa por El-Rei, e durante a viagem (a 6 de Julho) assistiu à morte do P. Simão Álvares (um dos irmãos Gusmões). Em 1732 era Superior do mesmo Engenho de Sergipe, e faleceu na Baía, a 16 de Abril de 1740.

A. *Requerimento para que se passe o treslado das medições que fez o Desembargador Joseph de Sá Mendoça das terras de Sergipe do Conde de que é escrivão o Capitão Manuel Teixeira de Mendoça. 1700.* — Com o traslado (grosso caderno). (Torre do Tombo, *Cartório dos Jesuítas*, maço 52). *Port.*

B. *Safra do Engenho de Sergipe do Conde de 1703 para 1705.* Assin. autógr. de "Luis Veloso". (Torre do Tombo, *ib.*, maço 15). *Port.*

C. *Requerimento sobre a obrigação de certos foros e canas ao Engenho de Sergipe.* Despacho de 7 de Dezembro de 1705. Com as certidões. (Torre do Tombo, *ib.*, maço 52). *Port.*

D. *Requerimento sobre a sesmaria de Peroaçu dada a Francisco Toscano em 12 de Julho de 1561. Numa causa de D. Joana Pimentel e seu filho Manuel Garcia Pimentel contra o Capitão-mor Manuel Botelho de Oliveira.* Com o traslado feito na Baía a 26 de Outubro de 1709. (Torre do Tombo, *ib.*, maço 52). *Port.*

E. *Requerimento do treslado duma escritura que Francisco de Negreiros, procurador dos Condes de Linhares, fizera a Simão do*

Vale. Com o traslado. — O despacho é de 5 de Abril de 1712. (Torre do Tombo, *ib.*, maço 13). *Port.*

F. *Requerimento do treslado do 1.º artigo justificativo dos Irmãos da Misericórdia da Cidade da Baía, pobres e órfãos.* A data do traslado, na Vila de S. Francisco da Barra de Sergipe, é de 25 de Outubro de 1713. Com o traslado. — Está junto a um grande in-f. de 1404 folhas, "Feitos de Liquidação entre os Pobres e Órfãos da Baía e o Colégio de S. Antão, contrariados por uma e outra parte". Original. (Torre do Tombo, *ib.*, maço 30, antigo 86). *Port.*

G. *Contas do Engenho de Sergipe do Conde pertencente ao Collegio e Igreja de S. Antão da Cidade de Lisboa, que dá o P. Luis Veloso, como Procurador dele: assi do que recebeo, como do que dispendeo desde o anno de 1705 thé o anno de 1716.* Engenho de Sergipe do Conde, 12 de Novembro de 1716. Com o P. Veloso assinam os visitadores ou revisores de contas: Mateus de Moura (1708 e 1709), Manuel Dias (1812 e 1716), Estanislau de Campos (1713 a 1716). (Torre do Tombo, *ib.*, maço 17). *Port*

H. *Contas do Engenho de Sergipe do anno de 1725 pera 1726.* (Torre do Tombo, *ib.*, maço 17). *Port.*

Documentos sobre a morte do Capitão de Assaltos ou Capitão do Mato, João Dornelas, 1717, *Doc. Hist.*, LIV (1941) 284-286; 309-316.

Em virtude do seu ofício de Procurador da Igreja e Colégio de S. Antão, o nome do P. Luiz Veloso lê-se com frequência no *Tombo das Terras pertencentes à Igreja de Santo Antão da Companhia de I. H. S — Bahia, Livro V.* Publ. em *Doc. Hist.*, LXII-LXIII (1943-1944).

A. S. I. R., *Bras.*6, 31v, 313v; — *Bras.*10(2), 252v; — *Lus.*23, 177; — Gesù (Cat. de 1700, n.º 673); — S. L., *História*, V, 253.

VERAS, Gonçalo de. *Missionário e Administrador.* Nasceu em 1629 em Montalegre (Traz-os-Montes). Entrou na Companhia em Coimbra, com 16 anos de idade. Embarcou de Lisboa para as Missões do Maranhão e Pará em 1659. Missionário e Superior de Ibiapaba (Ceará), da Aldeia de S. José (Ilha do Maranhão), e de Caeté (Bragança no Pará), onde era ao mesmo tempo "Vigario da vara para os brancos". Foi em 1674 ao Rio Tocantins e em 1679 aos Tremembés. Em 1680 ocupava o cargo de Reitor do Maranhão. Expulso no "Motim do Estanco" para o Brasil, tentava, desde Olinda retomar a missão do Ceará, quando faleceu do "mal da bicha", em 1686.

1. *Relação da entrada do P. Gonçalo de Veras e Ir. Sebastião Teixeira ao Rio Tocantins até o Araguaia em 1671*, feita pelo P. Gonçalo de Veras. Incluída na *Ânua latina* do P. Bettendorff, de 21 de Julho de 1671. (Bras.9, 303-303v). — Trad. e publ. em S. L., *História*, III, 341-343.

A. S. I. R., *Lus.*45, 12v; — S. L., *História*, III, 33; IV, 338; V, 449.

VIDIGAL, José. *Missionário e Administrador*. Nasceu a 22 de Abril de 1674 na Vila de Torrão (Alentejo). Entrou na Companhia em Évora a 31 de Maio de 1690 (alguns Catálogos dizem 92). Em 1695, sendo estudante de Filosofia, embarcou para o Maranhão. Fez a profissão solene no Pará, a 2 de Fevereiro de 1712, recebida por Tomás do Couto. Missionário das Aldeias, Reitor do Colégio do Maranhão, Vice-Superior e Superior de toda a Missão, Vice-Provincial e Visitador Geral, cargos que em razão do seu ofício e da Lei ou Regimento das Missões, o obrigaram a informar El-Rei e a tomar parte activa nas controvérsias do tempo. Ao deixar o cargo de Vice-Provincial, foi encarregado pelo Geral de redigir, para os Índios, de cuja língua era mestre, um Catecismo-padrão, mandado adoptar, pelo mesmo Geral, sob preceito, em 1740. Faleceu a 18 de Abril de 1748, no Colégio do Pará.

1. *Informação ao Governador Geral do Maranhão sobre o P. D. João da Cunha e as pseudo-minas de oiro do Rio Pindaré*, pelo P. José Vidigal, Colégio do Pará, 28 de Setembro de 1732. Publ. em *Anais da Biblioteca e Arquivo Público do Pará*, V (1906) 351-359. — Excerptos em S. L., *História*, III, 193-194.

2. *Carta do R. P. Vice-Provincial do Maranhão P. José Vidigal a El-Rei sobre as Aldeias dos Índios a cargo da Companhia de Jesus*, S. Luiz do Maranhão, 9 de Junho de 1734. Publ. em extracto por Lamego, III, 358-360. — Excerptos em S. L., *História*, III, *passim*.

3. *Compendio da Doutrina Christam que se manda ensinar com preceyto anno de 1740*. Na lingua dos Manaos. Museu Britânico, King's (Colecção de Jorge IV), cód. 223, f. 129. (Cf. Figanière, *Catalogo dos Manuscriptos Portuguezes existentes no Museu Britannico* (Lisboa 1853) 181-182; Trübner, *Bibliotheca Glottica*, I (Londres 1858) 23. Textos impressos em Ernesto Ferreira França, *Chrestomathia da Lingua Brasilica*, Leipzig, 1859).

O códice 223, que foi do P. M.º (Mestre) Domingos António e em 1757 pertencia à Fazenda de Gibrié (Pará), é constituido por documentos em língua portuguesa, brasílica (tupi) e manoa ou dos Manaos. Segundo a descrição de Figanière e a publicação de Ferreira França, diz-se de um *Diálogo:* "composto pelo P. Marcos Antonio". Todos os mais sem nome.

Entre estes, sem nome, está um, que menciona Figanière: "Compendio da Doutrina Christam que se manda ensinar com preceyto anno de 1740": "esta parte é só na lingua dos Manaos". Ora neste ano de 1740 (a 23 de Fevereiro) escreveu o P. Geral ao P. Vice-Provincial José de Sousa: "Gratum quoque mihi fuit quod Catechismus Doctrinæ Christianæ a P. Vidigal absolutus jam fuerit; unum autem illius exemplar ad me prima occasione optarem, præceptum vero nomine meo injunjendum Missionariis de dicto Catechismo nulla ex parte immutando" (Bras.25, 98v). Desde 1737 que o P. Vidigal, "peritíssimo" na língua dos Índios, estava encarregado de fazer um novo Catecismo breve. Em 1740 o P. Geral manda que o catecismo do P. Vidigal se ensine "com preceyto" de se não mudar nada nele, que é a própria determinação do "ano", "preceito", e "autor" do Compendio. — Além dos Padres José Vidigal e Marcos António Arnolfini, é provável que o P. Luiz Maria Bucherelli seja autor dalgum dos Diálogos do mesmo códice, publicados por Ferreira França. Também ele escreveu um, a seguir ao ao P. Vidigal, e foi depois aprovado e preferido. Pelo exposto, distribuiríamos assim os três Diálogos da "Chrestomathia":

I — pp. 162-169 — texto brasílico (Luiz Maria Bucherelli);

II — pp. 170-187 — texto brasílico e português (José Vidigal);

III — pp. 188-197 — texto brasílico (Marcos António Arnolfini).

A Doutrina Christam, na Língua dos Manaos, está feita pelo texto-padrão do P. Vidigal de 1740. O texto manoa ou é dele ou doutro Padre da Companhia, quer dos que iam nas tropas de resgate ao Rio Negro quer dos que tratavam com os Índios Manaos resgatados e descidos para as Aldeias.

— Ver Arnolfini (Marcos António) e Bucherelli (Luiz Maria).

A. Carta a El-Rei sobre António Furtado de Vasconcelos, que se intitulava fiscal das Religiões e queria lançar fora da Capitania a sua Religião. S. a. (B. N. de Lisboa, fg. 4517, f. 213). Port.

B. Carta a El-Rei sobre os procedimentos do Capitão General Cristóvão da Costa Freire. S. a. (B. N. de Lisboa, ib., f. 435). Port.

C. Carta a El-Rei sobre o Capitão-mor de Pará, Manuel de Madureira Lobo, que mandara sentar praça a quatro estudantes um dos quais se enforcou, de Belém do Pará, 18 de Agosto de 1722. (Ib., f. 214). Port.

D. Carta a El-Rei sobre o comercio prohibido que faz o Capitão-mor do Pará Manuel de Madureira Lobo, Belém do Pará, 20 de Agosto de 1722. (Ib., f. 215). Port.

E. Carta do Superior da Missão P. José Vidigal ao P. Geral Tamburini, do Maranhão, 21 de Junho de 1723. (Bras.26, 228-228v). — Pede esclarecimentos sobre 12 pontos: trato com seculares, licenças, disciplina regular, etc. Lat.

F. *Carta ao P. Geral Tamburini*, do Pará, 25 de Agosto de 1723. (*Bras.26*, 225-227). — Remete uma grinalda espiritual ao P. Geral: nomes dos oferentes e respectivos obséquios. *Lat.*

G. *Lembranças para o P. Procurador em Corte pella Missão do Maranham feytas pello P. Superior da Missão.* Collegio do Pará, 7 de Setembro de 1724. (B. N. de Lisboa, fg. 4517, f. 389-390). *Port.*

H. *Noticias sobre o Governador Alexandre de Sousa Freire para ver o R. P. Jacinto de Carvalho quanto concede o direito natural e fornece prova para o bem publico.* (*Ib.*, ff. 281-283). *Port.*

I. *Continuão-se as noticias que se derão athe os fins de setembro passado de 1728.* Pará, 3 de Outubro de 1729. (*Ib.*, 285-287). *Port.*

Tratava-se do descobrimento das pseudo-minas de ouro do Rio Pindaré e outras desavenças. Cf. supra, n.º 1. Sousa Freire escreveu contra os Padres: "Verdades manifestas"... (Arq. da U. de Coimbra, cód. 76; *Arquivo Bibliogr. da U. de Coimbra*, I (1901)169).

J. *Carta ao Procurador Jacinto de Carvalho sobre as doudices do P. José da Gama por ser deposto do cargo de Reitor*, do Pará, 5 de Setembro de 1732. (B. N. L., fg. 4517, f. 418-419). — Inclui o traslado do Bispo do Pará, a quem se queixara o P. Gama. *Port.*

K. *Pedido de certidões sobre os Índios que serviram na Tropa de Resgates de que foi cabo Belchior Mendes de Morais.* Pará, 13 de Setembro de 1732. (*Ib.*, 115-120). Incluem-se as certidões. *Port.*

L. *Carta ao Procurador Jacinto de Carvalho sobre a visita do Bispo do Pará, e o que se passou com ele e o Governador*, 2 de Outubro de 1732. (Bibl. de Évora, cód. CXV/2-16, f. 97-98v, 1.ª via; 99-100, 2.ª via). Tem junto outros documentos e uma versão latina do Protesto do P. Vidigal. (Rivara, I, 49). *Port.*

M. *Carta ao Procurador Jacinto de Carvalho sobre as guerras ofensivas (ordinàriamente injustas) que destroem as Aldeias missionadas*, do Pará, 4 de Outubro de 1732. (*Ib.*, f. 369-370). *Port.*

N. *Carta do Vice-Provincial P. José Vidigal ao P. Geral Francisco Retz*, do Pará, 4 de Outubro de 1732. (*Bras.26*, 277).—Da nova Residência da Vigia, com diploma real. *Lat.*

O. *Carta ao P. Jacinto de Carvalho, Procurador Geral em Lisboa*, do Pará, Colégio de Santo Alexandre, 6 de Outubro de 1732. (Bibl. de Évora, cód. CXV/2-16, f. 103-103v). — Sobre a visita do Bispo. *Port.*

P. *Resposta à sinistra informação que a S. Majestade fazem contra os Padres da Companhia do Estado do Maranhão*. Colégio do Pará, 19 de Setembro de 1733. (B. N. de Lisboa, fg. 4517, 203-205). *Port.*

Q. *Carta ao Presidente do Conselho Ultramarino enviando a Resposta precedente.* (Ib., f. 202-207). *Port.*

R. *Carta ao P. Geral Francisco Retz*, do Pará, 22 de Setembro de 1733. (Bras.26, 280-280v). — Visita as Missões. Informa do bom espírito. *Lat.*

S. *Segunda Resposta do Vice-Provincial da Companhia de Jesus a S. Majestade, muito breve e succinta.* S. Luiz do Maranhão, 9 de Junho de 1734. (B. N. de Lisboa, fg. 4517, f. 268-268v). *Port.*

T. *Requerimento a El-Rei sobre os procedimentos do Governador José da Serra, que parece querer tumultuar o povo contra a Companhia, o qual diz que todos os Índios são escravos, sendo por natureza livres.* Pará, 27 de Agosto de 1734. (Ib., f. 193; cópia na Bibl. Nac. do Rio de Janeiro, I-6, 2, 50, n.º 6). *Port.*

U. *Carta do Vice-Provincial José Vidigal, ao P. Geral*, do Pará, 20 de Setembro de 1735. (Bras.26, 289). — Para que o cravo recolhido pelo P. Manuel da Mota se destine à Residência de Tapuitapera e não se lhe dê aplicação diferente. *Lat.*

V. *Carta do R. P. Vice-Provincial P. José Vidigal ao Capitão General José da Serra*, 1736. S. a., nem assinatura. (Arq. Prov. Port., Pasta 177, n.º 7) — Responde a outra do mesmo, sobre listas de Índios das Aldeias. *Port.*

X. *Conta que mandou o V. P. Provincial José Vidigal por conta do comum da V. Provincia em a monção de 1736.* (Arq. Prov. Port., Pasta 176, n.º 36). — Trata do produto da venda do cacau, cravo, etc. *Port.*

Y. *Carta a Dom Francisco de Almeida e Mascarenhas, Principal da Patriarcal*, do Colégio do Pará, 7 de Outubro de 1739. (Bibl. de Évora, cód. CXV/2-13, f. 508-509v). — Dá conta dos escritores da Vice-Província: Vieira, Figueira, Bettendorff, Aleixo António e José de Sousa, com alguns pormenores das vidas respectivas. *Port*.

Resposta do P. V. Provincial José Vidigal a El-Rei sobre a Visita do Bispo do Pará. (Bibl. de Évora, cód. CXV/2-16, f. 104). Obra do P. João Tavares (Rivara, I, 54). *Port*.

Carta do P. Geral Tamburini ao P. José Vidigal, Vice-Superior do Maranhão, de Roma, 29 de Julho de 1713. (Original latino no Instituto Histórico do Rio de Janeiro, Livro 417, ms. 19682). Publ. por Lúcio de Azevedo, *Os Jesuitas no Grão Pará* (Lisboa 1901)333-335.

25 cartas dos Padres Gerais ao P. José Vidigal (1714-1741), *Bras.25*.

S. L., *José Vidigal autor do "Compendio da Doutrina Christã na Lingua Brasilica"*, em *Verbum*, I (Rio de Janeiro 1944)170-172.

A. S. I. R., *Bras.25*, 82v, 84v, 98; — *Bras.26*, 294; — *Lus.13*, 220; — *Livro dos Óbitos*, 35v; — Sommervogel, VIII, 650; — S. L., *História*, IV, 229-230.

VIEGAS, António. *Professor e Pregador*. Nasceu por 1666 na Baía. Filho de Manuel Fagundes Caldeira e Antónia Viegas. Entrou na Companhia, com 14 anos, a 6 de Março de 1680. Fez a profissão solene no Rio de Janeiro, recebida por Estêvão Gandolfo, a 8 de Setembro de 1702. Professor de Letras Humanas e de Filosofia, Prefeito dos Estudos, e Pregador de talento. Faleceu na Aldeia de Reritiba a 5 de Abril de 1729.

A. *Líricas*. — "Edendum reliquit iuxtum volumen carminum metro lyrico".

A. S. I. R., *Bras.5(2)*, 81; — *Lus.12*, 170; — Rivière, n.º 5451; — S. L., *História*, I, 534; V, 583.

VIEGAS, Manuel. *"Pai dos Marumimins"*. Nasceu cerca de 1533 em Marvão, Diocese de Portalegre. (Segundo o Cat. de 1598, mas há alguma variedade). Foi um dos órfãos chegados ao Brasil por volta de 1550. Entrou na Companhia em 1556, e em 1562 era mestre de ler e escrever no Colégio de S. Vicente. Fez os últimos votos em 1582. Trabalhou em S. Vicente e em Piratininga, com os humildes e os Índios, durante mais de meio século. Aprendeu a língua brasílica e a dos Guarumimins, com quem teve primeiro contacto, antes de 1585; e mereceu o título, que lhe davam os seus coevos, de "Apóstolo" ou "Pai dos Guarumimins" (Marumimins, Marumemins ou Miramomins, nomes também usados então). Aldeou-os, fundando a Aldeia da Conceição, junto a S. Paulo, conhecida depois por Aldeia dos Guarulhos. Faleceu a 17 de Março de 1608 em S. Paulo de Piratininga.

1. *Carta ao P. Geral*, de S. Vicente, 21 de Março de 1585. (*Lus.69*, 62-63v). — Agradece a carta que do Geral lhe trouxe o P. Visitador Cristóvão de Gouveia, grande homem que consola a

todos e manda que se aprenda a língua "tupim". No Brasil quem sabe a língua é teólogo; com a vinda do Visitador se abrirá a porta a um gentio chamado "Maromemim"; e com este, outro chamado "Goaianã"; e com estes "Goaianases" se junta outra gente que se chama "Carojo"; e com estes, outros que se chamam "Ibirabaquiyara": "y toda esta gente tiene una lengoa a qual yo sei mucho della". Autógrafo. *Esp.* Trad. e publ. por S. L., infra, *História*, IX, 384-385.

A. *Doutrina na língua dos Marumimins.*

B. *Vocabulário na língua dos Marumimins.*

C. *Arte de Gramática na língua dos Marumimins* (com a colaboração do P. José de Anchieta). "O P. Manoel Viegas tresladou nesta nova lingoa a doutrina que estava feita para os Índios da costa, e fes Vocabulario muito copioso e ajudou ao P. José a compor a arte da grammatica, com que facilmente se aprende". — Pero Rodrigues, *Vida do P. José de Anchieta*, em *Anais da B. N. do Rio de Janeiro*, XXIX, 201, fonte das informações que, através de Paternina (*Vida del P. José de Anchieta*, 261), anotam outros biógrafos.

S. L., *Os Jesuítas e os Índios Maromimins na Capitania de S. Vicente*, na *Rev. do Inst. Hist. e Geogr. de S. Paulo*, XXXII (S. Paulo 1937)253-257.

A. S. I. R., *Bras.*5, 40; — Bibl. Vitt. Em., f. ges. 3492/1363, n.º 6; — Vasconcelos, *Almeida*, 76; — Sommervogel, VIII, 527; — Streit, II, 771; — S. L., *História*, II, 568; VI, 241.

VIEIRA, António. *"O Grande".* Nasceu a 6 de Fevereiro de 1608 em Lisboa. Filho de Cristóvão Vieira Ravasco e Maria de Azevedo. Foi menino com os pais para o Brasil. Estudava no Colégio da Baía, quando entrou na Companhia na mesma cidade, a 5 de Maio de 1623. Ensinou Humanidades e Retórica nos Colégios da Baía e Pernambuco voltando à Baía, onde concluiu os estudos de Filosofia e Teologia, e tirou o grau de Mestre em Artes. Ordenou-se de Sacerdote nesta cidade a 10 de Dezembro de 1634 e fez a profissão solene em S. Roque (Lisboa) a 21 de Janeiro de 1646, recebendo-a o P. Francisco Valente. Iniciou a carreira de pregador não sendo ainda Padre, e exercitou-a durante mais de 60 anos. Distinguiu-se na resistência contra a invasão holandesa. Ao dar-se a Restauração de Portugal (1 de Dezembro de 1640), logo que se conheceu no Brasil, foi enviado pelo Vice-Rei na embaixada com que o Brasil prestou menagem a D. João IV, com quem Vieira se uniu logo em estreita amizade. El-Rei nomeou-o pregador régio, ocupou-o em diversas embaixadas a França, Inglaterra, Holanda e Roma. Nesta época da sua vida pública, em que lhe não faltaram combates e emulações violentas, Vieira revelou-se também decidido defensor dos cristãos novos, cujo comércio tinha por útil e necessário à Restauração de Portugal. Em 1652 embarcou para as missões do Maranhão e Pará, com o cargo de Superior e depois Visitador, período que durou 9 anos, interrompido por uma viagem a Lisboa a agenciar leis conducentes à liberdade dos Índios. Por causa desta liberdade foi expulso da Missão no motim de 1661. Em Lisboa manifestou-se pelo partido da Rainha, protectora da Missão. Como desforço da oposição política triunfante, desterraram-no para o Porto em 1662 e denunciaram-no à Inquisição, com fundamento em diversos escritos seus, sobretudo o que redigiu nas margens do Amazonas, intitulado "Esperanças de Portugal, Quinto Império do Mundo", enviado secretamente à Rainha, em que falava, para a consolar, na ressurreição de El-Rei D. João IV. Preso pela Inquisição em 1665 e mantido em custódia em Coimbra, defendeu-se com coragem e saiu livre em 1668. Voltou a Lisboa, donde passou a Roma no ano seguinte. Aí deslumbrou a Côrte pontifícia com sermões e discursos, e persistiu no combate contra os estilos da Inquisição portuguesa. Voltou de Roma a Lisboa em 1675 com um Breve do Papa que o isentava da Inquisição de Portugal e mais Reinos. Nunca perdeu de vista a Missão do Maranhão, onde desejava ir acabar a vida e o pediu expressamente em 1679. E, enfim, embarcou em 1681 para a sua Província do Brasil, onde no Colégio da Baía e sobretudo na Quinta do Tanque, junto da mesma cidade, viveu os últimos anos da longa vida, que Deus lhe deu, de quase 90 anos, ocupado na preparação para a imprensa das suas obras, e ainda com o ofício de Visitador Geral do Brasil e do Maranhão, com faculdade de o ser, sem sair da Baía. António Vieira, de temperamento impulsivo, sustentou, com a sua palavra, falada e escrita, ásperas batalhas, quer a favor da Pátria, quer da liberdade dos oprimidos (Índios e Cristãos novos); e entre as suas virtudes está a de ter recusado a honra da mitra episcopal, para se conservar fiel à vocação num momento difícil da sua vida religiosa. Diplomata, político, reformador social, apóstolo e protector dos Índios, administrador, pregador e literato. Os dotes literários, de propriedade, pureza, vivacidade e energia, asseguraram-lhe a imortalidade: é grande entre os oradores de todas as nações, e considerado o maior escritor da língua portuguesa em prosa. Faleceu, a 18 de Julho de 1697, no Colégio da Baía.

A obra de Vieira, por extremo vasta e complexa, anda confusa nas bibliografias; e muitos dos seus manuscritos, ainda inéditos ou já impressos, esparsos pelos arquivos, trazem títulos desiguais. Como ordenação e distinção de géneros literários, e também para facilitar as referências em tanta variedade, agrupam-se em cinco secções e mais uma complementar, biográfica:

    I. SERMÕES;

    II. CARTAS;

    III. OBRAS VÁRIAS;

    IV. TRADUÇÕES;

    V. INÉDITOS;

    VI. BIOGRAFIAS E OUTROS ESCRITOS A VIEIRA OU SOBRE VIEIRA.

I Secção — SERMÕES (1-221):

1. *Sermoens do P. Antonio Vieira, da Companhia de Iesv, Prégador de Sua Alteza. Primeyra Parte. Dedicada ao Principe, N. S.* [Trigrama da Companhia]. Em Lisboa. Na Officina de Ioam da Costa. M.DC.LXXIX. Com todas as licenças, & Priuilegio Real. 8.º gr., XXIV inums. - 559 nums. - CVI pp. inums.; páginas a 2 colunas 1118.

Nos Preliminares: "Ao Principe", dedicatória datada do Colégio de S. Antão (Lisboa), 21 de Julho de 1677; "Leitor"; "Lista dos Sermoens, que andaõ impressos com nome do Author em varias linguas, para que se conheça quaes saõ proprios, & legitimos, & quaes alheios, & Suppostos"; Approvaçam do Muyto Reuerendo Padre Mestre, Frey Joaõ da Madre de Deos, Prouincial da Prouincia de Portugal da Serafica Ordem de S. Francisco: Pregador de S. Alteza, Examinador das Ordens Militares, &c.; "Licenças" (a da Religião é "dada em Lisboa aos 18 de Setembro de 1677, Luis Aluares" [Provincial da Companhia em Portugal]. Erratas; Indice dos Sermoens (XV); "Privilegio Real", de 30 de Setembro de 1679. — No fim: "Indice dos lugares da Sagrada Escritura" (30 pp.); Indice das cousas mays notaueis (76 pp.).

Deste volume, com a mesma data de 1679, há duas edições diferentes, reconhecíveis pelo tipo e variantes.

2. *Sermoens do P. Antonio Vieira, da Companhia de Jesu, Prégador de Sua Alteza. Segunda Parte. Dedicada No Panegyrico da Rainha Santa ao Serenissimo nome da Princeza N. S. D. Isabel.* [Trigrama da Companhia]. Em Lisboa. Na Officina de Miguel Deslandes. E à sua custa, & de Antonio Leyte Pereyra, Mercador de Livros. M.DC.LXXXII. Com todas as licenças, & Privilegio Real. 8.º gr. de pp. VIII inums. - 470 nums. - LVI inums.

Nos Prelims.: "Approvaçam do M. R. M. Ioam de Deos, da Serafica Ordem de S. Francisco, Calificador do Santo Officio, &c."; "Approvaçam do M. R. P. M. Fr. Thome da Conceyção, da Ordem do Carmo, Calificador do Santo Officio, &c.; "Approvaçam do M. R. P. M. Fr. Ioam da Madre de Deos, Prouincial que foy da Prouincia de Portugal da Serafica Ordem de S. Francisco. Prègador de Sua Alteza. Examinador das Tres Ordẽs Militares. E hoje dignissimo Arcebispo da Bahia, &c.; "Licenças" (a da Religião, "dada na Bahia aos 30 de Iunho de 681, Antonio de Oliueyra" [Provincial da Companhia no Brasil]; "Sermoens que contem esta Segunda Parte" (XV). No fim: "Indice dos lugares da Sagrada Escritura" (17 pp.); "Indice das cousas mais notaueis" (39 pp.).

Deste volume de 1682, com a mesma data, conhecem-se duas edições diferentes, com leves variantes.

3. *Sermoens do P. Antonio Vieira, da Companhia de Iesv, Prégador de Sua Magestade. Terceira Parte.* [Trigrama da Companhia]. Em Lisboa. Na Officina de Migvel Deslandes. A custa de Antonio Leyte Pereira, Mercador de Livros. M.DC. LXXXIII. Com todas as licenças, & Privilegio Real. 8.º gr., X inumrs. - 574 numrs. - II pp. no fim com o cólofon. Noutra impressão o cólofon vem nos Preliminares (p. XI).

Nos Prelims.: "Censura do M. R. P. M. o doutor Fr. Manoel da Graça, da Ordem de Nossa Senhora do Monte do Carmo, Qualificador do Santo Officio; "Censura do M. R. P. M. Fr. Manoel de Santiago, da Serafica Ordem de Saõ Francisco, Qualificador do Santo Officio"; "Censura do Illustrissimo, e Reverendissimo Senhor Arcebispo da Bahia"; "Licenças" (a da Religião: "Bahia 20 de Iulho de 1682, Antonio de Oliveyra"); "Erratas"; Sermoens que contem esta Terceyra Parte (XV). O texto termina pg. 538. Seguem-se os dois índices da Sagrada Escritura e cousas mais notáveis.

Deste volume, com a data de 1683, conhecem-se 3 impressões diferentes.

Foram censores da Companhia os Padres João Pereira e António Rangel, cujas aprovações se conservam inéditas. (Gesù, V-672, f. 69, 70).

4. *Sermoens do P. Antonio Vieira, da Companhia de Iesu, Prègador de Sua Magestade. Qvarta Porte.* [Trigrama da Companhia]. Em Lisboa. Na Officina de Miguel Deslandes. A custa de Antonio Leyte Pereyra, Mercador de Livros. M.DC.LXXXV. Com todas as licenças, & Privilegio Real. 8.º gr., XII inumrs. - 600 pp. numrs., incluindo os dois índices do fim.

Nos Prelims.: "Censura do M. R. P. M. Frey Thomè da Conceyçaõ, da Sagrada Ordem do Carmo Qualificador do Santo Officio;" "Censura do M. R. P. M. Frey Manoel de Santiago, da Serafica Ordem de Saõ Francisco, Qualificador do Santo Officio"; "Censura do M. R. P. M. Frey Joseph de Jesus Maria, Religioso Capucho da Provincia da Arrabida"; "Licenças" (a da Religião, "dada na Bahia aos 6 de Julho de 1683. Antonio de Oliveyra"); "Sermoens que contem esta Quarta Parte" (XV); "Erratas desta Quarta Parte".

Deste volume de 1685 há duas impressões diferentes.

5. *Sermoens do P. Antonio Vieira, da Companhia de Jesu, Visitador da Provincia do Brasil, Prègador de Sua Magestade. Qvinta Parte.* [Trigrama da Companhia]. Lisboa. Na Officina de Miguel Deslandes, Impressor de Sua Magestade. A custa de Antonio Leyte Pereira, Mercador de Livros. M.DC.LXXXIX. Com

todas as licenças necessarias, & Privilegio Real. 8.º gr., XII inumrs. - 624 pp. numrs., incluindo os dois índices finais.

Nos Prelims.: "Censura do M. R. P. M. Fr. Antonio de Santo Thomás, Religioso da Serafica Ordem de S. Francisco, Qualificador do S. Officio"; "Censura do M. R. P. M. Fr. Thomè da Conceyção da Sagrada Ordem do Carmo, Qualificador do Santo Officio"; "Censura do P. M. Manoel de Sousa, Preposito da Congregação do Oratorio de S. Filippe Neri"; "Licenças" (a da Religião: "Dada na Bahia em 12 de Agosto de 1687. Alexandre de Gusmão" [Provincial da Prov. do Brasil]; "Sermoens, que contém esta Quinta Parte" (XV); "Erratas".

Deste vol. conhecem-se duas impressões com a mesma data de 1689.

6. *Sermoens do P. Antonio Vieyra da Companhia de Jesu, Visitador da Provincia do Brasil, Prègador de Sua Magestade,* [Trigrama da Companhia]. *Sexta Parte.* Lisboa. Na Officina de Miguel Deslandes, Impressor de Sua Magestade. A custa de Antonio Leyte Pereira, Mercador de Livros. M.DC.LXXXX. Com todas as licenças necessarias, & Privilegio Real. 8.º gr., VIII inumrs. - 595 numrs., incluindo dois índices finais.

Nos Prelims.: "Censura do M. R. P. M. Fr. Thomè da Conceyçaõ, da Sagrada Ordem do Carmo, Qualificador do Santo Officio"; "Censura do M. R. P. M. Fr. Joaõ do Espirito Santo, da Sagrada Ordem Serafica, Qualificador do Santo Officio"; "Censura do M. R. P. M. Fr. Manoel de Siqueyra, da Sagrada Ordem de S. Agostinho"; "Licenças" (a da Religião do próprio "Antonio Vieyra", como Visitador da Província do Brasil); "Erratas deste Tomo"; "Sermoens que contèm esta Sexta Parte" (XVI).

Deste vol., com a data de 1690, conhecem-se duas impressões diferentes.

7. *Sermoens do P. Antonio Vieyra da Companhia de Jesu, Prègador de Sua Magestade, Septima Parte.* [Trigrama da Companhia]. Lisboa, Na Officina de Miguel Deslandes, Impressor de Sua Magestade. A custa de Antonio Leyte Pereira, Mercador de Livros. M.DC.LXXXXII. Com todas as licenças necessarias, & Privilegio Real. 8.º gr., XII inumrs. - 558 pp. numrs., incluindo os dois índices finais.

Nos Prelims.: "Censura do P. Mestre Domingos Leitão, da Companhia de Iesv, Qualificador do Santo Officio"; "Censura do Illustrissimo, & Reverendissimo Senhor Dom Fr. Francisco de Lima da Esclarecida Religião do Carmo, Mestre na Sagrada Theologia, dignissimo Bispo do Maranhão &c.; "Licenças" (a da Religião:. "Dada na Bahia aos 14 de Julho de 1691. Diogo Machado" [Provincial da Província do Brasil]); "Sermoens que contèm esta Septima Parte" (XV).

Deste vol. de 1692 há duas impressões: entre outras diferenças, uma traz no fim (não nos Prelims.): "Sermoens que contem esta Septima Parte".

8. *Xavier Dormindo, e Xavier Acordado: Dormindo, em tres Orações Panegyricas no Triduo da sua Festa, Dedicadas aos tres princepes que a Rainha Nossa Senhora confessa dever à intercessaõ do mesmo Santo; Acordado, em doze Sermoens Panegyricos, Moraes, & Asceticos, os nove da sua Novena, o decimo da sua Canonizaçaõ, o undecimo do seu dia, o ultimo do seu Patrocinio, Author o Padre Antonio Vieyra da Companhia de Jesu, Prègador de Sua Mogestade. Oitava Parta.* Lisboa, Na Officina de Miguel Deslandes, Impressor de Sua Magestade. A custa de Antonio Leyte Pereira, Mercador de Livros. M.DC.LXXXXIV. Com todas as licenças necessarias, & Privilegio Real. 8.º gr., XXIV inumrs. - 536 pp. numrs., incluindo os dois índices finais.

Nos Prelims.: "Dedicado á Rainha Nossa Senhora pelo Padre Balthesar Duarte da Companhia de Jesu, Procurador Gèral em Corte pela Provincia do Brasil"; "Noticia Previa"; "Censura do Muyto R. P. M. Fr. Thomé da Conceyçaõ, Religioso de nossa Senhora do Carmo, Qualificador do Sãto Officio"; "Censura do Padre Doutor Fr. Jeronymo de San. Tiago, Qualificador do Sãto Officio, & D. Abbade de S. Bento da Saude"; "Censura do Illustrissimo, & R. D. Fr. Timotheo do Sacramẽto, Bispo de S. Thomè, Religioso de S. Paulo Primeiro Eremita"; "Licenças" (a da Ordem: "Dada na Bahia aos 30 de Julho de 1693. Alexandre de Gusmaõ"); "Sermoens que contèm esta Oitava Parte"; "Advertencia Previa".

Deste vol. de 1694 há duas impressões do mesmo ano.

Nesta altura resolveu o Autor incorporar na Colecção os dois tomos seguintes, anteriormente impressos, contando e imprimindo, no que vem depois deles, o número de ordem correspondente: "Undecima Parte".

9. *Maria Rosa Mystica Excellencias, Poderes, e Maravilhas do seu Rosario, compendiadas em trinta Sermoens asceticos, & Panegyricos sobre os dous Evangelhos desta solennidade Novo, & Antigo: Offerecidas a Soberana Magestade da mesma Senhora pelo P. Antonio Vieira da Companhia de Jesv da Provincia do Brasil, em comprimento de hum voto feito, & repetido em grandes perigos da vida, de que por sua immensa benignidade, & poderosissima intercessaõ sempre sahio livre. I. Parte.* [Trigrama da Companhia]. Lisboa. Na Officina de Migvel Deslandes, Na Rua da Figueyra. A custa de Antonio Leyte Pereyra, Mercador de Livros. M.DC.LXXXVI. Com todas as licenças, & Privilegio Real. 8.º, VIII inumrs.; texto seguido, com paginação descontínua: 1-16; 127-521; 146-178; 1-46 (estas últimas, dos índices finais).

Nos Prelims.: "Censura do M. R. P. M. Dom. Rafael Bluteau, Clerigo Regular Theatino, Qualificador do Santo Officio"; "Censura do M. R. P. M. Frey Thomè da Conceyçaõ, da Sagrada Ordem do Carmo, Qualificador do Santo Officio"; "Censura do M. R. P. Doutor Bertholameu do Quental, Preposito da Congregaçaõ do Oratorio"; "Licenças" (a da Religião é dada na Bahia aos 15 de Novembro de 1684. Antonio de Oliveyra); "Erratas desta Primeira Parte do Rosario".

Deste vol. de 1686 conhecem-se três impressões diferentes. E algumas com a paginação ainda mais confusa do que a que do exemplar descrito.

10. *Maria Rosa Mystica* [Título igual, menos em que vem *offerecidos* (não offerecidas), *da Provincia do Brasil* (suprimido), *cumprimento* (não comprimento)]. *II. Parte.* [Vinheta]. Lisboa. Na Impressaõ Craesbeeckiana. Anno M.DC.LXXXVIII. A custa de Antonio Leyte Pereyra, Mercador de Livros. Com todas as Licenças, & Privilegio Real. 8.º gr., VIII inumrs. - 518 - 32 - 24 pp. numrs. (Cada índice com paginação própria).

Nos Prelims.: "Censura do M. R. P. M. Frey Thomé da Conceyçaõ, da Sagrada Ordem do Carmo, Qualificador do Santo Officio"; "Censura do M. R. P. M. Fr. Antonio de Santo Thomás, da Sagrada Ordem de S. Francisco, Qualificador do Santo Officio"; "Censura do M. R. P. Doutor Bertholameu do Quental, Preposito da Congregaçaõ do Oratorio"; "Licenças" (a da Religião, "dada na Bahia aos 13 de Julho de 1686. Alexandre de Gusmaõ"); "Erratas do Primeiro e deste Segundo Tomo do Rosario".

Com a data de 1688 há duas impressões; e também uma de 1748, com as licenças primitivas, mas com as datas delas mudadas para 1748.

11. *Sermoens do P. Antonio Vieyra, da Companhia de Jesu, Prègador de Sua Magestade. Undecima Parte, offerecida à Serenissima Rainha da Grã Bretanha.* [Trigrama da Companhia]. Lisboa, Na Officina de Miguel Deslandes, Impressor de Sua Magestade. M.DC.LXXXXVI. Com todas as licenças necessarias, & Privilegio Real. 8.º gr., XX inumrs. - 590 (incluidos os índices finais) - 23 pp. numrs. (um sermão impresso depois dos índices).

Nos Prelims.: Escudo de armas da Rainha D. Catarina, a quem dedica o volume; front.; Dedicatoria; Licenças (a da Religião "dada neste Collegio da Bahia aos 2 de Julho de 1695. Alexandre de Gusmaõ"); "Censura do M. R. P. M. Fr. Manoel de Saõ Joseph & Santa Rosa, Qualificador do Santo Officio"; "Censura do M. R. P. M. Fr. Alvaro Pimentel, Qualificador do Santo Officio"; "Censura do Illustrissimo Senhor Dom Diogo da Annunciaçaõ Iustiniano, Arcebispo de Cranganor"; "Sermoens que contem esta Parte" (XVI); "Erratas".

Conhecem-se duas impressões, de 1696, deste volume.

12. *Sermoens do P. Antonio Vieyra da Companhia de Jesu, Prègador de Sua Magestade. Parte Duodecima Dedicada á Pvrissima Conceiçaõ da Virgem Maria Senhora Nossa.* [Trigrama da Companhia]. Lisboa, Na Officina de Miguel Deslandes, Impressor de Sua Magestade. Com todas as licenças necessarias. Anno de 1699. A custa de Antonio Leyte Pereyra. 8.º gr., XX inumrs.- 442 pp. numrs.

Nos Prelims.: guarda, front., "Licenças" (a da Religião: Bahia aos 20 de Junho de 1697. Alexandre de Gusmaõ"; a do Paço: "Censura do Illustrissimo, e Reverendissimo Senhor Dom Diogo Justiniano, Arcebispo de Cranganor, do Conselho de Sua Magestade, &c.); "Sermoens, qve contem esta Dvodecima Parte". No fim, última página: Cólofon.

Deste tomo de 1699 conhecem-se duas impressões.

Ainda que publicado em 1690 incorporou-se nesta altura à Colecção o tomo seguinte, correspondente ao n.º XIII, porque o que se publicou depois traz o n.º XIV.

13. *Palavra de Deos empenhada, e desempenhada: Empenhada no Sermam das Exeqvias da Rainha N. S. Dona Maria Francisca Isabel de Saboya; Desempenhada no Sermam de Acçam de Graças pelo nascimento do Principe D. Joaõ Primogenito de Suas Magestades, que Deos guarde. Prègou hum, & outro o P. Antonio Vieyra da Companhia de Jesu, Prégador de S. Magestade: O primeiro na Igreja da Misericordia da Bahia, em 11. de Setembro, anno de 1684. O segundo Na Catedral da mesma Cidade, em 16. de Dezembro, anno de 1688.* [Vinheta]. Lisboa, Na Officina de Miguel Deslandes, Impressor de Sua Magestade. Com todas as licenças necessarias. Anno de 1690. 8.º gr., XVI inumrs.-296 pp. numers. (incluindo os dois índices finais).

Nos Prelims.: "Carta do Padre Antonio Vieyra para o Padre Leopoldo Fuess, Confessor da Rainha N. S."; "Licenças" (a da Ordem: "Dada neste Collegio da Bahia aos 19 de Julho de 1689. Antonio Vieyra" (Visitador da Provincia do Brasil); Parecer de Fr. Thomé da Conceição; Parecer de Fr. Francisco do Espirito Santo.

Com a data de 1690 há duas edições diferentes.

14. *Sermoens, e varios Discursos do Padre Antonio Vieyra da Companhia de Jesu, Prègador de Sua Magestade. Tomo XIV. Obra posthuma dedicada á Purissima Conceyçam da Virgem Maria*

Nossa Senhora. [Trigrama da Companhia]. Lisboa por Valentim da Costa Deslandes, Impressor de Sua Magestade. M.DCC.X. Com todas as licenças necessarias. 8.º gr., XXIV inumrs. - 350 pp. numrs. (incluindo os índices finais).

Nos Prelims.: guarda, front., "Indice universal de todos os Sermoens, que se achaõ nos quatorze Tomos do Padre Antonio Vieyra"; "Sermões das Festas immoveis", "Sermões das Festas moveis & quaresmaes", "Sermoens, e papeis varios"; Licenças: "Approvaçam do M. R. P. M. Fr. Joseph de Sousa, Qualificador do Santo Officio"; "Approvaçam do Doutor Fr. Jeronymo de Santiago, Qualificador do Sante Officio"; "Approvaçam do Illmo Arcebispo de Cranganor, Dom Diogo da Annunciaçaõ Justiniano, do Conselho de Sua Magestade, &c.; "Indice dos Sermoens e mais papeis, que contèm esta Parte".

15. *Sermões Varios, e Tratados, ainda naõ impressos do Grande Padre Antonio Vieyra da Companhia de Jesus: Offerecidos á Magestade delrey D. Joaõ V. nosso senhor*, Pelo P. André de Barros da Companhia de Jesus. Tomo XV. E de "Vozes Saudosas" Tomo II. Lisboa: Na Officina de Manoel da Sylva M.D.CC.XLVIII. Com permissaõ dos Superiores, e Privilegio Real. 8.º gr., XXIV inumrs. - 434 numrs. (incluindo os índices finais).

"Vozes Saudosas", mencionadas no título, não traz no Tomo I nenhum sermão de Vieira.

Sobre as diversas impressões de cada tomo e respectivas divergências (a 2.ª geralmente com as erratas da 1.ª, corrigidas), cf. Júlio de Morais, *Edições clandestinas dos Sermões do P. António Vieira*, na "Brotéria", série mensal, XXIX (Lisboa 1939) 454-461. — Talvez a palavra "clandestinas", que recai sobre diversos sermões publicados em Espanha, e o adverte Vieira, não deva recair sobre estes tomos portugueses, e se trate de edições feitas de comum acordo. Em todo o caso, há diferenças notáveis incluindo vinhetas.

Convém saber, como se verá das datas de impressão, na secção de *traduções*, que ainda em vida de Vieira sairam numerosos sermões vertidos em espanhol antes de se publicar o original português da edição geral de Lisboa, iniciada em 1679.

Os 15 tomos da edição *princeps*, contêm alguns escritos, que não são Sermões, e adiante se especificam nas secções respectivas. Os sermões, para suprimir confusões e facilitar a identificação com a avultada variedade de cópias dispersas pelos Arquivos, dão-se todos, com o tema ou versículo de cada qual; e se porventura algum teve edição *avulsa*, antiga e conhecida, em português ou noutra língua *fora de coletâneas*, indica-se também. Ordenam-se em quatro séries:

A — *Cronológica* (16-159); B — *Mariana* (160-187); C — *Xaveriana* (188-204); e D — *Série irredutível a nenhuma das outras três* (205-216).

A. Série Cronológica (16-159): *Sermões com data certa ou em período certo:*

16. *Sermaõ da Quarta Dominga da Quaresma, na Igreja da Conceição da Praya da Bahia, o primeiro que prègou na Cidade o Author antes de ser Sacerdote, anno de 1633.* — Colligite quæ superaverunt fragmenta, ne pereant. Joann. 6. (*Sermoens*, XII (1699) 133-147).

Estreia do púlpito público, fóra do Colégio. Costuma dar-se o seguinte, mas o dia de S. João Evangelista é a 27 de Dezembro. A 4.ª Dominga da Quaresma foi, nesse ano, a 6 de Março.

17. *Sermam. Na Bahia, a Irmandade dos Pretos, de hum Engenho em dia de São João Evangelista, Ano de 1633.* — Maria de qua natus est Iesus, qui vocatur Christus. Matth. 1. (Serie "Maria Rosa Mistica", *Sermoens*, IX (1686) 484-521).

18. *Sermam de S. Sebastiam, prégado na Igreja do mesmo Santo do Accupe, termo da Bahia. Anno de 1934.* — Beati pauperes: quia vestrum est Regnum Dei. Beati qui nunc esuritis quia saturabimini. Beati qui nunc fletis: quia ridebitis. Beati eritis cum vos oderint homines. Lucæ 6, 20. (*Sermoens*, XIV (1710) 189-205).

19. *Sermam do Sabbado antes da Dominga de Ramos, na Igreja de N. Senhora do Desterro. Bahia, anno de 1934.* — Cogitaverunt Principes Sacerdotum ut et Lazarum interficerent, quia multi propter illum abibant ex Judæis et credebant in Jesum. In crastinum autem turba multa, quæ venerat ad diem festum, cum audissent quia venit Jesus Jerosolymam, acceperunt ramos palmarum, et processerunt obviam ei. Joann. 12. (*Sermoens*, IX (1686) 508-532).

20. *Sermaõ da Conceyçaõ da Virgem Senhora Nossa, prègado pelo Author, antes de ser sacerdote, na Bahia, & na Igreja da mesma Invocaçaõ, que por estar na Praya, se julga extra muros, anno de 1635.* — David autem Rex genuit Salomonen ex ea, quæ fuit Uriæ, Matth. 1. (*Sermoens*, XII (1699) 1-21).

A data de 1635 deve ser lapso, pois Vieira ordenou-se em 1634. Cf. S. L., *História*, IV, 6.

21. *Sermam ao enterro dos ossos dos Enforcados, prégado na Igreja da Misericordia da Bahia, anno de 1637, em que ardia aquelle Estado em guerra.* — Misericordia, et veritas obvierunt sibi, justitia, et pax osculatæ sunt. Psalm. 84. (*Sermoens*, II (1682) 402-427).

22. *Sermam da Visitaçam de N. S. a Santa Isabel, na Misericordia da Bahia. Em acçaõ de graças pela vitoria da mesma Cidade, sitiada, & defendida, Anno de 1638.* — Et unde hoc mihi? Luc. 1. (*Sermoens*, VII (1692) 423-459).

23. *Sermam da Segunda Quarta Feira da Quaresma, na Misericordia da Bahia. Anno 1638.* — Generatio mala, et adultera signum quærit, et signum non dabitur ei. Matth. 12. (*Sermoens*, VII (1692) 253-288).

24. *Sermam de S. Antonio, na Igreja, e dia do mesmo Santo, havendo os Olandezes levantado o sitio, que tinhaõ posto à Bahia, assentando os seus quarteis, & batarias em frente da mesma Igreja.* — Protegam urbem hanc, et salvabo eam propter me, et propter David servum meum. 4. Reg. 19. (*Sermoens*, VI (1690) 93-128).

25. *Sermam da Santa Cruz na festa dos Soldados. Anno de 1638 Estando na Bahia a Armada Real, com muita da primeira nobreza de ambas as Coroas.* — Erat homo ex Pharisæis, Nicodemus nomine, Princips Iudæorum. Hic venit ad Jesum nocte, et dixit ei: Rabbi: — Sicut Moyses exaltavit serpentem in deserto: ita exaltari oportet Filium hominis. Joann. c. 3. (*Sermoens*, VI (1690) 326-354).

26. *Sermam do gloriosissimo Patriarcha S. Joseph. Na Cathedral da Bahia, Anno de 1639.* — Cum esset desponsata Mater Jesu Maria Joseph. Matth. 1. (*Sermoens*, XI (1696) 46-95).

27. *Sermam da Dominga XIX. Depois do Pentecoste, na Festa que se faz todos os mezes ao Santissimo Sacramento. — Na Cathedral da Bahia. Anno de 1639.* — Misit servos suos vocare invitatos ad nuptias. Matth. 22. (*Sermoens*, III (1683) 430-466).

28. *Sermam Na Se da Bahia, depois da Armada Real derrotada. Anno de 1639.* — David autem Rex genuit Salomonem. Matth. I. (Serie "Maria-Rosa Mistica", *Sermoens*, IX (1686) 410-453).

29. *Sermam de Nossa Senhora da Conceiçam, na Igreja da Senhora do Desterro. Bahia, anno de 1639.* — De qua natus est Jesus. Matth. 1. (*Sermoens*, VI (1690) 261-289).

30. *Sermam, qve pregou o P. Antonio Vieira da Companhia de Jesvs, na Misericordia da Bahia de todos os Santos, em dia da Visitação de Nossa Senhora, Orago da Casa. Assistindo o Marquez de Montalvão Visorrey daquelle Estado, Anno 1640.* — Ut facta est vox salutationis tuæ in auribus meis, exultavit in gaudio infans in utero meo (Luc. cap. 1). S. l. n. d., 4.º, 8 ff. inumrs., s. front.; — Lisboa, Offic. de Domingos Lopes Rosa, 1646, 4.º, 25 pp. inums.; — Lisboa, Offic. de Domingos Lopes Rosa, 1655, 4.º, 14 ff. inums.; — Lisboa, Offic. de Domingos Lopes Rosa, 1655, 4.º, 14 ff. inums. (com variante); — Coimbra, Impr. de Thome Carvalho Impr. da Vniverdade (sic), 1658, 4.º, 27 pp.; — *Sermoens*, VI (1690) 386-415.

31. *Sermam do Quarto Sabbado da Quaresma, na Igreja de Nossa Senhora da Ajuda da Bahia. Anno de 1640.* Pede o Autor a todos os que tomarem este Livro nas mãos, que por amor de Deos & de sy leaõ este primeiro Sermão, do Peccador resoluto a nunca mais peccar, com a attençaõ, & paciencia, que a materia requere. — Iam amplius noli peccare. Joan. 8. (*Sermoens*, IV (1685) 1-44).

32. *Sermam pelo bom successo das armas de Portugal contra as de Hollanda. Na Igreja de N. S. da Ajuda da Cidade da Bahia. Com o Santissimo Sacramento exposto. Sendo este o ultimo de quinze dias, nos quaes em todas as Igrejas da mesma Cidade se tinhaõ feito successivamente as mesmas deprecaçoens. Anno de 1640.* — Exurge, quare obdormis, Domine? Exurge, et ne repellas in finem. Quare faciem tuam avertis, oblivisceris inopiæ nostræ, et tribulationis nostræ? Exurge, Domine, adjuva nos et redime nos propter nomen tuum. Psal. 43. (*Sermoens*, III (1683) 467-496).

Pela veemência do patriotismo e beleza literária é considerado uma das mais altas expressões do púlpito cristão em todo o mundo e em todos os tempos. Muito reproduzido em colectâneas.

33. *Sermam de N. Senhora do O', na Igreja de Nossa Senhora da Ajuda, na Bahia, anno de 1640.* — Ecce concipies in utero, et paries Filium. Luc. 1. (*Sermoens*, IV (1685) 45-75).

34. *Sermaõ de dia de Reys, prégado no Collegio da Bahia. Na festa que fez o Marquez de Montalvaõ em acçaõ de graças pelas victorias, e felices sucessos dos primeiros seis mezes do seu governo, anno de 1641.* — Procidentes adoraverunt eum, et apertis thesauris suis, obtulerunt ei munera Aurum, Thus, et Myrrham. Matth. 2. (*Sermoens*, XV (1748) 1-47. Tomo II de "Vozes Saudosas").

35. *Sermam que pregou o R. P. Antonio Vieira da Companhia de Jesvs, na Capella Real o primeiro de Janeiro de 642.* — Postquam consummati sunt dies octo, ut circuncideretur puer vocatum est nomen ejus Jesus, quod vocatum est ab Angelo, priusquam in utero conciperetur. (Luc. cap. 2). S. l. n. a., 4.º, de 16 ff. (nums.

na frente); — Lisboa, Off. de Lourenço de Anueres, s. a., (no fim, traz a de 1642), 4.º, 29 pp.; — Lisboa, Off. de Domingos Lopes Rosa, 1645, 4.º, II-26pp. (inums.); — Lisboa, Off. de Domingos Lopes Rosa, s. d. (no fim, 165 (sic), 4.º, 28 pp. (inums.); — Coimbra, Off. de Thome de Carvalho, Imprensa da Universidade, 1658, 4.º, 29 pp.; — Coimbra, Off. de Thome de Carvalho, Impr. da Vniversidade, 1671, 4.º, II-20 pp.; *Sermoens*, XI (1696) 399-431 (com o ano errado: 1641 em vez de 1642).

Traduzido em flamengo e publ. em Antuérpia em 1646. Primeira tradução de obras de Vieira ?

36. *Sermam qve pregov o P. Antonio Vieira da Companhia de Iesvs na Caza professa da mesma Companhia em 16. de Agosto de 1642. Na festa qve fez a S. Roqve Antonio Tellez da Silva do Concelho de guerra de Sua Magestade Governador, & Capitam Geral do Estado do Brasil &c.* — Ut cum venerit et pulsaverit, confestim aperiant ei (Luc., cap. 12). — S. l. n. a., 4.º, 16 ff. (inums.) S. front.; — Lisboa, Off. de Domingos Lopes Rosa, 4.º, 14 ff. (inums.). Na esfera do front., o mote "Spera in Deo"; — Lisboa, Offic. de Domingos Lopes Rosa, 1642, 4.º, 14 ff. (inums.). (Impressão diferente da enunciada antes); — Lisboa, Offic. de Domingos Lopes Rosa, 1645 (no fim 642), 4.º, 14 ff. (inums.); — Lisboa, Offic. de Domingos Lopes Rosa, 1654, 4.º, 14 ff. (inums.); — Coimbra, Tomé de Carvalho Impres. da Universidade, 1658, 4.º, front. e 26 pp. nums. de 120 a 146; — Lisboa, Offic. de Domingos Lopes Rosa, 1659, 4.º, 14 ff. (inums.); — *Sermoens*, XI (1696) 49-75.

37. *Sermam do Esposo da Mãy de Deos S. Joseph. No dia dos Annos del Rey N. Senhor Dom Joam IV. Na Capella Real.* — Joseph fili David noli timere. Matth. 1. (*Sermoens*, VII (1692) 495-526). — Ver o seguinte:

38. *Sermam do Esposo da May de Deos S. Joseph — dia em que fez annos El Rey D. João o IV. na Capella Real, anno de 1642.* — Cum esset desponsata Mater Iesu Maria Joseph. Matth. 1. 18. (*Sermoens*, XII (1699) 362-379).

O primeiro destes sermões a S. José no aniversário de D. João IV, não traz data. Nem a traz no título das edições avulsas, por onde nos elucidem se se trata do 1.º ou do 2.º, ou dum e outro; — Lisboa, por Domingos Lopes Rosa, 1644, 4.º, 14 ff. (inums.); — Lisboa. Por Domingos Lopes Rosa, 1655, 4.º, 24 pp. (inums.); — Coimbra,

Impr. de Thome Carvalho Impr. da Vniversidade, 1658, 4.º, front. e 24 pp. nums. de 32 a 56; — Coimbra, Impr. de Thome Carvalho Impr. da Universidade, 1658, 4.º, 27 pp; — Evora, Offic. desta Universidade, 1659, 4.º, 12 ff. (inums.); — Lisboa, Impr. Real, por Antonio Craesbeeck de Mello, 1673, 4.º, 26 pp. (inums.).

39. *Sermam das Quarenta Horas, em Lisboa, na Igreja de S. Roque, Anno de 1642.* — Quis mihi det te fratrem meum sugentem ubera matris meæ, ut inveniam te foris, et deosculer te, et jam me nemo despiciat? Cant. 8. (*Sermoens*, XI (1696) 171-205).

40. *Sermaõ do SS. Sacramento.* Em Santa Engracia, anno de 1642. — Hic est panis, qui de cælo descendit. Joann. 6. (*Sermoens*, XII (1699) 295-315).

41. *Sermam das Dores da Sacratissima Virgem Maria, depois da morte de seu benditissimo Filho. Em Lisboa, na Igreja de S. Monica, & a Religiosas de Santo Agostinho. Anno de 1642.* — Doloris inferni circumdederunt me. Psalm. 17. (*Sermoens*, XI (1696) 470-480).

42. *Sermam que pregou o R. P. Antonio Vieira da Cõpanhia de Jesv, na Igreja das Chagas, em a festa, q̃ se fez a S. Antonio, aos 14 de Setẽbro de 642. Tendose publicado as Cortes pera o dia seguinte.* "Vos estis sal terræ" (Matth. 5) — S. l. n. d., 4.º, 14 ff. (inums.), s. front.; — Lisboa, Offic. de Domingos Lopes Roza, & á sua custa. an. 1642, 4.º, 14 ff. (inums.); — Lisboa, Offic. de Domingos Lopes Rosa, 1645, 4.º, 14 ff. (inums.); — Lisboa, Offic. de Domingos Lopes Rosa, 1645, 4.º, 14 ff. (inums.). As duas impressões deste ano distinguem-se pela palavra Viera (sic) e Vieira (sic) do front.; — Coimbra, Impr. de Thomé de Carvalho Impr. da Vniversidade, 1658, 4.º, 25 pp., nums. 95 (aliás 59) a 83; — Coimbra, Na Impressaõ da Viuva de Manoel de Carvalho, Impressor da Universidade, 1672, 4.º, front., 20 pp. Com grav. em mad. no rosto; — *Sermoens*, XI (1696) 138-168.

43. *Sermam do Mandato, prégado em Lisboa, no Hospital Real. Anno de 1643.* — Sciens Iesus quia venit hora ejus, ut transeat ex hoc mundo ad Patrem, cum dilexisset suos, qui erant in mundo, in finem dilexit eos. Joan. 13. (*Sermoens*, III (1683) 355-391).

44. *Sermam de Todos os Santos. Em Lisboa no Convento de Odivellas. Anno 1643.* — Beati mundi corde. Matth. 5. (*Sermoens*, IV (1685) 134-178).

45. *Sermam da Gloria de Maria Mãy de Deos, em dia de sua gloriosa Assumpçaõ, prègado na Igreja de Nossa Senhora da Gloria, em Lisboa no anno de 1644.* — Maria optimam partem elegit. Luc. 10. (*Sermoens,* II (1682) 27-52).

46. *Sermam de Santa Thereza e do Santissimo Sacramento, na Igreja da Encarnaçaõ de Lisboa. Concorrendo estas duas Festas na Dominga 19. post Pentecosten, anno 1644.* — Simile factum est Regnum Cælorum homini Regi, qui fecit nuptias filio suo. Et misit servos suos vocare invitatos. Matth. 22. — Caro mea verè est cibus: et sanguis meus verè est potus. Joan, 6. — Simile est Regnum Cælorum decem Virginibus quæ accipientes lampades suas exierunt obviam sponso, et sponsæ. Matth. 25. (*Sermoens,* III (1685) 497-538).

47. *Sermam de S. Ioam Baptista na profissam da Senhora Madre Soror Maria da Crvz, filha do Excelentissimo Duque de Medina Sydonia, sobrinha da Raynha N. S. Religiosa de Sam Francisco. No Mosteiro de N. Senhora da Quietaçam das Framẽgas, Em Alcantara. Esteve o Santissimo Sacramento exposto. Assistirão suas Magestades & Altezas. Pregovo o P. Antonio Vieira da Companhia de Iesus.* — Elisabeth impletum est tempus pariendi, et peperit filium. Et audierunt vicini, et cognati ejus, quia magnificavit Dominus misericordiam suam cum illa, et congratulabantur ei. Et venerunt circuncidere puerum, et vocabant eum nomine patris sui Zachariam. Et respondens mater ejus, dixit: Nequaquam, sed vocabitur Joannes (Luc. cap. 1) — s. l. n. d., 4.º, 100 ff. (inums.) S. front.; — Lisboa. Offic. de Domingos Lopes Rosa, 1644, 4.º, 16 ff. (inums.); — Lisboa, Off. de Domingos Lopes Rosa, 1652, 4.º, 16 ff. inums.; — Coimbra, Impr. de Thome Carvalho Impr. da Vniversidade, 1658, 4.º, 35 pp.; — Coimbra, Impr. de Thome Carvalho Impr. da Vniversidade, 1658, 4.º, front. e 32 pp. numrs. de 86 a 118; — Evora, Off. desta Universidade, 1659, 4.º, 16 ff. (inums.); — *Sermoens,* V (1696) 533-570: diz que foi pregado o "Anno de 1644".

48. *Sermão de São Roque, panegyrico, & apologetico, no Anniversario do nascimento do Principe D. Affonso na Capella Real, anno de 1644.* — Sint lumbi vestri præcincti, et lucernæ ardentes in manibus vestris. Luc. 12. 35. (*Sermoens,* XII (1699) 22-53).

49. *Sermam de S. Pedro. Ã Veneravel Congregação dos Sacerdotes. Lisboa, em S. Juliaõ. Anno 1644.* — Vos autem quem me esse dicitis? Matth. 16. (*Sermoens*, VII (1692) 214-252).

50. *Sermam da terceira Dominga do Advento, na Capella Real, anno de 1644.* — Miserunt Judæi ab Jerosolymis sacerdotes, et Levitas ad Joannem ut interrogarent eum: Tu quis es? Joannis 1. (*Sermoens*, VI (1690) 129-162).

51. *Sermam de S. Joaõ Euangelista. Festa do Principe D. Theodosio na Capella Real, anno 1644.* — Conversus Petrus vidit illum discipulum, quem diligebat Jesus, sequentem. Joann. 21. (*Sermoens*, V (1689) 404-430).

52. *Sermam da Primeira Sexta Feira da Quaresma. No Convento de Odivellas. Anno de 1644.* — Diligite inimicos vestros. Matth. cap. 5. (*Sermoens*, IV (1685) 76-105).

53. *Sermam do SS. Sacramento Em Santa Engracia. Anno de 1645.* — Caro mea verè est cibus, et sanguis meus verè est potus. Ioan. 6. (*Sermoens*, I (1679) 143-228).

54. *Sermam do Mandato — prégado na Capella Real, anno de 1645.* — Sciens Iesus quia venit hora ejus, ut transeat ex hoc mundo ad Patrem, cum dilexisset suos, qui erant in mundo in finem dilexit eos. Joan. 13. (*Sermoens*, II (1682) 371-401).

55. *Sermam pelo bom successo de nossas armas, tendo El Rey Dom Joaõ o IV passado a Alem-Tejo, na Capella Real, Anno de 1645. Com o Santissimo Sacramento exposto.* — Erige brachium tuum sicut ab initio, et allide virtutem eorum virtute tua, cadat virtus eorum in iracundia tua. Non enim in multitudine est virtus tua Domine, neque in equorum viribus voluntas tua est. Deus Cælorum, creator aquarum, et Dominus totius creaturæ, exaudi me miseram deprecantem, et de tua misericordia præsumentem. Memento Domine testamenti tui. Judith, cap. 9. (*Sermoens*, VII (1692) 460-494).

56. *Sermaõ da Exaltaçaõ da Santa Cruz, no Convento da Annunciada em Lisboa, anno de 1645.* — Nunc judicium est mundi: nunc princeps hujus mundi ejicietur foras: et ego si exaltatus fuero à terra, omnia traham ad me ipsum. Joann. 12. (*Sermoens*, XII (1699) 54-77).

57. *Sermaõ das Chagas de S. Francisco, em Lisboa na Igreja da Natividade, anno de 1646.* — Si quis vult post me venire, abneget semetipsum: tollat Crucem suam, et sequatur me. Matth. 16. (*Sermoens*, XII (1699) 229-251).

58. *Sermam da primeira Oitava da Paschoa, na Capella Real, anno de 1647.* — Duo ex Discipulis Jesu ibant ipsa die in Castellum nomine Emaùs. Luc. 24. (*Sermoens*, VI (1690) 197-226).

59. *Sermam da Bulla da S. Cruzada, Na Cathedral de Lisboa. Anno de 1647.* — Unus militum lanceâ latus eius aperuit, et cnrtinuo exiuit sanguis, et aqua. Joan. 19. (*Sermoens*, I (1679) 961-1038).

60. *Sermam das Obras de Misericordia a Irmandade do mesmo nome, na Igreja do Hospital Real de Lisboa, em dia de Todos os Santos, com o Santissimo exposto, anno de 1647.* — Beati pauperes: Beati misericordes. Matth. 5. (*Sermoens*, VI (1690) 163-196); — *Sermam das Obras de Misericordia, que prégou a favor dos pobres o principe dos prégadores o P. Antonio Vieira, da Companhia de Jesus, natural desta cidade, na Igreja do Hospital Real; com o Santissimo exposto.* Reimpresso á custa de D. F. A. F. do S. Officio. Lisboa, 1753, 4.º, 31 pp.

61. *Sermam de S. Agustinho. Prégado na sua Igreja, & Convento de S. Vicente de Fóra. Em Lisboa. Anno de 1648.* — Sic luceat lux vestra coram hominibus, ut videant opera vestra bona, et glorificent Patrem vestrum, qui in cælis est. Matth. 5. (*Sermoens*, III (1683) 97-145).

62. *Oraçam fvnebre, que disse o R. P. Antonio Vieira da Companhia de Iesv, Prégador de Sua Magestade. No Convento de S. Francisco de Xabregas nas exequias da senhora Dona Maria de Ataide.* — "Maria optimam partem elegit" (Luc. 10). S. l. n. d., 4.º, 13 ff. inums. S. front.; — S. l. n. d., 4.º, 14 ff. inums. S. front. — S. l. n. a., 4.º, 16 ff. S. front.; — Lisboa na Officina Crasbeeckiana, 1650, 4.º (com 2 epigramas latinos do Autor a este assunto); — Lisboa, Off. de Domingos Lopes Rosa, 1650, 4.º, 38 pp.; — Coimbra, Impr. de Thome Carvalho Impr. da Vniversidade. Año 1658, 4.º, front. e 22 pp. numrs. de 173 a 194; — Coimbra, Impr. de Thome Carvalho Impressor da Vnivers. 1658, 4.º, nums. de 175 (aliás 173) a 194. No v. do front.: "pode correr este Sermão... Lisboa 10 de mayo de 658"; — S. l. [Lisboa], Offic. de Domingos Lopes Rosa, 1658, 4.º, 14 ff. inums.; — Coimbra por Manoel de Carvalho, 1672, 4.º; — *Sermoens*, IV (1685) 434-458.

Estas edições, excepto as duas primeiras, todas trazem "Enxobregas"; algumas acrescentam a qualidade da senhora, "filha dos condes de Atouguia, Dama de Palácio", e o ano em que foi pregado, 1649. E, em todas as edições avulsas, o título de "Oraçam funebre".

63. *Sermam da Dominga Vigessima segunda post Pentecosten. Na Sé de Lisboa. Anno 1649.* — Licet censum dare Cæsari, an non ? Matth. 22. (*Sermoens*, VII (1692) 52-92).

64. *Sermam da primeira Sexta Feira da Quaresma, em Lisboa, na Capella Real. Anno de 1649.* — Ego autem dico vobis: Diligite inimicos vestros, benefacite his, qui oderunt vos, ut sitis filii Patris vestri, qui in caelis est. Matth. 5. (*Sermoens*, XI (1696) 96-137).

65. *Sermaõ das Exequias do serenissimo infante de Portugal D. Duarte de dolorosa memoria, morto no Castello de Milaõ.* — Frater ejus mortuus est, et ipse remansit solus. Gen. 42. 38. (*Sermoens*, XV (1748) 164-252 — II de "Vozes Saudosas").

66. *Sermam do Mandato. Na Capella Real. Anno 1650.* — Et vos debetis alter alterius lavare pedes. Joan. 13. (*Sermoens*, VII (1692) 333-374).

"Sermão das Finezas de Cristo".

67. *Sermam da Primeira Dominga do Advento, na Capella Real anno de 1650.* — Tunc videbunt Filium hominis venientem in nubibus Cæli cum potestate magna, et majestate. Luc. 21. (*Sermoens*, III (1683) 146-175).

"Sermão do Juízo".

68. *Sermam da Primeira Sexta Feira da Quaresma. Na Capella Real. Anno de 1651.* — Ego autem dico vobis: Diligite inimicos vestros, benefacite his, qui oderunt vos. Matth. 5. (*Sermoens*, IV (1685) 210-247).

69. *Sermam da Segunda Dominga da Quaresma. Em Lisboa na Capella Real. Anno de 1651.* Resplenduit facies ejus sicut Sol: vestimenta autem ejus facta sunt alba sicut nix. Matth. 17. (*Sermoens*, IV (1685) 179-209).

"Sermão das Mentiras", cf. *Cartas de Vieira*, III, 472.

70. *Sermam da Terceira Quarta Feira da Quaresma, prégado na Capella Real. Anno de 1651.* — Dic, ut sedeant hi duo filij mei, unus ad dexteram tuam, et unus ad sinistram in Regno tuo. Matth. 20. (*Sermoens*, III (1683) 65-96).

71. *Sermam da Quinta Dominga da Quaresma — prégado na Cathedral de Lisboa, anno de 1651.* — Si veritatem dico vobis, quare non creditis mihi ? Joan. 8. (*Sermoens*, II (1682) 242-272).

72. *Sermam de Nossa Senhora da Graça. Prégado em Lisboa, na Igreja de N. Senhora dos Martyres, anno de 1651* — Stabat juxta Crucem Iesu Mater ejus. Joan. 19. (*Sermoens*, II (1682) 273-308).

73. *Sermam do Demonio Mudo, no Convento de Odivellas, R - ligiosas do Patriarcha S. Bernardo. Anno de 1651.* — Erat Jesus ejiciens dæmonium, et illud erat mutum. Luc. 11. (*Sermoens*, XI (1696) 281-321).

74. *Sermaõ das Exequias do Conde de Unhaõ D. Fernaõ Telles de Menezes de feliz memoria, prégado na Villa de Santarêm, anno de 1651.* — Enoch vixit sexaginta quinque annis, et genuit Mathusalem, et ambulavit Enoch cum Deo et genuit filios, et filias, ambulavitque cum Deo, et non apparuit quia tulit eum Deus. Gen. 5, 21. (*Sermoens*, XV (1748) 306-342. II de "Vozes Saudosas").

75. *Sermam de Santa Iria, em Santarem.* — Quinque autem ex eis erant fatuæ, et quinque prudentes. Matth. 25. (*Sermoens*, VI (1690) 355-385).

76. *Sermam na Segunda Feyra depois da Segunda Dominga da Quaresma, em Torres Vedras, andando o Author em Missaõ, anno de 1652.* — Ego vado, et quæretis me, et in peccato vestro moriemini. Joan. 8. (*Sermoens*, VI (1690) 416-469).

77. *Sermam de S. Roque — na Capella Real. Anno 1652.* Tendo o Autor prègado no dia do mesmo Santo em S. Roque Igreja da Casa Professa da Companhia de Jesu. — Beati servi illi. Luc. 12. (*Sermoens*, IV (1685) 459-490).

78. *Sermam da Primeira Dominga do Advento, prégado na Capella Real, anno de 1652.* — Amen dico vobis, nom præteribit generatio hæc, donec omnia fiant. Luc. 21. (*Sermoens*, II (1682) 428-470).

79. *Sermam de Nossa Senhora de Penha de França, Na sua Igreja, e Convento da Sagrada Religiaõ de Santo Agostinho Em Lisboa, no primeyro Dia do Triduo de sua Festa: Com o Santissimo Sacramento Exposto. Anno de 1652.* — Liber generationis Iesu Christi, Filii David, Filii Abraham. Matth. 1. (*Sermoens*, I (1679) 693-758).

80. *Sermam no Sabbado Quarto da Quaresma, Em Lisboa. Anno de 1652.* — Hoc autem dicebant tentantes eum, ut possent accusare eum. Ioan. 8. (*Sermoens*, I (1679) 759-842).

81. *Sermaõ na degollaçaõ de S. Joaõ Baptista, em Odivelas, anno de 1653.* — Misit Herodes ac tenuit Joannem, et vinxit eum in carcere propter Herodiadem uxorem Philippi fratris sui, quia duxerat eam... Et decollavit eum in carcere. Marc. 6. (*Sermoens*, XII (1699) 78-106).

Lapso do ano. Em 1653, Vieira estava nas Missões do Maranhão e Pará. Em 1652 podia ser.

82. *Sermaõ da primeira Dominga da Quaresma, na Cidade de S. Luis do Maranhaõ, anno de 1653.* — Hæc omnia tibi dabo, si cadens adoraveris me. Matth. 9. (*Sermoens*, XII (1699) 316-240).

"Sermão das Tentações" ou "Sermão dos Escravos".

83. *Sermaõ de S. Antonio, na dominga infra octavam de Corpus Christi, com o Santissimo Sacramento exposto, em S. Luis do Maranhaõ, anno de 1653.* — Homo quidam fecit cænam magnam. Luc. 14. 16. Vos estis sol terræ: Vos estis lux mundo. Matth. 5. 13. 14. (*Sermoens*, XII (1699) 107-132).

84. *Sermam da publicaçam do Jubileo, na Dominga terceira post Epiphaniam, em S. Luis do Maranhaõ. Anno de 1654.* — Extendens Iesus manum suam tetigit eum, dicens: Volo, mundare: et confestim mundata est lepra ejus. Matth. 8. (*Sermoens*, VII (1692) 177-213).

85. *Sermam da Quinta Dominga da Quaresma. Na Igreja Maior da Cidade de Saõ Luis no Maranhaõ.* — Si dixero quia non scio eum, ero similis vobis mendax. Joan. 8. (*Sermoens*, IV (1685) 291-317).

86. *Sermam de N. S. do Rosario, com o Santissimo Sacramento exposto.* — No Sabbado da infra Octavam Corporis Christi, & na hora, em que todas as tardes se reza o Rosario na Igreja do Collegio da Companhia de Iesu do Maranhaõ, & nos Sabbados se conta hum exemplo da mesma devaçaõ, anno de 1654. — Venter tuus sicut acervus tritici, vallatus lilijs. Cant. 7. (Série "Maria Rosa Mistica", Sermoens, IX (1686) 146-178, errada. (146 = 522; 178 = última p. do texto).

87. *Sermam de S. Antonio. Prégado na Cidade de São Luis do Maranhaõ anno de 1654.* — Este Sermaõ (que todo he allegorico) prègou o Autor tres dias antes de se embarcar occultamente para o Reyno, a prccurar o remedio da salvação dos Indios, pelas causas que se appontaõ no I. Sermaõ do I Tomo. E nelle tocou todos os pontos de doutrina (posto que perseguida) que mais necessarios eraõ ao bem espiritual, & temporal daquella terra, como facilmente se pcde entender das mesmas allegorias. — Vos estis sal terræ. Matth. 5. (*Sermoens*, II (1682) 309-345).

Sermão aos Peixes ou Sermão das "Verdades".

88. *Sermam de Santa Theresa, no Collegio da Companhia de Jesu da Ilha de S. Miguel: Avendo escapado o autor de hum terrivel naufragio, & apportado àquella ilha.* — Quinque autem ex eis erant fatuæ, et quinque prudentes. Matth. 25. (*Sermoens*, IV (1685) 248-290).

89. *Sermam da Sexagesima prégado na Capella Real.* — Este Sermaõ prégou o Author no anno de 1655 vindo da Missaõ do Maranhaõ, onde achou as difficuldades, que nelle se apontaõ: as quaes vencidas, com novas ordens Reaes voltou logo para o mesma Missaõ. — Semen est Verbum Dei. Luc. 8. (*Sermoens*, I (1679) 1-86).

Sermão da "Palavra de Deus": com ele Vieira abre intencionalmente a colecção geral dos seus *Sermoens*.

90. *Sermam da Primeyra Dominga da Quaresma, pregado na Capella Real, no anno de 1655.* — Ostendit ei omnia regna mundi, et gloriam eorum, et dixit ei: hæc omnia tibi dabo, si cadens adoraveris me. Matth. 4. (*Sermoens*, II (1682) 53-85).

91. *Sermam da Terceyra Dominga da Quaresma, Na Capella Real. Anno 1655.* — Cum eiecisset Dæmonium, locutus est mutus: et admiratæ sunt turbæ. Luc. 11. (*Sermoens*, I (1679) 449-558).

92. *Sermam da Quarta Dominga da Quaresma pregado em Lisboa na Capella Real, anno 1655.* — *Na ocasiaõ em que o Author tendo feito a primeira retirada da Corte para o Maranhaõ, dispunha a segunda, que tambem executou.* — Fugit iterum in montem ipse solus. Joan. 6. (*Sermoens*, III (1683) 179-215).

93. *Sermam da Quinta Dominga da Quaresma, em Lisboa, na Capella Real, Anno de 1655.* — Quis ex vobis arguet me de peccato ? Si veritate dico vobis, quare non criditis mihi ? Joan. 8. (*Sermoens*, XI (1696) 432-469).

94. *Sermam do Mandato, concorrendo no mesmo dia o da Encarnação. Anno de 1655. Prègado na Misericordia de Lisboa às 11 da manhaã.* — Sciens quia à Deo exivit, et ad Deum vadit: Cum dilexisset suos, in finem dilexit eos. Joann. 13. (*Sermoens*, IV (1685) 318-356).

95. *Sermam Segundo do Mandato, no mesmo dia, prégado na Capella Real às tres da tarde.* — Sciens Iesus quia venit hora ejus, ut transeat ex hoc mundo ad Patrem: cum dilexisset suos, in finem dilexit eos. Joan. 13. (*Sermoens*, IV (1685) 357-395).

96. *Sermam do Bom Ladram, prégado na Igreja da Misericordia de Lisboa, Anno 1655.* — Domine, memento mei, cum veneris in Regnum tuum: Hodie mecum eris in Paradiso. Luc. 23. (*Sermoens*, III (1683) 317-354).

97. *Sermam de Dia de Ramos, prégado na Matriz do Maranhaõ. Anno 1656.* — Alij autem cædebant ramos de arboribus, et sternebant in via. Matth. 21. (*Sermoens*, III (1683) 290-316).

98. *Sermam da Primeira Oitava das Paschoa. Na Matriz da Cidade de Belem no Gram Parà: Anno de 1656. Na occasiaõ em que chegou a nova de se ter desvanecido a esperança das Minas que com grandes empenhos se tinhaõ ido descubrir.* — Qui sunt hi sermones, quos confertis ad invicem ambulantes, et estis tristes ? Nos autem sperabamus, quia ipse esset redempturus Israel. Luc. 24. (*Sermoens*, IV (1685) 396-433).

99. *Sermaõ das Exequias do augustissimo Rey D. Joaõ IV. o Animozo, o Invicto Pay da Pátria, de immortal memoria.* — Inveni David servum meum: oleo sancto meo unxi eum: Manus enim mea auxiliabitur ei et brachium meum confortabit eum. Ps. 88, 21. (*Sermoens*, XV (1748) 279-305 — II de "Vozes Saudosas").

100. *Sermaõ da Quarta Dominga da Quaresma, na Matriz da Cidade de S. Luis do Maranhaõ, anno de 1657.* — Ut autem impleti sunt, collegerunt, et impleverunt duodecim cóphinos fragmentorum. Joann. 6. (*Sermoens*, XII (1699) 203-228).

101. *Sermam de Santo Antonio, pregado na Dominga infra Octavam do mesmo Santo em o Maranhaõ, Anno 1657.* — Quæ mulier habens drachmas decẽ, et si perdiderit drachmam unam, nonne accendit lucernam, et everrit domum et quærit diligenter, donec inveniat? Luc. 15; — Neque accendunt lucernam, et ponunt eam sub modio, sed super candelabrum, ut luceat omnibus, qui in domo sunt. Matth. 5. (*Sermoens*, III (1683) 216-251).

102. *Sermam do Espirito Santo, prégado na Cidade de S. Luis do Maranhaõ, na Igreja da Companhia de Iesu, em occasiaõ que partia ao Rio das Almazonas huma grande Missaõ dos mesmos Religiosos.* — Ille vos docebit omnia quæcunque dixero vobis. Joan. 14. (*Sermoens*, III (1683) 392-429).

103. *Sermam do Nacimento da Virgem Maria, Debaxo da Inuocação de N. Senhora da Luz: Titulo da Igreja, & Collegio da Companhia de Iesu, na Cidade de S. Luis do Maranhaõ. Anno de 1657.* — De qua natus est Iesus. Matth. 1. (*Sermoens*, I (1679) 229-298).

104. *Sermaõ da Ressurreiçaõ de Christo, na Matriz da Cidade de Belem do Pará, anno de 1658.* — Nolite expavescere: Jesum quæritis Nazarenum, crucifixum: surrexit, non est hic. Marc. 16. (*Sermoens*, XII (1699) 148-169).

105. *Sermam de N. S. do Carmo, prégado na festa de sua Religiaõ com o Santissimo Sacramento exposto, na Igreja, & Convento da mesma Senhora, na Cidade de S. Luis do Maranhaõ, anno de 1659.* — Beatus venter, qui te portavit, et ubera, quæ suxisti: quinimò beati, qui audiunt verbum Dei, et custodiunt illud. Luc. 11. (*Sermoens*, III (1683) 24-64).

106. *Sermam de Nossa Senhora da Graça, Orago da Igreja Matriz da Cidade do Pará, cuja festa se celebra no dia da Assumpçaõ da mesma Senhora.* — Maria optimam partem elegit. Luc. 10. (*Sermoens*, IX (1686) 363-403).

Este sermão e mais alguns, que seguem, não trazem data. O terem sido pregados no Pará e no Maranhão, situa-os neste período.

107. *Sermam de S. Pedro Nolasco, prégado no dia do mesmo Santo, no qual se dedicou a Igreja de Nossa Senhora das Merces, na Cidade de Saõ Luis do Maranhaõ.* — Com o Santissimo Sacramento exposto. — Ecce nos reliquimus omnia, et secuti sumus te: quid ergo nobis? Matth. 19. (*Sermoens*, II (1682) 184-214).

108. *Sermaõ das Exequias do Serenissimo Principe de Portugal D. Theodosio de saudosa memoria, prégado no Collegio da Companhia de Jesus de S. Luis do Maranhaõ.* — Dominus dedit, Dominus abstulit, sicut Domino placuit, ita factum est, sit nomem Domini benedictum. Job, 1, 21. (*Sermoens*, XV (1748) 253-278).

109. *Sermam da quarta Dominga depois da Paschoa, com commemoraçaõ do Santissimo Sacramento, em S. Luis do Maranhaõ.* — Vado ad eum, qui me misit, et nemo ex vobis interrogat me, quò vadis. Sed quia hæc locutus sum vobis, tristitia implevit cor vestrum. Joan. 16. (*Sermoens*, VII (1692) 375-422).

110. *Sermam de Santo Antonio, em dia da Santissima Trindade, na Cidade do Maranhaõ.* — Qui fecerit, et docuerit, hic magnus vocabitur in regno cælorum. Matth. 5. (*Sermoens*, XI (1696) 344-398).

111. *Sermam da Dominga Vigesima segunda post Pentecosten, na occasiaõ em que o Estado do Maranhaõ se repartio em dous Governos, & estes se deraõ a Pessoas particulares moradores da mesma terra.* — Cujus est imago hæc, et superscriptio? Dicunt ei: Cæsaris. Matth. 22. (*Sermoens*, V (1689) 329-362).

112. *Pratica espiritual da Crucifixaõ do Senhor, feita no Collegio da Companhia de Jesus em S. Luiz do Maranhaõ.* — Factus obediens usque ad mortem, mortem autem Crucis. Ad Philip. 2, 8. (*Sermoens*, XV (1748) 109-132 — II de "Vozes Saudosas").

113. *Sermam na madrugada da Ressurreiçam. Em Belem do Gram Pará.* — Surrexit, non est hic. Marc. 16. (*Sermoens*, VII (1692) 289-304).

114. *Sermam de S. Roque prégado na Capella Real, anno de 1659. auendo Peste no Reyno do Algarue.* — Beati sunt servi illi; quos, cum venerit Dominus, invenerit vigilantes: quòd si venerit in secunda vigilia, et si in tertia vigilia venerit, et ita invenerit, beati sunt servi illi. Luc. 11. (*Sermoens*, II (1682) 147-183).

Há duas erratas nestes dizeres: no cap. de S. Lucas, que não é 11, mas 12; e na data em que foi pregado na Capela Real: não pode ser 1659, ano em que ainda residia nas Missões do Maranhão e Pará.

115. *Sermam da Epiphania, na Capella Real. Anno de 1662.* — *Prègado à Rainha Regente na menoridade d'El-Rey, em presença de ambas as Magestades: na occasiaõ em que o Autor, & outros Religiosos da Companhia de Jesu chegaraõ a Lisboa expulsados das Missoens do Maranhaõ pela furia do Povo, por defenderem os injustos cativeiros, & liberdade dos Indios, que tinhaõ a seu cargo.* — Cum natus esset Jesus in Bethlehem Juda in diebus Herodis Regis, ecce Magi ab Oriente venerunt. Matth. 2. (*Sermoens*, IV (1685) 491-549).

É o "Sermão das Missões" ou o "Sermão da Amazónia". Traduzido em diversas línguas e reproduzido em colectâneas. Escolhido nas Comemorações Centenárias de Portugal em 1940, para simbolizar a Expansão, Trabalhos e Esforço Espiritual dos Portugueses no Mundo. Cf. infra, secção VI; e supra, *História*, IV, 60.

116. *Sermam da Sexta Feyra da Quaresma, pregado na Capella Real anno 1662.* — Collegerunt Pontifices, et Pharisaei Concilium. Joan. 11. (*Sermoens*, II (1682) 215-241).

117. *Sermam do Santissimo Sacramento. Em Santa Engracia. Anno 1662.* — Qui manducat meam carnem, et bibit meum sanguinem, in me manet, et ego in illo. Joan. 6. (*Sermoens*, VII (1692) 93-130).

118. *Sermam de S. Catherina, pregado à Universidade de Coimbra, Anno 1663.* — Quinque autem ex eis erant fatuæ, et quinque prudentes. Matth. 25. (*Sermoens*, III (1685) 252-289).

119. *Sermam de Santa Catharina, Virgem, & Martyr em occasiaõ, que se festejava em Lisboa huma grande Vitoria.* — Ne fortè. Matth. 25. (*Sermoens* XI (1696) 1-45).

Sermão sem data. O ser também de Santa Catarina reune-os aqui; mas este segundo é anterior a 1663.

120. *Sermam historico, e panegyrico do P. Antonio Vieyra da Companhia de Iesv, Prègador de Sua Magestade, nos annos da Serenissima Rainha N. S. Offerecido a Sva Magestade pello R. P. Manoel Fernandes, da mesma Companhia, Confessor do Principe Regente.* — Paraclitus autem Spiritus sanctus, quem mittet Pater in nomine meo, ille vos docebit omnia. Joan. 14. Lisboa, Na Officina de Ioam da Costa, M.DCL.XVIII. Com todas as licenças necessarias e privilegios. 4.º, 36 pp. Saragoça, por Diego Iturbi, 1668, 4.º, VIII-31 pp. (em português); — *Sermoens,* XIV (1710) 1-48.

Os Anos da Rainha, 22 de Junho. Traduzido em francês (1669).

121. *Serman Gratulatorio e Panegyrico, que pregou o Padre Antonio Vieyra, da Companhia de Jesu Pregador de Sua Magestade, Na menhãa do dia de Reys, sendo presente com toda a Corte, o Principe nosso Senhor ao Te Deum, que se cantou na Capella Real. Em acçam de graças pelo felice Nacimento da Princeza Primogenita de que Deos fez mercê a estes Reynos na madrugada do mesmo dia, deste anno M.DC.LXIX.* Dedicado à Rainha N. Senhora. — Te Deum laudamus, te Dominum confitemur: te aeternum Patrem omnis terra veneratur. Em Evora com todas as Licenças, & Privilegio. Na Officina da Universidade. Anno M.DC.LXIX. 4.º, 24 pp.; — *Sermoens,* XII (1699) 170-202.

Traduzido em francês (1669).

122. *Sermam da Terceyra Quarta Feyra da Quaresma, Na Capella Real. Anno 1669.* — Nescitis, quid petatis. Matth. 20. (*Sermoens,* I (1679) 299-364).

Sermão dos "Pretendentes".

123. *Sermam da Quinta Quarta Feyra da Quaresma na Misericordia de Lisboa. Anno de 1669.* — Vidit hominem cæcum. Ioan. 9. (*Sermoens,* I (1679) 609-692).

124. *Sermam do Santissimo Sacramento, prégado no Real Convento da Esperança, em Lisboa anno de 1669.* — Hic est panis, qui de Cælo descendit. Joan. 6. (*Sermoens,* III (1683) 1-23.

Sermão do "Convite", cf. *Cartas de Vieira,* III, 470.

125. *Sermam das Lagrimas de S. Pedro, Em segunda feyra da Somana Santa na Cathedral de Lisboa. Anno de 1669.* — Cantavit Gallus, et conversus Dominus respexit Petrum, et egressus foras flevit amarè. Luc. 22. (*Sermoens,* I (1679) 843-900).

126. *Sermam de S. Ignacio, Fundador da Companhia de Iesu. Em Lisboa, no Real Collegio de S. Antaõ. Anno 1669.* — Et vos similes hominibis expectantibus Dominum suum. Luc. 12. (*Sermoens,* I (1679) 365-448).

Traduzido em italiano e espanhol.

127. *Sermam de Quarta Feira de Cinza, Em Roma: na Igreja de S. Antonio dos Portuguezes. Anno de 1670.* — Memento Homo, quia puluis es, et in puluerem reverteris. (*Sermoens*, I (1679) 87-142).

128. *Sermam da Terceyra Quarta Feyra da Quaresma, prégado na Capella Real, no anno de 1670.* — Non est meum dare vobis, sed quibus paratum est à Patre meo. Matth. 20. (*Sermoens*, II (1682) 86-125).

Lapso de data. Em 1670 Vieira estava em Roma.

129. *Sermam do Mandato, Em Roma: na Igreja de Santo Antonio dos Portuguezes. Anno de 1670.* — Sciens Iesus quia venit hora eius, ut transeát ex hoc mundo ad Patrem, cùm dilexisset suos, qui erant in mundo, in finem dilexit eos. Joan. 13. (*Sermoens*, I (1679) 901-960).

130. *Sermam de S. Antonio, prégado em Roma na Igreja dos Portuguezes, & na occasiaõ, em que o Marquez das Minas, Embaxador Extraordinario do Principe nosso Senhor fez a Embaxada de Obediencia á Santidade de Clemente X.* — Vos estis Lux Mundi. Matth. cap. 5. (*Sermoens*, II (1682) 126-146).

131. *Sermão de S. Antonio, em Roma na Igreja dos Portuguezes, segunda parte do impresso no segundo Tomo a folhas 126.* — Avia-se de pregar no anno seguinte, & por enfermidade do Author se naõ pregou. — Sic luceat lux vestra coram hominibus, ut videart opera vestra bona, et glorificent Patrem vestrum, qui in cælis est. Matth. 5. (*Sermoens*, XII (1699) 252-294).

132. *Sermam das Chagas qve pregov o R. P. Antonio Vieira da Companhia de Iesus, Pregador de S. Alteza, no Octauario da mesma festa, & na Igreja da mesma Invocaçam em Roma. Traduzido de italiano em portuguez por Ioam de Mesqvita Arroyo.* Lisboa, a custa de Miguel Manescal, Liureiro de S. Alteza, 1673, 4.º, 23 pp.; — *Sermaõ das Chagas de S. Francisco, pregado em Roma na Archiirmandade dasmesmas Chagas, anno de 1672.* — Adimpleo ea, quæ desunt passionum Christi in carne mea. Coloss. 1. (*Sermoens*, XII (1699) 341-361).

Publ. em italiano e trad. também em espanhol.

133. *Sermam de Quarta Feyra de Cinza, Em Roma: na Igreja de S. Antonio dos Portuguezes. Anno de 1673. aos 15. de Feve-*

reiro, dia da Transladaçaõ do mesmo Santo. — Puluis es, et in puluerem reverteris. Genes. 3, 19. (*Sermoens*, I (1679), 1039-1118).

134. *Sermam do SS. Sacramento, Exposto na Igreja de S. Lourenço In Damaso, nos dias do Carnaval, Em Roma. Anno 1674. Traduzido de italiano.* — Tentat vos Dominus Deus vester, ut palam fiat, utrum diligatis eum, an non? Deuter. 13. (*Sermoens*, I (1679) 559-608).

135. *Sermam da Rainha Santa Isabel, prègado em Roma na Igreja dos Portuguezes no anno de 1674.* — Simile est Regnum Cælorum homini negotiatori quærenti bonas margaritas: inventa autem una pretiosa, abijt, et vendit omnia, quæ habuit, et emit eam. Matth. 13. (*Sermoens*, II (1682) 1-26).

136. *Sermam das Cadeas de S. Pedro, em Roma, Prègado na Igreja de S. Pedro. No qual Sermão he obrigado, por Estatuto, o Prègador a tratar da Providencia. Anno de 1674.* — *Traduzido de Italiano em Portuguez.* — Tibi dabo claves Regni cælorum. Matth. 16. — Vinctus catenis duabus. Act. 12. (*Sermoens*, IV (1685) 106-133).

137. *Sermam do beato Estanislao Koska, da Companhia de Jesus, prègado na lingua Italiana, em Roma, na Igreja de Santo Andre de Monte Cavallo, Noviciado da mesma Companhia. Anno de 1674.* — Beatus venter, qui te portavit. Luc. 11. (*Sermoens*, XI (1696) 250-280).

Publicado em italiano e traduzido também em espanhol, polaco e latim.

138. *Sermam das Cinco Pedras de David, em cinco discursos moraes. Prègados à Serenissima Rainha de Suecia Christina Alexandra, em lingua italiana na Corte de Roma, traduzidos na Portugueza por ordem, & aprovaçaõ do Author.* — *Noticia previa feyta pelo Author, quando traduzio esta Obra na lingua Castelhana no anno de 1676.* [*Exordio,* — *Discursos I,* — *II,* — *III,* — *IV,* — *V.*] — Elegit quinque limpidissimos lapides de torrente: & percussit Philistæum, & infixus est lapis in fronte ejus. I. Reg. 17. 40. Publ. em italiano (1676) trad. em espanhol (1676, 1678, 1695), croata (1764); — português pela 1.ª vez nos *Sermoens*, XIV (1710) 76-188; — *Cinco discursos moraes fundados nas cinco pedras da funda de David.* Lisboa. Pelos herdeiros de Antonio Pedroso Galraõ, 1754, 8.º, XI-405 pp.

Não se dá o nome do tradutor português, como se vê no subtítulo, de cujos termos, "por ordem" se infere que seria algum Padre da Companhia, Bonucci ou José Soares (que assina a dedicatória da edição italiana). Em Sommervogel a tradução vem atribuida ao Conde da Ericeira, D. Francisco Xavier de Meneses.

139. *Sermam da primeira Dominga da Quaresma. Na Igreja de S. Antonio dos Portugueses, em Roma.* — Tunc assumpsit eum Diabolus in Sancta Civitatem, et statuit eum super pinnaculum templi, et dixit ei: Si Filius Dei es, mitte te deorsum. Matth. 4. (*Sermoens,* VII (1692) 305-332).

140. *Sermam da Quinta Terça Feira da Quaresma, prègado em Roma na lingua Italiana à Serenissima Rainha de Suecia, em obsequio de hum ditame daquelle sublime Espirito que detestando as beatarias publicas, só reputava por verdadeiras virtudes as que se occultaõ aos olhos do mundo.* — Nemo in occulto quid facit. Joan. 7. (*Sermoens,* VII (1692) 131-144).

141. *Sermam da segunda Oitava da Paschoa, em Roma, na Igreja da casa professa da Companhia de Jesus: dia em que he obrigaçaõ, & costume de toda Italia pregar da Paz.* — Stetit Jesus in medio Discipulorum suorum, et dixit eis: Pax vobis. Et cùm hoc dixisset, ostendit eis manus, et pedes. Luc. 24. (*Sermoens,* VI (1690) 227-260).

142. *Sermaõ de S. Antonio, panegyrico, & apologetico, contra o nome, que vulgarmente em Roma, na Igreja dos Portuguezes, se lhe dá de S. Antonino.* — Qui fecerit, et docuerit, hic magnus vocabitur. Matth. 5. (*Sermoens,* XII (1699) 380-407).

143. *Sermam para o dia de S. Bertholameo — em Roma na occasiaõ de promoçaõ de Cardeaes.* — Elegit duodecim ex ipsis, quos et Apostolos nominavit. Luc. 6, 13. (*Sermoens,* II (1682) 346-370).

144. *Sermam da terceira Dominga post Epiphaniam, na Sé de Lisboa.* — Si vis, potes. Matth. 8. (*Sermoens,* X (1688) 290-325).

Os quatro sermões seguintes não trazem data, mas a indicação do local português situa-os, ainda que em período indeterminado, nesta série cronológica, antes da última ida do Autor para o Brasil (1681).

145. *Sermam de Quarta Feira de Cinza, para a Capella Real, que se não prègou por enfermidade do Autor.* — Pulvis es, et in pulverem reverteris. Genes. 3. (*Sermoens,* X (1688) 58-92).

146. *Sermam do Santissimo Sacramento, em Dia do Corpo de Deos, na Igreja, & Convento da Encarnação.* — Hic est panis, qui de Caelo descendit. Joann. 6. (*Sermoens*, V (1689) 231-280).

147. *Sermam da Ascençam de Christo Senhor Nosso, Em Lisboa, na Parochial de S. Julião, com o Santissimo Exposto.* — Et Dominus quidẽ Iesus, postquã loquutus est eis, assũptus est in Caelum et sedet à dextris Dei. Marc. 16. (*Sermoens*, VII (1692) 1-51).

148. *Sermam do Nascimento da Mãy de Deos, em Odivellas, Convento de Religiosas do Patriarcha S. Bernardo.* — Maria, de qua natus est Iesus. Matth. 1. (*Sermoens*, VII (1692) 145-176).

149. *Sermam do Santissimo Nome de Maria, na occasiam em que S. Santidade instituio a festa universal do mesmo Santissimo Nome.* — Et nomen Virginis Maria. Luc. 1. 27. (*Sermoens*, X (1688) 1-57).

A instituição da festa foi em 1683. Vieira já estava na Baía.

150. *Palavra de Deos empenhada; Sermam nas exequias da Rainha N. S. D. Maria Isabel de Saboya, que prégou o P. Antonio Vieyra da Companhia de Jesu, prégador de Sua Magestade, na Misericordia da Bahia, em 11 de Setembro, anno de 1684.* — Vão emendados nesta impressaõ os erros intoleraveis da primeira: & mais declaradas algũas cousas que entaõ se entendèraõ mal: & tambem deixada algũa, que ainda agora corria o mesmo risco. — Mortua est ibi Maria, & sepulta in eodem loco. Cumque indigeret aqua Populus: cumque elevasset Moyses manum, percutiens virga bis silicem, egressae sunt aquae largissimae. Numer. 20. (*Sermoens*, XIII (1690) 1-64).

A primeira impressão, a que se refere Vieira, saiu em Lisboa, Off. de Miguel Deslandes, 1685, 4.º, front., 3 ff. de licenças e 33 pp. nums.

"Sermone del P. A. Vieira nelle exequie della Reg. Mar. di Savoia", Arch. Vatic., Ottobonianae, Pro. I, n.º 388.

151. *Palavra de Deos desempenhada.*—*Sermam de Acçam de Graças pelo Nacimento do Principe D. João, Primogenito de SS. Magestades, que Deos guarde; que prégou o P. Antonio Vieyra da Companhia de Jesu, prégador de Sua Magestade, na Igreja Catedral da Cidade da Bahia, em 16. de Dezembro, anno de 1688.* — Respexit, et vidit. (*Sermoens*, XIII (1690) 65-137).

Trad. como o precedente em espanhol.

152. *Palavra do Pregador empenhada, & defendida: empenhada publicamente no Sermam de Acçam de Graças pelo nacimento do Principe D. Joaõ, Primogenito de SS. Magestades que Deos guarde; defendida depois de sua morte em hum discurso apologetico, offerecido secretamente a Rainha N. S. para alivio das saudades do mesmo Principe.* — In ipsa attenuata ipse respiciet, & videbit. Volo enim in te, & in semine tuo Imperium mihi stabilire. (*Sermoens*, XIII (1690) 139-276).

153. *Exhortaçam I. em vespora do Espirito Santo, na Capella interior do Collegio da Bahia. 1688.* — Apparuerunt dispertitae linguae tanquam ignis, seditque supra singulos eorum. Act. 2. (*Sermoens*, VI (1690) 514-534).

Sermão da "Universidade" das Missões e línguas indígenas.

154. *Exhortaçam II. em vespora da Visitaçam, na Capella interior do Noviciado.* — Discessit ab illa Angelus: Exurgens autem Maria abijt in montana cum festinatione in Civitatem Juda. Luc. 1. (*Sermoens*, VI (1690) 534-548).

Vieira precede estas duas *Exortações* com a seguinte nota (p. 513): "Pela nova obrigação que acreceo ao Author com a superintendencia das Missoens da Provincia do Brasil, fez no Collegio da Bahia as duas Exhortaçoens domesticas, que se seguem, hũa em Vespora do Espirito Santo na Capella interior do Collegio, outra em Vespora da Visitação na Capella do Noviciado, dia em que alli se faz a renovação dos votos.

Dedica hũa & outra aos Irmãos Noviços, & Estudantes da Companhia de Jesus, zelosos, como todos devem ser, de se empregar, & sacrificar a vida á conversão, & salvação dos Gentios nas Missoens das nossas Conquistas".

155. *Sermão do Nacimento do Menino Deos, prègado domésticamente no Collegio da Bahia da Companhia de Jesus.* — Transeamus usque ad Bethlehem, et videamus hoc Verbum, quod factum est. Luc. 2. 15. (*Sermoens*, XV (1748) 48-69 — II de "Vozes Saudosas").

156. *Sermão de Santo Estevaõ na primeira oitava do Natal, pregado domésticamente no Collegio da Companhia de Jesus da Bahia.* — Transeamus usque ad Bethlehem, et videamus hoc Verbum, quod factum est. Luc. 2. 15. — Hierusalem, Hierusalem, quae occidis Prophetas, et lapidas eos, qui ad te missi sunt. Matth. 23. 37. (*Sermoens*, XV (1748) 70-90 — II de "Vozes Saudosas").

157. *Sermam Domestico, na vespera da Circuncisão, & Nome de Jesus, em que na Companhia do mesmo nome se renovaõ os votos* *religiosos. Anno de 1689.* — Postquam consummati sunt dies ccto, ut circuncideretur Puer, vocatum est nomem ejus Jesus. Luc. 2. (*Sermoens*, XI (1696) 322-343).

158. *Sermam de Acçam de Graças pelo felicissimo nacimento do novo Infante, de que a Magestade Divina fez mercê ás de Portugal em 15. de Março de 1695.* — Ecce haereditas Domini, filij; merces, fructus ventris. Psalm. 126. (*Sermoens*, XI (1696) 481-511).

159. *Sermam do felicissimo nacimento da Serenissima Infanta Francisca Josepha.* — Genuit filios & filias. Gen. 5, 8. (*Sermoens*, XI (1696) 1-32). (No fim do tomo, com páginas independentes; mas consta do Índice do começo).

Ultimo sermão de Vieira: ditado por ele, quase totalmente privado de ver e de ouvir [1696].

B. Série "Maria, Rosa Mística" (160-187):

160. *Sermam I, com o Santissimo Sacramento exposto.* — Loquente Iesu ad turbas, extollens vocem quaedam mulier de turba, dixit illi: Beatus venter qui te portavit, et ubera quae suxisti. At ille dixit: Quinimò, beati qui audiunt verbum Dei, et custodiunt illud. Luc. 11. (*Sermoens*, IX (1686) 1-37).

161. *Sermam II.* — Extollens vocem quaedam mulier. Luc. 11. (*Sermoens*, IX (1686) 38-88).

162. *Sermam III. Com o Santissimo Sacramento exposto.* — Quinimò, beati qui audiunt verbum Dei. Luc. 11. (*Sermoens*, IX (1686) 89-140).

163. *Sermam IV.* — Extollens vocem quaedam mulier de turba, dixit: Beatus venter, qui te portavit, et ubera quae suxisti. (*Sermoens*, IX (1686) 141-166).

164. *Sermam V.* — Beati qui audiunt verbum Dei, et custodiunt illud. Luc. 11. (*Sermoens*, IX (1686) 167-202).

165. *Sermam VI.* — Beatus venter qui te portavit: Quinimo beati qui audiunt verbum Dei, et custodiunt illud. Luc. 11. (*Sermoens*, IX (1686) 203-244).

166. *Sermam VII.* — Salmon autem genuit Booz de Rahab. Matth. 1. (*Sermoens*, IX (1686) 245-276).

167. *Sermam VIII. Com o Santissimo Sacramento exposto.* — —Extollens vocem quaedam mulier de turba, dixit illi: Beatus venter qui te portavit, et ubera quae suxisti. Luc. 11. (*Sermoens*, IX (1686) 277-303).

168. *Sermam IX.* — Maria de qua natus est Iesus. Matth. 1; — Ascendens Iesus in naviculam, transfretavit et venit in Civitatem suam. Matth. 9. (*Sermoens*, IX (1686) 304-336).

169. *Sermam X.* — Beatus venter, qui te portavit, et ubera quae suxisti. Luc. 11. (*Sermoens*, IX (1686) 337-365).

170. *Sermam XI. Com o Santissimo Sacramento exposto.* — — Extollens vocem quaedam mulier de turba, dixit illi: Beatus venter, qui te portavit, et ubera quae suxisti. Luc. 11. (*Sermoens*, IX, (1686) 366-409).

[28]. *Sermam XII. Pregado em 1639.* — Ver supra, Série cronológica, n.º 28.

171. *Sermam XIII.* — Assimilatum est Regnum caelorum homini Regi, qui voluit rationem ponere cum servis suis. Matth. 18.—Beatus venter qui te portavit, et ubera quae suxisti. Luc. 11. (*Sermoens*, IX (1686) 454-483).

[17] *Sermam XIV. Pregado em 27 de Dezembro de 1633.* — Ver supra, Série cronológica, n.º 17.

[86] *Sermam XV. Pregado em 1654.* — Ver supra, Série cronológica, n.º 86.

172. *Sermam XVI.* — Beatus venter, qui te portavit. Luc. 11. (*Sermoens*, X (1688) 1-39).

173. *Sermam XVII.* — Extollens vocem quaedam mulier de turba, dixit illi: Beatus venter, qui te portavit. Luc. 11. (*Sermoens*, X (1688) 40-68.

174. *Sermam XVIII.* — Maria, de qua natus est Iesus, qui vocatur Christus. Matth. 1. (*Sermoens*, X (1688) 69-105).

175. *Sermam XIX. Com o Santissimo Sacramento exposto.* — Beatus venter, qui te portavit. Luc. 11. (*Sermoens*, X (1688) 106-148).

176. *Sermam XX.* — Iacob autem genuit Iudam, et fratres ejus. Matth. 1. (*Sermoens*, X (1688) 149-184).

177. *Sermam XXI.* — Beatus venter, qui te portavit. Luc. 11. (*Sermoens,* X (1688) 185-216).

178. *Sermam XXII.* — Extollens vocem quaedam mulier de turba, dixit illi: Beatus venter, qui te portavit, et ubera, quae suxisti. Luc. 11. (*Sermoens,* X (1688) 217-248).

179. *Sermam XXIII. Com o Santissimo Sacramento exposto.* — Booz autem genuit Obed ex Ruth. Matth. 1. (*Sermoens,* X (1688) 249-280).

180. *Sermam XXIV.* — Ioram autem genuit Oziam. Matth. 1. (*Sermoens,* X (1688) 281-323).

181. *Sermam XXV.* — Beatus venter, qui te portavit, et ubera quae suxisti. Luc. 11. (*Sermoens,* X (1688) 324-357).

182. *Sermam XXVI.* — Beatus venter, qui te portavit, et ubera, quae suxisti. Luc. 11. (*Sermoens,* X (1688) 358-390).

183. *Sermam XXVII. Com o Santissimo Sacramento exposto.* — Iosias autem genuit Iechoniam, et fratres ejus in transmigratione Babylonis. Et post transmigrationem Babylonis, Iechonias genuit Salathiel. Matth. 1. (*Sermoens,* X (1688) 391-429).

184. *Sermam XXVIII.* — Beatus venter, qui te portavit. Luc. 11. (*Sermoens,* X (1688) 430-458).

185. *Sermam XXIX.* — Et ubera quae suxisti. Luc. 11. (*Sermoens,* X (1688) 459-487).

186. *Sermam XXX. Com o Santissimo Sacramento exposto.* — Iacob autem genuit Ioseph virum Mariae: de qua natus est Iesus. Matth. 1. (*Sermoens,* X (1688) 488-518).

187. *Sermam da Conceiçam Immaculada da Virgem Maria S. N.* — Maria, de qua natus est Jesus. Matth. 1. (*Sermoens,* V (1689) 158-190).

Não pertence à série "Maria — Rosa Mística". É um dos três da Conceição, de Vieira; não sendo datado, aproximamo-lo aqui da série mariana.

A série "Maria — Rosa Mística" é constituida por 30 sermões. Três, por serem datados, tinham lugar marcado na *Série Cronológica:* incluiram-se também aqui, seu lugar próprio, notando entre cancelos, o respectivo número de ordem daquela série.

C. Série Xaveriana (188-204):

188. *Sermam de S. Francisco Xavier dormindo. Proposta.* — Beati sunt servi illi, quos cùm venerit Dominis, invenerit vigilantes. Luc. 12. (*Sermoens*, VIII (1694) 1-11).

189. *Sermam de S. Francisco Xavier: dormindo. Sonho primeiro.* — Si venerit in secunda vigilia. Luc. 12. (*Sermoens*, VIII (1694) 12-46).

190. *Sermam de S. Francisco Xavier, dormindo. Sonho segundo.* — Et si in tertia vigilia venerit. Luc. 12. (*Sermoens*, VIII (1694) 47-89).

191. *Sermam de S. Francisco Xavier dormindo. Sonho terceiro. E conclusão.* — Qua hora fur venerit. Luc. 12. (*Sermoens*, VIII (1694) 90-137)

192. *Sermam de prefaçam aos desvelos de S. Francisco Xavier acordado e Sermam primeiro. Anjo.* — Posuit pedem suum dextrum super mare, sinistrum autem super terram. Apocalypsis 10. (*Sermoens*, VIII (1694) 138-171).

193. *Sermam segundo de S. Francisco Xavier acordado. Nada.* — Posuit pedem suum dextrum super mare, sinistrum autem super terram. Apocalypsis, 10. (*Sermoens*, VIII (1694) 172-199).

194. *Sermam terceiro de S. Francisco Xavier acordado. Confiança.* — Posuit pedem suum dextrum super mare, sinistrum autem super terram. Apocalypsis, 10. (*Sermoens*, VIII (1694) 200-227).

195. *Sermam quarto de S. Francisco Xavier acordado. Pertendentes.* — Posuit pedem suum dextrum super mare, sinistrum autem super terram. Apocalypsis, 10. (*Sermoens*, VIII (1694) 228-251).

196. *Sermam quinto de S. Francisco Xavier acordado. Jogo.* — Posuit pedem suum dextrum super mare, sinistrum autem super terram. Apocalypsis, 10. (*Sermoens*, VIII (1694) 252-274).

197. *Sermam sexto de S. Francisco Xavier acordado. Assegurador.* — Posuit pedem suum dextrum super mare, sinistrum autem super terram. Apocalypsis, 10. (*Sermoens*, VIII (1694) 275-294).

198. *Sermam septimo de S. Francisco Xavier acordado. Doudices.* — Posuit pedem suum dextrum super mare, sinistrum autem super terram. Apocalypsis, 10. (*Sermoens*, VIII (1694) 295-320).

199. *Sermam oitavo de S. Francisco Xavier acordado. Finezas.* — Posuit pedem suum dextrum super mare, sinistrum autem super terram. Apocalypsis, 10. (*Sermoens*, VIII (1694) 321-350).

200. *Sermam nono de S. Francisco Xavier acordado. Braço.* — Posuit pedem suum dextrum super mare, sinistrum autem super terram. Apocalypsis, 10. (*Sermoens*, VIII (1694) 351-388).

201. *Sermam decimo de S. Francisco Xavier acordado. Da sua canonizaçam.* — Sic luceat lux vestra coram hominibus, ut videant opera vestra bona, et glorificent Patrem vestrum, qui in Caelis est. Matth. 6. (*Sermoens*, VIII (1694) 388-425).

202. *Sermam undecimo de S. Francisco Xavier acordado. Do seu dia.* — Euntes in mundum universum praedicate Evangelium omni creaturae. Marc. 16. 15. (*Sermoens*, VIII (1694) 426-464).

203. *Sermam duodecimuo de S. Francisco Xavier acordado. Da sua protecção.* — Vas electionis est mihi iste, ut portet nomem meum coram gentibus, et Regibus. Actor. 9. 15. (*Sermoens*, VIII (1694) 465-496).

Da Série *Xavier dormindo e Xavier acordado* (188-203), há traduções em espanhol, italiano e latim.

204. *Sermam gratulatorio a S. Francisco Xavier, pelo nacimento do quarto filho varaõ, que a devaçaõ da Rainha nossa Senhora confessa dever a seu celestial patrocinio.* — Quartus frater. Rom. 16. (*Sermoens*, XI (1696) 512-540).

D. SERMÕES SEM INDICAÇÃO DE TEMPO OU LUGAR, NEM REDUTÍVEIS A NENHUMA DAS SÉRIES PRECEDENTES (205-216):

205. *Sermam do Euangelista S. Lucas, Padroeiro dos Medicos. Na sua Festa.* — Curate infirmos, et dicite illis: Appropinquavit in vos regnum Dei. Luc. 10. (*Sermoens*, XI (1696) 206-249).

206. *Sermam de S. Barbara.* — Simile est Regnum Caelorum thesauro abscondito in agro quem invenit homo, abscondit, et prae gaudio illius vendit universa, quae habet, et emit agrum illum. Matth. 13. (*Sermoens*, V (1689) 471-507).

207. *Sermam de S. Gonçalo.* — Si venerit in secunda vigilia, et si in tertia vigilia venerit, et ita invenerit, beati sunt servi illi. Luc. 12. (*Sermoens*, V (1689) 281-328).

208. *Sermam da Dominga Decima Sexta post Pentecosten.* — Recumbe in novissimo loco. Luc. 14. (*Sermoens*, V (1689) 191-230).

209. *Sermam da Primeira Dominga do Advento.* — Caelum, et terra transibunt: verba autem mea non transibunt. Luc. 21. (*Sermoens*, V, 1-55).

210. *Sermam da Segunda Dominga do Advento.* — Joannes in vinculis. Matth. 11. (*Sermoens*, V (1689) 56-87).

211. *Sermam da Terceira Dominga do Advento.* — Tu quis es? quid dicis de te ipso? Joan., cap. 1. (*Sermoens*, V (1689) 88-120).

212. *Sermam da Quarta Dominga do Advento.* — Factum est verbum Domini super Joannem, et venit in omnem regionem Jordanis, praedicans baptismum paenitentiae in remissionem peccatorum. Luc. 3. (*Sermoens*, V (1689) 121-157).

213. *Commento ou Homilia, sobre o Evangelho da Segunda Feira da primeira semana de Quaresma.* — Cum venerit Filius hominis, etc. Matth. 25. 31. (*Sermoens*, XV (1748) 133-163 — II de "Vozes Saudosas").

214. *Sermam da Segunda Dominga da Quaresma.* — Assumpsit Jesus Petrum, et Jacobum, et Joannem, et duxit illos in montem excelsum seorsum et transfiguratus est ante eos. Matth. 17. (*Sermoens*, V (1689) 431-470).

215. *Sermão da Agonia do Senhor no Horto.* — Coepit contristari, et maestus esse. Matth. 26. 37. (*Sermoens*, XV (1748) 91-106 — II de "Vozes Saudosas").

216. *Sermam da Ressurreyçam de Christo S. N.* — Valdè manè una sabbatorum, veniunt ad monumentum, orto jam sole. Marc. 16. (*Sermoens*, VI (1690) 469-513).

Todos estes Sermões, da edição *princeps*, sairam nas três seguintes.

Sermões do Padre Antonio Vieira. Lisboa. Editores, J. M. C. Seabra & T. Q. Antunes. Typographia da Revista Universal. Tomos I-III (1854); IV-VII (1855); VIII-XII (1856); XIII (1857); Imprensa União Typographica, XIV (1857), XV (1858).

Faz parte da Colecção de *Obras Completas* do Padre António Vieira. — Ver infra, n.º 968.

Inocêncio critica esta edição: "Omito a enumeração especial dos erros de cópia, de imprensa, de datas, etc., que se encontram a cada passo"; "houve sobretudo a deplorável ideia de alterar, na reimpressão dos *Sermões e Cartas*, a ordem tal ou qual seguida nas edições anteriores, sem visos de método ou sistema, pois que nem se introduziu a cronológica, nem tão pouco se guardou a das matérias. Um dos inconvenientes, e não pequeno que daí resulta, é a suma dificuldade que se encontra sempre que é necessário conferir algum lugar desta com a correspondente nas edições anteriores ou verificar qualquer citação". (*Dic. Bibl.*, VIII, 318).

Sermões do Padre Antonio Vieira. Prefaciados e revistos pelo Rev. Padre Gonçalo Alves. Livraria Chardron de Lello & Irmãos Editores. Imprensa Moderna de Manoel Lello. 15 volumes, Porto, 1907-1909.

Traz a indicação de *Obras Completas*, mas só se imprimiram os *Sermões*. Ordenação diferente das anteriores, e em parte litúrgica (nem sempre). Não se liberta da censura de Inocêncio tanto sob este aspecto da alteração da ordem da edição *princeps*, como também da de revisão, deficiente.

Sermões do Padre António Vieira. Reedição fac-similar da edição *princeps*. Com uma "Explicação preambular", em cada tomo, de Aug. Magne. Editora Anchieta Limitada. 16 vols., S. Paulo, 1943-1945.

São os 15 vols. dos *Sermões* e mais o Tomo I de "Vozes Saudosas" do P. André de Barros. *Tomos ordenados cronològicamente*. Com isto alterou-se a ordem numérica dos *tomos* da edição *princeps* (8 coincidem, 7 não), por onde também em parte lhe toca a esta edição a censura de Inocêncio, na confusão que origina com os números, diferentes dos tomos da 1.ª edição, citados pelos escritores durante mais de dois séculos. Mas o ser fac-similar, e manter rigorosa identidade dentro de cada tomo, fá-la útil e meritória; e é fácil indicar na lombada o n.º da edição *princeps*, restituindo-lhe a ordem primitiva.

Volumes, cuja numeração não coincide:

Ed. princ.	V (1689)	Ed. fac-sim.	VII
»	VI (1690)	»	VIII
»	VII (1692)	»	IX
»	VIII ("Xavier")	»	X
»	IX ("Rosa Mística", I)	»	V
»	X ("Rosa Mística", II)	»	VI
»	XV ("Sermões Vários")	»	XVI

O n.º XV da ed. fac-similar são as "Vozes Saudosas".

217. *Pratica na festividade da Conceição de Nossa Senhora, pelo Padre Antonio Vieira Da Companhia de Jesus, no tempo em que era Noviço*. "De qua natus est Jesus". Mat. 1. Em "Varias Obras" (col. da Acad. das Ciências), XV, p. 1-20, com a data de 1625. Publ. em *Voz Sagrada* (Lisboa 1748) 1-5.

É a única peça oratória de Vieira, ou atribuida a Vieira, ainda não publicada antes, contida neste volume.

218. *Sermão do Padre Antonio Vieira prégado no Collegio da Bahia com o evangelho dos Reis no dia em que se celebrava o Santissimo Sacramento e á memoria d'El-Rei D. Sebastião.* — Ubi est qui natus est rex? S. Matth., cap. 2, n.º 2.

219. *Sermão de quarta feira de Cinza pregado em Santo Antão pelo Padre Antonio Vieira em 1665* [1655]. — "Memento homo quia pulvis es, et in pulverem reverteris".

Estes dois sermões (218-219) foram publicados em *Sermões ineditos. 1.º Folheto*. Preço 100 reis. Administração Rua do Crucifixo 31, sobre-loja [Lisboa]. S. l. n. a. nem tipogr. 8.º, de 22 pp. e 2 finais em branco.

Padre Antonio Vieira. Escriptos ineditos de reconhecido interesse, colligidos por Carlos Augusto da Silva Campos. Lisboa, Bertrand, 1894, 8.º Em curso de publicação: o 1.º fascículo, com 2 sermões apareceu em Junho de 1894.

Cremos que esta indicação bibliográfica está em conexão com o folheto precedente, e com o seguinte.

220. *Sermão da Soledade da Virgem Senhora Nossa.*

221. *Sermão do Evangelista S. João pregado no Convento da Rosa.*

O "Cat. da Exposição Bibliográfica" (Lisboa 1897)16, traz estes 2 sermões (220-221), constituindo com os 2 precedentes (218-219), um opúsculo de 47 pp. Dada a existência do *1.º Folheto* supomos que exista o *2.º Folheto*, a não ser que se reimprimissem os dois primeiros sermões com os dois últimos. O *1.º Folheto* (que possuimos) não dá a fonte. Mas todos estão no vol. XV da Colecção da Academia das Ciências.

O sermão pregado à memória de D. Sebastião (218), acha-se também na BNL., Col. Pomb. 482(n.º 14), e na Bibl. de Évora, c6d. CXXIII/1-21, f. 23 (Rivara, IV, 52). A data de 1687 infere-se do texto. "Porque conserva Sebastião, *vai para cento e nove anos*, este nome de Encoberto?". O sermão foi para comemorar a fundação do Colégio da Baía por D. Sebastião, e nele se alude ao "cirio aceso dos fundadores".

O sermão de 1665 (219), em S. Antão, vem no mesmo vol. XV da Academia, p. 81, referido a 1655 (e em S. Roque), ano em que pregou outros em Lisboa, data aceitável.   Em 1665 estava em Coimbra, impedido de ir à côrte (a S. Antão ou S. Roque).

Adiante entre o Inéditos, se verá, na lista inicial, que Vieira deixou sermões apenas começados, outros imperfeitos e outros da juventude. Estaria neste último caso, a Prática do noviço ou estudante, germe talvez (não formal) do Sermão da Conceição (217), pregado na Baía no princípio da sua carreira. (Ver supra, n.º 20).

Vieyra abbreviado, em cem discursos Moraes, e Politicos dividido em dous Tomos.   Tomo 1, Lisboa, 1733. 8.º

"Esta obra, que se principiou a imprimir, e não se continuou consta por Ordem Alfabetica de todas as maximas moraes, e politicas, que estão dispersas pelos sermoens do P. Antonio Vieyra as quaes tinha o Autor della taõ fixos na memoria, que toda a contextura he composta das palavras do mesmo Vieyra parecendo mais obra delle, do que do abbreviador dos seus incomparaveis Discursos". (Barb. Machado, *Bibl. Lus.*, I (Lisboa 1741) 179, no título de Anselmo Caetano Munhos de Abreu Gusman e Castello-Branco). Não averiguamos se é reedição o 1.º vol. da edição seguinte.

Vieira abreviado em cem discursos maraes e politicos, dividido em diversos tomos.   Auctor Anselmo Caetano Munhoz de Avreu Gusman e Castelbranco.   Offerecido ao Ill.mo e Rev.mo Snr. Lourenço Bautista Feyo por Manoel da Conceiçam.   Lisboa. Off. de Miguel Rodrigues, 1746. 2 vols. 4.º, XXVIII-364; XII-403 pp. com o retrato do P. Antonio Vieira. (G. F. L. Debrie sculp. 1745), copiado do de Westerhout.

Espelho de Eloquencia Portugueza, illustrada pelas exemplares luzes do verdadeiro sol da elegancia, o Veneravel P. Antonio Vieira, exposto e escripto pelo P. Custodio Jesam Barata.   Lisboa, no Officina de Antonio Pedroso Galrão, 1734. 8.º pp. XXX-139.

Custodio Jesam Barata anagrama de Joam Bautista de Castro.

Collecçam dos principaes sermoens, que prégou o P. Antonio Vieira, da Companhia de Jesus: dedicada a S.to Antonio de Lisboa, e offerecida a Antonio Martins, homem de Negocio nesta Corte por Dionisio Teixeira de Aguiar, familiar do Santo Officio. Com hum Prologo Historico da Vida, e acçoens mais singulares do Padre Antonio Vieira. [Vinheta]. Lisboa: Na Officina dos herd. de Antonio Pedroso Galraõ. M.DCC.LIV. Com todas as licenças necessarias. 4.º, LXXII pp. (prels.) inumrs. e 465 nums. e uma em branco final.

Dá-se às vezes como o tomo XVI, dos *Sermoens;* mas todos os 12 desta *Collecçam* se encontram já nos 15 tomos da edição *princeps.*

Sermões Selectos. Tomo I. Lisboa, Typographia Rolandiana, 1852, 8.°, VI-I-336 pp.; II, *ib.*, 1852, 8.°, 3-336 pp.; III, *ib.*, 1852, 8.°, 3-348 pp.; IV, *ib.*, 1852, 8.°, 300-1 pp.; V, *ib.*, 1852, 8.°, 3-257 pp.; VI, *ib.*, 1853, 8.°, 267 pp.

Sermões Selectos do Padre Antonio Vieira. Editores Rolland & Semiond. Lisboa, 1872-1875. Seis Tomos de cerca de 220 pp. e 15x5 cms. cada um.

Grinalda de Maria. Prosa do Padre Antonio Vieira — Verso de João de Deus. Lisboa, Imprensa Nacional, 1877, 12.°, 108 pp.

Excerptos de sermões de Vieira, até à p. 93.

O Chrysostomo Portuguez ou o Padre Antonio Vieira da Companhia de Jesus n'um ensaio de eloquencia compilado dos seus sermões segundo os principios da oratoria sagrada. Pelo Padre Antonio Onorati da mesma Companhia. Lisboa. Livraria editora de Mattos Moreira & C., Tavares Cardoso & Irmão, 1878-1890. 5 vols., 8.° — I, Sermões da Quaresma; II, Sermões do Tempo Pascal; SS. Sacramento, Advento, Natal e outros dias *infra annum;* III, Sermões panegíricos da Senhora e dos Santos; IV, Sermões de circunstâncias políticas e orações fúnebres e dois Apêndices; V, Sermões populares e práticas espirituais.

O título do livro indica a intenção do compilador, que não é reproduzir os sermões; e uma nota ao Sermão do Santíssimo Nome de Maria mostra a sua maneira: "Este sermão, no texto original, não é outra cousa que uma basta floresta de pensamentos para todos os estylos. Coordenei-os formando d'elles um panegyrico, que é o presente [1.° do III vol.] e uma practica, que darei no quinto volume".

Obras classicas do P. Antonio Vieira. Sermões. Editora Empresa Literaria Fluminense, Lisboa, 1889. Adolpho Modesto & C.ª Impressores. 8.°, 415 pp.

Padre A. Vieira e Ab. Deplace, *Cinco Sermões para a Semana Santa.* "Leituras Catholicas", n.° 51-53. Niteroi, Tip. Salesiana, 1894, 16.°, 203 pp. [Todos os sermões são de Vieira, menos um].

Sermão sobre Santo Antonio, pelo P. António Vieira. Porto, 1895.

A devoção do Rosario. Thesouro de elegancia e de piedade illustrado com exemplos tirados das obras do P. Antonio Vieira da Companhia de Jesus. 2.ª edição, muito correcta e augmentada com canticos religiosos. Porto. Aloysio Gomes da Silva, 1895. 16.º, 202 pp.

Os cânticos vão de p. 73 até o fim.

Obras completas do Padre Antonio Vieira. Sermões. Edição comemorativa do Bi-Centenario da sua morte. Lisboa. Typographia Minerva Central: 3 vols. I (1898) LXXX-436; II (1898) 548; III (1899) 458 pp. [Só sairam estes três volumes]. Nos prelims. do I, *Noticia Biographica,* por José Fernando de Sousa (VII-LXXVII) e o *Discurso* do Arcebispo de Évora, D. Augusto Nunes proferido a 19 de Julho de 1897 (5-26).

Padre Antonio Vieira Da Companhia de Jesus. *Sermões.* H. Garnier, Livreiro-Editor, 71, Rua do Ouvidor. Rio de Janeiro, s. a. 8.º, 2 vols., 516-417 pp.

Os Melhores Sermões de Vieira. Com Prefácio e notas de Afrânio Peixoto. Rio de Janeiro, 1931; — 2.ª ed., s. d., Rio (Editora Guanabara); — 3.ª ed., s. d.

Sermões e Cartas do P. António Vieira. Edição anotada por Júlio de Morais. Livraria Cruz, Braga, Fascículo primeiro, 1937; Fascículo segundo, 1938; Fascículo terceiro, 1945. In-8.º, 126-146-110 pp.

Nos 3 fascículos há 6 sermões e 8 cartas (ao todo).

Textos Literários. Autores Portugueses. Sermão sobre as verdadeiras e as falsas riquezas (Sermão da 1.ª oitava da Pascoa). Por António Vieira. Prefácio e notas de António Sérgio. 2.ª ed., Lisboa, 1937, 8.º, XXIX-56 pp. Com o retrato de Vieira.

Textos literários. Autores da Língua Portuguesa, Sermão sobre a Paz (Sermão da Segunda Oitava da Páscoa) prègado em Roma por António Vieira. Prefácio e notas de António Sérgio, 2.ª ed., Lisboa, 1937, 8.º, 70 pp.

A p. 23 diz o prefaciador que mandou destruir os exemplares da 1.ª edição, por sairem erradas as traduções dos textos latinos.

Padre Antonio Vieira, Por Brasil e Portugal. Sermões comentados por Pedro Calmon. Companhia Editora Nacional (Brasiliana). S. Paulo, 1938.

Diz o autor em nota preliminar, que saiu antes com o título de *Sermões Patrióticos* em 1933 (Edição Biblos, de Simões dos Reis). Contém 7 sermões.

Padre António Vieira. Sermões e Lugares Selectos. Bosquejos histórico-literários, selecção, notas e índices remissivos. Por Mário Gonçalves Viana. Editora Educação Nacional, 1939, Porto, 8.º de 328 pp. Contém o "Sermão de S. António aos Peixes" (1654), o "Sermão pelo bom sucesso das Armas de Portugal contra as de Holanda" (1640), "Carta ao Rei D. Afonso VI" (1657) e "Lugares Selectos dos Sermões"; — Porto, 1941, 8.º, 323 pp.

P.ᵉ António Vieira. Antologia de Sermões. Ensaio histórico-crítico, Selecção, Notas e Índices Remissivos por Mário Gonçalves Viana. Editora Educação Nacional. Porto, 1939. 8.º, 284 pp.

Textos consagrados. Sermão da sexagésima e Carta a D. Afonso VI do Padre António Vieira. Introdução e notas do Prof. João de Almeida Lucas. Livraria Popular de Francisco Franco. Lisboa [1940?]. 8.º, de 116 pp.

Textos literários. Padre António Vieira, Sermão de S.ᵗᵒ António aos Peixes e Carta a D. Afonso VI (20 de Abril de 1657). Com prefácio e notas de Rodrigues Lapa. Lisboa, 1940. Composto e impresso na Gráfica Lisbonense. 8.º, XVI-80 pp.

Sermões de Ouro do P. Antonio Vieira. Edições Cultura, n.º 7 da série clássica. São Paulo.

Padre António Vieira. I — *Estudo biográfico e crítico (Acompanhado dum sermão e sua apologia àcêrca do Quinto Império);* II — *No Brasil, A Guerra e a Política na Colónia;* III — *No Brasil, A vida social e moral na Colónia;* IV — *Em Portugal, A crise da Restauração.* Selecção e ordenação, prefácio e notas de Hernani Cidade, Agência Geral das Colónias, Lisboa, MCMXL, 8.º gr., 4 vols.: XII-310, XII-312, XVI-460, XVI-459 pp.

Sermão e Carta do P. António Vieira. Por Joaquim Ferreira. Porto, 1941.

Padre António Vieira. Sermão da primeira Dominga da Quaresma na cidade de S. Luis do Maranhão no ano de 1653 e uma Carta a D. João IV. Com prefácio e notas de Sebastião Morão Correia. Edição da "Revista de Portugal". Lisboa, 1946. 8.º, 128 pp.

II Secção — CARTAS (222-964):

Indica-se a fonte (quando averiguada); a 1.ª publicação; a colecção completa da Universidade de Coimbra, I (C. 1925), II (C. 1926), III (C. 1928), com as páginas respectivas; — para as publicadas depois da Colecção da Universidade, isto é, depois de 1928, em cada carta se dirá; — e, no fim da secção, as obras de conjunto.

222. *Carta Ânua do Brasil*, ao P. Geral da Companhia de Jesus, da Baía, 30 de Setembro de 1626. (*Bras.8*, 342-355; 366-377, com a data de 1 de Dezembro de 1626, *lat.*). Autógr. Trad. por Vieira em port. Apógr., B. N. do Rio de Janeiro. Publ. parcialmente (Missões do Espírito Santo e Mares Verdes) na *Rev. do Inst. Hist. e Geogr. Bras.*, V (1843)335-341; íntegra, em *Anais da B. N. do Rio de Janeiro*, XIX (1897)177-217; — *Cartas de Vieira*, I (Coimbra 1925)3-74.

O primeiro escrito de Vieira: aos 18 anos de idade.

223. *Carta ao Marquês de Nisa*, de Paris, 25 de Fevereiro de 1646. (Autógr. na Bibl. de Évora). Publ. em *Cartas* (1855); — *Cartas de Vieira*, I (C. 1925)77-80.

Sobre *Cartas* (1855), ver infra, n.ᵒˢ 957 e 968.

224. *Carta ao Marquês de Nisa*, de Paris, 4 de Março de 1646. (Autógr., Bibl. de Évora). Publ. em *Cartas* (1855), com a data errada do mês de Fevereiro, que também está no original; — *Cartas de Vieira*, I (C. 1925)80-84.

225. *Carta ao Marquês de Nisa*, de Paris, 11 de Março de 1646. (Autógr., Bibl. de Évora). Publ. em *Cartas* (1855); — *Cartas de Vieira*, I (C. 1925)85-89.

226. *Carta ao Rei D. João IV*, de Paris, 28 de Março de 1646. (Cópia, Bibl. de Évora, cód. CVI/267). Publ. por Lúcio de Azevedo em *Subsídios* ... no "Boletim da segunda classe da Acad. das Sciencias", IX (1916)425-426; — *Cartas de Vieira*, I (C. 1925)89-91.

227. *Carta aos Judeus de Ruão*, da Haia, 20 de Abril de 1646. (Cópia, B. N. de Lisboa, cód. 656, f. 207). Publ. em *Subsídios* ... no "Boletim da Acad. das Sciencias", IX (1916)428-429; — *Cartas de Vieira*, I (C. 1925)92-93.

Cópia no Museu Britânico, Addit., 20951. (Cf. Tovar, *Catálogo dos Manusc.*, 123-124).

228. *Carta a António Moniz de Carvalho*, da Haia, 21 de Abril de 1646. (Cópia, Bibl. de Évora, cód. CVI/2-7). Publ. em *Subsídios*...

no "Boletim da Acad. das Sciencias", IX (1916)427-428; — *Cartas de Vieira*, I (C. 1925), 94-95.

229. *Carta ao Marquês de Nisa*, de Londres, 26 de Setembro de 1647. (Autógr., Bibl. de Évora). Publ. em *Voz Sagrada* (1748); — *Cartas de Vieira*, I (C. 1925), 100-101.

230. *Carta a Pedro Vieira da Silva*, de Douvres, 30 de Setembro de 1647. (Autógr., Bibl. de Évora). Publ. na 1.ª ed. (1735); — *Cartas de Vieira*, I (C. 1925)101-102.

231. *Carta ao Marquês de Nisa*, de Calais, 3 de Setembro de 1647. (Autógr., Bibl. de Évora, com a data errada do mês de Setembro). Publ. em *Voz Sagrada* (1748); — *Cartas de Vieira*, I (C. 1925)102-103.

232. *Carta ao Marquês de Nisa*, de Paris, 21 de Outubro de 1647. (Autógr., Bibl. de Évora). Publ. em *Voz Sagrada* (1748); — — *Cartas de Vieira*, I (C. 1925)103-104.

233. *Carta a Pedro Vieira da Silva*, de Páris, 25 de Outubro de 1647. (Autógr., Bibl. de Évora). Publ. na 1.ª ed., I (1735); — *Cartas de Vieira*, I (C. 1925)104-106.

234. *Carta ao Marquês de Nisa*, da Haia, 23 de Dezembro de 1647. (Autógr., Bibl. de Évora). Publ. em *Cartas* (1855); — *Cartas de Vieira*, I (C. 1925)107-113.

235. *Carta ao Marquês de Nisa*, da Haia, 30 de Dezembro de 1647. (Autógr., Bibl. de Évora). Publ. em *Cartas* (1855); — *Cartas de Vieira*, I (C. 1925)113-116.

236. *Carta a Pedro Vieira da Silva*, da Haia, 30 de Dezembro de 1647. Na 1.ª ed., I (1735); — *Cartas de Vieira*, I (C. 1925) 116-118.

237. *Carta ao Marquês de Nisa*, da Haia, 6 de Janeiro de 1648. (Autógr., Bibl. de Évora). Em *Cartas* (1855); — *Cartas de Vieira*, I (C. 1925)118-120.

238. *Carta ao Marquês de Nisa*, da Haia, 12 de Janeiro de 1648. (Autógr., Bibl. de Évora). Publ. em *Cartas* (1855); — *Cartas de Vieira*, I (C. 1925)120-129.

239. *Carta ao Marquês de Nisa*, de Haia, 20 de Janeiro de 1648. (Autógr., Bibl. de Évora). Publ. em *Cartas* (1855); — *Cartas de Vieira*, I (C. 1925)129-140.

240. *Carta ao Marquês de Nisa*, de Haia, 27 de Janeiro de 1648. (Autógr., Bibl. de Évora). Publ. em *Cartas* (1855); — *Cartas de Vieira*, I (C. 1925)140-153.

241. *Carta ao Marquês de Nisa*, da Haia, 3 de Fevereiro de 1648. (Autógr., Bibl. de Évora). Publ. em *Cartas* (1855); — *Cartas de Vieira*, I (C. 1925)154-158.

242. *Carta ao Marquês de Nisa*, da Haia, 10 de Fevereiro de 1648. (Autógr., Bibl. de Évora). Publ. em *Cartas* (1855); — *Cartas de Vieira*, I (C. 1925)158-164.

243. *Carta ao Marquês de Nisa*, da Haia, 17 de Fevereiro de 1648. (Autógr., Bibl. de Évora). Publ. em *Cartas* (1855); — *Cartas de Vieira*, I (C. 1925)164-168.

244. *Carta ao Marquês de Nisa*, da Haia, 24 de Fevereiro de 1648. (Autógr., Bibl. de Évora). Publ. em *Cartas* (1855); — *Cartas de Vieira*, I (C. 1925)168-171.

245. *Carta ao Marquês de Nisa*, da Haia, 2 de Março de 1648. (Autógr., Bibl. de Évora). Publ. em *Cartas* (1855); — *Cartas de Vieira*, I (C. 1925)171-173.

246. *Carta ao Marquês de Nisa*, da Haia, 16 de Março de 1648. (Autógr., Bibl. de Évora). Publ. em *Cartas* (1855); — *Cartas de Vieira*, I (C. 1925)173-176.

247. *Carta ao Marquês de Nisa*, da Haia, 23 de Março de 1648. (Autógr., Bibl. de Évora). Publ. em *Cartas* (1855); — *Cartas de Vieira*, I (C. 1925)176-178.

248. *Carta ao Marquês de Nisa*, de Amesterdão, 30 de Março de 1648. (Autógr., Bibl. de Évora). Publ. em *Cartas* (1855); — *Cartas de Vieira*, I (C. 1925)178-181.

249. *Carta ao Marquês de Nisa*, de Haia, 6 de Abril de 1648. (Autógr., Bibl. de Évora). Publ. em *Cartas* (1855); — *Cartas de Vieira*, I (C. 1925)181-182.

250. *Carta ao Marquês de Nisa*, da Haia, 13 de Abril de 1648. (Autógr., Bibl. de Évora). Publ. em *Cartas* (1855); — *Cartas de Vieira*, I (1925)182-185.

251. *Carta ao Marquês de Nisa*, da Haia, 20 de Abril de 1648. (Autógr., Bibl. de Évora, cód. CVI/2-12). Publ. por Lúcio de Azevedo em *Dezanove Cartas Inéditas do Padre Antonio Vieira* (Coimbra, Imprensa da Universidade, 1916)43-44. (Separata do "Boletim da 2.ª classe da Acad. das Sciencias", X); — *Cartas de Vieira*, I (C. 1925)185-187.

252. *Carta ao Marquês de Nisa*, da Haia, 27 de Abril de 1648. (Autógr., Bibl. de Évora, cód. cit.). Publ. em *Dezanove Cartas* (1916) 44-46; — *Cartas de Vieira*, I (C. 1925)187-189.

253. *Carta ao Marquês de Nisa*, da Haia, 4 de Maio de 1648. (Autógr., Bibl. de Évora, cód. cit.). Publ. em *Dezanove Cartas* (1916) 46-49; — *Cartas de Vieira*, I (C. 1925)189-193.

254. *Carta ao Marquês de Nisa*, de Amesterdão, 11·de Maio de 1648. (Autógr., Bibl. de Évora, cód. cit.). Publ. em *Dezanove Cartas* (1916)50-51; — *Cartas de Vieira*, I (C. 1925)193-195.

255. *Carta ao Marquês de Nisa*, da Haia, 19 de Maio de 1648. (Autógr., Bibl. de Évora, cód. cit.). Publ. em *Dezanove Cartas* (1916) 51-55; — *Cartas de Vieira*, I (C. 1925)195-199.

256. *Carta ao Marquês de Nisa*, da Haia, 25 de Maio de 1648. (Autógr., Bibl. de Évora, cód. cit.). Publ. em *Dezanove Cartas* (1916)55-57; — *Cartas de Vieira*, I (C. 1925)200-202.

257. *Carta ao Marquês de Nisa*, da Haia, 1 de Junho de 1648. (Autógr., Bibl. de Évora, cód. cit.). Publ. em *Dezanove Cartas* (1916) 58-60; — *Cartas de Vieira*, I (C. 1925)203-206.

258. *Carta ao Marquês de Nisa*, da Haia, 8 de Junho de 1648. (Original, Bibl. de Évora: autógr. a cláusula e assinatura, cód. cit.). Publ. em *Dezanove Cartas* (1916)61-64; — *Cartas de Vieira*, I (C. 1925)207-210.

259. *Carta ao Marquês de Nisa*, da Haia, 15 de Junho de 1648. (Original, Bibl. de Évora: autógr. a cláusula e assinatura, cód. cit.). Publ. em *Dezanove Cartas* (1916)64-68; — *Cartas de Vieira*, I (C. 1925)210-215.

260. *Carta ao Marquês de Nisa*, da Haia, 22 de Junho de 1648. (Autógr., Bibl. de Évora, cód. cit.). Publ. em *Dezanove Cartas* (1916) 69-74; — *Cartas de Vieira*, I (C. 1925)215-221.

261. *Carta ao Marquês de Nisa*, da Haia, 29 de Junho de 1648. (Autógr., Bibl. de Évora, cód. cit.) Publ. em *Dezanove Cartas* (1916) 74-76; — *Cartas de Vieira*, I (C. 1925)221-224.

262. *Carta ao Marquês de Nisa*, de Haia, 6 de Julho de 1648. (Autógr., Bibl. de Évora, cód. cit.). Publ. em *Dezanove Cartas* (1916) 76-79; — *Cartas de Vieira*, I (C. 1925)224-228.

263. *Carta ao Marquês de Nisa*, de Haia, 10 de Julho de 1648. (Autógr., Bibl. de Évora, cód. cit.). Publ. em *Dezanove Cartas* (1916) 79-83; — *Cartas de Vieira*, I (1925)228-232.

264. *Carta ao Marquês de Nisa*, da Haia, 13 de Julho de 1648. (Autógr., Bibl. de Évora, cód. cit.). Publ. em *Dezanove Cartas* (1916) 83-87; — *Cartas de Vieira*, I (C. 1925)233-236.

265. *Carta ao Marquês de Nisa*, da Haia, 22 de Julho de 1648. (Original, Bibl. de Évora, cód. cit.). Publ. em *Dezanove Cartas* (1916)87-89; — *Cartas de Vieira*, I (C. 1925)236-239.

266. *Carta ao Marquês de Nisa*, da Haia, 3 de Agosto de 1648. (Autógr., Bibl. de Évora, cód. cit.). Publ. em *Dezanove Cartas* (1916) 89-90; — *Cartas de Vieira*, I (C. 1925)239-240.

267. *Carta ao Marquês de Nisa*, da Haia, 12 de Agosto de 1648. (Autógr., Bibl. de Évora, cód. cit.). Publ. em *Dezanove Cartas* (1916)90-93; — *Cartas de Vieira*, I (C. 1925)241-243.

268. *Carta ao Marquês de Nisa*, da Haia, 24 de Agosto de 1648. (Autógr., Bibl. de Évora, cód. cit.). Publ. em *Dezanove Cartas* (1916) 93-100; — *Cartas de Vieira*, I (C. 1925) 244-252.

269. *Carta ao Marquês de Nisa*, da Haia, 31 de Agosto de 1648. (Autógr., Bibl. de Évora, cód. cit.). Publ. em *Dezanove Cartas* (1916)100-103. (Última desta colectânea). — *Cartas de Vieira*, I (C. 1925)252-255.

270. *Carta a Francisco de Sousa Coutinho*, de Lisboa, 10 de Novembro de 1648. Publ. por João Francisco Lisboa, *Obras*, II (1865); — *Cartas de Vieira*, I (C. 1925), 255-258.

Na 3.ª ed. (Lisboa 1901) 590, diz João Francisco que o original existe na Bibl. Nac. de Lisboa, colecção de cartas do Marquês de Nisa e outros, vol. II, f. 49, *Catálogo de manuscritos de Direito Natural e Civil*, J-3-5. Lúcio de Azevedo declara que não pôde encontrar este manuscrito.

271. *Carta a Pedro Vieira da Silva*, de Barcelona, 23 de Janeiro de 1650. Publ. na 1.ª ed. das *Cartas*, I (1735), com o título de "A certo ministro da Corte de Lisboa"; — *Cartas de Vieira*, I (C. 1925) 261-263.

272. *Carta a El-Rei Dom João 4.º*, de Roma, 28 de Janeiro de 1650. (Colecção particular, no Brasil). Publ. por Clado Ribeiro de Lessa em *Cartas Inéditas* (Rio de Janeiro 1934)3-6. Com a resposta de El-Rei e outra do mesmo para Vieira, datada de 16 de Julho de 1650.

273. *Carta ao Príncipe D. Teodósio*, de Roma, 23 de Maio de 1650. (Cópia, Acad. das Ciências, *Varias Obras*, vol. VII, f. 1). Na 1.ª ed., I (1735); — *Cartas de Vieira*, I (C. 1925)263-267.

274. *Carta a El-Rei D. João IV*, de Roma, 6 de Junho de 1650. Inédita. (Cópia, Bibl. de Évora, cód. CXIII/1-30, f. 217v; Rivara, II, 187). Publ. em *Cartas de Vieira*, I (C. 1925)267-268.

275. *Carta ao Padre Nuno da Cunha*, de ..., 17 de Junho de 1651 (Fragmento). Publ. por André de Barros, *Vida* (1746); — *Cartas de Vieira*, I (C. 1925)271.

276. *Carta a Pedro Fernandes Monteiro*, do Colégio, 5 de Julho de 1652. Na 1.ª ed., I (1735) com o endereço: "A um ministro da Corte de Lisboa"; — *Cartas de Vieira*, I (C. 1925)271-273.

Nas cartas publicadas por Cl. Ribeiro de Lessa (Rio 1934) vem como dirigida ao Secretário de Estado Pedro Vieira da Silva; mas a carta trata de assuntos de Fazenda, de que era procurador Pedro Fernandes Monteiro.

277. *Carta ao P.e Provincial do Brasil*, de Lisboa, 14 de Novembro de 1652. Publ. por André de Barros, *Vozes Saudosas* (1736) 117-140 ("Voz Desenganada"); — *Cartas de Vieira*, I (C. 1925) 274-290.

278. *Carta ao Príncipe D. Teodósio*, de Cabo Verde, 25 de Dezembro de 1652. Na 1.ª ed. (1735); — *Cartas de Vieira*, I(C. 1925)290-293.

279. *Carta ao P.e André Fernandes*, de Cabo Verde, 25 de Dezembro de 1652. Na 1.ª ed., III (1746); — *Cartas de Vieira*, I (C. 1925)294-298.

280. *Carta ao P.e Francisco de Avelar* (Fragmento). Publ. por André de Barros, *Vida* (1746); — *Cartas de Vieira*, I (C. 1925) 298-299.

281. *Carta ao P.e André Fernandes* (Fragmento), 22 de Janeiro de 1653. Trecho publ. por André de Barros, *Vida* (1746); — *Cartas de Vieira*, I (C. 1925)299-300.

282. *Carta ao Príncipe D. Teodósio*, do Maranhão, 25 de Janeiro de 1653. Na 1.ª ed., I (1735); — *Cartas de Vieira*, I (C. 1925) 300-303.

283. *Carta ao Capitão mor do Maranhão Baltasar de Sousa Pereira*. Publ. por José de Morais, *História*(1860)347-349.

Ainda não incluída nas colecções das *Cartas de Vieira*.

284. *Carta ao Padre Francisco Soares*, do Maranhão, 16 de Maio de 1653. (Colecção particular). Publ. por Lúcio de Azevedo, *Cartas de Vieira*, III (C. 1928)697-699.

285. *Carta ao Rei D. João IV*, do Maranhão, 20 de Maio de 1653. Na 1.ª ed., I (1735); — *Cartas de Vieira*, I (C. 1925)306-315.

286. *Carta ao Padre André Fernandes*, do Maranhão, 21 de Maio de 1653. (Colecção Particular). Publ. por Lúcio de Azevedo em *Cartas de Vieira*, III (C. 1928)699-702. Original; mas só as palavras finais e a assinatura são da mão de Vieira.

Um breve trecho desta carta anda em André de Barros, *Vida*, L.º V, e em *Cartas de Vieira*, I (C. 1925) 315-316.

287. *Carta ao Provincial do Brasil*, do Maranhão, 22 de Maio de 1653. Conservada por José de Morais, *História*, excerptos intercalados em diversos capítulos. Resumidos e coordenados por Lúcio de Azevedo em *Cartas de Vieira*, I (C. 1925)316-355.

288. *Carta ao P.ᵉ Francisco de Morais*, do Maranhão, 26 de Maio de 1653. No t. 3.º da 1.ª ed. (1746), com data de 26; com a data de 6 na *Vida*, de André de Barros; em *Bras.4*, 49-49v, com a data de 26, "a um amigo intimo", sem dizer quem. — *Cartas de Vieira*, I (C. 1925)303-305.

289. *Carta ao P.ᵉ Provincial do Brasil*, 1654. Em José de Morais, *História*; e em Melo Morais, III, incompleta; — *Cartas de Vieira*, I (C. 1925)355-383.

290. *Carta ao P.ᵉ Provincial do Brasil*, 1654. [do Maranhão]. (Bibl. de Évora). Parcialmente em José de Morais, *História* (1860); — *Cartas de Vieira*, I (C. 1925)383-416.

291. *Carta ao Rei D. João IV*, do Maranhão, 4 de Abril de 1654 Na 1.ª ed., I (1735); — *Cartas de Vieira*, I (C. 1925)416-421.

292. *Carta ao Rei D. João IV*, do Maranhão, 4 de Abril de 1654. Diferente da anterior. Na 1.ª ed., I (1735); — *Cartas de Vieira*, I (C. 1925)421-431.

Na Bibl. de Évora, desta data, há: cód. CXIII/1-19, 65; CXIII/1-30, 213; CXIII/1-33, f. 55, e diz Rivara, 1, 41, que tem diferenças da que vem publicada na 1.ª ed., I, 49, sem explicar mais.

293. *Carta ao Padre André Fernandes*, do Maranhão, 4 de Abril de 1654. (Colecção particular). Do punho e com a assinatura de Vieira. Publ. em *Cartas de Vieira*, III (C. 1928)702-706.

294. *Carta ao Rei D. João IV*, do Maranhão, 6 de Abril de 1654. Na 1.ª ed., I (1735); — *Cartas de Vieira*, I (C. 1925)431-441.

295. *Carta ao Procurador da Província do Brasil* [P. Francisco Ribeiro], do Maranhão, 15 de Abril de 1654. (B. N. de Lisboa, *Varias Obras do P.ᵉ Ant.º Vieira*, XVI). Publ. por Lúcio de Azevedo, *Cartas de Vieira*, I (C. 1925)441-442.

296. *Carta ao Geral da Companhia de Jesus*, do Maranhão, 14 de Maio de 1654. (Colecção particular). Autógr. com assinatura. Publ. por Lúcio de Azevedo, *Cartas de Vieira*, III (C. 1928)707-713; na íntegra, por Boxer, "Brotéria", vol. XLV (1947)456-465. (Na separata, pp. 2-11).

Vieira retomou dois anos depois, em 1656, os parágrafos desta carta, reformou-os e mandou-a ao Provincial do Brasil, pondo-lhe a seguinte nota autógrafa: "Esta he a 3.ª via da que escrevi a V. R. em 14 de Mayo de 1654 com alguns addita[mentos] de novo". E no corpo da carta depois do § 14.º: "Este papel escrevi a V. R. antes de ir pera Portugal nos navios do mesmo anno que partirão diante de mym, e tambem o mandei a Roma onde sej que não chegou. Por recear que tenha soçedido o mesmo ao do Brasil o tornej a reformar e o mandej em a Caravella que partio em Setembro do anno passado; agora o mando com os acrescentamentos que são neçessarios às novas circunstancias que trouxe consigo o tempo". Os acrescentamentos são 4 elucidações a 4 dos 14 parágrafos de que consta a carta. O original de 1656 conservava-se no Cartório do Colégio do Pará, sequestrado em 1760, e traz o termo do sequestro. Em poder do Major C. R. Boxer, de Londres, arrematado no leilão organizado por José dos Santos, da Livraria Lusitana, Lisboa 1935 (*Catálogo*, n.º 1053).

297. *Carta a um Padre da Companhia de Jesus*, de Lisboa, 16 de Abril de 1655. Na 1.ª ed., III (1746); — *Cartas de Vieira*, I (C. 1925)443-444.

298. *Carta ao Rei D. João IV*, do Maranhão, 5 de Agosto de 1655. Publ. a 1.ª vez em 1908, por Studart, *Rev. da Academia*

Cearense. Autógr. oferecido à Acad. Brasileira de Letras; — *Cartas de Vieira,* I (C. 1925)444-445.

299. *Carta a El-Rei D. João IV,* do Pará, 6 de Dezembro de 1655. Publ. por Clado R. de Lessa, *Cartas Inéditas* (Rio 1934) 15-26. (Colecção particular). Completa. Tinha saído incompleta na 1.ª ed., I (1735) e nas reproduções seguintes, inclusive a de Coimbra (1925)445-447.

300. *Carta ao Rei D. João IV,* do Pará, 8 de Dezembro de 1655. Na 1.ª ed., I (1735); — *Cartas de Vieira,* I (C. 1925)448-456.

301. *Carta a Pedro Vieira da Silva,* da Cidade de Belém, 14 de Dezembro de 1655. Na 1.ª ed., III (1746); — *Cartas de Vieira,* I(C. 1925)457-458.

302. *Carta ao Provincial do Brasil,* do Maranhão, 1 de Junho de 1656. (*Bras.26,* 6-9v). Publ. por S. L., *Novas Cartas Jesuíticas* (1940)253-264.

303. *Carta ao Padre André Fernandes,* 1656. Fragmentos transcritos por André de Barros, *Vida* (1748); — *Cartas de Vieira,* I (C. 1925)459-460.

304. *Carta ao Rei D. Afonso VI,* do Maranhão, 20 de Abril de 1657. Publ. por André de Barros, *Vozes Saudosas* (1736)217-233; — *Cartas de Vieira,* I (C. 1925)460-472.

Declarada texto literário obrigatório no Curso dos Liceus portugueses, fizeram-se dela modernamente diversas edições escolares, em geral com algum sermão, também texto literário.— Ver infra, no fim desta 2.ª secção; e também supra, no fim da 1.ª secção.

305. *Carta ao P.ᵉ André Fernandes,* 1657. Fragmento publ. por Barros, *Vida* (1746); — *Cartas de Vieira,* I (C. 1925)472-473.

306. *Carta a um Padre,* Fevereiro de 1658. Frag. publ. por Barros, *Vida* (1746); — *Cartas de Vieira,* I (C. 1925)473-474.

307. *Carta ao Padre Francisco de Avelar,* do Maranhão, 28 de Fevereiro de 1658. (Colecção particular). Autógr. Publ. por Lúcio de Azevedo, *Cartas de Vieira,* III (C. 1928)713-719.

308. *Carta à Rainha D. Luisa,* do Maranhão, 1 de Setembro de 1658. (Bibl. de Évora, cód. CXIII/1-19, f. 27; CXIII/1-30, f. 206; CXIII/1-33, f. 51). Na 1.ª ed., I (1735); — *Cartas de Vieira,* I (C. 1925)482-486.

309. *Carta ao Provincial do Brasil,* do Maranhão, 10 de Junho de 1658, e com um P. S. de 10 de Setembro do mesmo ano ao ser enviada para Roma. Original no A. S. I. R. Publ. por Studart na *Revista da Academia Cearense;* — *Cartas de Vieira,* I (C. 1925) 474-482.

Sem mudar a data de 10 de Junho, Vieira actualizou-a, e narra factos succedidos a 16 de Junho e depois disso. Por isso a verdadeira data da carta, da via que se conserva, é 10 de Setembro.

310. *Carta ao P. Geral Gosvino Nickel,* do Maranhão, 10 de Setembro de 1658. (*Bras.*9, 65-67v). Publ. por S. L., *Novas Cartas Jesuíticas* (1940)265-276.

311. *Carta ao Rei D. Afonso VI,* do Maranhão, 19 de Novembro de 1658. (Colecção particular). Original com assinatura. Publ. por Lúcio de Azevedo, *Cartas de Vieira,* III (C. 1928)720-721.

312. *Carta a um fidalgo do Conselho Ultramarino,* de Março de 1659. Excerpto publ. por André de Barros, *Vida* (1746); — *Cartas de Vieira,* I (C. 1925)486-487.

313. *Carta à Rainha D. Luisa,* do Pará, 29 de Abril de 1659. (Colecção particular). Original com assinatura. Publ. por Lúcio de Azevedo, *Cartas de Vieira,* III (C. 1928)721-722.

Com esta mesma data, mas de Camutá, dirigiu Vieira à Rainha, por intermédio do P. André Fernandes, o famoso escrito "Esperanças de Portugal", que se verá na secção seguinte de *Obras*.

314. *Carta ao P.e André Fernandes,* [Pará], 12 de Novembro de 1659. Dois trechos publs. por Barros, *Vida* (1746), de que Lúcio de Azevedo faz duas cartas, LXXXIV e LXXXV (*Cartas de Vieira,* I (C. 1925)547-548; 548-549).

Mas são fragmentos de uma só Carta, e maior, como anuncia Vieira à Rainha na de 28 de Novembro.

315. *Copia de huma carta para ElRey N. Senhor. Sobre as missões do Seará, do Maranham, do Pará & do grande rio das Almasónas. Escrita pelo Padre Antonio Vieira da Compenhia de Jesv, Pregador de Sua Magestade, & Superior dos Religiosos da mesma Companhia naquella Conquista.* Lisboa, Offic. de Henrique Valente de Oliveira, 1660, 4.º, 20 pp. Publ. por André de Barros, *Vozes Sau-*

dosas (1736)266-285. (Bibl. de Évora, cód. CXV/2-13, f. 399, com a data do Pará, 28 de Novembro de 1659. — Rivara, I, 41). Reimpressa nas *Cartas*, 1.ª ed., 2.º t., p. 12, com a data de 11 de Fevereiro de 1660, e reproduzida depois: na *Rev. do Inst. Hist. e Geogr. Bras.*, IV (1842) 111-127, com outro erro (1670 por 1660); — na *Rev. do Inst. do Ceará*, X, 106-123; — na ed. de Lisboa, 1885, I, 154-171; — *Cartas de Vieira*, I (C. 1925)549-571.

Com a mesma data de 11 de Fevereiro há uma tradução francesa na Biblioteca da Ecole de Ste Geneviève S. J., Paris (*Portugal 2*), o que fixa a data, a mesma do códice de Évora; mas, a 11 de Fevereiro de 1660 escreveu Vieira ao P. Geral, e não se exclui a probabilidade de lhe enviar a ele uma cópia, e a El-Rei outra via, com a segunda data. A primeira prevalece, pedida aliás pelo conteúdo da carta.

É a primeira impressão de *Cartas* ou *Relações* noticiosas de Vieira.

316. *Carta à Rainha D. Luisa*, do Pará, 28 de Novembro de 1659. Original com assinatura. (Colecção particular). *Cartas de Vieira*, III (C. 1928)723-724.

Nesta carta refere-se Vieira às duas anteriores ao P. André Fernandes e a El-Rei D. Afonso VI, o que lhes fixa a ambas a data e os endereços.

317. *Carta ao Padre Provincial do Brasil*, do Pará, 1.º de Dezembro de 1659. (Colecção particular). Publ. por Lúcio de Azevedo, *Cartas de Vieira*, III (C. 1928)725-728.

318. *Carta ao P. Geral Gosvino Nickel*, do Maranhão, 11 de Fevereiro de 1660. (*Bras.9*, 140-140v). Publ. por S. L., *Novas Cartas Jesuíticas* (S. Paulo 1940)277-281.

319. *Carta ao Padre Provincial do Brasil*, de Ibiapaba, 1.º de Maio de 1660. Original. (Colecção particular). Publ. por Lúcio de Azevedo em *Cartas de Vieira*, III (C. 1928) 729-734.

320. *Carta ao Rei D. Afonso VI*, do Maranhão, 4 de Dezembro de 1660. Na 1.ª ed., I (1735); — *Cartas de Vieira*, I (C. 1925) 571-573.

321. *Carta ao P.^e André Fernandes*, do Maranhão, 4 de Dezembro de 1660. Na 1.ª ed., I (1735); — *Cartas de Vieira*, I (C. 1925) 574-575.

322. *Carta ao P.^e Manuel Luiz*, 1661. Publ. em latim pelo P. Manuel Luiz, *Vida do Príncipe D. Teodósio*. Trad. e publicada por Franco, *Imagem de Lisboa;* — *Cartas de Vieira*, I (C. 1925) 576-577.

323. *Carta ao Índio Guaquaíba ou Lopo de Sousa,* de Mortigura, 21 de Janeiro de 661. Publ. por Lúcio de Azevedo em 1918 na *História de António Vieira;* — *Cartas de Vieira,* I (C. 1925) 577-578.

324. *Carta ao P. Geral Gosvino Nickel,* do Rio das Almazonas, 18 de Março de 1661. (*Bras.26,* 3a-3b). Publ. por S. L., *Novas Cartas Jesuíticas* (1940)282-288.

325. *Carta ao P. Geral Gosvino Nickel,* do Rio das Almazonas, 21 de Março de 1661. (Gesù, Colleg. 20). Publ. por S. L., no "Jornal do Commercio", Rio de Janeiro, 24 de Outubro de 1937; — *Novas Cartas Jesuíticas* (1940)289-297.

326. *Carta ao P. Geral Gosvino Nickel,* do Rio das Almazonas, 24 de Março de 1661. (*Bras.26,* 3c-3fv). Publ. por S. L., *Novas Cartas Jesuíticas* (1940)298-312.

327. *Carta ao Rei D. Afonso VI,* de Praias do Cumá, 22 de Maio de 1661. (*Bras.9,* 170-171, com data de 22: anda com a de 21). Publ. por Studart em 1908, na *Rev. da Acad. Cearense;* — *Cartas de Vieira,* I (C. 1925)583-590.

328. *Carta aos Padres Pedro de Pedrosa e Gonçalo de Veras,* do caminho do Pará, 11 de Junho de 1661. Extracto publ. por André de Barros, *Vida* (1746); — *Cartas de Vieira,* I (C. 1925)591-592.

329. *Carta ao Marquês de Gouveia,* do Porto, 9 de Setembro de 662. Na 1.ª ed., III (1746); — *Cartas de Vieira,* II (C. 1926)3-7.

330. *Carta ao Marquês de Gouveia,* do Porto, 20 de Janeiro de 1663. Na 1.ª ed., I (1735), como dirigida ao Duque de Cadaval; Marquês de Gouveia, diz o *ms.* da Academia das Ciências. — *Cartas de Vieira,* II (C. 1926)7-10.

331. *Carta ao Marquês de Gouveia,* de Coimbra, 13 de Fevereiro de 1663. Na 1.ª ed., III (1746) com a data de Janeiro; — *Cartas de Vieira,* II (C. 1926)11.

332. *Carta a Duarte Ribeiro de Macedo,* de Coimbra, 13 de Fevereiro de 1663. (Autógr., BNL, cód. 901). Publ. por Lúcio de Azevedo, *História de António Vieira,* II; — *Cartas de Vieira,* II (C. 1926)11-13.

333. *Carta a D. Rodrigo de Meneses*, de Coimbra, 17 de Dezembro de 1663. Na 1.ª ed., I (1735); — *Cartas de Vieira*, II (C. 1926)13-15.

334. *Carta ao Marquês de Gouveia*, de Coimbra, 19 de Dezembro de 1663. Na 1.ª ed., III (1746); — *Cartas de Vieira*, II (C. 1926)15-17.

335. *Carta a D. Rodrigo de Meneses*, de Coimbra, 24 de Dezembro de 1663. Na 1.ª ed., II (1735); — *Cartas de Vieira*, II (C. 1926)17-19.

336. *Carta ao Marquês de Gouveia*, de Coimbra, 26 de Dezembro de 1663. Na 1.ª ed., I (1735); — *Cartas de Vieira*, II (C. 1926) 19-21.

337. *Carta ao Marquês de Gouveia*, de Coimbra, 2 de Janeiro de 1664. Na 1.ª ed., II (1735); — *Cartas de Vieira*, II (C. 1926) 21-24.

338. *Carta a D. Rodrigo de Meneses*, de Coimbra, 14 de Janeiro de 1664. Na 1.ª ed., II (1735); — *Cartas de Vieira*, II (C. 1926)24-26.

339. *Carta ao Marquês de Gouveia*, de Coimbra, 16 de Janeiro de 1664. Na 1.ª ed., II (1735); — *Cartas de Vieira*, II (C. 1926) 27-30.

340. *Carta ao Marquês de Gouveia*, de Coimbra, 25 de Janeiro de 1664. Na 1.ª ed., III (1746); — *Cartas de Vieira*, II (C. 1926) 30-31.

341. *Carta a D. Rodrigo de Meneses*, de Coimbra, 28 de Janeiro de 1664. Na 1.ª ed., I (1735); — *Cartas de Vieira*, II (C. 1926) 31-34.

342. *Carta ao Marquês de Gouveia*, de Coimbra, 6 de Fevereiro de 1664. Na 1.ª ed., III (1746); — *Cartas de Vieira*, II (C. 1926)34-35.

343. *Carta ao Marquês de Gouveia*, de Coimbra, 20 de Fevereiro de 1664. Na 1.ª ed., III (1746); — *Cartas de Vieira*, II (C. 1926)35-37.

344. *Carta a D. Rodrigo de Meneses*, de Coimbra, 3 de Março de 1664. Na 1.ª ed., I (1735); — *Cartas de Vieira*, II (C. 1926) 37-39.

345. *Carta ao Marquês de Gouveia*, de Coimbra, 19 de Março de 1664. Na 1.ª ed., I (1735); — *Cartas de Vieira*, II (C. 1926) 40-43.

346. *Carta a D. Rodrigo de Meneses*, de Coimbra, 31 de Março de 1664. Na 1.ª ed., I (1735); — *Cartas de Vieira*, II (C. 1926) 43-45.

347. *Carta a D. Rodrigo de Meneses*, de Coimbra, 14 de Abril de 1664. Na 1.ª ed., III (1746); — *Cartas de Vieira*, II (C. 1926) 45-47.

348. *Carta a D. Rodrigo de Meneses*, de Coimbra, 28 de Abril de 1664. Na 1.ª ed., I (1735); — *Cartas de Vieira*, II (C. 1926) 47-50.

349. *Carta a D. Rodrigo de Meneses*, de Coimbra, 5 de Maio de 1664. Na 1.ª ed., I (1735); — *Cartas de Vieira*, II (C. 1926) 51-52.

350. *Carta a D. Rodrigo de Meneses*, de Vila Franca, 1 de Maio de 1664. Na 1.ª ed., I (1735); — *Cartas de Vieira*, II (C. 1926) 52-54.

351. *Carta a D. Rodrigo de Meneses*, de Coimbra, 26 de Maio de 1664. Na 1.ª ed., I (1735); — *Cartas de Vieira*, II (C. 1926) 55-58.

352. *Carta a D. Rodrigo de Meneses*, de Vila Franca, 2 de Junho de 1664. Na 1.ª ed., I (1735); — *Cartas de Vieira*, II (C. 1926) 58-60.

353. *Carta a D. Rodrigo de Meneses*, de Vila Franca, 9 de Junho de 1664. Na 1.ª ed., I (1735); — *Cartas de Vieira*, II (C. 1926) 60-63.

354. *Carta ao Marquês de Gouveia*, de Coimbra, 18 de Junho de 1664. Na 1.ª ed., III (1746); — *Cartas de Vieira*, II (C. 1926) 64.

355. *Carta a D. Rodrigo de Meneses*, de Coimbra, 23 de Junho de 1664. Na 1.ª ed., I (1735); — *Cartas de Vieira*, II (C. 1926) 65-67.

356. *Carta a D. Rodrigo de Meneses*, de Coimbra, 7 de Julho de 1664. Na 1.ª ed., I (1735); — *Cartas de Vieira*, II (C. 1926) 67-68.

357. *Carta a D. Teodósio de Melo*, de Vila Franca, 19 de Julho de 1664. Na 1.ª ed., II (1735); — *Cartas de Vieira*, II (C. 1926) 68-69.

Os originais desta e outras cartas de Vieira a D. Teodósio de Melo e ao irmão deste, o Duque de Cadaval, conservam-se no Arquivo da Casa Cadaval, cód. 955. Já impressas, mas algumas com variantes, como se vê nas 6 que publicou Luiz T. de Sampaio, *Para uma futura edição das Cartas do Padre António Vieira*, na Rev. *Ocidente* (Lisboa) XXV, 9-16.

358. *Carta a D. Teodósio de Melo*, de Vila Franca, 20 de Julho de 1664. Na 1.ª ed., II (1735); — *Cartas de Vieira*, II (C. 1926)69-70.

359. *Carta a D. Rodrigo de Meneses*, de Vila Franca, 21 de Julho de 1664. Na 1.ª ed., I (1735); — *Cartas de Vieira*, II (C. 1926) 70-72.

360. *Carta a D. Rodrigo de Meneses*, de Vila Franca, 28 de Julho de 1664. Na 1.ª ed., I (1735); — *Cartas de Vieira*, II (C. 1926) 72-73.

361. *Carta a D. Rodrigo de Meneses*, de Coimbra, 3 de Agosto de 1664. Na 1.ª ed., I (1735); — *Cartas de Vieira*, II (C.1926)73-74.

362. *Carta a D. Rodrigo de Meneses*, de Vila Franca, 11 de Agosto de 1664. Na 1.ª ed., I (1735); — *Cartas de Vieira*, II (C. 1926)75-76.

363. *Carta a Frei Luiz de Sá*, de Vila Franca, 15 de Agosto de 1664. Na 1.ª ed., III (1746); — *Cartas de Vieira*, II (C. 1926)76-77.

364. *Carta a D. Rodrigo de Meneses*, de Coimbra, 19 de Agosto de 1664. Na 1.ª ed., I (1735); — *Cartas de Vieira*, II (C. 1926)77-78.

365. *Carta a D. Rodrigo de Meneses*, de Coimbra, 25 de Agosto de 1664. Na 1.ª ed., I (1735); — *Cartas de Vieira*, II (C. 1926)78-81.

366. *Carta ao Marquês de Gouveia*, de Vila Franca, 31 de Agosto de 1664. Na 1. ed., II (1735); — *Cartas de Vieira*, II (C. 1926) 81-82.

367. *Carta a D. Rodrigo de Meneses*, de Coimbra, 1 de Setembro de 1664. Na 1.ª ed., I (1735); — *Cartas de Vieira*, II (C. 1926) 83-84.

368. *Carta a D. Rodrigo de Meneses*, de Coimbra, 8 de Setembro de 1664. Na 1.ª ed., I (1735); — *Cartas de Vieira*, II (C. 1926) 85-87.

369. *Carta a D. Rodrigo de Meneses*, de Coimbra, 22 de Setembro de 1664. Na 1.ª ed., I (1735); — *Cartas de Vieira*, II (C. 1926) 87-88.

370. *Carta ao Marquês de Gouveia*, de Coimbra, 28 de Setembro de 1664 Na 1.ª ed., III (1746); — *Cartas de Vieira*, II (C. 1926)89-90.

371. *Carta a D. Rodrigo de Meneses*, de Coimbra, 29 de Setembro de 1664. Na 1.ª ed., I (1735);— *Cartas de Vieira*, II (C. 1926) 90-91.

372. *Carta a D. Rodrigo de Meneses*, de Coimbra, 6 de Outubro de 1664. Na 1.ª ed., I (1735); — *Cartas de Vieira*, II (C. 1926) 91-92.

373. *Carta a D. Rodrigo de Meneses*, de Coimbra, 20 de Outubro de 1664. Na 1.ª ed., I (1735); — *Cartas de Vieira*, II (C. 1926) 93-95.

374. *Carta a D. Rodrigo de Meneses*, de Coimbra, 3 de Novembro de 1664. Na 1.ª ed., I (1735); — *Cartas de Vieira*, II (1926) 95-96.

375. *Carta a D. Rodrigo de Meneses*, de Coimbra, 10 de Novembro de 1664. Na 1.ª ed., I (1735); — *Cartas de Vieira*, II (C. 1926) 96-98.

376. *Carta a D. Rodrigo de Meneses*, de Vila Franca, 17 de Novembro de 1664. Na 1.ª ed., I (1735); — *Cartas de Vieira*, II (C. 1926)98-99.

377. *Carta a D. Rodrigo de Meneses*, de Vila Franca, 8 de Dezembro de 1664. Na 1.ª ed., I (1735); — *Cartas de Vieira*, II (C. 1926)100-102.

378. *Carta ao Marquês de Gouveia*, de Vila Franca, 8 de Dezembro de 1664. Na 1.ª ed., I (1735); — *Cartas de Vieira*, II (C. 1926)102-104.

379. *Carta a D. Rodrigo de Meneses*, de Coimbra, 22 de Dezembro de 1664. Na 1.ª ed., I (1735); — *Cartas de Vieira*, II (C. 1926)105-106.

380. *Carta a D. Rodrigo de Meneses*, de Coimbra, 29 de Dezembro de 1664. Na 1.ª ed., I (1735); — *Cartas de Vieira*, II (C. 1926)107-109.

381. *Carta a um fidalgo*, de Coimbra, 2 de Janeiro de 1665. Na 1.ª ed., I (1735); — *Cartas de Vieira*, II (C. 1926)109.

382. *Carta a D. Rodrigo de Meneses,* de Coimbra, 19 de Janeiro de 1665. Na 1.ª ed., II (1735); — *Cartas de Vieira,* II (C. 1926) 110-112.

383. *Carta a D. Rodrigo de Meneses,* de Coimbra, 26 de Janeiro de 1665. Na 1.ª ed., II (1735); — *Cartas de Vieira,* II (C. 1926) 112-113.

384. *Carta a D. Teodósio de Melo,* de Coimbra, 27 de Janeiro de 1665. Na 1.ª ed., I (1735); — *Cartas de Vieira,* II (C. 1926) 114-115.

385. *Carta a D. Rodrigo de Meneses,* de Coimbra, 3 de Fevereiro de 1665. Na 1.ª ed., I (1735); — *Cartas de Vieira,* II (1926) 115-116.

386. *Carta a D. Teodósio de Melo,* de Coimbra, 7 de Fevereiro de 1665. Na 1.ª ed., II (1735), com a indicação de ser para D. Rodrigo de Meneses, mas a referência ao Duque de Cadaval (irmão de D. Teodósio) tira a dúvida; — *Cartas de Vieira,* II (C. 1926) 116-118.

387. *Carta ao Duque de Cadaval,* de Coimbra, 7 de Fevereiro de 1665. Na 1.ª ed., II (1735); — *Cartas de Vieira,* II (C. 1926) 118-119.

388. *Carta a D. Teodósio de Melo,* de Coimbra, 10 de Fevereiro de 1665. Na 1.ª ed., II (1735); — *Cartas de Vieira,* II (C. 1926) 119-120.

389. *Carta a D. Rodrigo de Meneses,* de Coimbra, 15 de Fevereiro de 1665. Na 1.ª ed., I (1735); — *Cartas de Vieira,* II (C. 1926) 120-122

390. *Carta ao Marquês de Gouveia,* de Coimbra, 16 de Fevereiro de 1665. Na 1.ª ed., III (1746); — *Cartas de Vieira,* II (C. 1926) 122-123.

391. *Carta ao Marquês de Gouveia,* de Coimbra, 23 de Fevereiro de 1665. Na 1.ª ed., III (1746); — *Cartas de Vieira,* II (C. 1926) 123-126.

392. *Carta a D. Rodrigo de Meneses,* de Coimbra, 23 de Fevereiro de 1665. Na 1.ª ed., I (1735); — *Cartas de Vieira,* II (C. 1926) 126-128.

393. *Carta a D. Teodósio de Melo*, de Coimbra, 27 de Fevereiro de 1665. Na 1.ª ed., I (1735); — *Cartas de Vieira*, II (C. 1926) 128-129.

394. *Carta a D. Rodrigo de Meneses*, de Coimbra, 2 de Março de 1665. Na 1.ª ed., I (1735); — *Cartas de Vieira*, II (C. 1926) 130-131.

395. *Carta a D. Rodrigo de Meneses*, de Coimbra, 9 de Março de 1665. Na 1.ª ed., I (1735); — *Cartas de Vieira*, II (C. 1926) 131-132.

396. *Carta ao Marquês de Gouveia*, de Coimbra, 9 de Março de 1665. Na 1.ª ed., III (1746); — *Cartas de Vieira*, II (C. 1926) 133-134.

397. *Carta ao Marquês de Gouveia*, de Coimbra, 16 de Março de 1665. Na 1.ª ed., III (1746); — *Cartas de Vieira*, II (C. 1926) 135-137.

398. *Carta a D. Rodrigo de Meneses*, de Coimbra, 16 de Março de 1665. Na 1.ª ed., I (1735); — *Cartas de Vieira*, II (C. 1926) 137-139.

399. *Carta ao Duque de Cadaval*, de Coimbra, 20 de Março de 1665. Na 1.ª ed., II (1735); — *Cartas de Vieira*, II (C. 1926)139-140.

400. *Carta a D. Teodósio de Melo*, de Coimbra, 20 de Março de 1665. Na 1.ª ed., II (1735); — *Cartas de Vieira*, II (C. 1926) 141-142.

401. *Carta a D. Rodrigo de Meneses*, de Coimbra, 23 de Março de 1665. Na 1.ª ed., I (1735); — *Cartas de Vieira*, II (C. 1926) 142-144.

402. *Carta ao Marquês de Gouveia*, de Coimbra, 23 de Março de 1665. Na 1.ª ed., III (1746); — *Cartas de Vieira*, II (C. 1926) 144-146.

403. *Carta a D. Teodósio de Melo*, de Coimbra, 26 de Março de 1665. Na 1.ª ed., II (1735); — *Cartas de Vieira*, II (C. 1926) 147-149.

404. *Carta a D. Teodósio de Melo*, de Coimbra, 31 de Março de 1665. Na 1.ª ed., II (1735); — *Cartas de Vieira*, II (C. 1926) 149-150.

405. *Carta a D. Teodósio de Melo*, de Coimbra, 12 de Abril de 1665. Na 1.ª ed., II (1735); — *Cartas de Vieira*, II (C. 1926)150-152.

406. *Carta ao Marquês de Gouveia*, de Coimbra, 13 de Abril de 1665. Na 1.ª ed., III (1746); — *Cartas de Vieira*, II (C. 1926) 152-154.

407. *Carta a D. Rodrigo de Meneses*, de Coimbra, 13 de Abril de 1665. Na 1.ª ed., I (1735); — *Cartas de Vieira*, II (C. 1926)154-156.

408. *Carta a D. Rodrigo de Meneses*, de Coimbra, 26 de Abril de 1665. Na 1.ª ed., I (1735); — *Cartas de Vieira*, II (C. 1926) 156-157.

409. *Carta a D. Rodrigo de Meneses*, de Coimbra, 4 de Maio de 1665. Na 1.ª ed., I (1735); — *Cartas de Vieira*, II (C. 1926) 158-159.

410. *Carta ao Marquês de Gouveia*, de Coimbra, 4 de Maio de 1665. Na 1.ª ed., I (1735) com endereço ao Duque de Cadaval nas cópias do cód. 1724 da NBL e t.º 8.º da Acad. das Ciências Marquês de Gouveia; — *Cartas de Vieira*, II (C. 1926)159-161.

411. *Carta a João Nunes da Cunha*, de Coimbra, 6 de Maio de 1665. Na 1.ª ed., I (1735), como para D. Rodrigo de Meneses; mas o contexto mostra tratar-se de João Nunes da Cunha, nomeado Vice-Rei da Índia; — *Cartas de Vieira*, II (C. 1926) 162-163.

412. *Carta a D. Teodósio de Melo*, de Coimbra, 8 de Maio de 1665. Na 1.ª ed., II (1735); — *Cartas de Vieira*, II (C. 1926) 164-167.

413. *Carta a João Nunes da Cunha*, de Coimbra, 13 de Maio de 1665. Na 1.ª ed., I (1735), como para D. Rodrigo de Meneses; — *Cartas de Vieira*, II (C. 1926)167-169.

414. *Carta a João Nunes da Cunha*, de Coimbra, 20 de Maio de 1665. Na 1.ª ed., I (1735), como para D. Rodrigo de Meneses; — *Cartas de Vieira*, II (C. 1926)170-172.

415. *Carta ao Marquês de Gouveia*, de Vila Franca, 31 de Maio de 1665. Na 1.ª ed., III (1746); — *Cartas de Vieira*, II (C. 1926) 172-173.

416. *Carta a D. Teodósio de Melo*, de Vila Franca, 7 de Junho de 1665. Na 1.ª ed., II (1735); — *Cartas de Vieira*, II (C. 1926)174.

417. *Carta a D. Rodrigo de Meneses*, de Vila Franca, 8 de Junho de 1665. Na 1.ª ed., I (1735); — *Cartas de Vieira*, II (C. 1926) 175-176.

418. *Carta a D. Rodrigo de Meneses*, de Vila Franca, 15 de Junho de 1665. Na 1.ª ed., I (1735); — *Cartas de Vieira*, II (C. 1926) 176-177.

419. *Carta a D. Teodósio de Melo*, de Vila Franca, 16 de Junho de 1665. Na 1.ª ed., II (1735), com a data de 16 de Julho: na carta alude à festa de S. António; — *Cartas de Vieira*, II (C. 1926)178-180.

420. *Carta ao Duque de Cadaval*, de Vila Franca, 20 de Junho de 1665. Na 1.ª ed., II (1735); — *Cartas de Vieira*, II (C. 1926) 180-182.

421. *Carta a D. Teodósio de Melo*, de Vila Franca, 26 de Junho de 1665. Na 1.ª ed., II (1735); — *Cartas de Vieira*, II (C. 1926) 182-183.

422. *Carta ao Duque de Cadaval*, de Vila Franca, sexta-feira, 26 de Junho de 1665. Na 1.ª ed., II (1735); — *Cartas de Vieira*, II (C. 1926)184-185.

423. *Carta a D. Rodrigo de Meneses*, de Vila Franca, sábado, 27 de Junho de 1665. Na 1.ª ed., I (1735), com a data de 22, mas diz *sabádo*, que corresponde a 27; — *Cartas de Vietra*, II (C. 1926)185.

424. *Carta a D. Rodrigo de Meneses*, de Vila Franca, 29 de Junho de 1665. Na 1.ª ed., I (1735); — *Cartas de Vieira*, II (C. 1926)186-187.

425. *Carta a D. Teodósio de Melo*, de Vila Franca, 3 de Julho de 1665. Na 1.ª ed., II (1735); — *Cartas de Vieira*, II (C. 1926) 188-189.

426. *Carta ao Duque de Cadaval*, de Vila Franca, 3 de Julho de 1665. Na 1.ª ed., II (1735); — *Cartas de Vieira*, II (C. 1926) 189-191.

427. *Carta a D. Rodrigo de Meneses*, de Vila Franca, 6 de Julho de 1665. Na 1.ª ed., I (1735); — *Cartas de Vieira*, II (C. 1926) 192-194.

428. *Carta a D. Teodósio de Melo*, de Coimbra, 11 de Julho de 1665. Na 1.ª ed., II (1735); — *Cartas de Vieira*, II (C. 1926)194-195.

429. *Carta a D. Teodósio de Melo*, de Vila Franca, 12 de Julho de 1665. Na 1.ª ed., II (1735); — *Cartas de Vieira*, II (C. 1926) 196-197.

430. *Carta a D. Rodrigo de Meneses*, de Vila Franca, 13 de Julho de 1665. Na 1.ª ed., I (1735); — *Cartas de Vieira*, II (C. 1926) 198-199.

431. *Carta a D. Teodósio de Melo*, de Vila Franca, 16 de Julho de 1665. Na 1.ª ed., II (1735); — *Cartas de Vieira*, II (C. 1926) 199-200.

432. *Carta a D. Rodrigo de Meneses*, de Vila Franca, 20 de Julho de 1665. Na 1.ª ed., I (1735); — *Cartas de Vieira*, II (C. 1926) 200-202.

433. *Carta a D. Teodósio de Melo*, de Vila Franca, 25 de Julho de 1665. Na 1.ª ed., II (1735); — *Cartas de Vieira*, II (C. 1926) 202-204.

434. *Carta a D. Rodrigo de Meneses*, de Vila Franca, 27 de Julho de 1665. Na 1.ª ed., I (1735); — *Cartas de Vieira*, II (C. 1926) 204-206.

435. *Carta ao Marquês de Gouveia*, de Vila Franca, 31 de Julho de 1665. Na 1.ª ed., III (1746); — *Cartas de Vieira*, II (C. 1926) 206-208.

436. *Carta a D. Rodrigo de Meneses*, de Vila Franca, 3 de Agosto de 1665. Na 1.ª ed., I (1735); — *Cartas de Vieira*, II (C. 1926) 208-210.

437. *Carta a D. Teodósio de Melo*, de Vila Franca, 7 de Agosto de 1665. Na 1.ª ed., II (1735); — *Cartas de Vieira*, II (C. 1926) 210-212.

438. *Carta ao Duque de Cadaval*, de Vila Franca, 10 de Agosto de 1665. Na 1.ª ed., II (1735); — *Cartas de Vieira*, II (C. 1926) 212-213.

439. *Carta a D. Teodósio de Melo*, de Vila Franca, 10 de Agosto de 1665. Na 1.ª ed., I (1735); — *Cartas de Vieira*, II (C. 1926) 214-215.

440. *Carta a D. Rodrigo de Meneses* de 10 de Agosto de 1665. Na 1.ª ed., I (1735); — *Cartas de Vieira*, II (C. 1926) 215-218.

441. *Carta a D. Teodósio de Melo*, de Vila Franca, 11 de Agosto de 1665. Na 1.ª ed., II (1735); — *Cartas de Vieira*, II (C. 1926) 218-219.

442. *Carta ao Duque de Cadaval*, de Vila Franca, 14 de Agosto de 1665. Na 1.ª ed., II (1735); — *Cartas de Vieira*, II (C. 1926) 219-220.

443. *Carta a D. Rodrigo de Meneses*, de Vila Franca, 17 de Agosto de 1665. Na 1.ª ed., I (1735); — *Cartas de Vieira*, II (C. 1926) 220-222.

444. *Carta ao Duque de Cadaval*, de Vila Franca, 22 de Agosto de 1665. Na 1.ª ed., II (1735); — *Cartas de Vieira*, II (C. 1926) 222-223.

445. *Carta a D. Teodósio de Melo*, de Vila Franca, 22 de Agosto de 1665. Na 1.ª ed., II (1735); — *Cartas de Vieira*, II (C. 1926) 223-226.

446. *Carta a D. Rodrigo de Meneses*, de Vila Franca, 24 de Agosto de 1665. Na 1.ª ed., I (1735); — *Cartas de Vieira*, II (C. 1926) 226-227.

447. *Carta a D. Rodrigo de Meneses*, de Vila Franca, 31 de Agosto de 1665. Na 1.ª ed., I (1735); — *Cartas de Vieira*, II (C. 1926) 228-230.

448. *Carta a D. Teodósio de Melo*, de Vila Franca, 31 de Agosto de 1665. Na 1.ª ed., II (1735); — *Cartas de Vieira*, II (C. 1926) 231-232.

449. *Carta ao Marquês de Gouveia*, de Vila Franca, 31 de Agosto de 1665. Na 1.ª ed., III (1746); — *Cartas de Vieira*, II (C. 1926) 232-234.

450. *Carta ao Duque de Cadaval*, de Vila Franca, 4 de Setembro de 1665. Na 1.ª ed., II (1735); — *Cartas de Vieira*, II (C. 1926) 234-236.

451. *Carta a D. Teodósio de Melo*, de Vila Franca, 7 de Setembro de 1665. Na 1.ª ed., II (1735); — *Cartas de Vieira*, II (C. 1926) 236-238.

452. *Carta a D. Rodrigo de Meneses*, de Vila Franca, 7 de Setembro de 1665. Na 1.ª ed., I (1735); — *Cartas de Vieira*, II (C. 1926) 238-240.

453. *Carta ao Marquês de Gouveia*, de Vila Franca, 7 de Setembro de 1665. Na 1.ª ed., III (1746); — *Cartas de Vieira*, II (C. 1926)240-241.

454. *Carta ao Duque de Cadaval*, de Vila Franca, 9 de Setembro de 1665. Na 1.ª ed., II (1735); — *Cartas de Vieira*, II (C. 1926) 241-243.

455. *Carta a D. Teodósio de Melo*, de Vila Franca, 9 de Setembro de 1665. Na 1.ª ed., II (1735), com a data errada de 1669; — *Cartas de Vieira*, II (C. 1926)243-244.

456. *Carta a D. Teodósio de Melo*, de Vila Franca, 10 de Setembro de 1665. Na 1.ª ed., II (1735); — *Cartas de Vieira*, II (C. 1926)244-245.

457. *Carta a D. Rodrigo de Meneses*, de Coimbra, 14 de Setembro de 1665. Na 1.ª ed., II (1735), com o endereço errado a D. Teodósio e mutilada. Publ. o trecho que faltava por Lúcio de Azevedo, na *Historia de Antonio Vieira*, pelo cód. 1724 da BNL; — *Cartas de Vieira*, II (C. 1926)246-250.

458. *Carta ao Marquês de Gouveia*, de Coimbra, 14 de Setembro de 1665. Na 1.ª ed., III (1746); — *Cartas de Vieira*, II (C. 1926)250-251.

459. *Carta a João Nunes da Cunha*, de Coimbra, 15 de Setembro de 1665. Na 1.ª ed., I (1735), com o endereço errado para D. Rodrigo de Meneses; — *Cartas de Vieira*, II (C. 1926)251-253.

460. *Carta a D. Rodrigo de Meneses*, de Coimbra, 21 de Setembro de 1665. Na 1.ª ed., I (1735); — *Cartas de Vieira*, II (C. 1926)253-254.

461. *Carta a D. Teodósio de Melo*, de Coimbra, 21 de Setembro de 1665. Na 1.ª ed., III (1746); — *Cartas de Vieira*, II (C. 1926)255.

462. *Carta ao Duque de Cadaval*, de Coimbra, 21 de Setembro de 1665. (BNL, *Obras do Padre Antonio Vieira*, t. 12). Publ. por Lúcio de Azevedo, *Cartas de Vieira*, II (C. 1926)256-257.

463. *Carta ao Marquês de Gouveia*, de Coimbra, 21 de Setembro de 1665. Na 1.ª ed., III (1746); — *Cartas de Vieira*, II (C. 1926)257-258.

464. *Carta a Diogo Velho*, de Coimbra, 21 de Setembro de 1665. Publ. por António Baião em *Serões*, n.º 22; — reproduzida (com fac-símile autógr.) em *Episódios dramáticos da Inquisição Portuguesa* (Porto 1919)234; — *Cartas de Vieira*, II (C. 1926)258-259.

465. *Carta a D. Teodósio de Melo*, de Coimbra, 25 de Setembro de 1665. Na 1.ª ed., II (1735); — *Cartas de Vieira*, II (C. 1926)259-261.

466. *Carta ao Duque de Cadaval*, de Coimbra, 25 de Setembro de 1665. Na 1.ª ed., II (1735); — *Cartas de Vieira*, II (C.1926) 261-262.

467. *Carta a D. Rodrigo de Meneses*, de Coimbra, 28 de Setembro de 1665. Na 1.ª ed., II (1735); — *Cartas de Vieira*, II (C. 1926). Incompleta. Completa em Francisco Rodrigues, *História*, III-1 (1944)570-571.

468. *Carta ao Marquês de Gouveia*, de Coimbra, 28 de Setembro de 1665. Na 1.ª ed., III (1746); — *Cartas de Vieira*, II (C. 1926)264-265.

469. *Carta ao Duque de Cadaval*, de 3 de Janeiro de 1668. Na 1.ª ed., II (1735); — *Cartas de Vieira*, II (C. 1926)265-266.

470. *Carta ao Duque de Cadaval*, de Coimbra, 9 de Janeiro de 1668. Na 1.ª ed., II (1735); — *Cartas de Vieira*, II (C. 1926)266-267.

471. *Carta ao Marquês de Gouveia*, de Coimbra, 9 de Janeiro de 1668. (BNL, cód. 901). Autógr. Publ. por Lúcio de Azevedo, *Cartas de Vieira*, III (C. 1928)734-735.

472. *Carta ao Duque de Cadaval*, de Coimbra, 16 de Janeiro de 1668. Na 1.ª ed., II (1735); — *Cartas de Vieira*, II (C. 1926) 267-269.

473. *Carta ao Duque de Cadaval*, de Coimbra, 20 de Fevereiro de 1668. Na 1.ª ed., II (1735); — *Cartas de Vieira*, II (C. 1926)269-271.

474. *Carta a D. Teodósio de Melo*, de [Agosto 1669]. Na 1.ª ed., II (1735), sem data; — *Cartas de Vieira*, II (C. 1926)271-272.

475. *Carta ao Marquês de Gouveia*, [de 1669 (?)]. Na 1.ª ed., II (1735); — *Cartas de Vieira*, II (C. 1926)273.

476. *Carta ao Duque de Cadaval*, de Roma, 22 de Novembro de 1669. Na 1.ª ed., II (1735); — *Cartas de Vieira*, II (C. 1926)277-278.

477. *Carta a D. Rodrigo de Meneses*, de Roma, 27 de Novembro de 1669. Na 1.ª ed., III (1746), com a data de 7 de Dezembro. (Na Acad. das Ciências, *Obras*, XI, f. 61, com a data de 27 de Novembro, preferível); — *Cartas de Vieira*, II (C. 1926)278-280.

478. *Carta a D. Rodrigo de Meneses*, de Roma, 3 de Dezembro de 1669. Na 1.ª ed., II (com a data de 7 de Novembro de 1665 e mutilada). — Restabelecido o texto pela cópia da BNL, cód. 1724, e com a data da Colecção da Acad. das Ciências, t. XI, 3 de Dezembro de 1669, em *Cartas de Vieira*, II (C. 1926)280-283.

479. *Carta ao Duque de Cadaval*, de Roma, 6 de Dezembro de 1669. Na 1.ª ed., II (1735), com a data de 6 de Outubro, errada, porque ainda não estava em Roma; — *Cartas de Vieira*, II (C. 1926)283-286.

480. *Carta a D. Teodósio de Melo*, de Roma, 16 de Dezembro de 1669. Na 1.ª ed., II (1735); — *Cartas de Vieira*, II (C. 1926) 286-288.

481. *Carta à Rainha D. Catarina de Inglaterra*, de Roma, 21 de Dezembro de 1669. Na 1.ª ed., II (1735); — *Cartas de Vieira*, II (C. 1926)288-291.

482. *Carta a um certo prelado*, de Roma, 14 de Fevereiro de 1670. Na 1.ª ed., II (1735); — *Cartas de Vieira*, II (C. 1926)291-292.

483. *Carta a D. Rodrigo de Meneses*, de Roma, 15 de Fevereiro de 1670. Na 1.ª ed., III (1746); — *Cartas de Vieira*, II (C. 1926) 292-295.

484. *Carta ao Marquês de Gouveia*, de Roma, 21 de Fevereiro de 1670. Na 1.ª ed., II (1735); — *Cartas de Vieira*, II (C. 1926)295.

485. *Carta a D. Rodrigo de Meneses*, de Roma, 15 de Março de 1670. Na 1.ª ed., III (1746); — *Cartas de Vieira*, II (C. 1926) 296-299.

486. *Carta a Duarte Ribeiro de Macedo*, de Roma, 12 de Abril de 1670. (Cópia, Minist. dos Estrang.). Impr. pela 1.ª vez em 1827 em *Cartas de Vieira a Duarte Ribeiro de Macedo;* — *Cartas de Vieira*, II (C. 1926)299-300.

487. *Carta a D. Rodrigo de Meneses*, de Roma, 10 de Maio de 1670. Na 1.ª ed., II (1735), mutilada. Reproduzida, completa, do cód. 1724 da BNL, em *Cartas de Vieira*, II (C. 1926)301-303.

488. *Carta a Duarte Ribeiro de Macedo*, de Roma, 16 de Junho de 1670. (Autógr., BNL, cód. 901). Publ. por Lúcio de Azevedo, *Cartas de Vieira*, II (C. 1926)303-305.

489. *Carta a D. Rodrigo de Meneses*, de Roma, 2 de Agosto de 1670. Na 1.ª ed., III (1746); — *Cartas de Vieira*, II (C. 1926) 305-308.

490. *Carta a Duarte Ribeiro de Macedo*, de Roma, 26 de Setembro de 1670. (Autógr. na BNL, cód. 901). Impr. em 1827; — *Cartas de Vieira*, II (C. 1926)308-311.

491. *Carta a D. Rodrigo de Meneses*, de Roma, 11 de Outubro de 1670. Na 1.ª ed., III (1746); — *Cartas de Vieira*, II (C. 1926) 312-315.

492. *Carta a Duarte Ribeiro de Macedo*, de Roma, 18 de Novembro de 1670. (Autógr., BNL, cód. 901). Impr. em 1827; — *Cartas de Vieira*, II (C. 1926)315-320.

493. *Carta ao Marquês de Gouveia*, de Roma, 31 de Janeiro de 1671. Na 1ª. ed., I (1735); — *Cartas de Vieira*, II (C. 1926)320-322.

494. *Carta ao Marquês de Gouveia*, de Roma, 14 de Fevereiro de 1671. Na 1.ª ed., I (1735); — *Cartas de Vieira*, II (C. 1926) 323-325.

495. *Carta ao Marquês de Gouveia*, de Roma, 21 de Fevereiro de 1671. Na 1.ª ed.; I (1735); — *Cartas de Vieira*, II (C. 1926) 325-327.

496. *Carta a D. Teodósio de Melo*, de Roma, 23 de Fevereiro de 1671. Na 1.ª ed., II (1735); — *Cartas de Vieira*, II (C. 1926) 327-329.

497. *Carta a D. Rodrigo de Meneses*, de Roma, 23 de Fevereiro de 1671. Na 1.ª ed., III (1746). — Texto mais completo na BNL, cód. 1724, e vol. XI da Col. da Acad. das Ciências, publ. em *Cartas de Vieira*, II (C. 1926)329-332.

498. *Carta ao Marquês de Gouveia*, de Roma, 28 de Fevereiro de 1671. (Autógr., Torre do Tombo). Publ. na 1.ª ed., I (1735); — *Cartas de Vieira*, II (C. 1926)333-334.

499. *Carta ao Duque de Cadaval*, de 13 de Março de 1671. Na 1.ª ed., I (1735), com a data errada do ano anterior; — *Cartas de Vieira*, II (C. 1926)335-336.

500. *Carta ao Marquês de Gouveia*, de Roma, 14 de Março de 1671. Na 1.ª ed., I (1735); — *Cartas de Vieira*, II (C. 1926)337-339.

501. *Carta ao Marquês de Gouveia*, de Roma, 28 de Março de 1671. (Autógr., Torre do Tombo). Na 1.ª ed., I (1735); — *Cartas de Vieira*, II (C. 1926)339-340.

502. *Carta ao Marquês de Gouveia*, de Roma, 11 de Abril de 1671. (Autógr., Torre do Tombo). Publ. na 1.ª ed., I (1735); — *Cartas de Vieira*, II (C. 1926)340-341.

503. *Carta ao Marquês de Gouveia*, de Roma, 25 de Abril de 1671. (Autógr., Torre do Tombo). Na 1.ª ed., I (1735); — *Cartas de Vieira*, II (C. 1926)341-342.

504. *Carta a D. Rodrigo de Meneses*, de Roma, 11 de Maio de 1671. Na 1.ª ed., III (1746); — *Cartas de Vieira*, II (C. 1926) 343-345.

505. *Carta ao Marquês de Gouveia*, de Roma, 12 de Maio de 1671. Na 1.ª ed., I (1735); — *Cartas de Vieira*, II (C. 1926)345-346.

506. *Carta ao Marquês de Gouveia*, de Roma, 23 de Maio de 1671. (Autógr., Torre do Tombo). Publ. na 1.ª ed., III (1746); — *Cartas de Vieira*, II (C. 1926)347-348.

507. *Carta ao Marquês de Gouveia*, de Roma, 6 de Junho de 1671. (Original, Torre do Tombo). Publ. na 1.ª ed., I (1735), com a data de 1670; — *Cartas de Vieira*, II (C. 1926)348-349.

508. *Carta ao Marquês de Gouveia*, de Roma, 20 de Junho de 1671. (Autógr., Torre do Tombo). Publ. na 1.ª ed., I (1735); — *Cartas de Vieira*, II (C. 1926)349-350.

509. *Carta a Duarte Ribeiro de Macedo*, de Roma, 30 de Junho de 1671. (Autógr., Minist. dos Estrang.). Na 1.ª ed., III (1746); — *Cartas de Vieira*, II (C. 1926)351-354.

510. *Carta ao Marquês de Gouveia*, de Roma, 18 de Julho de 1671. (Autógr., Torre do Tombo). Publ. na 1.ª ed., I (1735); — *Cartas de Vieira*, II (C. 1926)354-355.

511. *Carta a D. Rodrigo de Meneses*, de Roma, 18 de Julho de 1671. Na 1.ª ed., III (1746), mutilada. O trecho omitido foi publ. na Parte I dos *Inéditos da Bibl. da Universidade de Coimbra*, por Ernesto Donato; — *Cartas de Vieira*, II (C. 1926)356-358.

512. *Carta ao Marquês de Gouveia*, de Roma, 1 de Agosto de 1671. (Autógr., Torre do Tombo, com a data de 1 de Julho, emendada). Publ. na 1.ª ed., I (1735); — *Cartas de Vieira*, II (C. 1926) 358-359.

513. *Carta a D. Rodrigo de Meneses*, de Roma, 1 de Agosto de 1671. Na 1.ª ed., III (1746); — *Cartas de Vieira*, II (C. 1926) 360-361.

514. *Carta ao Príncipe D. Pedro*, de Roma, 7 de Setembro de 1671. Na 1.ª ed., III (1746); — *Cartas de Vieira*, II (C. 1926) 362-363.

515. *Carta ao Marquês de Gouveia*, de Roma, 12 de Setembro de 1671. (Autógr., Torre do Tombo). Na 1.ª ed., I (1735); — *Cartas de Vieira*, II (C. 1926)364-365.

516. *Carta a Duarte Ribeiro de Macedo*, de Roma, 15 de Setembro de 1671. (Autógr., BNL, cód. 901). Publ. a 1.ª vez por Lúcio de Azevedo, *Cartas de Vieira*, II (C. 1926)365-368.

517. *Carta ao Marquês de Gouveia*, de Roma, 26 de Setembro de 1671. (Autógr., Torre do Tombo). Publ. na 1.ª ed., I (1735); — — *Cartas de Vieira*, II (C. 1926)368-371.

518. *Carta a Duarte Ribeiro de Macedo*, de Roma, 20 de Outubro de 1671. (Autógr., BNL, cód. 901, entre as cartas de 1672). Extracto no *Corpo Dipl. Port.*, 14; — *Cartas de Vieira*, II (C. 1926) 693-696.

519. *Carta ao Marquês de Gouveia*, de Roma, 10 de Outubro de 1671. (Autógr., Torre do Tombo). Publ. na 1.ª ed., I (1735); — *Cartas de Vieira*, II (C. 1926)371-372.

520. *Carta a D. Rodrigo de Meneses*, de Roma, 24 de Outubro de 1671. Na 1.ª ed., I (1735), mutilada. Texto reconstituído, pelo cód. 1724 da Bibl. Nac. de Lisboa, em *Cartas de Vieira*, II (C. 1926) 372-378.

521. *Carta ao Marquês de Gouveia*, de 7 de Novembro de 1671. Na 1.ª ed., I (1735); — *Cartas de Vieira*, II (C. 1926)378-380.

522. *Carta a Duarte Ribeiro de Macedo*, de Roma, 10 de Novembro de 1671. (Autógr., Minist. dos Estrang.). Imp. em 1827; — *Cartas de Vieira*, II (C. 1926)380-383.

523. *Carta ao Marquês de Gouveia*, de Roma, 21 de Novembro de 1671. (Autógr., Torre do Tombo). Na 1.ª ed., I (1735); — *Cartas de Vieira*, II (C. 1926)384-386.

524. *Carta a D. Rodrigo de Meneses*, de Roma, 21 de Novembro de 1671. Na 1.ª ed., I (1735), incompleta. Restabelecido o texto, pelo cód. 1724 da BNL, em *Cartas de Vieira*, II (C. 1926) 386-392.

525. *Carta a Duarte Ribeiro de Macedo*, de Roma, 24 de Novembro de 1671. (Autógr., Minist. dos Estrang.). Impr. em 1827; — *Cartas de Vieira*, II (C. 1926)392-395.

526. *Carta ao Marquês de Gouveia*, de Roma, 19 de Dezembro de 1671. (Autógr., Torre do Tombo). Na 1.ª ed., I (1735), com a data errada de 1670, e repetida, no mesmo volume, como de 671; — *Cartas de Vieira*, II (C. 1926)396-398.

527. *Carta a Duarte Ribeiro de Macedo*, de Roma, 22 de Dezembro de 1671. (Autógr., BNL, cód. 901). Publ. em *Cartas de Vieira*, II (C. 1926)398-401.

528. *Carta ao Marquês de Gouveia*, de Roma, 3 de Janeiro de 1672. (Torre do Tombo). Na 1.ª ed., I (1735); — *Cartas de Vieira*, II (C. 1926)402.

529. *Carta a Duarte Ribeiro de Macedo*, de Roma, 5 de Janeiro de 1672. (Autógr., Minist. dos Estrang.). Impr. em 1827; — *Cartas de Vieira*, II (C. 1926)403-405.

530. *Carta a Duarte Ribeiro de Macedo*, de Roma, 12 de Janeiro de 1672. (Autógr., BNL, cód. 901). Publ. por Lúcio de Azevedo, *Cartas de Vieira*, II (C. 1926)406-408.

531. *Carta a Duarte Ribeiro de Macedo*, de Roma, 26 de Janeiro de 1672. (Autógr., BNL). Publ. em *Cartas de Vieira*, II (C. 1926) 408-411.

532. *Carta ao Marquês de Gouveia*, de Roma, 30 de Janeiro de 1672. (Autógr., Torre do Tombo). Publ. na 1.ª ed., I (1735); — *Cartas de Vieira*, II (C. 1926)411-412.

533. *Carta a Duarte Ribeiro de Macedo*, de Roma, 9 de Fevereiro de 1672. (Autógr., BNL, cód. 901). Publ. por Lúcio de Azevedo, *Cartas de Vieira*, II (C. 1926)413-415.

534. *Carta ao Marquês de Gouveia*, de Roma, 13 de Fevereiro de 1672. (Autógr., Torre do Tombo). Na 1.ª ed., I (1735); — *Cartas de Vieira*, II (C. 1926)416-417.

535. *Carta ao Marquês de Gouveia*, de Roma, 27 de Fevereiro de 1672. (Autógr., Torre do Tombo). Na 1.ª ed., I (1735); — *Cartas de Vieira*, II (C. 1926)417-419.

536. *Carta a Duarte Ribeiro de Macedo*, de 29 de Fevereiro de 1672. (Autógr., Minist. dos Estrang.). Impr. em 1827; — *Cartas de Vieira*, II (C. 1926)419-422.

537. *Carta a Duarte Ribeiro de Macedo*, de Roma, 9 de Março de 1672. (Autógr., BNL, cód. 901); — *Cartas de Vieira*, II (C. 1926)422-425.

538. *Carta ao Marquês de Gouveia*, de Roma, 12 de Março de 1672. (Autógr., Torre do Tombo). Na 1.ª ed., I (1735); — *Cartas de Vieira*, II (C. 1926)425-427.

539. *Carta ao Marquês de Gouveia*, de Roma, 26 de Março de 1672. (Autógr., Torre do Tombo). Na 1.ª ed., I (1735); — *Cartas de Vieira*, II (C. 1926)427-429.

540. *Carta ao Marquês de Gouveia*, de Roma, 9 de Abril de 1672. (Autógr., Torre do Tombo). Na 1.ª ed., I (1735); — *Cartas de Vieira*, II (C. 1926)429-430.

541. *Carta ao Marquês das Minas*, de Roma, 9 de Abril de 1672. Na 1.ª ed., II (1735); — *Cartas de Vieira*, II (C. 1926)430-432.

542. *Carta a D. Rodrigo de Meneses*, de Roma, 9 de Abril de 1672. Na 1.ª ed., III (1746); — *Cartas de Vieira*, II (C. 1926) 432-434.

543. *Carta a Duarte Ribeiro de Macedo*, de Roma, 11 de Abril de 1672. (Autógr., BNL, cód. 901). Publ. por Lúcio de Azevedo, *Cartas de Vieira*, II (C. 1926)434-437.

544. *Carta a Duarte Ribeiro de Macedo*, de Roma, 16 de Abril de 1672. (Original, Minist. dos Estrang.). Imp. em 1728; — *Cartas de Vieira*, II (C. 1926)437-439.

545. *Carta ao Marquês de Gouveia*, de Roma, 23 de Abril de 1672. (Autógr., Torre do Tombo). Na 1.ª ed., (1735); — *Cartas de Vieira*, II (C. 1926)440-441.

546. *Carta ao Marquês de Gouveia*, de Roma, 7 de Maio de 1672. (Autógr., Torre do Tombo). Na 1.ª ed., I (1735), com a data errada de 1673; — *Cartas de Vieira*, II (C. 1926)441-443.

547. *Carta a Duarte Ribeiro de Macedo*, de Roma, 10 de Maio de 1672. (Autógr. no cód. 901 da BNL). Extracto no *Corpo Dipl. Port.*, 14; — *Cartas de Vieira*, II (C. 1926)443-446.

548. *Carta a Duarte Ribeiro de Macedo*, de Roma, 17 de Maio de 1672. (Autógr., BNL). Publ. por Lúcio de Azevedo, *Cartas de Vieira*, II (C. 1926)447-449.

549. *Carta ao Marquês de Gouveia*, de Roma, 21 de Maio de 1672. (Autógr., Torre do Tombo). Na 1.ª ed., I (1735); — *Cartas de Vieira*, II (C. 1926)449-451.

550. *Carta a Duarte Ribeiro de Macedo*, de Roma, 31 de Maio de 1672. (Autógr., BNL, cód. 901). Publ. por Lúcio de Azevedo em *Cartas de Vieira*, II (C. 1926)451-454.

551. *Carta ao Marquês de Gouveia*, de Roma, 4 de Junho de 1672. (Autógr., Torre do Tombo). Impr. na 1.ª ed., I (1735), com a data errada no mês de Julho; — *Cartas de Vieira*, II (C. 1926) 454-456.

552. *Carta ao Marquês de Gouveia*, de Roma, 18 de Junho de 1672. (Autógr., Torre do Tombo). Na 1.ª ed., I (1735); — *Cartas de Vieira*, II (C. 1926)456-458.

553. *Carta a Duarte Ribeiro de Macedo*, de Roma, 21 de Junho de 1672. (Autógr., BNL, cód. 901). Publ. por Lúcio de Azevedo em *Cartas de Vieira*, II (C. 1926)458-460.

554. *Carta a Duarte Ribeiro de Macedo*, de Roma, 28 de Junho de 1672. (Autógr., BNL, cód. 901). Extracto no *Corpo Dipl. Port.*, 14; — *Cartas de Vieira*, II (C. 1926)460-464.

555. *Carta ao Marquês de Gouveia*, de Roma, 2 de Julho de 1672. (Autógr., Torre do Tombo). Na 1.ª ed., I (1735), com a data errada de Junho 28; — *Cartas de Vieira*, II (C. 1926)464-466.

556. *Carta a Duarte Ribeiro de Macedo*, de Roma, 2 de Julho de 1672. (Autógr., Minist. dos Estrang.). Impr. em 1827; — *Cartas de Vieira*, II (C. 1926)466-469.

557. *Carta a Duarte Ribeiro de Macedo*, de Roma, 12 de Julho de 1672. (Original no Minist. dos Estrang.). Impr. em 1827; — *Cartas de Vieira*, II (C. 1926)469-472.

558. *Carta a Duarte Ribeiro de Macedo*, de Roma, 19 de Julho de 1672. (BNL, cód. 901). Original, de mão estranha, provavelmente do P. José Soares, diz Lúcio de Azevedo. Em *Cartas de Vieira*, II (C. 1926)472-474.

559. *Carta a Duarte Ribeiro de Macedo*, de Roma, 26 de Julho de 1672. (Autógr., Minist. dos Estrang.). Impr. em 1827; — *Cartas de Vieira*, II (C. 1926)474-476.

560. *Carta ao Marquês de Gouveia*, de Roma, 30 de Julho de 1672. (Autógr., Torre do Tombo). Na 1.ª ed., I (1735); — *Cartas de Vieira*, II (C. 1926)476-478.

561. *Carta a Duarte Ribeiro de Macedo*, de Roma, 9 de Agosto de 1672. (Autógr., Minist. dos Estrang.). Impr. em 1827; — *Cartas de Vieira*, II (C. 1926)478-480.

562. *Carta ao Marquês de Gouveia*, de Roma, 13 de Agosto de 1672. (Autógr., Minist. dos Estrang.). Na 1.ª ed., I (1735); — *Cartas de Vieira*, II (C. 1926)480-482.

563. *Carta a D. Rodrigo de Meneses*, de Roma, 13 de Agosto de 1672. Na 1.ª ed., II (1735) mutilada. Restabelecido o texto, pelo do cód. 1724 da BNL e da Acad. das Ciências, *Varias Obras*, t. XI, em *Cartas de Vieira*, II (C. 1926)482-485.

564. *Carta a Duarte Ribeiro de Macedo*, de Roma, 16 de Agosto de 1672. (Autógr., Minist. dos Estrang.). Impr. em 1827; — *Cartas de Vieira*, II (C. 1926)485-487.

565. *Carta a Duarte Ribeiro de Macedo*, de Roma, 23 de Agosto de 1672. (Autógr., Minist. dos Estrang.). Impressa em 1827; — *Cartas de Vieira*, II (C. 1926)487-490.

566. *Carta ao Duque de Cadaval*, de Roma, 27 de Agosto de 1672. Na 1.ª ed., III (1746); — *Cartas de Vieira*, II (C. 1926)490-491.

567. *Carta a Duarte Ribeiro de Macedo*, de Roma, 6 de Setembro de 1672. (Autógr., BNL, cód. 901). Publ. em *Cartas de Vieira*, II (C. 1926)492-494.

568. *Carta a D. Rodrigo de Meneses*, de Roma, 10 de Setembro de 1672. Publ. em *Obras Inéditas*, III (Lisboa 1857)129-132; — *Cartas de Vieira*, II (C. 1926)494-498.

569. *Carta ao Marquês de Gouveia*, de Roma, 10 de Setembro de 1672. (Autógr., Torre do Tombo). Na 1.ª ed., I (1735); — *Cartas de Vieira*, II (C. 1926)498-500.

570. *Carta a Duarte Ribeiro de Macedo*, de Roma, 13 de Setembro de 1672. (Autógr., BNL, cód. 901). Publ. por Lúcio de Azevedo, *Cartas de Vieira*, II (C. 1926)500-502.

571. *Carta ao Marquês de Gouveia*, de Roma, 24 de Setembro de 1672. (Autógr., Torre do Tombo). Na 1.ª ed., I (1735); — *Cartas de Vieira*, II (C. 1926)502-503.

572. *Carta a Duarte Ribeiro de Macedo*, de Roma, 26 de Setembro de 1672. (Autógr., BNL, cód. 901). Publ. em *Cartas de Vieira*, II (C. 1926)504-505.

573. *Carta ao Marquês de Gouveia*, de Roma, 3 de Outubro de 1672. Na 1.ª ed., I (1735); — *Cartas de Vieira*, II (C. 1926)506-508.

574. *Carta ao Marquês de Gouveia*, de Roma, 8 de Outubro de 1672. Na 1.ª ed., I (1735); — *Cartas de Vieira*, II (C. 1926) 508-510.

575. *Carta a Duarte Ribeiro de Macedo*, de Roma, 8 de Outubro de 1672. (Autógr., Minist. dos Estrang.). Impressa em 1827; — *Cartas de Vieira*, II (C. 1926) 510-512.

576. *Carta ao Marquês de Gouveia*, de Roma, 22 de Outubro de 1672. Na 1.ª ed., I (1735); — *Cartas de Vieira*, II (C. 1926)512-514.

577. *Carta a D. Rodrigo de Meneses*, de Roma, 22 de Outubro de 1672. Na 1.ª ed., II (1735), mutilada em dois lugares. — Completo o texto, segundo o cód. 1724 da BNL, em *Cartas de Vieira*, II (C. 1926)514-517.

578. *Carta a Duarte Ribeiro de Macedo*, de Roma, 25 de Outubro de 1672. (Autógr., Minist. dos Estrang.). Impressa em 1827, com a data de 21; — *Cartas de Vieira*, II (C. 1926)517-519.

579. *Carta ao Marquês de Gouveia*, de Roma, 5 de Novembro de 1672. Na 1.ª ed., I (1735); — *Cartas de Vieira*, II (C. 1926) 519-520.

580. *Carta ao Marquês das Minas*, de Roma, 16 de Novembro de 1672. Na 1.ª ed., I (1735); — *Cartas de Vieira*, II (C. 1926) 520-522.

581. *Carta ao Marquês de Gouveia*, de Roma, 19 de Novembro de 1672. (Autógr., Torre do Tombo). Na 1.ª ed., I (1735); — *Cartas de Vieira*, II (C. 1926) 522-524.

582. *Carta a D. Rodrigo de Meneses*, de Roma, 19 de Novembro de 1672. Na 1.ª ed., III (1746); — *Cartas de Vieira*, II (C. 1926) 524-526.

583. *Carta a Duarte Ribeiro de Macedo*, de Roma, 22 de Novembro de 1672. (Autógr., Minist. dos Estrang.). Impr. em 1827; — *Cartas de Vieira*, II (C. 1926) 526-529.

584. *Carta a Duarte Ribeiro de Macedo*, de Roma, 4 de Dezembro de 1672. (Autógr., Minist. dos Estrang.). Impr. em 1827; — *Cartas de Vieira*, II (C. 1926) 529-531.

585. *Carta a Duarte Ribeiro de Macedo*, de Roma, 5 de Dezembro de 1672. (Autógr., BNL, cód. 901). Publ. por Lúcio de Azevedo, *Cartas de Vieira*, II (C. 1926) 532-534.

586. *Carta a Duarte Ribeiro de Macedo*, de Roma, 13 de Dezembro de 1672. (Autógr., BNL, cód. 901). Publ. em *Cartas de Vieira*, II (C. 1926) 534-536.

587. *Carta ao Marquês de Gouveia*, de Roma, 17 de Dezembro de 1672. (Autógr., Torre do Tombo). Publ. na 1.ª ed., I (1735); — *Cartas de Vieira*, II (C. 1926) 537-538.

588. *Carta a Duarte Ribeiro de Macedo*, de Roma, de 18 de Dezembro de 1672. (Autógr., Minist. dos Estrang.). Impr. em 1827; — *Cartas de Vieira*, II (C. 1926) 538-540.

589. *Carta a Duarte Ribeiro de Macedo*, de Roma, 20 de Dezembro de 1672. (Autógr., BNL, cód. 901). Publ. por Lúcio de Azevedo, *Cartas de Vieira*, II (C. 1926) 540-542.

590. *Carta a Duarte Ribeiro de Macedo*, de Roma, 27 de Dezembro de 1672. (Autógr., Minist. dos Estrang.). Impr. em 1827; — *Cartas de Vieira*, II (C. 1926) 543-544.

591. *Carta ao Marquês de Gouveia*, de Roma, 31 de Dezembro de 1672. (Autógr., Torre do Tombo). Na 1.ª ed., I (1735); — *Cartas de Vieira*, II (C. 1926) 545.

592. *Carta a D. Rodrigo de Meneses*, de Roma, 31 de Dezembro de 1672. Na 1.ª ed., II (1735), mutilada. Restabelecido o texto, pelo cód. 1724 da Bibl. Nacional de Lisboa, em *Cartas de Vieira*, II (C. 1926)546-552.

593. *Carta a Duarte Ribeiro de Macedo*, de Roma, 3 de Janeiro de 1673. (Original, BNL, cód. 901). Impr. em 1827; — *Cartas de Vieira*, II (C. 1926)552-556.

594. *Carta a Duarte Ribeiro de Macedo*, de Roma, 10 de Janeiro de 1673. Impr. em 1827; — *Cartas de Vieira*, II (C. 1926) 556-557.

O original parece ter-se desencaminhado. Não se encontra no Minist. dos Estrangeiros nem na Bibl. Nacional de Lisboa.

595. *Carta ao Marquês de Gouveia*, de Roma, 14 de Janeiro de 1673. (Autógr., Torre do Tombo). Na 1.ª ed., I (1735), com a data errada de 1672; — *Cartas de Vieira*, II (C. 1926)558-559.

596. *Carta a Duarte Ribeiro de Macedo*, de Roma, 17 de Janeiro de 1673. (Autógr., Minist. dos Estrang.). Impr. em 1827; — *Cartas de Vieira*, II (C. 1926)560-562.

597. *Carta ao Marquês de Gouveia*, de Roma, 28 de Janeiro de 1673. (Autógr., Torre do Tombo). Na 1.ª ed., I (1735); — *Cartas de Vieira*, II (C. 1926)562-563.

598. *Carta a Duarte Ribeiro de Macedo*, de Roma, 31 de Janeiro de 1673. (Original, BNL, cód. 901). Impr. em 1827; — *Cartas de Vieira*, II (C. 1926)564-566.

599. *Carta a Duarte Ribeiro de Macedo*, de Roma, 7 de Fevereiro de 1673. (Autógr., Minist. dos Estrang.). Impr. em 1827; — *Cartas de Vieira*, II (C. 1926)566-568.

600. *Carta ao Marquês de Gouveia*, de Roma, 11 de Fevereiro de 1673. (Autógr., Torre do Tombo). Na 1.ª ed., I (1735); — *Cartas de Vieira*, II (C. 1926)568-570.

601. *Carta a Duarte Ribeiro de Macedo*, de Roma, 21 de Fevereiro de 1673. (Autógr., BNL, cód. 901). Impr. em 1827; — *Cartas de Vieira*, II (C. 1926)570-572.

602. *Carta ao Marquês de Gouveia*, de Roma, 25 de Fevereiro de 1673. (Autógr., Torre do Tombo). Na 1.ª ed., I (1735); — *Cartas de Vieira*, II (C. 1926)573-574.

603. *Carta a Duarte Ribeiro de Macedo*, de Roma, 7 de Março de 1673. (Autógr., Minist. dos Estrang.). Impr. em 1827; — *Cartas de Vieira*, II (C. 1926)575-577.

604. *Carta ao Marquês de Gouveia*, de Roma, 11 de Março de 1673. (Autógr., Torre do Tombo). Na 1.ª ed., I (1735); — *Cartas de Vieira*, II (C. 1926)577-579.

605. *Carta a Duarte Ribeiro de Macedo*, de Roma, 14 de Março de 1673. Falta o original. Impr. em 1827; — *Cartas de Vieira*, II (C. 1926)579-581.

606. *Carta a Duarte Ribeiro de Macedo*, de Roma, 21 de Março de 1673. (Autógr., BNL, cód. 901). Impr. em 1827; — *Cartas de Vieira*, II (C. 1926)581-584.

607. *Carta ao Marquês de Gouveia*, de Roma, 25 de Março de 1673. (Autógr., Torre do Tombo). Na 1.ª ed., I (1735), com a data errada de 15; — *Cartas de Vieira*, II (C. 1926)584-585.

608. *Carta a Duarte Ribeiro de Macedo*, de Roma, 4 de Abril de 1673. (Autógr., BNL, cód. 901). Impr. em 1827; — *Cartas de Vieira*, II (C. 1926)585-587.

609. *Carta a Duarte Ribeiro de Macedo*, de Roma, 11 de Abril de 1673. (Original, Minist. dos Estrang.). Impr. em 1827; — *Cartas de Vieira*, II (C. 1926)588-590.

610. *Carta a Duarte Ribeiro de Macedo*, de Roma, 18 de Abril de 1673. (Autógr., Minist. dos Estrang.). Impr. em 1827; — *Cartas de Vieira*, II (C. 1926)590-592.

611. *Carta ao Marquês de Gouveia*, de Roma, 22 de Abril de 1673. (Autógr., Torre do Tombo). Na 1.ª ed., I (1735) com a data errada de 27; — *Cartas de Vieira*, II (C. 1928)592-594.

612. *Carta a Duarte Ribeiro de Macedo*, de Roma, 25 de Abril de 1673. (Autógr., BNL, cód. 901). Impr. em 1827; — *Cartas de Vieira*, II (C. 1926)594-596.

613. *Carta a Duarte Ribeiro de Macedo*, de Albano, 30 de Abril de 1673. (Original, BNL, cód. 901). Impr. em 1827; — *Cartas de de Vieira*, II (C. 1926)596-599.

614. *Carta a Duarte Ribeiro de Macedo*, de Roma, 16 de Maio de 1673. (Autógr., Minist. dos Estrang.). Impr. em 1827; — *Cartas de Vieira*, II (C. 1926)599-600.

615. *Carta ao Marquês de Gouveia*, de Roma, 20 de Maio de 1673. Na 1.ª ed., I (1735); — *Cartas de Vieira*, II (C. 1926) 601-602.

616. *Carta a Duarte Ribeiro de Macedo*, de Roma, 30 de Maio de 1673. (Autógr., Minist. dos Estrang.). Impr. em 1827 com a data errada de 3; — *Cartas de Vieira*, II (C. 1926)603-604.

617. *Carta ao Marquês de Gouveia*, de Roma, 3 de Junho de 1673. Na 1.ª ed., II (1735), mutilada. Texto completo, segundo o autógr. da Torre do Tombo, em *Cartas de Vieira*, II (C. 1926) 604-606.

618. *Carta ao Padre Manuel Fernandes*, de Roma, 3 de Junho de 1673. (Torre do Tombo, *Armário Jesuítico*, cx. 1.ª, n.º 30; sem nome). Publ. no *Corp. Dipl. Portug.*, t. 14; — *Cartas de Vieira*, II (C. 1926)606-611.

619. *Carta a Duarte Ribeiro de Macedo*, de Roma, 6 de Junho de 1673. (Autógr., Minist. dos Estrang.). Impr. em 1827; — *Cartas de Vieira*, II (C. 1926)611-613.

620. *Carta ao Marquês de Gouveia*, de Roma, 17 de Junho de 1673. (Autógr., Torre do Tombo). Na 1.ª ed., I (1735); — *Cartas de Vieira*, II (C. 1926)613-614.

621. *Carta a Duarte Ribeiro de Macedo*, de Roma, 20 de Junho de 1673. (Autógr., Minist. dos Estrang.). Impr. em 1827; — *Cartas de Vieira*, II (C. 1926)614-615.

622. *Carta a Duarte Ribeiro de Macedo*, de Roma, 27 de Junho de 1673. (Autógr., Minist. dos Estrang.). Impr. em 1827; — *Cartas de Vieira*, II (C. 1926)616-617.

623. *Carta ao Marquês de Gouveia*, de Roma, 1 de Julho de 1673. (Autógr., Torre do Tombo). Na 1.ª ed., I (1735); — *Cartas de Vieira*, II (C. 1926)617-619.

624. *Carta a Duarte Ribeiro de Macedo*, de Roma, 4 de Julho de 1673. (Autógr., Minist. dos Estrang.). Impr. em 1827; — *Cartas de Vieira*, II (C. 1926)619-620.

625. *Carta ao Marquês de Gouveia*, de Roma, 11 de Julho de 1673. (Autógr., Torre do Tombo). Na 1.ª ed., I (1735); — *Cartas de Vieira*, II (C. 1926)621-623.

626. *Carta a Duarte Ribeiro de Macedo*, de Roma, 11 de Julho de 1673. (Autógr., Minist. dos Estrang.). Impr. em 1827; — *Cartas de Vieira*, II (C. 1926)623-624.

627. *Carta a Duarte Ribeiro de Macedo*, de Roma, 24 de Julho de 1673. (Autógr., Torre do Tombo). Impr. em 1827; — *Cartas de Vieira*, II (C. 1926)625-626.

628. *Carta ao Marquês de Gouveia*, de Roma, 29 de Julho de 1673. (Autógr., Torre do Tombo). Na 1.ª ed., I (1735), com o dia 30; — *Cartas de Vieira*, II (C. 1926)627-628.

629. *Carta a Duarte Ribeiro de Macedo*, de Roma, 1 de Agosto de 1673. (Autógr., Minist. dos Estrang.). Impr. em 1827; — *Cartas de Vieira*, II (C. 1926)628-629.

630. *Carta a Duarte Ribeiro de Macedo*, de Roma, 8 de Agosto de 1673. (Autógr., BNL, cód. 901). Publ. por Lúcio de Azevedo, *Cartas de Vieira*, II (C. 1926)630-632.

631. *Carta a Duarte Ribeiro de Macedo*, de Roma, 22 de Agosto de 1673. (Autógr., Minist. dos Estrang.). Impr. em 1827. — *Cartas de Vieira*, II (C. 1926)632-634.

632. *Carta a Duarte Ribeiro de Macedo*, de Roma, 29 de Agosto de 1673. (Autógr., Minist. dos Estrang.). Impr. em 1827; — *Cartas de Vieira*, II (C. 1926)634-637.

633. *Carta a Duarte Ribeiro de Macedo*, de Roma, 5 de Setembro de 1673. (Autógr., Minist. dos Estrang.). Impr. em 1827; — *Cartas de Vieira*, II (C. 1926)637-639.

634. *Carta ao Marquês das Minas*, de Roma, 9 de Setembro de 1673. Na 1.ª ed., II (1735); — *Cartas de Vieira*, II (C. 1926) 639-642.

635. *Carta ao Padre Manuel Fernandes*, de Roma, 9 de Setembro de 1673. (Cópia incorrecta, Torre do Tombo, *Armário Jesuítico*, cx. 1, n.º 52). Impressa no *Corpo Diplomático Português*, t. 14. — *Cartas de Vieira*, II (C. 1926)642-652.

636. *Carta a Duarte Ribeiro de Macedo*, de Roma, 12 de Setembro de 1673. (Autógr., BNL, cód. 901). Extracto do *Corpo Dipl. Port.*, 14; — *Cartas de Vieira*, II (C. 1926)653-655.

367. *Carta a Duarte Ribeiro de Macedo*, de Roma, 19 de Setembro de 1673. (Autógr., BNL, cód. 901). Publ. por Lúcio de Azevedo, *Cartas de Vieira*, II (C. 1926)655-657.

638. *Carta a Duarte Ribeiro de Macedo*, de Roma, 26 de Setembro de 1673. (Autógr., Minist. dos Estrang.). Impr. em 1827; — *Cartas de Vieira*, II (C. 1926)657-660.

639. *Carta a Duarte Ribeiro de Macedo*, de Roma, 10 de Outubro de 1673. (Autógr., Minist. dos Estrang.). Impr. em 1827; — *Cartas de Vieira*, II (C. 1926)660-663.

640. *Carta a Duarte Ribeiro de Macedo*, de Roma, 17 de Outubro de 1673. Inédita. (Autógr., BNL, cód. 901). Publ. por Lúcio de Azevedo, *Cartas de Vieira*, II (C. 1926)663-666.

641. *Carta a Duarte Ribeiro de Macedo*, de Roma, 24 de Outubro de 1673. (Original, BNL, cód. 901). Publ. por Lúcio de Azevedo, *Cartas de Vieira*, II (C. 1926)667-669.

642. *Carta a Duarte Ribeiro de Macedo*, de Roma, 31 de Outubro de 1673. (Autógr., BNL, cód. 901). Publ. por Lúcio de Azevedo, *Cartas de Vieira*, II (C. 1926)669-672.

643. *Carta a Duarte Ribeiro de Macedo*, de Roma, 7 de Novembro de 1673. (Autógr., BNL, cód. 901). Publ. em *Cartas de Vieira*, II (C. 1926)672-675.

644. *Carta a Duarte Ribeiro de Macedo*, de Roma, 14 de Novembro de 1673. (Autógr., BNL, cód. 901). Extracto no *Corpo Dipl. Port.*, 14. Publ. por Lúcio de Azevedo, *Cartas de Vieira*, II (C. 1926)675-678.

645. *Carta a Duarte Ribeiro de Macedo*, de Roma, 21 de Novembro de 1673. (Autógr., Minist. dos Estrang.). Impr. em 1827; — *Cartas de Vieira*, II (C. 1926)679-681.

646. *Carta a Duarte Ribeiro de Macedo*, de Roma, 5 de Dezembro de 1673. Inédita. (Autógr., BNL, cód. 901). Publ. por Lúcio de Azevedo, *Cartas de Vieira*, II (C. 1926)681-683.

647. *Carta a Duarte Ribeiro de Macedo*, de Roma, 12 de Dezembro de 1673. Inédita. (Autógr., BNL, cód. 901). Publ. por Lúcio de Azevedo, *Cartas de Vieira*, II (C. 1926)683-685.

648. *Carta a Duarte Ribeiro de Macedo*, de Roma, 19 de Dezembro de 1673. (Autógr., Minist. dos Estrang.). Impr. em 1827; — *Cartas de Vieira*, II (C. 1926)685-687.

649. *Carta a Duarte Ribeiro de Macedo*, de Roma, 26 de Dezembro de 1673. Inédita. (Autógr., BNL, cód. 901). Publ. primeiro a parte final em fac-símile, por José Fernando de Sousa, *Trechos Selectos* (Lisboa 1897) IV-V; e integralmente por Lúcio de Azevedo em *Cartas de Vieira*, II (C. 1926)687-690.

650. *Carta a Duarte Ribeiro de Macedo*, de Roma, 28 de Dezembro de 1673. (Autógr., BNL, cód. 901). Publ. em *Cartas de Vieira*, II (C. 1926)690-693.

651. *Carta a Duarte Ribeiro de Macedo*, de Roma, 2 de Janeiro de 1674. (Autógr., Minist. dos Estrang.). Impr. em 1827; — *Cartas de Vieira*, III (C. 1928)3-4.

652. *Carta a Duarte Ribeiro de Macedo*, de Roma, 9 de Janeiro de 1674. (Autógr., BNL, cód. 901). Extractos no *Corpo Dipl. Port.*, t. 14. Publ. em *Cartas de Vieira*, III (C. 1928)4-6.

653. *Carta a Duarte Ribeiro de Macedo*, de Roma, 23 de Janeiro de 1674. (Autógr., Minist. dos Estrang.). Impr. em 1827; — *Cartas de Vieira*, III (C. 1928)6-8.

654. *Carta a Duarte Ribeiro de Macedo*, de Roma, 26 de Janeiro de 1674. (Autógr., Minist. dos Estrang.). Impr. em 1827; — *Cartas de Vieira*, III (C. 1928)8-9.

655. *Carta a Duarte Ribeiro de Macedo*, de Roma, 31 de Janeiro de 1674. (Autógr., BNL, cód. 901). Em Extractos no *Corpo Dipl. Port.*, t. 14. Publ. em *Cartas de Vieira*, III (C. 1928)10-12.

656. *Carta a Duarte Ribeiro de Macedo*, de Roma, 6 de Fevereiro de 1674. (Autógr., Minist. dos Estrang.). Impr. em 1827; — *Cartas de Vieira*, III (C. 1928)13-14.

657. *Carta a Duarte Ribeiro de Macedo*, de Roma, 13 de Fevereiro de 1674. (Autógr., BNL, cód. 901). Publ. por Lúcio de Azevedo em *Cartas de Vieira*, III (C. 1928)15-17.

658. *Carta a Duarte Ribeiro de Macedo*, de Roma, 20 de Fevereiro de 1674. (Autógr., BNL, cód. 901). Publ. em *Cartas de Vieira*, III (C. 1928)17-19.

659. *Carta a Duarte Ribeiro de Macedo*, de Roma, 27 de Fevereiro de 1674. (Autógr., BNL, cód. 901). Publ. em *Cartas de Vieira*, III (C. 1928)19-21.

660. *Carta a Duarte Ribeiro de Macedo*, de Roma, 6 de Março de 1674. (Autógr., BNL, cód. 901). Publ. em *Cartas de Vieira*, III (C. 1928)21-23.

661. *Carta a Duarte Ribeiro de Macedo*, de Roma, 20 de Março de 1674. (Autógr., BNL, cód. 901). Publ. em *Cartas de Vieira*, III (C. 1928)23-25.

662. *Carta a Duarte Ribeiro de Macedo*, de Roma, 27 de Março de 1674. (Autógr., Minist. dos Estrang.). Impr. em 1827; — *Cartas de Vieira*, III (C. 1928)25-27.

663. *Carta ao Marquês de Gouveia*, de Roma, 7 de Abril de 1674. (Autógr., Torre do Tombo). Na 1.ª ed., I (1735); — *Cartas de Vieira*, III (C. 1928)27-28.

664. *Carta a Duarte Ribeiro de Macedo*, de Roma, 10 de Abril de 1674. (Original, BNL, cód. 901). Publ. por Lúcio de Azevedo, *Cartas de Vieira*, III (C. 1928)28-30.

665. *Carta a Duarte Ribeiro de Macedo*, de Roma, 17 de Abril de 1674. (Autógr., BNL, cód. 901). Publ. em *Cartas de Vieira*, III (C. 1928)30-32.

666. *Carta ao Marquês de Gouveia*, de Roma, 21 de Abril de 1674. Na 1.ª ed., I (1735);—*Cartas de Vieira*, III (C. 1928)33-36.

Na Torre do Tombo conserva-se apenas o trecho final desta carta.

667. *Carta ao P. Manuel Fernandes*, de Roma, 21 de Abril de 1674. Excerpto em Barros, *Vida* (1746)396.

668. *Carta a Duarte Ribeiro de Macedo*, de Roma, 17 (sic) de Abril de 1674. (Autógr., BNL, cód. 901). Publ. em *Cartas de Vieira*, III (C. 1928)36-38.

669. *Carta ao P. Manuel Fernandes*, de Roma, 5 de Maio de 1674. (Autógr., Torre do Tombo, *Armário Jesuítico*, cx. 2.ª, 24). Publ. no *Corpo Dipl. Port.*, t. 14; — *Cartas de Vieira*, III (C. 1928) 39-42.

670. *Carta a Duarte Ribeiro de Macedo*, de Roma, 15 de Maio de 1674. (Autógr., BNL, cód. 901). Publ. em *Cartas de Vieira*, III (C. 1928)42-44.

671. *Carta a Duarte Ribeiro de Macedo*, de Roma, 19 de Maio de 1674. (Autógr., Minist. dos Estrang.). Impr. em 1827; — *Cartas de Vieira*, III (C. 1928)45-47.

672. *Carta a Duarte Ribeiro de Macedo*, de Roma, 22 de Maio de 1674. (Autógr., Minist. dos Estrang.). Impr. em 1827; — *Cartas de Vieira*, III (C. 1928)47-49.

673. *Carta a Duarte Ribeiro de Macedo*, de Roma, 29 de Maio de 1674. (Original, BNL, cód. 901). Publ. em *Cartas de Vieira*, III (C. 1928)49-52.

674. *Carta ao P.e Manuel Fernandes*, de Roma, 2 de Junho de 1674. (Cópia, BNL, cód. *Varias Obras*, t. 16). Publ. em *Cartas de Vieira*, III (C. 1928)52-55.

675. *Carta ao Marquês de Gouveia*, de Roma, 3 de Junho de 1674. (Autógr., Torre do Tombo). Na 1.ª ed., I (1735); — *Cartas de Vieira*, III (C. 1928)56-59.

676. *Carta a Duarte Ribeiro de Macedo*, de Roma, 5 de Junho de 1674. (Autógr., Minist. dos Estrang.). Impr. em 1827; — *Cartas de Vieira*, III (C. 1928)59-61.

677. *Carta a Duarte Ribeiro de Macedo*, de Roma, 11 de Junho de 1674. (Autógr., BNL, cód. 901). Publ. por Lúcio de Azevedo, *Cartas de Vieira*, III (C. 1928)61-63.

678. *Carta a Duarte Ribeiro de Macedo*, de Roma, 19 de Junho de 1674. (Autógr., BNL, cód. 901). Publ. em *Cartas de Vieira*, III (C. 1928)64-66.

679. *Carta a Duarte Ribeiro de Macedo*, de Roma, 26 de Junho de 1674. (Autógr., BNL, cód. 901). Publ. em *Cartas de Vieira*, III (C. 1928)67-70.

680. *Carta a Duarte Ribeiro de Macedo*, de Roma, 3 de Julho de 1674. Publ. em *Cartas de Vieira*, III (C. 1928)71-73.

681. *Carta a Duarte Ribeiro de Macedo*, de Roma, 10 de Julho de 1674. (Autógr., Minist. dos Estrang.). Impr. em 1827; — *Cartas de Vieira*, III (C. 1928)73-75.

682. *Carta a Duarte Ribeiro de Macedo*, de Roma, 17 de Julho de 1674. (Autógr., Minist. dos Estrang.). Impr. em 1827; — *Cartas de Vieira*, III (C. 1928)75-77.

683. *Carta a Duarte Ribeiro de Macedo*, de Roma, 24 de Julho de 1674. (Autógr., BNL, cód. 901). Trechos publicados no *Corpo Dipl. Port.*, t. 14; na íntegra em *Cartas de Vieira*, III (C. 1928) 77-79.

684. *Carta ao Duque de Cadaval*, de Roma, 28 de Julho de 1674. Na 1.ª ed., I (1735); — *Cartas de Vieira*, III (C. 1928)79-80.

Impressa como para o Marquês de Gouveia, mas do contexto se infere que é para o Duque de Cadaval.

685. *Carta a Duarte Ribeiro de Macedo*, de Roma, 31 de Julho de 1674. (Autógr., BNL, cód. 901). Publ. em *Cartas de Vieira*, III (C. 1928)81-83.

686. *Carta a Duarte Ribeiro de Macedo*, de Roma, 7 de Agosto de 1674. (Autógr., Minist. dos Estrang.). Impr. em 1827; — *Cartas de Vieira*, III (C. 1928)83-85.

687. *Carta a Duarte Ribeiro de Macedo*, de Roma, 14 de Agosto de 1674. (Autógr., BNL, cód. 901). Parte impr. no *Corpo Dipl. Port.*, t. 14. Na íntegra em *Cartas de Vieira*, III (C. 1928)85-87.

688. *Carta a Duarte Ribeiro de Macedo*, de Roma, 22 de Agosto de 1674. (Autógr., BNL, cód. 901). Trechos publ. no *Corpo Dipl. Port.*, t. 14. Na íntegra em *Cartas de Vieira*, III (C. 1928) 87-90.

689. *Carta a Duarte Ribeiro de Macedo*, de Roma, 28 de Agosto de 1674. (Autógr., Minist. dos Estrang.). Impr. em 1827; — *Cartas de Vieira*, III (C. 1928)90-93.

690. *Carta a Duarte Ribeiro de Macedo*, de Roma, 4 de Setembro de 1674. (Autógr., BNL, cód. 901). Publ. por Lúcio de Azevedo, *Cartas de Vieira*, III (C. 1928)93-95.

691. *Carta a Duarte Ribeiro de Macedo*, de Roma, 10 de Setembro de 1674. (Autógr., BNL, cód. 901). Trechos publ. no *Corpo Dipl. Port.*, t. 14. Na íntegra em *Cartas de Vieira*, III (C. 1928) 96-98.

692. *Carta a Duarte Ribeiro de Macedo*, de Roma, 18 de Setembro de 1674. (Autógr., BNL, cód. 901). Publ. em *Cartas de Vieira*, III (C. 1928)98-101.

693. *Carta a Duarte Ribeiro de Macedo*, de Roma, 25 de Setembro de 1674. (Autógr., Minist. dos Estrang.). Impr. em 1827 com data de 21; — *Cartas de Vieira*, III (C. 1928)101-104.

694. *Carta a Duarte Ribeiro de Macedo*, de Roma, 2 de Outubro de 1674. (Autógr., BNL, cód. 901). Trechos publ. no *Corpo Dipl. Port.*, t. 14. Na íntegra em *Cartas de Vieira*, III (C. 1928)104-106.

695. *Carta a Duarte Ribeiro de Macedo*, de Roma, 9 de Outubro de 1674. (Autógr., BNL, cód. 901). Trechos publ. no *Corpo Dipl. Port.*, t. 14. Na íntegra em *Cartas de Vieira*, III (C. 1928) 107-109.

696. *Carta a Duarte Ribeiro de Macedo*, de Roma, 16 de Outubro de 1674. (Autógr., BNL, cód. 901). Publ. por Lúcio de Azevedo, *Cartas de Vieira*, III (C. 1928)109-111.

697. *Carta a Duarte Ribeiro de Macedo*, de Roma, 23 de Outubro de 1674. (Autógr., BNL, cód. 901.) Publ. em *Cartas de Vieira*, III (C. 1928)111-113.

698. *Carta a Duarte Ribeiro de Macedo*, de Roma, 31 de Outubro de 1674. (Original, BNL, cód. 901). Publ. em *Cartas de Vieira*, III (C. 1928)114-116.

699. *Carta a Duarte Ribeiro de Macedo*, de Roma, 6 de Novembro de 1674. (Autógr., BNL, cód. 901). Publ. em *Cartas de Vieira*, III (C. 1928)116-118.

700. *Carta a Duarte Ribeiro de Macedo*, de Roma, 14 de Novembro de 1674. (Autógr., BNL, cód. 901). Publ. em *Cartas de Vieira*, III (C. 1928)119-121.

701. *Carta a Duarte Ribeiro de Macedo*, de Roma, 20 de Novembro de 1674. (Autógr., BNL, cód. 901). Publ. em *Cartas de Vieira*, III (C. 1928)121-123.

702. *Carta a Duarte Ribeiro de Macedo*, [de Roma], 27 de Novembro de 1674. (Autógr., Minist. dos Estrang.). Publ. em *Cartas de Vieira*, III (C. 1928)123-125.

703. *Carta a Duarte Ribeiro de Macedo*, de Roma, 5 de Dezembro de 1674. (Autógr., BNL, cód. 901). Trechos publ. no *Corpo Dipl. Port.*, t. 14. — Na íntegra em *Cartas de Vieira*, III (C. 1928) 125-128.

704. *Carta a Duarte Ribeiro de Macedo*, de Roma, 11 de Dezembro de 1674. (Autógr., BNL, cód. 901). Publ. em *Cartas de Vieira*, III (C. 1928)128-131.

705. *Carta ao Padre Manuel Fernandes*, de Roma, 15 de Dezembro de 1674. (Autógr., Torre do Tombo, *Armário Jesuítico*, cx. 2, n.º 41). Impr. pela 1.ª vez em 1768, no vol. das *Provas da*

Dedução Cronológica (Lisboa 1768); — *Cartas de Vieira*, III (C. 1928)131-133.

706. *Carta a Duarte Ribeiro de Macedo*, de Roma, 18 de Dezembro de 1674. (Autógr., BNL, cód. 901). Trechos publ. no *Corpo Dipl. Port.*, t. 14. — Na íntegra em *Cartas de Vieira*, III (C. 1928) 133-135.

707. *Carta a Duarte Ribeiro de Macedo*, de Roma, 25 de Dezembro de 1674. (Autógr., Minist. dos Estrang.). Impr. em 1827; — *Cartas de Vieira*, III (C. 1928)135-137.

708. *Carta a Duarte Ribeiro de Macedo*, de Roma, 1 de Janeiro de 1675. (Autógr., BNL, cód. 901). Trechos publ. no *Corpo Dipl. Port.*, t. 14. — Na íntegra em *Cartas de Vieira*, III (C. 1928) 137-140.

709. *Carta a Duarte Ribeiro de Macedo*, de Roma, 9 de Janeiro de 1675. (Original, BNL, cód. 901, com a data errada de 1674). Trechos publ. no *Corpo Dipl. Port.*, t. 14. — Na íntegra em *Cartas de Vieira*, III (C. 1928)140-142.

710. *Carta ao Conde da Ericeira*, de Roma, 12 de Janeiro de 1675. Impr. pela 1.ª vez em *Obras Inéditas*, III (1857)133-135; — *Cartas de Vieira*, III (C. 1928)142-143.

711. *Carta a Duarte Ribeiro de Macedo*, de Roma, 22 de Janeiro de 1675. (Original, Minist. dos Estrang.). Impr. em 1827; — *Cartas de Vieira*, III (C. 1928)145-147.

712. *Carta a Duarte Ribeiro de Macedo*, de Roma, 28 de Janeiro de 1675. (Autógr., Minist. dos Estrang.). Impr. em 1827; — *Cartas de Vieira*, III (C. 1928)147-150.

713. *Carta a Duarte Ribeiro de Macedo*, de Neptuno, 5 de Fevereiro de 1675. (Autógr., Minist. dos Estrang.). Impr. em 1827; — *Cartas de Vieira*, III (C. 1928)151-153.

714. *Carta a Duarte Ribeiro de Macedo*, de Albano, 22 de Fevereiro de 1675. (Autógr., Minist. dos Estrang.). Impr. em 1827; — *Cartas de Vieira*, III (C. 1928)153-156.

715. *Carta a Duarte Ribeiro de Macedo*, de Roma, 6 de Março de 1675. (Autógr., Minist. dos Estrang.). Impr. em 1827; — *Cartas de Vieira*, III (C. 1928)156-159.

716. *Carta a Duarte Ribeiro de Macedo*, de Roma, 13 de Março de 1675. (Autógr., Minist. dos Estrang.). Impr. em 1827; — *Cartas de Vieira*, III (C. 1928)159-162.

717. *Carta a Duarte Ribeiro de Macedo*, de Roma, 19 de Março de 1675. (Autógr., BNL, cód. 901). Trechos publ. no *Corpo Dipl. Port.*, t. 14. — Na íntegra em *Cartas de Vieira*, III (C. 1928) 162-164.

718. *Carta a Duarte Ribeiro de Macedo*, de Roma, 27 de Março de 1675. (Original, Minist. dos Estrang.). Impr. em 1827; — *Cartas de Vieira*, III (C. 1928)164-166.

719. *Carta a Duarte Ribeiro de Macedo*, de Roma, 3 de Abril de 1675. (Autógr., BNL, cód. 901). Publ. por Lúcio de Azevedo, *Cartas de Vieira*, III (C. 1928)167-178.

720. *Carta a Duarte Ribeiro de Macedo*, de Roma, 8 de Abril de 1675. (Autógr., BNL, cód. 901). Publ. em *Cartas de Vieira*, III (C. 1928)169-170.

721. *Carta a Duarte Ribeiro de Macedo*, de Roma, 17 de Abril de 1675. (Autógr., BNL, cód. 901). Publ. no *Corpo Dipl. Port.*, 14, erradamente como de 1673; — *Cartas de Vieira*, III (C. 1928) 170-173.

722. *Carta a Duarte Ribeiro de Macedo*, de Roma, 24 de Abril de 1675. (Autógr., BNL, cód. 901, catalogada como de 1673). Publ. por Lúcio de Azevedo, *Cartas de Vieira*, III (C. 1928)173-175.

723. *Carta a Duarte Ribeiro de Macedo*, de Roma, 30 de Abril de 1675. (Original, BNL, cód. 901). Publ. em *Cartas de Vieira*, III (C. 1928)175-177.

724. *Carta a Duarte Ribeiro de Macedo*, de Roma, 10 de Maio de 1675. (Autógr., BNL, cód. 901). Publ. em *Cartas de Vieira*, III (C. 1928)178-179.

725. *Carta a Duarte Ribeiro de Macedo*, de Liorne, 9 de Junho de 1675. (Autógr., BNL, cód. 901). Publ. em *Cartas de Vieira*, III (C. 1928)179-181.

726. *Carta a Duarte Ribeiro de Macedo*, de Génova, 25 de Junho de 1675. (Autógr., Minist. dos Estrang.). Impr. em 1827; — *Cartas de Vieira*, III (C. 1928)182-184.

727. *Carta a Duarte Ribeiro de Macedo*, de Roma, 9 de Julho de 1675. (Autógr., BNL, cód. 901). Publ. por Lúcio de Azevedo, *Cartas de Vieira*, III (C. 1928)184-186.

728. *Carta a Duarte Ribeiro de Macedo*, de Rochela, 12 de Agosto de 1675. (Autógr., Minist. dos Estrang.). Impr. em 1827, erradamente datada de Roma; — *Cartas de Vieira*, III (C. 1928)187-189.

729. *Carta a Duarte Ribeiro de Macedo*, de Lisboa, 26 de Agosto de 1675. (Autógr., BNL, cód. 901). Publ. por Lúcio de Azevedo, *Cartas de Vieira*, III (C. 1928)193-195.

730. *Carta a Duarte Ribeiro de Macedo*, de Lisboa, 23 de Setembro de 1675. (Autógr., BNL, cód. 901). Publ. em *Cartas de Vieira*, III (C. 1928)195-198.

731. *Carta a Duarte Ribeiro de Macedo*, de Lisboa, 29 de Outubro de 1675. (Original, BNL, cód. 901). Publ. em *Cartas de Vieira*, III (C. 1928)198-201.

732. *Carta ao Grão Duque de Toscana*, de 5 de Novembro de 1675. Na 1.ª ed., III (1746); — *Cartas de Vieira*, III (C. 1928) 202-203.

733. *Carta ao Grão Duque de Toscana*, de 5 de Novembro de 1675. Na 1.ª ed., III (1746); — *Cartas de Vieira*, III (C. 1928) 204-205.

734. *Carta a Duarte Ribeiro de Macedo*, de Lisboa, 11 de Novembro de 1675. (Autógr., BNL, cód. 901). Publ. por Lúcio de Azevedo, *Cartas de Vieira*, III (C. 1928)205-208.

735. *Carta a Duarte Ribeiro de Macedo*, de Lisboa, 18 de Novembro de 1675. (Autógr., Minist. dos Estrang.). Impr. em 1827; — *Cartas de Vieira*, III (C. 1928)208-210.

736. *Carta a certo fidalgo*, do Colégio [de S. Antão], s. a. Na 1.ª ed., III (1746); — *Cartas de Vieira*, III (C. 1928)211.

737. *Carta ao P.ᵉ Gaspar Ribeiro*, de Lisboa, 3 de Janeiro de 1676. Na 1.ª ed., III (1746); — *Cartas de Vieira*, III (C. 1928) 211-212.

738. *Carta a Duarte Ribeiro de Macedo*, de Lisboa, 3 de Fevereiro de 1676. (Autógr., Minist. dos Estrang.). Impr. em 1827; — *Cartas de Vieira*, III (C. 1928)212-215.

739. *Carta a Duarte Ribeiro de Macedo*, de Lisboa, 16 de Fevereiro de 1676. (Autógr., BNL, cód. 901). Publ. por Lúcio de Azevedo, *Cartas de Vieira*, III (C. 1928)215-217.

740. *Carta a Duarte Ribeiro de Macedo*, de Lisboa, 21 de Abril de 1676. (Autógr., Minist. dos Estrang.). Impr. em 1827; — *Cartas de Vieira*, III (C. 1928)217-220.

741. *Carta a Duarte Ribeiro de Macedo*, de Lisboa, 1 de Junho de 1676. (Original, Minist. dos Estrang.). Impr. em 1827; — *Cartas de Vieira*, III (C. 1928)220-222, com o local impresso, equivocado, de Roma, em vez de Lisboa.

742. *Carta a Duarte Ribeiro de Macedo*, de Lisboa, 30 de Junho de 1676. (Autógr., BNL, cód. 901). Publ. por Lúcio de Azevedo, *Cartas de Vieira*, III (C. 1928)222-224.

Com o mesmo equívoco impresso, da precedente. Mas Vieira não estava em Roma: residia em Lisboa e o diz na própria carta; e, por isso, aqui se restabelece o local exacto.

743. *Carta a Duarte Ribeiro de Macedo*, de Carcavelos, 1 de Fevereiro de 1677. (Autógr., Minist. dos Estrang.). Impr. em 1827; — *Cartas de Vieira*, III (C. 1928)225-227.

744. *Carta ao P.e Francisco Lopes*, de Lisboa, 3 de Abril de 1677. Na 1.ª ed., III (1746), com a carta do P. Francisco Lopes, Jesuíta e Pregador espanhol, a quem responde; — *Cartas de Vieira*, III (C. 1928)227-230.

745. *Carta ao Superior do Maranhão* [P. Pier Luigi Consalvi], de Lisboa (S. Antão), 10 de Abril de 1677. (Colecção particular). Autógrafo. Publ. por C. R. Boxer, na *Brotéria*, vol. XLV(1947) 466-469.

746. *Carta ao P. Gaspar Ribeiro*, de Carcavelos, 22 de Maio de 1677. Na 1.ª ed., III (1746); — *Cartas de Vieira*, III (C. 1928) 230-231.

747. *Carta a Duarte Ribeiro de Macedo*, de Carcavelos, 12 de Junho de 1677. (Autógr., Minist. dos Estrang., faltando o ano). Impr. em 1827; — *Cartas de Vieira*, III (C. 1928)232-234.

748. *Carta a Duarte Ribeiro de Macedo*, de Carcavelos, 20 de Junho de 1677. (Autógr., Minist. dos Estrang.). Impr. em 1827; — *Cartas de Vieira*, III (C. 1928)234-235.

749. *Carta ao Marquês de Gouveia*, de Lisboa, 28 de Julho de 1677. (Autógr., Torre do Tombo). Publ. em 1906 por Pedro de Azevedo, *As Cartas do Padre Antonio Vieira oferecidas ao Arquivo Nacional da Torre do Tombo*; — *Cartas de Vieira*, III (C. 1928) 236-237.

750. *Carta a Duarte Ribeiro de Macedo*, de Lisboa, 10 de Novembro de 1677. (Autógr., BNL, cód. 901). Publ. por Lúcio de Azevedo, *Cartas de Vieira*, III (C. 1928)237-239.

751. *Carta do P. António Vieira ao P. António do Rego*, de Lisboa, 13 de Novembro de 1677. (*Lus.75*, 179-180). Publ. por Francisco Rodrigues, *História*, III-1, 567-568.

752. *Carta do P. António Vieira ao Geral da Companhia J. Paulo Oliva*, de Lisboa, 14 de Novembro de 1677. (*Lus. 75*,181-182). Original em italiano. Publ. por Franc. Rodrigues, *História*, III-1, 572-574.

753. *Carta a Duarte Ribeiro de Macedo*, de Lisboa, 27 de Dezembro de 1677. (Autógr., BNL, cód. 901). Publ. por Lúcio de Azevedo, *Cartas de Vieira*, III (C. 1928)239-243.

754. *Carta a Duarte Ribeiro de Macedo*, de Lisboa, 10 de Janeiro de 1678. (Autógr., BNL, cód. 901). Publ. em *Cartas de Vieira*, III (C. 1928)243-246.

755. *Carta a Duarte Ribeiro de Macedo*, de Lisboa, 8 de Fevereiro de 1678. (Autógr., Minist. dos Estrang.). Impr. em 1827; — *Cartas de Vieira*, III (C. 1928)246-249.

756. *Carta a Duarte Ribeiro de Macedo*, de Lisboa, 26 de Fevereiro de 1678. (Autógr., BNL, cód. 901). Publ. por Lúcio de Azevedo, *Cartas de Vieira*, III (C. 1928)249-253.

757. *Carta a Duarte Ribeiro de Macedo*, de Lisboa, 21 de Março de 1678. (Autógr., BNL, cód. 901). Publ. em *Cartas de Vieira*, III (C. 1928)254-257.

758. *Carta a Duarte Ribeiro de Macedo*, de Lisboa, 27 de Março de 1678. (Autógr., Minist. dos Estrang.). Impr. em 1827; — *Cartas de Vieira*, III (C. 1928)257-259.

759. *Carta a Duarte Ribeiro de Macedo*, de Lisboa, 5 (ou 3) de Abril de 1678. Parte na BNL, cód. 901 (autógr.); parte no

Minist. dos Estrang., publicada em 1827. E ambas as partes em *Cartas de Vieira*, III (C. 1928)259-260; 444-447. Mas trata-se de uma só carta.

760. *Carta a Duarte Ribeiro de Macedo*, de Lisboa, 12 de Abril de 1678. (Original, Minist. dos Estrang.). Impr. em 1827; — *Cartas de Vieira*, III (C. 1928)260-263.

761. *Carta ao P.e Gaspar Ribeiro*, de Lisboa, 15 de Abril de 1678. Na 1.ª ed., III (1746); — *Cartas de Vieira*, III (C. 1928) 263-265.

762. *Carta a Duarte Ribeiro de Macedo*, de Lisboa, 18 de Abril de 1678. (Autógr., Minist. dos Estrang.). Impr. em 1827; — *Cartas de Vieira*, III (C. 1928)265-267.

763. *Carta a Duarte Ribeiro de Macedo*, de Lisboa, 26 de Abril de 1678. (Autógr., BNL, cód. 901). Publ. por Lúcio de Azevedo, *Cartas de Vieira*, III (C. 1928)267-269.

764. *Carta a Duarte Ribeiro de Macedo*, de Lisboa, 10 de Maio de 1678. (Autógr., BNL, cód. 901). Publ. em *Cartas de Vieira*, III (C. 1928)270-272.

765. *Carta a Duarte Ribeiro de Macedo*, de Lisboa, 16 de Maio de 1678. (Autógr., Minist. dos Estrang.). Impr. em 1827; — *Cartas de Vieira*, III (C. 1928)272-275.

766. *Carta a Duarte Ribeiro de Macedo*, de Lisboa, 24 de Maio de 1678. (Autógr., BNL, cód. 901). Publ. por Lúcio de Azevedo, *Cartas de Vieira*, III (C. 1928)275-279.

767. *Carta a Duarte Ribeiro de Macedo*, de 3 de Junho de 1678. (Autógr., Minist. dos Estrang.). Falta no Autógr. a menção do lugar. Impr. em 1827; — *Cartas de Vieira*, III (C. 1928) 279-281.

768. *Carta a Duarte Ribeiro de Macedo*, de Lisboa, 4 de Junho de 1678. Impressa em 1827 (com a data de 4 de Julho, em vez de Junho, que está no autógr. do Minist. dos Estrang.); — *Cartas de Vieira*, III (C. 1928)281-282.

769. *Carta a Duarte Ribeiro de Macedo*, de Lisboa, 13 de Junho de 1678. (Autógr., BNL, cód. 901). Publ. por Lúcio de Azevedo, *Cartas de Vieira*, III (C. 1928)282-284.

770. *Carta a Duarte Ribeiro de Macedo*, de Lisboa, 21 de Junho de 1678. (Autógr., BNL, cód. 901). Publ. em *Cartas de Vieira*, III (C. 1928)284-287.

771. *Carta a Duarte Ribeiro de Macedo*, de Lisboa, 28 de Junho de 1678. (Autógr., BNL, cód. 901). Publ. em *Cartas de Vieira*, III (C. 1928)287-289.

772. *Carta a Duarte Ribeiro de Macedo*, de Lisboa, 5 de Julho de 1678. (Autógr., BNL, cód. 901). Publ. em *Cartas de Vieira*, III (C. 1928)290-292.

773. *Carta a Duarte Ribeiro de Macedo*, de Lisboa, 12 de Julho de 1678. (Autógr., BNL, cód. 901). Publ. em *Cartas de Vieira*, III (C. 1928)292-295.

774. *Carta a Duarte Ribeiro de Macedo*, de Lisboa, 19 de Julho de 1678. (Autógr., BNL, cód. 901). Publ. em *Cartas de Vieira*, III (C. 1928)295-297.

775. *Carta a Duarte Ribeiro de Macedo*, de Lisboa, 26 de Julho de 1678. (Autógr., Minist. dos Estrang.). Impr. em 1827; — *Cartas de Vieira*, III (C. 1928)297-299.

776. *Carta a Duarte Ribeiro de Macedo*, de Lisboa, 2 de Agosto de 1678. (Autógr., BNL, cód. 901). Publ. por Lúcio de Azevedo, *Cartas de Vieira*, III (C. 1928)299-302.

777. *Carta a Duarte Ribeiro de Macedo*, de Lisboa, 9 de Agosto de 1678. (Autógr., BNL, cód. 901). Publ. em *Cartas de Vieira*, III (C. 1928)302-304.

778. *Carta a Duarte Ribeiro de Macedo*, de Lisboa, 22 de Agosto de 1678. (Autógr., BNL, cód. 901). Publ. em *Cartas de Vieira*, III (C. 1928)305-306.

779. *Carta a Duarte Ribeiro de Macedo*, de Lisboa, 29 de Agosto de 1678. (Autógr., BNL, cód. 901). Publ. em *Cartas de Vieira*, III (C. 1928)307-308.

780. *Carta a Duarte Ribeiro de Macedo*, de Lisboa, 5 de Setembro de 1678. (Autógr., Minist. dos Estrang.). Impr. em 1827; — *Cartas de Vieira*, III (C. 1928)308-310.

781. *Carta a Duarte Ribeiro de Macedo*, de Lisboa, 13 de Setembro de 1678. (Autógr., Minist. dos Estrang.). Impr. em 1827; — *Cartas de Vieira*, III (C. 1928)310-311.

782. *Carta a Duarte Ribeiro de Macedo*, de Lisboa, 20 de Setembro de 1678. (Original, BNL, cód. 901). Publ. por Lúcio de Azevedo, *Cartas de Vieira*, III (C. 1928)312-313.

783. *Carta a Duarte Ribeiro de Macedo*, de Lisboa, 4 de Outubro de 1678. (Autógr., BNL, cód. 901). Publ. por Lúcio de Azevedo, *Cartas de Vieira*, III (C. 1928)313-315.

784. *Carta a Duarte Ribeiro de Macedo*, de Lisboa, 11 de Outubro de 1678. (Autógr., Minist. dos Estrang.). Impr. em 1827; — *Cartas de Vieira*, III (C. 1928)315-317.

785. *Carta a Duarte Ribeiro de Macedo*, de Lisboa, 17 de Outubro de 1678. (Original, Minist. dos Estrang.). Impr. em 1827; — *Cartas de Vieira*, III (C. 1928)317-319.

786. *Carta a Duarte Ribeiro de Macedo*, de Lisboa, 21 de Outubro de 1678. (Original, BNL, cód. 901). Publ. por Lúcio de Azevedo, *Cartas de Vieira*, III (C. 1928)320-321.

787. *Carta a Duarte Ribeiro de Macedo*, de Lisboa, 1 de Novembro de 1678. (Autógr., BNL, cód. 901). Publ. em *Cartas de Vieira* III (C. 1928)321-323.

788. *Carta a Duarte Ribeiro de Macedo*, de Lisboa, 7 de Novembro de 1678. (Autógr., Minist. dos Estrang.). Impr. em 1827; — *Cartas de Vieira*, III (C. 1928)323-325.

789. *Carta a Duarte Ribeiro de Macedo*, de Lisboa, 14 de Novembro de 1678. (Autógr., BNL, cód. 901). Publ. em *Cartas de Vieira*, III (C. 1928)326-328.

790. *Carta a Duarte Ribeiro de Macedo*, de Lisboa, 21 de Novembro de 1678. (Autógr., Minist. dos Estrang.). Impr. em 1827; — *Cartas de Vieira*, III (C. 1928)328-329.

791. *Carta a Duarte Ribeiro de Macedo*, de Lisboa, 28 de Novembro de 1678. (Autógr., BNL, cód. 901). Publ. por Lúcio de Azevedo, *Cartas de Vieira*, III (C. 1928)330-332.

792. *Carta a Duarte Ribeiro de Macedo*, de Lisboa, 5 de Dezembro de 1678. (Autógr., BNL, cód. 901). Publ. em *Cartas de Vieira*, III (C. 1928)332-334.

793. *Carta a Duarte Ribeiro de Macedo*, de Lisboa, 20 de Dezembro de 1678. (Autógr. Minist. dos Estrang.). Impr. em 1827; — *Cartas de Vieira*, III (C. 1928)334-336.

794. *Carta a Duarte Ribeiro de Macedo*, de Lisboa, 3 de Janeiro de 1679. (Autógr., Minist. dos Estrang.). Impr. em 1827; — *Cartas de Vieira*, III (C. 1928)337-339.

795. *Carta a Duarte Ribeiro de Macedo*, de Lisboa, 9 de Janeiro de 1679. (Autógr., BNL, cód. 901). Publ. por Lúcio de Azevedo, *Cartas de Vieira*, III (C. 1928)340-341.

796. *Carta a Duarte Ribeiro de Macedo*, de Lisboa, 16 de Janeiro de 1679. (Autógr., BNL, cód. 901). Publ. em *Cartas de Vieira*, III (C. 1928)342-344.

797. *Carta a Duarte Ribeiro de Macedo*, de Lisboa, 23 de Janeiro de 1679. (Autógr., BNL, cód. 901). Publ. em *Cartas de Vieira*, III (C. 1928) 344-347.

798. *Carta ao Padre João Paulo Oliva*, de Lisboa, 30 de Janeiro de 1679. Na 1.ª ed., III (1746). Parece vertida do italiano: o texto da Empresa Lit. Fluminense (1885) difere consideràvelmente deste; — *Cartas de Vieira*, III (C. 1928)347-350.

799. *Carta a Duarte Ribeiro de Macedo*, Lisboa, 31 de Janeiro de 1679. (Autógr., Minist. dos Estrang.). Impr. em 1827; — *Cartas de Vieira*, III (C. 1928)350-351.

800. *Carta ao Superior do Maranhão P. Pier Luigi Consalvi*, de Lisboa, 1 de Fevereiro de 1679. (Colecção particular). Autógr. Publ. por C. R. Boxer, *Brotéria*, vol. XLV (1947)469-473.

801. *Carta a Duarte Ribeiro de Macedo*, de Lisboa, 6 de Fevereiro de 1679. (Autógr., BNL, cód. 901). Publ. por Lúcio de Azevedo, *Cartas de Vieira*, III (C. 1928)352-353.

802. *Carta a Duarte Ribeiro de Macedo*, de Lisboa, 13 de Fevereiro de 1679. (Autógr., BNL, cód. 901). Publ. em *Cartas de Vieira*, III (C. 1928)353-355.

803. *Carta a Duarte Ribeiro de Macedo*, de Lisboa, 20 de Fevereiro de 1679. (Original, Minist. dos Estrang.). Impr. em 1827; — *Cartas de Vieira*, III (C. 1928)356-357.

804. *Carta a Duarte Ribeiro de Macedo*, de Lisboa, 27 de Fevereiro de 1679. (Original, BNL, cód. 901). Publ. por Lúcio de Azevedo, *Cartas de Vieira*, III (C. 1928)357-359.

805. *Carta a Duarte Ribeiro de Macedo*, de Lisboa, 6 de Março de 1679. (Autógr., BNL, cód. 901). Publ. em *Cartas de Vieira*, III (C. 1928)360-363.

806. *Carta a Duarte Ribeiro de Macedo*, de Lisboa, 14 de Março de 1679. (Original, BNL, cód. 901). Publ. em *Cartas de Vieira*, III (C. 1928)363-365.

807. *Carta a Duarte Ribeiro de Macedo*, de Lisboa, 21 de Março de 1679. (Autógr., Minist. dos Estrang.). Impr. em 1827; — *Cartas de Vieira*, III (C. 1928)365-367.

808. *Carta a Duarte Ribeiro de Macedo*, de Lisboa, 28 de Março de 1679. (Autógr., BNL, cód. 901). Publ. por Lúcio de Azevedo, *Cartas de Vieira*, III (C. 1928)368-371.

809. *Carta a Duarte Ribeiro de Macedo*, de Lisboa, 4 de Abril de 1679. (Autógr., BNL, cód. 901). Publ. em *Cartas de Vieira*, III (C. 1928)371-373.

810. *Carta a Duarte Ribeiro de Macedo*, de Lisboa, 10 de Abril de 1679. (Autógr., BNL, cód. 901). Publ. em *Cartas de Vieira*, III (C. 1928)373-375.

811. *Carta a Duarte Ribeiro de Macedo*, de Lisboa, 17 de Abril de 1679. (Autógr., BNL, cód. 901). Publ. em *Cartas de Vieira*, III (C. 1928)375-378.

812. *Carta a Duarte Ribeiro de Macedo*, de Lisboa, 23 de Abril de 1679. (Autógr., BNL, cód. 901). Publ. em *Cartas de Vieira*, III (C. 1928)378-379.

813. *Carta a Duarte Ribeiro de Macedo*, de Lisboa, 1 de Maio de 1679. (Autógr., BNL, cód. 901). Publ. em *Cartas de Vieira*, III (C. 1928)379-382.

814. *Carta a Duarte Ribeiro de Macedo*, de Lisboa, 8 de Maio de 1679. (Autógr., Minist. dos Estrang.). Impr. em 1827; — *Cartas de Vieira*, III (C. 1928)383-384.

815. *Carta a Duarte Ribeiro de Macedo*, de Lisboa, 16 de Março de 1679. (Autógr., BNL, cód. 901). Publ. por Lúcio de Azevedo, *Cartas de Vieira*, III (C. 1928)385-387.

816. *Carta a Duarte Ribeiro de Macedo*, de Lisboa, 23 de Maio de 1679. (Original, Minist. dos Estrang.). Impr. em 1827; — *Cartas de Vieira*, III (C. 1928)387-390.

817. *Carta a Duarte Ribeiro de Macedo*, de Lisboa, 23 de Maio de 1679. (Autógr., Minist dos Estrang.). Impr. em 1827; — *Cartas de Vieira*, III (C. 1928)390-391.

818. *Carta a Duarte Ribeiro de Macedo*, de Lisboa, 30 de Maio de 1679. (Autógr., Minist. dos Estrang.). Impr. em 1827; — *Cartas de Vieira*, III (C. 1928)392-393.

819. *Carta a Duarte Ribeiro de Macedo*, de Lisboa, 5 de Junho de 1679. (Autógr., BNL, cód. 901). Publ. por Lúcio de Azevedo, *Cartas de Vieira*, III (C. 1928)394-396.

820. *Carta a Duarte Ribeiro de Macedo*, de Lisboa, 13 de Junho de 1670. (Autógr. incompl., BNL, cód. 901; o resto no Minist. dos Estrang.) Publ. incompleta em 1827; — completa em *Cartas de Vieira*, III (C. 1928)397-401.

821. *Carta a Duarte Ribeiro de Macedo*, de Lisboa, 20 de Junho de 1679. (Autógr., BNL, cód. 901). Publ. em *Cartas de Vieira*, III (C. 1928)402-404.

822. *Carta a Duarte Ribeiro de Macedo*, de Lisboa, 10 de Julho de 1679. (Autógr., Minist. dos Estrang.). Impr. em 1827; — *Cartas de Vieira*, III (C. 1928)405-408.

823. *Carta a Duarte Ribeiro de Macedo*, de Alcanede, 17 de Julho de 1679. (Original, BNL, cód. 901). Publ. em *Cartas de Vieira*, III (C. 1928)409-410.

824. *Carta a Duarte Ribeiro de Macedo*, de Caldas, 28 de Julho de 1679. (Autógr., Minist. dos Estrang.). Impr. em 1827; — *Cartas de Vieira*, III (C. 1928)411-413.

825. *Carta a Duarte Ribeiro de Macedo*, de Lisboa, 10 de Setembro de 1679. (Autógr., BNL, cód. 901). Publ. por Lúcio de Azevedo, *Cartas de Vieira*, III (C. 1928)414-420.

826. *Carta a Duarte Ribeiro de Macedo*, de Lisboa, 16 de Setembro de 1679. (Autógr., BNL, cód. 901). Publ. em *Cartas de Vieira*, III (C. 1928)420-423.

827. *Carta a Duarte Ribeiro de Macedo*, de Lisboa, 25 de Setembro de 1679. (Autógr. Minist. dos Estrang.). Impr. em 1827, com a data de 21; — *Cartas de Vieira*, III (C. 1928)423-425.

828. *Carta ao Padre Gaspar Ribeiro*, de Lisboa, 11 de Novembro de 1679. Na 1.ª ed., III (1746); — *Cartas de Vieira*, III (C. 1928) 426-427.

829. *Carta ao Duque de Cadaval*, do Colégio de Santo Antão, de Março de (1680 ?). Na 1.ª ed., II (1735), s. a.; — *Cartas de Vieira*, III (C. 1928) 427-428.

830. *Carta ao Superior do Maranhão*, de Lisboa, 2 de Abril de 1680. (Cópia, BNL, cód. 4517). Publ. por Lúcio de Azevedo, *Hist. de Ant. Vieira*, II (1921); — *Cartas de Vieira*, III (C. 1928) 428-439.

831. *Carta do Padre António Vieira ao P. Geral João Paulo Oliva*, de Lisboa, 8 de Junho de 1680. (*Lus.75*, 221-221v). Autógr. em esp. Publ. por Francisco Rodrigues, *História*, III-1, 568-569.

832. *Carta ao Padre Gaspar Ribeiro*, de Carcavelos, 8 de Julho de 1680. Na 1.ª ed., III (1746); — *Cartas de Vieira*, III (C. 1928) 439-440.

833. *Carta a D. Maria da Cunha*, de Carcavelos, 16 de Agosto de 1680. Na 1.ª ed., III (1746); — *Cartas de Vieira*, III (C. 1928) 440-441.

834. *Carta ao P.e João Paulo Oliva*, de Lisboa, 21 de Janeiro de 1681. Na 1.ª ed., III (1746); — *Cartas de Vieira*, III (C. 1928) 441-443.

835. *Carta ao Duque de Cadaval*, da Baía, 23 de Maio de 1682. Na 1.ª ed., II (1735); — *Cartas de Vieira*, III (C. 1928) 451-452.

836. *Carta ao Marquês de Gouveia*, da Baía, 23 de Maio de 1682. Publ. por Barros, *Vozes Saudosas* (1736) 181-185 ("Voz Generosa"); — *Cartas de Vieira*, III (C. 1928) 452-455.

837. *Carta ao Arcebispo de Calcedónia*, da Baía, 23 de Maio de 1682. Na 1.ª ed., III (1746); — *Cartas de Vieira*, (C. 1928) 455-456.

838. *Carta ao Arcebispo da Baía*, da Baía, 23 de Maio de 1682. Na 1.ª ed., III (1746); — *Cartas de Vieira*, III (C. 1928) 457-458.

839. *Carta ao Cónego Francisco Barreto*, da Baía, 23 de Maio de 1682. Na 1.ª ed., III (1746); — *Cartas de Vieira*, III (C. 1928) 458-459.

840. *Carta ao Marquês de Gouveia*, da Baía, 23 de Julho de 1682. Na 1.ª ed., II (1735); — *Cartas de Vieira*, III. (C. 1928) 460-462.

841. *Carta ao Duque de Cadaval*, da Baía, 23 de Julho de 1682. Na 1.ª ed., II (1735); — *Cartas de Vieira*, III (C. 1928)462-463.

842. *Carta a Roque da Costa Barreto*, da Baía, 24 de Julho de 1682. Na 1.ª ed., III (1746); — *Cartas de Vieira*, III (1928) 463-464.

843. *Carta ao Marquês de Gouveia*, da Baía, 21 de Junho de 1683. (Autógr., Torre do Tombo). Na 1.ª ed., II (1735), com a data errada de 1682; — *Cartas de Vieira*, III (C. 1928)464-466.

844. *Carta a Roque da Costa Barreto*, da Baía, 23 de Junho de 1683. Na 1.ª ed., III (1746); — *Cartas de Vieira*, III (C. 1928) 466-469.

845. *Carta ao Cónego Francisco Barreto*, da Baía, 23 de Junho de 1683. Na 1.ª ed., III (1746); — *Cartas de Vieira*, III (C. 1928) 469-472.

846. *Carta ao Duque de Cadaval*, da Baía, 23 de Junho de 1683. Na 1.ª ed., II (1735); — *Cartas de Vieira*, III (C. 1928) 472-474.

847. *Carta ao Marquês de Gouveia*, da Baía, 24 de Junho de 1683. Na 1.ª ed., III (1746); — *Cartas de Vieira*, III (C. 1928) 474-477.

848. *Carta a Roque da Costa Barreto*, da Baía, 25 de Junho de 1683. (Cópia, Bibl. de Évora, cód. CXIII/1-30, f. 230). Publ. a 1.ª vez na revista *Brasil Histórico*, do Rio de Janeiro, n.º 32, p. 2; — *Cartas de Vieira*, III^2(C. 1928)477-481.

849. *Carta ao Conde da Castanheira*, da Baía, 25 de Junho de 1683. (Cópia, BNL, cód. *Varias Obras*). Publ. por Lúcio de Azevedo, *Cartas de Vieira*, III (C. 1928)481-483.

850. *Carta a Cristóvão de Almada*, da Baía, 25 de Junho de 1683. Na 1.ª ed., II (1735); — *Cartas de Vieira*, III (C. 1928) 484-485.

851. *Carta ao Marquês de Gouveia*, da Baía, 4 de Julho de 1683. Na 1.ª ed., II (1735); — *Cartas de Vieira*, III (C. 1928) 485-486.

852. *Carta ao Marquês de Gouveia*, da Baía, 6 de Julho de 1683. Na 1.ª ed., II (1735); — *Cartas de Vieira*, III (C. 1928)486.

853. *Carta a Diogo Marchão Temudo*, da Baía, 24 de Julho de 1683. Na 1.ª ed., II (1735); — *Cartas de Vieira*, III (C. 1928) 487-489.

854. *Carta a António Pais de Sande*, da Baía, 22 de Julho de 1684. Na 1.ª ed., II (1735); — *Cartas de Vieira*, III (C. 1928) 489-492.

855. *Carta a Cristóvão de Almada*, da Baía, 22 de Julho de 1684. Na 1.ª ed., III (1746); — *Cartas de Vieira*, III (C. 1928) 492-493.

856. *Carta ao Cónego Francisco Barreto*, da Baía, 22 de Julho 1684. Na 1.ª ed., III (1746); — *Cartas de Vieira*, III (C. 1928) 494-496.

857. *Carta ao Duque de Cadaval*, da Baía, 2 de Agosto de 1684. Na 1.ª ed., II (1735); — *Cartas de Vieira*, III (C. 1928)496-499.

858. *Carta ao Marquês de Gouveia*, da Baía, 5 de Agosto de 1684. Na 1.ª ed., II (1735), mutilada. Restabelecido o texto, pela cópia do cód. 1724 da BNL, em *Cartas de Vieira*, III (C. 1928) 499-507.

759. *Carta a Diogo Marchão Temudo*, da Baía, 8 de Agosto de 1684. Na 1.ª ed., II (1735); — *Cartas de Vieira*, III (C. 1928) 507-511.

860. *Carta ao Duque de Cadaval*, da Baía, 10 de Maio de 1685. (Original, B. Nac. de Paris, mss. portugueses). Publ. por Lúcio de Azevedo, *Hist. de A. Vieira*, II (1921); — *Cartas de Vieira*, III (C. 1928)511-513.

861. *Carta a Diogo Marchão Temudo*, da Baía, 11 de Maio de 1685. Na 1.ª ed., II (1735); — *Cartas de Vieira*, III (C. 1928) 513-515.

862. *Carta ao Duque de Cadaval*, da Baía, 20 de Junho de 1685. Na 1.ª ed., II (1735); — *Cartas de Vieira*, III (C 1928)515-518.

863. *Carta ao Conde da Castanheira*, da Baía, 20 de Junho de 1685. (Cópia, BNL, cód. *Varias Obras*, t. 16). Publ. por Lúcio de Azevedo, *Cartas de Vieira*, III (C. 1928)519-520.

864. *Carta ao P. António do Rego, Assistente de Portugal em Roma*, da Baía, 27 de Junho de 1685. (*Bras.3(2)*, 209). Autógr. Publ. por S. L., *Novas Cartas Jesuíticas* (1940)323-326.

865. *Carta a Cristóvão de Almada*, da Baía, 27 de Junho de 1685. Na 1.ª ed., II (1735); — *Cartas de Vieira*, III (C. 1928) 521-522.

866. *Carta a Diogo Marchão Temudo*, da Baía, 1 de Julho de 1685. Na 1.ª ed., II (1735); — *Cartas de Vieira*, III (C. 1928) 522-523.

867. *Carta ao Duque de Cadaval*, da Baía, 20 de Julho de 1685. Na 1.ª ed., II (1735); — *Cartas de Vieira*, III (C. 1928)524-525.

868. *Carta Apologética ao P. Jácome Squarçafigo*, da Baía, 30 de Abril de 1686. Publ. com o título de "Ecco das Vozes Saudosas, formado em uma Carta apologética escrita na língua castelhana pelo P. António Vieira ao P. Jácome Iquazafigo"; dada ao prelo pelo P. José Francisco d'Aguiar, Lisboa, na Offic. de Francisco Luiz Ameno, 1757, 4.º, X-143 pp.; — reproduzida, mais correctamente, do cód. da BNL, por Lúcio de Azevedo, *Cartas de Vieira*, III (C. 1928)739-792.

Outras cópias na Bibl. de la Acad. de la Historia, Madrid, *Jesuítas*, leg. 23 (11-10-3/23), e Universidade de Coimbra, *ms.* 480.

A *Carta Apologética*, por edital de 10 de Junho de 1768, da Mesa Censória, foi mandada recolher e queimar por mão do carrasco, como livro "falso, sedicioso, temerário e infame". (Lúcio de Azevedo, *Hist. de A. V.*, II (2.ª ed.)255).

Squarzafigo (ou Squarçafigo como ele próprio assinava, Gesù, 671, f. 86) a quem Vieira se dirige, era Provincial da Companhia de Jesus na Andaluzia. Vieira refuta as alegações dum Religioso Dominico que sob o pseudónimo de Escoto Patavino escrevera contra ele a respeito da sua pendência com a Inquisição e interpretação dos Profetas. Fingia-se que Vieira tinha sido queimado pela Inquisição e que escrevera antes uma carta; e, sobre esta carta fingida, arquitectou Escoto Patavino a seguinte: "Respuesta a una carta que Antonio Vieira Monopanto escrivió a un obispo de la Orden de los pregadores". [Monopanto: um-todos, todos-um; ou um por todos, todos por um; nome que os inimigos davam aos Jesuítas para exprimir a solidariedade de todos entre si]. Cf. Lúcio de Azevedo, *Hist. de A. V.*, II (2.ª ed.)255. Na sua carta, Vieira começa por se referir ao nome "Monopanto".

Sobre este curioso assunto há ainda: "Respuesta monopantica a D. Frisfis de la Borra, defendiendo una Carta del P. Vieyra y a la Compañia. Na Bibl. Nac. de Madrid (Cc. 130), ms., que segundo Sommervogel, II, 1491, parece foi impresso em 1685. É seu autor o P. Juan Cortés Ossorio, S. I., tido em Espanha pelo Juvenal do seu tempo; D. Frisfis de la Borra é Fr. Juan de Ribas, dominicano. *Ib.*

869. *Carta a Diogo Marchão Temudo*, da Baía, 2 de Maio de 1686. Na 1.ª ed., II (1735); — *Cartas de Vieira*, III (C. 1928) 525-527.

870. *Carta ao Conde da Castanheira*, da Baía, 1 de Julho de 1686. Na 1.ª ed., II (1735); — *Cartas de Vieira*, III (C. 1928) 527-529.

871. *Carta a Diogo Marchão Temudo*, da Baía, 1 de Julho de 1687. Na 1.ª ed., II (1735); — *Cartas de Vieira*, III (C.1928)529-530.

872. *Carta a Cristóvão de Almada*, da Baía, 14 de Julho de 1686. Na 1.ª ed., II (1735); — *Cartas de Vieira*, III (C. 1928) 531-532.

873. *Carta a Roque da Costa Barreto*, da Baía, 14 de Julho de 1686. Na 1.ª ed., III (1746); — *Cartas de Vieira*, III (C. 1928) 532-533.

874. *Carta a um fidalgo*, da Baía, 14 de Julho de 1686. (Cópia, BNL, *Varias Obras do P. A. Vieira*, t. 16). Publ. por Lúcio de Azevedo, *Cartas de Vieira*, III (C. 1928)534.

875. *Carta a Diogo Marchão Temudo*, da Baía, 15 de Julho de 1686. Na 1.ª ed., II (1735); — *Cartas de Vieira*, III (C. 1928) 534-536.

876. *Carta ao Conde de Castelo Melhor*, da Baía, 15 de Julho de 1686. Na 1.ª ed., II (1735); — *Cartas de Vieira*, III (C. 1928) 536-537.

877. *Carta a António Lopes Boaventura*, da Baía, 23 de Julho de 1687. Na 1.ª ed., III (1746); — *Cartas de Vieira*, III (C. 1928) 537-538.

878. *Carta a Sebastião de Matos e Sousa*, da Baía, 27 de Maio de 1687. Na 1.ª ed., III (1746), onde vem insertas as que o destinatário escreveu a Vieira; — *Cartas de Vieira*, III (C. 1928) 539-540.

879. *Carta a Diogo Marchão Temudo*, da Baía, 30 de Maio de 1687. Na 1.ª ed., II (1735); — *Cartas de Vieira*, III (C. 1928) 540-541.

880. *Carta a Diogo Marchão Temudo*, da Baía, 1 de Junho de 1687. Na 1.ª ed., II (1735); — *Cartas de Vieira*, III (C. 1928) 541-544.

881. *Carta ao Conde da Castanheira*, da Baía, 1 de Julho de 1687. (BNL, *Varias Obras do P. Ant. Vieira*, XVI, com a data de 1 de Julho); com a de 10 foi publ. em *Voz Sagrada* (1748) 18-19; — *Cartas de Vieira*, III (C. 1928)544-545.

882. *Carta ao Duque de Cadaval*, da Baía, 10 de Agosto de 1687. Na 1.ª ed., II (1735); — *Cartas de Vieira*, III (C. 1928) 546-547.

883. *Carta ao P. António Maria Bonucci*, da Quinta da Baía, 9 de Setembro de 1687. Na 1.ª ed., II (1735); — *Cartas de Vieira*, III (C. 1928)547-549.

884. *Carta ao P. Geral Tirso González*, da Baía, 4 de Agosto de 1688. (*Bras.* 3, 262-263v). Em S. L., *História*, VII, Apêndice. [Não se dá ainda a paginação por estar no prelo].

885. *Carta ao Superior do Maranhão P. Jódoco Peres*, da Baía, 10 de Agosto de 1688. (Colecção particular). Original. Publ. por C. R. Boxer, *Brotéria*, vol. XLV (1947)473-476.

886. *Carta a Diogo Marchão Temudo*, da Baía, 17 de Agosto de 1688. Na 1.ª ed., II (1735); — *Cartas de Vieira*, III (C. 1928) 550-551.

887. *Carta ao Conde da Ericeira*, da Baía, 18 de Agosto de 1688. Na 1.ª ed., II (1735); — *Cartas de Vieira*, III (C. 1928)552-554.

888. *Carta ao Bispo de Pernambuco, D. Matias de Figueiredo*, da Baía, 12 de Abril de 1689. Publ. por Barros, *Vida* (1746); — *Cartas de Vieira*, III (C. 1928)554-556.

889. *Carta ao Conde da Ericeira*, em que o P. Vieira mostra evidentemente que nenhum dos negocios que no tempo d'El-Rei D. João IV lhe foram encommendados, ficaram desvanecidos contra o que o dito Conde dizia na sua Historia. Na 1.ª ed., II (1735), mutilada. Completa em *Obras Inéditas*, III (1857)115-128, com variantes e com a data de 1682. Reconstituiu o texto com a data de 23 de Maio de 1689, Lúcio de Azevedo, pelo ms. da Acad. das Ciências, *Obras Varias*, Tomo VII, em *Cartas de Vieira*, III (C. 1928)556-571; — S. L., *História*, IV, 21-32.

890. *Carta a António Luiz Coutinho*, da Baía, 29 de Junho de 1689. Na 1.ª ed., II (1735), erradamente datada de 1680; — *Cartas de Vieira*, III (C. 1928)572-573.

891. *Carta ao Conde da Castanheira*, da Baía, 9 de Julho de 1689. Na 1.ª ed., III (1746); — *Cartas de Vieira*, III (C. 1928) 573-574.

892. *Carta a Cristóvão de Almada*, da Baía, 11 de Julho de de 1689. Na 1.ª ed., II (1735); — *Cartas de Vieira*, III (C. 1928)575.

893. *Carta a Sebastião de Matos e Sousa*, da Baía, 11 de Julho de 1689. Na 1.ª ed., II (1735), datada de Junho, e no t. III, de Julho; — *Cartas de Vieira* (C. 1928)576-577.

894. *Carta a Roque da Costa Barreto*, da Baía, 12 de Julho de 1689. Na 1.ª ed., III (1746); — *Cartas de Vieira*, III (C. 1928) 577-578.

895. *Carta ao Duque de Cadaval*, da Baía, 12 de Julho de 1689. Na 1.ª ed., II (1735); — *Cartas de Vieira*, III (C. 1928)579-580.

896. *Carta a Diogo Marchão Temudo*, da Baía, 13 de Julho de 1689. Na 1.ª ed., II (1735); — *Cartas de Vieira*, III (C. 1928) 580-582.

897. *Carta ao P.e Leopoldo Fuess*, da Baía, 19 de Julho de 1689. Publ. a 1.ª vez como prefácio ao vol. dos sermões *Palavra de Deus* (1690); — *Cartas de Vieira*, III (C. 1928)582-584.

898. *Carta ao Cardeal D. Veríssimo de Lencastre*, da Baía, 14 de Junho de 1690. Na 1.ª ed., II (1735); — *Cartas de Vieira*, III (C. 1928)584-585.

899. *Carta ao P. Geral Tirso González*, da Baía, 8 de Julho de 1690. (*Bras.3(2)*, 288). Autógr. Publ. por S. L., *Novas Cartas Jesuíticas* (1940)327.

900. *Carta ao Duque de Cadaval*, da Baía, 14 de Julho de 1690. Na 1.ª ed., II (1735); — *Cartas de Vieira*, III (C. 1928)585-587.

901. *Carta a Sebastião de Matos e Sousa*, da Baía, 14 de Julho de 1690. Na 1.ª ed., II (1735); — *Cartas de Vieira*, III (1928) 587-588.

902. *Carta a Cristóvão de Almada*, da Baía, 14 de Julho de 1690. Na 1.ª ed., II (1735); — *Cartas de Vieira*, III (C. 1928) 588-589.

903. *Carta ao Conde de Castanheira*, da Baía, 14 de Julho de 1690. Na 1.ª ed., III (1746); — *Cartas de Vieira*, III (C. 1928) 589-590.

904. *Carta a Pedro de Melo*, da Baía, 14 de Julho de 1690. Na 1.ª ed., III (1746); — *Cartas de Vieira*, III (C. 1928)591-592.

905. *Carta ao Conde de Castelo Melhor*, da Baía, 15 de Julho de 1690. (Bibl. Nacional do Rio de Janeiro — *Catálogo da Exposição permanente dos Cimélios da Biblioteca Nacional* (Rio 1885) 531-538, n.º 38). Tem por outra letra: "Carta feita por mão do P.ᵉ Antonio Vieyra"; — *Cartas de Vieira*, III (C. 1928) 592-594.

Lúcio de Azevedo publica-a, sem distinção de autógrafo e não autógrafo, em fac-símile, na *História de António Vieira*, II (Lisboa 1921)248-249. (Não se reproduziu na 2.ª ed.). Mas, como diz Vale Cabral, só é autógrafa a cláusula.

906. *Carta ao Cónego Francisco Barreto*, da Baía, 15 de Julho de 1690. Na 1.ª ed., II (1735); — *Cartas de Vieira*, III (C. 1928) 594-597.

907. *Carta ao Marquês de Alegrete* [Manuel Teles da Silva], da Baía, 15 de Julho de 1690. Publ. na 1.ª ed., II (1735); *Cartas de Vieira*, III (C. 1928)597-599.

908. *Carta a Diogo Marchão Temudo*, da Baía, 15 de Julho de 1690. Na 1.ª ed., II (1735); — *Cartas de Vieira*, III (C. 1928) 599-601.

909. *Carta ao P.ᵉ Provincial do Carmo*, da Baía, 16 de Julho de 1690. Na 1.ª ed., III (1746); — *Cartas de Vieira*, III (C. 1928) 601-602.

910. *Carta a Sebastião de Matos e Sousa*, da Baía, 17 de Julho de 1690. Na 1.ª ed., III (1746); — *Cartas de Vieira*, III (C. 1928) 602-603.

911. *Carta ao Rei D. Pedro II*, da Baía, 1 de Junho de 1691. Publ. por André de Barros, *Vozes Saudosas* (Lisboa 1736)169-178 ("Voz Agradecida"); — *Cartas de Vieira*, III (C. 1928)603-609.

912. *Carta a Francisco de Brito Freire*, da Baía, 24 de Junho de 1691. Na 1.ª ed., II (1735); — *Cartas de Vieira*, III (C. 1928) 609-610.

913. *Carta a Diogo Marchão Temudo*, da Baía, 29 de Junho de 1691. Na 1.ª ed., II (1735); — *Cartas de Vieira*, III (C. 1928) 611-614.

914. *Carta ao P. Manuel Dias*, da Baía, 30 de Junho de 1691. Na 1.ª ed., II (1735); — *Cartas de Vieira*, III (C. 1928)615.

915. *Carta ao Marquês das Minas*, da Baía, 1 de Julho de 1691. Na 1.ª ed., II (1735); — *Cartas de Vieira*, III (C. 1928)616-617.

916. *Carta a Roque Monteiro Paim*, da Baía, 2 de Julho de 1691. (Bibl. de Évora, Cód. CXIII/2-15, f., 210, onde vem dirigida "a certo fidalgo"). Publ. por Lúcio de Azevedo, *Hist. de Ant. Vieira*, II (1921)372-374; — *Cartas de Vieira*, III (C. 1928) 617-622.

917. *Carta ao Duque de Cadaval*, da Baía, 2 de Julho de 1691. Na 1.ª ed., II (1735); — *Cartas de Vieira*, III (C. 1928)622-623.

918. *Carta a Diogo Marchão Temudo*, da Baía, 3 de Julho de 1691. Na 1.ª ed., II (1735); — *Cartas de Vieira*, III (C. 1928) 624-625.

919. *Carta a Sebastião de Matos e Sousa*, da Baía, 4 de Julho de 1691. Na 1.ª ed., II (1735); — *Cartas de Vieira*, III (C. 1928) 625-626.

920. *Carta ao Conde de Castelo Melhor*, da Baía, 5 de Junho de 1691. Na 1.ª ed., II (1735), mutilada. Restabelecido o texto, pelo cód. 1724 da BNL, em *Cartas de Vieira*, III (C. 1928)627-629.

921. *Carta a Diogo Marchão Temudo*, da Baía, 13 de Julho de 1691. Na 1.ª ed., II (1735); — *Cartas de Vieira*, III (C. 1928) 629-630.

922. *Carta a Cristóvão de Almada*, da Baía, 15 de Julho de 1691. Na 1.ª ed., II (1735), mutilada; — *Cartas de Vieira*, III (C. 1928)630-631.

923. *Carta a um fidalgo*, da Baía, 19 de Julho de 1691. Na 1.ª ed., III (1746); — *Cartas de Vieira*, III (C. 1928)631-632.

924. *Carta a Roque da Costa Barreto*, da Baía, 1 de Julho de 1692. Na 1.ª ed., III (1746); — *Cartas de Vieira*, III (C. 1928) 632-633.

925. *Carta ao Duque de Cadaval*, da Baía, 1 de Julho de 1692. Na 1.ª ed., III (1746); — *Cartas de Vieira*, III (C. 1928)633-636.

926. *Carta a Sebastião de Matos e Sousa*, de 1 de Julho de 1692. Na 1.ª ed., III (1746); — *Cartas de Vieira*, III (C. 1926)636-637.

927. *Carta ao Marquês das Minas*, da Baía, 5 de Julho de 1692. Impr. em *Voz Sagrada* (1748); — *Cartas de Vieira*, III (C. 1928) 638-640.

928. *Carta ao Conde de Castelo Melhor*, da Baía, 8 de Julho de 1692. Na 1.ª ed., II (1735); — *Cartas de Vieira*, III (C. 1928) 640-643.

929. *Carta a Cristóvão de Almada*, da Baía, 8 de Julho de 1692. Na 1.ª ed., II (1735); — *Cartas de Vieira*, III (C. 1928)644-645.

930. *Carta a António Pais de Sande*, da Baía, 10 de Julho de 1692. Na 1.ª ed., II (1735); — *Cartas de Vieira*, III (C. 1928) 645-646.

931. *Carta ao Cardeal D. Veríssimo de Lencastre*, da Baía, 10 de Julho de 1692. Na 1.ª ed., III (1746); — *Cartas de Vieira*, III (C. 1928)646-647.

932. *Carta a Diogo Marchão Temudo*, da Baía, 14 de Julho de 1692. Na 1.ª ed., II (1735); — *Cartas de Vieira*, III (C. 1928)648.

933. *Carta ao Cónego Francisco Barreto*, da Baía, 16 de Julho de 1692. Na 1.ª ed., II (1735); — *Cartas de Vieira*, III (C. 1928) 649-652.

934. *Carta a Diogo Marchão Temudo*, da Baía, 21 de Julho de 1692. Na 1.ª ed., II (1735); — *Cartas de Vieira*, III (C. 1928) 652-655.

935. *Carta a João Ribeiro da Costa*, da Quinta, 28 de Janeiro de 1694. Na 1.ª ed., III (1746); — *Cartas de Vieira*, III (C. 1928) 656-657.

936. *Carta ao Duque de Cadaval*, da Baía, 24 de Julho de 1694. Na 1.ª ed., III (1746); — *Cartas de Vieira*, III (C. 1928)657-659.

937. *Carta a Sebastião de Matos e Sousa*, da Baía, 24 de Julho de 1694. Na 1.ª ed., III (1746); — *Cartas de Vieira*, III (C. 1928) 659-660.

938. *Carta circular à nobreza de Portugal*, da Baía, 31 de Julho de 1694. Na 1.ª ed., II (1735), com o endereço para o Conde da Castanheira; — *Cartas de Vieira*, III (C. 1928)661-662.

939. *Carta ao P.ᵉ Baltasar Duarte*, da Baía, 1 de Agosto de 1694. Na 1.ª ed., II (1735); — *Cartas de Vieira*, III (C. 1928) 663-664.

940. *Carta à Rainha D. Maria Sofia*, da Baía, 16 de Junho de 1695. Na 1.ª ed., III (1746), datada de 1689 erradamente; — *Cartas de Vieira*, III (C. 1928)664-665.

941. *Carta ao P.ᵉ Manuel Luiz*, da Baía, 21 de Julho de 1695. Na 1.ª ed., II (1735), com alguns nomes suprimidos; — *Cartas de Vieira*, III (C. 1928)665-670.

942. *Carta ao P. Baltasar Duarte*, da Baía, 22 de Julho de 1695. Na 1.ª ed., II (1735); — *Cartas de Vieira*, III (C. 1928)670-672.

943. *Carta a Sebastião de Matos e Sousa*, da Baía, 22 de Julho de 1695. Na 1.ª ed., III (1746); — *Cartas de Vieira*, III (C. 1928) 672-674.

944. *Carta ao Duque de Cadaval*, da Baía, 22 de Julho de 1695. Na 1.ª ed., III (1746); — *Cartas de Vieira*, III (C. 1928)674-675.

945. *Carta à Rainha D. Catarina da Inglaterra*, da Baía, 25 de Setembro de 1695. Na 1.ª ed., III (1746); — *Cartas de Vieira*, III (C. 1928)675-678.

946. *Carta ao P.ᵉ Valentim Estancel*. (Fragmento). 1695 ? Publ. por Barros, *Vida* (1746); — *Cartas de Vieira*, III (C. 1928)678-679.

947. *Carta a Sebastião de Matos e Sousa*, da Baía, 27 de Junho de 1696. Na 1.ª ed., III (1746); — *Cartas de Vieira*, III (C. 1928) 680-682.

948. *Carta ao P.ᵉ Manuel Pires*, da Baía, 30 de Junho de 1696. Na 1.ª ed., III (1746); — *Cartas de Vieira*, III (C. 1928)682-685.

949. *Carta ao Duque de Cadaval*, da Baía, 2 de Julho de 1696. Na 1.ª ed., II (1735); — *Cartas de Vieira*, III (C. 1928)685-686.

950. *Carta ao P.ᵉ Baltasar Duarte*, da Quinta, 3 de Julho de 1696. Na 1.ª ed., III (1746); — *Cartas de Vieira*, III (C. 1928)687

951. *Carta à Rainha D. Catarina da Inglaterra*, da Baía, 24 de Junho de 1697. Na 1.ª ed., III (1746); — *Cartas de Vieira*, III (C. 1928)688-690.

952. *Carta ao Duque de Cadaval*, da Baía, 6 de Julho de 1697. Na 1.ª ed., III (1746); — *Cartas de Vieira*, III (C. 1928)690-692.

953. *Carta a Sebastião de Matos e Sousa*, da Baía, 10 de Julho de 1697. Na 1.ª ed., III (1746); — Cartas de Vieira, III (C. 1928) 692-694.

954. *Cartas do P. Antonio Vieyra da Companhia de JESU Tomo Primeiro*. Offerecido ao Eminentissimo Senhor Nuno da Cunha e Attayde Presbytero Cardeal da Santa Igreja de Roma do Titulo de Santa Anastasia, do Conselho de Estado, Guerra, e Despacho de Sua Magestade, Inquisidor Geral nestes Reynos, e Senhorios de Portugal [Vinheta] Lisboa Occidental, Na Officina da Congregaçaõ do Oratorio. M.DCC.XXXV. Com todas as licenças necessarias. 4.º, XXVIII inumrs. - 468 pp. numrs.

Contém 141 cartas. Nos Preliminares a dedicatória ao Cardeal da Cunha é assinada pelo "Conde da Ericeyra".

955. *Cartas do P. Antonio Vieyra Tomo Segundo*. Offerecido ao Eminentissimo Senhor Nuno da Cunha e Attayde[...] Na mesma oficina e no mesmo ano de 1735. 4.º, XII inumrs. - 479 pp. numrs.

Contém 145 Cartas.

956. *Cartas do P. Antonio Vieyra. Tomo Terceiro*. Dedicado ao Eminentissimo, e Reverendissimo Senhor D. Tomás de Almeida Cardeal da Santa Igreja de Roma, Patriarca I. de Lisboa, &c. Pelo Padre Francisco Antonio Monteiro, bacharel formado na faculdade dos Sagrados Canones [Vinheta] Lisboa na Regia Officina Silvyana, e da Academia Real. M.DCC.XLVI. Com todas as licenças e Privilegio Real. 4.º, XXIV inumrs. - 452 pp. numrs.

Contém 196 Cartas (com outras de resposta a estas ou outros assuntos) e estes dois papéis: "Parecer sobre a distinção que se deve admitir entre as Tres Divinas Pessoas"; "Memorial que fez o Padre Antonio Vieira recommendando a Pedro de Teve Barreto".

Esta Colecção foi traduzida em espanhol, e algumas cartas em italiano.

Em 1748 sairam algumas Cartas inéditas de Vieira no vol. "Voz Sagrada". — Ver infra n.º 966.

957. *Cartas do Padre Antonio Vieyra da Companhia de Jesus a Duarte Ribeiro de Macedo*. [Vinheta] Lisboa: Na Impressão de Eugenio Augusto. Anno 1827. Rua de Santa Catarina n: 12 à Cruz de Páo. Com licença de Sua Majestade. 4.º, 354 pp.

Contém 130 Cartas e os dois documentos seguintes: "Papel que fez o Padre Antonio Vieyra para se ler a El Rey D. Affonso VI na sua menoridade, na prezença dos Tribunais do Reyno, por mandado da Raynha Mãy a Senhora Dona

Luiza de Gusmão"; "Parecer do Padre Antonio Vieyra da Companhia de Jezus Sobre se restaurar Pernambuco, e se comprar aos Hollandeses. Anno de 1647". [No fim: Lisboa, 14 de Março de 1647]. *Catálogo de Azevedo — Samodães*, II (Porto 1922)738.

"Duarte Ribeiro de Macedo, jurisconsulto de nota, diplomata, estadista, fino cultor das letras, às quais prestou serviço insigne, bem como à história, em conservar as cartas recebidas de Vieira". (Lúcio de Azevedo, *Hist. de Ant. Vieira*, II (1931)10).

Cartas selectas do P. Antonio Vieira, precedidas d'um epitome da sua vida, e seguidas d'um indice analytico dos assumptos e materias oferecidas a mocidade Portugueza e Brasileira; cujos paizes illustrou com suas acções, e a quem deixou admiraveis exemplos a imitar, ordenadas e correctas por J. I. Roquete. Paris, na livraria portugueza de J. P. Aillaud, 1838. Na Typ. de Casimir. 12.º, LIV-377 pp. Com retrato de Vieira.

Cartas do Padre Antonio Vieira. Editores J. M. C. Seabra & T. Q. Antunes, 4 vols. Typographia da Revista Universal, Lisboa, 1854-1855. 8.º, 268-220-204-199 pp.

O 4.º tomo (1855) contém algumas cartas publicadas pela 1.ª vez, e que se indicaram na lista cronológica.

Faz parte das *Obras Completas do Padre Antonio Vieira.* — Ver infra, n.º 968. Na Introdução transcreve-se o elogio feito pelo Conde da Ericeira no 2.º vol. da 1.ª edição das *Cartas*. E diz-se:

"Alterou-se o ordem seguida na antiga edição, porque se incluem algumas, que se encontravam espalhadas por outras obras do Autor, e deixam de imprimir-se outras de alhêas pennas que ahi andavam enxeridas. Varios opusculos e papeis politicos que igualmente ahi se achavam, passam tambem a ser impressos no logar competente".

Cartas do P. Antonio Vieira. Imprensa da Universidade. Coimbra. 1871. 8.º, 131 pp.

As 25 primeiras cartas do P.ᵉ Antonio Vieira. Publicadas por Augusto Epiphanio da Silva Dias. Imprensa Portugueza. 1871, 8.º, 117pp.

As primeiras 25 cartas do Padre Antonio Vieira. Texto para exercicios de composição latina conforme o programma do governo ultimamente publicado. Lisboa. Na Typographia de G. M. Martins. Rua do Ferragial de Baixo, 22. 1871. 8.º, 86 pp.

Cartas do Padre Antonio Vieira. Revistas por Tito de Noronha. Livraria Internacional. Typ. Pereira da Silva. Porto & Braga, 1871, 8.º, 200 pp.

Obras Classicas do Padre Antonio Vieira e estudo critico sobre a sua vida e valor litterario de suas obras d'Arte. Edição illustrada para Portugal e Brazil. Cartas, I, II, Editora-Empreza Litteraria Fluminense de A. A. da Silva Lobo. Rio de Janeiro. Em Lisboa, Typographia Elzeviriana, 1885. 8.º, XIII-466; 393 pp.

No fim do 2.º volume uma Nota da Empresa Editora diz que contém *todas* as cartas *impressas* de Vieira. "Estabelecemos quanto possível a ordem chronologica e fizemos correcções importantes". O estudo crítico, prometido no título, não chegou a imprimir-se.

As Cartas do Padre Antonio Vieira offerecidas ao Arquivo da Torre do Tombo. Estudo de Pedro de Azevedo. Coimbra, Imprensa da Universidade. 1906. Separata do "Boletim das Bibliothecas e Archivos Nacionais". Tomo V, pp. 10-16.

958. *Ineditos do Padre Antonio Vieira.* Publ. pelo Barão de Studart. Separata da *Rev. da Acad. Cearense.* Ceará, Fortaleza, 1908. 8.º, 26 pp.

Contém 1 Procuração e 3 Cartas.

Cartas do Padre Antonio Vieira. Acompanhadas de uma Biografia do maior classico da Lingua Portuguesa. Por A. Coelho. São Paulo, 1912.

959. *Subsídios para uma edição comentada das Cartas de Vieira.* Por Lúcio de Azevedo. No "Boletim da 2.ª classe da Academia das Ciências de Lisboa" (1914-1915) IX (Coimbra, Imprensa da Universidade 1916) 405-437.

Contém 2 cartas inéditas de Vieira, 2 dirigidas a Vieira, e outras em que se fala dele.

960. *Dezanove Cartas Inéditas do Padre António Vieira.* Por J. Lúcio de Azevedo. Coimbra, Imprensa da Universidade, 1916. 8.º, 103 pp. Separata do "Boletim da Academia das Sciencias de Lisboa" (2.ª Classe), vol. X (p. 3-41, introdução do editor; 43-103 texto e notas). Bibl. de Évora, cód. CVI/2-12; Rivara, III, 323-325. Todas ao Marquês de Nisa.

961. *Cartas do Padre António Vieira.* Coordenadas e anotadas por J. Lúcio de Azevedo. 8.º gr., I, Coimbra. Imprensa da Universidade, 1925, XVII-605 pp. (Contém 93 Cartas); II, *ib.*, 1926, XIII-710 pp. (Contém 321 Cartas); III, *ib.*, 1928 XIV-811 pp. (Contém 304 Cartas e em Apêndice a Carta Apologética ao P. Jácome Squarçafigo).

É a melhor, a mais correcta e vasta colecção das Cartas de Vieira. Além das anteriormente publicadas, traz muitas até então inéditas. A esta edição da Universidade de Coimbra nos referimos na lista geral das cartas. [*Cartas de Vieira*, Coimbra (C.)]. Lista porém que completamos, como se advertiu no começo desta Secção, com as inéditas publicadas depois, em 1934, 1940 e 1947. (Infra, n.ᵒˢ 962-964).

As Cartas de Vieira, que andam pelos Arquivos, têm às vezes variantes notáveis da primeira edição, e algumas se publicaram:

Trechos de algumas Cartas do P. Antonio Vieira que na respectiva impressão foram supprimidos. Publ. no *Arch. Bibliogr. da Universidade de Coimbra*, I (Coimbra 1901)77-80.

Grande parte destas variantes foram notadas ou utilizadas por Lúcio de Azevedo na colecção precedente. Mas há outras variantes que ainda o não foram: Ver supra, n.º 357.

962. *Cartas inéditas do Padre Antonio Vieira, S. J.* Com um Prefácio por Clado Ribeiro de Lessa. Rio de Janeiro. Typografia São José, 1934. 8.º, XVIII-30.

Contém 3 Cartas de Vieira, que mencionámos na lista cronológica, e 2 de El-Rei D. João IV para Vieira. — Copiadas de um Códice do século XVIII, em poder de um irmão do prefaciador, com o título de *Cartas do Padre Antonio Vieira da Companhia de Jesus*.

Textos Clássicos. Carta do Padre Antonio Vieira a D. Afonso VI (1657). Gráfica Aveirense, Aveiro, 1936-1937, 4.º, X pp. Separata do n.º 79 de "Labor".

963. *Novas Cartas Jesuíticas — de Nóbrega a Vieira.* Prefaciadas e anotadas por Serafim Leite. Companhia Editora Nacional. S. Paulo, 1940, 8.º, 344 pp. (N.º 194 da "Brasiliana").

Contém 9 Cartas inéditas de Vieira em português, existentes nos Arquivos da Companhia (pp. 253-327). — Vão indicadas na lista cronológica geral.

Cartas do P.ᵉ António Vieira. Ensaio Preambular, Selecção, Notas e Quadro biográfico-sincrónico, por Mário Gonçalves Viana. Domingos Barreira, Editor. Porto, s. a., 8.º, 351 pp.

964. *Quatro cartas inéditas do Padre António Vieira.* Publs. e anotadas por C. R. Boxer. Na Rev. *Brotéria*, vol. XLV (Lisboa 1947)455-476. Separata (mesmo título), Lisboa, 1947, 8.º, 22 pp.

Uma destas cartas é só parcialmente inédita, como se diz. — Vão na lista geral cronológica.

Padre Antonio Vieira. Cartas. Selecção de Novais Teixeira. Prefácio de Luiz de Paula Freitas. Colecção de Classicos de W. M. Jackson Inc., Rio de Janeiro, 1948, 8.º, 378 pp.

III Secção — OBRAS VÁRIAS (965-1037) :

965. *Vozes Saudosas, da eloquencia, do espirito, do zelo; e eminente sabedoria do Padre Antonio Vieira, da Companhia de Jesus, Prégador de Sua Magestade, e Principe dos Oradores Euangelicos: Acompanhadas com hum fidelissimo Echo, que sonoramente resulta do interior da obra "Clavis Prophetarum". Concorda no fim a suavidade das Musas em elogios raros.* Tudo reverente dedica ao Principe Nosso Senhor o P. André de Barros, da Companhia de Jesus, Academico do numero da Academia Real da Historia Portugueza. Lisboa Occidental. Na Officina de Miguel Rodrigues, Impressor do Senhor Patrarca. M.DCC.XXXVI. Com todas as licenças necessarias. 4.º, XXIV-315 pp.

Contém de Vieira vários papéis em prosa (nenhum sermão) e uma poesia; e de outros, algumas composições. As cartas já foram assinaladas nas datas respectivas; dos outros papéis de Vieira se dirá nesta secção; e dos papéis de outros sobre Vieira, adiante, na Secção VI.

966. *Voz Sagrada politica, rhetorica e metrica ou supplemento às Vozes Saudosas Da eloquencia, do espirito, do zelo, e eminente sabedoria do Padre Antonio Vieira da Companhia de Jesus, Prégador de S. Magestade, e Principe dos Oradores Evangelicos.* Offerecida ao Senhor Doutor Joseph de Lima Pinheiro e Aragam Cavalleiro Professo na Ordem de Christo, do Desembargo de S. Magestade Juiz da India e Mina ... [Vinheta]. Lisboa: Na Officina de Francisco Luiz Ameno, Impressor da Congregação Cameraria da S. Igreja de Lisboa. M.DCC.XLVIII. Com as licenças necessarias. 4.º, XL inums. -247 pp. nums. e 1 em branco.

Nos Preliminares uma "Academia Anonyma em applauso do nascimento do Padre Antonio Vieira na Academia dos Anonymos de Lisboa", constituida por Sonetos, Epigramas e uma Oitava; e o Elogio de Vieira (por Diogo Barbosa Machado).

No texto, o discurso do P. Catáneo (sobre Demócrito) além do de Vieira (sobre Heráclito), a relação das Exéquias do P. Vieira, e a oração fúnebre de Vieira (por Manuel Caetano de Sousa), etc. — De Vieira: a Prática da Imaculada Conceição sendo noviço, obras poéticas, cartas (incluidas depois nas colecções), Diálogos, etc. Publicam-se já na "Voz Sagrada" (1748) algumas obras que Barbosa Machado ainda dá, como eram de facto, inéditas (1741).

A *Pratica* e as *Cartas* já se mencionaram nas duas secções precedentes.

Sobre as outras obras de Vieira, certas ou duvidosas: ver infra n.ºs 1011, 1013, 1014, 1019, 1028-1030; e F) *Papéis espúrios*.

967. *Obras Varias do Padre Antonio Vieira.* Tomo I. Editores, J. M. C. Seabra & T. Q. Antunes. Typographia da Revista Universal. Lisboa, 1856, 8.º, 256 pp.; Tomo II, Ib., 1857, 8.º, 168 pp.

968. *Obras Ineditas do Padre Antonio Vieira.* Tomo I. Editores J. M. C. Seabra & T. Q. Antunes. Typographia da Revista Universal. Lisboa, 1856, 8.º, V-246 pp.; — Tomo II, Ib., 1856, 8.º, 242 pp.; — Tomo III, Ib., 1857, 8.º, 164 pp.

Fazem parte da colecção de *Obras Completas* do Padre António Vieira dos mesmos editores, em 27 volumes: 15 de *Sermões* (ver supra, entre 216-217); 4 de *Cartas* (ver supra, 957); 1, *Historia do Futuro* (ver infra, n.º 995), os 2 de *Obras Varias* e estes 3 de *Obras Ineditas:* ao todo 25, pròpriamente de Vieira. Os dois restantes incluídos em *Obras Completas* (*Vida de Vieira* por André de Barros, e *Arte de Furtar*), não são de Vieira.

Tanto nos Tomos das *Obras Varias* como nos das *Obras Ineditas* há-as que são de Vieira, outras duvidosas, outras que não são dele. O lugar de cada qual aparece nas séries respectivas desta secção:

A) *Obras sobre a Administração e Liberdade dos Índios* (969-988);

B) *Obras relacionadas com a pendência havida entre Vieira e a Inquisição* (989-1000);

C) *Poesias* (1001-1014);

D) *Outros papéis* (1015-1027);

E) *Papéis duvidosos* (1028-1037);

F) *Papéis espúrios.*

A) Papéis (excepto Sermões e Cartas) sobre a Conversão, Administração e Liberdade dos Índios:

969. *Parecer sobre a conversão e governo dos Indios e Gentios.* Feito pelo Padre Antonio Vieira a instancia do Doutor Pedro Fernandes Monteiro. *Obras Ineditas,* III (1857)101-113.

970. *Informação que deu o Padre Antonio Vieira sobre o modo com que foram tomados e sentenciados por cativos os indios do ano de 1655.* Em *Obras Varias,* I (1856)107-135.

971. *Advertencias para alguns casos que podem suceder acerca do captiveiro dos Indios.* Nesta Casa do Pará, 29 de Setembro de 1655. *Obras Ineditas,* III (1857)97-99.

Consulta em que tomaram parte, além do P. Vieira, os P. P. Manuel Nunes, João de Sotomaior, Salvador do Vale, António Ribeiro, Manuel de Sousa e Francisco da Veiga, assistentes na casa, e todos as aprovaram "suposta a lei de Sua Magestade".

972. *Requerimento à Rainha D. Luiza sobre a liberdade dos Índios do Maranhão.* Publ. por Manuel Múrias. *Um Inédito de Vieira no Arquivo Histórico Colonial*, em *Brotéria* XX (Lisboa 1935)210-212.

Original no A. H. Col., *Maranhão*, Papéis de 1657. O despacho da Rainha D. Luiza, para se ver no Conselho Ultramarino, é de 17 de Novembro de 1657.

973. *Regimento para o Missionário das Tropas de Resgate do Amazonas e Rio Negro* [1657]. Publ. por Studart em *Documentos*, IV, 73-77, e *Rev. do Instituto do Ceará*, XXXIV (1920)300-304. Diz que é papel da B. N. de Lisboa. Consta de 11 § §, mutilados os n.os 1, 5 e 11.

Está junto da carta de 20 de Abril de 1657. Donde inferimos que foi feito pelo P. Vieira para o P. Francisco Veloso, que saiu a 22 de Junho de 1657 do Maranhão para o Amazonas e Rio Negro. (Cf. S. L., *História*, III, 370).

974. *Regulamento das Aldeias do Pará e Maranhão ou "Visita" do P. António Vieira.* Publ. por S. L., *História*, IV (1943)106-124.

Ms. achado no Colégio do Pará em 1760 e actualmente de posse do Eng. Carvalho Alves, que nos facultou cópia autêntica. Corria manuscrito e foi até às missões do Maranhão Espanhol. Muito elogiado pelo P. Samuel Fritz (Bettendorff, *Cronica*, 418); e em 1751 acusa a recepção de um exemplar o P. Martim Juzarte, da Aldeia de S. Joaquim, 7 de Abril de 1751, em carta ao P. Júlio Pereira. (Arq. Prov. Port., Pasta 176, n.º 26).

975. *Relação da Missão da Serra de Ibiapaba escrita pelo P. Antonio Vieira, e tirada do seu mesmo original.* Publ. por Barros, *Vozes Saudosas* (1736)3-89 ("Voz histórica"); — *Obras Varias*, II (Lisboa 1857)55-98; — *Memorias para o Extincto Estado do Maranhão*, II (Rio de Janeiro 1869)455-501 (com notas de Cândido Mendes de Almeida); — *Rev. do Instituto do Ceará*, XVIII, 86-138.

976. *Resposta que deu o P. Antonio Vieira ao senado da Camara do Pará sobre o Resgate dos Indios do Sertão.* Publ. em *Cartas* III (1746) 75; — *Obras Varias*, I (1856)137-140; — *Cartas de Vieira*, (Coimbra 1925)579-582.

977. *Representação à Câmara do Pará.* Belém [do Pará], 21 de Junho de 1661. *Obras Varias*, I (1856)141-147 (incompleto); —

Melo Morais, III (1859)157-165 (completo). Em ambos, transcrições incorrectas. Na íntegra em Berredo, *Anais do Maranhão*, n.º 1044 (Livro XIV).

978. *Protesto que o Padre Antonio Vieira fez à Camera e mais nobreza da Cidade de S. Luis do Maranhão, para não serem expulsos daquella Conquista os Padres Missionarios da Companhia de Jesus.* Desta Caravela, 18 de Agosto de 1661. Publ. por A. de Barros, *Vozes Saudosas* (1736)189-204 ("Voz Parenética ou Exortatória"); — *Obras Varias,* I (1856)229-237.

Corrigimos no título o nome da Cidade, que não é Belém do Pará, como escreveu André de Barros. A caravela estava ancorada em S. Luiz do Maranhão e do contexto se tira que é dirigida à Camara desta última cidade.

979. *Petição do P.ᵉ Antonio Vieira ao Governador do Maranhão, D. Pedro de Mello, em que protesta e se queixa de que estando para fazer viagem para Portugal, expulso com os mais Padres da Companhia das suas Missões, embarcassem os seus companheiros em um bom navio, chamado Sacramento e o notificassem a elle só para embarcar em uma caravella velha, e sem esquipagem capaz, só afim de que perigasse de sorte que não chegasse à Corte &.* Na Bibl. de Évora, cód. CXIII, 2-14, f. 249. Publ. na 1.ª ed. das *Cartas,* III (1746)94; — *Obras Varias,* I, 149-152.

980. *Relação dos Sucessos do Maranhão.* (Bras.9, 69-70). Publ. por S. L., *Novas Cartas Jesuíticas* (1940)313-319.

981. *Procuração do P. António Vieira Superior das Missões do Maranhão ao Dr. Heitor Mendes (ou Mor?) Leitão, para como advogado seu responder aos papéis vindos do Maranhão contra ele.* Lisboa, 3 de Maio de 1662. (Autógrafo selado, na BNL, f. antigo 859). Publ. por Studart, *Documentos,* IV, 127.

O Rol daqueles papéis publicou-o Lúcio de Azevedo, *História de A. V.,* I (1918)400-403. E relacionam-se com eles: "o Processo relativo à expulsão do Pará" com 2 assinaturas de Vieira, remetido em 1764 à Corte (A. H. Col., *Papéis do Pará,* 1764); e Papéis referentes a Lopo de Sousa, principal da Aldeia de Maracanã. Treslado de 25 de Novembro de 1755 quando se fraguava, ainda ocultamente, a perseguição do século XVIII. (BNL, Col. Pomb., 645, f. 525-534).

982. *Resposta aos Capítulos que deu contra os Religiosos da Companhia de Jesus o Procurador do Maranhão Jorge de Sampaio.*

(Bibl. de Évora, cód. CXV/2-11, f. 91 e 152 (dois traslados). Cf. Rivara,I, 43). Publ. em Melo Morais, IV (1860) 186-253 (sem indicação de fontes).

983. *Informação, que por ordem do Conselho Ultramarino deo sobre as cousas do Maranhão ao mesmo Conselho o P. Antonio Vieira.* Lisboa, Collegio de S. Antão, 31 de Julho de 1678. Publ. por Barros, *Vozes Saudosas* (1736)93-114 ("Voz Política"); — *Obras Varias*, I (1856)211-222.

984. *Modo como se ha de governar o gentio que ha nas Aldeias do Maranhão e Grão Pará.* Publ. na 1.ª ed. das *Cartas*, II (1735) 184; — *Obras Varias*, I (1856)183-190.

985. *Voto respondendo a uma consulta sobre o governo dos Indios do Maranhão.* Publ. na 1.ª ed. das *Cartas*, II (1735)174 ss.; — *Obras Varias*, I (1856)177-182.

986. *Informação a Sua Magestade sobre o sucedido no Maranhão em Fevereiro de 1684.* (Bibl. de Évora, cód. CXV/2-11, f. 77-80). Publ. por Melo Morais, IV (1860)199-241 (sem indicação de fonte); — S. L., *História*, IV (1943)73-82.

Escrita por Vieira na Junta que houve na Baía a seguir ao Motim do Maranhão, e levada pelo P. João Filipe Bettendorff a Lisboa.

987. *Memorial de 12 Propostas, que os P.^{es} Missionarios do Estado do Maranhão representam a S. Mag.^{de} para ser servido mandar ver e deferir-lhes, quando lhe pareça que elles voltem às Missões do dito Estado, de que ao presente foram expulsos da Cidade de S. Luiz do Maranhão.* (Bibl. de Évora, cód. CXV/2-11, f. 138-151). Publ. sem indicação de fonte, em Melo Morais, IV (1860)186-201.

A 20 de Julho de 1686 enviou o P. Alexandre de Gusmão, da Baía, uma grande Informação sobre as coisas do Maranhão, escrita pelo P. António Vieira, para o P. Geral e para El-Rei. O *Memorial de 12 Propostas* coincide com esta notícia, pelo tempo e assunto; com este fundamento o atribuimos a Vieira. (*História*, IV, 89, nota 3).

988. *Voto do P. António Vieira sobre as dúvidas dos moradores de S. Paulo acerca da administração dos Índios.* Baía, 12 de Julho de 1694. Publ. por Barros, *Vozes Saudosas* (1736)143-166 ("Voz Doutrinal"); — *Obras Varias* (1856)239-251; — S. L., *História*, VI (1945)330-341.

O exemplar do Colégio da Baía era acompanhado duma *Noticia Previa*, que Pedro Gonçalves Cordeiro Pereira ofereceu a 15 de Julho de 1755 a uma personalidade da Corte, e da qual publicamos um excerpto, *História*, VI, 342-343. Deste *Voto* do P. Vieira há cópias em diversos Arquivos.

B) Papéis relacionados com a pendência entre Vieira e a Inquisição.

989. *Razões apontadas à El-Rei D. João IV a favor dos Christãos novos, para se lhes haver de perdoar a confiscação de seus bens, que entrassem no commercio deste Reino.* Em *Obras Ineditas*, II (1856) 21-27.

990. *Proposta feita a El-Rei D. João IV em que se lhe representava o miseravel estado do Reino, e a necessidade que tinha de admitir os Judeus mercadores que andavam por diversas partes da Europa. Lisboa, 3 de Julho de 1643.* — *Obras Ineditas*, II (1856)29-47.

991. *Proposta que se fez ao Serenissimo Rei D. João IV a favor da gente da nação, pelo Padre Antonio Vieira sobre a mudança dos estylos do Santo officio e do fisco em 1646.* Em *Obras Ineditas*, II (1856)49-75.

992. *Esperanças de Portugal, Quinto Imperio do Mundo, primeira e segunda vida de El-Rei D. João o Quarto.* Escriptas por Gonsaliannes Bandarra, e commentadas pelo Padre Antonio Vieira da Companhia de Jesus, remettidas pelo dito ao Bispo do Japão, o Padre André Fernandes, Camutá do Rio das Amazonas, 29 de Abril de 1659 annos. — Publ. em *Obras Ineditas*, I (1856)83-131. Tirada dalgum traslado incorrecto e com omissões. Reproduzida do original, guardado no Processo da Inquisição de Coimbra, por Lúcio de Azevedo, *Cartas de Vieira*, I (Coimbra 1925)488-597.

Vieira mandou várias cópias. Escreveu a primeira, "dia de S. Pedro Mártir" (29 de Abril).

Cópias do séc. XVIII na BNL, f. antigo 775, f. 121; 798, f. 45; 1690 f. 43; 4460, f. 47; 6390, p. 679; Paris, *Fonds Portugais*, 55 ou 17 ? (doc. n. 1); Museu Britânico, Addit. n.º 20.934. (Cf. Tovar, *Catálogo dos manuscritos*, 111-112).

Gonçalo Anes Bandarra viveu no tempo de D. João III e foi contemporâneo de Nostradamus, o "Bandarra da Provença". As famosas "Trovas" do Bandarra foram impressas em Paris por D. João de Castro em 1603, seu primeiro comentador, e aplicadas por ele à vinda de D. Sebastião. Dá esta notícia Inocêncio que refuta assim a calúnia dos perseguidores do século XVIII, dando-as como forjadas pelos Jesuítas por ocasião da Restauração de 1640. E diz que a *Dedu-*

ção *Chronologica e Analytica* "leva a impudência ao ponto de affirmar em termos positivos que as trovas chamadas de Bandarra *foram compostas* pelo P. Antonio Vieira!" (*Dic. Bibl.*, III, 151). D. Fr. Fortunato de S. Boaventura já tinha refutado aquela falsidade em "O defensor dos Jesuitas", n.º 6, 4.º, Imprensa Regia (Lisboa 1831)21-22.

993. *Petição do Padre Antonio Vieira ao Inquisidor Geral.* Publ. sem data e com endereço ao "Tribunal do Santo Officio de Coimbra", *Obras Ineditas*, I (Lisboa 1856)61-81. Enviada para o Conselho Geral do Santo Ofício a 21 de Setembro de 1665. (Cf. nota de Lúcio de Azevedo em *Cartas de Vieira*, II, 259).

Cópias dos sec. XVII e XVIII na BNL, f. antigo 675, f. 86; 798, f. 246; 775, f. 42v; 819, f. 1; 829, f. 1; 1703, f. 1; 1465, f. 9; 1736, f. 41; 4460, f. 1; 5977, f. 109; 6390, f. 127; Paris, *Fonds Portugais*, 55, f. 31-35; trad. latina no Gesù, Colleg. 1569.

994. *Defeza do livro intitulado Quinto Imperio, que é a apologia do livro Clavis Prophetarum e respostas das proposições censuradas pelos senhores inquisidores; dada pelo Padre Antonio Vieira estando recluso nos carceres do Santo Officio de Coimbra.* Em *Obras Ineditas*, I (1856)1-59.

Muitas cópias pelos Arquivos, em geral com a precedente *Petição.*

995. *Historia do Futuro. Livro anteprimeyro prolegomeno a toda a Historia do Futuro, em que se declara o fim & se provaõ os fundamentos della. Materia, Verdade & Utilidades da Historia do Futuro. Escrito pelo Padre Antonio Vieyra da Companhia de Jesus, Prègador de S. Magestade.* [Vinheta: uma flor com o trigrama IHS]. Lisboa Occidental, Na Officina de Antonio Pedrozo Galram. Com todas as licenças necessarias. Anno de 1718. 4.º, XXXVI pp. (prels.) inumers. e 379 numrs. e uma em branco final; — *Historia do Futuro.* Lisboa, na Officina de Domingos Rodrigues, 1755. 4.º, XX pp. (prels.) inumrs. e 220 numrs.; — *Historia do Futuro*, Lisboa. Editores J. M. C. Seabra & T. Q. Antunes, 1855, 8.º, 181 pp.; — *Historia do Futuro*, Porto, 8.º (*Catálogo Azevedo-Samodães* (Porto 1922)739-740); — *Historia do Futuro*, S. Paulo, Edições e Publicações Brasil (Biblioteca de Autores Célebres) [1937], 8.º, 280 pp. De pág. 5 a 30 Prefacio de Afonso Bertagnoli.

Traduzida em castelhano (3 edições).

A *Historia do Futuro* foi escrita por Março de 1665, como se depreende do texto: 25 invernos e 24 primaveras depois do 1.º de Dezembro de 1640 (§ 89). A *Historia do Futuro*, tal como se apresenta, supõe obra mais vasta talvez perdida ou ainda não reconstituída até hoje.

996. *Historia do Futuro.* Inédito de António Vieira com uma nota explicativa por J. Lúcio de Azevedo. Coimbra, Imprensa da Universidade 1918. 8.º, 135 pp. Separata do "Boletim da Segunda Classe da Academia das Sciencias de Lisboa", vol. XII. — São fragmentos do 1.º e 2.º livro, apensos n.ᵒˢ 5 e 7 do Processo n.º 1664 da Inquisição de Coimbra (Torre do Tombo).

Dispersos pelo processo há outros fragmentos, que Lúcio de Azevedo não publicou, por não terem relação com estes capítulos.

Nesta parte da *Historia do Futuro*, escrita em 1665, Vieira trata únicamente do Reino de Cristo, e nele se lê mais de uma vez a fórmula: *Cristo Rei*. Tem conexão imediata com a *Clavis Prophetarum*, da qual, na mente do autor, faria parte integrante.

997. *Sobre a restauração de Angola e uma profecia do P. João de Almeida.* Entre os papéis do processo de Vieira na Inquisição. (Apendice 1.º, Torre do Tombo). Publ. por Lúcio de Azevedo, *Historia de A. V.*, I (1918)404-409.

Escrito de Vieira e fragmento talvez da *Historia do Futuro*.

998. *Plano da Historia do Futuro. Historia do Futuro Esperança de Portugal, Quinto Imperio do Mundo.* (Cópia na Bibl. Nac. de Lisboa, "Maquinações", tomo II, 89). Publ. por Lúcio de Azevedo em Apêndice à *Historia do Futuro* (Coimbra 1918)137-143.

O plano consta de 7 livros divididos em questões e perguntas (59), cada qual com o seu título e as respostas: afirmativa, negativa, problemática, e uma ou outra vez com alguma explicação. Diz-se no fim que destas questões e livros "consta o livro intitulado *Clavis Prophetarum*". — Da que se conhece hoje não consta. Mas a *Clavis Prophetarum* existente é obra do fim da vida; tem pontos comuns e talvez num dado momento da vida do autor se identificasse uma com outra no mesmo plano de elaboração.

999. *Defeitos do juizo, processo, e sentença na cauza do Padre Antonio Vieyra estando prezo na inquisição reprezentados ao Summo Pontifice Clemente X, pelo Geral da Companhia de que rezultou o Breve que o dito Summo Pontifice lhe concedeo em que izenta ao Padre Vieyra da jurisdiçam dos Inquisidores de Portugal.* (Torre do Tombo, "Obras manuscritas do Padre Antonio Vieira"). Publ. por António Baião, *Episódios Dramáticos da Inquisição Portuguesa*, I (Porto 1919)241-263; — Lúcio de Azevedo, *Historia de A. V.*, II (Porto 1921)340-345 (da B. N. de Lisboa, "Maquinações", III, 333), com outros documentos relativos ao Processo, não porém da autoria de Vieira.

Da "sentença" há muitas cópias nos Arquivos e anda publicada: "Sentença que no Tribunal do Santo Officio de Coimbra se leu ao Padre Antonio Vieira em 23 de Dezembro de 1667", *Obras Ineditas*, I (1856)133-173; e assim mesmo o *Breve*, de que também há muitas cópias pelos Arquivos: "Breve de Isenção das Inquisições de Portugal e mais Reinos, que alcançou em Roma a seu favor o Padre Antonio Vieira" (17 de Abril de 1675). Publ. parcialmente por André de Barros, *Vida* (1746)654-656; na íntegra, *Obras Ineditas*, I, 175-178.

1000. *Desengano Catholico sobre a causa da gente de nação hebrea feito pelo Padre Antonio Vieira*. [Escrito em Roma]. *Obras Ineditas*, I (1856)211-214.

Muitas cópias pelos arquivos.

C) POESIAS:

1001. *Epigrammata Duo Patris Antonii Vieira in morte D. D. Mariæ de Atayde*. Publicados a 1.ª vez no Sermão das Exequias da mesma Senhora, Lisboa, Officina Crasbeeckiana, 1650; — *Obras Ineditas*, III (1857)75.

1002. *Catharinæ Lusitanæ Britanicæ Reginæ Epithalamium*. — (Do cód. XII de *Varias Obras*, Academia das Ciências, p. 445). Em *Obras Ineditas*, III, 71-73.

1003. *Elegia latina ao P. Mestre Dr. Fr. Luiz de Sá*, Monge de Cister, Lente de Prima e Vice-Reitor da Universidade de Coimbra. Vila Franca [do Mondego], Agosto de 1664. — *Obras Varias*, II (1857)162-163.

1004. *14 Epigramas latinos ao Dr. Fr. Luiz de Sá*. Em *Obras Varias*, II, 163-166.

1005. *13 Epigramas latinos ao Dr. Fr. Luiz de Sá*. Em *Obras Ineditas*, III (1857)61-68.

Diferentes dos 14 anteriores. Estes epigramas, com outros, de outros autores da Companhia, então (Agosto de 1664) a passar as férias na Quinta de Vila Franca, arredores de Coimbra, estão no Tômo XII de *Varias Obras* da Col. da Academia das Ciências de Lisboa, com uma "Introdução para intelligencia das ditas obras que fez o Reverendissimo Padre Mestre Frey Luiz de Sá, Religioso de S. Bernardo". Está também a Carta de Vieira ao mesmo, de 15 de Agosto de 1664, remetendo os versos, publ. na 1.ª ed. das *Cartas* (com parte dos versos) e em *Cartas* (1926) 76-77. No códice da Academia, além do P. Vieira, vem como autor de outros epigramas o P. Manuel de Magalhães e muitos não trazem expressos os nomes dos autores. (*Cat. da Exposição Bibl.*, 75-77).

1006. *Epitáfio latino de D. João IV.* Publ. em *Vozes Saudosas* (1748)305. Feito em 1678 e inserto na Carta a Duarte Ribeiro de Macedo (*Cartas*, III (1928)322).

Não agradou aos áulicos, diz Vieira, *ib.*, 333.

1007. *Dois dísticos latinos para o túmulo de D. João IV* [alusivo ao atentado contra El-Rei no dia de Corpus]. — *Cartas de Vieira*, III (1928)323.

1008. *Dois dísticos latinos para a pedra que cobre o coração do Marquês de Marialva.* Em *Cartas de Vieira*, III (1928)323.

1009. *6 dísticos latinos à abstinência com que Sua Alteza* [D. Pedro II] *venceu a febre* [1679]. Publ. por Lúcio de Azevedo, *Cartas de Vieira*, III (1928)387.

1010. *Pyxis, seu Cortex Eucharisticus.* Pyxidem Eucharisticam è suberis cortice miro artificio fabrefactam, & sculpturæ artis legibus ingeniosissime inventam, conditamque à Patre Sebastiano de Novaes Societatis Jesu, canebat modulatissime, merum fundens ab ore melos, P. Antonius Vieira, ut in divinis, sic in humanioribus litteris apprime excultus. Publ. por António Maria Bonucci, *Ephemerides Eucharisticæ;* — *Vozes Saudosas*, 207-213; — *Obras Varias*, II, 145-148.

Em verso heróico (135 hexâmetros). Começa por perguntar à musa para onde o leva de novo: "Extinctos iterum, juvenes, quos lusimus ignes"... Donde se infere que cultivou a poesia na juventude. André de Barros viu três exemplares desta, da letra de Vieira, todos com variantes. Andam diversas cópias pelos Arquivos.

1011. *Quarteto e Decimas em espanhol à Infanta D. Isabel filha de El-Rei Dom Pedro II. Na occasião em que matou um javali em Salvaterra.* — Publ. em *Voz Sagrada*, 62; — *Obras Ineditas*, III (1857)77-78.

O facto sucedeu a 4 de Março de 1685, e foi muito celebrado fora e dentro da Companhia. Bettendorff escreveu a este assunto o aplauso latino que inseriu na sua *Crónica*, 419-420. Vieira estava então na Baía; e a esse tempo escreveu outras cousas em espanhol. (Cópia na B. N. de Lisboa, Col. Pomb., 130, f. 10, e no Tômo XII de *Obras Varias* da Acad. das Ciências, p. 459). E também na Baía, Manuel Botelho de Oliveira escreveu um Soneto "A morte felicissima de um javali pelo tiro que nelle fez uma Infanta de Portugal". *Música do Parnasso*, ed. da Acad. Brasileira (1929)119.

1012. *4 epigramas latinos a diversos assuntos.* Em *Obras Ineditas*, III(1857)75-76.

1013. *Soneto em resposta a outro do seu irmão Bernardo Vieira Ravasco pelos mesmos consoantes.* Ambos os sonetos, *Obras Ineditas*, III (1857)79-80. Publ. primeiro em *Voz Sagrada*, 59.

Há diversas cópias pelos Arquivos.

1014. *Epitáfio à Fé.* Em português. Publ. por André de Barros, *Vida*, 556-558.

Em *Voz Sagrada* (1748)57-58 ("Voz Métrica") há versos de Vieira em latim, português e espanhol, sem discriminação bastante dos que são seus e dos que são alheios. O epigrama "Venit ad Euphraten", aí atribuido a Vieira, lê-se como do P. José de Seixas, em Manuel Bernardes, *Nova Floresta* (Porto 1911)47.

D) Outros Papéis:

1015. *Parecer sobre o modo de se fazer a guerra a Castela*, dirigido ao *Secretario de Estado*, [Lisboa] Colégio, 4 de... de 1644. (Anda pelos Arquivos. Só na Bibl. de Évora há 4 cópias, Rivara, III, 237). Publ. nas primeiras edições das *Cartas* (1735, 1854).

Excluído por Lúcio de Azevedo, da sua colectânea, por o não considerar *carta*. Em *Cartas do P. António Vieira* (ed. de Mário Gonçalves Viana (Porto, s. a.)167-177.

1016. *Censura P. Antonii Vieyra Societatis Jesu Concionatoris Regii in Opere P. Didaci Lopes Societatis ejusdem, nimirum: "Harmonia Scripturæ Divinæ": Regio jussu anno 1645.* In Regio Collegio D. Antonii, 2 die Augusti 1645. *Sermoens*, XIV (1710)286-288; — *Obras Varias*, I (1856)253-254.

1017. *Parecer do Padre Antonio Vieyra da Companhia de Jezus sobre se restaurar Pernambuco, e se comprar aos Holandezes. Anno de 1647.* Lisboa, 14 de Março de 1647. (Cinco cópias só na Bibl. de Évora, Rivara, I, 40). Publ. em *Cartas do Padre Antonio Vieyra a Duarte Ribeiro de Macedo* (1827)327-354; — *Obras Varias*, I (1856) 159-176; — *Rev. do Inst. Hist. e Geogr. Bras.*, LVI, 1.ª P., 85-102.

1018. *Discurso politico do P. Antonio Vieira da Companhia de Jesus, chamado vulgarmente o "Papel Forte", em que persuade a entrega de Pernambuco aos Holandezes, respondendo ao papel que a meza da Consciencia fez, por mandado do Sr. Rey D. João o 4.º sobre se havia ou não entregar Pernambuco, e como se havia de defender o Reino da Monarquia de Castella e Hollanda.* (BNL, f. ant., 5977, f.

66. ("Varias Obras", e outras cópias, *Cat. da Expos. Bibl.* Há diversas cópias na Bibl. de Évora (Rivara, I, 41); e na do Porto, cód. 543, f. 55v-127). Publ. em *Obras Ineditas,* III (1857)5-59; *Rev. do Inst. Hist. e Geogr. Bras.,* LVI, 1.ª P., 5-56.

O "Papel Forte" foi escrito por Vieira, por Ordem Régia de 21 de Outubro de 1648, e, portanto, pouco depois. Contém uma excelente descrição dos Domínios Portugueses na América, África e Ásia. No *fim,* Vieira reserva para "tempo mais oportuno" a tomada de Pernambuco e tudo o mais que os Holandeses "injustamente possuem nas nossas conquistas". (Cf. S. L., *História,* V, 410).

1019. *Lágrimas de Heráclito defendidas em Roma pelo Padre Antonio Vieira.* Discurso Academico proferido em 1674 no Palacio da Rainha de Suecia Cristina Alexandra [...] "em lingua Italiana, que depois se traduzio na Hespanhola, & agora na Portugueza, tirada do original Italiano por Dom Francisco Xavier Joseph de Menezes, Conde da Ericeyra, do Conselho de S. Magestade, Sargento General de batalha dos seus exercitos, & Deputado da Junta dos tres Estados". *Sermoens,* XIV (Lisboa 1710)211-224; — *Problema que o sempre memoravel Padre Antonio Vieira da esclarecida Companhia de Jesus recitou em huma Academia em Roma, em que foy generoso assumpto: Se o mundo he mais digno de rizo, ou de pranto; e assim quem acertava melhor, Democrito, que ria sempre, ou Heraclito que sempre chorava.* Lisboa, s. d., 4.º, 16 pp.; — *Voz Sagrada* (1748)204 (aliás 104-133 (em italiano e português), com o discurso do P. Jerónimo Catáneo sobre Demócrito, também nas duas línguas, pp. 74-103) — *Obras Varias,* II (Lisboa 1857)149-160; e nas edições completas dos *Sermões.*

Diferentes edições em italiano e espanhol.

1020. *Aprovaçam, e censura, que o Padre Antonio Vieyra fez por ordem de Sua Alteza à Terceyra Parte da Historia de S. Domingos da Provincia de Portugal, reformada pelo P. Frey Luis de Sousa.* Neste Collegio de Santo Antão da Companhia de Jesu em 28 de Setembro de 1677. Em *Sermoens,* XIV (1710)289-292; — *Obras Varias,* I (1856)225-228.

1021. *Memorial feito ao Principe regente Dom Pedro II pelo Padre Antonio Vieira sobre os seus serviços, e os de seu irmão juntamente.* Em *Voz Sagrada* (1748)24-32; — *Obras Ineditas,* III (1857) 81-87;—*Rev. do Inst. Hist. e Geogr. Bras.,* XXIII, 424-430 com o título: "Memoria das mercês que se não fizeram, e das que se desfizeram a Bernardo Vieira Ravasco, irmão do Padre Antonio Vieira, secretario do Estado do Brasil".

As "mercês que se não fizeram" são 38 anos de serviços diplomáticos e políticos de Vieira, que ele próprio sumàriamente aponta. Valor autobiográfico. — Anda pelos Arquivos com ambos aqueles títulos.

1022. *Papel em resposta ao Principe D. Pedro pelo qual consta o que elle lhe ordenara* (o casamento da princesa Isabel com o filho do Grão Duque da Toscana). Incompleto. Na 1.ª ed. das *Cartas*, III (1746) 238; — *Obras Varias* (1856) 193-200.

Neste papel dão-se as vantagens do casamento. No fim, diz Vieira que vai dar as razões de dúvida, mas faltam aí. Seguem-se em *Obras Varias*, I, 201--206: "Parecer do Padre Antonio Vieira sobre o casamento da Serenissima Princeza D. Izabel filha d'El-Rei D. Pedro II de Portugal". "Parte totalmente contrária" à primeira (o papel anterior) e nela prometida. Vieira serviu-se aqui do método de S. Inácio para as resoluções importantes, pondo num papel as "vantagens", noutro as "desvantagens", para mais clareza da decisão final. O mesmo processo de informação usado antes com Pernambuco, ocupado pelos Holandeses, quer para a compra, quer para a entrega.

1023. *Memorial para sua Alteza a favor de um sobrinho, filho de Bernardo Vieira Ravasco*. Na 1.ª ed. das *Cartas*, II (1935)264; — *Obras Varias*, I (1856)191.

1024. *Memorial que fez o Padre Antonio Vieira, recommendando a Pedro de Teve Barreto*. Na 1.ª ed. das *Cartas*, III (1746)451; — *Obras Varias*, I (1856)222.

1025. *Via Sacra por outra via, mais breve, mais facil, mais segura, mais util*. Publ. por Barros em *Sermoens*, XV (2.º de "Vozes Saudosas", 1748)343-407; — *Obras Varias*, II (1857)99-144.

Não é "Via Sacra", mas um parecer contrário de Vieira sobre um livro deste título. Parecer incompleto.

1026. *Parecer sobre a distinção que se deve admittir entre as Tres Divinas Pessoas*. Publ. na 1.ª ed. das *Cartas*, III (1746)446-450; — *Obras Varias*, I (1856)207-209.

1027. *Voz de Deos ao Mundo, a Portugal, & à Bahia. Juizo do Cometa, que nella foi visto em 27 de Outubro de 1695. & continua atè hoje 9. de Novembro do mesmo anno*. Em *Sermoens*, XIV (1710) 225-265; — *Obras Varias*, II (1857)17-53.

E) Papéis duvidosos:

1028. *Dialogus de octo Orationis Partibus a P. Antonio Vieira, Societatis Jesu, olim Rhetorices Magistri in Collegio Parnambucensi.* Em *Voz Sagrada* (1748)33-50. São *5 actos:* em latim; de vez em quando alguma frase em português. O V acto em português [dos alunos menores]. Estilo joco-sério.

1029. *Quærimoniæ pro discessu a Scholis Paranambucensis Licaei ad primarios Rhetoricæ candidatos.* Em *Voz Sagrada* (1748)51-57. Prosa e verso: Latim e português; os *versos* em português (formosíssimos); também parte da prosa em português.

Excluiríamos aquele *Dialogus* e estas *Quærimoniæ* das obras de Vieira, se não constasse que deixou à sua morte vários papéis da juventude (*prima ætate*). — Ver adiante, Secção V, *Inéditos*, letra Y.

1030. *Sonetos varios em "Voz Sagrada"* (*1748*).

Destes sonetos só consta com certeza ser de Vieira o dirigido a seu irmão, mencionado supra, n.º 1013.

1031. *Papel que fez o Padre Antonio Vieira em que mostra não se dever admititir o Breve que por via da Inquisição de Lisboa se impetrou de Sua Santidade, para se annullar o alvará que o Senhor Rei D. João IV tinha feito á gente de nação em que lhe remittia os bens, que depois de sentenciados, e executadas as causas, pertenciam ao seu real fisco, pelo contracto ajustado.* Em *Obras Ineditas*, I (1856)215-245.

No Gesù, 721, há um "Tratado sobre o contrato da bolça e compra do Brasil que sua Magestade del Rei de Portugal D. Joan o 4 fez com os mercadores do Reino". O fim principal deste "Tratado" que supomos inédito, é mostrar ser legítimo, nem ir contra os cânones e breves pontifícios, a pesar de se fazer com dinheiro dos judeus; e ao mesmo tempo assegurar aos mesmos judeus o dinheiro, sem risco de confiscações. Tem o mesmo objecto que o "Papel", mas com exposição diferente. Feito já depois da tomada do Recife (1654). Publicamos um trecho em *História*, V, 401, e dissemos que pelos adjuntos e exame intrínseco parecia de Vieira. Não é da letra dele. Nesta dúvida o anotamos aqui, aproximando-o do *Papel*, de que também há dúvida se é de Vieira ou não. Na lista que faz do Tômo I das *Obras Ineditas*, Lúcio de Azevedo não menciona o *Papel*, englobando-o entre os "incertos ou erradamente atribuídos a Vieira". (*História de A. V.*, II, 386).

1032. *Papel que fez o Padre Antonio Vieyra para se ler a ElRey D. Affonso VI na sua menoridade, na prezença dos Tribunaes do Reyno, por mandado da Raynha Mãy a Senhora D. Luiza de Gusmão.*

Publ. em *Cartas do Padre Antonio Vieira a Duarte Ribeiro de Macedo* (Lisboa 1827) 321-326.

D. Fernando Correia de Lacerda (Bispo do Porto) na sua *Catástrofe de Portugal* (apologia do Príncipe D. Pedro) diz que esta representação é "enganosamente" atribuida a Vieira (pg. 89). Mas era crença geral que ele a escreveu e foi um dos motivos para ser desterrado da Corte alguns dias depois, quando prevaleceu o partido do Conde de Castelo Melhor, e D. Afonso VI tomou o poder. — Deste "Papel", "representação" ou "parecer", andam cópias em diversos Arquivos portugueses e no British Museum (Figanière, p. 297).

1033. *Discurso em que se prova a vinda do Senhor Rei D. Sebastião.* Publ. em *Obras Ineditas*, II (Lisboa 1856)183-242.

Dá-o Lúcio de Azevedo como inautêntico por ser sebastianista no sentido primitivo. (*Hist. de A. V.*, II, 2.ª). Mas descreve-se, à raiz da morte de Vieira, entre as suas obras com este título: "Fasciculus prophetiarum quorundam sanctorum, aliorumque Authorum circa futura tempora". (Cf. infra, *Inéditos*, Rol., letra K), descrição que corresponde ao conteúdo do *Discurso impresso*. Escrito depois de 1647, ano em que Baltasar Teles, citado no *Discurso*, publicou a 2.ª Parte da sua "Chronica". Mas podia-o ter Vieira como instrumento de trabalho. Damo-lo como duvidoso até esclarecimento mais cabal. Em todo o caso, o estilo é de Vieira; e faz parte deste discurso a "Descripção de Lisboa" (p.234-236), que Barbosa Machado inclui entre os inéditos de Vieira, e anda também impresso no 2.º Tômo das *Cartas*, 388-389, na edição da Empresa Literária Fluminense (1885).

1034. *Papel que fez o Padre Antonio Vieira estando em Roma, a favor dos Christãos novos no tempo em que o Principe Regente D. Pedro tinha mandado publicar uma lei de varios castigos contra elles, movido do roubo que se fez ao Sacramento da Parochia de Odivellas, o qual se deu ao Principe, sem nome em 1671.* Em *Obras Ineditas*, II (1856)77-103.

1035. *Memorial a favor da gente da nação hebrea sobre o recurso que intentava ter em Roma feito pelo Padre Antonio Vieira, e exposto ao Serenissimo Senhor Principe D. Pedro Regente deste Reino de Portugal.* Em *Obras Ineditas*, II (1856)5-19.

1036. *Rhetorica Sagrada ou Arte de Pregar Novamente descoberta entre outros fragmentos Literarios do Grande P. Antonio Vieira da Companhia de Jesus Dedicada ao muito Reverendo Senhor Doutor Jozé Caldeyra, Presbitero do habito de S. Pedro*... (mais 5 linhas dos seus títulos) *e dada á luz para utilidade do Tyrocinio dos Pregadores por Guilherme Jozé de Carvalho Bandeira Notario Apostolico, e Tabaliaõ publico de Sua Santidade.* [Vinheta]. Lisboa. Na Officina de Luiz José Corrêa Lemos. Anno do Senhor M.DCCXLV. Com todas as licenças necessárias. 8.º gr., XX inumrs. - 37 pp. numrs.

Nos Prelims. : Licenças e poesias [nenhuma de Padres da Companhia]. D. José Barbosa (Licença do Ordinario) escreve: "Se o verdadeiro Autor desta obra he o Padre Antonio Vieira, nem o que a publica, nem eu sabemos infallivelmente que he sua; mas tambem naõ duvido que o seja, attendendo à sua excellencia, e clareza; porque o Padre Antonio Vieira fugindo sempre do estilo tenebrozo, confuzo, e implexo, tudo disse taõ elevada, e taõ claramente, que entre os dotes, que o fizeraõ singular, pode ser problema, se este he o mayor".

Se existe não veio ao nosso conhecimento qualquer estudo que decida definitivamente a autoria desta obra. Barbosa Machado não a menciona entre os inéditos de Vieira (1741) nem depois no *Suplemento* (1759). Em vez dela traz, entre os inéditos (1741), *Pregador e Ouvinte Cristão*, com esta nota: "Desta obra faz menção no Prologo do 1 Tom. dos seus Sermoens". Ora, as palavras de Vieira são: "Se chegar a receber a ultima forma um livro que tenho ideado com titulo de Pregador e Ouuinte Christão, nelle verás as regras, naõ sey se da *arte*, se do genio que me guiàraõ por este nouo caminho". Aproximamos esta Arte de Pregar de Vieira, a que faltava a última forma, da *Arte*, que anda publicada, deixando a questão em aberto.

1037. *Noticias Reconditas do modo de proceder a Inquisição com os seus presos.* Informação que ao Pontifice Clemente X deu o Padre Antonio Vieira, a qual o dito Papa lhe mandou fazer, estando elle em Roma, na occasião da causa dos Christãos novos com o Santo Officio para a mudança dos seus estylos de processar; em que por esse motivo esteve suspensa a Inquisição por sete annos, desde 1674 até 1681. — *Obras Varias*, I (1857)5-81.

Saiu primeiro em espanhol, impresso em Londres em 1720 pelo Rabino de origem portuguesa David Neto. Tanto a 1.ª impressão (1720), como a 2.ª (1722), ambas de Londres, trazem o local supositício de impresso em Villa Franca. Teve ainda 3.ª ed. e fala-se de uma 4.ª em Veneza, já com o nome de P. Vieira, e ainda em antigas colectâneas manuscritas de Vieira. A 4.ª ou 5.ª ed. de *Obras Varias* tem o título acima descrito. Augusto da Silva Carvalho reproduz em fac-símile o rosto das duas primeiras edições, *As diferentes edições das "Noticias Reconditas da Inquisição"* em "Anais das Bibliotecas e Arquivos", XVII (Lisboa 1944)69-74. Cf. Id., *Dois Processos da Inquisição interessantes para a historia da Propaganda contra este Tribunal* em "Anais da Academia Portuguesa da História", IX (1944) 87-91. Lúcio de Azevedo supõe que o autor fosse o antigo notário da Inquisição Pedro Lupina Freire, que esteve em Roma com Vieira e a quem Vieira se refere como muito útil pelas coisas interiores da Inquisição que sabia. Mas a linguagem lembra pouco a que Lupina deixou nos cartórios, e parece-se mais com a de Vieira. É possível que fosse escrito, por indicação, colaboração e correcção de Vieira (Lúcio de Azevedo, *Alguns escritos ... de Vieira*, p. 540; *História de A. V.*, II (2.ª)168-169). Tanto a possível colaboração e correcção de Vieira, como o facto de se guardar no Gesù no *Livro do P. Vieira* (Processo), fazem que este escrito se mencione de alguma forma na bibliografia de Vieira, e não se relegue para os *espúrios*. O *Livro do P. Vieira*, quando o consultámos (1933), tinha na lombada esta cota: *Ms. 72*.

F) Papéis espúrios:

> Obras que andam em nome de Vieira ou nas suas obras e bibliografias sem ser dele. Em vez de simplesmente se omitirem; parece útil, tratando-se de autor como Vieira, mencionarem-se, para constar com clareza a sua inautenticidade e se expurgarem das bibliografias e futuras edições.

Parecer mandado de França a El-Rei sobre as disposições da guerra com Castela. Publ. em *Voz Sagrada* (1748). O autor do *Parecer* diz que assiste em França há muitos anos e alude ao cerco de Badajoz, levantado em 1658. Nesta época, Vieira andava nas Missões do Maranhão e Pará.

Carta Politica escripta ao Conde de Castello Melhor grande valido de El-Rei D. Affonso VI. Obras Ineditas, II (1856)105-181. Não é de Vieira. Tem tido várias atribuições. A que parece mais certa é a de Fr. Francisco do Santíssimo Sacramento, Carmelita. Cf. Cabral, *Vieira-Pregador*, II, 323.

Reflexões sobre o papel intitulado Noticias Reconditas do modo de proceder do Santo Officio com os seus presos pelo P. Antonio Vieira. Em *Obras Ineditas*, I, 179-210. Não é de Vieira, porque o Autor, quem quer que seja, diz que fora de Espanha "para Roma da idade de vinte anos" e lá vivia das suas rendas (n.º 40, (p. 189), n.º 46 (p. 191), circunstâncias que se não verificam em Vieira.

Memorial proclamatorio ao Summo Pontifice Innocencio XI a favor da gente de nação, na occasião em que conseguiram Breve para se avocarem a Roma certos processos do Santo Officio que se duvidavam remetter. Em *Obras Ineditas*, III, (1857) 89-95.

Resposta demonstrativa, probativa e convincente do Padre Antonio Vieira á carta de um chamado amigo, que lhe impugnava em um papel que lhe mandou, as fundamentadas razões de não ser possivel à Inquisição alcançar o verdadeiro conhecimento dos christãos novos, pela forma que processava. E como por sucessos naturais alli podiam padecer muitas pessoas innocentes. E que por isso era util a mudança dos estylos. E isto na occasião da causa, que os christãos novos puzeram em Roma contra o mesmo Santo Officio que por esse motivo esteve muitos annos fechado. Em *Obras Varias*, I (1857)83-105. Este e o papel anterior já desde o século XVIII se davam por duvidosos. (Cód. 1172 da Torre do Tombo. Cf. Lúcio de Azevedo, *Alguns escritos apócrifos*, p. 541).

Carta a um Religioso Portuguez. Em *Obras Ineditas*, III (1857)137-163.

Memoria escrita em nome dos rusticos habitadores da Serra da Estrela, para ser apresentada a El rei D. Pedro II, quando se pretendiam convocar cortes para estabelecer um novo tributo. Publ. nos n.ᵒˢ de Janeiro 1816 do *Correio Brasiliense*. Leva também o título de: "Papel politico a El-Rey D. Pedro II, na occasião que se convocaraõ as cortes pera se lançar um tributo nos povos que servisse de Dezempenhar o Reyno escrito em nome dos Rusticos da Serra da Estrella". *Obras Varias*, II, 5-15. (Só na Bibl. de Évora há 4 cópias, Rivara, II, 244). — "Nenhum motivo encontro para crer seja de Vieira", Lúcio de Azevedo, *Alguns escritos apócrifos*, 541.

Arte de Furtar. Publicada cerca de 1743 com a data fingida de 1652. Nela se dizia "Composta pelo Padre Antonio Vieyra, zeloso da Patria". Apareceu logo uma *Carta Apologetica* (Lisboa 1744) e *Vieira Defendido, Dialogo Apologetico* (Lisboa 1746), dissertações escritas "por um zeloso da illustre memoria deste grande escriptor", em que o autor de ambas estas memórias, Francisco José Freire, ("Cândido Lusitano") assentou que Vieira não podia ser o autor da obra a "Arte de Furtar". Tem tido muitas edições e sido objecto de controvérsias sobre outros possíveis autores, em que preponderam ùltimamente D. António de Sousa de Macedo e D. Francisco Manuel de Melo, alunos ilustres dos Jesuítas. Uma terceira posição, esta documentar, é a que resulta do testemunho coevo, conservado em Roma, e que publicou em 1941 o P. Francisco Rodrigues, no qual se declara, por palavras expressas, autor da "Arte de Furtar", o P. Manuel da Costa, da Província de Portugal.

A *Cronica de D. João IV*, que Sommervogel (VIII, 684, letras NNN, *oo*) diz ter-se descoberto na Bibl. da Ajuda e ser do P. Vieira, não é dele, mas de Fr. Rafael de Jesus. (Cf. Luiz Gonzaga Cabral, *Vieira-Pregador*, II (Porto 1901)321).

Obras posthumas. S. Luiz do Maranhão, 1864-1865. 8.º, V. vol. Indicação de Sommervogel, VIII, 675, n.º 35. Trata-se, não de *obras* de Vieira, mas da 1.ª edição das de João Francisco Lisboa. O 4.º vol. é uma *Vida* de Vieira. Alguma referência a esta *Vida* deve ter originado a confusão de Sommervogel ou outro autor donde ele tirasse a informação.

Rivière, n.º 5452, citando o *ms.* de Caballero, inclui entre as obras de Vieira a *Catástrofe de Portugal* e *Récit des malheurs d'Alphonse VI de Portugal*. O autor da *Catástrofe* é D. Fernando Correia de Lacerda, Bispo do Porto; quanto ao *Récit* deve tratar-se dalgum equívoco semelhante.

IV Secção — TRADUÇÕES:

a) ALEMÃO:

Hundertjährige Trost-Rede aus Brasilien für die schweigende Gesellschaft Jesu in Europa, oder Rede des ehrwürdigen Vatters Antonius Viejra berühmten Jesuiten der brasilianischen Provinz, und Apostels in Maragnan, am Feste der Erscheinung des Herrn in der königlichen Capelle zu Lisabon im Jahre 1662 an die königliche Frau Mutter, und bey annoch minderjährigem des jungen Königs Alter Regentin, in beyder Magestäten allerhöchster Gegenwart gehalten, Nachdem ermeldter aposto-

lische Vatter mit allen seines Ordensbrüdern von dem wütenden Volcke der Portugesen im Jahre 1661 aus den maragnanischen Missionen vertrieben worden, und er samt andern apostolischen Exulanten in der Hauptstadt Lisabon angekommen ist. Ins Deutsche übersetzt durch Gosswin Theodor Von Dille. Augsburg, in Verlag der Gebrüdern Wagner, 1762, 4.º, 60 pp. — Ver supra n.º 115; — *Zwote Hundertjährige ... Brasilien Für die ... Europa, oder Zwote Rede Des ehrwürdigen ... Berühmten... in Maragnan In der Stadt des heiligen Ludwigs der Maragnanischen Insul Drey Tage vor seiner geheimen Ab-und Zurück-Reise nach dem Portugiesischen Königlichen Hof gehalten 1654. Im Deutsche...* Ibid., id., 1763, 4.º, 41 pp. ["Sermão aos Peixes" ou "Sermão das Verdades"].

Antonio Vieira, des Apostels Brasiliens Predigten. Zum erstenmal aus dem portugies. Original überzetzt von Frz. Jos. Schermer. Weissemburg a. S. ou Regensburg. Manz, 1840 ss. 8.º, 1 vol. Adventspredigten; 2-4 Fastenpredigten. — Faz parte da *Bibliothek der vorzüglichsten kathol. Kanzelredner des Auslandes.* Herausgegeben von einen Vereine Kathol. Geistlichen.

Predigten von Anton Vieira, (aus der Gesellschaft Jesu) des Apostels Brasiliens. Zum erstenmal aus dem Portugiesischen Original übersezt von Dr. Franz Joseph Schermer. Regensburg, Verlag von G. Joseph Manz. — T. 3, 1846, pp., XXIV-420; — T. 4, 1849, IV-426; T. 5, 1853, pp XXX-1487.

Sämmtliche Werke des Antonio Vieira (aus der Geselschaft Jesu) des Apostels von Brasilien. Zum erstenmal aus dem portugiesischen Original übersetzt von Franz Joseph Schermer Doktor der Theologie und der Philosophie. Sechster Band Schluss der Fastenpredigten nebst den Sontagspredigten und der predigt auf die Werke der Barmherzigkeit. Regensburg, Verlag von Georg Joseph Manz, 8.º, pp. VIII-438, etc., ao todo 10 vols. O último saiu em 1863. 11.º vol., 1865, pp. XXXVI-502; — Ib., id., 1871-77, 13 vols., 8.º

Ausgewählte Reden auf die Festage unserer Lieben Frau. Deutsch von Rector Franz Kaulen. Paderborn, Schöningh, 1856, 8.º, VII-258 pp.

b) CROATA:

P. Ant. Vieira Pet Kamenov prache Davidove, ztolnacheni vu peterem prodecktvu, iz Latinzkoga na Horvatzki Jezik presheneni po G. Juraju Ressu C. Z. Vu Zagrebu, stamp. pri Fer. Xav. Zerauscheg, 1764, 4.º, 237 pp. (Safarik, II, 364).

Na Bib. de S. Petersburgo, em ms., "Conciones quinque, albo piec Kamieni procy Dawidowej, Fs. 27". (Em que língua eslava ?).

c) Espanhol:

Aprovechar deleytando. Nveva idea de pvlpito christiano politica, delineada en cinco sermones varios, y otros discursos predicados por el Rev.^{mo} Padre Antonio Vieyra... Zaragoça, Iuan de Ibar en la Calle de la Cuchilleria. Año 1661, 8.º, 166 pp. [Vieira não se refere a esta edição, que se deve computar entre as feitas "sem consentimento seu"].

Sermones varios del Padre Antonio de Vieyra, de la Compañia de Jesus. Nuevamente acrecentados con dos Sermones del mismo Autor. Y dos tablas, una de los lugares de la Sagrada Escritura, y otra de los Assumptos, y cosas notables. Dedicados al muy Reverendo Padre Alonso de Pantoja, de la Sagrada, Ilustre, y Docta Religion de la Compañia de Jesus, Procurador que fue por su Provincia de Nuevo Reyno de las Indias, a la Congregacion general, que se celebrò en la Corte Romana, oy Rector meritissimo de su Religiosissimo Colegio de Quito, y Calificador de la Santa Inquisicion. Con Privilegio de Castilla, y Aragon, En Madrid, por Joseph Fernandez de Buendia, Año 1664. A costa de Lorenço de Ibarra, Mercader de Libros. Vendese en su casa en la calle de Toledo, en la esquina del Colegio de la Compañia de Jesus, 4.º, 4 ff. - 214 pp. (Aprovação: Madrid, 1662 e 1663).

Sermones varios del Padre Antonio de Vieyra, de la Compañia de Jesus, con *XXII Sermones Nuevos.* Y tres tablas, una de Sermones, otra de Lugares de la Sagrada Escritura, y otra de los Assumptos, y cosas mas notables. *Parte segunda.* Dedicados al Reverendissimo Padre Fray Nicolas de Colmenares, Provincial que fue de la gravissima Provincia de Castilla Y Vicario general en los nuevos Reynos del Peru de la Sagrada, Real, y Militar Orden de Nuestra Señora de la Merced, Redempcion de Cautivos. Con Privilegio de Castilla Y Aragon. En Madrid, por Joseph Fernandez de Buendia, Año 1664. A costa ... 4.º, 12 ff., - 387 pp.; — (outro volume) Madrid, por Paulo de Val, 1678, 4.º

Sermon de las Llagas de S. Francisco que predicò el R. P. Antonio de Vieyra, de la Compañia de Jesus, Predicador de su Alteza. En el octavario de la misma Festividad, en la Iglesia de la misma Invocacion, en Roma, el año passado de 1672. Año 1673. Con todas las licencias necessarias, 4.º, 12 ff.

Sermon de San Ignacio de Loyola [1669]. Traduzido por um Religioso das Mercês, s. l., 1673, 4.º; — Valencia, por Nicolao Droget, 1680, 4.º; — trad. do Herm. Lorenzo Ortiz, Cadis, por Francisco de Requena, 1687, 4.º (Sommervogel, VIII, 656; V, 1965).

Las Cinco Piedras de la Honda de David en cinco Discursos Morales, predicados en Roma a la Reyna de Suecia, Christina Alexandra, en lengua Italiana, por el Reverendissimo Padre Antonio Viera, de la Compañia de Iesus, Predicador de la misma Magestad en Roma, y traducidas en lengva Castellana por el mismo Autor. Con Privilegio: En Madrid por Ioseph Fernandez de Buendia, en la Imprenta Imperial, Año de 1676, 4.º, XVIII-125 pp.; — Madrid, 1678, 4.º; — *Las Cinco Piedras...* de Jesu, natural de Lisboa, Pregador de la Magestad del-Rey D. Pedro II nuestro Señor, y traducidos en lengua Castellana por el mismo Author. Lisboa en la Officina de Miguel Deslandes, Año de 1695. 4.º, 125 pp.

Las cinco Piedras de la Honda de David en cinco Discursos Morales predicados a la Serenissima Reyna de Suecia, Christina Alexandra, en Lengua Italiana. Por el Reverendissimo Padre Antonio de Viera, da la Compañia de Jesus. Predicador de la misma Magestad en Roma. Traducidos en Lengua Castellana por el mismo Autor, en que esta impression ultima van añadidos siete Sermones. Los cinco de la Honda de David: uno de las Llagas de San Francisco; y otro del Venerable Estanislao, de la misma Compañia, Dedicados al Illustrissimo Señor D. Francisco de Aguiar y Seyxas, Obispo de Mechoacan, del Consejo de su Magestad, En Madrid, por Antonio Gonzalez de Reyes, a costa de Gabriel de Leon, 1678, 4.º, 124 pp.

Sermon de las Llagas de San Francisco que predico en lingua Italiana el Padre Antonio de Vieyra de la Compañia de Jesus, en la Cofadria de las Llagas de Ciudad de Roma, 56 pp. Na p. 27, o seguinte: *Sermon dicho en la solennidad del Beato Stanislao Kostka della Compañia de Jesus.* Com o Sermon do Juízo e outros diversos sermões. 233 pp.; No fim: En Madrid por Antonio Gonzalez de Reies. Año MDCLXXVII.

Os "Cinco Sermoens das Pedras de David", "depois de traduzidos em Castellano", foram "impressos em Madrid, Çaragoça, Valença, Barcelona & Flandres," antes de 1679, que é a data do 1.º Tômo dos "Sermoens", em cujos Preliminares o diz Vieira; até que ele próprio os traduziu.

Platica, que predico en la iglesia de S. Andres de Montecavalo, en Roma, a treze de Noviembre, dia del B. Stanislao Kostka de la Compañia de Jesus, El P. Antonio de Vieira, professo de la misma Compañia. Tradvcido fielmente de italiano en español por vno de la Compañia de Jesvs. En Sevilla en casa de Iuan Cabeças. A Costa de Iuan Saluador Perez, y se vende en su casa en Calle de Genoua, s. a., 4.º, 27 pp.

Sermones varios del Padre Antonio de Vieira de la Compañia de Jesus Con XXII sermones nuevos, y tres Tablas una de Sermones otra de Lugares de la Sagrada Escritura, y otra de los Assumptos, y cosas mas notables. Dedicados al Illustrissimo Senor Don Francisco de Aguiar Y Seixas, Obispo de Mechoacan, del Consejo de su Majestad. *Tomo segundo.* Año de 1678. En Madrid, por Antonio Gonçales de Reys, A costa de Gabriel de Leon, Mercader de Libros. Vendese en su casa, a la puerta del Sol, 4.º, 384 pp.

Sermones varios del Padre Antonio de Vieira de la Compañia de Jesus, Con XVIII. Sermones nuevos, y dos Indices, uno Doctrinal, y otro de Lugares de Escritura. Dedicados al Reverendissimo Padre Fray Nicolàs de Alcocer, del Orden Monastico del Gran Padre, y Maximo Doctor de La Iglesia San Geronimo, Administrador del nuevo Rezado Ecclesiastico, para todos los Reynos de España, Y Nuevo Mundo por el Real Convento del Escurial con Privilegio: *Tomo Tercero.* Año 1678. En Madrid, por Antonio Francisco de Zafra criado de su Magestad en su Real Bolateria. A costa de Gabriel de Leon, Mercader de Libros. Vendese en su casa à la Puerta del Sol. 14 ff. - 356 pp.

Nos Preliminares ao Tômo I dos *Sermoens* (Lisboa 1679) examina Vieira as edições de Madrid de 1662 a 1678, quais os seus sermões e quais os alheios (grande número); e os seus geralmente deformados por falta de originais legítimos. O tradutor foi D. Esteban de Aguilar Y Zúniga, diz Vieira na Carta de 23 de Maio de 1679 a Duarte Ribeiro de Macedo. (*Cartas de Vieira*, III, 389).

Sermones del Padre Antonio de Vieira de la Compañia de Jesus, Predicador de S. A. el Principe de Portugal. Traducidos del Original de el mismo Auctor, y con su aprobacion por el Lic. D. Francisco de Cubillas Donyague, Presbytero y Abogado de los Reales Consejos. Corregido, y enmendado en esta segunda impression. En Madrid: por Juan Garcia Infanzon. A costa de Gabriel de Leon, 1680, 413 pp. (Ap. 1679).

Quinta parte de Sermones... Consejos, Dirijidos Al Illustrissimo Señor D. Fernando Antonio de Loyola, Marques de la Olmeda, Cavallero del Orden de Santiago Consejero el mas antiguo del Real Consejo de su Mag. de Hazienda. Año 1683. Con Privilegio. En Madrid: Por Antonio Gonzalez de Reyes Acosta de Gabriel de Leon. Mercader de Libros. Vendese en su cas enfrente de la Estafeta, 4.º, 479 pp.

Sexta parte de Sermones del Padre Antonio de Vieira de la Compañia de Iesus Predicador de S. A. el Principe de Portugal. Traducidos del original del mismo Autor, por don Pedro Godoy, Interprete de Lenguas, Dirigidos al Eminentissimo, y Reverendissimo, Señor Don Sabo Cardenal Melini, Presbytero Cardenal de la Santa Iglesia de Roma, Nuncio de Su Santidad, y su Colector General Apostolico en estos Reynos de España, &c. Ano 1685. Con Privilegio: En Madrid: por Lorenço Garcia. A costa de Gabriel de Leon, mercader de Libros. Vendese en su casa enfrente de la Estafeta. 4.º, LVI-386 pp.

Septima parte de Sermones del Padre Antonio de Vieira de la Compañia de Iesus, Predicador de S. A. el Principe de Portugal. Traducidos del original del mismo Autor, por Don Pedro Godoy, Interprete de Lenguas. Dirigidos al Doctor Don Ioseph de Barcia Y Zambrana, Canonigo antes de la insigne Iglesia Colegial del Sacro Monte de Granada, Catedratico de Sagrada Escritura de sus Escuelas, Visitador de aquel Arçobispado; e aora Canonigo de la Santa Iglesia de Toledo, Primada de las Españas. Año de 1687. Con Privilegio. En Madrid. Por Gregorio Rodriguez. Vendese en casa de Gabriel de Leon, Mercader de Libros enfrente de la Estafeta. 4.º, LXVIII-522 pp.

Sermones del Padre Antonio de Vieira de la Compañia de Jesus. Predicador de S. A. el Principe de Portugal. Nueva Primera Parte. Traducidos del original del mismo Autor, y con su aprobacion por el Lic. D. Francisco de Cubillas Donyague, Presbytero, Y Abogado de los Reales Consejos. Dirigidos al Illustrissimo Señor Duarte Ribeiro de Macedo Cavallero del abito de Christo, del Consejo del Serenissimo Principe de Portugal, y su Consejero de Hazienda. Año 1680. Con Privilegio. En Madrid: por Juan Garcia Infanzon. A costa de Gabriel de Leon, Mercader de Libros. Vendese en su casa en frente de la Estafeta, 4.º, 415 pp.

Maria Rosa Mystica, Excelencias, Poder Y Maravillas de su Rosario, Compendiadas en treinta Sermones, Asceticos y Panegiricos, sobre los dos Evangelios de esta Solemnidad, Nuevo Y Antiguo. Por el Padre Antonio Vieira de la Compañia de Iesvs, de la Provincia del Brasil, en Complimiento de vn voto hecho, y repetido en grandes peligros de la vida, de que por su immensa benignidad, y poderosissima intercession siempre salió libre. Primera parte. Traducida de Portugues en Castellano, por el Reverendissimo Padre M. Fr. Lucas Sanz, del Orden de San Bernardo, Predicador Mayor del Monasterio de Santa Ana de Madrid, Lector de Escritura en su collegio de la Universidad de Alcalà, y Predicador de Su Magestad. Oferecidas al Reverendissimo P. M. Fr. Miguel de Manzano, del Orden del gran Padre, Luz, y Doctor de la Iglesia de Santo Agostin, Lector Iubilado en sacra theologia, y Prior de los conventos de Casarrubios del Monte, de Nuestra Señora de la Cerca de la Ciudad de Santiago de Galicia, Visitador que ha sido desta Provincia de Castilla, Prior del Real Convento de San Felipe desta Corte. Con Privilegio en Madrid: Por Lorenço Garcia, Vendese en casa de Gabriel de Leon, Mercader de Libros, enfrente de la Estafeta de San Felipe, Ano 1688 [Ad calcem]: Con Privilœgio: En Madrid: Por Lorenço Garcia de la Iglesia, Año de M.DC.LXXXVIII. 4.º, LXII-474. — *Segunda Parte.* Traducida de Portugues en Castellano, por el P. F. Manuel de Olivares Lector jubilado en Sagrada Theologia en la Universidad de Alcala, Examinador, y Theologo de la Nunciatura de España. Ano 1688. Con Privilegio. En Madrid, por Juan Garcia Infançon. Vendese en casa de los herederos de Gabriel de Leon. 4.º, LIV-357 pp.

Maria, Rosa Mystica, excelencias, poder y maravillas de su Santissimo Rosario, compendiadas en treinta sermones asceticos y panegyricos sobre los dos evangelios de esta solemnidad, nuevo y antiguo por el Reverendissimo P. Antonio Vieira, de la Compañia de Jesus de la Provincia del Brasil, en cumplimiento de un voto hecho y repetido en grandes peligros de la vida, de que por su immensa benignidad y poderosissima intercession sempre salió libre; Segunda impression, que con indices copiosissimos y añadidos saca el Noviciado del real convento de Predicadores de Zaragoza. Zaragoza, impr. de D. Garcia Infanzon, 1689, fol.

Palavra de Dios, empeñada, Y desempeñada empeñada en el Sermon de las Exequias de la Reyna nuestra Señora Dona Maria Francisca Isabel de Saboya. Desempeñada en el sermon de accion de graças por el nacimento del Principe Don Juan, Primogenito de Sus Magestades; que Dios guarde. Predicado uno y otro por el R.ᵐᵒ Padre Antonio Vieyra de la Compañia de Jesus, Predicador de su Magestad. El primero en la Iglesia de la misericordia de la Bahia, à 11 de Septiembre del año 1684. El segundo en la Cathedral de la misma Ciudad à 16 de Deziembre del año 1688. Con privilegio: Em Madrid, por Antonio Roman, Año MDCXCI. Y à su costa, 4.º, 6 ff. - 187 pp.

Xavier dormido, Y Xavier despierto: dormido en tres oraciones panegyricas en el Triduo de su Fiesta, Dedicadas a los tres Principes, que la Reyna Nossa Señora confiessa deber à la intercession de el mismo Santo; Despierto en Doze sermones panegiricos, Morales, y Asceticos, los Nueve en su Novena, el Dezimo en su Canonizacion, el Undezimo de su Dia, el Ultimo de su Patrocinio. Autor el Reverendissimo Padre Antonio de Vieyra de la Compañia de Jesus, Predicador de su Magestad. Traductor Don Juan de Espinola, Baeza, Echaburu. Con Privilegio En Madrid, por Juan Garcia Infançon. Ano de 1696, 4.º, 431 pp.

R. P. Antonio Vieyra, de la Compañia de Jesus. Sermones varios traducidos en Castellano de su original Portugués. Tomo Primero. Año 1711. Con Privilegio. Em Madrid en la Imprenta de Agustin Fernandez Hallaràse en casa de Francisco Perez Mercader de Libros, en la calle de Atocha enfrente de la Aduana, 8.º, 21 vols. T. 1, 8 ff., 450 pp. O tradutor indica-se na Aprovação: "el Licenciado Luis Ignacio, Presbitero"; — ... *Tomo tercero.* En Madrid: En la Imprenta de Manuel Ruiz de Murga. Año de 1712, 436 pp.; — *Tomo quinto.* Año 1712. En Madrid. En la Imprenta de Francisco de el Hierro, 424 pp. — *Tomo Decimo quinto.* Año 1714. En Madrid. En la Imprenta de Manuel Ruiz de Murga, 456 pp. — *Tomo Veinte.* Año 1712. En la Imprenta de Manuel Ruiz de Murga. 8.º peq. VIII-432-LIV (Cat. da Livraria Azevedo-Samodães, II (Porto 1922)747); — *Tomo XXI.* Año 1715. En Madrid, En la Imprenta de Francisco Fernandez, 432 pp.

É a melhor tradução espanhola dos Sermões de Vieira.

El V. P. Antonio de Vieyra de la Compañia de Jesus. Todos sus Sermones, y obras diferentes, que de su original Portuguès se han traducido en Castellano, redvcidos esta primera vez a orden, é impressos en quatro Tomos, de los quales El I. Contiene la Vida del Autor, con todos los sermones de Dominicas y Ferias; y seys del Mandato. — El II. Los Sermones de Christo Señor Nuestro, y de Maria Santissima, y quinze del Rosario. — El III. Quarenta y ocho Sermones de Diferentes Santos. — El IV. Otros quinze Sermones del Rosario: Varios Sermones de assumptos especiales: La palabra de Dios empeñada, desempeñada y defendida: La Historia de lo Futuro: Crisis, y Apologias contra, y à favor del Autor, y otras obras suyas, que hasta aora no avian salido à luz. I e II, Barcelona. En la Imprenta de Maria Marti Viuda, 1734. III e IV. Imprenta de Iuan Piferrer, 1734, fol., 561, 501, 508, CLXXI-346 pp.

O Tomo I com retrato (Dominícus Paunez Sculp. Bar.) e o *Breve Resúmen da Vida de Vieira* pelo P. Francisco da Fonseca.

Heraclito defendido por el M. R. P. Antonio de Vieyra da la Compañia de Jesus. Sacale a luz Don Ignacio Paravizino, Dedicado al Señor Conde de Cervellon y de Buñol. Con licencia: En Barcelona, por Iacinto Andreu, Impressor, à la Calle de Santo Domingo, Año 1683. Vendense en la misma Imprenta, 4.º, 15 pp.; — *Heraclito...* Sacale a luz D. Ignacio Paravycino. Dedicado al S. Conde Cervellon, y de Bvñol. Impreso en Murcia, por Miguel Lorenti. Año de 1683, 4.º, 4 fs. - 15 pp.; — *Heraclito defendido por el M. R. P. Antonio de Vieyra, de la Compañia de Jesus.* Sacale à luz el P. Joseph de Errada Capetillo de la misma Compania de Jesus. Mexico, 1685, 8.º, 3 fs.-7 pp. (Sommervogel, III, 423);—*Lagrimas de Heraclito defendidas, Filosofo que llorava siempre los sucessos del mundo.* Valencia,

4.º, 1700, em *Varios eloquentes libros recogidos en uno*, pp. 415-434; — Madrid, por Francisco Martínez Abad, 4.º, 1726, na mesma obra, *Varios eloquentes libros recogidos en uno*, pp. 350-368.

Historia de lo Futuro, libro ante-primero, Prolegomeno a toda la historia de lo Futuro, en que se declara el fin, y se prueban los fundamentos de ella. Materia verdad, y vtilidades de la Historia de lo Futuro. Escrita, por el P. Antonio Vieyra, de la Compañia de Jesus, Predicador de su Magestade Lusitana. Traducida en lengua castellana, por Don Antonio Rodriguez Santivanez: Y dedicada al lector. En Madrid: En la Imprenta de Antonio de Marin. Año de 1726, 8.º, ff. 15, pp. 416; — Madrid, por Antonio Sanz, 1758, 8.º; Na edição de 1734 (Barcelona) dos Sermones; — *Los Grandes Maestros de la Predicación. P. Antonio Vieira.* Edición preparada por los PP. Pablo Durão y Quintín Pérez, S. J. 2 Tomos. Santander, "Sal Terræ", 1926, 1928. 118x180 mm. 328; 377 pp. (Trad. de Quintín Pérez; Selecção e Introdução de Paulo Durão. A Introdução, no 1.º vol., de p. 9 a 52).

Sommervogel dá uma edição em espanhol das *Cartas* de Vieira. Barcelona. Na Officina de Maria Marti, 1734, in-f.

d) FRANCÊS:

Discours historique pour le jour de la naissance de la Serenissime Reine de Portugal, ou il est traitte des grands evenements arrivez l'année dernière en ce royaume. Traduit du Portugais, du R. P. Antoine Vieyra de la Compagnie de Jesus. A Paris, chez Sébastien Mabre-Cramoisy, M.DC.LXIX, 4.º, front., VI-77 pp.
[Sermão pregado por Vieira a 22 de Junho de 1668. Tr. fr. do P. António Verjus, irmão de Luiz Verjus, Conde de Crecy].

Discours de coniovissance svr la naissance de l'Infante de Portvgal prononce en Portugais le jour meme de cette naissance, devant toute la Cour de Portugal assemblee dans la chapelle Royale de Lisbonne pour y chanter le Te Deum. Par le R. P. Antoine Vieyra, de la Compagnie de Iesvs. A Paris, Chez Sebastien Cramoisy, 1671, 4.º, 52 pp. (Sommervogel, VIII, 600).
[Pregado no dia 6 de Janeiro de 1669. Trad. fr. do P. António Verjus].

Sermons du R. P. Antoine Vieyra, jésuite portugais, traduit par l'Abbé Alfred Poiret, prêtre du diocèse d'Amiens. Bar-le-Duc, Contant-Laguerre et Cie, 1866. 2 vols., 12.º, 854 pp.

Sermons du R. P. Antoine Vieyra, Jésuite portugais, traduits par M. l'abbé Poiret. Lyon, Pélagaud, 1869-1875, 12.º, 6 vols.

Poiret incluiu no 1.º tomo (p. 249) um pequeno sermão do Natal, tirado das obras do P. Manuel Bernardes; e em geral é tradução defeituosa, com cortes, transposições e até interpolações, diz Luiz Cabral, *Une grande figure de Prêtre Vieira*, p. X-XI.

Sermon pour le succes des armes du Portugal, par le R. P. Vieira, 1640. Em "Chaire Catholique", 1843.

Sermon sur le Saint-Sacrement de l'Eucharistie Prononcé le jour de la Fête-Dieu dans l'Eglise de Sainte-Engracia par le R. P. Vieira, 1645. Em "Chaire Catholique", 1844.

Carta de Vieira a El-Rei D. Afonso VI, de 28 de Novembro de 1659 [11 de Fevereiro de 1660]. Impressa em francês, em *Relation écrite par François Fremond d'Ablancourt, des troubles arrivés dans la Cour du Portugal en l'année 1667 et en l'année 1668*, Paris et Hollande, 1674, 12.º

Médisance et calomnie en pays Colonial par Robert Ricard. "Bulletin de l'enseignement public au Maroc", XXVIII (Rabat 1941)40-47. — Excerptos do *Sermão dos Peixes* ou *Sermão das Verdades* (pregado no Maranhão em 1654). Ver supra n.º 87.

Do "Sermão do Juizo", pregado em 1650 (supra n.º 67), existe *ms.* uma tradução francesa na sinagoga de Amesterdão: "Traduit du Portugais Par Isaac de Pinto" (Informação de Augusto da Silva Carvalho).

e) Holandês [ou Flamengo]:

Translaet Van seker Sermoen ofte Predicatie ghenomen uyt het tweede Cappitel des Heyligen Euangelisten Lucas, beginnende op het een-en-twintighste Vers. Gepredickt den eersten Januarii 1642, in de Capelle Reael tot Lissebon: door Pater Antonio Vieira Jesuyt. Waer in te sien is de ge-imagineerde Portugesche Monarchie, gefondeert op de Prophetien van P. Fray Gyl, welck sijn beginsel soude nemen in't veroveren van America, Asia, &c. Uyt de Portugesche in onse Nederduytsche Tale getrouwelick overgeset door een Lief-hebber van't Gemeene Best. [Vinheta]. Gedruckt na de Copie tot Lissebon, by Laurens van Antwerpen. Anno 1646. 20 pp. 21cm x 15,5cm.

f) Inglês:

Dust thou art. By Father Antonio Vieyra, S. J. Translated by Rev. William Anderdon, of the same Society. London, Burns and Oates, 1882.

Excerptos de Vieira, parte em português, parte em inglês. — Robert Southey, *History of Brazil*, II (London 1817) 701-717 (Apêndice).

"O pai do Sr. Page Bryan, ministro da América em Lisboa um velho muito rijo e prazenteiro, que era visto passar com o filho pelas ruas da capital, causava por vezes um natural espanto aos convidados nas festas da legação, quando lhe recitava páginas escolhidas do nosso Vieira, cujos *Sermões* verteu para a língua inglesa com o propósito de os editar". (Silva Bastos, *Perfis de intelectuais*, cit. por Mário Gonçalves Viana, "Biografia de Vieira", introdução às *Cartas do P.e Antonio Vieira* (Porto, s. a.)115).

"Parece que não há, em inglês, versões impressas nem das Cartas nem dos sermões de Vieira, menos a do P. W. Anderdon, que V.ª R.ª menciona. Tal é o resultado duma busca no Museu Britânico de Londres, feita por um funcionário, meu amigo, nesta riquíssima biblioteca. Custa a crer, não há dúvida. E tenho pena que a censura diocesana aqui em Westminster, me tenha negado licença para imprimir a versão inglesa que fiz do Sermão do 1.º Domingo do Advento de 1650. Sem dar as razões, segundo a minha lembrança. Isto foi há oito ou dez anos". (De uma carta de Edgar Prestage a S. L., de Kensington, 20 de Junho de 1947).

g) ITALIANO:

Prediche varie del Padre Antonio Vieira della Compagnia de Giesv tradotta dalla lingua Spagnuola nell'Italiana da Bartolomeo Santinelli Romano al Reverendiss. Padre F. Ludovico a Iustitia Predicatore, ... In Roma, per Michele Hercole, 1668, 8.º, 271 pp. No aviso prévio à ed. de 1683 diz Santinelli que traduziu alguns sermões em 1668, muitas vezes reimpressos sem o seu nome.

Prediche varia del Padre Antonio Vieira, della Compagnia de Giesu, tradotte dalla lingua Spagnuola nell'Italiana. In Venezia ... 1673, 12.º, 2 vols.; 392 e 234 pp.

Prediche del P. Antonio ... di Giesv Dalla Lingua Portughese tradotte nell'Italiana da ... Romano, e da esso dedicate alla sacra real Maestà di Pietro secondo Rè di Portogallo* etc. In Roma, Per Nicolò Angelo Tinassi, Stamp. Cam., 1683, 4.º, 467 pp.

Tem 15 sermões pregados em Roma. Santinelli mudou o que lhe pareceu não ser ao gosto italiano. E anuncia uma terceira parte.

Sermam de S. Ignacio pregado em Lisboa no collegio de Santo Antão, Anno 1669. Tradução italiana: Roma preso il Varese 1672, 4.º; — Milano per Francisco Vigone, 1672, 4.º (Segundo Sommervogel VIII, 656) andaria em *Prediche varie*, Roma 1668, o que parece não se compaginar com ter sido pregado em Lisboa, como declara Vieira, *Sermoens*, I (Lisboa 1679)365; e o próprio trad. das *Prediche*, Santinelli, na ed. de 1683, diz que foi pregado em Lisboa em 1669 (p. 137).

Prediche varie del Padre Antonio Vieira, della Compagnia de Gesù, tradotte della lingua Spagnuola nell'Italiana. In Venetia, Per Lorenzo Baseggio, con licenza dei Superiori, 8.º, 633 pp. (Onze Sermões).

Prediche varie delle Padre Antonio Vieira della Compagnia di Gesù. Dedicate all' illustriss. Sig. e Padron Col. il Sig. Pietro Antonio Avogadro, Arciprete, meritissimo della Catedrale di Novara. In Milano, MDCLXXVI, nella stampa di Francesco Vigone, 12.º, 194 pp. (por 394).

Prediche ... Napoli, per Luca Antonio Tusco, 1688.

Prediche varie del Padre Antonio Vieira della Compagnia di Giesù tradotte dalla lingua Spagnuola nell'Italiana, Divise in due parti. Consegrate al merito del Molto Rev. Padre Leonardo Boni della Riforma di S. Dominico. Venetia, 1690, per Bastian Menegati, 12.º, 8-285-27 pp.

La Rosa Mistica, Sermoni del Rosario, tradotti da Giovanni Antonio Astori. In Venetia, 1697, 4.º, 2. tom.

La Rosa Mistica. Sermoni in lode di nostra Signora del Rosario, composti da Antonio Vieira della Compagnia di Gesù per adempimento di un suo voto fatto e replicato in occasione di diversi tempeste di mare, nelle quale si trovò mentre viaggiava a far le Missioni nel Brasile. Transportati dallo Spagnuolo da Gio. Antonio Astori. In Venezia, MDCCXV, per Domenico Lovisa, a spese di Giacomo Bertan, 4.º, 301 pp.; — *La Rosa mistica, Sermoni del Rosario*, detti da Antonio ... Gesù. Tradotti dallo ... *Parte seconda* ... MDCCXIV, 264 pp. (Licença de 1698); — *La Rosa mistica* ... Napoli, 1858, 8.º, 2 vols.

Prediche del Padre Antonio Vieira della Compagnia do Giesù dette, e stampate in Lingua Portoghese, tradotte nell'Italiana dal P. Annibale Adami della medesima Compagnia. Dedicata alla sacra real Maestà della Reina di Suezia. In Roma, a spese di Giuseppe Corso, MDCLXXXIII, per Paolo Moneta, 4.º, 146 e 168 pp. (15 sermões); — In Venetia, MDCLXXXIV, presso Nicolò Pezzana, 4.º 6, 215 pp.

Prediche ... *Parte Seconda*. In Venetia, id., MDCLXXXVII, 4.º, 215 pp.

Prediche ... *Tomo prim*. In Milano, presso Federigo Agnelli, M.DC.XC. 4.º;—*Prediche del Padre Antonio Vieira della Compagnia do Gesù Predicatore del Re di Portogallo, dall'idioma portoghese tradotte nell'italiano dal P. Annibale Adami... Parte seconda*. Dedicate al Rev.mo Padre e Padrone Col.mo il Padre D. Gio-Battista dall'Acqua, Priore meritissimo della Certosa presso Carignano. In Milano, M.DC.XC, nelle stampe di Federico Agnelli, 4.º, 216 pp.; — *Prediche* ... *Parte terza, prima impressione*. Dedicate all'Eccelenza del Signor Conte Carlo Vincenzo Giovanelli Nobile Veneto. In Venezia, presso Marino Rosetti, MDCCI, 4.º, 246 pp.

Prediche del P. Antonio Vieyra della Compagnia di Giesù tradotte in italiano dal P. Annibale Adami della medesima Compagnia. Venezia, presso Nicolao Pezzana, 1707, 4.º 2 vol (Panegíricos e Sermões morais, Sommervogel, I, 49).

Il Saverio addormentato, ed il Saverio vegliante, discorsi panegirici, & ascetici del Padre Antonio Vieyra della Compagnia di Giesù, Predicatore che fu di tre Re di Portogallo, tradotti dall'idioma portioghese nell'italiano dal P. Anton Maria Bonucci della medesima Compagnia e dedicati all'illustriss. e reverendiss. Monsignor Francesco Frosini Conde tel Sagro Romano Imperio Arcivescovo di Pisa, Primato di Corsica e di Sardagna, ed in esse Legato nato. Venezia, M.DCCXII, presso Paolo Baglioni, 8.º, 532 pp.

Prediche sopra gli Evangelii della quaresima del P. Antonio Vieyra della Compagnia di Giesù, raccolte da' dodici Tomi delle sue Prediche in forma d'un Quaresimale, tradotte dal idioma Portoghese nell'Italiano, ed offerte alla sagra Real Maestà di D. Giovanni V Re di Portogallo ec. dal P. Luigi Vincenzo Mamiani della Roüere della Compagnia di Giesù. In Roma, nella Stamperia e Gettaria di Giorgio Placcho, 4.º, 748 pp. *Parte Prima* dal Mercoledi delle Ceneri sino alla Domenica IV, ... 1708, 424 pp. (Retrato). *Parte Seconda* Dalla Domenica quarta di Quaresima sino al Martedi dopo Pasqua, de 427-748 pp.

Prediche Sopra gli Euangelj della Quaresima del Padre Antonio Vieyra della Compagnia di Giesù, Predicatore che fù di tre Re di Portogallo: Raccolte da' Dodici Tomi delle sue Prediche in forma d'un Quaresimale: Tradotte dall'Idioma Portoghese nell'Italiano, ed offerte alla Sagra reale Maestà di D. Giovanni V. Re di Portogallo, ecc. dal P. Luigi Vincenzo Mamiani della Rovere Della Compagnia di Giesù, Venezia, presso Paolo Baglioni. MDCCVIII, 4.º, 574 pp.; — *Prediche* ... dal P. Luigi Vincenzo Mamiani della Compagnia di Giesù. Venezia, MDCCXII, Nella Stamperia Baglioni, 4.º de 574 pp. Com Retrato de Vieira, assinado: "Suor Isabella Piccini Scolp. à S. Croce in Ven." Há exemplares com as datas: MDCCXIII; — Ibid., id., MDCCXXII, mesmas páginas.

Não é tradução literal de Vieira, ao menos no seu conjunto. Mamiani avisa que não sendo costume em Portugal pregar todos os dias da Quaresma, quis, com os sermões de Vieira, organizar uma *Quaresma*. "Per ciò fare con maggior proprietà, mi è convenato adattare con un breve esordio all'Evangelio corrente l'argomento delle sudette Prediche, accomodate al altro Evangelio. In questi casi però sempre ho procurato di ritenere altresì gli esordj dell'Autore, ò inserendoli nel corpo della Predica, ò servendomi de' suoi stessi concetti per applicare in suo tema all'altro Evangelio ... Anzi per distinguere le dette brevi aggiunte, ò applicazioni, del vero Testo dell'Autore, vengono contrassegnate con alcune vergolette ad margine, e compresse tra due stellucie ..." (Sommervogel, V, 454-455); — Não será temerário crer que este estilo de Mamiani influiu mais tarde em Onorati, para o seu "Crisóstomo Português".

Avento, Quaresimale, Santuale. Quatro volumes: 1.º, Advento; 2.º e 3.º, Quaresma; 4.º, Panegíricos de Santos. — Menção da *Galeria di Minerva*, que só dá os títulos.

Além das traduções, sairam em italiano, língua em que foram pregados, os seguintes discursos (por sua vez traduzidos em português e incluidos já nos lugares respectivos da *Série Cronológica*):

Le Cinqve Pietre della Fionda di David spiegate in cinqve sermoni nell'Orarorio Reale della S. Casa di Loreto da Antonio Vieira Portoghese Sacerdote della Comp. di Giesù detti, e dedicati alla Sacra Real Maestà di Cristina Regina di Svezia. In Roma, Per Ignazio de' Lazari, 1676. Con licenza de' Superiori. 8.º, XII-155 pp. Assinado: "Giuseppe Suarez della Comp. di Giesù". Incluidos nas edições de Milão e Veneza, antes de 1679, diz Vieira nos Preliminares ao Tomo I dos seus *Sermoens* (Lisboa 1679).

Sermone delle Stimmate di S. Francesco del P. Antonio Vieira della Compagnia di Giesù. Detto nell'Archiconfraternità delle Stimmate di Roma. Dedicato alla medesima Archiconfraternità dal Sig. Marchese Gio. Battista Strozzi. In Roma, presso il Verese, M.DC.LXXXII, 4.º, peq., 25 pp. (Pregado em italiano em 1672).

Sermoni detti da Gian Paolo Oliva e da Antonio Vieira della Compagnia di Giesù. Nella solennità del B. Stanislao. In Roma, per il Lazzari Verese, 1675, 8.º, IX prelims., 99 e 79 pp. Dedicatória assinada: "Giovanni Hermanni della Compagnia di Giesù.

Lagrimas de Heraclito defendidas em Roma pelo Padre Antonio Vieyra contra o riso de Democrito. Pregado em italiano em 1674 e nesta mesma língua publicado em "Racolta di Alcuni Discorsi composti da Alcuni Oratori della Compagnia di Giesù". Decade I. (Neapoli, presso Felice Mosca, 1709, 12.º); — ed. de 1715 e 1718, t. 1, p. 83-97.

P. Paolo di G. M. G. dei Minori osservanti di Portogallo. "Ristretto di grammatica portoghese ad uso dei Missionarj di Propaganda Fide, con l'aggiunta di paroli, di dialoghi ... e di *alcune lettere del P. Vieira*", Roma, tip. della Propaganda, 1846, 8.º

h) LATIM

Admodum Reverendi Patris Antonii Vieira e Societati Jesu, Regii in Lusitania Predicatoris, Sermones selectissimi, Foecunditate Materiarum, Sublimitate, Subtilitate, & acumine Conceptuum admirabiles: Idiomate Lusitanico conscripti, & variis typis evulgati, Nunc in Cartusia Coloniensi latinitate donati. Cum triplici Indice, Thematum, Locorum Sacrae Scripturae, & rerum memorabilium. [Pars Prima — Pars Secunda — Pars Tertia — Pars Quarta — Pars Quinta]. Coloniae Agrippinæ Sumptibus Hermani Demen. [M.DC.LXXXXII. — M.DC.LXXXXII. — M.DC.LXXXXII. — M.DC.XCII. — M.DC.XCIV]. Cum privilegio S. Cæsareæ Majestatis. 5 Tomi. 4.º, LII-356 pp.; XXXIX-369 pp; XLII-414 pp.; LIV-434 pp.; LXIII-409 pp.; — Coloniae Agrippinae, sumptibus Hermani Demen, 1708, 4.º, 5 vol., 270, 279, 318, 313 e 298 pp. (Approb. Ulyssipone, 29 Aug. 1678. Coloniae, 11 Aug. 1690); — Coloniae Agrippinae, sumptibus haeredum Thomæ von Collen, et Joseph Huisch, 1727, 4.º, 5 vol., 270, 279, 318, 313 e 298 pp.

É a tradução dos cinco primeiros tomos dos *Sermoens*.

Conciones variæ admodum Reverendi Patris Antonii Vieiræ, Societatis Jesu, ex lingua Hispanica in Italicam translatæ. Varietate inventionis admirabiles, sublimitate conceptuum singulares, necnon sacra eruditione sublimes: omnibus intelligentibus perutiles. Nunc vero latinitati consecratæ per Reverendum et Doctissimum D. Joannem Fibus Aquisgranensem, AA. LL. ac Philosophiae Professorem, Sacrossantæ Theologiae Licenciatum, etc. sumptibus Authoris. Vienæ Austriae, Typis Petri Pauli Viviani, Universitatis Typographi, 1682, 4.º, 4 ff. - 351 pp.

Maria Rosa Mystica, seu excellentia, vis et virtus admirabilis precatoriæ ejus coronæ, vulgo rosarii, exposita in triginta Sermonibus Asceticis, & Panegyricis super duo Evangelia Solemnitatis Rosarii, novum & antiquum. Opus dedicatum ejusdem Sanctissimæ Virginis Deiparentis Sacrae Majestati, a suo Authore R. P. Antonio Vieira, Ulyssiponensi Lusitano Societatis Jesu, Serenissimo, ac Potentissimo Portugalliæ, et Algarviorum Regi à Sacris Concionibus, Voti reo, semel, iterumque concepti in gravissimis vitae periculis, e quibus ejusdem Sanctissimae Virginis indubitata ope Auctor salvus semper, & incolumis evasit. *Pars I.* Continens Sermones quindecim priores, quos ex Authographo Lusitanico latinitate donavit R. P. Leopoldus Fuess, S. J. Reginae Lusitanae a Sacris Confessionibus. Cum triplici Indice: uno Argumentorum cujuslibet Sermonis, altero locorum Sacrae Scripturae, tertio rerum memorabilium. *Pars II.* Continens Sermones quindecim posteriores, quos exceptis postremis quinque ex Authographo lusitanico latinitate, etc. ... Augustæ Vindel., Dilingæ, & Francofurti, apud Joannem Casparum Bencard, 1700-1701, 4.º, 2 vols. 405 e 472 pp.

Xaverius dormiens, et Xaverius experrectus. Dormiens in tribus Panegyricis pro Triduo ejus Cultui dicato. Experrectus in duodecim Sermonibus Panegyricis, Moralibus, & Asceticis, quorum novem serviunt Novendiali ejus Cultui, decimus Apotheosi, undecimus festo, & ultimus Patrocinio. Opus dedicatum Serenissimæ, ac Potentissimae Principi, ac Dominae, D. Mariae Sophiae Elisabethae, Portugalliae, & Algarviorum Reginae, &c. ... A suo Authore R. P. Antonio Vieira, Ullyssiponensi Lusitano Societatis Jesu, Serenissimo, ac Potentissimo Portugalliæ, & Algarviorum Regi a Concionibus. Latinitate donavit ex Authographo Lusitanico R. P. Leopoldus Fuess, Soc. Jesu, Sere.^{mae} Reginæ Lusitanæ a Sacris Confessionibus ... Augustæ Vind. Dilingæ, & Francofurti, apud Joannem Casparum Bencard, 1701, 4.º, 453 pp.

Panegirici Ioanis Pauli Oliva et Antonii Vieira Societatis Iesu, D. Stanislao Kostka Festa eius luce dicti ex Italicis Latine redditi a I. B. eiusdem Societatis. Cracoviae, in Officina Schedeliana, S. R. M. Typ. A. 1676, 8.º, 134 pp. (Oliva) e 100 (Vieira). Assina a ded.: "Ioannes Hermann S. J.". (Trad. de I. B. = Jacobo Bosch).

Trata-se do Panegírico pregado por Vieira em Roma, no dia 13 de Novembro de 1674.

i) POLACO

Głowa i serce S. J., S. Ignacy z Loyoli y B. Stanisław Kostka, Niebá 'y Ziemi kochanie, trzema panegyrikami kościelnemi wsławieni. Pierswą miał niegdys Ludwig Kardinał Ludowiszyusz, S. R. K. Podkanclerzy, Arcybiskup bonoński, na poswieceniu Kaplicy, ktorą przy kościele swym metropolitanym wysławił. Drugą uczynił w Kościele nowicyackim S. Andrzeja Xiądz Jan Oliva, Generał S. J. Trezią tamze miano przez X. Antoniego Wieyre S. J. Majestatow luzytańskich Kaznodzieja a potem Apostolskiego w Indyach zacnodnich robotnika: z włoskiego na łacińskie przetłumaczone, pierwsze od X. Marka Garsoniusza, Provincyała Parmeńskiego, dwa poslednie od X. Jana Boschyusza, obu S. J., teraz polskim jezykiem do druku podane R. P. 1703. Wilno, typ. akad. S. J., fól. ff. 26 [Caput et cor S. J., S. Ignatius Loyola et B. Stanislaus Kostka, coeli terraeque delicium, tribus panegyricis ecclesiasticis laudati. Primam habuit olim Ludovicus Cardinalis Ludovisius S. R. E. Subcamerarius, Archiepiscopus Bononiensis, in consecratione sacelli, quod in Ecclesia sua metropolitana erexerat. Secundam habuit in Ecclesia tyrocinii S. Andreae Romae R. P. Joannes Oliva, Praepositus Generalis S. J. Tertia ibidem habita a P. Antonio Vieira S. J., Majestatuum Lusitanicarum concionatore et postea apostolico in Indiis Occidentalibus operario: ex italico in latinum versæ, prima a P. Marco Garsonio, Provinciali Parmensi, duae ultimae a P. Joanne Boschio S. J. nunc polonica lingua concredita].

V Secção — INÉDITOS

Rol dos manuscritos do P. Vieira e outros livros achados no seu cubículo ao morrer pelo Reitor Francisco de Sousa. Rol enviado para Roma com a sua assinatura e de mais 3 Padres, Luiz Vincêncio Mamiani, Jorge Benci e João António Andreoni, o último dos quais Secretário da Província do Brasil e relator deste breve catálogo. (Gesù, *Missiones*, 721 (1.ª via); *Bras. 4*, 38-39 (2.ª via); publ. por Sommervogel, VIII, 675-677). Juntamos a cada espécie a respectiva identificação ou o que de cada qual se conhece hoje em dia.

A. *Clavis Prophetarum de Regno Christo in Terris consummato Libri tres.* 1. Agit de ipso Christi Regno. 2. de ejus in terris consummatione. 3. de tempore quo, et quando consummandum est, et quandiu duraturum. Horum 1 et 2 ferè absoluti. 3. perficiendo nunc allaborabat, et 4 meditabatur. Pro quo absoluendo extant (B-D):

B. *Promptuarium 1.um de vera Prophetica, et Judæorum conversione;*

C. *Promptuarium 2.um de Generali Mundi Conversione hoc est, Gentium, Hæreticorum et Judæorum;*

D. *Promptuarium 3.um Fragmentorum ad Christi Regnum spectantium.*

É a "Clavis Prophetarum" ainda inédita. (Ver infra, Z).

E. *Historia de futuro tempore, seu de Quinto Mundi Imperio, in spem Regni Lusitani, scripta idiomate Lusitano, sed nondum absoluta.*

"História do Futuro". Publicada. (Ver supra, 991).

F. *Prima et 2.ª Ser.^{mi} Joannis IV Regis Lusitani vita seu operata Resurrectio ad quintum Mundi Imperium spectans.*

"Esperanças de Portugal, Quinto Imperio do Mundo". Publicada. (Ver 992).

G. *Apologia 1.ª Propositionum quæ P. Antonio Vieyræ objectæ sunt, in libro de 5.º Imperio Mundi, et in vita Ser.^{mi} Regis Joannis IV, descriptarum lingua latina.*

"Defesa do livro *Quinto Imperio*". Publ. Em português. (Ver 994).

H. *Apologia 2.ª earundem Propositionum in carcere ab eo elaborata, et Dominis Inquisitoribus oblata, in qua ipsius Patris vita per compendium refertur Idiomate Lusitano.*

Publ. com o título de "Petição ao Inquisidor Geral". (Ver. 993).

I. *Defectus in Judicio, Processu, et sententia contra P. Vieyram à Dominis Inquisitoribus lata adnotati, et Summo Pontifici, ac R. P.^i N.^{ro} Generali exhibiti; simul cum Judicio Patrum Revisorum, et Breve SS.^{mi} Clementis X. illum omnino à Dominorum Inquisitorum potestate liberantis.*

A primeira parte "Defeitos do Juízo, Processo e sentença na causa do P. António Vieira" anda publicada em português; os Pareceres dos Padres revisores, não; o Breve, sim. (Ver 999).

J. *Responsiones ad calumnias cujusdam Religiosi Dominicani, aliquas Propositiones P. Vieyræ male interpretantis.*

É a "Carta Apologética ao P. Jácome Squarçafigo, de 30 de Abril de 1686, em espanhol. Publicada. (Ver 868).

K. *Fasciculus Prophetiarum quorundam Sanctorum, aliorumque Authorum circa futura tempora.*

Publicada com o título de "Discurso em que se prova a vinda do Senhor Rei D. Sebastião". (Ver 1033).

L. *Abbatis Joachimi Liber Goticis notis impressus, de Tribulationibus, et statu Ecclesiæ, de Antichristo, et Prophetiis Isaiæ, et Jeremiæ. Item alius libellus Prophetiarum ejus, et Anselmi Episcopi Marisci; Necnon liber pro convincendis et convertendis Judæis à Joanne Hoombeck Lugduni Batavorum. Impressus Anno 1655; qui Libri impressi pertinent ad "Clauem Prophetarum" perficiendum et absolvendum.*

Três livros de autores alheios, que o P. Vieira tinha para estudo da "Clavis Prophetarum".

M. *Apparatus, et dispositio Libri quem P. Vieyra vocat "Politicam Dæmonis ad Mundum subdole pervertendum": opus ingeniosissime excogitatum, lusitano idiomate scribendum.*

"Politica do Diabo", livro que Vieira tencionava escrever e não escreveu. O "Plano" conserva-se entre as "obras ideadas e meramente começadas de António Vieira". (B. N. de Lisboa, *Maquinações*, VI, 113ss).

N. *Novem volumina, seu Promptuaria ad facile de qualibet materia concionandum, referta rationibus, Patrum testemonijs, et Eruditione sacra, et profana ab eo collecta; et per Litteras Abecedarii ab A. usque ad I. distributa; una cum tribus Indicibus, totidem distinctis voluminibus comprehensis.*

É o "Promptuario Concionatorio" ou "Silva Concionatoria", que se nomeia entre os inéditos de Vieira. Bonucci descreve-a em 6 volumes (isto é, sem os 3 de índices) e em português (*Bras.4*, 80). Ver infra, letra Q.

O. *Duodecim majora Volumina Concionum; quarum pleræque iam publicæ luci donatæ, aliæ difficile legendæ, aliæ inchoatæ tantum, et imperfectæ.*

Com sermões, na maior parte já impressos, ficaram outros em borrões de difícil leitura, outros apenas começados, e outros imperfeitos. Deles escrevia Vieira em 1683: "O divino serviço é só o que me obriga a tomar nos meus anos um tão molesto trabalho como o de pôr os borrões em estilo que se possam ler". (*Cartas de Vieira*, III, 488). Como se vê, não os pôs em estilo a todos antes de falecer.

P. *Duo minora volumina sermonum integre descriptorum, quorum etiam plerique iam prælo donati.*

Q. *Sex item minora volumina Fragmentorum ex varijs concionibus jam impressis partim etiam alienis.*

R. *Brevis, ingeniosus, ac perutilis tractatus de Via Sacra, alia via percurrenda Lusitano idiomate absolutus.*

Publicado. (Ver 1025).

S. *Apparatus ad Tractatum pulchro dispositum, de obligatione agendi de salute animarum.*

Mencionado em Barbosa Machado com o título de "Tratado de obrigação de salvar as almas". Ignora-se o seu paradeiro.

T. *Commentariolum graviorum quæ Vieyra passus est, per annos, menses, diesque distributum.*

"Diário" do P. Vieira, de que se utilizou e reproduz certos passos André de Barros, donde reproduzimos também alguns. Cf. *História*, IV, 4, 8. Ignora-se o seu paradeiro actual. Pela descrição mais desenvolvida de Andreoni no seu *Elogio de Vieira* (20. VII. 1697) publ. em *Sermoens*, XIV, 300, seria da mais alta importância como elemento auto-biográfico de Vieira.

U. *Vox dei ad Mundum universum, ad Regem Lusitanum, et ad Urbem Bahiensem Brasiliæ caput: seu Judicium de Cometa 27 Octobris anno 1695 in Brasilia visa, eruditissime elaboratum.*

"Voz de Deus". Publicada. (Ver 1027).

V. *Miscellanea, Versus, Aenigmata.*

Publicados ao menos em parte. (Ver 1001ss.).

W. *Pars Breuiarij, in cujus marginibus summa suæ defensionis capita descripsit, cum in carcere detineretur P. Vieyra à P. Bonucio valde optata.*

Talvez esta parte do Breviário, em cujas margens Vieira escreveu o resumo da sua defesa na Inquisição de Coimbra, o levasse para a Itália o P. António Maria Bonucci que, como se diz, tanto a queria.

X. *Fasciculus parvus scriptorum, ab Emmanuele Pereyra, P.^{is} Vieyra Amanuense latorum, quæ iam habebat in potestate, et iterum ad memoriam Patris recuperare desiderat: sunt autem ex vulgaribus.*

Não se conhece exactamente quais os escritos menores do P. Vieira, que se achavam neste caderno em poder do seu amanuense, Ir. e depois P. Manuel Pereira.

Y. *Alium fasciculum concionum cum versibus in Seren. Reginæ Mariæ justis ad Pompam funebrem paratum, abstulit P. Antonius de Abreu, eius Amanuensis, quæ etiam ad memoriam recuperare desiderat, partim aliena, partim ex vulgaribus à prima ætate confecta.*

Dos versos andam alguns publicados. (Ver supra, III Secção, subsecção c). Entre os sermões da juventude, aqui mencionados, talvez seja um a "Prática da Imaculada Conceição" pregada sendo noviço em 1625, impressa em "Voz Sagrada". E ainda outras pequenas obras igualmente impressas. — António de Abreu, aqui mencionado, amigo e amanuense do P. Vieira, foi depois um dos bons pregadores do Brasil.

Z. *Clavis Prophetarum verum eorum sensum aperiens ad rectam Regni Christi in terris consummati intelligentiã assequendã â P. Antonio Vieyra Soc. Jesu summo pretio elaborata, sed morte præveniente non absoluta, nec ultimâ manu expolita opus posthumum ac desideratissimum. Ad amussim respondens non solum Typo Romam* *transmisso sed longe magis Prototypo sub Eminentissimi D. D. S. R. E. Cardinalis Nonii da Cunha supremi totius Lusitaniæ Ditionis Inquisitoris potestate invento.*

Consta de 3 livros completos. Volume bem conservado, f.º, 519 pp., mais 34 da "Sententia" de Casnedi e 10 de índices no fim.

Precede-a à guisa de prólogo: "Sententia P. Caroli Antonii Casnedii post repetitam hujus Clavis lectionem de Regno Christi Domini in terris Consummato Auctore Incomparabili P. Antonio Vieira".

Em caderno avulso: "Censura Censuræ super quibusdam propositionibus, quæ in libro Rev. Patris Vieyra Societatis Iesu cui titulus Clavis Prophetarum continentur".

Conclui assim: "Visis propositionibus censuratis et attentè in Authore consideratis; ex cuius doctrina bene ponderata, clarè, meo iudicio, omnes evanescunt objectiones, solum superest ut licentia concedatur ut liber typis mandetur ne tanti Datoris luce mundus totus privetur. Sic sentio. Salvo meliori &c. In hoc Conv^{tu} S. M. S. M., die 29 Augusti anni D. 1715. Fr. Hyacinthus Santaromana, Mag. et Theologus Casanatensis Ord^{is}. Praed^{rum}". (Arq. da Univ. Gregoriana, Roma, *ms.* n.º 354). Outro exemplar no mesmo Arquivo, n.º 359, com o frontispício menos bem desenhado, mas com o texto em melhor caligrafia; 41-682 pp. Com o prólogo de Casnedi. Sem a Censura de Santaromana.

Clavis Prophetarum... opus... desideratissimum. A Collegio Bahiensi ad Admodum Reverendum Patrem Nostrum Thyrsum Gonzalez ejusdem Societatis Præpositum Generalem missum anno MDCXCIX. (Torre do Tombo, Arquivo da Inquisição, cód. 1357).

Clavis Prophetarum... opus... desideratissimum. De Regno Christi in terris consummato acturi, ipso favente, disputationem universam in libros tres divisum: primus agit de Regno ipso; secundus de eius consummatione; tertius de tempore quo, et quando consummandum est, et quandiu duraturum. (Bibl. da Ajuda, Exemplar do antigo Convento das Necessidades, em 3 vols.).

Com estes 3 títulos, cuja primeira parte é comum em todos os exemplares, se conservam diversas cópias da *Clavis Prophetarum*. Uma destas cópias foi mandada fazer por Henri Ramière, e quase a sabia de cor. E dizia o Autor de *Le Règne social du Coeur de Jésus* que "se alguma coisa havia de notável em seus escritos ao P. Vieira a devia". (De uma carta do P. Ramière ao P. José d'Afonseca Matos, *Novo Mensageiro do Coração de Jesus*, III (Lisboa 1883)717-718).

Clavis Prophetarum seu opus plusquam mirabile De Regno Christi in terris consummato, authore incomparabili viro P. Antonio Vieyra Societatis Jesu compendiario contractum à doctissimo Patre Carolo

Antonio Casnedi ejusdem Societatis. (B. N. de Lisboa, f. ant. 819). Outras cópias na B. N. de Lisboa, Torre do Tombo, Bibl. da Ajuda, Bibl. Nac. do Rio de Janeiro, etc.

Deve-se distinguir entre Clavis Prophetarum e Compendium Clavis Prophetarum.

Sumário e Capítulos da Clavis Prophetarum. Segundo o exemplar do convento das Necessidades em três volumes, na Bibl. da Ajuda. Latim. Publicado por Azevedo em *Noticia Bibliographica sobre a Clavis Prophetarum do Padre Antonio Vieira* (Coimbra, Imprensa da Universidade, 1920)11-24. (Separata do "Boletim da Classe de Letras" da Academia das Ciências de Lisboa, vol. XIII).

Resumo da Clavis Prophetarum feito pelo Padre Carlos Antonio Casnede da Companhia de Jesus de ordem do Emenentissimo Cardeal da Cunha Inquisidor geral dos Reinos de Portugal. Author o incomparavel P.ᵉ Antonio Vieira da Companhia de Jesus. Traduzido da lingua latina para o idioma vulgar, e dedicado ao Ill.ᵐᵒ e Ex.ᵐᵒ Snr. D. Marcos de Noronha e Britto Conde dos Arcos, etc. ... Por Francisco Sabino Alvares da Rocha Vieira estudante Bahiense. B. N. de Lisboa, f. antigo 1741. Tradução feita pelo exemplar truncado da B. N. de Lisboa, f. ant. 1742. (Ambos estes exemplares, 1741-1742, pertenceram à livraria de Sir Gubian (Leilão Demichelis) n.ᵒˢ 1260, 1261). Texto latino completo nos exemplares acima indicados.

Lúcio de Azevedo, *Hist. de A. V.*, II, Apêndice n.º 7, publicou alguns excerptos da tradução, omitindo o nome do tradutor, como se fosse anómina, e nesta suposição os reproduzimos em *António Vieira e as Ciências Sacras no Brasil.*

Echo Sonoro, ou Correspondente Juizo, que formou da obra Clavis Prophetarum do P. Antonio Vieira o doutissimo P. Carlos Antonio Casnedi da Companhia de Jesus depois de repetida ponderação, e exquisito exame della. Em *Vozes Saudosas* (1736)237-243.

Crisis Paradoxa super Tractatu insignis P. Antonii Vieira Lusitani Societatis Jesu De Regno Christi in terris consummato, vel de opere illo magno universalis spei scopo Clavis Prophetarum nuncupato cum criticis reflexionibus, atque illustrationibus super omnibus, et singulis ipsius operis, ac tractatus materiis, et assertationibus. Authore quodam lusitano anonymo qui eam a quibusdam allegationibus in publicam utilitatem segregavit. 1748, 4.º "Não tem lugar da Impressão mas do caracter se conhece ser impresso em Londres". No fim tem *Compendiolum vitæ insignis, ac Venerabilis P. Antonii Vieiræ, Societatis Jesu.* B. Machado, *Bibl. Lus.*, IV, 152. — Obra de D. Inácio de Santa Teresa.

Alem das cópias dos Arquivos Portugueses e da Universidade Gregoriana, há notícias do exemplar, que existia na Livraria dos Jesuítas de Génova (perdido na dispersão de 1819); na Biblioteca do Marquês de Fontes; no Seminário de S. Luiz de Potosi; na Bibl. Nac. do Rio de Janeiro (resumo); no Escolasticado dos Jesuítas de Vals (près Le Puy, França). Este último, além das censuras de Santaromana, traz outra do P. André Semery S. J.: "Responsio ad censuras operis ms. R. P. Antonii Vieyra Societatis Jesu cui titulus est *Clavis Prophetarum*", 4.º, 24 pp. (Sommervogel, VIII, 677). Sommervogel dá ainda: "Ant. Vieira Synopsis ejus operis: De Regno Christi in terris consummato. — Q. 216. *Ms.* da Bibl. de Madrid".

Sobre esta matéria convém ter presente o livro do mesmo título do P. Faletto. Do qual demos notícia mais desenvolvida em *O P.ᵉ António Vieira e as Ciências Sacras no Brasil — A famosa "Clavis Prophetarum" e seus satélites*, na Rev. *Verbum*, I (Rio de Janeiro 1944) 263-264.

Ver *História do Futuro*. (Fragmentos publicados em 1918. Supra n.º 996). Fragmentos todos sobre o Reino de Cristo e Cristo-Rei, objecto central da *Clavis Prophetarum*.

AA. *Carta do P. António Vieira ao P. Geral Oliva*, de Carcavelos, 12 de Junho de 1677. (Goa 9(1), 310-310v). — Sendo nomeado Consultor da Província de Portugal propõe para Reitor do Colégio e Universidade de Évora o P. Domingos de Paiva e para Reitor do Noviciado o P. Francisco de Almeida. Não diz que pertencem a esta ou àquela terra, porque são detestáveis tais distinções. *Ital.*

BB. *Carta do P. António Vieira ao P. Geral Noyelle*, da Baía, 21 de Junho de 1683. (Bras.3(2), 168-168v). — Parabéns ao novo Geral. Louva o P. António de Oliveira. Pede missionários estáveis. *Lat.*

CC. *Carta ao P. Assistente em Roma*. [Da Baía, 1684]. (Gesù, Colleg. 20). — Sobre o afecto nacional dos Padres Portugueses nascidos no Brasil para com os seus conterrâneos e duma consulta havida por 4 deles para excluir os Padres Portugueses nascidos em Portugal. *Lat.*

Não traz data nem assinatura. Mas é o próprio rascunho da letra de Vieira. Da sua leitura se infere que já era Governador o Marquês das Minas e ainda não era Provincial o P. Alexandre de Gusmão, e ambos começaram em 1684. A carta foi escrita entre a posse de um e de outro.

DD. *Carta do Visitador António Vieira ao P. Geral Tirso González*, da Baía, 21 de Junho de 1688. (Bras.3(2), 253-255v). — A sua nomeação de Visitador; planos de governo; superiores, etc. *Lat.*

EE. *Carta ao P. Geral Tirso González*, da Baía, 22 de Julho de 1688. (*Bras.3(2)*, 256-257v). — Coisas e Padres do Maranhão: que tenham prudência e digam tudo a El-Rei; não está de acordo com tudo o que contém o *Regimento das Missões* do Estado do Maranhão e Pará, de 21 de Dezembro de 1686. *Lat.*

FF. *Carta ao P. Geral*, da Baía, 27 de Julho de 1688. (*Bras.3(2)*, 258-259v). — Sobre o Seminário de Belém da Cachoeira, ordenações sacerdotais, noviços, e estudos universitários e mulatos. — Cit. em S. L., *História*, V, 169; — excerpto sobre estudos e mulatos, *ib.*, 77-78. *Lat.*

GG. *Carta ao P. Geral*, da Baía, 4 de Agosto de 1688. (*Bras.3(2)*, 262-264v). — Exames dos neo-sacerdotes, que o Arcebispo exigiu; consente e diz porquê, e as boas consequências do seu acto conciliador; urge o estudo da língua brasílica. *Lat.* — Ver supra, n.º 884.

HH. *Carta ao P. Geral*, da Baía, 9 de Agosto de 1688. (*Bras.3(2)*, 260-261v). — Sobre pessoas e Superiores que nomeou. *Lat.*

II. *Carta ao P. Geral*, da Baía, 8 de Dezembro de 1688. (Gesù, *Missiones*, 721). — Que se restaure o antigo costume da Província, que agora se não pratica, de enviar os Irmãos do Recolhimento, logo depois do Noviciado, às Aldeias: para suprir a falta de experiência, para aprender a língua brasílica, e para o Provincial os conhecer melhor. Com a resposta do Geral: "Probantur rationes Patris Visitatoris". *Lat.*

JJ. *Carta ao P. Geral Tirso González*, da Baía, 27 de Junho de 1689. (*Bras.3(2)*, 267-268v). — Trata das Missões no Sertão da Baía e do Ceará; louva o P. João de Barros, o P. Jacobo Cocleo e outros. Faltam missionários e pede ao Geral que os envie. Não lhes faltará no Brasil ocasião de merecimento, porque vê hoje desprezadas as missões dos Índios, para as quais convida os filhos generosos de S. Inácio sejam de que nação forem. — Cit. em S. L., *História*, V, 294. *Lat.*

KK. *Carta ao P. Geral Tirso González*, da Baía, 19 de Julho de 1689. (*Bras.3(2)*, 274-274v). — Sobre o P. Baltasar Duarte, que nomeou Procurador do Brasil em Lisboa, homem dotado de grande urbanidade, que conciliava a estima dos homens do governo, com quem tratava, qualidade necessária para o bom desempenho de seu ofício; e encarregava-o, conforme as últimas ordens do Geral, de enviar Irmãos, Padres e Mestres para o Brasil. Mas tem émulos, contra os quais previne o mesmo Geral. *Lat.*

LL. *Carta ao P. Geral Tirso González*, da Baía, 3 de Julho de 1690. (*Bras.*3(2), 286-287). — Acusado de introduzir coisas novas, responde que dos 7 pontos indicados, uns não são novidade, outros não podem deixar de se aprovar, e doutros espera resposta do Geral. *Lat.*

MM. *Carta ao P. Geral*, da Baía, 17 de Julho de 1690. (*Bras.*3(2), 290-291). — Manda a "Visita Geral da Província do Brasil". Ordenou o que deixaram outros Visitadores vindos ou educados noutras Províncias, que ignoravam ou deixavam de parte muitas matérias. Manda-a em português, porque não houve tempo para a traduzir em latim, nem o poderia fazer sem alguma mudança de sentido. *Lat.*

NN. *Visita Geral da Província do Brasil pelo Visitador P. António Vieira.* Enviada para Roma com a carta de 3 de Julho de 1690. Transcrevem-se alguns parágrafos num exame de diversas ordens de Provinciais e Visitadores, feita pelo P. Francisco de Matos (letra de Andreoni), Baía, 22 de Agosto de 1701. (*Gesù, Colleg.*20).

A Visita Geral do Brasil, do P. Vieira, completa, não a vimos nos Arquivos, se porventura ainda existe.

OO. *Carta ao P. Tirso González*, da Baía, 6 de Agosto de 1690. (*Bras.*3(2), 293-293v). — A propósito da rebelião dos Padres franceses, fala da oposição do P. João António Andreoni, que arrasta consigo ao próprio Provincial. *Esp.*

PP. *Carta ao P. Geral Tirso González*, da Baía, 14 de Julho de 1691. (*Bras.*3(2), 296-299v). — Dá conta das contradições que tem e de que uns o ameaçaram de morte e outros com uma nova "jacintada" [deposição do Visitador Jacinto de Magistris]. A principal oposição nasceu de ter tirado de Procurador em Lisboa o P. Francisco de Matos, que o Assistente P. António do Rego e alguns portugueses não levaram a bem; o ter removido do govêrno da Paraíba o P. Alexandre Perier, do que o P. João António Andreoni e alguns italianos não gostaram; e de ter apeado da sua cátedra o P. Domingos Ramos, de que alguns brasileiros não ficaram satisfeitos. Conclui: "Deposito itaque ab officio Visitatoris Antonio Vieira: triumphet P. Rego cum suis Lusitanis in vindictam depositionis P.^{is} Mattos; triumphet P. Andreonius cum suis Italis in vindictam depositionis P.^{is} Perier; triumphent cæteri cum suis Brasiliensibus in vindictam depositionis P.^{is} Ramos. Mihi sufficiat pro triplici triumpho, triplici trophæo et triplici statuâ in Capitolio Justitiæ et Veritatis, etiam inter minas vitæ amittendæ, intrepide et constanter defendisse famam et castitatem Societatis in deponendo Perier; litteras et obedientiam Societatis in deponendo Ramos, res et paupertatem Societatis in deponendo Mattos. Quod si aliter religiosius placeat, sit mihi unica in Domino gloriatio, vel ipsa ab officio libertas meis precibus a P.^{e} nostro obtenta, vel ipsa ab officio privatio ex alienis informationibus ab eodem iudicata". *Lat.*

QQ. *Carta ao P. Geral Tirso González*, da Baía, 21 de Julho de 1692. (*Bras.3(2)*, 318-319). — Transcreve as palavras do P. Geral sobre a sua Visita Geral à Província do Brasil e aprovação dela; e agora que se publique, e sobretudo se cumpra; o Provincial está a modificar o plano da capela interior, depois de se ter trabalhado ano e meio no tecto dela; o novo plano é inferior ao primeiro em majestade, comodidade e beleza. *Lat.*

RR. *Carta ao P. Geral Tirso González*, da Baía, 12 de Julho de 1697. (*Bras.4*, 31). — Agradece a carta do Geral, de Janeiro deste ano; não escreveu o ano anterior por estar doente e no espaço de oito dias perdeu quase toda a faculdade de ver e ouvir. Nesse estado, por ordem do Geral e para ser agradavel à Rainha, ultimou o tômo 12.º dos *Sermoens* e o manda agora para se imprimir em Portugal. Não poucos da Companhia pela sua caridade se oferecem a ajudá-lo neste ocaso da sua velhice, e, na sua obra "De Regno Christi in terris consummato", em que medita e trabalha, o P. António Maria Bonucci, que elogia; e espera que fique pronta no ano próximo. *Lat.*

Última carta. Escrita por um dos seus amanuenses traz a assinatura *Antonius Vieyra*, por mão alheia, segundo parece; e tem escrito ao lado dela: *Obiit eodem mense die 18. Bahyæ*. Está no prelo, tomo VII desta *História*, Livro I, Cap. IV, § V.

SS. *Quatro cartas do P. António Vieira a seu sobrinho Gonçalo Ravasco Cavalcanti e Albuquerque*, da Baía, 1685-1697. (B. N. de

Paris, *Fonds Portugais*, ms. n.º 59, f. 81-87; Sommervogel, VIII, 684, nn).

"Evidente equívoco, porque nesse tempo se achava o destinatário com Vieira na Baía; fazendo-se a busca não foi possível encontrá-las no códice indicado", diz Lúcio de Azevedo, *História de A. V.*, II (1921)412-413. — Parece-nos que Vieira e o sobrinho podiam estar na Baía, mas em sítios distantes entre si. Descrição tão concreta como a de Sommervogel dá margem a alguma perplexidade; talvez o *equívoco* deva recair não sobre a *existência* das cartas, mas sobre a *cota* apontada, ou o *local* onde se encontrem. Nesta conformidade se mencionam.

TT. *Sermão do 4.º Domingo da Quaresma.* Vol. XV das "Varias Obras" do P. António Vieira (Col. da Acad. das Ciências) p. 129.

UU. *Apontamentos para um Sermão do Mandato*, ib., 305.

VV. *Sermão da 2.ª Oitava da Paschoa na Capela Real.* Com: Na tarde do dia de hontem. (Bibl. de Évora, cód. CXIII/1-31, f. 162; cód. CXXII/2-4).

Difere do outro da mesma celebração, impresso, e pregado em Roma.

XX. *Sermão de S. Agostinho em S. Vicente de Fora.* (Bibl. de Évora, cód. CXIII/1-31, f. 199).

Difere do que vem em *Sermoens*, III, 97.

YY. *Sermão de S. Pedro Nolasco, na Igreja de Nossa Senhora das Mercês, no Maranhão.* (Bibl. de Évora, cód. CXIII/1-31, f. 231).

Difere do que vem em *Sermoens*, II, 184.

ZZ. *Sermão da 4.ª Dominga do Advento.* (Bibl. de Évora, cód. CXIII/1-32, p. 363). Fragmento de 6 pp.

Difere do que vem em *Sermoens*, V, 121.

AAA. *Sermão do Mandato.* Com.: Com estas últimas palavras determino responder. (Bibl. de Évora, cód. CXIII/1-32, p. 429. — 12 p., 4.º). (Letra do séc. XVII).

BBB. *Sermão da Festa do O, Expectação da Virgem Senhora.* Com.: Bem se compõe o Evangelho da Anunciação. (Bibl. de Évora, cód. CXXII/2-4).

Difere do que vem em *Sermoens*, IV, 45.

Sermão da Soledade da Senhora em Santa Mónica. Com.: Repetidas temos hoje as queixas de Hierusalem. (Bibl. de Évora, cód. CXIII/1-31 d. a f. 86). (Letra do séc. XVII).

Sermão das Lágrimas da Magdalena no Sepulcro, no Mosteiro da Encarnação. Começa: A ausencia de hum bem amado. (*Ib.*, f. 100). (Letra do séc. XVII).

Estes dois últimos sermões, com uma nota a dizer, que embora estejam entre os de Vieira não são dele. (Rivara, IV, 52-53); Rivara traz mais 5 códices com sermões de Vieira, todos já impressos; entre os inéditos menciona ainda o da "Dominga *infra octavam* dos Reis, em memória de El-Rei D. Sebastião no Colégio da Baía", hoje também impresso. (Ver 218).

A menção aqui destes sermões inéditos não implica aceitação da autenticidade, de todos e de cada um, o que requer mais averiguações; não há porém impossibilidade pelo que consta supra, letras O e P; e até um veredicto definitivo convém conhecer-se a existência deles.

CCC. *Comentário das Tragédias de Séneca.*

DDD. *Comentário literal e moral de Josué.*

EEE. *Comentário dos cantares de Salomão em cinco sentidos.*

"De idade de dezoito anos me fizeram mestre de Primeira, aonde ditei, comentadas as tragédias de *Séneca*, de que até então não havia comento; e nos dois anos seguintes comecei um comentário literal e moral sobre *Josué* e outro sobre os *Cantares* de Salomão em cinco sentidos", diz Vieira, *Obras Inéditas*, I (1856) 43; S. L., *História*, IV, 8-9.

Não há indício de terem chegado até nós estes três comentários.

FFF. *Tratado de Filosofia.* "Indo estudar, de idade de vinte anos, no mesmo tempo compus uma Filosofia própria", diz Vieira, *Obras Inéditas*, I (1856)43; S. L., *História*, IV, 9.

Se existe, ignora-se o paradeiro. Lúcio de Azevedo (*História de A. V.*, II, (1921)414) cuidou ser de Vieira a parte de *Lógica* de outro Padre de igual nome, cujo *ms.* se encontra na Torre do Tombo, *Jesuítas*, maço 95; e há ainda um terceiro Padre com o mesmo nome de António Vieira, cuja *Lógica*, datada de 1668, existe na Bibl. da Ajuda, 50-III-21. (Cf. *Manuscriptos de Philosophia*, na *Revista de Historia*, XII (Lisboa 1923)225). — Três Padres com o nome de António Vieira, todos três escreveram de Filosofia, todos três da Companhia de Jesus, e com a particularidade de que Vieira "O Grande" se situa entre os outros dois, e na sua longa vida os alcançou a ambos, coexistindo ora com um, ora com outro. — Ver supra, *História*, VII, Livro II, o Capítulo V, consagrado à Filosofia no Brasil.

GGG. *Tratado de Teologia.* "Passando à Teologia me consentiram os meus Prelados, que não tomasse Postila, e que eu compusesse por mim as matérias, como com efeito compus, que estão na minha Província", diz Vieira, *Obras Inéditas*, I (1856)43; S. L., *História*, IV, 8.

Também desta obra se ignora o paradeiro, se porventura existe.

HHH. *Profissão solene de Vieira.* Olyssipone. Die 21 Januarii. Anno Domini 1646 in domo Professa D. Rochi. (*Lus.*6, 124-125). Autógrafo. *Lat.*

III. *Catecismo Breve na Língua Brasílica* (1653).

JJJ. *Catecismo Brevíssimo na Língua Brasílica* (1653).

Vieira achou largo o Catecismo impresso de António de Araujo: "Fizemos outro *Catecismo* recopilado em que, por muito breve e claro estilo, estão dispostos os mistérios necessários à salvação e é o que se ensina". Além deste *Catecismo breve* fizemos outro *brevíssimo*, para nos casos de maior necessidade, se poder baptizar um gentio e ajudar a morrer um baptizado". Logo se espalharam e "determinamos de os mandar imprimir em grande quantidade" para os Padres e os moradores. — Carta de 22 de Maio de 1653. (*Cartas de Vieira*, I(1925)531). Ver supra, Bettendorff, n.º 1.

KKK. *Catecismos em sete línguas diferentes.*

Falando da sua missão, e dos lugares onde estivera "desde a Serra de Ibiapaba até o Rio de Tapajós", Vieira (1664) diz: "compus no mesmo tempo com excessiva diligência e trabalho seis catecismos, que continham em suma todos os mistérios da fé e doutrina cristã em *seis* línguas diferentes: um na *língua geral* da costa do mar, outro na dos *Nhengaíbas*, outro na dos *Bócas*, outro na dos *Juramiminos* [Jurunas] e dois na dos Tapajós". *Obras Inéditas*, I (1856)49-50.

Trinta e um anos mais tarde (1695), escreve: "Antonio Vieira esteve cinco anos em todas as Aldeias da Baía e nove na gentilidade do Maranhão e Grão Pará, onde em distância de quatrocentas léguas levantou dezasseis igrejas, fazendo catecismos em sete línguas diferentes". Carta de Vieira ao P. Manuel Luiz, de 21 de Julho de 1695. (*Cartas de Vieira*, III (1928)666-667).

Antes dizia *seis*, depois *sete*, contas exactas ambas, se a segunda incluir os dois catecismos, *breve* e *brevíssimo* da Língua Geral ou brasílica, feitos por ele por volta de 1653, com base no *Catecismo* do P. António de Araújo, diz ele em 1656. Dos outros cinco, talvez os fizesse todos ou alguns, nos seus delineamentos primitivos; mas na forma 'definitiva, o dos *Nhengaíbas* é do P. Manuel Nunes, e o dos *Tapajós* de João Felipe Bettendorff. (Cf. S. L., *História*, IV (1943)313).

LLL. *Mapa Corográfico do Maranhão, Pará e Amazonas.*

"Vai com esta um mapa de todas as terras e rios por onde até agora estamos estendidos e das casas e residências e mais cristandades que temos á nossa conta [...]. Deste mapa e da disposição dos sítios e casas dele se entenderá facilmente a idéia de toda a missão [...]: "que toda a missão se divida em colonias..."

Carta de Vieira ao P. Geral Gosvino Nickel, Maranhão, 10 de Setembro de 1658. Em S. L., *Novas Cartas Jesuíticas* (1940)266. Um ano antes em 1657 haviam já estado os Jesuítas Portugueses no Rio Negro.

É o que em Sommervogel (ZZ) vem com o título de "Divisão do continente do Maranhão, que se estende por mais de 600 léguas desde a serra de Hyaporrá até o Rio dos Tapuias em colónias onde se criassem e saissem os Missionarios". O Rio dos Tapuias é o actual Rio Parnaíba (Piauí) e a serra de Hyaporrá (Japurá) fica na margem esquerda do Rio Solimões.

MMM. *História do Futuro* (Fragmentos, além dos já publicados e outros apontamentos). Na Torre do Tombo. Processo n.º 1664 da Inquisição de Coimbra, Pasta 2.ª, Apensos de 1 a 13.

Enquanto esteve dois anos em custódia na Inquisição de Coimbra, diz Vieira, "sin libro alguno, y solo con papel y pluma, compuso entonces quarenta y quatro cuestiones no tratadas, que huvieran ya salido á luz publica, si por satisfacer á otros deceos no se huvieran anticipado otros escritos vulgares". Carta a Jácome Esquarçafigo, da Baía, 30 de Abril de 1686, em *Cartas de Vieira*, III, 791 (supra n.º 868).

NNN. *Informationes pro causa Antonii Vieira Roma ab ipso Summo Pontifici presentatæ.* Cópia na B. N. de Lisboa, f. antigo 2675, *Maquinações*, III, 393ss. Excerptos em Lúcio de Azevedo, *História de A. V.*, II (1921)345-349. Há outras cópias na Torre do Tombo, Bibl. de Évora, etc.

OOO. *Ad Serenissimam Lusitaniæ Reginam, post receptam cum potabili Indicæ Cocollatæ munere Epistolam, Regijs ejusdem manibus scriptam, qua ad edendam in lucem Clauem Prophetarum invitatur Antonius Vieyra, Resp.* (Bibl. de Évora, cód. CVII/1-26, f. 367). Carta latina em verso (11 dísticos) por letra de João António Andreoni, que recolheu os manuscritos de Vieira, no momento da sua morte. O autor fala na 1.ª pessoa.

Junto com esta, outra poesia *Ad Serenissimum Lusitaniæ Regem de Libris a P. Antonio Vieyra quotannis missis e Rure Brasilico*. (Bibl. de Évora, cód. CVII/1-26, f. 366). Também com letra de Andreoni, mas fala na 3.ª pessoa. Dirigida a El-Rei, por outrem em homenagem a Vieira louvado nela.

PPP. *Arbitrios que el P. Antonio Vieira y toda la Compañia dieron al Duque de Bergança por haverse de conservar en el Reyno de Portugal.* (Roma, Berberini, Cat. 42, XLIII, 106, f. 220-238). — Ver supra, n.º 1015: *Parecer de 1644*. Não averiguamos se aqueles *Arbitrios* são o mesmo que este *Parecer*.

Manuscritos mencionados por Barbosa Machado (menciona outros, já incluídos nas listas precedentes ou entre os inéditos ou entre os impressos, por terem sido ulteriormente publicados):

Emblemas morais à Rainha D. Luiza de Gusmão.

Avisos para a morte.

O primeiro parece referir-se ao papel hoje impresso, "Esperanças de Portugal", escrito para consolação moral da Rainha D. Luiza; e o segundo à parte dos "Catecismos" em que se trata de ajudar a bem morrer.

Com as dos Padres Nuno da Cunha, António Barradas e Simão de Vasconcelos, lê-se a assinatura autógrafa (três vezes) de António Vieira, em *Compromisso entre os Padres do Colégio da Baía e o Colégio de S. Antão de Lisboa.* Lisboa, 16 de Junho de 1642. (Torre do Tombo, *Cartório dos Jesuítas*, maço 19).

Inéditos de António Vieira? Por Afonso de E. Taunay, *Anais do Museu Paulista* (S. Paulo 1936) 544-555. Trata-se dum códice do Mosteiro de S. Bento, de Olinda. Pela notícia de Taunay, verificamos que não contém nada que não esteja nos Arquivos Portugueses. São cópias, com alguma variante, e nem tudo é de Vieira.

Os maiores depósitos de manuscritos de Vieira são a Bibl. Nacional, a Academia das Ciências, o Arquivo Nacional da Torre do Tombo, a Bibl. da Ajuda e o Ministério dos Estrangeiros, em Lisboa; a Bibl. Pública de Évora; a Bibl. da Universidade de Coimbra; o Gesù, e o Archivum S. I. Romanum. Noutros Arquivos de Portugal, do Brasil e do Estrangeiro há cópias diversas e só por acaso algum original tresmalhado dos depósitos primitivos.

Procuramos dar a lista completa dos escritos de Vieira reconhecidos como tais. Quem assumir um dia a tarefa de alta cultura, que é uma edição diplomatística de toda a obra vieirense, não se poderá dispensar de verificar naqueles grandes depósitos, sobretudo nos de Lisboa, Évora e Coimbra, os autógrafos, originais e cópias, para deslindar dúvidas e assinalar variantes.

VI Secção — BIOGRAFIAS

Divide-se esta secção em duas partes, na primeira das quais — *Varia* — se agrupam algumas cartas e outros escritos relacionados com Vieira.

a) Varia:

Carta do Conde Almirante a António Vieira, de Nantes, 3 de Março de 1646, (Bibl. de Évora, cód. CVI/2-1, f. 358). Publ. por Lúcio de Azevedo em *Subsídios*. "Boletim da Acad. das Ciências de Lisboa", IX, 418-420.

Carta dos Judeus de Ruão a António Vieira, de Ruão, 4 de Maio de 1646, (B. N. de Lisboa, cód. 656, d. 207). Publ. por Lúcio de Azevedo, em *Subsídios*. ib., 430-431.

Instrucção que deu El-Rei D. João 4.º ao P.ᵉ António Vieira para seguir nos negocios a que foi a Roma. Lisboa, 11 de Dezembro de 649. (Cópia na B. N. de Lisboa, f. antigo 1461, f. 98v). Publ. por Lúcio de Azevedo, *História de A. V.*, I (1918)377-385.

Carta de El-Rei D. João IV ao Padre António Vieira. Lisboa, 16 de Abril de 1650. (Cópia na B. N. de Lisboa, f. antigo 1461, f. 106v). Publ. por Lúcio de Azevedo, *História de A. V.*, I (1918)385-386. — Destas duas cartas de El-Rei há cópia na Bibl. de Évora, cód. CVI/2-6, f. 271 e 280.

Informatio de P. Antonio Vieira, 1650. (*Lus.74*, 325-326v). Lat.

Provisão Régia, de 21 de Outubro de 1652, ao P. António Vieira em que D. João IV lhe dá poderes para a missão do Maranhão. Na íntegra, em Barros, *Vida*, 62-63; José de Morais, *História*, 276.

Carta do Reverendissimo P. Joaõ Paulo Oliva Geral da Companhia escrita ao P. Antonio Vieyra, na occasiaõ em que em Roma na Igreja do Noviciado de Santo André prégou de tarde o Sermaõ do Beato Estanislao, tendo prégado de manhãa o author desta Carta; em que tambem louva o Panegyrico das lagrimas de Heraclito, que anda neste Tomo. Santo André, 13 de Março de 1675. (*Sermoens*, XIV, 209-210).

Carta do Reverendissimo Padre Joaõ Paulo Oliva, Géral da Companhia, prégador de quatro Summos Pontifices, escrita ao Padre Antonio Vieyra em resposta de outra que o dito Padre lhe escreveo, em occasiaõ em que sahiraõ a luz os seus Sermoens. Roma, 12 de Setembro de 1680. (*Sermoens*, XIV, 206-208).

Cartas de Sebastião de Matos e Sousa ao P. António Vieira. Publicadas em 1746. — Ver supra, n.º 878.

Carta de El-Rei D. Pedro II ao P. António Vieira, de Salvaterra, 6 de Fevereiro de 1692, sobre as missões do Brasil e Maranhão e a Guerra dos Palmares, e agradecendo-lhe os seus serviços pelo bem das almas e conveniências do Estado do Brasil. Publ. em Barros, *Vida*, 479.

Epænotaphion Encomiasticum R. Admodum Patris P. Antonii Vieiræ, Societatis Jesu. Elogio em estilo lapidar pelo P. Jerónimo de Castilho, da Real Academia Portuguesa da História. *Vozes Saudosas* (1736)249-260.

Pompa funebris indictio Collegii Conimbricensis. Descrição emblemática, pelo P. Matias Correia. *Ib.*, 261-271.

Funebris Pompæ indictio. Elogio latino em estilo lapidar, pelo P. Manuel de Oliveira. *Ib.*, 272-275.

Elogium Sepulchrale. No mesmo estilo, pelo P. Manuel de Oliveira. *Ib.*, 276-281.

Lacrymæ Typographicæ Officinæ in obitu venerabilis Patris Antonii Vieira Elegia do P. Henrique de Carvalho. *Ib.*, 282-291.

A la ilustre, venerable y immortal memoria del sapientissimo Padre Antonio Vieira de la Compañia de Jesus, Visitador de la Provincia del Brasil, Predicador de los Señores Reys de Portugal, y de la Señora Reyna de Suecia. Pelo P. Nicolas de Segura da Companhia de Jesus. *Ib.*, 297-314.

À morte do Reverendo Padre Antonio Vieira. Soneto de Manuel Botelho de Oliveira, *Musica do Parnasso*, ed. da Acad. Brasileira (Rio 1929)128.

Ponderação da morte do Padre Antonio Vieira, e seu irmão Bernardo Vieira ao mesmo tempo succedidas. Soneto de Manuel Botelho de Oliveira, *ib.*, 129-130.

À morte do famigerado lusitano, o grande Padre Antonio Vieira. Soneto de Gregório de Matos, *Obras de Gregório de Matos*, ed. da Academia Brasileira, II (Rio 1923)151.

A hum pintor retratando o P.e Antonio Vieyra. Soneto pelo Dr. Gonçalo Soares [da França]. Em "Brasilia", I (Coimbra 1942) 562. — *A morte do P.e Antonio Vieyra.* Soneto pelo mesmo. *Ib.*, 563.

Profecia traduzida de um discurso apologetico do Padre Antonio Vieira. Poesia de Gregório de Matos, *Ib.*, IV (Rio 1930) 125-130.

Triumphus Sapientiæ. Em louvor do P. António Vieira. Drama Trágico do P. João de Moura, Mestre de Letras Humanas. Representado no Colégio das Artes de Coimbra, no dia 15 de Maio de 1737. "No qual se coroou a incomparavel sabedoria do sempre grande e nunca assaz louvado Padre Antonio Vieira". "Pelos triunfos que gloriosamente conseguiu do mundo, da heresia, da idolatria e da ignorancia". A esta função assistiu toda a Universidade e "se fez muito plausivel pelo primor do teatro e das figuras e pela excelencia da musica". (*Gazeta de Lisboa*, Ano de 1737, p. 276).

Vieira justificado, ou carta apologetica a favor do insigne orador P. Antonio Vieira contra um critico moderno. Por Fr. Mateus da Assunção Brandão. Lisboa. Imprensa Regia, 1818, 8.º, 61 pp.

O crítico moderno contraditado é o P. José Agostinho de Macedo (o mesmo que censurou Camões) e que a Vieira chama "detestável", que não tem nos seus discursos "uma instrução cristã", e a quem "desprezava de todo o seu coração", — diz na advertência ao seu "Sermaõ contra o philosophismo do seculo XIX", impresso em 1811. O Autor de *Vieira Justificado*, Fr. Mateus de Assunção Brandão, era monge Beneditino, Pregador Régio, etc., e deixou outros livros, (Cf. Inocêncio, VI, 163).

Nota sobre as duas missões diplomáticas do Padre António Vieira à França e Holanda. Por J. Lúcio de Azevedo. Separata do "Boletim da 2.ª Classe" da Academia das Ciências de Lisboa, VI (1913)222-233.

Alguns escritos apócrifos, inéditos e menos conhecidos do Padre António Vieira. Por J. Lúcio de Azevedo. Coimbra. Imprensa da Universidade, 1915, 8.º, 13 pp. Separata do "Boletim da 2.ª Classe" da Academia das Ciências de Lisboa, IX, 537-547.

Escritos satíricos contra Vieira. Publ. por Lúcio de Azevedo, *História de A. V.,* II (1921) 358-366. [*Carta de Hyeronimo Correa Sarrapante, Carta de D. Feliciana, Engano Judaico, Quem é o P. Vieira e os seus procedimentos*].

O Padre Antonio Vieira julgado em documentos franceses — Diplomacia da Restauração. Por J. Lúcio de Azevedo. Separata do "Arquivo de História e Bibliografia", vol. I. Coimbra, Imprensa da Universidade, 1925. 8.º gr., 30 pp.

As imitações do Padre Vieira, por Solidónio Leite, "Notas e Contribuições de um bibliophilo" (Rio 1925) 21-29.

O Crime de António Vieira. Por Pedro Calmon. S. Paulo [1931], 8.º, 119 pp. [Não se trata de nenhum crime de Vieira, mas de um episódio de política e lutas locais, em que os inimigos da sua família o procuravam envolver].

La elocuencia del Padre A. Vieira, S. I., por Miguel Nicolau, *Estudios,* 48 (Buenos Aires 1933)439-450.

Actualidade literária do Padre António Vieira. Por J. Fernando de Sousa. Em *Letras e Artes.* Suplem. das "Novidades", Lisboa, 30 de Abril de 1939.

A eloquência de Vieira. Por D. Manuel Trindade Salgueiro, *Estudos,* XVII (Coimbra 1940)337-349; 410-416.

O Padre Vieira e a moeda. Por Pedro Calmon. Em *Figuras de Azulejo* (S. Paulo 1940)27-33.

A ideologia imperialista do Padre António Vieira. Por Albin Eduard Beau. *Boletim da Universidade de Coimbra,* XV (1942)211-224.

As contradições do Padre António Vieira. Por Gil de Agrobom. Rio de Janeiro, 1943. 8.º peq., 140 pp. [Artigo de jornal numa colectânea de cinco artigos, onde o que se refere a Vieira, e dá o nome ao todo, vai de p. 10 a 38. O autor, dado a lides comerciais no Rio de Janeiro, caracteriza-se pela "falta de senso geral de justiça", diz Afonso Arinos de Melo Franco].

Vieira Psicanalista. Por I. K. L. [Diamantino Martins, S. I.]. Na "Revista Portuguesa de Filosofia", Braga, II (1946)296-301. Trata dos sonhos e ideias de Vieira na sua aplicação aos três sonhos de Xavier.

Censuras do 3.º Tomo dos Sermões de Vieira: uma do P. João Pereira, da Baía, 20 de Julho de 1682; outra do P. António Rangel, da Baía, 21 de Julho de 1682. (Gesù, V-672, f. 69-70).

Judicium R.^{mi} P. Thyrsi Gonzalez Generalis Societatis Jesu circa valorem sentenciæ de ambitu, latæ contra Patres Antonium Vieyra et Ignatium Faya in congregatione Provinciæ Brasiliæ mense Mayo 1694. 8 pp. Na Bibl. de *Études* (Paris), no vol. in-f. *Noticias Historicas*, Tomo I. [Contém outras cópias de manuscritos atribuídos a Vieira, já mencionados nalguns dos números ou letras precedentes]. Existe na mesma Bibl. de *Études*, outro volume com o título de *Sentença contra o Padre Vieyra* (Inquisição de Coimbra), com peças também todas já publicadas.

Thezouro de bellas letras ou compilação de varios trechos na maior parte tirados das obras do P. Antonio Vieira. (Bibl. da U. de Coimbra, cód. 108; *Cat. de Mss.*, Coimbra, 1940, 111).

Palavras de que usa o P. Antonio Vieira (Nas suas "Cartas", "Historia do Futuro", "Sermões Varios", etc.). *Ib.*, cód. 1161. Letra da mão de Joaquim Inácio de Freitas. [Da mesma letra, *ib.*, cód. 1158: "Concordancia ou indice de todos os vocabulos dos "Lusiadas" de Luiz de Camões. Anno de 1801"].

Soneto feito por Antonio Barbosa Bacelar ao P. Antonio Vieira pregando da Degolação de S. João Baptista. (B. N. de Lisboa, Col. Pomb., cód. 127, f. 148).

Soneto à funeral pompa e estrondoso Mausoleo que o Conde da Iriceira irigio nas honrras do melhor Mestre e Pregador, que ouve nos nossos Secollos: o R.^{do} P.^{e} Antonio Vieira da Comp.^{a} de Jezus. s. a. Por Sebastião da Fonseca e Paiva, Mestre do Convento de Palmela. (B. N. de Lisboa, *ib.*, 130, f. 1).

Soneto "Só agora, ó discreto ajuntamento..." Ao discreto elogio que á memoria do P.^{e} Antonio Vieira fez o D.^{mo} Sr. Xavier de Fontes Monteiro. Por João Magalhães. (B. N. de Lisboa, *ib.*, 131, f. 22).

Epigrama latino em louvor do P. Antonio Vieira. Por Bernardo José de Mello. (*Ib.*, f. 22v).

Dísticos latinos em louvor do P.^{e} António Vieira. Pelo P. Manuel de Jesus. (*Ib.*, f. 23).

Epigramma latino á estrella que appareceu sobre o cubiculo do P. Antonio Vieira. Pelo P. Manuel da Cunha. (*Ib.*, f. 23v).

Lusitaniæ Questus In obitu Venerabilis P. Antonij Vieyræ, quos solatur Brasilia novo Sideris prodigio quod aëre suspensum apparuit, stetitque supra ubi erat viduatum luce cadaver. Pelo Ir. Bernardo de Azevedo S. I. Torre do (Tombo, Cartório dos Jesuítas, 80). Longa composição elegíaca.

Carta athenagorica de la Madre Jvana Ynes de la Crvz religiosa professa de velo, y choro en el muy Religioso Convento de San Geronimo de la Ciudad de Mexico cabeça de Nueba-España. Que Imprime, y dedica a la misma Sor, Phylotea de la Crvz, Su estudiosa afficionada en el Convento de la Santissima Trinidad de la Puebla de los Angeles. Con licencia. En la Puebla de los Angeles en la Imprenta de Diego Fernandez de Leon. Año 1690. Hallarase este papel en la libreria de Diego Fernandez de Leon debajo de el Portal de las Flores. 4.º, 18 f. — Na f. 5 começa a "Carta de la Madre Juana Ines de la Cruz, religiosa del Convento de San Jerónimo de la Ciudad de Mexico, en que hace juicio de um Sermón del Mandato que predicó el Reverendíssimo Padre Antonio de Vieira, de la Compañia de Jesús, en el Colegio de Lisboa"; — *Carta Athenagorica* [...]. En Mallorca. Por Miguel Capò Imp. Año 1692; — *Crisis sobre un sermón de um orador, grande entre los mayores, que la Madre Soror Juana llamó respuesta, por las gallardas soluciones con que responde a la facundia de sus discursos.* — É o titulo com que aparece a *Carta Athenagorica,* abrindo o "Segvndo Volvme de las *Obras* de Soror Jvana Ines de la Crvz...", 1692. Con privilegio, en Sevilla, por Tomas Lopes de Haro, Impressor, y Mercader de Libros; — *Crises...* no "Segundo Tomo de las *Obras* de Soror Juana Ines de la Cruz... 1693, Barcelona. Por José Llopis; — *Crisis...* na "Quarta impression completa de todas las obras de la Autora". Madrid, en la Imprenta de Angel Pasqual Rubio. Año 1725.

— "Sor Filotea de la Cruz es seudónimo del Obispo de Puebla D. Manuel Fernández de Santa Cruz y Sahagún, según dice Beristáin". (Pedro Enrique Ureña, *Bibliografía de Sor Juana Inés de la Cruz* na *Revue Hispanique* (Paris 1917)181).

— A *Carta Atenagórica* ou *Crisis* versa sobre o Sermão do Mandato (o das "Finezas de Cristo") pregado na Capela Real em 1650. (*Sermoens,* VII (1692) 333-374). Conhecido pela poetiza mexicana através das edições espanholas, anteriores a 1690, e constam da secção IV, supra, *Traduções.*

Apologia a favor do R. P. Antonio Vieyra da Companhia de Jesu da Provincia de Portugal, Porque se desvanece e convence o Tratado, que com o nome de Crisis escreveu contra elle a Reverenda Senhora D. Joanna Ignes da Cruz, Religiosa de S. Jeronymo da Provincia de Mexico das Indias Occidentais. Escreveu-a a M. Sor Margarida Ignacia, religiosa de Santo Agostinho no Convento de Santa Monica de Lisboa Oriental que a consagra, e dedica ao muyto Reverendo P. Provincial e mais religiozoz da Companhia de Jesu da Provincia de Portugal. Lisboa Occidental, Na Officina de Bernardo da Costa. Anno de 1727, 4.º, XI ff.-188 pp.

O verdadeiro autor deste livro é um irmão de Sor Margarida Inácia, o P. Luiz Gonçalves Pinheiro, natural de Lisboa, do habito de S. Pedro. — A licença do Paço é de D. José Barbosa, e constitui um elogio de Vieira.

Vieyra impugnado por la Madre Sor Juana Ines de la Cruz, Religiosa del Orden de San Geronimo, de la Ciudad de Mexico. Y defendido por la Madre Sor Margarida Ignacia, Religiosa de San Agustin en su Convento de Santa Monica de la Ciudad de Lisboa. Ponese al principio el Sermon del Mandato del Padre Antonio Vieyra que impugna la Madre Sor Juana, y que defiende la Madre Sor Margarida Y al fin se añade la Oracion Funebre que dixo en las Honras del Padre Vieyra el Illustrissimo, y Reverendissimo Señor Don Manoel Caytano de Sousa. Con Privilegio; En Madrid, en la Imprenta de Antonio Sanz, año de 1731, 8.º, 509 pp.
— Contém: A *Carta Atenagórica,* a *Apologia,* e a *Oração Fúnebre.*

Antonio Vieyra en México. La Carta Atenagórica de Sor Juana Inés de la Cruz. Por Alfonso Junso. Lisboa, 1933.

Apologia del celebre Sermon del Mandato del P. Vieira contra la critica de la Monja de Mexico. — Ms. de Fr. Alonso Segura Franciscano (Beristáin).

Anti-Gerundio Indiano contra el Gerundio Español. Dialogismo critico-apologetico entre dos Payos serriles Amphrisso y Theophilo, Bachilleres selvages por la vniversidad de Bolonia. En defensa de el Principe de los Oradores el sapientissimo P. Antonio Vieyra de la Compañia de Jesus. Y Crisis Anatomico-rethorica sobre el Sermon Guadalupano que en la fiesta de el Colle.º de Abogados de esta corte Mexicana predico el dia 13 de Deciembre de 1761, el mayor y mas famoso orador de la moda vieja. Por el L. Gerundio Calfurñas. Abogado de la misma Aud.ª Quien afectuosamente la dedica a los insulcissimos Señores Burdaluecos y Señeristas. — *Ms.*, 4.º, ff. 144. (Catal. da Bibl. Ricardo Heredia, 4.ª part. (Paris 1894), p. 19, n.º 3950).

b) Notícias e Biografias:

Compendium vitæ pereximii Patris Antonii Vieira. Bahiæ, 20 Julii an. 1697. (Lus.58(2), 520-527). Carta latina ao P. Geral pelo P. João Antonio Andreoni (*Sermoens*, XIV, 293-303). Publ. com a trad. portuguesa: *Carta do P. Reytor do Collegio da Bahia, em que dá conta ao Padre Geral da morte do P. Antonio Vieyra, & refere as principaes acçoens da sua vida,* em Anais da Bibl. do Rio de Janeiro, XIX (1897)146-160.

Relação Breve das Exequias do Reverendissimo Padre Antonio Vieira que o Conde da Ericeira fez celebrar na Igreja de S. Roque da Casa Professa da Companhia de Jesus. Em 17 de Dezembro de 1697. — No fim, a *Oração funebre* de D. Manuel Caetano de Sousa.

Oraçaõ funebre nas exequias do Reverendissimo Padre Antonio Vieira da Companhia de Jesu, Prégador dos Reys D. Joaõ IV, D. Affonso VI, e D. Pedro II. Que na Igreja de S. Roque fez celebrar o Conde da Ericeira D. Francisco Xavier de Menezes Em 17 de Dezembro de 1697. Disse-a o P. D. Manoel Caetano de Sousa, Clerigo Regular, hoje do Conselho de S. Magestade, Pro-Comissario Geral Apostolico da

Bulla da Santa Cruzada, e Censor da Academia Real. Mandado imprimir por ordem de S. Magestade. Em Lisboa na Officina de Jozeph Antonio da Silva, impressor dacademia Real, no anno de MDCCXXX. — Reeditada em hemenagem (sic) ao grande Padre Antonio Vieira no seu bi-centenario, pela Redacção da "Revista Catholica". Viseu, Imprensa da "Revista Catholica", 1897.

Elogio do P. Antonio Vieira no "Menologio do Brasil", (Bras.14, 10v-11); cf. *Ephemerides da Companhia de Jesus*, B. N. de Lisboa, Col. Pomb., 514, p. 97.

Breve resumen de la vida del Venerable Padre Antonio de Vieyra, de la Compañia de Jesvs. [Pelo P. Francisco da Fonseca]. *Sacada de las obras, que se imprimieron en Barcelona en el año de 1734*. Con licencia. En Barcelona [17..]. 8.º peq., VII-153-VII pp. A última dos Prels. com uma gravura tosca de Vieira (Valle f.). (*Catálogo da Livraria do Conde do Ameal* (Lisboa 1924)80).

O *Breve Resumo* foi escrito em português pelo P. Francisco da Fonseca, célebre autor de "Evora Gloriosa". Saiu trad. em espanhol à frente das obras de Vieira, Barcelona, por Maria Marti, 1734, 4 tomos; — Pamplona, por Alonso Bonguete, 1735.

Três cartas do P. Francisco da Fonseca sobre o P. António Vieira e outros escritores, de Roma, 20 de Junho e 28 de Agosto de 1734, e 19 de Março de 1735. Escritas em latim e traduzidas e publ. em português, nos *Anais da B. N. do Rio de Janeiro*, XIX, 169-174.

Noticias de alguns ditos, e acções do P. Antonio Vieyra da Companhia de Jesus colhidos de alguns Religiosos antigos e outras Pessoas suas contemporaneas, e de alguns louvores, e abonos alheyos do seu grande engenho. Panchy [India], 6 de Dezembro de 1737. (Torre do Tombo, Arquivo da Inquisição, 1492; B. N. de Lisboa, f. antigo 1524). Publ. por António Baião, *Episódios dramáticos da Inquisição Portuguesa*, I (Porto 1919)306-316. São 15 ditos. O último, se sucedeu, não podia ser ao ir ordenar-se a Salamanca, como aí se lê, porque Vieira recebeu as Ordens sacras na Baía.

Vida do Apostolico Padre Antonio Vieyra Da Companhia de Jesus, chamado por antomasia o Grande: acclamado no Mundo por Principe dos Oradores Evangelicos, Prégador Incomparavel dos Augustissimos Reys de Portugal, Varão esclarecido em Virtudes, e Letras Divinas, e Humanas; Restaurador das Missaões do Maranhão e Pará. Dedicada ao Serenissimo Senhor Infante D. Antonio pelo P. André de Barros da Companhia de JESUS. [Trigrama da Companhia]. Lisboa: Na nova Officina Sylviana. M.D.CC.XLVI. Com permissaõ dos Superiores, e Privilegio Real. In-f., XXVI inums - 686 pp. nums. (inclui os Índices). Edição esmerada. Com retrato de Vieira, de Carlos Grandi, e gravuras alusivas à vida de Vieira. Nos *Preliminares*, censuras de Dr. Fr. José Pereira de Santa Ana, cronista do Carmo, e D. José Barbosa, Cronista da Casa de Bragança e censor da Academia Real; — *Vida do Padre Antonio Vieira* pelo P. André de Barros. Lisboa, 1858. 8.º, XIII-415. (Sem parte dos Preliminares, nem a Notícia Prévia, nem os Índices).

Incluida nas *Obras Completas* do Padre António Vieira (27 vols.). — Em Roma, no Arq. da Universidade Gregoriana, *ms.* 292 (Miscellanea) há diversos passos *ex vita P. Antonii Vieyra*, que verificamos ser de André da Barros.

Elogio do P. Antonio Vieira. Por D. José Barbosa, Clérigo Regular Teatino, Cronista da Sereníssima Casa de Bragança e Censor da Academia Real. In f., 6 pp., Lisboa 1748, nos *Preliminares* da *Vida* de Vieira pelo P. André de Barros. Várias vezes reproduzido.

Compendiolum Vitæ insignis, ac Venerabilis P. Antonii Vieiræ Societatis Jesu. Por D. Inácio de Sta Teresa. No fim de *Crisis Paradoxa*. Cf. supra, letra Z.

Espirito de Vieira ou Selecta de pensamentos economicos, politicos, moraes, litterarios, com a biografia deste celebrado Escriptor. Appendice aos *Estudos do Bem Commum.* Por José da Silva Lisboa [Visconde de Cairu]. Rio de Janeiro na Impressão Regia 1821. Com licença. 8.°, 58 pp.

Discurso Historico e Critico ácerca do Padre Antonio Vieira e das suas obras. Por D. Francisco Alexandre Lobo, Bispo de Vizeu. Coimbra, Imprensa da Universidade, 1897. 8.° lexicon, 133 pp.

Edição do Bicentenário de Vieira; a 1.ª é de 1823 e anda também incluida em D. Francisco Alexandre Lobo, *Obras*, II (Lisboa 1849), substituída a palavra *Discurso* por *Memória*.

Ant. Vieyra prédicateur et missionnaire portugais. Em *Causeries et Meditations*... par Ch. Magnin, Paris, 1843, II, 372 (Sommervogel-Bliart, *Bibl.*, XI, 1947).

Nascimento do P.^e Antonio Vieira. Por Aristides Bastos. Em "O Instituto" (Coimbra 1860)305.

Epitome da Vida do Padre Antonio Vieira. Por José Inácio Roquete. Na *Rev. do Inst. Hist. e Geogr. Bras.*, VI (1860)229-252. Ver supra, II secção, *Cartas Selectas do P. Antonio Vieira.*

Vida do Padre Antonio Vieira. Por João Francisco Lisboa. Constitui o 4.° vol. de *Obras Posthumas* deste Autor. S. Luiz do Maranhão, 1864-1865. 8.°, 8-488, e notas, 681-736 pp.; — *Vida do Padre Antonio Vieira*. Obra posthuma de João Francisco Lisboa. Quinta edição. Paris, Mellier, 1891, 8.°, 392 pp.; — edição de clássicos, de Jackson. Prefácio de Peregrino Júnior. Rio de Janeiro, 1948.

"Lisboa, dans sa longue biographie, malheureusement inachevée, a profité des travaux de ses prédécesseurs, Son mérite est d'avoir mis en lumière certains points jusque là laissés dans l'ombre. Que n'a-t-il lu nos vieilles relations, si pittoresques et si remplies de piquant intérês ! en comprenant mieux les premiers temps du Brésil, il eût mieux compris son héros, et il ne fût pas descendu à des critiques parfois mesquines. En dépit de ses efforts pour se montrer impartial, il ne l'a pas toujours été. A ses yeux, le jésuite a fait tort au grand homme. La vérité se venge. Elle dédaigne d'apparaitre dans toute sa majesté à l'intelligence que rétrécit l'esprit de parti". (E. Carel, *Vieira — Sa vie e ses Oeuvres*, Préface, X).

Histoire du P. Vieyra, jésuite portugais, missionnaire dans l'ancien et le nouveau monde. H. Pelagaud fils et Rollet, éditeurs. Lyon et Paris. 1875. 12.º, XI-168 pp. — Deste livro traduziu algumas páginas, Manuel Bernardes Branco, *Portugal e os Estrangeiros*, I (Lisboa 1879)384-386.

Vieira — Sa Vie et ses Oeuvres. Par E. Carel. Docteur ès Lettres, Professeur de rhétorique au collège de Juilly. Paris, Gaume & C.ⁱᵒ Éditeurs. 1879, 12.º, XII-462 pp.; — *Vida do Padre António Vieira*. Tradução de Augusto de Sousa. Edições Cultura Brasileira, S. Paulo (s. a.). A tradução portuguesa suprimiu o *Prefácio* de Carel e a indicação de fontes, que trazem alguns capítulos da edição francesa.

Père Antoine Vieyra. No *Ménologe de la Compagnie de Jésus — Assistance de Portugal*, Elesban de Guilhermy, II Partie (Paris 1876)49-51 (XVIII Juillet).

Vieyra. Art. de William Anderdon in "Irish Monthly", 1880, p. 562-566.

Ein Apostel der Freiheit. Em *Die Kathol. Missionen*, 1881, p. 28-32, 75-80, 90-96, 118-124, 139-144. (Estudo feito pela obra de E. Carel).

O P. Antonio Vieira da Companhia de Jesus. Por José de Afonseca Matos, *Novo Mensageiro do Coração de Jesus*, III (Lisboa 1883)534-538.

Un Jésuite: le P. Ant. Vieyra. Por Pereira da Silva. *Revue du Monde Latin*, mars-avril, 1884.

O P. Antonio Vieira. Por Teófilo Braga, na *Revista de Estudos Livres*. Lisboa, 1887, p. 1-14.

O P. Antonio Vieira e a Companhia de Jesus. Série de artigos na *Palavra* (Porto). O último, no n.º 270, em 1892. Por Mons. Almeida Silvano.

Las Casas e Antonio Vieira. Por Mendes dos Remédios. Em *O Instituto* (Coimbra 1896)122.

Exposição Bibliographica no Bi-Centenário do Padre Antonio Vieira em 1897. Biblioteca Nacional de Lisboa. Inspecção Geral das Bibliothecas e Archivos Publicos. Imprensa Nacional, 1897. In-f., 79 pp.

Trechos Selectos do Padre Antonio Vieira. Com uma *Noticia Biographica* de José Fernando de Sousa. Publicação commemorativa do bi-centenario da sua morte. Lisboa, Typographia Minerva Central, 1897. 8.º, LXIII-462. Retrato de Vieira, assinado C. Branco-Alabeca sc.

Contém na íntegra a Carta do Maranhão, 6 de Abril de 1654, e excerptos de *Sermões, Cartas* e *Memórias*. A "Noticia Biographica", de pp. VII a LXVI, reproduzida no ano seguinte, nas *Obras Completas* (3 vols. de *Sermões*, da mesma tipografia). — Ver supra, secção I.

O Livro de Oiro do Padre Antonio Vieira. Recopilação, com biographia e notas de Avelino de Almeida e M. Santos Lourenço. Porto, Antonio Dourado, Editor Catholico, 1897. 8.º, XCI - 278 pp. — Constituido pela biografia e excerptos das obras de Vieira.

Breve memoria acerca da naturalidade do Padre Antonio Vieira, da Companhia de Jesus. Pelo arcebispo da Bahia, Dom Romualdo Antonio de Seixas, *Rev. do Inst. Hist. e Geogr. Bras.*, XIX (1897)5-32.

Homenagem do Instituto Geographico e Historico da Bahia ao grande e famoso orador Padre Antonio Vieira no bi-centenario da sua morte. Organizada pelo 1.º Secretario Cons. João Nepomuceno Torres. Bahia, 1897. 8.º, 259 pp. Com retrato de Vieira (Villcke, Picard & C.). Contém:

I Parte: Conferências — "Discurso inaugural", pelo Presidente do Instituto, Cons. Salvador Pires de Carvalho e Albuquerque (3-9); 1.ª Conferência — "A biografia de Vieira", pelo Dr. Brás do Amaral (11-37); 2.ª Conferência — "O Padre António Vieira considerado como clássico da Língua Portuguesa", pelo Dr. Ernesto Carneiro Ribeiro (39-58); 3.ª Conferência — "O Padre António Vieira, catequista no Brasil", pelo P. Elpídio Tapiranga (59-75); 4.ª Conferência — "O Padre António Vieira como político e diplomata", por Mons. Dr. José Basílio Pereira (77-144). *II Parte: A Comemoração do Centenário* — Poesias, Missa e Procissão cívica, Lápide comemorativa, Discursos, Exposição Bibliográfica, Relatos da Imprensa; *III Parte: Vida e Obras do Padre António Vieira* — Referências a Vieira, de Biógrafos e Críticos, a começar em Barbosa Machado e a concluir em Sena Freitas (84 citações). Entre as poesias comemorativas deste livro, de 10 autores diversos, lê-se também a seguinte.

Antonio Vieira, Poesia de Amélia Rodrigues, *Novo Mensageiro do Coração de Jesus*, XVII (1897)607-610.

Padre Antonio Vieira. Por Tomás Ribeiro, art. na "Mala da Europa", reproduzido no *Novo Mensageiro do Coração de Jesus*, XVII (Lisboa 1897)305-310.

O Padre Antonio Vieira. Por D. Augusto Eduardo Nunes. *Discurso proferido pelo Ex.ᵐᵒ e Rev.ᵐᵒ Arcebispo de Évora na Sé Patriarchal de Lisboa no dia 19 de Julho de 1897 por occasião do solemníssimo "Te Deum" celebrado em Commemoração do bi-centenario do Primeiro Orador Sagrado de Portugal.* Em *Obras Completas do Padre Antonio Vieira. Sermões.* Lisboa. Typographia Minerva Central. 1898, vol. I, pp. 5-26. — Ver supra, Secção I.

No 2.º Centenario de Vieira. Inscrição latina em estilo lapidar. Por João Serafim Gomes, publ. na *Palavra* (Porto), dia 18 de Julho de 1897, e reproduzida com três tercetos em português, em *Novo Mensageiro do Coração de Jesus* (Lisboa 1897)522-523.

No Centenario do P.ᵉ Antonio Vieira. 1697-1897. Por Joaquim de Araújo, Génova, 1897. 15 pp.

As comemorações centenárias de 1897 produziram ainda outras referências a Vieira na imprensa periódica do Brasil e de Portugal, das quais, pela sua natureza jornalística, em geral inidentificada, basta aqui a simples menção.

Une grande figure de Prêtre. Vieira. Biographie — Caractère — Eloquence. Par le Père Luiz Cabral, S. J. Paris, Victor Retaux, 1900. 8.º peq., 179 pp. Com retrato de Vieira e ilustrações.

O Gran Paí. [*Vieira*]. *Poema.* Por José M. Gomes Ribeiro. Madrid, 1912. 8.º, 259 pp.

O P. Antonio Vieira. Pelo Dr. António Fernandes Figueira, na *Rev. do Inst. Histórico e Geogr. Brasileiro.* Tomo Especial do Congresso (1914)337-390.

Primeiro período da vida de Antonio Vieira. Por J. Lúcio de Azevedo. Na *Revista de Historia.* 1916, pp. 233ss. Extracto da obra seguinte.

História de António Vieira. Com factos e documentos novos. Por J. Lúcio de Azevedo, Lisboa, Livraria Clássica Editora, I Tomo, 1918; II Tomo, 1921. 8.º gr., 412; 430 pp. Com retrato de Vieira no I Tomo e *Apêndices* em ambos; — Segunda Edição, *ib.*, 1931. 8.º gr., 414; 400 pp.

O Padre Antonio Vieira, 1663-1667. Por António Baião, *Episódios Dramáticos da Inquisição Portuguesa. Homens de Letras e de Sciencia por ela condenados.* I (Porto 1919)205-316.

Vieira Brasileiro. Antologia Brasileira organizada por Afrânio Peixoto e Constâncio Alves. Lisboa, 1921. Livrarias Aillaud e Bertrand. 2 vols. 8.º, 318-364 pp.

O 1.º vol. abre com uma Introdução crítica de Afrânio Peixoto (5-46); o 2.º com uma relação dos Sermões pregados no Brasil ou sobre o Brasil, e outra de diversos escritos referentes ou em que há referências ao Brasil. Ambos os volumes são constituídos por excerptos desses Sermões e escritos.

O P. Antonio Vieira. Contradições e Applausos (Â luz de documentação inédita). Por Francisco Rodrigues. Na *Revista de Historia*, XI (Lisboa 1922) 81-115; — Separata, Porto 1922, 4.º, 39 pp.

"Contradições e Aplausos" i. e., as situações de contrariedade ou favor, que acompanharam Vieira nas suas diversas actividades.

Os Jesuítas e Antonio Vieira no apostolado pela liberdade dos Indios no Gram-Pará. Por Ignacio de Moura. Tipographia da Revista España. Belém do Pará, 1923, 8.º, 41 pp.

Antonio Vieira S. J. et les Missions du Brésil Septentrionel au XVIIe Siècle. Por Robert Ricard. Xaveriana, n.º 38, Louvaina, 1927, 12.º, 32 pp. Reproduzido com um *Avertissement* em *Études et Documents pour l'histoire missionnaire de l'Espagne et du Portugal*. Édition de l'A. U. C. A. M., Louvaina (s. a.).

Antonio Vieira. O Homem. Por Luiz Viana Filho, na *Rev. do Inst. Geogr. e Hist. da Bahia*, LVIII (1932)429-442.

Do Amor. Evocação da Lisboa seiscentista e de um sermão do Padre Antonio Vieira prégado na Capella Real do Paço da Ribeira em 1645, seguida do mesmo sermão lido pelo grande actor Eduardo Brazão, na Sala do Museu Archeologico nas Ruinas do Carmo, em 28 de Maio de 1923. Por Albino Forjaz de Sampaio da Academia das Sciencias de Lisboa. Com as Palavras Previas do Snr. Conde de Mafra D. Thomaz de Mello Breyner, da mesma Academia. Em Lisboa. Emprêsa Literaria Fluminense Lda. M.CM.XXXIII. 8.º gr., XXXVI-25 pp.

Comemorações Centenárias de Portugal. Evocação de António Vieira no Templo de S. Roque. Lisboa, 1940. 8.º, 48 pp. Contém: *A Voz que não era ouvida há três séculos* [Joaquim Leitão]; a *Exaltação de António Vieira*, por Mons. Cónego Dr. José Manuel Pereira dos Reis; *Sermão da Epifania*. Pregado na Capela Real no ano de 1662 e repetido em 17 de Novembro de 1940 pelo P. Dr. António Pereira Dias de Magalhães, S. I. Com a fotogravura do "Padre Antonio Vieira" de Samuel Martins Ribeiro, escultor brasileiro, bronze hoje na Sala Brasil, da Academia das Ciências de Lisboa.

O Sermão da Epifania foi reduzido a ½ hora, que assim o exigia a celebração, diante do Presidente da República, Ministério, Cardeal Patriarca e Corpo Diplomático. A redução não consistiu em modificar, mas em suprimir diversas partes do discurso, deixando intacto o que se pronunciou. Cf. S. L., *História*, IV, 60.

O Padre António Vieira — Elo simbólico da cultura entre Portugal e o Brasil da Restauração. Por D. Francisco de Aquino Corrêa. Conferência pronunciada no Liceu Literário Português dentro do seu programa das comemorações centenárias de Portugal em 24 de Outubro de 1940. Com uma Introdução de Alceu

Amoroso Lima. Edição do Liceu Literario Português, 8.º, 35 pp.; — em *Discursos*, de D. F. de Aquino Corrêa, 2.ª ed., II (Rio 1945)267-287.

António Vieira, por Jenö Kovács em *Száz Jezsuita Arcél* (Cem vidas de Jesuítas) de András Gyenis, II (Budapeste 1941)317-328. 8.º (Cf. *A. H. S. I.*, XI (1942)188).

Para a vida do Padre António Vieira — *Não teria estado no Rio Amazonas o grande missionário da Amazónia?* Por S. L. No "Jornal do Commercio", Rio de Janeiro, 15 de Fevereiro de 1942.

O Padre António Vieira. Por João Nogueira de Sá. Em "Anais do IV Centenário da Companhia de Jesus". Serviço de Documentação do Ministério da Educação. Imprensa Nacional. Rio de Janeiro, 1946, pp. 329-343.

Retratos de Vieira: Na Colecção de Inocêncio: indicação sumária (*Dic. Bibl.*, VII, 107; (cf. *ib.*, XXII, 383). Na Colecção de Barbosa Machado, existente na Bibl. N. do Rio de Janeiro, de n.ᵒˢ 973 a 978: seis retratos, que se descrevem em *Anais da Bibl. Nac. do Rio de Janeiro*, XVIII (1896)381-385, acompanhado cada qual do seu epigrama latino, excepto o n.º 976 em português (soneto). Os retratos, todos assinados; os epigramas, não. — Entre os muitos retratos modernos de Vieira, dois merecem menção particular, um brasileiro, outro português: o de Cândido Portinari feito para o Colégio António Vieira, do Rio de Janeiro; e o de Columbano, em Lisboa, no Parlamento Português (Assembleia Nacional), grupo alegórico da Restauração de Portugal: Vieira no centro do quadro, sentado, em menção de falar, rodeado das três grandes figuras da resistência e restauração portuguesa, Febo Moniz, D. Luiz de Meneses e João Pinto Ribeiro.

Além da Companhia de Jesus, Vieira pertence à história geral de Portugal e do Brasil, à literatura de um e outro país; e é um dos nomes luso-brasileiros de menção obrigatória na literatura universal. Donde se segue que todos os livros, do Brasil e de Portugal, que tratam de história ou literatura do séc. XVII, se ocupam de Vieira com maior ou menor amplidão. Referências estas em geral desprovidas de carácter bibliográfico e portanto de citação aqui supérflua, por serem tantas quantos os livros, incluindo os didácticos. Também muitas das edições de Vieira, quer em português, quer em línguas estranhas, se fazem preceder dalguma notícia sobre o autor.

A. S. I. R, *Bras.*5(2), 91; — *Lus.* 6, 124-125; — Southwell, *Bibl.*, 88; — Niceron, *Mémoires pour servir à l'histoire des hommes illustres dans la république des lettres avec un catalogue raisonné de leurs ouvrages.* 43 vols., Paris, 1724-1745 (citado e utilizado por Sommervogel); — B. Machado, I. 408-418; II, 134; IV, 56; — Backer (5.ª série)752-763; — Inocêncio, I, 287-293; VIII, 316-319; XXII (Brito Aranha, Gomes de Brito e Álvaro Neves)369-383, 542; — Sommervogel, VIII, 653-685; (Bliart) XI, 1947; — *Bibliotheca Nacional de Lisboa. Exposição Bibliographica no Bi-Centenario do Padre António Vieira em 1897.* Lisboa, 1897, Imprensa Nacional. In-f., 79 pp.; — J. Lúcio de Azevedo, *Catálogo das Obras de António Vieira*, em *História de A. V.* (Apêndice ao 2.º vol., mais desenvolvido na 1.ª ed.); — Artur Mota, *História da Literatura Brasileira. Época de Formação*, séculos XVI e XVII (S. Paulo 1930)405-417; — *Catálogo da Restauração*, 431-443; — S. L., *História*, IV, pp. XVI XI-X, 3-94.

VIEIRA, João. *Missionário.* Nasceu cerca de 1679 no Rio de Janeiro. Entrou na Companhia, com 21 anos, a 14 de Agosto de 1700. Religioso exemplar, modesto e paciente. Fez os últimos votos na Aldeia de Geruaçu, a 8 de Setembro de 1714, recebendo-os Marcos Coelho, Superior dela. Com os Índios era zeloso dos bens espirituais e temporais, procurando que lhes não faltasse nada. Governava a Aldeia de S. Barnabé, quando ferido da epidemia, que então grassava, se retirou ao Colégio do Rio de Janeiro, no qual, conformado com a vontade divina, expirou a 24 de Outubro [de 1741].

A. *Conta de todo o recibo, e despeza que por ordem do R.^{do} P.^{e} Provincial Gaspar de Faria, tirei dos livros do Recibo e despeza desta Caza do Noviciado da Annunciada, que começarão em Fevereiro de 1707 athé o anno de 1726 inclusive.* Bahia, Caza do Noviciado da Annunciada [Jiquitaia], 3 de Agosto de 1727. O recibo geral foi 47.012$493 réis, a despesa, 47.802$343 réis. (Bras.4, 351). Cit. por S. L., *História*, V, 146.

Data da Morte: A Ânua de *1741* (Bras.10(2), 408v) dá 24 de Outubro sem indicação explícita do ano; em Bibl. Vitt. Em., f. ges. 3492/1363, n.º 6, lê-se 10 de Dezembro de 1740.

A. S. I. R., *Bras.6*, 39v; — *Bras.10(2)*, 408-408v; — *Lus.24*, 60.

VILAR, João de. *Mártir do Itapicuru.* Nasceu a 13 de Março de 1663 na Vila de Tancos (Patriarcado de Lisboa). Entrou na Companhia no Noviciado da Cotovia em Lisboa, no dia 31 de Março de 1682. Embarcou para as Missões do Maranhão e Pará, em Lisboa, no dia 17 de Maio de 1688. Fez a profissão solene no Pará, recebendo-a António Coelho, a 3 de Maio de 1700. Missionário de S. José (na Ilha do Maranhão), Icatu, Itapicuru, Arucará e Xingu. Fez entradas aos Rios Iguará e Paraguaçu (Parnaíba) aos Índios Anapurus. Professor de Humanidades da classe pública do Maranhão. Mestre de Noviços, Reitor do Colégio do Maranhão. Vice-Superior da Missão, e vinha patente de Superior dela, quando foi morto pelos selvagens Guanarós e Barbados do Rio Itapicuru a 26 de Agosto de 1719. Sepultou-se na Igreja da Aldeia de S. Miguel. Nove anos depois trasladaram-se os ossos e colocaram-se no dia 29 de Janeiro de 1728, com grande préstito e solenidade, na Igreja do Colégio do Maranhão (hoje Catedral), numa pequena caixa "no meyo do pavimento do altar mor da parte do Evangelho". "Religioso e pregador insigne".

A. *Carta do P. João de Vilar ao P. João Ângelo [Bonomi]*, do Maranhão, 23 de Maio de 1702. (B. N. de Lisboa, fg. 4517, f. 17-18). — Notícias sobre as missões e questões pendentes e atitude pouco benévola dalguns homens da governança. *Port.*

B. *Carta ao P. Francisco da Cruz em Lisboa*, do Colégio do Maranhão, 5 de Setembro de 1706. (*Ib.*, f. 20-21v). — Faleceu o

Visitador Manuel Saraiva, e em seu lugar ficou o Reitor João Carlos Orlandini; várias notícias, entre as quais os distúrbios dos estudantes que quiseram celebrar a festa de S. Inácio com mascaradas ruidosas, contra a vontade do Colégio, que fechou as classes. — Excerpto em S. L., *História*, IV, 267-268. *Port.*

C. *Carta ao Procurador Geral Miguel Cardoso em Lisboa*, do Colégio do Maranhão, 22 de Junho de 1712. (*Ib.*, 52-53). — Assuntos económicos; géneros que remeteu: cravo, cacau, sola e salsa. "Foi todo o empenho do meu Reitorado desatollar o Collegio dos empenhos que tinha, porque sei que os Collegios empenhados nada podem fazer para si senão para os acredores". *Port.*

D. *Relatio de Statu Maragnonensis Missionis in qua summatim explicantur omnia etiam mala quæ possunt evenire Missionariis eam præsertim desiderantibus.* In Maragnonensi Collegio, 30 Maii 1717. (*Bras.10*, 110-111). (a): "Joannes de Villar". (Bibl. de Évora, cód. CXV/2-13, f. 427, 10 ff.).

Ilustre morte que padeceo o Veneravel P. João de Villar da Companhia, depois de sua religiosa e Santa vida, no Estado do Maranhão. (Bibl. de Évora, cód. CXV/2-13, f. 313-323v). Publ., sem indicação de fonte, em Melo Morais, IV, 372-395; — *Venerabilis Patris Joannis de Villar e S. J. post vitam religiosissime actam mors illustris.* (Bibl. de Évora, cód. CXV/2-13, f. 392ss; *Bras.10*, 229-232). Com a cláusula autógrafa do P. Jacinto de Carvalho, assim como o original português.

Quatro Cartas do P. Geral ao P. João de Vilar (1714-1717) em *Bras.25*, ff. 2, 7, 9v, 10.

As datas relativas a este Padre têm originado confusões:

Nascimento: o Catálogo de 1710, que utilizámos em *História*, III, 150, dá 13 de "Maio" de 1663; os outros, "Março".

Entrada na Companhia: o Catálogo de 1697 dá 31 de Março de "1683"; os mais, incluindo a *Lembrança dos Defuntos*, "1682".

Morte: Franco, *Synopsis*, tem "26 de Agosto" de 1719, e em *Ano Santo* corrige para "27 de Setembro", que se lê na *Ilustre Morte*; mas o original latino tem VII *Kal. Sept.*, ou seja "26 de Agosto", que é também a data da *Lembrança dos Def.* e concorda com os adjuntos do próprio martírio. Outros ainda lhe dão a data de 7 de Setembro, leitura equivocada da indicação latina.

A. S. I. R., *Bras.10*, 230; — *Bras.27*, 16, 28; — *Lus.12*, 112; — *Lembrança dos Defuntos*, 4v-5v; — Franco, *Synopsis*, 459; — Id., *Ano Santo*, 541; — Sommervogel, VIII, 772; — Streit, III, 453; — S. L., *História*, III, 147-152; IV, 343.

VITORIANO, André. *Pregador.* Nasceu a 25 de Fevereiro de 1712 em Jaguaripe, Baía. Entrou na Companhia, com 19 anos, a 23 de Junho de 1731. Fez a profissão solene em Vitória (Espírito Santo), no dia 15 de Agosto de 1746. Ocupou-se em ministérios com o próximo e era pregador de talento. Na perseguição geral foi deportado do Rio para Lisboa e Itália em 1760. Vivia na Rufinella (arredores de Roma) em 1780. E faleceu antes de 1783.

A. *Annuæ Litteræ Provinciæ Brasiliæ*, Bahyæ, 15 Aprilis anni 1745. (*Bras.10*(2), 415-420). — Excerpto, sobre os distúrbios da Aldeia de Reritiba, em S. L., *História*, VI, 147-148. *Lat.*

<small>A. S. I. R., *Bras.6*, 172v (Cat. de 1732); — *Lus.16*, 213; — *Jesuítas Portugueses na Itália em 1780* (ms.).</small>

VITORINO, José. *Missionário e Administrador.* Nasceu em Lisboa a 7 de Janeiro de 1688. Entrou na Companhia com 18 anos no dia 17 de Dezembro de 1705. Fez a profissão solene a 29 de Setembro de 1729. Superior da Casa de Porto Seguro (1728), Reitor do Colégio de Santos (1740) e Superior da Aldeia de Embu (S. Paulo) em 1745. Faleceu no Rio de Janeiro a 16 de Abril de 1753.

A. *Certificado do P. Reitor José Vitorino, sobre as dissensões da Câmara e intervenção do Mestre de Campo da Praça de Santos. Neste Colégio de S. Miguel da Vila de Santos, 4 de Julho de 1740.* (A. H. Col., *S. Paulo*, Avulsos, 4 de Julho de 1740). *Port.*

<small>A. S. I. R., *Bras.6*, 121, 374; — Bibl. Vitt. Em., f. ges. 3492/1363, n.º 6.</small>

VIVEIROS, António de. *Administrador.* Nasceu por 1626 na Cidade da Baía. Entrou na Companhia em 1645, sendo estudante de latim. Em 1667 era o encarregado das obras da Igreja nova do Colégio da Baía. Em 1671 estava em Pernambuco e já não consta do Catálogo de 1679. Talvez seja o Padre do mesmo nome que em 1684 era Vigário Geral da Paraíba. (S.L., *História*, V, 493).

A. *Copia do papel que o P. Antonio de Viveiros deu aos avaliadores em ordem a avaliarem o emg.º com suas faz.ᵃˢ* [Engenho de Sergipe do Conde, Baía]. — Com as avaliações de Mateus de Mendonça e Francisco Gil de Araújo, 29 de Outubro de 1663. (Torre do Tombo, *Jesuítas*, maço 15).

<small>A. S. I. R., *Bras.5*(2), 10, 30.</small>

VIVEIROS, José de. *Administrador.* Nasceu por 1677 na Baía. Entrou na Companhia com 16 anos a 7 de Setembro de 1693. Fez os últimos votos, recebendo-os Mateus de Moura, na Baía, a 15 de Agosto de 1716. Ocupou-se em ministérios com o próximo e foi Reitor do Colégio de S. Paulo e Superior de Porto Seguro. Exilado da Baía para Lisboa na perseguição geral de 1760, ficou nos cárceres de Azeitão, onde faleceu no ano seguinte, a 23 de Janeiro de 1761.

1. *Carta do Irmão José de Viveiros ao P. Geral Tirso González a pedir a missão do Malabar*, da Baía, 26 de Abril de 1696. (*Bras.4*, 7-7v). — Aproveita a ocasião da passagem do P. João da Costa, e é movido sobretudo pelas "novas dos atrocíssimos tormentos e gloriosa morte de P. João de Brito". Publ. por S. L., *S. João de Brito na Baía e o movimento missionário do Brasil para a Índia (1687-1748)* na Rev. "Verbum", IV (Rio 1947)39-41.

A. *Carta do P. Reitor José de Viveiros ao P. Geral Tamburini*, de S. Paulo, 10 de Setembro de 1727. (*Bras.4*, 372-372v). — Notícias locais: concluiu-se a construção do Colégio. Não tem dívidas; uma Aldeia. *Lat.*

B. *Certificado do bom governo do General Rodrigo César de Meneses*. S. Paulo, 24 de Novembro de 1724. Autógr. do P. Viveiros; e com ele assinam os Padres Estanislau de Campos, Estanislau Cardoso, Miguel Vilela, Veríssimo da Silva, Manuel de Oliveira e José de Moura. (A. H. Col., *S. Paulo*, Avulsos, 24 de Novembro de 1724, Capilha de 1 de Maio de 1728). *Port.*

A. S. I. R., *Lus.24*, 69; — Carayon, IX, 258; — S. L., *História*, V, 584.

WOLFF, Francisco. *Missionário.* Nasceu a 20 de Janeiro de 1707 em Landeck na Silésia. Entrou na Companhia a 20 de Outubro de 1723. Embarcou de Lisboa para as Missões do Maranhão e Pará em 1738. Fez a profissão solene a 2 de Fevereiro de 1741. Começou a vida missionária pela Aldeia dos Guajajaras (1738), e ocupou-se, nela e em diversas Aldeias, durante 9 anos; e depois foi secretário do Vice-Provincial. Não se manifestou favorável à liberdade nalguns casos particulares duvidosos, de Índios, em que interveio. Nomeado em 1760, pelo Bispo do Pará, Bulhões, para substituir o Vice-Provincial Júlio Pereira, deportado para o Reino, na perseguição geral desencadeada, foi deportado ele próprio pouco depois. Ficou preso, nos cárceres de S. Julião da Barra, e aí faleceu a 24 de Janeiro de 1767.

1. *Auszug Zwener Briesen R. P. Francisci Wolff, Missionarii der Gesellschaft Jesu, aus der Böheimischen Provinz*. Geschrieben im Maragnon, in dem Collegio S. Maria da Luz: den 11. und 21. Tag Heu-Monats 1738. Em Stöcklein-Keller, *Welt-Bott*, IV, 29 (Viena 1755) n.º 566, pp. 84-87.

2. *Carta a D. Maria Ana Rainha de Portugal*, do Pará, 1749. Trad. do latim em português. Publ. por Lamego, III, 317-319.

3. *Carta a D. Maria Ana, Rainha de Portugal*, do Pará, 1 de Fevereiro de 1752. Publ. por Lamego, III, 319-323.

4. *Carta a D. Maria Ana, Rainha de Portugal,* do Pará, 25 de Novembro de 1753. Trad. do latim em português. Publ. por Lamego, III, 323-325.

Estas duas cartas, de 1752 e 1753, revelam a má disposição do Governador e os pródromos da perseguição.

A. *Carta ao P. Procurador Bento da Fonseca,* de Mortigura, 1 de Setembro de 1750. (B. N. de Lisboa, f. g. 4529, Doc. 36). — Agradece os objectos enviados para a missão e remete a lista dos missionários que estiveram nesta Aldeia e nas de Camutá, Caraúbas, Mocajuba e Moju do Tocantins; e várias listas de Índios desta Aldeia e Sumaíma. Cit. em S. L., *História,* 308 (n.º 36, não 35). *Port.*

B. *Carta ao P. Geral,* do Pará, 20 de Agosto de 1755. (*Lus.90,* 83). — Não pode acompanhar o P. Hundertpfundt nas missões rurais, porque este foi mandado ir para Lisboa, e a Canoa das Missões deixou de receber o subsídio, acabando tal obra apostólica. *Lat.*

C. *Carta ao P. Visitador e Vice-Provincial Francisco Toledo,* do Maranhão, 6 de Agosto de 1756. (*Bras.10,* 485-488). — Informa dos assuntos correntes. *Lat.*

D. *Carta ao P. Visitador e Vice-Provincial,* do Pará, 7 de Novembro de 1756. (*Bras.10(2),* 489-493). — Estado geral da Vice-Província: reforma da Capela mor pelo arquitecto italiano Landi; outros ornamentos na mesma Igreja do Colégio; no Seminário do Pará grande cerimónia pela recepção de grau em Filosofia de 6 seminaristas e dois mais que o receberão; há 40 seminaristas, mas o Seminário ameça ruina e está-se a fazer o novo, maior, e contíguo ao outro, e tudo ao pé do Colégio. *Lat.*

E. *Carta ao P. Geral,* do Pará, 24 de Novembro de 1756. (*Lus.90,* 102-102v). — Os Sacerdotes observam a sua regra 18.ª E um deles, Aleixo António, promoveu muito os Exercícios Espirituais e o continuaria a fazer, se não fosse exilado. *Lat.*

Duas cartas do P. Geral ao P. Francisco Wolff, de 21-11-1739 e 25-III-1741. (*Bras.25,* 88v, 102v).

O P. Lourenço Kaulen escreveu a *Vida do P. Francisco Wolff.* (Ver *Kaulen,* letra E).

A. S. I. R., *Bras.27,* 164v; — Sommervogel, VIII, 1199; — Huonder, 161; — Streit, III, 432; — S. L., *História,* IV, 232, 364.

XAVIER, Caetano. *Missionário e Administrador.* Nasceu a 12 (baptizado a 18) de Setembro de 1708 em Vila Viçosa. Filho de Francisco Nunes e Isabel Rodrigues. Entrou na Companhia a 25 de Fevereiro de 1724. Embarcou de Lisboa para as Missões do Maranhão e Pará em 1726. Fez a profissão nesta segunda cidade a 15 de Agosto de 1741. Procurador das Missões, Vice-Reitor do Colégio do Maranhão, Reitor do Colégio do Pará e Superior da Casa da Vigia. Na perseguição geral de 1760 foi deportado para Lisboa e daí para Roma. Ia para Espanha em 1767 com João Mendes, mas sendo os Padres de Espanha também atingidos pela perseguição, voltou à Itália e ainda vivia na Rufinella (arredores de Roma) em 1780.

A. *Carta do P. Caetano Xavier Superior da Vigia e Procurador das Missões do Pará, ao P. Vice-Provincial,* do Colégio do Pará, 11 de Agosto de 1747. (Arq. Prov. Port., Pasta 177, n.º 16b). — Demonstração das contas da Casa da Vigia. *Port.*

B. *Carta do Vice-Reitor do Colégio do Maranhão Caetano Xavier, ao Governador e Capitão General do Estado do Maranhão e Grão Pará, Francisco Xavier de Mendonça Furtado,* do Maranhão, 29 de Janeiro de 1753. (B. N. de Lisboa, Col. Pomb., 621, f. 186). — Notícia da comunicação das minas de Mato Grosso, Goiás e Cuiabá com o Pará pelo Rio Madeira. *Port.*

C. *Carta do mesmo ao mesmo,* do Maranhão, 8 de Fevereiro de 1753. (*Ib.,* f. 206). — Carta de recomendação a favor do Clérigo Baltasar Fernandes para Capelão do novo Regimento que S. Majestade vai mandar para esta Capitania. *Port.*

D. *Carta do mesmo ao mesmo,* do Maranhão, 20 de Março de 1753. (*Ib.,* f. 243). — Agradece o favor de 2 cartas recebidas do Governador e sente que este não vá ao Maranhão, como se esperava. *Port.*

E. *Carta do mesmo ao mesmo,* do Maranhão, 25 de Maio de 1753. (*Ib.,* f. 330). — Agradece as cartas recebidas. As que o Governador lhe pediu se encarregasse de enviar com segurança aos seus destinos, o fez: e a destinada a Pernambuco a enviou ao Missionário de Tutoia, que a mandou ao de Ibiapaba para este a remeter ao seu destino. Ainda que não teve o gosto de ver o Governador no Maranhão, irá ele ao Pará com o Provincial, por lhe ter vindo sucessor. *Port.*

F. *Carta do P. Reitor Caetano Xavier ao P. Geral,* do Pará, 19 de Novembro de 1756. (*Lus.*90, 101-101v). — Não sem lágrimas vê irem exilados os Padres Aleixo António e Manuel Ribeiro, religiosos dignos e estimados pelos de casa e pelos de fora. *Lat.*

Há alguma variedade nas datas. *Nascimento:* nos primeiros Catálogos 18, nos últimos 12 de Setembro. Confusão entre o dia do nascimento e baptismo. O ano da *entrada* na Companhia é 1724, mas nalguns catálogos o último algarismo parece-se com 9, o que se presta a lapsos.

A. S. I. R., *Bras.27, 64, 164v; — Lus.16, 9; — Apênd. ao Cat. Port.*, de 1909; — *Jesuítas Portugueses na Itália em 1780* (ms.).

XAVIER, Félix. *Professor e Administrador.* Nasceu no Recife a 21 de Fevereiro (ou 6 de Março) de 1695. Filho de D. Francisco Ponce de León e D. Joana Maria Tenório. Entrou na Companhia, com 17 anos, a 19 de Janeiro de 1712. Fez a profissão solene a 1 de Novembro de 1729. Pregador e Professor de Filosofia na Baía e de Teologia no Rio de Janeiro. Reitor do Seminário de Belém da Cachoeira (2 vezes), do Noviciado da Jiquitaia e do Colégio do Rio. Colhido pela perseguição geral foi deportado do Rio de Janeiro para Lisboa em 1760 e dali para a Itália. Faleceu em Castel Gandolfo a 19 de Novembro de 1770.

A. *Censura do Menológio dos homens ilustres da Província do Brasil.* Baía, 7 de Outubro de 1740. (Gesù, 680, 6). — Está bem; mas no Elogio do P. António Vieira deve-se acrescentar o facho luminoso que apareceu sobre o Colégio da Baía na noite em que morreu e muitos viram. *Lat.*

B. *Dois casos do P. Gabriel Malagrida.* Roma, Palácio de Sora, 2 de Janeiro de 1762. (*Vitæ 141*, 354-354v). *Lat.*

C. *Sermões.* Vários Tomos. (Loreto Couto, II, 31-32).

A. S. I. R., *Bras.6*, 138v, 269v; — *Apêndice ao Cat. Português* de 1903.

XAVIER, Inácio. *Administrador.* Nasceu a 20 de Janeiro de 1692 em Castro Verde, Alentejo. Partiu para as Missões do Pará e Maranhão, e entrou na Companhia, nesta última cidade, a 1 de Fevereiro de 1710, com seu irmão Filipe. Fez a profissão solene a 2 de Fevereiro de 1728. Ensinou algum tempo Humanidades. Sabia a língua brasílica e foi Missionário das Aldeias 12 anos. Mestre de Noviços, Vice-Reitor e Reitor do Colégio do Maranhão, Reitor do Colégio do Pará, Secretário do Vice-Provincial e Vice-Provincial. Estava na Residência de Tapuitapera ao sobrevir a tormenta geral de 1760. Deportado para Lisboa, ficou nos cárceres de Azeitão, onde faleceu a 11 de Dezembro de 1760.

O apelido de *Xavier* adoptou-o na Missão; assim como seu irmão Filipe adoptou o de *Borja*. Não averiguamos qual fosse o de família.

A. *Carta ao P. Jacinto de Morais, ministro do Colégio do Pará, repreeendendo-o por ter dado um castigo exorbitante a um índio,* de Jagoarari, 17 de Dezembro, s. a. (Arq. Prov. Port., Pasta 176, n.º 18). *Port.*

B. *Carta do P. Reitor Inacio Xavier ao P. Geral*, do Pará, 20 de Outubro de 1754. (*Lus.90*, 82-83). — Pouco fruto com os Índios, que por um lado se não podem descer dos sertões, e por outro, os domésticos fogem com medo de terem de remar nas canoas reais; fundação da Aldeia do Javari e oposição de Fr. Jerónimo, Carmelita da Aldeia de S. Paulo. *Lat.*

A. S. I. R., *Bras.27*, 164; — Carayon, IX, 258; — S. L., *História*, IV, 364.

XAVIER, Julião. *Poeta.* Nasceu a 18 de Janeiro de 1690 em Lisboa. Entrou na Companhia, com 14 anos, a 23 de Janeiro de 1704. Embarcou para o Brasil em 1705. Em 1722 era professor de Humanidades na Baía. Fez a profissão solene no Rio de Janeiro a 2 de Fevereiro de 1724, recebendo-a Miguel de Andrade em comissão de Luiz Carvalho. "Musarum cultor celeberrimus et *quod rari post cineres habent Poetæ omnibus clarus sine invidia doctus*", diz Marcos de Távora à sua morte, ocorrida a 15 de Dezembro de 1725 em S. Inácio de Campos Novos (Rio de Janeiro).

A. *Litteræ Annuæ Provinciæ Brasiliæ ex an. 1720 et 1721*, Bahiæ, nono Kal. Aprilis anni M.DCCXXII. (*Bras.10(2)*, 251-256). — Referência sobre a transladação dos restos mortais do Dr. Guilherme Pompeu de Almeida em S. Paulo, S. L., *História*, VI, 398; e sobre Santa Catarina, *ib.*, 467. *Lat.*

B. *Annuæ Litteræ Provinciæ Brasilicæ anno 1722*. Bahiæ, postridie nonas Septembris anni M.DCC.XXII. (*Bras.10(2)*, 258-262). *Lat.*

C. *Tragicomédia para o dia de N.ª S.ª da Assunção* (15 de Agosto de 1723).

"Tragicomediam Virginis Assumptionis die populo exhibendam repente compegerat, temporis angustiis valde oppressus". Diz a *Ânua* que este esfôrço lhe causou a doença de peito, de que veio a falecer 2 anos depois. (*Bras.10(2)*, 293). Falecendo em 1725, fica determinada a data de 1723, em que se fez e representou a Tragicomédia.

A. S. I. R., *Bras.6*, 121; — *Bras.10(2)*, 292-293v; — *Lus.14*, 265.

XAVIER PADILHA, João. *Missionário.* Nasceu a 25 de Fevereiro de 1723 em S. Paulo. Entrou na Companhia, com 19 anos, a 23 de Junho de 1742. Em 1757 estava no Colégio da sua terra natal, Mestre de Gramática, Director da Congregação dos Estudantes, Prefeito da Saúde, Revisor e Confessor. Deportado para o Rio, Lisboa e Roma na perseguição geral de 1760. Já com o nome completo de João Xavier Padilha vivia em Pésaro em 1774, com a indicação de que seguira depois para a Guiana Francesa, onde de facto era Missionário dos Índios em 1778.

1. *Lettre du P. Padilla a Messieurs.* Datada de Connany, le 8 Avril 1778. Em *Lettres Edifiantes,* ed. de 1781, VIII, 36-38; ed. de 1843, XI, 58.

A. *Breve raguaglio della missio. e fatta nel vescovato del Rio de Ianeiro nel anno 1756, dai Padri Giovanni Saverio, ed Emanuel Giuzeppe, per ordine del P. Provinciale Giovanni Honorato.* Assinado "Ioaõ Xavier". (*Bras.10(2),* 459-460). *Ital.*

B. *Breve raguaglio della missione, che nell'anno 1758 fecero nel vescovato di S. Paolo i PP. Ignazio Dias, e Giovanni Saverio per ordine del P. Visitatore Ignazio Pestana, essendo Provinciale il P. Giovanni Honorato.* Assinado "Ioaõ Xavier". (*Bras.10(2),* 461-462). *Ital.*

Sommervogel atribui a este Padre, da Assistência de Portugal, uma informação e elementos da língua Betoi, do Orinoco, de que fala Hervás; mas o mesmo Hervás diz que o seu informador, P. Padilla, "per vintitre anni e stato Missionario nel Fiume Casanare" e vivia na Itália em 1783. (*Idea del Universo,* XVII, 51). Trata-se de outro Padre da Assistência de Espanha.

A. S. I. R., *Bras.6,* 346; — Gesù, 690 e '77; — Sommervogel, VI, 78; — Streit, III, 297.

XAVIER RIBEIRO, Manuel. *Professor e Pregador.*

Nasceu a 23 de Fevereiro (ou 13 de Maio) de 1713, no Recife. Irmão do P. Inácio Ribeiro e filho do Comissário Geral de Cavalaria José Ribeiro Riba e Maria da Costa Araújo. Era aluno do Colégio, e levava os prémios, quando entrou na Companhia, com 15 anos, a 9 de Novembro de 1727. Fez a profissão solene no Recife a 20 de Fevereiro de 1746. Professor de Filosofia, Teologia e Pregador. Deportado na perseguição geral de 1760 da Baía para Lisboa e dali para a Itália. Vivia em Pésaro, em 1780. Faleceu antes de 1783.

A. *Carta ao P. Geral sobre casos edificantes do P. Gabriel Malagrida,* de Roma (Palácio de Sora), 19 Novembro de 1761. *Vitae 141,* 341-344v). *Lat.*

B. *Vida e martírio do V. P. Pedro Dias e seus companheiros.* Port.

C. *Vida do P. Antonio Pais.* Port.

D. *Centuriæ Casuum Conscientiæ.* Lat.

E. *Sermões.* — Loreto Couto, diz que, além de grande professor, era orador elevado, sólido, discreto e eloquente, e que dos seus *Sermões* se poderiam formar muitos volumes.

A. S. I. R., *Bras.6,* 272; — *Lus.16,* 221; — Loreto Couto, II, 34; — *Jesuítas Portugueses em Itália em 1780* (ms.); — S. L., *História,* I, 536-537.

YATE, João Vicente. *Missionário.* Nasceu cerca de 1551 em Salisbury, Inglaterra. Entrou na Companhia em 1574. No ano seguinte passou de Roma a Coimbra onde concluiu o Noviciado e recordou o latim. Esteve meio ano em Lisboa e estudou Teologia Moral. Embarcou para o Brasil em 1577. Fez os últimos votos na Baía, a 30 de Novembro de 1583, recebendo-os o Visitador Cristóvão de Gouveia (Assina: Joannes Yate, aliàs Vincentius). Dedicou-se às missões, acompanhou outro Padre numa entrada ao sertão (500 milhas), e trabalhou nas Aldeias da Baía e de Pernambuco, onde estava em 1598. Daí passou ao Colégio do Rio de Janeiro, e deixou de pertencer à Companhia em 1601.

1. *John Vincent to the Rev. Rich. Gibbon, Jesuit, of the college of Madrid.* 1593, June 21. St. Antony village, 40 miles from the Bay of All Saints. Brazil. Em *Calendar of State Papers, Domestic series of the Reign of Eduard VI, Mary, Elizabeth and James I.* Vol. CCXLV (1591-1594), p. 353-355.

2. *John Vincent to Sir Fras. Englefield.* Mesma data e lugar. *Ib.*, 355-356. Excerpto em S. L., *História*, I, 220.

Traduzidas do inglês para português, publicadas e anotadas por Serafim Leite, *Um Jesuíta inglês no Brasil no século XVI*, no "Jornal do Commercio", Rio de Janeiro, 25 de Dezembro de 1942.

A. S. I. R.,*Bras.*5, 50, 53; — *Lus.*19, 11; — Foley, *Records of the english Province*, I, 286-295. — S. L., *História*, II, 451.

ZUZARTE, Manuel. Ver **JUZARTE, Manuel.**

Docel dos púlpitos da Igreja de S. Francisco Xavier do Colégio de S. Alexandre, Pará (hoje Seminário). Estilo da Europa Central. Obra do Ir. João Xavier Traer e seus discípulos indígenas.

APÊNDICES

Púlpito da Igreja dos Jesuítas da Baía
(Hoje Catedral)

De mármore de Itália feito em Génova conforme ao da Casa Professa da mesma Cidade.

Trazido de Génova pelos Padres Simão de Vasconcelos e António de Sá, e Ir. Piloto Manuel Luiz que regressaram em 1663.

O mesmo do tempo de Vieira na sua segunda estada na Baía de 1681 a 1697.

APÊNDICE A

Carta do Ir. Pero Correia a um Padre de Portugal sobre os "males do Brasil" e remédios que se propõem

— S. Vicente, 10. III. 1553. —

Pax Christi. Caríssimo Padre. Nesta carta lhe darei conta de algumas coisas que até agora nunca se escreveram, por não se oferecer coisa que fizesse tanto ao caso descobrir-se, como de pouco tempo para cá. E porque há 19 anos que estou no Brasil e sei bem os males dele, como participante, me mandou o P. Nóbrega que os escrevesse para V. R.ª os mandar encomendar muito a N. Senhor e para dar conta disto a Sua Alteza, em cuja mão, depois de Deus, está o remédio e emenda de tudo.

[O Visitador do Bispo]

Começo primeiramente, dizendo que a igreja ficou muito desacreditada nesta costa do Brasil, assim com os Cristãos como com os gentios, depois que o visitador do Bispo veio visitar, o qual me parece fez esta conta: que os que se tivessem de emendar pela doutrina, que já seriam emendados pela dos nossos Padres, que havia tanto tempo que andavam pregando por estas partes, e que os que não achasse emendados, que seria bom castigá-los nas bolsas, como fez; mas foi pior, porque se antes estavam em pecado, com medo e com intenção de se afastar dele pelo temor da justiça que esperavam havia de vir, agora que vêem que não os castigam mais que com penas de dinheiro, fazem conta que com isso passarão sempre, e tornaram-se a sentar no pecado, de maneira que não há quem os levante senão só Deus. O qual ele fará por sua bondade, não faltando nós com os meios.

Aconteceu uma coisa nesta terra (por esta julgará outras semelhantes, das quais não lhe digo nada) e foi o caso de esta maneira. Nesta Capitania há um homem que segundo dizem, e a idade dos filhos e filhas, que tem, o mostra, que haverá 40 anos, pouco mais ou menos, que vive em pecado mortal com uma índia da terra, ao qual tomou o aguazil dos Clérigos um escravo pela pena de assim estar tanto tempo naquele e noutros pecados; e a índia de este homem, quando lhe tomaram o escravo, sentiu muito, porque lhe queria bem, dizendo que lhe ajudara a criar alguns dos seus filhos, e foi-se queixar ao Governador Tomé de Sousa. E andando a índia nisto, não faltou quem lhe dissesse que se calasse, que não falasse mais no escravo, que o deixasse levar o aguazil, porque deixando-lho levar, podia ficar segura de nunca a apartar do seu marido, porque assim chamam elas aos seus amigos. Levou o aguazil o escravo e calou-se a índia, ficando como antes estava (e outras que já acima me escusei de escrever), as quais ficam confiadas de poder sempre viver à sua vontade por aquilo que pagaram. E são ainda tão maus os que o querem ser, que, com os deixarem ficar no pecado como dantes estavam, ainda andam alvorotados e murmuram, dizendo que a justiça da igreja não veio a esta terra a apartá-los do pecado, e a tratar das suas almas, mas a levar-lhes a sua fazenda.

[Saltos e concubinas]

Esta a causa porque a igreja tem perdido muito o crédito e vai perdendo mais com a gentilidade, porque quando vieram os nossos Padres de Portugal, correu por toda a costa que eles pregavam, que não houvesse mais saltos nem salteadores, e que todos os salteados e todos os mais que por engano estavam postos em cativeiro, que todos fossem postos em liberdade e que El-Rei assim o mandava. Alegrava-se muito por toda a costa a gentilidade e faziam-se bons; e quando viam um Padre ou Irmão desta Companhia o queriam meter na alma, pois vinham fazer obra tão santa como deles corria, e tudo o que lhes diziam o criam; agora já dizem que não querem crer neles, porque vêm muitos acolher-se a esta nossa igreja e Colégio, dizendo que os socorramos, que os têm cativos contra direito, uns dizendo que foram salteados, outros dizendo que foram enganados e nós não os podemos fazer bons, porque a justiça desta terra é remissa; tanto que já aconteceu acolherem-se índios forros a esta casa dos que foram salteados, e entrar os senhores com espadas desembainhadas dentro de casa e maltratar os Irmãos de palavras, e, depois de fazer e dizer o que quiseram, ir-se para suas casas sem por isso se lhes fazer nenhum mal; e se queremos alguma hora fazer ou dizer alguma coisa sobre estes escravos injustamente cativos quando recorrem a nós, os que os têm por seus escravos ou escravas nos ameaçam, dizendo em público e pelas praças que nos farão e acontecerão e que nos queimarão as casas e que nós os das roupas compridas não somos bons para nada. Ouve isto a gentilidade e vê a pouca conta em que os Cristãos nos vão tendo, e dizem claramente que já não querem crer em nós, porque não somos bons para lhes poder valer em nada e somos coisas que os nossos mesmos tanto menosprezam.

E agora, estando o P. Nóbrega neste Colégio, veio uma índia forra fugindo, a pedir-lhe socorro, dizendo que havia uns 17 ou 18 anos que estava em pecado com um homem, o qual é casado, e que isto era em tempo que não entendia nem sabia que coisa era pecado, e que algumas vezes dizia ao homem que a tinha, que tivesse temor de Deus que olhasse que era casado, que não tivesse mais que entender com ela. Dizia que ele lhe respondia que depois da nossa morte as almas não sentiam nada.

Era costume antigo nesta terra os homens casados, que tinham 20 e mais escravas índias, tê-las todas por mulheres e eram e são os casados com mamalucas, que são as filhas dos cristãos e índias; e tinham posto em costume em suas casas, que as próprias mulheres, com quem se recebiam à porta da igreja, lhes levavam as concubinas à cama, aquelas de que eles mais tinham vontade, e se as mulheres recusavam moiam-nas com pancada. E há muito pouco tempo me lembro que se perguntara a uma mamaluca que escravas são estas que tendes convosco: respondeu que eram mulheres do seu marido, as quais elas traziam sempre consigo e olhavam por elas como abadessa com as suas monjas.

Agora tudo isto está emendado, porque há 3 anos que neste Colégio lhes falo sempre de Deus e lhes tenho estranhado muito este pecado e os demais e já não há ninguém que queira consentir no que antes consentia. E muitas vezes vêm-se queixar a mim de que os maridos as tratam mal por não lhes consentir os seus maus costumes. Eu as animo sempre, dizendo-lhes que mais vale que os seus maridos lhes batam de que em tal consentir, que sofram tudo o que lhes fizerem, por amor de Deus, diante do qual terão muito merecimento. E houve mulheres destas, a quem seus maridos deram de punhaladas [sic] e lhes fizeram outros muitos males, e elas diziam claramente que bem as podiam matar, mas que não haviam de consentir naquele pecado.

Os escravos e escravas cristãos, que não sabiam que coisa era Deus, agora acodem melhor à confissão que os homens brancos. Louvores a Cristo!

A opinião desta gentilidade é que as almas depois da morte não sentem nada, e tem outras abusões grandíssimas, que crêem que as suas almas se tornam animais, os quais ainda hoje em dia muitos não os comem; mas quando vêm a cair na verdade os que nela caem, são muito bons cristãos, tanto que em qualquer perigo em que se vêem logo se abrigam com o nome de Jesu. E eu o ouvi algumas vezes. E uma delas foi um que se acolheu a este Colégio, que lhe valessem, que o queriam fazer cativo por força; e o cristão, que o tinha, veio atrás dele e dentro destas casas deste Colégio entrou com um pau e lhe deu muitas pancadas e a cada pancada que lhe davam o índio dava vozes muito altas pelo nome de Jesu. Acudiu um Irmão e pôs-se diante daquele homem, pedindo-lhe que desse antes nele que no índio, mas não deixou de lhe dar até que acudiram outros Irmãos, que lho tiraram das mãos todo escalavrado e com uma espada lhe fez algumas feridas e assim o levou. Muitas coisas semelhantes a esta pudera escrever, e tantas que se espantaria como esta terra não se afunda, mas N. Senhor, que é misericordioso, por alguns bons, que nela há, quer esperar aos maus para que se emendem.

Das coisas grandes e boas e de muita glória de Deus, que se fazem nesta terra, já as temos escrito, e N. Senhor as obra cada dia. E ainda o P. Nóbrega fez algumas, depois que veio a esta terra de muito aumento, das quais não escrevo por miúdo, porque me parece que não se deviam de escrever de nossos Padres senão milagres muito evidentíssimos, os quais Deus por eles obra, e eles os querem encobrir para mais merecimento com Deus.

[Três maneiras de Cristãos]

No Brasil há 3 maneiras de condições entre os Cristãos que cá moram. Uns são muito maus e não se importam com que os tenham por tais; outros maus e querem que os tenham por bons; e outros há que são muito bons, e a estes muito bons se lhes conhece a bondade depois que os nossos Padres estão nesta terra, e andam de todo afastados do erro em que viviam e muito emendados e assentes na virtude.

Os que são maus, e mostram que desejam ser bons, fazem junta com eles, e como a virtude é fingida logo mostram quem são. Dos que são muito maus já temos o desengano. Digo isto a V. R.ª para que saiba que o fruto que se poderia fazer entre os brancos já está feito. Por isso escrevemos para irmos entre os gentios, onde temos todos por nós (por N. S. no-lo dar assim a sentir e pela experiência que temos), e faríamos grandes coisas, mas o Governador, estando nós todos prontos já para partir, nos estorvou a partida, e ficamos todos com grande pena por nos parecer que o demónio podia intervir nisto.

[O Doutor Constantino Ponce de la Fuente]

Os nossos índios, filhos de índios, que temos em casa, a quem ensinamos, vão muito adiante com a doutrina, o que nos dá muita confiança, porque os vemos mais amigos de Deus que os filhos dos cristãos. Eu sempre lhes falei assim a eles como à mais gente, que se ajunta na igreja, em sua língua, e lhes prego as coisas da fé; mas faltam-me livros em linguagem para estudar, porque não sou latino e não me posso ajudar dos de latim. Mande-me V. R.ª alguns. E em Sevilha um, que se chama o Doutor Constantino, fez uns 5 livros intitulados: um, *Confesion de un pecador*, outro *Doctrina Christiana*, outro *Exposicion del primer salmo de David "Beatus vir"*, etc., outro *Suma de Doctrina Christiana*, outro *Catecismo Christiano para instruir a los niños*, dos quais eu vi um, que é a parte 1.ª sobre os artigos da fé, coisa muita santa e necessária para estas partes. Se houver estes livros em Lisboa mande-mos V. R.ª todos cinco, e senão os há mande-mos trazer de Sevilha, por amor de N. Senhor, porque o meu ofício é sempre falar de N. Senhor e um pregador, se não tem sempre coisas novas, enfastia, quanto mais eu que nem novas nem velhas tenho, porque não tive estudo e neste mundo nunca fui para servir a Deus mas para o ofender. Bendito seja ele que me deixou chegar a este tempo! Também quereria cá um *Flos Sanctorum* dos emendados e um *Vitæ Patrum* e outros de que pudesse tirar grandes exemplos, com muita doutrina para estes gentios, os quais espero antes de morrer ver a todos cristãos.

[Para reduzir os Índios Selvagens à vida cristã e civil: negar-lhes ferramenta e doutriná-los]

Agora, depois que o Governador nos proibiu que fossemos entre os índios desta Capitania de S. Vicente, estamos para nos ir à Baía ver se por lá podemos fazer algum fruto, do qual estou muito confiado, porque eu fiz a paz com aquela gentilidade com muito gasto da minha fazenda e perigo da minha pessoa; e quando assentei as pazes com eles, logo lhes disse que havia de ser para que fôssemos todos uns e a lei toda uma, e que havíamos todos de ser sujeitos a um senhor. Eles me faziam sinal da sua terra e que ma davam e que me obedeceriam. Agora não sei nestes outros hábitos como se haverão comigo. Eu tenho para mim, que bem. Uma coisa se pode fazer para os obrigar a ser cristãos e a se sujeitar a dar obediência a El-Rei e a suas justiças, a qual se pode fazer sem prejuizo algum. E era mandar Sua Alteza que sob pena de morte nenhum cristão desse a índio nenhum da Baía nem um anzol, nem coisa nenhuma de nenhuma qualidade; e fazendo-se assim eu confio que antes de muito pouco tempo se haviam de pôr sob o jugo do nosso Rei do Céu e do da terra. Temos tratado disto, o P. Nóbrega e eu e os mais Padres e Irmãos, e assim no-lo dá Deus N. Senhor a sentir, e nisto me firmo muito, que a necessidade os há-de obrigar juntamente com a doutrina, e que de nenhuma qualidade se dê nenhuma coisa a nenhum índio daqueles da Baía senão aos cristãos, digo aos que se tornassem cristãos e quisessem viver apartados dos outros e debaixo do governo da justiça de El-Rei. E desta maneira pelos dias adiante, assim na Baía como nas outras Capitanias, os iremos sujeitando de todo. E se os moradores disserem que têm necessidade dos índios para se servir deles por seus dinheiros, não se devia por tal coisa impedir tanto bem, porque aos cristãos, digo aos brancos, nunca faltarão índios para os seus serviços dos que se tornarem cristãos, quanto mais que muito poucos há que não tenham escravos e a terra está muito abastecida, e não têm tanta necessidade dos gentios; e se a tivessem têm muitos outros ao redor, que são contrários destes, dos quais se poderiam prover e a quem poderiam recorrer. E se isto que digo se puser em prática, eu tenho para mim que a nossa entrada por estas partes, Deus a suspendeu por querer que por esta outra via entremos com os índios; porque desta maneira tudo o que se ganhar ficará mais fixo e seguro.

Isto, que lhe escrevo nesta carta, parece-me que N. Senhor mo pôs no coração, porque quanto mais nisto penso mais se me alegra a alma; e me parece que este é o caminho que N. Senhor me abriu para eu o servir muito como desejo. Favoreça-nos V. R.ª de lá muito, se quer que façamos muito, pois N. Senhor o escolheu para nosso Padre; com ele favoreça-nos com as suas orações; e com o Rei da terra nos negocie os meios que são necessários, como agora este, que lhe escrevo, e me parece que El-Rei folgará de fazer, pois que do bem que daqui se espera a maior parte é seu. E experimente-se isto primeiro na Baía de Todos os Santos, por estar a coisa mais disposta para isso, por estar mais forte; e se ali virmos que aproveita, então se pode usar o mesmo por toda a costa. Eu tenho dito a alguns índios principais destas partes algumas coisas acerca de mandar El-Rei que não lhes dêem facas grandes nem pequenas de Alemanha, nem outras armas, e que o faz porque não é razão que as coisas boas, que Deus criou, se dêem aos que não conhecem a Deus enquanto se não fazem primeiro cristãos. Isto, que lhes digo, não lhes parece mal, nem nunca mo contradizem, mas antes me dizem que os façamos cristãos e que lhes ensinemos tudo o que é necessário para o serem, que eles querem ser nossos irmãos; e conquanto digam isto, eu me torno a firmar no que levo dito, que assim nestas partes de S. Vicente como por toda a costa, o mais seguro e firme há-de ser colocá-los em necessidade, que vejam eles claramente que não têm nenhum remédio para haver a ferramenta para as suas roças senão tornarem-se cristãos. E sabe V. R.ª que coisa é não dar-lhes ferramenta para roçar? Que se perderão com fome, e a fome é guerra de cada dia e em pouco tempo os há-de vencer.

Uma das coisas porque os Índios do Brasil são agora mais guerreiros, e mais maus do que costumavam ser, é porque nenhuma necessidade têm das coisas dos cristãos e têm as casas cheias de ferramenta, porque os cristãos andam de lugar em lugar e de porto em porto, enchendo-os de tudo o que eles querem; e o índio que noutros tempos não era ninguém e que sempre morria de fome por não poder haver um machado com que fazer uma roça, têm agora quantas ferramentas e roças querem, e comem e bebem de contínuo e andam sempre a beber vinhos pelas Aldeias, ordenando guerras e fazendo muitos males, o que fazem todos os que são muito dados ao vinho por todas as parte do mundo.

Se lhes tiram isto que digo, logo que começarem a sentir a falta, eles virão dar obediência a quem a hão-de dar e conhecer senhorio e serão muito bons, porque eu vi já nestas partes do Brasil, em tempo que os índios não tinham com que fazer roças, ser a fome tanta entre eles que morriam de fome, e vendiam um escravo por uma cunha, que podia ter uma libra de ferro, e também vendiam os filhos e filhas e eles mesmos se entregavam por escravos. Se porventura parecer bem a El-Rei mandar pôr isto em prática e conselho e parecer da gente do Brasil, ponho em dúvida parecer-lhes bem, porque os mais são amigos do interesse e proveito que têm do trato e resgate que têm com os gentios e não se lembram, nem olham pouco nem muito pela salvação das almas; e mais cobiçam tê-los por escravos que por irmãos. E se lhes parecer que a gentilidade se podia levantar contra eles, por não dar-lhes o resgate, dirão que antes vão quantas almas há no Brasil ao inferno. Mas ainda que a gentilidade se quisesse por isso levantar contra os cristãos, não estimo as suas guerras em parte onde está tão boa fortaleza como a da Baía, porque ainda que dessem guerra não a poderiam dar muito tempo, pela necessidade em que se veriam das coisas dos cristãos, sem as quais não poderão viver se de todo lhas tirarem. E se disséssemos que é gente que antes se deixara morrer que quebrantar a sua lei e deixar de adorar os seus ídolos, mas eles não têm lei nem ídolos, a que adorem, nem têm mais que algumas abusões e ninharias, que ainda hoje em dia se acham dentro do Reino de Portugal, como são os feiticeiros, advinhadores e benzedores e crer em sonhos e ter muitos agouros; mas isto são coisas que fàcilmente se lhes podem tirar, pondo-os em necessidade, como disse; e a alguns deles que se fazem santos entre eles, ora lhes dão crédito, ora não, porque as mais das vezes os acham em mentira.

[Perspectivas]

Todas estas coisas escrevo a V. R.ª para que por alguma via nos seja aberta a porta da vinha do Senhor e empreguemos o tempo e não se gaste em vão. E se não se ordenar como tenho dito, o mais que podemos fazer por esta costa adiante, nestas partes, e entre estes índios que estão chegados à conversação dos brancos, será ensinar aos filhos, alguns que pudermos sustentar, que não podem ser muitos, porque as Casas são muito pobres. Se tiveram com quê e muita renda, ajuntáramos todos os moços e os doutrináramos na fé, e os velhos ir-se-iam gastando em seus maus costumes e os moços ficariam de posse da terra e se faria uma nova cristandade; mas são as Casas tão pobres que uns 40 ou 50 moços que ajuntemos não os podemos sustentar senão muito mal e com muito trabalho. Isto ainda só no comer, quanto mais, se os tivéssemos de vestir e tratar como é razão.

E se lhe parecer melhor do que tenho dito, que entremos pela terra dentro e vamos apartados dos cristãos, irmo-nos-emos e por ventura tão longe, que seja trabalho ir nenhum aonde nós formos, que dizem estas gentes que se nós formos terra a dentro irá muita gente atrás de nós e que se despovoarão os lugares que estão à beira do mar; mas parece que são escusas para não irem muitos que queriam ir pela notícia do oiro e prata que estavam para ir e alguns já para partir: e para ter razão de o impedir aos outros, no-lo impediram a nós.

Não escrevo agora mais nesta. Sòmente lhe torno a lembrar os livros, que lhe peço, e que dê conta de mim ao meu em Cristo P. Urbano, para que me encomende a N. Senhor sempre em seus santos Sacrifícios e orações; e outro tanto dê ao meu P. Correia, e ao meu caríssimo D. Gonçalo. E V. R.ª me fará a caridade de me dizer uma missa à Santíssima Trindade, na qual lhe peça que me faça perseverante até ao fim em seu santíssimo serviço com muito inteira fé e ardentíssimo amor, que inflamem as nossas almas, amem. E mais peço a V.ª R.ª que a todos os Padres que estão nesse Reino me mande dizer, a cada um, sua missa e seja a que cada um tiver mais devoção de dizer, e nela me peçam cada um sua virtude e seja a que mais me desejarem. A 10 de Março de 1553.

Pobre

Pero Correa.

(*Bras.3(1)*, 84-87)

Desconhece-se o original desta carta, de que existe cópia em castelhano. Verte-se aqui para português, sua língua original. Pelos adjuntos, parece que foi enviada para o P. Simão Rodrigues, ao qual quatro semanas antes também escrevera, de S. Vicente, o P. Manuel da Nóbrega. Entre os Padres, a quem no final da Carta se recomenda Pero Correia, um é D. Gonçalo da Silveira, que iria ser em 1561 protomártir da Companhia de Jesus no Continente Africano, e cujo nome celebra Camões num soneto e em "Os Lusíadas." Não deixa de ser impressionante que D. Gonçalo fosse uma das amizades de Pero Correia, que ainda antes de D. Gonçalo, iria ser protomártir da Companhia no Continente Americano.

APÊNDICE B

Carta do P. Manuel Viegas ao P. Geral Aquaviva sobre a visita do P. Cristóvão de Gouveia, a língua Tupi e os Índios Maromemins

— S. Vicente, 21.III.1585. —

Recebi a de V. Paternidade cheia de muita consolação, que muito me alegrou e consolou em Nosso Senhor. Trouxe-ma o P. Visitador Cristóvão de Gouveia, quando veio cá a S. Vicente para nos visitar, animar e consolar. Chegou aqui a esta Capitania de S. Vicente a 17 de Janeiro de 1585, e com a sua chegada e vinda muito nos alegramos e consolamos em N. Senhor todos os que estamos nesta Capitania de S. Vicente. E por certo é grande homem, homem de muita virtude: *est nempe vir Dei*. E tal homem, de tanta virtude e de tão bom exemplo, no-lo mandou cá V. Paternidade: qual é o homem que vendo tal homem não se torne novo homem?

O P. Visitador foi muito bem recebido nesta Capitania por todos os seculares; e, com a sua vista e bom modo de tratar e bom modo de falar com todos, se alegraram e consolaram todos. E não sòmente eles se alegraram e consolaram com tão virtuoso homem, mas nós também ficamos muitíssimo edificados com o seu modo de tratar e falar conosco. E creia-me V. P. que nós ficamos todos tão consolados e animados no serviço de N. Senhor, depois que falamos com ele e tratamos nossas dúvidas e coisas, e ouvimos as suas muito consoladoras e animadoras práticas, que o não sei declarar nem dizer com palavras a V. P. Foi grande o amor que nos mostrou. Bastava vir em lugar de V. Paternidade.

Ele provê e deseja prover todas estas Casas, e tem grande zelo da conversão do gentio do Brasil, e manda que todos, que são para isso, aprendam e saibam a língua da terra, e a nenhum (conforme ao que V. P. lhe mandou) consente que se ordene de ordens sacras, ainda que sejam muito para isso, sem que primeiro saibam e aprendam a língua da terra. O que foi bem ordenado por V. P., porque saiba V. P. que muito poucos a queriam aprender e saber e dar-se a ela: tudo era darem-se às letras e serem pregadores dos portugueses, e subir ao púlpito a pregar aos brancos e não se lembravam desta pobre gente de lhe pregar em sua língua.

As letras em toda a parte são muito necessárias e mais numas partes que noutras. No Japão são muito necessárias, porque é gente de melhor saber e subtil engenho; e é necessário saber responder às suas subtis perguntas. Mas para cá, para esta gente do Brasil, poucas letras bastam. E quem nesta terra sabe a língua dela é aqui teólogo. E muitos Padres, que vêm de lá teólogos, nos dizem que, se pudesse ser, dariam metade da sua teologia pela língua. E eu digo a V. P. que não darei a minha língua por toda a sua teologia, e folgaria que eles ficassem com a sua teologia e soubessem também a língua. Agora, todos os que são para isso se dão a saber a língua, e desta maneira haverá agora muitos línguas na terra e os índios não perecerão à míngua de línguas, porque nós os línguas antigos já somos velhos, e é necessário que venham outros em troca e lugar de nós. *Messis quidem multa: operarii autem pauci.* E agora com a ajuda de N. Senhor haverá muitos operários da gente deste Brasil; e mandando V. P. muitos operários a esta terra, como me escreveu, far-se-á muito serviço a N. Senhor. E saiba V. P. que quanto mais moços vierem para aqui os operários, que V. P. nos mandar, tanto melhor e mais fàcilmente, e com brevidade, aprendem a língua desta terra. E se vierem já de muita idade não a podem saber e dá-lhes muito trabalho aprendê-la. O P. Visitador quereria prover melhor todas estas Residências de operários, mas não os tem. V. P. proverá agora de lá, querendo N. Senhor, e então poderemos acudir a muitas partes deste Brasil.

Agora, com a vinda e chegada do P. Visitador, se há-de abrir agora aqui em S. Vicente uma porta nova de um gentio que se chama *Maromemim* e com estes *maromemins* se ajunta outra gente que se chama *goianã*; e com estes *goaianazes* se ajunta outra gente que se chama *Carojo;* e com estes *carojos* se ajunta outra gente que se chama *ibira ba qui yara.* E toda esta gente tem uma língua, de que eu já sei muito; e já aqui temos um filho deles, que já é cristão. Ainda é rapaz, já sabe bem a doutrina e todas as coisas da fé. Outro levaram daqui os Padres para o Colégio da Baía, cristão, e lá morreu muito bem e agora já está no céu, rogando a N. Senhor pelos seus, e já morreram alguns inocentes, cristãos, que já também estão no céu, pedindo por seus parentes a Nosso Senhor.

Esta gente é muito boa, amigável e tem boa inclinação, e folga muito de saber e aprender as coisas da nossa santa fé. Esta gente *maromemim* não come gente, não tem cada um mais que uma mulher, pelo que com eles se pode fazer muito; e saiba V. P. que nas suas Aldeias, não sendo cristãos, têm já cruzes arvoradas, levantadas. O P. Visitador determina agora, com a ajuda de N. Senhor, mandar-me falar com eles; e já têm conhecimento e notícia dos Padres, a quem eles chamam *arê,* e a Deus chamam *Nhamã nhaxê muna.*

Está esta gente muito perto aqui de S. Vicente, e já algumas suas filhas e filhos estão com os brancos e algumas e alguns que estão com os brancos são já cristãos, e se confessam já pela língua destes nossos índios, que se chamam *tupim.* E eu confio em Nosso Senhor, Padre meu, que muito em breve terei de escrever a V. P. grandes novas desta nova gente.

E com isto acabo esta, pedindo a V. P. que me encomende muito a N. Senhor. E eu assim o faço cada dia, rogando a N. S. por V. Paternidade. Todos ao presente ficamos muito bem e muito consolados com a visita do P. Visitador. Nosso Senhor console sempre a V. P., pois nos mandou quem tanto nos consolasse e animasse na vinha de N. S. Jesus Cristo. 21 de Março de 1585. De V. P. indigno filho em Cristo. — *Manuel Viegas.*

(*Lus.* 69, 62-63v)

[*Excepto o endereço em português, a carta é em castelhano, que se traduz literalmente. Toda autógrafa*].

APÊNDICE C

Relação da viagem que fez o Padre Fructuozo Correa mandado por ordem de Nosso Reverendo Padre Geral Tyrso Gonzalez a ler Theologia ao Maranhão "ad tempus", e de algũas couzas notaveis, que vio em Cabo Verde, e e na Cidade de S. Luiz do Maranhão, levando para aquella Missão o Irmão Miguel da Sylva, e dous pertendentes da Companhia de Jesus.

— 1696 —

Como parti tão obrigado aos Padres, e Irmãos desse Santo Collegio de Evora, a cujos santos sacrificios, e orações confesso dever o bom successo desta navegação, que, exceptuando dez dias, que estivemos em Cabo Verde, em 33 dias de viagem lançamos ferro no porto de S. Luiz do Maranhão.

E começando a viagem, pello tempo em que demos a vella, vem a ser que aos 24 de Março pellas dez horas da manhãa, em hum sabbado; para que em sabbado dedicado a Nossa Senhora dessemos principio a nossa derrota, e em outro sabbado lograssemos o fim della.

Fomos em companhia dos Padres Provincial e Confessor, e algũs nossos Religiozos do Collegio de S. Antão a beijar as mãos a Suas Magestades e Principes Nossos Senhores, que com especial benevolencia nos receberão; querendo a Snr.ª Rainha mostrar que com singularidade ama a Companhia (pois a nenhũs outros Religiozos o fez) nos levou a hũa Camara interior, onde nos mostrou a Snr.ª Infanta, dizendo que ainda que a Infanta estava gentia, pois ainda não estava baptizada, queria que a vissemos, para que a encomendassemos ao Santo Xavier, a cuja intercessão devia os Filhos, que tinha: e reparamos que os Senhores Principe e Infantes (principalmente o Senhor Infante que, nos braços da Senhora Raynha, estava vestido de Padre da Companhia) e a Senhora Infanta, que apenas tinha hũ mez, com o rizo e alegria dos olhos, mostravão querernos meter no coração como filhos da Senhora Rainha, que Deos nos guarde como Mãy da Companhia.

Da Corte Real nos fomos embarcar na nao "Nossa Senhora da Piedade, e Esperança", que levaria 200 toneladas, a que defendião 24 pessas cavalgadas, e outras varias armas, e engenhos militares, levaria mais de cem pessoas entre Religiozos, e seculares, porque da Companhia hiamos dous Religiozos com mais dous pertendentes, 10 Religiozos de Nossa Senhora das Merces, e Redempção dos Captivos com o seu Padre Comissario, a quem fazião venerar sua muita idade e virtude, oito Religiozos da Piedade, com seu visitador o Padre Frei Antonio de Setuval Religiozo de muita humildade e prudencia, e grande moralista e dous Noviços do Carmo. Veyo mais nesta Nao o Ouvidor Geral para este Estado o Doutor Matheus Dias da Costa natural de Lisboa, Juiz dos Orfãos que foy nessa cidade de Evora o triennio passado, Cavalleyro Professo do Habito de Christo, pessoa de grande respeyto, e muita charidade para com os enfermos, elle foy o meu alivio nesta viagem, em que vim tão molestado; o Provedor da Alfandega Real do Parâ o Doutor Jozeph de Puga natural de Vianna do Minho, com seu escrivão Pedro, Cavalleyro do Habito de Christo, natural de Lisboa com sua mulher e Filhos; hum Capitão do Parâ; hũa Dona viuva que levava provimento do Officio de Escrivão da Ouvidoria Geral para aquelle que cazasse com hũa filha sua: nem faltavão a esta Nao siganos, que lhe dissesse a Bonadicha, com outros criminozos, que hião desterrados; por onde dizião os versados nesta viagem que nunqua navio levara tanta e tão varia Gente para aquelle Estado.

Aos 25, dia de Nossa Senhora da Encarnação, em que as nâos da India havião de dar à vella com os navios do Brazil, Cacheo, Cabo Verde, e o nosso, cantou o P. Comissario das Mercês Missa a Nossa Senhora que oficiarão os seus Religiozos com Harpa, Baxão e viola para mitigar as saudades da muzica desse Reyno; no fim da missa preguey sobre o Grande Patrocinio da Senhora, pois viamos unidos na invocação da Nao Piedade em Esperança: Quiz pois a Senhora provar o nosso animo com os mayores tormentos e perigos, que experimentamos em toda a navegação. Soprarão os ventos sudoestes com tanta força e descompozição dos navios, e juntamente com a força da marê, que veyo arribando a nao S. Boaventura sobre a nossa, e começarão com os lados a dar hũa na outra, com tal vehemencia, que a nossa como mais fraca sentio desfazerselhe parte dos ambaynos [sic]: mas como ao outro dia persistisse o mesmo temporal, voltou o nosso navio sobre a nao S. Boaventura, e como quem se queria vingar, lhe quebrou parte da sua popa; e não contente com esta perda quebrou os trez faroes à Nâo Capitania da Bahia, mostrando a nossa Nâo ter sido corsaria Franceza: durou o temporal com tanto rigor e perigo nosso, que nos resolvemos os Passageyros a sahirmos a terra como em efeito fizemos na 3.ª feira 27 de Março: a mesma resolução tomarão os missionarios da India à 4.ª feira.

Estivemos no Collegio de S. Antão ate o Domingo à tarde 1.º de Abril, em que nos tornamos a embarcar para darmos à vella na 2.ª feira; nesta manhã sopravão ventos nordestes com que trincarão as amarras às naos da India, com que sahirão com a Nao Comboy e mais duas mercantes para a Bahia: à nossa Nao com outras no tempo que recolhião as amarras lhes faltou o vento principalmente à nossa que ate à tarde gastou em recolher hum Anchorete, e esta a desculpa que se deu a hum recado de Sua Magestade, que perguntava se lhe faltava algũa couza, ou porque não partia: este real cuidado tinhamos ja experimentado no temporal asima referido, mandando a gente das suas naos para nos socorrer. Com ventos sudoestes velejamos às 4 horas da tarde dia de São Francisco de Paula ate a enseada de S. Jozeph; à 3.ª e 4.ª feira ate o meyo dia foy serração, chuva, e vento sul, com que na 4.ª feira à tarde, por ser o lugar em que estavamos perigozo, tornamos a sobir para Belem; neste dia ouve missa votiva a Santa Maria do Socorro, Senhora da Ordem das Mercês, prodigiosa para os navegantes; no fim da missa preguey, como tambem na 5.ª feira depois da missa, que cantou o Padre Comissario.

A 6.ª feira 6 de Abril das nove para as 10 levantamos finalmente anchora, mas entre a enseada de S. Jozeph, e as Torres estivemos em perigo de darmos em terra, confessando o Piloto de Cascaes que nunca tal lhe succedera: mas Nossa Senhora nos livrou, a quem tinhamos penhorado com o seu terço que tinha rezado com os Mininos passageyros, e com o *sub tuum praesidium* que dissemos todos os Religiozos avistando a Ermida de Nossa Senhora da Boa Viagem: pellas 4 horas da tarde nos achamos fora da Barra, mas nem por isso o mar se compadeceu de nôs, antes nos recebeo com hũa briza e de quando em quando com calmarias que cauzou grande enfado ainda aos marinheyros. E daqui poderão Vossas Reverencias collegir qual eu estaria, basta so dizer que ate o penultimo dia desta navegação vim enjoado, e padecendo outros achaques que não refiro; mas nem por isso dexey de pregar 5.ª feira de Endoenças na altura da Ilha do Mayo, e dia de Pascoa na villa da Praya de Cabo Verde, e dia de Pascoella, na Sê desta Ilha, o nascimento da Senhora Infanta, como tambem fizemos a Novena do S. Xavier na altura da linha, e em todos os dias della contey exemplo, e no fim preguey depois da missa cantada.

Ao Domingo 8 de Abril passamos melhor, como tambem a 2.ª feira; a 3.ª feira pellas 4 horas da tarde avistou o Gajeyro terra, perguntou o Piloto por onde respondeo que por proa; mandou o Capitão deytar bandeira, e tirar hũa pessa para que as 3 Naos, que hião com nosco, e não vellejavão tanto, participassem desta boa nova: ao por do Sol divizarão os Practicos ser a terra a Ilha de Porto Santo; ao outro dia pellas 5 horas da manhã vimos pello sotta vento a Ilha da Madeira rebuçada de nuvens, como costuma. A 5.ª feira 12 de Abril tivemos bom vento e mares quietos, e pellas 5 horas da tarde mandou o nosso capitão que arribassemos a Nao do Brazil, que nos servia de Capitania, e feitas as despedidas costumadas, nos fizemos na volta de Cabo Verde: no Domingo de Ramos, na 4.ª feira de trevas, na 5.ª feira e 6.ª da Paxão se fizerão na Nao os oficios da semana Santa, cantando à Harpa hũa lição em cada Nocturno: Na 5.ª feira de Endoenças comungarão noventa e tantas pessoas, e ja no dia antecedente tinhão comungado os Sigânos, e mais desterrados; e neste dia lhe dey e levey de jantar ao modo, que os Padres em Portugal costumão nesta semana levar de jantar aos prezos.

Chegamos com vento em popa a anchorar a primeira vez na villa da Praya da Ilha de San-Tiago chamada nesse Reyno Cabo Verde: 6.ª feira da Paxão 20 de Abril pellas duas horas da tarde avendo 14 dias completos que tinhamos sahido da Barra de Lisboa; e se não fora virmos esperando pellas Naos, que vinhão em nossa companhia, e pormonos a capa duas noites, por dão darmos nas Ilhas de Mayo, e Boa Vista, em menos tempo avistariamos a opulenta ilha San-Tiago: anchoramos na sua villa da Praya por ser perigoso o porto da Cidade, e avermos licença do Governador para lançar na praya da villa as Carretas que mandava Sua Magestade para a Fortaleza que se faz em Bissao, e ahi tomar a Carga dos negros: nestas idas e vindas se gastarão os dias de 6.ª feira ate a 3.ª, 2.ª Oitava da Pascoa, com que no sabbado da Aleluia forão à villa muitos religiosos; que pello cantar das liçoens e officiar da missa merecerão o jantar tão esplendido, como se pode dar em Portugal, e eu e meo Companheiro o experimentamos no Domingo da Pascoa, porque o Cappitão Mor e Tenente da Praça com outros Cabos nos veyo buscar ao Navio para que lhe fosse pregar a Pascoa. He a villa da Praya do dominio da Senhora Rainha, tem Fortaleza, ainda que não tẽ toda a artelharia necessaria para se fazer respeitada dos Estrangeyros que vem fazer Aguada, com que fazem grande damno na povoação principalmente no espiritual: Consta a Freguezia de 232 fogos, tem Capitão Mor, que ao prezente he João de Espinola Vega, com 15 annos de servisso, tem tido todos os Cargos excepto Governador, com sallario de 40 mil reis e esses mal pagos, e com os servissos serem entre negros, e terra tão doentia, não tem Habito de Cristo, boa consolação para aquelles, que se vem mal despachados allegando servissos de agua doce: o Tenente da Praça chamão Antonio de Souza Henriques com 13 annos de servissos, tem 8 companhias não pagas, entrando de Guarda, e sobre isso pagão sahidas e entradas. A Igreja Parrochial esta dentro da Fortaleza, he azulejada ate as Grades, tem alampada de prata muy bem feita, Althar mor e dous Collateraes bastantemente ornados; mas, como elles dizião, era o que tinha a Igreja, que necessita de frontaes verdes, e hum panno de Pulpito.

Como não deu licença o Governador da Ilha para lançarmos as carretas, levantamos anchora para tomarmos porto na Cidade; neste dia estivemos quasi perdidos, porque arribou a nao sobre hum penhasco com tão pouca distancia que ao Piloto deu hum desmayo; mas livrounos Nossa Senhora, a quem rezavamos todos os dias em publico as suas ladainhas, e o seu terço na alvorada da manhã e a noite; deu o navio pello leme, com que nos fizemos ao mar e viemos demandar a Cidade, que distava 3 legoas; este dia e 4.ª feyra seguinte tivemos iunto do porto grandes brizas, e calmarias iunto da terra, com que de dia a demandavamos, e como junto a ella nos faltavão os ventos, de noite nos tornavamos a fazer ao mar, aonde com o encruzar dos ventos nos quebrou hum mastareo, ate que pelas 5 horas da 5.ª feira de manhã, 26 de Abril, tomando a via por junto da terra, demos fundo de fronte dos paços de Senhor Bispo: como vinhamos tão molestados destes dias, os mais dos Passageyros sahirão a terra, onde estivemos até a 2.ª feyra pella manhãa, 30 de Abril; no sabbado e Domingo estive muito mal, mas não foy bastante para não pregar na Se a petissão do Senhor Bispo o nascimento da Senhora Infanta; a Se he de 3 naves, sô a Cappella mor tem acabada e he melhor que algũas do reyno; o Corpo da Igreja esta quasi nas cornijas, he obra, exceptos os fundamentos, do Bispo D. Fr. Victoriano Portuense, que hora a governa, he religioso da Soledade; o vestido, e ornato da Caza he pobrissimo: succedeo que não tendo que dar a hum pobre, lhe deu a sua cama de doente, dorme em hum esteyrão, e o seu manto com que prega lhe serve de Cabeceyra, somente no Pontifical traz sapatos, e esses rotos, e o mesmo quando recebe vizitas, que eu vi, assentandose em hũa cadeyra ordinaria com hũa esteyrinha aos pez: so me compadeci quando lhe vi dizer o Pontifical com hũa vestimenta bem rota: he muito zelloso do bem de suas ovelhas, e como tal vizitou pessoalmente todas as Ilhas do Balravento, que vem a ser Ilha do Fogo, Brava, S. Nicolao, S. Antão, Boavista, Ilha do Maio, e Guinê, Bissao, Farim, Cacheo, Geba: a muitas destas Ilhas nunca tinha ido Bispo; e porque em Guinê se oferece de novo boa occazião, pede ao Pontifice e a Sua Magestade novo Bispo, para o que se oferece tão alegre e contente, como se fora para os Campos Elysios: elle fica de caminho para Bissao para vizitar aqueles Christãos e para decidir a Controversia, que tem entre sy dois sobrinhos do Rey defuncto, que se comprometterão no que o Bispo decidisse e aquelle que fosse eleyto, se faria Christão: O Rey de Bissao defuncto morrêo Christão, e o filho, que foy a Portugal e se hospedou nos Trinos, corre fama que morreo apostata de nossa Santa Fe, devia ser pello grande mimo que ahi lhe fizerão porque 4 irmãos que aqui tem nesta Ilha dous em casa do senhor Bispo e os outros dous em casa do Vigario da Ilha da Praya, andão descalssos com toda a sojeição, e não he materia de rizo ca nestas partes, chamarlhe nestes habitos Principes.

Se me perguntão pella Cidade e terra desta Ilha, digo que a Cidade esta situada em hũa como caverna que forma duas campinas e estas lhe impedem o Norte; duas ribeyras lavão continuadamente suas ruas, tem fontes nativas e de excelente agua, principalmente dos Religiosos da Piedade, que he o unico convento desta Cidade, as Cazas e ruas são bem fundadas, e fazem hũa bella vista aos que vem do mar; muitos dos seus cidadoens são ricos e ja o forão mais no tempo em que aqui vinhão Naos das Indias de Castella. A terra, supposto não chover nella mais que tres mezes, e este o tempo mais doentio, he muito abundante; as galinhas a dous vintens, e o mesmo hũ alqueyre de milho, 4 arrateis de vaca por hum vintem, e muitas e varias frutas da terra.

Mas antes que sayamos de Cabo Verde, quero dar conta a Vossas Reverencias para louvarem a Deos, da roupa e mais couzas que suas Magestades inviarão ao Bispo de Cabo Verde para a missão dos novos convertidos da Ilha de Bissao por comissão de 22 de Março deste prezente anno.

Memoria dos vestidos que manda El-Rey Nosso Senhor: 67 vestidos de droguetes de differentes cores, Casaca e Calção, tudo forrado tambem de differentes cores; 82 vestidos de melhor lotte que vão no meyo da Caxa pequena, que tambem são de calção e casaca.

Memoria dos vestidos e mais couzas que manda a Senhora Rainha: 18 pessas de sofoliês largos com 460 covados; 24 duzias de veronicas grandes; 66 duzias de veronicas means; 24 duzias de argolinha; 26 duzias de pequenas; 8 duzias de camandolas; 27 duzias de contas pretas sorteadas; 24 covados de baêta vermelha; 24 cartilhas; 25 meadas de linha de negalhos sorteadas; 15 cabeças de linhas alvas inteiras; 2 pessas de droguete de linho largo com 28 covados; 2 pessas de 3 azues e brancas com 24 covados.

Atequi fielmente tresladados os roes que me mandou o Senhor Bispo e eu não pude ir ver por doente, mas algũs Religiozos da Nao tiverão a dita de poderem ver com seos olhos prēdas de tanta piedade.

He tempo ja de sahirmos de Cabo Verde, donde levantamos ferro dia de S. Philippe e San-Tiago, e ate os 7 de Mayo tivemos ventos geraes. Neste dia começamos a Novena do S. Xavier e ainda convalecerão os doentes. No Domingo antecedente morreo hũa escrava em menos de 3 dias e bem podera levar o Sacramento da unção, se assim como se regista na Torre de Bellem, se as naos levão Cappelão se registasse tambem se levavão Santos Oleos. 4.ª feira 16 de Mayo vimos terra do Maranhão e reparamos todos que foy no dia ultimo da Novena do Santo Xavier, que pois em hũa Sexta feyra dexamos de ver Portugal, em outra 6.ª feira salvassemos a terra do Maranhão; e conhecessemos que o Santo era o melhor Piloto da Nao, pois em hũa 6.ª feira aportamos na villa da Praya, e em outra 6.ª feira ao passar da Linha nos começarão a soprar rijamente os ventos geraes, e tanto que posemos a sua reliquia no mastro grande, logo a nao tomou o Porto de Cabo Verde; e que para mim ainda acho mais misterio, porque o P. Geral me mandou ordem para vir ler esta Cadeyra por carta de 3 de Dezembro, dia de

S. Francisco Xavier, e em hua 6.ª feira de Março me avizou o P. Reitor nesse Collegio. O Santo Xavier, a quem dexey prendado com hũa fita pellos pez, me alcansse de Deos que meos passos imitem em parte sua glorioza obediencia.

Na 6.ª feira pois dezoito de Mayo passamos com bom sucesso os perigos e baxos desta costa, e no sabbado seguinte, ao por do Sol, anchoramos defronte da Fortaleza desta Cidade: Cantamos as Ladainhas a Nossa Senhora em acção de graças. Logo nos veyo buscar hũa canoa do Collegio onde entramos com paz e saude, e com a mesma achamos os nossos religiozos, que nos receberão com muita charidade, mas fomos primeiro a Igreja dar as graças ao Santo Xavier que tinha eu feito proposito, e o guardey de não fallar com pessoa algũa na terra, sem que primeiro fizesse este devido obsequio ao nosso Santo.

Este o fim desta nossa navegação, que o ser boa devemos ao Santo Xavier, e às oraçoens de Vossas Reverencias. Livrarnos Deos de febres sendo que dellas adoecerão muitos da Nao, e ainda o Pretendente Bartholomeu Roiz, foy sua Divina Providencia, para que acodissemos mais liberalmente aos doentes com galinhas, doces, que por varias vezes lhe demos, reconhecendo todos a Companhia por refugio e consolação de todos os mizeraveis, que não da só pasto das almas com a preguação, doutrinas e praticas, que quasi todos os sabbados fazia meo Companheiro o Irmão Miguel da Sylva, que deu grande edificação na Nao, mas que acudia aos pobres com o sustento corporal.

Restava agora dar noticia desta terra do Maranhão, e ainda que a Missão pertende mandar Carta mais diffusa, direy brevemente o que vi e achey nesta terra.

Tem esta Cidade de S. Luiz do Maranhão 4 conventos de religiozos: Carmo, Mercês, Antoninhos, e o Nosso Collegio que esta fundado pella traça do Colegio da Madre de Deos dessa Cidade, mas muito mayor, e a Igreja estando acabada, pode competir com algũas, que se jactão de singulares nesse Reyno; tem hũa so freguezia a que chamão Se: as ruas da Cidade estão retalhadas de arvoredos: esta fundada no alto de hum monte, a que cercão dous braços de mar, que continuamente estão dando pexe de varias castas, de que todos os moradores comem: he muito fresca por cauza dos muitos arvoredos e ventos da terra, não tem calmas, nem frios, ainda que com pouco exercicio se sua muito: Logra aguas excellentes: abunda de todos os viveres assim de carne, como de pexe fresco e secco; varias e singulares frutas, só pão e vinho não tem, mas a gente da terra antes quer agua ardente de assucar, que vinho das Canarias, e podendo fazer pão de milho que a terra da, antes querem farinha de pao por mais sadia.

Tem bellos ares e sadios, com que não ha por ca febres malignas; so o anno passado (achaque que havera 30 annos deu na terra) tiverão os Indios naturaes da terra bexigas de 3 e 4 castas, e fez tal estrago este contagiozo mal, que se averigua a perda dos escravos em dois milhoens em dinheyro deste Estado, e morrerão os melhores, com que disse hum secular que Deos devia de ter algũa obra para fazer, pois levara os mais destros officiais; mas os Padres dizem que os quiz Deos salvar, por que morrerão muito contritos e se reconciliavão muitas vezes: a Cidade e Aldeas circumvizinhas estão muito edificadas da grande charidade que os Padres uzarão com os Indios e Brancos, nesta fatal mortandade, porque como nem brancos avia para servirem, o P. Reytor Joseph Ferreyra com outros Padres hia pellas ruas levarlhe de comer, as medicinas, que trouxera do reyno, agua e ate enterrallos que não havia na terra quem abrisse as covas: Padre ouve que confessou em hũa tarde mais de vinte, em hũa só caza, que cada qual dellas parecia hum hospital: o P. M.º Ignacio Ferreyra lhe soccedeo, não hũa so vez, estar todo dia occupado com confissoens, e vir a noite ao Collegio tomar algũa refeição corporal; ate às Aldeas se estendeo esta charidade; porque com o mesmo espirito da Companhia forão as Rossas os Padres Sylvestre de Mattos, Manoel dos Sanctos, e Duarte Galvão fazendo-lhe de comer para o que acarretavão lenha, lavandoos por suas proprias maos, sem que lhes retardasse seu espirito os muitos bichos, e mao cheyro que exhalavão de si aquelles corpos enfermos, e a todos confessandoos e sacramentandoos; e he para louvar a Deos que nenhũ dos Padres e Irmãos andando em meyo de mal tão contagioso adoecesse.

Ao presente fica a terra livre de todos os achaques, e ja com os mesmos exercicios espirituaes que os Padres tem introduzido e vem a ser que na nossa Igreja cantão todos os dias os estudantes e meninos da escolla o Terço de Nossa Senhora com a sua Salve e nos Sabbados acrescentão as Ladainhas; No fim das duas missas cantão o *Bendito e Louvado seja o Santissimo Sacramento* etc., tudo com tanta graça e suavidade de vozes que se os echos chegassem a Portugal podião sem fabula atrahir muitos sojeitos para esta Gloriosa Missão. Todos os dias Santos se tange a missa hora e meya antes de amanhecer, a que acodem todos os escravos e Indios da Cidade, e juntos lhe faz hum Padre doutrina na Lingua da terra, e ditas as oraçoens, sobe o P. ao altar e lhes diz missa: isto mesmo observão nas Aldeas, onde de mais costumão os meninos todos os dias irem em duas alas com sua cruz diante encomendarem as Almas; dando hũa volta pella Aldea se recolhem à Igreja e depois de se lhe fazer doutrina na Lingua cantão como huns Anjos as ladainhas de Nossa Senhora. Este o modo com que os Nossos Padres conservão e augmentão esta nobre christandade.

Acabo finalmente esta relação com pedir de novo a Vossas Reverencias me encomendem a Deos em seos Santos Sacrificios, e devotas oraçoens para que em quanto a Santa obediencia me tiver por estas partes mostre com especialidade em minhas acçoens ser filho da Companhia e ter vivido nesse Santo Collegio.

S. Luiz do Maranhão, hoje vespora do Espirito Santo, 1696.

De Vossas Reverencias

Menor Servo e Irmão em Christo.

Fructuoso Correa

(*Bras.9*, 416-419).

APÊNDICE D

Carta do P. Diogo Soares a S. Majestade sobre o começo das observações astronómicas e trabalhos cartográficos no Brasil

— Rio, 4.VII.1730. —

Senhor : — Cumprindo as instruções de V. Majestade, que deixam no nosso arbítrio a eleição do lugar por onde demos princípio às novas cartas de toda esta América, julgamos por mais conveniente e justo fosse esta Capitania a que tivesse o primeiro lugar nesta factura, assim por ser a primeira que nos hospedou neste Brasil, como por ser precisa nela esta demora, não só para esperarmos os instrumentos que nos faltam, mas para vermos também se nos davam lugar as noutes, com as suas contínuas trovoadas, a fazermos algumas observações; mas como estas já desde o princípio de Maio o permitiram, julgo que por todo o Setembro entraremos às Minas Gerais, e, por elas, ao Sertão.

Neste tempo temos visto, sondado, e riscado, todo este grande recôncavo, e suas ilhas, que são inumeráveis; visitado, medido e feito plantas de todas as suas fortalezas, que não ofereço agora a V. Majestade pelas não poder pôr na sua última perfeição; ofereço porém, pelo Provincial da Companhia, a derrota da minha viagem, com a vista desta Barra e de todas as mais Ilhas, que nela avistei e delineei, para cómodo e utilidade dos Pilotos, que navegam para esta América. Dela reconhecerá V. Majestade o quanto lhe é preciso o acabar-se a fortaleza da Lage, como chave mestra de todo este porto; não menos necessita de uma perfeita fortificação a Ilha das Cobras, único e principal padrasto de toda esta cidade e em cujo desenho e planta estou actualmente ocupado à petição deste Governador, como quem anela só a empregar-se no real serviço de V. Majestade e seus Ministros.

Tenho já junto uma grande cópia de Notícias, varios Roteiros e Mapas dos melhores sertanistas de S. Paulo, e Cuiabá, Rio Grande, e da Prata, e vou procurando outras a fim de dar princípio a alguma carta; porque as estrangeiras andam erradíssimas, não só no que toca ao Sertão, mas ainda nas Alturas e Longitudes, de toda esta costa, se não falham as nossas observações, as quais determinamos ratificar antes que deixemos este Rio, passando a Cabo-Frio.

A real pessoa de V. Majestade guarde Deus, como todos lhe devemos desejar.
Rio de Janeiro, quatro de Julho de mil setecentos e trinta.

Diogo Soares

[*Cota do Conselho Ultramarino:* "Do P.º Diogo Soarez. Dá conta do q̃ tem obrado a respeito do a q̃. foi mandado e o P.º Domingos Capaci p.ª fazerem Mappas de todo o Brasil"].

(A. H. Col., *Rio de Janeiro*, Apensos, 4.VII.1730).

APÊNDICE E

Carta do P. Inácio Correia, Reitor do Colégio de S. Paulo, a Sua Magestade, para que não tire a S. Paulo o seu general

— S. Paulo, 30.XII.1748. —

Sñr.

Compadecido destes beneméritos vassalos de V. Mg.^{de} e obrigado de seos rogoz, naõ posso deixar de acompanhar as humildes suplicas, q̃ por meio do Senado desta cid.^e, oferecẽ reverentes aos pez de V. Mg.^{de}, na ocasião q̃ a sempre acertada despoziçaõ de V. Mg.^{de} p.ª sempre lhes tira o General, q̃ hũa, e m.^{tas} vezes foi servido ja concederlhes. E como as maõs reaes, por m^{to} parecidas às divinas, naõ costumaõ deminuir, sim acrescentar os beneficios feitos huã vez, à todos os q̃ os sabem agradecer, e estimar; sabendo estes vassalos de V. Mg.^{de} estimar sempre, e sempre agradecer o favor feito na dadiva do seo General, com se exporem todas as horas, à mil perigos de suas vidas, nos descobrim^{tos} de novas minas de ouro, diamantes, e outras pedras preciozas, p.ª aumentar a faz.^{da} de V. Mg^{de} parece q̃ q.^{do} naõ mereçaõ novos favores e acrescentam.^{tos} se fazẽ ao menos atendidos p.ª a confirmaçaõ dos ja feitos, e perpetuidade do seo Gnl. Portanto reverentem^{to} rendidos aos pèz de V. Mg.^{de} humildem^{to} lhe suplicaõ os naõ castigue com a deshonra de lhes tirar o seo General, p.ª q̃ empreguẽ utilm^{to} no serviço de V. Mg^{de} como sempre fizeraõ, os passos q̃ inutilm^{to} davaõ, p.ª os necessarios recursos a lugares taõ remotos; q̃ dando justo motivo a nova divizaõ do Governo ecclesiastico, com m^{to} mayor rezaõ o daraõ tãbem p.ª a conservaçaõ da dos Governos temporaes. Esperamos da gr^{de} benignid.^e de V. real Mag^{de} o favor e Graça, q̃ athe o seo grande Nome nos està concedendo. A pessoa de V. real Mg.^{de} g.^{de} N. Sñr, p.ª delatados empregos de seo divino serviço, em emolumentos de seo reyno, e vassalos. Coll.º da Comp.ª de Iesus da cid.º de S. Paulo 30 de Dezr.º de 1748.

De V. real Mg.^{de} o mais reverente, e am^{to} Capellaõ.

Ignacio Corr.ª

(A. H. Col., *S. Paulo*, Avulsos, 30 de Dezembro de 1748).

APÊNDICE F

Carta do P. Bento da Fonseca, sobre descobrimentos do Rio Amazonas, a um Padre que esteve no Maranhão
— Lisboa, 14.VI.1749. —

Agradeço a vossa Paternidade a antecipação que me faz dos *Anais históricos do Maranhão* e fico obrigadíssimo a V. P. desta obsequiosa lembrança. Contém esta obra os descobrimentos do Estado e descrição dos seus rios. É sensível que só depois da vida do autor tivéssemos as notícias que desejávamos de alguns. E como sei o muito que Vossa Paternidade é curioso e amante de notícias geográficas, com esta ocasião, em obséquio a esta honra com que V. P. me trata, lhe quero participar as notícias dos Rios Negro, Madeira e Tapajós, que faltam no livro 10 desta obra, § § 728, 729 e 733.

No ano de 1739 se soube que o Rio Negro se comunicava com o Rio Orinoco por cartas que escreveram os Padres missionários da Companhia de Jesus da Província do Reino de Granada ao R. P. Aquiles Maria Avogadro da mesma Companhia e da Província do Maranhão, que se achava no dito Rio Negro, descendo e praticando Índios à nossa Santa Fé e examinando outros que os Portugueses resgatavam no dito rio por escravos. Por estas cartas, e com esta ocasião, se soube que o Rio Negro tem perto de três meses de viagem navegável, que desce do Poente para o Nascente quase paralelo ao Rio das Almazonas, que por um braço se comunica com o Rio Orinoco e que do Pará se pode, por rios e por água, sem pôr o pé em terra, subir e descer até à cidade de Guiana e Ilha da Trindade que lhe fica fronteira, ficando certo que todo o continente de Guiana fica sendo uma ilha cercada de mar e dos Rios Almazonas, Negro e Orinoco.

O Rio Madeira corre do Sul para o Norte e desemboca no Rio das Almazonas em altura de dous graus e 20 minutos de latitude Austral; do Pará até à boca do dito Rio se gastam três semanas de viagem.

Foi descoberto o Rio Madeira a primeira vez pelo Sargento-mor, Francisco de Melo Palheta, no ano de 1725.

No ano de 1728 fundou o P. João de Sampaio da Companhia de Jesus da Província do Maranhão uma Aldeia de Índios junto às primeiras cachoeiras do dito Rio, que distam da boca dele cousa de vinte cinco dias de viagem. Da dita aldeia subiu o P. Sampaio pelo rio acima até às Aldeias dos Padres da Companhia da Província do Peru, e gastou até às primeiras, dezasseis dias em canoa bastantemente grande e referiu que os ditos Padres, nas cabeceiras do dito Rio e seus braços, tinham dezasseis Aldeias de Índios até Santa Cruz de La Sierra, em que tem as suas cabeceiras o dito Rio, e lhe dão o nome lá do Rio Mamoré.

Duas vezes desceram depois disso Portugueses de nossas minas de Mato Grosso, que agora se criou Governo, e foi por seu primeiro Governador D. António Rolim de Moura, os quais vieram ao Pará por este Rio Madeira: o primeiro foi um Manuel Teles, que assiste ainda hoje no Maranhão, e os segundos foram Miguel da Silva e Gaspar Barbosa Lima, assistentes ambos na Capitania do Pará.

Por relação destes se tem a notícia que, desde o Mato Grosso até certo riacho ou braço do Rio Madeira, se gastam três dias de jornada por terra, e embarcando-se se gastam até uma Aldeia chamada São Joaquim, dez dias de viagem, e desta até à boca do Rio Madeira dezasseis dias por ser grande a corrente do Rio; conforme esta Relação, se é verdadeira, se chega do Mato Grosso ao Pará em quarenta e quatro dias, contando-se quinze como se dão da boca do Madeira ao Pará. É tão constante esta notícia, que houveram muitos votos para que o Governador de Mato Grosso fosse para o dito Governo pelo Pará e por este Rio Madeira.

O Rio Tapajós se descobriu no ano de 1747 na forma que aqui direi. Das minas do Mato Grosso saiu um mineiro, chamado João de Sousa de Azevedo, com o fim de descobrir minas nas cabeceiras do dito Rio. Com efeito se achou ouro em um braço do dito Rio, chamado Arinos, de que deu conta a El-Rei com amostra o intendente das minas de Mato Grosso e se lhe deu o nome de minas de S.ta Isabel.

Estas minas descobriu Pascoal da Arruda; em companhia deste foi João de Sousa de Azevedo, que com o mesmo projeto desceu pelo dito Rio Arinos abaixo, e caindo na mãe do Rio Tapajós achou ouro em outro riacho que nomeia Rio das Três Barras; resolveu-se daí descer ao Pará onde chegou e fez seu negócio comprando várias fazendas com que voltou pelo mesmo Rio Tapajós para o Mato Grosso.

De tudo isto deu conta a El-Rei o Governador e Capitão General do Estado do Maranhão, Francisco Pedro de Mendonça Gurjão, a qual eu vi. Referiu este João de Sousa que do Mato Grosso ao Rio Arinos seriam quinze dias de jornada por terra, e muitos menos das minas do Cuiabá. Do Rio Arinos à boca do Tapajós serão vinte e cinco dias de viagem facilitada; e da boca do Tapajós corre e desce do Sul para o Norte, paralelo ao Rio Madeira que tem suas cachoeiras ou saltos e parece que maiores que o dito Rio Madeira.

Estas são as notícias que faltaram ao autor e por elas se fica sabendo todo o interior da nossa América Portuguesa, porque só faltava a parte das minas de Goiás que se sabe já com evidência estarem nas cabeceiras do Rio Tocantins, que desemboca no das Almazonas junto à sua boca. E são muitos os Portugueses que delas tem descido abaixo ao Pará pelo Rio Tocantins.

Com estas notícias fica certo ser a demarcação do interior da nossa América, cortando pelo Rio Madeira ao Mato Grosso e descendo deste até à nossa Colónia do Sacramento, ainda que parte deste sertão para cá do Rio da Prata, entre esta e o Brasil, tem várias povoações e Aldeias de Índios castelhanos.

Estas notícias são as que tenho o gosto de participar a V. P. em atenção à que me dá com a antecipação destas *Notícias históricas do Maranhão*. Fico para servir a V. P. como tanto seu obrigado. Colégio de Santo Antão [Lisboa], 14 de Junho de 1749.

Bento da Fonseca

(Cópia em "Peculio ou Relação dos factos acontecidos no Brasil de 1500 a 1700". Arq. N. do Rio de Janeiro, Most.º 2, Sala Cairu, p. 257v-261).

APÊNDICE G

Os Jesuítas e o primeiro jornalismo no Brasil

Tal como hoje se pratica, o jornalismo é ulterior ao século XVI, mas sempre existiram maneiras de informação e as Cartas do século XVI eram as gazetas do tempo. E até já com o duplo carácter moderno de informação oficial e de informação livre.

A primeira carta, famosa e simpática, escrita no Brasil, foi a do próprio Descobrimento em 1500, e pertence ao tipo de informação oficial. As dos Jesuítas desse século, eram de informação livre. No decorrer dos anos também a Legislação Portuguesa conferiu aos Provinciais e Reitores da Campanhia de Jesus no Brasil, altas funções de administração pública. O Reitor do Colégio do Rio, António Cardoso, filho de Angola, assinava: "Administrador no Espiritual e Temporal das Missões e Índios desta *Capitania*" [do Rio de Janeiro], e o Provincial Estanislau de Campos, paulista, quando se dirigia a El-Rei, para assuntos das suas atribuições, acrescentava ao título de Provincial, estoutro, oficial e público, de "Administrador no Espiritual e no Temporal das Missões e Índios desta *Província*" [do Brasil].

Mas já não era o século XVI. As cartas dos Jesuítas no século XVI, incluindo as dirigidas a El-Rei, eram de informação livre; e cabe a uma delas a honra de ser a primeira carta escrita na América Portuguesa, que viu a luz da imprensa, porque nem a do Escrivão da Armada de Pedro Álvares Cabral nem nenhuma outra anterior à chegada dos Jesuítas em 1549 se imprimiu senão alguns séculos depois. Algumas notícias impressas de estrangeiros, como Vespúcio, anteriores às dos Padres, *não foram escritas no Brasil*. O escrito, *redigido no Brasil*, que primeiro se publicou, foi a Carta do P. Manuel da Nóbrega, de 10 de Agosto de 1549, para o seu Mestre em Coimbra. Não é a primeira que ele escreveu, mas a que se publicou em primeiro lugar (1552). E constitui a primeira impressão de uma extraordinária série de Cartas Jesuíticas antigas, que vai desde o Chile ao Mississipi e ao Canadá, e que o homem culto e conhecedor da história do Novo Mundo sabe o que realmente significa sob o aspecto de informação americana.

A esta primeira carta *impressa*, de Nóbrega, seguiram-se outras do mesmo Padre, e de João de Azpilcueta Navarro, Leonardo Nunes, José de Anchieta, António Blasques, Quirício Caxa, Pero Correia, Luiz da Grã, Diogo Jácome, Rui Pereira, Ambrósio Pires, António Pires e Vicente Rodrigues.

Escritas em português, espanhol e latim, logo se divulgaram no mundo civilizado em traduções ou no original, entrando a circular nos escritores do tempo.

E foram as únicas, *escritas no Brasil*, que no século XVI fizeram soar, fora de fronteiras portuguesas, o nome do Brasil.

Impressionante a simples enumeração cronológica destas cartas, escritas no Brasil de 1549 a 1562, e impressas de 1552 a 1565. Publicaram-se outras vezes depois. Dão-se apenas as primeiras edições, para nos mantermos dentro do espírito desta brevíssima resenha. Até 1570 ("Os Lusíadas" publicaram-se em 1572) tinham-se impresso *Cartas do Brasil* em Portugal, Espanha, Roma, Veneza e Flandres; e, até 1586, também em França e Alemanha.

1549

— Carta de Manuel da Nóbrega ao Dr. Martim de Azpilcueta Navarro, seu Mestre e Professor da Universidade de Coimbra Quatro edições sucessivas, 1552 (Lisboa ?); Roma, 1552; Veneza, 1558, 1565.

1550

— Informação do Brasil de Nóbrega. Seis edições sucessivas, 1552 (Lisboa ?); Roma, 1552; Veneza, 1559, 1565, 1569; Lovaina, 1570.
— Carta de Nóbrega ao P. Simão Rodrigues, Veneza, 1562; Ingolstadt, 1586.
— Carta de João de Azpilcueta Navarro, Veneza, 1562.
— Carta de Nóbrega ao P. Simão Rodrigues, 1552 (Lisboa ?); Veneza, 1559.

1551

— Carta de Leonardo Nunes, Roma 1553; Veneza, 1559.
— Carta de Leonardo Nunes, 1552 (Lisboa ?); Roma, 1552; Veneza, 1559, 1565.
— Carta de João de Azpilcueta Navarro, 1552 (Lisboa ?); Roma, 1552; Veneza, 1558.
— Carta de Pero Correia, Veneza, 1559.
— Carta de Pero Correia, Veneza, 1559.
— Carta de António Pires, 1552 (Lisboa ?); Roma, 1552, 1557, 1559.

1552

— Carta de Vicente Rodrigues, Roma, 1553; Veneza, 1559, 1565.
— Carta de Pero Correia, Roma, 1553; Veneza, 1559, 1565.
— Carta de Pero Correia, Roma, 1553; Veneza, 1559, 1565.
— Carta de Diogo Jácome, Veneza, 1559.

1556

— Carta de Pero Correia, Veneza, 1559.

1555

— Carta de José de Anchieta, Barcelona, 1556.

— Carta de Anchieta, Veneza, 1559.
— Carta de João de Azpilcueta Navarro, Lisboa, 1555; Barcelona, 1556.
— Carta de Ambrósio Pires, Roma, 1557; Veneza, 1559, 1565.

1556

— Carta de José de Anchieta, Barcelona, 1556; Veneza, 1559.

1557

— Carta de José de Anchieta ("De Rebus Naturalibus"), Veneza, 1565.

1559

— Carta de António Blasques, Veneza, 1562.

1560

— Carta de Anchieta, Veneza, 1562.
— Carta de Rui Pereira, Veneza, 1562.

1561

— Carta de Anchieta, Veneza, 1562.
— Carta de Luiz da Grã, Veneza, 1565.
— Carta de António Blasques, Veneza, 1565.

1562

— Carta de José de Anchieta, Veneza, 1565.

Vinte e nove cartas que se imprimiram no prazo de treze anos.

Depois de 1562 continuaram as Cartas do Brasil, mas para o grande público europeu, falando à maneira dos homens da imprensa, já não podiam competir no "sensacionalismo jornalístico" com as primeiras. Hoje, a distância, dadas as actuais preocupações de pesquisa, com pontos e métodos novos de averiguação e estudo, todas, incluindo as inéditas, têm interesse documental. Mais algumas se imprimiram ainda no século XVI em vida dos autores, como Luiz da Fonseca (Paris, 1578, 1580), e Quirício Caxa (Friburgo, 1586), e com elas várias Ânuas Latinas, de carácter colectivo e portanto sem redactor nominal expresso.

Tal movimento epistolar entrou pujante pelo século XVII. O aumento numérico dos Jesuítas era porém de tal magnitude, que tornava já impossível a publicação das cartas todas. Abria-se o período das grandes *Relações* e *Livros*, redigidos na Europa, onde as cartas individuais ultramarinas se utilizavam como fonte. Foi assim com a *Relação dos Carijós* de Jerónimo Rodrigues (1606-1607) em Fernão Guerreiro, conservando-se, entretanto, por sábia e previdente medida, os originais que modernamente se vão e irão imprimindo, com os vagares que a diplomatística requere e com a novidade do pormenor, que se deixa ver e se conhece. Contudo, ainda uma vez ou outra se publicaram algumas relações mais breves, como as preciosas de Luiz Figueira sobre o Maranhão e Pará, quando já surgia em cena o P. António Vieira.

Vieira é figura única na epistolografia do mundo luso-brasileiro. Nas suas cartas, o Brasil tem enorme representação, quer as escrevesse no Norte sobre o Marajó, Tocantins ou Ibiapaba, quer observasse, do patamar da famosa *Quinta do Tanque* (Baía), os sucessos do seu tempo. A primeira carta de Vieira, primeira não na ordem cronológica da escrita mas da publicação, é de 1660, e de assunto americano, uma informação a El-Rei "Sobre as Missões do Seará, do Maranham, do Pará, & do grande rio das Almazonas" (20 páginas).

O altíssimo escritor, dotado de espírito verdadeiramente jornalístico (no melhor sentido e dignidade da nobre profissão) não desprezava o quotidiano, com as vicissitudes, variedades, enredos e implicâncias da vida, o que é, com a beleza da linguagem, um dos atractivos das suas cartas.

E sempre, desde a juventude (a sua primeira carta de notícias escreveu-a aos 18 anos), até à extrema velhice: "Para este octogenário combalido de enfermidades, não havia tarefa superior à sua capacidade de dispersão mental; seu espírito inquieto pairava escutando os rumores do mundo, na busca incessante para matéria de cogitações" (Lúcio de Azevedo). É a liberdade dos naturais do Brasil, o trabalho dos escravos que procura aliviar, a defesa contra as invasões holandesas, os moços pardos, os piratas que infestam as costas brasileiras, a falta de navios do Reino, a guerra dos Palmares, um príncipe que nasce, as missões dos bárbaros, a arte variada de furtar, o predomínio dos estrangeiros, a retransmissão para a Europa de notícias que chegam à Baía, da África e da Ásia, a política local, mudanças de governo, um cometa que aparece no céu, o estudo nos Colégios, as línguas indígenas, falecimentos de notáveis, o "mal da bicha", a plantação da canela e pimenta, o açúcar sobrecarregado de impostos, o tabaco que baixa de preço, a falta de trocos com prejuízo dos pobres, a nova moeda provincial...

Situa-se António Vieira no cimo da encosta. Depois dele, ainda muitos outros Jesuítas escreveram cartas até à perseguição geral à Companhia de Jesus nos meados do século XVIII. Violência, que, como todas as que têm por objecto o espírito, durou pouco, apenas uma geração (1759-1777).

Dos Jesuítas do Brasil antigo, que deixaram cartas impressas ou em Arquivo averiguado, já vimos os nomes de trezentos e tantos Padres e Irmãos, e muitos escreveram mais de uma, alguns mais de 20 ou 30, e Vieira centenas.

A actividade epistolar jesuítica, volumosa e com valor histórico, artístico, religioso, geográfico, etnográfico, social e literário, nunca se extinguiu de todo nem durante o cativeiro de Babilónia; e, retomada logo depois com o mesmo entusiasmo, continua hoje, como antes, com as suas cartas do centro da África, da Ásia e da Oceania, do Alasca e América do Sul, e aqui no Brasil, das margens do Rio Acará e do Rio Juruena, com algum proveito ao que parece para a civilização cristã e o saber humano.

Pela circunstância de os Jesuítas chegarem ao Brasil, ao fundar-se o Estado Brasileiro com a instituição do Governo Geral em 1549, e serem as cartas dos Padres uma como crónica da vida moral do novo Estado, elas revestem a significação de sintoma ou de programa. Daqui a particular estima que delas fazem os Brasileiros ilustres. E apraz-nos recordar um, entre os maiores, que realizou na sua terra (ele chamava *sua*, ao Brasil e a Portugal) a mais brilhante síntese da cultura moderna. Afrânio Peixoto, em "Nota Preliminar" ao primeiro volume das *Cartas Jesuíticas* (ed. da Academia Brasileira de Letras), escreve: Eles, os Jesuítas, "*se bateram do primeiro ao último dia, até serem expulsos, de 1549 a 1777, por estes três ideais, que são o fundamento mesmo da nacionalidade, que nos desejaram e ajudaram a fundar, no que puderam: boa imigração europeia, liberdade dos naturais da terra, identidade moral de todos.* [...] *Por isso, os documentos Jesuíticos não são apenas história do Brasil: são essenciais à ética brasileira*".

O primeiro volume eram as *Cartas do Brasil*, de Nóbrega (notas de Vale Cabral e Rodolfo Garcia), a que se seguiu logo o das *Avulsas* (notas de Afrânio), e pouco depois as *Cartas* de Anchieta (notas de A. de Alcântara Machado e outros). Estes volumes contêm mais cartas do que as impressas no século XVI; e quando se reimprimirem, incluirão ainda outras, porque são assim os caminhos da erudição e da história.

Mas o jornalismo epistolar do século XVI, representado já por aquelas 29 Cartas dos Jesuítas da Assistência de Portugal, escritas no Brasil, e saídas dos prelos europeus, dentro do espaço apenas de 13 anos (1552-1565), como veículo noticioso do Brasil, é efeito extraordinário de publicidade dificilmente igualado no século de Quinhentos. E mostra a cronologia das impressões, que só a *Informação do Brasil*, de Nóbrega, publicada em vários países, em menos de 20 anos se imprimiu seis vezes.

("Jornal do Commercio" (Rio), 29-VIII-1948)

NOTA. — Como se sabe, foi com a leitura de um livrinho do P. Pedro Canísio (hoje Santo e Doutor da Igreja) e das *Cartas das Índias*, que um jovem príncipe italiano, Luiz Gonzaga, se afeiçoou à Companhia de Jesus, vindo a entrar nela. (Cf. *Vida de S. Luiz Gonzaga*, do P. Virgílio Cepari, Parte 1.ª, Cap. IV [nalgumas edições, Cap. V]: nesta 1.ª, Roma, 1606, pp. 29-30). O que nem sempre se sabe é que as *Cartas das Índias* (*Índias de Portugal*, nem então havia outras cartas de outras Índias) são os *Avisi Particolari delle Indie di Portogallo*, os *Diversi Avisi* e os *Nuovi Avisi*; e que em todos estes volumes há cartas de Nóbrega (cf. supra, pp. 5-6); e, nos dois primeiros, todas as do *Brasil*, enviadas pelo mesmo Padre, recebidas em Portugal em 1551, traduzidas do opúsculo, cujo título completo se lê na gravura com que abrimos o Tômo VIII, p. IV/V. Donde se segue que também as *Cartas do Brasil* impeliam a juventude europeia para os caminhos da perfeição religiosa e da política apostólica ultramarina da conversão dos gentios. Quer dizer: o jornalismo epistolar, de *informação*, desdobrava-se na outra forma de jornalismo, que é o de *orientação*. O caso de S. Luiz Gonzaga é sugestivo e ilustre.

APÊNDICE H

Efemérides do P. António Vieira

1608, 6 de Fevereiro	— António Vieira nasce em Lisboa.
— , 15 » »	— Baptiza-se na Sé.
1614	— Vai com a família para o Brasil (com 6 anos).
1623, 11 de Abril	— Sendo aluno do Colégio da Baía, sente vocação religiosa.
— , 5 de Maio	— Entra na Companhia de Jesus no Noviciado da Baía da Província do Brasil, Assistência de Portugal.
1624, Maio	— Ocupada a Baía pelos Holandeses, retira-se para a Aldeia de S. João (Mata).
1625, 6 de Maio	— Primeiros votos na Religião (já recuperada a cidade da Baía). Faz também o voto de se dedicar ao serviço dos Índios e dos Negros; e estuda a língua brasílica e a de Angola.
1626, 30 de Setembro	— Data do seu primeiro escrito, certo e conhecido, "Ânua da Província do Brasil", em latim, e por ele próprio depois traduzida em português.
1627	— Mestre de Humanidades no Colégio de Pernambuco (Olinda).
1630	— Estudante de Filosofia na Baía. (Faz um *Compêndio* próprio).
1632	— Estudante de Teologia na Baía. (Faz um *Compêndio* próprio).
1633, 6 de Março	— Estreia do púlpito, público, fora do Colégio, na Baía, Igreja da Conceição (4.ª dom. da Quaresma).
1634, 10 de Dezembro	— Ordena-se de Sacerdote.
— , 13 de Dezembro	— Celebra a 1.ª Missa (dia de Santa Luzia).
1635–1637	— Completa os estudos, toma o grau de Mestre em Artes, trabalha nas Aldeias da Baía e dá-se à pregação.
1638, Maio	— Presta serviços no cerco da Baía contra os holandeses, até estes se retirarem.
— , 13 de Junho	— Sermão pela vitória das nossas armas contra os Holandeses. Outros sermões.
1639	— Sermões.

1640	— Sermão pelo bom sucesso das armas de Portugal contra as de Holanda. Outros sermões.
1641, 27 de Fevereiro	— Primeira embaixada de Vieira: a D. João IV. Embarca da Baía (onde chegara 27 anos antes) para Lisboa, como membro da Embaixada de Fidelidade do Brasil à Restauração de Portugal.
—, fins de Abril	— Desembarca em Peniche. É preso como suspeito por vir na embaixada o filho do Marquês de Montalvão, tido como suspeito. Solto, segue para Lisboa.
—, Maio	— Fala com D. João IV e ficam amigos para sempre.
1642, 1 de Janeiro	— Primeiro Sermão na Capela Real.
—	— Primeira impressão de obras de Vieira: em Lisboa, um sermão avulso.
1643	— Declara-se a favor dos cristãos novos e da necessidade económica de admitir no Reino os Judeus portugueses dispersos pela Europa.
—	— Propõe a fundação duma Companhia Portuguesa de Comércio.
1644	— Pregador Régio e Tribuno da Restauração.
—	— El-Rei defende-o contra os seus adversários.
1646, 21 de Janeiro	— Profissão solene na Igreja de S. Roque (Lisboa) conforme o seu próprio autógrafo.
—, 1 de Fevereiro	— Segunda embaixada: à Holanda. Embarca para a Rochela, Paris e Haia.
—,	Primeira publicação de Vieira no estrangeiro. Tradução em flamengo do sermão de 1 de Janeiro de 1642.
1647, 14 de Março	— Parecer sobre a Compra de Pernambuco aos Holandeses.
—, 13 de Agosto	— Terceira Embaixada: à França. Cai em mãos de corsários e é levado a Douvres e Londres. Segue para Paris e fala com Ana de Áustria e Mazarino. A França rejeita as propostas portuguesas.
1648	— Parecer sobre a entrega provisória de Pernambuco aos Holandeses.
—	— Defende a criação da Província do Alentejo, que era da vontade de El-Rei e de muitos Padres.
1649, 6 de Fevereiro	— Criação da Companhia de Comércio, com isenção dos cristãos novos (proposta por Vieira).
—	— Ordem para que Vieira saia da Companhia. Dada a oposição que a Inquisição fazia à Companhia de Jesus, por causa de Vieira, e também pela questão da nova Província do Alentejo, o P. Geral Vicente Caraffa ordenou que o P. Vieira buscasse outra Ordem Religiosa. Não querendo sair, nem pela porta do Episcopado, El-Rei proibe que se fale nisto, tomando-o como ofensa sua pessoal. — Entre os grandes ser-

	viços prestados por D. João IV à Companhia de Jesus em Portugal este parece ter sido o maior de todos.
1650, 8 de Janeiro	— Quarta embaixada: a Roma, sobre o casamento do Príncipe D. Teodósio. Fala com o P. Geral, já Francisco Piccolomini. E aí trata da restauração da missão do Maranhão, para onde pensava ir ele próprio desde 1649.
1651	— Preparativos para a Missão do Maranhão. Debates e oposição de El-Rei à sua ida.
1652	— Aplica o seu ordenado de pregador régio às Missões dos Índios do Maranhão e Pará.
—, 22 de Novembro	— Parte de Lisboa para a Missão do Maranhão.
—, Natal	— Em Cabo Verde. Defende as Missões deste Arquipélago, e elogia os Negros.
1653, 16 de Janeiro	— Chega a S. Luiz do Maranhão.
—	— Sermão das Tentações, no Maranhão. (Contra a escravização dos Índios).
—, 13 de Dezembro	— (Santa Luzia) — Parte para a Jornada do Tocantins. (De que escreve uma narrativa célebre pela beleza literária).
—	— Chama-se a si mesmo "mazombo".
1654, 13 de Junho	— Sermão aos Peixes (no Maranhão), contra os injustos cativeiros.
—, 14 de Junho?	— Embarca para Lisboa para tratar da liberdade dos Índios e das Missões. Tempestade no mar dos Açores; cativo de um corsário holandês é deixado na Ilha Graciosa; passa pelas Ilhas Terceira e S. Miguel.
—, 15 de Outubro	— Sermão de S. Teresa na Ilha de S. Miguel.
—, 24 " "	— Segue para Lisboa, onde chega em Novembro.
1655, Março	— Sermão da Sexagésima ou da "Palavra de Deus", na Capela Real.
—	— Sermão do Bom Ladrão, Sermão do Mandato. Outros Sermões.
—, 9 de Abril	— Lei da Liberdade dos Índios, agenciada por Vieira.
—, 16 " "	— Embarca em Lisboa de volta à sua Missão.
—, 16 de Maio	— Chega ao Maranhão.
1656	— Pede missionários do Brasil e da Europa.
1657	— Defende a abertura do Noviciado no Maranhão onde se formem os futuros missionários Portugueses filhos do Reino e filhos do Brasil.
1658	— Prega o Elogio Fúnebre de D. João IV.
—	— Faz o "Regulamento das Missões".
1659, (1.ª metade)	— Visita o Baixo Amazonas até o Rio Tapajós.
—, Agosto	— Redução dos Nheengaíbas e juramento de fidelidade dos Índios a El-Rei.
—	— Escreve "Esperanças de Portugal — Quinto Império do Mundo".

1660, Março-Junho	— Visita a Serra de Ibiapaba (Ceará).
—	— Sai do Prelo em Lisboa a primeira impressão de obras de Vieira, de género diferente dos Sermões (uma informação sobre as missões do Norte do Brasil do Ceará ao Amazonas).
1661	— Dispõe-se Vieira para ir do Pará a Pernambuco, preparar secretamente alojamento, por ordem da Rainha Mãe, para a família real portuguesa, no caso de invasão e ocupação de Portugal pelo estrangeiro a seguir às pazes entre Espanha e França. (*Cartas de Vieira*, III, 610).
—	— A Câmara do Pará reclama de Vieira entradas ao sertão para fazer escravos. Responde Vieira que as dificuldades não vêm sòmente da falta de escravos. Levante no Pará, e prisão do P. Vieira na Igreja de S. João Baptista. É mandado preso para o Maranhão e daí para Lisboa: "apupado no Pará e Maranhão pela gentalha em revolta". (Lúcio de Azevedo, *H. de A. V.*, II, 9).
—, Novembro	— Chega a Lisboa.
1662, 6 de Janeiro	— Famoso sermão da Epifania na Capela Real (o das Missões ou da Amazónia). — A Rainha D. Luísa, Regente do Reino, declara-se protectora da Missão do Maranhão.
—, Abril	— A Rainha concede perdão geral aos levantados do Maranhão.
—	— Vieira nomeado confessor do Príncipe D. Pedro.
—, Junho	— Revolução palaciana que entrega o Reino a D. Afonso VI e tira a Regência a D. Luísa e desterra os seus mais dedicados amigos (Vieira, Duque de Cadaval, Conde de Soure, etc.).
—, Julho	— Vieira sai desterrado para o Porto.
	— Publica-se no estrangeiro a primeira colectânea de Sermões de Vieira (*Sermones varios*).
1663, Fevereiro	— Novo desterro do Porto para Coimbra.
—, Março	— D. Afonso VI significa aos Superiores da Companhia que mandem o P. Vieira para a Índia Oriental. Mas adoeceu e não pôde seguir nas naus da Índia. (*Bras.* 3(2), 31-31v.).
—, 21 de Junho	— É chamado a depor no Tribunal da Inquisição de Coimbra sobre o escrito "Esperanças de Portugal". É chamado outras vezes.
—, 12 de Dezembro	— Lei que restabelece a de 1653, colocando a liberdade dos Índios à mercê das Câmaras. Por essa lei todos os Religiosos podem voltar ao Maranhão, excepto Vieira.
1664	— Em Coimbra. Escreve a "História do Futuro". Sermões. Doenças.

1664, Maio	— Em Vila Franca do Campo a convalescer.
1665	— Em Coimbra e Vila Franca.
—, 1 de Outubro	— Mandado recolher ao cárcere da Inquisição. Reclama Vieira e deixa de entrar nos cárceres, ficando em *custódia*. Só com dois livros: a Sagrada Escritura e o Breviário.
1666, 23 de Julho	— Entrega a sua defesa: "Defesa do Quinto Império".
—, Outubro	— Interrogatórios do Inquisidor, como suspeito de judaismo e erros contra a fé.
—, Novembro	— Continuam os interrogatórios.
—, 3 de Dezembro	— Resposta corajosa de Vieira, "digna da grandeza do seu ânimo" (Lúcio de Azevedo).
1667, 26 de Agosto	— 30.ª e última sessão do exame inquisitorial.
—, 18 de Outubro	— Assento final dos Inquisidores.
—, 23 de Novembro	— El-Rei D. Afonso VI desiste do Reino em favor do Príncipe D. Pedro, revolução política que apressou e favoreceu a conclusão do processo contra Vieira.
1667, 23 de Dezembro	— Leitura da enumeração dos seus supostos erros.
—, 24 " "	— Sentença, lida no Colégio de Coimbra. Todos os Padres da Companhia se puseram de pé: Privação de pregar, e de voz activa e passiva, para sempre, com reclusão por tempo indeterminado em uma Casa da Companhia. E pague as custas: 17$223 réis. O auto contém perto de 1000 folhas. Na mesma hora em que se lia a sentença em Coimbra tinha em Lisboa uma apoplexia o Inquisidor Pantaleão Rodrigues Pacheco, de que faleceu 3 dias depois. A Inquisição dá como lugar de reclusão de Vieira o Mosteiro de Pedroso nos Carvalhos (da Companhia); mas representou-lhe o Reitor de Coimbra P. Luiz Lopes, que a casa não estava então habitável.
1668, 10 de Janeiro	— Ordem da Inquisição, marcando o Colégio de Coimbra como lugar de reclusão de Vieira.
—, 2 de Março	— Faculdade para Vieira passar de Coimbra para o Noviciado da Cotovia em Lisboa, proposta pelo Duque de Cadaval, de novo no poder com os seus amigos.
—, 11 de Março	— Pazes com Castela.
—, 12 de Junho	— Vieira sai em liberdade (com obrigação de não tratar das proposições incriminadas).
—, 22 de Junho	— Prega na Capela Real (aniversário da Rainha). Outros Sermões.
—	— Publica-se em Paris o discurso do aniversário da Rainha: primeira tradução francesa de obras de Vieira.
—	— Sai do prelo em Roma um volume de sermões, primeira tradução italiana de obras de Vieira.
1669, 22 de Março	— O Sermão dos Pretendentes na Capela Real. — Outros Sermões.

1669, Setembro	— Embarca em Lisboa para Roma, enviado pelo Provincial do Brasil Francisco de Avelar para tratar de sua causa, mas com a comissão pública e ostensiva de tratar da causa dos 40 Mártires do Brasil. Arriba a Alicante e a Marselha. Desembarca em Liorne.
—, 21 de Novembro	— Entra em Roma. Prega alguns sermões e deslumbra a Corte Pontifícia e a da Rainha Cristina da Suécia. Combate os estilos da Inquisição Portuguesa.
1669-1674	— Em Roma. Vários Sermões.
1675, 17 de Abril	— Breve Pontifício aprovando e louvando a doutrina de Vieira e isentando-o da Inquisição Portuguesa, ficando sòmente sujeito à Congregação do S. Ofício de Roma. O P. Geral pensa em o nomear Prepósito da Casa Professa. Escusa-se Vieira (*Cartas*, III, 348).
—, 22 de Maio	— Sai de Roma a caminho de Portugal a chamado do Príncipe Regente D. Pedro. Por mar até Marselha; daí a pé até Tolosa, Gerona, Bordéus e Rochela; de Rochela a Lisboa por mar.
1675, 23 de Agosto	— Reentra em Lisboa.
—, 24 » »	— El-Rei D. Pedro II, rodeado de fidalgos dependentes da Inquisição, recebe-o friamente.
1676	— Prevalece a Inquisição: estão por ela, El-Rei, os Bispos e o povo (com raras excepções).
1677, 10 de Abril	— Vieira manifesta a esperança e desejos de ir acabar a vida entre os Padres do Maranhão e Pará.
1678	— Prepara os seus sermões para a Imprensa.
1679	— Sai do Prelo em Lisboa o I vol. de *Sermoens*.
—	— Vieira escusa-se de voltar a Roma, a convite do Geral, como confessor da Rainha da Suécia (*Cartas*, III, 348).
1680, Janeiro	— É chamado aos Conselhos de Estado, como perito das questões do Maranhão e Pará.
—, 1 de Abril	— Nova lei sobre os Índios do Maranhão e Pará (favorável à liberdade).
1681, 27 de Janeiro	— Embarca em Lisboa para a sua Província do Brasil, com outros da Companhia; e vai residir na Quinta do Tanque, Baía, cidade donde estivera ausente 40 anos.
1682	— Sai do prelo em Lisboa o II vol. de *Sermoens*.
1683, 4 de Junho	— Morte do Alcaide da Baía, por oito mascarados, um dos quais se mostrou (António de Brito). Os mascarados refugiaram-se no Colégio, invocando a lei do homizio. Era parcial do Alcaide o Governador do Brasil, que vivia em luta com Bernardo Ravasco, secretário do Estado, e seu filho Gonçalo, irmão e sobrinho do P. Vieira. O Governador, inimigo dos Ravascos tenta implicar nestes sucessos o P. Vieira sem fundamento. O caso só terminou três anos de-

	pois com a despronunciação dos Ravascos, defendidos por Vieira.
1683, 11 de Setembro	— Elogio fúnebre da Rainha D. Maria Francisca de Saboia, pregado por Vieira na Igreja da Misericórdia da Baía.
—	— Chegam às mãos de Vieira umas *Conclusões Teológicas* da Universidade do México, que se lhe dedicaram com retrato, emblemas triunfais, palmas, e fénix imortal, que Vieira contrapõe ao desacato à sua efígie por uns arruaceiros de Coimbra a propósito de questões entre cristãos novos e a Inquisição (Lúcio de Azevedo, *H. de A. V.*, II, 235; *Cartas de Vieira*, III, 453-453.)
—	— Sai do prelo em Lisboa o III vol. de *Sermoens*.
1685	— Sai do prelo em Lisboa o IV vol. de *Sermoens*.
1686	— Sai do prelo em Lisboa um vol. de *Sermoens (Rosa Mística,* 1).
—	— Carta Apologética de Vieira em resposta ao panfleto contra ele de um dominicano espanhol.
1687	— Vieira oferece-se a si e ao P. José Soares, seu companheiro, para irem como simples missionários para as Missões do Maranhão e da Amazónia.
1688, 17 de Janeiro	— Data da sua patente de Visitador Geral do Brasil e do Maranhão, com faculdade de não sair da Baía (A. de Barros, *Vida*, 460).
—, 15 de Maio	— Vieira toma posse do cargo de Visitador, passando da Quinta do Tanque para o Colégio (*Cartas de Vieira*, III, 551; Vitt. Em., f. ges. 3492/1363, n.º 6 Cat.), sua residência oficial, mas grande parte do tempo o continuava a passar no *Tanque*, onde tinha os seus papéis e livros.
—	— Sai do prelo em Lisboa um vol. de *Sermoens (Rosa Mística)*.
— (Vésp. do E. Santo)	— Exortação doméstica (aos Padres e Irmãos do Colégio da Baía) sobre a "universidade" de almas dos bosques e gentilidade: com que renova o espírito das missões em particular as da Amazónia, e a aprendizagem das línguas indígenas.
—, Julho	— Recomenda aos Padres do Maranhão e Pará que manifestem sempre a El-Rei as dificuldades que cria a legislação missionária daquele Estado, com o *Regimento das Missões*, que Vieira desaprova por não favorecer tanto a liberdade dos Índios, como a de 1655, e incluir cláusulas difíceis de se cumprirem sem odiosidade.
1689	— Promove a vinda de Missionários Portugueses para o Brasil e a Amazónia, enviando com esse fim para Lisboa, como Procurador o P. Baltasar Duarte.

1689	— Carta Apologética ao Conde da Ericeira, sobre os negócios públicos em que interveio.
—	— Sai do prelo em Lisboa o V vol. de *Sermoens*.
—	— Pede ao P. Geral haja por bem eximí-lo do ofício de Visitador, tão incompatível com a sua idade (Gesù, 627).
1690	— Sai do prelo em Lisboa o VI vol. de *Sermoens*.
—	— Sai do prelo em Lisboa outro vol. de *Sermoens:* "Palavra de Deus Empenhada".
—	— Publica-se no México (Puebla de los Ángeles) a "Carta Atenagórica" da famosa poetisa mexicana Soror Inés de la Cruz sobre um sermão do Mandato do P. Vieira, "orador grande entre los mayores".
—	— Promove as missões dos Quiriris dos Sertões da Baía e as ajuda com o lucro dos seus livros.
1691, Junho	— Concluído o triénio de Visitador fica na Quinta do Tanque, a preparar os seus livros para a imprensa.
1692	— Sai do prelo em Lisboa o VII vol. de *Sermoens*.
—	— Sai do prelo em Colónia (Alemanha) a primeira tradução latina dos *Sermoens* de Vieira.
—, 1 de Julho	— Carta de Vieira a Roque da Costa Barreto sobre a criação da moeda provincial, que junto com outra do Governador Câmara Coutinho, determina a criação da *Casa da Moeda do Brasil* (lei de 8 de Março de 1694).
—, 4 de Julho	— "Regimento para o governo dos Índios", mandado fazer por El-Rei ao Governador António Luiz Gonçalves da Câmara Coutinho com o P. António Vieira (*Doc. Hist.*, XXXIV, 63).
1694, 27 de Janeiro	— Contra o sentir de Vieira, assinam-se em S. Paulo as Administrações dos Índios segundo o sentir dos moradores em desfavor dos Índios; e concordam com os moradores o P. Alexandre de Gusmão e o seu secretário o P. João António Andreoni.
—, Maio	— Congregação Provincial da Baía, reunida para enviar a Lisboa e a Roma um Procurador com o fim de defender as Administrações paulistas e pleitear a abolição dos decretos régios que não permitiam aos Padres estrangeiros ocupar altos postos no governo intern⁰ da Companhia de Jesus. A Congregação priva o Padre António Vieira e o P. Inácio Faia, de voz activa e passiva (sob pretexto *de ambitu*).
—, 12 de Julho	— Voto do P. António Vieira a favor da liberdade dos Índios contra as Administrações particulares em S. Paulo.
—, 15 » »	— Vieira escreve ao P. Geral sobre a injúria de ter sido privado de voz activa e passiva.

1694, 24 de Julho	— Em resposta a uma carta do Duque de Cadaval, Vieira alude ao cativeiro doméstico em que estão os Portugueses na Província do Brasil dominados pelos Padres estrangeiros.
—, 31 » » (Dia de S. Inácio)	— Não podendo escrever a todos os seus correspondentes, envia à maior nobreza de Portugal uma carta circular de despedida. [Quase nenhum se deu por entendido, e além dalguns Padres da Companhia, o Conde da Castanheira, Diogo Marchão Temudo, e os três antigos Governadores do Brasil, Marquês das Minas, Roque da Costa Barreto e Luiz Gonçalves da Câmara Coutinho, continuaram a escrever-lhe, ou ao seu secretário P. José Soares, a pedir notícias, e o próprio Vieira ainda escreveu algumas cartas mais à Rainha D. Maria Sofia, à Rainha D. Catarina, ao Duque de Cadaval e outros].
—	— Sai do prelo em Lisboa o VII vol. de *Sermoens*.
1695	— Decreto de El-Rei proibindo a publicação de nenhum livro escrito nos seus domínios sem ser revisto em Lisboa. Lavrado a favor da *Clavis Prophetarum* do P. Vieira, contra a qual tinha escrito o P. Valentim Estancel um livro não aprovado depois pelos revisores do Colégio Romano (*Bras.* 3(2), 345).
—, 1 de Fevereiro	— Resposta do P. Geral à carta de Vieira de 15 de Julho de 1694, declarando que não consentirá que se injurie a um homem tão cheio de merecimentos e tão grande benemérito da Companhia. Louva a longaminidade e boa dispusição de Vieira e que irá estudar o assunto de vagar, pois também recebeu de outros copiosas cartas.
—, 21 de Julho	— Último e indignado desabafo de Vieira contra os inimigos da liberdade humana nas administrações dos Índios: "Não me temo de Castela, temo-me desta canalha". — Comentário de Lúcio de Azevedo: "Foi a última vez que interveio no assunto da liberdade dos Índios, tanto do seu coração, como o das franquias da gente hebraica pelos quais ambos batalhou com afinco e suportou dos contemporâneos inimizades e perseguições; e um inimigo póstumo, mais encarniçado que nenhum dos outros, nascido dois anos depois da sua morte, Pombal, havia de os resolver no mesmo sentido das suas idéias, mas caluniando-lhe o intento e deformando-lhe as acções" (*Hist. de A. V.*, II (2.ª ed.) 286-287).
1696	— Trabalha na sua obra "Clavis Prophetarum".
—	— Sai do prelo em Lisboa o XI vol. de *Sermoens*.

1696	— Dita, por já não poder pregar, o seu último sermão: "Do felicíssimo nascimento da Sereníssima Infanta Francisca Josefa de Portugal" (último de uma série de cerca de 230).
—, Julho	— "Adeus, Tanque"! Passa da Quinta do Tanque para o Colégio (S. L., *História*, V, 162).
—, 25 de Setembro	— "Posto que quebrantado dos anos ainda posso dizer missa todos os dias". (Carta à Rainha D. Catarina, *Cartas de Vieira*, III, 677).
1697, 24 de Junho	— Fé inquebrantável na Pátria: "Eu tenho por certo que os fins hão-de ser felicíssimos ao nosso Reino e e nação, mas os meios antes deles, de igual dificuldade e perigo". (Carta à Rainha D. Catarina, *Cartas de Vieira*, III, 689).
—, 10 de Julho	— "Eu, nos meus trabalhos não tenho aprendido outra lição, por uma parte mais forçosa e por outra mais útil, que a da conformidade com a vontade de Deus". (*Cartas de Vieira*, III, 693).
—, 12 » »	— Última carta. Ao Padre Geral. Desculpa-se de não lhe ter escrito o ano passado, fala da sua saúde e do estado da Província do Brasil, que lhe dá cuidado, dos seus escritos, e faz votos pela felicidade do Geral para consolação sua e aumento de toda a Companhia de Jesus. (Última carta de Vieira numa série conhecida de cerca de 800, a diversas pessoas).
—, 18 de Julho, à 1 hora da manhã	— Morre no Colégio da Baía, indo nos 90 anos de idade e com 74 completos de vida religiosa na Companhia. Tira-se-lhe o retrato. Os Cónegos da Sé fizeram os ofícios fúnebres. Levaram-no à sepultura o Governador Geral do Brasil D. João de Lencastro, o seu filho D. Rodrigo de Lancastro, D. Fr. António da Penha de França (Bispo eleito de S. Tomé), o seu irmão João Calmon (Vigário Geral do Arcebispado), o Provincial de S. Bento, e o Reitor do Colégio (P. Francisco de Sousa).
—, 20 de Julho	— "Compêndio da vida do muito exímio P. António Vieira", pelo P. João António Andreoni.
—, 2 de Novembro	— Chega a Lisboa a notícia do seu falecimento.
	— Comemoração académica promovida pelo Conde da Ericeira, D. Francisco Xavier de Meneses.
—, 17 de Dezembro	— Exéquias solenes na Igreja de S. Roque, mandadas fazer pelo mesmo Conde de Ericeira. Celebrante o Bispo de Leiria, D. Álvaro de Abranches e Câmara. Com a assistência do Núncio, Embaixadores, Bispos, Ministros de Estado. Elogio fúnebre por D. Manuel Caetano de Sousa.

1697	— *Justiça póstuma:* 1) Divulga-se no Brasil e em Portugal, em carta circular do P. Geral, e por ele homologada, a sentença dos Revisores de Roma que declaram nula e sem valor a resolução da Consulta, que privou de voz activa e passiva os Padres António Vieira e Inácio Faia, em Maio de 1694.
1698	2) O Provincial Francisco de Matos recebe e executa a ordem do P. Geral, de dispersar, com suavidade e firmeza, os Padres estrangeiros, concentrados no Colégio da Baía com os maiores cargos (Reitor, Mestre de Noviços, consultores e professores).
1699	— Sai do prelo em Lisboa o XII vol. de *Sermoens*, ainda preparado e enviado pelo autor. Os tomos seguintes de *Sermoens*, os das *Cartas* e os das *Obras Várias* e *Obras Inéditas* de Vieira, são publicações póstumas.

"Se o uso da nossa língua se perder, e com ele por acaso acabarem todos os nossos escritos, que não são "Os Lusíadas" e as obras de Vieira: o português, quer no estilo da prosa, quer no poético, ainda viverá na sua perfeita índole nativa, na sua riquíssima cópia e louçania". (D. Francisco Alexandre Lobo, *Discurso*, 1831)

APÊNDICE I

Nóbrega, Fundador

(Efemérides principais da sua vida)

Para comemorar a chegada dos seus Mestres ao Brasil em 1549, reuniu-se na Baía a 1.ª Convenção Nacional de Antigos Alunos dos Padres Jesuítas. Com esta ocasião se expôs, no dia 18 de Julho de 1949, no salão nobre da Faculdade de Medicina da Universidade da Baía, a matéria do presente Apêndice. Isto é, a comemoração fez-se no próprio recinto do Colégio inicialmente fundado por Nóbrega. Não obstante a remodelação interna, as paredes, que olham para o histórico Terreiro de Jesus, com um ou outro arrebique ulterior, são as mesmas do Colégio deixadas pelos Padres da Companhia em 1760. Por impressionante coincidência, o dia 18 de Julho era aniversário do falecimento, dentro daquelas mesmas paredes, do mais ilustre aluno dos Jesuítas do Brasil, P. António Vieira. E presidiu à reunião o Prefeito Municipal, desdobrando-se assim a festa de família em discreta homenagem à Cidade do Salvador da Baía, cuja gloriosa data de fundação se identifica com a própria chegada, ao Brasil, de Nóbrega e dos seus companheiros.

Congregando elementos dispersos nas páginas precedentes e noutras fontes, este Apêndice — o último da "História da Companhia de Jesus no Brasil" — explica-se por si mesmo neste ano centenário; e também por aquilo do Santo Fundador da Companhia, na famosa carta aos Padres e Irmãos de Portugal, "para concluir esta matéria, como se começou, sem sair dela": porque Nóbrega está para a Companhia de Jesus no Brasil, como S. Inácio para a Companhia de Jesus no Mundo.

I. Em Portugal

1517, 18 de Outubro. Nasce Manuel da Nóbrega. Reinava D. Manuel I, o "Venturoso", e era o ano em que os Portugueses chegaram a Cantão na China. Nóbrega é título de uma terra de Entre-Douro e Minho, "Terra da Nóbrega", onde parece nasceu Fernão de Magalhães. Todavia, assim como para o grande navegador há dúvida, também de Manuel da Nóbrega não se nos conservou o local expresso do nascimento, nem o nome da mãe. Era filho do Desembargador Baltasar da Nóbrega e sobrinho de um Chanceler-Mor do Reino. Manuel da

Nóbrega teve irmãos, pelo menos um, Pedro Álvares da Nóbrega, que o linhagista Ataíde faz cabeça dum ramo da Família Nóbrega (S. L., *História*, II, 461).

1538, 7 de Novembro. Nóbrega matricula-se na Faculdade de Cânones da Universidade de Coimbra, restaurada por D. João III, e transferida no ano precedente de Lisboa para a Cidade do Mondego. Entretanto, Nóbrega e outros jovens portugueses, concluídas as Humanidades, tinham estudado em Universidades estrangeiras, sobretudo nas de Paris e Salamanca. Desta última já Nóbrega tinha 4 anos de Cânones, quando voltou à Pátria e se matriculou em Coimbra, com moradia e favor de El-Rei, em atenção aos merecimentos do pai e talvez ao parentesco da mãe, que supomos irmã do Chanceler-Mor do Reino. O fundamento da suposição é não vermos entre os Chanceleres-Mores nenhum com o apelido de Nóbrega, paterno.

1541, 14 de Junho. Toma o grau de Bacharel em Cânones pela Universidade de Coimbra. O juramento fê-lo meses depois, e consta assim do livro respectivo, entre os dias 5 e 6 de Outubro: "Manuel da Nóbrega filho do Doctor Baltasar da Nóbrega que Deus tem e jurou" (S. L., *História*, II, 460).

1542-1543. Faz dois concursos um para a Universidade, outro para a Colegiata de Santa Cruz de Coimbra, sendo preterido em ambos. Deveria ter influído a dupla circunstância de ser meio tartamudo e os competidores terem no momento empenhos mais fortes. Assim o dá a entender António Franco — Porque, pelo saber, merecia o primeiro lugar, segundo o testemunho dos coevos; e o Doutor Martim de Azpilcueta Navarro, seu mestre em Coimbra, considerava-o o primeiro aluno do curso, e lhe chamou "doutíssimo".

1544, 21 de Novembro. Neste dia, da Apresentação de N.ª Senhora, tendo 27 anos de idade, entra na Companhia de Jesus, no Noviciado de Coimbra. E fê-lo com o fervor e mortificação própria "daqueles primitivos e dourados tempos" (Franco). Indo a Coimbra o P. Simão Rodrigues, companheiro de S. Inácio na Universidade de Paris, e Provincial de Portugal, perguntou aos seus súbditos o que pensavam e desejavam ser na Companhia. Nóbrega escreveu, na resposta, que se lhe pedia, apenas estas palavras, que explicam e iluminam a sua vida: "Quisera não saber o que quero, mas em todo o caso sòmente querer a Jesu Crucificado".

1546. Tem o cargo de "Procurador dos Pobres" ou procurador das causas do próximo (pobres, órfãos, viuvas, desamparados e enfermos). Cargo recentemente criado, e de que ele ficou sendo o modelo "a todos os que depois o serviram".

1547, 31 de Julho. Anda em missão na Cidade da Guarda e arredores. Também esteve na Covilhã, onde chegou sem sombreiro, por lho terem furtado ou ele o ter perdido no caminho, indo ao sol 3 léguas. Chegando adoentado, pregou mal a primeira vez, ou como ele próprio se exprime: "muito a descontentamento meu e do povo". Nem por isso desistiu, levou a missão adiante, e no domingo seguinte pregou melhor; e no fim, o fruto foi grande com "confissões de pecados que antes foram ao inferno que confessá-los a nenhum da vila".

Por este tempo (não se determina bem quando) fez a famosa peregrinação de Santiago de Compostela na Galiza, não muito longe da Terra da Nóbrega, e menos ainda da Residência de S. Fins, pertencente ao Colégio de Coimbra, junto do Rio Minho, onde o Padre Nóbrega viveu algum tempo (*CB*, 138); e tanto esta peregrinação como as suas missões andam cheias de episódios, alguns dos quais ele mesmo descreve. O tartamudear não lhe impedia o púlpito e ganhava o auditório com o seu fervor e jeito pessoal. Custava-lhe pronunciar a palavra *Padre*, de certo repetindo a primeira sílaba, como costumam os que têm semelhante impedimento, e evitava-a. E por isso tratava a todos de Irmãos. Tratava-os também a eles, e a toda a gente, por *vós*, conservando a "santa sinceridade antiga de Coimbra" (observação de Anchieta). Só uma vez nas suas peregrinações, tratou em Salamanca por *tu* a um truão, que lhe veio com chocarrices. Mas já no fim da conversa, dominado e captado o truão, lhe deu também o tratamento de *vós*.

Com o Clero, descuidado no bom exemplo da vocação sacerdotal, era eficaz a maneira com que os reduzia, e variava segundo as circunstâncias. Na Beira Baixa encontrou um Clérigo nobre, com a ocasião de pecar dentro de casa, escandalizando o público. Tratou-o com amizade e admoestou-o, a sós, que assim não era bem. Ouviu-o o Clérigo a princípio com respeito, depois com enfado, e por último, diante de maiores instâncias, gritou-lhe fora de si: ou deixe-me ou mato-o!

Anos depois, no Brasil, dirá Nóbrega que se houvesse de ser mártir não o seria a mão dos brasis, mas dos "nossos portugueses cristãos". Já agora esteve em risco ou ventura disso. Mas o Clérigo, posto nestes apertos, razoou assim: "Terrível coisa que ou hei-de matar este homem, porque me deixe, ou hei-de cortar pelo gosto e apetite. Se o não mato, não me há-de deixar viver como quero; e se o mato fico perdido: hei-de largar casa, fazenda e até a mesma ocasião, porque o mato. Pois há-de ser, morra antes o apetite, com vida da minha alma"!

Com este pensamento e com a graça de Deus, o Clérigo "pôs fora de casa o seu precipício", e viveu daí em diante vida honesta. E mostrou-se agradecido o P. Nóbrega "como seu libertador" (Franco em *Cartas do Brasil* (CB), 29).

Nos casos e peripécias das suas missões rurais observa-se que Nóbrega a uma grande dose de candura e singeleza, unia um zelo incansável e também o que se pode chamar prudência de adaptação e perspicácia, que conduzia ao bom êxito do que empreendia. E em tudo sobrepairava a caridade, em particular para com os humildes, como aquela vez em que ia de Coimbra para o Porto, e em que, por ir mal disposto, devia de ir a cavalo. "Em uma vila 12 léguas do Porto [talvez Águeda] encontrou em um hospital uma negra enferma, que ali padecia muito por não ter quem a levasse ao Porto. O Padre a fez subir na cavalgadura em que ia, e ele assim indisposto andou a pé aquelas 12 léguas".

Caridades e andanças, todas estas, que haviam de ser boa escola para outras maiores.

II. "O Brasil é nossa empresa"

1549, 1 de Fevereiro. D. João III, Rei de Portugal, resolveu ser também "Rei do Brasil". Para isso constituiu-o em Estado, e deu-lhe a sua primeira *Constituição*, o Regimento de Tomé de Sousa, tendente à sua unificação e organização progressiva (S. L., *História*, II, 140-141). E encarregou o feito a um corpo de funcionários do mais alto valor. Mas estava-se no tempo da "Fé e do Império", as duas formas históricas da grandeza colonizadora de Portugal. Tendo

31 anos de idade, Nóbrega é escolhido por D. João III para a primeira missão da América, e embarca para o Brasil, com 5 companheiros, na Armada do 1.º e grande Governador Geral, Tomé de Sousa.

1549, 29 de Março. Chega a Armada à Baía de Todos os Santos, e o desembarque dos mil homens dela opera-se no lugar de Vila Velha, a meia légua da Cidade do Salvador, que se iria fundar, e cuja fundação (incluindo o nome) vinha ordenada de Lisboa.

1549, 31 de Março. Neste dia (4.ª Dominga da Quaresma), numa "maneira de igreja", que acharam em Vila Velha, junto da qual se aposentaram, Nóbrega celebra a 1.ª missa de Jesuítas em terras americanas. Durante a missa confirmaram os votos os Padres e Irmãos, que compartilhavam a gloriosa empresa que era a sua ("esta terra é nossa empresa"). E organiza assim o primeiro *status* da Companhia de Jesus no Brasil.

P. Manuel da Nóbrega, Superior da Missão e Pároco interino dos Portugueses.

P. António Pires, Coadjutor do P. Nóbrega. (Ainda o eram a 9 de Agosto "António Pires e eu estamos o mais tempo na Cidade para os Cristãos e não para mais que até chegar o Vigário", CB, 86).

Ir. Vicente Rodrigues, Mestre-Escola, ensina os meninos a ler e escrever, e já o fazia na 1.ª quinzena de Abril. Um principal aprendeu o alfabeto todo em dois dias e diz que quer ser cristão e não comer carne humana.

P. João de Azpilcueta Navarro, encarregado de aprender a língua do gentio para catequizar os pais e ensinar os filhos.

P. Leonardo Nunes fica destinado para Ilhéus, para onde irá brevemente.

Ir. Diogo Jácome, companheiro do P. Leonardo Nunes, para Ilhéus.

Ao mesmo tempo que marca a estes dois últimos o caminho do Sul, Nóbrega pensa em mandar alguém para o Norte (Pernambuco), logo que cheguem mais Padres e Irmãos de Portugal.

1549, 14 de Abril. Não se tinham passado duas semanas e Nóbrega apresenta a Tomé de Sousa o primeiro catecúmeno (CB, 77). Talvez o mesmo que aprendeu o ABC em dois dias.

1549, 15 de Abril. Pede para o Brasil um Vigário Geral; pouco depois, pedirá um Bispo, para melhor se cultivar cristãmente a terra: os Jesuítas, com o amor da acção; o Prelado, com o temor das penas canónicas. E todos com a colaboração e união em Cristo.

1549, 13 de Junho. Festa de "Corpus Christi". Procissão, jogo da artilharia, ruas novas da cidade enramada, danças e invenções à maneira de Portugal (CB, 86).

1549, 19 de Julho. Festa do Anjo Custódio: Celebrante o P. Nóbrega, Diácono o P. António Pires, Subdiácono o P. Navarro. "Leonardo Nunes e outro Clérigo, com leigos de boas vozes, regiam o coro: fizemos procissão com grande música a que respondiam as trombetas" (CB, 86).

Pompa religiosa e musical. O P. Leonardo Nunes, que já tinha estado em Ilhéus e voltara a consultar o P. Nóbrega, ele e o Clérigo anónimo, estabelecem-se com isto os primeiros "regentes de coro" do Brasil. Nóbrega viu logo o que valia a música e o canto para ganhar os indígenas à civilização. Com uns tamborileiros e gaiteiros não recearia entrar pela terra dentro, e foi o primeiro protector da música e do canto, na Cidade e nas Aldeias: "O culto divino se adiantou muito, porque aprendiam solfa e todos os instrumentos, com que se formavam coros mui suaves e concertados, com os quais os ofícios divinos se faziam com devoção e asseio" (CB, 41). Neste aspecto da "empresa" do Brasil, o seu braço direito iria ser em breve o Ir. António Rodrigues, grande flautista, cantor e regente. E ao mesmo tempo, outros, também, do Clero secular.

III. Em campanha

1549, 9 de Agosto. A actividade criadora de Nóbrega, segundo as suas cartas destes primeiros passos, visa os seguintes objectivos:

Pela moralidade pública, contra as mancebias: Pede mulheres de Portugal e podiam vir "ainda que fossem erradas" e todas se casariam com os Brancos. (E em breve pediria também órfãs). Já conseguira a emenda de alguns escândalos públicos.

Pela pureza da fé contra os blasfemadores: Com a ajuda do Ouvidor Geral, vai-se dezarraigando o mau hábito, trazido pelos degredados.

Pela liberdade, contra a escravidão dos Índios: Trata de libertar e restituir ao Sul uns Carijós injustamente cativos.

Pela hierarquia eclesiástica do Brasil: Pede um Bispo ou pelo menos um Vigário Geral. E que seja Bispo que venha "para trabalhar e não para ganhar".

Pela instrução e educação: Abertura de casas de formação e Colégios, de cuja organização cuida com diligência.

Pela catequese e contra a antropofagia dos Índios: Já colocou dois Padres em Aldeias. E a Diogo Álvares "Caramuru", que se tornou seu amigo e colaborador, nomeou "Pai" do gentio, por ser muito estimado e respeitado do mesmo gentio.

Pela agricultura e indústria local: Pede de Portugal oficiais mecânicos e em particular tecelões para algodão, que há na terra. E ferramenta de carpinteiro.

Pela boa imigração: "É mal empregada esta terra em degredados que fazem muito mal". Devem vir "os que aproveitem à terra".

... E El-Rei ouvia-o a ele mais do que a ninguém, e fazia mais por uma carta de Nóbrega do que pelas informações dos homens da governança.

1549, 10 de Agosto. Nóbrega vivia nas casas junto à Igreja de Ajuda, que fundara com a fundação da Cidade. Apenas chegasse o Vigário, logo ele se retiraria para lugar mais afastado, afim de atender aos neófitos, a quem se afeiçoara. E os Índios, maravilhados, acompanhavam os Padres para onde eles fossem e ouviam o que diziam em grande silêncio, nesta aurora da catequese. "Recordo-me, escreve Nóbrega, que por meio de um menino língua, eu lhes dizia uma noite em que eu pregava ao luar", que tivessem fé em Jesus Cristo, e depois nos caminhos ouvia o nome doce e consolador: Jesus... (CB, 94). Com Nóbrega, na Ajuda, estava agora o Ir. Vicente Rodrigues, mestre-escola, e um soldado, Simão Gonçalves, a quem ele dava os Exercícios Espirituais de S. Inácio e logo depois admitiu na Companhia (Exercícios de Eleição de estado, *os primeiros dados e feitos* no Brasil e na América).

Com estas iniciativas da maior importância, Nóbrega iniciou outra, que foi a de informações e cartas para Portugal. Algumas tiveram divulgação européia rápida sem nada que se lhe compare no seu tempo. Quando "Os Lusíadas" se publicaram em 1572 já a "Informação do Brasil" de Nóbrega, de 1550, *escrita no Brasil*, se havia impresso 6 vezes em diversas nações. E uma carta sua, com outras das Índias "di Portogallo", concorreu em Mântua, em 1580, para que um príncipe italiano, Luiz Gonzaga, tivesse a ideia de ser Religioso.

As informações espalhavam no mundo civilizado o nome do Brasil. Notícias de sentido concreto, mas aqui e além com um toque de lirismo pelas novas terras da América:

"A região é tão grande que dizem de três partes em que se dividisse o mundo ocuparia duas. É muito fresca e mais ou menos temperada, não se sentindo muito o calor do estio. Tem muitos frutos de diversas qualidades e muito saborosos. No mar igualmente muito peixe e bom.

Semelham os montes grandes jardins e pomares, que não me lembra ter visto pano de rás mais belo.

Nos montes há animais de muito diversas feituras, quais nunca conheceu Plínio nem deles deu notícia; e ervas de diferentes cheiros muitas e diversas das de Espanha, o que bem mostra a grandeza e beleza do Criador ná tamanha variedade e beleza das criaturas" (10 de Agosto de 1549, *CB*, 89-90).

IV. Expansão

1549, 1 de Novembro. Nóbrega parte nos navios da Armada para Ilhéus e Porto Seguro. Visita as Aldeias e informa-se do estado moral e material da terra. Não passa por então, de Porto Seguro, enviando para S. Vicente o P. Leonardo Nunes, que era o seu "Aarão" e ele, Nóbrega o seu "Moisés". De Porto Seguro volta à Baía, porque em Março de 1550, chegaram de Lisboa 4 Padres e 7 meninos órfãos, e com estes meninos, se enquadrariam os da terra para estudar.

1550, 21 de Outubro. Nóbrega toma posse da sesmaria, que Tomé de Sousa pessoalmente escolheu, com boas águas e fontes, para sustento dos Meninos do Colégio de Jesus, que se fundava, a qual ficou conhecida com o nome de "Água dos Meninos" (*Bras.11*, 21-22v), e ainda hoje é designação topográfica na Cidade do Salvador.

Na aparente trivialidade, o facto pertence a história da colonização não só portuguesa, mas universal: "Espanha e Portugal, diz o inglês Ricardo Hakluyt, estabeleceram bispados e abriram Colégios para os meninos gentios. Deste simples facto se podem ufanar mais que da conquista do Continente ou de qualquer outra empresa" (cf. S. L., *História*, I, 57).

1551. D. João III mandou gado vacum ao Brasil, neste ano. Não foi o primeiro chegado ao Brasil, mas dele provêm as grandes manadas do Colégio. Do gado de El-Rei, Nóbrega tomou 12 novilhas "para criação e para os meninos terem leite, que é grande mantimento". Valiam 30.000 réis, e escreveu para Portugal que alcançassem de El-Rei provisão para o almoxarifado lhas não cobrar. Talvez não ficassem todas ao Colégio, ou na Baía, porque 10 anos depois, em 1561, Nóbrega dirá que o gado da Baía provinha de 6 novilhas "que lá tomei". E já então tinham multiplicado e eram umas 100 cabeças. Em S. Vicente, já havia outras tantas. E "esta é a melhor fazenda sem trabalho que cá há, e dão carnes e couros e leite e queijos, que sendo muitas poderão abastar a muita gente" (*CB*, 130; *NCJ*, 96). Naqueles começos, os Padres preferiam passar sem carne de vaca do que abater as reses, para que multiplicassem para o futuro, que Nóbrega previa grande.

1551, Agosto. Nóbrega chega a Pernambuco, levando consigo o P. António Pires, para reconhecer o Norte e estabelecer nele a Companhia, cuja casa faz com fervor "todo o povo, assim homens como mulheres". E ao mesmo tempo restaura as bases da moralidade familiar e da religião mal cumprida. Agrada-lhe o gentio da terra: convertê-lo é fácil; conservá-lo na fé, só com muitos obreiros. Pede missionários. "Vinde, caríssimos Irmãos, ou chorai tanto que N. S. vo-lo outorgue. Em todas as Capitanias se ordenam casas para os filhos do gentio se ensinarem" (*CB*, 121). Estas Capitanias, onde já então trabalhavam os Jesuítas, eram a Baía, Pernambuco, Ilhéus, Porto Seguro, Espírito Santo e S. Vicente.

Nesta ida a Pernambuco se manifesta uma das ideias fundamentais de Nóbrega, a *unidade* do Brasil. Aconselha a D. João III que tome para si a Capitania de Pernambuco, porque "a jurisdição de toda a costa devia de ser de V. Alteza" (*CB*, 124).

E também se manifesta a outra unidade, em que se reparte ou integra a sua vida, a *unidade* do Corpo místico. Conta aos Irmãos de Coimbra os seus trabalhos em Pernambuco: "Isto vos quis escrever em breve para que vejais, caríssimos, quanta necessidade temos de vossas orações: *Non solum vobis nati estis:* um corpo somos em Jesus Cristo; se lá não sustentardes, este vosso membro perecerá" (*CB*, 121).

1552, Janeiro. Sai de Pernambuco para a Baía, onde chega em Março. E logo pensa em visitar o Sul e ir pelo sertão a descobrir terras e almas, segundo as informações que de S. Vicente lhe enviava o P. Leonardo Nunes. Mas só o poderá fazer depois de fundar a Companhia nas Capitanias e vier mais gente para assegurar os Colégios (*CB*, 132).

Foi providencial a sua ficada então na Baía para estar presente em Junho à chegada do Bispo, nomeado por indicação do P. Simão Rodrigues (S. L., *Novas Cartas Jesuíticas* (*NCJ*) 33). O Bispo começou a governar a Diocese, e não dispõe de rendas. Nóbrega escreve para o mesmo P. Simão Rodrigues que lhe alcance de El-Rei uma comenda até a terra dar mais. Para si, continua Nóbrega, basta-lhe o pão, que tem, e não se farta de farinha, nem tem medo a que venha ano de fome nem de seca, o que a idade do Bispo não sofre (*CB*, 141).

Entretanto, o Bispo começou a criar dificuldades à catequese, com o fatal equívoco da palavra *índio*, medindo os naturais da América ou Índia Ocidental pelos da Índia Oriental donde viera. E desaprovou ostensivamente tudo quanto tinham feito os Padres da Companhia pela catequese e moralização da terra. "Obedeci-lhe, diz Nóbrega, e assim o farei em tudo, porque por menos mal tenho deixarem-se de salvar gentios que sermos ambos divisos..." "Sou eu tão mau, que suspeito que não há por bem feito senão o que ele ordena e faz, e tudo o mais despreza"... "O que me alegra muito no Senhor é obrigá-lo a fazer grandes obras, pois faz pouca conta das nossas, e teremos ocasião de nos estender pela terra, coisa tão necessária e proveitosa e de nós desejada". (*NCJ*, 32-33).

Tudo isto escreve Nóbrega ao seu amigo P. Simão Rodrigues, determinando os pontos concretos, desaprovados pelo Bispo inexperiente e desconhecedor da terra; e achou que o tempo é um dom de Deus para se gastar em dissensões desta natureza, quando havia tanto que fazer. Com o Governador Tomé de Sousa embarcou para o Sul, para a grande empresa de continuar a "fundar o Brasil".

V. Fundação de S. Paulo

1552, [Novembro ?]. Nóbrega embarca na Baía, com Tomé de Sousa, e vão percorrendo e visitando as Capitanias, Ilhéus, Porto Seguro, e Espírito Santo. No fim de Dezembro ou começos de Janeiro entram a baía de Guanabara e faz-se aí a primeira catequese histórica dos Índios, pregação, doutrina, cantares a N. Senhor que lhes faziam *decorar*". Houve demora; e é inverossímil que Nóbrega não tivesse celebrado missa no Rio de Janeiro.

1553, 2 de Fevereiro. Inaugura na Vila de S. Vicente (dia da Purificação de N.ª Senhora) o Colégio dos Meninos de Jesus, pregando o próprio Nóbrega.

1553, 12 de Fevereiro. Estabelecido o Colégio, começa o movimento financeiro entre o Brasil e a Metrópole, porque onde há Colégios e Missões há necessàriamente grandes despesas. Tem-se dito que a Companhia de Jesus criou os Bancos. Já no antigo Egito se acharam ordens de pagamento. Mas as necessidades e intercâmbios missionários (géneros, paramentos, passagens e estudos) organizou um regime mais próximo dos Bancos modernos com as suas procuraturas centrais, sendo a primeira em Lisboa por ser, nas Índias de Portugal (Oriente e Brasil), que existiram os primeiros Colégios e Missões da Companhia. Nesta data, escreveu Nóbrega de S. Vicente ao P. Simão Rodrigues: "Aí enviou o P. Leonardo Nunes, desta Capitania, 50.000 maravedis por letra, e porque quem agora veio não ficou contente da letra, e me parece poder ser não se pagar, fiz mandar essas duas a V.ª R.ª as quais cobraria, e se a outra não se pagou, de aí se entregará ao Colégio de Coimbra, da sua dívida, que são 50.000 maravedis, e o mais guardará para dar a Luiz de Góis, a quem se manda dar; e se já tiver cobrado a outra letra, todavia cobre esta e faça guardá-lo a Luiz de Góis e dá-lo a seu certo recado; e irá por duas vias, e esta primeira leva Pedro de Góis, a quem muito devemos todos, por quão nosso devoto e amigo é" (*NCJ*, 37). — Negócios puramente humanos para que se não falte aos compromissos, que a probidade ordena, e se mantenha a justiça nas relações de uns homens para com os outros.

Mas na mesma carta, há também negócios de diferente esfera — este, de caridade, a favor da Mãe do antigo soldado João de Sousa, que se fez Jesuíta e iria morrer mártir entre os Carijós: "Lá está uma mulher pobre que tem cá um filho, que se chama Sousa, e é uma alma bendita. Dê V.ª R.ª cuidado ao Mestre João de consolá-la algumas vezes, e ajudá-la com alguma esmola" (*NCJ*, 37-38).

1553, 10 de Março. Nóbrega determina fundar uma *Cidade* pela terra dentro; mas dissuade-o Tomé de Sousa, para se não despovoar a Costa (*Bras.*3(1), 91, 96). — Restabelece o bom nome dos Padres contra as calúnias de alguns moradores, pelo modo que lhe pareceu mais adequado ao ambiente da terra. Pede ferro e aço para o Ir. Ferreiro, Mateus Nogueira, ter que fazer e fabricar anzóis, facas e machados, porque sem isto "não se pode conversar o gentio", e com ele manda ensinar alguns moços da terra, e também a tecelões. Mas deviam de vir de Portugal dois já feitos oficiais. — Pensa no futuro e elimina atritos presentes, resol-

vendo a bem uma desinteligência com Brás Cubas. E ficam amigos (*NCB*, 48).
— "Milagres"! — é o termo usado por Pero Correia para classificar a actividade do P. Nóbrega (*Bras.3(1)*, 85).

1553, 15 de Junho. Notícias da cidade do Paraguai, na terra dos Carijós que é dos Castelhanos, que sujeitam os índios à sua tirania, "fazendo-os servir pior que escravos". E, — amostra da aspiração ou conceito geográfico do Brasil no pensamento de Nóbrega: "Diga V.ª R.ª a S. Alteza que se aquela cidade ficar sua, mande prover em breve de justiça. E se mandar gente pela terra dentro levem a Nosso Senhor consigo e um capitão zeloso e virtuoso".

E, com isto, outra vez o pensamento político, permanente, de Nóbrega, para a centralização dos poderes e unidade do Brasil:

"Também devia Sua Alteza lançar mão desta [Capitania de S. Vicente], pois é a entrada para dentro da terra, e provê-la de justiça, de que está muito falta" (*NCJ*, 43-44).

1553, 9 de Julho. S. Inácio assina a patente do P. Nóbrega como primeiro Provincial do Brasil. Tal facto confere ao Brasil a categoria de *sui juris* e ao P. Nóbrega a de Prelado regular, com as prerrogativas, que lhe são inerentes, de acordo com o Instituto da Companhia e o Direito Canónico. E dava-lhe perante o Bispo maior autoridade. Diga-se, porém, desde já, que esta desinteligência do Bispo Sardinha foi caso singular. Desde o segundo, D. Pedro Leitão, que tinha sido filho espiritual de Nóbrega e se entendeu bem tanto com ele como com os mais Padres, a harmonia entre os Bispos e Arcebispos da Baía e os Jesuítas foi perpétua, preferindo, em 1760, o Arcebispo Botelho de Matos antes cair na desgraça dos poderosos do momento, do que trair a causa da justiça e da caridade.

Esta Patente de Provincial do P. Nóbrega, assinada por S. Inácio, tem um alto valor histórico, porque o faz não só Provincial do Brasil, mas da América: "Na Índia do Brasil, sujeita ao Seleníssimo Rei de Portugal, e *noutras regiões mais além*"... (S. L., *História*, II, 467).

1553, 13 de Julho. Tomé de Sousa, que voltara à Baía, transfere o governo Geral ao seu sucessor D. Duarte da Costa, e regressa a Portugal. E em Lisboa informa sobre as coisa do Brasil:

"O Governador Tomé de Sousa vinha sumamente edificado do Padre Nóbrega, da maneira que tinha com os próximos. Disse-nos, e penso que o diria a El-Rei, que o Brasil não era senão os nossos Padres; que se lá estivessem seria a melhor coisa que El-Rei tinha; e senão que não tinha nada no Brasil" (S. L., *História*, II, 146).

1553, 29 de Agosto. Festa do Catecumenato de Piratininga. Verificando que o Colégio na Vila de S. Vicente padecia dificuldades morais e económicas, Nóbrega tratou de o situar no planalto e ele próprio foi lá. Entendeu-se cordialmente com João Ramalho; e realizou em Piratininga, no dia 29 de Agosto de 1553, o primeiro grande acto de religião, a festa precursora dos 50 catecúmenos índios, com que iria fundar S. Paulo.

1553, 31 de Agosto. A seguir escreve a Portugal para que se investigue se já morreu a mulher de João Ramalho; e se já morreu, que se alcance licença, não obstante quaisquer impedimentos, para ele se casar no Brasil, com a mulher com quem vive. "Nele e nela e em seus filhos esperamos ter grande meio para a conversão destes gentios".

1554, 25 de Janeiro. Tendo recebido de Portugal o reforço de Padres e Irmãos que pedira, Nóbrega abre neste dia (dia da Conversão de S. Paulo) o Colégio de S. Paulo no Campo de Piratininga, para o qual ordenou o seguinte *status* da comunidade local:

P. Manuel de Paiva, Superior;

P. Afonso Brás, Ministro e encarregado das obras;

Ir. José de Anchieta, recém-chegado de Portugal, Mestre de Latim.

E outros Irmãos, quer para estudar, quer para catequese dos índios e ensino dos meninos, quer para os serviços domésticos.

E tudo sob a imediata direcção de Nóbrega, que repartia os seus cuidados por todas as casas e negócios da Capitania.

1554, 18 de Julho. "O nosso P. Nóbrega, escreve Pero Correia, veio a este S. Vicente negociar certas coisas de importância, e eu vim após ele e agora estamos de caminho para nos tornarmos para o Campo" (*NCJ*, 176).

1555. Por um seu amigo e familiar, manda o P. Nóbrega a Ambrósio Pires, residente em Porto Seguro, que fosse para a Baía e ali ficasse em lugar do P. Luiz da Grã, chamado a S. Vicente. Ambrósio Pires perguntou ao emissário vicentino como viviam ali os Padres. E nesta resposta está o retrato físico e espiritual de Nóbrega, quando se fundou S. Paulo.

"Ó Padre, se vísseis os Padres, que andam em S. Vicente por esses matos e campos! Se vísseis o Nóbrega, que é seu Superior, veríeis um homem que o não parece, um homem de engonços e de pele e ossos; um rosto de cera amarela; ainda que muito alegre sempre e cheio de riso; uns olhos sumidos, com um vestido que não sabeis se o foi alguma hora : os pés descalços, esfolados do sol. Seu comer são suspiros, seu beber lágrimas pela conversão dos infiéis e pela má vida dos Cristãos, mais infiéis nas obras que eles. Para sustentar o corpo, seu manjar é abóboras de Guiné, cosidas em água, e quando lhe fazem alguma festa deitam-lhe sumo de laranja; a farinha vem-lhe de longe, primeiro é podre que comida. Se com isso vísseis sua afabilidade, alegria espiritual e caridade dentro e fora de casa; se vísseis seus compridos caminhos com poucos alforges e borsoletes, porque a sua mula [isto é, as suas pernas], não pode com eles ainda que vazios: o passar dos rios, alagoas, lamas, matos sem caminho, fomes, sedes nos despovoados, os perigos de onças e bichos, que suspiram mais por carne humana que lobos por cordeiros; o cuidado de visitar agora a uns e agora a outros Irmãos, que tem posto entre os Índios, tão longe uns dos outros, e que ele tanto ama, e com quem tanto se consola: ó Padre, vós veríeis quão boa vida cá levais [em Porto Seguro] ao longo do mar, e rogaríeis a Deus que vos fizesse companheiro dos trabalhos, pois é certo que o quereis ser das consolações e da glória" (*CB*, 68-69).

1555, 25 de Março. Nóbrega pede a S. Inácio que alcance do Santo Padre dispensa ou indulto, de *todo o direito positivo*, sobretudo para os índios que se convertem e para os mestiços filhos dos cristãos. Sem isso se impedia ou dilatava o estabelecimento legítimo de novos lares.

1555, 15 de Maio. A entrada ao sertão, concretizado agora no Paraguai, atraía Nóbrega e teria partido neste dia, se nele precisamente não tivesse chegado da Baía o P. Luiz da Grã. Não foi, por então nem nunca, porque a sua empresa, como ele próprio proclamara, seria sempre o Brasil. (Ao Paraguai foram, de facto, do Brasil, os primeiros, mas outros, e só 30 anos depois).

1556, 27 de Abril. Nóbrega faz em S. Vicente a profissão solene (V Kal. Maii).

VI. Plano colonizador de Nóbrega

1556, 23 de Maio. Sai de S. Vicente para a Baía, levando consigo o Ir. António Rodrigues. Resolveu voltar, porque, com a saida do Bispo, a chamado de Lisboa, acabou o período de *guerras civis* entre o Prelado e o Governador D. Duarte da Costa, e já era possível obra construtiva, que desta vez seria o Colégio e as Aldeias.

1556, 30 de Julho. "Nosso Padre Provincial depois de haver passado muitas tormentas e tempestades pelo mar chegou a esta Baía a 30 de Julho de 1556". (*CA*, 152). As Confrarias dos Meninos de Jesus de difícil sustentação e, por serem internatos, com intromissão secular na vida interna da religião, iam ceder o lugar aos Colégios pròpriamente ditos, organizados segundo as Constituições de S. Inácio, que acabavam de chegar ao Brasil, e Nóbrega começara a estudar. Os rapazes das Confrarias, uns deram-se a ofícios, outros voltaram para os matos donde tinham saído, vivendo alguns segundo os seus apetites e à margem dos sacramentos. Todos porém levaram já consigo, diz Nóbrega, a repugnância de comer carne humana. Nunca mais a comeram, e repreendiam-no aos seus. Os matos ainda não podiam ter adquirido condições e hábitos de vida cristã, nem os brancos em geral a levavam. Mas aquela repugnância pela antropofagia foi incalculável avanço no caminho da civilização. E se não houvesse outros frutos — que os houve — daquelas Confrarias dos Meninos de Jesus, bastava este para eternos louvores.

1557, Agosto. "Nesta Casa de N. Senhora do Rio Vermelho resido eu agora com o Ir. António Rodrigues, e daqui visito quanto posso aos Irmãos" (*CB*, 171). "Quanto pode", porque está doente: "Fico deitando muito sangue pela boca: o médico de cá ora diz que é veia quebrada, ora que é do peito, ora que pode ser da cabeça; seja de onde for, eu o que mais sinto é ver a febre ir-me gastando pouco e pouco". Por isso, pede de Portugal Padres e Irmãos "que ajudem" (*CB*, 176).

1557, 2 de Setembro. No seu retiro do Rio Vermelho, sem se deixar abater pela enfermidade, Nóbrega reflecte e propõe as medidas que lhe parecem urgentes e necessárias: Que os moradores de S. Vicente se pudessem juntar para não viver dispersos, com poucos mantimentos e à mercê dos índios contrários: e que os da Borda do Campo se mudassem para onde está a Casa de Piratininga (Colégio); que Martim Afonso desse terras para o mesmo Colégio, pois o Colégio era a razão principal de o Campo se não despovoar (deram-se as terras), e que se povoasse o Rio de Janeiro para tudo ficar mais seguro. Também é preciso fazer o Colégio da Baía, e na terra não há meios: que o faça El-Rei e isto o hão-de promover os que estão em Portugal. Porque ninguém dos de cá há-de mover El-Rei a que gaste da sua fazenda em no-lo fazer: "Posto que mostram ser nossos devotos não entra em seu entendimento dever-nos El-Rei fazer o Colégio, estando a Sé por fazer, e assim um engenho que El-Rei mandou que se fizesse, que todos julgam ser muito proveito da terra, e muitos ordenados por pagar (muitos deles escusados) que o fazer-se o Colégio" (*NCJ*, 63).

1557, 27 de Dezembro. Chega à Baía o novo Governador Mem de Sá, o homem civil de que o Brasil necessitava. Faz os Exercícios Espirituais com Nóbrega. E retoma-se o fio seguro da construção e unificação do Brasil.

1558, 8 de Maio. Plano colonizador de Nóbrega. A experiência de Nóbrega ia servir à causa da civilização. O Colégio havia de ir avante e fundado por El-Rei. Nóbrega indica os meios para isso. E para os Índios, que às portas da cidade da Baía se guerreavam, e comiam, "a lei que lhes hão-de dar é:

1. Defender-lhes comer carne humana, e guerrear, sem licença do Governador;
2. Fazer-lhes ter uma só mulher;
3. Vestirem-se, pois têm muito algodão, ao menos depois de cristãos;
4. Tirar-lhes os feiticeiros;
5. Mantê-los em justiça entre si e para com os cristãos;
6. Fazê-los viver quietos, sem se mudarem para outra parte se não for para entre os cristãos, tendo terras repartidas que lhes bastem e com estes Padres da Companhia para os doutrinarem" (*NCJ*, 79).

É a civilização nos seus aspectos fundamentais: combate à antropofagia e nomadismo indígena; o estabelecimento da monogamia e do trabalho agrícola; a autoridade civil e a educação cristã.

Mem de Sá adoptou e cumpriu sem reservas o plano de Nóbrega, não obstante as contradições, que lhe não faltaram, quer da parte dalguns moradores: "é gente a desta terra que desejam a terra senhoriada e sujeita e terem serviço dos índios, mas isto que seja sem eles aventurarem nem uma raiz de mandioca" (*NCJ*, 83); quer da parte do Clero: alguns dos primeiros clérigos do Brasil foram mandados ou por pena disciplinar, ou para angariar proventos pessoais. Excepto algum caso excepcional não eram os de maior fervor nem buscavam a Jesus Crucificado, com a gloriosa e dura abnegação sacerdotal. E na Igreja de Deus em vez de construir, desedificavam. Nóbrega avisava-os primeiro com benignidade e em segredo. Se eram contumazes, não perdia a oportunidade de os chamar ao caminho do dever, de maneira vigorosa e eficaz.

"Tendo avisado por vezes a um clérigo escandaloso, como se não emendasse, sabendo o Padre estar com a ocasião do seu pecado, se foi à porta da casa, gritando a grandes vozes, que acudisse gente, que estavam ali crucificando a Cristo. Acudiu gente, e ficaram tão espantados os dois pecadores que se apartaram e cessou o escândalo" (*CA*, 471).

O Vigário Geral e o Cabido, eram herdeiros, ainda então, do espírito do Bispo Sardinha, e embora os da Companhia tratassem com eles "simplesmente e fielmente" e em público e secreto os acreditassem e desculpassem, não cessavam "de meter cizânia"; e avisando Nóbrega ao Vigário Geral "do escândalo e mau exemplo dos seus clérigos, em vez de o remediar, os incendia e amotinava" *NCJ*, 85).

1558, 21 de Dezembro. Assiste, no Colégio da Baía, à morte do P. João Gonçalves um dos santos do Brasil. Era amado de todos e concorreu toda a cidade, que não cessava de lhe beijar os pés e as mãos e chorava tão grande perda. Mas, continua Nóbrega — e aqui se revela a'grandeza, fidelidade e conceito que fazia dos seus súbditos: descobre-se sobretudo no homem forte, que ele era, a humildade e também ternura do seu coração —, "mas eu a mim chorava e não deixo de chorar, quando me acho sem ele, porque de todas as partes fiquei órfão;

ele era meu exemplo, minha coluna que me arrimava e consolava, seus conselhos sempre me foram saudáveis, tão fiel companheiro nunca ninguém perdeu como eu; ele me descansava e me fazia dormir meu sono quieto, porque tomava todos meus trabalhos sobre si, por ele e pela graça que N. Senhor lhe deu. Vivia eu, assim no espírito como no corpo, *qui amplius de fratre nostro*, nos trabalhos o primeiro, no descanso o derradeiro, na conversão dos Gentios servente e zeloso, com os Cristãos muita caridade e humildade, no serviço dos seus Irmãos e dos pobres mui diligente, na obediência mui pronto, nos conselhos mui maduro, na governança da casa que teve mui vigilante, na observância das regras mui cuidadoso. *Ó frater, quis mihi daret ut pro te morerer*! porque assim acabara um mau de escandalizar e ficara uma candeia de luz e bom exemplo nesta casa e nesta terra" (CB, 186).

1559, Abril. Na cidade da Baía havia dois pregadores, o P. Ambrósio Pires e Nóbrega. Pregavam alternadamente na Igreja do Colégio, e, depois da partida para Portugal de Ambrósio Pires, ficou só o P. Nóbrega, "por não haver outro nem de fora nem da Companhia que o faça". E tem nisto "bastante trabalho por suas grandes e contínuas enfermidades" (CA, 224).

Passa a quaresma deste ano na Aldeia de S. Paulo (Baía). E nela celebra a Semana Santa com grande solenidade e penitência. Alguns Portugueses honrados estavam presentes com a gente da sua casa. Mas quando Nóbrega se dispunha a encerrar o Senhor, "mandou o Cabido um monitório a mim e a todos os Cristãos, que prestes estavam, que não encerrasse aí o Senhor". E aos brancos se ordenava que voltassem para a cidade sob pena de excomunhão e multa pecuniária. Nóbrega, que era canonista, e conhecia bem o âmbito dos poderes de uns e outros, "declinando do foro", não deixou de o encerrar. "Na cidade também lançaram fama que eram excomungados quem viesse visitar o Senhor a S. Paulo. Estes são os favores e ajudas que dos Padres deste terra recebemos para a conversão do gentio" (CB, 182). Se com isto se deixava de converter o gentio, contudo baptizavam-se os meninos e aprendiam, e os que morriam sepultavam-se com pompa funeral; e "a carne humana, que todos comiam e mui perto da cidade, é agora tirada e muitos tomam já por injúria lembrar-lhes aquele tempo"... E quando Nóbrega foi à Aldeia do Espírito Santo, os Índios vieram-no esperar ao caminho, uns a uma légua, outros a meia, e os mais ao porto. Todos lhe queriam beijar a mão. As crianças levavam cruzes nas mãos; e depois, ao rezarem o terço, "pareciam uns anjos que rezavam matinas" (CA, 242-243).

Progresso rápido. Não obstante as resistências, Mem de Sá executara o plano de Nóbrega. A um principal, que comera carne humana, prendeu-o um ano, e agora é o melhor índio da terra: outros iam à guerra, e já não traziam contrários para comer, e eram os de Passé, Sergipe e Itaparica. Os do Paraguaçu, que andavam levantados e tomavam as canoas de homens brancos, reduziram-se à obediência, indo lá o Governador Mem de Sá em pessoa e o Ir. António Rodrigues, que tinha mão nos índios aliados, e que sabia do ofício como antigo soldado e co-fundador de Buenos Aires e Assunção. E, como estes, se reduziram outros pela costa. A Baía deixara, enfim, de viver dentro dos seus muros e arredores, como fortaleza da África ou feitoria da Índia, de que os Portugueses não podiam sair nem aventurar-se ao campo sem ir armados. O campo alargava-se, isto é, alargava-se o Brasil.

Os actos do Governador e a sua união com Nóbrega irritavam alguns colonos, e também do Cabido foi a Lisboa um Cónego queixar-se O Provincial Miguel de Torres, insuficientemente informado sobre o que era o Brasil, mandou a Nóbrega que abrisse as vias de sucessão e passasse a S. Vicente. As vias indicavam como seu sucessor no Provincialato o P. Luiz da Grã, "verdadeiro Padre", diz Nóbrega, o qual deveria ficar na Baía; Nóbrega passaria ao Sul como Superior daquelas partes. Triunfaram por um instante os timoratos e os que por falta de visão prática se opunham à catequese e ao desenvolvimento da pacificação e da soberania sob uma autoridade comum. Molestava-os terem achado na sua frente um homem como Nóbrega, cuja caridade não era feita de pusilanimidade nem de fraqueza. Nos momentos precisos sabia empregar a linguagem forte que Jesus usara contra os que dificultavam o estabelecimento do Reino de Cristo. Ao Provincial Miguel de Torres representaram que os actos do Governador não eram do agrado dos moradores ("fez algumas coisas de que se queixam dele", *Lus.60*, 127), e que a responsabilidade recaía sobre Nóbrega, seu amigo e conselheiro. Como a posteridade dá razão ao Governador, a acusação contra Nóbrega é o seu maior elogio. Nóbrega retirou-se para o Sul, naturalmente, porque era religioso exemplar. Mas seguiu-o Mem de Sá. E como a vida do Brasil seguia o ritmo dos passos de Nóbrega, foi-se operar no Sul o que se tinha feito na Baía: firmar-se a autoridade, pacificar-se o gentio e concluir-se a unificação do Brasil.

VII. Fundação do Rio de Janeiro

1560, 16 de Janeiro. Nóbrega e Mem de Sá embarcam na Baía na armada de Bartolomeu de Vasconcelos, recém-vinda de Portugal. Destinavam-se à Capitania de S. Vicente, sobre cuja situação Nóbrega escrevera a Tomé de Sousa 6 meses antes (a 5 de Julho de 1559) que estava enferma, já "com a candeia na mão": "Peço-lhe pela caridade de Cristo, com que sempre me amou, faça socorrer a este pobre Brasil" (*CB*, 217-218).

1560, 18 de Fevereiro. Chegam à Baía de Guanabara, ocupada desde 1555 pelos Franceses, que aliciaram aos seus interesses os Índios Tamoios. Os Portugueses da Armada, com os Índios das Aldeias dos Jesuítas, da Baía, do Espírito Santo e com os de S. Vicente, avisados, atacam e destroem o "Forte Coligny", que o chefe dos Franceses Villegaignon tinha erguido numa pequena ilha conhecida depois por este nome, unida hoje a terra por uma breve ponte. Não ficou logo ali o Governador, porque não tinha forças para se estabelecer como convinha. Seguiu para S. Vicente, donde Nóbrega, escreve ao Cardeal Infante que a fortaleza se destruiu, mas poderia reconstruir-se pelo inimigo, e que se deveria fundar uma cidade no Rio de Janeiro e com ela ficaria tudo guardado. Eram precisos mais reforços de Portugal, porque os da terra, actuais, não bastavam. E esta era a opinião geral.

Entretanto, urgia pacificar os Índios Tupis, amigos dos Portugueses, mas inquietos e revoltos, e captar ou dividir os Índios Tamoios, inimigos dos Tupis e feitos com os Franceses, os quais em grande parte eram hereges. Semelhante quisto entre as duas partes do Brasil Português (ao Norte e ao Sul) eram um duplo perigo: para a Religião e para a unidade política do Brasil.

1561, 1 de Maio. Como elemento de paz e a pedido do povo, Nóbrega preside à eleição do Capitão-Mor e Ouvidor da Capitania de S. Vicente, evitando o desassossego que começavam a provocar os bandos partidários (CA, 170).

1561, 12 de Junho. Nóbrega melhora um pouco das suas enfermidades, e recomeça a vida missionária activa. Envia de S. Vicente para Portugal géneros do Brasil em conserva e marmeladas: "O mestre leva estas conservas para os enfermos, a saber, os ananases, para dor de pedra, os quais posto que não tenham virtude como verdes, todavia fazem proveito... Vão também marmeladas de ibas, camucis, carasases, para as câmaras, uma pouca de abóbora"; Caridade prática. Também mandaria açúcar, se ao P. Grã não parecesse que era "tratar". Ele manda-lo-ia sem escrúpulo para os doentes de Portugal, e poderiam ir até 2 caixas e não seria muito para tantas casas; e não só para isso, mas também para mercar as coisas que fazem falta aos Irmãos doentes de cá. E "não tivera de ver com o escândalo", porque não há moeda no Brasil e El-Rei paga a dotação em açúcar. E propõe que assim se aprove. E assim se aprovou este intercâmbio necessário dos Colégios, que o escândalo farisaico iria depois chamar "comércio", na Amazónia, onde tudo começou e ficou atrasado meio século. Aquela indústria de plantas medicinais, revelada por Nóbrega, ia também ter no futuro extraordinário desenvolvimento nos medicamentos das "Boticas" dos principais Colégios do Brasil.

1562, 16 de Dezembro. O P. Geral responde, de Trento, onde se encontrava, às propostas de Nóbrega, feitas em carta, escrita de S. Vicente, a 12 de Junho de 1561 (NCJ, 102-112). E dá-lhes a sua aprovação: casas para meninos; casas para meninas; o intercâmbio de géneros ou compras por dinheiro, o que não é "comércio", mas indústria útil no Brasil, como também o ter escravos para tratar do gado, pescar e outros misteres, que era preciso fazer-se para a subsistência dos Colégios, e não havia na terra outros trabalhadores que os fizessem. E, sobre as dispensas matrimoniais, pedidas também por Nóbrega, responde no sentido em que ele as pedia, a favor dos mestiços. O Provincial era então Luiz da Grã. O Geral diz a Nobrega que comunique ao P. Grã estes seus pareceres e determinações (M. H. S. I., *Laines*, VI, 577-579). Donde se infere em primeiro lugar que Nóbrega, pela sua iniciativa e cuidado permanente de estabelecer coisas duráveis, continuava a ter pràticamente a direcção suprema da Província do Brasil; e em segundo, que o seu espírito resoluto e realista não se alheava de nada, ainda no meio das mais graves preocupações locais.

1563, 5 de Maio. Nóbrega, levando em sua companhia o Ir. Anchieta por intérprete, chega a Iperoig para a famosa embaixada aos Tamoios, à qual se ofereceu com perigo da própria vida. O pensamento de Nóbrega era fazer as pazes com os Tamoios da Costa, separando-os dos Tamoios do Rio e confederá-los com os Tupis de S. Vicente e Piratininga. Enfraquecidos os Tamoios seria possível ou mais fácil a fundação da Cidade do Rio de Janeiro.

1563, 21 de Junho. Nóbrega volta a S. Vicente para ultimar as tréguas e fazer as pazes entre os Tamoios da Costa com os Tupis, pacto que realizou na Igreja de Itanhaém, e com os do Campo de Piratininga na Igreja de S. Paulo.

1564, 2 de Abril. Avisado da vinda da armada de Estácio de Sá, Nóbrega veio de S. Vicente ao Rio. Desencontraram-se, mas uma tempestade obriga a Armada a voltar à Guanabara, salvando-se Nóbrega de cair nas mãos do inimigo.

O Jesuíta celebra missa no domingo de Páscoa (2 de Abril) na Ilha de Villegaignon já abandonada. E verificando que a armada era fraca para tamanha empresa, fizeram-se todos na volta de S. Vicente para melhor preparação.

1564, 7 de Novembro. Padrão da fundação real do Colégio da Baía, por El-Rei D. Sebastião, alcançado segundo as instruções e proposta de Nóbrega.

1565, 1 de Março. Nóbrega, em S. Vicente e em Piratininga, leva Estácio de Sá às Casas da Companhia de Jesus, publica perdões em nome do Governador, e prepara com vagar a empresa do Rio. Nos começos de 1565 decidiu-se, e a preparação imediata durou dois meses. Excepto o Capitão-mor Estácio de Sá e o Ouvidor Geral Brás Fragoso, os mais capitães ainda a achavam duvidosa. E Estácio de Sá, em conclusão:

"Padre Nóbrega! E que conta darei a Deus e a El-Rei, se lançar a perder esta armada?"

Respondeu ele com confiança mais que humana: Senhor, eu darei conta a Deus de tudo, e se for necessário irei à presença de El-Rei e responderei por vós" (António de Matos, *Prima Inst. Flum. Ian.*, 21).

Para ter mão nos Índios de Piratininga, discípulos dos Padres que foram na armada, sem os quais "mal se poderia povoar" o Rio, diz Leonardo do Vale (o do "Vocabulário") que deu Nóbrega o P. Gonçalo de Oliveira e o Ir. José de Anchieta. E a 1 de Março de 1565 a armada de Estácio de Sá fundeou no Rio e estabeleceu-se o Arraial à entrada da baía, dentro dela, ao pé do Pão de Açúcar. E chamou-se a nova Cidade, em homenagem a El-Rei, S. Sebastião do Rio de Janeiro. Três meses depois escreve o mesmo Leonardo do Vale, que foram, nos começos desta campanha, tão notórios e evidentes os prodígios "nos combates que houve, que podem já esquecer os da Índia e África" (S. L., *História*, II, 387).

1565, 23 de Junho. Anima tudo "o zelo incansável do P. Nóbrega" (CA, 449);

1565, 1 de Julho. Para o novo Colégio do Rio, por delegação de Nóbrega, o P. Gonçalo de Oliveira recebe de Estácio de Sá a Sesmaria de 2 léguas de terra, de Iguaçu, que ficava légua e meia do Arraial, até Inhaúma, ainda então ocupada pelo inimigo.

1567. Por este tempo, não bem determinado, tratou Nóbrega de corrigir os abusos que se faziam com autos nas igrejas, e fez "com os principais da terra que deixassem de representar um, que tinham, e mandou-lhes fazer outro por um Irmão, a que ele chamava *Pregação Universal*, por ser em português e tupi, e o compreenderem *todos* (Índios e Portugueses), e se representou por toda a costa. (*Supra*, II, 660).

Pertence a este ano de 1567 o tratado jurídico-moral ("*Se o Pai pode vender a seu filho e se um se pode vender a si mesmo*"), que Nóbrega escreveu em resposta a um Caso de Consciência do P. Quirício Caxa, sobre a liberdade, restringindo a perda dela ao caso de extrema necessidade (não colorada, mas verdadeira) em que era lícito perdê-la para salvar a vida (bem maior). E nega que fossem legítimos os cativeiros de quase todos os escravos então existentes no Brasil. A contradição, que teve esta doutrina, bem se deixa ver; nem foi possível já desfazer todo o mal feito. Mas para o futuro, "nunca de sua parte quis abrir porta para semelhantes remédios, que se buscavam para os homens terem serviços em boa consciência, comprando e vendendo índios, dos quais remédios dizia muitas vezes: *Praza a Deus que, por remediar os homens, não nos vamos nós com eles ao inferno*"! (CA, 472).

1567, 6 de Abril. Faz os 5 votos simples, em S. Vicente, que eram determinados pelas Constituições da Companhia, para todos os Professos de 4 votos, sobre as dignidades que deviam recusar, etc.

"Nos derradeiros anos, que andava já muito fraco em S. Vicente, com as muitas doenças que levou da Baía, dormia um pouco à noite e o mais dela gastava em oração, rezar o ofício divino, em cuidar e traçar as coisas do governo, não sòmente as tocantes à Companhia, mas de tudo o que entendia pertencer ao bem comum, pretendendo em tudo o aumento da Cristandade e salvação das almas; e assim diziam dele pessoas graves que era para governar todo o mundo" (CB, 63).

Neste período da sua vida, lia e fazia oração pelas *Meditações* de S. Agostinho.

1567, 24 de Julho. Vindo de S. Vicente, numa embarcação, que as baleias puseram em perigo à entrada da Bertioga, chega Nóbrega ao Rio de Janeiro com o B. Inácio de Azevedo e o P. Luiz da Grã. Com eles assentou que o Colégio do Sul ficasse no Rio, encarregando-se Nóbrega de o fundar. E ficaria não só Reitor dele, mas Comissário das mais Casas do Sul.

1567, 15 de Dezembro. Toma posse da Sesmaria de Iguaçu para o novo Colégio do Rio.

1568, 11 de Fevereiro. Padrão Real da fundação do Colégio do Rio de Janeiro.

Assim se coroava a "empresa" do Brasil em bases seguras e estáveis. Desfeito o perigo da "França Antártica", estava assegurada a unidade do Brasil; e, com os dois Colégios de fundação real (Rio e Baía), provida suficientemente a formação da juventude dentro dos caminhos da cristandade. E isto num sentido mais profundo do que à primeira vista se crê. No *Diálogo do P. Nóbrega*, sobre a catequese dos Índios, diz ele que a superioridade dos Romanos, "não lhes veio de terem naturalmente melhor entendimento, mas de terem melhor criação".

Para o Brasil, onde se começavam a reunir três raças diferentes, era o programa profético do futuro. O que distingue os povos e raças não é o sangue nem a cor: é a formação e educação, que isto quer dizer *criação*, na boa linguagem portuguesa de Nóbrega.

VIII. Últimos dias

1570, 18 de Outubro. Nóbrega passa os três últimos anos na nova cidade do Rio, que se erigia do nada, padece privações, porque os temporais e enxurradas destruiram as plantações das novas roças, valendo-lhe S. Vicente donde procediam, ainda então, quase todos os mantimentos. Prega ao povo; e "com seus conselhos e consultas de casos de consciência o conserva em suficiente resguardo da sua salvação" (Bras.3(1), 163v). Coloca os Índios, vindos do Espírito Santo, na Aldeia do Martinho (Arariboia), cujo orago era S. Lourenço, transferida depois para o outro lado da Guanabara (Niterói). Trata da construção do Colégio. E dirige na vida espiritual o novo Governador Salvador Correia de Sá, enquanto a si próprio se lhe vai extinguindo a vida corporal. A certa altura, o sangue, que há muitos anos lançava pela boca, pára. E compreende que era chegada a sua hora. No dia 16 de Outubro de 1570, sai do Colégio, percorre as casas dos amigos e principais moradores, despede-se deles, como quem está de partida para a *sua pátria*. Não há, no porto, embarcação para Portugal. Estranham-lho os amigos, e ele aponta *para o céu*. Volta ao Colégio, e no dia seguinte, à tarde, sente forte dor interna, que resiste aos poucos remédios de que dispõe. Recolhe-se ao leito, abençoa aos dois Padres, seus companheiros, Gonçalo de Oliveira e Fernão Luiz, lastimando não ter ali presentes a todos os seus irmãos da Companhia. Pede a Extrema Unção, a cujas orações ele próprio dá a resposta litúrgica. E diz a um dos dois Padres que celebre logo missa, e o outro a deixe para depois de expirar, a fim de ser já por sua alma.

Era a manhã de 18 de Outubro de 1570, dia de S. Lucas; o próprio dia em que completava 53 anos. Ainda não era velho, pela idade. Mas tinham-no alquebrado os trabalhos e as doenças.

Últimas palavras: "Eu vos dou graças, meu Deus, Fortaleza minha, Refúgio meu, e Libertador meu, que marcastes de antemão este dia para a minha morte, e me destes a perseverança na minha religião até esta hora!" (*Supra,* III, 448-449).

"E foi sua morte mui sentida, porque era como pai de toda aquela nova Cidade do Rio de Janeiro, em cujo Colégio faleceu e na sua Igreja foi sepultado, entre as lágrimas de seus filhos, e dos seus Índios e Portugueses, que muito o amavam" (*CB, 75*).

IX. A posteridade

Nóbrega esperava a grande expedição chefiada pelo Provincial Inácio de Azevedo e morreu sem ter conhecimento do martírio dele e dos seus 39 companheiros, dois meses antes, nas águas das Canárias. Quando esta notícia chegou a Roma, S. Francisco de Borja, sem também ter conhecimento do falecimento de Nóbrega, nomeou-o Provincial, sucessor de Inácio de Azevedo. Ia-o ser pela 2.ª vez. E foi a primeira homenagem póstuma que se lhe prestou. Seguiram-se depois, a do Menológio e escritores, lista já grande, se se incluirem os que tratam do Brasil do século XVI e os historiadores gerais da Companhia. Recordem-se alguns, aqui e além, como marcos de maior expressão nos caminhos da posteridade a respeito do Fundador da Companhia de Jesus no Brasil:

Menológio da Província do Brasil, dia 18 de Outubro: Nóbrega "foi o primeiro apóstolo daquele Novo Mundo... De pequenos princípios deixou uma grande e Santa Província".

1663. Simão de Vasconcelos, historiador do *Estado* do Brasil. Fecha a sua *Crónica* com a morte do Nóbrega:

"Pare a pena em escrever onde pára Nóbrega em obrar: a suas empresas especialmente se dedica este Tomo primeiro, por *primeiro Apóstolo do Brasil,* como outro se dedicou a Xavier por primeiro Apóstolo da Índia; outro a Inácio, Patriarca nosso, por primeiro Geral da Companhia".

1719. António Franco, historiador dos *Noviciados* de Portugal. Pertence ao de Coimbra a biografia desenvolvida de Nóbrega (a mesma que anda à frente das *Cartas do Brasil*) e a resume no *Ano Santo:* "Pai universal de todas as cristandades do Brasil, as quais fundou e viu muito adiantadas, e também aquela santa Província, de quem foi o principal pai e Superior" (p. 602).

1810. Robert Southey, historiador e poeta inglês. A acção missionária e política de Nóbrega foi de tal ordem que "não há ninguém a quem o Brasil deva tantos e tão permanentes serviços" (There is no individual to whose talents Brazil is so greatly and permanently indebted", *History of Brazil*, (Londres 1810) 310).

1886. Prefaciado e anotado por Vale Cabral, sai da Imprensa Nacional do Rio de Janeiro o vol. das *Cartas do Brasil*, de Nóbrega, que andavam dispersas por jornais e outras publicações. O valor e o conteúdo das *Cartas Jesuíticas*, para a história e formação do Brasil, causou admiração aos homens de estudo. O Brasil redescobria-se a si mesmo, e em si mesmo redescobria, nas suas origens, a grande figura de Nóbrega.

1897. Joaquim Nabuco, escritor, diplomata, e político brasileiro. No *Discurso*, proferido no centenário de Anchieta: "Antes de tudo, como separar Anchieta de Nóbrega ? Podeis compreender um sem o outro, ver o jovem irmão sem que o Fundador se mostre ao lado dele ?... A verdadeira justiça do Brasil para com ele é essa, de pagar na data do seu centenário, como devia tê-lo feito em 1870, no centenário de Nóbrega, como ainda o há-de fazer este ano no centenário de Vieira, não a ele individualmente, mas à grande Companhia, o tributo de devoção filial que as sociedades devem aos delineadores do seu traço perpétuo" (*III Centenário*, 324, 326).

1928. Capistrano de Abreu, grande historiador do Brasil: "O P. Manuel da Nóbrega obedecia ao sentimento colectivo, trabalhava pela unidade da Colónia, e no ardor dos seus trinta e dois anos achava ainda pequeno o cenário em que se iniciava uma obra sem exemplo na história" (*Capítulos de História Colonial* (Rio 1928) 65-66).

1928, 26 de Maio. O Instituto Histórico e Geográfico Brasileiro, com a sua autoridade, em assuntos de história a mais alta do Brasil, propõe que se levante uma estátua ao P. Manuel da Nóbrega na futura Explanada do Castelo:

"1) Considerando que a breve trecho, com o prosseguimento intensivo dos trabalhos de demolição do Morro do Castelo, terá desaparecido até aos últimos vestígios com todos os seus incomparáveis monumentos a colina histórica que foi, durante tantos anos, a atalaia vigilante, o baluarte, a Acrópole sagrada da Cidade de São Sebastião do Rio de Janeiro;

2) Considerando que é imprescindível conservar no espírito público, em toda a grandeza do seu significado, a lembrança perpétua daquele augusto recinto, relicário precioso das mais velhas e gloriosas tradições da nossa urbs, ali erguida a preço de sacrifícios heróicos;

3) Considerando que ao Instituto Histórico e Geográfico Brasileiro, guarda e defensor do nosso património histórico, incumbe, de modo especial, a continuação dos carinhosos cuidados, que em relação ao berço da cidade sempre manifestou, havendo já promovido, em 1863, graças ao amparo do seu augusto protector, o Sr. D. Pedro II, a conservação da antiga Sé e do túmulo de Estácio de Sá:

Propomos que se dirija o Instituto Histórico a S. Ex.ª o Sr. Prefeiro do Distrito Federal, solicitando-lhe que em o novo logradouro público, correspondente à sede das primitivas fundações da Cidade de São Sebastião, se conserve, à sombra de expressivo monumento, perpetuando o nome e a figura daquele que é considerado, no sentir unânime dos historiadores, a mais perfeita síntese dos sentimentos de fé, tenacidade, bravura e abnegação, com que foram argamassados os alicerces da Capital do país;

Aquele que alentou o ânimo juvenil de Estácio de Sá, em tudo obediente, por ordem expressa da Metrópole, aos seus avisados conselhos; aquele que arriscando a vida, numa embaixada sem igual, se constituiu prisioneiro indefeso das hordas indígenas sublevadas, para reduzi-las à paz; aquele que "sem mantéu, sem roupão, uma roupeta velha remendada, alpargatas de cardos por sapatos e talvez descalço" (Simão de Vasconcelos), bofando sangue, pálido de cera, nos ardores da febre hética, jornadeou incessante com um breviário e um bordão, para levantar os exércitos com que foi rechaçado o invasor estrangeiro; "o baluarte e defensão da cidade contra tamoios, ingleses e franceses" (Simão de Vasconcelos); aquele, em suma, a respeito do qual afirmou, com autoridade insuspeita, o protestante Southey não ter havido ninguém a cujos talentos deva o Brasil tantos e tão permanentes serviços, e que se acaso houvera sido menos enérgico, fora hoje estrangeira a capital do Brasil: — o Padre Manuel da Nóbrega!

Nóbrega o esquecido, a quem não coube, no tricentenário de sua morte, em 1870, nem uma só das justas homenagens, tributadas em 97 a Anchieta, em S. Paulo, e a Vieira na Baía, cidades ambas, hoje grandiosas, a cuja formação presidiu, como à do Rio de Janeiro.

Nóbrega, o Jesuíta humilde, que na fundação do novo Estado, assentado à mesa dos servos de Tomé de Sousa, teve como *actuação criadora*, valor mais alto que o do aliás insigne representante de El-Rei (Teodoro Sampaio).

Nóbrega, que no ardor dos seus 32 anos trabalhava pela unidade da Colónia e achava ainda pequeno o cenário em que se iniciava uma obra sem exemplo na história (Capistrano de Abreu); Nóbrega, o pioneiro, o primeiro devassador do vale do Tietê; Nóbrega, numa palavra, o iniciador, o chefe, o guia dessa obra quase sobrehumana que foi a edificação moral e social do Brasil".

A proposta, assinada por todos os sócios presentes, e outros que não puderam comparecer à sessão, apresentada por Eugénio Vilhena de Morais, posta em votação pelo Presidente, Conde de Afonso Celso, foi *unânimemente aprovada*. Além de Afonso Celso e Vilhena de Morais assinaram a proposta de se erguer a estátua de Nóbrega na Explanada do Castelo: Benjamim Franklin Ramiz Galvão, Max Fleiuss, Agenor de Roure, João Pandiá Calógeras, Justo Jansen Ferreira, Solidónio Leite, Eduardo Marques Peixoto, Alfredo Valadão, Miguel Calmon du Pin, Aníbal Veloso Rebelo, Afrânio Peixoto, Eugénio Teixeira de Castro, Edgard Roquete Pinto, António Borges Leal Castelo Branco, Miguel Joaquim Ribeiro de Carvalho, Hélio Lobo, Carlos Miguel Delgado de Carvalho, Carlos da Silveira Carneiro e Olímpio Artur Ribeiro da Fonseca (*Rev. do Inst. Hist. e Geogr. Bras.*, CIV (Rio 1929)821, 840-842).

1931. A Academia Brasileira de Letras reedita as *Cartas do Brasil*, de Nóbrega, "o grande P. Manuel da Nóbrega, o primeiro e igual aos maiores", como o apresenta Afrânio Peixoto na *Nota preliminar*.

Nóbrega entra na camada dos conhecimentos gerais da história, da cultura e das letras brasileiras.

1940. Publica-se o Vol. da "Brasiliana" *Novas Cartas Jesuíticas — de Nóbrega a Vieira*, com 14 cartas inéditas de Nóbrega e o seu tratado jurídico-moral sobre a liberdade.

E o jovem escritor pernambucano, José Mariz de Morais, imprime um livro com o título de: *Nóbrega o primeiro Jesuíta do Brasil.*

1949. O Padre Jesuíta brasileiro, Luiz Gonzaga Jaeger, publica: *Padre Manuel da Nóbrega. S. J. — 4.º Centenário da sua vinda ao Brasil: 29-III-1949.*

1949, 29 de Março. Entre os selos do Correio comemorativos da fundação da Cidade do Salvador, um é a efígie de Nóbrega (feita pela que abre o Tômo I desta "História da Companhia de Jesus no Brasil", 1938). O acto oficial do Governo Brasileiro honra a memória de Nóbrega e ainda mais o Brasil, como prova de capacidade de gratidão para com os seus nomes nacionais.

X. Retrato breve de Nóbrega

Coração grande e generoso, intentos definidos, e vontade robusta para os transformar em actos. Num corpo combalido e frágil, a força persuasiva de ideias, assentes na realidade das coisas, e pelas quais arriscou a vida.

Homem de fé (não apenas humana, mas religiosa) desde que pisou na Baía terras americanas, o Jesuíta Fundador consubstanciou o seu pensamento neste dilema sintético, positivo e urgente: ou o Brasil se une e se evangeliza ou não há Brasil. Por outros termos: é preciso que o Brasil se faça, isto é, que seja um país unido; é preciso que seja um país cristão. Empresa gloriosa em que não fez tudo Nóbrega, mas em que nada se fez sem ele, como bom servidor que era de Deus, de Portugal e do Brasil. Três elementos, que se não podem desunir do Nóbrega histórico, humilde e resoluto, que é o das suas próprias cartas. E este é o Nóbrega de corpo inteiro. E também de alma inteira. Nóbrega serviu de corpo e alma a Religião, porque serviu a Jesus Crucificado, seu "querer" de noviço; serviu a Portugal, sua Pátria, porque a maior glória de Portugal é o Brasil; e serviu o Brasil, Pátria dos seus gostos e desgostos, porque o Brasil *existe.*

COLLECÇAÕ DE VARIAS RECEITAS E SEGREDOS PARTICULARES

DAS PRINCIPAES BOTICAS DA NOSSA COMPANHIA DE PORTUGAL, DA INDIA, DE MACÁO, E DO BRAZIL COMPOSTAS, e experimentadas pelos melhores MEDICOS, E BOTICARIOS MAIS CELEBRES que tem havido neffas partes. AUMENTADA com alguns indices, e noticias muito curiozas, e neceffarias para a boa direcçaõ, e acerto contra as enfermidades.

EM ROMA AN. M·DCC·LXVI.
com todas as licenças neceffarias.

Collecçaõ de Varias Receitas
(*Opp. NN.* 17)
De autor Jesuíta da Assistência de Portugal, que esteve no Oriente e no Brasil. Deste *ms* se reproduziram 3 gravuras supra, *História*, VIII. E descreveu-se no Tômo II. 584.

Índice das Estampas

PÁG.

P. António Vieira. Grupo alegórico de Columbano Bordalo Pinheiro no Parlamento Português (Assembleia Nacional)...............	IV/V
"Cartas do Brasil", de Nóbrega. Edição de Vale Cabral..........	8/9
"Cartas do Brasil", de Nóbrega. Edição da Academia Brasileira de Letras..	12/13
"Novas Cartas Jesuíticas — de Nóbrega a Vieira"................	20/21
9 Assinaturas autógrafas..	24/25
"Sermam da Restauraçam da Bahia", do P. Ângelo dos Reis......	40/41
"Geórgicas Brasileiras" de José Rodrigues de Melo e Prudêncio do Amaral (1.ª ed.)...	56/57
10 Assinaturas autógrafas.......................................	72/73
"Vita Venerabilis P. Emmanuelis Correae", do P. José Rodrigues de Melo...	88/89
"Cantigas na lingoa, pera os Mininos da Sancta Doctrina", do P. Cristóvão Valente..	88/89
"Sermão" nos anos de S. Majestade, do P. António de Sá.........	104/105
"Annuae Litterae ad annum 1746", do P. José de Sepúlveda (ms.)..	120/121
11 Assinaturas autógrafas.......................................	136/137
Púlpito da Igreja do Pará, do Ir. Traer e seus discípulos..........	152/153
"Vocabulario da Lingoa Brasilica", do P. Leonardo do Vale.......	168/169
"Vida do P. Joam d'Almeida", do P. Simão de Vasconcelos.......	172/173
Escudo de Salvador Correia de Sá e Benavides, no mesmo livro....	180/181
"Chronica", do P. Simão de Vasconcelos......................	184/185
"Vida do Veneravel Padre Joseph de Anchieta", do P. Simão de Vasconcelos..	188/189
"Sermõens" do P. António Vieira. Frontispício do 1.º vol. da ed. princeps (1679)...	196/197
"Sermão que pregov o R. P. Antonio Vieira na Capella Real o primeiro dia de Ianeiro do anno de 1642"...........................	200/201
"Sermam da Sexagesima". Duas edições no mesmo ano de 1679...	216/217
Púlpito da Igreja dos Jesuítas da Baía (1663) do tempo de Vieira..	232/233
"Cartas do P. Antonio Vieira". Frontispício do 1.º Tômo da ed. princeps (1735)...	248/249
"Cartas do P. António Vieira". Frontispício da edição feita na Imprensa da Universidade de Coimbra (Lúcio de Azevedo), 1928	280/281
"Proposta feita a El-Rei D. João IV" para a Companhia de Comércio e admissão dos Judeus mercadores, do P. Vieira.............	280/281

"Historia do Futuro", do P. António Vieira..................... 296/297
Translaet... Versão flamenga do Sermão de Vieira pregado em Lisboa
   a 1 de Janeiro de 1642.. 328/329
"Aprovechar Deleytando... en cinco Sermones varios", do P. An-
   tónio Vieira... 344/345
"Espírito de Vieira" por José da Silva Lisboa (Visconde de Cairu).. 360/361
"Exposição Bibliographica" da Bibl. Nac. de Lisboa no Bi-centenário
   do P. António Vieira (1897).................................. 360/361
Profissão solene de Vieira, 1646. (Autógrafo)..................... 376/377
Carta do P. John Vincent Yate, 1593............................... 376/377
"Collecção de Varias Receitas e Segredos Particulares das principaes
   Boticas... e do Brazil" (ms.)................................. 392/393

Índice ou classificação sumária da obra escrita dos Jesuítas do Brasil

Tômo VIII: nomes de A a M

Tômo IX: nomes de N a Z

A disposição alfabética destes dois Tomos biobibliográficos é já de si um índice que facilita a pesquisa do nome e a página respectiva. Como instrumento de trabalho, e útil conhecimento da obra escrita da Companhia de Jesus no Brasil, agrupa-se aqui toda em seis secções, classificando-a apenas nas suas grandes linhas. Mal se poderiam incluir, neste lugar, os desdobramentos que só por si representa a volumosa secção de *Epistolografia*.

[No Tômo X (e último) se verão, e, aí, com a minúcia própria de um índice completo, que o é, de toda a obra, esse Tômo final].

    I. Ciências
   II. Ciências Sacras
  III. Epistolografia
  IV. Historiografia
    V. Letras
  VI. Varia

I. CIÊNCIAS

1. *Astronomia (e Astrologia):*

Capassi, Domingos
Estancel, Valentim
Pfeil, Aloísio Conrado
Soares, Diogo

2. *Bibliografia:*

Ribeiro, Manuel (2)

3. *Cartografia, Plantas e Desenhos:*

Albuquerque, Luiz de
Beça, Manuel
Capassi, Domingos
Cocleo, Jacobo
Ferreira, Manuel
Kaulen, Lourenço
Pfeil, Aloísio Conrado
Ribeiro, António (1)

Rocha, Luiz da
Soares, Diogo
Vieira, António

4. Ciências Naturais:

Anchieta, José de (1)
Cardim, Fernão
Daniel, João
Lima, Francisco de
Monteiro, Jácome
Soares, Diogo
Soares, Francisco (2)

5. Etnografia:

Anchieta, José de (1)
Araújo, António de
Armínio, Leonardo
Bettendorff, João Filipe
Cardim, Fernão
Carvalho, Jacinto de
Cocleo, Jacobo
Daniel, João
Figueira, Luiz
Gago, Ascenso
Monteiro, Jácome
Nóbrega, Manuel da
Pinto, Francisco
Rodrigues, Bartolomeu
Rodrigues, Jerónimo
Rodrigues, Pero
Roland, Jacobo
Sequeira, Inácio de
Soares, Francisco (2)
Tolosa, Inácio de
Vale, Leonardo do
Vasconcelos, Simão de
Vieira, António

6. Corografia:

Beça, Manuel
Cocleo, Jacobo
Fonseca, António da (3)
Lima, Francisco de

7. Filosofia:

Andrade, António de (1)
Bonucci, António Maria
Carvalho, Luiz
Coelho, Marcos
Estancel, Valentim
Faria, Francisco de
Fonseca, António da (1)
Fonseca, Bento da
Homem, Rodrigo
Lima, Manuel de (1)
Peres, Jódoco
Ramos, Domingos
Silva, Manuel da
Tolosa, Inácio de
Vieira, António

8. Fisiografia e Economia:

Andreoni João António [Antonil]
Cardim, Fernão
Daniel, João
Soares, Diogo

[Poemas das Riquezas do Brasil]:

Amaral, Prudêncio do (Açúcar)
Rodrigues de Melo, José (Farinha, Gado, Tabaco)
Silveira, Francisco da (Minas de oiro)

9. Geografia:

Anchieta, José de (2)
Beça, Manuel
Daniel, João
Ferreira, Manuel
Fonseca, Bento da
Lima, Francisco de
Soares, Diogo

10. Linguística:
a) Africana:

Dias, Pedro (2) (Angola)
Lima, Manuel de (3) (Ardas)

b) *Americana (diversas línguas do Brasil):*

Anchieta, José de (1)
Araújo, António de
Arnolfini, Marcos António
Azpilcueta Navarro, João de
Barros, João de
Bettendorff, João Filipe
Bucherelli, Luiz Maria
Castilho, Pero de
Correia, Pero
Couto, Manuel do
Eckart, Anselmo
Fernandes, Manuel (3)
Figueira, Luiz
Fonseca, António da (3)
Gomes, Francisco
Leão, Bartolomeu de
Leão de Sá, Inácio
Mamiani, Luiz Vincêncio
Nunes, Manuel
Pereira, António
Vale, Leonardo do

Valente, Cristovão
Vidigal, José
Viegas, Manuel
Vieira, António

11. *Matemática:*

Capassi, Domingos
Estancel, Valentim
Pfeil, Aloísio Conrado
Soares, Diogo
Stafford, Inácio

12. *Náutica:*

Estancel, Valentim
Pedrosa, Pero de

13. *Pedagogia:*

Bayardi, Ventidio
Bernardino, José
Gusmão, Alexandre de
Soares, Barnabé

II. CIÊNCIAS SACRAS

1. *Ascética e Mística:*

Aires, José
Almeida, Gaspar de
Almeida, João de
Andrade, António de (2)
Bayardi, Ventidio
Belleci, Aloísio
Bonucci, António Maria
Estancel, Valentim
Gusmão, Alexandre de
Malagrida, Gabriel
Matos, Francisco de
Mesquita, Luiz de
Oliveira, Bento de
Ribeiro, Manuel
Rocha, Martim da
Seixas, Manuel de (2)
Vieira, António

2. *Catecismos:*

Anchieta, José de (1)
Araújo, António de
Arnolfini, Marcos António
Azpilcueta Navarro, João de
Barros, João de
Bettendorff, João Filipe
Bucherelli, Luiz Maria
Correia, Pero
Fernandes, Manuel (3)
Grã, Luiz da
Leão, Bartolomeu de
Lima, Manuel de (3)
Lourenço, Brás
Mamiani, Luiz Vincêncio
Nunes, Manuel
Pereira, António
Silva, João da (2)

Vale, Leonardo do
Vidigal, José
Viegas, Manuel
Vieira, António

3. *Exercícios Espirituais de S. Inácio:*

Belleci, Aloisius
Gusmão, Alexandre de
Matos, Francisco de

4. *Hagiografia:*

a) *Cristologia, Infância, Eucaristia, Coração de Jesus, Paixão:*

Anchieta, José de (1)
Barbosa, Domingos
Bonucci, António Maria
Craveiro, Lourenço
Faletto, João Mateus
Gusmão, Alexandre de
Matos, Eusébio de (1)
Rodrigues, Inácio
Sá, António de (2)
Vieira, António (sobre todos ou quase todos os mistérios da vida de Cristo desde Belém ao Calvário e à sua Ascensão e Realeza, segundo as Profecias, o Evangelho e os Santos Padres).

b) *Espírito Santo:*

Rodrigues, Inácio
Vieira, António

c) *Nossa Senhora (diversas invocações):*

Amaral, Prudêncio do
Anchieta, José de (1)
Anchieta, José de (2)
Benci, Jorge
Bonucci, António Maria
Carvalho, Luiz
Craveiro, Lourenço
Gonçalves, Fabião
Gusmão, Alexandre de
Honorato, João
Leão de Sá, Inácio
Matos, Eusébio de (1)
Mendes, Valentim
Oliva, Manuel de
Reis, Ângelo dos
Ribeiro, Joaquim
Sá, António de (2)
Seixas, Manuel de (2)
Vieira, António (A sua série "Rosa Mística" e outros sermões de N.ª S.ª, contêm pràticamente toda a teologia marial).

[*Congregações Marianas*]:

Aires, José
Bernardino, José
Bettendorff, João Filipe
Bonucci, António Maria

d) *Santos e Santas:*

S. Agostinho (Vieira, António)
S. Amaro (Sá, António de, 2.º)
S. Ana (Ribeiro, Manuel, 2.º)
S. António de Lisboa (Bonucci; Vieira)
S. Bárbara (Vieira)
S. Bartolomeu (Craveiro, Lourenço; Vieira)
S. Benedito, Etíope (Fonseca, Manuel da)
S. Bento, Abade (Matos, Francisco de)
S. Catarina (Vieira)
S. Elias (Matos, Francisco de; Mendes, Valentim)
S. Estanislau (Vieira)
S. Estêvão (Vieira)
S. Felipe de Neri (Benci, Jorge)
S. Francisco de Assis (Álvares, Gaspar; Soares, Diogo; Vieira)
S. Francisco de Borja (Sepulveda, José de)
S. Francisco Xavier (Arizzi, Conrado; Marques, Simão; Reis, Ângelo dos; Seixas, Manuel de, 2.º; Vieira)

S. Gonçalo (Vieira)
S. Gregório Magno (Matos, Francisco de)
S. Inácio (Andreoni; Araújo, Lourenço de; Arizzi; Malagrida; Marques, Simão; Matos, Francisco de; Mendes, Valentim; Rolim, Manuel Leonardo; Vieira).
S. Iria (Vieira)
S. Isabel (Vieira)
S. João Baptista (Craveiro, Lourenço; Vieira)
S. João de Deus (Bonucci)
S. João Evangelista (Vieira)
S. João Francisco de Regis (António, Aleixo)
S. José (Bernardino, José; Sá, António de, 2.º; Vieira)
S. Lucas, Padroeiro dos Médicos (Vieira)
S. Pedro (Ribeiro, Manuel, 2.º; Vieira)
S. Pedro Nolasco (Vieira)
S. Quitéria (Oliveira, Bento de)
S. Rogério (Anchieta, 2.º)
S. Roque (Vieira)
S. Rosalia (Bonucci)
S. Sebastião (Vieira)
S. Teresa (Vieira)
S. Tomé (Sá, António de, 2.º)
S. Úrsula, ou Onze mil Virgens, Padroeiras da América (Bernardino, José; Marques, Simão; Mendes, Valentim; Ribeiro, Manuel, 2.º)
Todos os Santos (Vieira)
— Ver Bonucci: outros santos (em italiano).

5. *Liturgia:*

Azevedo, João de (2)

6. *Sagrada Escritura:*

Bayardi, Ventidio
Bonucci, António Maria
Brewer, João de
Estancel, Valentim
Faletto, João Mateus
Rodrigues, Inácio
Vieira, António

7. *Teologia Dogmática:*

Araújo, Domingos de
Bonucci, António Maria
Carvalho, Paulo de
Coelho, Marcos
Correia, Frutuoso
Honorato, João
Vieira, António

8. *Teologia Moral e Direito:*

Andreoni, João António
Araújo, Domingos de
Armínio, Leonardo
Bayardi, Ventidio
Benci, Jorge
Carneiro, Francisco
Carvalhais, Jacinto de
Carvalho, Jacinto de
Carvalho, Paulo de
Caxa, Quirício
Costa, Marcos da
Dias, Inácio
Dias, Manuel
Duarte, Baltasar
Ferreira, João
Fonseca, Caetano da
Fonseca, Manuel da
Gonçalves, Francisco
Mamiani, Luiz Vincêncio
Marques, Simão
Mazzolani, Aníbal
Moniz, Jerónimo
Moura, Pedro de
Nóbrega, Manuel da
Nogueira, José
Nogueira, Luiz
Peres, Jódoco
Ramos, Domingos
Rodrigues, Manuel
Rodrigues, João
Roland, Jacobo
Soares, Francisco (1)

Sousa, José de
Teixeira, Nicolau
Tenreiro, Manuel
Tolosa, Inácio de
Vieira, António
Xavier Ribeiro, Manuel

Invocam o direito e a moral a favor dos Escravos, entre outros:

Benci, Jorge
Fonseca, Manuel da

Nóbrega, Manuel da
Vieira, António (Sermão à Irmandade dos Pretos, etc.)

9. *Teologia Pastoral:*

Azevedo, João de (2)
Benci, Jorge
Dias, Inácio
Fonseca, Manuel da
Sousa, José de
Ribeiro, Manuel (2)

III. EPISTOLOGRAFIA

1. *Cartas Ânuas:*

Almeida, Francisco de
Almeida, Lourenço de
Álvares, Gaspar (1)
Anchieta, José de (1)
Andreoni, João António
Barreto, Manuel
Bayardi, Ventidio
Beliarte, Marçal
Bettendorff, João Filipe
Cardim, Fernão
Carvalho, Inácio
Caxa, Quirício
Coelho, António (1)
Coelho, Domingos (1)
Coelho, Filipe
Correia, Inácio
Correia, Manuel (1)
Costa, António da
Fernandes, António
Fernandes, Francisco
Figueira, Luiz
Fonseca, Luiz da
Gago, Ascenso
Gonçalves, Amaro
Gusmão, Alexandre de
Honorato, João
Kaulen, Lourenço
Lima, António de
Lima, Francisco de
Machado, Diogo

Matos, António de (1)
Matos, Eusébio de (2)
Matos, Francisco de
Nogueira, José
Nunes, Plácido
Oliva, Manuel de
Oliveira, Gonçalo de
Oliveira, José de
Oliveira, Manuel de (1)
Pacheco, Cornélio
Pais, António
Passos, Inácio Custódio de
Pinto, António
Rebouça, João
Ribeiro, Joaquim
Ribeiro, Manuel (2)
Rodrigues, António (3)
Rodrigues, Pero
Sanches, Manuel
Santos, Manuel dos (4)
Sepúlveda, José de
Sequeira, Baltasar de
Sequeira, Manuel de
Silva, Salvador da
Silveira, Francisco da
Sousa, Inácio de
Tavares, Domingos
Taveira, Inácio
Távora, Marcos de
Toledo, Pedro de
Tolosa, Inácio
Vasconcelos, Simão de

Vaz, Sebastião
Vieira, António
Vitoriano, André
Xavier, Julião

2. *Outras Cartas*

Abreu, António de
Abreu, Manuel de
Aguiar, Mateus de
Aires, José
Almeida, André de
Almeida, João de
Almeida, José de
Álvares, Bento
Álvares, B. Manuel
Álvares, Manuel
Álvares, Simão
Amaral, Manuel do
Amodei, Benedito
Amorim, Luiz de
Anchieta, José de (1)
Andrade, António de (1)
Andreoni, João António
António, Aleixo
António, Domingos
António, José
António, Vito
Antunes, Miguel
Aranha, António
Araújo, António de
Araújo, Manuel de
Armínio, Leonardo
Arnolfini, Marcos António
Avelar, Francisco de
Avogadri, Aquiles Maria
Azevedo, B. Inácio de
Azpilcueta Navarro, João de
Baptista, António
Barbosa, Domingos
Barreto, Luiz
Barros, João de
Bayardi, Ventidio
Beliarte, Marçal
Belleci, Aloísio
Benci, Jorge
Bernardino, José

Bettendorff, João Filipe
Blasques, António
Bonomi, João Ângelo
Bonucci, António Maria
Borges, Martinho
Botelho, Francisco
Bourel, Filipe
Brás, Afonso
Brewer, João de
Brito, Laureano de
Brito, Manuel de
Bucherelli, Luiz Maria
Campos, Estanislau de
Campos, Roberto de
Canísio, Rogério
Cardim, Fernão
Cardoso, António
Cardoso, Francisco
Cardoso, Miguel
Careu, Ricardo
Carneiro, Francisco
Carneiro, Manuel
Carneiro, Paulo
Carvalhais, Jacinto de
Carvalho, Cristóvão de
Carvalho, Jacinto de
Carvalho, Luiz
Carvalhosa, Paulo de
Caxa, Quirício
Ciceri, Alexandre
Cifarelo, Agostinho
Cocleo, Jacobo
Coelho, Agostinho
Coelho, António (2)
Coelho, Domingos (1)
Coelho, Domingos (2)
Coelho, Marcos
Colaço, Cristóvão
Consalvi, Pedro Luiz
Correia, Agostinho
Correia, Lourenço
Correia, Manuel (1)
Correia, Manuel (2)
Correia, Pero
Costa, Eusébio da
Costa, José da
Costa, Miguel da

Costa, Pedro da
Couto, Tomás do
Craveiro, Lourenço
Cruz, António da
Cruz, Domingos da
Cruz, Manuel da
Cruz, Teodoro da
Cunha, António da
Dias, Manuel
Dias, Pedro (1)
Dias, Pedro (2)
Duarte, Baltasar
Estancel, Valentim
Estanislau, Inácio
Faia, Inácio
Faletto, João Mateus
Faria, Francisco de
Faria, Gaspar de
Fay, David
Fernandes, Baltasar
Fernandes, Lourenço
Fernandes, Manuel (1)
Fernandes, Manuel (2)
Fernandes Leça, Manuel
Ferraz, Manuel
Ferreira, António
Ferreira, Francisco
Ferreira, Inácio
Ferreira, João
Ferreira, José (1)
Ferreira, Manuel
Ferreira, Vicente Xavier
Figueira, Luiz
Figueira, Teotónio
Filds, Tomás
Fonseca, António da (1)
Fonseca, António da (2)
Fonseca, Bento da
Fonseca, Francisco da
Fonseca, Luiz da
Forti, António
França, Júlio
Frazão, Francisco
Freire, Manuel
Fusco, Sebastião
Gama, José da
Gandolfi, Estêvão

Garcia, Miguel
Giaccopuzi, João Baptista
Gomes, António
Gomes, Henrique
Gomes, Manuel (1)
Gomes, Manuel (2)
Gomes, Sebastião
Gonçalves, Amaro
Gonçalves, Antão
Gonçalves, António
Gonçalves, Francisco
Gonçalves, Vicente
Gonçalves Maranhão, António
Gorzoni, João Maria
Gouveia, Cristóvão de
Grã, Luiz da
Guedes, João
Guisenrode, António de
Gusmão, Alexandre de
Henriques, Simão
Hoffmayer, Henrique
Homem, Rodrigo
Honorato, João
Hundertpfundt, Roque
Inácio, Miguel
Jácome, Diogo
José, António
Juzarte, Manuel
Kaulen, Lourenço
Leite, Gonçalo
Lemos, Francisco de
Lima, Manuel de (1)
Lima, Manuel de (3)
Lobato, João
Lopes, José
Lourenço, Agostinho
Lourenço, Brás
Lousado, Agostinho
Luiz, António
Luz, Manuel da
Lynch, Tomás
Machado, António
Machado, Diogo
Machado, Rafael
Magistris, Jacinto de
Malagrida, Gabriel
Mamiani, Luiz Vincêncio

Marques, Simão
Mascarenhas, José
Mata, Salvador da
Matos, António de (1)
Matos, Francisco de
Matos, José de
Matos, Luiz de
Mazzolani, Aníbal
Meisterburg, António
Melo, João de (1)
Mendes, Valentim
Mendoça, José de
Mendoça, Luiz de
Mercúrio, Leonardo
Misch, Gaspar
Monteiro, Domingos
Monteiro, Jácome
Morais, António de
Morais, Francisco de
Morais, José de
Moreira, António
Mota, Manuel da
Moura, Mateus de
Moura, Pedro de
Nóbrega, Manuel da
Nogueira, Luiz
Nunes, Leonardo
Nunes, Manuel
Nunes, Plácido
Oliva, João de
Oliveira, António de
Oliveira, Bento de
Oliveira, Gonçalo de
Oliveira, Manuel de (2)
Oliveira, Salvador de
Oliveira, Silvestre de
Orlandini, João Carlos
Ortega, Manuel de
Pais, Francisco
Paiva, João de
Pedrosa, Pedro de
Pereira, Álvaro
Pereira, António
Pereira, João (2)
Pereira, João (3)
Pereira, Júlio
Pereira, Rui

Pereira, Sebastião
Peres, Jódoco
Perier, Alexandre
Pfeil, Aloísio Conrado
Pimenta, João
Pimentel, Manuel
Pina, Sebastião de
Pinheiro, Simão
Pinto, Francisco
Pinto, Mateus
Pires, Ambrósio
Pires, António (1)
Pires, Belchior
Pires, Francisco (1)
Pires, Sebastião
Pontes, Belchior de
Pugas, Francisco de
Ramos, Domingos
Rangel, António
Reis, Ângelo dos
Ribeiro, Francisco (1)
Ribeiro, Francisco (2)
Ribeiro, Geraldo
Ribeiro, Manuel (3)
Rocha, António da
Rocha, João da
Rocha, José da
Rocha, Martim da
Rodrigues, António (1)
Rodrigues, António (2)
Rodrigues, António (3)
Rodrigues, Bernardo
Rodrigues, Jerónimo
Rodrigues, João
Rodrigues, Jorge
Rodrigues, Luiz
Rodrigues, Manuel
Rodrigues, Miguel
Rodrigues, Pero
Rodrigues, Vicente
Roland, Jacobo
Sá, António de (1)
Sá, António de (2)
Sá, Manuel de
Sampaio, João de
Santos, Manuel dos (1)
Santos, Manuel dos (2)

Santos, Manuel dos (3)
Saraiva, Manuel
Seixas, José de
Seixas, Manuel de (1)
Seixas, Manuel de (2)
Sequeira, Manuel de
Serrão, Gregório
Silva, António da
Silva, João da (1)
Silva, Manuel da
Simões, João
Soares, Barnabé
Soares, Diogo
Soares, Francisco (3)
Sotomaior, João de
Sousa, António de
Sousa, Francisco de
Sousa, João de
Sousa, José de
Sousa, Luiz de
Szluha, João Nepomuceno
Tavares, Domingos
Tavares, João
Tavares, José

Teixeira, João
Toledo, Francisco de
Toledo, Pedro de
Tolosa, Inácio de
Traer, João Xavier
Travaços, Simão
Vale, António do
Vale, Leonardo do
Vale, Salvador do
Vasconcelos, Simão de
Veiga, Francisco da
Veloso, Francisco
Vidigal, José
Viegas, Manuel
Vieira, António
Vieira, João
Vilar, João de
Viveiros, José de
Wolff, Francisco
Xavier, Caetano
Xavier, Inácio
Xavier Padilha, João
Xavier Ribeiro, Manuel
Yate, João Vicente

IV. HISTORIOGRAFIA

1. Biografia:

Amaral, Prudêncio do
Anchieta, José de (1)
Andreoni, João António
Azevedo, João de (2)
Barnardino, José
Bonucci, António Maria
Borges, Martinho
Brewer, João de
Carvalho, Jacinto de
Carvalho, Paulo de
Caxa, Quirício
Cordeiro, Francisco
Costa, Tomás da
Dias, Domingos
Dias, Inácio
Eckart, Anselmo
Faria, Francisco de

Ferreira, André
Ferreira, Joaquim
Figueira, Luiz
Fonseca, Bento da
Fonseca, Manuel da
Gonçalves, Francisco
Gusmão, Alexandre de
Kaulen, Lourenço
Kayling, José
Lima, Manuel de (2)
Lopes, Luiz
Matos, Francisco de
Moniz, Jerónimo
Paiva, João de
Pereira, João (2)
Pestana, Inácio
Pfeil, Aloísio Conrado
Pires, Ambrósio
Rodrigues, António (1)

Rodrigues, Matias
Rodrigues, Pero
Rodrigues de Melo, José
Seixas, José de
Stafford, Inácio
Vasconcelos, Simão de
Vieira, António
Xavier, Félix
Xavier Ribeiro, Manuel
— Ver *Hagiografia*

2. *Defesas e Apologias:*

Andreoni, João António
António, Domingos
Beliarte, Marçal
Brewer, João de
Eckart, Anselmo
Ferreira, João
Fonseca, Bento da
Kaulen, Lourenço
Lima, Francisco de
Lynch, Tomás
Moreira, António
Ramos, Domingos
Roland, Jacobo
Toledo, Francisco de
Vieira, António

3. *História:*

Amaral, Prudêncio do
Araújo, Domingos de
Bayardi, Ventidio
Bettendorff, João Filipe
Bonucci, António Maria
Brewer, João de
Carvalho, Jacinto de
Daniel, João
Eckart, Anselmo
Fonseca, Bento da
Gama, Jerónimo da
Lima, Francisco de
Mendes, Valentim
Morais, José de
Rodrigues, Matias
Silveira, Francisco da

Travaços, Simão
Vasconcelos, Simão de
Vieira, António

4. *Memórias, Relações e Informações Históricas:*

Aguiar, Mateus de
Almeida, André de
Almeida, João de
Álvares, Bento
Antunes, Inácio
Antunes, Miguel
Aragonês, Miguel
Araújo, António de
Arizzi, Conrado
Azevedo, João de (1)
Baptista, António
Barbosa, Teotónio
Bellavia, António
Bourel, Filipe
Brito, Manuel de
Cardim, Fernão
Carneiro, Francisco
Carnoto, José
Carvalhais, Jacinto de
Carvalho, Jacinto de
Castilho, Pero de
Correia, Agostinho
Correia, Frutuoso
Costa, Cristóvão da
Costa, Paulo da
Couto, Manuel do
Castilho, Pero de
Dias, Domingos
Dias, Pedro (1)
Eckart, Anselmo
Estanislau, Inácio
Fernandes, Manuel (5)
Ferreira, Francisco
Ferreira, Manuel
Figueira, Luiz
Fonseca, Bento da
Fonseca, Luiz da
Freitas, Rodrigo de
Gama, Jerónimo da
Gago, Ascenso

Gomes, Manuel (1)
Gonçalves, Antão
Gonçalves, Francisco
Gouveia, André de
Gouveia, Cristóvão de
Guedes, João
Honorato, João
Kaulen, Lourenço
Lima, Manuel de (2)
Lopes, Luiz
Lourenço, Agostinho
Luiz, Manuel
Machado, António
Magistris, Jacinto de
Mascarenhas, José
Matos, António de (1)
Moio, Fábio
Monteiro, Jácome
Nóbrega, Manuel da
Oliveira, Manuel de (2)
Paiva, João de
Pedrosa, Pedro de
Pereira, Estêvão
Pereira, João (2)
Pessoa, Luiz
Pfeil, Aloísio Conrado
Pinheiro, Manuel
Pinto, António

Pires, António (2)
Pires, Francisco (2)
Rodrigues, Bartolomeu
Rodrigues, Jerónimo
Rodrigues, Pero
Sampaio, Francisco de
Samperes, Gaspar de
Seixas, Manuel de (1)
Sequeira, Inácio de
Soares, Barnabé
Soares, Bento
Soares, Diogo
Soares, Francisco (1)
Soares, Francisco (2)
Sotomaior, João de
Sotomaior, Simão de
Sousa, António de
Stafford, Inácio
Tavares, João
Teixeira, Nicolau
Toledo, Francisco de
Tolosa, Inácio de
Veloso, Luiz
Veras, Gonçalo de
Vidigal, José
Vieira, António
Vilar, João de
Xavier Padilha, João

V. LETRAS

1. *Humanidades e Retórica:*

Bonucci, António Maria
Homem, Rodrigo
Leão de Sá, Inácio
Vieira, António

2. *Novelas:*

Gusmão, Alexandre de
Soares, Barnabé

3. *Oratória (Sermões):*

Almeida, Francisco de

Álvares, José
Anchieta, José de (1)
Andreoni, João António
Benci, Jorge
Bonucci, António Maria
Carneiro, Manuel
Carvalho, Luiz
Craveiro, Lourenço
Honorato, João
Mamiani, Luiz Vincêncio
Marques, Simão
Matos, Eusébio de (1)
Matos, Francisco de
Mendes, Valentim
Moura, Mateus de

Pereira, João (2)
Perier, Alexandre
Reis, Ângelo dos
Ribeiro, Joaquim
Ribeiro, Manuel (2)
Rocha, João da
Rodrigues, Inácio
Sá, António de (2)
Soares, Diogo
Vale, Leonardo do
Vasconcelos, Simão de
Vieira, António
Xavier, Félix
Xavier Ribeiro, Manuel

4. Orações Fúnebres:

António, Aleixo
Bonucci, António Maria
Camelo, Francisco
Costa, António da
Fonseca, José da (2)
Gusmão, Alexandre de
Honorato, João
Matos, Eusébio de (1)
Nunes, Plácido
Pacheco, Cornélio
Ramos, Domingos
Sá, António de (2)
Vieira, António

5. Panegíricos e Discursos Académicos:

Amaral, Prudêncio do
Anchieta, José de (2)
Andreoni, João António
Cardoso, António
Carvalho, Luiz
Faria, Francisco de
Faria, Gaspar de
Machado, Rafael
Ribeiro, António (2)
Sepúlveda, José de
Vieira, António

6. Poesia Latina:

Almeida, Francisco de
Amaral, Prudêncio do
Anchieta, José de (1)
Andrade, António de (1)
Andreoni, João António
António, Domingos
Araújo, Lourenço de
Barbosa, Domingos
Bettendorff, João Filipe
Carandini, Francisco
Carvalho, Joaquim de
Carvalho, Luiz
Eckart, Anselmo
Fay, David
Fonseca, António da (1)
Gama, Jerónimo da
Gonçalves, Fabião
Leão de Sá, Inácio
Lima, António de
Lima, Manuel de (1)
Matos, Eusébio de (1)
Matos, Francisco de
Meisterburg, António
Moniz, Jerónimo
Nogueira, José
Oliva, Manuel de
Pereira, João (2)
Reis, Ângelo dos
Ribeiro, Miguel
Rodrigues, Pero
Rodrigues de Melo, José
Schwarz, Martinho
Sepúlveda, José de
Silveira, Francisco da
Viegas, António
Vieira, António
Xavier, Julião

7. Poesia em Português:

Anchieta, José de (1)
Anchieta, José de (2)
Carvalho, Joaquim de
Couto, Manuel do
Cruz, Teodoro da

Gama, Jerónimo da
Matos, Eusébio de (1)
Melo, João de (2)
Mendes, Valentim
Nogueira, José
Ribeiro, Manuel (3)
Rodrigues de Melo, José
Vieira, António

8. Poesia em Espanhol:

Anchieta, José de (1)
Vieira, António

9. Poesia Kirir:

Mamiani, Luiz Vincêncio

10. Poesia Tupi:

Anchieta, José de (1)
Valente, Cristóvão

11. Teatro:

Anchieta, José de (1)
António, Aleixo
Couto, Manuel do
Figueira, Luiz
Gama, Jerónimo da
Malagrida, Gabriel
Mesquita, Luiz de
Xavier, Julião

VI. VARIA

1. Certificados e Declarações:

Aires, José
Albuquerque, Luiz de
António, Vito
Bernardino, José
Bourel, Filipe
Brewer, João de
Carneiro, Francisco
Colaço, Cristóvão
Cordeiro, Francisco
Costa, Manuel da
Delgado, Mateus
Faia, Inácio
Faria, Gaspar de
Fernandes, Manuel (4)
Ferraz, Manuel
Fonseca, Diogo da
Forti, António
Galvão, António
Gomes, João
Guedes, João
Gusmão, Alexandre de
Lousado, Agostinho
Luiz, Manuel (1)
Machado, Rafael
Malagrida, Gabriel

Matos, Antonio de (2)
Mendoça, José de
Misch, Gaspar
Morais, Francisco de
Oliveira, Francisco de
Pires, Francisco (3)
Reis, Luiz dos
Rodrigues, António (3)
Santos, Manuel dos (2)
Seixas, Manuel de (2)
Sequeira, Manuel de
Sousa, José de
Tavares, João
Teixeira, Pedro
Toledo, Francisco de
Vasconcelos, Simão de
Vaz, Sebastião
Vitorino, José

2. Pareceres, Arrazoados e Controvérsias:

Almeida, José de
Andrade, José de
Armínio, Leonardo
Avelar, Francisco de
Beliarte, Marçal

Botelho, Francisco
Carvalho, Jacinto de
Costa, Marcos da
Costa, Paulo da
Duarte, Baltasar
Ferreira, João
Fonseca, Bento da
Fonseca, Luiz da
Forti, António
Geraldes, José
Gusmão, Alexandre de
Honorato, João
Luiz, João
Mamiani, Luiz Vincêncio
Matos, Francisco de
Nogueira, Luiz
Oliva, António de
Pedrosa, Pedro de
Pereira, António
Pereira, Carlos
Pinheiro, Simão
Pires, Francisco (2)
Ribeiro, Francisco (1)
Ribeiro, Manuel (2)
Roland, Jacobo
Sousa, José de
Vasconcelos, Simão de
Vidigal, José
Tavares, João
Teixeira, João
Tenreiro, Manuel
Vieira, António
Viveiros, António de

3. *Regimentos e Directórios:*

Gusmão, Alexandre de
Peres, Jódoco
Sequeira, Manuel de
Soares, Barnabé
Vieira, António

4. *Requerimentos e Representações:*

Albuquerque, Luiz de
Amaro, Manuel
Andrade, António de (1)

Atkins, Francisco
Borges, Martinho
Borja, Filipe de
Bucherelli, Luiz Maria
Campos, Estanislau de
Cardoso, António
Carvalhais, Jacinto de
Carvalho, Jacinto de
Coelho, António (2)
Coelho, Domingos (1)
Consalvi, Pedro Luiz
Correia, Inácio
Costa, Miguel da
Costa, Paulo da
Dias, Manuel
Dias, Pedro (2)
Faria, Gaspar de
Fonseca, Luiz da
Gago, Ascenso
Guedes, João
Lopes, José
Lynch, Tomás
Machado, António
Magistris, Jacinto de
Malagrida, Gabriel
Mariz, João de
Marques, Simão
Martins, Honorato
Matos, António de (1)
Matos, António de (2)
Matos, Francisco de
Oliveira, Gonçalo de
Oliveira, Manuel de (2)
Pedrosa, Pedro de
Peres, Jódoco
Ribeiro, Manuel (1)
Rocha, José da
Rocha, Luiz da
Rodrigues, António (2)
Seixas, Manuel de (2)
Sequeira, Manuel de
Sotomaior, Simão de
Sousa, Jerónimo de
Sousa, José de
Teixeira, João
Toledo, Francisco de
Vale, António do

Vasconcelos, Simão de
Veloso, Luiz
Vidigal, José
Vieira, António

5. *Revisão de Livros (Cens. libr.):*

Andrade, Matias de
Andreoni, João António
Cardoso, Francisco
Cardoso, Manuel
Carvalhais, Jacinto de
Carvalho, Luiz
Coelho, José
Faia, Inácio
Faletto, João Mateus
Faria, Gaspar de
Gouveia, Cristóvão de
Machado, Rafael
Matos, Eusébio de (1)
Oliveira, António de
Oliveira, Simão de

Paiva, João de
Pereira, João (1)
Rangel, António
Reis, Ângelo dos
Ribeiro, Manuel (2)
Sá, António de (2)
Sequeira, Baltasar de
Vieira, António
Xavier, Félix

6. *Visitas Gerais ou Provinciais e suas Ordenações:*

Azevedo, B. Inácio de
Correia, Manuel (1)
Gonçalves, Antão
Gouveia, Cristóvão de
Lima, Manuel de (1)
Matos, Francisco de
Rodrigues, Pero
Seixas, José de
Vieira, António

ÍNDICE GERAL

PÁG.

NOTA LIMINAR.. VII

ESCRITORES JESUÍTAS DO BRASIL

TÔMO SEGUNDO

Nóbrega, Manuel da (de Portugal).............................	3
Nogueira, José (do Recife)..................................	14
» , Luiz (de Formoselha)................................	15
Nunes, Leonardo (de S. Vicente da Beira).....................	16
» , Manuel (de Lisboa)...................................	18
» , Plácido (de Lisboa)..................................	18
Oliva, António de (da Baía)..................................	20
» , João de (de Ilhéus)..................................	20
» , Manuel de (do Porto).................................	21
Oliveira, António de (da Baía)...............................	21
» , Bento de (de Coimbra)................................	22
» , (Oliver), Francisco de (de Modica)...................	23
» , Gonçalo de (de Arrifana).............................	24
» , José de (da Cachoeira, Baía).........................	25
» , Manuel de (de Portel)................................	25
» , Manuel de (da Ilha da Madeira).......................	26
» , Salvador de (de Belas)...............................	27
» , Silvestre de (de Lisboa).............................	28
» , Simão de (de S. Paulo)...............................	28
Orlandini, João Carlos (de Sena).............................	29
Ortega, Manuel de (de Lamego)................................	29
Pacheco, Cornélio (de Iguaraçu)..............................	31
Pais, António (de Alagoas)...................................	31
» , Francisco (de Porto Seguro)..........................	32
Paiva, João de (de Lisboa)...................................	32
Passos, Inácio Custódio de (da Baía).........................	34
Pedrosa, Pedro de (de Coimbrão)..............................	35
Pereira, Álvaro (de Pernambuco)..............................	36

Pereira, António (do Maranhão)... 37
    », Carlos (de Lisboa)... 39
    », Estêvão (de S. Miguel das Marinhas)....................... 39
    », João (da Baía).. 39
    », João (dos Açores).. 40
    », João (do Recife).. 41
    », Júlio (de Lisboa)... 42
    », Rui (de Vila Real)... 43
    », Sebastião (de Lisboa).. 44
Peres (Perret), Jódoco (da Suiça)... 44
Perier, Alexandre (de Turim).. 47
Pessoa, Luiz (de Alhandra).. 48
Pestana, Inácio (da Baía).. 48
Pfeil, Aloísio Conrado (de Constança).................................... 48
Pimenta, João (de Famalicão).. 53
Pimentel, Manuel (do Porto).. 54
Pina, Sebastião de (de Aviz)... 55
Pinheiro, Manuel (do Porto).. 55
    », Simão (de Aveiro)... 55
Pinto, António (do Porto)... 56
    », Francisco (dos Açores)... 56
    », Mateus (de Manteigas)... 57
Pires, Ambrósio (de Lisboa).. 57
    », António (de Castelo Branco)..................................... 58
    », António (de Benavente).. 60
    », Belchior (de Aljustrel).. 60
    », Francisco (de Celorico da Beira)............................... 62
    », Francisco (de Aljustrel).. 64
    », Francisco (de Portugal)... 64
    », Sebastião (de Nazaré)... 64
Pontes, Belchior de (de S. Paulo)... 65
Pugas, Francisco de (de Ponte de Lima).................................. 65

Ramos, Domingos (da Baía)... 66
Rangel, António (de Lisboa).. 68
Rebouça, João (da Baía)... 69
Reis, Ângelo dos (do Rio Real).. 69
    », Luiz dos (de Azurara).. 70
Ribeiro, António (de Portugal).. 70
    », António (da Baía).. 71
    », Francisco (de S. Paulo).. 71
    », Francisco (de Lisboa)... 72
    », Geraldo (de Celas).. 73
    », Joaquim (Santa Eulália, Fafe).................................. 73
    », Manuel (do Porto)... 74
    », Manuel (de Coimbra)... 74
    », Manuel (de Vouzela).. 75

Rocha, Miguel da (do Recife).................................... 76
   » , António da (de Baltar)....................................... 76
   » , João da (de Sergipe).. 77
   » , José da (do Maranhão)....................................... 78
   » , Luiz da (de Portugal)... 79
   » , Martim da (de Coimbra)..................................... 80
Rodrigues, António (de Lisboa)..................................... 81
   » , António (dos Açores)... 83
   » , António (de Paiopires).. 84
   » , Bartolomeu (de Copeiro)..................................... 84
   » , Bernardo (de Lisboa).. 85
   » , Inácio (de Santos).. 85
   » , Jerónimo (de Cucanha)...................................... 86
   » , João (da Baía).. 87
   » , Jorge (de Évora).. 87
   » , Luiz (de Portugal).. 88
   » , Manuel (dos Açores)... 88
   » , Matias (de Portelo)... 88
   » , Miguel (de Vila Nova da Ribeira)........................ 90
   » , Pero (de Évora)... 91
   » , Vicente (de Sacavém).. 99
Rodrigues de Melo, José (do Porto)................................. 100
Roland, Jacobo (de Amesterdão).................................... 102
Rolim, Manuel Leonardo (de S. Amaro, Baía).................... 104

Sá, António de (de Portugal).. 106
 » , António de (do Rio de Janeiro)................................. 106
 » , Manuel de (de Braga)... 111
Sampaio, Francisco de (do Porto)................................... 111
   » , João de (da Abrunheira)..................................... 112
Samperes, Gaspar de (de Valência)................................. 112
Sanches, Manuel (de Alcains)....................................... 113
Santos, Manuel dos (do Porto)...................................... 113
   » , Manuel dos (de Pereira, Coimbra)......................... 113
   » , Manuel dos (de Sardoal).................................... 114
   » , Manuel dos (dos Açores).................................... 115
Saraiva, Manuel (de Olinda)... 116
Schwarz, Martinho (de Amberga).................................. 117
Seixas, José de (de Lisboa).. 117
   » , Manuel de (de Rio Bom).................................... 118
   » , Manuel de (de Penafiel)..................................... 119
Sepúlveda, José de (da Baía).. 120
Sequeira, Baltasar de (da Baía)..................................... 120
   » , Inácio de (de Resende)....................................... 121
   » , Manuel de (da Baía).. 122
Serrão, Gregório (de Sintra)... 123
Silva, António da (de Lisboa)....................................... 124

Silva, João da (da Baía) 124
» , João da (de Pousadela) 124
» , Manuel da (de Santiago de Besteiros) 125
» , Salvador da (do Rio de Janeiro) 126
Silveira, Francisco da (dos Açores) 126
Simões, João (de Arrifana) 127
Soares, Barnabé (da Baía) 128
» , Bento (de S. Paulo) 130
» , Diogo (de Lisboa) 130
» , Francisco (do Porto) 138
» , Francisco (de Ponte do Lima) 139
» , Francisco (de Lisboa) 139
Sotomaior, João de (de Lisboa) 140
» , Simão de (de Lisboa) 141
Sousa, António de (de Muía) 142
» , Francisco de (de Guimarães) 142
» , Inácio de (de Lisboa) 143
» , Jerónimo de (de Arrifana) 143
» , João de (do Maranhão) 144
» , José de (de S. Marta do Bouro) 144
» , Luiz de (da Baía) 146
Stafford (ou *Lee*), Inácio (de Staffordshire) 147
Stancel, Valentim (de Olmutz) 148
Szentmartonyi, Inácio (de Kotiri) 148
Szluha, João Nepomuceno (de Gyalu) 149

Tavares, Domingos (de Montalvão) 150
» , João (do Rio de Janeiro) 150
» , José (de Portalegre) 152
Taveira, Inácio (da Baía) 153
Távora, Marcos de (de Bragança) 153
Teixeira, Dionísio (do Rio de Janeiro) 154
» , João (de Lisboa) 154
» , Nicolau (dos Açores) 155
» , Pedro (de Portugal) 156
Tenreiro, Manuel (de Fronteira) 156
Toledo, Francisco de (de S. Paulo) 156
» , Pedro de (de Granada) 162
Tolosa, Inácio de (de Medinaceli) 162
Traer, João Xavier (de Brixen) 165
Travaços, Simão (de Ferreiros) 166
Tristão, Manuel (dos Açores) 167

Vale, António do (de Évora) 168
» , Leonardo do (de Bragança) 169
» , Salvador do (da Baía) 171
Valente, Cristóvão (de Montemor o Novo) 172

Vasconcelos, Simão de (do Porto).................................... 173
Vaz, Sebastião (dos Açores).. 183
Veiga, Francisco da (de Reveles).................................... 184
Veloso, Francisco (de Famalicão).................................... 184
Veloso, Luiz (de S. Fins)... 185
Veras, Gonçalo de (de Montalegre)................................... 186
Vidigal, José (de Torrão)... 187
Viegas, António (da Baía)... 191
 » , Manuel (de Marvão)... 192
Vieira, António (de Lisboa)... 192
 » , João (do Rio de Janeiro).................................... 364
Vilar, João de (de Tancos).. 364
Vitoriano, André (de Jaguaripe, Baía)............................... 366
Vitorino, José (de Lisboa).. 366
Viveiros, António de (da Baía)...................................... 366
 » , José de (da Baía).. 366

Wolff, Francisco (de Landeck)....................................... 367

Xavier, Caetano (de Vila Viçosa).................................... 369
 » , Félix (do Recife).. 370
 » , Inácio (de Castro Verde)..................................... 370
 » , Julião (de Lisboa)... 371
Xavier Padilha, João (de S. Paulo).................................. 371
Xavier Ribeiro, Manuel (do Recife).................................. 372

Yate, João Vicente (de Salisbury)................................... 373

Zuzarte, Manuel... 373

APÊNDICES

APÊNDICE A) — Carta do Ir. Pero Correia a um Padre de Portugal sobre os "males do Brasil" e remédios que se propõem. S. Vicente, 10.III.1553.......................... 377
 » B) — Carta do P. Manuel Viegas ao P. Geral sobre a visita do P. Cristóvão de Gouveia, a língua Tupi e os Índios Maromemins. S. Vicente, 21.III.1585............. 384
 » C) — Relação da viagem que fez o Padre Fructuozo Correa mandado por ordem de Nosso Reverendo Padre Geral Tyrso Gonzales a ler Theologia ao Maranhão *ad tempus*, e de alguas couzas notaveis, que vio em Cabo Verde, e na Cidade de S. Luiz de Maranhão, levando para aquella Missão o Irmão Miguel da Sylva, e dous pertendentes da Companhia de Jesus. 1696............ 386

APÊNDICE D) — Carta do P. Diogo Soares a S. Majestade sobre o começo das observações astronómicas e trabalhos cartográficos no Brasil. Rio, 4.VII.1730 393
» E) — Carta do P. Inácio Correia, Reitor do Colégio de S. Paulo, a Sua Majestade, para que não tire a S. Paulo o seu General. S. Paulo, 30.XII.1748 394
» F) — Carta do P. Bento da Fonseca, sobre descobrimentos do Rio Amazonas, a um Padre que esteve no Maranhão. Lisboa, 14.VI.1749 395
» G) — Os Jesuítas e o primeiro jornalismo no Brasil 397
» H) — Efemérides do P. António Vieira 402
» I) — Nóbrega, Fundador. Efemérides principais da sua vida 413

ÍNDICE DAS ESTAMPAS 435
ÍNDICE OU CLASSIFICAÇÃO SUMÁRIA DA OBRA ESCRITA DOS JESUÍTAS DO BRASIL 437
ÍNDICE GERAL 453

Imprimi potest
Olisipone, 24 Decembris 1948
Tobias Ferraz S. I.
Praep. Prov. Lusit.

Pode imprimir-se
Rio de Janeiro, 7 de Março de 1949
† Jaime de Barros Câmara, *Cardeal Arcebispo*

ESTE NONO TÔMO
DA HISTÓRIA DA COMPANHIA DE JESUS NO BRASIL
ACABOU DE IMPRIMIR-SE
DIA 22 DE AGOSTO DE 1949
NO
DEPART. DE IMPRENSA NACIONAL
RIO DE JANEIRO

SERAFIM LEITE S. I.

HISTÓRIA DA COMPANHIA DE JESUS NO BRASIL

TOMO X

ÍNDICE GERAL

EDITORA ITATIAIA
Belo Horizonte

Como os precedentes, a começar do Tomo III, também este X, e último, se publica pelo Instituto Nacional do Livro, do Ministério da Educação, de que é nobre e digno titular o Dr. Clemente Mariani.

A. A. Girardet sc., Flum. Ian., 1949.

Medalha Comemorativa
da
"História da Companhia de Jesus no Brasil"

(O ano de 1949, em que se concluiu, é o IV Centenário da chegada de Nóbrega ao Brasil ou seja o IV Centenário Brasileiro da Companhia de Jesus).

Medalha do Instituto Histórico e Geográfico Brasileiro
(Cf. infra, pp. 305-306)

HISTÓRIA
DA
COMPANHIA DE JESUS
NO
BRASIL

SERAFIM LEITE, S. I.

HISTÓRIA
DA
COMPANHIA DE JESUS
NO
BRASIL

TÔMO X

ÍNDICE GERAL

1950

INSTITUTO NACIONAL DO LIVRO
RIO DE JANEIRO

LIVRARIA CIVILIZAÇÃO BRASILEIRA
Rua do Ouvidor — RIO

LIVRARIA PORTUGÁLIA
Rua do Carmo — LISBOA

TODOS OS DIREITOS RESERVADOS AO AUTOR

A
José Carlos de Macedo Soares
e ao
Instituto Histórico e Geográfico Brasileiro

NOTA LIMINAR

> ... "Não me resta a mim dizer outra coisa, senão avisar a V. Paternidade que tem cá muita obra, esperando pela Companhia, de gerações sem conta, mui dispostas para todo o bem"... (CARTA DE NÓBREGA A S. INÁCIO, 1555, em *Novas Cartas Jesuíticas* (S. Paulo 1940) 56).

    O último Tomo da História da Companhia de Jesus no Brasil é o seu "Índice Geral", instrumento necessário de trabalho num livro desta natureza e magnitude. Utilidade tão evidente que por si mesma se explica. Nos Prefácios dos Tomos anteriores foi-se notando o método e o sentido geral ou particular de cada um: — e assim se principiou, e continuou, e se conclui agora, a História da Companhia de Jesus no Brasil.

    Como se viu no texto — e o mostra o "Índice Geral" no desenvolvimento e concentração dos assuntos — ela não é apenas história religiosa, mas contém elementos substanciais para diversos tipos de história, dentro da História do Brasil ou da América Portuguesa, pois toda ela versa sobre os séculos XVI-XVII-XVIII, os tempos ásperos e gloriosos em que se formou a grande nação brasileira.

    Ao terminá-la, o autor tem por bem pagos 18 anos de vida. E dá graças a Deus, sem esquecer os homens. Não é esta uma história de vários redactores, como às vezes modernamente se faz, e nas quais é comum achar-se o sim e o não em páginas diferentes, dentro todavia da mesma obra e referidos ao mesmo objecto. Mas se o escritor foi um só, a colaboração alheia foi preciosa e avultada. E é isto o que sobretudo se lembra hoje.

Gratiarum Actio

Entre as entidades, a quem a *História da Companhia de Jesus no Brasil* mais deve, está em primeiro lugar a própria Companhia, sem a qual o presente livro ainda hoje seria desejo sem realização positiva. Este aspecto geral não é contudo o que se tem agora em mente, senão outros; e, com eles, os de outras beneméritas instituições e pessoas.

Companhia de Jesus

A iniciativa desta *História* partiu da Província de Portugal, em 1932, sendo Provincial o P. Cândido Mendes, homologada e aprovada pelo P. Geral Wlodimiro Ledóchowski. Vinha já de antes a determinação de se escrever a história geral da Companhia de Jesus segundo os métodos modernos. Mas a história geral pressupõe a das Assistências em que se repartia. Incumbiu-se à Província de Portugal a tarefa de escrever a da grande Assistência do seu nome, que perdurou até 1773. Como o Brasil fazia parte dela, está explicado que fosse um Jesuíta português quem assumisse o encargo de a escrever; e o ter passado a juventude no Brasil, e lhe ter amor, foi o imponderável humano que fez que esse humilde Jesuíta fosse o que foi e não outro.

O facto desta incumbência não constitui motivo de gratidão da parte do autor, por significar antes empresa de duro trabalho e responsabilidade. Mas, uma vez aceita — e aceita com a resolução, não de rotina, mas deliberada, de se levar adiante — a maneira como os Superiores maiores procuraram aplanar-lhe as dificuldades do caminho e o modo como acederam às suas sugestões de liberdade de acção e de critério, isto, sim, já é motivo de agradecimento: e o mesmo se diga dos Provinciais seguintes, Paulo Durão, Júlio Marinho e Tobias Ferraz.

No plano da caridade fraterna, muito tem que agradecer o autor aos Provinciais do Centro e do Norte do Brasil, assim como aos Reitores ou Superiores de Casas em diversas partes do Mundo,

Portugal, Brasil, Espanha, França, Bélgica, Holanda, Alemanha e Roma, aonde os seus estudos o levaram com maior ou menor permanência. Mas, pelo que toca directamente a algum serviço objectivo prestado a esta *História* como tal, salvo qualquer involuntária omissão, fazem jus a particular agradecimento os seguintes Padres:

Em *Roma:* José J. Travi, Assistente da América Latina; José Martí, Secretário da Companhia, quando o autor iniciou as suas pesquisas na Cidade Eterna (1933), e actual Ministro da Cúria Generalícia; José Teschitel, Arquivista geral da Companhia; Edm. Lamalle, Director bibliográfico da Revista *Archivum Historicum Societatis Iesu;* e J. Juambelz, Bibliotecário da Cúria.

Em *Portugal:* Francisco Rodrigues, eruditíssimo historiador da Companhia de Jesus da Assistência de Portugal; Acácio Casimiro, especialista das coisas da Companhia nos tempos modernos; e Júlio de Morais, pesquisador dos Arquivos portugueses.

No *Brasil:* José Aparício, Reitor de Baturité, que pôs à disposição desta *História* alguns Irmãos Estudantes para trabalho de cópias; Manuel da Fonseca, Francisco Freire e Alexandrino Monteiro, todos três da Província do Norte, que ajudaram a revisão do livro, assim como lhe prestou algum serviço António da Silva Belo; César Dainese, de quem sempre se obteve pronta correspondência na consulta de livros e documentos existentes no Colégio de Nova Friburgo, de que é Reitor; Aristides Greve, autor de um excelente compêndio sobre a Companhia restaurada no Brasil; Hélio Abranches Viotti, quando Professor de história no Colégio de S. Paulo; Murilo Moutinho, sobre o B. Inácio de Azevedo; e ainda J. F. Gentil e J. B. Selvaggi, da Província do Brasil (Centro).

Não se esquecem dois dedicados Irmãos, Luiz Gonzaga Ferreira Leão, amanuense em Roma para as coisas da antiga Assistência de Portugal, e Jorge Vögele, fotógrafo do Arquivo Geral da Companhia, que tirou milhares de fotocópias, quer deste Arquivo quer da Bibl. Nacional de Roma. (Documentos, estes, tanto os públicos como os da Companhia, que, diga-se de passo, o autor tem à disposição de quem os quiser consultar; e, no caso concreto da *História da Companhia de Jesus no Brasil*, uns e outros se trataram como documentos, simplesmente, sem mais discriminação do que as normas da propedêutica científica aplicáveis em história à utilização das fontes).

Embora não sejam da Companhia, pela natureza dos seus serviços, durante longos períodos — de dactilografia, conferência ou revisão — aproximam-se dos dois prestimosos Irmãos de Roma, os nomes de M. Vaz Pereira (Lisboa); Edson Silva, Manuel Martins Ribeiro e Francisco Brás (Rio de Janeiro).

Arquivos Portugueses e Brasileiros

Em todos os Directores de Arquivos Portugueses e Brasileiros, o Autor achou as maiores facilidades, e já o disse nas *Introduções* precedentes. Na elaboração dos Tomos bibliográficos (VIII-IX), teve facilidades semelhantes, mas com particularidades que convidam a nova ou especial menção.

No *Arquivo Histórico Colonial*, de Lisboa, em organização, o Director, Dr. Alberto Iria, que sucedeu ao Dr. Manuel Múrias, continuou a dedicada tradição da Casa, colocando ao alcance desta *História* todos os documentos do Brasil ou do Reino, ainda os não catalogados, e com ele a boa diligência dos funcionários do grande Arquivo; na *Biblioteca Geral da Universidade de Coimbra*, o Dr. M. Lopes de Almeida fez idêntica gentileza; e o Director da *Biblioteca Nacional do Rio de Janeiro*, Dr. Josué Montelo, levou a sua atenção a mandar para a Imprensa Nacional os livros cujos frontispícios importava reproduzir; e o mesmo sucedeu no *Arquivo Nacional da Capital do Brasil*: o seu Director, e historiador de merecimento, Eugénio Vilhena de Morais, comunicou de motu-próprio a existência de papéis, a cuja catalogação procedia e lhe pareciam úteis, por algum título, à *História da Companhia de Jesus no Brasil*.

Serviço do Património Histórico e Artístico Nacional

Mais uma vez se expressam os devidos agradecimentos ao Dr. Rodrigo Melo Franco de Andrade, Director deste Serviço Público, tão credor da parte iconográfica deste livro, desde o Tomo III até ao VII. E estende-se o reconhecimento ao Dr. Lúcio Costa, o homem mais competente no Brasil sobre Arquitectura Jesuítica, por aliar a uma bem fundada cultura histórica, a competência de grande Arquitecto que é; e no qual sempre se achou a elucidação oportuna sobre assuntos da sua especialidade.

Instituto Nacional do Livro

Como se diz na guarda do Tomo III, este organismo do Ministério da Educação do Brasil, por proposta de dois grandes brasileiros, Afrânio Peixoto e Rodolfo Garcia, incumbiu-se da publicação desta obra, desde aquele Tomo III em diante. O que tem sido o Instituto sob a culta e hábil direcção do Dr. Augusto Meyer já se disse no Tomo IV, 413-414: as suas benemerências cresceram nos sete anos intermédios. Ao Dr. Sérgio Buarque de Holanda, que passou a Director do Museu Paulista, sucedeu na direcção da Secção de Publicações do Instituto, o erudito Licenciado Crisanto Martins Filgueiras, ao qual igualmente se agradece a dedicada atenção no que era das suas atribuições.

Imprensa Nacional

Neste estabelecimento do Estado se publicaram os Tomos III-VI; e nele, já com a designação de Departamento de Imprensa Nacional, os tomos VII-X. Seria difícil achar no Brasil outra tipografia capaz de executar com a perfeição gráfica, que têm, estes oito tomos brasileiros, que se seguiram aos dois portugueses, modelos primeiros desta obra (e também das de Rui Barbosa e Rio Branco), modelos em geral igualados, e num ou noutro aspecto superados. O autor da *História da Companhia de Jesus no Brasil* está grato ao Prof. Francisco de Paula Aquiles, seu actual Director, notável homem de letras; e está grato desde 1942 a todos quantos trabalharam, ou ainda nela trabalham. A necessidade de atender e rever as provas fez do autor como que trabalhador da Imprensa Nacional e criou laços de estima com os que nela labutam, e com muitos dos quais, nas diversas oficinas manteve contacto directo. Não é possível citar a todos, tão numerosos são. Não se olvida nenhum, nas pessoas dos Chefes da Divisão de Produção, Srs. Aristides Carlos da Costa (Tomos III-IV), Francisco Wlasek Filho (V-VI) e Rubem Pimentel da Mota (VII-X). Na verdade, o autor está-lhes sumamente grato pela boa vontade, permanente e certa, que se não remitiu um instante, antes fortaleceu dia a dia; e ao Sr. Francisco Wlasek Filho, zeloso Técnico de Artes Gráficas, deve ainda a amável cedência da sua própria mesa de trabalho, onde, por dias e semanas inteiras e seguidas, próximo da oficina de impressão, pôde rever com sossego as provas de máquina.

OUTROS AGRADECIMENTOS

Não é sem confusão pessoal, que o autor conserva, na sua correspondência, cartas dos maiores nomes das letras brasileiras e portuguesas desde 1932; e a conclusão deste livro deu oportunidade, com a data de 1949, a numerosos telegramas e cartas congratulatórias, entre as quais agradece as dos Srs. General de Exército Eurico Gaspar Dutra, Presidente da República do Brasil, Cardeal D. Jaime de Barros Câmara, Arcebispo do Rio de Janeiro, Adroaldo Mesquita da Costa, Ministro da Justiça, Ministro Daniel de Carvalho, Governador Barbosa Lima Sobrinho, Oliveira Viana, Roquete-Pinto, Eugénio Vilhena de Morais, Afonso de E. Taunay, Alceu Amoroso Lima, Júlio Dantas, Damião Peres e outras individualidades de alta significação na vida pública e literária.

Na Academia Brasileira de Letras — sobre a qual no fim deste Tomo se verão maiores referências — ficou particularmente grato aos Srs. Arcebispo de Cuiabá, Dom Francisco de Aquino Correia, ornamento do Episcopado e das Letras, e Dr. Pedro Calmon, Reitor Magnífico da Universidade do Brasil, historiador e mestre incomparável da língua.

Também a Pontifícia Universidade Católica do Rio de Janeiro se tornou credora da *História da Companhia de Jesus no Brasil*. Cordealidade que vinha do seu fundador, P. Leonel Franca, manifestada agora em solenidade pública por iniciativa do Reitor Magnífico, P. Paulo Bannwarth.

Não se esquece o "Jornal do Commercio", leitura habitual do autor durante a juventude, nas selvas amazónicas, e ao qual vinculou a sua colaboração em 1934 com Félix Pacheco, e logo com Elmano Cardim, seu eminente e actual Director.

Finalmente, o Embaixador José Carlos de Macedo Soares, Presidente Perpétuo do Instituto Histórico e Geográfico Brasileiro. O qual não só facilitou a consulta em domicílio de documentos do Instituto, mas tem-se manifestado por esta obra com tão positiva benevolência que na estimativa do autor quase se irmana com o comum e sempre lembrado amigo Afrânio Peixoto. E assim como este grande nome ilustrou a primeira página do I volume da *História da Companhia de Jesus no Brasil*, assim também, em conjunção com o glorioso Instituto Histórico e Geográfico Brasileiro, se inscreve o de José Carlos de Macedo Soares, na primeira deste derradeiro Tomo.

Por onde se vê — e no fim ainda se lerão outros nomes ilustres — que este livro, na sua laboriosa e longa jornada de 18 anos, embora pareça de um só, não o é na realidade. Se tem algum merecimento é mais dos outros que do autor. Pelo menos, no seu pensamento e coração, o reparte por muitos.

Lisboa, 1932 — Rio, 1950.

Observações e Abreviaturas

ASSUNTOS: Em VERSALETES.
Pessoas: Em redondo.
Terras: Em *grifo*.
*   : Jesuítas (Mas talvez não estivesse ao alcance das pesquisas do autor e falte o asterisco a um ou outro nome entre os que não pertenceram ao Brasil: meia dúzia, se tanto).
Homónimos: Distinguem-se com alguma nota própria da vida ou da localidade (origem ou residência de cada qual).
Índio (nome individual): Busque-se sob a legenda: Índio.
Índios (grupos étnicos): Busquem-se sob a legenda: Índios.
Aldeias de Índios: Busquem-se sob a legenda: *Aldeias*.
Fazendas: Busquem-se sob a legenda: *Fazendas*.

☞ Foram *Aldeias* ou *Fazendas* da Companhia muitas cidades actuais do Brasil.

ass.	assinatura
autógr.	autógrafo, a.
B.	Bem-Aventurado
bibliogr.	bibliografia
biogr.	biografia
C.; Coadj.	Coadjutor (da Companhia)
Congr.	Congregado
D.	Dom, Dona
Dioc.	Diocese
Est.	Estudante (da Companhia)
Fr.	Frei (Frade ou Monge: não da Companhia)
Ir.	Irmão (da Companhia)
Lc.^do	Licenciado
P.	Padre
p.; pp.	página; páginas
Prov.	Província
Rev.	Revista
V. Prov.	Vice-Província
Passim	Usado quando a citação da palavra ocorre quase página sim, página não, como *Baía* nos tomos bibliográficos (VIII–IX); e outras semelhantes.

Artes e Ofícios dos Irmãos Coadjutores

Pareceu útil mencionar, quanto possível, os ofícios e artes dos Irmãos, excepto os domésticos, importantes sem dúvida, mas comuns, de porteiro, cozinheiro, refeitoreiro e outros desta qualidade. Sob a simples referência de carpinteiro ou entalhador, ocultam-se às vezes actividades como esta de António Nunes, um dos artífices do Noviciado da Jiquitaia: fez o tecto da Igreja de Olinda (no 2.º quartel do século XVIII), o coro da mesma Igreja, o "lindo entalhe" da Fazenda de S. Inês (Camamu), e o Hospício de Aquirás (*Vitae 63*, 164–171).

Não cabia no plano desta História, um *Dicionário de Artistas e Artífices Jesuítas do Brasil*. O autor dispõe dos elementos documentais para isso; do que não dispõe é da certeza de tempo para tanto. Claro que o essencial fica nos diversos Tomos desta obra. O que não fica, nem podia ficar, são as datas miudas de todos e de cada um dos Irmãos, e os lugares das suas residências sucessivas, — passos indispensáveis para a atribuição dos objectos de arte existentes nesses lugares, que, como se viu nos respectivos Tomos, ainda hoje se escalonam, e são numerosos, de Paranaguá e S. Paulo até ao Maranhão e Pará. E tudo, naturalmente, antes de 1759.

Índios

Se este livro fosse apenas a biografia de um missionário ou a monografia de pequena região, e num breve espaço de tempo, sem dúvida que o autor se teria demorado mais com minudências etnológicas dos Índios com quem tivesse tratado o missionário ou que habitassem a limitada região. Existem já excelentes monografias parciais, de carácter científico, a muitas das quais o autor se refere, e poderia coincidir com alguma delas a vida do biografado ou a monografia que escrevesse. E far-se-ia também para engrossar o volume, como é comum em trabalhos assim restritos, onde a matéria própria em geral é pouca.

Mas a *História da Companhia de Jesus no Brasil* trata de centenares e centenares de missionários, numa região que por si só é um mundo — tal a vastidão do Brasil — e durante mais de dois séculos, em que os Padres da Companhia sempre foram achando Índios novos (ou de *novas* denominações) desde 1549, em que chegaram, até 1759 em que deixaram as Missões — variedade incrível que se verá no *Índice Geral*.

Não havendo até agora uma história geral científica dos Índios do Brasil, e estando muitos pontos sujeitos ainda a discussão, o autor foi dando as referências necessárias à recta compreensão da actividade dos Jesuítas, mas dirigiu de preferência a atenção para as notícias que os documentos *inéditos* lhe ministravam, como contribuição positiva e útil ao melhor conhecimento dos naturais da terra. E é o que se verá nos títulos de Aldeias, Antropofagia, Etnografia (e Etnologia), Índios e Linguística Americana.

Porque não se incluem os Jesuítas dos 7 Povos das Missões na "História da Companhia de Jesus no Brasil"

Excepto uma sumária arrumação de conceitos, a "História da Companhia de Jesus no Brasil" não trata com mais pormenores dos Jesuítas do Paraguai, que trabalharam em terras que são hoje do Brasil. E não trata, porque essas terras não eram então do Brasil, nem os Jesuítas eram da Assistência de Portugal, mas de Espanha.

Como missionários, isto é, como homens que evangelizaram a selva, sem dúvida que diante de Deus são tão beneméritos uns como outros; mas sob o ponto de vista nacional brasileiro, não se podem colocar no mesmo pé de igualdade, nem de benemerência, porque enquanto os do Brasil, trabalhando por Deus e pela Pátria, ajudaram a construir o Brasil, os do Paraguai trabalhando também por Deus e pela Pátria ajudavam a construir outra Pátria, de outra língua e bandeira, que só se fez Brasil mais tarde por um acto de força, num momento em que a Coroa de Espanha fazia guerra à Coroa de Portugal na Europa (1801). Esta guerra nada tem que ver com a guerra das Missões meio século antes, e todo o brasileiro olha com simpatia esta incorporação. Já então não existiam Jesuítas na América, e cuidam alguns que sem a destruição prévia das Missões não teria sido possível a incorporação desse território ao Brasil. Discute-se. A nossa opinião é que a presença de Jesuítas da Assistência de Espanha no território incorporado traria dificuldades graves à indispensável harmonia com as autoridades administrativas do Brasil na situação de facto que se criava com a incorporação. Mas nega-se o pressuposto de que as Missões só pudessem ter missionários Jesuítas dependentes de Assunção ou Buenos Aires; poderiam ter outros Jesuítas da Assistência de Portugal dependentes do Rio de Janeiro. Como sucedeu em nossos dias com a Missão de Bombaim, domínio inglês em 1914, Missão que antes da Grande Guerra era de Jesuítas Alemães. A nacionalidade destes Missionários dificultava a sua presença nesse território. Não tendo a Inglaterra tantos Jesuítas que os pudessem substituir na Missão de Bombaim, recorreu-se a um país neutro, que no caso foi a Espanha. E a Missão continuou.

Há que considerar sempre em todas as Missões uma legítima e dupla política: a da Igreja, ou seja a conversão e salvação das almas; e a do Estado, em que se estabelecem as Missões, ou seja a contribuição para a prosperidade e o bem público. As Missões do Paraguai praticaram a mesma política da Igreja que as do Brasil; e sob este aspecto a sua benemerência é igual; mas a política de Estado, nas Missões do Paraguai, foi *não brasileira* e em muitos casos concretos das lutas coloniais de fronteiras *anti-brasileira*, e trabalhavam em território *ainda não brasileiro*. Por nenhum título cabem tais Missões na "História da Companhia de Jesus *no Brasil*", que trata aliás de outros assuntos de amplidão e importância incomparàvelmente maior. As Missões têm de se tratar em plano diferente e autónomo, único meio de evitar a indiscritível confusão de incluir entre os Jesuítas *do Brasil*, beneméritos da sua formação e expansão nacional, outros Jesuítas que não foram *do Brasil*, não trabalharam *no Brasil*, nada faziam pela sua formação *nacional* e impediam, quanto estava em seu poder, a sua expansão *territorial*, e o mostravam nas guerrilhas com que combatiam a Colónia do Sacramento, dependência política do Rio de Janeiro. Não dizemos que não cumprissem com isto o seu dever cívico, pois não eram Jesuítas da Coroa de Portugal, como os do Brasil. Eles eram Jesuítas da Coroa de Espanha, trabalhavam em terras da mesma Coroa e só a esta deviam colaboração e fidelidade.

Mas então os Jesuítas do Paraguai não foram beneméritos? Claro que foram. Mas beneméritos da Igreja e da Coroa de Espanha e das Nações que dela nasceram na América; como os Jesuítas do Brasil foram beneméritos da Igreja e da Coroa de Portugal e do Brasil, seu único e grande herdeiro americano.

Quem no actual Estado do Rio Grande do Sul, de língua portuguesa e bandeira brasileira, como parte integrante do Brasil, pretendesse identificar-se e dar-se como representante histórico dos habitantes desse território, antes de ser brasileiro, e, portanto, quando ainda não tinha este nome, nem língua, nem bandeira, isto é, quem não compreendesse ou não quisesse compreender a posição objectiva, certa, da formação e expansão do Brasil, fomentaria o desafecto ao incorporador do Rio Grande do Sul, que foi Portugal, e já se pode dizer o Brasil, mas dentro ainda da sua formação portuguesa, ao abrir o século XIX; alimentaria o desamor para com os luso-brasileiros, que pelos cruzamentos de mais de quatrocentos anos constituem a grande massa dos filhos do Brasil; e cometeria equívocos, de que não há para que entrar em pormenores, mas de que ficou um exemplo concreto, supra, *História*, Tomo VI, p. 249. Atitude que, com ser contra a exactidão histórica, não é de molde a fortalecer o sentimento de unidade e fraternidade nacional brasileira, virtude cívica, substancial e permanente.

Nota Ortográfica

Em 1938, ao publicarem-se os dois primeiros Tomos desta *História*, a lei era que se escrevesse Luís (com s). Pouco depois veio lei que fosse Luiz (com z). O livro do autor, publicado em 1940, com o título de *Luiz Figueira — A sua vida heróica e a sua obra literária*, obedece à lei (Luiz com z). Quando sairam os Tomos III e IV (1943), a lei já era outra vez Luís (com s). Ora, citando estes Tomos com frequência a Luiz Figueira, o autor não viu modo de escrever no texto Luís (com s) e citar o seu próprio livro *Luiz Figueira* (com z), sem estranheza do leitor. E deixou ficar Luiz (com z) até ver.—Esta explicação vale para uma ou outra flutuação ortográfica do período em que se imprimiu esta obra (1938-1950).

Índice Alfabético Geral

A

Aachen: VI, 596.
Abaeté: III, 308.
Abbeville, Claude d': II, 20, 279; III, 8, 9, 137.
Abissínia: I, p. XI. — Ver Etiópia.
Ablancourt, François Fremond d': Tradutor de Vieira. IX, 330.
Abragão: VIII, 385.
*Abranches, Joaquim dos Santos: VIII, 201.
Abranches de Moura, José: III, 164.
Abrantes (Brasil) : V, 263, 264, 577; VI, 596; IX, 120, 171.
Abrantes (Portugal): VI, 597; VII, 121; VIII, 385.
*Abrantes, Francisco de: III, 124; IV, 357, 366; VII, 483.
*Abreu, António de (do Porto): I, 571, 572, 580; VI, 431.
*Abreu, António de (do Recife): Amanuense do P. António Vieira. IV, 198; V, 453, 454, 498, 584; VII, 89, 108; VIII, 3; IX, 339; — ass. autógr., VIII, 40/41.
*Abreu, Bartolomeu de: I, 570.
*Abreu, Diogo de: I, 580.
*Abreu, Domingos de: V, 582; VI, 344; VIII, 339.
Abreu, Francisca de: III, 445; VIII, 69.
*Abreu, Francisco de: V, 219; VII, 426, 446.
Abreu, Francisco Quaresma de: V, 428.
*Abreu, Gonçalo de: V, 239; VI, 140, 590, 618.
Abreu, João Capistrano de: — Ver Capistrano de Abreu.
Abreu, João Gomes de: O das "trovas". III, 445.
*Abreu, João Gomes de: VII, 131; IX, 41. — Ver Pereira, João (do Recife).
Abreu, Fr. José Correia de: VIII, 33.
Abreu, Leonor de: Mãe do P. João Pereira. VII, 131; IX, 41.
*Abreu, Manuel de: III, 194; IV, 348; V, 585; VII, 421, 451; VIII, 3, 4.
Abreu, Maria de: Mãe do P. José de Sepúlveda. IX, 120.
Abreu, Pedro de: V, 288, 290, 362.
*Abreu, Sebastião de: Confessor de El-Rei. VII, 168; VIII, 137.
Abreu e Lima, José Inácio de: III, p. XXIV, 75, 81, 222; IV, 157; V, 135, 307, 532; VI, 30.
Abreu de Lima, Pedro de: V, 323.
Abreu Pereira, J. V. de: VIII, 244, 249.
ABREVIATURAS: VIII, p. XXVII-XXVIII; p. XVII.
ACADEMIA DOS ANÓNIMOS DE LISBOA: IX, 305.
— BRASILEIRA DE LETRAS: I, p. XXIV-XXVI; III, p. VII, XX; IV, 412, 413; V, p. XXII; VI, 606; VII, 28; VIII, 14, 18, 20/21, 22, 26, 40, 41, 90, 132/133, 148/149; IX, 4, 12, 101, 162, 169, 178, 243, 401, 432; X, p. XV, 302, 305, 312.
— BRASÍLICA DOS ESQUECIDOS: VIII, 335, 357.
— DAS CIÊNCIAS DE LISBOA: VII, 169; IX, 350, 360/361.
— DA HISTÓRIA DAS CIÊNCIAS (RIO DE JANEIRO): III, p. XX.
— PORTUGUESA DA HISTÓRIA: III, p. XVII; VII, 154, 155; IX, 69, 305, 351; X, 312.

ACADEMIA DE S. PETERSBURGO: VII, 359.
— DOS SELECTOS: VIII, 128, 216.
ACADEMIAS ESCOLARES: I, 75. — Ver Instrução.
Acaracu: VIII, 288.
Accioli de Cerqueira e Silva, Inácio: Escritor. — Índices: I, 587; II, 635; V, 603; VI, 614; VII, 457; — VIII, pp. 13, 36, 209, 311, 335; IX, 4, 13, 43.
Acialcázar, Marquês de: II, 266; VIII, 81.
Açores: I, 481; II, 187, 254, 258; III, 10, 373; IV, 148, 334, 338, 344, 349; V, 83, 211, 380, 399, 402; VI, 468, 470; VII, 34, 61, 119, 242, 280; VIII, 9, 59, 67, 142, 197, 274, 278, 322; IX, 49, 56, 83, 88, 115, 118, 126, 155, 167, 183, 212, 404. — Ver também *Ilhas*.
AÇORIANOS (COLONOS): VI, 468, 528.
*Acosta, Joseph de: Escritor. II, 6; VI, 334; VII, 171.
Acqua, G. B. dall': IX, 332.
Acre: III, p. X, 235, 410.
ACTOS LITERÁRIOS: — Ver Instrução.
Açu: III, 93-95; V, 542, 596; VIII, 122, 286.
*Acuña, Cristóbal de: Escritor. — Índices: III, 457; IV, 415; VI, 610; VII, 457.
Acupe: IX, 201.
Acúrsio: II, 544.
*Adami, Aníbal: Tradutor de Vieira. IX, 332.
*Adauto, B. João: Mártir do Brasil. II, 254, 263.
Adorno, António Dias: II, 131, 175, 177; VI, 184, 185.
*Adorno, Francisco: I, 368.
Adorno, João Rodrigues: V, 176.
Adorno, José: II, 71, 434; VI, 368, 370, 371, 420, 421.
Adriano: Imperador. VII, 276.
Afife: VI, 161.
Afonseca, Afonso Soares de: VII, 214.

Afonseca, António de: IV, 242.
Afonseca, Bento Calvão de: VI, 345, 402, 403.
Afonseca, Francisco Galvão de: IV, 201.
Afonso: Rei do Congo. II, 344.
*Afonso, António: IV, 345; IX, 23.
Afonso, Baltasar: Fidalgo português. II, 461.
*Afonso, Baltasar: Missionário de Angola. IX, 91.
*Afonso, Bastião: II, 257.
Afonso, Brás: I, 153; II, 65.
*Afonso, Domingos: IV, 356, 365.
Afonso, Fernão: VI, 17.
*Afonso, Gabriel: I, 135; II, 538; VIII, 255.
*Afonso, Gaspar: II, 583.
*Afonso, Manuel: III, 352, 364; IV, 352, 363; VII, 352, 353; VIII, 311.
*Afonso, Mateus: Bibliotecário e Encadernador. V, 586.
*Afonso, Pedro: Fazendeiro. I, 579.
Afonso VI, El-Rei D.: III, 25; IV, 54, 60; VI, 597; VII, 53; VIII, 241, 273; IX, 107, 108, 175, 206, 243-246, 302, 318, 319, 321, 330, 405, 406.
Afonso Henriques, El-Rei D.: VIII, 114.
Afrânio Peixoto, J.: Escritor. — Índices: I, 587; II, 635; III, 457; IV, 415; V, 620; VI, 625; VII, 457; — VIII, pp. IX, XXII, 14, 18, 26, 41, 84, 90, 108, 122, 132/133, 134, 148/149, 222; IX, 63, 101, 169, 233, 361, 401, 432; X, pp. XIV, XV, 299, 304-305, 313.
África: — Índices: I, 587; II, 635; III, 457; IV, 415; V, 603; VI, 608; VII, 457; — VIII, pp. 89, 141, 175, 199; IX, 316, 383, 400, 425, 428.
Agassiz, M. et Mme.: III, p. XXIV, 272.
Agostinho (S.): VII, 169; IX, 429.
*Agostinho, José: VII, 182; VIII, 193.
AGRICULTURA: Açúcar: Ver Engenhos de Açúcar; — algodão, I, 111, 180; IX, 417; teares nas Aldeias prin-

cipais, em Embu (S. Paulo) tecia-se e exportava-se para o Rio e Baía, VI, 361; — bálsamo: o primeiro enviado para a Europa, VIII, 85; — arroz e seu beneficiamento, IV, 156; V, 226; — borracha, IV, 155; VII, 292; — cacau, III, 191, 300; primeira cultura, IV, 158-161, 175; V, 203, 226; VIII, 103, 119, 125, 126; — café, III, 191; IV, 175; — canela, IV, 156-158; V, 203; — canaviais (açúcar e aguardente): Ver Fazendas (Engenhos); — géneros ou "drogas" do Sertão, IV, 155-156; VII, 77; VIII, 230; algumas descobertas pelo P. Pedro de Pedrosa, III, 35; — experimentação agrícola, V, 161-163; — frutas de Portugal, I, 2, 79; fruticultura (do Brasil, Portugal e Oriente), I, 177-181, 455-456; IV, 156; VIII, 316; conservas de frutas, I, 179; IX, 427; — guaraná, IV, 156; — legumes de Portugal, I, 279; III, 140; IV, 156; — mandioca, cultura generalizada: ver "Casa da farinha" da Fazenda de Maracu (Maranhão), III, 191; — Maniba (farinha), os roçados das Aldeias, IV, 175; poema de José Rodrigues de Melo (gravuras), IX, 100; — milho, IV, 156; — palmito, a sua utilidade, e outros produtos da terra carijó, VI, 496-497; — policultura, VI, 371; no Maranhão, III, 140; na Amazónia, IV, 155-156; Tratado de João Daniel, VIII, 191; na Fazenda de Santa Cruz (Rio), VI, 58; — pimenta, IV, 156-157; — tabaco, I, 180-181, 364; III, 140; IV, 155; poema de José Rodrigues de Melo, IX, 100; — trigo, I, 179; em S. Paulo, VIII, 395; — uvas e vinho, I, 179; em S. Paulo, VIII, 395. — Ver Indústria. ∎

Agrobom, Gil de: IX, 353.
Água dos Meninos: IX, 418.
Aguanambi: III, 90.

Águas Frias: VIII, 56.
Águas Santas: IV, 357, 366.
Águeda: I, 58; IV, 356, 363; VIII, 55; IX, 415.
Aguiar, António de: Ouvidor Geral. VIII, 93.
Aguiar, Bastião de: II, 453.
*Aguiar, Bernardo de: Reitor do Maranhão. III, 133; IV, 352, 364; VII, 347; VIII, 226; IX, 89.
Aguiar, Bernardo Carvalho de: Mestre de Campo do Piauí. VIII, 287.
*Aguiar, Cristóvão de: Entalhador. V, 124.
Aguiar, Cristóvão de (na *Baía*): II, 130.
Aguiar, Cristóvão de (no Sul): I, 329.
Aguiar, Dionísio Teixeira de: IX, 231.
*Aguiar, Francisco de: VII, 427, 442.
Aguiar, João Leite de: III, 88.
Aguiar, José Francisco de: IX, 293.
Aguiar, Manuel de: I, 41.
Aguiar, Manuel Gonçalves de: Sargento-mor. IV, 462; IX, 137.
*Aguiar, Mateus de: I, 205, 579; V, 228, 229, 236, 239; VI, 431; VII, 275; VIII, 4, 144, 378.
*Aguiar, Pedro de (de *Braga*): V, 586.
*Aguiar, Pedro de (de *Coimbra*): Piloto. VII, 256.
Aguiar da Silva, António de: VIII, 289.
Aguiar y Seixas, D. Francisco de: IX, 325.
*Águila, Ir.: I, 351.
Aguirra, Paulino Aires de: VI, 374.
Aiama: I, 466.
*Aicardo, José Maria: Escritor. I, p. XXVIII, 89-90.
Ainão: VII, 280.
Aires, António Fernandes: Capitão. VIII, 4.
Aires, Fernandes: I, 372, 412.
*Aires, José: V, 142, 219, 483, 584; VIII, 4 (bibliogr.); — ass. autógr., VIII, 40/41.
Aires, Matias: I, 77.
Aires, Miguel: II, 55.

Aires Carneiro, João Roberto: III, 305.
Aires do Casal: Escritor. I, 147, 202, 214, 526; V, p. XXIII, 161; VI, 24, 128, 433.
Airosa, Plínio: Escritor. II, 551–555; IV, 315; V, 58; VI, 161; VIII, p. XXI, 27, 28, 42, 62, 66, 106, 158, 207, 237, 240, 313; IX, 170, 173.
Ajaccio: IX, 89.
Ajuda (Nossa Senhora da): V, 230.
Ala, João dos Santos: VI, 432.
Alagoas: — Índices: I, 587; III, 457; V, 603; VI, 609; VII, 457; — VIII, pp. 223, 254; IX, 31.
Alagoinha Mombocamirim: VI, 85.
Alarcão, Cosme de: Pai do P. Cornélio Pacheco. IX, 31.
Alarcão, Cosme do Rego de Castro e: VI, 401.
Alarcão, D. José de Barros: Bispo do Rio de Janeiro. IV, 314; VII, 370.
Alarcón e Quevedo, D. Maria de: VI, 116.
Alasca: IX, 400.
Albano: IX, 270, 279.
Albano, Alexandre: Cardeal. VIII, 75.
Albernás, Domingos Gomes de: Vigário de S. Paulo. VI, 285, 286, 288, 302, 303.
Albernás, Pedro Homem: Governador Eclesiástico do Rio de Janeiro. VI, 33, 236, 324; VIII, 359.
*Alberti, Domingos: Boticário. IV, 357.
*Alberto, António: Pintor e dourador. V, 587.
*Alberto, Caetano: IV, 367.
Alberto, Cardeal: Governador do Reino. I, 136, 505, 507–509; II, 160, 388, 389, 617; VIII, 255.
Alberto, o Grande: Rei. VII, 169.
Alberto Torres, Heloisa: III, p. XVIII; IV, 301.
Albufeira: VIII, 225.
Albuquerque, Afonso de: II, 153, 215.
Albuquerque, D. Álvaro da Silva de: Governador do Rio de Janeiro. VI, 153.

Albuquerque, António de: Prior do Lumiar. V, 244.
Albuquerque, António de: Governador. — Ver Coelho de Carvalho, António de Albuquerque.
Albuquerque, D. Brites de: I, 465, 473, 478, 485–487, 605.
*Albuquerque, Diogo de: VII, 281.
Albuquerque, Duarte Coelho de: — Ver Coelho de Albuquerque.
*Albuquerque, Francisco de: V, 529, 583; VI, 344, 379.
*Albuquerque, Gonçalo de: VI, 133, 137, 285, 288, 423;— ass. autógr., 440/441.
Albuquerque, Gonçalo Ravasco Cavalcante e: — Ver Ravasco Cavalcante.
*Albuquerque, Jerónimo de (do *Rio de Janeiro):* V, 528, 583.
Albuquerque [Maranhão], Jerónimo de: I, 85, 528; III, 4, 100, 117, 185, 425, 426; V, 506.
Albuquerque [o Velho], Jerónimo de: I, 85, 485, 486, 605; II, 230.
Albuquerque, João Cavalcante de: V, 433.
Albuquerque, João Soares de: V, 433.
Albuquerque, Jorge de: I, 236, 487; II, 215.
Albuquerque, José Maria de: V, p. XX.
*Albuquerque, Luiz de: Topógrafo. V, 586; VI, 55, 109, 467, 524–526; VII, 421, 441; VIII, 5 (bibliogr.), 139.
*Albuquerque, Manuel de: IV, 354.
Albuquerque, Manuel Pessoa de: V, 320.
Albuquerque, Matias de: General. — Índice: V, 603; — VII, pp. 13, 18; VIII, 93, 165.
Albuquerque, Odorico Rodrigues: III, 385.
Albuquerque, Pedro de: Governador do Maranhão. IV, 148; VIII, 240.
Albuquerque, Salvador de: VI, 459.
Albuquerque Coelho, Duarte de: V, 62, 350, 370.
Albuquerque e Melo, Manuel de: VI, 27.

Alcácer-Quibir: I, 134; II, 146, 150, 155, 461, 480.
Alcácer do Sal: II, 259.
Alcains: VI, 589; IX, 113.
Alcalá: I, 4; II, 245, 260; IX, 5.
Alcântara (Lisboa): IV, 14, 25, 26.
Alcântara (Placência): I, 85; VIII, 107.
Alcântara (Tapuitapera): Casa-Colégio, Aldeias e Fazendas. III, 199-202.
— Índices: III, 457, 485; IV, 415; V, 625; — VIII, pp. 219-221, 304, 312, 320, 342, 376, 385; IX, 184, 190, 370.
Alcântara, Fr. Francisco de: III, 237.
Alcântara Machado: Escritor. I, 308; II, 24, 574; VIII, 38.
Alcântara Machado, A. de: Escritor.
— Índices: I, 587; II, 635; — VIII, pp. 18, 20, 22, 39, 255; IX, 401.
*Alcázar, Bartolomeu de: I, 461; II, 259; VIII, 59, 266.
Alcobaça: VIII, 179.
Alcocer, Nicolas de (dos Jerónimos): IX, 325.
Alcochete: II, 261.
Alcoutim: I, 566.
ALDEAMENTOS: I, 301, 353; II, 142, 200.
ALDEIAS: Porque se fundaram, II, 42-46; IX, 61, 424; as 3 características das Aldeias do Brasil: defesa, catequese e subsistência, V, 240; VI, 95, 489; diferem das do Paraguai, II, 60; VI, 551-554; VII, 83; as Aldeias da Baía no Poema "Mem de Sá", V, 246; controvérsia no século XVII sobre serem no litoral ou no Sertão, IX, 102; — as Aldeias da Amazónia (divisão), IV, 133-137; do Serviço Real, IV, 97; de Repartição, IV, 97, 101-103; VII, 76, 296; VIII, 63; IX, 118; do Serviço dos Colégios do Maranhão e Pará, IV, 97-101, 196; III, 288-289; VII, 76, 295; VIII, 277; as razões de Vieira, IV, 141-146; — razões dos Padres para largarem as do Rio de Janeiro e ordem régia para eles as não largarem, VI, 96, 103; VIII, 381; razões dos Governadores para os Padres não largarem as Aldeias, V, 21-24; — latifúndios particulares que as impediam, III, 62; V, 306, 310; Aldeias destruidas pela Casa da Torre, V, 284-285, 299-308; VIII, 297; — as Aldeias perante o Município e o Estado, VI, 227-229; — eram estalagem certa para os Portugueses nas viagens dos Sertões, IV, 184; hospital para os que adoeciam nos sertões, IV, 184; — os Jesuítas nas Aldeias eram Administradores espirituais e funcionários civis, VI, p. X; administração temporal ou regime de Curadoria, IV, 119-124; VIII, 302; função pública, IX, 397; este regime perante o Direito Canónico, IV, 125-130; VII, 185; a administração espiritual, IV, 112, 125; "Curato de Almas" no regime missionário diferente do regime paroquial, VII, 301, 308-310, 312-313, 324; VIII, 371; IX, 22; a visita dos Bispos às Aldeias não se praticou no Estado e Província do Brasil em dois séculos de harmonia, VII, 301-305; debates no Estado e Vice-Província do Maranhão e Pará, VII, 305-325; VIII, 152, 170, 251, 277; a destruição prematura do regime missionário e funestas consequências, VII, 325, 332; IX, 160; complexidade das ocupações dos Padres com os Índios, VI, 564; asseguravam o que, depois da saída dos Padres, se repartiu por muitos, com graves consequências económicas e morais, III, 92; como se fizeram vilas, III, 284-285; VI, 214; — o governo das Aldeias, II, 61-63; IV, 125-132; VII, 324; VIII, 128, 246, 251, 287, 371, 384; IX, 306-310; dificuldades e perigos deste governo, VII, 76, 110; VIII, 164, 243, 249,

319, 321; IX, 21, 50, 97, 116, 189; o Padre Superintendente, II, 48; IX, 58; — o direito penal nas Aldeias, II, 75–82; IV, 119, 130–132; VIII, 282; o índio principal da Aldeia (por herança ou eleição), IV, 120; ofícios e cartas patentes dos Índios, IV, 120; correspondência com as autoridades civis, IV, 120; — necessidade da educação social e Cristã, exposta no "Diálogo de Nóbrega", IX, 11, 429; catequese na Aldeia, II, 3–34, 141; IV, 173; VI, 564; rudeza desta catequese, IV, 112; o que se deve ensinar, IV, 112; catequese dominical, IV, 113; ensino das primeiras letras, VII, 145; "moços da Escola", V, 18; "Regulamento das Aldeias", do P. António Vieira, IV, 105–123; VII, 78–79; VIII, 150, 162; IX, 417; a vida nas Aldeias, II, 84–110; — serviço e salário dos Índios, IV, 121; VII, 85; VIII, 124, 173, 187; serviços de carácter nacional, II, 629; VI, 102–106, 109; defesa contra os inimigos da Aldeia (ou em viagem), II, 128–129; IV, 122; contra as invasões holandesas, V, 55–56, 337–339, 351, 359–362; VI, 581–583; no Rio de Janeiro, VI, 578–579; nas fortificações, VI, 95; o testemunho de José Bonifácio, o Patriarca, VI, 367; — festas dos oragos (jubileus), V, 19; indulgência plenária para os Índios, VIII, 166; festas e recepções, II, 95, VIII, 398; cantos, música e danças, II, 100–110; VIII, 414; limitação dos bailes nas vésperas dos domingos e dias santos, IV, 113; casamentos, IV, 117; — assistência aos enfermos, IV, 114; aos moribundos, IV, 117–118; funerais, IV, 118; sufrágios pelos Índios mortos, IV, 118; — doenças e enterros dos Padres que morrem nas Aldeias, IV, 123; — Demografia e Estatística, IV, 137–140, 571–572.

— Ver Índios. — Ver, nos nomes das diversas Capitanias, as respectivas Aldeias; e cada uma, separadamente, a seguir:

Aldeia de Abacaxis: III, 218, 384–389, 393, 398, 399, 404; IV, 170, 388; VI, 214; VIII, 86, 204, 372, 385; IX, 112, 155.

— *Acarará (S. Francisco Xavier):* III, 179, 192.

— *Acarás:* V, 293, 294, 299–304; VIII, 49, 171, 296.

— *Acaraú:* III, 68.

— *Açu:* III, 95, 96.

— *Acuriatós:* III, 384, 385, 395.

— *Aldeias Altas:* III, 143, 153; IV, 201, 231, 261, 289; V, 564, 565; IX, 150.

— *Amatari:* III, 376.

— *Amoipiras:* VIII, 157.

— *Andirás:* III, 384, 389, 395, 396.

— *Anajás:* III, 245.

— *Anunciação:* V, 541, 544.

— *Anunciada do Jaguaribe:* III, 94; V, 541, 544.

— *Antónia:* V, 334, 507.

— *António Torres:* II, 55.

— *Antotoia:* — Ver *Tutoia*.

— *Apodi (S. João Baptista):* III, 94, 95; V, 504, 536, 539–549, 571, 596; VII, 118, 165; VIII, 388.

— *Araçaêm:* II, 57.

— *Aracaju:* V, 524.

— *Arapijó:* III, 349.

— *Arapiuns (N.ª S.ª da Conceição):* III, 363; VIII, 119, 225, 265; IX, 42.

— *Araré:* V, 544.

— *Araticum.* IV, 192, VIII, 213.

— *Aricá, Aricará:* — Ver *Aricari*.

— *Aricari:* III, 345, 353–354; VIII, 372; IX, 153.

— *Aricuru (S. Miguel):* III, 205, 308–310; IV, 228, 246; VIII, 232; IX, 117.

— *Aripuanás:* III, 392.

— *Arucará (N.ª S.ª da Luz):* III, 306, 310; IV, 177, 389; IX, 27, 28, 75; notícia histórica, IX, 76; 154.

Teve algum tempo o orago de N.ª S.ª da Assunção, III, 310.
- Aldeia de Assunção: — Ver Camamu.
— Bararuá: IV, 312.
— Barbados (Grande): III, 143, 152, 441, 442; VIII, 153.
— Barbados (Pequena): III, 143, 439, 442, 443.
— Barbados (S. Francisco Xavier): IX, 124.
— Barbados (S. Lourenço): IX, 85.
— Barueri ou Marueri: I, 306; V, 379; VI, 230-242, 295, 358, 361, 485, 490, 522; VIII, 315.
— Beiju Guaçu (S. Francisco): V, 334.
— Boa Vista: III, 349.
— Bócas: III, 279, 280, 306-310; IV, 192, 389; VIII, 63, 109, 213.
— Boimés (Itapicuru): V, 270, 283.
— Boipeba: V, 199, 203, 206, 207, 579.
— Boipetiba: VI, 477, 478, 480.
— Bom Jesus de Tatuapara: II, 25, 53, 56, 57, 65, 198, 274; IX, 83.
— Borari: — Ver Iburari.
— Braço de Peixe: V, 499.
— Cabo Frio: — Ver S. Pedro de Cabo Frio.
— Cabu: III, 246, 279, 284-287, 291; IV, 323; VIII, 140, 262.
— Cachoeira (Baía): II, 72, 123.
— Caeté (Pará): III, 292-297; IV, 131; VIII, 10, 119, 188, 204; IX, 29, 72, 145, 146, 186.
— Caeté (Pernambuco):—Ver Escada.
— Caibi (Rio Grande do Sul): VI, 473, 482, 525.
— Caicaíses: VIII, 153, 342.
— Caimbés: V, 270, 283.
— Cairu: V, 212.
— Cajuípe: III, 187-189.
— Cajutiba: III, 188.
— Camamu (Assunção): I, 158; II, 58, 275; V, 199, 203, 204, 212, 269, 304, 396; VI, 166; VIII, 119, 379; IX, 107; — gravura, I, 144/145.
— Camarão: V, 334, 508.
— Cambocas: — Ver Bócas.

Aldeia de Camocim: III, 17, 19, 24, 26, 32, 86, 165.
— Camutá (Cametá): III, 241, 300, 314, 323; VII, 25; VIII, 238, 240, 274; IX, 244, 310, 368.
— Canabrava (Santa Teresa): V, 148, 270, 276, 283, 289, 290, 292-295, 308, 311, 572, 596; VII, 440; VIII, 88, 149, 351; IX, 69.
— Candelária: VI, 531.
— Canumã: III, 387, 388, 393-395, 398, 400; IV, 342; IX, 44, 112.
— Capanema: II, 56. — Ver S. Sebastião.
— Capela: V, 572; VI, 355, 363, 364; VII, 448.
— Capitiba: III, 187, 188, 262.
— Capivari: V, 261.
— Carapicuíba: I, 305, 306; VI, 231, 355-357, 362, 364, 380; VII, 448.
— Carará: III, 185, 191, 193, 195.
— Caraúbas: IX, 368.
— Carecé: V, 335, 343, 359; VI, 582.
— Carijós: VIII, 143, 144. — Ver Laguna.
— Carnapió: III, 300.
— Carurus: V, 293, 294, 299, 308, 309; VIII, 49, 296.
— Cassiporé: III, 260.
— Caucaia (N.ª S.ª dos Prazeres): III, 3, 14, 85, 88, 89, 91; VII, 450.
— Caviana: III, 349.
— Conceição (Espírito Santo): I, 216, 229-232, 239; II, 79, 99, 549; VI, 143, 230, 233, 240, 242.
— Conceição: — Ver Guarulhos (S. Paulo).
— Condurises: III, 276, 277, 349, 385.
— Cuçari: — Ver Gonçari.
— Cuiabá: VII, 448; VIII, 323.
— Cumaru: III, 364; VIII, 190.
— Curiatós: — Ver Acuriatós.
— Curuçá: III, 275, 289, 291; IV, 100, 323.
— Curumambá: V, 102, 293, 308, 309; VIII, 171.
— Curral dos Bois: V, 293, 308, 309.

Aldeia do Diabo Grande: III, 6.
— *Doutrina:* III, 187.
— *Duro:* VI, 206-212; VII, 448; VIII, 370; IX, 123.
— *Embitiba:* VI, 461, 468, 475, 481.
— *Embu (Mboi):* V, 572, 595, 596; VI, 355-364, 411; VII, 447; IX, 366; — interior da Igreja, VI, 376/377; campanário, VI, 360/361.
— *Encarnação:* V, 541, 596.
— *Escada (Ilhéus):* V, 216-218, 222, 223, 240, 296.
— *Escada (Pernambuco):* I, 496, 497; V, 331, 333-336, 340, 344, 345, 354, 360, 426; VIII, 64.
— *Escada (S. Paulo):*—Ver *Barueri.*
— *Espírito Santo (Abrantes):* I, 45, 63, 175, 177, 445; II, 25, 51-54, 59, 64, 86, 96, 98, 120, 136, 137, 178, 274, 275, 298, 313, 338, 540, 594, 608; IV, 5; V, 19, 31, 32, 50, 51, 59, 80, 204, 261-270, 284, 571, 596; VI, 596; VII, 7, 14, 29, 434; VIII, 51, 225, 315; IX, 74, 90, 120, 171, 425.
— *Estreito (Rio Grande do Sul):* VI, 529, 531, 557; VII, 445.
— *Faustino:* III, 279, 280.
— *Formiga:* VI, 208, 209.
— *Gamelas:* III, 169, 171, 175, 178--180; VIII, 87, 331.
— *Geribativa:* I, 63, 257, 273, 276, 302, 303, 420, 425, 543, 544; II, 39, 593, 632.
— *Geru (Nossa Senhora do Socorro):* V, 276, 289, 297, 298, 308, 316, 324-327, 572, 596, 600; VII, 440; VIII, 351, 352; — sacrário da Igreja, V, 322/323.
— *Geruaçu:* V, 325.
— *Gonçari:* III, 271, 274, 287, 289; IV, 100, 373.
— *Goiana:* — Ver *Gueena.*
— *Grens (Conceição):* V, 225, 226.
— *Guaçuruçus:* VIII, 301.
— *Guaiacurupá dos Tupinambaranas:* III, 386, 400; IX, 85.

Aldeia dos Guajajaras: — Ver *Carará, Maracu e Cajuípe.*
— *Guajará:* III, 284, 287; VIII, 261.
— *Guamá:* III, 301.
— *Guanaré:* III, 123, 152-155, 440; IV, 261, 263.
— *Guapiranga:* I, 306.
— *Guajuru (S. Miguel):* V, 444, 449, 508, 523, 525, 528, 529-535, 571, 596; VII, 449; VIII, 287; IX, 144.
— *Guaraíras:* I, 537; V, 523-529, 532, 534, 571, 596; VII, 256, 449, 453; VIII, 287; IX, 55.
— *Guaraparim:* I, 230, 233, 242, 243; II, 611; VI, 143-146; VIII, 26, 401.
— *Guarapiranga:* III, 279.
— *Guaratiba:* VI, 492, 494, 520, 552.
— *Guaricuru:* — Ver *Aricuru.*
— *Guarinamá:* III, 395.
— *Guarulhos (Rio):* VI, 128, 240.
— *Guarulhos (S. Paulo):* VI, 128, 230, 232, 233, 239, 240, 242, 243, 362; IX, 191.
— *Gueena* ou *Goiana (S. André):* I, 496; V, 331, 333, 342, 344, 506; IX, 172.
— *Gurupá:* III, 347; IX, 18.
— *Gurupatuba:* III, 230, 262, 267-274, 360; IV, 83.
— *Gurupi:* III, 292, 293.
— *Iatapemirim:* I, 218.
— *Ibatarã:* VI, 236, 361.
— *Ibatatã (S. André):* V, 333.
— *Ibiapaba:* III, 3-73, 75, 82, 85-88, 104, 161, 443, 451; IV, 242, 274, 290; V, 336, 344, 560, 563, 571, 596; VI, 240, 391, 409; VII, 7, 79, 247, 450; VIII, 11, 122, 123, 130, 161, 171, 263, 276, 286, 388; IX, 55, 186, 245, 307, 369, 400; — Igreja, III, 20/21; sacrário, III, 52/53.
— *Ibirapuera:* I, 275.
— *Ibituruna:* VI, 370, 371.
— *Iburari:* III, 363; VIII, 233; IX, 28.
— *Icatu:* III, 157, 158; IV, 228; VII, 323; IX, 364.

Aldeia de Igtororém: I, 210.
— *Iguaranos:* III, 157.
— *Ilha do Sol:* III, 342.
— *Ingaíbas:* III, 308.
— *Inhaúba:* III, 314, 315.
— *Iperuíbe:* — Ver *Peruíbe.*
— *Ipicuri:* IX, 27.
— *Ipiranga:* I, 306.
— *Ipojuca:* V, 331, 335, 345, 359.
— *Irurises:* III, 384, 392, 393; IV, 307.
— *Itaboca:* III, 302, 344.
— *Itacuruçá:* III, 345, 349-352, 355, 375; VIII, 188; IX, 29. — Ver *Xingu (Aldeia do).*
— *Itaguaí:* VI, 55, 66, 95, 116-118, 492; VII, 272, 445; IX, 21.
— *Itaimbé (S. João Baptista):* V, 331, 333, 334, 336, 342, 343, 510, 520; VIII, 157.
— *Itaparica (Santa Cruz):* I, 63; II, 57, 58, 275, 298, 523; V, 266.
— *Itapicirica (Prazeres):* VI, 355-359, 364; VII, 447; VIII, 257.
— *Itapicirica (S. André):* V, 331, 334, 335, 343, 344, 359; VIII, 261.
— *Itapicuru (Nazaré):* III, 147.
— *Itapicuru (S. Miguel):* III, 143, 147-152; IV, 389, 391, 395; VIII, 342; IX, 364. — Ver *Barbados (Aldeia dos)* e *Rio Itapicuru.*
— *Itapoã:* II, 59.
— *Itaquaquecetuba:* VI, 355, 362, 363; VIII, 60, 381.
— *Itaqui:* III, 186, 187.
— *Itinga (S. Francisco Xavier):* V, 572, 596.
— *Jacobina (S. Francisco Xavier):* V, 83, 270, 271, 273, 281-284, 286, 293, 308; VIII, 11, 88; IX, 102, 107.
— *Juaguaribe:* III, 94, 95.
— *Jaguariguaras:* III, 88.
— *Jaguaripe:* IX, 56.
— *Jaguaripe (S. António):* V, 261, 267.
— *Jaguaripe (S. Cruz):* II, 58.
— *Japiuba:* I, 271, 274, 302.
— *Jaquaquara:* III, 271-274.

Aldeia de Jaru: IV, 309.
— *Javari:* III, 354, 418-421; IV, p. IX; VII, 326; VIII, 321; IX, 114, 115, 158, 370.
— *Joanes:* III, 235, 246, 247.
— *Jundiá:* V, 526.
— *Jurumuabo:* V, 283.
— *Jurupariaçu:* III, 6, 7.
— *Lagoa do Apodi:* III, 95.
— *Laguna (Mainas):* III, 409.
— *Laguna (Santa Catarina):* VI, 467, 481-485; igreja de Laguna, VI, 484.
— *Maguari (S. António):* III, 285.
— *Mairanhaia:* I, 302.
— *Maitapus:* III, 365, 366, 386; VIII, 56.
— *Mamaiacu:* III, 289.
— *Mapuá:* III, 246.
— *Maniçoba:* I, 63, 271-276, 286, 296, 302; II, 239, 632.
— *Manguinho:* V, 289.
— *Mampituba:* VI, 478, 480.
— *Mar Verde:* II, 177, 209; VI, 184, 185, 191.
— *Maraçacará:* V, 282, 283, 290.
— *Maracanã:* III, 220, 279, 289-291; IV, 220, 388-390; VIII, 85, 187; IX, 165, 308.
— *Maracanã a Velha:* IX, 18.
— *Maracu:* III, 147, 179, 185, 188-190; IV, 100; VIII, 222, 230; IX, 151.
— *Maraguases:* III, 385.
— *Maramomins:* VI, 128, 230-232, 235, 242, 361.
— *Maraú (Mairaú, Candeias):* V, 199, 203, 212; VII, 439; VIII, 353.
— *Mares Verdes:* VI, 173, 185, 191.
— *Martinho:* — Ver *S. Lourenço.*
— *Maruí (Rio):* VI, 109.
— *Maruim (S. Paulo):* — Ver *Barueri.*
— *Matari:* III, 375, 376; IX, 48.
— *Maturu:* — Ver *Muturu.*
— *Maturá:* III, 408.
— *Mecugé (Nossa Senhora):* V, 337.
— *Meritibi:* V, 339.

Aldeia de Mboi: — Ver *Embu.*
— *Mocajuba:* III, 281, 300; IX, 146, 368.
— *Mocajubas:* III, 285, 323.
— *Moju:* III, 300; IX, 368.
— *Mongurus:* V, 270, 283.
— *Monim:* IV, 395.
— *Monte Calvário (Baía):* I, 24; II, 46.
— *Mopibu:* V, 525.
— *Mortigura:* III, 248, 271, 279, 299, 300, 306, 308, 317, 318, 321, 342, 344, 411; IV, 80, 100, 234, 271, 273, 296, 373; VII, 76, 280, 322; VIII, 63, 69, 125, 126, 307, 308; IX, 50, 144, 160, 368.
— *Muçuí (S. Miguel):* V, 331, 335, 336, 339, 359–361, 366, 387; VI, 582. — Ver *S. Miguel.*
— *Muribira:* III, 285.
— *Muruapig:* III, 276, 277.
— *Muturu:* III, 345–351.
— *Natividade (Goiás):* VIII, 370.
— *Natuba (Conceição):* V, 270, 276, 286–290, 292, 295, 308, 555, 571, 572, 596; VII, 439; VIII, 43, 110, 117, 139, 214; IX, 103, 104.
— *Nheengaíbas:* III, 275, 279, 280, 308, 309.
— *N.ª S.ª (Sergipe):* I, 442.
— *N.ª S.ª da Graça (Sergipe):* I, 445.
— *N.ª S.ª das Neves:* VI, 240.
— *N.ª S.ª do Ó:* V, 481.
— *N.ª S.ª da Piedade e S. Francisco (do Rio Mearim):* VIII, 331, 332. — Ver *Arraial.*
— *N.ª S.ª dos Remédios:* V, 225.
— *N.ª S.ª do Rosário do Rio Mearim:* VIII, 331.
— *Oiro:* III, 409, 412, 417; VI, 533.
— *Onicorés:* III, 392.
— *Ourocapa:* V, 295.
— *Pacajás:* VIII, 85.
— *Paiacus:* III, 3, 85, 92, 93; VII, 450; VIII, 122.
— *Paiaiás:* V, 205, 270, 273, 274, 279; VII, 62.
— *Paraguaú:* VIII, 378.

Aldeia de Paranamirim: III, 85, 88, 91.
— *Parangaba:* III, 3, 10, 14, 32, 85–91; IV, 160, 239, 242; VII, 450; VIII, 160.
— *Paraparixanas:* III, 392.
— *Parijó (N.ª S.ª do Socorro):* III, 277, 315.
— *Paru:* III, 274.
— *Patatiba (Espírito Santo):* V, 227, 240, 242; VII, 439.
— *Paupina:* III, 3, 10, 14, 88–91; VII, 450.
— *Peruíbe (S. João):* I, 255, 316; VI, 435, 436. — Ver *Fazendas.*
— *Pinaré (S. Francisco Xavier):* IV, 373; VII, 76; VIII, 4. — Também aparece *Pindaré.*
— *Pinheiros:* I, 305, 306; VI, 230–233, 239, 240, 355, 365, 584.
— *Piracinunga (S. Miguel):* V, 335, 360, 361.
— *Piratininga:* IX, 9. — Ver *S. Paulo.*
— *Piraviri* ou *Piraquiri:* III, 345, 352; IV, 139; VIII, 307, 310; IX, 27, 152.
— *Piuburi:* III, 175.
— *Pojuca:* VI, 582.
— *Potiguares:* III, 88.
— *Quiriris (Santa Cruz):* V, 283.
— *Quiriris (Santo Inácio):* V, 283.
— *Quiriris:* VIII, 160, 161, 166, 214, 258, 259. — Ver *Canabrava, Geru, Natuba* e *Saco dos Morcegos.*
— *Reis (Baía):* II, 58.
— *Reis Magos:* I, 230, 231, 243–247; II, 128; V, 236, 254, 272, 596; VI, 143–146, 150, 159–180, 185, 395; VII, 59, 68, 446; VIII, 260, 380, 401; IX, 112, 127. — Aldeia indígena, I, 240/241; Residência e Igreja, VI, 168/169; altar-mor, VI, 232/233.
— *Reritiba (Assunção):* O retrato e a memória de Anchieta, VI, 146–147; motim de 1742, VI, 146–148; grande centro catequético, VI, 149; — I, 230, 231, 243–247,

330, 404, 435; II, 186, 433, 434, 483; V, 268, 572, 596; VI, 83, 121, 126, 127, 143-150, 153, 167, 240, 567; VII, 24, 68, 145, 446; VIII, 16, 26, 52, 93, 222, 260, 323, 400; IX, 80, 86, 122, 142, 191, 366; — Residência e Igreja, VI, 184/185; interior da Igreja, VI, 216/217; pia baptismal, VII, 332/333.
Aldeia do Rio Grande do Sul: VII, 445.
— Ver Estreito.
— Rio Jaguaribe: V, 541.
— Rio Negro: III, 375.
— Rio das Pedras: IX, 133.
— Rio Vermelho (Nossa Senhora): II, 49-51, 297; IX, 10, 423.
— Rodelas: III, 76; V, 102, 286, 293-296, 299-310, 548; VIII, 49, 121, 171, 296.
— Sabaparará: — Ver Tabapará.
— Sacacas: III, 246.
— Saco dos Morcegos (Ascensão do Senhor): V, 270, 276, 289-292, 295, 308, 572, 596; VII, 439; IX, 70.
— Santa Ana da Chapada: VI, 219, 222; VII, 448.
— Santa Ana de Goiás: VI, 190, 207, 212; VII, 448.
— Santa Ana do Rio das Velhas: VI, 190, 191.
— Santa Cruz (Abacaxis): III, 388; VIII, 305.
— Santa Cruz (Andirases): III, 385.
— Santa Cruz (Sertão da Baía): IX, 103.
— Santa Cruz do Jamundá: III, 277--278.
— Santa Cruz (Tapajós): III, 365.
— Santa Cruz de la Sierra: IX, 395.
— Santa Maria dos Omáguas: III, 414.
— Santa Rosa: VI, 213.
— S. André (Porto Seguro): I, 203, 211; V, 240, 296.
— S. André de Anhembi (Baía): II, 57, 59, 63, 198.
— S. André de Goiana: IX, 172.

Aldeia de S. Antônio (Baía): I, 154, 175, 177, 440, 443, 446; II, 34, 53-59, 65, 74, 86, 198, 297, 315, 328, 366, 562; V, 265; VII, 15; IX, 373.
— S. Antônio das Cachoeiras (Rio Madeira): III, 218, 235, 401, 402; VI, 214; VII, 340; VIII, 225; IX, 112, 395.
— S. Barnabé: I, 432-436; II, 333, 567; V, 596; VI, 9, 76, 82, 95, 97, 101, 102, 106-119, 129, 235, 240, 483, 552, 564, 585; VII, 68, 445; VIII, 367, 381; IX, 87.
— S. Brás: V, 309, 480, 481.
— S. Cristóvão (Espírito Santo): I, 229.
— S. Cristóvão (Maranhão): III, 201.
— S. Francisco (Pernambuco): V, 333.
— S. Francisco Xavier: — Ver Aldeias dos Barbados, Duro, Itaguaí, Javari.
— S. Francisco Xavier (Redução): VI, 269.
— S. Francisco Xavier dos Tupinambaranas: III, 386-388.
— S. Francisco Xavier dos Tupinambaranas (outra): III, 386.
— S. Gonçalo de Icatu: III, 158; IV, 130.
— S. Gonçalo do Itapicuru: III, 135.
— S. Inácio (Mártir): I, 569.
— S. Inácio e dos Reis Magos: VIII, 380. — Ver Reis Magos.
— S. Inácio dos Gessaruçus: VI, 123, 124, 127.
— S. Inácio da Jacobina: IX, 103.
— S. Inácio (Maranón): III, 407.
— S. Inácio (Tapajós): III, 364, 366, 388; VIII, 154.
— S. Inácio (Tupinambaranas): VIII, 242.
— S. Jacob do Icatu: III, 157.
— S. João (Baía): I, 154, 177; II, 31, 51-55, 59, 65, 74, 86, 96, 119, 120, 275, 315, 330, 354, 366; IV, 5; V, 30, 32, 34, 262-265, 267; VII, 7, 14, 20; IX, 402.

Aldeia de S. João Baptista (Porto Seguro): V, 227, 240, 242, 571, 596; VII, 439; IX, 65.
— *S. João de Cametá:* III, 314.
— *S. João de Cumã:* III, 201.
— *S. João do Gurupi:* III, 291.
— *S. João dos Temiminós:* I, 229–233, 239–243; II, 100; VI, 143, 144, 159, 166; VIII, 271.
— *S. Joaquim dos Omáguas:* III, 408, 409; IX, 307.
— *S. José dos Campos da Paraíba:* V, 572; VII, 448; VIII, 166. — Ver *Fazendas.*
— *S. José do Duro:* VI, 209.
— *S. José do Guaporé:* VI, 220.
— *S. José dos Índios:* III, 142.
— *S. José (Maranhão):* III, 135, 141, 142; VIII, 219; IX, 152, 186, 364.
— *S. José (Tapajós):* — Ver *Aldeia de Maitapus.*
— *S. Lourenço (Ceará):* III, 11.
— *S. Lourenço (Niterói):* I, 424–434; II, 49, 328, 610-613; IV, 299; V, 384, 572; VI, 95, 101, 102, 107–114, 116, 119, 552; VII, 121, 445; VIII, 5, 183, 367, 386; IX, 21, 429; — Igreja, VI, 312/313; cadeira de sola lavrada, VII, 268/269.
— *S. Lourenço dos Tupinambaranas:* III, 388.
— *S. Luiz Gonzaga (Cabo do Norte):* III, 264.
— *S. Luiz Gonzaga (Marañón):* III, 407.
— *S. Mateus:* I, 210, 211; V, 240.
— *S. Miguel (Camamu):* I, 240; II, 275.
— *S. Miguel (Guaporé):* VIII, 322.
— *S. Miguel (Itapicuru):* — Ver *Aldeia de Itapicuru.*
— *S. Miguel (Pernambuco):* I, 496; VIII, 254. — Ver *Muçuí e Una.*
— *S. Miguel de Taperaguá:* II, 58; V, 199, 203, 205.
— *S. Miguel dos Tupinambaranas:* III, 384.

Aldeia de S. Miguel de Uraraí (S. Paulo): I, 305, 306; II, 160; VI, 230--234, 239–242, 358, 362; VIII, 381; — Igreja, VI, 344/345.
— *S. Paulo (Baía):* I, 45, 180, 240, 575; II, 26, 33, 49, 51, 64, 85, 99, 120, 273, 275, 297, 316, 335, 376, 588; V, 264; IX, 424.
— *S. Paulo (Sergipe):* I, 441, 442.
— *S. Paulo dos Cambebas:* III, 408, 414; IX, 371.
— *S. Pedro (Gurupá):* III, 348, 349; IV, 134.
— *S. Pedro (Solimões):* III, 418.
— *S. Pedro de Cabo Frio:* V, 572, 596; VI, 35, 80, 81, 83, 86, 88, 93–96, 107, 118, 120, 122, 124, 126, 128, 129, 150, 153, 240, 358, 414, 564, 567, 584; VII, 10, 69, 445; VIII, 5, 6, 173, 358; IX, 57, 74, 172; — Residência e Igreja, VI, 120/121.
— *S. Pedro de Saboig (ou Saguipe):* I, 56, 57, 65, 95, 198; V, 281; IX, 82.
— *S. Sebastião (Baía):* II, 47, 50, 54; V, 268; VIII, 60.
— *S. Sebastião (Capanema):* V, 267, 268; VI, 273.
— *S. Teresa:* — Ver *Canabrava.*
— *S. Tomé:* I, 440–445.
— *Santiago:* I, 240, 445; II, 26, 31, 50–55, 65, 86, 275, 315, 511, 605; V, 264; VIII, 267; IX, 88.
— *Sapiaguera:* I, 420.
— *Sepetiba:* VI, 116, 492.
— *Serigipe (Maranhão):* III, 199; VIII, 193.
— *Serinhaém (S. André):* V, 199, 203--206, 212, 280, 571, 596; VII, 439.
— *Simão:* II, 47, 50.
— *Siri:* V, 341.
— *Sumaúma:* III, 305, 306, 308, 344; VII, 322; VIII, 125, 140, 307, 308; IX, 160, 368.
— *Tabainha:* — Ver *Ibiapaba.*

Aldeia de Tabapará: III, 285-287, 291.
— *Tabarapixi:* III, 255, 258.
— *Tabatinga (Solimões):* III, 421.
— *Taboca:* — Ver *Itaboca.*
— *Tabuerama (Conceição):* V, 336, 337.
— *Taguaibunuçu:* III, 7.
— *Taiuaçu Coarati:* III, 141.
— *Tamandaré:* II, 49.
— *Tambuçurama:* V, 334-336, 359,510.
— *Tapajós (N.ªS.ª da Conceição):* III, 230, 262, 271, 357-363, 375; IV, 220, 292, 304; VIII, 154, 265; IX, 27, 42. — Ver *Santarém (Pará).*
— *Tapará:* III, 286, 348-350.
— *Taparajó-Tapera:* III, 365.
— *Tapepigtanga (N.ª S.ª da Assunção):* II, 58.
— *Taquara:* V, 333, 340, 341.
— *Tarumás:* III, 370, 375.
— *Tatuapara:* — Ver *Bom Jesus.*
— *Taupará:* III, 286.
— *Tejupeba:* V, 321, 324.
— *Tipucu:* III, 246, 247.
— *Tocantins:* III, 308, 335, 344.
— *Tororises:* III, 392.
— *Tremembés:* — Ver *Tutoia.*
— *Trocano:* III, 218, 400-403; VI, 214; VIII, 204, 206, 207, 305; IX, 112, 158.
— *Tupinambás:* IV, 296; IX, 184.
— *Tupinambás de Baixo:* — Ver *Cabu.*
— *Tupinambás de Cima:* III, 284.
— *Tupinambaranas:* III, 276, 277, 364, 385-398; VIII, 169, 187, 305; IX, 85, 112. — Ver *Aldeias de S. Francisco Xavier, S. Inácio e S. Miguel.*
— *Tutoia:* III, 135, 161, 166, 167; V, 563; VIII, 86, 153, 312; IX, 150.
— *Uaricuru:* — Ver *Aricuru.*
— *Uçaguaba:* III, 135, 137.
— *Una (Pará):* III, 286, 313.
— *Una (S. Miguel):* V, 331, 334, 335, 337, 345, 346, 359, 387, 388; VI, 582. — Ver *S. Miguel (Pernambuco).*

Aldeia de Urubu: III, 383, 385, 408.
— *Urubuquara:* III, 270-273; IV, 135, 136.
— *Urucupemaíba:* II, 58, 59, 62.
— *Urutaguí (Assunção):* V, 331, 333, 334, 340, 341, 387, 527, 571, 596.
— *Velha (Espírito Santo):* I, 231.
— *Vera Cruz dos Abacaxis:* III, 388; IV, 239; IX, 112.
— *Xingu:* IV, 134, 139; VIII, 274, 320; IX, 364. — Ver *Itacuruçá.*
— *Zorobabé:* III, 76; V, 293, 299, 302, 303; VIII, 49, 171.
*Alegambe, Filipe: VIII, p. XI, XXVI; IX, 14, 166.
Alegre, Tomás: I, 194.
Alegrete, Marquês de: VIII, 48; IX, 297.
Alemanha: I, 12, 285, 327; II, 141, 246, 333, 567, 592, 630; III, p. XXI, 18, 70; IV, 80, 163, 274; V, 197; VII, p. XI, 103, 221; VIII, 94, 121, 122, 130, 137, 303, 309, 312; IX, 44, 117, 381, 398, 409; X, p. XII.
Alencar, Álvaro Gurgel de: III, p. XXV, 28, 66, 83, 91, 93.
Alencar, José de: II, 270.
Alencar Araripe, Tristão de: I, 380; II, 134, 481; V, 73, 424; VI, 52; VII, 123; VIII, 379.
Alencastre, J. M. Pereira de: V, p. XXIII, 554; VI, 206.
Alenquer (Brasil): VII, 326.
Alenquer (Portugal): V, 385; VII, 254; VIII, 181.
Alentejo: I, 175, 179, 458; II, 604, 611; IV, 15, 16, 33; V, 80, 251; VII, 34, 44, 115; VIII, 119, 183, 306, 389; IX, 187, 207, 370, 403; X, 313.
Alexandre VI: Papa. II, 70; VII, 182, 323.
Alexandre VIII: Papa. VIII, 112, 117.
Alexandrino, Amónio: VII, 207.
*Alexandrino, Gonçalo: VII, 153, 424, 444.

Alfama: VIII, 324.
Alfândega da Fé: VII, 433.
Alfarelos: IV, 320.
*Alfaro, Diogo: VI, 250.
*Alfaro, José de: VIII, 211.
Algarve: I, 132; VI, 542; VII, 16, 68, 252, 255; VIII, 225, 260, 325, 345, 356, 389; IX, 18, 215.
Algarves: II, 248.
Algés: VIII, 265.
Algorta: II, 534; VIII, 25, 28.
Alhadas: VII, 429.
Alhais: IV, 352, 363.
Alhandra (Brasil): V, 341.
Alhandra (Portugal): VI, 590; IX, 48.
Alicante: IX, 407.
Aljubarrota: V, 446.
Aljustrel: I, 481; V, 383, 396; VI, 590; VII, 22; IX, 60.
Allain, Luiz: VIII, 236, 237.
Almada, Cristóvão de: IX, 291-294, 296-299.
*Almada, Francisco de: Assistente. VIII, 324; IX, 128.
Almada, José Lopes de: V, 292.
Almada, D. Lourenço de: Governador Geral do Brasil. V, 453, 482.
Almalaguez: IV, 358, 366.
ALMAS DO PURGATÓRIO (DEVOÇÃO ÀS): VII, 63; VIII, 301; IX, 392; confraria em todas as Aldeias e suas funções de misericórdia, IV, 114; encomendação da morte, IV, 112; fórmula, II, 28; os responsos das segundas feiras, IV, 113; conservar estes costumes em viagem, IV, 112.
Almeida (Brasil): — Ver *Nova Almeida.*
Almeida (Portugal): III, 133; IV, 231, 322, 325, 359; VII, 357; VIII, 55, 56, 154, 188, 190, 204, 219, 221, 243, 247, 307-309, 384; IX, 76, 78, 114, 157.
Almeida, Aluísio de: VI, 374.
Almeida, Amaro Ferreira de: Capitão-mor. VIII, 6.

Almeida, Ana do Canto de: Mãe do P. Francisco de Toledo. IX, 156.
*Almeida, André de: I, 578; VI, 121, 133, 150; VIII, 6 (bibliogr.); — ass. autógr., VI, 440/441.
*Almeida, António de (de *Lisboa*): V, 583.
*Almeida, António de (outro): VIII, 266.
Almeida, António do Couto e: VI, 139, 188.
Almeida, António Rodrigues de: Escrivão. I, 544; VIII, 6.
*Almeida, Baltasar de: II, 257.
Almeida, Bárbara de Sousa de: VIII, 6.
*Almeida, Bernardo de: IV, 338, 339.
Almeida, Brás de: Provedor-mor. I, 525.
Almeida, Brás de: Matemático. IX, 147.
*Almeida, Caetano de: IV, 355.
Almeida, Cândido Mendes de: — Ver Mendes de Almeida.
Almeida, Cristóvão de: VI, 540.
Almeida, Domingos de: Capitão. III, 121.
*Almeida, Filipe de: VI, 504; VII, 154, 424, 439.
Almeida, Fortunato de: Escritor. I, 392, 562; II, 201, 310; IV, 135, 136; V, 27; VI, p. XVIII, 390, 426; VII, p. XVII, 286, 310, 338, 343.
*Almeida, Francisco de: Da Prov. de Portugal. IX, 342.
*Almeida, Francisco de (de *Belém da Cachoeira*): I, 536; V, 92; VII, 153, 422, 432, 435, 438; VIII, 6 (bibliogr.), 42; — ass. autógr., VII, 40/41.
Almeida, Francisco de: Cabo da Tropa. III, 440, 441.
Almeida, Francisco de: Capitão-mor. (O mesmo do título precedente?), III, 178, 189.
Almeida, D. Francisco de: Governador de Angola. II, 496.
Almeida, Francisco de: Sargento-mor. V, 39; — retrato, V, 34/35.

Almeida, Gaspar de: Sesmeiro de Sergipe. I, 440.
*Almeida, Gaspar de: O "S. Afonso Rodrigues do Brasil". V, 316; VIII, 7 (bibliogr.), 297.
*Almeida, Gregório de: V, 97; VI, 45.
Almeida, Guilherme Pompeu de: — Ver Pompeu de Almeida.
*Almeida, Inácio de: VI, 604.
Almeida, Inácio Pires de: VII, 204.
Almeida, Joana de: VIII, 6.
Almeida, Joaquim de: V, 467.
*Almeida, João de: Francês. Pintor. III, 118, 164, 165, 216, 220, 340; IV, 338, 340.
*Almeida, João de (Made, Mead ou May): Inglês. — Índices: I, 588; II, 636; V, 605 (1.º); VI, 611; VII, 458 (1.º); — VIII, pp. 8, 9 (bibliogr.), 144, 360; IX, 80, 107, 121, 174, 175, 180, 312; — retrato, VIII, 8/9; autógr., VI, 440/441; "Vida", IX, 172/173.
*Almeida, João de: Português. Padre. V, 220; VII, 427, 441.
*Almeida, João de: Português. Ir. Mestre Oleiro. IV, 355.
*Almeida, João Inácio de: VII, 237; VIII, 339.
*Almeida, Jorge de: I, 577.
*Almeida, José de (do Recife): V, 584.
*Almeida, José de (de Pernambuco): VII, 431, 437.
*Almeida, José de (de Lisboa): Visitador do Brasil e Provincial de Portugal. VI, 602; VII, 123 (biografia), 262, 456; VIII, 9 (bibliogr.), 292, 293; — ass. autógr., VII, 60/61.
Almeida, José Vital de: VIII, 245.
*Almeida, Lourenço de (de Maragogipe, Baía): VI, 457; VII, 422, 447; VIII, 10 (bibliogr.); IX, 73.
Almeida, D. Lourenço de: Capitão-General das Minas Gerais. VI, 195-198; IX, 136, 137.
Almeida, Luiz Miranda de: V, 431.
Almeida, Luiz Pascásio de: VI, 459.

*Almeida, Manuel de (de Braga): Carpinteiro. V, 586.
*Almeida, Manuel de (do Recife): V, 431; VII, 422, 441.
*Almeida, Manuel de: Procurador do Col. de S. Antão. VI, 571.
Almeida, Manuel Ângelo de: Carmelita. VIII, 374.
Almeida, Manuel Botelho de: Pai do P. Salvador da Silva. V, 352.
Almeida, M. Lopes de: — Ver Lopes de Almeida.
Almeida, Maria de: I, 153.
*Almeida, Miguel (da Baía): VII, 431, 440, 453.
Almeida, Miguel de (Vereador): VI, 276.
Almeida, Miguel Osório de: Escritor. X, 312.
*Almeida, Pedro de: Humanista. VII, 157.
Almeida, Roque de: Alferes. VIII, 187.
Almeida, Renato: Escritor. IV, 300.
*Almeida, Simão de: IV, 356, 365.
*Almeida, Teodoro de: Alfaiate. VII, 434, 438.
Almeida, D. Tomás de: Cardeal Patriarca. IX, 301.
Almeida, António de Lara de: IX, 65.
Almeida, Tomé de Lara de: VI, 315.
Almeida Freire, João de: III, 340.
Almeida e Mascarenhas, D. Francisco de: IX, 190.
Almeida Nogueira, Baptista Caetano de: — Ver Baptista Caetano.
Almeida Pinto: III, 214; IV, 275, 276, 290.
Almeida e Portugal, D. Pedro de: — Ver Assumar, Conde de.
Almeida Prado, J. F. de: Escritor. II, 381, 454; III, p. XXIII, 206, 453; V, 500; IX, 8, 90.
Almeirim: I, 33, 52; II, 133, 238, 249, 459, 516; IV, 353.
Almendra: VII, 135; VIII, 267.
Almodôvar: IV, 334; VIII, 234, 235.
Almofala: III, 28.

*Alonso, Artur: Provincial. X, 312.
Alorna: VI, 192.
Alorna, Marquês de: VI, 192.
Alorna, Marquesa de: VIII, 348, 349.
Alorna, Marquesa de (Alcipe): VI, 192.
Alpalhão: IV, 351; VI, 44, 593; VII, 16; VIII, 222, 389.
Alpedrinha: IV, 351; VIII, 225.
*Alsina, Vicente: VII, 62.
Altamira: III, 354.
*Altamirano, Cristóvão: VI, 542.
*Altamirano, Diogo: VI, 541, 542.
*Altamirano, Lope Luis: VI, 542, 557.
*Altamirano, Pedro Inácio: VII, 315; VIII, 252.
Alter do Chão (*Brasil*): III, 363; VIII, 233.
Alter do Chão (*Portugal*): IV, 352, 366.
ALUNOS DOS JESUÍTAS: I, 79-85 (os primeiros); IV, 275; V, 103; de Belém da Cachoeira, V, 177-178; IX, 123; V, 435, 519; VI, 28, 401-402, 583 (Camarão, o herói); alunos, filhos de escravas, I, 91; o heroísmo dos estudantes de diversos Colégios contra invasores estrangeiros: Batalhão do Colégio do Rio (1581), I, 396; de Olinda (1630), V, 348; Companhia dos Estudantes da Baía (1638), V, 61, 64; Companhia dos Estudantes do Rio de Janeiro (1710), VI, 47, 48; menções diversas, VII, 66, 68, 123, 173, 214, 215, 218, 219; VIII, 241, 243-245, 290, 373, 381; IX, p. VII.
Alva, Duque de: V, 42.
Alvaiázere: VIII, 242.
Alvalade: I, 66; VIII, 254.
Alvarenga, António de (do *Rio de Janeiro*): VI, 54.
*Alvarenga, António de (do *Rio de Janeiro*): Mandado para o Maranhão, IV, 341.
Alvarenga, João de: I, 317.
*Alvarenga, Manuel de: V, 239.
Alvarenga, Tomé de (do *Rio de Janeiro*): II, 71.

*Alvarenga Mariz, António de: — Ver Mariz (António de).
Alvarenga Peixoto, Inácio José: VI, 28; VII, 173.
*Álvares, Agostinho: V, 219.
*Álvares, António (da *Baía*): VII, 153, 423, 444.
*Álvares, António (do *Porto*): V, 586.
*Álvares, Baltasar: I, 190, 426-428, 432, 563; II, 314, 438.
*Álvares, Bastião: II, 257.
*Álvares, Bento: III, 211, 215, 229, 291, 292, 302, 343; IV, 337, 340; VIII, 10.
*Álvares, Caetano: V, 587; VII, 425, 436.
Álvares, Diogo: — Ver "Caramuru".
*Álvares, Diogo (do *Barroso, Braga*): Artista fabril. I, 267, 583; VI, 429.
Álvares, Diogo: Morador do Espírito Santo. I, 225.
*Álvares, Dionísio: IV, 354, 364.
*Álvares, Domingos: I, 583.
Álvares, Domingos: Pai do P. José de Sousa. IX, 144.
*Álvares, Fernando: Mártir. II, 258.
Álvares, Fernando: Tecelão. II, 258, 260.
*Álvares, Francisco (de *Extremoz*): Cozinheiro. (E nas horas vagas fazia "tinteiros e poeiras"). I, 568, 579; II, 257.
Álvares, Francisco: Livreiro de Lisboa. V, 60.
Álvares, Francisco (de *Pernambuco*): I, 551.
*Álvares, Francisco (do *Porto*): I, 579; VI, 137; VII, 30, 275; VIII, 137.
*Álvares, B. Francisco: Mártir do Brasil. II, 258.
*Álvares, B. Gaspar: Mártir do Brasil. II, 262.
*Álvares, Gaspar (de *Braga*): Provincial do Brasil. VI, 316, 597; VII, 32 (biografia), 40, 53, 456; VIII, 11; IX, 103, 107; — autógr., VIII, 360/361.

*Álvares, Gaspar (de *Cabeço de Vide*):
Professor. I, 456, 571, 572; II, 434;
III, 12; VIII, 11, 136.
*Álvares, João: Mártir. II, 257.
*Álvares, João: Assistente. I, 12, 68;
II, 214, 442, 443, 496, 497; VIII,
223; IX, 91, 96.
*Álvares, João (de *Monsão*): Fazendeiro. IV, 351, 367.
*Álvares, João (de *Olinda*): I, 580; II,
80, 185, 186.
Álvares, João: Padre do Oratório. III,
88.
Álvares, João (de *S. Paulo*): VI, 231,
362.
*Álvares, José (de *Pedrela*): IV, 354.
*Álvares, José (do *Recife*): V, 586.
*Álvares, José (do *Recife*, outro): VII,
430, 437.
*Álvares, José (de *Vila Real*): I, 535;
VI, 7, 138; VIII, 11.
*Álvares, Leandro: V, 585.
*Álvares, Lourenço: Enfermeiro. V, 61.
*Álvares, Luiz: Pregador. VIII, 321.
*Álvares, Luiz: Provincial de Portugal.
VIII, 99; IX, 194.
*Álvares, Luiz (de *Coimbra*): III, 362,
366; IV, 219, 305, 350, 363; VII,
352, 353; VIII, 233, 311.
*Álvares, Luiz (do *Recife*): V, 239; VI,
179; VII, 137, 424, 439.
*Álvares, Manuel (do *Algarve*): Um
dos fundadores da Colónia do Sacramento. V, 219, 239, 582; VI, 536,
537, 540, 549.
*Álvares, Manuel (da *Baía*): VII, 429,
437.
*Álvares, Manuel (de *Évora*):IV, 352,365.
*Álvares, Manuel (da *Madeira*): Autor
da "Gramática". I, 72; IV, 277; VII,
157-159, 172.
*Álvares, Manuel: Lente de S. Antão.
VI, 343.
*Álvares, B. Manuel: Mártir do Brasil.
II, 257; VIII, 12.
*Álvares, Manuel: Pintor. II, 334, 404,
428, 594.

*Álvares, Manuel (de *Viana*): V, 585;
VIII, 5, 12; IX, 19.
Álvares, Manuel (de *Cananeia*): I, 320.
*Álvares, Marcelo: Mestre Pedreiro.
VII, 433, 443.
Álvares, Margarida: V, 425.
Álvares, Maria: Benfeitora paulista.
I, 313.
Álvares, Maria: Mãe do P. Domingos
António. VIII, 56.
Álvares, Maria: Mãe dos Padres Inácio Rodrigues e Simão Álvares (Gusmões). IX, 85.
*Álvares, Melchior: I, 571, 580.
*Álvares, Pantaleão: I, 582.
*Álvares, Pedro: Mestre Pedreiro. I,
584; V, 378, 386, 416.
*Álvares, Pedro (Padre): I, 87, 570.
*Álvares, Rafael: V, 483, 584.
*Álvares, Raimundo: V, 587.
*Álvares, Rodrigo: Alfaiate. V, 386.
*Álvares, Sebastião (de *Santos*): V, 583;
VI, 21, 378, 459, 462; VIII, 51.
Álvares, Sebastião: Sertanista. II, 177,
178.
*Álvares, Simão (de *Lisboa*): V, 153;
VII, 427, 437; VIII, 12.
*Álvares, Simão: Provincial de Portugal. VII, 16.
*Álvares, Simão (de *Santos*): Um dos
Gusmões. V, 253, 585; IX, 85, 185.
Álvares, Simão: Pai do P. Leonardo
Nunes. IX, 16.
Álvares, Teodoro: V, 500.
Álvares de Andrade, Fernão: I, 18.
Álvares de Azevedo: Poeta. VIII, 38.
Álvares da Costa, D. Manuel: Bispo
de Olinda. V, 453, 455.
Álvares de Figueredo, D. Luiz: — Ver
Figueiredo.
*Álvares Pereira, B. Nuno: O Santo
Condestavel. V, 412.
*Álvaro, Manuel: VI, 603.
Alves, André: I, 320.
Alves, Constâncio: IV, p. XX; IX, 361.
*Alves, Gonçalo: do "Diálogo" de Nóbrega. I, 277, 575; II, 605; IX, 11.

Alves, Gonçalo: Editor de Vieira. IX, 229.
Alves, D. José Pereira: Bispo de Niterói. V, 535.
*Alves, Manuel: VI, 147.
Alves, Mário: Escritor. IX, 13.
Alves, Paulo: V, p. XXII.
Alves, Sebastião: I, 41.
Alvito: II, 611; VII, 19.
Alvor, Conde de: V, 100, 102, 141, 305; VII, 106; VIII, 201.
Amapá (Território do): — Ver Cabo do Norte.
Amaral, Afrânio do: VIII, 20.
Amaral, António do: Tabelião. I, 542.
Amaral, António Caetano do: VII, p. XVI, 326.
*Amaral, Baltasar do: VII, 221.
Amaral, Brás do: Escritor. — Índices: I, 588; II, 636; III, 460; IV, 416; V, 605; VII, 458; — VIII, pp. 13, 311, 335; IX, 4, 63, 100, 101.
Amaral, Claro Monteiro do: II, 17.
Amaral, Filipe Cardoso do: VII, 197.
*Amaral, Francisco do: V, 584.
Amaral, João: Escritor. III, 453.
Amaral, José Álvares do: Escritor. I, 25, 205; II, p. XI, 317, 507.
Amaral, Manuel do (de Lisboa): VII, 424, 451.
*Amaral, Manuel do (de Viseu): Prof. da Universidade de Coimbra e Missionário do Pará. IV, 345; VII, 164; VIII, 12.
Amaral, Marta do: Mãe do P. Prudêncio do Amaral. VIII, 13.
Amaral, Paulo do: VI, 237, 253.
*Amaral, Prudêncio do: Poeta. I, 534; V, 54, 119, 584; VI, 26, 65, 72; VII, 152, 166; VIII, 13, 14 (bibliogr.), 155, 365, 379; — ass. autógr., VIII, 40/41; "Geórgicas Brasileiras", VIII, 132/133; IX, 56/57.
Amaral Coutinho, Bento do: VI, 48, 397.
Amaral Júnior, Amadeu: Escritor. III, 453.

Amarante: V, 58, 564.
*Amaro, Manuel: V, 585; VI, 432, 446, 450, 457, 545, 549; VII, 421, 448; VIII, 15.
Amaro Leite: VI, 211.
Amaro Maciel Parente, João: V, 171.
AMAZONAS (A LENDA DAS): VIII, 394.
Amazonas (Estado do): Actividades dos Padres em todo o território que é hoje o actual Estado: III, 369-421.
— Índices: I, 588; II, 636; III, 460, 486-487; IV, 416; VII, 458; — VIII, pp. 169, 191, 192, 204, 382, 405; IX, 85, 118, 119. — Ver Rio Amazonas.
Amazónia: Toda a 2.ª metade do Tomo III, e pràticamente todo o Tomo IV; VII, 458; — VIII, pp. 191, 249; X, 309.
Amberga: IV, 358; IX, 117.
Ambóino: I, p. XI.
*Ambrósio, Ir.: I, 577.
Ameal, João: Escritor. III, 453; X, 299.
Amélia: VI, 199.
América: — Índices: I, 588; II, 636; III, 460; IV, 416; V, 605; VI, 610; VII, 458; — VIII, pp. VII, IX, 297, 389, 393; IX, 3, 135, 316, 393, 416, 418, 419, 421; X, 315.
América Espanhola: VII, 96, 226, 229.
América Francesa: VII, 361.
América do Norte: — Índices: II, 636; III, 460.
América Portuguesa: V, p. XXI; VII, 96, 101, 114, 263, 348, 355; IX, 66, 131, 132, 396; X, 310.
América do Sul: III, p. X, 446, 447; IX, 29, 400.
Amesterdão: III, 18; IV, 14, 24, 28; V, 26, 47, 48, 218, 378, 386; VI, 597; VII, 12, 274; VIII, 17, 28, 164; IX, 83, 102, 237.
*Amhrin, B.: IX, 49.
*Amodei, Benedito: Missionário do Maranhão. — Índices: III, 460; IV, 416; — VI, p. 591; VIII, 15; IX, 64.
Amores, Domingos de: VI, 262, 420.

*Amorim, José de: VII, 425, 450.
*Amorim (Morim), Luiz de: Visitador do Maranhão. III, 199; IV, 229, 389; V, 431, 581; VI, 137, 543, 549; VII, 130; VIII, 15 (bibliogr.).
*Amorim, Manuel de: VII, 453.
*Amorim, Marcos de: V, 583.
Amorim, Martinho de: VI, 140.
Amoroso Lima, Alceu: Escritor. I, p. XXV; II, 16; III, p. XI, 197, 453; VI, 196; VIII, 135; X, p. XV.
Ana de Áustria: Rainha de França. IV, 13; IX, 403.
Anacreonte: VII, 157.
Anadia: IV, 321, 322, 350, 351, 358, 361, 364, 366; VIII, 122, 233, 244.
Anadia, Condessa de: VI, 532.
Anagni: VIII, 227.
Anchieta: I, 249; VI, 143, 151; VIII, 16.
Anchieta, Ana de: II, 482.
Anchieta, Baltasar de: II, 628; VIII, 36.
Anchieta, Catarina Lopes de: II, 482.
*Anchieta, Ven. José de: Provincial. Biografia, II, 480-489; restos mortais, II, 483; selos e moeda, IV, p. XIV. — Índices: I, 588 (com títulos explícitos); II, 636 (com títulos explícitos); III, 430; IV, 416; V, 605; VI, 611; VII, 459 (1.º); — VIII, bibliografia, p. 16-42; poesias latinas e portuguesas, 224; processo canónico, 30-33, 98, 186, 187, 193; esmolas para a sua beatificação, 119; graças e imagem, 52; p. XII, XIV, XX, 6, 46, 81, 136, 159, 163, 183, 184, 214, 217, 228, 236, 237, 254, 256, 269, 280-283, 285, 318, 397; IX, advogado em Lisboa contra as maleitas, 53; emendas à impressão latina e castelhana da sua "Vida", 98; — 12, 24, 25, 41, 58, 86, 92, 99, 121, 123, 170, 175-177, 192, 397-399, 401, 415, 422, 427, 428, 431, 432; X, 308; — retratos, II, p. II/III; 36/37; ass. autógr., II, 464/465; VIII, autógr. da "Arte", VIII, 16/17; frontispício, II, 544/545; "Cartas", VIII, 20/21; "Vida" por Vasconcelos, IX, 188/189.
*Anchieta, José (da Paraíba): VII, 426, 439.
*Anchieta [Neves], José de (de Tomar): IV, 356, 357, 366; VIII, biobibliografia, 43.
Anchieta, Juan de: Pai do Venerável P. José de Anchieta. II, 481, 482, 627; VIII, 16.
Anchieta, Juan de: Abade. II, 482; VIII, 39.
Anchieta, Manuel de (de Lisboa): VI, 152; VII, 427, 446.
*Anchieta, Manuel de (de Ribeira, Coimbra): IV, 355, 365.
Andaluzia: I, 65; IX, 293.
*Anderdon, William: Tradutor de Vieira. IX, 330, 331.
Andes: II, 6; III, 411.
Andrada, Bonifácio José de: VI, 366.
Andrada, Francisco de: Escritor. II, 317.
Andrada, José Bonifácio de: Médico. IX, 158.
Andrada e Silva, José Bonifácio de: O Patriarca. Defende e dá como exemplo a catequese de Nóbrega e de Vieira. VI, 367; II, 120.
*Andrade, Afonso de: II, 242, 470; IX, 13.
Andrade, Agostinho César de: V, 526, 530, 534.
Andrade, Almir de: IV, 310.
Andrade, António de: Carmelita. III, 414, 416.
*Andrade, António de: Missionário (de Sergipe): V, 239, 240; VII, 424, 435; VIII, 44.
*Andrade, António de (do Rio de Janeiro): Professor. I, 77, 535; IV, 384; V, 240, 287, 288, 582; VII, 222, 223, 259; VIII, bibliografia, 43, 139.
*Andrade, António de (Séc. XVI): I, 563, 564.
*Andrade, António de: Pioneiro da Ásia. IV, 281.

Andrade, António de Sousa de: Vereador. VII, 49.
*Andrade, Diogo de: II, 254, 256, 595.
*Andrade, Domingos de: V, 584; VI, 601.
Andrade, Gilberto Osório de: Escritor. III, 370; IV, 168.
Andrade, Gomes Freire de: — Ver Freire de Andrade.
Andrade, João de (1): IV, 385.
Andrade, João de (2): V, 202.
*Andrade, José de (de *Lisboa*): V, 73; VII, 421, 436; VIII, bibliogr., 44; IX, 80.
Andrade, José de: Aluno dos Jesuítas no Maranhão. VIII, 245.
*Andrade, Luiz de: V, 585; VI, 544, 549.
*Andrade, Manuel de: Recebido no Brasil em 1559. I, 575.
*Andrade, Manuel de (de *Torres Novas*): VI, 604; VII, 426, 444.
*Andrade, Manuel de (de *Benavente*): Boticário. IV, 355.
*Andrade, Francisco de (do *Algarve*): III, 121, 131; IV, 346.
Andrade, Francisco de: Português, primeiro sacerdote do Paraguai. I, 336.
Andrade, Manuel Dias de: V, 433.
Andrade, Manuel Campelo de: IV, 74, 242.
Andrade, Manuel Lourenço de: VI, 262.
*Andrade, Matias de: V, 582; VII, 188; VIII, bibliogr., 44, 45, 364.
*Andrade, Miguel de: V, 498, 582; VI, 137, 431; VIII, 194; IX, 168, 371.
*Andrade, Pedro de: I, 568.
Andrade, Pedro da Cruz de: IV, 187.
Andrade, Pedro Cunha de: V, 355.
Andrade, Pero de: VIII, 278.
Andrade, Rodrigo Melo Franco de: Escritor. III, p. XVIII, 227, 452; IV, 414; V, p. XXI, 600; VI, 112, 602; X, p. XIII.
Andrade Furtado, M. A. de: Escritor. III, p. XVIII; VIII, 41.
Andrade e Silva, J. J. de: Escritor. II, p. XI, 69, 515, 562; IV, 20; V, p. XXIV, 3, 5, 8; VI, p. XVIII, XVIII, 275.
*André, Manuel: V, 586; VI, 10, 68, 109, 133; — autógr., VI, 440/441.
*Andreoni, João António: Provincial. Biografia: VII, 118-121. — Índices: II, 636; III, 460; IV, 416; V, 605; VI, 611; VII, 459; — VIII, 29, bibliogr., 45-54; 127, 171, 174, 200, 211, 292, 364, 365, 368, 369; IX, 104, 142, 143, 336, 339, 344, 345, 349, 356, 409, 411; — ass. autógr., VII, 60/61; frontispício de "Cultura", VIII, 48/49. — Ver Antonil.
Andreoni, João Maria: VII, 120; VIII, 45.
Andreoni, Maria Clara: VII, 120; VIII, 45.
Anes, Catarina: II, 446.
Angeja, Marquês de (D. Pedro António de Noronha): Vice-Rei do Brasil. V, 99, 224, 241, 253, 288; VII, 123.
Angeja, Marquesa de: VIII, 344, 346, 348.
*Ângelis, Bernardo de: II, 539.
Ângelis, Pedro de: VI, 34.
Angola: I, p. XI. E índices: I, 588; II, 636; III, 460; IV, 416; V, 605; VI, 611; VII, 459; — VIII, 4, 67, 71 (Missão), 137, 199, 200, 230, 318, 393, 398; IX, Reconquista, 60, 91, 95, 312.
Angola, Veríssimo: VI, 201.
Angra (Açores): I, 501; II, 254, 263; IV, 338; VI, 20, 603; VII, 119, 280; VIII, 142; IX, 56.
Angra dos Reis: I, 420; II, 462; VI, 117, 118; VIII, 357.
*Angulo, Francisco: I, 348, 350, 354.
Anjos, D. Gregório dos: Bispo do Maranhão. III, 120; IV, 71, 73, 296; VII, 306-309; VIII, 104, 169.
Anjos, Narciso dos: III, 284.
Anselmo (Bispo): IX, 337.
*Anselmo, Manuel: VII, 431, 437, 452.
Antanhol: IV, 354.

Antas: IV, 357.
Antilhas: II, 254, 258; III, 100, 101, 104; V, 379; VII, 246; VIII, 62, 270, 271, 405; IX, 112.
*Antonil, André João: Escritor. I, 184; V, p. XXIV, 65, 255, 258, 259; VI, p. XVIII, 183, 195; VII, 112; VIII, 45. — Ver Andreoni.
Antonina: VI, 455.
Antonino Pio: VII, 276.
*António, Aleixo: Missionário da Amazónia. III, 222, 225, 228, 232, 403; IV, 351; VII, 352; VIII, bibliogr., 55; IX, promove os Exercícios Espirituais, 368; 125, 159, 191, 370.
*António, Domingos: Missionário da Amazónia. III, 233, 366; IV, 353, 363; VII, p. XVII, 319–321, 339, 342, 350–352, 459; VIII, bibliogr., 56–57, 188, 192, 207, 220, 309–311, 383, 384; IX, 76, 79, 115, 157, 161, 187; — frontispício de "Collecção", VIII, 56/57.
António, Fr. (Carmelita): IV, 75.
*António, José (da *Baía*): VI, 7; VII, 431, 440.
*António, José (de *Condeixa*): III, 228; IV, 352, 363, 364; VIII, bibliogr., 58, 177; IX, 125.
*António, José (de *Minas Gerais*): — Ver Matos, António José de.
*António, Manuel: IV, 366.
*António, Vito: V, 584; VI, 411, 431, 432, 464; VIII, 58, 60.
António (D.), Infante de Portugal: Filho de D. Pedro II. IX, 223, 357.
António (D.), Prior do Crato: I, 137, 347, 396; II, 440; V, 4; VII, 5.
ANTROPOFAGIA: Luta e vitória, I, 558; II, 35–41; V, 511; IX, 423–425; o ritual da morte em terreiro, VI, 509–514; VIII, 410–413; uma explicação indígena: injúria de irmão a irmã, VIII, 408; outra explicação (culta), VI, 513, nota 2.
Antuérpia: V, 82, 385; VIII, 22, 24, 37, 135; IX, 175, 204.

*Antunes, António: I, 582; V, 340, 342, 343, 387, 492, 520, 521.
*Antunes, Bernardo: VI, 599.
*Antunes, Faustino: V, 74; VII, 429, 436.
*Antunes, Francisco: VII, 153.
*Antunes, Inácio: VI, 444, 457; VII, 424, 441; VIII, 59.
*Antunes, João: Missionário do Brasil. VI, 603; VII, 426, 450.
*Antunes, João: Missionário do Maranhão. IV, 358, 366.
*Antunes, José: VI, 599.
*Antunes, Manuel: IV, 82, 343.
Antunes, Maria: VI, 412.
*Antunes, Miguel (de *Lisboa*): Missionário da Amazónia. III, 128, 265, 301; IV, 138; VII, 483; VIII, bibliogr., 59.
Antunes, Miguel: Moço da Câmara. II, 81.
*Antunes, Sebastião (do *Espírito Santo*): V, 431, 587.
Antunes, Sebastião (do *Morro do Galeão*): V, 208, 209.
Antunes Maciel, António: VI, 373.
*Antunes Vieira, António: Escritor. — Ver Viegas, Artur.
Anunciação, Fr. José da: III, 439, 443.
Aparecida: VI, 379.
*Aparício, José: X, p. XII.
APÊNDICES: I, 531–586, 610; II, 615–633, 658; III, 425–456, 487; IV, 331–414, 439; V, 567–601, 635; VI, 560–607, 639; VII, 367–453, 490; VIII, 393–425, 436; IX, 377–433, 457–458. — Ver, no fim deste Tomo X, o índice geral dos Apêndices.
Apodi (Podi): V, 504, 539, 540, 544, 546; VIII, 121.
APOLOGÉTICA: VII, 133–134; VIII, 112. — Ver Teologia.
APOLOGIAS E DEFESAS: VIII, 247–248, 309–311; IX, 447.
*Aquaviva, Cláudio: Geral. — Índices: I, 588; II, 636; VII, 459; — VIII, pp. 22, 23, 24, 92, 93, 136, 137,

165, 222, 317; IX, 81, 98, 111, 162, 164, 165.
Aquiles, Francisco de Paula: X, p. XIV.
*Aquino, Tomás de (de *Lisboa*): V, 584; VI, 155, 431, 443, 454, 456, 601; VIII, 10.
Aquino, S. Tomás de: I, 79; II, 544; VII, 64, 177, 178, 219-221; VIII, 269.
Aquino Correia, Dom Francisco de: Arcebispo de Cuiabá. Escritor. II, 489; V, 68; VI, 224; IX, 362, 363; X, p. XV, 300, 302, 304, 312.
Aquirás: Hospício e Seminário, III, 67, 73, 76-83, 89, 91, 96; IV, 242, 290; V, 30, 545; VII, 246, 450; VIII, 98, 130, 286-288, 350, 376; IX, 55.
Aquitânia: V, 142; VIII, 159.
Arábia: II, 248; V, 27, 450.
Arabó (Orobó): I, 226, 446; II, 182, 184, 186; V, 270; VII, 12; VIII, 60.
Aracaju: V, 321-322.
Araçariguama: II, 588. — Ver Fazendas.
Araçatiba: VI, 113.
Araçatuba: IX, 133.
Aracaú: III, 67.
Aracena, Domingo de: Dominicano. VIII, 355.
Arada: VI, 423, 594.
Aragão: I, 17; II, 251, 260; VIII, p. XII.
Aragão, Baltasar de: Capitão-mor. V, 3; a sua morte, 14, 113, 217.
Aragão, Domingos Garcia de: VII, 196.
Aragão, Francisco Barreto de: V, 174.
Aragão, D. Francisco Ximenes de: III, 439, 443.
Aragão, José Garcia de: V, 172.
Aragão, José de Lima Pinheiro e: Desembargador. IX, 305.
Aragão, Manuel Araújo de: V, 171.
Aragão, Miguel de: Vigário Geral do Maranhão. IV, 362.
Aragão de Araújo, Baltasar de: V, 113, 116.

Aragão de Meneses, António de: Coronel. V, 170-177; VII, 126; VIII, 297, 388.
Aragão de Meneses, D. Isabel de: V, 113, 172.
Aragão Pereira, Diogo de: V, 113, 116.
*Aragonés, Miguel: Mártir. II, 259; VIII, 59, 60, 76.
Araguarí: VI, 191.
Araia: V, 356.
*Arâmburu, Francisco de: IX, 30.
*Arana (*Araña*?), José Inácio: VIII, 26.
*Aranda, António de: I, 564, 581.
*Aranha, António: V, 219, 584; VI, 395, 411; VIII, 60, 297.
Aranha, D. Francisco Xavier: Bispo de Olinda. V, 485.
Aranha, João de Matos: VII, 197.
Aranha, Manuel Guedes: III, 345, 350, 351; IV, 134, 137.
Aranha, Osvaldo: Chanceler do Brasil. III, p. XXI, 454; VII, 83.
Aranha de Vasconcelos, Pedro: VIII, 60.
*Araoz, António de: I, 133.
Araoz (Família): VIII, 39.
Araranguá: VI, 475, 477, 480.
Ararapirá: IX, 133.
Ararí: — Ver *Serra de Ararí*.
Arariboia: — Ver Índio Martim Afonso.
Arariguaba: VI, 218.
Araripe Júnior, Tristão de Alencar: VIII, 39.
Araripe: — Ver *Serra de Araripe*.
Araruama: VI, 90.
Aratangí: V, 339, 366.
*Araújo, António de: Missionário do Maranhão. IV, 367.
*Araújo, António de: Autor do "Catecismo na Língua Brasílica". I, 533, 580; II, 80, 186, 286, 411, 560; III, 207; V, 207, 270; VI, 473, 481, 483, 486, 488, 490; VII, fundador da igreja da Laguna, 13, 142; VIII, 28, bibliogr., 60-62; 99, 100, 105, 140, 276, 313; IX, 28, 172, 173, 348;

— autógr., II, 464/465; frontispício do "Catecismo", II, 560/561; rosto do "Catecismo", VIII, 64/65; "Cantigas" de Cristóvão Valente, IX, 88/89.
Araújo, António de (de *Pernambuco*): V, 587.
*Araújo, António de: V, 219. — Ver Araújo, João de.
Araújo, António de Andrade: Licenciado. VIII, 288.
*Araújo, Diogo de: V, 74; VII, 429, 436.
*Araújo, Domingos de (de *Arcos de Valdevez*): Cronista. III, 10, 206, 231; IV, 220, 274, 317, 320 (biografia), 348; V, 318, 584; VI, 599; VII, 126, 182; VIII, bibliogr., 63; IX, 140; — autógr., IV, 230/231.
*Araújo, Domingos de (de *Vila Real*): VI, 602, 603; VII, 426, 438.
Araújo, Domingos da Costa de: V, 471; VI, 111.
Araújo, Domingos Lourenço de: Capitão. IX, 136.
Araújo, Francisca Soares de: VII, 136.
*Araújo, Francisco de (Padre): V, 437, 569, 571, 584.
*Araújo, Francisco de (Ir. Est.): VII, 427, 442.
Araújo, Francisco Gil de: Fundador da Capela-mor da Igreja da Baía. V, 125. — Índices: II, 153; V, 606; VI, 611; VII, 459; — VIII, p. 36; IX, paga a impressão da "Vida" de Anchieta, 54; 176, 177, 181, 366.
*Araújo, Gaspar de (Ir. Coadj.): I, 580.
*Araújo, Gaspar de (Padre): VII, 51; VIII, 259, 339.
Araújo, Inácio Vaz de: Aluno. VIII, 244.
Araújo, Jerónimo Velho de: VII, 137.
Araújo, D. Joana de: V, 115.
Araújo, João de: Capitão. I, 26; II, 63.
*Araújo, João de (de *Angola*): VII, 274; VIII, 386.

*Araújo, João de (do *Recife*): V, 201, 219, 585; VI, 108; VII, 425, 451.
Araújo, Joaquim de: Pai do P. António de Araújo. VIII, 60.
Araújo, Joaquim de: Escritor. VIII, 350; IX, 361.
*Araújo, José de (Padre): V, 290, 584; VI, 28.
*Araújo, José de (Coadj.): VII, 434, 440.
*Araújo, José de (Ir. Est.): VII, 430, 437.
Araújo, José Garcia de: V, 172, 174.
Araújo, Leandro Barbosa de: V, 176.
*Araújo, Lourenço de: Poeta. I, 535; V, 584; VIII, bibliogr., 63, 365.
Araújo, Manuel de: Congregado Mariano de Pernambuco. V, 467, 471.
*Araújo, Manuel de (do *Recife*): VI, 110, 111; VII, 421, 446.
*Araújo, Manuel (de *Viana do Castelo*): V, 344, 385; VIII, 64.
Araújo, Manuel da Silva de: VIII, 141.
Araújo, Marcos de: V, 201.
Araújo, Maria de (1): V, 113.
Araújo, Maria de (2): V, 113.
Araújo, Maria da Costa: Mãe do P. Manuel Xavier Ribeiro. IX, 372.
*Araújo, Miguel de: VIII, 64.
*Araújo, Pedro de: VII, 429, 451.
Araújo, Pedro Garcia de: V, 116.
Araújo, Pedro de Góis de: VII, 196.
Araújo, Pedro Pereira de: V, 113.
Araújo, Salvador de (Morador de Olinda): I, 551.
Araújo e Aragão, Francisco de: V, 91.
Araújo e Azevedo, João de: V, 100.
Araújo Viana, Ernesto da Cunha: I, 394; II, 598; VI, 23.
Araújo Lima: Escritor. IV, p. XV.
Araújo Lima, Manuel de: VI, 75.
Arbas: II, 482.
*Arbizu, João Lopes de: Bibliógrafo. VIII, p. XII, 185, 186, 292; IX, 75.
*Arce, José Francisco de: VI, 214.
*Archier, Adolphe: Escritor. VIII, 80

Archivio del Gesù (Fondo Gesuitico): I, p. XXIII; II, p. IX; III, p. XXII; IV, p. XX; V, p. XVI-XVIII; VI, p. XV; VII, p. XVI; VIII, p. XVIII-XIX.

Archivio Vaticano (Roma): I, p. XXIII; II, p. IX; III, p. XVI, XXII; IV, p. XX; V, p. XVI, XXII; VI, p. XV; VII, p. XVI; VIII, p. XVIII.

Archivo de Indias: I, p. XXIII.

Archivum Societatis Iesu Romanum: I, p. XXI; II, p. IX; III, p. XV, XXII; IV, p. XX; V, p. XVI, XVII; VI, p. XV; VII, p. XVI; VIII, p. XII, XVIII-XIX; IX, p. 350. — Ver Arquivos.

Arco: IX, 91.

Arcos (Coimbra): I, 215; IV, 356, 365.

Arcos, Conde dos: — Ver Noronha, D. Marcos de.

Arcos, Conde dos (1817): IX, 101.

Arcos de Valdevez: IV, 320, 348; V, 403; VI, 599; VIII, 63.

Areda, José de: VII, 345.

Arede, João Domingos: I, 129.

Arévolo, Lázaro de: I, 152, 153.

Arez: V, 528.

Arez, Nuno de: I, 556.

*Arez, Sebastião: Alfaiate. V, 585.

Arezzo: VI, 598; VIII, 110.

Argel: II, 588; V, 384; VI, 330, 338.

Argensola: VII, 171.

Argentina: I, 354, 358; II, 17; III, 446; VI, 542, 550; VII, 242; VIII, 65.

Arguim: II, 136, 506; V, 44.

*Arias, Alonso: VI, 214.

Arinos, Barão de: II, 610.

Aristondo, Vicente de: VIII, 367.

Aristóteles: VII, 12, 166, 168, 212, 216, 220, 224, 227; VIII, 164.

*Arizzi, Conrado: VI, 592; VIII, 65.

Arles: VIII, 114.

Armas, António Roméu: Escritor. VIII, 80.

Arménia: VIII, 115.

Armenta, Fr. Bernardo de: I, 323, 324.

*Armínio, Leonardo (da Dioc. de Nápoles): — Índices: I, 589; II, 637; VI, 611; — VIII, p. 65.

ArnauVilela, António: III, 382; IV, 138.

*Arnolfini, Marco António: Missionário da Amazónia. III, 308, 344; IV, 220, 350; VIII, 66, 385; IX, 187, 188; — autógr., IV, 230/231.

Arouca: IV, 345.

Arouche, Agostinho Delgado: VI, 372.

Arqueologia: VIII, 357. — Ver Etnografia.

Arquitectura: Os primeiros arquitectos da Companhia, II, 596-598; V, 422; planos arquitectónicos do Colégio da Baía, I, 54; conformidade na traça das casas, IV, 108-109; sobrados de Aldeia indígena, V, 513; sobrados da Amazónia, IV, 161-162; I, 55, 279; no Recife, V, 465, 467-468; em S. Paulo, VI, 383, 387; em Santos VI, 429; — colunata da Vigia, III, 324/325; Arquitectura Militar, IX, 50, 112. — Ver Igrejas.

Arquivos:

— Baía: Cúria Metropolitana, I, p. XXIII; V, p. XX.

— — Misericórdia, V, p. XX.

— — Municipal, I, p. XXIII; V, p. XVI, XX, 601; VII, p. XVI.

— — Público do Estado, I, p. XXIII; V, p. XVI; VII, p. XVI.

— Ceará: Público (de Fortaleza), I, p. XXIII.

— Espírito Santo: do Estado, I, p. XXIII.

— Lisboa: Arquivo Histórico Colonial, I, p. XXII; II, p. IX; III, p. XVI, XXIII; IV, p. XX; V, p. XVII-XIX; VI, p. XV; VII, p. XVI; VIII, p. XVIII, XIX; X, p. XIII.

— — Ministério dos Estrangeiros, VIII, p. XVIII; IX, 350.

— — Arquivo Nacional da Torre do Tombo, I, p. XXII, XXVI; II, p. IX; V, p. XVI, XVIII;

VI, p. XV; VII, p. XVI; VIII, p. XVIII, XIX; IX, p. 350.
Arquivos: Lisboa: Arquivo da Província Portuguesa S. I., III, p. XVII, XXIII; IV, p. XX; V, p. XVI; VI, p. XV, XVI; VII, p. XVI; VIII, p. XVIII, XIX.
— Particular da Casa Cadaval, IX, 249.
— — da Casa Teles da Silva (Silva-Tarouca), IX, 23.
— Maranhão: do Estado, I, p. XXIII, XXIV; III, p. XVIII.
— Pará: — Ver Bibliotecas.
— Pernambuco: I, XXIII.
— Rio de Janeiro: Arquivo Nacional, I, p. XXIII, XXV; III, p. XVII, XVIII; VI, p. XV, XVI; VII, p. XVI.
— — Domínio da União, VI, p. XV.
— — Instituto Histórico: — Ver Instituto Histórico.
— S. Paulo: Cúria Metropolitana, I, XXIII.
— — do Estado, I, p. XXIII; VI, p. XV, XVI.
— Valkenburg (Holanda): I, XXIII.
— Outros Arquivos: — Ver Archivio; ver Bibliotecas.
Arraial do Bom Jesus (de Pernambuco):
— Índices: V, 606; VI, 611; — VII, p. 18; VIII, 93, 223, 377; IX, 112.
— N.ª S.ª do Carmo e S. Ana: III, 377; IX, 145.
— N.ª S.ª da Penha da França e S. Ana: III, 380.
— Piedade e S. Francisco: III, 173, 174; VIII, 331, 332.
— S. José: III, 179.
— S. José e S. Ana: IX, 144.
— Uniixi: IX, 27.
— Velho dos Mineiros: III, 169, 172, 173.
Arrábida: VIII, 347.
Arraiolos (Brasil): VII, 326.
Arraiolos (Portugal): V, 97.

Arrazoados e Pareceres: IX, 450-451.
Arriaga, Agostinho de: VIII, 250.
*Arriaga, Rodrigo de: VII, 222.
Arrifana: I, 402; V, 549; VII, 428, 430, 433, 453; IX, 143. — Ver e talvez identificar com alguma das duas seguintes.
Arrifana de S. Maria: IX, 24.
Arrifana de Sousa: IX, 119.
Arroio, Joaquim de Mesquita: IX, 218.
Arronches: III, 14, 90.
Arronches, Frei: II, 555.
Arronches, Marquês de: VIII, 306.
Arruda: II, 256; VIII, 197.
Arruda, Pascoal de: Sertanista. IX, 396.
Artes: Artes e artistas da Igreja do Colégio da Baía (Catedral), V, 121-140; Capela interior do Colégio da Baía, V, 597-599; IX, 345; o Relicário da Baía, II, 590; mobiliário da Sacristia da Baía, VII, 407-408; influência oriental (Macau e China) na Igreja de Belém da Cachoeira, V, 195; o Tesouro Sacro da Igreja do Colégio da Baía, VII, 377-416; X, p. XVIII.
— Ver Arquitectura; Azulejos; Escultura; Pintura; Ofícios.
Artes (Curso de): Ver Instrução (Filosofia).
*Artieda, André de: III, 207, 369, 406.
Arzão, Brás Rodrigues de: VI, 317, 360, 361.
Arzão, Cornélio Rodrigues de: VI, 360.
Arzão, José Vieira de: VI, 462.
Arzão, Manuel Rodrigues de: VI, 360.
Arzila (África): IV, 313.
Arzila (Coimbra): IV, 352, 365.
Ascética e Mística: VII, 7, 71, 94, 290, 292, 293, 362-366, 377; IX, 80, 81, 327, 439. — Ver Exercícios Espirituais.
Ascoli: VIII, 90.
Ásia: II, 146; III, p. X; IV, 281; V, 25, 99, 101, 161, 421; VII, 93, 141; VIII, 413; IX, 119, 316, 400.
Asseca, Visconde de: VI, 42, 87, 91.

Assis, Eugénio de: VI, 158.
Assis Moura, Gentil de: I, 257, 274, 282, 287; II, 181.
ASSISTÊNCIA E CARIDADE PARA COM O PRÓXIMO: Assistência moral, II, 361–390; moças arrependidas, V, 476–477; a menina exposta, VI, 12; — pazes entre os moradores inimigos, I, 194, 484–486; II, 361–364; V, 459; VI, 294–305, 430; entre governantes, V, 11; em campanha (capelães militares), I, 58, 500; II, 128–129; III, 102–103; V, 58, 351–352; VIII, 325; esmolas e obras de Misericórdia, I, 177, 184; II, 364–367; V, 88; VI, 15-17; VIII, 368; IX, 111, 420; Procuradores dos pobres e dos presos (cargo existente nos Colégios), V, 251; IX, 414 (Nóbrega); assistência espiritual e temporal na travessia do mar, VIII, 370; XI, 391; — aos presos da cadeia, II, 384, 388; IV, 397; VI, 19; VIII, 315, 373; aos fugidos do calabouço do Rio, VI, 16; — aos prisioneiros de guerra, II, 385-386; aos feridos de guerra, VII, 23; aos condenados à morte, II, 386; salvam a alguns a vida, I, 397; IV, 186; — nas epidemias, de varíola e outras, I, 216, 237, 240, 248; IV, 177–178, 191–192; VII, 235; VIII, 30, 66, 188, 232, 342, 362; IX, 29, 391–392; Padres que deram a vida servindo a empestados, VI, 140-141; precauções para não levar a varíola ao sertão, VI, 173; sezões, IX, 44; o "mal da bicha" (febre amarela), V, 89–90, 444–450; VII, 66, 71, 116; VIII, 7, 145, 199, 209, 295, 333; IX, 70; mordedura de cobras, II, 571; — assistência domiciliar e hospitalar, II, 576, 577; IV, 114, 117, 397; V, 59; VI, 19; VII, 66, 419–420; VIII, 370; — serviços da Fragata da Companhia, VII, 259; — a caridade no orçamento dos Jesuítas, IV, 177–192.

— Ver Aldeias; Boticas; Escravatura negra; Hospitais; Mar (Apostolado do).
ASSISTÊNCIA DE ESPANHA: VI, p. XVI; VIII, p. IX, 236; IX, 114.
ASSISTÊNCIA DE PORTUGAL: O seu âmbito geográfico, I, p. X; III, p. XVII; VI, p. XVI; VII, 245; VIII, p. IX, X, 3, 351; IX, 3, 401; X, p. XI, 313.
ASSISTENTES DE PORTUGAL [E DO BRASIL] EM ROMA: Os primeiros. I, 12.
Assumar, Conde de: (D. Pedro de Almeida e Portugal). VI, 58, 69, 192, 193, 195, 198, 363.
Assunção: — Índices: I, 589; VI, 611; — VIII, p. 241; IX, 81, 425.
*Assunção, Bernardo da: IV, 352.
Assunção, Fr. Inácio da: IV, 75.
Assunção, Fr. João da: IV, 157.
Assunção, Lino de: I, 98; II, 539.
Assureira: IV, 361.
Astorga: I, 432.
Astori, João António: Tradutor de Vieira. IX, 332.
*Astrain, António: Escritor. — Índices: I, 589; III, 460; IV, 417; VI, 611; VII, 459; — VIII, p. 241; X, 302.
*Astria, G. B.: VIII, 35.
ASTROLOGIA: VIII, 208.
ASTRONOMIA: VI, 212, 460; primeiras observações de Diogo Soares e Capassi, VII, 165, 172/173; IX, 393; o cometa de 1695, IX, 50, 51, 317, 339; VII, 359; VIII, 130, 208, 209; IX, 130, 148, 437.
Ataíde, Gaspar da Costa de: VI, 50.
Ataíde, D. Jerónimo de: Governador Geral do Brasil. — Ver Atouguia, Conde de.
Ataíde, Luzia (ou Lúcia) Carneiro de: Mãe do P. Martim Borges. VIII, 118.
Ataíde, Manuel de Carvalho de: II, 461.
Ataíde, D. Maria de: Filha dos Condes de Atouguia. IX, 208, 313.
Ataíde, Tristão de: — Ver Amoroso Lima, Alceu.
Ataíde Teive: III, 214; IV, 277.

*Atkins, Francisco: VII, 268, 430, 437; VIII, 66, 67.
Atkins, John: Cirurgião. VIII, 67.
*Atouguia, António de: I, 223, 575.
Atouguia, Condessa de: Filha dos Marqueses de Távora. VIII, 342-345.
Atouguia, D. Jerónimo de, Conde de: Governador Geral do Brasil. V, 121, 271; VI, 137, 282, 299, 301; VII, 271.
Atouguia, D. Jerónimo de, Conde de: Genro dos Marqueses de Távora. VIII, 344, 345.
Atouguia, D. Luiz Pedro Peregrino de Carvalho de Meneses e Ataíde, Conde de: Vice-Rei do Brasil. IV, 156; V, p. XII, 221, 556; VII, 134; VIII, 329.
Augsburgo: V, 197, 600; VIII, 94,303.
Auler, Guilherme: V, 451.
Aurélio, Víctor: VII, 151.
Áustria: II, 388; IV, 194; VII, 247; VIII, 299; IX, 165, 166.
Austregésilo, António: IV, 413.
Autógrafos de:
— Abreu, António de: VIII, 40/41.
— Aires, José: VIII, 40/41.
— Albuquerque, Gonçalo de: VI, 440/441.
— Almeida, André de: VI, 440/441.
— Almeida, Francisco de: VIII, 40/41.
— Almeida, João de: VI, 440/441.
— Almeida, José de: VII, 60/61.
— Álvares, Gaspar: VIII, 360/361.
— Amaral, Prudêncio do: VIII, 40/41.
— Anchieta, José de: II, 464/465; VIII, 16/17.
— André, Manuel: VI, 440/441.
— Andreoni, João António: VII, 60/61.
— Araújo, António de: II, 464/465.
— Araújo, Domingos de: IV, 230/231.
— Arnolfini, Marco António: IV, 230/231.
— Avelar, Francisco de: VII, 60/61.
— Avogadri, Aquiles Maria: VIII, 40/41.
— Azevedo, B. Inácio de: II, 256/257, 464/465.

Autógrafos: Baiardo, Ventídio: VIII, 40/41.
— Barbosa, Domingos: VIII, 40/41.
— Barros, João de: VIII, 40/41.
— Beliarte, Marçal: II, 464/465.
— Benci, Jorge: VIII, 40/41.
— Bernardino, José: VII, 60/61.
— Bettendorff, João Filipe: IV, 70/71.
— Blasques (Blázquez), António: II, 464/465.
— Bonucci, António Maria: VIII, 40/41.
— Borges, Martinho: VIII, 168/169.
— Botelho, Nicolau: VI, 440/441.
— Bourel, Filipe: VIII, 168/169.
— Brito, Manuel de: IV, 230/231.
— Bucarelli (Bucherelli), Luiz Maria: IV, 230/231.
— Campos, Estanislau de: VII, 60/61.
— Campos (Field ?), Roberto de: VIII, 168/169.
— Cardim, Fernão: II, 464/465; VIII, 132/133.
— Cardoso, António: VIII, 168/169.
— Cardoso, Miguel: VII, 60/61.
— Carneiro, Francisco: VII, 60/61.
— Carneiro, Paulo: VIII, 168/169.
— Carvalhais, Jacinto de: VII, 76/77.
— Carvalho, Jacinto de: IV, 230/231.
— Carvalho, Luiz: VIII, 168/169.
— Caxa, Quirício: II, 464/465.
— Clemente, Manuel: VI, 440/441.
— Cocleo, Jacobo: II, 100/101.
— Coelho, Domingos: VII, 60/61.
— Coelho, Marcos: VII, 60/61.
— Colaço, Cristóvão: VII, 76/77.
— Correia, Manuel: VII, 60/61.
— Costa, Diogo da: III, 388/389.
— Costa, José da: VII, 76/77.
— Costa, Manuel da: VII, 76/77.
— Costa, Miguel da: VII, 76/77.
— Craveiro, Lourenço: VIII, 168/169.
— Cruz, António da: VIII, 168/169.
— Daniel, João: VIII, 168/169.
— Dias, Manuel: VII, 60/61; VIII, 16/17.
— Dias, Pedro (Mártir): II, 464/465.

Autógrafos: Dias, Pedro (o da "Arte"): VIII, 168/169.
— Duarte, Baltasar: VIII, 276/277.
— Estancel, Valentim: VIII, 276/277.
— Faia, Inácio: VIII, 360/361.
— Faletto, João Mateus: VIII, 276/277.
— Faria, Gaspar de: VII, 76/77.
— Fernandes, Manuel: VII, 76/77.
— Figueira, Luiz: III, 100/101.
— Fonseca, António: VIII, 276/277.
— Fonseca, Bento da: IV, 326/327.
— Fonseca, Luiz da: II, 464/465.
— Fonseca, Manuel da: VIII, 276/277.
— Fragoso, Brás: I, 128/129.
— Freitas, Rodrigo de: II, 464/465.
— Gago, Ascenso: III, 100/101.
— Gomes, Henrique: VII, 76/77.
— Gomes, Manuel: VIII, 276/277.
— Gonçalves, Antão: VII, 76/77.
— Gonçalves, António: III, 388/389.
— Gonçalves, Francisco: III, 372/373.
— Gorzoni, João Maria: III, 372/373.
— Gouveia, Cristóvão de: II, 464/465.
— Grã, Luiz da: II, 464/465.
— Guedes (Ginzl), João: III, 100/101.
— Gusmão, Alexandre de: VII, 76/77.
— Honorato, João: VII, 76/77.
— Juzarte, Manuel: VIII, 276/277.
— Lima, Francisco de: VIII, 276/277.
— Lobato, João: VIII, 276/277.
— Lopes, José: IV, 230/231.
— Luiz, João: VII, 76/77.
— Lynch, Tomás: VII, 76/77.
— Machado, António: VIII, 276/277.
— Machado, Rafael: VII, 60/61.
— Magistris, Jacinto de: VII, 108/109.
— Maia da Gama, João da: IV, 214/215.
— Malagrida, Gabriel: VIII, 388/389.
— Mamiani, Luiz Vincêncio: VIII, 388/389.
— Mariz, António de: VI, 440/441.
— Marques, Simão: VII, 108/109.
— Mascarenhas, José: VIII, 388/389.
— Matos, António de: VII, 108/109.
— Matos, Eusébio de: VIII, 360/361.
— Matos, Francisco de: IV, 182/183, 198/199.

Autógrafos: Mazzolani, Aníbal: IV, 230/231.
— Mendes, Valentim: VIII, 388/389.
— Mendoça, José de: IV, 230/231.
— Mendoça, Luiz de: IV, 230/231.
— Moniz, Jerónimo: VIII, 388/389.
— Monteiro, Domingos: VIII, 388/389.
— Monteiro, Jácome: VIII, 388/389.
— Morais, Francisco de: VIII, 388/389.
— Morais, José de: VIII, 388/389.
— Moura, Mateus de: VII, 108/109.
— Nóbrega, Manuel da: II, 464/465; IX, 8/9.
— Nogueira, Luiz: IX, 24/25.
— Nunes, Manuel (Superior): III, 388/389; VI, 440/441.
— Nunes [Júnior], Manuel: III, 388/389.
— Nunes, Plácido: IX, 24/25.
— Oliveira, António de: VIII, 360/361.
— Oliveira, Gonçalo de: II, 464/465.
— Pacheco, Cornélio: IX, 24/25.
— Paiva, João de: VII, 108/109.
— Pedrosa, Pedro de: III, 388/389.
— Pereira, Álvaro: VI, 440/441.
— Pereira, António: III, 260/261.
— Pereira, Carlos: IV, 230/231.
— Pereira, Gonçalo: IV, 230/231.
— Pereira, João (Visit.): VII, 108/109.
— Pereira, João (do *Recife*): VII, 108/109.
— Pereira, João (da *Baía*): VI, 440/441.
— Peres (Perret), Jódoco: III, 260/261.
— Pfeil, Aloísio Conrado: III, 260/261.
— Pimenta, João: IX, 24/25.
— Pinheiro, Simão: VII, 108/109.
— Pinto, António: IX, 24/25.
— Pinto, Francisco: IX, 24/25.
— Pires, Belchior: VII, 108/109.
— Pires, Sebastião: III, 388/389.
— Pontes, Belchior de: IX, 24/25.
— Ramos, Domingos: IX, 24/25.
— Reis, Ângelo dos: IX, 72/73.
— Reis, Luiz dos: VII, 60/61.
— Ribeiro, Francisco (Reitor de São Paulo): VI, 440/441.

Autógrafos: Ribeiro, Francisco (Reitor do Pará): III, 260/261.
— Ribeiro, Manuel: VI, 440/441.
— Rocha, João da: IX, 72/73.
— Rocha, Martim da: IX, 72/73.
— Rodrigues, António (Cativo dos Holandeses): VI, 440/441.
— Rodrigues, António (Reitor de S. Paulo): IX, 72/73.
— Rodrigues, Jerónimo: IX, 72/73.
— Rodrigues, Pero: II, 464/465.
— Rodrigues [de Melo], José: IX, 72/73.
— Rolando, Jacobo: IX, 72/73.
— Sá, António de: IX, 72/73.
— Sá, Mem de: I, 128/129.
— Scotti, António Maria: IV, 230/231.
— Seixas, José de: VII, 108/109.
— Seixas, Manuel: IX, 72/73.
— Sepúlveda, José de: IX, 120/121.
— Sequeira, Baltasar de: VII, 108/109.
— Sequeira, Inácio de: IX, 72/73.
— Sequeira, Manuel de: VII, 108/109.
— Silva, Manuel da: IX, 136/137.
— Silveira, Francisco da: IX, 136/137.
— Soares, Barnabé: IX, 136/137.
— Sotomaior, João de: III, 388/389.
— Sousa, Francisco de: IX, 136/137.
— Sousa, Tomás de: VI, 440/441.
— Tavares, João: III, 388/389.
— Toledo, Francisco de: IV, 326/327.
— Tolosa, Inácio de: II, 464/465.
— Vale, António do: IX, 136/137.
— Vale, Leonardo do: IX, 136/137.
— Vasconcelos, Simão de: II, 464/465; VI, 440/441.
— Vaz, António: IV, 230/231.
— Veloso, Francisco: III, 372/373.
— Viegas, Manuel: IX, 136/137.
— Vieira, António: IV, 22/23; IX, 376/377.
— Vitoriano, André: IX, 136/137.
— Wolff, Francisco: IX, 136/137.
— Xavier [Padilha], João: IX, 136/137.
— Yate, João Vicente: IX, 136/137.
— de Jesuítas do Amapá: III, 260/261.
— de Jesuítas do Amazonas: III, 372/373.

Autógrafos: de Jesuítas do Ceará: III, 100/101.
— de Jesuítas do Maranhão e Pará: III, 388/389; IV, 230/231.
— de Jesuítas do Rio: VI, 440/441.
Auxiliis (A Questão de): VII, 177, 220; VIII, 269.
Aveiro (Portugal): I, 58, 402; IV, 355; VII, 11, 434; VIII, 243; IX, 55.
Aveiro (Tapajós). III, 365.
Aveiro, Duque de (mais do que um): I, 211, 212; V, 236; VI, 582; IX, 16.
Aveiro, Duquesa de: VIII, 344.
Avelar: IV, 344.
Avelar, António de: Pai do P. Francisco de Avelar. V, 402.
*Avelar, Francisco de: Provincial. Biografia, VII, 61–63. — Índices: IV, 417; V, 606; VI, 611; VII, 459; — IX, 107, 240, 243, 407; — ass. autógr., VII, 60/61.
*Avelar, João de: III, 116, 345, 355; IV, 361.
*Avelar, Luiz de: III, 116.
Avelar, Paulo Soares do: III, 112.
Avelãs: I, 215; VI, 136.
Avelãs de Cima: VIII, 122.
Aveleira: IV, 346.
Ávila, Francisco Dias de: V, 289, 296, 297, 300, 306, 551.
Ávila, Garcia de (mais do que um): I, 184, 440; II, 55, 162, 164, 165; V, 283, 284, 292, 310, 556, 561; VIII, 88, 268. — Ver Torre (Casa da)
Ávila (Senhoras da Torre de Garcia de): III, 62.
Ávila Pereira, Garcia de: V, 300, 551, 555.
Avintes, Conde de: VIII, 348. — Ver também Lavradio, Marquês de.
Aviz: II, 524.
*Avogadri, Aquiles Maria: Missionário da Amazónia. III, 380, 388; IV, 351; VIII, 69, 321; IX, 88, 395; — ass. autógr., VII, 40/41.
Avogadro, Pedro António: IX, 331.
*Aylluard, Diogo: VIII, 306.

Ayolas, João de: VI, 215.
Azambuja, Conde de: VI, 218.
Azara, Félix de: I, 335, 351, 352.
Azarola Gil, Luiz Enrique: VI, 540.
Azeitão: Um dos cárceres em que padeceram os Jesuítas na perseguição geral do século XVIII. IV, 232, 344; V, 73, 148, 476; VI, 224, 411, 432, 458; VII, 136, 253, 357; VIII, 15, 66, 86, 87, 122, 149, 213, 230, 260, 267, 306, 322, 361; IX, 42, a vida religiosa e regular dos Jesuítas nos cárceres, 43; 111, 149, 366, 370.
Azeméis: VI, 598.
Azeredo, António de: VI, 187.
Azeredo, Belchior de: I, 218, 222, 223, 232, 239; II, 71.
Azeredo, Domingos de: VI, 187.
Azeredo, Marcos de: "Descobridor das Esmeraldas". I, 223; VI, 185, 187.
*Azeredo, Marcos de (do Rio de Janeiro): V, 239, 582.
Azeredo, Miguel de: Capitão. I, 219, 223, 225; II, 170, 591; VIII, 23.
Azeredo Coutinho, D. José Joaquim de: VIII, 192.
*Azevedo, António de: VII, 434, 441.
Azevedo, Augusto César Miranda de: VIII, 18, 20.
*Azevedo, Bernardo de: VII, 428, 442; IX, 355.
Azevedo, Fernando de: Escritor. VII, 225.
*Azevedo, B. Inácio de: Visitador. Biografia e martírio, II, 242–266; III, 445; festas em Pernambuco, I, 103.
— Índices: I, 589; II, 637; III, 460; V, 606; VII, 460; — VIII, p. XIV, 12, 38, 59, 68-82 (bibliogr. e processo de beatificação), 91, 197, 198, 261, 272, 285, 317, 373; IX, 53, 54, 67, 407, 430; X, 308; — retrato, II, 272/273; autógrafos, II, 256/257; 464/465; carta de 20 de Fevereiro de 1567, VIII, 68/69; catálogo dos que foram este ano para o Brasil (1570),

II, 256/257; o martírio dos 40 Mártires do Brasil, II, 368/369; a glorificação (Banzo, gravador), VIII, 84/85.
*Azevedo, Inácio de (de Lisboa): VI, 292.
*Azevedo, Inácio de (de Pernambuco): Bom músico, mestre de obras e fôra valente soldado. III, 292; IV, 337; V, 123, 397.
Azevedo, Inácio Soares de: V, 220.
Azevedo, D. Jerónimo de: Vice-Rei da Índia. II, 246; VIII, 69.
*Azevedo, João de (dos Açores): I, 196, 536, 580; V, 199.
*Azevedo, João de (da Baía): V, 204, 218, 434, 583; VIII, 82.
*Azevedo, João de (do Porto): VI, 471; VII, 427, 443; VIII, 83.
Azevedo, D. João de: Bispo do Porto. II, 244.
Azevedo, D. João de: Governador de Moçambique. II, 246; VIII, 69.
Azevedo, João Cardoso de: VI, 88, 92.
Azevedo, José Velho de: IV, 240.
Azevedo, Manuel de (de Olinda): I, 551.
*Azevedo, Manuel de: Da Prov. de Portugal. VIII, 293.
Azevedo, D. Manuel de: Pai do B. Inácio de Azevedo. II, 244; III, 445; VIII, 69.
Azevedo, Maria de: Mãe do P. António Vieira. IV, 3, 4, 17; IX, 192.
Azevedo, Pedro de: Escritor. I, 19, 174, 337, 364, 478, 483; II, 146, 150, 197; V, 407; IX, 283, 303.
Azevedo, Pedro Carneiro de: Engenheiro. III, 121, 256.
Azevedo, Salvador de: V, 348.
Azevedo Coutinho, António de: VII, 135.
Azevedo Coutinho, Marco António de: VII, 317.
Azevedo Marques, Manuel Eufrásio de: Escritor. — Índices: I, 588; II, 637; V, 606; VI, 611; — VIII, p. XXI, 381.
Azinhaga: II, 461.

Azpeitia: II, 482.
*Azpilcueta Navarro, João de: Entrada às Minas, II, 173-175. — Índices: 597; II, 645; V, 606; VI, 611; — VIII, p. XX, 83-84 (bibliogr.), 108; IX, 58, 63, 397-399, 416.
Azpilcueta Navarro, João de: Pai do P. João de Azpilcueta Navarro. VIII, 83.
Azpilcueta Navarro, Martim de: I, 77, 79; II, 174, 175, 206, 283, 284, 460, 462, 539, 545; VII, 180; VIII, 83; IX, 398, 414.
Azulejos: Da Igreja de Olinda (1615), V, 417; da Igreja do Recife (1687), V, 469; da Capela interior da Baía (1742), V, 134; do Colégio da Baía, V, 95; — da livraria do Colégio da Baía, V, 82/83.
Azurara: VI, 590; IX, 70.
*Azurara, B. Estêvão: Mártir do Brasil. II, 260.

B

Baçaim: IX, 114.
*Bacelar, António: VII, 426, 442.
*Bacelar, António Barbosa: IX, 354.
*Backer, Agostinho e Aloys de: Bibliógrafos. VIII, pp. XI, XII, XXI, 5, 9; IX, 363.
Bacon, Francis: II, 632.
*Bacon: — Ver Southwell, Natanael.
Badajoz: VIII, 87, 231; IX, 321.
Bede, Marquês de: VIII, 114.
Badón: III, 378, 379.
*Baena, B. Afonso: Mártir do Brasil. II, 260.
Baena, António Ladislau Monteiro: Escritor. — Índices: III, 360; IV, 417; — VIII, p. 192.
Baers, João: Escritor. I, 457; V, p. XXIV, 348, 349.
Bagé, Barão de: III, 249.
Bagnoli: — Ver Banholo.
Baía: Fundação da Cidade do Salvador, I, 17-24; Ajuda, VIII, 362; IX, 203, 417; Terreiro de Jesus e Igreja, I, 25-29; VII, 217; IX, 168; Colégio dos Meninos de Jesus, I, 31-46; Colégio de Jesus, I, 47-69; Padrão da fundação real, I, 538-540; Real Colégio das Artes, V, 69-105; Estudos, I, 71-104; VII, 369, 370; tentativas para se criar a Universidade, VII, 191-208; a questão dos Desembargadores da Relação, 197; relações com Angola e Catequese dos Negros, VII, 84, 274-278; canonização de S. Inácio e S. Francisco Xavier, VIII, 65; Aldeias, II, 49-60; V, 261-269; VIII, 83, 284; IX, 373, 426; ao começar o século XVII, V, 3-24; VIII, 403; Invasão holandesa de 1624, V, 25-54; derrota dos Holandeses, V, 55-68; IX, 69, 179, 201, 202, 402, 403; descrição da Cidade (Vieira), V, 27-28; Pelourinho e Cadafalso, IX, 168; Igreja (hoje Sé Catedral primaz), V, 106-140; VII, 380-406; tecto armado pelo Ir. Luiz Manuel, VII, 251; os seus altares em 1760, VII, 380, 387; nesta igreja celebrou missa S. João de Brito, VII, p. IV/V; tesouro sacro, VII, 377-416; plantas, V, 417-420; VII, 251; VIII, 177, 178, 325; IX, 62, 63, 142, 168, 174, 230, 366; guindaste dos Padres, I, 585; V, 163; guindaste da Ribeira, VIII, 356; centro de construções navais, VII 250; escala para a África e Índia, VII, 274; expedições missionárias para a Índia, VII, 280-281; Noviciado da Jiquitaia, V, 141-150; Instituições e Casas Urbanas, V, 151-165; Seminário Maior, V, 151-155; VII, 373-375; Casa de Exercícios Espirituais, V, 154-157; Engenhos do Recôncavo, V, 243-260; Sertões, V, 270-315; VII, 241; VIII, 52, 296; Jesuítas filhos da Baía, VII, 421-435; sentimento do povo no exílio dos Padres em 1760, V, 103-105; volta dos Jesuítas, V, 105. — Índices: I, 589, 607; II, 637, 655; III, 460; IV, 417; V, 606, 631-633; VI, 611; — VII, p. VII e *passim*; VIII, p. VII e *passim;* IX, p. VII e *passim;* X, 315; — Baía de Todos os Santos, I, 16/17; planta da Cidade, I, 32/33;

Padrão da fundação do Colégio, I, 128/129; Recuperação da Cidade da Baía, V, 66/67; Plano da Igreja e Colégio da Baía, I, 64/65; o Colégio e a Igreja de Mem de Sá, V, 50/51; antiga estampa da Igreja, V, 120; interior da Igreja, VII, 252/253; pormenor, V, 274/275; Retábulo das Relíquias, V, 290/291; altar-mor, V, 242/243; tecto da Igreja, V, 258/259; o púlpito de 1663, IX, 232/233; planta da Igreja, VII, 396/397, 412/413; Sacristia, V, 210/211; tecto da Sacristia, V, 226/227; Capela interior, V, 194/195; Livraria, V, 82/83; tecto da Livraria, VII, 188/189; o Colégio em 1758, V, 98/99; plantas, VII, 380/381, 396/397, 412/413, nos meados do século XIX, 80/81; fachada actual da Igreja, V, 130/131; os Jesuítas na Baía e seu Recôncavo (mapa), V, p. XXX. — Ver Colégio da Baía; ver *Fazendas;* ver Instrução; ver *Jiquitaia.*

Baía Formosa: VI, 119.

— *Guajará:* III, 206.

— *Guanabara:* I, 96, 232, 383; II, 132, 148, 153, 469; IX, 393, 426, 427, 429.

— *Maria Farinha:* I, 466.

— *S. José:* III, 158.

— *S. Marcos:* III, 135, 139, 199.

Baião, António: Escritor. II, 388, 389, 407; V, 52; VIII, 350; IX, 258, 312, 357, 361.

Baião, António Dias: Congr. Mariano do Recife. V, 463, 464, 471, 472, 477.

*Baiardo (Bayardi), Ventídio: II, 447, 448; VII, 189; VIII, 90 (bibliogr.); — ass. autógr., VIII, 40/41.

Baiona: VIII, 38.

Bairro: IV, 366.

Baixos de S. Roque: — Ver *S. Roque.*

Baldus, Herbert: Escritor. IV, 301.

Balém, João Maria VI, 528, 531.

Baker, John; I, 490.

Baltar: IX, 76.

*Baltasar, Ir.: I, 577; II, 262.

Balzac, H. de: VI, 77.

BANCOS: IX, 420.

Bandarra, Gonsalianes: IX, 310.

Bandeira, Guilherme José de Carvalho: Notário Apostólico. IX, 319.

Bandeira, Manuel: Escritor. II, 193; X, 299, 302, 304.

Bandeira de Melo, Filipe: IV, 162.

BANDEIRAS: Definição, VI, 323–324; marítima ao Sul (1635), VI, 473–474, 505–506; acham para as bandas do Amazonas (1640) Tamoios fugidos do Cabo Frio, VI, 587; crueldades das bandeiras de caça ao Índio, VI, 268–269, 490, 516; os paulistas no Nordeste (acção colonizadora e benéfica), V, 537, 571; no Guaporé, VIII, 323; outras bandeiras, VIII, 62, 144; IX, 393; a "Colecção Padre Diogo Soares", IX, 136–137.

Bañez, Fr. Domingos de: VII, 178.

*Banha, Francisco: VI, 521; VII, 270, 271; VIII, 381.

Banhes, Francisco de: III, 304. — Ver Rodrigues [Banhes].

Banholo, Conde de: V, 60, 361, 362, 379, 380.

*Banhos, Pantaleão dos: I, 203, 582.

*Banhos, Vicente dos: VI, 140, 187, 188.

*Bannwarth, Paulo: X, p. XV, 312.

Banzo, Luiz: Gravador. VIII, 78.

*Baptista, António (de *Palmela*): VI, 75, 603; VII, 263, 423, 452.

*Baptista, António (de *Lameiras*): III, 289; IV, 353; VIII, 85.

*Baptista, António (de *Lisboa*): IV, 345.

*Baptista, João (de *Flandres*): Padre. I, 568, 584; II, 190, 503.

*Baptista, João (de *Horn*): Ir. pintor (flamengo). V, 416.

*Baptista, João (de *Pombal*): Alfaiate. IV, 352, 357.

*Baptista, João (1600): I, 571, 579.

*Baptista, João (1621): V, 336; VI, 233.

*Baptista, João (de *Turquel*): Carpinteiro. V, 486; VII, 451.

*Baptista, João: Boticário. VII, 433,443.
Baptista, João: Morador da Baía. II, 71.
*Baptista, José: VI, 208, 210; VII, 426, 448.
Baptista, José Luiz: II, 174.
*Baptista, Manuel (de *Mourão*): IV, 352,¹364.
*Baptista, Manuel (do *Porto*): III, 76; V, 585.
Baptista Caetano de Almeida Nogueira: II, 610; IV, 354; VII, p. XVII; VIII, 27, 132/133, 134, 135, 352.
Baptista de Castro, João: Escritor. IX, 231.
*Baptista Fragoso: Jurisconsulto. VII 185.
Baptista Pereira: Escritor. I, 383; II, 171, 470; IV, p. XX, 165.
Baraiatiba: VI, 378.
Barata, Custódio Jesam: IX, 231.
Barata, Manuel: Escritor. — Índices, III, 460; IV, 417.
Barba Alardo de Meneses, Luiz: III, 28.
Barbacena: VI, 192.
Barbacena, Marquês de: V, 222.
Barbacena, Visconde de: Governador Geral do Brasil. — Ver Rio de Mendonça, Afonso Furtado de Castro de.
Barbalho: V, 579.
Barbalho Bezerra, Agostinho: VIII, 259.
Barbalho Bezerra, Luiz: Governador do Rio de Janeiro. V, 97, 98, 352, 381, 382, 405, 415; VI, 25; VII, 62; VIII, 93.
BÁRBAROS (GUERRA DOS): V, 536-539; VII, 118, 122; os índios motores, VIII, 386.
Barbeita: II, 397; VI, 589; VIII, 179.
Barberino, Manuel Estêvão de Almeida Vasconcelos: VII, 134, 135.
Barbosa (Quinta do): II, 244, 245.
Barbosa, A. Lemos: IX, 170.
*Barbosa, André: Enfermeiro. V, 121.
Barbosa, António da Silva: V, 525.

Barbosa, António Soares: V, 499.
*Barbosa, António: Mestre de Humanidades. VII, 152.
*Barbosa, António: Juiz do Povo. VI, 419.
Barbosa, Domingos: Escritor. III, 454.
*Barbosa, Domingos (da *Baía*): I, 533; II, 397; V, 251; VI, 10, 157, 597; VII, 39, 51, 52, 58, 59, 72, 238; VIII, 68, 85 (bibliogr.), 144, 178, 339; — ass. autógr., VII, 40/41.
*Barbosa, Domingos (do *Espírito Santo*): VII, 430, 437.
Barbosa, Félix: V, 260.
*Barbosa, Francisco: V, 321; VII, 426, 438.
Barbosa, Francisco de Assis: X, 299.
Barbosa, Frutuoso: I, 499, 504, 505, 551; II, 168, 506.
Barbosa, Gaspar: II, 107, 434.
*Barbosa, Gonçalo: IX, 54.
*Barbosa, Inácio: Ir. Estudante. IV, 343.
*Barbosa, Inácio (de *S. Paulo*): VI, 344
Barbosa, Jerónimo: IX, 136.
*Barbosa, João: VII, 154, 424, 441.
*Barbosa, José: IV, 358, 366.
Barbosa, D. José: Cronista da Casa de Bragança. IX, p. VII, 319, 355, 357, 358.
Barbosa, Manuel: Jurisconsulto. VII, 188; VIII, 194.
Barbosa, Manuel de Miranda: I, 449; V, 228-230.
*Barbosa, Pedro: Jurisconsulto. VII, 185.
*Barbosa, Pedro (do *Rio*): VII, 428, 442.
*Barbosa, Pero: I, 583.
Barbosa, Rui: Escritor. I, p. XXV; VI, 393; VII, 225; X, p. XIV.
Barbosa, Simão: V, 229.
*Barbosa, Teotónio: III, 389; IV, 351, 367; VIII, 86.
Barbosa Calheiros, Domingos: VII, 29.
Barbosa Leal: II, 179.
Barbosa Lima, Gaspar: Sertanista. IX, 396.

Barbosa Lima Sobrinho: Escritor. V, 65; X, p. XV.
Barbosa Machado, Diogo: Escritor. — Índices: II, 637; V, 606; VI, 612; VII, 460; — VIII, pp. XI, XIV, XV, XXI, e *passim;* IX, *passim.*
Barbosa Rodrigues, J.: Escritor. II, 551; III, 362-364; IV, 294.
Barbuda, Manuel Álvares: V, 292.
Barbudo, Francisco: II, 65.
*Barca, Jácome António: Arquitecto. V, 147; VII, 434, 440.
Barca de Alva: VII, 135.
Barcelinhos: VI, 599.
Barcelona: I, 4, 18, 355; II, 249, 259; VIII, 19, 34, 60; IX, 239, 398, 399.
Barcelos (Baía): V, 213.
Barcelos (Portugal): II, 152; IV, 352; V, '95; VII, 280, 432-434.
Barcelos Machado, José de: VI, 86; VIII, 388.
Barco Centenera: I, 221.
Barléu, Gaspar: Escritor. III, 16, 108; V, 339.
Barqueiros: VII, 424.
Barra do Rio das Contas: V, 214.
*Barradas, António: Provincial de Portugal. IV, 19; VIII, 224; IX, 350.
Barradas, D. Constantino: Bispo do Brasil. II, 69; VIII, 57.
Barradas, Francisco: VII, 49.
Barradas, Valentim Coelho: V, 145.
*Barreira, Baltasar: II, 263, 346, 497.
*Barreira, João: VI, 590.
*Barreira, Pedro: I, 570.
Barreiro, José Maria Viqueira: Escritor. VIII, 42.
Barreiros: V, 346.
Barreiros, D. António: Bispo do Brasil. Suas relações com a Companhia, II, 524-526. — Índices: I, 589; II, 637; V, 607; — VIII, pp. 92, 282; IX, 165.
*Barreiros, José: III, 273, 392; IV, 191, 307, 361; VIII, 109.
*Barreiros, Pedro: VII, 426, 445.
*Barreto, Belchior Nunes: VIII, 175; IX, 4.

Barreto, Francisco: Cónego. IX, 290-292, 297, 299.
*Barreto, Francisco (da *Índia*): VIII, 201, 202.
*Barreto, Luiz: III, 167; IV, 354, 364; VIII, 86, 87, 231, 250.
*Barreto, Manuel: V, 282, 583; VII, 23; VIII, 87; IX, 60.
Barreto, Plínio: Escritor. III, 454.
Barreto, Roque da Costa: — Ver Costa Barreto, Roque da.
Barreto, Tomás Robi de Barros: VII, 162.
Barreto de Meneses, Francisco: Governador Geral do Brasil. III, 29-30; IV, 339; V, 320, 347, 402, 405, 415, 461; VII, 55-56.
Barriga, Simão: I, 417.
Barrocas: II, 461.
*Barros, André de: Escritor. — Índices: III, 461; IV, 417; V, 607; VI, 612; VII, 460; — VIII, p. XXI, 118, 212, 214; IX, *passim.*
*Barros, António de (de *Braga*): V, 586.
*Barros, António de (do *Porto*): V, 555, 583.
*Barros, Bartolomeu de: V, 174.
Barros, Catarina de: V, 116.
Barros, Cristóvão de: Provedor-mor. I, 346, 385, 405, 415, 418, 432, 447, 448, 468, 469, 552, 565; II, 66, 71, 137, 246, 526; VIII, 400; IX, 24.
Barros, Fernando de Góis: VII, 214; VIII, 147.
Barros, Francisco de: V, 31, 37.
Barros, Francisco António de Lira: IV, 123.
*Barros, Gregório de: Reitor do Colégio do Espírito Santo. VI, 137, 140.
Barros, Gregório de: Secular. VIII, 143.
*Barros, João de: Apóstolo dos Quiriris. IV, 315-316; V, 281, 284, 286, 289-295, 326, 429; VI, 210; VIII, 88 (bibliogr.), 162, 262, 351; IX, 343; — ass. autógr., VIII, 40/41.
Barros, João de: Escritor. I, p. IX, 166; VII, 160, 171.

Barros, João de: Morador da Baía. I, 165, 166.
*Barros, João de: Noviço. V, 586.
Barros, João António de: VI, 365.
*Barros, Joaquim de: IV, 326, 355, 363; VII, 352; VIII, 311.
*Barros, Leandro de: Enfermeiro. VI, 110; VII, 432, 445.
*Barros, Luiz de: V, 584; VII, 170.
Barros, Luiz Machado de: V, 202.
*Barros, Manuel de (de *Espozende*): I, 101, 568; II, 302.
Barros, Manuel de: Sertanista. 136.
Barros, Nuno de: I, 466.
Barros, Pedro Vaz de: I, 184, 331; VI, 401.
*Barros, Simão de: VI, 601
Barros, Zacarias de: III, 224.
Barros Leite, Jorge de: Capitão-mor. III, 95.
Barroso, Cristóvão: Feitor da Condessa de Linhares. VII, 279.
Barroso, Gustavo: Escritor. II, 18; III, p. VI, 45; X, 299, 305.
Bartoccetti, Vitório: IV, 257; VII, 331.
*Bartoli, Daniel: Escritor. VIII, 78, 366.
*Barzana, Alonso: I, 348, 350, 351, 354, 357; II, 554; IX, 29.
Basílio (S.): VII, 151.
*Basílio [da Gama], José: VI, 198; VII, 259, 431, 443, 453; VIII, 89, 247, 309, 310.
Bastia: VIII, 340.
Bastide, Roger: VI, 371.
Basto: VI, 79; VII, 426, 432.
*Basto, António de: IV, 361, 367; V, 629.
Bastos, Abguar: IV, p. XV.
Bataglini, Jerónimo: Colector. VI, 271.
*Batalha, Joaquim: VII, 431, 443.
Baturité: III, 83, 92, 93; VI, p. VII.
Bauhin, Gaspar: VII, 227.
Baviera: VIII, 362.
*Bayardi: — Ver Baiardo.
*Bayle, Constantino: Escritor. I, 57; II, 4, 232, 344; III, 454.
*Beagel, João Baptista (de *Roterdão*): V, 325; VII, 274, 484.

Beau, Albin Eduard: IX, 353.
*Beauvais, Gilles François de: II, 266; VIII, 78.
Beça, Bento: V, 436.
*Beça, Manuel: I, 537; IV, 287; VII, 358, 424, 442; VIII, 91 (bibliogr.), 243.
Becx, Matias: III, 15, 16.
Béguin, Albert: II, 374.
*Beke, Egídio Van: Provincial. IX, 102.
Beira: I, 179; II, 124, 461; VIII, 307.
Beira-Mar: VII, 44.
Beja: III, 308; V, 268.
Bejarano: Ouvidor de la Plata. IX, 30.
*Belarmino, S. Roberto: Cardeal. VIII, 348.
Belas: IV, 350, 363; IX, 27.
Belém (de *Lisboa*): II, 251, 252; IV, 38, 325; VII, 356; VIII, 312, 382.
Belém da Cachoeira: III, p. X, 223; IV, 295; V, 92, 125, fundação do Seminário, 167–198, 290, 470, 474, 588, 595, 600; VI, 75, 354; VII, 69, 70, 78, 125–127, 131, 138, 143, 246, 280, 373, 441; VIII, 6, 13, 53, 128, 138, 146, 166, 172, 195, 289, 290, 297, 352, 353, 373, 375, 381, 387; IX, 41, 122; mais de cem alunos, 123; 156, 343, 370; — planta do Seminário, V, 166; a Igreja, V, 178/179.
Belém do Pará: Os primeiros Padres; o Colégio de S. Alexandre; a Igreja de S. Francisco Xavier; outras Igrejas; o Seminário, III, 205–234; VII, 342; os estudos, IV, 271–280. — Índices: III, 461, 485; IV, 417, 439; VI, 612; — VIII, pp. 235, 270; — fachada do Colégio de S. Alexandre e da Igreja, IV, 278/279; tecto interior no Colégio, IV, 294/295; Igreja de S. Francisco Xavier, III, 212/213; planta, III, 228/229; interior, III, 244/245; sacristia, III, 276/277; altar de S. Miguel, IV, 374/375; púlpitos, III, 292/293; IV, 86/87; IX, 152/153.

Belfort, Lourenço: Cabo de Tropa. III, 380; VIII, 321.
Bélgica: I, p. XX, 267, 356; II, 4; III, p. XXI; V, 405; VII, 60, 112, 239, 269; VIII, 24, 54, 211, 273; IX, 77, 102, 104, 182; X, p. XII.
*Beliarte, Marçal: Provincial. Biografia, II, 492-496. — Índices: I, 589; II, 637; VII, 460; — VIII, pp. 26, 28, 91-93 (bibliogr.), 254, 258; IX, 95, 170, 171; — ass. autógr., II, 464/465.
Belide: IV, 355, 356, 365; VIII, 221.
*Bellavia, António (da *Sicília*): Morto pelos Holandeses. V, 138, 352, 353, 358; VI, 167, 177, 592; VIII, 93 (bibliogr.), 224.
*Belleci, Aloísio: IV, 354; VI, 605; VIII, 94 (bibliogr.), 126; IX, 145.
Bellido, Afonso: I, 324.
Belmonte: Escritor. VI, 392.
Belo-Horizonte: III, 456; VIII, 40, 41, 46, 47.
*Belville, Carlos: Missionário da China e do Brasil. Arquitecto, estatuário e pintor. V, 132, 139, 142, 143, 196; VII, 247; VIII, 53.
Benavente (Brasil): I, 249; VI, 150-151.
Benavente (Portugal): IV, 355; VI, 150; IX, 60.
Benavides, Maria de Mendonça e: VI, 42.
*Benci, Francisco: II, 259; VIII, 77.
*Benci, Jorge: V, 255, 281; VI, 14, 311, 312, 325, 328, 342-344; VII, 87, 98, 109, 110, 112, 119, 179, 180, 184, 276, 277; VIII, 44, 46, 51, 95 (bibliogr.), 364, 368; IX, 336; — ass. autógr., VIII, 40/41; Frontispício *ms.* e impresso da "Economia Cristã", VIII, 100/101.
Benfica: III, 285.
Bengala: I, p. XI.
Bengo: V, 395.
*Benítez, Herman: VIII, 41.
Benito, André: VI, 445.
Bento XIII: Papa. VIII, 335.

Bento XIV: Papa. V, 159; VI, 199, 389; VII, 336, 375 (Breve de isenção dos Seminários da Companhia de Jesus no Brasil); VIII, 264.
*Beorchia, Paulo: Bibliógrafo. VIII, 210.
Bequimão, Manuel: III, 272; IV, 72, 74, 75, 84, 85.
Bequimão, Roque: IV, 392.
Bequimão, Tomás: IV, 75, 83, 84.
*Berchmans, João (de *Fafe*): IV, 366.
Berenguer de Andrade, Francisco: V, 429.
*Beretário, Sebastião: Escritor. II, 386, 387, 489; VIII, 23, 25, 34, 37; IX, 93, 98.
Beringel, Senhor de: — Ver Sousa, D. Luiz de.
*Beringer, Fr.: II, 310, 341.
Beristain: IX, 355.
Berle, K.: VIII, 317.
Bernal, Fr. José: II, 550, 551.
*Bernard, P.: VIII, 52.
*Bernardes, Francisco (do *Recife*): VI, 531, 532; IX, 148.
Bernardes, Manuel: Escritor. VII, 64, 65, 157, 172; IX, 117, 118, 315, 329.
*Bernardes, Manuel: IV, 349, 351.
*Bernardino, José: Vice Provincial. — Índices: I, 589; V, 607; VI, 612; VII, 460; — VIII, pp. 12, 96-97 (bibliogr.), 142, 315, 370; — ass. autógr., VII, 60/61.
*Bernardino, Pascoal: VII, 429, 443.
Bernkastel: VIII, 372.
*Beró, João Baptista: Torneiro. VI, 595.
Berquó da Silveira Pereira, Francisco António: II, 584.
Berredo, Bernardo Pereira de: Governador. — Índices: III, 461; IV, 417; VII, 460; — VIII, p. 249; IX, contra as leis em matéria de Índios, 19; 308, 395.
Berrien, William: Escritor. X, 299.
Bertagnoli, Afonso: IX, 311.
*Berthê, João Baptista: Piloto. V, 586; VII, 98, 256.

Bertio, Pedro: VII, 171.
Bertioga: I, 49, 292, 366, 368, 371, 373; V, 436; VIII, 396; IX, 133.
Besteiros: IV, 367.
*Bettendorff, João Filipe: Superior do Maranhão e Cronista. Biografia, IV, 317-318. — Índices: II, 637; III, 461; IV, 417; V, 607; VI, 612; VII, 461; — VIII, pp. XXI, 10, 13, 98-106 (bibliogr.), 170, 193, 232, 235, 237, 242, 275, 276, 318, 378; IX, 18, 23, 44, 45, 48, 50, 51, 53, 65, 70, 140, 155, 187, 191, 307, 309, 314, 348; — autógr., IV, 70/71; frontispício do "Compendio da Doutrina Christam", VIII, 64/65.
Bevilacqua, Clóvis: II, 61.
Bezerra: "Clérigo". II, 215, 510.
Bezerra, Alcides: I, p. XXV, 76.
Bezerra, Francisco: Morador do Piauí. V, 301.
Bezerra de Freitas: III, 453.
Bezerra de Meneses, António: Escritor. III, 22, 70, 86, 90.
Bianchi (Dr.): IV, 298.
BÍBLIA: — Ver Instrução.
BIBLIOGRAFIA: A primeira dos Escritores S. I. do Brasil, V, 93; IX, 75; I, 533-537; VIII, p. XI-XII; a actual, Tomos VIII e IX.
BIBLIOGRAFIA IMPRESSA: I, p. XXVIII-XXXII; II, p. XI-XV; III, p. XXIV-XXVIII; IV, p. XXII-XXV; V, p. XXIII-XXIX; VI, p. XVIII-XXIII; VII, p. XVI-XX; VIII, p. XXI-XXVI.
BIBLIOTECAS: As primeiras do Brasil, II, 541-544; recomendação para que se comprem livros de Moral, VII, 180; livros roubados pelos piratas ingleses a Fernão Cardim, VII, 6; Biblioteca do Colégio da Baía, V, 92-95; VII, 415; IX, 115; do Espírito Santo, VI, 141-142; do Maranhão, a do P. António Vieira, IV, 188, 287-290; do Pará, III, 213; IV, 289; do Recife, V, 485; do Rio de Janeiro, VI, 25-28; VIII, 195; de S. Paulo, VI, 403-404; VIII, 292; da Vigia, III, 282; IV, 289, 399-400 (Catálogo); VIII, 326; Biblioteca Pública do Colégio do Rio, VI, 25; nesta Biblioteca se aceita e proclama em 1641 a Restauração pátria de 1 de Dezembro de 1640. VI, 43; — tecto da Biblioteca da Baía, VII, 188/189; painéis de azulejo no vestíbulo da Biblioteca da Baía, V, 82/83.
— PÚBLICAS (Com Arquivos de manuscritos). Pela seguinte ordem, Brasileiras, Portuguesas e Estrangeiras:
— PARÁ: I, p. XXIII; III, p. XVIII, XIX, XXIII; IV, p. XX.
— PERNAMBUCO: Bibl. Pública; I, XXIII; V, p. XX.
— RIO DE JANEIRO: Bibl. do Inst. Histórico. — Ver Instituto Histórico e Geográfico Brasileiro.
— — Bibl. e Arq. do Itamarati, VIII, p. XVIII.
— — Bibl. Nacional, I, p. XXIV; III, p. XVII, XVIII, XXIII; IV, p. XX; V, p. XVI, XIX, XX; VI, p. XV, XVI; VII, p. XVI; VIII, 17; X, p. XIII.
— S. PAULO: I, p. XXIII.
— BIBL. PARTICULARES ESPECIALIZADAS (e com mss. inéditos): de Alberto Lamego: I, p. XXIII; III, p. XVII; VIII, p. XIX; do Barão de Studart (Fortaleza), III, p. XVIII; de Félix Pacheco (Rio), I, XXIII,
— BRAGA: Bibl. Pública, I, p. XXII.
— COIMBRA: Bibl. Geral da Universidade, I, p. XXII; VII, p. XVI; VIII, p. XVIII; X, p. XIII.
— ÉVORA: Bibl. Pública, I, p. XXVII; III, p. XVI, XVII, XXIII; IV, p. XX; V, p. XVI; VII, p. XVI; VIII, p. XVIII; IX, 350.

— Lisboa: Bibl. da Ajuda, I, p. XXII;
V, p. XVIII; VII, p. XVI; VIII,
p. XVIII; IX, 350.
— — Bibl. da Academia das Ciências,
VIII, p. XVIII.
— — Bibl. Nacional, I, p. XXIII,
XXVI; II, p. IX; III, p. XVI,
XVII, XXII, XXIII; IV, p.
XX; V, p. XVI, XVIII; VI, p.
XV; VII, p. XVI; VIII, p.
XVIII, XIX; IX, 350, 360/
361, 363.
— Porto: Bibl. Pública Municipal, I,
p. XXII; V, p. XVIII; VIII, p.
XVIII.
— Bruxelas: Bibliothèque du Royaume, I, p. XXIII; III, p. XVI,
XXIII; IV, p. XX; V, p. XVI,
XIX; VIII, p. XVIII.
— Londres: British Museum. — Ver
Museu Britânico.
— Madrid: Bibl. da la Academia de
la Historia, I, p. XXIII.
— Paris: Bibliothèque Nationale, I, p.
XXIII; V, p. XIX.
— Roma: Biblioteca Casanatense, V,
p. XIX.
— — Biblioteca Nazionale Vittorio
Emanuele, I, p. XXIII,
XXVII; II, p. IX; III, p. XVI,
XXIII; IV, p. XX; V, p. XVI,
XIX; VI, p. XV; VII, p. XVI;
VIII, p. XVIII.
— — Propaganda Fidei, V, p. XVI,
XIX.
— Ver Arquivos; ver Institutos.
Bicudo Chacim, Bernardo: VI, 372.
*Bidermann (Biederamano), Jacobo:
II, 489.
Bil, Al. de: VIII, 118.
Bingen: VIII, 204, 309.
Biografia: IX, 446-447.
Birckhart, António: Gravador. VIII,
78.
Biscaia: II, 481, 492, 534, 582; IV,
163; VIII, 137, 279.
Bisnagá: I, p. XI.

Bissau: IX, 388, 389.
Bittencourt, António: III, 387.
Bivona: III, 116; VI, 591; VIII, 15.
Blake, Almirante: V, 414.
*Blasques (Blásquez), António: — Índices: I, 589; II, 638; — VIII, pp.
XX, 107-108 (bibliogr.); IX, 58, 63,
82, 83, 169, 397; — ass. autógr., II,
264/265.
*Bliart, Pedro: Bibliógrafo. VII, p.
XVII, 181; VIII, pp. XI, XXII,
42, 82; IX, 363.
Bluteau, D. Rafael: IX, 198.
Boaventura, António Lopes: IX, 294.
Boavista: VIII, 328.
Bobadela, Conde de: — Ver Freire
de Andrade, Gomes.
*Bobadilha, Nicolau de: I, 4.
*Bobola, S. André: VIII, 79.
Bocage: II, 373.
Boccanera Júnior, Sílio: I, 22; V,
129, 309.
*Bodler, João: VIII, 362.
Boehmer, H.: Escritor. II, 373.
Boémia: III, 76, 192; IV, 354; VIII,
286; IX, 367.
*Boero, José: VII, 251; VIII, p. XXII,
46, 75, 78, 79, 200; IX, 88, 105, 118.
Boim: III, 364.
Boipeba: I, 586; VIII, 62, 182, 276.
Boipeba (Ilha de): I, 240; II, 58, 59,
157, 619; VIII, 403.
Bois-le-Comte: I, 385.
Boiteux, Lucas A.: Escritor. I, 325;
VI, 462, 466, 472.
Bolés, João: I, 290; II, 387, 389, 474;
VIII, 37, 38. — Ver Le Balleur.
Bolingbroke, Lord: II, 133.
Bolívia: I, 354, 358; II, 60; III, 446;
VI, 220; IX, 29, 30.
Bolonha: VIII, 35, 95.
Bom Jardim: V, 496.
Bom Jesus (Arraial do): — Ver Arraial
do Bom Jesus.
Bombaim: VII, 268, 430; VIII, 66.
*Bonajuto, Ascânio: Alfaiate. I, 569,
581; VI, 160.

*Bonanni, Filipe: V, p. XXIV, 49.
Bonelli, Fr. Tomasso (de *S. João de Deus*): VIII, 113.
Bonfim: V, 282.
Boni, Leonardo: IX, 332.
Bonifácio, José: II, 120. — Ver Andrada.
*Bonomi, João Ângelo: III, 310, 392; IV, 307, 344; VI, 599; VII, 98; VIII, 109, 187, 277; IX, 364.
*Bonucci, António Maria: Escritor. Secretário e tradutor de Vieira. — Índices: II, 638; V, 607; VI, 612; VII, 461; — VIII, pp. 95, 110-118 (bibliogr.), 127, 200, 212, 290, 295, 364; IX, 77, 220, 295, 314, 332, 338, 345; — ass. autógr., VIII, 40/41; frontispício do "Epitome Chronológico", VIII, 116/117.
Borba (Portugal): II, 258; VI, 214.
Borba (Rio Madeira): III, 403; como se erigiu em vila, VI, 214; VII, 326, 327; VIII, 206, 207; IX, 158.
Borba, Belchior de: VI, 276.
*Borba, Manuel: III, 271; IV, 83, 343, 361; VII, 241.
Borba de Morais, Rubens: X, 299.
Borda do Campo: VI, 192.
Bordéus: VIII, 35; IX, 407.
Borges, António: II, 446.
*Borges, Domingos: I, 577.
*Borges, Francisco: VII, 431, 440.
*Borges, Gaspar: V, 582; VI, 22; VII, 188; VIII, 286, 364, 387.
Borges, Helena: V, 152; VI, 242.
*Borges, Inácio: VIII, 350.
Borges, Isabel: Mãe do P. Vicente Rodrigues. IX, 99.
*Borges, João: VI, 110; VIII, 216.
*Borges, José: VII, 433, 448.
*Borges, Luiz: VII, 430, 446.
*Borges, Manuel: Pedreiro. VI, 457; VII, 434, 445.
*Borges, Martinho: II, 488; V, 584; VI, 428, 432, 601; VIII, 33, 118, 293; — ass. autógr., VIII, 168/169

Borges, Pero: Ouvidor Geral do Brasil I, 19; II, 196, 197, 363, 368.
Borges, Pero (de *Vila Real*): Pai do P. Rui Pereira. I, 479; IX, 43.
*Borges, Simão: IV, 355.
*Borges, Teodósio: V, 497; VII, 426, 451.
Borges de Barros: Capitão-mor. III, 92.
Borges de Barros: Escritor. I, 180, 182, 190, 448; II, 174.
Borges de Castro: V, 406.
Borges de Figueiroa, D. Joaquim: V, 94.
Borges da Fonseca, António: Governador da Paraíba. IX, 31.
Borges da Fonseca, António José Vitoriano: Escritor. — Índices: I, 590; II, 638; V, 607; VI, 612; VII, 461; — VIII, pp. XXII, 166.
Borges da Fonseca, Paulino Nogueira: III, 111; IX, 57.
Borges de Sampaio, António: VI, 191.
Borja (Marañón): III, 407.
*Borja, Filipe de: IV, 347, 348; VIII, 119; IX, 370.
*Borja, S. Francisco de: Geral. IV, 245. — Índices: I, 590; II, 638; III, 461; V, 607; VII, 461;—VIII, 22, 70, 71, 198, 246, 279, 382; IX, 45, 77, 120.
Bornes: VI, 7; VII, 426.
*Boroa, Diogo de: VI, 21.
Borralho, Sebastião: Pai do P. Pero Rodrigues. IX, 91.
Borromeu, S. Carlos: I, 368; III, 352, 354.
Borsi, Catarina: VIII, 221.
*Bosch, Jacobo: Tradutor de Vieira. IX, 335, 336.
*Boscovich, Rogério: VII, 167.
Bossuet: III, 266; VII, 169; VIII, 185.
BOTÂNICA E FLORA: Plantas medicinais, VII, 284/285; VIII, 316; IX, 135, 167. — Ver BOTICAS.
*Botelho, Alexandre: VIII, 87.
*Botelho, António: I, 570.
*Botelho, Damião: V, 52, 53, 58.
Botelho, Diogo: Governador Geral do Brasil. II, 68; V, 3, 4; VIII, 402.
*Botelho, Francisco: Confessor de Vieira

e do Príncipe, depois El-Rei D. João V. VI, 600; VIII, 117, 120 (bibliogr.), 334.
*Botelho, Luiz: V, 584; VI, 601.
Botelho, Manuel Ribeiro: V, 374.
*Botelho, Miguel: I, 18.
*Botelho, Nicolau (de *Palmela*): V, 486, 603; VII, 423, 451.
*Botelho, Nicolau (do *Porto*): Reitor do Colégio de S. Paulo. VI, 133, 254, 255, 257, 407, 590; VIII, 121; — ass. autógr., VI, 440/441.
Botelho de Oliveira, Manuel: Capitão-mor. IX, 185. O mesmo que o seguinte?
Botelho de Oliveira, Manuel: Poeta. II, 612; VIII, 210; IX, 314, 352.
BOTICAS E LABORATÓRIOS: II, 583–585; IV, 189–190; VIII, 134, 166, 199, 316; IX, 167, 427; da Baía, V, 87–89; VII, 418; a sua Enfermaria de Medicina, VII, 419, 420; de Olinda, V, 88; do Pará (a única da cidade), IV, 189; do Recife, VII, 129; do Rio de Janeiro, V, 88; provia de medicamentos as outras boticas da cidade e não havia melhor em França (1706), VI, 14-15, 23; de Santos, VI, 428; de S. Paulo ("Officina Charitatis"), VI, 413; pequenas boticas em todas as Casas dos Jesuítas (Aldeias e Fazendas), VI, 15; medicamentos aos pobres, grátis, IV, 189; aos ricos com remuneração, IV, 189; em tempo de epidemias, grátis a ricos e pobres, IV, 189; VI, 15; — a "Panaccia Mercurial", VII, 236/237; a "Triaga Brasílica", VII, 284/285; "Collecção de Receitas", IX, 392/393. — Ver ASSISTÊNCIA E CARIDADE; ver MEDICINA.
Bottinis, P.: VIII, 31.
Botucatu: VI, 374.
Bouganville: VI, 535.
*Bouhours, Domingos: Escritor. VIII, 366.
*Bouillaud, Cláudio: VIII, 73.

*Boulogne, Adriano de: VIII, 35.
*Bourdaloue: IV, 410; VIII, 185.
Bourel, Gabriel: Conselheiro. VIII, 121.
*Bourel, Filipe: Fundador de Apodi. III, 76, 94; V, 299–304, 537, 539, 542, 543, 546–548, 560, 571, 582; VI, 600; VII, 98, 114, 165; VIII, 121 (bibliogr.), 171; — ass. autógr., VIII, 168/169.
*Bourgeois (Burgésio): II, 489.
*Bovilher, António: V, 142.
Boxer, C. R.: Escritor. VII, 77; IX, 242, 282, 287, 295, 304.
Brabância: V, 377.
Braga: — Índices: I, 590; II, 638; III, 461; IV, 418; V, 607; VI, 612; VII, 461; — VIII, pp. 11, 40, 69, 71 (fundação do Colégio de S. Paulo), 86, 171, 268, 325, 359; IX, 15, 73, 111, 142, 166, 185.
Braga, João de Barros: III, 79; VIII, 287.
Braga, José Peixoto da Silva: Alferes. IX, 136.
Braga, Manuel: III, 378.
Braga, Osvaldo: VIII, 90; X, 299.
Braga, Teodoro: Escritor. III, p. XXIV, 267, 285, 289, 291, 310, 311, 315, 354; IV, p. XXIII, 272; V, 495.
Braga, Teófilo: II, 609; IV, 299; X, 359.
Bragança (Portugal): II, 229, 261, 492, 498, 553, 582; IV, 345, 356, 365; VI, 412, 543, 602; VII, 422; VIII, 121, 223, 243, 279, 314; IX, 91, 94, 139, 153, 169.
Bragança (Pará): III, 297; IX, 186.
Bragança (Casa de): IX, p. VII, 357.
Bragança, Duque de: VI, 272; VIII, 111. — Ver João IV, El-Rei D.
Bragança, D. Pedro Henrique de: — Ver Lafões, Duque de.
Bragança, Príncipe D. Teodósio de: IV, 13, 17, 33, 35, 37, 40; IX, 207, 215, 240, 241, 404.
*Brailla, Tomás: Agricultor. VII, 433.
Branco, Bernardo Rodrigues: Pai do P. Diogo Soares. IX, 130.

Brandão, Fr. António: Historiador. VII, 171.
Brandão, Atanásio de Cerqueira: Capitão. VIII, 381.
Brandão, D. Fr. Caetano: Bispo do Pará e Arcebispo de Braga. III, 210; VII, p. XVI; o seu testemunho sobre a destruição das Missões da Amazónia, VII, 326-329.
Brandão, Cláudio: III, 16, 108.
Brandão, Francisco: Cronista-mor. IX, 175.
Brandão, Henrique: Aluno dos Jesuítas. IX, 147.
Brandão, José Pereira: III, 178.
Brandão, Mário: Escritor. VII, 156, 195; VIII, 388.
Brandão, Mateus de Assunção: Benedito. IX, 352.
*Brandolini, António: VII, 247; VIII, 388.
*Brás, Afonso: Funda o Colégio do Espírito Santo, I, 214; VI, 133-136; primeiro arquitecto de S. Paulo, I, 279; VII, 367; bibliografia, VIII, p. XX, 122; IX, 421. — Índices: I, 590; II, 638; VI, 612.
Brás, Francisco: X, p. XIII.
Brás, João: II, 446.
Brasil: passim (toda a obra: está no próprio título).
BRASIL (GOVERNO DO): III, p. XXI; VI, p. XIV; IX, 433; X, 315.
BRASILEIROS: No sentido patronímico, primeira referência conhecida, VII, 42-43, 194, 241. — Ver Portugueses do Brasil.
Brazão, Eduardo: Actor. IX, 362.
Brazão, Eduardo: Escritor. III, 454; V, 391, 411; VIII, 77.
Bregenz: VII, 483; VIII, 303.
Bren, Henrique: VII, 98.
Bréscia: IX, 166.
Bretanha: VII, 256.
Breves: III, 311.
Breves Fernandes, Manuel: III, 311.
Breves Peixoto, Mário: VII, 124/125.

*Brewer, João de: III, 65; V, 73, 476; VI, 605; VII, 162, 424, 436; VIII, 122-123 (bibliogr.), 341; — "Adnotationes" ao livro de Murr, VIII, 116/117.
Brieva, Fr. Domingos de: III, 406; IV, 283.
Brigância: VIII, 303.
Brígido dos Santos, João: Escritor. III, p. XXIV, 14, 24, 31, 89.
Briquet, Raul: Escritor. III, 454; X, 299.
Brisgóvia: IV, 418.
*Brito, António de (de *Mogadouro*): IV, 345.
*Brito, António de (de *Vilar de Pinheiros*): VII, 430, 437.
*Brito, Domingos de: Companheiro do P. Luiz Figueira. IV, 148, 335.
*Brito, Domingos de (do *Porto*): Boticário. VII, 432, 449.
Brito, Fernão Pereira de: Irmão de S. João de Brito. VIII, 316.
Brito, Gonçalo José de: VI, 112, 114.
*Brito, S. João de: IV, 442; no Brasil, V, 86, 102, 103, 304; VI, 411; VII, 279; VIII, 171, 316; IX, 124, 140, 367; — retrato (Missori), VII, p. IV/V.
*Brito, João de (da *Senhora do Monte, Baía*): III, 82; VII, 423, 450.
Brito, João Inácio de: III, 251.
*Brito, Joaquim de: IV, 357.
*Brito, José de (de *Lisboa*): IV, 357.
Brito, José de (no *Pará*): IV, 92.
*Brito, José de (do *Recife*): VII, 430, 437.
*Brito, Laureano de: Missionário do Brasil e da Índia. VII, 279; VIII, 124, 297.
*Brito, Manuel de: Superior da Missão do Maranhão. Bibliografia, VIII, 124. — Índices: III, 461; IV, 418; — IX, 22; — ass. autógr., IV, 230/231.
Brito, Manuel de: Morador do Rio de Janeiro. II, 71.

Brito, D. Maria de: VIII, 58.
Brito, Teodoro Camelo de: Aluno dos Jesuítas. VIII, 245.
Brito e Almeida, Luiz de: Governador do Brasil. — Índices: I, 590; II, 638.
Brito Aranha: Bibliógrafo. VII, p. XVIII; VIII, pp. XI, XXIV e *passim;* IX, 14, 183, 363.
Brito Aranha, António de: Aluno dos Jesuítas. VIII, 241.
Brito Correia, Lourenço de: Provedor-mor. V, 39, 97, 98; VII, 41, 55, 56.
Brito Couto, Martim de: IV, 375.
Brito de Figueiredo, Caetano de: V, 100.
Brito Freire, António de: II, 483.
Brito Freire, Estêvão de: VIII, 274.
Brito Freire, Francisco de: Almirante. VII, 86; IX, 298.
Brito e Freitas, José: Contraste do oiro. VII, 367.
Brito e Meneses, António de: Governador. IX, 137.
Brito Pereira, Alberto de: V, p. XXI; VI, 606.
Brito Pereira, Salvador de: Governador do Rio de Janeiro. Pai de S. João de Brito. IV, 442; V, 102; VII, p. IV/V.
Brito e Sousa, Lourenço de Abreu de: VII, 49.
Bríxia: III, 220; IV, 346, 347; IX, 165, 166.
Broer: Capitão. II, 138.
*Broet, Pascásio: VIII, 114.
*Broglia, António Brandolini: — Ver Brandolini.
Broglia, Mgr. Ottavio: VIII, 34.
Brotas: V, 579.
*Brou, Alexandre: I, 15.
*Brou, Aug.: Bibliógrafo. VIII, p. XI.
*Brucker, Joseph: Escritor. II, 600.
Brum (Casa do): VIII, 145.
Bruminckhausen, Catarina: Mãe do P. Lourenço Kaulen. VIII, 307.
Bruto: VII, 337.
Bruxelas: II, 540; III, p. XVI, XXII; V, pp. XVI, XIX, XXIII; VII, 6, 337; VIII, 35, 42, 101; IX, 90, 102.
Bryan, Page: IX, 330.
Bryskett, Luiz: Escritor. VII, 6; VIII, 136.
Buarque, Manuel: III, 352.
Buarque de Holanda, Sérgio: Escritor. — Índices: II, 638; III, 461; IV, 418; VI, 612; X, p. XIV, 299.
Buchanan, Jorge: Escritor. VIII, 29.
*Bucherelli, Francisco Maria: Mártir do Tonquim. VIII, 125.
*Bucherelli (Bucarelli), Luiz Maria: Missionário do Pará. III, 128, 300; IV, 220, 350; VIII, bibliogr., 125, 126; IX, 22, 145, 188; — ass. autógr., IV, 230/231.
Buda: IX, 149.
Budapeste: VIII, 41, 220; IX, 365.
Bueno, Amador: VI, p. XII, 238, 253, 262, 274, 295, 296, 375.
Bueno, Bartolomeu: VI, 317, 407.
Bueno, Domingos da Silva: VI, 317.
Bueno, Jerónimo: VI, 392, 542; IX, 84.
*Bueno, José Gomes: X, 312.
Bueno, Manuel da Fonseca: VI, 317.
*Bueno da Fonseca, Diogo: — Ver Fonseca, Diogo da.
Bueno da Veiga, Amador: Benfeitor do Colégio de S. Paulo. VI, 349, 394-397.
Buenos Aires: — Índices: I, 590; V, 607; VI, 612; VII, 461; — VIII, pp. 27, 129; IX, 81, 425.
Buiru: VI, 529.
*Buitrago, Francisco: V, 220, 498; VII, 422, 438.
"BULÁRIO PORTUGUÊS": VII, 186; VIII, 201, 202. — Ver Padroado Português.
*Bulcão, Francisco: VII, 430, 437.
*Bulhões, Fabiano de (do *Espírito Santo*): V, 584; VI, 411, 432.
Bulhões, Fabiano de: Ouvidor do Espírito Santo. VI, 151.

Bulhões, Gabriel Correia de: V, 420.
Bulhões, D. Fr. Miguel de: Bispo do Pará. III, 125, 225-227, 233, 284, 308, 362; IV, 202, 231, 276; VI, 30; VII, atitude equívoca e colaboração com os perseguidores e destruidores das missões, 317-325, 345, 347, 357; VIII, 55, 57, 213, 233, 243, 250, 251, 252, 384; IX, 144, 159, 367.

Buñol, Conde de Cervellón y de: IX, 328.
Burgos: II, 351, 445, 495.
*Burgos, Manuel Xavier de: — Ver Xavier de Burgos, Manuel.
*Burgués, Baltasar Más: III, 101; VIII, 271.
Bustamante, Apolónia: Benfeitora no Maranhão. III, 137.

C

Caaçapava-Guazu: VI, 250.
Caarden (Van): II, 139.
Cabaço, Mateus Lopes: I, 502.
*Caballero, Diosdado: Bibliógrafo. VIII, p. XI,43; IX, 74, 322.
Cabeça de Vaca, Álvar Nuñes: I, 323, 334; VI, 215.
Cabeço de Vide: IV, 345; VIII, 11.
Cabedo, António: II, 515.
Cabedo, Jorge: Jurisconsulto. V I I, 185.
Cabo da Boa Esperança: I, 364; III, 333; V, 26, 357; VI, 495; VII, 207; VIII, 397, 399.
— Branco: II, 342.
Cabo Frio: — Índices: I, 590; II, 638; V, 607; VI, 612; — VIII, p. 131, 138, 144, 173, 176, 194, 227, 358, 399, 418; IX, 21, 73, 132, 133, 154, 393.
— Guardafum: VIII, 399.
— Norte:— Índices: III, 461; IV, 418; V, 607; VI, 612; — VIII, p. 197, 405; IX, 48, 50–52, 73, 76.
— Orange: III, 257.
— S. Agostinho: II, 254; V, 389, 425, 438, 475, 569; VIII, 197, 405.
— S. Maria: III, 101.
— S. Tomé: VI, 84; IX, 132.
— S. Vicente: III, 101.
— Sul: IV, 319.
Cabo Verde: I, p. XI, 174; II, 34, 461, 496; IV, 37, 39, 40, 48, 339; VII, 120, 121; VIII, 172; IX, 240, 386–388, 390, 404.
Cabral, D. Águeda Gomes: I, 162, 452, 467.
*Cabral, António: Procurador em Roma. VIII, 78.

Cabral, D. António: Arcebispo. VIII, 41.
Cabral, Fernão: II, 23, 71, 74, 217, 476; V, 429
*Cabral, Francisco: Fazendeiro. IV, 348.
*Cabral, Luiz Gonzaga: Escritor. — Índices: I, 590; II, 638; IV, 418; V, 607; VI, 612; — VII, p. XVII, 157; VIII, p. XXII, 81; IX, 329, 331, 361.
Cabral, Luiz Mendonça: V, 418.
Cabral, Manuel da Fonseca: V, 317.
Cabral, Pedro Álvares: Descobridor do Brasil. I, 205; II, 505; VIII, 402; IX, 397.
Cabral, Osvaldo R.: Escritor. VI, 467, 469, 470, 472.
*Cabredo, Rodrigo de: I, 358.
Cabrera, Pablo: I, 346.
Cabril: IV, 348; VIII, 385.
Cacém: V, 383.
Cacheu: IX, 387, 389.
Cachoeira: V, 174, 176, 579; VII, 280; VIII, 361, 373; IX, 25.
Cachoeira de Paulo Afonso: V, 308, 309, 480, 481.
Cacunda, Pedro Bueno: VI, 154.
Cadaval (Casa de): IX, 249.
Cadaval, Duque de: IV, 61, 67, 68, 93; V, 430; VI, 49, 342; VII, 104, 105; IX, 246, 249, 251, 252, 254–260, 266, 277, 290–293, 295, 296, 298–301, 405, 406, 410.
Cadena de Vilhasanti, Pedro: Provedor mor do Brasil. IV, 433; V, 607; VIII, 204, 205.
Cádiz: V, 58, 358; VI, 42; IX, 67.
*Caeiro, Bento: Alfaiate e Sacristão. IV, 352, 366.

*Caeiro, Francisco: Revisor. IX, 15.
*Caeiro, José: Escritor. — Índices: II, 631; III, 461; IV, 418; V, 607; VI, 612; VII, 461; — VIII, p. XXII e passim; IX, passim.
Caetano: Escritor. I, 79; II, 283, 285.
Caetano, Antónia Maria: Mãe do P. Inácio de Sousa. IX, 143.
*Caetano, João: V, 436; VII, 427, 442.
*Caetano, José: VII, 427, 439.
Caetano da Silva, Joaquim: III, 264.
Caetano de Sousa, D. António: Escritor. I, 407; VI, 534; V, p. XXV.
Caeté: IV, 130; VII, 315.
Cafraria: V, 357.
Caiena: — Índices. III, 461; IV, 418; V, 607; VI, 613; VII, 461; — VIII, p. 247; IX, 50, 52.
Caiola, Júlio: III, p. XVII; VI, 425.
Cairu: V, 199, 207, 212.
Cairu, Visconde de: — Ver Lisboa, José da Silva.
Cairuçu: VI, 102; VIII, 397.
Caiubi, Amando: II, 454.
Calabar, Domingos Fernandes: V, 360.
*Calado, Francisco: VII, 427, 442.
Calado, Manuel: V, 99, 370, 371.
Calais: VII, 6, 9, 236.
Calancha, António de la: VII, 171.
Calcedónia, Arcebispo de: IX, 290.
Calcott, Lady: IV, 210.
Caldas, Francisco: Provedor de Pernambuco. I, 552.
Caldas, Francisco: V, 310.
Caldas, Gregório: V, 339.
Caldas, João Pereira: V, 558.
Caldas, José António: Escritor. — Índices: I, 590; V, 607; VI, 613; VII, 461.
Caldas, Vasco Rodrigues: Capitão. I, 193; II, 120, 131.
Caldeira, Diogo Lopes: V, 471.
Caldeira, José: IX, 319.
Caldeira, Manuel: Pai do P. Manuel dos Santos. IX, 114.
*Caldeira, B. Marcos: Mártir do Brasil. II, 259.

Caldeira, Miguel Carlos: V, 486.
Caldeira de Castelo Branco, Francisco de: Fundador do Pará. III, 425–426; IV, 44; pede Padres da Companhia. VIII, 270.
Caldeira Brant Pontes, Felisberto: V, 222.
Caldeira Pimentel, António da Silva: Governador de S. Paulo. IX, 137.
Calderón, D. Mência: I, 323.
Calderón de la Barca: IV, 410; VII, 157.
Calendário: VIII, 43.
Calhau, João Rodrigues: IV, 75.
Calheiros, Domingos Barbosa: V, 278; VI, 281.
Calheta: IV, 361.
Calheta, Conde de: IX, 91.
Califórnia: V, 198.
*Calini, Fernando: VIII, 124.
Calixto, B.: Escritor e pintor. I, 256, 282, 315, 317, 318, 368, 585; II, 241, 242, 469; VI, 457; VIII, 59.
Calixto III, Papa: VII, 285.
Calmon, João: Vigário Geral. VII, 89; IX, 411.
Calmon, Martinho: IV, 198; V, 453, 456, 482, 582; VII, 188; VIII, 357.
Calmon, Pedro: Escritor. — Índices: I, 590; II, 638; III, 462; IV, 418; V, 608; VI, 613; VII, 461; — VIII, 39, 41; IX, 13, 233, 353; X, p. XV, 299, 304, 305, 312.
Calmon du Pin, Miguel: IX, 432.
Calógeras, João Pandiá: Escritor. II, 146, 174, 177, 218, 343; V, 509, 510; IX, 432.
Caltanisetta: V, 83, 387; VI, 592; VIII, 93, 258.
Calvino: I, 376; VII, 228.
*Calvo, Diogo: V, 336, 343, 345, 359, 361.
Camacho, Catarina: Mãe do P. Francisco de Morais. VI, 358, 359, 361, 367, 385, 391; VIII, 381.
Camacho, Inês: VI, 242.
Camamu: — Índices: I, 590; II, 638; V, 608; VII, 461; — VIII, 118,

224, 268, 379. — Ver Aldeias, Fazendas (Engenhos).
*Câmara, António da: V, 585.
*Câmara, Diogo da: IX, 26.
Câmara, D. Jaime de Barros: Cardeal Arcebispo do Rio de Janeiro. V, 637; VI, 641; VII, 491; VIII, 437; IX, 459; X, p. XV, 315.
Câmara, João de Sousa da: — Ver Sousa da Câmara.
*Câmara, Manuel da: IV, 348; V, 586.
Câmara Cascudo, Luiz da: Escritor. III, 453; V, 405, 469, 503, 535.
Câmara Coutinho, António Luiz Gonçalves da: Governador. — Índices: III, 462; V, 608; VI, 613; VII, 462; — IX, pp. 296, 409, 410; X, 309.
Camaragipe: V, 579.
Camarão: — Ver Índio D. António.
Camarate (Lisboa): V, 50.
Camaratuba: V, 493.
Camargo, Fernão de: "O Tigre". VI, 254, 262, 269, 284, 296, 297.
Camargo, Fernão de (outro): VI, 403.
Camargo, Jerónimo de: VI, 276, 281, 284, 289, 317.
Camargo, José de: VI, 376.
Camargo, José Ortiz de: I, 307; VI, 281, 298, 299, 301, 303, 317.
CAMARGOS (PACIFICAÇÃO DOS GARCIAS E): VI, 294-305; VII, 27.
Camboapina: II, 591.
*Camelo, Alexandre: IV, 349.
*Camelo, António: IX, 179.
Camelo, António Cabral: Capitão. IX, 136.
*Camelo, Francisco: V, 431, 457, 581; VI, 598; VII, 188; VIII, bibliogr., 127, 387.
Camelo, Jorge: I, 465, 551.
Cametá: — Ver Camutá e Aldeia de Camutá.
*Camilo, Paulo (de Cremona): Pintor. VI, 596.
Camilo Castelo Branco: — Ver Castelo Branco.
Caminha: VI, 23, 294, 392; VII, 434.

*Caminha, António: V, 343, 344, 346, 359, 361, 362, 387.
Caminha, Pero Vaz de: II, 387; V, 227.
CAMINHOS E ROTEIROS: — Ver Geografia (das comunicações).
Camões, Luiz de: I, p. IX; II, 141, 365, 373; V, p. XXII, 25, 101, 412; IV, 3, 410, 412; VI, 27, 58; VII, 92, 158; VIII, 183, 373; IX, p. VII, 352, 353, 383, 398, 411.
Campbell, Coulen: VI, 198; VII, 267; VIII, 218.
Campeli, João Baptista: V, 472.
Campelo, José Peres: V, 472, 474.
*Campião, B. Edmundo: V, 137.
*Campo, André do: I, 574.
*Campo, António do: I, 576; VI, 405.
Campo (de Coimbra): VII, 44.
Campo, Jácome do: Almoxarife de Pernambuco. I, 552.
Campo, S. Salvador do (Barcelos): II, 152.
Campo Grande (Ceará): III, 58.
Campo Grande (Lisboa): VIII, 344.
Campo Grande (Rio de Janeiro): VI, 22.
Campo-Maior, António de: I, 506.
Campo y Medina, Juan de: VI, 295.
Camponezco, Clemente José Gomes: VI, 365.
Campos: VI, 66, 87, 88, 94, 135, 147, 240. — Ver Fazendas (Campo dos Goitacases).
*Campos, Baltasar de (Flamengo): Pintor. III, 216, 220; IV, 271, 339; VI, 595.
Campos, Deoclécio Redig de: V, 138.
Campos, Ernesto de Sousa: V, 250.
*Campos, Estanislau de: Provincial. — Índices: V, 608; VI, 613; VII, 462; — VIII, p. XVI, 60, 127 (bibliogr.), 356, 365, 379; IX, 87, 143, 186, 367, 397; — ass. autógr., VII, 60/61.
*Campos, Estanislau Cardoso de: VI, 369, 457; VII, 122; IX, 367.
Campos, Filipe: Pai do P. Estanislau de Campos, Provincial. VII, 122; VIII, 127.

Campos, Filipe de: Irmão do P. Estanislau de Campos. VII, 122.
*Campos, Gabriel de: VIII, 429, 437.
Campos, J. L.: IX, 109.
Campos, João da Silva: V, 57, 91.
*Campos, José de: VII, 361, 429, 437.
Campos, Leandro de: Benfeitor. V, 477.
*Campos, Manuel de: VII, 429, 443.
*Campos, Miguel de: VII, 430, 437.
*Campos, Roberto de (Irlandês): Mestre-Escola. VII, 266.
*Campos (Field ?), Roberto de (Escocês): V, 585; VI, 6, 13, 55, 179; VII, 266; VIII, 128-129 (bibliogr.), 217, 253, 370; IX, 14; — ass. autógr., VIII, 168/169.
*Campos, Tomás de: VII, 423, 446.
*Campos Bicudo, José de: VI, 372, 373.
Campos Bicudo, Manuel de: VI, 373.
Campos Sales, Manuel Ferraz de: Presidente do Brasil. VI, 210.
Camutá: — Índices: III (Cametá e Camutá), 462; IV, 418. — Ver Aldeias.
Canabrava, Alice Piffer: VI, 294; X, 299.
Canadá: V, 157; IX, 397.
Canal (Quinta do): VIII, 243, 306.
Cananéia: — Índices: I, 590; II, 638; VI, 613; — IX, p. 142.
Canárias: II, 253, 266, 628; VIII, 12, 16, 36, 39, 59, 69, 197; IX, 391, 430.
Canário, Manuel Francisco: Pai do P. João Daniel. IV, 325.
Canas: IV, 355.
Canavezes: VII, 430.
Cancer y Velasco: IV, 410.
Cândido, Zeferino: I, 380.
Caneca, Fr.: I, 77.
*Canísio, S. Pedro: IX, 401.
*Canísio (Hundt), Rogério: III, 31, 65, 70; V, 476, 496, 557; VI, 605; VII, 423, 450; VIII, 130, 350.
Cano: III, 103; IV, 334; V, 388; VI, 592.
Cantábria: V, 379; VIII, 228.
Cantanhede: IV, 229; VI, 601; VII, 432; VIII, 124, 187.
Cantanhede, Conde de: V, 58.

Cantão: IX, 413.
CANTOS, MÚSICA E DANÇAS. O seu valor psicológico na catequese dos Índios, II, 100-110; as primeiras manifestações promovidas por Nóbrega, IX, 416, 417; o primeiro regente de coro (Leonardo Nunes), IX, 16, 416; no Maranhão e Pará, IV, 294-296; IX, 392; cantos e música em todas as Aldeias, IV, 112; VIII, 400; excessiva nos Actos Públicos de Filosofia, VII, 369; o soldado músico Rodrigues Ferreira, VIII, 227; a gaitinha "por solfa" do P. Gorzoni, VIII, 276; instrumentos músicos, V, 19; VI, 236; instrumentos roubados pelos Piratas a Fernão Cardim, VII, 6; órgãos, V, 133; VI, 386; no Campo dos Goitacases, VI, 91; Fazenda de Santa Cruz, VI, 60; classe de solfa no Seminário de Belém da Cachoeira, V, 185, 187; classe de instrumentos, V, 188; danças e invenções à portuguesa, II, 313-315; VI, 91; bailados e danças dos Índios, II, 315; dos Negros, VI, 91. — I, 72; II, 98, 99, 187.
Canudos: V, 315.
Capanema: V, 267, 368.
Capanema, Gustavo: Ministro. III, p. I; IV, 341.
Capaoba: I, 513, 521, 522, 524; V, 504; VI, 582.
Caparica: II, 250.
Caparrosa: VII, 430.
*Capassi, Domingos: Matemático. IV, 286, 287; VI, 115, 211, 460, 524, 526, 527, 549, 550, 604; VII, 165, 172/173, 226; VIII, 130-132 (bibliogr.); IX, 130-135, 393.
Capassi, João Baptista: Médico. VIII, 132.
Capdville: II, 254.
CAPELÃES MILITARES: — Ver Assistência (a Soldados e Índios de Guerra).

*Capelli, Félix: III, 76; VI, 602; VII, 421, 445.
Capibari: I, 466.
Capistrano de Abreu, J.: Escritor. — Índices: I, 590; II, 638; III, 462; IV, 418; V, 608; VI, 613; VII, 462; — VIII, 18, 47, 90, 133-135, 184, 255; IX, 167, 431, 432; X, 304.
Capistrano de Abreu, Irmã Maria José: Carmelita. VI, 20.
Caracas: III, 429, 431; V, 356.
Caraffa, Cardeal: II, 296; VI, 271.
*Caraffa, Vicente: Geral. III, 115; VI, 277, 423, 424; VII, 16; VIII, 15, 144, 147, 224, 225, 274; IX, 84, 183, 403.
Caramuru, Diogo Álvares: Benfeitor do Colégio da Baía, I, 80. — Índices: I, 590; II, 639; V, 608; — IX, 417.
*Carandini, Francisco: VI, 596, 597; VIII, 132, 210.
Caratinga: VI, 185.
Caravaca: VIII, 266.
Caravelas: I, 212; V, 240, 241, 580; VI, 184; VII, 269.—Ver Rio de Caravelas.
*Carayon, Augusto: Escritor. — Índices: III, 462; IV, 418; V, 608; VI, 613; VII, 462; — VIII, p. XXII e passim; IX, 149, 162, 267.
Cárbia, Rómulo D.: Escritor. II, 9.
*Carbone, João Baptista: VII, 319, 337; VIII, 130, 131; IX, 130.
Carcavelos: IV, 25, 382; V, 66; VII, 45; IX, 282, 290.
Cárdenas, António Peres de: III, 92.
Cárdenas, D. Bernardino de: VI, 249.
*Cardim, António Francisco: VII, 4.
*Cardim, Diogo: VII, 4.
Cardim, Elmano: Escritor. III, 456; IV, 411; VI, 606; X, p. XV, 300.
*Cardim, Fernão: Provincial. Biografia,VII, 4-7.—Índices: I, 590; II, 638; III, 462; IV, 418; V, 608; VI, 613; VII, 462; — VIII, pp. 11, 18, 40, 64, 92, 133-137 (bibliogr.), 179, 183, 184, 223, 239, 279, 280, 283, 393;

IX, 25, 55, 93, 97, 98, 111, 120, 139, 165, 167, 178; X, 308; — ass. autógr. e frontispício dos "Tratados", VIII, 132/133.
Cardim, Inês: Mãe do P. Fernão Cardim. VII, 4.
*Cardim, João: VII, 4.
*Cardim, Lourenço: Morto pelos piratas. I, 569; VII, 4; IX, 138.
*Cardim, Manuel: VI, 7.
Cardim Fróis, Jorge: VII, 4.
Cardon, Horácio: VIII, 34.
Cardoso, Amaro: III, 293.
*Cardoso, António (de Braga): V, 528, 582; VII, 276; VIII, 110.
*Cardoso, António (de Luanda): V, 189, 584; VI, 12, 22, 51, 53, 111, 114, 450, 603; VII, 215, 275; VIII, p. XVII, 116, 138-139 (bibliogr.), 199; IX, 397; — ass. autógr., VIII, 168/169.
*Cardoso, Armando: Escritor. III, 453; V, 264; VIII, 25, 29, 40.
*Cardoso, Domingos (de Alter do Chão): Fazendeiro. IV, 352, 366.
*Cardoso, Domingos (da Prov. de Portugal): II, 405.
Cardoso, Domingos: Capitão. VI, 139.
*Cardoso, Estanislau: — Ver Campos, Estanislau Cardoso de.
*Cardoso, Francisco: III, 355; VIII, 140, 153.
*Cardoso, Jerónimo: Procurador. I, 125, 136-138, 142, 156; II, 160, 225, 345; VIII, 268, 280.
Cardoso, Jerónimo: Dicionarista. VII, 160.
*Cardoso, João: V, 350.
Cardoso, João: Pai do P. António Cardoso. VIII, 138.
Cardoso, João Vaz: VI, 401.
Cardoso, Jorge: Escritor. — Índices: I, 590; II, 638; V, 608; VI, 613; — VIII, p. XXII, e passim, IX, 118.
*Cardoso, José (de S. Mamede de Riba Tua): Enfermeiro dos Escravos. VI, 602.

*Cardoso, José (da *Covilhã*): Boticário. IV, 354.
*Cardoso, Lourenço: VI, 382, 408; VIII, 16, 140 (bibliogr.); IX, 53.
*Cardoso, Luiz: V, 237, 239; VI, 600, 605.
*Cardoso, Manuel (da *Baía*): V, 559; VI, 127, 128, 191; VII, 423, 440.
*Cardoso, Manuel (de *S. Vicente*): I, 579; II, 552; VI, 406, 431; VIII, 141.
*Cardoso, Manuel (Ir.): VII, 452.
Cardoso, Manuel Mendes: Cirurgião. IX, 158.
Cardoso, Manuel da Silveira Soares: Escritor. VI, 197; X, 300.
*Cardoso, Miguel: Catequista dos Negros e Provincial. IV, 197, 383, 384; V, 482, 582; VI, 11, 634; VII, 124-125 (biografia), 132, 133, 274, 456; VIII, 12, 141 (bibliogr.), 184, 194, 200, 315, 327, 357; IX, 44; — ass. autógr., VII, 60-61.
*Cardoso, Rafael (Ir. Coadj.): VI, 591.
*Cardoso, Rafael (Padre): IV, 337; V, 271; IX, 53, 180.
Cardoso, Simão Rodrigues: I, 487.
Cardoso de Almeida, Matias: III, 40, 41.
Cardoso de Barros, António: Provedor-mor do Brasil. I, 18; II, 147, 363.
Cardoso de Miranda: III, 453.
Carel, E.: IV, p. XIX; IX, 359.
*Careu (Carew), Ricardo: III, 129, 338; IV, 182, 338; VIII, 142.
Carignano: IX, 332.
Carlos, El-Rei D.: II, 439.
Carlos II: Rei de Inglaterra. VIII, 211.
Carlos III: Rei de Espanha. III, 414; VIII, 310.
Carlos V: Imperador. I, 334; II, 195; VI, 244, 539, 572.
*Carlos, José: IV, 361, 365.
Carmo Barata, J. do: I, 92, 454, 457; V, 417, 418.
Carmona, Marechal: Presidente de Portugal. VI, p. XVI.

Carnaxide, Visconde de : Escritor. IV, 165, 195.
*Carneiro, António (de *Resende*): VI, 594.
*Carneiro, António (de *Lisboa*): VI, 72.
*Carneiro, Belchior: Primeiro Bispo de Macau e Japão. II, 472.
*Carneiro, Francisco: Provincial. — Índices: I, 590; II, 638; V, 608; VI, 613; — VII, p. 19-22 (biografia), 455; VIII, 38, 143-144 (bibliogr.), 381; IX, 71, 72; — ass. autógr., VII, 60/61.
*Carneiro, Francisco (Ir.): VI, 599.
*Carneiro, João (de *Lisboa*): IV, 354, 367.
*Carneiro, João (de *S. Martinho, Braga*): Mestre de obras da Igreja da Vigia. VII, 432, 438.
Carneiro, João (de *Couros*): VII, 200.
Carneiro, Jorge: Pai do P. Manuel Carneiro. VIII, 145.
*Carneiro, José: VII, 429, 434.
Carneiro, Levi: X, 304.
Carneiro, Luiz: V, 260.
*Carneiro, Manuel (de *S. Tomé, Portugal*): Ourives de prata. III, 87.
*Carneiro, Manuel (de *Mesão Frio*): V, 448, 482; VII, 39, 65; VIII, 145 (bibliogr.).
*Carneiro, Paulo: III, 52; IV, 197-198; V, 325, 431, 465, 482, 582; VI, 634; VII, 129; VIII, 145-146 (bibliogr.), 167, 202, 368; IX, 77; — ass. autógr., VIII, 168/169.
Carneiro, Pedro de Azevedo: III, 121, 256.
*Carneiro, Rafael: I, 571.
*Carneiro, Tomás: IV, 344.
Carneiro de Mesquita, Paulo: Pai do P. Paulo Carneiro. VIII, 145.
Carneiro Pacheco, António: Ministro. III, p. XVII.
Carneiro Ribeiro, Ernesto: IX, 360.
*Carnoto, José: VII, 427, 441; VIII, 146; IX, 105, 127.
Caro, Tomaso di: IX, 105.

Cárquere: VIII, 190.
Carrazedo: III, 349.
Carregal: IV, 358, 366.
Carregosa: VII, 432.
*Carrez, Luiz: III, 273; V, 501; VI, 115; VII, 103.
Carrilho, Fernão: Capitão-mor do Ceará. III, 54, 189.
*Carrilho, Manuel: V, 254; VII, 452; IX, 79, 80, 123.
Carrilho, Fr. Manuel Alves: IV, 14, 31.
Cartagena (de *Índias*): III, 412, 428; V, 354-357, 384; VIII, 271, 377; IX, 112.
CARTAS ÂNUAS: IX, 442-443. — Ver Epistolografia.
CARTOGRAFIA: IX, 437; da Amazónia (Fritz, Vieira, Kaulen [Mappa Vice-Provinciae, de 1753], Pfeil e o Autor do Esboço do Rio Tapajós), IV, 285; VIII, 233, 234, 307; IX, 50, 51, 149, 348, 349; do Rio Parnaíba (António Ribeiro), IV, 284; Cocle (Carta da Costa do Brasil), IV, 286; VIII, 160-162; Luiz de Albuquerque, (Carta da Costa de S. Catarina), VI, 525; VIII, 5; Diogo Soares e Domingos Capassi, IV, 286; VI, 549-550; VIII, 130-132; IX, 130-134, 393; Manuel Beça (Mapa de todo o Brasil), IV, 287; VIII, 91. — Ver Mapas.
Caruçu: VIII, 397. — Ver *Cairuçu*.
Carvajal, Gaspar de: IV, 282.
Carvalha, Gracia: IV, 183.
Carvalhais: IV, 355, 365.
Carvalhais, Domingos Pereira de: VII, 196; VIII, 148.
*Carvalhais, Jacinto de: V, 82, 83, 117, 249; VI, 10, 255, 263, 297, 416-421, 431, 590; VII, 38, 46, 48, 55, 59, 214, 288, 289; VIII, 146-148 (bibliogr.), 168, 254, 336, 339; IX, 26, 121, 175, 181; — ass. autógr., VII, 76/77.
*Carvalho, Agostinho de: VI, 595.

*Carvalho, Alexandre de: V, 497; VII, 153, 154, 424, 451.
Carvalho, Alfredo de: I, 483; V, 417.
Carvalho, Aírton de: V, 600.
Carvalho, Álvaro de: Capitão-mor da Baía. II, 124, 128, 139.
*Carvalho, António: Companheiro de naufrágio do P. Luiz Figueira. IV, 335.
*Carvalho, António de: Revisor. IX, 177.
Carvalho, António de: Governador. — Ver Coelho de Carvalho.
Carvalho, António de: Morador de Pernambuco. Benfeitor. V, 425.
Carvalho, António de: Pai do P. Paulo de Carvalho. VIII, 156.
Carvalho, António de: Cirurgião. Pai do P. Joaquim de Carvalho. VIII, 154.
Carvalho, António Cardoso de: V, 492.
Carvalho, António Pinto de: III, 454.
Carvalho, Augusto de: I, 425.
*Carvalho, Bartolomeu de: VI, 590.
*Carvalho, Bernardo de: IV, 358, 366.
Carvalho, Carlos Miguel Delgado de: Escritor. IX, 432.
*Carvalho, Cristóvão de: III, 228, 285, 352; IV, 352, 364; VIII, 149; IX, 125.
Carvalho, Daniel de: X, p. XV.
*Carvalho, Diogo de: Mártir. II, 263.
Carvalho, Domingos Sérgio de: I, 181.
Carvalho, Feliciano Coelho de: Capitão-mor da Paraíba. I, 109, 505--508, 510, 514, 515; II, 170, 171, 429; III, 313, 314.
*Carvalho, Francisco de: IV, 148.
*Carvalho, Henrique de: Comissário para a Assistência de Portugal. IV, 230, 298; VII, 129; IX, 352.
*Carvalho, Inácio de: Missionário dos Sertões. V, 321; VII, 425, 438; VIII, 149.
*Carvalho, Inácio de: Da Prov. de Portugal. VIII, 347.
*Carvalho, Jacinto de: Procurador do Maranhão em Lisboa. — Índices:

III, 462; IV, 418; VII, 462; VIII, 149-153 (bibliogr.), 187, 299, 371; IX, 27, 85, 151, 152, 155, 189, 190, 365; — autógr., IV, 230/231.
*Carvalho, Jácome de: IV, 338.
*Carvalho, João de (de *Barcelos*): VII, 432, 444.
*Carvalho, João de: Professor de Évora. VIII, 273.
Carvalho, João Vaz de: VI, 400.
*Carvalho, Joaquim de: IV, 293, 353, 363; VII, 352, 353; VIII, 154, 221, 311.
Carvalho, Joaquim de: Escritor. VII, 220; VIII, 209, 350; IX, 93.
*Carvalho, José de (de *Santos*): IV, 344.
*Carvalho, José (da *Baía*): VII, 430, 437.
Carvalho, José Rodrigues de: V, 472, 474.
Carvalho, D. Lino Deodato Rodrigues de: Bispo de S. Paulo. VI, 393; VIII, 37.
Carvalho, Luiz: I, 540, 549.
*Carvalho, Luiz de (Séc. XVI): I, 74, 77, 536, 563.
*Carvalho, Luiz (Séc. XVIII): V, 83, 584; VI, 11, 15, 16, 93; VII, 222, 223; VIII, incumbido de escrever a "História da Companhia de Jesus no Brasil", 154; bibliogr., 154-155; 326, 364, 387; IX, 374; — ass. autógr., VIII, 168/169.
Carvalho, Luiz: Pai do P. Luiz Carvalho. VIII, 154.
Carvalho, Luiz Pereira de: V, 471.
Carvalho, Luiz Teixeira de: VII, 198.
*Carvalho, Manuel de (de *Anadia*): IV, 358, 366.
*Carvalho, Manuel de (de *Chaves*): IV, 349.
*Carvalho, Manuel de (de *Lamego*): VII, 433, 437.
*Carvalho, Manuel de (do *Porto*): III, 82; VII, 422, 446.
*Carvalho, Manuel de (Ir. Coad.): V, 586.

Carvalho, Manuel de: Cabo da Tropa. III, 34, 348.
Carvalho, Manuel Monteiro: III, 301.
Carvalho, Manuel de Sepúlveda de: IX, 120.
Carvalho, Martim de: I, 457.
Carvalho, Miguel de: Escritor. V, p. XXV, 555, 561, 562, 564, 565.
Carvalho, Miguel Joaquim Ribeiro de: IX, 432.
Carvalho, Paulo: Escritor. III, 453.
Carvalho, Paulo de: Inquisidor Geral. III, 197.
*Carvalho, Paulo de: Professor da Universidade de Évora e Missionário do Brasil. II, 564; VI, 591; VIII, 156 (bibliogr.).
Carvalho, Rui: V, 116; VII, 196.
Carvalho Sebastião de: Vereador de Sergipe. V, 317.
*Carvalho, Teodoro de: VII, 429, 443.
Carvalho, Teresa Xavier de: III, 250.
Carvalho, Tomás de: VI, 92.
Carvalho e Aguiar, Bernardo de: III, 441.
Carvalho Alves: IV, 124; IX, 307.
Carvalho Franco, Francisco de Assis: Escritor. II, 171; VI, 281, 293, 475; VIII, 193.
Carvalho e Melo, Sebastião José de: Ministro. — Índices: II, 647; III, 474; IV, 428; V, 621; VI, 626; — VII, 82, 134, 157, 225, 326, 337-359; VIII, 206, 310, 311, 340, 341, 350, 384; IX, 148, 158, 410.
Carvalho da Silva, Tomé (*Piauí*): V, 562.
Carvalhos: IV, 349; VIII, 11.
*Carvalhosa, Paulo de: V, 583; VIII, 157.
Casa Branca: VIII, 193.
Casa da Casca: IX, 136.
Casa da Pedra: VIII, 399.
Casa Redonda: VIII, 322, 323.
Casada, Andresa: Mãe do Padre Domingos Ramos. IX, 66.
Casado, Domingos: VI, 100; VIII, 6.

Casas de Monforte: VIII, 56.
Cascais: IX, 388.
Cascais, Marquês de: V, 578, 580; VII, 252; VIII, 356.
Cascavel: III, 28.
Casco, Bernardo Coelho da Gama: III, 90; V, 486.
*Casimiro, Acácio: Escritor. VI, 532; X, p. XII.
*Casnedi, Carlos António: IX, 340, 341.
Casqueiro, Pedro: Ouvidor. V, 39, 41; — retrato, V, 34/35.
*Cassali, Pedro Francisco: III, 32, 86, 293; IV, 340; VII, 98.
Cassão, Francisco Rodrigues: VII, 228.
Cassão, João de Brito: VI, 407.
Cassiporé: III, 262.
Castanha, Maria: VIII, 6; a única mulher portuguesa em S. Paulo em 1610, VIII, 395.
Castanheira: III, 220; IV, 353.
Castanheira, Conde da: I, 256; II, 55, 146; V, 262; IX, 291, 292, 294-297, 299, 410.
Castanho, Simão Ribeiro: VI, 262.
Castel Gandolfo: II, 584; V, 322; VI, 149, 412; VIII, 172, 316, 350; IX, 73, 370.
Castela: — Índices: I, 591; II, 639; III, 462; IV, 419; V, 608; VI, 613; VII, 462; — VIII, 109, 250, 322; IX, 50, 51, 162, 184, 315, 321, 410.
Castelmoço, Domingos Soares: Pai do P. José Bernardino. VII, 125.
Castelo: VI, 154.
Castelo Branco: II, 477; IX, 58.
Castelo Branco, Anselmo Caetano Munhoz de Abreu e: IX, 231.
Castelo Branco, António Borges Leal: IX, 432.
Castelo Branco, Bento Ferrão: Capitão-mor de S. Vicente. VI, 282, 285, 288.
Castelo Branco, Camilo: Escritor. III, p. XXVI, 151, 206, 225; IV, 229; VII, 160; VIII, 341; IX, 90.

Castelo Branco, Fernão Rodrigues: V, 246.
Castelo Branco, João de Abreu de: Governador do Pará. III, 286, 417; IX, 119.
Castelo Branco, José Marques da Fonseca: Ouvidor da Vila da Mocha. V, 556; VIII, 329.
Castelo Melhor, Conde de (João Rodrigues de Vasconcelos e Sousa): Governador Geral do Brasil. VI, 153, 299.
Castelo Melhor, Conde de (Luiz de Vasconcelos e Sousa): Ministro. IV, 60; VII, 53, 57; IX, 294, 297-299, 319, 321.
Castelo Melhor, Conde de (Pedro de Vasconcelos e Sousa): Governador Geral do Brasil. VII, 113.
Castelo Novo, Marquês de: VI, 192.
Castelo Rodrigo: VIII, 166.
Castiglione, José: VI, 374.
*Castilho, B. Bento de: Mártir do Brasil. II, 257.
*Castilho, Jerónimo de: IX, 351.
Castilho, José Feliciano de: I, 500; IX, 166.
*Castilho, José de (de *Lisboa*): IV, 361
*Castilho, José de (de *S. Paulo*): VI, 190, 206, 207, 209, 210, 357, 380; VII, 423, 448.
*Castilho, Pero de: — Índices: I, 591; II, 639; V, 608; VII, 462; — VIII, p. 157-158 (bibliogr.).
*Castilho, Simão de: V, 384.
*Castillo, Agostinho del: I, 463, 567; II, 434.
*Castillo, B. João del: Mártir. V, 102; VI, 590.
*Castillo, Valeriano del: IX, 30.
Castracani, Alexandre: Colector Apostólico. VI, 252, 569, 571.
Castrejón, Francisco: I, 457.
Castro, Aloísio de: Escritor. VII, p. X.
Castro, Fr. Bartolomeu Ramos de: III, 237.

*Castro, B. Bento de: Mártir do Brasil.
II, 257; V, 137.
Castro, Conde de: V, 58.
*Castro, Cristóvão de: I, 459.
Castro, Diogo de: V, 350.
*Castro, Estêvão de: Procurador. VIII, 278.
*Castro (ou Crasto), Estêvão de Missionário de Mato Grosso. V, 213; VI, 218, 219, 222, 224; VII, 423, 448; VIII, 322, 323.
Castro, Eugénio de: Comandante. I, 251, 255; VI, 408; VIII, 186; IX, 432.
*Castro, Francisco de: II, 252, 254, 256, 258.
Castro, Gabriel Pereira de: VII, 323.
*Castro, João de: Serrador. V, 585.
Castro, D. João de: IX, 310.
Castro, João Bautista de: VIII, 91.
Castro, José de: Escritor. IV, 67, 68; V, p. XXV, 73, 74, 239; VI, 199, 207, 210; VII, p. XVII; VIII, p. XXII, 43, 44, 146, 268, 370; IX, 142, 153.
*Castro, Manuel de (do *Funchal*): I, 565; II, 190, 302.
*Castro, Manuel de (do *Porto*): VII, 430, 437.
Castro, Manuel da Silva: Procurador dos Índios. IX, 118.
*Castro, Pedro de: I, 561.
Castro, Ramiro Berbert de: V, 222, 309.
*Castro, Valentim de: — Ver Estancel, Valentim.
Castro e Almeida, Eduardo de: II, 483, 584; V, p. XIX, 70; VI, 188.
Castro Alves: Poeta. Estrofes de sua poesia "Jesuítas", II, 193, 489; V, p. XXII; VII, 349.
Castro de Avelãs: III, 408.
Castro Morais, Francisco de: Governador. V, 544; VI, 50, 51.
Castro Neri: VI, 391.
Castro Pinto, João Pereira de: I, 505.
Castro Verde: IV, 347, 364; VIII, 119; IX, 370.

Cataio: I, p. XI.
CATÁLOGOS: Da Província do Brasil: de 1600, I, 578-584; de 1701, V, 580; Rerum Temporalium, 1701, V, 588-596; de 1757, VII, 421-453; da Vice-Província do Maranhão, 1760, IV, 363-368; das Expedições Missionárias: ver Vocações e Recrutamento; das Livrarias dos Colégios: ver Bibliotecas.
*Cataldini, José: II, 452.
Catalunha: II, 259; V, 380, 391.
*Cattâneo, Jerónimo: IV, 67, 68; IX, 305, 316.
Catão, Pedro: III, 93.
Catarina, Imperatriz da Rússia: VII, 359.
Catarina, Rainha de Portugal: I, 80, 284, 285; II, 86, 150, 369, 469, 595.
Catarina de Bragança, D.: Rainha da Inglaterra. III, 209; VI, 11; VII, 113, 288; VIII, 67, 202; IX, 198, 259, 300, 313, 410, 411.
CATECISMOS: VIII, 27, 60, 61, 84, 88, 99, 101, 125, 176, 285, 313, 314, 318, 324, 351; IX, 18, 28, 124, 171, 187, 188, 380. Índice dos autores, IX, 434-440. — Ver Linguística (Africana e Americana).
CATEDRAL DA BAÍA: — Ver Igreja do Colégio da Baía.
CATEQUESE: Em todas as Aldeias de Índios. — Ver Aldeias; ver Índios.
CATIVEIROS INJUSTOS: I, 242. — Ver Liberdade dos Índios.
Catucadas, António Fernandes: I, 192.
Catundá, J.: III, 30.
Cavalcanti, António: V, 396.
Cavalcanti, Filipe: I, 485.
Cavalinho, Luiz Rodrigues: VI, 362.
Cavalo, Sebastião: II, 619.
Cavendish: I, 219, 221, 261, 266, 407; II, 118, 386, 503; VI, 434.
*Caxa, Quirício: Biografia, I, 65-66. — Índices: I, 591; II, 639; VI, 614;

— VIII, pp. XX, 22, 26, 34, 40, 42, 92, 158-159 (bibliogr.), 255; IX, 165, 397, 399; — ass. autógr., II, 464/465.
Caxias (das Aldeias Altas): III, 154; V, 564.
Ceará: Primeira Missão de Francisco Pinto e Luiz Figueira, III, 3-14; em Ibiapaba, III, 15-72; em Fortaleza, III, 77; Seminário de Aquirás, III, 80; Aldeias, III, 85-96; nas fronteiras do Rio Grande e "Guerra dos Bárbaros", V, 536-549; Aldeias do Rio Jaguaribe, V, 541, 544; Residências do Ceará em 1757, VII, 450. — Índices: I, 591; II, 639; III, 462, 483-484; IV, 419; V, 609, 635; VI, 614; VII, 463; — VIII, pp. 41, 54 (motins), 103, 161, 171, 286-288, 306; IX, 22, 55, 56, 111, 186, 244, 400, 405; — a primeira planta de Fortaleza (no lugar actual), III, 84/85.
Ceará Grande: III, 81, 93.
Ceballos, Pedro: VI, 548, 549.
Cecil, Sir Robert (Conde de Salisbury): VII, 6; VIII, 11, 135, 136.
Ceia: VI, 390.
Ceilão: I, p. XI; II, 246, 428; V, 161, 405; VIII, 69.
Celas: IV, 350; IX, 73.
Celestino da Silva, Pedro: V, 172.
Celorico: I, 61; II, 262; IX, 62.
Celso, Conde de Afonso: Escritor. I, p. XXV; II, 469; VIII, 41; IX, 432.
Celso, Maria Eugénia: VIII, 41.
CENTRO D. VITAL: III, p. XX.
*Cepeda, Bento de: VII, 427, 449.
CERÂMICA: — Ver Indústria.
CERÂMICA INDÍGENA: VIII, 191, 417.
Cerdeira: IV, 355, 358, 364, 366.
*Cerdeira, António: IV, 348; V, 583.
Cerejeira, D. Manuel Gonçalves: Cardeal Patriarca de Lisboa. III, p. XX.
*Cerqueira, Domingos: Enfermeiro. V, 586.

Cerqueira, Francisco Sutil de: VII, 197.
Cerro Frio: VI, 188.
Cerro de S. Miguel: VI, 468, 470.
CERTIFICADOS E DECLARAÇÕES: IX, 450.
Certosa: IX, 332.
Cervantes: VII, 157.
Cerveira, Frutuoso: V, 228, 229.
Cerviá y Noguer, Juan: II, 627, 628.
César: VII, 151, 152, 169, 337.
César, Guilherme: VIII, 41.
César, Maria: V, 493.
César, Sebastião: IV, 31. — Ver Meneses.
*Cetem, João de: VII, 361.
Ceuta: I, 134, 347; II, 262.
Chacim: II, 257.
Chaco: I, 394; IX, 81.
Chag. s, Fr. João das: III, 237.
Chan-Hai: VII, 280.
Chantre y Herrera: III, 407.
Charcas: I, 348; VI, 541.
*Charles, Pierre: II, 43.
*Charlevoix, Fr. X. de: I, 349.
Chateaubriand, Francisco Renato de: I, 309; VI, 250, 553.
Chaul: VIII, 318.
Chaves: II, 446; IV, 349; VII, 432, 433; VIII, 56, 272.
*Chaves, Cristóvão de: VI, 591.
Chaves, Duarte Teixeira: VI, 113, 540.
*Chaves, Lourenço de: Enfermeiro dos Escravos. V, 147; VII, 433, 443.
Chaves, Luiz: Escritor. I, 251.
*Chaves, Manuel de: I, 271, 276, 280, 293, 294, 308, 574; II, 30, 409, 410, 563.
Chaves, Pedro Pereira: VI, 528.
Chaves de Almeida, Manuel: VI, 459.
*Chiari, Ortênsio M.: VI, 154; VIII, 258; IX, 65.
Chicago: III, 447; VIII, 42; IX, 13; X, 315.
Chichas: VI, 541.
Chieri: VIII, 214.
*Chifflet, Lourenço: IX, 147.

Chile: III, 406; IV, 145; VI, 42, 46, 331, 535, 541; VII, 133; IX, 397.
China: I, p. IX, XI, 12; II, 439, 633; III, p. X, 438; IV, 145, 148, 156, 281, 300, 385, 411; V, 10, 100, 101, 142, 167, 196; VI, 20, 46; VII, 93, 94, 268, 359; VIII, 53, 56, 160 (presente do Imperador ao Rei de Portugal), 195, 250, 318, 352; IX, 413.
Chique-Chique: V, 551.
Choos, Maria de: VIII, 221.
Chuquisaca: I, 358; IX, 29, 30.
*Ciceri, Alexandre: VIII, 160.
Cícero: I, 75; II, p. VIII, 548; IV, 410; VII, 151, 152; VIII, 366; IX, 170; X, 303.
Cidade, Hernani: Escritor. — Índices: III, 462; IV, 419; V, 609; — IX, p. 234.
CIÊNCIAS: IX, 436-439. — Ver Astronomia; Bibliografia; Cartografia; Corografia; Etnografia; Filosofia; Fisiografia e Economia; Geografia; Linguística Africana; Linguística Americana; Matemática; Náutica; Pedagogia.
CIÊNCIAS, LETRAS E ARTES: II, 531-613; IV, 261-329; VII, 143-229. — Ver Ciências; ver Artes; ver Letras.
CIÊNCIA MÉDIA: VII, 178, 219.
CIÊNCIAS NATURAIS: VII, 224; VIII, 20, 134, 316; IX, 130, 438. — Ver Botânica.
CIÊNCIAS NÁUTICAS: VIII, 209-210; IX, 35, 135, 393, 439. — Ver Indústria Naval; ver Pilotos (Irmãos).
CIÊNCIAS SACRAS: VII, 175-189; IX, 439, 442. — Ver Ascética e Mística; Catecismos; Cristologia; Congregações Marianas; Exercícios Espirituais de Santo Inácio; Hagiografia; Liturgia; Sagrada Escritura; Teologia Dogmática; Teologia Moral e Direito; Teologia Pastoral.
*Cifarelo, Agostinho: I, 569; VIII, 60.
CIGANOS: IX, 387, 388.
Cinellius: IX, 67.

*Cipriano: I, 81, 574.
CIRCULAÇÃO DO SANGUE: VII, 225-228; — gravura para a Flebotomia, VII, 300/301.
CIRURGIA: — Ver Medicina.
Ciudad Real: I, 335, 351, 352, 357; VI, 250.
Ciudad de los Reys: VI, 335.
Civitavecchia: III, p. XXIII; V, 87; VII, 347, 357, 358; VIII, 381; IX, 89.
*Clair, Charles: VII, 358.
Claudiano: VII, 151.
*Clavé, J.: VIII, 310.
*Claver, S. Pedro: V, 357; VIII, 79, 199.
*Clávio, Cristóvão: Matemático. VII, 166, 167.
Clavijo y Llerena, D. Mência Dias: II, 481; VIII, 16.
Clemente IX: Papa. VIII, 273.
Clemente X: Papa. IV, 67, 68; IX, 45, 210, 312, 320, 337.
Clemente XI: Papa. VIII, 113, 172, 352; IX, 67.
Clemente XII: Papa. II, 487; VIII, 341, 384.
Clemente, Frei: Provincial de S. Bento. II, 507.
Clemente, Gaspar: VII, 4; VIII, 132.
*Clemente, Manuel: VI, 133; — ass. autógr., VI, 440/441.
Clermont: IV, 298.
CLERO: Relações com os Padres da Companhia, II, 505-528. — Ver Vocações; ver Ordens Religiosas.
Clévia: VIII, 362.
Clusius: II, 581.
*Cobbs, Manuel: VIII, 180.
Cochim: II, 334; IX, 64.
Cochin, Augustin: II, 351.
Cochinchina: VIII, 56.
Cocle, Jacques: Pai do P. Jacobo Cocleo. VIII, 160.
*Cocleo (Cocle), Jacobo: Cartógrafo. — Índices: II, 639; III, 462; IV, 419; V, 609; VI, 614; VII, 463; — VIII, 101, 160-162 (bibliogr.), 171,

386; IX, 104, 343; — autógr., III, 100/101.
Coelho, A.: IX, 303.
*Coelho, Agostinho: Cativo dos holandeses. V, 33, 35, 48; VI, 592, 593; VIII, 24, 163.
*Coelho, António (de *Braga*): VI, 7; VII, 423, 442.
*Coelho, António (de *Coimbra*): V, 320; VIII, 163.
*Coelho, António (do *Porto*): V, 583.
*Coelho, António (de *S. Gião, Lamego*): Superior do Maranhão. III, 131, 216, 290; IV, 136, 228, 252, 343; VIII, 109, 163 (bibliogr.).
*Coelho, Caetano: VII, 429, 443.
*Coelho, Cosme: IX, 71.
*Coelho, Domingos: Cirurgião. IV, 82, 341; V, 368, 586; VIII, 166.
*Coelho, Domingos: Provincial. Biografia, VII, 11-17. — Índices: I, 591; V, 609 (1.º); VI, 614; — VII, 258, 455; VIII, 4, 38, 93, 133, 163-165 (bibliogr.), 269, 358, 380; IX, 153; — retrato (com outros cativos da Holanda), V, 34/35; ass. autógr., VI, 60/61.
Coelho, Duarte: Donatário de Pernambuco. I, 451, 454, 473, 477, 486, 487.
*Coelho, Filipe: III, 56; V, 85, 144, 311, 430, 581; VI, 11, 189, 308; VII, 128; VIII, 166, 217.
*Coelho, Francisco (de *Lamego*): V, 582.
*Coelho, Francisco: Reitor do Colégio das Artes de Coimbra. VII, 244.
*Coelho, Francisco (do *Porto*): Pintor. V, 95, 132, 134, 138, 139, 147, 197, 600; VII, 432, 444.
*Coelho, Joaquim Duarte: VI, 198; VII, 358, 362, 431, 443, 453; VIII, 228.
*Coelho, José (de *Olinda*): IV, 316; V, 189, 219, 290, 482, 498, 582; VI, 634; VIII, 166, 352.
Coelho, José: Ouvidor Geral. VI, 276.
Coelho, José de Barros: V, 562.

*Coelho, Manuel (da *Baía*): VII, 413, 440.
*Coelho, Manuel (de *Povolide*): VI, 605; VII, 433, 452.
*Coelho, Manuel (de *Vale do Corvo*): III, 374; IV, 349.
Coelho, Manuel: Morador do Maranhão. VIII, 311.
*Coelho, Marcos: V, 86, 483, 584; VI, 12; VII, 129, 215, 456; VIII, 44, 167, 180; — ass. autógr., VII, 60/61.
*Coelho, Pedro: I, 570, 583.
*Coelho, Salvador: I, 583; II, 560; VI, 590; VIII, 179.
Coelho, Simão: VI, 276.
Coelho de Albuquerque, Duarte: I, 479, 485, 486, 494.
Coelho de Carvalho, António de Albuquerque (o velho): Governador do Maranhão. III, 340, 341; IV, 272.
Coelho de Carvalho, António de Albuquerque (filho do precedente): Governador do Maranhão e do Rio de Janeiro. III, 73, 121, 256, 258, 260, 264, 351, 410, 412, 440; IV, 82, 134, 272; VI, 52, 53, 373, 409, 411; VIII, 109, 229.
Coelho de Carvalho, Francisco: III, 115; IV, 354.
Coelho Negromonte, Francisco: Pai do P. José Coelho. VIII, 166.
Coelho da Silva, Inácio: III, 163; IV, 72, 159.
*Coelho de Sousa, José: X, 312.
Coelho de Sousa, Matias: Mestre de Campo. IX, 54.
Coelho de Sousa, Pero: III, 4, 5.
*Coemans, Augusto: II, 310.
Coetlosquet: I, 358.
Coimbra: — Índices: I, 591; II, 639; III, 462; IV, 419; V, 609; VI, 614; VII, 463; — VIII, p. XII e *passim*; IX, *passim*. — Ver Colégio das Artes de Coimbra.
Coimbra, Fr. Henrique Soares de: II, 504.
Coimbra, Francisco de: VI, 262.

*Coimbra, Joaquim: IV, 351.
Coimbrão: III, 34; IV, 337.
Coja: IV, 351, 357.
*Colaço, António: Procurador. I, 143; IV, 163; VIII, 137.
*Colaço, Cristóvão: V, 83, 84, 256, 266, 429, 462; VI, 596; VIII, 168, 179; IX, 22, 129; — ass. autógr., VII, 76/77.
Colaço, Francisco Vieira: VI, 462.
Colaço, Gaspar Godói: VI, 317.
Colaço, João Rodrigues: I, 520, 528.
Colaço, Jorge: Pintor. IX, 13.
Colaço, Manuel Simões: Capitão-mor. VII, 26.
Colaço Vieira, Pedro: I, 261.
Colares: III, 284, 291, 342.
COLATERAL (CARGO DE): II, 472; VIII, 284.
Colbacchini, António: IV, 301.
Colbert: IV, 46.
Colchester: VII, 269, 434.
Colégio: V, 481.
COLÉGIO DE ALCÂNTARA (TAPUITAPERA): III, 200.
COLÉGIO ANCHIETA (NOVA FRIBURGO): VII, 348/349; X, p. XII.
COLÉGIO ANTÓNIO VIEIRA (BAÍA): V, 105.
COLÉGIO ANTÓNIO VIEIRA (RIO): IX, 363.
COLÉGIO DA BAÍA (REAL): Ordem Régia para se fundar à imitação do Colégio de S. Antão de Lisboa (1554), I, 41; fundação pelo P. Manuel da Nóbrega, I, 47-57; IX, 418, 428; para assegurar a catequese dos Índios, I, 115; posição primitiva, I, 152; na invasão holandesa, V, 42-43; hospital de sangue, V, 89; na restauração da cidade, V, 59; Real Colégio das Artes, V, 69-105; o título de Universidade, VII, 195-199; Capelas interiores, V, 126, 134, 597-599; VII, 408-415; os "Gerais", V, 96; VII, 217; os subterrâneos, V, 109-110; o Colégio, refúgio da Cidade durante o "mal de bicha", V, 90; VIII, 333; hóspedes ilustres, V, 96-103; S. João de Brito, V, 102-103; VIII, 53; o Colégio, depositário do Tesouro Público, VIII, 329; depositário das vias de sucessão dos Governadores e Vice-Reis, V, 99-100; VII, 134; VIII, 329; residência dos Governadores e Vice-Reis antes de tomarem posse, V, 99; VII, 418-420; feriados escolares, V, 92; *status* em 1757, VII, 435-438; Plantas do Colégio (do Engenheiro Caldas), VII, 417-420; Tesouro Sacro, VII, 377-416. — Ver *Baía;* ver Instrução.
COLÉGIO DE BRAGA: VII, 159, 205; IX, 117, 162, 163.
COLÉGIO DAS ARTES DE COIMBRA: VII, 64, 93, 117, 141, 156, 166, 167, 193, 211, 220, 225, 227, 302, 316; VIII, p. IV/V; IX, 406, 420; a sua obrigação de dar Missionários para o Brasil, VII, 242-244; VIII, 173. — Ver também *Coimbra;* ver Universidade.
COLÉGIO DA COLÓNIA DO SACRAMENTO (SÃO FRANCISCO XAVIER): VI, 544-547.
COLÉGIO DO DESTERRO [FLORIANÓPOLIS]: VI, 471-472. — Ver *Santa Catarina.*
COLÉGIO DO ESPÍRITO SANTO (SANTIAGO): I, 214, 221, 227; VI, 134; IX, 180; *status* em 1757, VII, 446. — Ver *Espírito Santo.*
COLÉGIO DE ÉVORA: VII, 205, 243. — Ver Universidade.
COLÉGIO DO FAIAL: IX, 118.
COLÉGIO DE FORTALEZA: Incipiente, III, 75-77.
COLÉGIO DA ILHA TERCEIRA: IX, 118.
COLÉGIO DA ILHA DE S. MIGUEL: IX, 118.
COLÉGIO DE ILHÉUS: V, 216-220.
COLÉGIO DA LAPA: VIII, 307, 372.
COLÉGIO DO MARANHÃO: IV, 263; VIII, p. XX; pela traça da Madre de

Deus, de Lisboa, IX, 391. — Ver *S. Luiz do Maranhão;* ver Instrução.
COLÉGIO NÓBREGA (RECIFE): V, 469.
COLÉGIO DE OLINDA (REAL): Fundação, I, 457-460; reedificação depois da invasão holandesa, V, 416-417; 423, 436; Festas solenes, V, 420-421; *status* em 1757, VII, 449. — Ver *Olinda;* ver *Pernambuco;* ver Instrução.
COLÉGIO DO PARÁ: IV, 271-273; VII, 345; VIII, p. XX; IX, 140. — Ver *Belém do Pará;* ver Instrução.
COLÉGIO DA PARAÍBA: V, 492-498; VIII, 219. — Ver *Paraíba.*
COLÉGIO DE PARANAGUÁ: Fundação, VI, 454-455; *status* em 1757, VII, 445. — Ver *Paranaguá.*
COLÉGIO DE PORTO SEGURO: VI, 223, 236-237; IX, 58. — Ver *Porto Seguro.*
COLÉGIO DO RECIFE: Fundação, V, 461-464; VIII, 214; cofre das vias de sucessão dos Governadores e os estudos depois da perseguição de 1760, V, 487; o Pátio do Colégio, V, 488; *status* em 1757, VII, 450-451. — Ver *Recife.*
COLÉGIO DO RIO DE JANEIRO (REAL): Fundação pelo P. Nóbrega, I, 365, 398; frequência do Clero da Cidade, VI, 5-6; âmbito geográfico da sua jurisdição (1619), VI, 567; motins e atropelos contra ele praticados pelos escravagistas, VI, 574-578; nele se proclama D. João IV e a restauração de Portugal, VI, 41-45; Real Colégio das Artes, VI, 3-31; destinado a Colégio Máximo, VII, 263; centro de conversão de hereges, VII, 267; o edifício no Morro do Castelo, VI, 13-17; *status* em 1757, VII, 441-443. — Ver *Rio de Janeiro;* ver Instrução.
COLÉGIO ROMANO: I, 76; V, 470; VII, 49.
COLÉGIO DE S. ANTÃO: A sua Igreja, co-herdeira do Engenho de Sergipe do Conde, V, 244-255; VII, 15, 24, 33, 38, 41, 54, 60, 117, 133, 165, 204, 205, 222, 287, 289; VIII, 120, 142, 157, 181, 183, 185, 198, 208, 210, 223, 242, 259, 278, 279, 281, 324, 327, 367, 380; IX, 4, 26, 57, 64, 71, 72, 79, 123, 130, 141, 147, 156, 166, 179, 181, 183, 186, 194, 217, 309, 316, 350, 387, 396; o Livro do Tombo da Igreja de S. Antão (os seus bens no Brasil), IX, 186.
COLÉGIO DE S. PAULO: Fundação pelo P. Nóbrega, I, 270-280; o orçamento em 1700, VI, 347; o edifício, VI, 394-398; os estudos, VI, 400-402; os estudantes e as suas festas, VI, 402-404; *status* em 1757, VII, 447. — Ver *S. Paulo.*
COLÉGIO DE SANTOS: Fundação, VI, 423-428; os estudos, VI, 432; *status* em 1757, VII, 448. — Ver *Santos.*
COLÉGIO DE S. FRANCISCO XAVIER DE ALFAMA: VIII, 324.
COLÉGIO DE S. VICENTE: I, 253, 254, 259; IX, 420. — Ver *S. Vicente.*
COLÉGIO DA VIGIA: III, 281. — Ver *Vigia.*
Coligny, Gaspar de: II, 387.
Collevecchio: IX, 150.
Collin, Richard: Gravador. VIII, 9.
Colmenares, Nicolás de: Mercedário. IX, 324.
Colômbia: III, 101; V, 357, 384; VIII, 271, 377; IX, 112.
Colombo, Cristóvão: I, p. XV; II, 344; VII, p. XI; X, 308, 310.
Colognola: IX, 126.
Colónia (Alemanha): IV, 357; V, 35, 73, 83, 304, 548; VI, 600; VII, 165, 423, 424; VIII, 34, 121, 122, 307, 312, 377; IX, 93, 409.
Colónia do Sacramento ou Residência Portuguesa no Rio da Prata: Fundação, VI, 533-550; Colégio de S. Francisco Xavier, VI, 544-547; posição nacional dos Jesuítas portugueses e

Jesuítas espanhóis, VI, 537, 541-542, 548; Cartografia do Rio da Prata, VI, 540-550; VIII, 131; IX, 131, 132; Tratado de permuta de 1750 e as suas consequências, VI, 554-560; o importante significado desta Colónia, VI, 525, 526, 535, 548, 550. — Índices: III, 463; IV, 419; V, 609; VI, 614; VII, 463; — VIII, pp. 15, 16, 59, 130, 161, 180, 193, 195, 218, 250, 263, 275, 276; IX, 54, 137, 168, 396; — Colégio, VI, 536/537.

COLONIZAÇÃO PORTUGUESA DO BRASIL: Descobrimentos Portugueses, I, p. IX; novidades dos Descobrimentos Portugueses, VIII, 335; — Bulas e Convénios com a Santa Sé, VII, 285-286; — os Jesuítas portugueses na fundação da Baía (1549), I, 17-21; na fundação de S. Paulo, I, 269-314; na guerra do Paraguaçu, II, 120; na guerra dos Aimorés, II, 122-128; assistência aos Índios de guerra, II, 128, 132 (Ver Assistência — Capelães militares); o plano colonizador de Nóbrega, II, 113-120; IX, 424; o seu sentimento de *unidade*, IX, 419, 421, 426; o mesmo sentimento mantém-se sempre na formação do Brasil, VII, 228-229; — os Jesuítas na conquista e fundação do Rio de Janeiro, I, 361-389; na conquista e fundação da Paraíba, I, 499-510; IX, 166; na Conquista e fundação do Rio Grande do Norte, I, 513-529; V, 504-509; VIII, 386; na guerra contra a invasão holandesa, V, 25-68; derrota dos holandeses na Baía (1625), V, 55-68; serviço dos Padres no cerco holandês da Baía (1638), V, 63-64; VIII, 274; na campanha de Pernambuco, V, 341-389; Vieira Tribuno do Povo pelas armas de Portugal, V, 66-68; IX, 192, 201-203; — Companhia de Comércio, proposta por Vieira, IX, 403; — a Coroa Portuguesa nas guerras de Holanda, V, 25-26; distinção permanente das Coroas de Portugal e Castela, II, 439; VI, 246; no Brasil, efeitos bons e efeitos maus da união num só soberano, I, 344; — os Portugueses nas Antilhas e Terra Firme, III, 428-431; — a Restauração de Portugal, VII, 44; VIII, 111, 181, 182; sucesso da nossa Armada com a dos Parlamentários, IX, 140; pensa-se em Pernambuco para alojamento da Família Real, IX, 405 (ver Vieira); — Restauração de Portugal na Baía, V, 96-99, proclama-se a Restauração de Portugal no Colégio do Rio, VI, 41-44; VII, 18, 19; — os Padres na Conquista do Maranhão (contra os Franceses), III, 99-102, na reconquista (contra os Holandeses), III, 107-116; duplicidade de Nassau, III, 110; — os Padres na fundação da Colónia do Sacramento, VI, 533-540; — na Colonização amazónica, VII, 297; VIII, 191, 238, 240; na ocupação portuguesa do Cabo Norte (Amapá), III, 252-266; IX, 50-52; contra a interferência holandesa no Rio Negro, III, 378; IX, 144 (ver Piratas: franceses, holandeses, ingleses); — relações dos Padres da Companhia com os Governadores Gerais (século XVI), II, 140-171; — o Colégio da Baía, Hospedaria dos Governadores e Vice-Reis, antes de tomarem posse do Governo, e depositário das vias de sucessão e do Tesouro Público (ver Colégio da Baía); — ausência de racismo, I, 91; o "Dialogo de Nóbrega", IX, 11, 429; — degredados portugueses no Brasil, I, 19, 253; II, 373; IX, 417; — burocracia colonial, I, 119; — Portugal quer que se gaste no Brasil o que rende o Brasil, I, 117; — o que se entendia por Portugueses do Brasil no século XVII,

VI, 505; VII, 240-242; — as fronteiras do Sul no pensamento de Nóbrega, IX, 12; obstáculos à colonização do Sul postos pelos escravagistas, VI, 296; baptismo solene, no Rio, dos Principais Carijós, VI, 520-521; — condicionamento geográfico dos grandes rios da Prata e Amazonas, VI, 245, 249; — socorros dos Padres às expedições de descobrimento (Rio Madeira), IV, 170; — gastos dos Padres com a Infantaria paga do Pará, IV, 177; — contribuição dos Índios Aldeados pelos Padres, I, 497; II, 131; o seu concurso na construção das Fortalezas, I, 130, 436; serviços de ordem pública, VI, 103-106 (ver Aldeamentos); — os Jesuítas colonizadores, IV, 208-209; V, p. XIV; VIII, p. XVI; valorização da terra para o bem comum, VI, 76, 456; VII, 297; luta contra o impaludismo, IV, 190; saneamento de Campos Novos VIII, 156; — o fazendeiro-missionário, fenómeno espontâneo da América florestal, VI, 89 (ver Fazendas); — jornadas por terra, perigos e naufrágios, II, 188-193 (ver Entradas; ver Trabalhos e Perigos); — os serviços da Fragata da Companhia, VII, 259-260; — os Padres, protectores dos Índios (ver Liberdade dos Índios); — a parte da Ciência (ver Cartografia); os Padres, mestres públicos do Brasil, durante dois séculos, VII, 139-229 (ver Colégios; ver Instrução); — a Biblioteca do Colégio do Rio de Janeiro, Biblioteca Pública, VI, 25-28; — o patriotismo dos estudantes da Companhia contra os invasores franceses e holandeses: batalhões e companhias de Estudantes (ver Alunos).

Columbano Bordalo Pinheiro: Pintor. IX, 363.

*Comitoli, Scipião: I, 562; II, 438, 547.

Como: IV, 350, 363; V, 147; VI, 596; VII,434; VIII, 160, 340.

COMPANHIA DE JESUS: Fundação, I, 3-5; fórmula do Instituto, I, 6-9; Constituições, I, 10; a sua promulgação no Brasil, II, 416-418; votos, I, 13; Exercícios Espirituais, I, 15 (ver Exercícios Espirituais); "Ratio Studiorum" (ver Instrução); Assistências, I, 12; Assistência de Portugal, I, pp. X-XI (ver Assistência de Portugal); VII, 245; criação da Província do Brasil, II, 454-459, Provinciais (ver este título); o triénio não basta, no Brasil, tanto para os Provinciais como para os Reitores, VIII, 256; o cargo de "Superior" no Brasil levava consigo uma incumbência de serviço público a respeito dos Índios, VIII, p. XVI-XVII; relações com o Clero e os Prelados, II, 505-528; relações com os Governadores Gerais, II, 140-171; "Compendio de Alvarás e Provisões que se concederão à nossa Província", VII, 175; organização do seu Arquivo, VI, 85; VIII, 315; regime interno da Província do Brasil, II, 393-528; VII, 1-138; o cargo de Padre "Colateral", VIII, 284; o cargo de Padre "Superintendente", IX, 58; Catálogo dos Padres e Irmãos eminentes em virtude (1677), IX, 117; Irmãos Coadjutores, II, 444-446; VII, 235; "Irmãos de fora", II, 446; IX, 61; a Fragata da Província e os Irmãos construtores navais e pilotos, VII, 253; VIII, 249-260; projecto de divisão da Província em duas (Baía e Rio), VII, 260-263; VIII, 48, 196, 217, 218, 262, 302, 327, 328, 371; IX, 42, 75, 122; criação da Missão e Vice-Província do Maranhão e Pará, IV, 213-224; o seu regime interno, IV, 213-237; IX, 46; a sua elevação a Província, VIII, 383; Menológio

do Brasil, VIII, 368, 369; Cadeira Brasileira de Estudos Jesuíticos, I, XXIV; X, 316; — Trigrama da Companhia inspirado num desenho de 1610, VII, 363, 420/421. — Ver Costumeiro do Brasil; Catálogos; Congregações Gerais; Congregações Provinciais; Noviciado; Observância Religiosa; Perseguição; Vocações e Recrutamento; (e *passim*: toda esta obra).
COMPANHIAS MILITARES DOS ESTUDANTES: — Ver Alunos dos Jesuítas.
COMUNISMO "BRANCO": Nas Missões do Paraguai, VII, 82.
COMUNISMO "CRISTÃO": Nas Missões, VII, 340.
Conani: III, 232, 266; VII, 283; VIII, 231, 234; IX, 372.
CONCEIÇÃO (IMACULADA): — Ver Nossa Senhora.
Conceição (Papucaia): VI, 115.
Conceição (S. Paulo): VI, 379.
Conceição, Fr. Duarte da: IX, 175.
Conceição, Manuel da: IX, 109, 231.
Conceição, Maria da: Mãe do P. Joaquim de Carvalho. VIII, 154.
Conceição, Fr. Tomé da: Carmelita. IX, 194-198.
Conceição da Serra: VI, 179.
Conde: III, 300; IV, 273; VII, 327.
Condé, João: Escritor, X, 300.
Condeixa: IV, 352, 356, 364; VIII, 58, 177.
Conduru, Abelardo: III, p. XX.
CONFRARIAS E IRMANDADES: As primeiras, II, 323-331; nas Aldeias, IV, 114; das Almas do Purgatório, I, 433; II, 325; IV, 114; da Boa Morte (Exercício da Boa Morte), VII, 66, 138, 449; VIII, 4, 87, 110, 117; da Caridade, II, 324; VIII, 324; contra as juras e blasfêmias, I, 217; da Cruz dos Militares, V, 405; dos Meninos de Jesus, I, 162-163, 198, 223, 254, 542; II, 324, 409, 542; IX, 423; de Nossa Senhora, II, 318; V, 12; de Nossa Senhora da Conceição de Itanhaém, I, 316; de Nossa Senhora do Socorro (Geru), V, 326; da Piedade, I, 201; II, 325; da Paz, V, 332; dos Oficiais Mecânicos, II, 330; V, 10-11, 421, 452; VII, 9, 143; VIII, 234; dos Órfãos, I, 38; das Onze Mil Virgens ou Santas Virgens, Padroeiras da Baía (também Congregação), II, 318, 329; V, 12-13, 332; dos Padroeiros ou Oragos das Aldeias, IV, 114; dos Reis Magos, I, 217; II, 99, 329; do Rosário (para os Senhores), I, 493; do Rosário (para os Pretos), I, 493; de S. Marcos, I, 490; II, 330; de S. Maurício, I, 217; II, 329; do Santíssimo Sacramento, I, 433; II, 290, 328; em todas as Aldeias, IV, 114; do *Laus Perenne* (instituída em 1695 pelo P. Jacobo Cocleo), IV, 240; VIII, 612; no Colégio de S. Paulo, VII, 447; de Santa Úrsula e Companheiras Mártires: o mesmo que das Onze Mil Virgens. — Ver Congregações Marianas; Culto; Hagiografia.
Congo: II, 4, 310, 344; V, 82; VII, 31; VIII, 305, 393.
CONGREGAÇÕES GERAIS: I, 11; VII, 24; VIII, 179, 254, 274; IX, 66, 117.
CONGREGAÇÕES MARIANAS: As primeiras agregações do Brasil à Prima Primária, II, 339-342, 525; VIII, 268; do Maranhão e Pará, IV, 242-244; VIII, 106; o terço e outros exercícios cantados na do Maranhão, IX, 392; dos Estudantes (em todos os Colégios), Baía, II, 318, 601 (festas); VII, 395; VIII, 97, 185; Paraíba, V, 497; VIII, 242; Rio de Janeiro, VI, 19; S. Paulo, VI, 386; das Flores, V, 188; VII, 394, 416; dos Nobres (N.ª S.ª da Conceição), V, 451, 452, 462-464, 469-474; dos Plebeus (N.ª S.ª da Paz), V, 452, 474; da Paz e S. Libório, VII, 451; dos Penitentes, IX, 142; Congregação ou Confraria

da Senhora da Boa Morte (para ambos os sexos), IV, 343, 396-397; VI, 14, 385; da Senhora do Rosário (bênção das rosas), I, 309; de S. Francisco Xavier do Colégio Romano, VIII, 116; Congregação dos Sacerdotes (de Lisboa), VII, 92; IX, 207; "Directório" dos Congregados do Brasil (do P. José Bernardino), VIII, 97; IX, 440; exercícios de piedade e perfeição pessoal dos Congregados e socorros aos pobres e hospitais, V, 474; foram as "Escolas Apostólicas" do passado, VII, 246; — monogramas marianos, IV, 134/135; IX, 216/217. — Ver Confrarias; Nossa Senhora (Culto e Devoções).

CONGREGAÇÕES PROVINCIAIS DO BRASIL (plenas e abreviadas): II, 498--504; VII, 9, 105, 107, 134, 136, 262, 302; VIII, 258, 269, 327; IX, 19, 41, 106.

*Consalvi, Pier Luigi: Superior do Maranhão. — Índices: III, 463; IV, 419; VII, 463; VIII, 169-170 (bibliogr.); IX, 282, 287.

Conselheiro, António: II, 23.

Constança: III, 255; IV, 341, 363; IX, 48.

Constantino [Ponce de la Fuente], Doutor: II, 541; IX, 380.

Constantinopla: V, 279.

CONSTITUIÇÃO DO BRASIL (A 1.ª): II, 140-141, 171.

CONSTITUIÇÕES DA COMPANHIA: — Ver Companhia de Jesus.

CONSTITUIÇÕES SINODAIS DA BAÍA: VII, 188; IX, 66.

Contreiras Rodrigues, F.: II, 234.

Contreras, D. Isabel de: I, 323, 341.

CONTROVÉRSIAS E ARRAZOADOS: IX, 450-451.

CONVERSÃO DE HEREGES: VII, 133, 266, 268; VIII, 67, 327; IX, 123. — Ver Mar (Apostolado do).

Copacabana: II, 555.

Copeiro: III, 400; IV, 346; IX, 84.

*Cordara, Júlio César: Escritor. — Índices: III, 463; V, 609; VI, 614; VII, 463; —VIII, p. XXII, 78, 84/85, 179, 319, 349; IX, 90.

*Cordeiro, António: IV, 356.

*Cordeiro, Cristóvão: VI, 7; VII, 422, 442.

*Cordeiro, Francisco: VI, 7; VII, 422, 442; VIII, 170, 219.

*Cordeiro, João: IV, 357, 361.

Cordeiro, Manuel Pais: Cirurgião-mor. VIII, 58, 359.

*Cordeiro, Melchior: I, 461-463, 490, 550, 565, 566; II, 257, 396, 451.

Cordeiro, Valério: VIII, 342.

Cordeiro Pereira, Pedro Gonçalves: VI, 342; IX, 310.

Córdoba de Tucumã: I, 348, 350; IX, 29.

Córdova, Fernão Rodrigues de: VI, 262.

*Cordovil, Francisco: VII, 428, 442.

Coriolano de Medeiros, João Roiz: V, 341, 495, 499, 501.

Cornegio, Damião: VIII, 115.

Corneille, Pedro: VII, 157.

Cornes: VI, 603.

COROGRAFIA: VIII, 91, 242, 316; IX, 135, 438.

Correa Luna, Carlos: I, 339.

Correia, Agostinho (da Baía): V, 289.

*Correia, Agostinho (de Braga): V, 102, 297, 299, 304, 583; VII, 279, 280; VIII, 171 (bibliogr.).

Correia, Agostinho: Sargento - mor. III, 237, 238.

Correia, Ana: Mãe do P. José da Rocha. IX, 78.

*Correia, António: Mestre de Noviços em Coimbra. IX, 383.

*Correia, B. António: Mártir do Brasil. II, 258.

*Correia, António (do Rio de Janeiro). V, 308, 582; VI, 192-194.

*Correia, António (de Vila Rica): VI, 460; VII, 424, 445.

*Correia, Carlos: Alfaiate. V, 260; VII, 432, 438.
*Correia, Domingos: Fazendeiro e Oleiro. IV, 349.
Correia, Domingos Vaz: III, 114.
Correia, Duarte: VI, 285.
Correia, Feliciano: III, 310.
*Correia, Filipe: II, 434.
*Correia, Francisco (do *Rio de Janeiro*): V, 583.
Correia, Francisco: Capitão. V, 255.
Correia, D. Francisco de Aquino: — Ver Aquino Correia.
*Correia, Frutuoso: Prof. do Maranhão e Reitor da Univ. de Évora. III, 119, 120; IV, 346; VIII, 141–142 (bibliogr.); a sua viagem ao Maranhão. IX, 386–392.
Correia, Gaspar: VI, 285.
*Correia, Inácio (do *Recife*): V, 190, 487; VI, 412, 432; VII, 422, 435; VIII, 172–173 (bibliogr.); pede a El-Rei que não tire a S. Paulo o seu General. IX, 393.
Correia, Inácio: Capitão. III, 414.
Correia, João: Alferes. III, 358; VIII, 101.
*Correia, João: Escultor. V, 121–123.
*Correia, João: Missionário do Maranhão. IV, 357, 366.
*Correia, João: Provincial de Portugal. II, 496, 539.
*Correia, João (do *Recife*): V, 583.
*Correia, João (de *Viseu*): VII, 434, 440.
*Correia, Jorge: Capitão-mor e depois Ir. II, 67; VI, 25, 257, 416, 428.
*Correia, José (de *Cruz de Souto*): VII, 428, 442.
Correia, José (de *Pernambuco*): V, 436.
*Correia, Lourenço: VIII, 173 (bibliogr.).
Correia, D. Luisa: V, 116.
*Correia, B. Luiz (de *Évora*): Mártir do Brasil. II, 261.
*Correia, Luiz (de *Castanheira*): Pintor. III, 220, 221; IV, 353.
*Correia, Manuel: Missionário dos Amoipiras. I, 500, 501, 580; II, 185-187.

Correia, Manuel: Notário Apostólico. VI, 571.
Correia, Manuel: Tabelião do Maranhão. IV, 85.
*Correia, Manuel: Professor. V, 73, 147, 436, 485; VI, 179, 432, 603; VII, 423, 436; IX, 101.
*Correia, Manuel: Reitor. V, 430, 581; VI, 312, 313, 318–320, 382, 409, 597; VIII, 174; IX, 65.
*Correia, Manuel: Provincial. Biografia, VII, 115–116; V, 179–183, 190, 241, 276, 278, 299, 311, 466; VI, 322, 600; VII, 69, 72, 99, 101, 103, 104, 236, 243, 244, 289, 456; VIII, 173–174 (bibliogr.), 295; — ass. autógr., VII, 60/61.
Correia, Martim: VI, 83, 92.
*Correia, Matias: IX, 351.
*Correia, Pedro (ou Pero): Protomártir, II, 236–242; doação das suas terras à Casa de S. Vicente. I, 541–542. — Índices: I, 591; II, 639; III, 463; V, 609; VI, 614; — VIII, p. XX, 28, 175–176 (bibliogr.); IX, faz a paz com a gentilidade da Baía, 380; 377–383, 397, 398, 421, 422; — retrato da Baía, VIII, 176/177; outros retratos (com João de Sousa), II, 224/225, 240/241.
*Correia, Pedro (Séc. XVI): I, 570.
*Correia, Pedro (Séc. XVII): VI, 594; VIII, 339.
Correia, Pio Lourenço: VIII, 20.
*Correia, Salvador: I, 580.
*Correia, Tomé (ou Tomás): V, 585; VI, 113.
*Correia, Vicente: V, 585.
Correia de Alvarenga, Tomé: VI, 54, 109.
Correia Filho, Virgílio: Escritor. IV, 284; VI, 215, 221; VIII, 41; X, 300.
Correia Gomes, Miguel: Congreg. Mariano. Pai dos Padres Inácio Correia e Vicente Gomes. V, 471; VIII, 172.

Correia de Lacerda, D. Fernando: Bispo do Porto. IX, 319, 322.
Correia Marques, Pedro: Escritor. III, 454; X, 300.
Correia de Sá: — Ver Sá.
Correia de Sande, Diogo: II, 71.
Correia da Silva, Jorge: III, 87.
Correia Vasqueanes, Duarte: VI, 99, 100.
Correia Vasqueanes, Martim: Governador de Campos. VI, 86; VIII, 388.
Correia Vasques, Martim: Mestre de Campo. VIII, 388.
Correlos: IV, 358, 366.
CORRESPONDÊNCIA EPISTOLAR: — Ver Epistolografia.
CORRIGENDA & ADDENDA: I, 605; II, 653; III, 445-449; V, 628-629; VI, 634; VII, 483-485; X, 255.
Corrientes: VI, 555.
Córsega: VIII, 113.
Corte Real, Diogo de Mendonça [Pai]: Ministro. V, 99.
Corte Real, Diogo de Mendonça [Filho]: Ministro. IV, 156; V, 153, 556; VI, 19, 20; VIII, 329.
*Corte Real, Jerónimo: VII, 270, 271.
Corte Real, João Afonso: VI, 220.
Corte Real, Pedro Gomes da Franca: VIII, 218.
Corte Real, Tomé Joaquim da Costa: Ministro. II, 584; IV, 203, 290; V, 153, 485; VI, 115, 128.
Cortês, Francisco de Siqueira: VI, 459.
Cortês, Gaspar Fernandes: VI, 317.
*Cortês (ou Cortes), Manuel: V, 219, 581; VI, 11, 137, 597.
Cortês, Pedro Dias: VI, 459.
*Cortés Ossorio, Juan: IX, 294.
Cortesão, Jaime: V, 229.
*Cortese, Jacobo: Pintor. VIII, 78.
Cortiçado, Manuel Fernandes: I, 482, 483.
Cortona: VIII, 115.
CORTUMES: — Ver Indústria.
Corumbá: VI, 215.
Cosme III: Duque de Etrúria. VIII, 112.

Cosmo, Mestre (Bacharel): I, 255, 541.
COSMOGONIA DOS ÍNDIOS DO BRASIL: VIII, 407-408. — Ver Etnografia.
Cossourado: IV, 351; VIII, 85.
Costa, Abraão João da: V, 576.
Costa, Adroaldo Mesquita da: Escritor. X, p. XV, 305.
Costa, Afonso: Escritor brasileiro. V, 282.
*Costa, Alexandre da: VII, 361.
Costa, D. Álvaro da: I, 164, 165; II, 44, 118, 147, 149, 150, 362, 517.
*Costa, André da: Químico e Boticário. V, 585; VII, 98, 284/285.
Costa, Angione: II, 16, 292; IV, 304.
Costa, António da: Benfeitor. III, 227.
*Costa, António da (de *Fornos*): IV, 357, 366.
*Costa, António da: Bibliotecário e Tipógrafo. V, 93, 585; VII, 98.
*Costa, António da (de *Cabo Frio*): I, 535; V, 435; VII, 153; VIII, 176 (bibliogr.).
*Costa, António da: Missionário do Maranhão. III, 116; IV, 149, 334.
*Costa, António da (Noviço): VII, 440, 453.
Costa, António da: Vereador. V, 229.
Costa, António Luiz da: VI, 462.
Costa, Aristides Carlos da: X, p. XIV.
Costa, Bárbara da: Mãe do P. António Aranha. VIII, 60.
Costa, D. Beatriz da: I, 418.
Costa, Belchior da: Escrivão da Baía. II, 619.
Costa, Brás da: VI, 109.
Costa, D. Catarina da: III, 222, 292, 303, 304; IV, 199.
Costa, Cláudio Manuel da: VI, 28; VII, 172, 219.
*Costa, Cristóvão da: VI, 436, 454, 457; VII, 425, 445; VIII, 177.
*Costa, Diogo da: III, 120, 121, 131, 290; IV, 82, 294, 295, 333, 342, 344, 361; — autógr., III, 388/389.
*Costa, Domingos da: III, 384; IV, 82, 338, 340.

Costa, Domingos da: Morador do Maranhão. III, 105.
Costa, D. Duarte da: Governador Geral do Brasil. O seu governo, II, 145-150. — Índices: I, 591; II, 639; — VIII, p. 323; IX, 421, 423.
*Costa, Eusébio da: IV, 353; VIII, 177.
*Costa, Félix: VII, 361.
*Costa, Francisco da (de *Alenquer*): V, 385.
*Costa, Francisco da (de *Beja*): V, 584; VI, 599.
*Costa, Francisco da: Alfaiate. I, 579.
*Costa, Francisco da: Estudante. I, 576.
*Costa, Francisco da: Da Prov. de Portugal. VIII, 252.
Costa, Francisco da: Mestre de Navio. IV, 384.
Costa, Francisco da (de *Minas Gerais*): VI, 201.
Costa, D. Francisco da: Filho de D. Duarte da Costa. II, 149.
*Costa, Gabriel da: V, 238, 239, 299, 584.
*Costa, Gaspar da: V, 386, 403.
*Costa, Gaspar da: Missionário de Angola e da China. VIII, 318.
Costa, D. Gonçalo da: I, 165.
Costa, Gonçalo da (Congreg. de Pernambuco): V, 471.
*Costa, Gonçalo da (do *Espírito Santo*): VI, 157; VII, 424, 439.
Costa, Gonçalo da: Morador de São Paulo. VI, 391.
*Costa, Inácio da (da *Baía*): V, 586.
Costa, Inácio da: Benfeitor do Maranhão. III, 128, 140, 169.
Costa, Jacinto da: VIII, 378.
*Costa, João da: Procurador do Malabar. VII, 279; IX, 124, 367.
*Costa, João da (de *Itaparica*): V, 219; VIII, 339.
*Costa, João da: Professor. VII, 153.
Costa, D. João da: Filho de D. Duarte da Costa. II, 149.
*Costa, João da: Ido para o Maranhão em 1724. IV, 351.

Costa, João da: Missionário do Jaguaribe. III, 94; V, 545.
Costa, João da: Morador do Sertão da Baía. V, 289.
Costa, João Pereira da: V, 471.
Costa, Joaquim da: Escritor. VIII, 76.
*Costa, Joaquim da: VII, 429, 438.
*Costa, Jorge da: IX, 178.
Costa, Jorge Lopes da: V, 6, 164.
*Costa, José da: Missionário da Guerra de Pernambuco. I, 578; V, 344, 352, 358, 362, 376, 378, 383.
*Costa, José da: Provincial. I, 405; II, 556; V, 81, 111, 117, 249; VI, 8, 34, 36, 230, 233, 234, 489, 591; VII, 30-31 (biografia), 35-37, 43, 46, 47, 55, 59, 63, 77, 102, 214, 241, 247, 289, 456; VIII, 85, 146, 148, 168, 177-179 (bibliogr.), 211, 335, 338, 339; IX, 16, 20, 26, 180-182; — ass. autógr., VII, 76/77.
Costa, D. Lourenço da: Filho de D. Duarte da Costa. II, 149.
*Costa, Lourenço da (Irmão): VIII, 157.
*Costa, Lourenço da: Missionário do Maranhão. IV, 347; VI, 602.
Costa, Lúcio: Escritor. — Índices: III, 463; V, 609; VI, 614; X, p. XIII.
*Costa, Luiz da: Escultor. V, 126, 131, 586.
*Costa, Manuel da: Escritor (1574). VIII, 198.
*Costa, Manuel da: Escritor (1660). V, 412; VI, 235; IX, 322.
*Costa, Manuel da: Ir. da Vice-Província do Maranhão. IV, 364, 368.
*Costa, Manuel da (de *Lisboa*): Ir. Cerieiro e escultor. V, 586; VI, 599.
*Costa, Manuel da (de *Alcobaça*): Ir. Coadj. VIII, 179.
*Costa, Manuel da (de *Barcelos*): Ir. Coadj. VII, 434, 447.
*Costa, Manuel da: Missionário da Amazónia. III, 271, 272, 296; IV, 82, 341, 343.
*Costa, Manuel da (do *Porto*): Missionário do Brasil. V, 583.

*Costa, Manuel da: Professor. II, 397;
V, 81, 101, 249, 284, 398; VI, 9, 54,
70, 426; VII, 38, 39, 55; VIII, 168,
339; — ass. autógr., VII, 76/77.
Costa, Manuel Afonso da: V, 576.
*Costa, Manuel Gonçalves da: VIII,
76, 80.
*Costa, Marcos da: I, 464, 569, 581;
II, 397 (biografia), 499, 503; V, 219,
428; VI, 8, 589; VIII, 179.
Costa, Martinho da: I, 320.
*Costa, Mateus da: Escultor. V, 124,
131, 585.
Costa, Mateus Dias da: Ouvidor Geral
do Maranhão. IX, 387.
*Costa, Matias da: V, 388.
*Costa, Melchior da: II, 447.
*Costa, Miguel da: Visitador Geral do
Brasil. IV, 347; V, 86, 431, 498; VI,
432, 602; VII, 130 (biografia), 454;
VIII, 51, 180, 197; IX, 31; — ass.
autógr., VII, 76/77.
*Costa, Paulo da (1.º): Proc. em Lisboa.
IV, 19; V, 380, 391; VIII, 181.
*Costa, Paulo da (2.º): Proc. em Lisboa.
II, 397; IV, 20; V, 249; VII, 55;
VIII, 181.
*Costa, Pedro da: I, 237, 240, 575, 580;
II, 395, 411; VIII, p. XX, 182.
Costa, Pedro Homem da: V, 324.
Costa, Pedro José da: VIII, 58, 177.
Costa, Pero da: Tabelião. VI, 426.
*Costa, Roberto da: V, 73; VII, 223,
427, 436.
Costa, D. Rodrigo da: Governador
Geral do Brasil. Louva os Jesuítas
e repreende o Capitão-mor do Ceará
pelos seus procedimentos, III, 95-
96; V, 320, 538, 539, 544; VI, 144;
VII, 119, 278; VIII, 162.
*Costa Simão da (da Baía): V, 219.
Costa, Simão da: Morador do Rio de
Janeiro. I, 378.
*Costa, B. Simão da: Mártir do Brasil.
II, 255, 263.
*Costa, Tomás da: IV, 198; V, 483,
498; VII, 358, 422, 450; VIII, 182.

*Costa, Vicente da: IV, 344.
Costa Aborim, Mateus da: Prelado do
Rio de Janeiro. IX, 93.
Costa Barreto, Roque da: Governador
Geral do Brasil. V, 279, 280; VII, 86,
97, 106, 289; IX, 291, 294, 296,
298, 409, 410.
Costa Barros, Francisco da: VI, 236,
324.
Costa Coelho, António da: III, 362.
Costa Favela, Pedro da: Capitão. III,
267, 307, 345-348; IV, 137.
Costa Ferreira, João da: I, 416.
Costa Fontes, Liberato da: I, 318.
Costa Freire, António da: Desembar-
gador. VIII, 250.
Costa Freire, Cristóvão da: Governa-
dor do Maranhão. III, 126, 275,
415, 440; IV, 389, 391, 394; VII,
296; VIII, 189; IX, 119, 188.
Costa do Natal: V, 357.
Costa Pereira, António da: V, 258.
Costa Pereira, Carlos da: VI, 464.
Costa da Pescaria: I, p. XI.
Costa Ribeiro, Manuel da: Pai do
P. Tomás da Costa. VIII, 182.
Costa Rubim, Brás da: VI, 24.
Costa e Silva, Bernardo da: III, 370,
389, 392.
Costa Sousa, Matias da: Provedor do
Pará. VIII, 321.
Coster, Adolphe: II, 482; VIII, 39.
Costumeiro do Brasil: Ordenações
diversas, II, 418-423; não ir de
rede aos ombros de Índios, IV, 122;
bebidas, IV, 154; alimentação ama-
zónica, IV, 154-155; as ladainhas,
VIII, 93; Irmãos de "barrete re-
dondo", VIII, 187; IX, 88; domi-
nicais, VII, 85; leitura latina, VII,
85; elimina-se a leitura espanhola,
VIII, 196; ordens coordenadas em
1701, VIII, 369.
Cotia: VI, 365.
Cotton, Capitão: I, 490.
Coudreau, Henri A.: III, 356, 363;
IV, 173.

Coulão: VIII, 335.
Coura: VI, 604; VII, 423, 432.
Couro: Artefactos, VII, 268/269.
Coutinho, Francisco de Aguiar: VI, 138, 151, 580.
Coutinho, Francisco Pereira: I, 19.
Coutinho, Francisco de Sousa: IV, 12, 27, 28, 30, 180.
Coutinho, Luiz Gonçalves da Câmara: — Ver Câmara Coutinho.
*Coutinho, Manuel (de *Lisboa*): VI, 594.
*Coutinho, Manuel: Missionário do Maranhão. IV, 342.
Coutinho, Manuel: Morador do Maranhão. IV, 75.
Coutinho, Vasco Fernandes [Pai]: I, 213, 214, 224, 232, 234, 235, 240; VIII, 401.
Coutinho, Vasco Fernandes [Filho]: I, 217, 232; II, 71.
*Couto, António do (de *Guimarães*): VI, 605; VII, 424, 449.
*Couto (ou do Porto), António do: VI, 425, 595; VII, 273.
Couto, Diogo do: Lc.do. I, 497, 498.
Couto, Domingos do Loreto: — Ver Loreto Couto.
*Couto, Estêvão do: VIII, 38.
*Couto, Gonçalo do: IV, 197; V, 222, 223, 464, 482, 581; VI, 137.
*Couto, João do: IV, 355.
*Couto, José do (do *Porto*): VII, 62.
*Couto, Lopo do: Promove a restauração do Maranhão. — Índices: III, 463; IV, 420; V, 610; VI, 615.
Couto, Manuel do: Clérigo. III, 250.
*Couto [Júnior], Manuel do: I, 464, 597; II, 603, 610, 611; IV, 299; V, 316, 384, 428; VI, 108, 136, 584, 590; VIII, 27, 183, 184; IX, 56.
*Couto [Senior], Manuel do: I, 577, 578; II, 451, 611; V, 338; VIII, 183.
Couto, Mário: X, 300.
*Couto, Tomás do: III, 216, 231; IV, 299, 300, 344, 385; VIII, 184; IX, 187.
Couto de Cucujãis: I, 129.

Couto de Magalhães, José Vieira: General. I, p. XXV; II, 14, 19, 291, 344, 545, 554, 555; VI, 393; VIII, 38, 235, 240.
Couto de Magalhães, Agenor: Escritor. III, 366.
Couto Reis, Manuel Martins: Escritor. I, 422; II, 359, 365; VI, p. XIX, 66, 240.
Covete, João Rodrigúes: IX, 79.
Covilhã: I, 570; II, 258; IV, 354; VI, 594; IX, 414.
Craesbeeck, Pedro: II, 560. — Ver Tipografias.
Cranganor: IX, 198.
*Crasto: — Ver Castro.
Crato: II, 257; VI, 590.
Craveiro, Fr. António: Franciscano. VIII, 185.
*Craveiro, Lourenço: V, 462, 482; VI, 375, 408, 596; VII, 65, 251; VIII, 185-186 (bibliogr.), 295, 381; — ass. autógr., VIII, 168/169.
Craveiro, Maria: Mãe do P. Lourenço Craveiro. VIII, 185.
Craveiro da Silva, Manuel: Mercador de livros. IX, 108.
Creah, Genet: I, 356.
Crecy, Conde de: IX, 329.
Cremona: VI, 596; VII, 31; VIII, 335.
Cretineau Joly: Escritor. II, 133, 238; VIII, 308.
Crexido (*Treixedo ?):* IV, 357, 364.
*Criminale, António: II, 39.
*Crisóstomo, João: VI, 545, 549; VIII, 195.
Crisóstomo, S. João: VII, 151.
Cristãos-Novos: II, 388-390; VII, 74, 236, 238; IX, 95, 192, 193, 310, 319-321, 408. — Ver Inquisição.
Cristelos: IV, 365.
Cristina Alexandra, Rainha da Suécia: IV, 67, 68; VII, 74; IX, 219, 316, 324, 325, 407.
Cristo, D. Rodrigo de: VII, 309.
Cristologia: VII, 189; IX, 440. — Ver Jesus Cristo.

Croácia: IX, 148.
*Croiset, João: VIII, 80.
Cruajó: III, 354.
Cruls, Gastão: Escritor. IV, p. XV, 137.
*Cruz, Alexandre da: IV, 355.
*Cruz, António da (Séc. XVI): I, 565, 583; VI, 430.
*Cruz, António da: Apóstolo de Paranaguá. V, 584; VI, 22, 137, 198, 428, 431, 443, 450, 454, 457, 467, 468; VII, 279; VIII, 33, 98, 186, 187; — ass. autógr., VIII, 168/169.
Cruz, António da: Morador do Pará. VIII, 372.
*Cruz, Bento da (de *Coimbra*): IV, 350.
*Cruz, Bento da (do *Rio de Janeiro*): Carpinteiro e Madeireiro. V, 205, 586.
*Cruz, Domingos da: III, 231; IV, 345; VIII, 187; IX, 112.
*Cruz, Francisco da: Escritor. VI, 343; VIII, 82; IX, 116, 366.
*Cruz, João da: V, 586.
Cruz, João da: Carmelita. VII, 20.
*Cruz, José da: Antigo. IV, 353.
*Cruz, José da: Moderno. VIII, 350.
Cruz, Juana Inés de la: Poetisa mexicana. IX, 355, 356, 409.
*Cruz, Luiz da: Dramaturgo. II, 600; IX, 94.
*Cruz, Manuel da (de *Braga*): Feitor de Engenho. VI, 601; VII, 432, 451.
Cruz, Manuel da (de *Cantanhede*): VIII, 187.
*Cruz, Manuel da (do *Porto*): VI, 190; VII, 426, 448.
Cruz, D. Frei Manuel da: III, 123; VI, 199, 200, 202; VII, 309.
Cruz, Maria da: Filha do Duque de Medina Sidónia. IX, 206.
Cruz, Osvaldo: V, 449.
Cruz, Pedro da: IV, 183.
*Cruz, Sebastião da: Sapateiro. I, 572, 584; V, 386.
*Cruz, Teodoro da: III, 389; IV, 298, 353, 363; VII, 318, 352, 353; VIII, 188, 221; IX, 158.

Cruz, Ventura da: V, 302.
Cruz Diniz Pinheiro, João da: Ouvidor. VIII, 188; IX, 158.
Cruz Farnésio, Félix: Pai do P. Teodoro da Cruz. VIII, 188.
Cruz Filho: III, 78.
Cruz e Silva, José da: VI, 154.
Cruz do Souto: VII, 428.
Cubas, Brás: I, 163, 164, 175, 262, 263; II, 238; IX, 421.
Cubas, Francisco: VI, 285.
Cubatão: VI, 258, 349, 366.
Cucanha: I, 330; VI, 150; IX, 86.
Cuenca: I, 65, 66, 567; II, 260; III, 305, 406; VIII, 158.
Cuiabá: VI, 197, 216-223, 248; VII, 448; VIII, 60; IX, 136, 369, 393, 396.
*Cujía, Gaspar: III, 407.
Culto Divino e Devoções: No século XVI, vol. II, 299-342; no Maranhão e Pará, IV, 239-247; — a Jesus Cristo e seus diversos mistérios (ver Jesus Cristo, Culto e devoções); — ao Espírito Santo, Festa de Pentecostes, na Aldeia do Espírito Santo (Baía) em 1564, II, 311, 313; IX, 86, 214, 222; orago de diversas Aldeias; — à Santíssima Trindade, IX, 215, 244, 294, 301, 317, 383; à Providência Divina, IX, 219; — a Nossa Senhora (ver este título); — aos Santos Anjos; aos Santos e Santas (ver Hagiografia); — aos Santos da Companhia de Jesus (ver pelos respectivos sobrenomes); — às Almas do Purgatório (ver este título); — Festas dos Padroeiros dos Colégios, IV, 265-267; dos Engenhos, V, 258; das Aldeias (jubileu), II, 309-315; Jubileus e Indulgências, IV, 246-247; o grande ornato das Aldeias, IV, 170; esplendor do culto: cortejo alegórico à chegada da estátua de S. Inácio a Pernambuco em 1611, I, 453; V, 420-421; Tesouro Sacro da Igreja da Baía, VII, 377-416. — Ver ainda Confrarias,

Congregações Marianas; Ministérios; Procissões; Relíquias; Sacramentos.
Cumã (Baía de): III, 200, 201; IV, 59; IX, 246.
Cumaná: III, 431; V, 356.
Cumaú: III, 257.
*Cunha, Agostinho da: IV, 82.
*Cunha, António da (de Coura): V, 498; VI, 604; VII, 423, 451.
*Cunha, António da (de Ponte de Barca): III, 188, 231; IV, 191, 342; VIII, 188-189 (bibliogr.); IX, 29, 46.
Cunha, Augustiniano: IX, 50.
Cunha, Bernardo Carvalho da: V, 288.
*Cunha (o "Cabrinha"), Domingos: Pintor. IX, 118.
Cunha, Euclides da: Escritor. III, 205; IV, p. XV, XVI, 94, 328; V, 310, 315.
Cunha, Gaspar Carvalho da: V, 287.
Cunha, Henrique da: VI, 391.
Cunha, Isabel da: VI, 391.
*Cunha, João da: Estatuário e catequista dos Negros. VI, 24; VII, 275; VIII, 26.
*Cunha, João da (do Porto): VIII, 27.
Cunha, D. João da: II, 613; III, 193, 194; VII, 275; VIII, 26, 27; IX, 187.
Cunha, João Nunes da: IX, 253, 257.
*Cunha, Joaquim da: III, 190; IV, 362, 367.
*Cunha, José da: Mission. do Brasil. IV, 198; V, 220, 239; VII, 380, 422, 435.
*Cunha, José da: Mission. do Maranhão. IV, 351.
*Cunha, Manuel da (do Porto): V, 586.
*Cunha, Manuel da: Livreiro. VII, 432, 438.
Cunha, Manuel da: Morador de Porto Seguro. II, 544.
Cunha, Manuel da: IX, 354.

Cunha, D. Maria da: IX, 290.
Cunha, Matias da: Governador Geral do Brasil. VI, 307; VII, 201, 202; VIII, 201.
*Cunha, Nuno da: Assistente em Roma. IV, 19; IX, 26, 240, 350.
Cunha, D. Nuno Cardeal da: III, 89; IV, 254; VIII, 115; IX, 301, 340, 341.
*Cunha, Pedro da: Ir. Enfermeiro e Procurador geral. I, 580; V, 33, 35, 47, 50; VI, 593.
Cunha, Pedro da: Negociante da Baía. Retrato, V, 34/35.
*Cunha, Vitoriano da: VI, 412; VII, 153, 422.
Cunha Barbosa, António da: Escritor. I, 433; II, 109, 470, 545; V, p. XXV, 129, 419.
Cunha Barbosa, Januário da: VIII, 21.
Cunha Matos, Raimundo José da: Escritor. VI, 208, 209, 211.
Cunha Rivara, Joaquim Heliodoro da: — Ver Rivara.
Cunhaú: V, 380.
Curado, Gaspar: I, 203; II, 494; VI, 156.
Curato das Aldeias: — Ver Aldeias.
Curdonis, Amaro Gonçalves: V, 471.
Curitiba: VI, 380, 441, 446-453, 458-460; VIII, 186; IX, 137.
Curralinho: III, 47.
Cursino de Moura, Paulo: VI, 393.
Cúrsio, Quinto: VII, 151, 152, 169.
"Cursus Conimbricensis": VII, 178, 219, 220.
Curuçá: — Ver Fazendas.
Cururipe: II, 520.
Curvo Semedo: II, 586; VII, 228.
Cuyos: VI, 541.
Cygues: II, 344.
*Czernievicz, Estanislau: VIII, 310, 312.

D

Daemon, Basílio Carvalho: Escritor. VI, p. XX, 135, 136, 145, 150, 152, 157, 160, 178.
*Dahlmann, José: II, 553, 554; VIII, 240.
*Dainese, César: X, p. XII.
Daltro, Cristóvão Pais: II, 364.
*Damien, Jacques: Escritor. I, 274; II, 15, 242, 483, 489; V, 49; VI, 592.
Dampier: IV, 157.
Danças: — Ver Cantos.
*Daniel, Gabriel: VI, 26.
*Daniel, João: Missionário da Amazónia e Escritor. — Índices: II, 640; III, 463; IV, 420; VI, 615; — VII, 166, 352, 353; VIII, 190-192 (bibliogr.), 192 (sua família); IX, 162; — ass. autógr., VIII, 168/169; "Quinta Parte do Thesouro descoberto no Rio Maximo Amazonas", VIII, 180/181.
*Dantas, António: VII, 426, 450.
*Dantas, Domingos: Feitor de Engenho. V, 145, 586.
Dantas, Júlio: Escritor. X, p. XV.
Dantas, Paulo da Rocha: VI, 459.
Dantas, Pedro de Morais: VI, 242, 391.
Daujat, Jean: VII, 225.
Daun (Família): VII, 338, 350.
*David (Davis?), Francisco: Piloto. VII, 256, 257, 269, 433, 435.
*David, José: VII, 427, 441.
Dávila: I, 346.
Deba: VIII, 368.
Debrie, G. F. L.: IX, 231.
Declarações e Certificados: IX, 450.

Degredados: I, 19; II, 373-374; IX, 387, 388, 417.
Deiró, Francisco Dias: IV, 74, 80, 84.
*Delebecq, António: VI, 593; VIII, 163.
Delgado, Leonor Álvares: Mãe do P. João Rodrigues. IX, 87.
*Delgado, B. Aleixo: Mártir do Brasil. II, 261.
*Delgado, João: Perito na arte mobiliária de madeira. VII, 433, 446.
*Delgado, Mateus: III, 129, 201, 208, 279, 309, 310, 321, 322; IV, 48, 224, 225, 336; VIII, 192-193 (bibliogr.), 318.
Delgarte, D. Fr. José: Bispo do Maranhão. III, 217; VII, 309, 323; VIII, 300.
Demarcações: — Ver Limites.
*Demétrio: Revisor de Livros. VIII, 65.
Demócrito: IV, 67, 68.
Demóstenes: I, 75; VII, 151.
Denis, P.: VI, 248.
Denis, Ferdinand: I, 175, 388; V, 124; IX, 173.
Denouilher, Guilherme: VI, 400.
Deodato, Alberto: VIII, 41.
Departamento de Cultura de S. Paulo: III, p. XX.
Deplace, Ab.: IX, 232.
Derby, Orville: II, 174.
Descamps, Barão: II, 16.
Descartes, Renato: VII, 157, 166-168, 228.
Descobrimentos Geográficos: VIII, 249. — Ver Entradas.
Deslandes, Miguel: II, 355. — Ver Tipografias.
Desterrados: — Ver Degredados.

Desterro: VI, 461, 463, 467-472, 528. — Ver Colégio do Desterro; ver *Santa Catarina.*

Desterro, D. Fr. António do: Bispo do Rio de Janeiro. V, 486; VI, 29, 30, 73, 87; VII, 362.

Desterro, Manuel do: I, 77.

Deus, João de: Poeta. IX, 232.

Deus, Fr. João de: Franciscano. IX, 194.

Devoções: — Ver Culto.

Diamantino: VI, 224; VII, 362.

*Dias, Anastácio: VI, 358; VII, 428, 447.

Dias, André: I, 285.

*Dias, António: Ir. Coadj. I, 580.

*Dias, António: Missionário da Amazónia. III, 133, 154; IV, 352, 364; VIII, 248; IX, 150.

*Dias [Júnior], António: I, 571, 572; VIII, 137.

*Dias [Sénior], António: I, 168, 243, 248, 448, 571, 572, 576, 583; II, 81, 109, 187; VI, 145; VIII, 62, 238, 282.

*Dias, Caetano: VI, 114, 457, 471; VII, 426, 442.

*Dias, Barnabé: IV, 148, 335.

Dias, Brás: II, 446.

*Dias, Domingos: V, 431, 478, 482, 581; VI, 280, 281, 408, 431, 542, 549; VII, 70; VIII, 193.

Dias, Domingos: Escrivão. VII, 49.

Dias, Fernão: I, 306.

*Dias, Francisco: Arquitecto e Piloto. I, 58, 206, 264, 267, 453, 456, 568, 578; II, 597; V, 417, 422; VI, 429, 495; VII, 253, 254.

*Dias, Francisco (de *Formoselha*): IV, 353.

*Dias, Francisco (do *Porto*): V, 585.

Dias, Francisco (*S. Paulo*): VI, 392.

*Dias, Gaspar: Tanoeiro. I, 581.

*Dias, Gervásio: VII, 428, 442.

*Dias, Gonçalo: I, 582.

Dias, Henrique: Capitão. V, 323, 346, 362, 381, 397-399, 415; VIII, 325.

*Dias, Inácio: I, 537; VI, 379; VII, 182, 427, 447; VIII, 193 (bibliogr.), 219; IX, 372.

*Dias, João (de *Basto*): V, 482, 498, 582.

*Dias, João (do *Porto*): VI, 602.

Dias, João (*Olinda*): I, 551.

Dias, Jorge: Carmelita. VIII, 317.

Dias, Lourenço: II, 67.

Dias, Luiz: I, 22, 48.

*Dias, Manuel (de *Alcoutim*): I, 243, 566, 581.

*Dias, Manuel: Provincial. VII, 127-128 (biografia). — Índices: V, 610; VI, 615; VII, 464; — VIII, p. 142, 180, 194-197 (bibliogr.), 215, 327, 388; IX, 186; — ass. autógr., VII, 60/61; declaração autógr., VIII, 16/17.

*Dias, Manuel (da *Baía*): VII, 429, 443.

*Dias, Manuel: Da Prov. de Portugal. IX, 298.

Dias, Maria: Avó do P. Manuel Nunes. VI, 255.

Dias, Maria: Criada das órfãs portuguesas. II, 369.

*Dias, Martinho: VII, 453.

*Dias, Mateus: V, 61, 360, 361; VI, 39, 490; VII, 272, 273.

*Dias, Miguel: Provincial de Portugal. VIII, 111, 230.

Dias, Paulo: II, 106.

*Dias, Pedro: Apóstolo dos Engenhos e dos Negros. I, 534; II, 354, 355; V, 239, 418, 429, 430, 438, 449, 502, 529-532; VI, 137; VII, 122, 144, 276; VIII, 46, 127, 199-200 (bibliogr.); IX, 27; — ass. autógr., VIII, 168/169; "Arte da Língua de Angola", VIII, 196/197.

*Dias, Pedro: Mártir (Padre). I, 310; II, 236, 251-256, 265, 266, 591; V, 137, 311; VII, 220; VIII, 57, 76, 79, 197-198 (bibliogr.); IX, 372; — ass. autógr., II, 464/465; estampa do martírio, II, 384/385.

*Dias, Pedro: Mártir (Estudante). II, 257.

*Dias, Pedro: Professor. I, 458, 563; II, 447.
*Dias, Pero: Noviço. I, 577; II, 454.
Dias Ferreira, Gaspar: IV, 13; V, 407.
Dias Lima, Francisco: III, 295.
Dias Martins, Joaquim: V, 450, 454.
Dias de Morais, Francisco Velho: VI, 391.
Dias Pais, Fernão: Pai do P. Francisco de Morais. VI, 358, 367, 385, 391; VIII, 381.
Dias Pais, Fernão: Capitão. VI, 188, 254, 278, 288, 292, 293, 303, 358, 392, 409; VII, 188; VIII, 193.
Dias Pais, José: VI, 409.
Dias Velho, Francisco: VI, 392, 466.
Dias Velho, Manuel: VI, 392.
*Dício, João: I, 478, 479, 560; II, 132, 438.
Didot: VIII, 138.
Dilinga: III, 255; IX, 44.
Dille, Gosvino Teodoro von: IX, 323.
Dinamarca: VII, 266.
Dindinger: VIII, p. XXVI.
Dinis, Gonçalo: I, 225.
Dinis, Gonçalo Gomes: Pai do P. Prudêncio do Amaral. VIII, 13.
Dinis, Jerónimo (*Espírito Santo*): I, 225.
Dinis, Jerónimo (*Pernambuco*): V, 467.
*Dinis, Manuel (do *Porto*): V, 542, 543, 546, 571, 584; VI, 155.
*Dinis, Manuel (de *Braga*): Boticário. VII, 432, 451.
*Dinis, B. Nicolau: Mártir do Brasil. II, 261.
Dinis da Fonseca, Joaquim: Escritor. III, 454.
Dioscórides: II, 582.
DIRECTÓRIOS E REGIMENTOS: IX, 451.
DIREITO E MORAL: IX, 441–442. — Ver Instrução.
DIREITO MISSIONÁRIO: VII, 111, 185, 294–295, 301–332.
DISCIPLINAS PÚBLICAS: II, 336–339.
DISCURSOS ACADÉMICOS: IX, 449.
Diu: I, p. XI.

DÍZIMOS: I, 538, 544, 545, 552; II, nas Aldeias, 88–90; VII, 55–56, 77, 117, 184; a Deus e a El-Rei, VII, 285–300; VIII, 15, 86, 146; controvérsia, VIII, 148, 178, 179, 240, 328, 366; IX, 42, 119, 151; isenção, IX, 83, 98.
Dom Rodrigo (*Enseada de*): VI, 502.
Doménech, Pedro: I, 32, 36, 37, 297.
Domingos, Cristóvão: III, 216.
Domingues, Maria Egipcíaca: VI, 360, 364.
*Domingues, Manuel: Dispenseiro da Fragata. VII, 428, 442.
Domingues, Pero: III, 206; VIII, 62.
Domingues Ribeira, Inês: Mãe do P. Belchior de Pontes. IX, 65.
Donato, Ernesto: IX, 261.
Donayague, D. Francisco de Cubillas: Tradutor de Vieira. IX, 326.
Dordrecht: V, 35, 48, 50; VII, 15, 16.
Dornelas, João: Capitão do Mato. IX, 186.
Dorsais, Pedro: III, 287; IV, 186.
Dorth, Johan Van: V, 27, 32, 45.
DOTAÇÃO REAL: — Ver Meios de Subsistência.
Douai: I, 356; IX, 102.
Dourado, Adolfo: III, p. XIX.
Dourado, Feliciano: IV, 27, 28, 30; VII, 289.
Douvres: IV, 13; IX, 236, 403.
Dracke: I, 266.
*Drews, João: VIII, 7.
*Drive, A.: II, 340, 594.
*Duarte, António: Carpinteiro e Mestre de Obras. V, 558.
*Duarte, Baltasar: Procurador do Brasil em Lisboa. III, 52; IV, 197, 346; V, 162, 581; VI, 10, 11, 597, 601; VII, 127, 186, 243; VIII, 146, 201–203 (bibliogr.); IX, 77, 197, 300, 343, 408; — ass. autógr., VIII, 276–277.
Duarte, Infante D.: IV, 31; V, 407; IX, 209.
*Duarte, Joaquim: — Ver Coelho, Joaquim Duarte.
*Duarte, José (da *Baía*): VII, 281.

*Duarte, Lázaro: IV, 353.
*Duarte, Lourenço: Fazendeiro. IV, 349.
Duarte, Manuel: IV, 341.
Duarte, Pantaleão: VI, 584.
Duarte, Paulo: Escritor. VI, p. XVI, 361.
Duas Sicílias: IV, 410.
Duclerc, João Francisco: VI, 46, 49, 73, 104; VII, 112.
*Dudon, Paulo: V, 138.
Duguay-Trouin: V, 454; VI, p. XII, 46, 49, 52, 53, 104; VII, 112, 113, 258; VIII, 138.
*Duhr, Bernardo: Escritor. X, 303.

Dunaburgo: VIII, 204.
Dundee: VI, 6; VII, 266, 268; VIII, 128.
Dunquerque: IV, 24.
Durão, Manuel da Silva: VI, 400.
*Durão, Paulo: Provincial de Portugal. II, 596; VII, 228; IX, 329; X, p. XI.
Durão, Santa Rita: Poeta. IV, 126; VIII, 38.
Dutra, Eurico Gaspar: Presidente do Brasil. X, p. XV.
Dutra, Maria de Andrade: Mãe do P. Gaspar de Faria. VII, 128.
Dutra, Sebastião de Andrade: Pai do P. Gaspar de Faria. VII, 128.

E

Ebersperg: VIII, 94.
*Eckart, Anselmo: Missionário da Amazónia. III, 403; IV, 315, 322, 358, 363; V, p. XXV, 64, 65; VI, 214; VII, 348, 352, 360; VIII, 204-207 (bibliogr.), 220, 221, 247, 248, 252, 308, 309, 311, 312, 342, 384; IX, 117, 149, 159;— o seu "Diário", VIII, 56/57.
Eckart, Francisco Pedro: Pai do P. Eckart. VIII, 204.
Eckart, Maria: Mãe do P. Eckart. VIII, 204.
ECCLESIA (DE): VII, 189.
Ecuador: — Ver *Equador*.
Edimburgo: VII, 269, 434.
Edister: II, 567.
EDITORES E LIVREIROS:
— Agência Geral das Colónias (Lisboa): IX, 234.
— Aillaud & C.ª (Paris-Lisboa): VIII, 38.
— Aloísio Gomes da Silva: IX, 233. António Dourado: IX, 360.
— António Leite Pereira (Lisboa): IX, 199.
— B. C. Teubner (Leipzig): VIII, 17, 62, 236.
— Bertrand (Lisboa): IX, 230.
— "Brotéria" (Lisboa): VIII, p. XXII, 40; IX, 304.
— Burns and Oates (Londres): IX, 330.
— Companhia Editora Nacional (S. Paulo): IX, 233, 304.
— Domingos Barreira (Porto): IX, 304.
— Domingos Gonçalves: VIII, 290.
— Edições e Publicações Brasil (S. Paulo): IX, 311.
— Editora Anchieta Limitada (S. Paulo): IX, 229.
— Editora Educação Nacional (Porto): IX, 234.
— Editora Guanabara (Rio): IX, 233.
— Empresa Literária Fluminense (Lisboa-Rio): IX, 232, 302, 319, 362.
— Francisco Álvares (Lisboa): V, 60.
— Francisco Pérez (Madrid): IX, 328.
— Gabriel de León (Madrid): IX, 325-327.
— Giacomo Bertran (Veneza): IX, 332.
— Giuseppe Corso (Roma): IX, 332.
— H. Casterman (Tournay): VIII, 36; IX, 13.
— H. Garnier (Rio): IX, 233.
— Henricus et Cornelius Verdussen (Antuérpia): IX, 15.
— Herdeiros de Tomás von Collep e José Huisch (Colónia): IX, 334.
— Herederos de Gabriel de León (Madrid): IX, 327.
— Herman Demen (Colónia): IX, 334.
— Hipólito L. Guerin (Paris): VIII, 78.
— Horatius Cardon (Lyon): IX, 93.
— João Antunes (Coimbra): IX, 108.
— J. Leite & C.ª (Rio): VIII, 132/133.
— J. M. C. Seabra & T. Q. Antunes (Lisboa): IX, 429, 302, 306, 311.
— J. P. Aillaud (Paris): IX, 302.
— João Gaspar Bencard (Alemanha): IX, 335.
— José Nepomuceno (Lisboa): VIII, 349.
— José Olímpio (Rio): VIII, 38.

— José dos Santos (Lisboa): IX, 242.
— Joseph Fernandes Buendia (Madrid): IX, 234.
— Josué Witz (Arnhem): VIII, 78.
— Juan Cabezas (Sevilha): IX, 325.
— Juan de Ibar (Saragoça): IX, 324.
— Juan Salvador Pérez (Sevilha): IX, 325.
— Livrarias Aillaud e Bertrand (Lisboa): IX, 361.
— Livraria Chardron de Lelo & Irmãos (Porto): IX, 230.
— Livraria Civilização Brasileira (Rio): I, p. III; II, p. III; III, p. V; IV, p. V; VI, p. V; VII, p. V; VIII, p. V; IX, p. V; X, p. V.
— Livraria Clássica (Lisboa): IX, 361.
— Livraria Cruz (Braga): IX, 233.
— Livraria Lusitana (Lisboa): IX, 242.
— Livraria Popular de Francisco Franco (Lisboa): IX, 234.
— Livriria Portugália (Lisboa): I, p. III; II, p. III; III, p. V; IV, p. V; V, p. V; VI, p. V; VII, p. V; VIII, p. V; IX, p. V; X, p. V.
— Lorenço de Ibarra (Madrid): IX, 324.
— Maggs Brs. (Londres): VIII, 22.
— Manuel Craveiro da Silva: IX, 108.
— Martim Vaz Tagarro (Lisboa): IX, 109.
— Miguel Manescal (Lisboa): IX, 108.
— Matos Moreira & Cia. (Lisboa): IX, 232.
— Pelagaud (Lyon): IX, 329.
— Ramos & Pouchain (Fortaleza): VIII, 41.
— "Revista de Portugal" (Lisboa): VIII, 234.
— Rolland & Semiond (Lisboa): IX, 232.
— Sébastien Mabre-Cramoisy (Paris): IX, 329.
— Simões dos Reis (Rio): IX, 233.
— Tavares Cardoso & Cia. (Lisboa): IX, 232.
— Victor Retaux (Paris): IX, 361.
— W. M. Jackson Inc. (Rio): IX, 304.
— Ver Tipografias.
EDUCAÇÃO: I, 71-104; familiar, V, 77-80; dos meninos gentios, I, 57; escolar, VII, 141-147. — Ver Instrução.
Egas, Eugénio: VI, 372.
Egipcíaca Domingues, Maria: VI, 360, 364.
Ehrenreich: III, 342.
*Ehrentreich, Adão: Revisor em Roma. VIII, 211.
Eiras: V, 304.
*Elmes, João: VI, 591.
Elvas: II, 178, 261; IV, 366; VII, 119, 165, 282, 431; VIII, 27, 208, 234.
Elvas, Sebastião de: II, 384.
*Emanuel, Irmão: VIII, 24.
Embitiba: I, 327, 330.
EMBOABAS (GUERRA DOS): VII, 112, 122, 123; VIII, 47, 257; IX, 82.
Embu-Guaçú: VI, 360, 364.
Empoli: VIII, 125.
Emundson, George: III, p. XXV, 273, 415.
Encarnação, Madre Soror Vitória da: Clarissa da Baía. VIII, 155.
Encarnação, Marcelino da: Carmelita. VIII, 356.
Enes, Ernesto: III, 197; V, p. XXV, 562; VIII, 209.
ENGENHARIA: O caminho do mar (S. Paulo), II, 590; os guindastes dos Padres (Baía e Rio de Janeiro), V, 163; VI, 14; molhes e canais, VI, 61-63, 93, 155-156; pontes, VI, 63-66, 360; VII, 165; o guindaste da Ribeira das Naus, na Baía, VII, 252; VIII, 356. — Ver Arquitectura; Indústria Naval.
Engenho de Arriaga: I, 210.
— Aun-Acema: I, 210.
— S. Jorge: I, 267.

ENGENHOS DE AÇÚCAR: Como e porque a Companhia os aceitou, I, 143, 181–183; os Engenhos do Brasil em 1610, descreve-se a sua fábrica e declaram-se quantos havia na Baía, Pernambuco, etc. (Jácome Monteiro), VIII, 397, 398, 404, 405; instrução para os Administradores, IX, 129; o "Canto do Açúcar" de Prudêncio do Amaral, VIII, 14; — gravuras, IX, 100. Outras referências, VII, 6; VIII, 22, 35, 65, 85, 147, 155, 179. — Ver Fazendas, onde se indicam as que possuíam Engenho.

Enghien, Duque de: VIII, 101.
Englefield, Sir Fras.: IX, 376/377.
ENSINO PÚBLICO: — Ver Instrução.
ENTRADAS AO SERTÃO (por Padres da Companhia): II, 181–184. — As mencionadas nesta "História", são por ordem cronológica:
— 1550. Aos campos de Piratininga (Leonardo Nunes), I, 252.
— 1551. Ao Sertão de Pernambuco (António Pires), I, 493.
— 1552. Com os órfãos portugueses às Aldeias dos arredores da Baía, I, 37–38.
— 1553. Aos Carijós dos Patos (Leonardo Nunes), I, 322.
— 1553–1554. Ao vale do Tietê (Manuel da Nóbrega), IX, 432.
— 1553–1554. Ao Sertão de Porto Seguro, hoje Minas Gerais (Azpilcueta Navarro), II, 172–175; VI, 184, 191; VIII, 83; IX, 58.
— 1554. Aos Carijós do Sul (Pero Correia e João de Sousa), II, 240.
— 1559. À conquista do Paraguaçú, sertão da Baía (António Rodrigues), II, 121.
— — Ao Sertão da Baía (Luiz da Grã), II, 30.
— 1574. Ao Rio Real (Gaspar Lourenço), I, 440.
— — Ao Sertão de Minas (João Pereira), II, 175–178; VI, 184, 191.
— 1576. Ao Orobó (Gaspar Lourenço), II, 184.
— 1581. Ao Orobó e Arari (Diogo Nunes), II, 186.
— 1583. Ao Sertão da Baía, II, 184.
— 1585. Na Conquista da Paraíba (Simão Travassos e outros), I, 500.
— 1586. Ao Rio da Prata, Tucumã e Paraguai (vários Padres), I, 347–357.
— 1590. Ao Rio de S. Francisco, I, 450.
— — Ao sertão do Espírito Santo (Domingos Garcia e Diogo Fernandes), II, 184.
— 1594. Ao Arari (António Dias), I, 448; II, 187.
— 1596. Da Baía a Pernambuco por terra (Pero Rodrigues), II, 191.
— — Aos Carijós dos Patos (Agostinho de Matos e Custódio Pires), I, 325.
— 1597. Ao Rio Doce, IX, 92.
— 1598. Ao Orobó (Afonso Gago e Manuel Correia), II, 186–187.
— — Aos Amoipiras dalém do Rio de S. Francisco (João Álvares e Pero de Castilho), II, 184–185.
— 1599. Aos Amoipiras (os mesmos Padres e mais Manuel Correia e um irmão), II, 185–186.
— — Aos Aimorés dos Ilhéus, II, 187.
— — Na Conquista e sertão do Rio Grande do Norte, I, 500; V, 505.
— 1600. Ao sertão do Rio de Janeiro, II, 188.
— 1602. Aos Carijós do Sertão, no Sul (Sebastião Gomes), VI, 406.
— 1603. Ao Rio Grande do Norte (Diogo Nunes e Gaspar de Samperes), V, 506.

— 1605. Aos Carijós dos Patos (João Lobato e Jerónimo Rodrigues), I, 326; VI, 475; VIII, 318; IX, 87.
— — Ao Rio Grande do Norte, V, 507.
— 1606. Ao Rio Grande do Norte (Diogo Nunes e André do Soveral), V, 507.
— 1607. À Serra de Ibiapaba, Ceará (Francisco Pinto e Luiz Figueira), III, 4–11, 425.
— 1609. Aos Carijós dos Patos (Afonso Gago e João de Almeida), VI, 475.
— — Às Esmeraldas dos Mares Verdes, Minas (dois Padres), VIII, 402.
— 1611. Ao Rio Grande do Norte (Diogo Nunes e Gaspar de Samperes), V, 507.
— 1613. Ao Rio Grande do Norte (Pero de Castilho e Gaspar de Samperes), V, 510–521.
— 1615. Ao Rio Grande do Norte (dois Padres), V, 522.
— 1617. Aos Carijós do Sul até Mampituba (João Fernandes Gato e João de Almeida), VI, 477–480, 564–566.
— 1618. Ao Rio Grande do Norte (Francisco de Oliveira e António Antunes), V, 522.
— 1619 (Março). Aos Goitacases do Rio dos Bagres (João Lobato), VI, 79.
— — (Setembro). Aos Goitacases (João Lobato e Ir. Gaspar Fernandes), VI, 80–81, 566.
— — Ao Arabó (ou Orobó), Sertão da Baía (António de Araújo, João de Mendonça), V, 271; VIII, 60.
— 1621. Aos Paranaubis ou Mares Verdes, Sertão de Minas Gerais pelo Rio Doce (João Martins, João Fernandes Gato), VI, 167.
— 1622. Aos Carijós do Sul (António de Araújo, João de Almeida), VI, 481.
— 1623. Aos Paranaubis ou Mares Verdes (João Martins), VI, 167.
— 1624. Aos Paranaubis ou Mares Verdes, Sertão de Minas (João Martins, António Bellavia), VI, 167, 184–185, 191; IX, 235.
— 1626–1630. Ao Rio Grande do Norte, V, 522.
— — [A invasão e perigo holandês na Baía e Pernambuco interrompeu as entradas nestas regiões, V, 24; VI, 82; 177].
— 1626–1628. Aos Goitacases (Inácio de Sequeira), VI, 82.
— 1628. Aos Carijós do Sul (Francisco Carneiro e Companheiros), VI, 483.
— 1630 ? Ao Rio Itapicuru (Maranhão), III, 143.
— 1636. Aos Carijós do Sul (Inácio de Sequeira e Francisco de Morais), VI, 494–521; IX, 122.
— 1636. Ao Rio Xingú (Luiz Figueira), III, 345–347.
— 1637 ? Às Esmeraldas (Inácio de Sequeira), VI, 186–187.
— 1640 ? Aos Murumimis do Sul do Espírito Santo, VI, 126–127; VII, 24.
— 1643. Ao Rio Real, V, 318.
— 1646. Ao Rio Monim, III, 157.
— — Às Esmeraldas (Luiz de Sequeira e Vicente dos Banhos), VI, 187; VIII, 144.
— 1648. Aos Gesseraçus de além da Serra dos Órgãos (Francisco de Morais e Francisco Madriz), VI, 122–126.
— 1653. Aos Guajajaras do Rio Pindaré (Francisco Veloso e José Soares), III, 185.
— — Ao Rio Tocantins acima da Itaboca (António Vieira e Companheiros), III, 316–336.

— 1655. Aos Nheengaíbas (João de Sotomaior e Salvador do Vale), III, 237.
— 1655. Ao Rio Tocantins (Francisco Veloso e Tomé Ribeiro), III, 337.
— — Aos Amoipiras do Rio de S. Francisco (Rafael Cardoso), V, 271; IX, 180.
— — Às Serras Jacobinas, V, 271.
— — Aos Paiaiases, V, 273.
— 1656. À Serra de Ibiapaba, desde o Maranhão por terra, descobrindo o Rio Parnaíba (Pedro de Pedrosa e António Ribeiro), III, 20-22, 34.
— — Ao Rio Pacajá, "Jornada do Oiro" (João de Sotomaior), III, 306-307.
— — Ao Rio Gurupi, III, 292.
— 1657. Ao Amazonas e Rio Negro (Francisco Veloso e Manuel Pires), III, 267, 370; IX, 184.
— — Ao Rio das Contas (dois meses), um Padre e um Irmão, V, 214.
— 1658. Ao Rio Negro (Francisco Gonçalves e Manuel Pires), até Índios que não tinham visto Portugueses, III, 268, 371-373.
— — Aos Carajás do Rio Tocantins (Tomé Ribeiro e Ricardo Carew), III, 338; VIII, 142.
— 1659. Ao Rio Tapajós (António Vieira), III, 268, 357.
— — Ao Tocantins e Araguaia (Manuel Nunes), III, 338-340.
— — A reduzir os Nheengaíbas (António Vieira), III, 240-245.
— 1660. À Serra de Ibiapaba por terra (António Vieira e Gonçalo de Veras), III, 26-27.
— — Aos Pauxis, Amazonas (Salvador do Vale e Paulo Luiz), III, 276.
— — Aos Condurises, Amazonas (Manuel de Sousa e Manuel Pires), III, 268-269.

— — Ao Rio Urubu (os mesmos), III, 382.
— — Ao Rio dos Aruaquis (os mesmos), III, 276, 381.
— — Aos Tupinambaranas (os mesmos), III, 384.
— 1661. Ao Rio Tapajós (Tomé Ribeiro, Gaspar Misch), III, 358.
— — [Interrompidas as entradas amazónicas e a colonização pacífica pelo motim de 1661, III, 359, 407].
— 1666. Aos Quiriris do sertão da Baía (João de Barros, Jacobo Rolland), V, 281.
— 1668. Aos Jurunas do Rio Xingú, sertão de Tacanhapes (Pedro de Pedrosa e António Ribeiro), III, 34, 355.
— — Ao Rio Tocantins (Gaspar Misch e Ir. João de Almeida), III, 340.
— 1669. Ao Rio Madeira, III, 391.
— 1670? Aos Apotiangas do Aperiá, Gurupi (Bento Álvares), III, 292.
— 1671. Ao Solimões (João Maria Gorzoni e Manuel Pires), III, 373-374, 407.
— — Aos Rios Tocantins e Araguaia — Índios Caatingas e Carajás (Gonçalo de Veras e Ir. Sebastião Teixeira), III, 340; IX, 187.
— 1673. Aos Quiriris do Sertão da Baía, V, 293.
— 1675. 1.ª viagem do Ceará ao Maranhão em Canoa, depois viagem corrente (Pedro de Pedrosa), III, 34.
— 1676. Ao Rio Parnaíba (Pier Luigi Consalvi e Ir. António Ribeiro), III, 161; V, 550.
— 1678. Ao alto Rio Pindaré (Consalvi e Manuel Rodrigues), III, 188; VIII, 170.
— — Ao Rio Jamundá, III, 277.

— 1679. Às Esmeraldas, VI, 189; VIII, 166.
— — Ao Rio Parnaíba (Consalvi e Gonçalo de Veras), III, 163-164.
— — Ao Rio Jatumã, Amazonas (Ir. Manuel dos Santos), III, 387.
— 1680. Ao Rio da Prata com Manuel Lobo, fundação da Colónia do Sacramento (Manuel Pedroso e Manuel Álvares), VI, 536.
— — Ao Rio Araguari, Cabo do Norte (Consalvi, Pfeil e Ir. Manuel Juzarte), III, 255.
— 1683. Aos Irurises do Rio Madeira (Jódoco Peres), III, 391.
— 1687. Ao Cabo do Norte, Amapá (António Pereira, Bernardo Gomes e Pfeil), III, 257.
— 1688. Aos Irurises do Rio Madeira (José Barreiros e J. A. Bonomi), III, 392.
— 1689. Ao Rio Negro (João Maria Gorzoni), III, 375.
— — Ao Alto Rio Pindaré, III, 194.
— — Aos Teiroses do Cabo do Norte, III, 274.
— — Ao Rio das Trombetas (Amazonas), III, 277.
— 1691. Aos Socós do Sertão de Ilhéus (Gonçalo do Couto), V, 222.
— 1692. Ao Rio Negro (João Justo Luca e Pfeil), III, 375-376.
— — Ao Rio de S. Francisco, V, 308.
— 1693. Aos Pataxoses, VI, 177.
— 1694. Ao Rio de S. Francisco e Sertões do Piaui (Filipe Bourel), V, 560-561.
— 1696. Ao sertão do Piauí (Ascenso Gago e Manuel Pedroso), V, 561.
— — Ao sertão dos Guanarés do Rio Itapicuru, donde descem perto de 1.000 Índios (António Gonçalves e João Valadão), III, 147 (cf. Bras. 9, 430 v).

— 1699. Ao Açu e Apodi do Rio Grande do Norte (João Guedes e Filipe Bourel), V, 537.
— 1706. Aos Paiacus e Janduins (Andreoni), V, 547.
— 1709. Ao Rio Jari, III, 275.
— 1712. Aos Paiacus do Apodi (Bonifácio Teixeira), V, 548.
— — Ao Rio Madeira (João de Sampaio), III, 400.
— 1714. Ao Rio Madeira e afluentes, III, 395.
— 1717. A Vila Rica de Minas Gerais, VI, 192.
— 1719. Aos Guanarés do Rio Itapicurú (João de Vilar), III, 148.
— 1719. A Minas Gerais (José de Mascarenhas), VI, 192.
— 1721. Ao Rio Tocantins (Manuel da Mota e Jerónimo da Gama), III, 343; VIII, 385.
— 1722. Ao Rio Madeira (João de Sampaio), III, 401; VI, 169, 214.
— 1723. Ao Sertão do Maguê, Andirá, Guabiru e Periquitos (Manuel dos Reis), IV, 169.
— — Ao Sertão dos Jaris e Aruãs (José Lopes), IV, 169.
— — Ao Rio Tapajós (José da Gama), IV, 169.
— — Aos Caicaís do Rio Itapicuru (Gabriel Malagrida), III, 152.
— 1724. Ao Gentio Arara (Manuel da Mota), IV, 169.
— — Ao Rio Negro (João de Sampaio), III, 379.
— 1726. Ao Rio Xingú (Francisco Cardoso), III, 355.
— 1727. Ao Rio Negro (José de Sousa), III, 377.
— 1727 ? Ao Rio Caburis (Rio Negro), III, 377.
— 1727 ? Ao Rio Branco, III, 380.
— 1728. Ao Rio Madeira (Santo António das Cachoeiras), 2.ª vez (João de Sampaio), III, 401.

— 1730? Ao Rio Mamoré (João de Sampaio), III, 402; IX, 395.
— 1730-1734. Aos Barbados do Rio Itapicuru, III, 153-154.
— 1735. Aos sertões do Piauí (Malagrida), V, 562.
— 1736. Aos Parariconhas do Rio de S. Francisco (Alagoas), V, 480.
— 1737. Aos Guarulhos e Pacobas, VI, 126-127.
— 1739. Ao Rio Negro (Avogadri), III, 380.
— 1740? Ao Rio Tapajós e Guarapês (Domingos António e António Moreira), III, 366.
— 1742? Aos Gùêgùês (João Rodrigues), III, 154-155.
— 1748. A Goiás (entrada científica de Diogo Soares), VI, 212.
— 1749. Ao Rio Grande do Sul (Bento Nogueira, Francisco Faria), VI, 528.
— — A Goiás (José de Castilho, Bento Soares), VI, 206.
— 1750. A Cuiabá (Agostinho Lourenço, Estêvão de Crasto), VI, 218.
— — Ao Rio Xingú até aos Jurunas (Roque Hundertpfundt), III, 355-356.
— 1750? Aos Índios Grens do sertão de Ilhéus (Agostinho Mendes), V, 225-226.
— 1751. Aos Gamelas do Rio Mearim (António Machado), III, 170-181.
— 1752. Ao Guaporé (Agostinho Lourenço), VI, 219; VIII, 322-323.
— — Ao Rio Javari (Manuel dos Santos, Luiz Gomes), III, 420; IX, 114.
— 1752? Da Baía por terra ao Duro, (Goiás). 4 Padres, VI, 208.
— 1755. Aos Amanajós do Rio Pindaré (David Fay), III, 195.
— 1756. Aos Guaçuruçus do Rio Paraíba (Manuel Cardoso), VI, 127.

— Dificuldades dos Caminhos: V, 16-18.— Ver Trabalhos e perigos.
Entre-Douro-e-Minho: II, 263, 422, 460; VII, 44; IX, 413.
Entres, Alberto: VI, 462.
Epicteto: VII, 151.
Epidemias: — Ver Assistência e Caridade.
Epifânio da Silva Dias, Augusto: IX, 302.
Epigrafia: Na Igreja da Baía, I, 152; V, 124, 125, 129; do Espírito Santo, II, 483; do Maranhão, III, 120; IV, 134, 146; de S. Paulo, VI, 356, 359; no Saco de S. Francisco Xavier (Rio), VI, 111; em Minas Gerais, VI, 197-198.
Epistolografia: II, 534-541; contentamento que produzia a chegada das cartas, VIII, 108; Indípetas, VII, 206; Índice dos autores do Brasil de que se conservam cartas, IX, 442-446; — frontispício de colectâneas: a 1.ª de Nóbrega e seus companheiros (1551), VIII, p. IV/V; de Anchieta, VIII, 20/21; Avulsas, VIII, 148/149; de Nóbrega, IX, 8/9, 12/13; "Novas Cartas Jesuíticas", IX, 20/21; de Vieira, IX, 248/249, 280/281.
Equador: II, 60; III, p. XXI, 441.
Erasmo: I, 88.
*Ercilla, E. Ugarte de: V, 62.
Erembé (Rembé): II, 55.
Ericeira, Conde da (D. Luiz de Meneses): IV, 21, 156; V, 410; IX, 295, 363, 409. — E ver Meneses, D. Francisco e D. Henrique.
Errada Capetillo, José de: IX, 328.
Erratas: — Ver Corrigenda & Addenda.
Ervedal (ou Ervidel): II, 611; VI, 590; VIII, 183.
Escada, N.ª S.ª da: II, 154.
*Escalante, Francisco de: Carpinteiro. I, 579; II, 445, 533; V, 199, 200; VIII, 23.

Escalona, Duque de: IV, 30.
Escócia: VI, 179; VII, 247, 266-269, 433; VIII, 128.
Escolas da Companhia: — Ver Instrução.
Escoto: II, 544.
Escoto, Fr. Francisco: VI, 262.
Escragnolle Dória, Luiz Gastão de: II, 372; VIII, 39.
Escravatura Negra: O tráfico, II, 342-347; — diferença histórica entre Negros e Índios, VI, 350-354; como a Companhia aceitou a escravatura, I, 176; II, 347-352; IV, 174-175; VII, 81; IX, 427; Jesuítas abolicionistas do século XVI, prevalece a opinião contrária, corrente, II, 227-228; — a catequese, II, 353-363; V, 436; VI, 108; VII, 144; VIII, 116, 228, 386, 388; IX, 41; — na língua de Angola, I, 102-103; II, 353; VII, 274-275; Vieira promove a aprendizagem dela para melhor se atender aos Negros, VII, 78; pedem-se Jesuítas, filhos de Angola, VII, 270; Apostolado dos portos com os Negros à chegada de África, VII, 84, 125, 265, 278; VIII, 141: — Ver Mar (Apostolado do); — vida social e económica dos escravos da Fazenda de Santa Cruz (Rio de Janeiro), VI, 59, 60; da Fazenda de Amandijuí (Maranhão), IV, 174; — tomam parte nas festas, VI, 91; — hospitais para cada sexo, VI, 15; VIII, 156; assistência e caridade dos Padres da Companhia, II, 352-357; Nóbrega e a negra enferma, IX, 415; os Padres eram o "único refrigério" dos escravos de Pernambuco, I, 492; — o "fim de semana", V, 258; indulgências aos Senhores que ensinarem a doutrina aos seus escravos, IV, 247; Irmandade dos Pretos, IX, 201; o amparo da Igreja, VII, 144; — os livros dos Jesuítas: "Arte da Língua de Angola" de Pedro Dias (Lisboa 1697), V, 430; VII, 276; VIII, 199, 200; "Catecismo na língua dos Ardas", VIII, 318; "Economia Christaã dos Senhores no Governo dos Escravos" de Jorge Benci, escrito na Baía em 1700, VI, 344; VII, 277; VIII, 95, 100/101; "Opus morale de mancipiorum servitute" de Manuel Ribeiro, IX, 75; "Parochus Servorum" de Manuel da Fonseca, VI, 154; VIII, 258; o "Regimento Interno do Engenho da Pitanga" (1692) do P. Barnabé Soares, V, 257-258; IX, 129; no Brasil em 1691 os Negros eram mais que os Índios, VII, 83; no Pará o "negreiro expulsou o Jesuíta", VII, p. IX; Jesuítas que invocaram o Direito e a Moral a favor dos Negros, IX, 442.

*Escribano, B. Gregório: Mártir do Brasil. II, 260.
Escudeiro Ferreira de Sousa, Manuel: VI, 469, 470.
Escultura: Oficinas do Colégio da Baía, V, 121-140; do Colégio do Maranhão, III, 119; do Colégio do Pará, III, 212, 220-221; do Colégio do Rio de Janeiro, VI, 24; as 4 imagens da Aldeia de Abacaxis (Amazónia), IV, 170; Imagens da sacristia e Igreja do Colégio da Baía, VII, 405-407. — Referências frequentes a imagens inventariadas nas Igrejas dos diversos Colégios, Vilas e Aldeias, assim como dos altares, alguns dos quais se reproduzem e se mencionam nos títulos de *Belém do Pará*, *Ibiapaba*, *Baía*, *Reis Magos*, *Rio* e *S. Paulo*; — Imagem mutilada da Fazenda de Santa Bárbara, VII, 124/125; duas do Colégio do Maranhão, IV, 358/359; outra de Araçatiba, V, 248/249.

Esopo: VII, 151.
Espada, Marcos Jiménez de la: III, 409.
Espanha: — Índices: I, 592; II, 640; III, 463; IV, 420; V, 610; VI, 615; VII, 464; — VIII, 25, 28, 107, 136, 155, 158, 377; IX, 112, 114, 148, 200, 321, 369, 398, 418; X, p. XII.
Espanhóis: Do Paraguai, I, 286, 334-358; VI, 244-252; em S. Paulo, VI, 253, 294-300; no Rio Solimões, III, 405-421; do Rio da Prata, VI, 533-560; VII, 339-343.
Espinho: VI, 595.
Espinhosa, Francisco de: II, 174.
Espinola, D. Juan de: Tradutor de Vieira, IX, 328.
Espinosa, J. Manuel: Escritor. III, 447, 454; VII, 7; VIII, 42, 137, 283, 285; IX, 167; X, 300.
Espinosa, Pedro Cordeiro de: VIII, 209.
Espírito Santo (Culto ao): — Ver Culto Divino.
Espírito Santo (Capitania): Estado da terra à chegada dos Padres, I, 213-214; Ministérios e acção contra piratas, I, 214-221; VI, 138-139; Colégio de Santiago, I, 221-227; VI, 133-142; Aldeias e Fazendas, I, 229-249; VI, 143-180; Nossa Senhora da Penha, VI, 140-141; VIII, 401; sentimento do povo na saída dos Padres, VI, 142; os Jesuítas no Espírito Santo (mapa), VI, reminiscências topográficas, VI, 134. — Índices: I, 592, 608; II, 640; III, 463; IV, 420; V, 610; VI, 616, 636; VII, 464; — VIII, passim; IX, passim; — Colégio, VI, 136/137; Igreja, VI, 264/265; Os Jesuítas no Espírito Santo (mapa), VI, 152/153.
Espírito Santo, Fr. António do: VIII, 87.
Espírito Santo, Francisco do: IX, 199.
Espírito Santo, Fr. Inácio do: Beneditino. VIII, 148.
Espírito Santo, Fr. João do: Franciscano. IX, 196.
Espírito Santo, P. Fr. Pedro do: VII, 46.
Esposende: II, 302.
Estados Pontifícios: VII, 357; IX, 100.
Estados Unidos da América do Norte: I, p. XXIV; III, p. XXI, 447; V, 157; VII, 233.
Estampas: — Índices: I, 604; II, 652; III, 481; IV, 435; V, 627; VI, 633; VII, 481 (e p. 268/269, Cadeira de sola lavrada da Aldeia de S. Lourenço); VIII, 427-428; IX, 435-436; X, 259-265 (índice de todas). — Ver Autógrafos; Mapas; Retratos.
*Estancel (ou Stancel), Valentim: Astrólogo e Matemático. V, 84, 581; VI, 596; VII, 98, 106, 112, 165, 189, 222, 226; VIII, 49, 132, 208-212 (bibliogr.); IX, 77, 300, 410; X, 311; — ass. autógr., VIII, 276/277; "Vulcanus Mathematicus", VIII, 404//405.
*Estanislau, Inácio: Missionário da Amazónia. III, 233, 311; IV, 123, 124, 352; VIII, 213.
*Estanislau (Santo): — Ver Kostka. 137-140.
Estatística e Demografia: IV, 137--140.
Estatística dos Jesuítas do Brasil: VII, 240, 247, 452. — Ver Catálogos.
Estêvão, Frei (das Mercês): IV, 75.
Estêvão de Oliveira, Carlos: III, p. XIX.
*Esteves, Domingos: Fazendeiro. V, 584.
*Esteves, João: Alfaiate. VII, 432, 449.
*Esteves, Jorge: Carpinteiro e Fazendeiro. I, 582; VI, 24.
*Esteves, Manuel: IV, 350.
Estoril: VIII, 142.

Estrangeiros no Brasil: II, 437-444; VII, 43, 48, 93-114, 226, 246; VIII, 54, 173, 284, 286, 290, 336, 356, 368; IX, 44, 46, 48-50, 95, 102, 103, 343, 409, 410.
Estreito de Bering: V, 26.
Estreito de Magalhães: I, 175, 407; II, 137, 168, 257, 445; V, 26; VIII, 393.
Estremadura: IX, 64.
Estremoz: I, 69; II, 257; V, 534: VI, 597, 600; VII, 31, 115; VIII, 173, 272.
Estudos gerais: Os "Gerais" da Baía, VII, 155; planta, VII, 417, 418.
Etiópia: I, p. XI, 12, 17, 132; II, 246, 248, 296; V, 27, 357; VI, 246; VII, 36; VIII, 155, 337.
Etnografia (e Etnologia): Cosmogonia e Religião primitiva dos Índios do Brasil, II, 14-23; VIII, 132, 393, 406-409; IX, 382; vestígios de matriarcado, I, 247; III, 359-360; os "homens marinhos", VIII, 397; mitos astrais, Pléiades e Orion, V, 277, 297, 313; dos Aconguaçus, III, 43, 48; Aimorés, VI, 164; Carijós, VI, 497-503; VIII, 396; Gamelas, III, 181-182; VIII, 331; Gesseraçus, VI, 124; Janduins, V, 547; Jurunas, III, 353; Moritizes, V, 276-278, 297-299, 313; VIII, 174; Moromomins, VIII, 395; Quiriris, V, 311-315; VIII, 161; Paiaiases, V, 273-276, 297-298; Paranaubis (Mares Verdes), VI, 168-173; Pataxoses, VI, 177; Ririiú, III, 43-46; do Rio Madeira, III, 393-400; VIII, 187; IX, 85; dos sertões da Baía, V, 270-315; VIII, 161, 174; Tobajaras, III, 41-42; Contribuição dos Jesuítas para o conhecimento dos Índios do Brasil, IV, 301-310; VIII, 20, 24, 134, 191, 406-416; IX, 139, 438; X, p. XVIII. — Ver Índios; ver Antropofagia.

Etrúria, Duque de (Cosme III): VIII, 116, 117.
Eubel, Conradus: II, 523, 524.
Eucaristia: — Ver Sacramentos.
Euclides: VII, 166, 167.
Eugobino, Júlio Gabriel: IX, 10.
Eurípedes: VII, 151.
Europa: — Índices: I, *passim;* II, 640; III, 464; IV, 420; V, 610; VI, 616; — VII, 93, 234, 355, 357; VIII, p. X, XII; IX, p. VII, 4, 135, 148, 181, 322, 399; X, 315.
Eutrópio: VII, 151.
Évora: — Índices: I, 592; II, 640; III, 464; IV, 420; V, 610; VI, 616; VII, 465; — VIII, *passim;* IX, *passim.* — Ver Colégio; ver Universidade de Évora.
Évreux: VI, 60.
Évreux, Yves d': II, 20; III, 117.
Exercícios Espirituais de S. Inácio: O livro I, 15; a prática, II, 412-416; IV, 107-108; IX, 417; a externos, urge-se em 1719, VIII, 388; ofício de catálogo para os que dão os Exercícios, VII, 449; VIII, 55; IX, 73; ao Clero, V, 155-156; VIII, 156; IX, 67; a Religiosas, V, 156; IX, 66; a homens, IV, 253, 395-396; a mulheres, IV, 253, 396; VIII, 344; abertos, IV, 253; fechados, IV, 253; VIII, 345, 346; no Rio de Janeiro, VI, 9; na Congregação do Recife, V, 473; em missões volantes, III, 155; IV, 255-256; VIII, 303, 340, 342; IX, 125, 368; Casa de Exercícios na Baía, V, 154-157; Casa de Exercícios da Madre de Deus no Maranhão, III, 126-128; livros de Jesuítas do Brasil, VIII, 94, 291, 292, 366.
Expedições Missionárias de Portugal e outras Nações da Europa: — Ver Vocações e Recrutamento.

F

*Fabro, B. Pedro: I, 4.
Faença: IV, 350; VIII, 371.
Fafe: IV, 358, 366; VII, 422; IX, 73.
*Fagundes, Francisco da Silveira: — Ver Silveira, Francisco.
*Fagundes, Manuel: I, 581; VI, 145.
Fagundes Caldeira, Manuel: Pai do P. António Viegas. IX, 191.
Fagundes Varela, Luiz Nicolau: II, 489; VIII, 37, 38.
*Faia, Inácio: V, 482; VII, 105, 108; VIII, 178, 186, 214, 295, 339; IX, 177, 354, 409, 411; — ass. autógr., 360/361.
Faial (Ilha do): V, 58, 211.
*Faião, João: V, 586.
Falcão, Edgard de Cerqueira: V, 155, 174.
Falcão, Gaspar de Sousa: Vereador de S. Paulo. VI, 317.
Falcão, Gil: II, 121.
Falcão, Gonçalo de Sousa: Vigário Geral da Baía. IX, 123.
Falcão, Simão: I, 551.
Falcão, Tomé Pereira: Vereador. VII, 197.
Faletto, João Baptista: Pai do P. Faletto. VIII, 214.
*Faletto, João Mateus: IV, 316; V, 286, 326, 327, 581; VI, 155; VII, 98, 114, 189; VIII, 196, 214–215 (bibliogr.), 352; IX, 342; — ass. autógr., VIII, 276/277.
Famalicão: III, 268; IV, 336, 340; VI, 408, 600, 602; VII, 453; VIII, 193; IX, 53, 184.
Faminne: VI, 592.
Fanga da Fé: V, 550.

Fano: VII, 360; VIII, 232, 268.
Faria: I, 571.
*Faria, António de: Carpinteiro. V, 147; VII, 433, 449.
Faria, Augusto Silvestre de: I, 185; V, 215.
Faria, Baltasar de: Embaixador. II, 515, 516.
Faria, Carlos de: IV, 393.
Faria, Catarina de: II, 81.
*Faria, Francisco de: I, 536; IV, 291; V, 73; VI, 7, 469, 472, 528; VII, 210, 219, 422, 436; VIII, 42, 129, 216–217 (bibliogr.); IX, 364; — "Conclusiones Metaphysicae", VII, 230/231.
*Faria, Gaspar de: Provincial. I, 535; V, 86, 146–148, 584; VI, 378, 545, 546; VII, 128–129 (biografia), 162, 456; VIII, 170, 193, 217–219 (bibliogr.), 365; IX, 364; — ass. autógr., VII, 76/77.
Faria, D. Guiomar de: II, 152; V, 243.
Faria, Manuel Severim de: Escritor. III, p. XXV, 206; V, p. XXVI, 41, 52, 261, 270; VIII, p. XXIII, 38, 184.
Faria, Pedro de: Pai do P. Francisco de Faria. VIII, 216.
*Faria, Simão de: VI, 594.
Faria, Tomé Monteiro de: Capitãomor. IX, 65.
Faria, Tomé Torres de: VI, 286.
Faria Cerveira, Inácio de: Aluno dos Jesuítas. VIII, 246, 248.
Faria e Miranda, Baltasar de: V, 434.
Faria Severim, Gaspar de: IV, 127.

FARMACOLOGIA: VIII, 199. — Ver Boticas e Laboratórios.
Farnésio, Alexandre: I, 480.
Farim: IX, 389.
*Farinha, Manuel: VI, 352, 353.
Faro (Amazónia): III, 278.
Faro (Portugal): VI, 595, 597; VIII, 225, 260; IX, 18.
Faro e Sousa, D. Sancho de: V, 100.
*Farrell, Allan P.: IV, 269; VII, 152.
Farto, Francisco da Costa: VI, 450.
Farto, João Freire: III, 41.
Fataunços: IV, 354.
Fátima: I, 207.
Fáy: VIII, 219.
*Fáy, David: III, 195, 196; IV, 273, 358, 363; VII, 252, 253; VIII, 154, 188, 206, 219-221 (bibliogr.), 247, 252, 308, 312; IX, 76.
Fáy, Estêvão: VIII, 221.
Fáy, Gabriel: Pai do P. David Fáy. VIII, 219, 221.
Fáy, Ladislau: VIII, 220.
*Fazari, António: VIII, 65.
FAZENDAS: Começadas por Nóbrega, I, 176; impossível sem terras e criação de gado a sustentação dos Padres do Brasil (Anchieta), I, 76; o fazendeiro-missionário, fenómeno espontâneo da América florestal, IV, 89; necessidade económica e social das fazendas no Brasil, IV, 170-175; o P. Fernão Cardim estabelece o primeiro Engenho de Açúcar da Companhia, VII, 7; Regulamento interno (Engenho da Pitanga), V, 257-258; dificuldades em defender as terras, de ocupantes estranhos, V, 257; a sua boa organização e relativa prosperidade provoca invejas, VII, 297; gastos com os Índios, IV, 184; as suas diversas oficinas, IV, 175; rendimento duma grande fazenda amazónica (Ibirajuba), IV, 175; as raizes e ervas medicinais das "Quintas dos Padres", VII, 284/285.—Ver Agricultura; ver Pecuária.

Fazenda Água Branca (S. Paulo): VI, 365.
— *Água de Meninos:* I, 34, 149, 151; II, 144; IX, 418.
— *Água Verde:* V, 553, 554.
— *Aiama:* I, 466; V, 425.
— *Alagadiços:* V, 551.
— *Algodões:* V, 553.
— *Almas (Piauí):* V, 554.
— *Almas (em Santa Cruz):* VI, 55.
— *Amandijuí:* III, 140; IV, 174.
— *Angical:* V, 554.
— *Anindiba:* III, 135-138, 142; IV, 82, 190; VIII, 325; IX, 88, 152.
— *Apipucos:* V, 418.
— *Aracaju:* V, 316, 320.
— *Araçapiranga:* VI, 365.
— *Araçariguama:* II, 588; VI, 355, 364, 370-372, 380, 397; VII, 447.
— *Araçatiba (Engenho):* VI, 143, 152, 155-158; VII, 446; IX, 41;— N.ª S.ª da Ajuda (Padroeira), VI, 248/249.
— *Araçatuba:* III, 190.
— *Arapapuú:* I, 528.
— *Arari:* III, 250-252.
— *Areias:* V, 577.
— *Baixa do Veado:* V, 551.
— *Baixo da Boca do Rio de Paranamirim (Baía):* VIII, 111.
— *Bananal:* VI, 365.
— *Bandeira:* V, 577, 578.
— *Barreta:* V, 478.
— *Boa Esperança:* V, 554.
— *Boa Vista:* VI, 365.
— *Bom Jardim:* V, 554.
— *Boqueirão (1):* V, 553.
— *Boqueirão (2):* V, 501.
— *Borda do Campo (Paraná):* VI, 460.
— *Borda do Campo (S. Paulo):* VI, 428.
— *Botucatu:* VI, 355, 365, 372.
— *Brejinho:* V, 553.
— *Brejo de S. Inácio:* V, 553, 557.
— *Brejo de S. João:* V, 553, 557, 560.
— *Buraco:* VI, 365.
— *Buriti:* V, 553, 554.
— *Butantã:* VI, 365.

Fazenda de Caçaroca: VI, 157.
— Caché: V, 553.
— Cachoeira (Maranhão): III, 169.
— Cachoeira (Paraíba): V, 501.
— Cachoeira (Piauí): V, 553, 554.
— Cajaíba: I, 448.
— Cajazeiras: V, 553.
— Camamu (Engenho):Doada por Mem de Sá. I, 154–158; VII, 438. — Índices: I, 590; II, 638; V, 608, 611; VI, 616;— VIII, p. 137, 165. — Ver Camamu.
— Camaragibe: I, 465.
— Camboapina: VI, 156.
— Campo dos Goitacases (Engenho): V, 592, 596; VI, 21, 61, 66, 67, 78-94, 109, 192, 580; VII, 69, 444; VIII, 375, 388; — gravura, VI, 88/89.
— Campo Grande: V, 553, 554.
— Campo Largo: V, 553.
— Campos Novos: V, 592, 596; VI, 79, 90–94; VII, 444; VIII, 60, 142, 154, 156; IX, 371; — gravura, VI, 296/297.
— Canavieira: V, 554.
— Cana-Brava: V, 554.
— Capela Velha: VI, 374.
— Capivari: V, 261, 264, 589; VIII, 197.
— Caraíbas: V, 554, 593.
— Carapina (Engenho): VI, 143, 151, 152.
— Caraúba (Engenho): V, 390, 424, 593.
— Castelo: V, 553, 554.
— Catarães: V, 553.
— Cidade dos Veados: IX, 144.
— Cobé: V, 579.
— Conceição: — Ver Monim.
— Conceição (Papucaia): VI, 55.
— Conceição (Piauí): V, 554.
— Conceição (Santa Cruz): VI, 55.
— Cotegipe (Engenho): V, 259, 260, 309, 577; VII, 438.
— Cotunguba (Engenho): V, 390, 424, 425, 593, 596.
— Cubatão: VI, 355, 366.
— Curitiba: VI, 428, 455.

Fazenda de Curimataí: V, 579.
— Curuçá: III, 271, 287–289; VII, 327; VIII, 57, 66, 271, 382, 385; IX, 112.
— Dois Riachos: V, 501.
— Embiara: V, 174.
— Embuaçaba: VI, 365.
— Ermida de S. Sebastião (Baía): I, 152.
— Engenho Novo (Rio): — Ver infra S. Miguel e Conceição.
— Engenho Velho (Rio): — Ver infra S. Francisco Xavier.
— Esfolado: V, 554.
— Espinhos: V, 553.
— Espírito Santo (Piauí): V, 554.
— Feira de Capoame: V, 577–580.
— Flores: V, 554.
— Formiga: V, 500, 503.
— Gado Bravo: VI, 211.
— Gameleira do Canindé: V, 553.
— Gameleira do Piauí: V, 553.
— Gameleiras: V, 553.
— Genipapo: V, 553.
— Geraibatiba: I, 257, 543.
— Gerijó: III, 199, 201.
— Gerubatí: VI, 365.—Ver Geraibatiba.
— Gebirié (ou Gibrié): III, 285, 300-302; IV, 261; VIII, 85; IX, 187.
— Gilbué: VI, 211.
— Grande: V, 553.
— Guajará-Una: III, 304.
— Guaraípe: II, 238.
— Guaraipiranga: I, 420.
— Guaratiba: I, 420.
— Guaraú (Ilha): I, 256.
— Guareí: VI, 355, 372, 373.
— Guaribas: V, 533.
— Guarupaba: V, 414.
— Guiraquatiara: III, 47.
— Ibirajuba (Engenho): III, 222, 302–305, 400; IV, 175, 326; VIII, 10, 190, 225, 230; IX, 112.
— Igapara: III, 47.
— Igaraú: III, 128, 140.
— Iguaçu: I, 413–416; VI, 67; IX, 24.
— Iguape (Baía): V, 128, 176; VIII, 297.

Fazenda de Iguape (S. Paulo): I, 150, 319; II, 238.
— *Iguará:* III, 157.
— *Iguaraçu:* I, 465.
— *Ilha:* V, 553.
— *Ilhéus:* IV, 156.
— *Imbueira:* III, 66; VIII, 359.
— *Imbubuçu:* VI, 365.
— *Inxu:* V, 553.
— *Iperuíbe:* — Ver *Peruíbe*.
— *Ipitanga:* VII, 38, 129, 438. — Ver *Pitanga*.
— *Ipojuca:* — Ver *Pojuca*.
— *Itapicuru* (Engenho): III, 143-144.
— *Itapoca:* VI, 143, 152; VII, 446.
— *Itatinga:* VI, 428.
— *Jaboatão:* V, 309, 316, 320-323, 579, 589, 596; VII, 438.
— *Jacaré:* V, 554.
— *Jacareí:* III, 190.
— *Jacurutucuara:* I, 225-226.
— *Jacuípe:* I, 154.
— *Jaguarari* (no Rio Moju, Pará): III, 248, 292, 300-303; IV, 200; IX, 114, 115.
— *Jaguaribe:* V, 425.
— *Jaguaripe:* V, 323.
— *Jaguaroca:* III, 152.
— *Japi:* VI, 375.
— *Joazeiro:* V, 564.
— *Jucuruçaí* (Engenho): V, 424.
— *Julião:* — Ver *S. Julião*.
— *Jundaí:* VI, 375, 377.
— *Juquirí:* III, 302.
— *Lagoa* (Paraíba): V, 501.
— *Lagoa* (Piauí): V, 554.
— *Lagoa* (S. Paulo): VI, 365.
— *Lagoa de S. João:* V, 553.
— *Lagoa Torta:* V, 424.
— *Lapa:* VI, 366.
— *Limoeiro:* V, 578.
— *Luiz de Grã* (Sesmaria): I, 150, 543.
— *Macacões:* V, 554.
— *Macacu:* I, 418-420, 432, 548; V, 592, 596; VI, 113, 114; VIII, 280.
— *Macaé* (Engenho): V, 592; VI, 79, 84, 84, 92, 94; VII, 444.

Fazenda da Madalena (Quinta da): V, 345, 376 377, 416, 426-428, 593.
— *Madre de Deus:* V, 554.
— *Maecaxá* (ou *Maecaxará*): VI ,84, 93; VIII, 142, 194.
— *Malhada de Cavalos:* V, 554.
— *Mamaicu:* III, 145, 248, 271, 284--288; IV, 100, 109, 200, 278; VIII, 57; IX, 49.
— *Mamanguape:* V, 500.
— *Mamo:* V, 255; VIII, 127.
— *Manaqui:* VI, 375, 377.
— *Mandeí:* VI, 365.
— *Mar Grande:* V, 266.
— *Marajó:* III, 287; IV, 200, 246.
— *Marajoaçu:* III, 249.
— *Marajoão:* III, 249.
— "*Matachirense*" (Baía): V, 589.
— *Matadoiro:* III, 128, 169.
— *Mato:* V, 553.
— *Meio:* V, 554.
— *Mendes:* V, 554.
— *Mereti:* III, 304.
— *Missão* (Ceará): III, 464.
— *Mocajuba:* III, 285.
— *Mocambo:* V, 533.
— *Monim* (Engenho): III, 158; IX, 151.
— *Monjope* (Engenho): I, 466; V, 416, 423-426, 593; VII, 449.
— *Monteiro:* V, 420.
— *Morcegos:* III, 128, 169.
— *Morretes:* VI,455.
— *Mouxão:* III, 169, 170.
— *Mucuitu:* V, 500.
— *Muribara:* V, 425, 479.
— *Muribeca* (Engenho): V, 264, 594; VI, 143, 152-157, 192; VII, 446; VIII, 257.
— *Murundu:* VI, 71.
— *Nazaré:* V, 553, 557, 560.
— *Nhundiaí* (R. G. do Norte): I, 557.
— *N.ª S.ª da Escada* (Baía): I, 153.
— *Nossa Senhora da Luz* (Engenho): V, 593, 596; VII, 451.
— *Nova Matança:* V, 579.
— *Olho de Água:* V, 553.

Fazenda de Ortigas: VI, 211.
— *Pacaembu:* VI, 355, 365.
— *Papucaia:* VI, 114; VII, 444.
— *Panela:* V, 554.
— *Paraíba do Norte (Engenhos):* V, 423.
— *Paraíba do Sul:* — Ver *S. José dos Campos.*
— *Partido:* V, 250, 579, 589.
— *Passagem da Gameleira:* V, 176.
— *Passé (Engenho):* I, 151-154; V, 577; VIII, 127, 165; IX, 165.
— *Pedras:* VI, 365.
— *Penha da França:* V, 266, 267.
— *Peri-Açu:* III, 199.
— *Pericumã:* III, 199, 202.
— *Peroaçu (Sesmaria de):* IX, 185.
— *Peruíbe:* I, 255, 541-542; II, 238.
— *Piauí:* — Ver *Piauí* (título geral).
— *Picaraca:* V, 176.
— *Pilar:* III, 202.
— *Pindaré:* III, 190, 199.
— *Pindoba:* II, 82.
— *Pindobas:* III, 579.
— *Pindobeira:* VI, 211.
— *Pingela:* V, 176.
— *Piratininga:* VI, 365.
— *Piraquimirim:* VI, 452.
— *Piripiri:* V, 554.
— *Piriris:* III, 152.
— *Pitanga (Engenho):* V, 148, 250, 256-261, 577, 579, 589, 590, 596; VIII, 127, 132, 167, 168, 174, 218, 368; IX, 62, 79, 181. — Ver *Ipitanga.*
— *Pitangui:* VI, 452, 455, 460.
— *Pitinga (Ceará):* III, 66.
— *Pitinga (Engenho):* V, 254, 255, 579.
— *Pobres:* V, 553, 554.
— *Poções:* V, 553.
— *Pojuca:* V, 425.
— *Ponta dos Búzios:* VI, 84.
— *Ponta da Cotia:* VI, 365.
— *Ponta do Mar:* I, 152.
— *Porta:* VI, 156.
— *Porto Alegre:* V, 554.
— *Porto das Naus (S. Vicente):* I, 549.

Fazenda de Poti: V, 564.
— *Prata:* III, 154; V, 554.
— *Pua:* V, 501.
— *Quiriri:* V, 426, 500, 501.
— *Quiriris de Fora:* V, 500.
— *Raposo.* V, 577.
— *Recolhimento:* VI, 211.
— *Remanso Grande:* V, 501.
— *Riacho:* V, 554.
— *Riacho de Almécega:* V, 554.
— *Riacho dos Bois:* V, 553.
— *Riacho dos Cabaços:* V, 478, 593.
— *Riacho da Onça:* V, 554.
— *Rio Ambebe:* V, 579.
— *Rio Anhembi:* VI, 355.
— *Rio Grande do Norte:* I, 557-559.
— *Rio Itaípe:* V, 579.
— *Rio Itanhaém:* V, 580.
— *Rio Jaguaribe (R. G. do Norte):* I, 528.
— *Rio de Joanes:* I, 154, 177.
— *Rio Mongouro:* V, 580.
— *Rio Mensó:* V, 579.
— *Rio Paraguaçú:* V, 579.
— *Rio Patatiba:* V, 580.
— *Rio Piauí (Sergipe):* V, 589.
— *Rio Piratininga:* I, 257.
— *Rio Patãobu:* I, 528.
— *Rio Real:* I, 448.
— *Rio S. Francisco:* V, 462.
— *Rio da Trindade (Engenho):* V, 199.
— *Rocio:* VI, 455.
— *Rosário:* V, 176, 579.
— *Saco:* V, 533.
— *Saco de S. Francisco Xavier (junto de Niterói):* VI, 51, 111, 112; VIII, 138; — vista actual, VI, 280/281; relógio de sol, VII, 204/205.
— *Sacramento:* VI, 156.
— *Salinas:* V, 553, 554.
— *Salinas de Curuçá:* III, 289, 400.
— *Salinas de Itaueira:* V, 553.
— *Sambaíba:* V, 564.
— *S. Ana (Engenho):* V, 200, 213-225; 588; VI, 605; VII, 244, 452; VIII, p. XIX; IX, 156, 185.
— *S. Ana (Ilhéus):* V, 213.

Fazenda de S. Ana (Macacu): VI, 55.
— *S. Ana (Piauí)*: V, 554.
— *S. Ana (Porto Seguro)*: V, 237.
— *S. Ana (S. Paulo)*: VI, 152, 355, 375-377; VII, 447; IX, 54.
— *S. Ana* (em *Santa Cruz*): VI, 55.
— *S. Bárbara* (em *Santa Cruz*): VI, 55.
— *Santa Cruz (Engenho)*: Medições, VI, 55; o caminho Rio-S. Paulo, VI, 56; Pecuária, VI, 57; vida social e económica dos escravos, VI, 59-60; canais, paredões, comportas, pontes, VI, 61-66; residência imperial, VI, 60. — I, 177, 258, 420; II, 109, 358, 365, 591; V, 592, 596; VI, 22, 54-60, 109, 520; VII, 165, 166, 444; VIII, 87, 156, 357; IX, 14, 21, 143; — Ponte do Guandu, VI, 520/521.
— *S. Cruz (Piauí)*: V, 554.
— *S. Inês*: V, 203, 213; X, p. XVIII.
— *S. Isabel*: V, 554.
— *S. Luzia*: VI, 55.
— *S. Rosa*: V, 554.
— *S. Teresa*: VI, 55.
— *Santo Agostinho*: VI, 55.
— *S. António (Capoame)*: V, 577, 578.
— *S. António (Piauí)*: V, 554.
— *S. António (Rio de Janeiro)*: VI, 55.
— *S. Barnabé* (em *Santa Cruz*): VI, 55.
— *S. Boaventura* (em *Santa Cruz*): VI, 55.
— *S. Bonifácio (Engenho)*: III, 185, 190.
— *S. Brás (Maranhão)*: III, 135, 140.
— *S. Brás (Rio de Janeiro)*: VI, 55.
— *S. Caetano*: III, 183.
— *S. Cristóvão (Baía)*: V, 161, 162, 596; VII, 438.
— *S. Cristóvão (Rio)*: V, 163, 592; VI, 67-72, 152; VII, 444; VIII, 258.
— *S. Estêvão*: VI, 55.
— *S. Francisco (Santa Cruz, Rio)*: VI, 55.
— *S. Francisco Xavier (Engenho Velho, Rio)*: VI, 68; VII, 444.

Fazenda de S. Francisco Xavier (Saco de): — Ver *Saco* (supra).
— *S. Inácio (S. Paulo)*: VI, 374.
— *S. Inácio*: — Ver *Campos Novos*
— *S. Inácio* (em *Santa Cruz*): VI, 55.
— *S. João*: V, 554.
— *S. José (Rio de Janeiro)*: VI, 55.
— *S. José dos Campos da Paraíba*: V, 595; VI, 355, 364, 367-369, 378. — Ver *Aldeias*.
— *S. Julião*: IV, 204, 205; V, 553.
— *S. Luiz*: VI, 55.
— *S. Marcos*: VI, 55.
— *S. Miguel (Sta. Cruz, Rio)*: VI, 55.
— *S. Miguel e Conceição (Engenho Novo, Rio)*: V, 596; VI, 68, 69; VII, 444; IX, 130.
— *S. Nicolau*: V, 554.
— *S. Paulo (Rio de Janeiro)*: VI, 55.
— *S. Pedro de Alcântara*: V, 554.
— *S. Pedro* (em *Santa Cruz*): VI, 55.
— *S. Pedro de Iporanga*: VI, 427, 428, 489.
— *S. Romão*: V, 553.
— *S. Sebastião (Baía)*: V, 579.
— *S. Vítor*: V, 554.
— *Santos (Engenho)*: VI, 428.
— *Sapicu*: V, 554.
— *Saquinho*: V, 553.
— *Saúde*: V, 152.
— *Seco*: III, 154.
— *Sergipe do Conde (Engenho)*: O "Rei dos Engenhos do Brasil". V, 113, 215, 221, 243-255, 259, 268, 383, 588; VI, 592, 605; VII, 23, 24, 35, 47, 54, 55, 77, 126, 194, 274, 287, 289, 290, 453; VIII, p. XIX, 44, 148, 179, 181-184, 224, 259, 275, 278, 279 (gastos anuais), 324, 367; IX, 26, 27, 54, 60-63, 71, 79, 80, 141, 156, 174, 179, 181, 183, 185, 186, 366.
— *Serinhaém*: V, 596.
— *Serra Grande*: V, 553.
— *Serra Vermelha*: V, 554.
— *Serranos*: III, 169.
— *Serrinha*: V, 553.

Fazenda ou Sesmaria de Luiz da Grã: I, 150, 543.
— "*Silvaguirense*": V, 478.
— *Sobrado:* V, 310.
— *Superaguí:* VI, 455.
— *Tabatinga (Vigia):* III, 283; IV, 202; IX, 146.
— *Tabatinguá:* VI, 365.
— *Taguaú:* VI, 365.
— *Tajepe:* I, 466. — Ver *Fazenda de Monjope.*
— *Tanque:* — Ver *Quinta do Tanque.*
— *Taperaçu:* VI, 365.
— *Tapiiruçu (Engenho):* V, 424.
— *Taquara:* V, 435.
— *Tatu:* V, 553, 554.
— *Tatuaba:* III, 158.
— *Tejupeba:* I, 449; V, 316, 320-322, 579, 596; VII, 250, 251, 434.
— *Terreiro do Mosteiro:* I, 151.
— *Tiaia:* III, 66.
— *Tietê:* V, 595; VI, 375.
— *Timbatuba:* III, 201.
— *Tirapua:* V, 424.
— *Torre:* V, 555.
— *Tranqueira de Baixo:* V, 553.
— *Tranqueira do Meio:* V, 553.
— *Tremembé (S. Paulo):* VI, 375, 377.
— *Trincheiras:* V, 501.
— *Ubaí:* I, 150.
— *Ubatuabaré:* VI, 372.
— *Ubuturapaum:* I, 528.
— *Urubu:* V, 322, 478, 596.
— *Urubumirim:* V, 309, 323, 476-481, 513; VII, 451.
Feder, Ernesto: V, 65; VIII, 205.
Fedro: VII, 151.
Feijó, Luiz: VI, 418.
Feio, Lourenço Bautista: IX, 231.
Feira: I, 575; II, 259; VIII, 226; IX, 124.
Feldkirch: VIII, 303.
Felgueiras: V, 494.
Félix, Manuel: V, 499.
Feliz Lusitânia: III, 206.
*Feller, Francisco Xavier: IX, 89.

Felner, Alfredo de Albuquerque: II, 212, 343, 345.
Fermedo: II, 244.
Formoselha: VIII, 241.
*Fernandes, Afonso: II, 257.
Fernandes, Aires: II, 71.
Fernandes, Ana: V, 425.
*Fernandes, André: Bispo do Japão. IV, 40; VII, 81, 82; IX, 240-245, 310.
*Fernandes, B. António: Mártir do Brasil. II, 262.
*Fernandes, António: Enfermeiro do Cerco da Baía. V, 59.
*Fernandes, António (de *Belide*): IV, 356, 365; VIII, 221.
*Fernandes, António (de *Coura*): Enfermeiro dos Escravos. VI, 368.
*Fernandes, António (do *Rio de Janeiro*): I, 317, 581.
Fernandes, António: Tecelão. II, 263.
Fernandes, António: Vereador. VI, 462.
*Fernandes, António Paulo Ciríaco: III, 93; V, 487.
*Fernandes, Ascenso: VI, 602.
Fernandes, Baltasar: Morador de Parnaíba. VI, 256.
Fernandes, Baltasar: Morador do Rio de Janeiro. I, 548, 549.
Fernandes, Baltasar: Capitão-mor. VI, 74, 78.
Fernandes, Baltasar: Clérigo. IX, 369.
*Fernandes, Baltasar (do *Porto*): I, 269, 386, 419, 563, 578; II, 19, 183, 277, 305, 402, 585; V, 199, 200, 238; VIII, p. XX, 222.
*Fernandes, Baltasar (de *Viana de Alvito*): I, 571, 572; V, 219; VI, 8.
Fernandes, Brás: IV, 4.
Fernandes, Catarina: VII, 255.
Fernandes, Cornélio: VI, 240, 241.
*Fernandes, Diogo: I, 248, 575, 583; II, 184, 262, 433; VI, 150, 404.
*Fernandes, Domingos: Morto pelos Piratas. VII, 68; VIII, 294.
Fernandes "Tomacaúna", Domingos: II, 23, 176.
*Fernandes, Duarte: I, 576, 580.

*Fernandes, Estêvão: I, 563; II, 367.
*Fernandes, Filipe: V, 584.
*Fernandes, Francisco (de *Alpalhão*): I, 405, 464; II, 552; V, 428; VI, 8, 44, 83, 394; VIII, 179, 222.
*Fernandes, Francisco (de *Vila-Real*): I, 500, 501, 578.
*Fernandes, Francisco (Ir.): V, 446.
Fernandes, Francisco: Português (*Quito*): III, 406; IV, 283.
Fernandes, Francisco: Vigário Geral. II, 513.
*Fernandes, Gaspar: Morto pelos Bárbaros do Rio Itapicuru. III, 143, 146; IV, 149, 335.
*Fernandes, Gaspar (de *Basto*): VI, 79, 566.
*Fernandes, Gonçalo: V, 360, 361, 387.
Fernandes, Isabel: Mãe do P. Leonardo Nunes. IX, 16.
Fernandes, Isabel: Mãe do P. Francisco de Sousa. IX, 142.
*Fernandes, Jacinto: Curraleiro. V, 559; VII, 433, 440.
Fernandes, João: Armador. II, 252.
*Fernandes, João: Mestre Pedreiro, o que "cunhou" os sinos da Igreja da Baía. I, 26.
*Fernandes, João: Mestre de Navio. VII, 253, 254.
*Fernandes, João (de *Ponte de Lima*): Ferreiro. IV, 80, 82, 337, 340; V, 399, 400.
*Fernandes, João (de *Tentúgal*): VII, 432, 443.
*Fernandes, B. João: Mártir do Brasil. II, 258.
Fernandes Gato, João: I, 571, 579; II, 548; VI, 167, 473, 477, 478, 564, 567.
*Fernandes, José: IV, 354, 364.
Fernandes, Justo: Pai do P. Caetano da Fonseca. VIII, 253.
*Fernandes, Lourenço: IV, 351, 365.
*Fernandes, Luiz: Carpinteiro. I, 582.
Fernandes, Luiz: Escritor. V, 508.
*Fernandes, Luiz: Estudante. V, 586.
— Ver Mendoça, Luiz de.

*Fernandes, Luiz: Pedreiro. I, 579; V, 199.
*Fernandes, Manuel (de *Braga*): VII, 434, 440.
*Fernandes, Manuel: Encadernador e Oleiro. IV, 354, 367; VIII, 226.
*Fernandes, Manuel: Confessor de El-Rei D. Pedro II. IV, 89; VII, 34; IX, 216, 271, 272, 275, 276, 278.
*Fernandes, Manuel: Da Província do Alentejo. VII, 34.
*Fernandes, Manuel: Estudante. IV, 343.
*Fernandes, Manuel (da *Ilha de S. Miguel*): V, 583.
*Fernandes, B. Manuel: Mártir do Brasil. II, 262.
*Fernandes, Manuel: Missionário da Amazónia. III, 401; IV, 351; VIII, 225.
*Fernandes, Manuel (da *Baía*): VIII, 225.
Fernandes, Manuel: Morador da Paraíba. V, 492.
*Fernandes, Manuel (de *Mairapé, Baía*): VIII, 339.
*Fernandes, Manuel (de *Ourém*): I, 69, 421, 464, 488, 569, 582; V, 238; VI, 136; VIII, 223.
Fernandes, Manuel: Pai do P. Luiz Nogueira. IX, 15.
*Fernandes, Manuel: Provincial. I, 571, 572; II, 397; manda fazer a capelinha do "Bom Jesus" no "Arraial" de Pernambuco, V, 350, 352; vai da Baía ao Rio de Janeiro promover a Restauração de Portugal e aclamação de D. João IV, no T. VI, 42; VII, 14, 17–19 (biografia), 26, 61, 455; VIII, 29, 67, 163, 222–225 (bibliogr.); IX, 183. — Índices: V, 612 (1.º); VI, 617 (2.º); — ass. autógr., VII, 76/77.
Fernandes, Margarida: Mãe do P. Jerónimo Rodrigues. VI, 150.
Fernandes, Melchiora: II, 187.
*Fernandes, Pedro (Ir.): I, 571, 572.

*Fernandes, Pedro: Mártir. II, 263.
*Fernandes, Pedro (de *Serpa*): Constrói a Ponte do Guandu (Santa Cruz). VI, 64, 65; VII, 425, 444.
*Fernandes, Salvador: V, 584. — Ver Mata, Salvador da
*Fernandes, Urbano: Reitor do Colégio de Coimbra. II, 472; IX, 383.
Fernandes, Valério: V, 229.
*Fernandes, Vicente: I, 576.
Fernandes Filho, António: Pai do P. Manuel Nunes. IX, 18.
Fernandes Gama, José Bernardo: V, p. XXVI, 348, 352.
Fernandes da Ilha, Francisco: V, 116.
*Fernandes Leça, Manuel: VIII, 127, 226, 227; IX, 41.
Fernandes Pinheiro, J. C.: I, 175, 383; II, 24, 343, 344; VIII, 335; IX, 176.
Fernandes Pinheiro, José Feliciano: VI, 469.
Fernandes da Silva, Francisco: V, 114.
Fernandes da Silva, João: Pai do P. João de Melo. VIII, 373.
Fernandes Vieira, João: Governador. V, 355, 367, 370, 371, 394, 396, 400, 415, 423, 429, 491.
Fernel (Naturalista): VII, 227.
Ferrão, António: IV, 321, 327, 359.
*Ferrão, Cristóvão: I, 65, 410, 419, 545, 547, 565, 566, 583; II, 501.
*Ferrão, João: V, 584.
Ferrara: VI, 595.
Ferraz, A. L. Pereira: IV, 162.
Ferraz, António (*Baía*): II, 71, 131.
*Ferraz, António (de *Lisboa*): V, 388.
*Ferraz, António (do *Rio de Janeiro*): VII, 280.
Ferraz, António de Sousa: V, 494.
Ferraz, Bento Pereira: Capitão. VIII, 110.
*Ferraz, Francisco: VI, 549; VII, 422, 446.
Ferraz, Gaspar: II, 229.
Ferraz, João Pedro de Sousa Sequeira: VI, 141, 142.
Ferraz, Luiz Caetano: III, 193.

*Ferraz, Manuel: V, 149, 483; VI, 13, 138; VII, 421, 440; VIII, 227; IX, 154.
*Ferraz, Miguel: IV, 357, 367.
*Ferraz, Paulo de Cerqueira. Vereador. VII, 49.
*Ferraz, Tobias: Provincial de Portugal. VII, 491; VIII, 437; IX, 459; X, p. XI.
Ferraz, Tomás da Silva: V, 104.
Ferraz Barreto, Pedro: I, 420.
Ferreira da Silva e Albuquerque, Manuel: III, 296.
Ferreira: IV, 345.
*Ferreira, André: VI, 199; VII, 360, 362, 431, 443, 453; VIII, 227, 228.
Ferreira, António: Clérigo. V, 263.
*Ferreira, António: Mestre de Noviços. I, 401, 564, 565, 582; II, 396, 397, 484, 485; VIII, 228.
*Ferreira, António (de *Formoselha*): V, 303, 304, 584; VI, 600.
*Ferreira, António (de *Lisboa*): Alfaiate. VII, 434, 443.
*Ferreira, António: Reitor do Recife. V, 429, 461, 482.
Ferreira, Brás Lopes: VI, 450.
*Ferreira, Caetano: III, 132, 155; IV, 230, 231, 257, 349; VII, 315; VIII, 149, 228, 231, 301.
Ferreira, Caetano Rodrigues: Soldado músico. VIII, 227.
Ferreira, Carlos Alberto: VII, 260; VIII, p. XXIII, 82, 97, 302; IX, 50.
*Ferreira, Clemente: Boticário e Enfermeiro. IV, 354.
*Ferreira, Domingos (da *Ilha da Madeira*): I, 464, 565, 581; II, 397; V, 238, 384, 428; VI, 136; VIII, 179.
*Ferreira, Domingos (do *Porto*): VII, 428, 437.
*Ferreira, Estêvão: VI, 431.
Ferreira, Félix: VI, 16.
*Ferreira, Francisco: Coadjutor. III, 345.
*Ferreira, Francisco (de *Braga*): VI, 603; VII, 423, 441, 442.

*Ferreira, Francisco (do *Porto*): VII, 280.
*Ferreira, Francisco (de *Setúbal*): — Índices: I, 592; II, 641; V, 612; VI, 616 (1.º); — VIII, 228-229 (bibliogr.).
Ferreira, Francisco: Morador de Canabrava. V, 290.
*Ferreira, Gaspar (séc. XVI): I, 584; V, 33, 35, 48, 50, 344.
*Ferreira, Gaspar (séc. XVIII): V, 239; VII, 423, 439.
Ferreira, Gaspar Cubas: VI, 315.
*Ferreira, Inácio: III, 194, 231; IV, 228, 229, 342, 343, 385; VII, 293, 294, 296; VIII, 229-230 (bibliogr.), 278; IX, 392.
*Ferreira, João (de *Aljubarrota*): V, 446, 482; VI, 431.
*Ferreira, João (de *Coimbra*): III, 133, 232, 266, 305; IV, 351, 364; VII, 316, 483.
*Ferreira, João (de *Colchester*): Pedreiro. VII, 269, 344, 446.
Ferreira, João de Basto: Pai do P. Joaquim Ribeiro. IX, 73.
Ferreira, Joaquim: Escritor. IX, 234.
*Ferreira, Joaquim (de *Palmares*): IV, 358, 366; VII, 360; VIII, 232.
Ferreira, Jorge: I, 295.
*Ferreira, José (de *Vila Real*): Superior do Maranhão. III, 131, 283; IV, 227, 268, 318, 343, 345, 346; VII, 99, 100, 309; VIII, 232; IX, 51, 391.
*Ferreira, José: Procurador de Goa. VIII, 9.
*Ferreira, José (de *Monsarros*): IV, 352, 367, 368; VIII, 229, 233, 276.
*Ferreira, José (do *Rio de Janeiro*): V, 584; VI, 22.
*Ferreira, José (de *Soure*): VII, 430, 449.
*Ferreira, Julião: VII, 70.
Ferreira, Justo Jansen: Escritor. IX, 432.
*Ferreira, Lourenço: III, 224.
Ferreira, Luiz: V, 104.

*Ferreira, Manuel (*Azurara*): V, 360, 361, 397; VI, 590.
*Ferreira, Manuel (Ir.): V, 446.
*Ferreira, Manuel (de *Anadia*): Reitor do Pará. III, 228, 232, 363, 366; IV, 231, 305, 350, 367, 368; VIII, 233--234 (bibliogr.), 300, 372; IX, 144.
*Ferreira, Manuel: Superior da Paraíba. V, 498; VI, 600.
*Ferreira, Manuel (de *Lisboa*): Alfaiate. VII, 434, 450.
Ferreira, Manuel Álvares: V, 436.
*Ferreira, Martim: VI, 605.
*Ferreira, Maximiano (de *Minas*): VII, 430, 437.
Ferreira, Miguel (no *Cabo do Norte*): IX, 50.
*Ferreira, Nicolau: IV, 354.
*Ferreira, Paulo: VIII, 221.
*Ferreira, Pedro: V, 219.
Ferreira, Tito Lívio: VI, 393.
*Ferreira, Vicente (de *Lisboa*): VI, 604; VII, 424, 439.
*Ferreira, Vicente (de *Elvas*): — Ver Xavier Ferreira, Vicente.
Ferreira, Violante: Mãe do P. António Cardoso. VIII, 138.
Ferreira de Castro: IV, p. XV.
Ferreira Deusdado, M. A.: I, 71, 74.
Ferreira França, Ernesto: Escritor. VIII, 66, 125; IX, 187, 188.
*Ferreira Leão, Luiz Gonzaga: X, p. XII.
Ferreira Lima, Henrique de Campos: VI, 220.
Ferreira Pena: III, 267, 273, 364.
Ferreira dos Santos, António Alves: VI, 534.
Ferreira Velho, Miguel: V, 433.
Ferreiros: I, 501; IX, 166.
Ferro, António: III, p. XVII.
Ferrolles, Pedro de: III, 264, 265; IX, 50.
*Ferrufino, João Baptista: VI, 21.
FESTAS ACADÉMICAS: — Ver Instrução e Educação.
— POPULARES: — Ver Cantos, Música e Danças.

Festas Religiosas: — Ver Culto e Devoções.
Feu de Carvalho: VI, 198.
Féval, Paul: II, 266.
*Fialho, Bernardo: VI, 138, 148; VII, 263, 358, 422, 443.
*Fialho, Francisco: V, 584; VIII, 51.
Fialho, D. Fr. José: Bispo de Pernambuco e Arcebispo da Baía. III, 89; V, 158; VIII, 119; IX, 334.
Fibus, João: Tradutor de Vieira. IX, 334.
*Fidgett, John: — Ver Ferreira, João (de *Colchester*).
Figanière, Frederico Francisco de la: VIII, 66; IX, 187, 189, 319.
Figueira, António Fernandes: IX, 361.
*Figueira, Luiz: Fundador da Missão do Maranhão. III, 104–107; "*Arte da Língua Brasílica*", II, 552; III, 313; naufrágio e morte, IV, 148. — Índices: I, 592; II, 641; III, 464; IV, 421; V, 613; VI, 617; VII, 466; — VIII, p. IX, 11, 15, 28, 38, 64, 98–105, 140, 141, 234–240 (bibliogr.), 405; IX, 56, 61, 64, 155, 191, 400; — retrato, III, IV/V; autógr. III, 100/101; "Arte da Língua Brasílica", IV, 310/311; "Relaçam", VIII, 228/229; "Luiz Figueira", VIII, 244/245.
Figueira, Nicolau Álvares: V, 91; VII, 200.
*Figueira, Pedro: IV, 148, 335.
*Figueira, Teotónio: IV, 355; VIII, 241.
Figueira de Almeida, António: I, 433.
Figueiredo, Águeda de: Mãe do P. Aleixo António. VIII, 55.
Figueiredo, André Dias de: V, 456.
Figueiredo, André Rodrigues de: VIII, 210.
*Figueiredo, António de: V, 220, 585; VII, 425, 435.
*Figueiredo, António Cardoso de: V, 290.
Figueiredo, Armando Erse de: — Ver Luso (João).

Figueiredo, Fidelino de: Escritor. II, 532; IV, p. XX; V, p. IX, XXVIII, 167; VI, 550.
Figueiredo, Flávio Poppe de: VI, p. XXI.
Figueiredo, Isabel Gomes de: Mãe do P. João de Melo. VIII, 373.
*Figueiredo, João de: IV, 361.
Figueiredo, Jorge de: I, 155.
*Figueiredo, José de: V, 559; VI, 605; VII, 425, 440.
Figueiredo, Leonis de: I, 551.
Figueiredo, D. Luiz Álvares de: Arcebispo da Baía. V, 86, 146, 156; não quer que os Padres da Companhia confessem freiras e pretende que os Colégios da Companhia sejam casas de correcção para o Clero, VIII, 218, 289, 297; exéquias, 301.
*Figueiredo, Manuel de: VI, 597, 598; VIII, 87, 149; IX, 43, 156.
*Figueiredo, Mateus de: IX, 178.
Figueiredo, Pascoal de: V, 255.
*Figueiredo, Pedro de (de *Arada*): VI, 423, 431, 594.
*Figueiredo, Pedro de: Náufrago com o P. Luiz Figueira. IV, 148, 335.
*Figueiredo, Sebastião de: V, 528.
*Figueiredo, Silvério de: VII, 429, 443
Figueiredo, Teresa Gomes de: VI, 111.
Figueiredo e Melo, D. Matias: Bispo de Olinda. III, 37; V, 340, 429, 430, 433; IX, 295.
Figueiredo Ribeiro, José Anastácio de: II, p. XII, 207, 212.
Figueiró, Conde de: V, 58.
Figueiró dos Vinhos: I, 564.
*Figueiroa, Carlos de: V, 584; VI, 600.
Figueiroa, Francisco Carneiro de: VII, 196.
Filds, Guilherme: Pai do P. Tomás Filds. I, 356.
*Filds, Tomás: Missionário do Brasil e do Paraguai. I, 347, 349–351, 353–356, 568; VI, 405; VII, 269; VIII, 241 (bibliogr.).

Filgueiras, Crisanto Martins: X, p. XIV.
Filgueiras, Gabriel de Sousa: Mestre de Campo. IX, 114, 115.
Filipe, Luiz: Procurador. IX, 112.
Filipe I, de Portugal: I, 135, 137, 345, 346, 348, 505, 515, 557; II, 179, 211, 250; VII, 170; VIII, 111.
Filipe II, de Castela: — Ver Filipe I, de Portugal.
Filipe II, de Portugal: VII, 170; VIII, 111.
Filipe III, de Castela: — Ver Filipe II, de Portugal.
Filipe III, de Portugal: II, 439; III, 406; IV, 127; V, 26, 27; VI, 246, 251, 264, 273, 274; VII, 170; VIII, 111.
Filipe IV, de Castela: — Ver Filipe III, de Portugal.
Filipe V: II, 259; III, 414; VI, 46, 544.
Filipe Guilherme, Príncipe: VII, 117.
Filipinas: VI, 539; VII, 246, 316.
FILOLOGIA: — Ver Linguística Americana.
FILOSOFIA: — Ver Instrução.
Finke, H.: VIII, 317.
*Fiorio, António: VIII, 80.
FÍSICA: — Ver Instrução.
FISIOGRAFIA E ECONOMIA: IX, 438.
Fiusa, João Lopes: VIII, 111.
Fiusa, Nicolau Lopes: VII, 169; VIII, 111.
Flandres: I, 132, 267; II, 135; V, 33, 42, 46, 378; VI, 583; VII, 6, 94, 95, 98, 103; VIII, 24, 132, 135; IX, 103, 398.
Flecknoe, Ricardo: VI, 13.
Fleiuss, Max: I, 387, 433; II, 612; III, p. XVIII, 14; VI, 25; VIII, 41; IX, 432.
Flessinga (Pechilinga): IX, 156.
*Flisco: Reitor de Génova. IX, 78.
Florença: II, 249; IV, 167, 350; VIII, 125.
Florence, Hércules: III, 361.
Flores Valdés, Diogo: I, 175, 344, 397, 499; II, 168, 386, 445, 577, 578, 622.

*Flori, Luigi: VIII, 35.
Floriano, Agostinho Soares: Gravador. IX, 147.
Floriano, Raul: VI, 192.
Florianópolis: VI, 461, 463. — Ver *Desterro.*
Flórida: II, 6.
*Florim, Simão: IV, 147, 335.
Floro: VII, 151.
*Fócio, José: VIII, 48, 59, 72; IX, 53.
Fogaça, Catarina: V, 300, 305; VIII, 296, 297.
Foios Pereira, Mendo: IV, 380.
*Foley, Henry: VIII, 9; IX, 175, 373.
Folgosa (S. Salvador de): VII, 429.
Folques: IV, 345, 358, 366.
Foltin, João: VIII, 220, 221.
FONDO GESUÍTICO: — Ver Archivio del Gesù (Fondo Gesuitico).
*Fonseca, Aleixo da: IV, 356, 365.
Fonseca, Alexandre da: III, 81.
*Fonseca, António da (de *Formoselha*): Confessor de El-Rei D. Afonso VI. V, 284; VI, 597; VII, 53; VIII, 11, 241-242 (bibliogr.); — ass. autógr. VIII, 276/277.
*Fonseca, António da (de *Coimbra*): V, 584; VI, 601.
*Fonseca, António da (de *Lamego*): Boticário. V, 586.
*Fonseca, António da (Ir. C.): I, 581; II, 423, 445.
*Fonseca, António da (Ir. E.): IV, 358, 366.
*Fonseca [Castelo Branco], António: Corógrafo. V, 497; VII, 430, 451; VIII, 91, 242-243.
*Fonseca, António: Apóstolo dos Tupinambaranas. III, 277, 385-387; IV, 343; VIII, 242.
Fonseca, António José Vitoriano Borges da: — Ver Borges da Fonseca.
*Fonseca, Bento da: Prof. e Procurador. — Índices: III, 464; IV, 421; V, 613; VII, 466; — VIII, 85, 86, 123, 149, 150, 153, 213, 220, 221, 233, 243-252 (bibliogr), 300, 309,

331, 340, 349, 383; IX, 76, 145, 146, 153, 158, 368, 395; — autógr., IV, 326/327.
*Fonseca, Caetano da (de *Lisboa*): VIII, 253.
*Fonseca, Caetano da (do *Rio*): VI, 7; VII, 424, 442; VIII, 253.
*Fonseca, Diogo da: V, 482, 581; VI, 344, 431; VIII, 253.
*Fonseca, Francisco da (de *Pernambuco*): I, 581; V, 359, 361, 388; VI, 416, 419, 420, 431; VIII, 254.
*Fonseca, Francisco: Biógrafo de Vieira. VIII, 33; IX, 328, 357.
Fonseca, Hermes da: V, p. IX.
*Fonseca, Jacinto da: VII, 433, 450.
Fonseca, João Ribeiro da: Pai do P. Martinho Borges. VIII, 118.
Fonseca, João Severiano da: VI, 218.
*Fonseca, José da: IV, 344.
Fonseca, José Antunes da: III, 415.
Fonseca, José Gonçalves da: III, 388, 401, 402.
*Fonseca, Luiz da: Biografia, I, 66-68. — Índices: I, 592, II, 641; — VIII, pp. 18, 30, 62, 92, 159, 254-256 (bibliogr.); IX, 139, 399; — ass. autógr., II, 464/465.
*Fonseca, Manuel da (Ir. Coadjutor, 1.º): IV, 356.
*Fonseca, Manuel da (Ir. Coadjutor, 2.º): IV, 358, 367.
*Fonseca, Manuel da: Escritor. — Índices: I, 592; VI, 617; VII, 466; VIII, 177, 257-258 (bibliogr.); IX, 65; — ass. autógr., VIII, 276/277; "Vida" de Belchior de Pontes, VIII, 260/261.
*Fonseca, Manuel da: Biógrafo de Nóbrega. IX, 13; X, p. XII.
Fonseca, Manuel da: Estudante de Coimbra. II, 460.
Fonseca, Manuel Gonçalves da: VI, 400.
Fonseca, Martinho da: Bibliógrafo. VIII, p. XXIII, 297, 375.
*Fonseca, Matias da: IV, 352.

*Fonseca, Miguel da: VII, 428, 446.
*Fonseca, Nicolau da: VII, 434, 443.
Fonseca, Olímpio Artur Ribeiro da: IX, 432.
*Fonseca, Paulo da: I, 579.
*Fonseca, Pedro da: Autor da "Ciência Média" e Assistente em Roma. I, 12; II, 212, 311, 340, 496; V, 244; VII, 178, 219, 220.
*Fonseca, Salvador da: VII, 431, 437, 452.
Fonseca, Teresa da: Mãe do P. Caetano da Fonseca. VIII, 253.
*Fonseca, Tomás da: VII, 280.
Fonseca e Évora, Fr. José Maria da: VIII, 33.
Fonseca Figueiredo, Maria da: Mãe do P. Bento da Fonseca. IV, 321.
Fonseca e Paiva, Sebastião da: IX, 354.
*Fonseca Pinto, José Xavier de Morais da: — Ver Morais, José de.
*Fontaine, Paulo: VII, 130.
Fonte Arcada: IV, 354.
Fontelo: IV, 355, 364.
Fontes, Gaspar de: I, 441.
Fontes de Melo, Baltasar: III, 323.
Fontes Monteiro, Xavier de: IX, 354.
*Fontoura, B. Pero: Mártir do Brasil. II, 262.
*Foulquier, José: V, p. XXVI, 193, 198.
Fournier: I, 73.
Ford, J. D. M.: II, 516.
*Foresta, De: V, 180.
Forjaz de Sampaio, Albino: IX, 362.
Formoselha: IV, 353, 357; VI, 596-598, 600; VII, 127; VIII, 194; IX, 15.
Fornos: IV, 357.
Forsini, Francisco: Arcebispo de Pisa. VIII, 113; IX, 332.
Fortaleza: III, 3, 23, 24, 29-31, 67, 73-90, 451, 456; VIII, 41, 161. — Ver *Ceará*.
FORTALEZAS: Plantas das do Rio de Janeiro, IX, 134, 135. — Ver T. IX, Pfeil, Samperes e Soares (Diogo).
*Forti, António: II, 397; V, 83, 284, 285; VI, 9, 10, 69, 71, 84, 109, 592,

VII, 288; VIII, 258-260 (bibliogr.); IX, 103.
*Fouqueray, Henrique: X, 302.
Fraga, Clementino: V, 449.
*Fraga, Francisco: VI, 110; VII, 230/231; VIII, 216.
Fraga, João Gonçalves: VIII, 216.
Fraga, Jorge: VI, 155; IX, 41.
FRAGATA DA COMPANHIA: — Ver Indústria [Naval].
Fragoso, Álvaro: I, 551.
Fragoso, Bartolomeu: I, 84.
Fragoso, Brás: Ouvidor Geral do Brasil. I, 540; II, 198, 201, 275; IX, 428; — autógr., I, 128/129.
*Fragoso, Gaspar: III, 208, 222, 317, 322; IV, 336.
França: — Índices: I, 593; II, 641; III, 465; IV, 421; V, 613; VI, 617; VII, 466; — VIII, pp. 54, 160, 247, 356, 387, 405; IX, 50, 52, 192, 353, 403; X, p. XII.
França, Acácio: V, 122.
França, António de: VI, 17.
França, Capitão: VIII, 378.
França, Carlos: II, 17, 579, 580.
França, João Rodrigues: VI, 446, 458.
*França, Júlio de: VI, 137, 458; VII, 422, 441; VIII, 260.
*França, Leonel: Escritor. III, 453; VII, 167; VIII, 41; X, p. XV.
França, Fr. Lucas de Sousa: III, 237.
*França, Luiz de: V, 585.
*França, Manuel de: VII, 433, 452.
França Antártica: IX, 429. — Ver Piratas.
Francês, Manuel: Capitão-mor do Ceará. III, 76-78.
FRANCESES: No Maranhão, III, 92-102; VIII, 238; no Cabo do Norte, III, 252-266; uma armada de Franceses no Rio por 1724, VIII, 156. — Ver Piratas.
Francisca Josefa, Infanta de Portugal: VII, 88; IX, 223, 411.
Francisca, Luisa: Mãe do P. Simão Marques. VII, 132.

Francisca, Mariana: Mãe do P. José Aires. VIII, 4.
*Francisco, Brás: II, 262.
*Francisco, Domingos: III, 399.
*Francisco, Inácio (do *Rio*): VII, 281.
*Francisco, Irmão: Recebido pelo B. Inácio de Azevedo, II, 262.
Francisco, João: II, 359.
Francisco, José: Mister. VII, 54.
Francisco, José: Pai do P. Manuel Ribeiro. IX, 74.
*Francisco, Manuel: da Prov. de Goa. VIII, 221.
*Francisco, Manuel: VI, 94; VII, 432, 444.
Francisco, Manuel: Pai do P. Manuel Dias (Provincial). VII, 127.
Franclim, Benjamim: VII, 168.
*Franco, António: Escritor. — Índices: I, 593; II, 641; III, 465; IV, 421; V, 613; VI, 617; VII, 466; — VIII, p. XXIII e *passim*; IX, *passim*; X, 255.
*Franco, António (do *Recife*): VII, 358, 431, 440.
Franco, Diogo Lopes: V, 114.
*Franco, Feliciano: VII, 434, 440.
*Franco, Filipe: IV, 25; V, 65, 221; VI, 425, 594; VII, 272, 273 (expedição de reconquista de Angola); VIII, 11, 259; IX, 27.
Franco, Francisco: Escultor. I, 585; II, 469; III, 451.
*Franco, Manuel: III, 82; VII, 424, 450.
Franco, Mateus Lopes: I, 128.
Franco, Pedro da Rocha: III, 69.
Frascati: VIII, 211; IX, 88.
*Frazão, André: VII, 427, 442.
*Frazão, Francisco: V, 581; VI, 110, 320, 322, 409, 431; VIII, 260.
Frazão de Sousa, Francisco: VI, 54.
Frazão de Vasconcelos: II, 335; III, 237.
Freire, Felisbelo: Escritor. I, p. XXIX, 230, 383, 439-442, 448, 449; V, 213; IX, 163.
*Freire, Francisco: Irmão. IV, 350.

*Freire, Francisco: Padre. X, p. XII.
Freire, Francisco de Brito: — Ver Brito Freire.
Freire, Francisco José: Escritor. IV, p. XX; IX, 322.
*Freire, Gaspar: I, 496, 580; V, 336.
Freire, Gilberto: Escritor. I, 92; II, 374; III, 454; V, p. XXI, 435; X, 300.
*Freire, José: Boticário e Enfermeiro. VII, 433, 443.
Freire, Laudelino: Escritor. VIII, 360; IX, 109.
Freire, Luiz José Duarte: IV, 205; V, 55, 558.
*Freire, Manuel (de Faro): VIII, 260-261.
*Freire, Manuel: Enfermeiro. V, 239, 344; VII, 433, 437.
Freire, Manuel Gonçalves: V, 431, 433.
Freire, Olavo: VI, 56.
Freire, Paulo Antunes: Juiz. VII, 196.
Freire, Pedro Barreto: Cirurgião. VIII, 97.
Freire, Rui Lobo: VII, 49.
*Freire, Sebastião: III, 284.
Freire de Andrade, Gomes: Governador do Maranhão. — Índices: III, 465; IV, 421; — VII, 106; VIII, 105; IX, 47, 65.
Freire de Andrade, Gomes (Bobadela): VI, 19, 29, 115, 201, 202, 228, 353, 554, 555, 557; VII, 268, 342, 351; VIII, 129, 216, 217, 250.
Freire de Andrade, José António: VI, 128; VIII, 301.
Freire de Andrade, Manuel: IX, 122.
*Freitas, António de: VI, 366; VII, 432, 446.
*Freitas, Cristóvão de: I, 577.
Freitas, João de: V, 472.
Freitas, Joaquim Inácio de: IX, 354.
Freitas, Jordão de: Escritor. VIII, 350.
Freitas, Luiz Henrique de: VI, 201.
*Freitas, Manuel de (de S. Catarina de Cornes): VI, 401, 603.
Freitas, Norival de: II, 555.

Freitas, Odilon Ferreira de: V, 135.
*Freitas, Rodrigo de: — Índices: I, 593; II, 641; V, 613; VI, 617; — VIII, 92, 261; — ass. autógr., II, 464/465.
Freitas Branco, António de: VIII, 242.
Freitas Branco, Isabel de: VIII, 242.
Freixo: VII, 434.
Frey, J.: Gravador. VIII, 365.
Frias Mesquita, Francisco de: Arquitecto. V, 40; IX, 112.
Friburgo (de Brisgóvia): III, 255; IV, 341, 354; VIII, 94, 303; IX, 399.
Friburgo (Suíça): IX, 44.
*Fritz, Samuel: Geógrafo: III, 255, 273, 274, 379, 385; sua vinda ao Pará, III, 407-416; IV, 279, 283, 285, 302; IX, 307.
Froger: V, 127, 128, 161.
Fróis, Bartolomeu: I, 540, 547, 556.
Fróis, Diogo: VII, 4.
Fróis de Abreu, S.: III, 193.
Fronteira: V, 384; VI, 592; IX, 106.
FRUTICULTURA: — Ver Agricultura.
*Fuess, Leopoldo: Tradutor de Vieira. IX, 199, 296, 335.
Fülöp Miller, René: IV, 300.
Funchal: II, 253, 302, 376, 498, 516; III, 344; IV, 319; VII, 131; VIII, 180; IX, 91, 94.
Fundão: IV, 367.
Fundão, Francisco de Sousa: III, 264.
Fundões: IV, 361.
Funes, Gregório: I, 361.
Funes, Ortis de: VIII, 81.
*Furlong Cardiff, Guilherme: I, 351, 357; V, 197; VI, 213, 541, 542, 547, 550; IX, 135.
Furo dos Abacaxis: III, 388.
— Arauaí: III, 306.
— Aruató: III, 385.
— da Companhia: III, 306.
— Itaquara: III, 306.
— Jaburú: III, 306
— Japichaua: III, 306.
— Mututi: III, 306.
— Tajapuru: III, 306.

Furquim, Estêvão: VI, 385.
Furquim Lahmeyer, Lúcia: V, p. XXIX.
Furtado, Alcibíades: I, 267; VII, 6.
Furtado, António: III, 334.
Furtado, Bonifácio: IV, 272.
*Furtado, Francisco: VII, 137, 169.
*Furtado, João: Professor do Colégio Romano. IX, 128.

*Furtado, Manuel: V, 239, 585; VI, 549.
Furtado, Manuel Roiz: IV, 242.
Furtado de Mendonça, Heitor: I, 203; II, 79, 388, 389, 442.
Furtado de Mendonça, João: Governador do Rio de Janeiro. VII, 277.
*Fusco, Sebastião: III, 352, 386; IV, 350, 365, 368; VIII, 261-262; IX, 42.

G

Gabelentz, H. C. von der: VIII, 352.
*Gabriac, Alexandre de: VI, 60.
Gabriac, Marquês de: VI, 60.
Gabriel: Escritor. II, 544.
Gabriel, Juan: I, 336.
Gabriel, Nuno: I, 334, 336.
Gabriellio, Cardeal: VIII, 31.
*Gad, Louis du: Jesuíta da China. VIII, 205.
GADO: — Ver Pecuária.
Gaffarel, Paul: I, 286.
Gaga, Maria: VI, 375.
Gago, Afonso: Morador de Pernambuco. I, 551.
*Gago, Afonso (de *Pernambuco*): Sertanista. I, 502, 580; II, 185, 187; VI, 232, 233, 464, 473-476.
*Gago, Ascenso: Apóstolo da Serra de Ibiapaba. III, 3, 8, 37, 38, 47, 56-58, 63-69; IV, 303; V, 561, 571, 683; VI, 344; VIII, 51, 263 (bibliogr.).
Gago, Henrique da Cunha: VI, 303; — autógr., III, 100/101.
Gago, Simão da Cunha: VI, 370.
Gaia: IV, 349; V, 387.
*Gaia, Francisco da: Químico e Boticário. IV, 346, 348.
Gaia, Manuel Afonso da: Capitão de Santos. VIII, 147.
*Galanti, Rafael M.: Escritor. — Índices: I, 593; II, 641; III, 465; IV, 421; V, 613; VI, 617; VIII, p. 237.
Galba, Sérgio: VII, 66.
Galeno: VII, 228.
GALICANISMO: VII, 103.
Galileu: VIII, 209.

Galiza: I, 67; II, 134; VIII, 256; IX, 44, 138, 414.
*Gallardo, José: VIII, 206.
Galleratus, João Baptista: VIII, 32.
Gallois, L.: VI, 248.
Galloti, Odillon: III, 449.
Gallyuff, José: IX, 149.
Galoro: II, 596.
Galrão, D. António da Madre de Deus: VI, 413.
*Galvão, António: VI, 548, 549; VII, 426, 445; VIII, 263, 264.
*Galvão, Duarte: IV, 345, 346; IX, 392.
*Galvão, Manuel (de *Ferreira*): III, 310; IV, 345, 346.
Galvão, Manuel: Capitão. VI, 537, 539.
Galvão, Sebastião de Vasconcelos: V, p. XXVI, 337, 343, 345, 378.
Galvay: VII, 133; VIII, 327.
Galveias, Conde das (André de Melo e Castro): Vice-Rei do Brasil. V, 85, 87; VI, 129, 148, 192; VII, 268; VIII, 66, 260; IX, 18, 123.
*Gama, André da: VI, 599.
*Gama, António da: VI, 591.
Gama, António Roiz: III, 145.
*Gama, Bento da: VI, 590, 591.
*Gama, Jerónimo da: Cronista e Poeta. IV, 254, 317, 319, 348; VI, 343, 344; VIII, 264-265 (bibliogr.); IX, 191.
*Gama, José da: III, 231, 403; IV, 169, 349, 363; VIII, 153, 265; IX, 189.
Gama, Simão da: I, 35, 561; II, 154, 335.
Gama, Vasco da: V, 404.
Gandavo: — Ver Magalhães Gandavo.
Gandía: VIII, 84.
Gandolfi, António: VII, 124.

*Gandolfi, Estêvão: III, 130, 194; IV, 80, 82, 197, 219, 341, 344; V, 465, 466, 482, 581; VI, 11, 118, 409; VII, 98, 109, 124 (biografia), 456; VIII, 186, 226, 266, 295; IX, 191.
Gandra (S. Miguel da): VI, 601.
Garajal: VIII, 168.
*Garcês, Timóteo: VII, 429, 451.
Garcia, Aleixo: II, 590.
*Garcia, Inácio: VII, 427, 440.
*Garcia, Manuel: VI, 602.
*Garcia ou Gracia, Domingos: I, 93, 243–248, 326, 582; II, 184; VI, 159, 180.
*Garcia, Miguel: I, 98, 463, 567; II, 100, 227, 229, 282, 438, 440; VIII, 266.
Garcia, Nuno: Pedreiro. I, 48; II, 383.
Garcia, Pedro (da *Baía*): V, 112.
Garcia, Pedro: Médico. VII, 227.
Garcia, Rodolfo: Escritor. — Índices: I, 593; II, 641; III, 465; IV, 421; V, 613; VI, 618; VII, 466; — VIII, pp. 24, 90, 133–136, 239, 255; IX, 12; X, p. XIV, 300.
Garcia Jorge, José: V, 472, 474.
Garcia Júnior: III, 453.
Garcia de Melo, Domingos: V, 113.
Garcia Velho, Domingos: VI, 285.
Garcias e Camargos (Pacificação dos): VI, 294–305; VII, 27.
Garçon, João: Capitão. IX, 20.
Gardner, Jorge: IV, 210; V, p. XXVI, 468, 469, 555.
Gardner Devenport, Francis: I, 376.
Gargiaria, João Baptista: VIII, 35.
Garoupas (Enseada das): VI, 462, 486.
Garrafa, António Simões: III, 106.
Garraux, A. L.: VIII, p. XXIII, 82.
Garro, D. José de: VI, 537, 538, 541.
Garro, Paulo Martins: III, 348; IV, 160, 161, 272.
*Garsonio, Marcos: IX, 335, 336.
Gasco, António Coelho: III, 237.
Gaspar (Fr.) da Madre de Deus: Escritor. I, p. XXIV, 77, 285, 305; II, p. XII, 506.

Gatehouse (Prisão de): VII, 6.
Gateira: VI, 161.
Gávea: VIII, 397.
Gay, João Pedro: I, 348, 352.
Geba: IX, 389.
Genebra: II, 271; III, 18.
Gennes, Capitão de: V, 127.
Génova: I, 368; II, 249, 434, 440; IV, 363, 383; VII, 34, 124, 137, 255; VIII, 204, 325, 336, 340, 342; IX, 29, 78, 110, 232/233, 280, 342.
*Gentil, José da Frota: II, 489, 628; III, 453; VIII, 28, 39; X, p. XII.
Gentil, Lopo: II, 460.
Geografia: O seu estudo no Brasil. VII, 169, 171–172; VIII, 91, 316; IX, 130, 439; — amazónica, IV, 281; tomo III, *passim*; VIII, 191, 249, 252; IX, 85; — das comunicações, IV, 282–283; o Itapicuru, caminho do Maranhão para o Piauí e Sertão de Dentro, III, 153; da Baía a Pernambuco por terra (século XVI), IX, 95, 96; Roteiros, VII, 171–172; o "Piabiru", I, 333; Colecção Diogo Soares, IX, 136–137; — matemática, VI, 212, 460; VIII, 43; IX, 131; — náutica, VII, 255; VIII, 210; IX, 135.
Geografia (Conselho Nacional de): V, p. XXII; V, 601.
Georgetown: III, 447.
Geraibatiba (Sesmaria de): I, 543.
"Gerais" (Os): Planta dos "Gerais" ou Estudos Gerais da Baía, VII, 155, 417, 419.
*Geraldes, Francisco: VII, 430, 437.
*Geraldes, José: Provincial. V, 149; VI, 200; VII, 135, 136 (biogr.), 423, 441, 456; VIII, 267.
Geribiracica: I, 426.
Gerson: II, 419.
Gesù: — Ver Archivio del Gesù (Fondo Jesuitico).
*Ghuyset, António: Poeta. VIII, 35, 81, 176.

*Giaccopuzi, João Baptista: I, 567; II, 438, 596; VIII, 267 (bibliogr.).
*Gião, Mateus: VII, 210; VIII, 244.
*Giattino, Francisco: VI, 593.
*Gibbon, Richard: II, 55; IX, 373, 376/377.
Gibraltar: VI, 536.
Giffort, William: IX, 376/377.
*Gil, Cristóvão: VIII, 156.
Gil, Manuel: VI, 297.
Gilbert, John: VII, 5, 6; VIII, 135, 136.
Gilbert, William: VII, 225.
Gilbués: V, 561.
Ginzl, André: Pai do P. João Guedes. VIII, 286.
*Ginzl, João: — Ver Guedes, João.
Ginzlin, Regina: Mãe do P. João Guedes. VIII, 286.
Giovanelli, Conde Carlo Vincenzo: IX, 332.
Giraldes, Francisco: Governador eleito do Brasil. I, 126, 155-157, 165, 194; II, 3, 167, 169, 508.
Giraldes, Lucas: Capitão. I, 562.
*Girão, Manuel: Boticário. IV, 357, 364, 368.
Girardet, Augusto: X, p. IV/V.
Gladstone: VII, p. XII; X, 308.
Glasgow: VIII, 133.
Goa: I, p. XI, 12, 82; II, 335; V, 86, 101, 357; VI, 370; VII, 31, 72, 279, 309; VIII, p. IX, 9, 124, 253, 289, 336, 361; IX, 78, 114, 156.
Godefroy: VII, 171.
*Godinho, António: VI, 370.
Godinho, Carlos Cardoso: VII, 289.
*Godinho, Manuel: I, 74, 562.
Godofredo Filho: V, 196, 600.
*Godoi, B. Francisco Peres de: Mártir do Brasil. II, 109, 260.
Godoi Moreira, António de: VI, 370.
Godoi Moreira, Gaspar: VI, 300.
Godoy, D. Pedro: Tradutor de Vieira. IX, 326.
Goguer(da Martinica): VIII, 153.
Goiana: V, 73, 340-343, 346, 377, 437, 440, 475; VI, 7, 528; VII, 150, 281,
422; VIII, 216, 261, 405. — Ver Aldeia de Gueena.
Goiás: Primeiros contactos, VI, 204; ambiente à chegada dos Padres, VI, 205-206; Missões e fazendas, VI, 206-212.— Índices: II, 641; III, 465; VI, 618; VII, 467; — VIII, p. 370; IX, 123, 125, 130, 136, 369.
Góis: IV, 354.
Góis, Antónia de: V, 128.
*Góis, Bento de: Pioneiro da Ásia. IV, 281.
*Góis, Bernardo de: V, 449.
Góis, Carlos: VIII, 41.
Góis, Cipriano de: I, 341.
Góis, Damiana de: Orfã. II, 369.
Góis, Damião de: I, 181.
*Góis, Gaspar de: Mártir. II, 256; VII, 220.
Góis, Gil de: VI, 79.
Góis, Hildebrando de Araújo: VI, 67.
Góis, Inocêncio: V, 125.
Góis, Luiz de (1.º): I, 364; IX, 420.
Góis, Luiz de (2.º): I, 482.
*Góis, Luiz de: Missionário do Brasil. V, 219; VI, 431.
*Góis, Luiz de: Missionário da Índia. I, 180, 181, 364.
*Góis, Manuel de: Prof. de Coimbra. VII, 220.
Góis, Pero de: Capitão-mor da Costa. I, 18, 251; II, 118, 363; VI, 408; VIII, 186, 400; IX, 420.
Góis de Mendonça, Inês: Mãe do P. Diogo Machado. VII, 71.
Góis da Silveira, Pero de: Donatário. VI, 79.
*Góis, Pero de: I, 81, 84, 575; III, 446.
*Góis, Rui de: VI, 591.
Gómara, Francisco Lopes de: VII, 171.
*Gomes, Adão: VI, 405.
*Gomes, Agostinho: IV, 336.
Gomes, Álvaro: II, 516.
*Gomes, Antão: VI, 597.
*Gomes, António: Missionário do Tapajós. III, 361, 362; IV, 82, 170.

*Gomes, António (de *Coimbra*): VI, 324, 431, 489, 590.
*Gomes, António: Procurador a Roma. VII, 5. — Índices: I, 593; II, 641; — VIII, p. 30, 268.
*Gomes, António Júlio: III, p. XVII.
*Gomes, Atanásio: VI, 94; VII, 428, 445.
Gomes, Belchior: Morador de *Porto Seguro*. II, 435.
Gomes, Belchior (*Reritiba*): VI, 149.
Gomes, Belchior: Pai do P. José de Seixas. VII, 63.
*Gomes, Bento: Boticário. VII, 432, 448.
*Gomes, Bernardo: Mártir do Cabo do Norte. — Índices: III, 465; IV, 422; V, 613; — IX, 50, 73.
*Gomes, Cláudio: IV, 344.
*Gomes, Domingos: V, 483, 497, 498, 555, 586; VII, 421, 451.
Gomes, Domingos: Clérigo. VIII, 323.
Gomes, Estêvão: Capitão do Cabo Frio. VI, 80, 120, 121, 566; VIII, 358.
*Gomes, Fernando: IV, 313.
Gomes, Fernão Rodrigues: VI, 412.
*Gomes, Francisco: Procurador em S. Antão. VIII, 364.
*Gomes, Francisco (de *Évora*): VI, 454, 457; VII, 360, 429, 443; VIII, 268.
Gomes, Gaspar: Morador de Santos. VI, 262.
*Gomes, Gregório: IV, 356, 365.
*Gomes, Henrique: Provincial. — Índices: I, 593; II, 641; V, 613; VI, 618; VII, 467; — VIII, p. 158, 222, 223, 234, 268-269 (bibliogr.); IX, 20, 56, 95, 96, 166; — ass. autógr., VII, 76/77.
*Gomes, Inácio: VII, 424, 450.
*Gomes, João (Séc. XVI): I, 571, 582.
*Gomes, João (Séc. XVIII): VI, 452, 453, 457, 459, 462, 467; VIII, 270.
*Gomes, João: Doutor. IX, 178.
*Gomes, José (de *Miranda*): VI, 605; VII, 427, 442.
*Gomes, José: Estudante. VII, 213.
Gomes, Leonel: Benfeitor do Colégio do Recife. V, 477.

*Gomes, Luiz: Missionário da Amazónia. III, 419; IV, 355.
*Gomes, Manuel (de *Barcelos*): V, 585; VI, 22.
*Gomes, Manuel (de *Cano*): Capelão da Conquista do Maranhão. VII, 10. — Índices: I, 593, 641; II, 641; III, 465; IV, 422; V, 613 (1.°); VI, 618 (1.°); — VIII, p. 270-271 (bibliogr.). — ass. autógr., VIII, 276/277.
*Gomes, Manuel (de *Landim*): Boticário e Enfermeiro dos Escravos. V, 586.
*Gomes, Manuel (de *S. Fins*): IV, 351, 352, 367; VIII, 271.
*Gomes, Manuel: Da Província de Portugal. IX, 15.
Gomes, D. Manuel: Arcebispo de Fortaleza. III, 83.
*Gomes, Manuel Francisco: VI, 27.
*Gomes, Marcelino: IV, 82, 343.
Gomes, Misael: III, p. XVIII.
*Gomes, Pascoal: V, 585; VI, 432.
*Gomes, Pero: II, 262.
*Gomes, Rafael: VII, 426, 444.
*Gomes, Sebastião (ou Bastião): I, 241, 582; II, 219, 551; VI, 231-233, 241, 406; VIII, 271, 396.
*Gomes, Vicente: V, 189, 487; VII, 422, 449; VIII, 172.
Gomes de Brito: Bibliógrafo. VII, p. XVIII; VIII, p. XXIV; IX, p. 363.
Gomes de Brito, Bernardo: Editor. IX, 110.
Gomes Carneiro, Diogo: I, 76.
Gomes de Carvalho, M. E.: I, 376; II, 37.
Gomes de Figueiredo, Catarina: Mãe dos Padres Inácio Correia e Vicente Gomes. VIII, 172.
Gomes dos Reis, Baltasar: Vereador. VII, 200.
Gomes Ribeiro, José M.: IX, 361.
Gomes da Silva, Venceslau: Coronel. VI, 207-209; VIII, 370.
Gonçalo: Trabalhador. II, 263.
*Gonçalves, Adão: I, 310, 318, 319, 576.

*Gonçalves, Afonso: I, 458, 564; II, 252, 256; V, 336.
*Gonçalves, Amaro: I, 457, 460-462, 480, 481, 483, 563; II, 396, 501; VIII, 272.
*Gonçalves, B. André: Mártir do Brasil. II, 262.
*Gonçalves, André (de *Longos Vales*): Carpinteiro. IV, 347.
*Gonçalves, Antão: Comissário. IV, 162, 216, 225; V, 281, 282, 284, 423. — Índice: VII, 467; — VIII, 88, 145, 148, 272-273 (bibliogr.), 306; IX, 102, 177, 182; — ass. autógr., VII, 388/389.
*Gonçalves, António (de *Monção*): III, 33, 147; IV, 80, 82, 342, 344; V, 582; VI, 368; VII, 99; VIII, 276; — ass. autógr., III, 388/389.
*Gonçalves, António: Ido de Angola para o Brasil. I, 570.
*Gonçalves, António: Entrado em S. Vicente. I, 574.
*Gonçalves, António (de *Massarelos*): V, 219, 583; VI, 368.
*Gonçalves, António (de *N.ª S.ª da Serra, Lisboa*): I, 200, 206, 276, 433, 562, 582; II, 325, 335; VI, 136; VIII, p. XX, 273-274 (bibliogr.).
*Gonçalves, António (de *Chaves*): VII, 432, 444.
*Gonçalves, António (de *Pedroso*): III, 148, 149; IV, 349, 364.
*Gonçalves, António (de *Ponte de Lima*, 1.º): I, 579.
*Gonçalves, António (de *Ponte de Lima*, 2.º): Enfermeiro e Procurador. VI, 423.
*Gonçalves, Baltasar: I, 576.
*Gonçalves, Bartolomeu: Filho de Adão Gonçalves. I, 319, 576.
*Gonçalves, Bartolomeu: Herói da Guerra de Pernambuco. V, 381, 383.
Gonçalves, Bartolomeu: Morador de S. Paulo. VI, 391.
Gonçalves, Custódia: VI, 392.

*Gonçalves, Domingos (Séc. XVI): I, 563.
*Gonçalves, Domingos (Séc. XVIII): V, 586.
*Gonçalves, Domingos: Candidato à Companhia. IV, 346.
*Gonçalves, Fabião: I, 537; VI, 380; VII, 424, 447; VIII, 274.
*Gonçalves, Francisco: Alfaiate. I, 584.
*Gonçalves, Francisco: Cozinheiro. I, 579.
*Gonçalves, Francisco: Provincial do Brasil e Visitador do Maranhão. Defende o Espírito Santo contra os holandeses, VI, 139; Mestre de Noviços, II, 397; Procurador a Roma, IV, 33; Provincial, restabelece a paz paulista, VI, 285-292; entra no Rio Negro até Índios que nunca tinham visto portugueses, III, 372; toda a sorte de chagas curava por suas mãos, IV, 191-192; VII, 23-26 (biografia), — Índices: I, 593; II, 641; III, 465; IV, 422; V, 613; VI, 613; VI, 618; VII, 467;—VIII, 274-275 (bibliogr.), 358, 359; IX, 60; — autógr., III, 372/373.
*Gonçalves, Francisco: Sotoministro. I, 564, 579.
*Gonçalves, Francisco (de *Viana*): VII, 429, 442.
*Gonçalves, Gabriel: I, 310, 381; VI, 405.
*Gonçalves, Gaspar (de *Alagoas*): VI, 7; VII, 425, 442.
Gonçalves, Gaspar: Morador da Baía. V, 6.
*Gonçalves, Gaspar: Morto pelos hereges. II, 263.
*Gonçalves, Gaspar: Prof. da Universidade de Évora. I, 77; II, 294; VII, 180.
*Gonçalves, Gaspar (de *Vila Pouca*): V, 205, 582; VI, 598.
*Gonçalves, Gonçalo: II, 507.
*Gonçalves, Inácio: Estudante (*Pará*). IV, 361.

*Gonçalves, João: Discípulo de Nóbrega e de exímia caridade. I, 61, 276, 561; II, 25, 30, 50, 54 (biografia), 467, 474, 518, 571, 580, 581; VIII, 108; IX, 58, 424.
*Gonçalves, João: Dispenseiro. I, 584.
*Gonçalves, João: Estudante. IV, 341.
*Gonçalves, João (de *Barcelos*): Carpinteiro. V, 95, 147; VII, 433, 451.
*Gonçalves, João (de *Matozinhos*): Padece o cativeiro de Holanda. V, 386.
Gonçalves, José da Silva: V, 205.
Gonçalves, Lopo: I, 551.
*Gonçalves, Lourenço: Carpinteiro. V, 585; VI, 86, 89.
*Gonçalves, Manuel (de *Braga*): Construtor Naval. VII, 251.
*Gonçalves, Manuel (de *Moura*): V, 582.
*Gonçalves, Manuel (de *Tourão*): IV, 350; VIII, 300.
Gonçalves, Maria: Mãe do P. António da Rocha. II, 406.
Gonçalves, Maria: Mulher de Afonso Sardinha (*S. Paulo*). VI, 355, 385.
*Gonçalves, Mateus: VI, 589.
*Gonçalves, Matias: V, 399, 429; VI, 36, 137; VII, 51.
Gonçalves, Melchior: IV, 74, 80.
*Gonçalves, Pantaleão: I, 577; II, 190.
*Gonçalves, Miguel: VI, 593.
*Gonçalves, Pedro: Cirurgião e enfermeiro dos Escravos. V, 258, 586.
*Gonçalves, Pedro Luiz: — Ver Consalvi, Pier Luigi.
*Gonçalves, Pero: Morto a serviço dos empestados. I, 237, 577.
Gonçalves, Pero: Pai do P. António da Rocha. II, 406.
Gonçalves, Rafael: III, 360.
*Gonçalves, Sebastião: I, 132, 133, 565.
*Gonçalves, Simão: O primeiro que entrou na Companhia de Jesus no Brasil. I, 45, 214, 568, 573; II, 31, 52, 238, 394, 415; VI, 404; VII, 467.
*Gonçalves, Simeão: I, 45, 574; II, 52, 396, 397.

*Gonçalves, Vicente: I, 68, 87, 204, 464, 568, 578; II, 397, 479, 502, 503; VIII, 276.
*Gonçalves da Câmara, Luiz: I, 12, 41, 111, 338; II, 114, 244, 248, 250, 380, 437, 472, 522; IX, 100.
Gonçalves da Câmara, Martim: I, 134; II, 439.
Gonçalves de Carvalho, Bento: Pai do P. Manuel Pinheiro. IX, 55.
Gonçalves Dias, A.: Escritor. I, p. XXIV; II, 14; IV, 290, 318, 348; VIII, 246.
Gonçalves de Magalhães, D. J.: Escritor. I, 129, 290; II, 14, 17, 489; VIII, 38.
Gonçalves Preto, Simão: I, 540, 547.
Gonçalves Viana: Filólogo. VII, 154.
Gonçalves Viana, Mário: IX, 233, 304, 330.
Gondolim: VII, 423.
*Gonzaga, António (de *Lisboa*): IV, 357, 366.
*Gonzaga, António (do *Recife*): VII, 429, 443.
*Gonzaga, João: VII, 431, 443.
*Gonzaga, José: IV, 358, 366.
*Gonzaga, Luiz (da *Abrunheira*): III, 167; IV, 352.
*Gonzaga, Luiz (da *Baía*): VII, 427, 449.
*Gonzaga, Luiz: Da Junta das Missões de Lisboa. III, 224.
*Gonzaga, S. Luiz: Patrono dos Estudos. VI, 202; VII, 369, 387, 395, 406, 412, 414; VIII, 154, 221, 244; IX, 49; influem na sua vocação as Cartas do Brasil de Nóbrega e outros Padres, IX, 401; o P. Pfeil escreve ao Imperador sobre a sua canonização, IX, 50; Orago de Aldeias, III, 264, 407.
Gonzaga, Manuel (de *Coimbra*): V, 557, 559; VII, 423, 438.
*Gonzaga, Manuel (do *Pará*): IV, 361, 364.
Gonzaga, Tomás António: Aluno. V, 103; VII, 173.

*González, Amado: I, 184.
*González, Diogo: I, 356, 357.
González, Martín (Paraguai): I, 334; II, 195.
*González, B. Roque: Mártir. I, 330.
*González, Tirso: Geral. II, 354; III, 258, 411; VII, 73, 103, 107, 108, 178, 180, 309; VIII, passim; IX, passim; X, 308.
*Good, William: IX, 376/377.
Gorda: VIII, 192.
Gorjão, Francisco Pedro de Mendonça: Governador. VII, 317; IX, 396.
Gorrevod, Lourenço de: Negreiro flamengo. II, 344.
*Gorzoni, João Maria: Missionário da Amazónia. — Índices: III, 465; IV, 422, 618; VII, 467; — VIII, bibliogr., p. 276-278; — autógr., III, 372/373.
*Goto, S. João de: Mártir. V, 137.
Gouveia: V, 430; VII, 276; VIII, 154, 199.
*Gouveia, André de: Procurador. VI, 605; VIII, bibliogr., 278-279.
*Gouveia, António de: VII, 430, 439.
Gouveia, António de: O "clérigo nigromante". I, 461, 480-484; II, 215, 389, 474, 511.
*Gouveia, Cristóvão de: Visitador. Biografia, II, 489. — Índices: I, 593-594; II, 642; III, 447; IV, 422; V, 614; VI, 618; VII, 467; — VIII, 25, 92, 132, 133, 135, 183, 254, 255, 268, 279-283 (bibliogr.), 317; IX, 87, 94, 139, 166, 191, 373, 384, 385; X, 308; — ass. autógr., II, 464/465.
Gouveia, Diogo de: Reitor da Universidade de Paris. I, 4; X, 313.
Gouveia, Fr. Francisco de: V, 366.
*Gouveia, Francisco de: Procurador. I, 141; II, 494.
*Gouveia, Francisco de (do Rio de Janeiro): VII, 424, 450.
*Gouveia, Henrique de: II, 245.
*Gouveia, José de: VII, 441.

Gouveia, Marquês de: IX, 246-253, 255-272, 275-277, 283, 290-293.
*Gouveia, Pero de: I, 582; II, 565, 567; VI, 241.
*Gouveia Soares, António de: Capitão e depois Padre. Fundador do Colégio do Recife. V, 90, 462, 477; VIII, 168, 179, 214.
Gouwen, G. V.: Gravador. VIII, 364.
GOVERNADORES GERAIS DO BRASIL (Século XVI): II, 140-171. — Ver Colonização; Colégio da Baía; e nomes dos respectivos Governadores (do séc. XVI ao séc. XVIII).
Goyau, Jorge: VII, 325.
*Grã, Estêvão da: I, 347, 421, 578.
Grã, Inês Roís da: II, 471.
*Grã, Luiz da: Provincial. Biografia, II, 471-477. — Índices: I, 594; II, 642; III, 465; V, 614; VI, 618; VII, 467; — VIII, p. XX, 16, 107, 256, 269, 284-285 (bibliogr.), 323, 324; IX, 3, 7, 57, 58, 83, 99, 123, 397, 399, 422, 427, 429; X, 308, 314. — ass. autógr., II, 464/465.
Grã, Manuel Gomes: IV, 75.
Grã, Maria da (1.ª): II, 471.
Grã, Maria da (2.ª): II, 454.
Grã, Rui Gomes da: II, 471.
Grã-Bretanha: V, 414.
Graça, Fr. João da: Carmelita. V, 528.
Graça, Fr. Manuel da: Carmelita. IX, 195.
Gragajal: V, 84.
Gramacho, Roberto de: V, 237.
Gramatão: I, 20.
Granada (América): IX, 395.
Granada (Espanha): I, 404; VII, 10; VIII, 185; IX, 162, 326.
Granaet, Simão: Mercador holandês. IX, 103.
Grandi, Carlos: Pintor. IX, 357.
Grandis, Félix de: VIII, 74.
Grândola: IV, 343, 346.
*Granero, Jesus Maria: II, 456, 545.
Granja (Brasil): III, 58.
Granja (Portugal): IV, 346.

Grão Pará: III p. XIII. — Ver Pará.
*Grattam Flood, W. H.: VII, 6.
GRAUS ACADÉMICOS: — Ver Instrução.
GRAVADORES: VIII, 9, 78, 174, 175, 209, 365.
GRAVURAS: — Ver Estampas.
Grécia: VII, 98.
Greenwich: VII, 268; IX, 66.
GREGA (LÍNGUA): — Ver Instrução (Humanidades).
Gregório XIII: Papa. I, 159, 161; II, 294, 311, 324, 328, 341; IV, 269; VI, 446;VII, 20, 200, 243, 286, 323, 371.
Gregório XIV: Papa. II, 418; VI, 388.
Gregório, Fr.: Sobrinho do P. João Daniel. VIII, 192.
*Greve, Aristides: Escritor. V, p. XXVI; VI, p. XX, 190, 200, 210, 213; VII, 362; X, p. XII.
Grimaldi: IV, p. XIII.
Grinalda, D. Luiza: I, 219, 225.
Grobbendonck: VII, 6; VIII, 37.
Grócio, Hugo: V, 25.
Groussac, Paul: I, 336.
*Gwynn, Aubrey: I, 357.
*Gruber, João: IV, 347, 384.
Guadagni, Cardeal: VIII, 75.
Guadelupe, D. Fr. António de: Bispo do Rio de Janeiro. VI, 13, 30.
Guairá: I, 175, 185, 271, 335, 340, 348, 351, 352, 354; II, 452; VI, 32, 213, 248-250, 490, 519; VIII, 227; IX, 29.
Gualberto Ferreira dos Santos Reis, João: Escritor. VI, 63, 64; VIII, 14, 132/133; IX, 101.
Guanabara: — Ver Baía de Guanabara.
Guaporé (Território de): IX, 112. — Ver Rio Guaporé.
Guarani: III, 93.
Guaraparim: VI, 146.
Guararapes: V, 401, 405.
Guaratiba: I, 258; VI, 22, 54, 115, 492, 494, 552, 580; VIII, 397; IX, 133.
Guaratinguetá: VI, 379.

Guarda: I, 254; V, 430; VI, 390, 401, 601, 603; VII, 424, 431; IX, 3, 4, 16, 113, 114, 414.
*Guardado, Bernardo: IV, 352.
Gubian (Sir): IX, 341.
*Guedes (Guincel ou Ginzl), João: Funda o Hospício de Aquirás, III, 74-80. — Índices: III, 465; V, 614; VI, 618; — VII, p. 98, 215; VIII, 121; IX, 47, 143; — autógr., 100/101.
Guedes, Pedro: V, 477.
Guedes de Brito, António: Mestre de Campo. V, 205, 271, 279, 309; VIII, 168; IX, 20.
Guedes de Brito, D. Isabel Maria: V, 133.
Guedes de Brito, D. Joana: V, 133; IX, 74.
Guérin, Mgr. Paul: VIII, 79.
Guerra, D. Alonso: I, 348.
Guerra, Álvaro: VIII, 39.
*Guerra, Francisco: IX, 79.
Guerra, Francisco Rodrigues da: VI, 253, 255, 285, 286, 288, 300.
Guerra, Maria: V, 250.
*Guerreiro, Bartolomeu: Escritor. — Índices: I, 594; II, 642; V, 614; — VIII, p. 77.
*Guerreiro, Eustáquio: Escritor. VII, 336.
*Guerreiro, Fernão: Escritor. — Índices: I, 594; II, 642; III, 466; V, 614; VI, 618; — VIII, p. XXIII; IX, 86, 87, 399.
*Guerreiro, Manuel: VI, 604.
Guiana: II, 17, 34, 132; V, p. XV; VII, 283; VIII, 277; IX, 51.
Guiana Brasileira: III, 253.
Guiana Francesa: III, 253, 411; VII, 99, 101, 282; VIII, 234; IX, 49, 371, 372. — Ver Caiena.
Guiana Holandesa: III, 253, 370, 378, 379.
Guiana Inglesa: III, 253.
Guiana Portuguesa: III, 253.
Guiana Venezuelana: III, 253.
Guido, Ângelo: III, 360.

Guilheiro: IV, 349, 351.
*Guilherme, Pedro: VI, 602.
*Guilhermy, Elesban de: Escritor. V, p. XXVI, 73, 430, 476; IV, 313, 359; VI, p. XX; VII, p. XVIII, 276; VIII, p. XXIV, 6, 7, 157, 170, 361; IX, 105, 359.
Guilhermy (Mademoiselle de): VIII, 79.
Guimarães: I, 461; II, 456; IV, 356, 361, 362, 365; V, 87, 296, 352; VI, 263, 407, 590, 597, 598, 604, 605; VII, 421, 424, 432, 434; VIII, 146, 380; IX, 142.
Guimarães, Argeu: V, 122, 136.
Guimarães, João Joaquim da Silva: VIII, 236.
Guimarães, Manuel Gonçalves: VI, 455.
Guiné: I, p. XI, e índices: I, 594; II, 642; VI, 618; VII, 467; — IX, 102, 329.
Guipúzcoa: VIII, 39.
Guisa, Duque de: IV, 22.
Guise, Carlos de: I, 378.
*Guisenrode, António de: V, 86, 149, 174, 175; VI, 604; VII, 129, 279; VIII, 289, 296, 353, 388.
Guisenrode, Henrique de: VIII, 289.
*Guisenrode, José de: V, 584.
Guisenroden, Fr. João de: VIII, 289.
Guisona: II, 259; VIII, 59.
Gurupá: — Índices: III, 466; IV, 422; VI, 618; VII, 467;—VIII, p. 238, 240.
Gurupi: VIII, 10. — Ver *Rio Gurupi*.
*Gusmão, Alexandre de: Provincial. Biografia, VII, 66-71, 116. — Índices: I, 594; II, 642; III, 466; IV, 422; V, 614 (1.º); VI, 618 (1.º); VII, 467; — VIII, pp. 7, 9, 45, 48, 53, 61, 86, 98, 113, 118, 174, 180, 186, 199, 202, 263, 289-298 (bibliogr.), 302, 333, 352, 379, 386; morte, 195; deve-se suprimir o que se diz de profecias e milagres, 334; IX, 48, 66, 68, 85, 104, 142, 146, 168, 196-199, 309, 342, 409; — retrato, V, p. IV/V; ass. autógr., VII, 76/77; "Escola de Belém", VIII, 292/293; "Arte de Crear bem os Filhos", VIII, 292/293; "Historia do Predestinado Peregrino e seu irmão Precito", VIII, 296/297; "Meditações para todos os dias da semana", VIII, 304/305; "Eleiçam entre o Bem e o mal eterno", VIII, 308/309; "Arvore da Vida, Jesus Crucificado", VIII, 308/309.
*Gusmão, Alexandre de (sobrinho): V, 179, 583; VI, 379, 431.
Gusmão, Alexandre de: Ministro. III, p. XI; V, 179; VI, p. XIII, 7, 433, 554; VII, 338.
*Gusmão, Bartolomeu Lourenço de: Noviço escolástico. V, 178; III, 223; V, 253; VI, 7, 433; VIII, 294.
Gusmão, João de Melo de: III, 32.
*Gusmão, Luiz de: VIII, 77.
Gusmão, D. Luisa Francisca de: — Ver Luisa, Rainha D.
Gusmões (Os Irmãos): IX, 85. — Ver Álvares (Simão) e Rodrigues (Inácio).
Gulik, Guilelmus van: II, 523, 524.
*Gumilla, José: IV, 303.
Gunblenton Daunt, Ricardo: II, 454.
*Gusta, Francisco: VIII, 206; IX, 89.
*Guterres, Lázaro: I, 584.
*Gutierres, J. Garcia: VIII, 80.
Gyalu: IX, 149.
*Gyénis, András: VIII, 41.

H

Habana: V, 357.
Haddock Lobo, Roberto: VI, 93.
*Hafkemeyer, J. B.: IV, 93; VIII, 106.
HAGIOGRAFIA E DEVOÇÕES:
— S. Agostinho: IX, 208, 346.
— B. Aleixo Falconiere: VIII, 118.
— S. Alexandre: IV, 245; VIII, 317.
— S. Amaro: IV, 246; IX, 109.
— S. Ana: IV, 245; VII, 129, 337, 382, 392, 407; IX, 18, 74. Orago de Aldeias e Fazendas. — Ver Aldeias; ver Fazendas.
— S. Anastácia Romana: VIII, 115.
— S. André Apóstolo: VII, 382, 399, 406. Orago de diversas Aldeias.
— B. André Conti: VIII, 115.
— Anjo Custódio de Portugal: II, 332.
— Anjo da Guarda: IX, 172 (poesia tupi do P. Cristóvão Valente).
— S. Antimo: I, 394.
— S. António de Lisboa [ou de Pádua onde faleceu]: IV, 246, 396; V, 43-44, 412; VIII, 114; IX, 202, 205, 211, 212, 214, 215, 218, 220, 231; Orago de diversas Aldeias.
— S. Apolónia: IV, 246; VIII, 114.
— S. Áurea: VII, 390.
— S. Bárbara: IV, 246; IX, 227.
— S. Barnabé: Orago de Aldeia. I, 434.
— S. Bartolomeu: IV, 246; VIII, 185, 278; IX, 220.
— S. Basílio: I, 394.
— S. Basilissa: I, 394.
— S. Benedito, Etíope: VII, 395; VIII, 258.
— S. Bento, Abade: VIII, 363.
— S. Bernardo: VI, 202.
— S. Bonifácio: IV, 245; VIII, 317.
— S. Brás: "notável relíquia" na Baía. II, 311; IV, 246.
— S. Caetano: IV, 246.
— S. Catarina, Mártir: Padroeira dos Filósofos. Teses que se lhe consagram no Maranhão, VIII, 245, 300; IX, 216.
— S. Catarina de Sena: VIII, 115.
— B. Clara dos Agolanti: VIII, 115.
— S. Córdula (Baía): VII, 390.
— S. Cornélio: IV, 246.
— S. Cristóvão: IV, 246; VII, 390, 394. Orago de Aldeias e Fazendas.
— S. Estêvão, Protomártir: IX, 222.
— S. Elias: VIII, 363, 373.
— S. Demétrio: I, 393.
— S. Diogo (Baía): VII, 406.
— S. Domício: I, 394.
— S. Domingos (festa no Pará): VIII, 55.
— S. Fabião: I, 394.
— B. Felícia de Suécia: VIII, 115.
— S. Filipe de Néri (Panegírico): VIII, 95.
— S. Francisco de Assis: V, 333; VIII, 11, 363; IX, 130; Chagas de S. Francisco, IX, 208, 218, 325, 334.
— B. Francisco de Pésaro: VIII, 115.
— S. Gabínio: I, 394.
— S. Gertrudes: VIII, 114.
— S. Gonçalo: IV, 246; IX, 227.
— S. Gregório Magno: VIII, 362.
— S. Gregório, Primaz da Arménia: VIII, 115.
— B. Gregório X, Papa: VIII, 114.
— S. Inácio: Mártir. Orago de Aldeia no Espírito Santo, I, 569.

— S. Inês: I, 394; V, 203, 213.
— S. Iria: IX, 210.
— S. Isabel (Prima de N.ª S.ª): IX, 202.
— S. Isabel (Rainha de Portugal): IX, 93, 194, 219.
— S. Jacob: Apóstolo. IV, 246.
— S. Jerónimo: IV, 246.
— S. João Baptista: IV, 246; VIII, 186; IX, 206, 211. Orago de Aldeias.
— S. João Calibita: VIII, 114.
— S. João de Deus (Sermão): VIII, 113.
— S. João Evangelista: IV, 246; VII, 407; VIII, 43; IX, 201, 207, 230.
— S. João Nepomuceno: IV, 246; VII, 383, 405; uma trágedia em sua honra e imagens, VIII, 264.
— S. Joaquim: IV, 245.
— S. José IV,: 244; VII, 382, 394, 399, 407; VIII, 97; IX, 109, 202, 204. Orago de diversas Aldeias.
— S. Júlia: I, 394.
— B. Juliana Falconiere: VIII, 118.
— S. Julião: I, 393.
— S. Julião Alexandrino: VIII, 114.
— S. Libório (no Recife): VII, 451.
— S. Lourenço: IV, 246; VIII, 27, 28, 183; IX, 85. Orago de diversas Aldeias.
— S. Lucas: IX, 227.
— S. Luzia: IV, 246; VII, 382, 407.
— S. Macário: I, 393.
— S. Marcos (Evangelista): IV, 246.
— S. Maria Madalena: IV, 246; IX, 346.
— S. Mateus: IV, 246, 391. Orago de Aldeia, I, 210.
— S. Matias: VIII, 301.
— S. Maurício: I, 393.
— S. Miguel: IV, 245; é-lhe consagrada uma tese no Maranhão, VIII, 249. Orago de diversas Aldeias.
— S. Miquelina: VIII, 114, 115.
— S. Mónica: IX, 205.
— S. Nicolau: V, 554.
— B. Palingotto: VIII, 114.
— S. Paulo (Apóstolo): IV, 245; VII, 406. Orago de diversas Aldeias e do Colégio S. Paulo de Piratininga.
— S. Pedro (Apóstolo): IV, 245; IX, 75, 217, 219. Orago de diversas Aldeias.
— S. Pedro de Alcântara: V, 554.
— B. Pedro Gambacorti: VIII, 115.
— S. Pedro Gonçalves: O fogo santelmo, I, 78.
— S. Pedro Nolasco: IX, 215, 346.
— S. Pio V: Papa. VIII, 115.
— S. Ponciano: I, 394.
— S. Praxedes: I, 394.
— S. Quitéria e suas irmãs: IV, 246; VII, 407; IX, 23.
— S. Rafael: IV, 245.
— S. Raniere: VIII, 114.
— Os Santos Reis Magos: IV, 246. Orago de Aldeia, VI, 158.
— S. Remígio: I, 394.
— S. Rogério: VIII, 43.
— S. Romão: V, 92.
— S. Roque: IX, 204, 206, 210, 215.
— S. Rosa: V, 554.
— S. Rosalia: VIII, 110.
— S. Santiago Apóstolo: V, 289. Orago do Colégio do Espírito Santo e de Aldeias.
— B. Serafina Colona: VIII, 115.
— S. Teresa: II, 260, 266; VIII, 351; IX, 206, 212. Orago de Aldeia.
— S. Tibúrcio: I, 394.
— S. Tomé Apóstolo: IX, 109. Orago de Aldeia, I, 440.
— S. Trofimo: VIII, 114.
— S. Úrsula e Companheiras (Onze Mil Virgens): I, 393; Padroeiras da Baía, II, 318; Padroeiras do Brasil, VIII, 97; três Relíquias na Baía, II, 322; VI, 202; VII, 378, 379, 384, 390; VIII, 44, 354, 373, 374; IX, 74.
— S. Valeriano: I, 394.
— S. Vítor: V, 554.

— S. Xisto: I, 394.
— S. Zenão: I, 393.
— Todos os Santos: IX, 205. — Índices: IX, 440-441. — Ver Culto.
— Ver Santos e BB. da Companhia pelos respectivos sobrenomes: Azevedo, Brito, Gonzaga, Loiola, Xavier, etc.
Haia: IV, 12, 13, 28; V, 377; IX, 235-239, 403.
Hakluyt, Richard: I, 57, 396, 490; IX, 418.
Hall (Dr.): Da Coordenação americana no Rio de Janeiro. VII, 124/125.
*Halvax, Francisco Xavier: VIII, 219.
Hamburgo: VI, 591; VII, 98, 266.
Handelmann, Henrique: Historiador. I, 285.
Hanke, Lewis: Escritor. II, 195; III, 454.
Hartmann: II, 138.
Harvey, Guilherme: Médico. VII, 227, 228.
Havre: I, 379; IV, 13, 338.
Hawkins, Richard: Prisioneiro inglês. VIII, 136.
*Hayneufe, Julião: VIII, 363.
Hebraismo: VII, 238; VIII, 144. — Ver Cristãos Novos.
*Heckel, António: III, 418; IV, 354; VIII, 126, 188.
*Heinen, Ad.: III, 454.
Heitor Correia de Azevedo, Luiz: Escritor. X, 300.
Heleno, Manuel: II, 351.
Heulhard: I, 369, 388.
Henrique, Cardeal Rei D.: I, 141, 237, 380, 468, 469, 481, 540, 552; II, 120, 121, 150, 250, 388; VII, 170; IX, 10, 426.
Henrique, Infante D.: I, p. IX.
*Henriques, Bernardo: Mestre Oleiro. IV, 361.
*Henriques, Eusébio: IV, 355, 365; VII, 360.
*Henriques, Félix: VII, 361.

*Henriques, Francisco: I, 50, 132, 142, 318; II, 266; VIII, 71, 198; IX, 11.
Henriques, Francisco Xavier de Miranda: Capitão-mor e Governador. III, 31; VIII, 130.
*Henriques, B. Gonçalo: Mártir do Brasil. II, 260.
*Henriques, Leão: Provincial de Portugal. I, 13, 61, 134, 236, 386, 563; II, 120, 121, 150, 250, 388; VIII, 197, 198; IX, 88.
Henriques, Manuel Pinheiro: VIII, 55.
*Henriques, Simão: IV, 351, 353, 365; V, 561; VII, 324; VIII, 299.
Heráclito: IV, 67, 68.
Herckman, Elias: I, 504; III, 8.
Herédia, João Martins: VI, 242.
*Herédia, José Félix: III, 407.
Hereges: — Ver Conversões.
Heriarte, Maurício de: III, p. XXV, 16, 268, 291.
*Herman, J. B.: I, 73.
*Hermann, João: IX, 334, 335.
*Hernández, Francisco Javier: VI, 534.
*Hernández, Pablo: Escritor. I, 351-353; IV, 167; VI, 252.
Hernández, Pedro: I, 323, 334.
Herodiano: VII, 151.
Herrera, António de: Escritor. I, p. XXIX; II, p. XII, 343; VII, 171.
Herrera, Salvador López de: VIII, 42.
Herrera da Fonseca, João: III, 292, 303.
*Hervás y Panduro: VIII, 243, 268; IX, 182.
*Hesius, Guilh.: VIII, 110.
Heyn, Pieter: V, 27; VI, 138.
Hidráulica: VI, 61-63; Ruinas das instalações hidráulicas da Jiquitaia, V, 146/147. — Ver Engenharia.
Hidrografia: IX, 135; amazónica, VIII, 191, 252; III, *passim*.
Hierarquia Eclesiástica do Brasil: Primeiro pedido de Nóbrega, IX, 416, 417.
História: O seu ensino, VII, 169-171.

História da Companhia de Jesus no
  Brasil: Método, I, p. XI-XVIII; V,
  p. X-XIV; Conspecto geral e método, VII, p. XIII; X, p. IX; No-
  ticias e recensões, ,X 299.
Historiografia. Os primeiros histo-
  riadores da Companhia no Brasil, II,
  532-533; VI, 11; na Amazónia, IV,
  317-329; "Descrição Histórica e
  Geográfica do Brasil", VIII, 316;
  Cadeira de Estudos Jesuíticos, I,
  p. XXIV; X,316; historiadores Jesuí-
  tas do Brasil (índice), IX, 446-448.
*Hochmayer, Matias: VIII, 79.
*Hoffmayer, Henrique: IV, 358; VIII,
  299.
*Hogan, Edmund: I, 357.
Hohene, F. C.: I, 181.
Holanda: — Índices: I, 594; II, 642;
  III, 466; IV, 422; V, 615; VI, 618;
  VII, 467; — VIII, 163, 164, 228,
  229; IX, 20, 141, 156, 192, 353, 403.
Holanda, Gui de: II, 16.
Holanda, Sérgio Buarque de: — Ver
  Buarque de Holanda.
Holandesas (invasões): Na Baía, V,
  25-68; VII, 7, 14, 23, 24, 29, 226;
  VIII, 133, 163, 164, 181, 244, 322,
  358; IX, 20, 69, 156, 192, 273; em
  Pernambuco, V, 347-415; VII, 13,
  16, 18, 19, 21, 22, 24, 31, 61; VIII,
  93, 157, 165, 223, 228, 325, 377; IX,
  60, 71, 112; no Maranhão, III, 107-
  116; VIII, 15. — Ver Piratas.
Holmes, R. E. V.: VIII, 237.
*Holtzecker: VIII, 286.
Homem, António Pinto: VI, 112.
*Homem, Lourenço: III, 399; IV, 345.
*Homem, Rodrigo: IV, 269, 274, 350;
  VII, 161, 210; VIII, 300-301 (bibli-
  ogr.); IX, 28.
Homem da Costa, João: VI, 286, 288.
Homem de Melo, Barão: I, 205, 352;
  IV, 286; V, 308, 321, 481; VI, 212.
Homero: I, 75; VII, 151.
Homizio (direito de): V, 429; VIII,
  148; IX, 407.

*Homodei, Benedito: — Ver Amodei.
*Honorato, João: Provincial. I, 536; V,
  149, 153-155, 197, 431; VI, 128, 404,
  412; VII, 136-137 (biografia), 181,
  262, 263, 274, 374, 389, 421, 434,
  435, 453, 456; VIII, 301-303 (bibliogr.); IX, 372; — ass. autógr., VII,
  76/77.
Honorato, João: Mestre de Campo
  VII, 136; VIII, 301.
*Honorato, Tomás: VII, 269, 429, 439.
Hoombeck, João: IX, 337.
Horácio: I, 75; II, 543; IV, 175, 241,
  410; V, 314; VII, 151, 152.
*Horne, Gabriel: II, 16.
Horta de Vilariça (Moncorvo): IV, 357,
  410.
Hóspedes (Casa de): Do Colégio da
  Baía, V, 96-103; VII, 420; do Colégio do Rio de Janeiro, VI,
  13.
Hospital: Do Colégio do Rio de Janeiro, VI, 15.
— e Enfermaria nas Aldeias, IV, 109.
— da Fazenda do Colégio (Campo dos
  Goitacases), VI, 88.
— da Fazenda de Santa Cruz (Rio),
  VI, 58.
— Geral do Maranhão, III, 128; fundado inicialmente pelo P. Vieira,
  IV, 186-187.
— dos Lázaros da Baía, V, 163.
— dos Lázaros do Rio de Janeiro, VI,
  72.
— Militar da Baía, I, 57.
— de Paraguaçu, V, 174.
— de Sangue no Colégio da Baía (invasão holandesa), V, 89.
— de Sangue na Aldeia de Muçuí
  (invasão holandesa de Pernambuco), V, 351. — Ver Misericórdias.
*Howling, John: IX, 376/377.
*Hughes, Tomás: Escritor. X, 303.
Hülsüm, Levinum: I, 243.
Humboldt, Alexandre: VI, 556; VII,
  225, 226, 340.

*Hundertpfundt, Roque: III, 355, 356; IV, 255, 323, 355, 363; VII, 318, 352, 353; VIII, 250, 251, 303 (bibliogr.); IX, 158.
*Hundt, Rötger: — Ver Canísio, Rogério.

Hungria: VIII, 206, 219, 231; IX, 148, 149.
*Huonder, António: VI, 601; VIII, p. XXIV, 94, 106, 122, 123, 130, 207, 212, 221, 288, 303, 312, 372; IX, 47, 53, 149, 165, 166, 368.

I

Ians, Guilherme: VI, 138.
Iapacé: II, 152.
Ibiapaba: VI, 391, 409; VII, 7. — Ver Aldeias.
Ibiapina: III, 58.
Ibituruna: VI, 361.
Ibuaçu: III, 69.
Icatu: III, 159, 260; IV, 254, 393.
Ichuí: VI, 528, 530.
Igarapé Curimã: III, 315.
— *Guajará-Una:* III, 303.
— *Janipaúba:* III, 305.
— *Laranjeiras:* III, 303, 304.
— *Maria Nunes:* III, 302.
— *S. João:* III, 171.
Ignacio, Luiz (Licenciado): Tradutor de Vieira, IX, 328.
IGREJAS: Agrupam-se aqui as seguintes, ou porque ainda existem ou porque se singularizam por alguma circunstância histórica particular, como a de ter pregado nelas o P. António Vieira e são a maior parte das que não pertencem ao Brasil. Mas havia--as em todos os Colégios, Aldeias e Fazendas e constam dos respectivos títulos. — Ver, incluindo para as do Brasil que aqui se mencionam, os nomes das terras correspondentes.
— AÇORES (do Colégio da Ilha de S. Miguel): IX, 212.
— BAÍA (Ajuda, Cidade): I, 22-24.
— — (Ajuda, Porto Seguro): I, 205-208; IX, 62.
— — (Ascensão do Senhor): V, 219.
— — (Belém da Cachoeira): V, 191-196; VIII, 297.
— — (Capivari): V, 264.
— — (Colégio, hoje Sé Catedral Primaz): V, 106-140. — Ver Baía.
— — (Conceição da Praia): IX, 201, 402.
— — (Desterro): IX, 201, 202.
— — (Espírito Santo, Abrantes): V, 264.
— — (Jiquitaia, Noviciado): V, 147.
— — (Misericórdia): IX, 199, 201, 202, 221, 408.
— — (S. António): IX, 202.
— — (Sé, hoje demolida): IX, 202, 221, 327.
— CABO VERDE: IX, 389.
— CEARÁ (Ibipiaba): III, 69-70.
— ESPÍRITO SANTO (Araçatiba): VI, 156.
— — (Penha): VI, 140-141; VIII, 401.
— — (Reis Magos, Nova Almeida): VI, 160, 180.
— — (Reritiba, Anchieta): VI, 150.
— — (Santiago, Vitória): I, 214, 221-223; VI, 135, 136.
— LISBOA (Anunciada): IX, 207.
— — (Boa Viagem): IX, 388.
— — (Encarnação): IX, 221.
— — (Encarnação, Mosteiro da): IX, 346.
— — (Esperança, Convento da): IX, 217.
— — (Flamengas, Alcântara): IX, 206.
— — (Glória): IX, 206.
— — (Mártires): IX, 210.
— — (Misericórdia, Hospital Real): IX, 205, 208.
— — (Natividade): IX, 208.
— — (Odivelas, Convento de): IX, 205, 207, 210, 221.

—— (Penha de França): IX, 211.
—— (Rosa, Convento da): IX, 230.
—— (Santa Engrácia): IX, 205, 216.
—— (Santa Mónica): IX, 205, 346.
—— (S. Antão): IX, 141. — Ver Colégio de Santo Antão.
—— (S. Francisco de Xabregas): IX, 208.
—— (S. Julião): IX, 207, 221.
—— (S. Roque): IX, 204, 205, 210, 411.
—— (Sé Catedral): IX, 208, 210, 217.
— MARANHÃO (Anindiba): IX, 88.
—— (Carmo): IX, 214.
—— (Madre de Deus): III, 437, 438.
—— (Matriz): IX, 211, 213, 214.
—— (Mercês): IX, 215, 346.
—— (Nossa Senhora da Luz do Colégio, hoje Catedral): III, 120-122.
— PARÁ (Matriz): IX, 213, 214.
—— (Rosário): IX, 144.
—— (S. Francisco Xavier do Colégio de S. Alexandre, hoje Seminário): III, 214-222. — Ver Belém do Pará.
—— (S. João Baptista): IX, 405.
—— (Vigia, Madre de Deus): III, 283; IX, 144.
— PARAÍBA (S. Gonçalo): V, 498-499.
— PARANÁ (Paranaguá): VI, 455.
— OLINDA (Colégio, hoje Seminário): I, 162, 453; V, 416-423; X, p. XVIII.
— RECIFE (Colégio): V, 464-468.
—— (Congregação Mariana): V, 469, 488.
—— (Fátima): V, 469.
— RIO DE JANEIRO (Colégio do Morro do Castelo): VI, 17-25.
—— (Campo dos Goitacazes): VI, 89-92.
—— (Campos Novos): VI, 93.
—— (Santa Cruz): VI, 58.
—— (S. Cristóvão): VI, 71.
—— (S. Francisco Xavier do Engenho Velho): VI, 68.

—— (São Francisco Xavier, do Saco de São Francisco Xavier): VI, 111-112.
—— (S. Inácio, moderna): VI, 23.
—— (S. Lourenço dos Índios, Niterói): VI, 108-111.
—— (S. Miguel e Conceição do Engenho Novo): VI, 69.
—— (S. Pedro da Aldeia): VI, 122.
— ROMA (Gesù): IX, 220.
—— (Chagas): IX, 218.
—— (S. André do Quirinal): IX, 219, 351.
—— (S. António dos Portugueses): IX, 218-220.
—— (S. Lourenço in Dámaso): IX, 219.
—— (S. Pedro): IX, 219.
— SERGIPE (Geru): V, 326-327.
— SANTA CATARINA (Laguna): VI, 481; VII, 13.
— S. PAULO (Carapicuíba): VI, 357.
—— (Embu): VI, 361-362.
—— (Colégio): VI, 382-393.
—— (Itanhaém): VI, 434.
—— (S. Vicente): I, 258; VI, 433-434.
Iguape (Baía): V, 74, 175, 176; VIII, 52. — Ver Fazendas.
Iguape (S. Paulo): I, 318-320; II, 238; VI, 256, 278, 324, 380, 415, 433, 436, 437, 448, 453, 480, 565; VIII, 177; IX, 142. — Ver Fazendas.
Iguaraçu: I, 465, 466, 494; V, 389, 423, 437, 440, 441, 475, 476; VI, 471; VII, 150, 422, 429; IX, 31.
Ilha da Âncora (Rio): VIII, 400.
— *de Anhatõmirim:* VI, 469.
— *de Araruaí:* III, 304.
— *da Armação das Baleias:* VI, 75.
— *Bananal:* VI, 212.
— *da Boavista:* IX, 388, 389.
— *de Boipeba:* — Ver *Boipeba*.
— *Branca:* I, 320.
— *do Bugio:* VIII, 400.
— *Cajueiros:* III, 166, 167.
— *Camunixari:* III, 258, 261, 266.

Ilha das Cobras: I, 413; VI, 457, 580; VIII, 59; IX, 125, 393.
— *de Colares:* III, 285.
— *do Coral:* IX, 132.
— *Cotinga:* VI, 446, 448.
— *de Creta:* VIII, 273.
— *Faial:* V, 58, 211; IX, 167.
— *Fiscal:* II, 413.
— *do Fogo:* IX, 389.
— *do Fundão:* I, 433.
— *Furada:* VI, 87.
— *do Governador:* I, 384, 386; VI, 22.
— *Graciosa:* V, 399.
— *Grande:* VI, 22, 45, 117, 118, 324, 375, 480, 522, 588; VIII, 53, 357, 387.
— *de Guaraqueçaba:* I, 422.
— *do Guarari:* I, 256.
— *de Itaparica:* — Ver *Itaparica.*
— *de Itinguçu:* I, 421.
— *de Joanes:* — Ver *Marajó* (infra).
— *João Damasceno:* VI, 72.
— *da Madeira:* I, 72, 401, 565; II, 109, 252-254, 259, 263-266, 322, 428, 595; IV, 319, 340, 361; V, 59, 247, 384, 399; VI, 375, 389, 408; VII, 131, 242, 253; VIII, 59, 197, 228, 264, 279; IX, 26, 53, 91, 94, 162, 388.
— *do Maio:* IX, 388, 389.
— *do Marajó:* III, 170, 216, 235-252, 281, 306, 311, 357, 451; IV, 148, 187, 199, 304, 313; VII, 299; VIII, 94, 235; IX, 140, 144, 145, 155, 171, 400.
— *Melões:* VI, 72, 74.
— *de Mocanguê:* I, 433.
— *Paranapecu:* — Ver *Ilha do Governador.*
— *Pedra da Água:* VI, 135.
— *Pombeba:* VI, 72.
— *Porto Santo:* IX, 388.
— *Príncipe:* VII, 256, 269; VIII, 329.
— *Quiepe:* VIII, 403.
— *Sanchoão:* IV, 148.
— *S. Amaro:* I, 258, 373, 421; VI, 427; VII, 6.

Ilha de S. Ana (Goiás): VI, 211, 212.
— *S. Ana (Macaé):* VI, 79, 81, 566, 583; VII, 68; VIII, 400.
— *S. Antão:* IX, 389.
— *S. António (Espírito Santo):* I, 225, 226.
— *S. Catarina:* — Ver *Santa Catarina.*
— *S. Domingos:* III, 100, 101, 427-431; VI, 230; VIII, 270.
— *S. Francisco (Maranhão):* III, 120, 135, 139; IV, 268.
— *S. Francisco (Santa Catarina):* VI, 461, 494.
— *S. Gabriel (Rio de Prata):* VI, 536.
— *S. Helena:* I, 364.
— *S. Jorge:* IX, 126, 155.
— *S. Maria:* VI, 81, 402; VII, 61; VIII, 67; IX, 183.
— *S. Miguel:* II, 451; IV, 181, 344, 349; V, 83; VI, 20, 593, 594, 602; VII, 23,119; VIII, 9, 60, 274; IX, 83, 88, 212, 404. — Ver *Açores.*
— *S. Nicolau:* IX, 389.
— *S. Pedro Dias:* V, 310, 311.
— *S. Sebastião:* VI, 480; VIII, 397.
— *Santiago:* IX, 388.
— *S. Tomé:* I, 476; II, 358; V, 286, 395, 444; VII, 274; VIII, 54, 95, 329; IX, 22, 70, 102.
— *Santos:* VI, 366.
— *Sergipe:* — Ver *Villegaignon* (infra).
— *Sinal do Andrada:* VI, 135.
— *Sol ou dos Tupinambás:* III, 146, 246, 284, 342, 406; IV, 148, 335; VIII, 169.
— *Terceira:* — Ver *Terceira* (na letra T).
— *Tupinambaranas:* III, 276, 277, 384, 385; IV, 306.
— *Velas:* VI, 539.
— *Villegaignon:* I, 236, 240, 364, 375, 377, 378; II, 119, 133, 470; VI, 72; IX, 428.

Ilhéus: Chegada dos Padres e primeiras actividades, I, 189-196; Casa e Colégio, Engenho de S. Ana e Al-

deias, V, 216-226. — Índices: I, 594, 608; II, 642; III, 103; IV, 422; V, 614, 632; VI, 619; VII, 468; — VIII, 133, 135, 145, 166, 177, 224, 314, 378, 379, 402, 406; IX, 25, 55, 61, 62, 67, 76, 87, 90, 127, 162, 172, 185, 416, 418, 419; — gravura, I, 144/145.
Imigração Européia: VII, 239; VIII, p. IX; IX, 417.
Imprensa Nacional: — Ver Tipografias.
*Inácio, Caetano: IV, 352.
*Inácio, Francisco: V, 297, 299, 301, 303, 304, 583.
Inácio (Fr.): Beneditino. VIII, 148.
*Inácio (Álvares), João: IV, 357, 366; VIII, 87.
*Inácio, José: VII, 426, 450.
Inácio, José: Piloto. IX, 137.
*Inácio, Leopoldo: VII, 434, 446.
*Inácio, Manuel (de *São Miguel de Porreiras*): Marmoreiro e Pedreiro. IV, 353.
*Inácio, Manuel (de *Caparrosa*): VII, 430.
*Inácio, Miguel: III, 200; IV, 364; V, 564; VIII, 300, 304.
Inácio da Cruz, Joaquim: V, 104.
Incendiários de Porto Seguro: I, 199-200.
Índia: — Índices: I, 594; II, 642; III, 466; IV, 422; V, 614; VI, 619; VII, 468; — VIII, p. IX, 20; missionários do Brasil para a Índia, VII, 278-281; missionários da Índia na Baía, VIII, 51, 52, 66, 67, 69, 124, 155, 160, 170, 198, 208, 224, 317, 335, 336, 361; IX, 64, 77, 114, 154, 155, 357, 405, 419, 425, 428, 430.
Índia Antónia Potiguar: V, 507, 509.
— Bartira: II, 383.
— D. Branca Maracajaguaçu: I, 235; II, 31.
— Bregínia: IV, 172.
— Catarina Paraguaçu: II, 31, 312, 522.
— Francisca: IV, 251.
— Isabel Tibiriçá: II, 378, 382-383.

Índia Juliana: III, 287, 359.
— Margarida: II, 123.
— Maria de Itanhaém: VI, 434.
— Maria Moaçara: III, 359, 360.
— Rosa Maria: III, 90.
— Teberebé: II, 454.
— Tomásia: III, 359.
— Viuva de Jaguaraba: I, 247; II, 32.
Índias de Castela: V, 356, 374; VI, 408.
Índias Meridionais: VI, 252.
Índias Ocidentais: VI, 252; VII, 206.
Índice ou Classificação Sumária da Obra Escrita dos Jesuítas no Brasil: IX, 436-452; X, 316.
Índice das Estampas: X, 259-265.
Índice de Matérias: I, 607-610; II, 655-658; III, 483-487; IV, 437-440; V, 631-635; VI, 635-640; VII, 487-490. — Reproduzidos no fim deste Tomo X, 271-298.
Índice de Nomes: I, 587-603; II, 635-651; III, 456-480; IV, 415-433; V, 603-626; VI, 609-632; VII, 457-480.
— Todos estes nomes se reagruparam neste Tomo X, incluindo neles as referências dos Tomos VIII e IX.
Índio Aberaba: VI, 115, 484.
— Acajuí: III, 5.
— Acuti: IX, 151, 152.
— Aimbiré (Tamoio): I, 369-371; II, 291, 610; VIII, 183.
— Ajuricaba: III, 377-379.
— Alexandre: III, 359.
— Algodão: III, 7, 15, 19, 25, 26, 29, 85, 87, 90.
— Amador de Sousa: VI, 119.
— Amanaí: III, 7, 15.
— Amaro: II, 272.
— Ambrósio Pires: II, 98, 608.
— André Aruachis: IV, 388.
— André de Oliveira: VI, 358.
— Ângelo: IV, 261.
— Anguli: III, 442.
— Anjo (Grande): VI, 478, 479, 502.
— Anjo do Rio Grande: VI, 483. — Ver Caraibebe.
— Anhangari: VI, 475.

Índio António: II, 23.
— António Carapina: III, 292, 302.
— António Caraibpocu: III, 8.
— António Criminale: II, 39, 277.
— António Dias: I, 147.
— António da França: I, 432.
— António de Leiva (Carijó): I, 338.
— António Salena: I, 432.
— António Taveira: V, 203.
— Apemoabo: III, 396.
— Aperipê: I, 441, 443; II, 131.
— Ara Abaetê: VI, 501, 502, 508, 509.
— Arajiba: III, 86, 87.
— Arapá: III, 43, 45.
— Araraibé: VI, 480.
— Arariboia (Martim Afonso): I, 239, 240, 364, 382, 393, 423, 425, 426, 433, 562; II, 6, 99, 142; VI, 108, 119, 483; IX, 429.
— Ararig: I, 290, 291.
— Ararobá: VI, 169.
— Arco Grande: I, 244.
— Arcoverde: I, 85.
— Aripunã: IV, 306.
— Bacaba: VI, 484.
— Bacuiamina: III, 377.
— Baepeba: II, 163, 165.
— Baltasar: II, 26, 30.
— Baltasar de Carecé: VI, 482.
— Beijuguaçú: V, 334.
— Biroaçumirim: I, 386.
— Boca Torta: II, 131.
— Boipeba: VI, 484.
— Botirou (principal): III, 144.
— Braço de Peixe: I, 502, 503, 506, 525.
— Braço Preto: I, 525.
— Cabacarí: III, 377.
— Cabelo de Cão: I, 247.
— Caiobig: I, 325.
— Caiubi (principal): I, 270, 286, 302; II, 11.
— Camarão (D. António Filipe): I, 527; V, 323, 339, 341, 346, 349-352, 362, 363, 367, 381, 397-399, 415, 509, 510; VI, 583; VIII, 325.

Índio Camarão Grande: I, 521; V, 384, 507-509; VIII, 165.
— Cameri: VI, 215.
— Cão Bravo: I, 290.
— Cão Grande: I, 242.
— Canajuari: III, 377.
— Canindé: III, 96; V, 527, 543.
— Coaquira: I, 369.
— Capoaba: V, 338.
— Capim: II, 30, 63.
— Caraibebe: VI, 493, 507, 508, 518, 519, 521. — Ver Anjo.
— Casimiro (principal): III, 274.
— Cobra Azul: III, 7, 11.
— Coió (principal): III, 43.
— Conta Larga: VI, 479.
— Copaúba: III, 289, 290; IV, 55, 59, 60. — Ver Guarapaúba.
— Coriju: III, 442.
— Coroati: III, 29, 34.
— Cotiguara: VI, 483.
— Cristóvão: III, 345.
— Cristóvão de Sousa: III, 74.
— Cumiaru: III, 364, 385.
— Cunhambebe: I, 316, 361, 362, 369, 373, 374.
— Curupeba: II, 40.
— Dia de Juízo: VI, 502, 508, 509.
— Diabo Grande: III, 11.
— D. Diogo de Meneses: I, 527.
— Capitão Diogo Rodrigues: VI, 584.
— Domingos Ticuna: III, 25, 26.
— Faustino: IV, 261.
— Fernão de Ávares: I, 432.
— Fernão Correia: II, 11.
— Fernão Ribeiro: II, 79.
— D. Filipe de Sousa: III, 74.
— Francisco: IV, 251.
— Francisco Pereira, Rodela: V, 320.
— Francisco de Sousa: III, 290.
— Garcia de Sá: II, 30.
— Gaspar (*Baía*): II, 26.
— Gaspar (*Rio Mearim*): III, 174-176.
— Gato Grande: — Ver Maracajaguaçu.
— Gregório: VI, 159.
— Grilo: II, 30.

Índio Guaçueangoeraí: VI, 169.
— Guajuricaba: — Ver Ajuricaba.
— Guaquaíba: IX, 246. — Ver Guarapaúba.
— Guaraná: III, 43.
— Guarapaúba, Lopo de Sousa: IX, 246, 308. — Ver Copaúba e Guaquaíba.
— Guarinamã: III, 394.
— Guaririás: VI, 222.
— Guaxará: II, 610.
— Henrique de Albuquerque: III, 114.
— Huimanhana: III, 377.
— Ião Guaçu: I, 428, 432.
— Ibapari: VI, 503.
— Iacoruna Mearm: III, 15.
— Igparuguaçu: VI, 480.
— Iiá: III, 377.
— Inácio de Azevedo: I, 244, 247; II, 277.
— Inhambuuna (principal): III, 53.
— Ipiru: II, 47, 50.
— Iruri: IV, 306.
— Itapari: VI, 483, 486, 502, 503, 506.
— Jacaré: IV, 271.
— Jacinto Maraguá: IV, 388.
— D. Jacobo de Sousa: III, 40, 46, 60, 61, 63, 74.
— Jagoanharó: I, 290.
— Jaguaraba: I, 247; II, 332.
— Jãoguaçu: I, 428.
— Japuaçu: I, 432.
— Jararoba: VI, 475.
— Jerónimo Nhendaiguïuba: V, 513.
— Joacaba (principal): III, 114.
— João: II, 272.
— João Alfredo: III, 56.
— João Pereira Cosme: VI, 207.
— João de Sousa Fetal: III, 90.
— Jorge da Silva: III, 25, 26.
— Jorge Tigaibuna: III, 26.
— José Curemim: III, 287.
— José Jaraguari: IV, 388.
— José Ladino: VI, 529.
— Jucuruba: VI, 475.
— Jupi: III, 377.
— Lagartixa Espalmada: III, 11.

Índio Lopo Potiguar: V, 515.
— Lopo de Sousa: — Ver Índio Guarapaúba.
— Lourenço: IV, 309.
— Luiz Henriques: I, 158.
— Macuraguaia: III, 258.
— Mamorini: III, 392.
— Mandiaré: III, 7.
— Manuel: IV, 261.
— Manuel Mascarenhas: I, 247.
— Manuel de Sousa: VI, 119.
— Mar Grande (Potiguar): I, 519, 521, 523.
— Maracajaguaçu (Vasco Fernandes): I, 218, 229-235, 239, 240, 363; II, 11, 327.
— Maracanã: VI, 484.
— Maracaná Puama: V, 513.
— Martinho (Carapina): III, 290.
— Martinho (Carijó): I, 324.
— Matias de Albuquerque: VI, 115, 484, 495, 501, 507.
— Matias de Araújo: V, 262.
— Matias de Tapuitapera: VIII, 304.
— Matipucu (principal): III, 67.
— Maurício de Albuquerque: VI, 507, 508, 517, 518.
— Mbaetá: VI, 483.
— Mejuguaçu: V, 334, 512.
— Melchior: II, 26.
— Mequecágua: VI, 473, 475, 476.
— Miguel de Azeredo: I, 244, 247.
— Miguel da Silva: VI, 358.
— Miguel Tapijara: IV, 388.
— Milho Verde: III, 7.
— Mirangoaba: II, 52.
— Mitagaia (principal): I, 85, 495, 496; III, 114, 187.
— Murepaná: III, 377.
— Muririba (Francisco): III, 19, 20.
— Murunaguaçu: VI, 509.
— Ndaiaçu: VI, 169.
— Oacara Abaeté: VI, 502.
— Orubu Acanga: III, 15.
— Panati: V, 545.
— Papagaio: VI, 473, 479, 517.
— Papagaio (Grande): VI, 493, 521.

Índio Parajuba: II, 26.
— Paraparichana: IV, 306.
— Paraparichara: IV, 306.
— Pascoal: IV, 388.
— Pau Seco: I, 521, 523-525.
— Paulo: II, 25.
— Pedra Verde: I, 525.
— Pedro: II, 25.
— Peixe Verde: I, 232.
— Pero Lopes: II, 11, 289.
— Pero Luiz: I, 244.
— Piié: III, 243.
— Pindobuçu (principal): I, 369, 370, 374.
— Pindobuçu (outro): VI, 483.
— Piquerobi: I, 290, 292.
— Pirá-Obig: I, 232.
— Piragibe: I, 502, 503.
— Piraguaçu: I, 247.
— Porquinho: I, 450.
— Proxopaí: III, 442.
— Rego: VI, 207.
— Rodrigo de Miranda Henriques: VI, 521.
— Roque: III, 360.
— Salvador Correia: I, 432.
— Salvador Correia de Sá e Benevides: VI, 521.
— D. Salvador Saraiva: III, 40, 63.
— Samatida (principal): III, 396.
— Saravaia: II, 610, 612; VIII, 183.
— Sebastião: IV, 250.
— Sebastião de Lemos: I, 234; II, 327.
— Sebastião da Ponte: II, 30.
— Silvestre (principal): VI, 235, 483-485.
— Simão (principal): II, 47, 50, 272.
— D. Simão Taminhobá: III, 40, 49, 52, 57, 58, 64.
— D. Simão Tagaibuna: III, 15, 19, 26, 28-30, 32, 34; IV, 185.
— Sorobébé: I, 527; V, 513.
— Surubi: I, 441-443.
— Sururi: IV, 306.
— Tacuruba: V, 302.
— Taijamari: III, 377.
— Taparatim da Serra: III, 15.

Índio Tatuguaçu: III, 21.
— Terreiro Espantoso: VI, 482, 502, 503, 506-508, 518.
— Tibiriçá (Martim Afonso): I, 255, 270, 278, 281, 286, 289-292, 296; II, 39, 327, 328, 378, 380; III, 448; VI, 391.
— Timucú: III, 43.
— Tipitã: I, 442.
— Tomé (principal): III, 285.
— Tubarão (*Baía*): II, 50.
— Tubarão (Carijó): I, 328, 329; II, 220, 221; V, 473, 475, 477, 478, 482, 483, 485.
— Tucano (principal): III, 287.
— Tujupabuco: I, 233.
— Tuputapoucou: III, 8.
— Unicoré: IV, 306.
— Vasco Fernandes: I, 432.
— D. Xiclano: VI, 530.
Índios (em geral): *passim*; e sobre os grupos particulares e a sua grafia, III, 467, nota 1; IV, 307-308.
— Aabuçus: VI, 479.
— Abacaxis: III, 301, 389, 394; IV, 169.
— Abacuis: VI, 475.
— Abacus: VI, 457, 473, 479.
— Abiariás: III, 395.
— Abuaturiás: III, 395.
— Abucaoniás: III, 395.
— Abuquás: III, 395.
— Acaìcaniás: III, 395.
— Acaiùniás: III, 395.
— Acarás: IV, 315; V, 295; VI, 79.
— Aconguaçus: III, 37, 43, 50, 52.
— Acoroás: VIII, 250.
— Acroás: III, 169, 172, 177-178; IV, 315; VI, 206, 207, 210.
— Aguanacés: III, 65.
— Aigobiriás: III, 394.
— Aimorés (ou Aimurés): I, 158, 190-196, 200, 201, 204, 211, 212, 242, 527; II, 92, 123-128, 130, 182, 187; V, 17, 199, 200, 206, 207, 216, 220, 222, 225, 230, 267; VI, 159-167, 190; VIII, 380, 395, 401, 402; costumes, VIII, 406, 417.

Índios Aindoduces: III, 164.
— Aitacases: — Ver Goitacases.
— Aitacases Guaçus: VIII, 6.
— Aitoariás: III, 394.
— Aizuruares: III, 408.
— Amanajós: III, 185, 195, 196; VII, 342; VIII, 219, 220; IX, 160.
— Amoipiras: I, 502; II, 182-185; V, 271-273, 276; VIII, 406; IX, 96.
— Amoriás: III, 395.
— Anacés: III, 85, 88, 90.
— Anajás: III, 237, 245.
— Anapurus: III, 164; V, 565; VIII, 406; IX, 364.
— Anaxós: V, 224.
— Andirás: III, 385, 386; IV, 169; VIII, 242; IX, 114.
— Andoás: IV, 172.
— Aneugaás: III, 394.
— Anhangatiingas: III, 394.
— Apanariás: III, 394.
— Apiepetangas: I, 231, 247.
— Apotiangas: III, 292.
— Aqueduçuguaras: III, 62.
— Araatis: III, 34.
— Aracajus: III, 274.
— Arachãs: I, 329; VI, 475-480, 565, 657; VIII, 406.
— Aranhis: III, 151, 441.
— Arapaós: II, 16.
— Arapiuns: III, 131, 360, 361, 363; IV, 169, 229, 303, 308; IX, 42, 43.
— Araras: III, 301; IV, 169.
— Arauaquis: II, 551; VIII, 378.
— Arerutus: III, 395.
— Aretuses: III, 360.
— Aripuanãs: III, 394.
— Arixaruís: III, 395.
— Aruaquis: III, 276, 341, 342, 373, 381, 382, 394; IV, 147, 305.
— Aruãs: III, 237, 245, 256, 257, 347, 439, 443; IV, 148, 169; VIII, 235.
— Aruaxis: III, 394; IV, 388, 389.
— Aturaris: VI, 190.
— Babuises: III, 277.
— Banauris: III, 382.
— Barbacanes: VI, 215.

Índios Barbados: III, 16, 146, 147, 149-154, 158, 439-443; IV, 201, 315; V, 565; VIII, 342; IX, 151, 364.
— Baturités: III, 93.
— Bilreiros: II, 240; VI, 479; VIII, 396.
— Bócas: III, 309; IV, 147, 169, 313.
— Boimés: V, 283.
— Borcás: V, 283.
— Bororós: II, 18, 295; VI, 190.
— Brasis: V, 205, 214, 236, 240; VI, 574.
— Botocudos: V, 225.
— Brue Brue: VIII, 406.
— Caáguas: VI, 475.
— Cabuuris: III, 377.
— Cachoes: III, 86.
— Caetés: II, 57, 197, 198, 205; VII, 183.
— Caianás: IV, 305.
— Caiapós: II, 291; VI, 206.
— Caicaís: III, 44, 146, 147, 151, 152, 157, 164, 439-441; IV, 201, 391, 392; IX, 151, 152.
— Caimbés: V, 284.
— Cajaripunãs: III, 393.
— Camateris: III, 394.
— Cambebas: III, 407, 410, 416.
— Cambocas: III, 241.
— Canindés: III, 93.
— Capajós: VIII, 406.
— Capanás: III, 393.
— Capinhororons: III, 152.
— Capiurematiás: III, 395.
— Caraíbas: III, 377.
— Carajás: III, 338, 342, 343; IV, 147.
— Carajauaçus: III, 343.
— Carapaianas: III, 394.
— Cararijus: III, 7, 8.
— Carateús: III, 61.
— Carcabas: VI, 206.
— Cariacás: V, 286.
— Caribuces: III, 164.
— Carijós: I, 39, 274, 286, 295, 318, 321-329, 340, 478; II, 5, 39, 187, 219, 220, 236, 239-241. — Índices: III, 468; V, 615; VI, 620;

VII, 468; — VIII, pp. 8, 60, 175, 271, 315, 381, 396, 406, 416, 423; IX, 121, 192, 399, 420, 421.
Índios Caririr: — Ver Quiriris.
— Catingas: III, 313, 337, 342, 343.
— Caxinuás: II, 18.
— Cearenses: VII, 79.
— Cecachequirinhens: V, 282.
— Chacariabás: VIII, 370.
— Chacriabás: VI, 208.
— Charruas: VI, 495, 529.
— Chavantes: VI, 206.
— Chamboias: II, 291.
— Chichirinins: III, 394.
— Chiquitos: II, 60; VI, 213.
— Chiriguanes: IX, 29.
— Coanis: IV, 389.
— Comandis: III, 389, 395.
— Conconhim: VIII, 406.
— Condurises: III, 269, 277, 374.
— Corarienses: III, 361.
— Corbereís: III, 364.
— Coriatós: — Ver Curiatós.
— Coroados: III, 180.
— Coroeís: III, 389.
— Craepee: VIII, 406.
— Critices: III, 164.
— Critiguadus: III, 67.
— Cuchivaras: III, 385, 408.
— Cujés: III, 394.
— Cuparans: V, 283.
— Curubares: III, 355.
— Curiatós: III, 385, 386; VIII, 242; IX, 114.
— Curibaris: III, 352, 355.
— Curupás: III, 394.
— Cururus: V, 299, 302.
— Cuxatos: VII, 316.
— Cuxinxingas: IV, 389.
— Deçanas: II, 551.
— Gamelas: III, 169-171, 175, 177-183; IV, 177, 308; VIII, 250, 331, 332.
— Garguas: V, 551.
— Gaxarapos: VI, 215.
— Genipapos: III, 93.
— Gequiritos: VIII, 6.

Índios Gessaruçus: VI, 122, 124, 126-129, 191, 240-242; VIII, 144, 381; IX, 172, 180.
— Goianases: I, 291, 301, 306; VI, 214, 243, 479, 489, 493, 495, 509, 513, 514, 567; IX, 192.
— Goitacases: I, 231; II, 124; IV, 315; VI, p. XI, 78, 80-83, 106, 120, 121, 187, 235, 512, 565, 566; VII, 12, 14; VIII, 6, 319, 400; IX, 121.
— Goromimis: — Ver Guarumimins.
— Grens: V, 216, 224-226.
— Guabirus: IV, 169.
— Guacinduces: III, 164.
— Guacongoaçus: III, 65.
— Guairenhos: VI, 249.
— Guaipinas: III, 394; IV, 388.
— Guaipises: VIII, 188; IX, 114.
— Guaitacases: — Ver Goitacases.
— Guajajaras: III, 185, 186, 191, 193-196, 262; IV, 308; VII, 92; VIII, 220, 371; IX, 88, 184, 367.
— Guajarás: III, 245.
— Guajaratas: VI, 220.
— Guajaris: III, 393.
— Guajurus: III, 341, 343.
— Guanacés: III, 23, 37, 43.
— Guanarés: III, 147-149, 151, 152, 439-443; VIII, 342; IX, 151, 364.
— Guarajus: III, 393, 394.
— Guaramins: VI, 355.
— Guaranaguás: III, 395.
— Guaranis: VI, 537.
— Guararises: III, 344.
— Guareces: III, 393.
— Guaruçus: VI, 123, 126.
— Guarulhos: VI, 127, 146, 240-243.
— Guarumimins: VI, 125, 126, 146, 240-242; VII, 24; IX, 191. — Ver Gesseraçus.
— Guarus: VI, 126.
— Guatos: II, 291; VI, 214, 215.
— Guaxinases: III, 147.
— Gùêgûês: III, 154, 155, 178; IV, 315; IX, 152.
— Guerem-Guerens: VIII, 406. — Ver Grens.

Índios Gurupás: III, 364.
— Iaraguarises: IV, 388, 390.
— Ibirabaquiaras: IX, 192.
— Ibirajaras: I, 351, 352; II, 240; III, 446; VI, 479; IX, 29.
— Içauuiás: III, 395.
— Icós: III, 96; V, 544.
— Igaruanas: III, 158.
— Ingaíbas: — Ver Nheengaíbas.
— Inheiguaras: III, 339.
— Inuiraranas: III, 377.
— Ireriius: III, 65.
— Iruris: III, 391, 393, 394; IV, 306, 307; VIII, 109; IX, 47.
— Itixinguaniás: III, 395.
— Jacaraibás: VI, 208.
— Jacarauás: III, 395.
— Jacareguás: III, 394.
— Jacipoias: III, 355.
— Jaguaranas: III, 23.
— Jaguaretás: III, 394.
— Jaguaribaras: III, 86.
— Jaguariguaras: III, 5.
— Jaguaris: III, 343, 344.
— Jaguins: III, 364.
— Janduins: III, 95, 97; V, 527, 528, 534, 539, 540, 546, 547; VII, 79; VIII, 286.
— Janhanguás: III, 395.
— Jaoens: III, 393.
— Japucuitabijaras: III, 395.
— Jaqueses: IV, 306.
— Jaraguaris: III, 394.
— Jaris: IV, 169.
— Jívaros: III, 417.
— Joanes: III, 247.
— Jumás: III, 416.
— Jurambambes: III, 34.
— Jurases: IV, 308, 388.
— Jurimáguas: III, 405, 408, 413.
— Juruínas: III, 34.
— Jurunas: III, 353, 355, 356; IV, 147, 308, 313.
— Kiriris: — Ver Quiriris.
— Macoases: VI, 210.
— Maguases: IV, 303, 306.
— Maguês: III, 385, 395; IV, 169, 303.

Índios Maiapenas: III, 370. — Ver Maipenas.
— Maiaunus: IV, 389.
— Mainas: III, 407, 409.
— Maipenas: VIII, 319. — Ver Maiapenas.
— Mamaianás: III, 242, 245, 309, 310.
— Manaus: III, 377–379; VIII, 320; IX, 145, 187, 188.
— Manipaques: VI, 124, 191.
— Maniqueras: III, 395.
— Manis: III, 394.
— Mapuaises: III, 241.
— Mapuás: III, 245, 309.
— Maracajás: I, 361, 363, 364.
— Maracases: VII, 64; VIII, 462.
— Maraguás: III, 287, 301, 394; IV, 388.
— Maramomins: IV, 309; VI, 112, 146, 240–242; VIII, 395, IX, 385. — Ver Guarumimins.
— Maraunus: III, 258, 260, 311.
— Mares-Verdes: IV, 309; VI, 172–176, 184, 186; VIII, 93, 401; IX, 235.
— Mariarõis: III, 395.
— Maués: II, 551; III, 385; IV, 303.
— Mauris: IV, 303.
— Mateupus: III, 395.
— Maxuares: III, 86.
— Mequens: VI, 220.
— Miramomins: II, 36; VI, 453, 525, 528, 529. — Ver Maramomins.
— Mocuras: III, 343; VIII, 188.
— Moguiriás: III, 394.
— Moiariás: III, 397.
— Mojos: II, 60; VI, 213, 222.
— Mojuariás: III, 395.
— Monçaús: III, 394, 395, 398.
— Mongurus: V, 283, 286.
— Moritises: IV, 309; V, 270, 276, 277, 297, 312, 313; VIII, 174.
— Moromomins: — Ver Maramomins e Miramomins.
— Mucaioriás: III, 394.
— Mucas: III, 394.
— Mundurucus: II, 551.

Índios Muraguás: III, 394; IV, 308.
— Muras: III, 394, 402, 403; VIII, 225, 372.
— Muricirus: III, 395.
— Muruãs: III, 352, 395; VIII, 307.
— Mutriutrés: III, 395.
— Naimiguaras: III, 342, 343.
— Nambiquaras: II, 18; III, 343.
— Nambiquaruçus: III, 343.
— Napurus: VIII, 405.
— Neutus: III, 394.
— Nheengaíbas: III, 26, 216, 235-246, 310, 349, 350, 358; IV, 57, 128, 138, 147, 191, 313; V, p. XIV; VI, 341; VIII, 151; IX, 18, 140, 404.
— Oacases: V, 295; VIII, 88.
— Oantas: III, 393.
— Ocongás: III, 61.
— Ocpiporias: III, 395.
— Ocunharis: IV, 389.
— Oivanecas: III, 258.
— Omáguas: III, 407, 408, 412; IV, 282.
— Opiptiás: III, 394.
— Oraeporás: III, 344.
— Orichecas: III, 310.
— Orises: III, 76; V, 309, 310.
— Pacajás: III, 195, 289, 307, 310; IV, 128, 147, 250.
— Pacobas: VI, 127.
— Padauiris: II, 18.
— Pagais: VI, 215.
— Paiacus: III, 86-88, 93-96, 394; V, 534, 537, 539-549; VIII, 286.
— Paiaguases: VI, 221, IX, 136.
— Paìaìás: IV, 315; V, 205-206, 271, 274, 276, 278-280, 283, 297, 311, 312, 572; VII, 62, 64; IX, 21.
— Pamaris: II, 18.
— Pamas: III, 393, 394.
— Paraís: VI, 215.
— Paramuriás: III, 394.
— Paranaubis: IV, 309; VI, 159, 167, 185; VIII, 93.
— Parariconhas: V, 480.
— Parecis: II, 18; VI, 215, 349.

Índios Pariquis: II, 551.
— Pataxoses: IV, 309; V, 224; VI, 177, 188, 190.
— Patos: Os da *Lagoa dos Patos* (lugar), VI, 479. — Ver Carijós.
— Patutis: VIII, 406.
— Paucacás: III, 245.
— Pauxis: III, 276, 349.
— Pencoriás: III, 394.
— Perequis: III, 382.
— Periquitos: III, 394; IV, 169.
— Piiouriis: VIII, 406.
— Piraguás: III, 395.
— Pirapeìguás: III, 395.
— Pirapés: III, 307.
— Pixipixis: III, 245.
— Pixunas: III, 394; IV, 388.
— Poquiguaras: III, 338, 339.
— Poquis: III, 337, 340, 343; IV, 128, 147, 186.
— Potiguares: I, 499, 502, 514-527, 558; II, 37, 160, 182, 187, 203; III, 4, 10, 16; V, 263, 333, 334, 342, 359, 491, 505-510; VIII, 405, 406; IX, 56, 57, 91, 96.
— Procases: V, 294-295, 309, 310; VIII, 88.
— Progés: V, 480.
— Puraiuaniás: III, 395.
— Purerus: III, 394.
— Puris: VI, 124, 190-192.
— Purupurus: III, 393.
— Quiratiius: III, 61, 62.
— Quiriris (Kiriris): III, 8, 96; IV, 160, 309, 315, 348; V, 103, 274, 276, 281, 283, 286-299, 308, 310-314, 324, 327, 481, 501, 534, 572; VI, 598; VII, 77, 79, 279; VIII, 43, 88, 286, 351, 406; IX, 409.
— Quitaiaius: III, 61.
— Reriius: III, 37, 43, 45, 47, 49, 50, 62; IV, 308.
— Riauiá: III, 395.
— Rodeleiros: VI, 210.
— Sabocoses: VI, 215.
— Sacacas: III, 245.
— Sacorimatiás: III, 395.

Índios Sacurus: VI, 128.
— Saicoces: VI, 215.
— Sapiuns: III, 394; IV, 389.
— Sapoiás: V, 269, 271-273, 282, 283, 311.
— Sapopés: III, 394, 395, 398.
— Sarucus: VI, 128, 240.
— "Senhores da fala": I, 30.
— Separenhenupãs: V, 283.
— Sequaquirinhens: V, 282.
— Socós: V, 216, 222, 223.
— Solimões: III, 405, 416.
— Suariranás: III, 394.
— Surimanes: III, 405.
— Surridiriá: III, 394.
— Tabajaras: — Ver Tobajaras.
— Tacanhapes: III, 34, 355; IV, 147, 274; IX, 70.
— Tacarijus: III, 7.
— Tacariputãs: III, 7, 12.
— Tagnanis: V, 298.
— Tamoios: I, 233, 283-286, 290-292, 300, 303, 316, 361, 364-375, 381-386, 391, 394, 395, 423-427, 430, 431; II, 37, 38, 52, 239, 375; III, 195; VI, 80-83, 121, 512, 566, 567, 587 (achados para as bandas do Amazonas, em 1640, fugidos de Cabo Frio); VIII, 399; IX, 82, 426, 427, 432.
— Tapajós: III, 361; IV, 57, 147, 229, 301, 305, 313; VIII, 101; IX, 348.
— Tapes: VI, 503, 529, 537.
— Tapiruenses: III, 360.
— Tapiuns: III, 364.
— Tapuias: II, 184.
— Taquanhunes: III, 344.
— Taramambases: III, 165, 167.
— Tararijus: V, 511, 512.
— Tarumás: III, 370, 385.
— Tecujus: III, 254.
— Teiroses: III, 275.
— Tembeucaçus: III, 343.
— Temiminós: I, 229, 231, 235, 236, 363, 364, 377; VIII, 406.
— Teraris: III, 394.

Índios Teremembés: III, 21, 28, 47, 100, 161-167, 202; IV, 304; V, 563, 565; IX, 150, 151, 186.
— Ticunas: III, 551.
— Timbiras: III, 184; IX, 152.
— Tituãs: III, 394.
— Tobajaras: I, 503, 504; III, 7, 11, 16-19, 33, 34, 37-50, 55, 65, 67, 68, 86, 151, 158; IV, 147, 308; V, 310; VII, 247, VIII, 406; IX, 73.
— Tocaiúnas: III, 343, 344.
— Tocanhus: III, 343.
— Tocantins: III, 331.
— Tocarijus: III, 7.
— Tocós: V, 271.
— Toras: III, 394.
— Toratoraris: III, 394.
— Tremembés: — Ver Teremembés.
— Tucanos: II, 551.
— Tucujus: III, 245; IV, 138, 389.
— Tupi-Guaranis: III, 38, 195.
— Tupinais: I, 295.
— Tupinambaranas: III, 364, 374, 381, 386, 388, 414; IV, 169, 313, 320; VIII, 242.
— Tupinambarás: IX, 114.
— Tupinambás: II, 181, 182; III, 141, 142, 162, 201, 248, 337, 339, 340, 383, 426; IV, 234; VI, 150, 216, 587; VIII, 405, 406.
— Tupinaquins: I, 193, 209, 210, 231, 239, 244, 293-295, 301, 306, 364; II, 122, 239; V, 213; VI, 165, 174, 176, 185; VIII, 402.
— Tupiniquins: I, 231, 301.
— Tupis: I, 271, 283, 286, 288, 291, 292, 300, 301, 316, 343, 367, 369, 372, 373; II, 8, 18, 37, 236, 239-241; V, 214, 263; VI, 479; IX, 426, 427.
— Ubirajaras: III, 146.
— Ubuquaras: III, 394, 395.
— Uematrés: III, 395.
— Uipitiás: III, 395.
— Unaniás: III, 395.
— Unicorés: III, 394.
— Uruatis: III, 144-147.

Índios Urucuçus: IV, 313.
— Urupases: IV, 308.
— Xotins: III, 152.
Índios: Família indígena, II, 291-298; casamentos indígenas, II, 291-296; VIII, 409; informação do P. Francisco Pinto, II, 625; IX, 56; outras informações, VIII, 65; poligamia, II, 291, 292, 296; castidade de índias cristãs, II, 375-376; IX, 379; degradação por más influências de brancos, VI, 96-103; — embriaguês, II, 62-63; VI, 10; os males das suas bebedeiras, IX, 381; — habitação, II, 84; — vestuário, II, 87; — isenção fiscal, II, 90; — depressão moral nas epidemias, II, 574-576; condição precária dos da Amazónia, VII, 295; fugiam com medo de remar nas canoas reais, IX, 371; imprevidência, IV, 174; pobreza, VII, 312; — alegoria da capacidade dos índios (cera, madeira, mármore), VI, 567; — necessidade social do trabalho sob orientação paternal, IV, 171-173; VI, 348; terra para cultivos, II, 85; em terras dos Padres, VI, 76, 348; regime de trabalho, II, 92; VI, 346; convenção do trabalhador, VI, 347; — gastos que faziam aos Missionários, IV, 169; — os Índios de S. Paulo todos buscam os Padres do Colégio, VI, 321; — Índios aldeados em Pernambuco, V, 331-332; em todo o Brasil (1702), V, 571-572; os escritos do P. Vieira sobre os Índios, IX, 306-310; "ganhos à Civilização pelos Jesuítas" (Barão do Rio Branco), VII, 348; os "senhores da fala", I, 30; VII, 172; X, p. XVIII; — família de Índios do Rio Pinaré (moderna), IV, 150/151. — Ver Aldeias; Antropofagia; Etnografia; Liberdade.

Indípetas (Cartas): VII, 206.

Indulgências: As primeiras pedidas por Nóbrega a favor da conversão e catequese dos Índios, II, 309-311; as pedidas por Vieira a favor de Índios e Negros, IV, 246-247; a indulgência plenária à hora da morte, IV, 247; VIII, 166.

Indústria: — Açucareira e de aguardente. —Ver Fazendas (Engenhos); a de aguardente, além dos engenhos, noutras fazendas, III, 138, 140, 202, 303; IV, 199; — Cerâmica, olarias e o que fabricavam, II, 592; III, 139; IV, 163, 175; VI, 88, 364; VII, 328-329; — Conservas de frutas (as primeiras), I, 181; IX, 427; — Cortumes, I, 174; V, 425; VI, 58; VII, 268/269; — Florestal: corte de madeiras e serradores, I, 51; VI, 112; também para exportação, IV, 162; V, 203; serra hidráulica, V, 203; pau brasil, IV, 162; — Lacticínios, I, 174; — Naval: factura de canoas, IV, 175; construção de navios, III, 191; IV, 162-163; V, 210-211; VIII, 137, 191, 356; a nau "O Padre Eterno", VII, 252; os navios da Companhia, I, 169-171, 509; a Fragata Provincial, VII, 7, 67, 249-260; VIII, 371, 387; — Pescarias, I, 158; III, 66, 284, 325; IV, 154; V, 203; VI, 60, 122, 427; VII, 328-329; VIII, 5, 84-85; da Amazónia (João Daniel), VIII, 191; o "piraquê" do Rio Magé, VIII, 399; de Cabo Frio, ib.; de tartarugas, III, 247; as praias da "viração", IV, 166/167; — Salinas, III, 139, 141, 289; IV, 199; IX, 112; — Téxtil: os primeiros tentames, IX, 420, 424; depois, teares em todas as grandes Aldeias e fazendas, e nalgumas como Embu (S. Paulo) tecia-se e exportava-se pano de Algodão, VI, 361; a actividade industrial é não só lícita, mas necessária à vida e progresso das Missões, IV, 165-175; VII, 329. — Ver Ofícios Mecânicos; ver Agricultura.

Informações Históricas: IX, 447-448.
Inglaterra: I, 266; II, 141, 162, 386; III, 18; IV, 14, 23, 28; V, 406, 414; VI, 350, 417; VII, 6, 17, 84, 98, 246, 267, 337, 429; VIII, 66, 129, 133, 223, 327; IX, 147, 192, 373.
Ingleses: No Brasil. VII, 268-270. — Ver Piratas.
Ingolstadt: IX, 398.
*Ingram, Frederico: IV, 347; VII, 114.
Inhaguera (Minas de): IX, 137.
Inhaúma: VI, 22, 72.
Inocêncio Francisco da Silva: Escritor.
— Índices: II, 642; V, 615; VI, 620; VII, 468; — VIII, p. XI, XIV, XXIII, XXIV e passim; IX, 229, 310 e passim.
Inquisição: I, 4; II, 388-390; III, 7, 9, 10, 61; VII, 20, 21, 61, 74, 92, 124, 178; VIII, 71, 350; IX, 192, 193, 280/281, 293, 310-313, 318, 320, 321, 337, 349; contra Vieira, IX, 403-407; X, 309. — Ver Cristãos Novos.
Institute (the) of Jesuit History (Chicago): III, 447; X, 315-316.
Instituto do Ceará: I, p. XXVI; III, p. XVIII.
Instituto Geográfico e Histórico da Baía: V, p. XVI, 580; IX, 360.
Instituto Histórico e Geográfico Brasileiro: I, p. XXIII, XXIV, XXVI; III p. XVII, XVIII, XX, XXI; V, p. VII, XVI, XX, XXI, 601; VI, p. XV, XVI; VIII, p. XVIII, 237; IX, 431, 432; X, pp. VII, XV, 305-306, 312, 313.
Instituto Histórico e Geográfico do Pará: III, p. XIX.
Instituto Histórico e Geográfico de S. Paulo: I, XXVI; X, 311.
Instituto Nacional de Educação: I, XXVI.
Instituto Nacional do Livro: III, p. I, V, XVIII; IV, p. I, V, 412-414; V, p. I, V, XXI; VI, p. I, V, 606; 607; VII, p. I, V; VIII, p. I, V, 36; IX, p. I, V, 177; X, pp. I, XIV, 305, 307.
Instrução e Educação: I, 71-104; o "Ratio Studiorum", I, 71, 79; IV, 265; VII, 151; os primeiros mestres, I, 85-86; VII, 146; IX, 16, 99, 140, 416; Graus e espécies de instrução, VII, 141.
— Popular: a primeira do Abcedário — 1.ª quinzena de Abril de 1549, na Baía, I, 58; II, 269; IX, 416; prolongamento da catequese, I, 31, 72; em todas as Aldeias, II, 25, 131; IV, 112; VI, 236; VII, 145; frequência, II, 25; o dia do aluno numa Escola da Aldeia, II, 27; Casas em todas as Capitanias "para os filhos do Gentio se ensinarem" (Nóbrega), I, 476; as dotações reais à morte de Nóbrega, IX, 429; instrução dos meninos gentios, glória da Colonização de Portugal e Espanha, I, 57-58; IX, 418. — (Educação de meninas e moças: Ver Recolhimentos).
— Pública: Mas por motivos de caridade, não por obrigação jurídica de emolumentos régios para ela, I, 115; IV, 267; V, 77; VII, 141, 202.
— Gratuita: VII, 142, 143.
— Primária: nos Colégios, I, 579; III, 82, 281; IV, 263, 271; V, 71, 74, 180, 217, 233, 432, 484, 497, 562; VI, 7, 133, 400-401, 432, 455, 472, 546; a Gramática Portuguesa, VI, 339; VII, 147, 155, 172; recomenda-a o P. Geral como mais importante que o Latim, VII, 147.
— Humanidades: Princípios, I, 48, 70-72, 253; VIII, 228; o curso público, VII, 149-150; únicamente nos Colégios da Companhia durante muito tempo,

VII, 149; as Classes de Latim, distribuição e duração, VII, 150-156; livros de texto, VII, 156-161; VIII, 313; IX, 448; o grego e o hebraico, VII, 157, 161-162; VIII, 219; Mestres, VII, 19, 22, 26, 29, 115, 121, 128, 129, 132, 136, 138, 272, 283; VIII, *passim*; IX, *passim*.
— História e Geografia: O seu ensino no Brasil, VII, 169-172.
— Ver Historiografia; ver Geografia.
— Matemática: O seu ensino no Brasil, VII, 162-169; as quatro operações (inclui-se no ensino popular de ler, escrever e *contar*) nas Aldeias; classe de Aritmética ou Algarismos, nos Colégios, Faculdade de Matemática na Baía, V, 71, 73; VII, 229, 436; Padres Matemáticos, VIII, 12, 121, 122, 130, 160, 161, 208; IX, 48, 130, 147, 148; — Lição de Aritmética, VII, 156/157; "relógios dos Matemáticos", VII, 204/205.
— Física: De Aristóteles, VII, 166; IX, 163; experimental, VII, 223, 224; VIII, 190.
— Filosofia: O primeiro Curso de Artes no Brasil em 1572 (Baía), I, 75-76; o primeiro escrito (de Ética, Nóbrega), I, 77; o ensino de Filosofia de 1572 a 1760, VII, 209-229, 369; além da Baía, nos Colégios do Pará, Maranhão, Olinda, Recife, Rio de Janeiro e S. Paulo, VII, 193; entrava nas condições da fundação do Seminário da Paraíba, VII, 193; normas de estudo do P. Geral Aquaviva, VII, 175; actos públicos e conclusões com esplendor universitário, I, 103; IV, 268, 274; V, 398; VII, 192; a quem se tomava vénia, VII, 86; Teses ou "Conclusiones Philosophicae" impressas e manuscritas, VII, 11, 205, 210; VIII, 243-246; IX, 45, 125; Examinadores, VII, 86, 193, 210, 211; a propina dos Examinadores, VII, 86; graus académicos, I, 96; IV, 269; VII, 205; VIII, 266; IX, 368; X, 314; fórmula da colação de grau de Mestre em Artes, I, 97; Cartas de Bacharel e Mestre em Artes, VII, 214-215; insígnias da Faculdade, I, 97; VII, 192-193; Frequência escolar, VII, 216-218; IX, 168; os "Livros de Matrícula", VII, 218; o ano de Lógica para a Universidade de Coimbra, VII, 194, 195, 204, 205; primeira ideia da Universidade do Brasil, I, 98-100; tentativas formais para se criar a Universidade do Brasil, V, p. XXX, 77; VII, 191-208; Professores, VII, 12, 15, 20, 63, 65, 121, 127-129, 131, 138, 188, 219, 221; VIII, 6, 9-12, 43, 45, 55, 58, 63, 86, 91, 94, 120, 125, 127, 143, 145, 154, 164, 166, 167, 170-172, 176, 181, 194, 216, 229, 230, 233, 241, 243, 253, 272, 300, 301, 306, 314, 317, 353, 357, 362, 373, 379, 384, 385, 389; IX, 14, 15, 18, 21, 22, 44, 66, 69, 74, 87, 90, 93, 105, 113, 115-117, 122, 125, 142, 143, 146, 150, 153, 156, 162, 180, 191, 370, 372; Autores, VII, 6; IX, 438; — "Conclusiones Metaphysicae", VII, 230/231.
— Patrística: VII, 188.
— Sagrada Escritura: O seu ensino, VII, 188, 189; expositores, IX, 14, 18, 85-87; a "Clavis Prophetarum" de Vieira, VII, 88, 89; VIII, 212; IX, 180, 336-342; outros escritos de diversos, VII, 162; VIII, 114, 115, 123, 208, 212, 215; IX, 194, 315, 347.

— TEOLOGIA MORAL: Casos de Consciência em todos os Colégios e Residências, I, 77–78; Nóbrega no Rio, IX, 428; as aulas dos Colégios, obrigatórias para Neo-Sacerdotes seculares, VII, 180, 181; Vieira urge mais estudo, VII, 370; casos reservados, IX, 16, 61; a questão do "Probabilismo", VI, 178–180; VIII, 67, 96, 117, 352.

— DIREITO CANÓNICO: Assuntos brasileiros, VII, 182–188; Pareceres de Professores das Universidades de Coimbra e Évora sobre casos de Moral e Direito no Brasil, I, 77; II, 294; outras referências, a autores e livros, VIII, 379; IX, 138, 162, 372, 441–442; Conclusões, VIII, 63; exames dos Neo-Sacerdotes, VII, 370.

— TEOLOGIA PASTORAL: VIII, 83, 193; IX, 75, 145, 442.

— TEOLOGIA DOGMÁTICA (E ESPECULATIVA): O primeiro Curso no Brasil (1572) na Baía, I, 78, 79, 89; além da Baía, com regularidade no Maranhão (IV, 265) e no Rio de Janeiro (V, 6; VIII, 197, 217), e esporàdicamente noutros Colégios (ver Colégios); para estudar melhor, Vieira proibe que preguem os estudantes de Teologia, VII, 369; a questão "de Auxiliis", VII, 177, 220; VIII, 269; o título de "doutor", I, 98; VII, 200; Apostilas, Compêndios e outros escritos, VII, 177, 178; VIII, 156; IX, 155, 301, 317, 402; Professores (de Teologia Dogmática e Moral), VII, 10–12, 15, 17, 20, 23, 26, 30, 32, 61, 63, 65, 115, 121, 127–129, 132, 136, 138, 150, 177, 180, 188, 272; VIII, 9–12, 15, 43, 44, 55, 58, 60, 63, 65, 67, 85, 86, 88, 94, 95, 117, 120, 125, 128, 142, 143, 145, 154, 158, 164, 166, 167, 170–177, 179, 181, 183, 194, 197, 208, 214, 216, 217, 223, 229, 230, 232, 233, 243, 253, 254, 258, 266, 272, 300, 301, 340, 362, 373, 377, 384, 385, 389; IX, 14, 15, 18, 21, 66, 68, 69, 74, 87, 90, 91, 106, 116, 117, 122, 125, 142, 143, 146, 153, 156, 162, 172, 174, 370, 372, 441; — "Conclusões Teológicas", IV, 262/263.

— ESCOLAS OU ESTUDOS GERAIS: IV, 263; os "gerais" da Baía, VII, 155; planta, VII, 417, 419; inauguração anual dos Estudos, I, 101, 458; horário das Aulas, I, 74; V, 70–71; Férias, I, 93–96; V, 162, 184; disciplina Colegial, I, 88–93; preguiça e vadiagem, I, 83; V, 77; VII, 156, 212; correcção escolar, I, 88–95; VII, 419; distúrbios e sanções colegiais, IV, 266–267; V, 77; IX, 365.

— FESTAS ESCOLARES: I, 101–104, 458–459; IV, 265–266; VI, 44, 386, 402; prémios escolares, I, 104; Teatro Escolar (ver Teatro); Academias escolares, I, 75; Academia de S. Luiz Gonzaga, V, 435 (poesias).

— PROFESSORES: I, 85; pedem-se de Portugal, I, 87; VIII, 285; que se formem no Brasil, I, 87; despesas que a instrução importa e supõe, I, 183; o Prefeito Geral seguia os usos do Chanceler da Universidade de Évora, VIII, 387.

— REGULAMENTO ESCOLAR: Ordem ou regulamento escolar do Seminário de Belém da Cachoeira, V, 179–189.

— VARIA: Privilégio de os estudantes não sentarem praça senão mediante informação do Reitor e

Prefeito dos Estudos, IV, 272; VI, 47-48; IX, 188; batalhões e companhias militares dos Colégios contra os Invasores do Brasil, no Rio de Janeiro, Pernambuco e Baía (ver Alunos); o magistério de dois séculos, VII, 139-229; influência dos Colégios nas respectivas regiões, VII, 245-247; procedência social dos alunos, VII, 142-143; os resultados para a cultura do Brasil, incluindo Minas Gerais onde não houve Colégios, VII, 172-173, 348-349; desorganização e decadência da instrução pública do Brasil depois da perseguição de 1760 e saída dos Padres, IV, 275-278; V, 172, 487, 502; VII, 298. — Ver Pedagogia.
— EXTERNATOS: — Ver Colégios.
— INTERNATOS: — Ver Seminários.
— PARA MENINAS: VIII, 343. — Ver Recolhimentos.
Iperoig: — Índices: I, 594; II, 642, III, 470; V, 615; VI, 620; — VIII, p. 16, 25; IX, 427.
Iperuibe: I, 256.
Ipitanga: — Ver Fazendas.
Ipú: III, 58.
Iquitos: III, 407.
Irajá: VI, 22.
Irala, Domingos de: I, 335, 394; II, 195; IX, 81.
Iria, Alberto: X, p. XIII.
Irlanda: I, 356; VII, 98, 133, 247, 267, 269, 421; VIII, 142, 241, 327.
IRMANDADES: — Ver Confrarias; Ver Culto.
Irriberi, Maria: VIII, 83.

Isabel Clara: Infanta de Flandres. V, 46, 49.
Isabel Luisa Josefa, D.: Infanta de Portugal. Primeira filha de El-Rei D. Pedro II. IV, 292; VIII, 100; IX, 217, 314.
*Isla, José Francisco de: Escritor. VIII, 248.
Isócrates: VII, 151.
Itabaiana (Paraíba): V, 501.
Itabaiana (Sergipe): V, 325.
Itabaúna: VI, 447.
Itaboca: (Cachoeira): III, 333, 342.
Itacaré: V, 214.
Itacuruçá: VI, 22, 375.
Itaituba: III, 365, 366.
Itália: — Índices: I, 594; II, 642; III, 470; IV, 423; V, 615; VI, 620; VII, 468; — VIII, *passim;* IX, *passim.*
Itamaracá: — Índices: I, 594; II, 642; III, 470; V, 615; — VIII, p. 405.
Itambí: VI, 114.
Itanhaém: Casa e Aldeia da Companhia. VI, 434-436. — Índices: I, 594; II, 643; VI, 620; — VIII, p. 59.
Itaoca: VI, 88, 449.
Itapagipe: II, 357; V, 142, 145, 579.
Itaparí: III, 137.
Itaparica (Ilha de): I, 63; II, 57, 58, 275, 298, 523; IV, 25; V, 55, 65, 261, 266, 267; VII, 273; VIII, 404; IX, 88.
Itapicuru: V, 282, 284.
Itaporanga: I, 441.
Itapuã: II, 59; V, 98.
Itaquatiara: III, 389; VII, 328.
Itatim: VI, 213, 249, 250.
Itú: I, 274; VI, 369, 373, 379, 380; VIII, 29, 274; IX, 130.
Iurucuaquara: III, 54.

J

Jaboatão: VI, 471.
Jaboatão, Fr. António de Santa Maria: Escritor. — Índices: I, 595; II, 643; V, 615; VI, 620.
Jacareí: VI, 367, 378.
Jacarepaguá: VI, 22, 75.
Jacobina: II, 179; V, 295, 324; VI, 148; VII, 27, 29, 60; VIII, 242, 258, 259, 273, 329. — Ver Aldeias.
*Jacobsen, Jerome V.: Escritor. III, 223, 447, 449, 454; IX, 13.
*Jácome, Diogo: Um dos companheiros de Nóbrega: o primeiro que ensinou aos Índios a arte de torneiro, I, 237; biografia, I, 237; I, 18, 189, 190, 197, 208, 238, 255, 258, 276, 560; II, 425, 445; V, 218; VIII, p. XX, 24, 305; IX, 397, 398, 416.
*Jácome, João: Piloto. VII, 256.
*Jácome, Luiz: III, 91.
*Jácomo (do Congo): VIII, 305.
Jacuí: VI, 151.
Jacuruna: VI, 119.
Jacuruticoara: I, 225, 226.
Jacutinga: VI, 22.
Jaén: II, 492.
*Jaeger, Luiz Gonzaga: Escritor. V, 102; VI, 519, 590; IX, 14, 433.
Jaguaribe: III, 95.
Jaguaribe de Matos, F.: III, 380, 387.
Jaguaripe (Baía): II, 23; V, 261; IX, 366.
Jaguaripe (Nordeste): III, 95.
Jannsen, Bonifácio: V, 477.
JANSENISMO: IV, 298; VII, 335-338, 343; VIII, 117.
*Janssens, João Baptista: Geral. X, 306.

Japão (Ásia): I, p. XI e índices: I, 595; II, 643; III, 470; IV, 423; V, 615; VI, 620; VII, 468; — VIII, 56, 98, 126, 160, 224, 335, 337; IX, 91, 163, 164, 384.
Japão (Sergipe): V, 326.
Japoatã: V, 324.
Jardim, Domingos Freire: VI, 288, 289.
Jardim, Vicente Gomes: V, 503.
*Jarric, Pierre du: Escritor. I, p. XXX, 330, 395; II, 24, 356, 396; VIII, 77, 198; IX, 86.
Jau: Escravo de Camões. VII, 92.
Java: V, 405.
Jequié: V, 214.
Jerez de Badajoz: II, 260.
Jerónimo (Fr.): Carmelita. IX, 371.
Jerónimo, Manuel: VI, 41, 572, 573, 574; VIII, 143.
Jerusalém: I, 44.
JESUS CRISTO (CULTO E DEVOÇÕES):
— CICLO DO NATAL, IV, 240; VII, 405, 411; VIII, 290, 292; IX, 76, 222; o Menino Jesus no Presépio, em Belém da Cachoeira, V, 192-193; VIII, 290, 292; em todos os Colégios e Aldeias, II, 104; IV, 241; o Menino Jesus em pé e de vestir, IV, 241; o Nome de Jesus, orago dos primeiros Colégios, II, 311; IX, 172, 177; — figuras do Presépio da Vigia, IV, 102/103; "Escola de Belem. Jesus nascido no Presepio" e "Arte de Crear bem os Filhos na idade de Puericia dedicada ao Menino de Belem", VIII, 292/293.

— Ciclo da Paixão: Semana Santa, I, 243; II, 333-336; IV, 239; VI, 563-564; VII, 122; Quaresma (Cinza), IX, 108, 220; Passos e as suas imagens, II, 594; IV, 239; VII, 408; VIII, 360; IX, 86, 108, 228, 425; Penitências e disciplinas, II, 338; Crucifixão, IX, 215; VIII, 293; altar do Santo Cristo, VIII, 293; devoção à Santa Cruz, II, 331-333; IV, 239; IX, 207; Santa Cruz, orago de diversas Aldeias e Fazendas (ver estes títulos); o sinal da Cruz esforça os Índios numa guerra, II, 333; Santa Cruz dos Militares, IX, 202; Relíquia do Santo Lenho, II, 333; Senhor Morto, VII, 409; VIII, 385; — Bom Jesus dos Perdões, VI, 424/425.

— Ciclo da Resurreição: Sábado de Aleluia e Páscoa, I, 201; II, 335-336; IX, 215, 228; Ascensão do Senhor: Orago de Aldeia, V, 291.

— Coração de Jesus: referência de 1679, IV, 241; IX, 49; o livro "Anatomen Cordis Christi", VII, 112, 116, 117; nos púlpitos do Pará, IV, 242; Recolhimentos do "Coração de Jesus", III, 125; V, 161, 475-477; VIII, 343; em Minas Gerais, VI, 202-203; Salvador, VII, 405; VIII, 300.

— Cristo Rei: VII, 189; IX, 312, 342; — Cristologia, IX, 440.

— Ver Sermões de Vieira, IX, 440 (sobre os diversos mistérios da vida de Cristo); — ver Eucaristia.

Jesus, Manuel de: IX, 354.
Jesus, Rafael de: Escritor. IX, 322.
Jesus Maria, Fr. José de: Arrábido. IX, 195.
Jesus Maria José, Fr. Paulo de: Franciscano. Tradutor de Vieira. IX, 334.

Jiquitaia: Noviciado. V, 87, 103, 135, 141-150, 213, 550, 551, 574, 579, 600; VI, 75, 368; VII, 110, 119, 127, 128, 131, 134, 136, 138, 440; VIII, 51, 53, 217-219, 227, 267, 327, 375, 381, 386; IX, 19, 41, 48, 70, 122, 168, 364, 370; — as ruinas das suas instalações hidráulicas, V, 146/147.

Joane (trabalhador): II, 263.
João I, El-Rei D.: I, p. IX; V, 25.
João II, El-Rei D.: VII, 48.
João III, El-Rei D.: Envia ao Brasil os Padres da Companhia e cria o Estado do Brasil, com a sua primeira Constituição, o *Regimento de Tomé de Sousa*, II, 140-143; IX, 414-416, 418, 419. — Índices: I, 595; II, 643; III, 470; IV, 423; VI, 620; VII, 468; — VIII, p. VII, 111; IX, 7, 8; X, 313, 316.
João IV, El-Rei D.: Restaurador das Missões do Maranhão, III, 208; IX, 61; a sua Aclamação no Colégio do Rio, VI, 43. — Índices: III, 470; IV, 423; V, 615; VI, 620; VII, 468; — VIII, pp. 111, 138, 181, 182, 222, 223, 274; IX, 64, 192, 193, 204, 207, 213, 235, 240-243, 304, 310, 314, 315, 318, 351, 403, 404.
João V, El-Rei D.: — Índices: III, 470; IV, 423; V, 615; VI, 620; VII, 468; — VIII, pp. 43, 55, 77, 120, 130-132, 138, 176, 233, 287, 320, 340; IX, 19, 42, 69, 130-135, 137, 148, 168, 333; X, 316.
João VI, El-Rei D.: II, 109, 631; VII, 361.
João, Infante de Portugal: IX, 199, 221, 222.
*João, Adrião: Alfaiate e barbeiro. I, 568, 579.
João Amaro: V, 171.
*João, Gonçalo: V, 395; VI, 425; VII, 273.
*João, Luiz: IV, 353, 367.
*João, Miguel: VII, 434, 435.

Joaquim, Abade: IX, 337.
*Joaquim, José: VII, 430, 437.
*Joaquim, Pedro: VI, 604.
Joazeiro: V, 292, 551.
Joffily, I.: I, 503; V, 501.
Jordão, Levi Maria: — Ver Paiva Manso, Visconde de.
Jorge II: VI, 179.
Jorge, Aleixo: VI, 392.
*Jorge, António: Ir. Enfermeiro e Oleiro. I, 582.
*Jorge, António: Padre. VI, 154; VII, 424, 446.
Jorge, António: Morador de Pernambuco. I, 466.
*Jorge, Bernardo: VII, 145.
Jorge, Estêvão: Pai do P. Luiz Lopes. VIII, 321.
Jorge, João Baptista: V, 471, 498.
Jorge, José Garcia: V, 472, 474.
*Jorge, Marcos: II, 270, 552, 557; IX, 171.
Jorge, Ricardo: II, 579.
*Jorge, Silvestre: Arquitecto. IX, 94.
*Jorge, Simão: I, 576; II, 435; VI, 405.
Jorge Velho, Domingos: V, 310, 530, 533, 551; VI, 392 (outro?).
Jorge Velho, Salvador: VI, 317.
JORNALISMO: O primeiro no Brasil. IX, 397-401. — Ver Epistolografia.
*José (Ir.): I, 561.
*José, António: IV, 354, 363; VII, 318, 352; VIII, 305, 306; IX, 158.
*José, Bernardo: VII, 443, 447.
*José, Dâmaso: IV, 357, 366.
*José, Francisco: VI, 190; VII, 429, 448.
*José, Heitor: VIII, 177. — Ver Costa, Eusébio da.
José, Inácio (da Aula Militar da Baía): VII, 417, 420.
*José, Joaquim: VII, 434, 440.
*José, Leonardo: IV, 355, 364.
*José, Manuel: Missionário do Brasil. VI, 22; VII, 427, 448; IX, 372.
*José, Manuel: Missionário do Maranhão. IV, 352, 365; VIII, 245.

José, Arquiduque de Áustria: VIII, 219.
José, El-Rei D.: — Índices: II, 643; III, 470; IV, 423; V, 615; VI, 620; VII, 468; — VIII, 303, 328.
*Jouanen, José: Escritor. III, p. XXVI, 406-408, 413; IV, p. XXIII, 283, 284.
*Jouvancy, José de: — Ver Juvêncio.
*Juambelz, Jesús: Escritor. III, 454; VIII, p. XI; X, p. XII.
JUBILEUS: II, 309-317. — Ver Aldeias (cada uma tinha o seu, no dia do Orago), ver Confrarias (cada qual tinha o seu próprio); ver Sacramentos (jubileu eucarístico das 40 horas).
JUDEUS: VII, 82; VIII, 45, 47; IX, 235, 350, 403. — Ver Inquisição.
Júlio III: Papa. I, 23; II, 515, 516; VI, 252, 569; VII, 200.
Junco, Alfonso: Escritor. IX, 356.
Jundiaí: VI, 367, 379, 380.
Junqueira: VIII, 340.
Junqueira, Manuel Francisco: Mestre de navio. IV, 385.
Juquirí: VI, 367, 379.
Juquiriçá: V, 212.
JURISPRUDÊNCIA: VII, 128, 133; VIII, 354. — Ver Teologia Moral e Direito.
Jurubatuba: VI, 409.
Jurujuba: VI, 112.
Jurumuabo: V, 284.
Justiniano, D. Diogo da Anunciação: Arcebispo de Cranganor. IX, 198, 199.
*Justiniano, Lourenço: VI, 412; VII, 423, 447.
Justino: VII, 151.
*Justo Luca, João: III, 375, 376; IV, 345; VII, 98.
Juvenal: VII, 151.
*Juvêncio, José: Escritor. III, 8; VII, 151.
Juzarte, António: Cónego da Baía. II, 518.

Juzarte, D. Bernardo: Bispo de Cabo Verde. VII, 120, 274.
*Juzarte, Manuel: Ir. Coadj. — Ver Zuzarte.
*Juzarte, Manuel: Visitador do Maranhão. III, 86, 87, 215, 230; IV, 105, 155, 216, 225, 240; VI, 597; VII, 53; VIII, 306; IX, 184; — ass. autógr., VIII, 276/277.
*Juzarte, Martín: IX, 307.

K

Kalocsa: VIII, 206, 312.
*Karony, István: VIII, 41.
Kaulen, Franz: IX, 323.
Kaulen, João: Pai do P. Lourenço Kaulen. VIII, 307.
*Kaulen, Lourenço: Missionário da Amazónia. III, 352; IV, p. XIII, 357, 363; VII, 259, 352; VIII, 56, 57, 89, 207, 221, 230, 231, 246, 307–312 (bibliogr.); IX, 111, 149, 368; — "Mappa Vice-Provinciae", IV, 390/391; Cárcere de S. Julião, VII, 316/317; "Rudis Ichnographia", VII, 364/365.
*Kayling (ou Keyling), José: IV, 358, 364; VI, 601; VIII, 206, 221, 312.
Keijers, Agostinho: V, 26.
Keller (Dr.): II, 487.
*Keller, Francisco: VIII, 94; IX, 369.
Kensington: IX, 331.
Keyserling, Conde de: II, 374.
*Kieckens, J. F.: VIII, 22, 37.
Kincher, Joannes: VIII, 34.
*Kircher, Atanásio: Matemático. VII, 166. — Ver Museu do Brasil no Colégio Romano.
*Kisai, S. Jacobo: V, 137.
Kitzinger, Alexandre Max: I, 407.

*Kleiser, Afonso: Arquivista. III, p. XV; IV, 318.
Klincksieck, C.: VIII, 39.
Knivet, António: I, p. XXX, 221, 265, 266, 397, 409; II, p. XIII, 118, 386.
*Koch, Ludwig: II, 461.
*Koegl, Adão: VIII, 303.
*Kofler, João: VIII, 206.
Koin: III, 108; V, 381; VI, 139, 140.
Komotau: III, 76; VI, 600; VIII, 286
*König, João: VII, 164; VIII, 12.
Koos, Maria de: VIII, 219.
Koos, Susana de: VIII, 221.
Koster, Henry: V, 468, 469, 503.
*Kostka, S. Estanislau de: II, 596; V, 120, 126, 137, 468; VII, 315, 369, 387, 389, 412; consagra-se-lhe uma tese, VIII, 245; IX, 219, 325, 334–336, 357; — retrato no tecto da Sacristia da Igreja da Baía, V, 226/227.
Kotiri: IX, 148.
*Kovács, Jenö: IX, 363.
Krause, Fritz: IV, 302.
*Kratz, Wilhelm: Escritor. VI, 150; VIII, 207, 349, 350.
Kurz: VI, 556.
Küsell, Melchior: II, 630.

L

La Blache, Vidal de: VI, 248.
La Condamine, Carlos Maria: III, p. XXVI, 232, 266, 304, 305; IV, p. XXIII, 279, 283, 410; VII, 226, 282; VIII, 230, 231.
*La Croix, Cláudio: VIII, 128.
La Plata: IX, 30.
La Roncière: III, 406.
*Labbe, Filipe: VI, 46.
*Labbe, José: VI, 46.
*Laburu, J. A. de: IV, 192.
*Lacerda, Agostinho de: Missionário de S. Tomé. VIII, p. XX.
· Lacerda, Jorge: X, 300.
Lacombe, Américo: Escritor. X, 300.
Ladislau, Alfredo: IV, p. XV, 173.
Laet, João de: VIII, 17.
*Lafitau: IV, 303.
Lafões, Duque (D. Pedro Henrique de Bragança): VII, 154.
Lafone, A. Quevedo: I, p. XXXI, 243, 334–336, 341; II, p. XV, 195.
Lagares: V, 494.
Lagartera: VIII, 266.
Lagarto: V, 239; VIII, 44.
Lago Apodi: — Ver Apodi.
— Camacari: III, 358, 361.
— Capucá: III, 416.
— Constança: VIII, 303.
— Doirado: III, 307.
— Grande (Marajó): III, 250.
— Jaguararí: III, 303.
— Maracu: III, 188, 189.
— Padre Sampaio: III, 400.
— Sampaio: III, 388; IX, 112.
— S. António e Anjos: VI, 21.
Lago, Brás Pereira do: Capitão dos Estudantes. VI, 47.

*Lago, Francisco do: V, 190; VII, 422, 441; VIII, 146.
Lago, João Pereira do: VII, 54.
*Lago, Manuel do: VII, 430, 437.
Lagoa: VI, 469, 470.
Lagoa Boaçucuípe: V, 323.
— Feia: VI, 86.
— Guaraíras: V, 507, 535.
— Jaguaribe: V, 362; VIII, 325.
— Lauricocha: IV, 284.
— Mirim: VIII, 5.
— Neguetuus: VI, 214.
— Patos (R. G. do Sul): VI, 272, 501.
— Patos (S. Catarina): — Índices: I, 595; VI, 621; — VIII, 8; IX, 86, 121.
— Simão: II, 487.
— Verde: VI, 185.
*Lagott, Inácio (de Flandres): Pintor. V, 139; VI, 592.
Laguarda, Pedro de: VI, 435.
Laguna (Canárias): II, 481, 627, 628.
Laguna (S. Catarina): — Índices: I, 595; VI, 621; — VII, 13, 431; VIII, 5, 58, 270; IX, 84.
*Laines, Diogo: Geral. I, 4, 176, 345; II, 86, 243, 437, 463, 464, 466, 499, 522; VIII, 20, 21, 70, 107; IX, 10, 14, 427.
*Laines, Francisco: Bispo. V, 101; VII, 279; VIII, 52, 186, 326.
*Lamalle, Edmond: Escritor. III, 454; V, 347; VIII, p. XI, 94; X, p. XII, 300, 309.
Lama Longa: VIII, 64.
Lamas, Andrés: VIII, 27.
Lambertini, Próspero: VIII, 72. — Ver Bento XIV.

Lamego: — Índices: I, 595; III, 470; IV, 424; V, 615; VI, 621; VII, 468; — VIII, 7, 143, 163, 168, 267, 268, 278, 377; IX, 29, 86, 118, 121.
Lamego, Alberto: Escritor. — Índices: I, 595; III, 470; IV, 424; V, 615; VI, 621; VII, 468; — VIII, p. XIX, XXIV e *passim;* IX, 14, 22, 79, 144, 145, 149, 154, 187, 367, 368; X, 300.
Lamego, Alberto Ribeiro: VI, 83, 240.
Lameiras: IV, 353, 365; VIII, 85.
*Lamousse, Cláudio de: III, 264.
Lancaster, James: I, 488-490.
Landeck: IX, 367.
Landi, António José: Arquitecto. III, 222; IV, 179; VII, 341; VIII, 207; IX, 368.
Landim: VI, 600, 602.
Landsberg: VIII, 94.
Lang, Francisco Miguel: IX, 45.
Lannoy, Charles de: II, 374.
Laor: I, p. XI.
Lapa: IV, 324.
Laparelli, Verónica: VIII, 115.
Lapas: VI, 596; VIII, 185.
Lapela: III, 169, 183.
*Lapide, Cornélio à: IV, 382.
Lapius, Miguel Ângelo: VIII, 73.
Lara, António de Almeida: IX, 65.
Lara e Ordonhes, Diogo de Toledo: II, 631; VI, 385; VIII, p. XX, 20.
Laranjo Coelho: V, 103.
Las Casas, Bartolomeu de: II, 538; VII, 171.
Las Palmas (Ilha de): II, 253, 266; VIII, 69.
Lassos, Francisco Xavier de Araújo: V, 206.
LATITUDES ("TABOADA" DAS): IX, 131.
Lavradio, Marquês do (D. António de Almeida e Portual, 3.º Conde de Avintes): Vice-Rei do Brasil. VI, 27; VIII, 42, 129. — Ver também Avintes, Conde de.
Lavradio, Marquês do: Escritor. II, 207.
Launay, J. Belin de: IV, p. XXII.

Le Balleur, Jean Jacques: II, 387; VIII, 40. — Ver Bolés.
Le Febure, Ana: Mãe do P. Jacobo Cocleo. VIII, 160.
Le Roux: V, 131.
Leal, António Henriques: II, 210.
Leal, António de Sousa: III, 74.
Leal, Francisco Luiz: I, 77.
Leal, Inácio: Capitão. IV, 391.
Leal, José Barbosa: VII, 54.
Leal, Manuel Nunes: V, 129.
Leão XIII: Papa. II, p. VII, VIII.
*Leão, António: I, 583; II, 254, 258; VII, 426, 441.
*Leão, Bartolomeu de: Mestre de Tupi. I, 534; II, 561; V, 581; VI, 431, 432; VIII, 61, 62, 100, 313 (bibliogr.); IX, 172, 173.
Leão, Duarte Nunes de: VII, 171.
Leão, Ermelino A. de: II, 18.
Leão (Fr.): Beneditino. VIII, 148.
*Leão, João: VII, 430, 437.
*Leão, Manuel: Ir. Fundador de S. José dos Campos (S. Paulo). VI, 367-368; V, 585; VI, 91, 147, 155.
*Leão, Manuel (do *Rio de Janeiro*): VII, 421, 444.
Leão, Múcio: Escritor. III, 454; IX, 87.
*Leão, Pedro: V, 583; VI, 86, 88, 89.
*Leão de Sá, Inácio: I, 536; II, 554; VI, 92; VII, 161, 423, 444; VIII, 313.
Leblanc, Vincent: II, 371, 373.
Lebrón, Fr. Alonso: I, 323.
*Lebrun, Eustache: VIII, 153.
Leça de Palmeira: VII, 429; VIII, 226.
Leclercq, Dom. H.: V, p. XXV; VIII, 205.
*Ledóchowski, Wlodimiro: Geral. X, p. XI.
*Lee, Inácio: — Ver Stafford, Inácio.
Lehemann-Nitsche, R.: V, 298.
Leibnitz: IX, 67.
Leipzig: II, 550, 579; VIII, 17, 206, 236, 237; IX, 173, 187.
Leiria: III, 34; IV, 336; VI, 233; VII, 434; VIII, 192, 223.
Leiste, Cristiano: V, 64, 65; VIII, 205.

*Leitão, António (Séc. XVI): I, 576.
*Leitão, António (do Recife): V, 219, 498, 587.
Leitão, António Amaro: Capitão. VI, 465; VIII, 144, 381.
*Leitão, Diogo: II, 453.
Leitão, Diogo de Oliveira: VI, 400.
*Leitão, Domingos: VI, 343; IX, 196.
*Leitão, Francisco: I, 564, 579.
*Leitão, Francisco: Revisor Romano. VIII, 211.
Leitão, Francisco de Andrade: V, 366, 408.
*Leitão, Gonçalo: Professor. VII, 314.
Leitão, Heitor Mendes: Advogado. IV, 60; VIII, 10, 142; IX, 308.
Leitão, Jerónimo: Capitão-mor. I, 264, 293, 295, 305, 307, 324, 325; II, 67, 71, 220; VI, 355; VIII, 22.
*Leitão, João: V, 431; VII, 36; VIII, 337, 339; IX, 182.
Leitão, Joaquim: Escritor. III, 454; IV, 60; IX, 362.
*Leitão, José: VI, 7; VII, 426, 442.
Leitão, Manuel Nunes: V, 494.
Leitão, Martim: Ouvidor. I, 457, 500; II, 168, 323; V, 491; VIII, 93; IX, 166.
*Leitão, Pedro (de Lisboa): I, 442, 445, 584; II, 80, 357; IX, 165.
Leitão, D. Pedro: Bispo do Brasil. — Índices: I, 595; II, 643; V, 616; VII, 469; — IX, 421.
Leitão, Pedro: Capitão. II, 474.
Leitão, Simão: VI, 487.
*Leite, António: Cronista. II, 266; VIII, 81.
Leite, Aureliano: Escritor. VI, 397.
*Leite, Francisco: Revisor de Livros. IX, 177.
*Leite, Francisco: I, 571, 572.
*Leite, Gonçalo: Primeiro Prof. de Filosofia no Brasil. I, 76, 85, 96, 156, 565, 566; II, 227, 229, 231, 282, 502; VIII, 314; X, 315.
*Leite, João: IV, 148, 335.
*Leite, José: II, 251.

Leite, Pascoal: VI, 286, 288.
Leite, Pedro da Mota: VI, 238.
*Leite, Serafim: — Índices: I, 595; II, 643; III, 471; IV, 424; V, 616; VI, 621; VII, 469; — VIII, p. XXIV, 244/245, e passim; IX, 20/21 e passim; X, 302-311.
Leite, Solidónio: Escritor. IX, 353, 432.
Leite de Castro, Cristóvão: V, p. XXII.
Leite Cordeiro, José Pedro: VI, 390; IX, 14; X, 300, 305, 311.
Leite Penteado, José Manuel: VI, 401.
Leite Penteado, Lourenço: VI, 401.
Leite Pereira, Francisco Lobo: II, 174, 177, 218.
Leite Rebelo, Gervásio: IX, 136.
Leite da Silva, João: VII, 187.
Leite da Silva, Maria: VI, 392.
*Leite da Silva, Serafim: V, 469.
Leite de Vasconcelos, José: V, 197.
Lellis Vieira: VI, p. XVI.
Lelou, Pedro: III, 88.
Leme, António da Silva: VI, 459.
Leme, João: VII, 217.
Leme, Luiz Dias: VI, 369.
Leme, Mateus: VI, 391.
Leme, Pero (o novo): VI, 237.
Leme, Pero (o velho): I, 261; VI, 382.
Leme, D. Sebastião: Cardeal. III, p. XX, 489; IV, 441.
*Leme Lopes, Francisco: X, 312.
Lemonnyer, A.: II, 16.
Lemos, António Coelho de: V, 471, 472.
Lemos, António Pinheiro de: Cirurgião. VII, 218.
*Lemos, Domingos de: Boticário. VII, 452.
Lemos, Duarte: I, 18, 225, 226, 234.
*Lemos, Francisco de: I, 513, 516, 519, 526, 578; V, 199, 200, 268; VI, 233-235; VIII, 315.
*Lemos, Fulgêncio de: V, 61; VI, 590.
Lemos, João Coelho de: V, 471.
*Lemos, Luiz de: I, 582.
Lemos, Luiz Coelho de: V, 471.
Lemos, Manuel Coelho de: V, 471.

Lemos, Vicente de: Escritor. I, 526; V, 506, 525, 530.
Lemos Brito: IV, 209.
Lemos Conde, Manuel de: VI, 446.
Lencastre, Cardeal D. Veríssimo de: IV, 9; IX, 296, 299.
Lencastro, D. Fernando Martins Mascarenhas de: V, 536, 545.
Lencastro, D. João de: Governador Geral do Brasil. — Índices: III, 94; V, 616; VI, 621; VII, 469; — VIII, 49, 50, 162, 199, 210, 286, 296; IX, 66, 411.
Lencastro, D. Rodrigo de: VII, 89; VIII, 199; IX, 411.
Lençóis(Praias de): III, 20, 26, 28, 166.
León, Fray Luiz de: VII, 178.
*Leonardo, Manuel: — Ver Rolim, Manuel Leonardo.
*Leonhardt: I, 351, 352, 354–356; VI, 250.
Leopoldo I: Imperador. IX, 45.
Leopoldo e Silva, D. Duarte: V, 454; VI, 239, 371; VIII, 3.
Leorne: IV, 180.
Lérida: I, 355.
Lerma, Duque de: III, 100.
Lery, Jean de: I, 178, 362, 379, 380; II, 19, 20.
Lessa, Clado Ribeiro de: Escritor. IV, p. XVIII; V, 404, 601; VI, 42, 44, 84, 212, 277; VIII, 240; IX, 240, 243, 304.
Lessa, Vicente Temudo: VIII, 40.
Lessing: V, 64, 65; VIII, 205.
Letras: IX, 448–450. — Ver Instrução (Humanidades); Novelas; Oratória; Orações Fúnebres; Panegíricos e Discursos Académicos; Poesia; Teatro; — Ver Ciências, Artes e Letras.
*Leunis: II, 340.
Levene, Ricardo: VI, 547.
Levi-Strauss, Claude: II, 295.
Levillier, Roberto: I, 346, 348.
Lezcano, Juan Sanches de: I, 336.
*Lhande, Pierre: Escritor. VIII, 38.
Lião: V, 93; VII, 160; VIII, 23, 34.

Liberdade dos Índios: O Breve do Papa Paulo III (1537), VI, 252; legislação portuguesa, II, 194–201; Portugal defende a liberdade dos Índios, II, 142; o 1.º acto de liberdade (pelo P. Nóbrega em 1549), IX, 417; violências dos Colonos, IX, 378, 379; a Mesa da Consciência e o "Parecer" do P. Nóbrega, II, 201–206; VII, 182–184; IX, 11, 428; debates e escrúpulos, II, 224–231; VIII, 91, 93, 266, 314; o cativeiro legal e a jurisprudência do tempo, II, 231–235; a lei de 20 de Março de 1570, II, 206–212; a lei de 26 de Julho de 1596, II, 212–214; a lei de 30 de Julho de 1609, V, 3–8; motim da Baía (1610), V, 5–8, 21–22; VIII, 269; lei de 10 de Setembro de 1611, V, 8, 19–22; o sermão das Tentações de Vieira no Maranhão contra os cativeiros injustos, IV, 45–51; IX, 211; o sermão aos Peixes ou sermão das Verdades, IX, 212; o sermão das Missões ou sermão Amazónico, IX, 216; o da Palavra de Deus, IX, 212; Lei de 9 de Abril de 1655, IV, 53; motim do Maranhão e Pará (1661), IV, 54–60; VIII, 10, 142, 339; IX, 46, 216; o tráfico em Gurupá, III, 348; lei de 1 de Abril de 1680 (Vieira), IV, 63–67; IX, 407; motim do Maranhão de 1684 "Motim do Estanco", IV, 72–85; VII, 98, 124, 309; VIII, 166, 169, 229, 266, 276, 294; IX, 22, 44, 46, 49, 50, 65, 70, 128, 186, 309; — o "Regimento das Missões do Estado do Maranhão e Grão Pará" de 1686, IV, 87–93, 369–375; VIII, 98; reservas do P. António Vieira, VII, 75–77; IX, 408; Alvará sobre os resgates de 1688, IV, 377–380; Tropas de resgate (ou do Sertão), VIII, 69, 75, 152, 320; IX, 27, 47, 189, 307; processos dos escravizadores, I, 167–168; II, 214–222; VI, 514–515; razões e contradições dos escravizadores, VI, 585–587; as guerras "ofensivas" destroem as Aldeias, IX, 189; — as escravas, II, 223-224; o facto do cativeiro, VI, 267; o preço dos índios em 1626, VIII, 239; o cativeiro injusto, pecado mortal, II, 280; o drama da liberdade no Sul, VI, p. IX-XII; "Encomiendas" da América Espanhola, VI, 334; menoridade dos Índios, II, 61, 82; VI, 99, 227-229; os Padres, curadores dos miseráveis Índios, V, 335; — o Breve de Urbano VIII, (1639), VI, 251-252, 569-571; VIII, 147, 322; motim no Rio de Janeiro (1640), VI, 32-41; VII, 21, 30; VIII, 389; em Santos, VI, 415-423; VIII, 146-147; crise em S. Paulo, VI, 244-319; a "caça ao Índio", VIII, 144, 382; IX, 23; posição dos Jesuítas Portugueses e Espanhóis, solidários na questão doutrinal (liberdade dos Índios), opostos nas questões nacionais e territoriais, VI, 251, 308-309, 556-557; — as Administrações particulares, VII, 67, 69; VIII, 45, 289, 295; IX, 67, 104; o "Voto" de Vieira, VI, 320-354; VII, 81-84, 87, 105; IX, 193, 309, 409-410; — proibição régia de haver administradores seculares nas Aldeias (1695), V, 526; ódio dos Brancos aos Padres por defenderem a liberdade dos Índios, VI, 98-99; para a favorecer vão os Padres a Mato Grosso, VI, 216-219; "Novo Regimento dos Índios" do P. Manuel de Sequeira, VII,138; IX, 122; o P. Bento da Fonseca propõe se proiba totalmente a escravidão dos Índios, VII, 243, 246; "são por natureza livres" (José Vidigal), IX, 190; Índios forros, VI, 362-363; Protecção aos Índios, VI, 227-229; os Padres Protectores dos Índios, II, 629; V, p. XII-XIII; no Norte o negreiro expulsou o Jesuíta, VII, p.IX; trabalhos forçados, no regime do "Directório dos Índios" que sucedeu aos Jesuítas, VII, 326-328, 330, 346, 356.

Lichthart: III, 108.
Liège: IX, 89.
*Liétard, Nicolau: I, 378, 379.
Ligório, S. Afonso Maria de: VII, 156.
Lima: I, 345, 349, 357, 358, 488; III, 406; IV, 30; VI, 335; VIII, 323; IX, 29.
*Lima, António de (da Baía): I, 534; VI, 6; VII, 422, 449; VIII, 315.
Lima, D. António de: II, 471.
Lima, António Gomes: V, 467.
Lima, Augusto de: Escritor. VIII, 41.
*Lima, Bento de: I, 221; II, 189.
Lima, Diogo Lopes de: II, 146.
*Lima, Domingos de: VII, 430, 437.
Lima, Domingos Vieira de: V, 401.
*Lima, Francisco (de Angola): VII, 126, 274; VIII, 199.
*Lima, Francisco (da Baía): I, 536; II, 584, 585; V, 569, 583; VI, 147-149, 360; VII, 422, 435; VIII, 316; — ass. autógr., VIII, 276/277.
Lima, D. Fr. Francisco de: Bispo de Olinda. V, 340, 434; IX, 196.
Lima, Francisco Dias: IX, 146.
Lima, Isabel Gomes de: Mãe do P. Cornélio Pacheco. IX, 31.
*Lima, João de: VII, 153.
Lima, Jorge de: Escritor. I, 366, 384; II, 42, 390, 489; VIII, 40, 41.
*Lima, José de: V, 155, 239, 483; VII, 422, 436.
*Lima, Manuel de: Ápostolo dos Ardas. V, 583; VII, 275; VIII, 51, 318 (bibliogr.).
Lima, Manuel de: Pai do precedente. VIII, 318.
*Lima, Manuel de (da Baía): VII, 426, 450.
*Lima, Manuel de: Missionário da Índia e do Maranhão. IV, 9, 35, 47, 336.
*Lima, Manuel: Irmão, náufrago e morto com o P. Luiz Figueira. IV, 148, 335.
*Lima, Manuel de: Visitador. — Índices: I, 595; II, 643; IV, 424; V, 616;

VI, 621; VII, 469; — VIII, p. 60, 165, 316-317 (bibliogr.), 380, 393; IX, 139, 156, 172.
Lima, Manuel da Cruz: V, 496.
Lima, Manuel Monteiro: V, 471.
Lima, Manuel de Oliveira: — Ver Oliveira Lima.
*Lima, Mateus de: VII, 358, 431, 440.
Lima, Nestor: V, 549.
Lima, Pascoal de: Sargento-mor. IV, 391.
Lima, Pascoal Gomes de: Alferes. VIII, 121.
Lima, Pero de: II, 324.
*Lima, Xavier de: VIII, 316.
*Lima Junior, Alexandre de: VII, 269.
Limãos: VII, 424. — Ver Limões.
Limeira: V, 327.
Limerick: I, 356; VIII, 241.
Limites do Brasil: VI, 554-560; VII, 340-342; IX, 50, 115, 148, 396.
Limoa, Catarina: I, 502.
Limões: VIII, 274.
Linguística Africana: Vieira fomenta a aprendizagem da Língua de Angola, VII, 78; "Arte da Língua de Angola" de Pedro Dias, VIII, 196/197, 199, 200; "línguas" de Angola, VII, 125, 144, 275-278, 371; VIII, 4, 26, 138, 141, 157, 318; IX, 402; "Catecismo na língua dos Ardas" de Manuel de Lima, VIII, 318. — Ver Escravatura Negra.
Linguística Americana: — Língua Brasílica ou Tupi (Tupi-Guarani), Língua Geral, Nheengatu (Amazonas), I, 248, 351; II, 545-561; V, 332; VI, 339, 563; no Brasil quem a sabe é teólogo, IX, 385; seu ensino, II, 561-565; IV, 310-316; V, 217; VII, 64, 161; obrigatória para os Jesuítas, VII, 84; pronúncia e ortografia, não à espanhola, mas à portuguesa, VIII, 313; exame, VII, 371; Vieira promove o seu estudo, VII, 370; IX, 343; como instrumento de contacto e conversão, VII, 78; o sermão de Vieira sobre as línguas indígenas, IX, 222; mestres, VIII, 140, 315; IX, 127, 169, 172, 187; "línguas", I, 564, 567; VII, 5, 15, 16, 19, 22, .23, 61, 272; VIII, 64, 67, 83, 140, 141, 143, 145, 157, 160, 175, 181, 183, 222, 228, 273, 380; IX, 24, 60, 86, 87, 91, 106, 113, 121, 123, 126, 139, 146, 153, 156, 169, 171-173, 183, 184, 191, 370, 402; poesia, IV, 293-294; VIII, 61 (64/65); IX, 172-173 (88/89); teatro, VIII, 28, 29, 183; "Arte de Gramática" de José de Anchieta, II, 544/545, 550-551; VIII, 16, 16/17, 17; "Arte da Língua Brasílica" de Luiz Figueira, II, 551; IV, 313; VIII, 235-237; "Vocabulário na Língua Brasílica" de Leonardo do Vale, II, 552-556; IX, 168/169, 170; Catecismo de Pero Correia, II, 556; VIII, 176; Catecismo de Leonardo do Vale, II, 27; IX, 171; Catecismo de José de Anchieta, II, 559; Catecismo feito no Paraguai pelos Padres do Brasil, I, 353; "Catecismo na Língua Brasílica" de António de Araújo, II, 556-560, 560/561; VIII, 60, 61, 64/65; Catecismo de António Pereira, IV, 315; Catecismos de António Vieira, IV, 313; IX, 348; Catecismo de Betendorff (Compendio), IV, 314; VIII, 64/65, 99; Catecismo de Marco António Arnolfini, IX, 188; Catecismo de Luiz Maria Bucherelli, VIII, 125; IX, 188; Catecismo de José Vidigal, IV, 315; IX, 188; — Diversos documentos, VIII, 157, 206, 225, 243, 268, 314.
— Outras Línguas do Brasil: Acará, V, 294; Aimoré, V, 216; VIII, 379; línguas amazónicas, IV, 313; catecismos nas línguas amazónicas, IV, 115-116, 313; dos Bócas, IX, 348; dos Jurunas, IX, 348; dos Manaos, IX, 187, 188; dos Nheengaíbas, IX, 18, 348; dos Tapajós,

IX, 348; Ibirajara, I, 351; Maromomim, II, 445; VIII, 30, 395-396; Catecismo e Vocabulário na Língua Maromomim do Padre Manuel Viegas, II, 566; IX, 192; Quiriri (Kiriri), V, 294; VIII, 160, 161, 166, 171, 214, 215; IX, 102; Arte e Catecismo Kiriri de João de Barros, V, 294; VIII, 88; de Mamiani, V, 326; VIII, 196/197, 351-353.
Linhares: VI, 600; VIII, 120.
Linhares, Conde de: II, 152; V, 243, 244, 248; IX, 185.
Linhares, Condessa de (D. Filipa de Sá): Filha de Mem de Sá. I, 161; II, 152; V, 215, 220, 243, 245, 246, 251, 255, 444; VI, 424; VII, 60, 287; VIII, p. XIX, 184; IX, 141.
Lino, Raul: I, 29.
Liorne: IX, 280, 407.
*Lira, Francisco de: Missionário do Ceará. III, 31, 68, 82, 83; V, 498, 585; VII, 421, 450; VIII, 167, 180.
Lira, Nicolau de: II, 544.
Lisboa: — Índices: I, 595; II, 643; III, 471; IV, 424; V, 616; VI, 621; VII, 469; — VIII, *passim;* IX, *passim;* X, 313; — metrópole missionária do Mundo no Século XVI (América, África e Ásia), IV, 342/343.
Lisboa, António Ferreira: V, 576; VIII, 218.
Lisboa, Baltasar da Silva: Escritor. — Índices: I, 595; II, 649; V, 616; VI, 621; — VIII, 21; IX, 5, 10, 43.
Lisboa, Fr. Cristóvão de: III, 327; IV, 99.
Lisboa, João Francisco: Escritor. III, p. XXVI, 226; IV, p. XIX, XXIV, 15, 17, 200; VIII, 69; IX, 145, 239, 322, 358.
Lisboa, José da Silva (Visconde de Cairu): V, 161; IX, 358; — "Espírito de Vieira", IX, 360/361.
Lisboa, Virgínio Gomes: V, 436.
LITURGIA: VIII, 83.

Livros: Aprovação régia, VII, 106; VIII, 49; IX, 410; aprovação do Provincial de Portugal, VIII, 302; revisão, VIII, 292-295, 302, 361, 364, 365; IX, 68, 70, 75, 109, 121, 128, 175, 177, 178, 183, 195, 315, 354, 370, 410; índice dos Padres revisores, IX, 452. — Ver Bibliografia; Bibliotecas; Editores e Livreiros; Tipografias.
Lobato, Gonçalo Pereira: Governador do Maranhão. III, 195; IX, 79.
*Lobato, Cipriano: VII, 428, 439.
*Lobato, João: Sertanista e tido por santo em vida. I, 330; VII, 7; VIII, 318-319 (bibliogr.). — Índices: I, 595; II, 643; VI, 621; — ass. autógr., VIII, 276/277.
Lobato de Jesus, António: V, 152.
Lobeira, Manuel: I, 465.
*Lobo, Álvaro: I, 239; II, 609; IV, 299; VIII, 269.
*Lobo, António: VI, 431.
Lobo, D.º: Juiz do Povo. VI, 576.
Lobo, Diogo: Mestre de Campo. V, 380, 381; VIII, 322.
Lobo, D. Francisco Alexandre: Bispo de Viseu. IV, p. XVIII; IX, 358, 360/361, 412.
*Lobo, Gaspar: I, 570, 578.
*Lobo, Gedeão: I, 568.
Lobo, Hélio: Escritor. IX, 432.
*Lobo, Jerónimo: V, 357, 358.
Lobo, D. Manuel: Fundador da Colónia do Sacramento. VI, p. IX, 308, 309, 533, 536-538, 589; VII, 64.
Lobo da Silva, Luiz Diogo: V, 427, 485.
Lobrigos: IV, 358, 367.
Logroño: II, 260; VIII, 34.
Loiola (Castelo de): I, 3; VIII, 366.
Loiola, Beltrán de Oñás y: II, 482.
Loiola, D. Fernando António de (Marquês de Olmeda): IX, 326.
*Loiola, S. Inácio de: Fundador. I, 454; IV, 245, 266-267; VI, 202; "favas de S. Inácio", VII, 378; última festa no Pará, VII, 347; método, VIII,

8; festas de canonização, VIII, 165; advogado contra partos difíceis, IX, 81. — Índices: I, 596; II, 643; III, 471; V, 616; VI, 621; VII, 469; — VIII, p. VII, 18, 39, 55, 63-65, 69, 70, 83, 89, 107, 188, 197, 244, 246, 284, 291, 343, 354, 363-366, 374; IX, 9, 10, 29, 105, 217, 317, 335, 336, 414, 421, 422, 430; X, 313; S. Inácio é orago de diversas Aldeias; — retrato da Baía, VI, p. IV/V.

Lonck, Henrique: V, 347, 489.

Londres: IV, 13; V, p. XIX; VI, 241; VII, 6, 167, 267-269, 337, 433; VIII, 8, 9, 11, 22, 37, 66, 132; IX, 187, 236, 320, 341, 403.

Longa: I, 564.

*Longaro degli Oddi: Escritor. VIII, 36.

Longases: V, 562.

Longos Vales: IV, 347.

Lope de Vega: IV, 410; VII, 157.

*Lopes, Agostinho: VII, 361.

*Lopes, Amaro: Mestre Oleiro. I, 448, 580; II, 592; V, 199, 200.

*Lopes, António (de *Braga*): V, 586.

*Lopes, António (de *Folques*): IV, 358, 366.

*Lopes, António: Noviço. II, 252.

*Lopes, Baltasar: I, 500-503.

*Lopes, Bento: I, 570, 571; VI, 590.

*Lopes, Bernardo (de *Lisboa*): VI, 531; VII, 427, 445.

Lopes, Cristóvão: I, 547.

Lopes, Domingos: Pai do P. Francisco de Sousa. IX, 142.

Lopes, Diogo: Congregado Mariano do Recife. V, 471.

*Lopes, Diogo: Escritor. IX, 315.

*Lopes, Francisco (Ir.): IV, 336.

*Lopes, Francisco: Espanhol. I, 26, 566, 567, 570.

*Lopes, Francisco: Pregador espanhol. IX, 282.

*Lopes, Francisco (de *Freixo*): IV, 358, 366.

*Lopes, Fernão: I, 579.

*Lopes, Gabriel: I, 584; VI, 160.

Lopes, Henrique: IV, 88, 78.

Lopes, Irmãos: III, 167.

*Lopes, João: VII, 452.

*Lopes, José: Vice-Provincial do Maranhão. — Índices: III, 471; IV, 424; VI, 621; — VIII, 213, 319-321 (bibliogr.); partidário de se largarem as Aldeias do Pará, VIII, 321; IX, 126, 145, 155; — autógr., IV, 230/231.

*Lopes, José: Farmacêutico. V, 497; VII, 434, 451.

*Lopes, José (no *Funchal*): II, 253.

*Lopes, Luiz: Secretário do Visitador Pedro de Moura. V, 380; VI, 34, 36, 593; VIII, 321 (bibliogr.); IX, 406.

*Lopes, Manuel (de *Avelar*): IV, 344.

*Lopes, Manuel (da *Madeira*): IV, 340.

*Lopes, Manuel (de *Mourão*): IV, 351, 364.

*Lopes, Manuel (de *Viana*): Sapateiro. VII, 432, 443.

Lopes, Maria: Mãe do P. Luiz Lopes. VIII, 321.

*Lopes, Miguel (do *Porto*): VI, 88, 89; VII, 426, 444.

*Lopes, Miguel (de *S. Mamede*): IV, 347, 349.

Lopes, Nicolau: II, 460.

*Lopes, Pascoal: IV, 367.

*Lopes, B. Simão: Mártir do Brasil. II, 263.

Lopes, Tomás: VI, 550.

*Lopes, Vicente: I, 571, 572.

Lopes de Almeida, M.: Escritor. VII, p. XVII, 350; VIII, 57; IX, 157; X, p. XIII.

Lopes de Lavre, André: VII, 291.

Lopes Rodrigues: II, 570, 585; VIII, 40.

*Lopetegui, León: VI, 335.

Lordelo: VIII, 257.

*Lorenzana, Marcial de: I, 349.

Loreto: I, 207.

Loreto Couto, Domingos do: Escritor. — Índices: I, 595; III, 471; V, 616;

VI, 621; VII, 469; — VIII, p. XXIV,
124, 145, 166, 172-173, 216, 257, 258,
288, 328, 353, 373; IX, 31, 76, 372.
Lorvão: IV, 347; VII, 130; VIII, 180.
*Lossada, Manuel: V, 222, 225, 226;
VII, 452.
Lourdes: I, 207.
*Lourenço, Agostinho: Missionário do
Guaporé. VI, 218-224, 548; VII,
425, 448; VIII, 322-323 (bibliogr.).
Lourenço, André: Médico. VII, 227.
*Lourenço, António: VIII, 85. — Ver
Baptista, António.
*Lourenço, Bartolomeu: I, 571.
*Lourenço, Brás: Biografia, I, 403-404.
— Índices: I, 595; II, 643; V, 616;
VI, 621; VIII, 323 (bibliogr.); IX, 58.
Lourenço, Francisco: Cirurgião-mor.
Pai dos Padres Inácio Rodrigues e
Simão Álvares (Gusmões). IX, 85.
*Lourenço, Gaspar: Funda a 1.ª escola
de Sergipe, I, 440. — Índices: I,
595; II, 643; — V, 281, 316; IX, 163.
*Lourenço, José: Boticário e Enfermeiro. V, 586; VII, 453.
Lourenço, Manuel: I, 23.
Lourenço, M. Santos: IX, 360.
Lourenço, Silvestre: I, 482.
Lourenço Filho, M. B.: III, 454.
Loures: IV, 358, 367; V, 74.
Loures, Manuel Ferreira: V, 471.
Louriçal, Marquês de: V, 580; VIII,
348.
Louriçal, 3.º Marquês de: — Ver Meneses, D. Henrique de (Conde da
Ericeira).
Louro: VII, 429.
Lousã: VIII, 380.
*Lousado, Agostinho: VIII, 324.
Lousal: V, 85; VI, 599; VIII, 334.
Lovaina: I, 356; VII, 269; VIII, 210;
IX, 362, 398.
Lowie, Robert H.: IV, 302.
Loyola: — Ver Loiola.
*Lozano, Pedro: Escritor. I, p. XXX,
347, 351-355, 357, 358; II, p. XIII,
482; IX, 29.

Luanda: V, 395; VI, 12, 187, 425,
594, 603; VII, 124, 270, 271, 273,
275; VIII, 138, 141, 318.
Lubambo, Manuel: I, 455.
Luca: IV, 350; VII, 120; VIII, 45, 66.
Lucas, João de Almeida: IX, 234.
*Lucchesini, Carlos: VIII, 77.
Luccoch, John: II, 550; VIII, 237.
Lucena: V, 501.
*Lucena, Fabiano de: I, 216, 226, 236,
276, 277, 318, 574; II, 240, 282, 448.
*Lucena, Francisco de: I, 575.
*Lucena, João de: Escritor. II, 250,
263; VII, 171; VIII, 80.
*Lucena, Sebastião de: VII, 361.
Luciano: VII, 151, 152.
Lúcio de Azevedo, João: Escritor. —
Índices: I, 596; II, 642; III, 471;
IV, 424; V, 616; VI, 621; VII, 469;
— VIII, p. XXI, XXII e *passim*;
IX, *passim*.
Ludovice, Cardeal Ludovicus: IX, 335,
336.
Lugano: VIII, 89.
*Lugo, Cardeal: VII, 185.
Lugon, C.: VII, 340.
Luisa de Gusmão, D.: Rainha de Portugal. III, 24; IV, 60; V, 58; VII, 35,
55; VIII, 336; IX, 109, 216, 243-
245, 301, 307, 318, 350, 405.
*Luisier, Afonso: VIII, 123.
Luiz (órfão): I, 40.
Luiz XIV: II, 351; VII, 103.
*Luiz, Afonso: Carpinteiro. V, 342,
343, 386.
*Luiz, Agostinho: V, 33, 35, 48, 219,
344; VI, 592; VII, 38; VIII, 339;
IX, 180.
*Luiz, António: Carpinteiro. I, 584; V,
378, 416.
Luiz, António: Colono de S. Vicente.
I, 372.
*Luiz, António (do *Porto):* V, 239; VI,
137; VIII, 325.
*Luiz, António (Noviço): VII, 440, 453.
*Luiz, António: Defende teses no Maranhão. VIII, 245, 248.

Luiz, Domingos: I, 313.
*Luiz (Carapeto), Fernão: I, 221, 257, 292, 377, 394, 402, 421, 446; II, 189; III, 449; VI, 404; IX, 430.
*Luiz, Filipe: IV, 348.
*Luiz, Francisco: VII, 430, 437.
*Luiz, Gaspar: II, 449.
*Luiz, Gonçalo: I, 426, 432, 565.
*Luiz, Inácio: IV, 344.
Luiz, Infante D.: II, 81.
*Luiz, João (da Baía): V, 63, 323, 362, 363, 381, 399, 424; VIII, 168, 325; 339; — ass. autógr., VII, 76/77.
*Luiz, João (de Loures): IV, 358, 367.
*Luiz, Manuel [Sénior]: VIII, 336, 337.
*Luiz, Manuel (de Lisboa): VI, 602.
*Luiz, Manuel (de Portimão): Piloto. VII, 34, 36, 255; VIII, 325, 339; IX, 182, 232/233.
*Luiz, Manuel: Autor da Vida do Príncipe D. Teodósio. IX, 175, 245.
*Luiz, Manuel (da Prov. de Portugal): VI, 345; IX, 300.
*Luiz, Manuel (de Trás-os-Montes): III, p. XXIII; IV, p. XXI, 357, 366, 368, 410; VII, 358; VIII, 154, 308, 325-326 (bibliogr.).
*Luiz, Paulo: III, 348, 349; IV, 338.
Luiz, El-Rei D.: II, 439.
Luiz, Sebastião: II, 64.
*Luiz, Simão: Carpinteiro. IV, 336, 340.
Luiz, Simão (filho de colono): II, 271.
*Luiz, Tomás (de Edimburgo): Enfermeiro. VII, 269, 434, 437; IX, 123.
Luiz, Washington: II, 382.

Lumiar: V, 244, 559; VII, 424; VIII, 348, 349.
Luna, José de: Da Congregação dos Ritos. VIII, 31, 32, 74.
Lupina Freire, Pedro: IX, 320.
Luquet (Mgr.): VIII, 112.
Lusitano, Cândido: IV, p. XX. — Ver Freire, Francisco José.
Luso, João (Armando Erse de Figueiredo): X, 300.
Lustosa, D. António de Almeida: III, 229.
*Lustosa, Bento: VII, 430, 437.
*Lustosa, Eduardo: III, 453.
Luxemburgo: IV, 318; VIII, 9, 98, 377; IX, 174.
*Luz, Manuel da: Boticário. III, 76; VII, 279; VIII, 326.
Luz, Maria da: Avó do P. José de Moura. VI, 412.
Luz, Maria da: Mãe do P. Luiz Carvalho. VIII, 154, 326.
Luz, Sebastião da: II, 619.
Lynch, Catarina: Mãe do P. Tomás Lynch. VII, 133.
Lynch, Estêvão: VII, 133; VIII, 327.
*Lynch, Guilherme: VII, 267, 433, 438; IX, 123.
Lynch, Henri J.: III, p. XVIII.
*Lynch, Tomás: Provincial. Biografia, VII, 133-135. V, 87, 148, 431; VI, 15, 19, 601, 602; VII, 247, 269, 421, 435, 456; VIII, 129, 149, 196, 258, 327-330 (bibliogr.); — ass. autógr., VII, 76/77.

M

Mac-Dowell, Mons.: VI, 68.
Mac-Dowell, Samuel: I, p. XXIII; III, p. XIX.
*Mac Erlean, John: IV, 338; VII, 135; VIII, 142, 330.
Macacu: I, 548, 549, 582; VI, 115; VIII, 313. — Ver Fazendas.
Macaé: VI, 83, 90, 93, 94; VII, 68.
Maçangano: VII, 272.
Macapá: III, 264, 265; IX, 161.
Macaré: III, 262.
Macau: III, p. X; VI, 167, 195, 196; VII, 280; VIII, 46, 160.
*Macedo, António de (de Freixo): IV, 350; VIII, 98, 301.
*Macedo, António de: Escritor. VIII, 8, 175.
Macedo, António de Souto de: V, 477.
*Macedo, Dâmaso de: VII, 429, 440.
*Macedo, Domingos de: III, 387.
Macedo, Duarte Ribeiro de: — Ver Ribeiro de Macedo.
*Macedo, Fernando de: I, 222; II, 475, 506.
*Macedo, Francisco de: VI, 358; VII, 423, 447.
*Macedo, Francisco de (Fr. Francisco de S. Agostinho de): V, 60.
*Macedo, José de: V, 585.
Macedo, José Agostinho de: Poeta. IX, 352.
*Macedo, Manuel de: Carpinteiro. III, 92; V, 586; VII, 432, 450.
Macedo, Mateus de: VI, 153.
Macedo, Paulo Rodrigues de: V, 288.
Macedo, Pedro Monteiro de: Governador. V, 496.
Macedo, Rangel de: II, 149, 471.

*Macedo, Sebastião de: VII, 430, 437.
Macedo, Sérgio D. T.: III, 454.
Macedo Costa, D. António de: Bispo do Pará. VIII, 72.
Macedo Soares, José Carlos de: Escritor. III, p. XVIII, 266, 421; V, p. XXI, XXII; VI, 547; X. pp. VII, XV, 304, 305.
Macela, Guilherme: Francês. VI, 584.
*Maceta, Simão: II, 452; VI, 324, 337, 362, 519.
*Machado, António (da Baía): VII, 51; VIII, 339.
*Machado, António: Missionário dos Gamelas. — Índices: III, 471; IV, 425; — VIII, p. 87, 250, 252, 331-332 (bibliogr.); — ass. autógr., VIII, 276/277.
*Machado, António (do Recife): VII, 431, 440.
Machado, António: Pai do P. Diogo Machado. VII, 71.
Machado, Bartolomeu: VI, 70.
Machado, Brasílio: I, p. XXV; II, 577, 628; VIII, 38.
Machado, Custódio: VI, 427.
*Machado, Diogo: Provincial. Biografia, VII, 71-72. — Índices: III, 471; V, 616; VI, 622; VII, 470; — VIII, p. 116, 178, 253, 292, 333-334 (bibliogr.), 339, 368; IX, 196; — ass. autógr., VII, 76/77.
*Machado, Domingos: VI, 359, 378; V, 584.
Machado, Félix José: III, 68.
*Machado, Filipe: V, 584.
*Machado, Francisco (de Coimbra): IV, 351, 365; VIII, 246.

*Machado, Francisco (de *Landim*): V, 219, 239, 584; VI, 22, 600, 602.
Machado, Francisco: Morador de Santos. VI, 416.
*Machado, Francisco Xavier: V, 560.
*Machado, Jerónimo: I, 500, 501, 503; II, 451.
*Machado, B. João Baptista: Mártir. V, 137.
Machado, Jorge da Costa: III, 106.
*Machado, José: VI, 437, 460; VII, 428, 448; IX, 142.
Machado, Lourenço Dias: I, 313.
Machado, Luiz (não S. J.): VIII, 61.
*Machado, Luiz: III, 32, 87; VIII, 161.
*Machado, Manuel: Ourives. V, 586.
Machado, Maximiano Lopes: V, 496, 499, 501, 503.
Machado, Pascoal: IV, 381.
*Machado, Rafael: V, 85, 584; VI, 137, 155, 375, 376, 411, 599; VIII, 180, 334-335 (bibliogr.); IX, 69, 178; — ass. autógr., VII, 60/61.
Machado de Assis: Escritor. VIII, 38.
Machado de Castro: III, 282.
Machado de Mendonça, Félix José: V, 456.
Machado de Oliveira: I, 222, 285, 306, 348.
Machado Sobrinho: Escritor. VIII, 41.
Machado Velho, António: Pai do P. Diogo Machado. VIII, 333.
*Machault, Jacques: VIII, 336.
Maciel, Bento: Benfeitor de Belém da Cachoeira. V, 170, 172, 177; VIII, 53, 295.
*Maciel, Francisco: V, 264.
*Maciel, João: VII, 235, 238.
Maciel, José Ribeiro: III, 439, 443.
*Maciel, Manuel: V, 154; VII, 223, 427, 441.
Maciel Meireles, Bento: III, 192.
Maciel Parente, Bento: III, 108, 114, 185, 253; IV, 137.
Maciel Parente, José de Meireles: III, 175.
Maciel Parente, Vital: III, 164, 274, 271.

Mackehenie, C. A.: V, 394.
Macujé: V, 347.
*Made, Mead ou May, John: VIII, 8. — Ver Almeida, João de.
Madeira: — Ver *Ilhas*.
Madeira, Bartolomeu: I, 84.
Madeira, Carlos: VI, p. XXII.
*Madeira, Domingos: IV, 364.
*Madeira, Francisco: II, 397; VI, 9, 10, 54, 285, 288; VII, 51.
Madeira, Inácio Dias: Ouvidor Geral. VIII, 373, 375; IX, 14, 120.
*Madeira, João: IV, 89.
*Madeira, José: IV, 355.
MADEIRAS DO BRASIL: — Ver Indústria (florestal).
Madre de Deus (Maranhão): III, 126-128; VIII, 243, 249, 312, 326; IX, 155. — Ver *Maranhão*.
Madre de Deus, Fr. António da: III, 237.
Madre de Deus, Fr. Gaspar da: — Ver Gaspar (Fr.).
Madre de Deus, D. Fr. João da: Arcebispo da Baía. V, 89, 90; VI, 420, 421; VIII, 202, 291; IX, 194, 290.
Madrid: — Índices: I, 596; II, 644; III, 471; V, 617; VI, 622; — VIII, p. 42, 59, 92, 137, 240, 252, 254; IX, 139, 342, 373.
*Madriz, Francisco: VI, 123, 126.
Maduré: I, p. XI; V, 102, 103; VIII, 336.
Madureira, Beatriz de: Mãe do P. Cristóvão de Gouveia. II, 490; VIII, 279.
Madureira, Luiz de: Presidente da Câmara do Maranhão. III, 106.
*Madureira, J. M. de: Escritor. I, 285, 428; II, 388, 522, 577; III, p. XXVI, 113; IV, p. XXIV, 272.
*Madureira, João de: Visitador eleito do Brasil. I, 571; II, 490; VII, 5, 6, 8; VIII, 81; IX, 97.
Madureira Feijó, João de Morais de: VII, 157, 159.
Madureira Lobo, Manuel de: IX, 188.

*Maffei, João Pedro: Escritor. I, p. XXX, 18, 286, 562, 565; II, p. XIII, 242, 266, 481, 538; VII, 171; VIII, 198, 255, 366.
Mafra: V, 550.
Mafra, Conde de: — Ver Melo Breyner, D. Tomás de.
Mafra, João Luiz: VI, 295.
Magalhães, Álvaro de: I, 161.
*Magalhães, António de: Embaixador do Imperador da China ao Rei de Portugal. V, 101; VI, 20; VIII, 195.
*Magalhães, António Pereira Dias de: IV, 60; IX, 362.
Magalhães, Basílio de: Escritor. I, 175, 287; II, 610; V, p. XXIX; VI, 54, 184.
Magalhães, Fernão de: Navegador. IX, 413.
Magalhães, Fernão de: Desembargador. Ass. autógr., I, 128/129.
*Magalhães, B. Francisco de: Mártir do Brasil. II, 109, 259.
Magalhães, João de: IX, 354.
Magalhães, José Procópio de: V, 368.
Magalhães, Luiz de: III, 144.
*Magalhães, Manuel de: (da Prov. de Portugal): IX, 313.
*Magalhães, Manuel de: Procurador. IV, 198; V, 220; VI, 137.
Magalhães, Pedro Jaques de: V, 414.
*Magalhães, Sebastião de: Provincial de Portugal e Confessor de El-Rei D. Pedro II. IV, 134; VII, 113; VIII, 211; IX, 52.
Mag. lhães Correia: III, 453; VI, 66.
Magalhães Gandavo, Pero de: Escritor. I, p. XXIX, 90; II, 3, 5, 9, 123, 208, 209.
Magarejes: V, 386.
*Magistris, Jacinto de: Visitador do Brasil. — Índices: V, 617; VI, 622; VII, 470; —VIII, p. 85, 132, 145, 146, 148, 177, 178, 210, 211, 214, 335-339 (bibliogr.), 378; IX, 15, 16, 20, 62, 110, 128, 174, 175, 178, 181, 182; a "Jacintada", IX, 344; — ass. autógr., VII, 108/109.

*Magne, Augusto: IX, 229; X, 312.
Maia Forte, José Matoso: I, 433; VI, 111.
Maia da Gama, João da: Governador do Estado do Maranhão e Pará. O "Mem de Sá do Norte", III, 153. — Índices: III, 471; IV, 425; V, 617; VI, 622; VII, 470; — VIII, p. 3, 124, 149, 150, 194, 299, 321; IX, 152; — autógr., IV, 214/215.
Maiacuré: III, 260.
Mainas: II, 60; VIII, 191.
Mainha: VII, 429.
Maintenon, Madame de: IV, 298.
Maio, António Ribeiro: VIII, 58.
Maio, Ninfa di: Mãe do P. Estêvão Gandolfi. VII, 124.
*Maiorga, B. João de: Mártir do Brasil II, 260, 594, 595.
*Mairink, Henrique: VII, 431, 443.
*Mairink, Manuel: VII, 431, 443, 453.
MAL DA BICHA (Febre Amarela?):— Ver Assistência e Caridade.
Malabar: I, p. XI, 12; V, 102, 161; VI, 411; VII, 33, 279; VIII, 124, 171, 186, 229, 289, 326, 335, 336, 353; IX, 78, 124, 140, 150.
Malaca: I, p. XI, 232; II, 135; V, 405; VII, 319.
Malafaia (Família): II, 244.
*Malagrida, Gabriel: Missionário do Maranhão. — Índices: III, 471; IV, 425; V, 617; VI, 622; VII, 470; — VIII, p. 123, 187, 188, 248, 252, 262, 303, 307, 328, 340-350 (bibliogr.), 355, 385; IX, 90, 370, 372; — retratos, VII, 348/349; VIII, 324/325; ass. autógr., VIII, 388/389; "Juizo da verdadeira causa do Terremoto", VIII, 340/341.
Malagrida, Giacomo: Médico. Pai do P. Gabriel Malagrida. VIII, 340.
Malagrida, Miguel: VIII, 342.
*Malatra, João Francisco: Revisor Romano. VIII, 211.
*Malboan, Cláudio Adolfo: VIII, 47.
Malheiros, Francisco: VII, 289.

Malheiros Dias, Carlos: Escritor. I, p. XXIX; II, p. XII, 153, 348; III, p. XVII.
Malinas: IX, 102.
Málio, Baptista: II, 71.
*Malowetz, Francisco Xavier: II, 387, 414; IV, 178, 346; VII, 114.
Malquer, André Gomes: VI, 445.
Mamaiamé: III, 260.
Mamanguape: V, 491.
MAMELUCOS: I, 217, 436; VI, p. IX-XI; VII, 78; VIII, 395.
*Mamiani della Rovere, Luiz Vincêncio: II, 552; IV, 243; V, 172, 290, 325, 326, 535, 581; VI, 349-351, 599; VII, 98, 109, 110, 179, 180; VIII, 46, 88, 166, 215, 351-353 (bibliogr.), 368; tradutor de Vieira, IX, 333, 336; — ass. autógr., VIII, 388/389; frontispício do "Catecismo" e da "Arte", VIII, 196/197.
Mampituba: VI, 475, 478, 480.
Manaia, António Gonçalves: II, 220.
Manar: I, p. XI.
Manaus: IV, p. XVI.
Manços, Manuel: III, 121.
Mañé, Jorge Inácio Rubio: Escritor. X, 300.
Mangaratiba: I, 421; VI, 101, 102.
Manilla: I, 397.
Manresa: I, 4, 15.
Mans: VI, 60.
Mansfelt, Conde de: VIII, 136.
*Mansilha, Justo: VI, 324, 337, 362, 519.
*Manso, Francisco: V, 251.
Manso, Joaquim: Escritor. III, 454.
Manso, Manuel de Melo Godinho: Ouvidor Geral. VIII, 60.
Manteigas: IX, 57.
Mântua: III, 350; VIII, 276; IX, 418.
Manuel I, El-Rei D.: II, 332; IV, 23, 156; IX, 413.
*Manuel, Francisco: VII, 427, 444.
*Manuel, Luiz: Construtor Naval. V, 122, 124, 585; arma o tecto do Colégio da Baía (Catedral), VII, 250, 251, 252/253; VIII, 50.

Manuel, Sebastião Francisco: V, 260, 577.
Manzano, Fr. Miguel: IX, 327.
Manzoni: II, 576.
MAPAS: Baía de Todos os Santos, I, 16/17; da Baía a Ilhéus, I, 144/145; Reis Magos e Espírito Santo, I, 240/241; Rio de Janeiro, I, 400/401; do Rio a S. Vicente, I, 288/289; S. Vicente e Santos, I, 256/257; Expansão dos Jesuítas no Brasil (Século XVI), II, 512/513; Expansão dos Jesuítas no Norte do Brasil (Séculos XVII e XVIII), III, 452/453; Mappa Vice Provinciae Maragnonii do P. Lourenço Kaulen, IV, 390/391; A primeira planta de Fortaleza (Ceará), III, 84/85; os Jesuítas na Baía e seu Recôncavo, V, p. XXX; os Jesuítas em Pernambuco, V, 390; fundação do Rio Grande do Norte (1597–1606), V, 514/515; A Vila de Olinda, V, 338/339; Os Jesuítas no Espírito Santo, VI, 152/153; os Jesuítas no Rio de Janeiro, VI, 72/73; os Jesuítas em S. Paulo, VI, 381; Mapa do "Grande Rio da Prata" do P. Diogo Soares, VI, 552/553. — Ver Cartografia.
MAR (APOSTOLADO DO): VII, 143, 144, 265, 274, 277, 278; VIII, 160. — Ver Conversão de hereges; ver Escravatura Negra.
Mar Verde: II, 177, 209.
Maragogipe: VIII, 10.
Marajó: — Ver *Ilhas.*
Maramaldo, Marco Aurélio: VI, 570.
Marambaia: I, 435; VI, 101, 102, 487, 490, 494, 583; VIII, 131, 397; IX, 133.
Maranhão: Os Padres na Conquista do Maranhão, III, 99-13; fundação da Missão com Luiz Figueira, III, 104-116; O Colégio, a Igreja (hoje Catedral), e outros estabelecimentos na Cidade de S. Luiz, III, 117-133; VIII, 170, 240, 326; IX, 212, 214,

215, 364; os estudos, IV, 261-270; Aldeias e Fazendas na Ilha de S. Luiz, III, 135-142; pelos rios do Maranhão, III, 143-197. — Índices: I, 596; II, 644; III, 417, 484-485; IV, 425, 439; V, 617; VI, 622; VII, 124/125, 470; — VIII, p. IX, XII, e passim; proposta para se desfazer a Missão, IX, 45; IX, p. IX e passim; — Igreja (exterior), III, 116/117; Igreja (interior), 180/181. — Ver S. Luiz; ver Liberdade dos Índios.
Maranhão Espanhol: VIII, p. IX, 114, 307.
Marapatá: III, 322.
Marapuçu: VI, 22.
Maraú: V, 212, 213.
Marcgrave, Jorge: II, 550; V, 368; VII, 171; VIII, 17.
Marchant, Alexandre: Escritor. III, 454; VII, 184; X, 300.
Marcial: II, 543; IV, 410; VII, 151.
Marcondes, Moisés: Escritor. VI, p. XX, 443, 445, 446, 458; VIII, 15.
*Marcot, João: IV, 345.
Margarida (Madame): II, 249.
Margarida, Princesa: Regente do Reino. VIII, 240.
Maria, Mãe de Jesus: — Ver Nossa Senhora.
Maria, Brígida: Mãe do P. Teodoro da Cruz. VIII, 188.
Maria, Fr. José de Jesus: V, 224.
Maria, Imperatriz D.: II, 160.
Maria I, D.: Rainha de Portugal. III, 28; IV, 277; V, 72, 73, 487; VI, 157, 223, 345, 532, 559; VII, 283, 329, 361; VIII, 123, 310.
*Maria, José: VII, 269.
Maria Ana (ou Mariana), D.: Rainha de Portugal. III, 70, 124, 127, 225, 315; IV, 358; V, 496; VI, 199; VII, 95, 162, 247, 319, 337, 350, 375; VIII, 114, 123, 130, 299, 303, 340, 341, 350, 382; IX, 14, 19, 149, 367, 368.

Maria Francisca Isabel de Saboia, D.: Rainha de Portugal. IX, 199, 216, 217, 221, 327, 335, 408.
Maria de Jesus, Antónia: Do Recolhimento de Iguaraçu. V, 475.
Maria de Jesus, Beatriz: Do Recolhimento da Baía. V, 160.
Maria Sofia Isabel de Neuburgo, D.: Rainha de Portugal. IV, 93, VII, 117; VIII, 127, 362, 363; IX, 66, 194, 197, 222, 300, 386, 410.
Maria Teresa, Imperatriz: IX, 148.
Marialva, Marquês de: IX, 314.
Mariana: V, p. XVIII; VI, 30, 151, 198-200; VII, 136, 281, 445; VIII, 267; — Seminário, VI, 200/201.
Mariani, Clemente: Ministro. VII, p. I; VIII, p. I; IX, p. I; X, p. I.
*Mariano, Vito: VI, 122; VII, 423, 445.
Mariano Filho, José: III, 453; V, 422.
Maricá: VI, 90, 97.
MARINHA: Capelães de Marinha, VII, 265; "Galeões e Dunquerques", IX, 20. — Ver Ciências Náuticas; Ver Indústria (Naval).
*Marinho, Francisco: VII, 428.
*Marinho, João: Enfermeiro. I, 583.
Marinho, José Alves: VI, 462.
*Marinho, Júlio: Provincial de Portugal. III, p. XXI; X, p. XI.
Marinho, Mons. Manuel: V, p. XXV; VIII, 205, 247, 306.
Marinho, Vasco: Vereador. VII, 49.
*Marinis, Domingos M. de: VIII, 48, 116, 200, 333.
Marins (ou Amaris) Loureiro, António: VI, 269, 271.
Mário, Júlio: Médico francês. Deixa um legado ao Colégio do Recife. VIII, 145.
Mário, Olivério: II, 580; VIII, 20.
Mariquiz, Diogo Gonçalves: V, 493.
Mariuá (Arraial de): VII, 342; VIII, 207, 252, 372.
Mariz, António de: Provedor. I, 308, 415, 423.

*Mariz, António de (do *Rio de Janeiro*):
   VI, 9, 133, 423; VIII, 260; — ass.
   autógr., VI, 440/441.
*Mariz, António de (outro): VIII, 282.
Mariz, Jerónima de: Mãe do P. Simão
   Pinheiro. VII, 11; IX, 55.
*Mariz, João de: V, 189, 582; VI, 411;
   VIII, 353 (bibliogr.), 387; IX, 156.
Mariz, Pedro de: II, 3; VII, 171.
Mariz de Morais, José: Escritor. III,
   449, 453, 454; V, 469; IX, 13, 433.
Markham, Clements R.: III, p. XXIV,
   407.
Marne: VI, 595.
*Maroni, Paulo: III, 415.
*Marques, António: IV, 354.
Marques, César: Escritor. — Índices:
   I, 596; II, 644; III, 472; IV, 425; V,
   617; VI, 622; — VIII, p. XXIV; IX,
   151.
Marques, Francisco Pinheiro: IX, 145.
*Marques, Manuel: IV, 358, 359, 366;
   VIII, 232.
Marques, Manuel: Capitão. VIII, 5.
Marques, Manuel: Pai do P. Simão
   Marques. VII, 132; VIII, 354.
Marques, Maria: Mãe do P. Manuel
   Ribeiro. IX, 75.
*Marques, Pedro: IV, 357, 366.
*Marques, Simão: Provincial. Biogra-
   fia, VII, 132-133. — Índices: I, 596;
   V, 617; VI, 622; VII, 470; — VIII,
   354-355 (bibliogr.); IX, 48, 116; —
   ass. autógr., VII, 108/109; "Brasilia
   Pontificia", VIII, 356/357.
Marques Pereira, Nuno: I, 77; V, 196,
   204.
Marques Soares, Sigefredo: VIII, 41.
Marquesa Ferreira: I, 420.
Marreiros, Nicolau Correia: III, 90.
Marrocos: I, p. IX, 134; IV, 313.
Marselha: IX, 407.
Marshall, T. W. M.: II, 266; IV, 210.
*Martí, José: X, p. XII.
Martim Afonso, José: III, 370.
Martin, Catarina: Mãe do Ir. Honora-
   to Martins. VII, 252; VIII, 356.

Martin, Eduardo: II, 628.
Martin, Félix: VIII, 79.
Martin, Francisco: VII, 252; VIII,
   356.
Martin, Percy Alvin: III, 455.
*Martines, Francisco: V, 378, 386.
Martínez Abad, Francisco: IX, 329.
Martinica: VI, 50; VIII, 153.
*Martins, Afonso: V, 430, 433; VI, 596.
Martins, Alfredo: V, 204.
*Martins, André: VI, 85; VIII, 339.
*Martins, António (de *Soure*): IV, 355,
   365.
*Martins, António: Da Prov. de Portu-
   gal. VIII, 224.
*Martins, Bartolomeu: IV, 198; V, 584;
   VI, 600.
*Martins, Clemente: Enfermeiro. V, 147;
   VII, 433, 441.
*Martins, Diamantino: Escritor. IX,
   354.
*Martins, Diogo: Ir. Enfermeiro e Pre-
   feito da Saúde. I, 465, 466, 584.
*Martins, Diogo: Da Prov. de Portu-
   gal. VIII, 421.
Martins, Estêvão: Pai do P. Lourenço
   Craveiro. VIII, 185.
*Martins, Francisco: Escultor. V, 131,
   586; VI, as suas pescarias em Santos,
   427.
*Martins, Francisco: Sacristão. I, 584.
*Martins, Gaspar: VI, 595.
Martins, Gomes: Capitão. II, 65.
*Martins, Honorato: Construtor Naval.
   V, 321; VII, 250, 252, 253, 433, 438;
   VIII, 316.
*Martins, Inácio: O da "Santa Doutri-
   na". I, 27; II, 499, 557; VIII, 72, 77,
   IX, 171.
*Martins, Jerónimo: V, 177, 220, 584.
*Martins, João (Ir. Coadj.): I, 564, 581;
   II, 252, 259, 288.
*Martins, João (de *Valazim*): VII, 430,
   451.
Martins, Jorge: I, 320.
*Martins, José (de *Coja*): III, 133, 200;
   IV, 351; VIII, 243.

*Martins, José (de *Lisboa*): VI, 364; VII, 424, 448.
*Martins, Manuel: Piloto e perito naval. V, 33, 35, 47; VI, 592; VII, 253-255; — retrato, V, 34/35 (letra g).
Martins, Manuel: Morador de Cotegipe. V, 260.
*Martins, Manuel: Ministro do Colégio da Baía. V, 189; VI, 598; VII, 105.
*Martins, Manuel (do *Porto*): Professor. VI, 432, 457; VII, 153, 422, 441; VIII, 128, 369.
*Martins, Manuel: Da Prov. de Portugal. III, 131.
*Martins, Manuel Narciso: IV, p. XXIII; V, p. XXIV; VI, p. XIX; VII, p. XVII; VIII, p. XXII.
*Martins, Pero: II, 429.
Martins, Romário: VI, p. XXI, 449, 458, 459.
*Martins, Torquato: VII, 154.
Martins, Vicente: III, 31, 47, 57, 66.
Martins Cam, Diogo: II, 218.
*Martins Carro, João: I, 582; entradas aos "Mares Verdes" do Sertão de Minas, VI, 159-161, 167, 176, 185, 186, 191, 232; VIII, 93.
Martins Júnior: II, 61.
Martins Napoleão: V, 563.
Martins de Nine, Francisco: V, 471.
Martins de Oliveira: Escritor. VIII, 41.
Martins Ribeiro, Manuel: X, p. XIII.
Mártires, D. Fr. Bartolomeu dos: Arcebispo de Braga. II, 248; VIII, 76; IX, 163.
MÁRTIRES DO BRASIL: — Ver Testemunho do Sangue.
MÁRTIRES DO BRASIL (Os 40): A sua causa canónica, VIII, 72-75; Mártires noviços do Colégio de Coimbra, VIII, 280.— Ver Azevedo, Inácio de.
Martius, Carl Friedr. Phil. von: — Índices: I, 596; II, 644; III, 472; IV, 425; V, 617; VI, 622; — VIII, 14; IX, 101.
Marvão: II, 568; IV, 351, 365; VIII, 222; IX, 191.

*Mas, Baltasar: V, 375.
Mascarenhas, Alberto Rodrigues de: VIII, 141.
*Mascarenhas, António de: Assistente em Roma. I, 12; IV, 11; V, 9; VIII, 269, 317.
Mascarenhas, D. Fernando de: — Ver Torre, Conde da.
Mascarenhas, Fernão de: Filho do Marquês de Montalvão. IV, 8.
*Mascarenhas, Inácio de: IV, 35; V, 391; VIII, 181, 182; IX, 178.
Mascarenhas, D. Jorge de: Vice-Rei do Brasil. — Ver Montalvão, Marquês de.
*Mascarenhas, José: V, 584; VI, 193; sua actividade em Minas Gerais louvada em carta Régia, VI, 195-198, 216, 238, 401, 466; VIII, 195, 196, 356-357 (bibliogr.); — ass. autógr., VIII, 388/389.
Mascarenhas, D. Luiz de: VI, 348.
Mascarenhas, Manuel de: II, 130, 160.
Mascarenhas, Miguel: VI, 198.
*Mascarenhas, Nuno de: Assistente em Roma. V, 48; VI, 407; VII, 16; VIII, 165, 228, 358.
Mascarenhas, D. Pedro de: Governador do Rio de Janeiro. V, 449; VIII, 145.
Mascarenhas, D. Vasco de: Vice-Rei do Brasil. — Ver Óbidos, Conde de.
Mascarenhas Homem, Manuel: Capitão. I, 109, 514-516, 525, 526, 557; VIII, 405.
Mascarenhas Pacheco: — Ver Melo, José Mascarenhas Pacheco Coelho de.
Mascate: V, 450.
MASCATES (GUERRA DOS): V, 450-459; VII, 112, 122, 123; VIII, 3, 47, 387; IX, 113.
Massei Buonvisi, Branca Teresa: VIII, 115.
Massena, João Franclim: VIII, 26.
*Masseti, Simão: II, 452. — Ver Maceta.

Massucci, Agostin: VIII, 365.
*Mastrilli, Marcelo: V, 137, 138; VIII, 224; IX, 147.
Mastroiani: Pintor. VIII, 39.
Mata, Alfredo Augusto da: IV, 162.
Mata, Ary da: Escritor. III, 453; X, 312.
*Mata, João da (no *Maranhão*): IV, 354.
*Mata, João da (do *Rio de Janeiro*): VI, 13, 432; VII, 423, 448.
*Mata, Salvador da: VI, 12; Salvador Fernandes, seu primeiro nome, V, 584; VIII, 334, 357.
Mata de S. João: II, 53.
MATEMÁTICA: — Ver Instrução.
*Mateos, F.: Escritor. X, 301.
Materu: III, 348.
Mato Grosso: António Rodrigues entre os Parecis no século XVI, Tomo VI, 215; fundação das Missões de Cuiabá e Guaporé, VI, 216-224; a perseguição do século XVIII, Tomo VI, 221-224. — Índices: I, 596; II, 644; III, 472; V, 617; VI, 622; VII, 470; — VIII, 233, 250, 305, 322; IX, 81, 369, 395, 396.
Matol, José: Sargento-mor. IX, 137.
*Matos, Agostinho de: I, 203, 320, 325-327, 565, 582.
Matos, André Cursino de: Capitão. VIII, 58.
Matos, Aníbal: Escritor. VIII, 41.
*Matos, António de: Provincial. "2.º Taumaturgo do Brasil". Biografia, VII, 13-16. — Índices: I, 596; II, 644; III, 472; V, 617 (1.º); VI, 622 (1.º); VII, 470; — VIII, 8, 38, 128, 143, 357-359 (bibliogr.), Visitador de Angola, 358; IX, 428; — retrato, V, 34/35 (letra i); ass. autógr., VII, 108/109.
*Matos, António de (de *Ponte de Lima*): V, 431, 482, 583; VI, 21, 22, 273, 410, 431, 598; VIII, 359, 369.
Matos, António Fernandes de: Capitão, fundador da Igreja do Recife.

III, 51-52; V, 463, 464, 467, 477, 478; VIII, 116, 174.
Matos, António Rodrigues de: IV, 180.
*Matos, Domingos de: V, 326, 327; VII, 421, 440.
*Matos, Eusébio de: Pregador. I, 533; V, 103, 122, 123, 130, 250; VI, 4; VII, 51; VIII, 68, 360-361 (bibliogr.); IX, 107, 177; — autógr., VIII, 360/361; "Ecce Homo", VIII, 368/369.
*Matos, Eusébio de: Missionário da Índia. VII, 280; VIII, 361.
*Matos, Francisco de: Provincial. Biografia, VII, 116. — Índices: I, 596; II, 644; III, 472; IV, 425; V, 617; VI, 622; VII, 471; — VIII, 13, 45-47, 50, 54, 63, 64, 95, 97, 98, 112, 127, 148, 154, 179, 217, 263, 353, 362-370 (bibliogr.); IX, 66, 70, 84, 185, 344, 345, 411; — autógr., IV, 182/183, 198/199; "Desejos de Job", VIII, 368/369; "Vida Chronologica de S. Ignacio", VIII, 372/373.
*Matos, Gaspar de: VI, 210.
Matos, Gregório de: Poeta. V, 103, 250; VII, 42; VIII, 211, 361; IX, 352.
Matos (Pai), Gregório de: V, 250.
Matos, Jerónimo de (Século XVI): I, 547.
*Matos, Jerónimo de (Século XVII): VI, 595.
*Matos, João de (dos *Açores*): V, 586.
*Matos, João de: Assistente em Roma. IV, 23.
*Matos, João de (da *Baía*): V, 583.
Matos, João de Sepúlveda: VII, 203.
*Matos, José de: Missionário de Goiás. VI, 208, 210; VII, 424, 442.
*Matos, José de Afonseca: IX, 340, 359.
*Matos, José António de: Missionário de Caiena. VII, 282, 428, 442; VIII, 234, 270.
Matos, D. José Botelho de: Arcebispo da Baía. V, 104, 152, 155; VI,

29; VII, p. X, 134, 135, 375; VIII, 329; IX, 421.
Matos, José Monteiro de: Governador de Santos. VII, 165.
*Matos, José Nieremberg de: VIII, 370.
*Matos, Leandro de: IX, 50.
*Matos, Luiz de: V, 584; VI, 12; VIII, 371.
*Matos, Manuel de: III, 82; V, 483; VII, 425, 450; VIII, 122.
Matos, Maria de: Mãe do P. Francisco de Matos. VII, 116.
*Matos, Pedro de: Enfermeiro e Cantor. V, 586; VIII, 381.
*Matos, Silvestre de: IV, 345; IX, 392.
Matos, Simão de: I, 540.
Matos Soares: Escritor. VIII, 80.
Matos e Sousa, Sebastião de: IX, 294, 296–301.
Matoso, António Luiz: VI, 442.
Matoso, Henrique: VI, 288, 289.
Matozinhos: V, 122, 124, 386; VIII, 226.
Mattei, José: Duque. VI, 199; VIII, 228.
*Maurício Gomes dos Santos, Domingos: Escritor. III, 455; VII, 168, 221, 222, 228; X, 301.
Maximiliano, Príncipe de Wied-Neuwied: — Índices: II, 645; IV, 435; V, 617; VI, 622.
*Mayr: II, 202.
Mazarino, Cardeal: IV, 13, 31; V, 405; IX, 403.
*Mazzi, João: Romano. Pedreiro. V, 154; VII, 434, 438, 441.
*Mazzi, Pedro: Romano. Pintor. V, 154.
*Mazzolani, Aníbal: III, 217, 352; IV, 123, 220, 350; VIII, 265, 371 (bibliogr.); IX, 47, 145, 155; — ass. autógr., IV, 230/231.
Mazzolani, Conde: IV, 350.
Mazzuchelli: VIII, 118.
Mbororé: VI, 240, 249, 297.
*Mead (Made ou May), John: VIII, 8.
— Ver Almeida, João de.

Mealius, Benedito: V, 118.
Meãs: V, 58.
Mechoacan: IX, 325.
*Medeiros, António de: VII, 431, 440, 453.
Medeiros, António Lopes de: VI, 281, 317.
*Medeiros, Manuel de (dos *Açores*): V, 583.
*Medeiros, Manuel de (de *Vilarinho Seco*): VII, 430, 437.
Medeiros, Sebastião Ramos de: VI, 237, 238.
MEDICINA (CONTRIBUIÇÃO PARA A): II, 569–586; VIII, 166, 267; plantas medicinais do Brasil, VIII, 316; das Quintas dos Padres, VII, 284/285; ipecacuanha (Leibnitz), IX, 67; "Flebotomia", VII, 300/301 (gravura); "Collecção de Receitas", IX, 392/393 (gravura). — Ver Assistência e Caridade; ver Boticas.
Médicis, Maria de: V, 33.
Medina, Diogo de: I, 320, 321.
Medina, J. T.: III, 446.
Medina Celi: II, 477, 479; IX, 162.
Medina del Campo: II, 260; VI, 335.
Medina Sidónia, Duque de: IX, 206.
MEDITAÇÃO: A hora da meditação diária "ante-manhã" no Brasil, começou em 1549 com a chegada de Nóbrega e seus companheiros, II, 419; as instruções do P. Aquaviva introduziram-se em 1591, II, 419.
MEIOS DE SUBSISTÊNCIA: Os primeiros, I, 38, 42, 43, 52, 54, 107–186; V, p. XIII–XIV; — dotação real do Colégio da Baía, I, 107–129, 538–540; VIII, 315; IX, 428; do Rio de Janeiro, I, 127; IX, 429; de Pernambuco, I, 467–470; IX, 48, 120; do Maranhão, IV, 187–188, 196–198; a dotação dos Colégios era para favorecer a catequese dos Índios, não para obrigar a ensino Colégial aos Brancos, I, 92, 538–539; VII, 141, 142, 202; dificuldades no pa-

gamento da dotação real, I, 121-123, 139; insuficiência dela, I, 117-118, 176; parecer do Visitador Cristóvão de Gouveia, I,119-125;— isenção de direitos alfandegários, I, 141; VII, 287; dízimos, I, 111; isenção de dízimos, subsídio indirecto às Missões, VII, 56, 285-300; da herança ou "Capela" do Piauí, V, 144; dízimos e "dotes" dos Colégios do Pará e Maranhão, IV, 198-202; não "posse", mas "usufruto", no que for necessário, das terras das Aldeias, V, 307; — terras de sesmaria, VI, 579-580; aforamentos e enfiteuses, I, 159, 417; V, 201; VI, 73-74; VIII, 275; IX, 96; — demandas, I, 163-169; VI, 70, 75-77; inevitáveis, V, 201-202; — heranças, I, 161; herança de Mem de Sá, V, 243-251; VII, 33, 41, 60, 287; VIII, p. XIX, 143; IX, 156, 185, 186, 350; — Tombamento geral das terras, IV, 202; VI, 55, 86-87, 111; bens do Colégio da Baía, V, 577-580; IX, 61; de Belém da Cachoeira, V, 176-177; do Espírito Santo, VI, 151-158; do Maranhão, III, Livro Segundo, *passim;* VIII, 366; do Noviciado da Jiquitaia, V, 148; de Olinda, V, 425-426; do Pará, IV, 199; da Paraíba, V, 500; de Paranaguá, VI, 455-456; do Recife, V, 477-480; do Rio de Janeiro, VI, 54-94, 111-114; IX, 428; de Santos, VI, 426-428; de S. Paulo, VI, 355-377; da Vigia, III, 281; — o grave assunto das subsistências na Amazónia, IV, 151-210; suas dificuldades particulares, IV, 205-209; VII, 243, 244; que seja um secular o procurador dos efeitos dos Índios (Vieira), IV, 110; a contribuição do Índio, II, 90; gastos com os Índios, IV, 184; VIII, 332; gastos nas entradas aos Sertões, IV, 169-170; como as missões do interior contribuem para a Casa-Mãe do Pará, III, 218; a actividade económica dos Jesuítas e a sua importância para os aglomerados urbanos, VII, 328; — o comum da Religião, IV, 167-168, 197; VII, 324; — a pobreza religiosa na Companhia de Jesus, I, 107-110; os Colégios da Companhia não são "mosteiros de Capuchos", mas precisam de rendas estáveis para subsistir, VII, 22, 38; Vieira reprova a ida aos géneros do sertão, VII, 77, 292-295; outros Padres resolvem ir e dão as razões, VII, 292-294; aplicação dos rendimentos, I, 184-186; IX, 180; aplicação do cravo e cacau, IV, 178; VII, 294; IX, 365; pensão ao Colégio de S. Antão de Lisboa (procuratura), I, 133; — primeiros objectos enviados para Portugal (não vai açúcar por não ser de lavra própria), I, 143-144; IX, 427; as primeiras ordens de pagamento, IX, 420; provimentos de Portugal para o Brasil, I, 132, 145-147; não se embarquem em nome alheio, VII, 35; na Fragata da Companhia, VII, 257-260; — comércio, o que é e o que não é, I, 148; IV, 166, 171, 207-209; V, 556; VIII, 320, 384; IX, 427; contas correntes e facturas, I, 140; IV, 381-385; — moeda provincial, VI, 5; no Maranhão, a moeda eram novelos de algodão substituídos depois por cacau, IV, 164; custo de vida em 1711, VI, 5; — evolução e sentido das proporções, IV, 193-194; — a lenda dos tesouros escondidos, IV, 179; V, 21; a dos subterrâneos, V, 107; o Tesouro Sacro da Igreja da Baía, VII, 377-416; Contas Correntes, IV, 182/183, 198/199. — Ver Agricultura; Engenhos; Fazendas; Indústria; Pecuária; Procuratura em Lisboa.

Meira, Domingos de: VI, 286, 288.
Meira, Gaspar Gonçalves: VI, 288, 289.
Meira, Pedro Gonçalves: VI, 288.
*Meireles, Francisco: I, 580, 584.
Meireles, Vitoriano Pinheiro de: III, 171, 174, 175.
*Meisterburg, António: IV, 357, 363; VII, 352; VIII, 204, 309, 311, 372 (bibliogr.).
Meisterburg, Frederico: Pai do P. António Meisterburg. VIII, 382.
Meixide: VII, 433.
Melgaço (Brasil): III, 309; VIII, 232.
Melgaço (Portugal): I, 461; VII, 131; VIII, 261; IX, 41.
*Melgarejo, Rodrigo: I, 335; II, 451, 452.
Melgarejo, Rui Dias: I, 335, 337, 340, 351; II, 451.
Meliapor: VIII, 52.
Melini, D. Sabo: Cardeal. IX, 326.
Melo: I, 404; VIII, 323.
*Melo, António de: I, 576.
Melo, António de Azevedo de: VII, 214.
Melo, Baltasar Fontes de: IV, 182.
Melo, Beatriz Cabral de: V, 463, 472.
Melo, Bernardo José de: IX, 322.
Melo, D. Catarina de: I, 465.
Melo, D. Cristóvão de: I, 465, 486.
Melo, D. Filipa de: I, 486.
Melo, D. Francisco de: IV, 23.
Melo, D. Francisco Manuel de: Escritor. V, 101, 411; VII, 157, 221; IX, 322.
Melo, D. Guiomar de: V, 233.
*Melo, João de (de Monte Redondo): I, 62, 63, 201, 209, 451, 479, 480, 485, 561; II, 25, 338; V, 238; VIII, p. XX, 373.
*Melo, João de (do Recife): VIII, 373.
Melo, João Manuel de: VI, 205, 206.
Melo, José Mascarenhas Pacheco Coelho de: VII, 134, 135.
*Melo, Manuel de: Missionário do Maranhão. IV, 361.
*Melo, Manuel de: Missionário do Camamu. VII, 145.
*Melo, Manuel de: Mestre de Humanidades. VII, 153.
Melo, Manuel de: Donatário. III, 293.
Melo, D. Margarida de: I, 465.
Melo, Mário: III, 455.
*Melo, Martim de: II, 429.
Melo, D. Pedro de: Governador do Maranhão. III, 25, 238; IV, 54.
Melo, D. Pedro de: Governador do Rio de Janeiro. IX, 297, 308.
Melo, D. Teodósio de: Irmão do Duque de Cadaval. IX, 248, 249, 251-260.
Melo Breyner, D. Tomás de: Conde de Mafra. IX, 362.
Melo de Castro, Caetano de: Governador de Pernambuco. III, 51, 73; V, 573.
Melo de Castro, Manuel de: Engenheiro. VI, 56.
Melo e Castro, André de: — Ver Galveias, Conde das.
Melo e Castro, Manuel Bernardo de: Governador do Pará. III, 228, 251, 302; IV, 276, 290; VII, 346, 347.
Melo Franco, Afonso Arinos de: VI, 183; IX, 353.
Melo Franco de Andrade, Rodrigo: — Ver Andrade.
Melo Leitão, C. de: IV, 282, 304.
Melo e Matos, Júlio: III, 455.
Melo Morais, A. J. de: Escritor. — Índices: II, 644; III, 472; IV, 425; V, 618; VI, 623; VII, 471; — VIII, p. XXIV, 133, 150, 151, 231, 246, 247, 252, 331, 341, 383; IX, 85, 125, 154, 241, 308, 309, 365.
Melo Morais Filho: Escritor. II, 359, 360, 592, 610, 611; IV, 299; VI, 58; VIII, 26, 37, 38.
MEMÓRIAS E INFORMAÇÕES HISTÓRICAS: IX, 447-448.
*Mena, António de: VII, 92. — Ver Soares, António.
*Mena, José de: — Ver Soares, José.

Menaggio: IV, 350; VIII, 340.
*Mendes, Afonso: Patriarca da Etiópia. V, 357.
*Mendes, Agostinho: V, 225, 226; VI, 148, 401, 603; VII, 424, 440.
*Mendes, B. Álvaro Borralho: Mártir do Brasil. II, 109, 261.
*Mendes, António: Missionário de Angola. VIII, p. XX.
*Mendes, Belchior (do *Espírito Santo*): V, 431; VI, 398, 412; VII, 421, 444.
*Mendes, Caetano: VII, 423, 446.
*Mendes, Cândido: Provincial de Portugal e Vice-Provincial do Brasil-Norte. II, 266, 290, 596; III, p. XXI; V, 180, 190, 310; VI, p. VII; VII, 484; VIII, 293, 350; X, p. XI.
*Mendes, Diogo: I, 26, 566.
Mendes, Faustino: III, 375.
*Mendes, Gaspar: Alfaiate. I, 582.
*Mendes, Gonçalo: I, 571.
Mendes, Jacinto Teixeira: V, 494.
*Mendes, João: IX, 369.
Mendes, João Neto: VI, 450.
Mendes, João Rodrigues: V, 576.
*Mendes, Manuel: IV, 367.
Mendes, Oscar: Escritor. III, 455.
Mendes, Renato da Silva: VI, 67.
*Mendes, Valentim: I, p. XII, 535; V, 220; VI, 90; VII, 421, 435, 438; VIII, 373 (bibliogr.), o que desejaria escrever, 375; — ass. autógr., VIII, 388/389.
Mendes de Almeida, Cândido: Escritor. — Índices: III, 472; IV, 425; V, 618; VI, 623; VII, 471; — VIII, p. XXIV, 382; IX, 9, 307.
Mendes de Almeida, Fernando: VIII, 134.
Mendes de Almeida, João: I, 291.
Mendes de Almeida, Manuel: Diácono. VII, 215.
Mendes de Almeida, Manuel: Capitão-mor. VIII, 257.
Mendes da Conceição Santos, D. Manuel: Arcebispo de Évora. III, p. XX.

Mendes Falcão, António: Pai do P. Valentim Mendes. VIII, 373.
Mendes Júnior, João: II, 61.
Mendes Júnior, José: I, 318.
Mendes Machado, José: III, 77, 78.
Mendes de Morais, Belchior: Cabo da Tropa. IV, 391; VIII, 152, 319, 320; IX, 189.
Mendes da Paz: V, 435.
Mendes dos Remédios: IX, 359.
Mendes de Sequeira, Francisco: III, 341.
Mendes de Vasconcelos, António: VI, 478, 565.
Mendes de Vasconcelos, Manuel: V, 5.
*Mendoça, José de: Vice-Provincial do Maranhão. III, 131, 200, 439, 443; IV, 220, 221, 230, 348; V, 149, 189; VI, 199, 547, 549; VII, 421, 435; VIII, 118, 340, 375-376 (bibliogr.); IX, 80; — ass. autógr., IV, 230/231.
Mendoça, José de Sá: Desembargador. IX, 185.
*Mendoça, Luiz de: III, 82, 231; IV, 220, 348; V, 498; Luiz Fernandes, nome com que entrou na Companhia, V, 586; VIII, 376; IX, 55; — ass. autógr., IV, 230/231.
Mendoça, Manuel Teixeira de: Capitão. IX, 185.
*Mendoça, Vasco de: VII, 358.
Mendonça, D. António Ortiz de: VI, 33, 42, 275, 422.
Mendonça, António Teixeira de: Capitão-mor. IX, 60.
Mendonça, Edgar Sussekind de: VI, p. XXI.
Mendonça, Estêvão de: VI, 219.
*Mendonça, Francisco de: VII, 157.
*Mendonça, Inácio de: VII, 358, 431, 440, 453.
Mendonça, Inês de Góis de: Mãe do P. Diogo Machado. VII, 71.
*Mendonça, João de (de *Graciosa*, Açores): V, 270, 399; VI, 295, 407.
*Mendonça, João de (de *Arganil*): IV, 355, 356; VIII, 350.

Mendonça, Lourenço de: Egresso da Companhia e Prelado do Rio de Janeiro. VII, 20, 21; VIII, 143.
Mendonça, Margarida de: Mãe do P. Estanislau de Campos. VII, 122.
Mendonça, Mateus de: Morador da Baía. IX, 366.
Mendonça e Benavides, Manuel de: VI, 42.
Mendonça Corte Real, Diogo de: VII, 338.
Mendonça Furtado, António de: V, 36, 39; — retrato, V, 34/35.
Mendonça Furtado, Diogo de: Governador do Brasil. II, 3; III, 104, 106; V, 28, 30, 35, 36, 41, 48, 49; — retrato, V, 34/35.
Mendonça Furtado, Francisco Xavier de: Governador do Pará. Procedimento injusto e linguagem sem compostura, III, 286, 288; falsificações e difamações, IX, 160. — Índices: III, 472; IV, 426; V, 618; VI, 623; VII, 471; — VIII, 55-58, 207, 220, 222, 252, 265, 310, 321, 331, 333, 372, 384; IX, 115, 148, 157, 158, 161, 184, 369.
Mendonça Gorjão: — Ver Gorjão.
Mendonça e Vasconcelos, Francisco de: I, 407, 418.
*Mendoza, Cristóvão de: Morto pelos Carijós. VI, 494, 518-519.
Mendoza, D.Luiz Sarmiento de: I, 339.
Mendoza, Pedro de: Fundador de Buenos Aires. I, 335; IX, 81.
Menelau, Constantino: II, 124; VI, 78, 119.
Meneses, D. Antónia de: Insigne benfeitora do Pará. IV, 58; VII, 345.
*Meneses, António de: V, 150.
Meneses, António Luiz de Sousa Telo de, 2.º Marquês das Minas: Governador Geral do Brasil. — Ver Minas, Marquês das.
Meneses, Artur de Sá de: — Ver Sá de Meneses.

Meneses, D. Diogo de: Governador do Brasil. V, 3, 5, 20-22; VIII, 405.
Meneses, Fernão Teles de: IV, 3, 4.
Meneses, Fr. Francisco de: VI, 49.
Meneses, Francisco Xavier de: VI, 49.
Meneses, D. Francisco Xavier de (Conde da Ericeira): VII, 90; IX, 220, 301, 302, 316, 354, 356, 411.
Meneses, D. Henrique de (Conde da Ericeira): VII, 361; VIII, p. XX.
Meneses, D. Joana de: Benfeitora. VIII, 105.
*Meneses, João de: VII, 427, 449.
Meneses, D. João Telo de: II, 248, 279.
Meneses, D. Luisa de: Benfeitora. VIII, 105.
Meneses, D. Luiz de: — Ver Ericeira, Conde da.
Meneses, Luiz César de: Governador do Brasil. IV, 157; V, 142, 255; VII, 106.
Meneses, Luiz Eusébio Maria de: IX, 100.
Meneses, D. Manuel de: Almirante. V, 56.
Meneses, D. Maria de: Benfeitora. V, 174, 176; VIII, 388.
Meneses, Paulo César de: III, 146, 161, 284, 293, 304.
Meneses, D. Rodrigo de: IV, 16; V, 412; VIII, 247-269.
Meneses, Rodrigo César de: Governador de S. Paulo. VI, 197, 216, 545; VIII, 60, 195, 218, 334; IX, 136.
Meneses, Rodrigo Xavier Teles de: — Ver Unhão, Conde de.
Meneses, Rui Teles de: VII, 203.
Meneses, Sebastião César de: VII, 35, 36. — Ver César, Sebastião.
Meneses, Vasco Fernandes César de: Vice-Rei do Brasil. — Ver Sabugosa, Conde de.
Merceana: I, 55; VII, 254.
*Mercuriano, Everardo: Geral, VII, 37. — Índices: I, 596; II, 644; — VIII, p. 159, 254.

*Mercúrio, Leonardo: Herói da guerra de Pernambuco. II, 397; V, 348, 358, 374, 383, 387, 428; VI, 591; VIII, 377 (bibliogr.).
Merelim: V, 559.
Mereti: VI, 22.
Mesão Frio: VIII, 145.
*Meschler, Maurício: VI, 556.
Mesquita, Ana do Canto de: IX, 156.
Mesquita, Antão de: V, 50.
Mesquita, Domingos Reis: VI, 285.
*Mesquita, Gaspar de: V, 586.
Mesquita, José Caetano de: IX, 86.
Mesquita, José da Silva: IV, 384.
Mesquita, Júlio de: I, p. XXV.
*Mesquita, Luiz de (de *Valdigem*): I, 162, 566; II, 396, 605; VIII, 377.
*Mesquita, Luiz de (de *Vila Franca*): VII, 428, 437.
Mesquita, Teodósio de: V, 174.
Mesquita Pimentel: III, 453.
Messejana: III, 14, 85, 91.
Messina: IV, 269, 367; VIII, 35, 65; IX, 23.
*Mestre, Vicente: I, 561.
*Metela, Diogo: VIII, 157.
Metelo de Sousa, Alexandre: VI, 20; VII, 268; VIII, 250.
Métraux, A.: Escritor. — Índices: I, 596; II, 644; IV, 426; VI, 623.
*Meurs, J. B.: IX, 55.
México: II, 6, 172, 563; III, p. XXI; IV, 158, 313; IX, 328, 355, 356, 408, 409.
Meyer, Augusto: Escritor. III, p. XVIII, 451, 455; IV, 413, 414; V, p. XXI; VI, 560, 606; X, p. XIV.
Meyssoner (Médico): VII, 227.
Mezzabarba, Ambrósio: Patriarca de Alexandria. VIII, 195.
Midelburgo: V, 48, 386.
*Miert, Van: V, 386.
Miguel, Bartolomeu: VI, 494.
Miguel Pereira, Lúcia: Escritora. III, 455.
*Miki, S. Paulo: V, 137.

Milão: IV, 363, 382; VI, 596; VII, 251, 434; VIII, 159, 214, 340, 350; IX, 209.
*Milet, John: VI, 179; VII, 268.
Millares Carlo, Agustín: II, 627, 628; X, 301.
*Mimoso, B. Diogo Pires: Mártir do Brasil. II, 261.
Mimoso, Manuel da Costa: Ouvidor Geral. VI, 55, 87, 91, 111.
Mina: II, 322; VI, 33, 572; VII, 274.
Minas: Descobrimento, VIII, 172; na Amazónia, VIII, 191; de diamantes (poema), VIII, 14; de ferro, VIII, 395; de oiro, VIII, 26, 395; encarecem a vida, VIII, 51; minas de oiro do Pacajá, IX, 213; do Rio Pindaré, VIII, 4; IX, 189; poema das Minas de Oiro, IX, 127.
Minas, Marquês das (António Luiz de Sousa Telo de Meneses): Governador Geral do Brasil. IV, 81; V, 76, 91, 295, 317, 318; VI, 113, 315; VII, 106, 113; VIII, 201, 295; IX, 218, 263, 268, 272, 298, 299, 342, 410.
Minas de Cuiabá: IX, 135, 396.
Minas Gerais: Entradas no século XVI, II, 172–175; entradas no século XVII, VI, 183–190; Residência de Ribeirão do Carmo, VI, 192–198; intervenção apaziguadora dos Padres no Motim das casas de fundição (1720), VI, 194; o povo quer construir casas para os da Companhia, VI, 195–196; Aldeia de S. Ana do Rio das Velhas, VI, 190–192; Aldeia do Rio das Pedras, IX, 134; Seminário de Mariana, VI, 198–201; o Juízo da Inconfidência e o papel "sedicioso" de Vila Rica a favor dos Jesuítas, VI, 201–202. — Índices: I, 596; II, 644; IV, 426; VI, 623; VII, 471; — VIII, 41, 83, 89, 93, 129, 130, 132, 186, 193, 216, 370; IX, 65, 121, 133, 137, 143, 393.
Minas de Goiás: IX, 136.
Minas de Inhaguera: IX, 137.

Minas de Santa Isabel: IX, 396.
Minho: IV, 320; VI, 392; VII, 131, 254; VIII, 219, 249, 276, 384; IX, 41.
MINISTÉRIOS SAGRADOS: Os primeiros, II, 267-390; os Padres da Companhia, primeiros párocos da Baía, II, 269; IX, 416; do Rio de Janeiro, I, 391-392; de S. Paulo, I, 312; muitas vezes do Rio Grande do Norte, I, 559; doutrina ao povo, V, 11; catecismo em português do P. Brás Lourenço, II, 27; combate às feitiçarias do povo, V, 241; pregação à maneira dos Índios, II, 291; mista (um sermão em português, outro em tupi), V, 19; sistema da Companhia, II, 299-303; saber falar em público faz parte da vocação do Jesuíta, VII, 86; o agradável "modo português de pregar", III, 100; a pregação do P. Baltasar de Sequeira, IX, 29; ad petendam pluviam, IV, 396; Semana Santa (Ver Jesus Cristo — Culto e devoções); ministérios na Baía, V, 12; Pernambuco, V, 331-332; S. Paulo, I, 309-312; Jesuítas do Brasil, pregadores (que escreveram sermões), IX, 448-449; Vieira, IX, 192-363; outras referências, I, 564; II, 302; VIII, 108, 176, 183, 185, 214, 229, 233, 253, 258, 260, 284, 301, 324, 354, 357, 373, 382, 385, 386; IX, 18, 20, 23, 47, 48, 55, 66, 71, 78, 85, 87, 91, 106, 120, 123, 130, 153, 169, 171, 172, 183, 184, 191, 192, 364, 370, 372, 380. — Ver Confrarias; Congregações Marianas; Exercícios Espirituais; Missões Rurais; Procissões; Sacramentos.
Miona, Manuel: Português, Confessor de S. Inácio. II, 413.
Mirales, José de: Escritor. V, 100, 309; VI, 205; VIII, 375.
Miranda, Agenor Augusto de: Escritor. VI, 554; VI, 210.
*Miranda, António de: I, 293.

Miranda, António de: Capitão. III, 412, 413.
*Miranda, Baltasar de: I, 194, 583.
Miranda, Bertino de: IV, 72.
*Miranda, Félix de: Mestre-Escola e Catequista dos Escravos. V, 586; VII, 431, 447.
*Miranda, Francisco de: IV, 354.
*Miranda, Gabriel de: I, 205; V, 229, 233, 236.
Miranda, Gonçalo Couraça de: VI, 392.
Miranda, João de Azeredo: VII, 54.
Miranda, João de Oliveira e: Alferes. VIII, 376.
Miranda, João Veloso de: VI, 442.
*Miranda, Manuel de (de *Cerveira*): V, 582; VIII, 194.
*Miranda, Manuel de (de *Coimbra*): IV, 353.
Miranda, Manuel: Morador de Pernambuco. V, 436.
Miranda, Marta de: Benfeitora. VI, 369.
*Miranda, Pedro de: V, 587.
Miranda do Corvo: IV, 349, 355, 356, 365.
Miranda do Douro: IV, 348, 349, 353, 356, 358, 361, 363, 365, 366; VI, 605; VII, 427; VIII, 64, 100/101, 264; IX, 88.
Miranda Henriques, Rodrigo de: Governador do Rio de Janeiro. IV, 18, 494, 521; VIII, 143.
Miranda Santos, Teobaldo: III, 453.
Mirandela: V, 292.
*Mirão, Diogo: I, 12, 60, 133, 566; II, 237, 250, 402, 456, 519; VIII, 21, 71, 158, 273, 280.
*Misch, Gaspar: Missionário da Amazónia. III, 309, 340, 350, 358, 383; IV, 153, 218, 225, 234, 340, 339; VIII, 101, 377 (bibliogr.); IX, 23.
MISERICÓRDIAS: da Baía, II, 152; V, 245, 250; VII, 60; IX, 199, 221, 327; de Lisboa, II, 152; IX, 205, 208, 213, 217; do Maranhão, IV, 186-187; de Santos, I, 262; do Rio

de Janeiro, II, 577-578. — Ver Hospitais.
MISSIONÁRIOS: de Portugal e outras nações da Europa. — Ver Vocações.
MISSÕES: — Ver Aldeias.
MISSÕES DO BRASIL EM CONFRONTO COM AS DO ORIENTE: V, 10.
MISSÕES EXTERNAS DE PADRES DO BRASIL: Paraguai, II, 344-358; Angola, VII, 270-274; Índia, VII, 278-281; Guiana Francesa, VII, 281-283.
MISSÕES (JUNTA DAS): Sem autoridade em matéria de curato de almas, VII, 308; VII, 81, 318, 319; VIII, 202, 320; Termo da Junta das Missões em S. Luiz do Maranhão (1726), III, 439-443.
MISSÕES NAVAIS: VII, 265.
MISSÕES RURAIS: Regulamento e método, II, 306-307; IV, 254-257; pelos Engenhos e Fazendas da Baía, II, 303-309; V, 267, 569-570; VIII, 328; nos rios do Maranhão, IV, 395; no sertão do Maranhão ("missões pedâneas"), III, 155; IX, 126; em Pernambuco, V, 437-444; V, 569; VIII, 116; no Rio e Baixada Fluminense, VI, 21-22, 90; VIII, 155; do Colégio de Santos, VI, 433-437; de S. Paulo, VI, 377-381; IX, 65, 84; no Sul, VIII, 50, 51; IX, 84; promovem-se por toda a parte, VIII, 385; é menção e ofício de Catálogo, VII, 440.
MISSÕES AOS SERTÕES: — Ver Entradas.
MISSÕES URBANAS: VII, 122, 247. — Ver Ministérios.
MÍSTICA: — Ver Ascética e Mística.
Moçambique: I, 12; II, 246, 354; V, 357; VII, 280; VIII, 69; IX, 77.
Mocha: V, 556, 562-564; VIII, 329; IX, 158.
MOÇOS PARDOS: — Ver Pardos (Moços).
Módena: VI, 596; VIII, 132.
Modica: VI, 592; VIII, 65; IX, 23.
Modivas: VII, 428.

MOEDA NO BRASIL: IX, 180, 353; criação da Casa da Moeda, VII, 86, 260; IX, 409; câmbio das moedas de oiro, VIII, 155.
Moerbeeck, J. A.: V, 26.
Mogadouro: IV, 345.
Mogí das Cruzes: VI, 240, 362, 370, 378.
Mogí-Guaçu: VI, 380.
Mogí-Mirim: VI, 256, 324, 325, 380.
Mogúncia: IV, 322, 358, 363; VIII, 204, 377.
Mohr, João Francisco: IX, 45.
*Moio, Fábio: V, 228; VI, 591; VIII, 378.
Molière: IV, 298; V, 95; VII, 157.
*Molina, Luiz de: Prof. da Univ. de Évora. I, 77; II, 227, 294; VII, 177; 178, 180, 185, 219.
Molucas: I, 337; II, 345, 428, 439; III, 416; VI, 244.
*Monaci, Francisco Maria: IX, 155.
Monaíl: II, 174.
Monçarros: IV, 352, 357; VIII, 233.
Moncorvo: IV, 410; VIII, 87.
Mondim(S. João de): VIII, 278.
Monforte (Alentejo): VIII, 306.
Monforte (Brasil): III, 247.
Monforte, Fr. Manuel de: IV, 135.
Moniz, Ambrósio: III, 143.
Moniz, António: III, 145.
Moniz, Diogo: II, 578.
Moniz, Egas: V, 411.
Moniz, Febo: IX, p. IV/V, 363.
*Moniz, Jerónimo: I, 537; V, p. XXVII, 73, 258, 424, 459, 534, 539; VI, p. XXI, 51, 179, 373; VII, 123, 128, 223, 425, 436; VIII, 14, 128, 293, 297, 379 (bibliogr.); — ass. autógr., VIII, 388/389.
Moniz, Luiz: III, 106.
*Moniz, Manuel: Morto no Rio Itapicuru. III, 143, 144, 146; IV, 149, 335.
Moniz Barreiros, António: Capitão-mor do Maranhão. III, 104-106, 109, 112-117, 129, 143, 145; IV, 181.

Moniz de Carvalho, António: IX, 235.
Monomotapa: I, p. XI; II, 236, 477, 496.
Monsanto, Conde de: VI, 255.
Monsão (Maranhão): III, 192.
Monsão (Portugal): IV, 342, 344, 351, 367; V, 304; VIII, 276.
Monserrate: I, 4, 206.
Montaigne: I, 88.
Montalegre: IX, 186.
Montalvão: IV, 355, 364.
Montalvão, Marquês de (D. Jorge de Mascarenhas): Vice-Rei do Brasil. III, 110; IV, 8; V, 96–98, 381, 396, 450; VI, 275, 594; VII, 164, 270; IX, 147, 202, 203, 403.
Montano, Arias: VII, 171.
Monte (N.ª S.ª do): VII, 128; VIII, 217.
Monte Alegre: III, 267, 269, 272; IX, 29. — Ver Aldeias (Gurupatuba).
Monte Redondo: I, 62; VIII, 373.
Montebelo, Marquês de: III, 37; VII, 106.
Montebelo, Marquesa de: VIII, 110.
Montecatini, Tomás: VIII, 74.
Montefano: VIII, 169.
Monteiro, Aires: IV, 380.
*Monteiro, Alexandrino: X, p. XII.
Monteiro, António: V, 289.
Monteiro, António Francisco: IX, 301.
Monteiro, António Gonçalo: I, 277, 541.
Monteiro, Arlindo Camilo: II, 585.
Monteiro, Brásia: Mãe do P. José Coelho. V, 482; VIII, 166.
Monteiro, Catarina: I, 421.
Monteiro, Cristóvão: I, 420.
*Monteiro, Diogo: Provincial de Portugal. V, 364; VIII, 389.
*Monteiro, Domingos (de Lisboa): Missionário dos Aimorés. I, 196, 579; II, 128; V, 152, 340; VI, 160, 166; VIII, 379 (bibliogr.); — ass. autógr., VIII, 388/389.
*Monteiro, Domingos (do Porto): Pintor e Dourador. V, 131, 586.
Monteiro ("Pocu"), Domingos: III, 381.
*Monteiro, Francisco: VII, 422, 436.
Monteiro, Gonçalo: Capitão de S. Vicente. I, 541.
*Monteiro, Gonçalo: VII, 432, 440.
*Monteiro, Inácio: VII, 166, 168, 224.
Monteiro, Inês: VI, 300, 375.
*Monteiro, Jácome: II, 352, 411, 429, 436; V, p. XXII, 200; VI, p. XVII, 589; VII, 8, 9; VIII, 165, 380–381 (bibliogr.); assiste a um funeral e lamentação lacrimosa dos Índios, VIII, 416; — ass. autógr., VIII, 388/389; "Relação da Província do Brasil. 1610", VIII, 420/421.
Monteiro, João: I, p. XXV; VIII, 38.
Monteiro, João de Matos: III, 68, 69; VIII, 288.
*Monteiro [da Rocha], José: VII, 430, 437.
Monteiro, Lourenço: Capitão de Ilhéus. II, 617, 619.
Monteiro, Lourenço: Coronel. VIII, 329.
*Monteiro, Manuel (de Carvalhais, Vizeu): III, 228; IV, 355, 365.
*Monteiro, Manuel (do Espírito Santo): VII, 280.
*Monteiro, Manuel (do Porto): V, 259; VI, 605; VII, 424, 438.
*Monteiro, Manuel: Escritor. VIII, 35.
*Monteiro, Patrício: VII, 428, 437.
*Monteiro, Pedro: IV, 338, 340.
Monteiro, Pedro Fernandes: Ministro. IV, 30; V, 407, 410, 415; IX, 240, 306.
Monteiro Paim, Roque: Ministro. III, 33; IV, 89, 134; VII, 79, 99, 113; VIII, 104–106, 222, 229, 230; IX, 298.
Monteiro da Vide, D. Sebastião: Arcebispo da Baía. V, 54, 82, 91, 100, 142, 156; VII, 113, 117, 181, 213; VIII, 13; o seu falecimento, VIII, 194; VIII, 47, 63, 64, 154, 217, 362, 364; IX, 69, 71.

Montelo, Josué: Escritor. III, 455; X, p. XIII.
*Montemayor, Prudêncio de: VII, 178.
Montemolim: II, 256.
Montemor, Jorge de: II, 543.
Monte-Mor-o-Novo (Portugal): II, 262; V, 534; VI, 590; IX, 172.
Monte-Mor-o-Novo da América: III, 92, 93.
Monte-Mor-o-Velho (Brasil): III, 93.
Monte-Mor-o-Velho (Portugal): VI, 602.
Monterroio, Francisco Monteiro: VII, 214.
Monterroio Mascarenhas, José Freire: II, 461; V, 310.
Montes Claros: VI, 185.
Montesquieu, Barão de: VI, 553.
Montevideu: V, 571; VI, 525, 529, 536, 537, 543, 550.
Montezinho, António Roiz: VI, 460.
Montijo: V, 361.
*Montmorency, Florêncio de: IX, 183.
*Montoya, António Ruiz de: I, 354; II, 554; V, 334; VI, 250-252, 485, 556; VIII, 235.
Montpensier, Mademoiselle de: IV, 13.
Moore, J. H.: I, 221.
Morais, A. J. de Melo: — Ver Melo Morais.
*Morais, António de (Ir. C.): IV, 358, 367.
*Morais, António de (de *Guimarães*): Último Reitor do Colégio da Baía. V, 87, 149, 189, 239, 585; VI, 137, 411; VII, 421, 435.
Morais, António Ribeiro de: V, 276, 296, 300, 303, 391, 392.
*Morais, Duarte de: V, 219, 582.
Morais, Durval de: II, 489.
Morais, Evaristo de: II, 351.
Morais, Fernão de: I, 255, 541.
*Morais, Francisco de (de *S. Paulo*):
— Índices: I, 644; V, 618; VI, 623;
— VIII, 144, 381-382 (bibliogr.); IX, 122, 241; — ass. autógr., VIII, 388/389.

Morais, Francisco de: Capitão e ouvidor de S. Vicente. I, 543, 544. O mesmo que o seguinte ?
Morais, Francisco de: Capitão. No Espírito Santo. II, 64, 65.
Morais, Francisco Xavier de: III, 379.
Morais, Inácio Correia de: VI, 365.
*Morais, Jacinto de: IV, 361, 365; IX, 370.
Morais, João: Notário da Câmara Apostólica de Lisboa (não do Rio). VI, 270.
*Morais, João de: VII, 433, 445.
*Morais, Joaquim de: VI, 72; VII, 422, 446.
*Morais, José de: Escritor. — Índices: III, 472; IV, 426; V, 618; VI, 623; VII, 472; — VIII, 382-383 (bibliogr.) e *passim;* IX, *passim;* — ass. autógr., VIII, 388/389; Dedicatória da "História", VIII, 404/405.
Morais, José de Góis de: VII, 165.
*Morais, Júlio de: IX, 200, 233; X, XII.
*Morais, Manuel de (de *S. Paulo*): — Índices: V, 618; VI, 623 (1.º); VII, 472; — VIII, 165, 229.
*Morais, Manuel de (séc. XVIII): VI, 603.
Morais, Maria de: Mãe do P. Paulo de Carvalho. VIII, 156.
Morais, Raimundo: II, 14; IV, p. XV.
Morais, Sebastiana Ribeiro de: VI, 409.
Morais, Sebastião de: Bispo do Japão. I, 569, 570; II, 135, 264, 429, 493.
Morais, Serafina de: VIII, 58.
*Morais, Teodósio de: V, 448.
Morais Barreto, Francisco de: I, 261, 319.
Morais Bittancor, Hilário de: Capitão. VIII, 125, 264.
Morais Navarro, Domingos de: V, 523.
Morais Navarro, Manuel Álvares de: Mestre de Campo. III, 88, 94; V, 532, 533, 536-539, 545.
Morais Silva, António de: II, 102; VII, 118; VIII, 366.
Morales de los Rios: I, 384, 388.

Moralidade Pública: II, 280, 296, 367-384; IX, 378, 379, 415-417. — Ver Assistência.
Morão Correia, Sebastião: IX, 234.
Morato, António: VI, 446.
*Morato, Francisco: VI, 595, 597; VII, 48, 51, 52.
*Morato, Manuel: IV, 351; VIII, 245.
Morávia: VII, 434; VIII, 208.
*Moreau, Guilherme: II, 34.
Moreira (*Vila de*): I, 294, 574; VII, 429.
*Moreira, Aleixo: V, 430, 583; VI, 137, 409.
Moreira: Alferes. IX, 137.
*Moreira, António: III, 364, 366; IV, 298, 352, 359, 363; VII, 352, 353, 357; VIII, 384, IX, 160.
Moreira, Brás: II, 263.
Moreira, Eduardo: II, 387.
*Moreira, Francisco: VI, 7; VII, 428, 442.
*Moreira, João (da *Baía*): VII, 428, 449, 452.
*Moreira, João (do *Porto*): V, 291, 584.
*Moreira, José: Confessor de El-Rei D. José. VII, 137, 318, 338; VIII, 250, 303.
Moreira, José Elias: VI, 365.
*Moreira, Manuel: VII, 427, 437.
Moreira, Manuel dos Santos: Pai do P. Inácio de Sousa. IX, 143.
Moreira, Roberto: Escritor. X, 301.
*Moreira, Teodósio: V, 583.
Moreira de Carvalho, Jerónimo: Físico-mor do Algarve. Pai do P. António Moreira. VIII, 383.
Moreira da Fonseca, Joaquim: VIII, 40.
Moreira de Azevedo: I, 97, 392, 434; II, 516.
Moreira de Azevedo, José: Vereador. VII, 49, 54, 198.
Moreira de Lima: V, 358; VIII, 359.
Moreira das Neves: III, 455.
Moreira da Silva, José: VIII, 297.
Moreno, Diogo de Campos: III, 5, 11.
Moreno, Martim Soares: III, 4, 15; V, 369, 399.
Moreno, Pedro Dias: III, 137.
Moreri: VIII, 14.
*Morim, Luiz de: — Ver Amorim, Luiz de.
*Morim, Manuel de: I, 582.
*Morinelo, José: I, 27, 566; II, 438, 440.
Morris, J.: IX, 147.
Morritz, Gedeão: III, 16.
Moronvillers: VI, 595; VII, 266.
Morro da Esperança: IX, 137.
Morro do Galeão: V, 199, 207, 212.
Morro de São Paulo: V, 35, 36, 207; VIII, 403.
Mortecha: IV, 354.
Moser, Jorge de: VIII, 143.
Mosqueiro: III, 285.
Mosquera, Rui: II, 241.
*Mossu, Franc.: VIII, 94.
Mota, Artur: II, 481; IX, 110, 363
Mota, Baltasar da: VIII, 278.
Mota, Bento da Rocha: V, 471.
*Mota, Calixto da: II, 452, 453; VI, 285.
*Mota, Francisco da: IV, 82.
Mota, Francisco Cordeiro da: III, 35.
*Mota, Gaspar da: VI, 405.
Mota, João da: V, 453.
Mota, João, Cardeal da: VIII, 139.
Mota, João da Rocha: V, 452, 471, 472, 474.
*Mota, José da: VI, 7, 369; VII, 427, 442.
Mota, Leonardo: III, p. XVIII.
*Mota, Manuel da (de *Anta*): IV, 366.
*Mota, Manuel da (de *Cabril*): III, 200, 343, 344; IV, 169, 347, 348, 389.
*Mota, Manuel da (de *Torres Novas*): Ir. Encadernador e Mestre-Escola. VII, 432, 437; VIII, 66, 264, 385; IX, 155, 190.
Mota, Manuel da: Capitão. III, 361.
Mota, Nonato: V, 549.
Mota, Otoniel: VI, p. XX; VIII, 257.
Mota, Pedro da: Ministro. V, 153; VII, 181, 375; VIII, 302.
*Mota, Pedro da: Missionário dos Carijós, entre os quais faleceu. VI, 121, 481, 483, 485; VII, 275.
Mota, Rubem Pimentel da: X, p. XIV.

Mota, Vasco: VI, 256.
Mota de Primério, Fidelis: I, 209.
Moura: IV, 4, 364.
Moura, Alexandre de: Conquistador do Maranhão. I, 109, 525, 526; II, 160; III, 4, 99, 101-103, 129, 135-136, 425, 426; IV, 262, 334; V, 3, 22, 331, 388; VI, 324; VIII, 270.
Moura, Américo de: VI, 412.
*Moura, André de: IX, 178.
Moura, Cristóvão de: I, p. XXVI, 136, 165; II, p. X, 410; VIII, 92.
*Moura, Francisco de: VII, 428, 448.
Moura, D. Francisco de: Governador. V, 5, 55, 65, 113, 381, 382.
*Moura, Inácio de: VIII, 339.
Moura, Inácio de: Escritor. III, 276; IX, 362.
Moura, Inês de: Mãe do P. Mateus de Moura. VII, 121.
Moura, D. Jerónimo de: I, 482.
*Moura, João de: Dramaturgo. IX, 352.
Moura, João Rodrigues de: VI, 407.
*Moura, José de (de *Oliveira do Conde*): Pintor. III, 220, 221; IV, 345.
*Moura, José de (de *S. Paulo*): V, 239; VI, 360, 398, 411, 412; IX, 54, 367.
Moura, Manuel de: V, 101.
*Moura, Manuel de (do *Porto*): VII, 422, 444.
Moura, Manuel Lopes de: VI, 288, 289.
*Moura, Mateus de: Provincial. Biografia, VII, 121-122. — Índices: I, 597; III, 473; V, 618; VI, 623; VII, 472; — VIII, 291, 292, 380, 385-388 (bibliogr.); IX, 122, 186, 366; — ass. autógr., VII, 108/109.
Moura, Miguel de: Benfeitor do Colégio do Rio de Janeiro. I, 418, 419, 548, 549; VI, 114.
Moura, Nicolino José de: III, 276.
*Moura, Pedro de: Visitador. — Índices: VI, 623; VII, 472; — VIII, 146, 254, 321, 389 (bibliogr.); IX, 182.
Moura de Albuquerque, Filipe de: V, 113, 116.

Moura-Morta: VI, 223; VII, 425; VIII, 322.
Mourão: IV, 351, 352.
Mourão, Duarte Martins: I, 425.
*Mourão, Manuel: V, 250.
*Mourath, João: IX, 49.
*Moureira, Amarin: VIII, 318.
Mourret, Fernand: II, 488.
*Mousinho, António: VI, 603.
Moutinho, Joaquim Ferreira: IV, 221.
*Moutinho, Murilo: II, 266; VI, 154; X, p. XII, 312.
MUCAMBOS: V, 270.
Muía: VI, 603; VII, 423, 426; IX, 142.
Muller, Cristiano: V, 135.
Munhoz, Ana: IV, 183.
Munhoz, Fernão: VI, 231.
Munique: IX, 44, 47.
Munster: IV, 28.
Múrias, Manuel: Escritor. I, 31, 71; II, 531; III, p. XVI, 455; IV, p. XXIV, 7; V, p. XXIV; VIII, 204; IX, 307; X, p. XIII.
Muribeca: I, 226.
Murr, Christoph Gottlieb von: IV, 315, 322; V, 73; VII, p. XIX; VIII, p. XXIV, 100/101, 123, 205-207, 247, 248, 252, 308-310, 340, 342; IX, 149.
Murtede: IV, 364; VIII, 86.
*Mury, Paulo: Escritor. — Índices: III, 473; IV, 426; V, 619; — VIII, 308, 341, 349; IX, 90.
MUSEU DO BRASIL NO COLÉGIO ROMANO: V, 49. O "Musaeum Kircherianum", desta referência, descreve muitos outros objectos zoológicos, etnográficos, etc. do Brasil.
MUSEU BRITÂNICO: III, p. XVI; V, p. XIX; VIII, 369; IX, 310, 319.
MUSEU GOELDI: III, p. XIX.
MUSEU NACIONAL (RIO): III, p.XVIII.
MUSEU PAULISTA: VI, p. XVI.
MÚSICA: — Ver Cantos, Música e Danças.
Muxagata: IV, 366.

N

Nabuco, Joaquim: Escritor. — Índices: I, 597; III, 473; V, 619; VI, 624; VII, 472; — VIII, p. 38; IX, 431.

*Nadal, Jerónimo: I, 81, 90; II, 247, 437, 495; VIII, 71.

*Nadasi, João: Escritor. VIII, 7.

Namur: V, 128.

Nangasaqui: IX, 147.

Nanquim: VIII, 160.

Nantes, Martim de: V, p. XXVIII, 289, 290, 294, 295, 297; IX, 350.

Nápoles: I, 349; IV, 17, 22, 31, 350, 365; VI, 591, 603, 604; VII, 433; VIII, 35, 65, 130, 160, 261, 378.

*Narváez, Juan de: IV, 283.

Nascimento, Fr. José do: VIII, 365.

Nassau, Maurício de: — Índices: I, 597; III, 473; IV, 426; V, 619; VI, 624.

Natal: I, 526; V, 389, 519, 535; deseja um mestre de latim, V, 523-524.
— Ver Rio Grande do Norte.

*Natalini, Pedro António: Boticário. V, 585; VI, 598; VII, 98.

Natividade: VI, 208, 212.

Natividade, Fr. Estêvão da: III, 237; IV, 55.

Natividade, Fr. José da: IV, 240.

Natuba: I, 77. — Ver Aldeias.

NATURALIDADE DOS JESUÍTAS DO BRASIL: VII, 233-247.

NAUFRÁGIOS: — Ver Trabalhos e perigos.

NÁUTICA: — Ver Ciências Náuticas.

Navarra: II, 174; VI, 20; VIII, 83.

Navarro, António: V, 84; VIII, 168.

Navarro, Eugénio: III, 455.

*Navarro, João de Azpilcueta: — Ver Azpilcueta Navarro, João de.

Navarro, Martim de Azpilcueta: — Ver Azpilcueta Navarro, Martim de.

NAVIOS: O Galeão de Malaca, I, 570; armada de Cristóvão de Barros (27 velas), I, 565; Galeão Velho (S. João Baptista), I, 561; caravela S. João, I, 562; nau Santiago (a do martírio), II, 251; nau S. Paulo, II, 334; caravela N.ª S.ª das Candeias, IV, 336; VIII, 318; nau S. Francisco Xavier, V, 210-212; nau "O Padre Eterno", VII, 252; VIII, 356; N.ª S.ª da Estrela, VII, 20; patacho S. Lourenço, VII, 62; nau N.ª S.ª do Monte do Carmo, VII, 135; navio S. Frutuoso e N.ª S.ª da Conceição, VII, 137; nau N.ª S.ª da Atalaia, VIII, 56, 311; galera Santa Rita e Almas, VIII, 331; nau de guerra N.ª S.ª de Guadalupe, VIII, 322; patacho O Bom Jesus, VIII, 367; nau da Índia S. Francisco, VIII, 223; Galeão S. Lucas, VIII, 97; N.ª S.ª da Caridade, IX, 60; Sumaca S. José e Almas, IX, 118; Sacramento, IX, 308; N.ª S.ª da Piedade e Esperança (antiga corsária francesa), IX, 386, 387; nau S. Boaventura, IX, 387.

NAVIOS DA COMPANHIA: — Ver Indústria (Naval).

Nazaré (Baía): V, 176.

Nazaré (Forte de): V, 354, 356, 369, 374, 384, 385.

Nazaré (Portugal): I, 207; IX, 64.

Negromonte, Francisco Coelho: Pai do P. José Coelho. VIII, 166.

Negrão, Francisco: VI, 456.

Negreiros, Francisco de: V, 254; IX, 185.
Negreiros, Lourenço Cardoso de: VI, 286, 288.
Negrelos: VI, 600.
*Nepomuceno, João (de *Guimarães*): IV, 362; IX, 149.
Nery, Fernando: V, 412.
Nespereira: IV, 350.
Neta, Inês: V, 492; IX, 21.
Neto, Álvaro: VI, 391.
*Neto, António: V, 585.
Neto, David: Rabino. IX, 320.
Netscher, P. M.: V, 348, 349, 393.
Neubúrgio, Príncipe de: VII, 95.
Neuwied: — Ver Maximiliano.
Neves, Álvaro: VII, p. XVIII; VIII, p. XXIV; IX, 362.
*Neves, António das (Ir. C.): IV, 347.
*Neves, António das: Padre. V, 239; VI, 138; VII, 422, 446.
Neves, Berilo: Escritor. III, 455, X, 301; autor da recensão do "Jornal do Commercio", X, 307-310.
*Neves, João das: VII, 425, 449.
*Neves, José das: Missionário do Brasil. VI, 600.
*Neves, José das: Missionário do Maranhão. IV, 357. — Ver Anchieta, José de (2.º).
*Neves, Manuel das (de *Coimbra*): III, 190; IV, 355.
*Neves, Manuel das (da *Baía*): VII, 425, 435.
Neves, Manuel Gaspar das: III, 123.
Neves, P.º: V, 493.
Newman, Cardeal: VII, p. XII; X, 308.
Newton: VII, 166, 168.
Niceron: IX, 363.
*Nickel, Gosvino: Geral. V, 249; VI, 301; VII, 96; VIII, 177, 178, 275, 335; IX, 18, 174, 244-246, 349.
Nicolaini (Núncio): III, 277.
*Nicolau, Miguel: IX, 353.
Nicolau V, Papa: VII, 323.
Nieuhoff, João: V, 395, 417.

*Nieremberg, Eusébio: II, 175, 489; III, 8; VII, 171; VIII, 77.
Nigra, Clemente Maria da Silva: I, 20.
Nimuendaju, Curt: III, 183; IV, 301.
Nina Rodrigues: II, 343, 354.
Nisa, Marquês de: IV, 31, 180; V, 58, 407, 408, 415; VI, 533; IX, 235-239, 303, 350.
Niterói: — Índice: VI, 624; — VIII, 37, 138, 183; IX, 429. — Ver Aldeia de S. Lourenço.
Nizza: VIII, 56, 340.
Nobre Mourão, Feliciano Ramos: IV, 123, 124.
Nóbrega: II, 461; IX, 413, 414.
*Nóbrega, António da: Dispenseiro do Navio da Província. VI, 357; VII, 433, 448.
Nóbrega, Baltasar da: Desembargador. Pai do P. Manuel da Nóbrega. II, 460, 461; IX, 413, 414.
Nóbrega, Belchior da: II, 460.
Nóbrega, Francisco da (1.º): II, 461.
Nóbrega, Francisco da (2.º): II, 461.
Nóbrega, Francisco Manuel da (1.º): II, 461.
Nóbrega, Francisco Manuel da (2.º): II, 461.
Nóbrega, Gaspar da: II, 461.
*Nóbrega, Manuel da: Fundador. Biografia, II, 459-470; III, 448-449, IX, 413-433 (efemérides principais da sua vida); a "Chronica" de Simão de Vasconcelos, como se lê no subtítulo, é uma "Vida" de Nóbrega, IX, 184/185; Reitor do Rio de Janeiro e Comissário do Espírito Santo e S. Vicente, IX, 24; o seu plano colonizador, IX, 424; retrato físico e moral, IX, 422; nascimento e morte no dia do Evangelista S. Lucas, IX, 430; restos mortais, II, 470-471; proposta do Instituto Histórico para se lhe erguer uma estátua na Esplanada do Castelo (Rio), IX, 431-432; Sêlo comemorativo do 4.º centenário,

IX, 433; a sua bibliografia, IX, 3-14. — Índices: I, 597 (com títulos explícitos); II, 645 (com títulos explícitos); III, 473; IV, 426 (1.º); V, 619; VI, 624; VII, 472 (1.º); — VIII, p. IX, XX, 16, 18, 19, 24, 29, 36-38, 42, 83, 107, 108, 122, 175, 261, 279, 284; IX, 62, 57, 58, 62, 81-83, 99, 169, 175, 176, 377-380, 401, 413-433; X, p. IX, 304, 314;—retrato, I, 2/3; ass. autógr., II, 464/465; IX, 8/9; "Copia de unas cartas", VIII, p. IV/V; "Cartas do Brasil", VIII, 148/149; IX, 8/9, 12/13; "Novas Cartas Jesuíticas", IX, 20/21.
Nóbrega, Manuel da: Cavaleiro da Ordem de Cristo. II, 461.
Nóbrega, Manuel da: Desembargador. II, 461.
*Nóbrega, Manuel da (de Lisboa): Missionário do Maranhão. IV, 358, 366; VII, 347; VIII, 226.
Nóbrega, Manuel da: Vigário do Rio de Janeiro. VI, 236.
Nóbrega, Manuel da Fonseca da: II, 461.
Nóbrega, Pero Álvares da: II, 460, 461; IX, 414.
*Noel, Estêvão: Mestre de Descartes. VII, 167.
Nogueira: IV, 355.
*Nogueira, António: IV, 357, 366.
Nogueira, D. António: Bispo de S. Tomé e Príncipe. VIII, 329, 330.
Nogueira, António Rodrigues: V, 263.
*Nogueira, Bento (Padre): VI, 369, 469, 470, 472, 527, 530.
*Nogueira, Bento: Ir. Piloto. VII, 256, 424, 448.
Nogueira, D. Bernardo Rodrigues: 1.º Bispo de S. Paulo. VI, 12, 388, 390, 412, 471.
*Nogueira, João (de Guimarães): V, 321, 322, 582; VI, 634.
*Nogueira, João (de Iguape, Baía): V, 74; VII, 428, 436.

*Nogueira, João (do Recife): V, 453, 456, 582; VIII, 364.
Nogueira, João: Morador de S. Vicente. VI, 288, 289.
*Nogueira, José: VI, 199-202, 386; VII, 153, 423, 441; IX, 14-15 (bibliogr.), 21.
*Nogueira, Luiz: Jurisconsulto. V, 82; VI, 596; VII, 38, 40, 43, 186; IX, 15-16 (bibliogr.), 178; — ass. autógr., IX, 24/25.
*Nogueira, Manuel: VI, 601.
*Nogueira, Mateus: "Ferreiro de Jesus Cristo". — Índices: I, 597; II, 645; — IX, 11, 420.
Nogueira, Paulino: — Ver Borges da Fonseca, Paulino Nogueira.
Nogueira Coelho, Filipe José: VI, 219, 220.
Nogueira da Gama, António Augusto: VI, 157.
Nogueira da Regedoura (S. Cristóvão): IX, 124.
Nogueira da Silva, José: V, 254.
*Noia, Manuel da: IV, 342.
Nola: I, 569.
Noort, Oliver van: I, 396, 397, 436.
Norberto, Joaquim: Escritor. I, 424; VI, 109, 110, 113, 117, 120.
Nordenskiöld, Erland: V, 298.
Norimberga: VIII, 206.
Noronha, Bento de Beja de: IX, 360.
Noronha, Diogo de: V, 252.
Noronha, D. Fernando de: — Ver Linhares, Conde de.
Noronha, José Monteiro de: IV, 275, 276; VII, 219.
Noronha, Luiz Canelo de: VI, 47.
Noronha, D. Marcos de (6.º Conde dos Arcos): Governador de Goiás e Vice-Rei do Brasil. V, 214, 226, 577; VI, 190, 205-208; VII, 135.
Noronha, Tito de: Escritor. IX, 302.
Noronha Albuquerque, D. Pedro António de (2.º Conde de Vila Verde e 1.º Marquês de Angeja): Vice-Rei

da Índia e do Brasil. VII, 92. — Ver Angeja, Marquês de.

Noronha e Brito, D. Marcos: Conde dos Arcos. IX, 341.

Noronha Santos: VI, 56, 66-68, 112.

Norton, Luiz: V, p. XXVII, 411; VI, p. XXI, 42, 44, 115, 425, 533.

Nossa Senhora (Culto e Devoções):
— Conceição: Altares, estátuas, painéis e ouro de N.ª S.ª da Conceição no Colégio da Baía, VII, 378, 379, 384, 386, 387, 399, 400, 407, 409, 412, 415; defesa teológica, VII, 177; teses que se lhe consagram, VIII, 245, 301; livros que se lhe consagram, VIII, 386; IX, 199; sermões de Vieira, IX, 201, 202, 225, 229, 231; de António de Sá, IX, 108; de João Honorato, VIII, 301; N.ª S.ª da Conceição de Cabo Frio, VIII, 227; IX, 154; Aparecida, VI, 379; orago de diversas Aldeias e Fazendas desde a Amazónia a S. Paulo; — a Imaculada, da Vigia, IV, 118/119.
— Natividade: VIII, 372; IX, 214, 221.
— Santo Nome de Maria: IX, 221.
— Apresentação de Nossa Senhora ou da Escada: Orago de diversas Aldeias (Ver Aldeias: Escada).
— Anunciação, Anunciada, Encarnação, N.ª Senhora das Flores: VII, 414, 416. — Ver Aldeias; Ver Congregações.
— N.ª S.ª do Ó (Expectação): IX, 346; orago da Igreja do Recife, V, 464; na Baía o mesmo que N.ª S.ª da Graça, II, 312; V, 481.
— N.ª Senhora de Belém: a imagem de Belém da Cachoeira, V, 193; sob a invocação de N.ª S.ª da Lapa, consagram-se-lhe teses no Maranhão, VIII, 248, 301.

— Mãe (ou Madre) de Deus: Orago da Igreja da Vigia e da Casa de Exercícios do Maranhão (Ver Vigia e Madre de Deus); "Graças da Mãe de Deus", VIII, 110.
— N.ª S.ª das Angústias, das Dores, ou da Soledade: VII, 399, 407; VIII, 112, 113, 293, 360, 374; IX, 205, 230, 346.
— N.ª S.ª da Boa Morte: VIII, 4; IX, 154. — Ver Confrarias.
— Assunção: VII, 358; VIII, 301; IX, 206. Orago de diversas Aldeias.
— N.ª S.ª das Portas do Ceu e Todo o Bem: VIII, 374.
— N.ª S.ª Medianeira de Todas as Graças: I, 612.
— N.ª S.ª da Ajuda: Orago da primeira igreja de Jesuítas na América (Baía), I, 22; Romaria e Santuário de N.ª S.ª da Ajuda em Porto Seguro, I, 205-208; V, 230-231; orago de diversas Aldeias; — Padroeira do Engenho de Araçatuba, VI, 248/249.
— N.ª S.ª das Candeias: V, 203.
— N.ª S.ª do Carmo: VIII, 245; IX, 214.
— N.ª S.ª da Graça: Orago da Igreja de Olinda, I, 451; IX, 31, 210, 214; Aldeia, I, 445; Capela do Colégio de S. Paulo, VI, 356.
— N.ª S.ª de Fátima: V, 469.
— N.ª S.ª da Luz: Orago da Igreja do Colégio do Maranhão, VIII, 235, e da Aldeia de Arucará, IX, 76; consagram-se-lhe teses no Maranhão, VIII, 300; IX, 125; sermão de Vieira, IX, 214.
— N.ª S.ª das Maravilhas (Baía): IX, 109.
— N.ª S.ª das Mercês: VIII, 246.
— N.ª S.ª das Missões: Devoção especial dos Missionários rurais do Maranhão, IX, 255; VIII, 345.
— N.ª S.ª de Nazaré no Pará: III, 283.

— N.ª S.ª das Neves: VI, 240; VIII, 219.
— N.ª S.ª da Paz: VII, 378, 379, 381, 399, 414; VIII, 374.
— N.ª S.ª da Penha de França: IX, 211.
— N.ª S.ª do Pópulo: Capela interior do Colégio da Baía, VII, 418.
— N.ª S.ª dos Prazeres: Orago de Aldeias (S. Paulo e Nordeste).
— N.ª S.ª dos 40 Mártires do Brasil (de S. Lucas): IX, 67; a imagem, II, 480/481.
— N.ª S.ª dos Remédios: V, 225.
— N.ª S.ª do Rosário ou do Terço: A "Benção das Rosas" em S. Paulo, I, 309; a devoção do rosário promovida por Vieira no Maranhão com exemplos, aos sábados, IX, 211-212; a série de Sermões "Rosa Mística" do Padre Vieira, IX, 197, 198, 223-225, 233; Bento da Fonseca dedica-lhe uma tese, VIII, 244; os terços de quindins do P. Francisco de Avelar, VII, 63; a Congregação do Terço no Maranhão, IV, 242; o Colégio-Seminário de N.ª S.ª do Terço em Paranaguá, VI, 455; Padroeira de Embu, VI, 357; devoção geral em todos os Colégios e Aldeias.
— N.ª S.ª do Socorro: Padroeira da Aldeia do Geru, com florescente Confraria, V, 326.
— Outras invocações: II, 339; IV, 242, 244.
— N.ª S.ª Padroeira de todas as Casas da Companhia no Ceará, excepto Parangaba: Padroeira de diversos Colégios, Aldeias e Fazendas (consta dos respectivos verbetes).
— As Salve-Rainhas cantadas aos sábados: II, 313, 340; IV, 114.

— Devoção das "nove velas" em S. Paulo pelos sertanistas ausentes, VI, 385.
— Ladainhas de N.ª Senhora: II, 102; VIII, 93.
— Literatura mariana: A cantiga tupi "em louvor da Virgem" de Cristóvão Valente, IX, 172; outros autores que escreveram sobre Nossa Senhora, IX, 440 (índice dos nomes, por onde, nos Tomos VIII e IX, se acham as obras respectivas — poemas, livros, sermões).
— Ver Confrarias; ver Congregações Marianas.
Nostradamus: O "Bandarra da Provença". IX, 310.
Nova Almeida: I, 231, 243, 244; VI, 178; VII, 68.
Nova Amesterdão: V, 405.
Nova Espanha: V, 357.
Nova Friburgo: II, 489; VII, 348/349; VIII, 39.
Nova Iorque: V, 405, 600.
Nova Lusitânia: IX, 43.
*Novais, Américo de: I, p. XXV; II, 388; VIII, 38.
*Novais, José de: VII, 361.
Novais, José Borges de: III, 28.
*Novais, Pedro de: Missionário. I, 565.
*Novais, Pedro de: Provincial de Portugal. VII, 8.
*Novais, Sebastião de: IX, 314.
Novais Teixeira: IX, 304.
Novara: IV, 351; VIII, 69.
NOVELAS: De Jesuítas do Brasil. IX, 448.
NOVICIADO: No Brasil, II, 394-400; VII, 50, 64, 236, 240; VIII, 178, 239, 280; primeira Casa, I, 54; fundação da nova casa da Jiquitaia, V, 141-150, escritura da fundação, V, 574-576; as suas rendas, V, 148; Mestres de Noviços, II, 396-397; VII, 19, 39, 61, 67; dificuldades em achar Mestre de Noviços, VIII,

285; Noviciado do Rio de Janeiro, VII, 240, 443; projecto de novo Noviciado em S. Paulo, VI, 398; no Maranhão, IV, 233, 237; VII, 96, 240, 241; IX, 404. — Ver Vocações e Recrutamento.

Noviciado da Baía: — Ver *Jiquitaia*.

Noviciado de Lisboa (hoje Faculdade de Ciências): VII, 133, 244; VIII, 118, 327; IX, 364, 406.

Noviciado de S. André (Quirinal, Roma): VII, 358.

Novo Reino de Granada: III, 406, 429.

*Noyelle, Carlos de: Geral. IV, 84, 219; VI, 316, 443; VII, 200; VIII, 48, 85, 86, 96, 104, 105, 115, 116, 145, 174, 229, 333; IX, 46, 128, 342.

*Nunes, Alexandre: VIII, 121.

Nunes, André: II, 135.

Nunes, Ângela: Mãe do P. Manuel Carneiro. VIII, 145.

*Nunes, António (de *Lisboa*): Entalhador. V, 95, 147; VII, 432, 438; X, p. XVIII.

*Nunes, António (da *Baía*): V, 154, 483; VII, 423, 441.

Nunes, António: Bacharel. VII, 215; VIII, 138.

Nunes, D. Augusto Eduardo: Arcebispo de Évora. IX, 361.

*Nunes, Diogo: Missionário e sertanista. — Índices: I, 597; II, 645; III, 473; IV, 426; V, 619; VI, 624; — VII, 10; VIII, 271.

*Nunes, Domingos: VII, 275.

Nunes, Duarte: I, 391, 392; II, 578.

*Nunes, Francisco: V, 586.

Nunes, Francisco: Pai do P. Caetano Xavier. IX, 369.

Nunes, Henrique: Pai do P. Cristóvão de Gouveia. II, 489, VIII, 279.

Nunes, Jerónimo: IV, 24.

*Nunes, João: Confessor da Rainha. IV, 18, 19; V, 58.

*Nunes, Leonardo: Primeiro Jesuíta da Capitania de S. Vicente, I, 252. — Índices: I, 597; II, 645; V, 619; VI, 624; — VII, 146, 149; VIII, p. XX, 175, 324; IX, 16-17 (bibliogr.), 57, 58, 169, 171, 397, 398, 416-420.

Nunes, Lucas: III, 121.

*Nunes, Manuel (da *Baía*): Pároco de S. Paulo. I, 579; V, 152; VI, 254, 255, 265, 269, 271, 406.

*Nunes, Manuel (da *Baía*): Reitor do Colégio de Santos. V, 251, 581; VI, 431; VII, 51; VIII, 368.

*Nunes, Manuel (de *Coimbra*): V, 584.

*Nunes, Manuel (de *Lisboa*): Superior da Missão do Maranhão. V, 61; VI, 133. — Índices: III, 473 (1.º); IV, 427 (1.º); — IX, 18 (bibliogr.), 307, 348; — autógr., III, 388/389; VI, 440/441.

*Nunes, Manuel (de *Serpa*): III, 230, 248; IV, 80, 82, 157, 342, 344; — autógr., III, 388/389.

*Nunes, Manuel (de *Vila Cova*): IV, 352.

Nunes, Manuel: Pároco do Rio de Janeiro. I, 392.

Nunes, Maria: Mãe do P. Manuel Nunes, Superior do Maranhão. IX, 18.

Nunes, Pedro: Matemático. VII, 171.

*Nunes, B. Pedro: Mártir do Brasil. II, 261.

*Nunes, Plácido: I, 535; V, 86, 93, 431, 585; VI, 129, 192; VII, 255; VIII, 315; IX, 18, 80; — ass. autógr., IX, 24/25.

Nunes da Costa, Francisco: I, 185.

Nunes Freire, João: VII, 157-159.

Nunes Marinho, Francisco: V, 51, 55.

Nunes da Ponte, Pedro: Pai do P. Belchior de Pontes. IX, 65.

Nunes Viana, Manuel: V, 310.

*Nusdorffer, Bernardo: VI, 546, 547.

O

Óbidos (Amazónia): III, 269, 276; VII, 326.
Óbidos (Portugal): VIII, 193.
Óbidos, Conde de (D. Vasco Mascarenhas): Vice-Rei do Brasil. IV, 160, 161; V, 203; VI, 596; VII, 27, 34-36, 53-57, 83, 288; VIII, 147, 162, 272, 273, 335-337, 369; IX, 107.
OBSERVÂNCIA RELIGIOSA: I, 13, 15; II, 402-404, 419; VII, 43; VIII, 102, 137; IX, 46; em missões e viagens, IV, 107-112; renovação dos votos, II, 400; IV, 108; véspera da Circuncisão e dia da Visitação de Nossa Senhora, IX, 222; Terceira Provação, II, 400-402; Padres que ainda a não tinham feito, VIII, 269; clausura, IV, 109; o voto de castidade, II, 404-412; o de pobreza, como se entende na Companhia, I, 107-109 (ver Meios de Subsistência); caridade fraterna do Reitor do Rio de Janeiro, VI, 20-21. — Ver Assistência e Caridade; ver Boticas.
Oceania: IX, 400.
Octávio, Rodrigo: Escritor. II, 61, 83; X, 304.
Octávio Filho, Rodrigo: Escritor. X, 304.
*Oddi, Longaro degli: Escritor. VIII, 36.
Oddi, N.: Gravador. VIII, 365.
Odemira, Conde de: III, 25, 32, 208; IV, 26.
Odivelas: III, 283; IX, 205, 207, 211, 221, 319.
Oeiras (Pará): III, 311; VII, 327.
Oeiras (Piauí): V, 556.
Oeiras, Conde de: — Ver Carvalho e Melo, Sebastião José de.
OFÍCIOS MECÂNICOS: Os primeiros, II, 587-593; I, 45, 52, 121; IV, 163-164; VII, 235; VIII, 367; IX, 420; os que vinham na nau do Martírio, com o B. Inácio de Azevedo, II, 258-263; encadernação de livros, V, 93; VIII, 226; tipografia privada do Colégio do Rio de Janeiro, V, 93; VI, 26; serralharia e ferraria e o que fabricavam, I, 297; II, 592; III, 191; IV, 163; IX, 420; torneiro, I, 237; II, 589, 590; VIII, 305; mercenaria fina, II, 589-590; VII, 407, 408; entalhador, II, 590; V, 95; VI, 24; VIII, 290; obras de marfim, casco de tartaruga e bronze, V, 124, 126-127; VII, 398, 403, 407, 408; marmoreiros, VIII, 325; artefactos de sola e couro, VII, 268/269; ofícios comuns a todos os grandes Colégios, II, 591-592; oficinas de um Engenho (Engenho Novo do Rio), VI, 69; oficinas de uma fazenda amazónica (Ibirajuba), IV, 175; III, 304; de uma fazenda do Rio de Janeiro (Santa Cruz), VI, 58; de uma Fazenda de S. Paulo (S. Ana), VI, 377; — X, p. XVIII. — Ver Arquitectura; Artes; Confrarias (de Oficiais Mecânicos); Engenharia; Indústria.
*Ogara, F.: VIII, 41.
OIRO: — Ver Ouro.
Oiteiro: III, 273, 274.
OLARIAS: — Ver Indústria.
Oldemberg, José Joaquim: VII, 331.
Oleiros: II, 257.

Olinda: Igreja da Graça, I, 451-452; VII, 254; IX, 31; Padrão de fundação Real, I, 552-556; Real Colégio das Artes, estudos e subsistência, I, 453-471; V, 416-436. — Índices: I, 609; II, 645; III, 473; IV, 427; V, 619, 634; VI, 624; VII, 472; — VIII, abastecimento de água, 199, e *passim*; IX, *passim*; — a Vila de Olinda, I, 416/417; outra gravura (colorida), V, 338/339. — Ver Colégios; ver Pernambuco.

Oliva, André de: V, 220.
*Oliva, António de: IX, 20.
Oliva, António Ferreira de: V, 292.
Oliva, D. Brites de: IX, 20.
Oliva, Francisco de: IX, 20.
Oliva, Inácio Dias: V, 289.
*Oliva, João de (de *Ilhéus*): I, 405, 579; II, 397; V, 33, 35, 47, 49, 61, 81, 217, 262; VI, 8, 24, 592; VII, 23, 26; IX, 20, 173; — retrato, V, 34/35.
*Oliva, João de (Ir. C.): V, 202.
*Oliva, João Paulo: Geral. II, 195; III, 165; IV, 159, 217, 235; VII, Índice, 473; -VIII, 8, 67, 85, 76, 88, 101-104, 106, 147, 161, 169, 170, 177-179, 214, 215, 335; IX, 46, 62, 102-104, 128, 175, 283, 287, 290, 334-336, 351.
*Oliva, José de (de *Novara*): Fazendeiro. I, 580; VI, 591.
*Oliva, José de (de *Milão*): V, 585; VII, 98.
Oliva, Lourenço Dias: V, 289.
*Oliva, Manuel de: VIII, 297; IX, 21.
Oliva, Manuel Dias: V, 289.
Olivares, P. F. Manuel de: Tradutor de Vieira. IX, 327.
*Oliveira, António de (da *Baía*): Provincial. Biografia, VII, 65-67. —Índices: IV, 427; V, 619; VI, 624; VII, 473; — VIII, 96, 145, 186, 339, 386; IX, 21 (bibliogr.), 102, 129, 177, 194, 198, 342; — autógr., VIII, 360/361.
*Oliveira, António de (de *Lisboa*): Estudante, cativo dos Holandeses. V, 364, 378, 385.
*Oliveira, António de (Ir. C.): V, 259; VII, 433, 438.
Oliveira, António de: Cabo da Tropa. III, 374.
Oliveira, António de: Capitão de S. Vicente. I, 174, 256, 541, 542.
Oliveira, António de: Padre Secular. VII, 211.
Oliveira, António Correia de: V, 557.
Oliveira, Avelino Inácio de: III, 276.
*Oliveira, Bento de: Superior da Missão do Maranhão. III, 216, 230, 248; IV, 134, 227, 240, 243, 246, 274, 318, 345, 381; VII, 99; VIII, 12, 109; IX, 22.
*Oliveira, Caetano de: Boticário. IV, 356.
Oliveira, Diogo Luiz de: Governador Geral do Brasil. IV, 24; V, 262; VI 238, 585; VII, 257; VIII, 165.
Oliveira, Domingos de: Tabelião. II, 543.
*Oliveira, Estêvão de: V, 206; VI, 457; VII, 425, 439.
*Oliveira, Fernão de: I, 68, 69, 404, 570, 580; II, 399, 442, 503; V, 80.
Oliveira, Fernão de: Gramático. VII, 160.
*Oliveira, Francisco de (de *Lisboa*): I, 267, 581; II, 543; V, 522; VI, 406, 431.
*Oliveira (Oliver), Francisco de (de *Modica*): V, 398; VI, 234, 325, 431, 592; IX, 23.
*Oliveira, Francisco de (do *Rio de Janeiro*): V, 586.
Oliveira, Francisco Borges de: V, 228-230.
*Oliveira, Gonçalo de: Capelão militar da Conquista do Rio de Janeiro. I, 389. — Índices: I, 597; II, 645; III, 449; V, 619; VI, 624; — VIII, p. 230; IX, 24 (bibliogr.), 25, 164, 428, 430; — ass. autógr., II, 464/465.
Oliveira, D. Helvécio Gomes de: Arcebispo de Mariana. VI, 151.
*Oliveira, João de (de *Azemeis*): V, 583; VI, 21, 598

*Oliveira, João de (do *Rio de Janeiro*): VII, 453.
*Oliveira, João de (de *Viana*): Enfermeiro dos Escravos. VII, 432, 438.
*Oliveira, João de: Deputado da Junta das Missões de Lisboa. III, 224.
*Oliveira, João de: Noviço (1570). II, 258.
Oliveira, João de: Contra-mestre. VIII, 86.
Oliveira, João de: Vereador de Sergipe. V, 317.
Oliveira, D. João Franco de: Arcebispo da Baía. V, 204, 218; VIII, 82, 95, 100/101.
Oliveira, Joaquim Marques de: V, 324.
*Oliveira, José de (Ir. Est.): VI, 600.
*Oliveira, José de (da *Baía*): VII, 425, 440; IX, 25 (bibliogr.).
*Oliveira, José de (de *Santos*): IV, 357, 366.
Oliveira, Leonardo de: Cabo da Tropa. III, 366; VIII, 233.
*Oliveira, Luiz de (de *Belas*): III, 191, 353; IV, 350, 368; VII, 352, 353.
*Oliveira, Luiz de (de *Viseu*): Enfermeiro e Pintor. VII, 432, 438.
Oliveira, Luisa de: IX, 20.
*Oliveira, Manuel de: Da Prov. de Portugal. IX, 351.
*Oliveira, Manuel de (de *Portel*): I, 69, 267, 310, 314, 415, 489, 570, 583; V, 80; VI, 405, 431; IX, 25, 95.
*Oliveira, Manuel de (da *Ilha da Madeira*): IX, 26-27 (bibliogr.).
*Oliveira, Manuel (de *Vila Nova do Porto*): Herói da Guerra de Pernambuco. V, 344, 359, 361, 387; VIII, 254.
*Oliveira, Manuel de (do *Porto*): IX, 27.
*Oliveira, Manuel de (de *Viana do Castelo*, 1.º): V, 584; IX, 367.
*Oliveira, Manuel de (de *Viana do Castelo*, 2.º): III, 224; IV, 361, 365.
*Oliveira, Manuel de (de "Talabrega"): VII, 428, 432, 447; (VIII, 193 ?).
Oliveira, D. Manuel Gomes de: Arcebispo de Goiás. VI, 151.

Oliveira, Manuel Gomes de: Pedreiro. V, 159.
Oliveira, Manuel Serrão de: V, 527.
Oliveira, Miguel de: Escritor. III, 455; V, 97; X, 301.
Oliveira, Nicolau de: Escritor. VII, 171.
Oliveira, Oscar de: IV, 202; VII, p. XIX, 285, 286, 290, 300.
*Oliveira, Pedro de: IV, 343.
*Oliveira, Salvador de: IV, 251, 315; VII, 182; VIII, 63, 300; IX, 27-28.
*Oliveira, Silvestre: IV, 354, 367, 368; IX, 28, 159.
*Oliveira, Simão de: V, 581; VI, 344, 411; VIII, 15, 61, 194; IX, 28.
Oliveira, Vicente de: IV, 182.
Oliveira do Conde: III, 220; IV, 345.
Oliveira Frade, Firmo de: I, 449.
Oliveira Lima, Manuel de: Escritor. I, 92, 180, 478, 490; VI, p. VII, 368, 419, 451; VI, p. IX, 8; VIII, p. XXIV, 237, 369.
Oliveira Martins: II, 60; V, 97.
Oliveira Martins, F. A.: V, p. XXVIII, 495; VI, 214.
Oliveira Neto, Luiz Camilo de: VI, 192.
Oliveira Pinto, Olivério Mário de: II, 580; VI, p. XXI; VIII, 20.
Oliveira Rocha, A. J.: I, 24.
Oliveira Serpa, José de: Cónego. IX, 20.
Oliveira Sobrinho: II, 61.
Oliveira Viana: Escritor. I, 184; VI, 353; VII, 144; X, p. XV.
Olivença (Amazonas): III, 408.
Olivença (Baía): V, 216, 217, 224.
Olivença (Portugal): IV, 352, 366; VI, 11, 597.
*Oliver, Francisco: — Ver Oliveira, Francisco de.
Olmeda, Marquês de: IX, 326.
Olmutz: V, 304; VI, 596; VII, 165; VIII, 208.
Olpe: VIII, 130.
Omas, Susana de: Mãe do P. Alexandre Perier. IX, 47.

Oñaz-Loyola (Família): VIII, 39.
Onofre, Frei: II, 554.
*Onorati, António: Escritor. IV, p. XX; IX, 232, 333.
Ontiberos: I, 351.
ORAÇÃO: A hora de oração quotidiana: —Ver Meditação.
ORAÇÕES ACADÉMICAS: IX, 93, 449.
ORAÇÕES FÚNEBRES: IX, 449.
ORATÓRIA: IX, 448-449. — Ver Ministérios Sagrados.
Orbigny, d': II, 292.
ORDEM DE CRISTO: Padroeira Espiritual do Brasil, I, 538, 545, 552; VII, 285, 327.
ORDENS RELIGIOSAS: Evangelizadoras da Selva, VII, 354; protegidas e isentas de pagar dízimos, VII, 286; perseguidas, VII, 347 (nota 3); IX, 160; Agostinhos, VI, 178; IX, 211; Arrábidos, VIII, 265; Capuchinhos, III, 136; V, 295; VII, 237, 278; do Carmo, I, 24, 412, 459; II, 494, 506-508; III, 99-100, 151, 377, 403, 413, 416, 418; IV, 234; V, 104, 475; VI, 30, 253, 259, 269-271, 276, 420, 421; VII, 20, 27, 30, 43, 45, 57, 70, 121, 150, 216, 299, 326, 348; VIII, 87, 129, 253, 317, 357, 361, 363, 374; IX, 114, 115, 158, 179, 297, 387; Cartuxa, IX, 106, 124; da Conceição, III, 275; das Mercês, III, 151, 310, 383; IV, 234, 272; IX, 324, 346, 386, 387; do Oratório, III, 88; V, 475; VII, 84; da Piedade, III, 272, 278, 350; IX, 386; de S. António (infra, S. Francisco); de S. Bento, I, 459; II, 436, 506, 507; V, 104, 436; VI, 29, 30, 87, 88, 269, 271, 276; VII, 43, 46, 150, 278; VIII, 129, 148, 363; IX, 411; de S. Bernardo, II, 505; VI, 202; IX, 313; de S. Domingos, I, 345, 348; III, 224; VII, 178, 357, 358; VIII, 365; IX, 293, 294; de S. Francisco, I, 459, 505-510; II, 494, 505-507; III, 247, 265, 275, 319, 357; V, 104, 290, 436, 486; VI, 30, 140, 141, 253, 262, 269, 271, 276; VII, 43, 46, 150, 278, 313, 348; VIII, 129, 311, 363; IX, 160, 194, 206; de S. Jerónimo, VIII, 312, 365; de S. João de Deus, VIII, 113, 216; —alunos dos Colégios da Companhia que entraram em diversas Ordens Religiosas: Ver Vocação para o Clero Secular e Regular.
ORDENS RELIGIOSAS FEMININAS: Proposta para se fundar Convento no Rio, VII, 118; VIII, 162, 273, 368; Capuchas (Rio), VI, 11; VIII, 202; Conceição (Rio), VI, 30; Franciscanas, VIII, 345; IX, 206; Grilas, VIII, 345; Madre de Deus, VIII, 345; S. Agostinho, IX, 205; S. Bernardo, IX, 210, 221; Santa Clara, VIII, 155; S. Teresa (Rio), VI, 19, 20; VIII, 345; Ursulinas do Coração de Jesus, III, 124-125; V, 157-161, 475-477; VIII, 257, 302, 328, 345; IX, 125; "Jesuitessas" ou Ursulinas do Brasil, VIII, 344; as "Malagridas" e outras Religiosas da Baía, V, 104.
ÓRFÃOS DA RIBEIRA DE LISBOA: Chegada à Baía dos primeiros (1550), I, 35-36; IX, 58, 62, 63, 106, 418; atraem com os seus cant res os meninos gentios, I, 36; II, 24, 47-48; em Pernambuco, I, 473, 476; em Porto Seguro, I, 198; em S. Vicente, I, 253-254; Confraria dos Órfãos, I, 38-39.
ÓRFÃS PORTUGUESAS: Chegam as primeiras (1551) para se casarem e povoarem o Brasil, II, 368-369; IX, 417.
Orico, Osvaldo: III, 6.
Oricuritiba: V, 214.
*Orlandini, João Carlos: III, 230, 248, 271, 293-294, 409; IV, 228, 267, 341; VII, 98; VIII, 266; IX, 29, 365.
*Orlandini, Nicolau: Escritor. I, 18, 59, 214, 476, 560, 561; II, 175, 379, 456; VI, 463; VII, 171; VIII, 77.
Orleans, Duque de: IV, 13.
Orobó (Baía): — Ver *Arabó*.

Orobó (Espírito Santo): I, 226; VI, 148, 150.
OROGRAFIA DO BRASIL: IX, 135.
Oropesa: VIII, 266.
Orósio, Paulo: VII, 169.
Orta, Garcia da: II, 581; VII, 171.
*Ortega, Francisco: I, 567; II, 438.
*Ortega, Manuel: Missionário de diversas regiões da América do Sul. I, 347-358; III, 446; VI, 405; IX, 29-30 (bibliogr.).
Ortélio, Abraão: VII, 171; VIII, 399.
*Ortiz, Jerónimo: V, 581; VI, 344.
Ortiz, João Leite da Silva: V, 479.
Ortiz, Lourenço: IX, 324.
ORTOGRAFIA PORTUGUESA: VII, 159.
ORTOGRAFIA USADA NESTA OBRA: I, p. XX; V, p. XXI-XXII; X, p. XXI.
Osório, Jerónimo: VII, 171.
Osório, Ubaldo: II, 480; V, 267.
Osório Cardoso, Diogo: VI, 470.
Osório Lopes: III, 453.

Ostia: VI, 520.
*Otterstedt, Godofredo: VIII, 378.
Oudin: VIII, 14, 79.
Ourém: II, 263, 461; VIII, 223.
Ourentã: VIII, 124.
Ourique: VI, 522, 587.
OURO: Quintos, VIII, 185, 285; Câmbio das Moedas, VIII, 155. — Ver Moeda; Ver Minas.
Ouro Preto: VI, 197; VIII, 47.
*Ovalle, Alonso de: VII, 171.
Ovar: VII, 432.
Ovídio: I, 75; II, 543; IV, 357, 410; VII, 151, 152, 156; traduzido pelo P. José das Neves Anchieta, VIII, 43.
Oviedo y Valdés, Gonçalo Hernández: VII, 171.
Ow, Rodolfo: IX, 45.
Owen, John: IV, 410.
Ozeda, João de: V, 201.
Ozeda, Rodrigo de: V, 201.

P

Pablos, Antón de: I, 175.
Pabón, Jesús: IV, 45.
*Pace, Mário: VIII, 65.
Pacheco, Agostinho Félix: VI, 201.
*Pacheco, Aleixo: V, 585; VI, 410.
Pacheco, Ana: Mãe do P. António de Araújo.
*Pacheco, António: V, 585.
Pacheco, Armando: X, 301.
*Pacheco, Cornélio: V, 158; VII, 153, 422, 450; IX, 31; — ass. autógr., IX, 24/25.
Pacheco, Diogo: VI, 70.
Pacheco, Félix: Escritor. I, p. XXIII, XXV; II, 555; III, 455, 456; VIII, 158, 216; X, p. XV.
Pacheco, Francisco: I, 61.
*Pacheco, B. Francisco: Mártir. V, 137.
*Pacheco, Francisco (de *Basto*): Enfermeiro. VII, 432, 443.
Pacheco, Luiz de Andrade: V, 317.
*Pacheco, B. Manuel: Mártir do Brasil. II, 262.
*Pacheco, Manuel (de *Olinda*): VI, 234, 235, 324, 473, 483, 486, 487, 492.
*Pacheco, Manuel (do *Porto*): Noviço. VI, 599.
*Pacheco, Mateus (dos *Açores*): VI, 410.
*Pacheco, Mateus (do *Rio de Janeiro*): V, 218, 219, 239, 582; VI, 328, 375, 376, 410, 634.
Pacheco, Vasco de Sousa: V, 522.
Pacheco de Amorim, Manuel: VI, 445.
*Pachtler, G. M.: VII, 162.
Paço de Arcos: IV, 28, 35.
Paço de Lumiar: III, 138.
Paço (ou Passo) de Sousa: VIII, 243; IX, 157, 161.

Padberg-Drenkpol, J. A.: I, 422.
Paderborn: III, 71.
Paderne: IV, 342.
Padilha, Francisco: V, 45.
*Padilha: — Ver Xavier Padilha, João.
*Padilla: Missionário do Rio Casanare. IX, 372.
PADROADO PORTUGUÊS: VII, 186, 307; VIII, 201, 202, 351, 353. — Ver Bulário Português.
Pádua: VIII, 256.
*Paes (Visitador): I, 349.
Pagnanelli, Francisco: IX, 105.
Paim, Roque Monteiro: — Ver Monteiro Paim, Roque.
Pain de Mil: I, 24; II, 136, 137.
Paipires: VI, 598; IX, 84.
*Pais, André: II, 257.
*Pais, António: V, 438, 476; VI, 49, 51; VII, 421, 451; IX, 31, 372; — ass. autógr., IX, 24/25.
Pais, Gonçalo Soares: VI, 459.
*Pais, Francisco: V, 65, 202, 236, 239, 378, 380, 381, 429; VI, 285, 288, 293, 407; VII, 51; IX, 32.
Pais, Francisco Pinheiro: VI, 256.
Pais, João: Senhor de 7 Engenhos de Água. VIII, 405.
Pais, Manuel: III, 355.
Pais, Vicente: V, 233.
Países Baixos: VI, 407.
Paiva, Ataúlfo de: X, 304.
*Paiva, Bento de: IV, 350, 367, 368.
*Paiva, Domingos de: IX, 342.
*Paiva, João de: Missionário de Angola e do Brasil. Biografia, VII, 31. II, 397; V, 74, 82, 83, 284, 395; VI, 594, 595; VII, 39, 47-53, 58, 456;

VIII, 338; IX, 32-33 (bibliogr.); — ass. autógr., VII, 108/109.
*Paiva, José de: VII, 428, 436.
*Paiva, Manuel de: Primeiro Superior do Colégio de S. Paulo de Piratininga. I, 273; VII, 367. — Índices: I, 598; II, 646; VI, 624; — VIII, 24; IX, 422.
Paiva, Tancredo de Barros: VIII, p. XXV.
Paiva Manso, Visconde de: II, p. XIV, 344, 516; VI, 252; VII, 187; VIII, 201.
Paixão, Múcio da: II, 612.
Paixão e Silva, Moacir: IV, 209.
Palácios, Fr. Pedro: I, 222; II, 505.
Palafox, Juan de: Bispo de Puebla. II, 9; VI, 251.
Palermo: III, 116; IV, 269; VII, 30, 124; VIII, 15, 93, 177, 236, 258, 266; IX, 67.
Palestina: I, 4, 5.
Palhavã: IV, 335.
Palheta, Francisco de Melo: III, 393, 401, 412; IV, 158, 170, 184, 391; V, 495; VI, 214; IX, 395.
Pallavicini, Cardeal: VIII, 170.
Palma (Brasil): VI, 211.
Palma (Portugal): IV, 358; VII, 430; VIII, 250.
Palma Carrillo, Diogo de: I, 346.
Palma Muniz: Escritor. — Índices: III, 473; IV, 427.
Palmares (Portugal): IV, 366; VIII, 232.
Palmares (do Rio de S. Francisco): II, 358; V, 265, 398; IX, 351, 400.
Palmela: VI, 603; VII, 423; IX, 354.
Palmelar: VI, 583, 584.
Pamplona: I, 3.
*Pamplona, Manuel: IV, 358, 366.
Pancas, Senhor de: —Ver Costa Freire, Cristóvão da.
Panchi: IX, 357.
Panegíricos e Discursos Académicos: IX, 449.
Panormitano: II, 544.

Pantoja, A. J. de Aguilar: VI, 66.
*Pantoja, Alonso de: Reitor do Colégio de Quito. IX, 324.
Papucaia: VI, 115.
Pará: Actividade dos Padres neste Estado, todo o Livro Terceiro do Tomo III, 205-366. — Índices: I, 598; II, 646; III, 473, 485-486; IV, 427; V, 620; VI, 625; VII, 473; — VIII, p. IX e *passim;* IX, *passim.* — Ver *Belém do Pará.*
Parada: VII, 429; VIII, 140.
Parada, António Fernandes: VIII, 56.
Parada, Joana de: Mãe do P. Manuel dos Santos. IX, 114.
Paraguai: Primeira tentativa dos Padres da Assistência de Portugal para fundar a Missão, I, 334-343; Expedição de 1586 e trabalhos, I, 344-358; diferença entre Aldeias do Paraguai e do Brasil, VI, 551-554; o Tratado de Permuta de 1750, VI; 554-560. — Índices: I, 598; II, 646, III, 473; IV, 427; V, 620; VI, 625; VII, 473; — VIII, p. IX, 65, 175, 241, 258, 264, 378, 395; IX, 29, 30, 77, 81, 136, 421, 422; X, p. XIX.
Paraguaçu (Guerra do): IX, 81, 425.
Paraíba: Conquista e Missões, I, 499-511; segunda Residência, V, 491-495; Colégio e Seminário, V, 496-499; Aldeias e Fazendas, V, 499-503. — Índices: I, 598, 610; II, 646; III, 473; IV, 427; V, 620, 634; VI, 625; VII, 473; — VIII, 3, 93, 166, 174, 180, 182, 242, 333, 376, 381, 405; IX, 21, 31, 47, 68, 119, 128, 129, 166.
Paraíba do Sul: V, 595; VI, 85, 94, 135.
Parâmio: IX, 94.
Paramirim: II, 179.
Paraná (Estado do): Primeiros contactos, VI, 441-442; primeiro ensino público, VI, 456; VIII, 15, 186.
Paranaguá: Os primeiros Padres, I, 315, 327; VI, 441; Colégio e Seminário de N.ª S.ª do Terço, VI, 442-458; Fazendas e Missões rurais, VI,

455-460. — Índices: I, 598; II, 646; V, 620; VI, 625, 638; VII, 473; — VIII, 10, 15, 58, 59, 127, 177, 186, 187, 194, 260, 270, 387, 388; IX, 84, 100, 133, 142; — gravura, VI, 456/457. — Ver Colégio de Paranaguá.
Paranaitu: I, 272.
Paranaoba: II, 131.
Paranapiacaba: II, 590. — Ver *Serras.*
Parangaba: III, 90. — Ver *Aldeias.*
Paratagi: VIII, 194.
Paratí: VI, 22, 45, 118, 471; IX, 132.
Paratiú: VI, 90.
Paravicino, D. Inácio: IX, 328.
Pardinho, Rafael Pires: Ouvidor. VI, 119, 445-452, 525; VIII, 15.
PARDOS (Moços): I, 91-92; IV, 261-267; V, 75-80; exclusão e readmissão nas escolas da Baía, VII, 66, 143, 201-204; IX, 343; Vieira louva os Negros, IX, 404.
PARECERES E ARRAZOADOS: IX, 450-451.
PARENÉTICA: IX, 448, 449.
Parente, Clara: VI, 392.
Parente, Estêvão Ribeiro Baião: V, 171.
Paricónia: V, 480.
Parintins: III, 384, 387.
Paripe: II, 47.
Paris: I, p. XXIII, 4, 88, 356; II, 133; IV, 12, 13, 23, 31, 180, 283, 320; V, p. XIX, 600; VI, 60; VII, 167; VIII, 9, 14, 38, 186; IX, 173, 235, 236, 245, 403, 406, 414; X, 313.
Parma: VIII, 35.
Parnaguá: V, 561, 562.
Parnaíba (Piauí): III, 123, 167; IV, 261, 263, 289.
Parnaíba (S. Paulo): VI, 233, 256, 278, 325, 379, 380, 397, 398.
Parnamirim: V, 349.
PÁROCOS DAS MISSÕES: — Ver *Aldeias.*
Parravicini, Faustina: VIII, 379.
Parreiras: Pintor. I, 585.
Passagem das Cegonhas: IX, 136.
Passalacqua, Camilo: II, 48.

Passé: I, 152, 160; V, p. XXII, 201, 250, 255, 257; VI, p. XVII.
Passionei, Cardeal: VII, 336.
Passô: IV, 358, 366; VIII, 232.
Passos: VII, 432.
*Passos, António de: VII, 274.
*Passos, Inácio de: VII, 425, 440.
*Passos, Inácio Custódio de (da *Baía*): IX, 34 (bibliogr.).
*Passos, João de: VII, 51; VIII, 339.
*Pastells, Pablo: Escritor. — Índices: I, 598; II, 646; VI, 625; — VIII, p. XXV, 243.
Pastor, Ludwig Freihern von: Escritor. I, 333; II, 45, 235, 516; IV, 195; V, 433; VII, p. XIX, 166, 336, 338, 360; X, 303.
Pastos Bons: III, 155; IV, 255, 257; V, 561; IX, 125.
Patatiba Grande: V, 253.
*Paternina, Estêvão: II, 386, 387, 489, 568; VIII, 23, 34; IX, 98, 192.
*Patrignani, José António: VIII, p. XXII, 7.
PATRÍSTICA: Comentários de S. Agostinho, pelo P. Pero Rodrigues, VII, 188; IX, 98.
Pau Amarelo: V, 347, 380.
Paula Achilles: — Ver Aquiles.
Paula Freitas, Luiz de: IX, 304.
Paula Martins, M. L. de: VIII, 27, 41.
Paula Rodrigues, Francisco de: I, p. XXV; VIII, 38.
Paula e Silva, D. Francisco de: III, 122.
Paulo (pastor): II, 263.
Paulo III: Papa. I, 5; II, 195, 448, 450; VI, 252, 569, 570, 572; VII, 182, 286, 324.
Paulo V: Papa. II, 488; VII, 304.
*Paulo, Belchior (de *Sernande* ou *S. Pedro de Torrados, Felgueiras*). Pintor. I, 569; V, 136, 139; VI, 24, 166, 398, 429.
*Paulo, Francisco: Mártir. II, 261.
*Paulo, João: Alfaiate e Enfermeiro dos Escravos. VII, 432, 451.

Paunez, Domingos: Gravador. IX, 328.
Paz, Fernão da: V, 435.
Pecchiai, Pio: V, p. XVII.
Pechilinga: — Ver *Flessinga*.
Pecorela, Domingos Anes: I, 58, 573; II, 106.
PECUÁRIA: Criação de gado vacum e cavalar (nalgumas fazendas também suíno e ovino): a primeira criação iniciada por Nóbrega, I, 173-177, 297, 318, 417, 466; VIII, 285; IX, 418; o primeiro gado dos Padres do Maranhão, III, 247; o primeiro do Rio Camocim (Ceará), III, 47, 66; do Seminário de Belém da Cachoeira, V, 176; de Botucatu e Iguareí, VI, 373-374; dos Campos de Curitiba e Pitangui, VI, 428, 447, 455; VIII, 186; dos Campos dos Goitacases, VI, 88; de Campos Novos, VI, 93; de Goiás, VI, 211; de Jaboatão (Sergipe), V, 579; de Ibiapaba, III, 66; da Jiquitaia, V, 148; de Marajó, III, 247-251, 281; IV, 199, 200; IX, 145, 155; de Muribeca, VI, 154; do Colégio de Olinda, V, 426; do Colégio da Paraíba, V, 500-501; do Piauí, V, 352; do Colégio do Recife, V, 478-480; no Rio Grande do Norte, I, 559; no Rio Itapicuru (Maranhão), III, 152, 154; em Mato Grosso, VIII, 323; no Rio Mearim, III, 170; no Rio Monim, III, 157, 158; no Rio Pindaré, III, 190; da Fazenda de Santa Cruz, VI, 57; venda de gado desta Fazenda a uma grande Armada Francesa vinda ao Rio em 1724, VIII, 156; gado dos escravos da mesma Fazenda, VI, 59; do Colégio de Santos, VI, 427, 428; em S. Paulo, VIII, 395; do Colégio de Tapuitapera, III, 201; da Fazenda de Tejupeba (Sergipe), V, 579; de Tutoia, III, 167; impossível sem terras e gado a sustentação dos Padres do Brasil (Anchieta), I, 176; meio de subsistência fácil e de menos tráfego que os Engenhos, V, 181; de utilidade pública, fornecendo carne às cidades (do Pará e Maranhão), IV, 200; as boiadas do Rio de S. Francisco em Antonil, VII, 171-172; o pastoreio da Amazónia, em João Daniel, VIII, 191; o Poema de José Rodrigues de Melo, "De Cura Boum in Brasilia" (*Geórgicas Brasileiras*), VI, 64; IX, 100.
PEDAGOGIA: VII, 127; A "Arte de crear bem os filhos" do P. Alexandre de Gusmão, monumento de Pedagogia no Brasil, VIII, 291; outros autores, IX, 439. — Ver Instrução e Educação.
Pedras de Fogo: III, 69.
Pedreira: IV, 352, 364.
Pedro (trabalhador): II, 263.
Pedro I, Imperador do Brasil, D.: VI, 60.
Pedro II, Imperador do Brasil, D.: V, 484; IX, 431.
Pedro II, Príncipe Regente e Rei de Portugal, D.: Promulga o "Regimento das Missões do Estado do Maranhão e Pará", IV, 91, 369. — Índices: III, 473; IV, 427; V, 620; VI, 625; VII, 473; — VIII, 82, 98, 112, 128, 160, 162, 168, 201, 210, 211, 366; IX, 50, 57, 66, 297, 314, 316, 317, 319, 321, 351, 406, 407.
Pedro III, El-Rei D.: VII, 329; VIII, 123.
*Pedro, João: IV, 367.
*Pedro, José: IV, 368.
Pedrógão-Grande: II, 256.
*Pedrosa, Francisco de: Est. IV, 82.
*Pedrosa, Pedro de: Visitador do Maranhão. — Índices: II, 646; III, 473; IV, 427; — VII, 64, 97, 171; VIII, 103, 170, 266, 367; IX, 29, 35 (bibliogr.), 49, 70, 128, 246; — autógr., III, 388/389.
Pedrosa, Pedro Álvares de: III, 34.
Pedroso: IV, 349, 364; VII, 32; VIII, 11, 56; IX, 78, 406.

*Pedroso, Manuel (de *S. Paulo*, 1.º): Reitor de S. Paulo. II, 397; VI, 304, 363, 392, 408; IX, 180.

*Pedroso, Manuel (de *S. Paulo*, 2.º): Um dos fundadores da Colónia do Sacramento e Reitor de S. Paulo. V, 582; VI, 408, 409, 536, 537, 540, 542, 549, 634; IX, 84.

*Pedroso, Manuel (de *S. Paulo*, 3.º): Missionário do Ceará. III, 3, 37, 47, 48, 63-65; V, 561, 583; VIII, 263.

Pedroso, Manuel: Aluno do Colégio do Maranhão. VIII, 244.

Pedroso de Barros, António: I, 184, 331, 605; VII, 122.

Pedroso de Barros, Inês: VII, 122.

Pedrouços: IV, 232; IX, 42.

Pegado, José: Orador Sacro. IX, 86.

Pegas, Manuel Álvares: VII, 185, 188; VIII, 194.

Pegu: I, p. XI.

Peixe: VI, 212.

Peixoto, Afrânio J.: — Ver Afrânio Peixoto.

Peixoto, Domingos de Brito: Povoador de Laguna (Santa Catarina). I, 327; VI, 468.

Peixoto, Eduardo Marques: Escritor. IX, 432.

*Peixoto, Francisco: I, 580.

Peixoto, Francisco de Brito: Capitão-mor. I, 327; VI, 453, 467, 468; VIII, 5, 58, 270.

Peixoto, Inácio Rodrigues: V, 326.

*Peixoto, Jerónimo: I, 571, 579; II, 331; funda a Confraria de Oficiais Mecânicos de Pernambuco, V, 11, 31, 428.

*Peixoto, João: VII, 361.

Peixoto, Luiz de Viana: VI, 118.

Peixoto, Manuel de Almeida: VII, 49.

Peixoto, Sebastião de Brito: VI, 468.

Pelliza: I, 341.

Pemán: IV, 300.

Pena, Leonam de Azeredo: VI, p. XXII.

Pena, Mécia da: VI, 391.

Penafiel: VIII, 385; IX, 119. — Ver *Arrifana de Sousa*.

Penaguião, Conde de: IV, 33.

*Peneda, Pero: I, 576.

Penedo: V, 301, 480, 481.

Penedo, Luiz: VIII, 58.

Penedono: II, 124.

Penela: VII, 429.

*Penha, João da: VII, 427, 435.

Penha de França, D. Fr. António da: VII, 89; IX, 411.

Peniche: IV, 8; VIII, 324; IX, 403.

Penteado, Francisco Rodrigues: VI, 401.

Penteado, José Correia: VI, 194; IX, 65.

Pequim: VII, 359.

Pera: VIII, 268.

Peral: VI, 233.

Peramato: Médico. VII, 227.

Perdigão, Henrique: III, 455.

Perdigão, Jorge: IV, 3.

Perdigão, José Rebelo: Mestre de Campo. IX, 137.

Perdigão, Matias: V, 286.

Pereá: IV, 82.

Peregrini, Francisco: VIII, 193.

Peregrino Júnior: IV, p. XV, 172; IX, 358; X, 301.

Pereira (Baía): I, 19, 21.

Pereira (Portugal): IV, 320, 345, 351; VIII, 149.

*Pereira, Álvaro: V, 239, 345, 403, 425; VI, 133; IX, 36; — autógr., VI, 440/441.

*Pereira, André (de *Barcelos*): VII, 280.

Pereira, André: Capitão. III, 206; V, 348.

Pereira, André Machado: VI, 445.

*Pereira, António (da *Baía* 1.º): V, 582.

*Pereira, António (da *Baía* 2.º): V, 220; VII, 153, 423, 439.

*Pereira, António: Chegado ao Brasil em 1717. V, 603.

*Pereira, António: Ir. Est. VI, 601.

*Pereira, António: Noviço. I, 582.

*Pereira, António: Mártir do Cabo do Norte. III, 257-265; VII, 99, 241;

— Índices: III, 474; IV, 427; V, 620 (1.º); — VIII, 103; IX, 37-38, 49, 50, 72, 73; — autógr., III, 260/261.

Pereira, António: Da Casa da Torre. V, 284; VIII, 259; IX, 103.

Pereira, António: Morador de Pernambuco. V, 436.

Pereira, António: Pároco de Cachoeira. VII, 70; VIII, 297.

Pereira, António: Soldado. III, 178.

Pereira, António: Pai do P. João Pereira. VII, 119.

Pereira, António Fernandes: IV, 181.

Pereira, Ascenso de Góis: V, 529.

Pereira, Bartolomeu Simões: — Ver Simões Pereira, Bartolomeu.

Pereira, Benta: VI, 90.

*Pereira, Bento: VII, 157, 159, 160, 172.

*Pereira, Bernardo: VII, 429, 443.

*Pereira, Caetano: VII, 428, 451, 452.

Pereira, Caetano da Silva: Advogado. VII, 215; VIII, 167; IX, 70, 120.

*Pereira, Carlos: II, 132, 200; IV, 220, 231, 347, 348; VIII, 154; IX, 39, 146; — autógr., IV, 230/231.

Pereira, Carlos: Escritor. I, 275, 334; VI, 331.

Pereira, Catarina: Mãe do P. Luiz de Siqueira. VI, 187; VII, 270.

*Pereira, Cosme: V, 437, 498, 569, 583.

Pereira, Cosme: Congregado Mariano. V, 471.

Pereira, Cristóvão: Coronel. VI, 527; IX, 137.

Pereira, Diogo (na Índia): V, 210.

*Pereira, Domingos (da China): VII, 359.

*Pereira, Domingos (de Guimarães): IV, 361, 367.

*Pereira, Domingos (do Porto): Cirurgião e Boticário. VII, 432, 444.

*Pereira, Domingos: Mestre-Escola. VII, 152.

*Pereira, Estêvão: V, p. XXVIII, 220, 221, 252, 253, 255; VI, 605; IX, 39.

*Pereira, Félix: VI, 603; VII, 154.

Pereira, Francisco: III, 121.

*Pereira, Francisco (de Tarouca): VII, 424, 450.

*Pereira, Gonçalo: III, 132, 148, 149, 440; IV, 220, 361, 391, 392; V, 311; — ass. autógr., IV, 230/231.

*Pereira, Gualter: VII, 425, 445.

*Pereira, Inácio: Procurador. IV, 198, 385; V, 170, 174, 177, 186, 582.

*Pereira, Inácio (do Rio): VI, 364; VII, 425, 448.

Pereira, Isabel: Mãe do P. Rui Pereira. I, 479.

Pereira, Isabel (Paraíba): V, 494.

*Pereira, Jacinto: VII, 428, 437.

*Pereira, Jerónimo: IV, 352, 353, 365.

*Pereira, João (dos Açores): Provincial e Visitador Geral. Biografia, VII, 119. V, 547, 573, 574, 576; VI, 46, 349, 352, 396, 602; VII, 111, 119, 251, 456; VIII, 50, 364, 386; IX, 40-41 (bibliogr.); — ass. autógr., VII, 108/109.

*Pereira, João (da Baía): V, 83, 249, 403, 429, 432; VI, 14, 133; VII, 34, 51, 55, 58; IX, 39-40 (bibliogr.), 175, 195, 354; — autógr., VI, 440/441.

*Pereira, João (de Elvas): I, 46, 293, 421, 442, 443, 445, 575, 581; entrada ás Minas, II, 175, 178, 404, 502, 503; VI, 136, 184, 185, 430.

*Pereira, João (do Recife): Provincial. Biografia, VII, 131. — V, 87, 95, 149, 158, 585; VI, 137, 155, 454; VII, 131, 134, 135, 262, 456; VIII, 176, 267, 327; IX, 31, 41-42 (bibliogr.); — ass. autógr., VII, 108/109.

*Pereira, João: Noviço. VII, 431, 440.

*Pereira, João (Ir.): VI, 599.

Pereira, João: Pai do P. Francisco de Matos. VII, 116.

Pereira, João Baptista: Homem principal do Recife. IV, 160; V, 461.

Pereira, João Barbosa: V, 474.

Pereira, D. Fr. João Evangelista: III, 214.

Pereira, João Rodrigues: VI, 353.

*Pereira, José (de *S. Eulália*): Enfermeiro e Relojoeiro. IV, 353, 367.
*Pereira, José (das *Ilhas*): VII, 433, 437.
*Pereira, José (do *Porto*): VII, 427, 429.
Pereira, José: VIII, 374.
Pereira, José Basílio: IX, 360.
Pereira, Júlio: Mestre em Artes, de S. Tomé. I, 84.
*Pereira, Júlio: Vice-Provincial do Maranhão. III, 132, 232, 364; IV, 123, 124, 231, 232, 364, 368; IX, 42 (bibliogr.), 114, 145, 155, 184, 307, 367.
*Pereira, Lucas: VI, 408.
*Pereira, Luiz (de *Viana*): V, 585.
*Pereira, Luiz (de *Coimbra*): VI, 152; VII, 433, 446.
*Pereira, Manuel (de *Canavezes*): V, 423.
*Pereira, Manuel (de *Gandra*): Amanuense do P. António Vieira. V, 584; VI, 601; VII, 89; IX, 339.
*Pereira, Manuel (da Prov. de Portugal): IX, 178.
*Pereira, Manuel: Missionário do Maranhão (1.º). IV, 353.
*Pereira, Manuel: Missionário do Maranhão (2.º). IV, 356.
*Pereira, Manuel (de *S. Julião de Moreira*): Herói da Guerra de Pernambuco. V, 352, 354, 356, 358, 386.
*Pereira, Manuel (da *Baía*): VII, 429.
Pereira, D. Maria: IX, 44.
Pereira, Mariana: Mãe do P. José Bernardino. VII, 125.
*Pereira, Martinho: V, 586.
*Pereira, Mateus: V, 90.
*Pereira, Miguel: IV, 344, 361, 364; VIII, 246, 249.
Pereira, Nicolau: Pai do P. João Pereira. VII, 131.
Pereira, Nilo: III, 455
*Pereira, Pedro: Lavrador. V, 585.
*Pereira, Pedro: Náufrago e morto com o P. Luiz Figueira. IV, 148, 335.
Pereira, Pedro de Sousa: VI, 84.
*Pereira, Roberto: IV, 276, 277, 355, 367.

*Pereira, Roque: VI, 595.
*Pereira, Rui: I, 80, 454, 478, 479, 561, 562; II, 32, 58, 132, 151, 402, 426, 532; VIII, p. XX; IX, 43 (bibliogr.), 397, 399.
*Pereira, Sebastião: Missionário do Rio Madeira. III, 194; IV, 274; IX, 44.
Pereira, Sebastião (*Cananéia*): VI, 488.
Pereira, Sebastião Martins (*S. Paulo*): VI, 285.
*Pereira, Teodósio: VII, 427, 442.
*Pereira, Tomás: Missionário do Maranhão. IV, 346.
*Pereira, Tomás (ou Tomé): Missionário do Brasil. V, 239.
Pereira, D. Violante: II, 244; III, 445.
Pereira de Abreu, Cristóvão: Coronel. IX, 137. — Ver Pereira, Cristóvão.
Pereira de Brito, Domingos: III, 281.
Pereira Caldas, João: III, 214, 228, 281.
Pereira da Costa, F. A.: Escritor. I, 465, 471, 483, 485; II, 389, 524, 607; V, 418, 429, 479, 488, 550.
Pereira da Gama, Domingos: Médico. V, 450; VIII, 209.
Pereira do Lago, João: V, 91.
Pereira Marinho, D. Leonor: V, 300, 305, 306; VIII, 296, 297.
Pereira de Melo, José Mascarenhas Pacheco: V, 103, 292.
Pereira dos Reis, Mons. José Manuel: IV, 60; IX, 362.
Pereira da Silva, A. J.: II, 489.
Pereira da Silva, António Gonçalves: I, 287, 400.
Pereira da Silva, J. M.: VIII, 36.
Peres, Diogo: I, 22.
*Peres, Fernão: Prof. da Universidade de Évora. I, 77; II, 294; VII, 180.
*Peres (Perret), Jódoco: Superior do Maranhão. III, 474; IV, 428; VII, 87, 99; VIII, 104, 105, 229; IX, 44-47 (bibliogr.), 72, 295; — autógr., III, 260/261.
Peres, Pedro (Holandês): VI, 580, 581.
*Peres, Rafael: VII, 362.

Perestrela, Catarina Pereira: VI, 412.
Peretti, João: V, 601.
Pérez, Alonso: I, 307; II, 67.
*Pérez, Quintín, IX, 329.
*Perier, Alexandre: IV, 197, 198, 384, 385; V, 172, 174, 175, 492, 581; VII, 110; VIII, 212; IX, 47, 344, 345.
Perier, Cláudio: Pai do P. Alexandre Perier. IX, 47.
Peritoró: IX, 124.
Perla, Francisco: Médico. VII, 272.
Pernambuco: Estabelecimento, Igreja e Colégio, I, 451–471; actividade apostólica, I, 473–498; Aldeias, I, 495–497; V, 331–346; VII, 449, 450; VIII, 405; contra a invasão holandesa, V, 347–389; os Jesuítas ao dar-se a invasão, V, 383–388; fundam a Capelinha do Bom Jesus, V, 350, 352; no Arraial do Bom Jesus, V, 349–355; morte do Capelão Militar António Bellavia, V, 352; VIII, 93, 94; vitória de 8 de Agosto de 1633, V, 353; o exílio das Antilhas, V, 354–358; o exílio de Holanda, V, 377–380; serviço dos Jesuítas segundo Matias de Albuquerque, V, 389; os "predicantes" contra a Religião Católica e os Padres da Companhia em particular, V, 393–401; os Jesuítas na preparação do levante restaurador, V, 393–401; IX, 64, 174; em campanha, V, 400–403; campanha militar no Brasil, V, 405–413; campanha diplomática na Europa, V, 405–413; o "milagre" da restauração, V, 413–415; capitulação do Taborda e Tratado de Westminster, V, 414; expulsão dos invasores, V, 391–415; o "mal da bicha", V, 444–450; guerra civil entre Olinda e Recife, V, 450–459; Missões rurais, I, 493–495; V, 437–444; as mães pernambucanas no exílio da Companhia, V, 436; os Jesuítas em Pernambuco (mapa), V, 390. — Índices: I, 598, 609; II, 646; III, 474; IV, 428; V, 620, 628, 633–634; VI, 625; VII, 474; — VIII, *passim;* IX, *passim.* — Ver *Olinda;* ver *Recife.*
Perrault, Louis: VIII, 79.
*Perret, Josse: — Ver Peres, Jódoco.
PERSEGUIÇÃO À COMPANHIA DE JESUS (1751–1773): A Europa religiosa e política em 1750, VII, 335–337; Jansenistas, VII, 335, 338; os "filósofos", VII, 336, regalismo, cèsaropapismo, absolutismo e despotismo, VII, 336–337; do "Josefismo" de Viena de Áustria ao "Josefismo" de Lisboa, VII, 337–338; — início da perseguição na Amazónia com as "Instruções Secretas" de 1751, VII, 299, 300, 338, 339; destruição do regime missionário, VII, 320–325; consequências nefastas, segundo o testemunho directo e positivo de D. Fr. Caetano Brandão e do Ouvidor Pestana e Silva, VII, 326–331; não "recuperação", mas "destruição" de elementos necessários ao desenvolvimento do vale amazónico, VII, 298, 299, 329, 332; — A "mentira oficial" da "Relação Abreviada" e outros papéis, III, 197; VII, p. IX, 342; VIII, 220, 247, 309; — A redução dos Índios Amanajós e as falsificações dos perseguidores, III, 195–197; VIII, 219, 220; — premeditação do sequestro (no Estado do Maranhão e Pará), IV, 194–197; caso típico, o "abominável abuso" de Alcântara, IV, 203–204; — duplicidade e crueldade (o astrónomo Szentmartonyi), IX, 148; a lei de 3 de Setembro de 1759, VI, 558; VII, 343; — o "Directório", instrumento da Companhia de Comércio, com trabalhos forçados para os Índios, VI, 178–179; VII, 330 (ver Liberdade dos Índios); — desorganiza-se o ensino, IV, 276–278; V, 487; — desbaratam-se as bibliotecas, IV, 289–290; V, 94; VI, 27; IX, 293; —

linguagem sem compostura de funcionários públicos, VI, 205; — para os destruir, o governo perseguidor declara-se "protector" dos Institutos Missionários, V, 558-559; maus tratos no mar aos exilados de Pernambuco, V, 486-487; — a perseguição mais cruel em todo o mundo foi também a da mais difícil e benemérita das missões, a Vice-Província do Maranhão e Pará, VII, 353-354; — os desterrados do Pará, VIII, 312; — cárceres perpétuos a diversos Missionários entre os quais os escritores Bento da Fonseca, João Daniel, José de Morais e Domingos António, IV, 322-327; VIII, 57-58, 243, 383; — sadismo e crueldade (Malagrida),VII, 354-356; VIII, 340; — catálogo dos Padres do Maranhão exilados em 1760, IV, 362-368.

— Os factos locais da perseguição: Em Aquirás (Ceará), Natal de 1759, com grosseria dos soldados, III, 82; — Araticum (Oeiras), os Índios contratados para descer refluiram para os matos, III, 311; — Aricari (Sousel), III, 354; — Baía, nobre atitude do Arcebispo e do povo, V, 103-105; exílio e despedida, em 1760, V, 149-150; a volta dos Padres, V, 105; — Belém da Cachoeira, com desumanidade, V, 190; — Cabo Frio, com pranto dos Índios, VI, 414; — Cabu (Colares), como se fez vila, III, 284; — Caeté (Bragança), III, 297;— Canabrava (Pombal), com sentimento geral, V, 290; — Colónia do Sacramento, com "baioneta calada", VI, 548; — Cotegipe, com lágrimas do povo, V, 260; — Espírito Santo (Abrantes), V, 263-264; — Espírito Santo (Capitania), os Padres de batina e capa e crucifixo ao peito, o povo em pranto, VI, 142; — Desterro [Florianópolis], VI, 471-472; — Aldeia dos Gamelas, saidos os Padres os Índios voltaram á barbárie, III, 183; — Goiás, VI, 205-209; — Ibiapaba, funcionários públicos atenciosos, III, 70-71;—Javari, III, 420; — Marajó, falsas interpretações, III, 251-252; — Maranhão, digna atitude do Bispo e do povo, VII, 345; — Mato Grosso, VI, 222-223; VIII, 322; — Minas Gerais, o papel sedicioso de Vila-Rica, VI, 200-202; Mortigura (Conde), III, 300; Natuba (Soure), V, 288-289; — Olinda, indigna atitude do Bispo, e sentimento da maior parte do povo, V, 436, 487-488; VI, 30; — Paiacus, mau exemplo do Vigário, sucessor dos Jesuítas, III, 92; Pará, indigna atitude dos Governadores e do Bispo, a última festa de S. Inácio e atitude do Povo contra os perseguidores, VII, 345-348; — Paraíba (sentimento geral do povo), V, 502; Paranaguá, VI, 457; — Paupina, devassidão e escravagismo do "director" sucessor dos Jesuítas, III, 91-92; — Pernambuco, nobre atitude do povo, V, 436; — Piauí, V, 556-559; — Pitangui (Paraná), VI, 460; — Porto Seguro, pranto do povo, V, 242; — Recife, sentimento geral, V, 486; — Reis Magos (Almeida), situação deplorável a seguir à saída dos Padres, VI, 178; — Rio Grande do Norte (protesto e prisão de Índios), V, 535; — Rio de Janeiro, indignidade do Bispo e do Governador, com sentimento do povo, VI, 29-31; — Saco dos Morcegos (Mirandela), sentimento geral, V, 291-292; — S. Paulo, o povo foi despedir-se até ao caminho do mar, chorando, VI, 414; — Sergipe, sentimento geral, V, 321-322; Tapajós (Santarém), III, 362; — Trocano (Borba), o "descarado engano" dos perseguidores, III, 403-404; — Vigia, III, 282.

— Sobrevivência e restauração jurídica

da Companhia de Jesus em toda a Igreja, VII, 359, 360; Jesuítas do Brasil sobreviventes, falecidos já na Companhia restaurada, V, 150; VII, 360-361; a Companhia volta ao Brasil em 1841, e reata a gloriosa actividade antiga, VII, 360, 362-363.
— Diversas referências documentais, VII, p. XV, 134-135, 138, 351, 353; VIII, 55, 262, 265, 302, 311, 316, 330, 356, 372; IX, 42, 43, 78, 123, 127, 157, 184, 226, 257.
— Ver (nos Tomos VIII e IX) os verbetes bibliográficos dos Padres, vítimas da perseguição, em particular Anselmo Eckart, Bento da Fonseca, Domingos António, Francisco da Silveira, João Daniel, Lourenço Kaulen, Gabriel Malagrida, Manuel de Siqueira, Matias Rodrigues, Inácio Szentmartonyi e Francisco de Toledo.

Pérsia: II, 248; V, 27, 279.
Pérsio: VII, 151.
Peru: — Índices: I, 598; II, 646; III, 474; IV, 428; V, 620; VI, 625; — VII, 10; VIII, 156, 394, 395, 398; IX, 29, 395.
Peruíbe: I, 318; II, 238.
Perúsia: V, 144; VII, 110, 120, 185; VIII, 45; IX, 150.
Pésaro: IV, p. XXI; V, 73, 74, 239; VI, 65, 199, 206, 599; VII, 281, 282, 360; VIII, 44, 83, 91, 146, 193, 227, 234, 242, 253, 257, 268, 274, 313, 326, 351, 379; IX, 14, 85, 130, 142, 371, 372.
PESCARIA: — Ver Indústria.
Peso da Régua: IV, 324.
Pesqueiro: III, 247.
Pessoa, Fernando: Poeta IX, p. IV/V.
Pessoa, Fernão: Benfeitor de Pernambuco. V, 418, 420; VIII, 200.
Pessoa, Inês: V, 420.
*Pessoa, João: V, 583.
*Pessoa, Luiz: IV, 19; VI, 590; IX, 48, 61.

*Pestana, Afonso: V, 584; VI, 600.
*Pestana, Inácio: I, 535; V, 149, 431; VII, 358, 422, 441; VIII, 81, 297; IX, 48, 372.
*Pestana, Isidoro: VII, 431, 443.
Pestana, Fr. Luiz: IV, 75, 77, 78.
*Pestana, Manuel: VII, 423, 446.
Pestana: Morador do Ceará. VIII, 167.
Pestana e Silva, António José: Intendente dos Índios do Rio Negro. VII, p. XIX, 329-331.
*Petisco, José: VII, 157.
Petrália: IV, 367.
Petrópolis: VI, 60.
Pettozzani: II, 17.
*Pfeil, Aloísio Conrado: Matemático. — Índices: III, 474; IV, 428; VII, 474; — VIII, 109, 266, 277; IX, 46, 48-53 (bibliogr.); autógr., III, 260/ 261.
*Pfister, Luiz: VII, 280.
Piancó: V, 500.
Piauí: Descobrimento, V, 550-551; "Capela" ou "Morgado" de Domingos Afonso Sertão, V, 551-552; "Capela Grande", "Capela Pequena", V, 553; Fazendas do Colégio da Baía, V, 553; Bens do Noviciado, V, 554; Seminário do Rio Parnaíba e Simbaíba, V, 563-564; — Índices: III, 474; IV, 428; V, 620; VI, 625; VII, 474; — VIII, 121, 287, 288, 329, 342, 382; IX, 51, 70, 111, 125.
Piçarro: VII, 287.
Piccini, Suor Isabela: IX, 333.
*Piccolómini, Francisco: Geral. IV, 33, 214; VII, 24; IX, 183, 404.
Pico Redondo: IX, 156.
Pie, Cardeal: VIII, 79.
Piemonte: II, 539; IV, 357; VII, 433; VIII, 214.
Pierius, Andreas: VIII, 30, 31.
Pierson, Donald: Escritor. X, 301.
Pilar: V, 501.
Pilar, D. Fr. Bartolomeu do: Bispo do Pará. V, 475; VII, 311, 315, 318; IX, 125, 126, 144, 145.

*Piller, Matias (da *Morávia*): "Bonus chartarius". V, 321; VII, 434, 438.
Pilões: VI, 207.
Pilotos (Irmãos): VII, 253-257; VIII, 325.
Pimenta, Alfredo: Escritor. II, 335; IV, 32.
Pimenta, Bernardo Sanches: I, 225, 234, 235.
*Pimenta, João: Procurador do Brasil em Lisboa. II, 488; IV, 62; V, 251; VI, 392, 596, 597; VII, 28, 34, 36; VIII, 75, 336, 337; IX, 53-54 (bibliogr.); — ass. autógr., IX, 24/25.
Pimentel, Fr. Álvaro: IX, 198.
Pimentel, D. Ana: I, 542.
Pimentel, António da Silva: Benfeitor da Baía. V, 112, 113, 117, 133; VII, 180; VIII, 96; IX, 181.
Pimentel, Domingos Gomes: II, 543.
Pimentel, Joana: IX, 185.
*Pimentel, Manuel (de *Miranda*): IV, 349.
*Pimentel, Manuel (do *Porto*): VI, 376, 432, 549, 602; VII, 422, 447; IX, 54, 156.
*Pimentel, Manuel: Provincial de Portugal. VIII, 257.
Pimentel, Manuel Garcia: IX, 185.
Pimentel, Miguel Pinto: VI, 151.
Pimentel, Vitoriano: III, 416.
*Pina, António de: I, 46, 575; II, 447, 448.
*Pina, João de (da Prov. de Portugal): VIII, 221.
Pina, Luiz de: Escritor. II, 583.
*Pina, Manuel de: VI, 598.
Pina, Mateus de: I, 77.
Pina, Pedro Neto de: V, 228, 229.
*Pina, Sebastião de: I, 194, 563; II, 509; V, 219; VIII, p. XX; IX, 55 (bibliogr.).
*Pinamonte, João Pedro: VIII, 47, 207.
*Pinard de la Boullaye, Henri: II, 16, 17.
Pindamonhangaba: VI, 359, 378; VIII, 218.
Pinguela: VIII, 373.

Pinheiro, Albertino: V, 469.
Pinheiro, André: III, 375, 383, 408.
Pinheiro, António: Doutor. IX, 178.
*Pinheiro, António: V, 429, 448.
Pinheiro, António: Pai do P. Simão Pinheiro. VII, 11.
*Pinheiro, Cristóvão: V, 497.
Pinheiro, Francisco: Procurador da Vila de Santos. VI, 260.
Pinheiro, Gabriel: VI, 262.
*Pinheiro, Inácio: V, 587; VI, 372, 457.
Pinheiro, Jácome: II, 384.
*Pinheiro, João: II, 397; V, 584.
*Pinheiro, João (de *Santos*): VII, 427, 440; VIII, 308.
Pinheiro, João da Cruz Dinis: — Ver Cruz Dinis Pinheiro, João da.
*Pinheiro, José (de *Santos*): V, 582.
Pinheiro, José: Vereador de Santos. VI, 400.
*Pinheiro, Luiz: Boticário. IV, 350.
Pinheiro, Luiz Gonçalves: Apologista de Vieira. IX, 355.
*Pinheiro, Manuel: III, 74, 82, 89, 91; VII, 426, 449; IX, 55 (bibliogr.).
Pinheiro, Mateus: V, 60.
*Pinheiro, Miguel: V, 585.
Pinheiro, Rafael: Alferes. VIII, 378.
Pinheiro, Rui de Carvalho: VII, 195, 197.
*Pinheiro, Silvério: VI, 138, 142, 549, 604; VII, 423, 441.
*Pinheiro, Simão: Provincial. Biografia, VII, 11-12. — Índices: I, 598; II, 646; V, 621; VI, 625; VII, 474; — VIII, 228, 319, 378, 380; IX, 55, 121; — ass. autógr., VII, 108/109.
Pinheiro de Ásere: VI, 590; VII, 9; VIII, 268.
Pinheiro Chagas: IX, 176.
Pinheiro da Fonseca: I, 278.
Pinheiro Vieira, Vitoriano: IV, 391.
Pinheiros: VI, 409.
Pinhel: III, 365; IV, 345; VIII, 187.
Pinho, António de: VII, 54.
*Pinto, António (de *Cristelos*): IV, 361, 365.

*Pinto, António (do *Porto*): VII, 19. — Índices: V, 621; VI, 625; — VIII, p. XX, 6, 7, 9, 178; IX, 56 (bibliogr.); — ass. autógr., IX, 24/25.
*Pinto, António (do *Telhado*):VII, 453.
*Pinto, António: Fundador da Escola Apostólica de Baturité. III, 83; V, 105.
Pinto, Augusto Octaviano: — Índice: III, 474.
*Pinto, Diogo: II, 259.
*Pinto, Domingos: IV, 350.
Pinto, Estêvão: III, 96, 342, 371.
Pinto, Eunice Almeida: VI, 374.
*Pinto, Francisco: Mártir de Ibiapaba. III, 8; Pacificador dos Potiguares do Rio Grande do Norte, V. 505–506; VII, 7. — Índices: I, 598; II, 646; III, 474; IV, 428; V, 621; — VIII, 11, 239; IX, 56, 163, 183; — retrato da Baía, III, 4/5; ass. autógr., IX, 24/25.
*Pinto, Francisco (de *Lisboa*): V, 587.
Pinto, Francisco Inácio: V, 104.
Pinto, Francisco Pereira: VI, 251, 252.
Pinto, Francisco Soares: III, 148, 149, 440.
*Pinto, Inácio: VII, 428, 442.
Pinto, Irineu: I, 503, 504; V, 499, 503.
Pinto, Isaac de: Tradutor de Vieira. IX, 330.
*Pinto, João: I, 584.
Pinto, José: VIII, 76.
Pinto, Lucas Fernandes: VI, 237.
*Pinto, Luiz: V, 525.
Pinto, Luiz Borges: Capitão. IX, 136.
*Pinto, Manuel (de *Lisboa*): V, 584.
Pinto (ou da Mota), Manuel (de *Anta*): IV, 357.
Pinto, Manuel Pereira: V, 124, 128.
Pinto, D. Mariana: Tupanhuna do Pará, corajosa benfeitora dos Jesuítas perseguidos (Vieira). IV, 58; VII, 345.
*Pinto, Mateus: V, 219, 582; VI, 431, 634; VIII, 339; IX, 57.
*Pinto, Miguel: V, 583; VI, 22.

Pinto, Olivério: — Ver Oliveira Pinto, Olivério Mário de.
*Pinto, Pedro: V, 431, 498, 584; VII, 152.
*Pinto, Sebastião: I, 583.
Pinto Brandão, Tomás: VI, 47, 48.
Pinto Coelho, António Caetano: VI, 372.
Pinto da Gaia, António: III, 341.
Pinto Guedes, Manuel: VI, 365.
Pinto Ribeiro, João: Restaurador. IX, p. IV/V, 363.
PINTURA: Primícias, II, 593–594; na Baía, o notável pintor P. Manuel Álvares (1560), II, 334, 594; a imagem da Senhora dita de S. Lucas na Baía, II, 595–596; Anunciação da Ajuda de Porto Seguro, I, 208; dos Reis Magos, I, 243–244; painéis da Baía, I, 27; painéis do Capitão-mor, VI, 392; retratos do P. Alexandre de Gusmão, V, 197–198; de André de Almeida, VIII, 6; imagem de Anchieta (1708), VI, 146; painéis do Refeitório do Colégio da Baía, V, 95; o salão da Biblioteca, V, 92; os quadros da Igreja e Sacristia da Baía, V, 136–140; pinturas da Igreja do Recife, V, 468–470; no Colégio de S. Paulo, VI, 377, 398; os mestres-pintores, V, 139; oficina do Colégio do Maranhão, III, 119; Oficina do Colégio do Pará, e mestres pintores, III, 220–221; IX, 165; — tecto do Colégio do Pará, IV, 294/295; da Sacristia da Vigia, III, 340/341; da Biblioteca da Baía, V, 82/83; VII, 188/189; da Igreja de Ibiapaba, III, 52/53; a letra P da "Collecção de Receitas", VII, 236/237.
Pinzón, Vicente Anes: III, 431.
Pio IV: Papa. II, 295, 310; IV, 269; VII, 200, 286, 359.
Pio V, S.: Papa. I, 345; II, 248, 279, 294–296, 311, 524; IV, 135; VIII, 76.
Pio VI: Papa. VIII, 310.

Pio VII: Papa. V, p. IX.
Pio IX: Papa. II, 265.
Pio XI: Papa. I, 16; V, 135.
Pio Correia, A.: IV, 158.
Piracuruca: V, 562.
Pirajá: V, 264.
Pirajá da Silva, M. A.: I, 29; II, 579; V, p. XXVIII, 95, 204.
Pirajá da Silva, Regina: VI, 65, 66; VIII, 14, 132/133; IX, 101.
PIRATAS: Assaltam as expedições missionárias, de Lisboa ao Brasil, I, 565, 566, 569-572; outras tropelias nas costas do Brasil, VIII, 101; VIII, 52; IX, 51; matam o P. Domingos Fernandes, VII, 67-68; VIII, 294; maus tratos que os piratas davam a Padres que cativavam: ver Trabalhos e Perigos. — Ver Colonização.
— ALEMÃES: VII, 68.
— FRANCESES: II, 92, 129, 130, 182; VII, 68; VIII, 269, 285; matam os B. B. Mártires do Brasil, e demais companheiros, I, 565; II, 253-254; VIII, 12, 59, 60, 197, 198; matam o P. Lourenço Cardim e cativam outros Padres seus companheiros, I, 569; IX, 138; cativam o P. Visitador Cristóvão de Gouveia, VIII, 279; cativam o Provincial João Pereira, VII, 119; na Baía, II, 54, 55, 132-137; no Espírito Santo, I, 218; VIII, 323; em Ilhéus, I, 192; na Paraíba, I, 499; no Rio Grande do Norte, I, 514-516; VIII, 405; no Rio de Janeiro, I, 234, 236, 395, 396, 425, 429, 431, 432; II, 119, 386; V, 14-15; VI, 45-53, 584; VII, 112, 123, 127, 258; VIII, 47, 387; IX, 429, 432. — Ver Franceses.
— HOLANDESES: I, 435; II, 129, 138; V, 247; VI, 138-139, 583-584; VII, 12, 24, 67, 68; IX, 96, 141. — Ver Holandesas (Invasões).

— INGLESES: I, 192, 407, 429; II, 92, 129, 130; os que cativaram o P. Fernão Cardim e outros Padres seus companheiros, I, 572; VII, 5, 8, 11, 17, 22; VIII, 132, 135, 136, 223; para lhes escapar Luiz da Fonseca desvia-se até à Terra Nova, VIII, 256; cativam o P. Francisco Veloso na Barra de Lisboa, IX, 184; intervêm na morte do P. Domingos Fernandes, VII, 67-68; — na Baía, II, 137-138; — no Espírito Santo, I, 219-221; — no Recife, I, 488-490; — em Santos, I, 264, 266, 407; VIII, 396; — Knivet salvo da forca, II, 386.
— MOUROS: V, 384; VIII, 356; IX, 185.
Piratininga: — Índices, I, 598; III, 474; IV, 428; VI, 626; — IX, 138, 191. — Ver *S. Paulo*.
Pires, Alberto: VI, 402.
*Pires, Ambrósio: — Índices: I, 598; II, 646; — VIII, 108, 324; IX, 57, 58 (bibliogr.), 397, 399, 422, 424.
*Pires, António (de *Angola*): V, 82; VI, 266, 594; VII, 272; IX, 60.
Pires, António: Carpinteiro. II, 263.
Pires, António: Pastor. II, 263.
*Pires, António: Vice-Provincial. II, 475-477; VII, 3. — Índices: I, 598; II, 646; — VIII, p. XX; IX, 6, 7, 58-59, 416, 419.
Pires, Bartolomeu: II, 161.
Pires, Belchior: Morador do Rio de Janeiro. II, 378.
*Pires, Belchior: Provincial. Biografia, VII, 22-23. — Índices: I, 598; V, 621; VI, 626; VII, 474; — VIII, 178, 211, 214, 388; IX, 16, 60-62 (bibliogr.), 181; — ass. autógr., VII, 108/109.
Pires, Bento: VI, 317, 376.
*Pires, Custódio: Primeiro Mestre-Escola do Rio de Janeiro. I, 400. — Índices: I, 598; VI, 626; — VII, 146.
*Pires, Domingos: Alfaiate. V, 343, 387.

Pires, Domingos (Lc.do): I, 84.
Pires, Fernando de Camargo: VI, 305.
*Pires, Francisco (de *Aljustrel*): Procurador a Lisboa e a Roma. V, 61, 395, 396; VI, 231, 271, 406, 521, 590; VIII, 38; IX, 64 (bibliogr.).
*Pires, Francisco (de *Celorico da Beira*): Bom operário da primeira hora (1550). — Índices: I, 598; II, 646; V, 621 (1.º); — VIII, p. XX, 24, 83; IX, 62-64 (bibliogr.), 83.
*Pires, Francisco: Mártir do Itapicuru. III, 44, 129, 143-146; IV, 148, 149, 335; IX, 61, 64.
*Pires, Francisco (da *Índia*): IX, 64.
Pires, Gudesteu: III, 453.
Pires, Heliodoro: Escritor. III, 76; VI, 471; X, 301.
Pires, João (de *S. Paulo*): "Pai da Pátria". VI, 254, 278, 292, 300, 301, 391. — Ver Garcias.
Pires, João: Pai do P. Mateus de Moura. VII, 121.
*Pires, Manuel: O "Clérigo de Paredes", Missionário do Rio Negro e Solimões. III, 373, 381, 407. — Índices: III, 474; IV, 428.
*Pires, Manuel (de *Maçarelos*): Piloto e Geógrafo. V, 585; VII, 255-256, 259.
Pires, Manuel: Pai do Ir. Manuel Pires, Piloto. VII, 255.
*Pires, Manuel (do *Porto*): Encadernador. VII, 432, 443.
*Pires, Manuel: Confessor de D. Catarina de Bragança, Rainha de Inglaterra. IX, 300.
Pires, Manuel (de *S. Paulo*): VI, 276.
Pires, Maria: VI, 296.
Pires, Salvador: VI, 391; VII, 430, 437.
*Pires, Sebastião: III, 130; IV, 84, 218, 341; IX, 64-65 (bibliogr.); — ass. autógr., III, 388/389.
Pires do Amaral, João: III, 377.
Pires de Campos, António: Capitão. VI, 190, 207; IX, 136.
Pires de Carvalho, Salvador: IX, 360.

Pires de Lima, Durval: Escritor. V, 59, 394; VI, 297.
*Pires Mimoso, B. Diogo: Mártir do Brasil. II, 261.
Pisani, Clara: IX, 105.
Piscalari, A.: Escritor. VIII, 79.
Pita, Francisco: VII, 195.
Pitanga: VI, 12. — Ver *Fazendas*.
Pitangui (Minas Gerais): VI, 193, 198, 460.
Pitangui (Paraná): VI, 441, 453, 460.
Piza: VIII, 113.
Pizarro e Araújo, Mons. José de Sousa de Azevedo: Escritor. — Índices: I, 598; II, 646; V, 621; VI, 626; — VIII, 355.
Placência: I, 85; II, 260.
Plante, Francisco: I, 466.
Plataforma: II, 52.
Platão: II, 516; X, 303.
Platzmann, Júlio: II, 550, 553; VIII, 17, 62, 206, 236, 237; IX, 173.
Plauto: II, 543; IV, 298.
Plemp, Fortunato: Médico. VII, 227.
Plínio: I, 21; VII, 151.
Plutarco: VII, 151.
Plymouth: VII, 6; VIII, 136.
POEMAS DAS RIQUEZAS DO BRASIL: Açúcar, Farinha, Tabaco, Minas e Gado. IX, 438.
POESIA EM LATIM: II, 533, 600; IV, 291, 292, 296; VII, 27, 369; VIII, 6, 13, 14, 25, 28, 29, 44, 54, 56, 63, 81, 100, 129, 154, 155, 206, 224, 242, 243-245, 253, 264, 274, 314, 315, 360, 372, 375; IX, 21, 76, 93, 100, 101, 117, 120, 124, 127, 166, 191, 208, 313, 314, 318, 339, 351-354, 449.
— EM GREGO: IX, 93.
— EM HEBRAICO: IX, 93.
— EM PORTUGUÊS: II, 600, 602, 604, 606, 608-611; IV, 296; VII, 27, 28, 89; VIII, 26, 129, 154, 183, 221, 224, 253, 264, 361, 373, 375; IX, 14, 100, 102, 305, 315, 318, 352, 354, 449, 450.
— EM ESPANHOL: II, 608, 610-612;

VIII, 26, 28, 183, 351; IX, 166, 314, 450.
POESIA EM TUPI: II, 606, 608, 610; IV, 293, 294; VIII, 26-29; IX, 172, 183, 450; — gravuras, VIII, 64/65; IX, 88/89.
— EM QUIRIRI: VIII, 351, 450.
Poflitz, Francisco: Médico. VII, 98.
Poggi, Jaime: VIII, 40.
Poggio Mirteto: VIII, 370.
Poiares: IV, 344, 353.
Poiret, L'Abbé: Tradutor de Vieira. IX, 329.
Poitiers: VIII, 37.
*Polanco, João Afonso: Escritor. — Índices: I, 598; II, 647; — VII, p. XIX; 42; VIII, 70; IX, 12.
Pole, Cardeal: III, 223.
Polónia: I, 12; II, 214; VII, 359; VIII, 273.
Polosk: VII, 359; VIII, 204.
Pombal (Baía): V, 290.
Pombal (Pará): III, 345, 352.
Pombal (Portugal): IV, 349, 352, 353, 363, 367; VIII, 265.
Pombal, Marquês de: — Ver Carvalho e Melo, Sebastião José de.
Pombeiro: II, 258.
Pompeu, A.: Escritor. VI, 401, 458; VIII, 3.
Pompeu, José: IV, 93.
Pompeu de Almeida, Guilherme: Capitão-mor. VI, 254, 370.
Pompeu de Almeida, Dr. Guilherme: VI, 349, 370, 371, 385, 386, 391, 394, 395, 397, 398, 400; VII, 219.
Pompeu Sobrinho, Tomás: III, p. XVIII, 8; IV, 303.
Pompeu de Sousa Brasil, Tomás: III, 93.
Ponce de la Fuente, Doutor Constantino: II, 541; IX, 380.
Ponta da Areia: III, 142.
Ponta dos Búzios: VI, 61, 119, 122; VIII, 5.
Ponta Delgada: VI, 20; VII, 119; IX, 88.

Ponta de João Dias: IV, 130.
Ponta Porã: VI, 213.
*Ponte, Domingos da: IV, 335.
Ponte, Pedro Nunes da: Pai do P. Belchior de Pontes. IX, 65.
Ponte, Sebastião da: II, 71, 154, 155, 335, 525.
Ponte da Barca: IV, 342; VII, 422; VIII, 182, 188.
Ponte do Lima: II, 582; IV, 337, 340; V, 132, 386; VI, 423, 598; VII, 426, 427; IX, 138, 139.
Ponte do Lima, Visconde de: VIII, 289.
*Pontes, Belchior de: V, 582; VI, 194, 344, 359, 369, 380, 381, 401, 459; VII, 63; VIII, 257; IX, 65; — ass. autógr., IX, 24/25; frontispício da "Vida", VIII, 260/261.
*Pontes, Francisco de: Alfaiate. V, 362.
Pontevedra: VIII, 384.
Pontual, Maria de Lourdes: V, 128.
Porangaba: — Ver *Parangaba.*
POROROCA: VIII, 191, 238, 247.
Porrate, F.: Paulista. VIII, 264.
Porreiras: IV, 364.
Portalegre: II, 568; IV, 351, 364, 365; V, 304, 386; VI, 44, 593, 600; VIII, 9, 22, 389; IX, 150, 152, 191.
Portel (Pará): III, 310; VII, 327; IX, 75.
Portel (Portugal): V, 80; IX, 25.
Portela: III, p. XXIII.
Portela de Tamel: I, 240; VIII, 182.
Portelo: III, p. XXIII; IV, 356, 365; VI, 600; IX, 88.
Portilho, Domingos: III, 344.
Portimão (Vila Nova de): VI, 542; VII, 68, 255; VIII, 325.
Portinari, Cândido: Pintor. III, 451; IX, 363.
Porto: — Índices: I, 598; II, 647; III, 474; IV, 428; V, 621; VI, 626; VII, 475; — VIII, passim; IX, passim.
*Porto, António: V, 395.
Porto, Aurélio: Escritor. III, 453; VI, p. XVI,XXI, 250, 273, 468, 479, 503, 519, 527, 537, 546.

*Porto, Francisco de Oliveira: V, 129, 259, 309.
Porto, Rubens: III, p. XVIII; IV, 413.
Porto, Simão Rodrigues: V, 289.
Porto Alegre: VI, 473, 483; VIII, 41.
Porto das Caixas: VI, 115.
Porto Calvo: V, 360-362, 387, 481; VIII, 405.
Porto de Dom Rodrigo: I, 219; VI, 475.
Porto Feliz: VI, 218.
Porto das Garoupas: VI, 486.
Porto de Mós: III, 349.
Porto Real: VI, 191.
Porto Real do Colégio: V, 322.
Porto do Rio Grande: VI, 531.
Porto Salvo: III, 288; IV, 273.
Porto Seguro: Chegada e actividade dos primeiros Padres, I, 197-212; IX, 62; Residência de S. Pedro, I, 202-205; porque sairam e voltaram os Padres, V, 227-236; VI, 582; fundação da Casa do Salvador, estudos e Aldeias, V, 227-242; VIII, 83. — Índices: I, 598, 608; II, 647; IV, 428; V, 621; VI, 626; VII, 475; — VIII, *passim;* IX, *passim.*
Porto Seguro, Visconde de (Francisco Adolfo Varnhagen): Escritor. — Índices: I, 598; II, 647; III, 474; IV, 428; V, 621; VI, 647; VII, 475; — VIII, 24, 133, 190, 192, 361; X, 307.
Porto Velho: VI, 151.
Porto Carrero, D. Leonor: V, 201.
PORTOS (APOSTOLADO DOS): VII, 265.
—Ver Mar (Apostolado do).
Portugal: A sua função vicária de evangelizar o mundo que descobriu, I, 128; VII, 285; IX, 4, e *passim.* (Toda esta obra é parte integrante da Assistência de *Portugal).* — Ver Colonização.
Portugal, António de Sá: V, 289.
Portugal, D. Luiz de: IV, 27.
Portugal, D. Pedro de Mustre: VI, 304.
PORTUGUESES DO BRASIL: VI, 505; os habitantes do Brasil, distintos de Índios e Negros (Vieira 1691), VII, 84; até à Independência, VII, 241-242. — Ver Brasileiros.
PORTUGUESES NO BRASIL: Federação das Associações Portuguesas do Brasil, III, p. XX; X, 312; Gabinete Português de Leitura do Pará, III, p. XX.
Portunhos: IV, 352, 364.
*Possevino, António: II, 501; VII, 171.
*Possino, Pedro: II, 266; VIII, 79.
Post, Franz: V, 422.
Potosi: I, 355; IV, 30, 31; VI, 541; VII, 20; IX, 30, 342.
*Poulain, Aug.: II, 488.
Pousadela: IX, 124.
Pousos: IV, 367.
Povolide: VI, 605; VII, 433.
Povolide, Conde de: V, 476.
Poxim (1): V, 481.
Poxim (2): V, 224, 237.
Prado: V, 242.
Prado, Conde do: Governador Geral do Brasil. — Ver Sousa, D. Luiz de.
Prado, Eduardo: Escritor. I, p. XXV; V, 127, 128, 131, 368; VI, 15, 393; VIII, 34, 133; IX, 92, 93.
Prado, Paulo: Escritor. III, 9; II, 279, 394; VI, 353; VIII, 133.
Prado Júnior, Caio: V, 77; X, 301.
Praga: VII, 165, 222; VIII, 208.
Praia (Cabo Verde): IX, 388, 389.
Prainha: III, 273.
Prat, Fr. André: III, 403, 416; VII, 315, 318.
*Prates, Francisco: VII, 431, 443.
Prazeres, Fr. Francisco de N.ª S.ª dos: IV, 74.
Prazeres, Manuel Francisco dos: V, 436.
PREGADORES E ORADORES: — Ver Ministérios Sagrados.
Presburgo: VIII, 123.
Prestage, Edgar: Escritor. II, 133; V, 101, 407, 413; VIII, 182; IX, 148, 331.
Preto, António de Oliveira: VI, 462.
Preto, José: VI, 256.
Preto, Manuel: I, 185; VI, 485, 490.

Preto, Simão Gonçalves: I, 547.
Preuss: IV, 303.
*Price, William: VII, 267; IX, 123.
Primério, Fr. Fidélis Mota de: V, 295.
Prior do Crato, D. António: — Ver António (D.).
PROBABILISMO (A QUESTÃO DO): VII, 178-180; VIII, 352; IX, 67, 68.
PROCISSÕES: As primeiras, I, 38; II, 315-323; de desagravo, II, 319; gratulatórias, II, 320; de Jubileu, II, 315-317; rogativas, II, 317-318; das Ladainhas de Maio, VIII, 167; do Anjo (1549), I, 312; das Canoas, II, 320; de Corpus Christi, II, 312; de Penitência ou dos Passos, IV, 240; V, 499; "ad petendam pluviam" pelos meninos da Escola da Baía (rogativa), V, 13. — Ver Culto Divino.
PROCURATURA DO BRASIL EM LISBOA: I, 131-148; primeiro esboço dela, IX, 420; normas, VII, 35; a questão dos Dízimos, VII, 289; necessidade de o Maranhão ter procuratura própria, VIII, 151; VII, 117, 125, 135, 136, 150; VIII, 120, 181, 182, 185, 202, 243, 249, 250, 267, 362; IX, 44, 53, 54, 71, 77, 154, 189, 343. — Ver Meios de Subsistência.
Proença: III, 76; VII, 279; VIII, 326.
Proença, Francisco de: II, 384; VI, 391.
Propriá: V, 322.
PROVAÇÃO: O 3.º ano, como se introduziu no Brasil, II, 400-401.
*Provana, José António: VIII, 352.
PROVÍNCIA DE PORTUGAL: X, p. XI, XII, 313.
PROVINCIAIS DO BRASIL: II, 459-498; VII, 1-138, 455-456.
PROVINCIAIS DO MARANHÃO (Vice-Provinciais e Superiores): IV, 224-232.
Prunettus, Joannes: VIII, 31, 73.
Prússia: VII, 360.
Psicari, Ernesto: V, 559.
Ptolomeu: VII, 166.
Puebla: VI, 251; IX, 355, 409.
Puga, José de: Provedor do Pará. IX, 387.
*Pugas, Francisco de: VII, 427, 439; IX, 65.
Pulci, Fr.: VIII, 94.
Purchas, Samuel: VIII, 133, 134; IX, 167.
Purificação, P. Fr. Inácio da: VII, 46.
Purificação, P. Fr. João da: VII, 20.

Q

*Quadros, António de: II, 107, 145, 468.
Quadros, Diogo de: I, 448, 449.
*Quadros, Manuel de: IV, 353.
Quaritch: II, 555.
Queirós, Maria José de: Mãe do P. Francisco de Faria. VIII, 216.
*Queirós, Miguel de: I, 576.
Queirós Veloso, José Maria de: V, 27; VII, 169; X, 312.
Quelle, O.: II, 60; VIII, 106.
Quental, António de Matos: III, 126, 169.
Quental, Bartolomeu do: Oratoriano. IX, 198.
Querino, Manuel Raimundo: II, 593; V, 122, 154.
Quiaios: VII, 429.

Quillinus, Erasmus: IX, 174.
Quinta de S. Cristóvão: — Ver *Fazendas*.
Quinta do Tanque (Baía): I, 96; V, 31, 33, 90, 151, 161–163, 176, 579; VI, 152; VII, 14, 73, 85, 106, 395, 475; VIII, 423; IX, 193, 407–409; — gravura moderna, V, 162/163.
Quintal, Inácio da Costa: III, 128.
*Quintal, Manuel do: I, 224.
Quintela: IV, 352, 365.
Quintiliano: X, 303.
Quinto: IV, 364.
QUINTOS DO OIRO: VII, 185, 285.
Quito: III, 207, 219, 267, 405–407, 409, 411, 414, 416, 417; IV, 30, 136, 281, 283; V, 25; VI, 245, 246; IX, 115, 324.

R

Raab: IX, 149.
Rabat: IX, 330.
Rabelo: — Ver também Rebelo.
Rabelo, Alberto: V, 197.
*Rabelo, Francisco: IV, 354, 367.
Rachol: VIII, 318.
Racine: IV, 298.
RACISMO: Combatido no Diálogo do P. Nóbrega, IX, 429.
Raiol, Pedro da Costa: III, 285.
Raizmman, Isaac Z.: V, 394.
Raja Gabaglia, Fernando António de: III, 266.
Ramalho, João: Entende-se com Nóbrega, I, 270. — Índices: I, 599; II, 647; III, 475; — IX, 377, 421.
Ramalho, Manuel: I, 225.
*Ramière, Henrique: VII, 189; IX, 340.
Ramírez de Velasco, João: I, 346, 354.
Ramiz Galvão, Benjamim Franclim: II, 507; V, p. XXIX; VI, 29, 30; VIII, 352; IX, 69, 111, 432.
Ramos, Artur: II, 354.
*Ramos, Domingos: I, 534; V, 156, 581; VI, 311, 342, 343; VII, 105, 106, 179, 188, 222, 223, 236, 280; VIII, 51, 202, 212, 296; IX, 66-68 (bibliogr.), 146, 344, 345; — ass. autógr., IX, 24/25.
Ramos, Jorge: I, 321.
*Ramos, Manuel: V, 303, 304; VI, 600.
Ramos Parente, Manuel: Pai do P. Domingos Ramos. IX, 66.
Rangel, Alberto: IV, p. XV.
*Rangel, António: Procurador a Roma. V, 257, 309; VI, 342, 433, 599; VII, 64, 73; VIII, 291, 339; IX, 68, 195, 354.

Rangel, António: Vereador de Paranaguá. VI, 450.
Rangel, Cosmo: Ouvidor. I, 151; II, 167, 168, 210, 526, 622; VIII, 93.
Rangel, Julião: II, 327.
Ranke, Leopoldo: VI, p. XII.
Raposo, Francisco Pinheiro: VI, 275.
Raposo, Manuel Dias: VI, 67.
Raposo Tavares, António: Sertanista. VI, 215, 237, 238, 253, 295, 325, 362, 485, 490.
Rari: — Ver *Arari*.
Rates, Prior de: II, 146.
"RATIO STUDIORUM": — Ver Instrução.
Ratti, Aquiles: — Ver Pio XI.
Ravardière (La): IV, 334.
Ravasco, Bernardo Vieira: — Ver Vieira Ravasco.
Ravasco Cavalcante e Albuquerque, Gonçalo: V, 266; IX, 345, 407.
*Ravignan, Xavier de: I, 148.
Rebelo: — Ver também Rabelo.
*Rebelo, Amador: — Índices: I, 599; II, 647; III, 475; — VIII, p. XXV, 270, 271; IX, 91.
*Rebelo, Domingos: VII, 426, 446.
Rebelo, Domingos José António: Escritor. — Índice: V, 621.
*Rebelo, Fernão: Jurisconsulto. VII, 185.
*Rebelo, Francisco: I, 580.
Rebelo, Francisco Ferreira: IV, 29.
Rebelo, Gaspar: I, 553.
*Rebelo, João (de *Barcelos*): V, 583.
*Rebelo, João (do *Recife*): V, 585.
Rebelo, Luiz Nunes: V, 471.
*Rebelo, Manuel (de *Lisboa*): VI, 595.

*Rebelo, Manuel (de *Vila Nova da Marquesa*): Missionário do Tapajós. III, 131, 361-363; IV, 229, 304, 345.
Rebelo da Silva: Escritor. I, 137; II, 207.
Reboredo, Amaro de: VII, 160.
*Rebouça, João: V, 239; IX, 69 (bibliogr.).
Recife: Projecto de Casa (1610), I, 487; Escola de ler e escrever (1619), V, 461; Colégio de Jesus, Igrejas de N.ª S.ª do Ó e das Congregações, estudos e subsistências, V, 460-488; VIII, 116. — Índices: I, 599; II, 647; III, 475; IV, 424; V, 621, 634; VI, 626; VII, 475; — VIII, *passim*; IX, 14, 31, 41, 70, 73, 76, 108, 113, 122, 126, 128, 143, 370, 372. — O Colégio de Jesus, V, 466/467. — Ver *Pernambuco*; Ver Colégio do Recife.
Recolhimento de Meninas: II, 369; IX, 427. — Ver Ordens Religiosas Femininas.
Recolhimento de Meninas Índias: I, 41.
Recolhimento de S. Joaquim (da Baía): V, 150.
Recôncavo (da Baía): — Índice: II, 647.
Recrutamento Missionário: — Ver Vocações.
Redinha: IV, 353, 365.
Redondo: IX, 130.
Refontoura: IV, 348.
Regimento dos Índios: Feito por Vieira. VII, 86.
Regimento dos Índios (Novo): Feito pelo P. Manuel de Sequeira. VII, 138; IX, 122.
"Regimento das Missões do Estado do Maranhão e Pará" (1686): IV, 369-375; reservas do P. Vieira, por motivos de edificação, VII, 293; VII, 75, 86, 297, 324, 330, 339; VIII, 105, 150, 219, 220, 234; IX, 115, 146, 343, 408.
Regimento de Roque da Costa Barreto: VII, 97.

Regimento de Tomé de Sousa: A 1.ª Constituição do Brasil. II, 140, 171; VII, 182; IX, 415.
Regimentos e Directórios: IX, 451.
Regionalismo: VII, 44, 45, 48; IX, 78, 342.
*Régis, António (do *Porto*): V, 74; VII, 426, 436.
*Régis, Dionísio: IV, 353, 365.
*Régis, S. João Francisco de: III, 220; V, 132, 139, 474, 475; VII, 315, 385, 399, 406; tragicomédia do P. Aleixo António, VIII, 55.
Registro da Paraíba: VI, 127.
*Rego, António do: Assistente em Roma. IV, 384, 385; V, 438, 449; VII, 36, 103; VIII, 199; IX, 283, 293, 344, 345.
Rego, Diogo Barbosa: VI, 315.
*Rego, Francisco do: Náufrago e morto com o P. Luiz Figueira. IV, 148, 335.
*Rego, Francisco do: Arquitecto. V, 154; VI, 23; VII, 434, 441.
*Rego, Manuel do: VI, 604; VII, 424, 451.
*Rego, Miguel do: I, 564, 581.
Rego, Miguel de Morais do: III, 192.
*Rego, Simão do: I, 576.
Rego Barbosa, Baltasar do: III, 305.
Rego Barreto, Inácio do: Governador do Maranhão. III, 108, 208, 299, 316, 334; IV, 34, 336; V, 366.
Rego Barros, João do: Provedor de Pernambuco. IX, 113.
Rego Monteiro, Jónatas da Costa: Escritor. VI, p. XXII, 309, 536, 550.
*Reigoso, Pedro: V, 438.
Reimão, Cristóvão Soares: III, 66, 89; V, 549.
Reims: VIII, 160.
Rein, Adolfo: V, 25.
*Reinaldi, Francisco: VIII, 81.
*Reis, Alexandre dos: VII, 428, 442, 452.
*Reis, Ângelo dos (do *Rio Real*): V, 317, 582; VI, 403; VIII, 365; IX,

69-70 (bibliogr.); — ass. autógr., IX, 72/73; "Sermam da Restauração da Bahia", IX, 40/41.
*Reis, António dos (de *Santos*): V, 585; VII, 425.
*Reis, António dos (da *Tamanca* ou *Barqueiros*): V, 260, 494, 498; VI, 603; VII, 424.
Reis, Artur C. F.: — Índices: III, 475; IV, 428; — VIII, p. 333.
Reis, Baltasar dos: V, 289.
Reis, Baltasar dos: Vereador. VII, 196.
Reis, Baltasar Gomes dos: V, 91.
*Reis, Dionísio dos: IV, 352.
*Reis, Francisco dos: V, 101, 198, 266; VII, 20, 21; IX, 180.
*Reis, Gaspar dos: VI, 599.
Reis, Gaspar Carrasco dos: VI, 459.
*Reis, Inácio dos: V, 585.
*Reis, João dos: Superior de Ilhéus. V, 219.
Reis, João Gualberto Ferreira dos Santos. — Ver Gualberto, João.
*Reis (König), João dos: Professor de Coimbra. VII, 164; VIII, 12.
*Reis, José dos (de *Lisboa*): V, 525, 583; VI, 602.
*Reis, José dos (do *Porto*): VII, 426, 444.
*Reis, Luiz dos: V, 149, 239, 483, 586; VII, 421, 440; VIII, 180; IX, 70; — ass. autógr., VII, 60/61.
*Reis, Manuel dos (de *Gaia*): III, 157, 310, 386; IV, 169, 170, 349.
*Reis, Manuel dos (do *Porto*): V, 213, 480; VII, 421, 436.
*Reis, Manuel dos (da *Ribeira*): IV, 355.
Reis Magos (*Forte dos*): II, 591; V, 504, 506; IX, 112.
RELAÇÃO DA BAÍA: A questão dos Desembargadores em 1670, VII, 198.
RELAÇÕES E INFORMAÇÕES HISTÓRICAS: IX, 447–448.
Reland, Hadr.: II, 550; VIII, 17.
RELÍQUIAS: De vários santos em diversas Igrejas, I, 26–28, 393, 394; VII, 390, 391, 406; VIII, 97, 278,
302, 317; IX, 165; — Retábulo da Baía, V, 290/291.
RELÓGIOS: III, 219; "corrente e moente", VII, 405; dos matemáticos e de Sol, VII, 204/205.
Rembé (*Erembê*): II, 55.
*Renaudin, J.: VIII, 25.
Rendon, Francisco: VI, 253, 262.
Rendon, João: VI, 253, 262, 296.
Rendon de Quevedo, Francisco: VI, 375.
Rennefort, Orbain Souchu de: V, 417.
REQUERIMENTOS E REPRESENTAÇÕES: IX, 451–452.
Reparaz, Gonçalo de: II, 343.
Resende: VI, 594; VII, 19; VIII, 143; IX, 121.
Resende, António de: IX, 50.
Resende, Filipa de: Mãe do P. Francisco de Avelar. V, 402.
*Resende, José de: Enfermeiro, em cujo exercício contraiu a lepra. VII, 432, 444.
Resende, Luiz Vaz: I, 540, 547.
Resende, Valentim Gregório de: VII, 203.
Resende Martins, Amélia de: VIII, 40.
Resende de Taubaté, Modesto: I, 209.
RESGATES: I, 144; II, 207.
*Ressu, G. Juraju: IX, 323.
Ressurreição, P. Fr. João da: VII, 46.
Ressurreição, D. Fr. Manuel da: Arcebispo da Baía. III, 88; V, 91, 156, 204, 223; VII, 370, 371.
*Restivo, Pablo: IV, 315.
RETRATOS: Veras efígies ou composições de:
— Almeida, João de: VIII, 8/9.
— Anchieta, José de: II, p. II/III; VIII, 36/37.
— Azevedo, B. Inácio de: II, 272/273 (ver infra os BB. 40 Mártires do Brasil).
— Brito, S. João de: VII, p. IV/V.
— Coelho, Domingos: V, 34/35 (no 1.º plano com o Governador Geral do Brasil; e outros, no 2.º plano).

— Correia, Pero: II, 224/225, 240/241; VIII, 176/177 (da Baía).
— Dias, Pedro (e seus companheiros): II, 384/385.
— Figueira, Luiz: III, p. IV/V.
— Gusmão, Alexandre de: V, p. IV/V.
— Kostka, S. Estanislau de: V, 226/227.
— Loiola, S. Inácio de: VI, p. IV/V.
— Malagrida, Gabriel: VII, 348/349; VIII, 324/325.
— Martins, Manuel (Piloto): V, 34/35 (letra g).
— Matos, António de: V, 34/35 (letra i).
— Nóbrega, Manuel da: I, p. II/III.
— Oliva, João de: V, 34/35 (com óculos).
— Pinto, Francisco: III, 4/5.
— Rodrigues, António: V, 34/35 (de perfil).
— Sousa, João de: II, 224/225, 240/241.
— Tenreiro, Manuel: V, 34/35.
— Vieira, António: III, 20/21; IV, p. IV/V; IX, p. IV/V.
— Os Bem-Aventurados 40 Mártires do Brasil: II, 368/369; VIII, 84/85.
*Retz, Francisco: Geral. IV, 167, 236; VIII, 180, 231, 302, 334, 349; IX, 189, 190.
Reveles: IV, 352, 353, 364, 365; IX, 184.
Revet, Mayor: Mãe do P. Luiz Figueira. VIII, 234.
*Reviczki, António: IX, 149.
Ribadaneira, João de: I, 219.
*Ribadeneira, Pedro de: Escritor. I, 5; II, 37, 241, 291; V, 244; VIII, p. XI, XXVI, 77, 279.
Ribas, Inês: II, 446.
Ribas, Fr. Juan de: Dominicano. IX, 294.
Ribatejo: IX, 60.
Ribeira: V, 51.
Ribeira, Conde e Condessa da: VIII, 346.
Ribeira de Frades: IV, 352, 355, 365.
Ribeira Grande, Paulo de: VIII, 345.
Ribeira de Pena: VII, 428.

Ribeirão Abaixo: IX, 137.
Ribeirão do Carmo: VI, 193-198.
Ribeiro, Agostinho: II, 559.
Ribeiro, António: Capitão. I, 189; II, 65, 131.
*Ribeiro, António: Coadjutor (1). I, 293, 582; II, 533; VIII, 23.
*Ribeiro, António: Coadjutor (2). III, 161-162, 355; IV, 82; faz o mapa do Rio Parnaíba, IV, 284, 340; V, 449; IX, 70.
*Ribeiro, António: Padre. Missionário de Ibiapaba. — Índices: III, 475 (1.º); IV, 429 (1.º); VI, 626; — IX, 307.
*Ribeiro, António (da Baía): Professor. I, 535; V, 584; VII, 215; IX, 71.
Ribeiro, Baltasar: Escrivão. I, 546.
*Ribeiro, Baltasar: IV, 343, 361.
*Ribeiro, Baptista: V, 584; VI, 599.
*Ribeiro, Bento (de Barcelinhos): Enfermeiro (antes era barbeiro e sangrador). V, 586; VI, 599.
Ribeiro, Bento Pires: VI, 376.
*Ribeiro, B. Brás: Mártir do Brasil. II, 262.
Ribeiro, Catarina: VI, 296, 359, 391.
Ribeiro, Diogo: II, 74.
Ribeiro, Duarte Álvares: V, 114, 116.
Ribeiro, Eugénio: III, 272; IV, 74, 80, 83, 84.
*Ribeiro, Félix: VI, 602.
*Ribeiro, Francisco (de Coimbra): III, 179, 180; IV, 365; V, 564.
*Ribeiro, Francisco (de Lisboa): Reitor do Pará. III, 230, 258, 260; IV, 34, 35, 89, 92, 340; IX, 72; — autógr., III, 260/261.
*Ribeiro, Francisco (do Recife): VI, 7; VII, 428, 442.
*Ribeiro, Francisco (de S. Paulo): Herói da guerra de Pernambuco. V, 81, 249, 356, 357, 359, 374, 385; VI, 133, 137, 260, 261, 408; VII, 51, 55; IX, 53, 60, 71-72 (bibliogr.), 106, 181, 242; — autógr., VI, 440/441.

*Ribeiro, Francisco: Noviço. I, 577.
Ribeiro, Francisco: Capitão-mor do Espírito Santo. VI, 144.
*Ribeiro, Gaspar: Correspondente do P. António Vieira. IX, 281, 284, 290.
*Ribeiro, Gaspar (de *S. Paulo*): VI, 210; VII, 429, 443.
*Ribeiro, Giraldo (de *Celas*): Ir. Coadj. III, 33; IV, 341, 344; IX, 73.
*Ribeiro, Giraldo (de *Ventosa, Vouzela*): Padre. III, 251; IV, 353, 365, 368.
*Ribeiro, Inácio: VI, 7, 412; VII, 424, 442.
*Ribeiro, João (de *Barcelos*): V, 585.
*Ribeiro, João (*Coimbra*): VII, 428, 451, 452.
*Ribeiro, João (de *Paderne*): IV, 342.
Ribeiro, João: Escritor. II, 132; IX, 5, 6.
*Ribeiro, Joaquim (de *S. Eulália*): I, 536; VII, 422, 449; IX, 73 (bibliogr.)
*Ribeiro, Manuel (de *Coimbra*): Professor e Bibliógrafo. I, 77, 535; V, 93, 133, 309, 583; a primeira bibliografia S. I. do Brasil, VIII, p. XI; IX, 74-75 (bibliogr.).
*Ribeiro, Manuel (de *Lisboa*): Irmão. V, 585.
*Ribeiro, Manuel (de *Minas Gerais*): VII, 428, 446.
*Ribeiro, Manuel (do *Porto*): VI, 10, 133, 590; IX, 74 (bibliogr.); — ass. autógr., VI, 440/441.
*Ribeiro, Manuel (do *Recife*): — Ver Xavier Ribeiro, Manuel.
*Ribeiro, Manuel (de *Vila Longa*): VI, 599.
*Ribeiro, Manuel (de *Vouzela*): III, 310; IV, 177, 353, 363; VII, 352; VIII, 221; IX, 75-76 (bibliogr.), 159, 370.
Ribeiro, Manuel Luiz: VI, 111.
Ribeiro, Manuel Pedro de Macedo: Secretário do Governo de S. Paulo. IX, 54.

Ribeiro, Mariana: Mãe do P. Joaquim Ribeiro. IX, 73.
Ribeiro, Matias: Pai do P. Manuel Ribeiro. IX, 75.
*Ribeiro, Miguel (do *Recife*): IX, 76.
*Ribeiro, Rafael: V, 240.
Ribeiro, Samuel Martins: IX, 362.
Ribeiro, Tomás: IX, 360.
*Ribeiro, Tomé: III, 19, 314, 337, 338, 340, 350, 358; IV, 182, 336; VIII, 142.
Ribeiro, Vítor: I, 138; II, 578; V, 245.
Ribeiro do Amaral, José: III, 109, 166, 192, 193; IV, 334.
Ribeiro Couto: IV, 194; V, 422.
Ribeiro da Fonseca: I, 397.
Ribeiro de Macedo, Duarte: Diplomata e correspondente de Vieira. IV, 23; V, 279; IX, 246, 259-289, 301, 302, 314, 315, 319, 326.
Ribeiro de Morais, Francisco: VI, 392.
Ribeiro Riba, José: Pai do P. Manuel Xavier Ribeiro. VI, 412.
Ribeiro da Rocha: II, 351.
Ribeiro de Sampaio: III, 370.
Ribeiro da Silva, Francisco: VI, 202.
Ribeiro da Silveira, Estêvão: Vigário de Goiana. VIII, 261.
Ribera, Fernando de: I, 335, 394; VI, 215; IX, 81.
Ricci, João: VIII, 379.
*Ricci, Lourenço: Geral. IX, 43, 89.
Ricard, Robert: Escritor e tradutor de Vieira. I, p. XXXI, 18; II, p. XIV, 5, 17, 311, 316, 412, 510, 627; III, 455; IX, 330, 362.
Ricardo, Cassiano: III, 455; IV, 102, 103.
*Richard, P.: VIII, 39.
Richelieu, Cardeal de: V, 405.
Rico, Domenico: II, 627.
Rieden, L. B.: IX, 45.
Rijo, António: Pai do P. Vicente Rodrigues (Rijo). IX, 99.
*Rijo, Jorge: Vice-Reitor do Colégio de Coimbra. I, 58, 208; VIII, 71.

*Rijo, Vicente: — Ver Rodrigues, Vicente.
Rimini: VIII, 95.
Rinchon, Dieudonné: II, 351.
Rio Abunã: III, 302, 350.
— Acará: III, 302, 305; IX, 400.
— Acaraú: III, 46, 78.
— Açu: III, 76; V, 504.
— Açu (Minas): IX, 133.
— Acupe: V, 253, 268; VI, 273.
— Acuriatós: III, 395.
— Aguarico: III, 417.
— Albuquerque (dos): VIII, 405.
— Almas: VI, 211.
— Amacarí: III, 261.
— Amaru-Maiú: III, 408.
— Amazonas: Aldeias do Baixo Amazonas, III, 267–278; Aldeias do Alto Amazonas, III, 381–390. — Índices: II, 647; III, 475, 485, 486; IV, 429; V, 622; VI, 627; VII, 475; — VIII, 62, 98, 125, 149, 190–192, 238, 239, 252, 276, 311, 371, 377, 394; IX, 49, 51, 52, 162, 171, 184, 193, 214, 244, 246, 307, 310, 395, 400.
— Anapu: III, 310; IV, 162.
— Anapuru: III, 164.
— Anauerapucu: III, 275.
— Andaraí: VI, 75.
— Andirás: III, 395.
— Anhangabaú: I, 270.
— Anhembi: I, 334; VI, 369, 370, 373, 375, 501. — Ver Tietê.
— Anil: III, 137, 139.
— Apii: III, 341.
— Apodi: III, 5, 92, 93, 96; V, 541.
— Aracati-Mirim: III, 14, 28, 55, 74.
— Araçuaí: IX, 133.
— Araguaia: III, 338, 341; VI, 204, 211–214; IX, 187.
— Araguari: III, 255, 257, 264, 266; IV, 389; IX, 49, 50.
— Arari: III, 249.
— Ararungaba: I, 328.
— Arinos: VII, 340; IX, 396.
— Aripuanas: III, 394.

Rio dos Aruaquis: IX, 184.
— Aruaxis: IV, 388.
— Atumã: III, 382.
— Bagres: VI, 79, 81, 151, 566, 567; VIII, 319.
— Batabouto: III, 265.
— Bétis: V, 409.
— Bom: IV, 349; IX, 118.
— Branco: III, 371, 377, 380; VIII, 69.
Rio Branco, Barão do: Escritor. — Índices: I, 599; III, 457; V, 622; VI, 627; VII, 475; — VIII, pp. 24, 37; IX, 6, 49; X, p. XIV, 308.
Rio de Breves: III, 306.
— Buranhaém: I, 205; V, 240.
— Cabaças (ou Cabaços): V, 478, 480.
— Cabuçu: VI, 113.
— Caburis: II, 16; III, 377; IV, 312,
— Cajueiro: III, 164.
— Camaçaripe: I, 154.
— Camamu: VIII, 403.
— Camaragipe: II, 49.
— Camarupi: III, 281.
— Camocim: III, 3, 47, 66; IV, 142.
— Campo do Urubu: V, 480.
— Cana Brava: VI, 211, 212.
— Canindé: III, 28; V, 561.
— Canumã: III, 387, 388, 394.
— Capanema: VI, 273.
— Capiberibe: V, 425.
— Capim: III, 301.
— Caraíbas: V, 309.
— Carapebus-Mirim: VI, 151.
— Caravelas: II, 103, 176, 189; V, 240, 241; VIII, 402.
— Casanare: IX, 372.
— Casca: VI, 185.
— Cassiquiare: III, 253, 379.
— Caru: III, 191.
— Ceará: III, 11, 15, 25.
— Ceará-Mirim: V, 506, 533.
— Cerenambitipe: I, 210, 211.
— Cerinhaia: I, 210.
— Choró: III, 92, 95.
— Colégio (Araçariguama): VI, 370.
— Colégio (Goitacases): VI, 90.

Rio dos Comandis: III, 394.
— Comprido: VI, 67, 73; VIII, 156.
— Condurises: III, 276.
— Contas: I, 155; II, 179; V, 36, 199, 203; exploração, V, 212-215, 225, 579; VII, 27; VIII, 403.
— Coreaú: III, 47.
— Corenti: III, 378.
— Coroados (dos): IX, 133.
— Cricaré: I, 230.
— Cruz: III, 19, 24; IV, 142; V, 323.
— Cuanza: VII, 31.
— Cuchiguaras: III, 408.
— Cuminã: III, 276.
— Curimatã: V, 561.
— Curuçá: IV, 199.
— Danúbio: V, 79.
— Deméni: IV, 312.
— Doce: I, 222, 243, 245; II, 189, 479, 487; VI, 144, 167, 174, 185; VII, 13; VIII, 401; IX, 92.
— Douro: V, 494; VI, 484.
— Erepecuru: III, 276.
— Eufrates: VII, 64.
— Frade: I, 209.
— Fundão: V, 225.
— Ganges: II, 600.
— Garajeú: III, 179, 181.
— Garona: IX, 407.
— Graminuã: I, 212.
— Grande (Jequitinhonha): V, 235, 237.
— Grande (Minas): VI, 191, 192.
— Grande (Paraná): VI, 446, 447, 452.
— Grande (S. Paulo): VI, 261.

Rio Grande do Norte: Conquista e pazes gerais com os Potiguares, I, 513-528; V, 504-509; a primeira cruz do sertão e a primeira catequese, V, 504-524; baptismo do Camarão Grande, 507-509; Guerra dos Bárbaros e rivalidade dos Brancos, V, 537-539; fundação da Aldeia do Apodi, V, 539-549; Aldeias de Guaraíras e Guajuru, V, 525-535; repercussão da Guerra dos Bárbaros, nas Aldeias, V, 520-535; nas fronteiras do Ceará, V, 536-549. — Índices: I, 599, 610; II, 647; III, 475; V, 622, 634-635; VI, 627; VII, 475; — VIII, 50, 51, 121, 158, 287, 315, 386, 405; IX, 55-57, 144, 162; — Fundação, V, 514/515; Fortaleza dos Reis Magos, II, 112/113; IX, 112.

Rio Grande de S. Pedro: VI, 468, 470, 471, 528-530; IX, 137.

Rio Grande do Sul: Primeiros contactos, I, 330; Aldeia de Caiibi, VI, 482; Dificuldades da colonização, VI, 525-526; Cartografia e informações, VI, 526-527; Missões dos Minuanos, VI, 528-530; Assistência Militar e Aldeias dos Jesuítas do Brasil, VI, 531. — Índices: I, 599; II, 647; VI, 627, 639; VII, 476; — VIII, 130; IX, 132, 133, 137; X, p. XX.

Rio Grande dos Tapuios (Parnaíba): V, 551; IX, 349.

— Grande Rio Pará: IX, 93.
— Guadiana: V, 409; VI, 65.
— Guajará: III, 302.
— Guajará-Mirim: III, 304.
— Guamá: III, 284, 301.
— Guamuru: III, 391, 395.
— Guandu: VI, 54, 61-65, 165; VII, 166; VIII, 357, 397.

Rio Guaporé: III, 402; IV, p. IX; VI, 213, 219-224, 548; VIII, 322; IX, 112.

— Guaraípe: I, 255, 542.
— Guaraparim: I, 242.
— Guaré: VI, 360, 412; VII, 165.
— Guareí: VI, 373.
— Guarimá: III, 281.
— Gueribi: IV, 135.
— Gurgueia: V, 561, 562.
— Gurupatuba: III, 253, 273, 275.
— Gurupês: III, 366.
— Gurupi: III, 193, 291, 302; IV, 58, 191, 215, 265; VIII, 10.
— Ibaí: I, 319, 333, 352.
— Ibirapitanga: I, 154.
— Iguaçu (Norte): III, 340.
— Iguaçu (Sul): I, 334.
— Iguaçu (Rio de Janeiro): VI, 67.

Rio Iguará: III, 115, 157, 158; IV, 201; IX, 364.
— *Ipiauguí:* III, 39.
— *Ipiranga:* I, 306.
— *Ipojuca:* V, 344.
— *Iriquiriqui:* III, 270.
— *Iriri:* III, 355.
— *Itabapoana:* VI, 153.
— *Itaguaí:* VI, 61, 62, 116.
— *Itaípe:* V, 225.
— *Itapemirim:* VI, 153.
— *Itapicuru (Baía):* II, 57; V, 290.
— *Itapicuru (Maranhão):* Morte, à mão dos bárbaros, dos Padres Francisco Pires, Manuel Moniz e Ir. Gaspar Fernandes, III, 143–147; morte do P. João de Vilar, III, 147–152; Aldeias dos Barbados e Seminário das Aldeias Altas, III, 484; IV, 429; V, 561; — VIII, 342; IX, 64, 152, 165.
— *Itinguçu:* VI, 116.
— *Jacaré:* III, 306.
— *Jacarezinho:* III, p. XI, 4, 7, 11, 76, 78, 85, 88, 93–96.
— *Jacuim-Açu:* I, 154.
— *Jacuim-Mirim:* I, 154.
— *Jacuípe:* V, 255, 493.
— *Jaguari:* V, 262.
— *Jaguaribe:* V, 504, 541, 544, 571.
— *Jaguaripe (Baía):* I, 164; V, 5, 267.
— *Jaguaripe (S. Francisco):* V, 323.
— *Jamari:* III, 401.
— *Jamundá:* III, 275, 381.

Rio de Janeiro: Conquista e fundação, I, 361–389; em 20 de Fevereiro de 1567 diz-se que El-Rei manda que se faça cidade, VIII, 68/69; — Estabelecimento da Companhia, Colégio e Igreja, I, 391–407; VIII, 358; — Fontes de receita, I, 409–422; Aldeias, I, 423–436; O Rio em 1620, descrição da terra e extraordinária afeição aos Jesuítas, VIII, 397–399; Procissões e pregações nas Igrejas do Colégio, Matriz, Ajuda, Misericórdia e Sé, VI, 563–564; as Ladainhas de Maio, VIII, 167; — Motim de 1640 promovido pelos "partidários da escravidão" (Barão do Rio Branco), VI, 32–41; VIII, 389; — Motim de 1661, VI, 9; VIII, 258; Padrão de fundação real, I, 545–547; Real Colégio das Artes, VI, 3–31; Os seus Estudantes de Filosofia e a Universidade de Coimbra em 1686, VII, 205; — Fastos, VI, 32–53; tipografia privada, V, 93; VI, 26; Patriotismo dos Estudantes, contra as invasões francesas, I, 396; VI, 47; Plantas das Fortalezas do Rio, IX, 134–135; — Recolhimento para Meninas, VII, 118; VIII, 162, 368; guindaste e casa das canoas, VI, 14; — Fazendas e Engenhos, VI, 54–77; nos Campos dos Goitacases, VI, 78–94; — Aldeias do Triângulo Fluminense, VI, 95–129; VII, 21, 444–445; VIII, 144; — As Chácaras dos Padres, VI, 73–75; terras dadas em enfiteuse aos moradores, para Engenhos, IX, 96, 97; — toponímia Jesuítica dalguns bairros da cidade, VI, 73; os Jesuítas, filhos do Rio de Janeiro, no Catálogo de 1757, VII, 421–433. — Índices: I, 599, 609; II, 647; III, 476; IV, 429; V, 622; VI, 627, 635; VII, 476; — VIII, *passim;* IX, *passim;* X, 312, 315; — Rio de Janeiro e Baía de Guanabara, I, 400/401; Costa do Rio a S. Vicente, I, 288/289; o Colégio do Rio em 1728, VI, 8/9; a Igreja, VI, 24/25; Igreja Nova, VI, 40/41; altar de S. Inácio, VI, 56/57; altar de N.ª Senhora, VI, 104/105; Bom Jesus dos Perdões, 424/425; os Jesuítas no Rio de Janeiro (mapa), VI, 72/73. — Ver Colégio do Rio de Janeiro.
— *Japurá:* III, 407, 417, 418, 421; IV, 309.
— *Jari:* III, 275, 289; IV, 135, 389; VIII, 188, 189.
— *Jatapu:* III, 382.

Rio Jatumã: III, 383.
— *Javari:* III, p. XI, 213, 407, 418, 421; VI, p. XIII; X, 115.
— *Jequitinhonha:* V, 235, 237; IX, 133.
— *Jequié:* V, 201, 215, 579.
— *Joanes:* I, 154, 177; II, 51, 53; V, 257, 262.
— *Jundiaí:* V, 506.
— *Juruinas:* III, 34, 355.
— *Leripe:* VI, 83.
— *Longá:* III, 164.
— *Macacos:* III, 306.
— *Macacu:* I, 418-420, 432, 434; VI, 9, 39, 95, 113, 114; VIII, 398.
— *Macaé:* VI, 83, 119, 240.
— *Macari:* III, 261.
— *Madeira:* Índios, Entradas e Aldeias. III, 391-404; os Jesuítas na exploração do Rio Madeira, VI, 214.
 — Índices: III, 476, 486; IV, 429; V, 622; VI, 627; VII, 476; — VIII, 86, 109, 276, 305, 385; IX, 44, 47, 85, 112, 369, 395, 396.
— *Madre de Dios:* III, 408.
— *Magé:* III, 398.
— *Maguã:* III, 250.
— *Maguari:* III, 285.
— *Magüés:* III, 394; VIII, 153.
— *Maiaguases:* III, 385.
— *Mairi:* III, 21.
— *Mamoré:* III, 402; VI, 213; IX, 112; entrada do P. João de Sampaio, IX, 395.
— *Maracanã:* VI, 75.
— *Marajó:* III, 249; IV, 199.
— *Marajoete:* III, 250.
— *Maranhão:* II, 550; III, 425, 426; VIII, 62, 394; IX, 96.
— *Marañón:* III, 405, 407.
— *Marapanim:* III, 289; VIII, 85.
— *Maratuã:* V, 562.
— *Mariacoão:* III, 393, 395.
— *Mataurá:* III, 392.
— *Maueguaçu:* IV, 390.
— *Mboimboi:* VI, 214.
— *Mearim:* Fazendas de gado e a Missão dos Gamelas, III, 169-184. —

Índices: III, 476, 484; IV, 429; — VIII, 250, 331-333, 342; IX, 184.
Rio de Mendonça, Afonso Furtado de Castro (Visconde de Barbacena): Governador Geral. V, 206, 279; VI, 299; VIII, 162.
Rio Minho: V, 494; IX, 414.
— *Miquens:* VI, 220.
— *Mississipi:* IV, 281; IX, 397.
— *Moju:* III, 286, 302, 303, 305, 348; IV, 199, 327.
— *Mondaí:* I, 334.
— *Mondego:* I, 158, 399; V, 211; VIII, 29, 243; IX, 313, 414; X, 314.
— *Monim:* III, 115, 135, 147, 157-160, 429; IV, 254; IX, 151.
— *Morandi:* IV, 388.
— *Mortes(das):* VI, 192, 198; VIII, 357; IX, 137.
— *Mossoró:* III, 5; V, 541.
— *Muçuí:* V, 339.
— *Murapi:* III, 276.
— *Napo:* III, 407, 409, 411, 417.
— *Negro:* As primeiras entradas; Residência; Índios Manaus; últimas entradas, III, 369-380; "celebérrimo", IX, 50; a sua comunicação com o Orinoco, IX, 395. — Índices: II, 647; III, 476, 486; IV, 429; VI, 627; VII, 476;—VIII, 69, 153, 207, 241, 274, 276, 305; IX, 27, 28, 42, 48, 50, 51, 115, 144, 145, 148, 159, 188, 307, 349, 395.
— *Nhumpanguá:* VI, 161.
— *Nilo:* II, 600; V, 357.
— *Nilo Azul:* IV, 281.
— *Oiapoc:* IX, 49.
— *Oiro:* III, 417.
— *Orinoco:* II, 60; III, 232, 253, 379; VII, 340; IX, 148, 273, 395.
— *Pacajá:* "Jornada do Oiro", IV, 250.
 — Índices: III, 476; IV, 429; — IX, 140, 171.
— *Pageú:* III, 77; V, 628.
— *Palmeiras:* VI, 427.
— *Pará:* III, 306, 425, 426, 430; V, 438; VIII, 62.

Rio Paraguaçu (Baía): II, 40, 120-122, 128, 131, 150, 153, 205, 470, 571; V, 172-176; IX, 81, 83, 425.
— *Paraguaçu (Parnaíba):* III, 34, 202; V, 333. — Ver *Rio Parnaíba.*
— *Paraguai:* I, 394; VI, 215, 224, 256, 495; IX, 136.
— *Paraíba (do Sul):* I, 286, 292, 372, 426, 431; II, 181, 590; VI, 90, 123, 126, 153, 191; 192, 240, 367, 379, 566; VIII, 375, 400.
— *Paraibuna:* VI, 129, 192.
— *Paramirim:* III, 4.
— *Paraná:* I, 271, 326, 333, 334; VI, 256, 441, 500.
— *Paranaíba:* VI, 191.
— *Paranapanema:* I, 352; VI, 372-374, 459, 501, 605.
— *Paranaú:* III, 311.
— *Paraopeba:* IX, 133.
— *Parazinho:* III, 5.
— *Pardo (Minas):* IX, 133.
— *Pardo (Sul):* VI, 19, 117, 524, 531, 558; VII, 265; VIII, 247.
— *Parnaíba:* Primeiras explorações e expedições aos Tremembés, III, 161-165; VIII, 169. — Índices: I, 599; III, 476; IV, 429; V, 622; VI, 627; — IX, 51, 70, 349, 364.
— *Paru:* III, 274; IV, 135.
— *Passagem:* VI, 151.
— *Patatiba:* V, 240.
— *Patos:* I, 318, 322-324, 344.
— *Pedras:* VI, 212; VIII, 403; IX, 134.
— *Perea:* III, 158, 292.
— *Peruípe:* VI, 119.
— *Piabanha:* VI, 123.
— *Piauí:* V, 551, 561.
— *Piauí (Sergipe):* I, 440; V, 320, 324, 352.
— *Pinaré* ou *Pindaré:* Aldeias de Guajajaras e Engenho de S. Bonifácio; as pseudo-minas de oiro; Amanajós, III, 185-198.— Índices: III, 476, 485; IV, 373; — VIII, 3, 26, 169, 170, 220, 223, 276; IX, 18, 149, 184, 187, 189.

Rio Pindobeira: VI, 212.
— *Piquiri:* I, 333, 334, 351, 352; VI, 444, 463, 475.
— *Piracinunga:* V, 346.
— *Pirajá:* II, 50-52, 54.
— *Piratininga:* I, 251, 256, 257, 543; VI, 374.
— *Pitanga:* V, 172.
— *Pitanguí:* VI, 449.
— *Pociçari:* III, 394.
— *Pojuca:* VIII, 405.
— *Potengi:* V, 506, 508.
— *Poti:* III, 61; V, 562.
— *Praia Mole:* VI, 151.
Rio da Prata: Chegam os primeiros Padres idos do Brasil, I, 347; Residência Portuguesa, VI, 533-550. — Índices: I, 599; II, 647; III, 476; IV, 429; V, 622; VI, 627, 639; VII, 476; — VIII, 5, 59, 131, 394; IX, 131, 168, 396. — Ver *Colónia do Sacramento.*
— *Preguiças:* III, 19, 21.
— *Purus:* III, 408.
— *Real:* I, 168, 355, 440, 443-445, 448; II, 136, 154, 178, 183, 209, 217, 279, 333, 473; V, 64, 316, 317, 320, 325, 381; VIII, 163, 405.
— *Reis Magos:* VI, 161; VIII, 401.
— *Reno:* VIII, 311, 362.
— *Reritiba:* VIII, 400.
— *Rodelas:* V, 308, 309.
— *Salitre:* V, 282.
— *Salsa (Salsaparrilha):* III, 341.
— *Sapopés:* III, 394.
— *S. Ana:* V, 221.
— *S. António (Sul):* I, 334.
— *S. António (Porto Seguro):* I, 212.
— *S. Catarina:* I, 256, 542.
— *S. Francisco:* Primeiros contactos, I, 450; o P. João de Barros e as Aldeias dos Quiriris, V, 293-315. — Índices: I, 599; II, 647; III, 476; IV, 429; V, 622, 633; VI, 627; VII, 476; — VIII, 62, 88, 121, 171, 286, 295, 325, 343, 368, 381, 394, 405; IX, 56, 96, 133, 134.

Rio S. Francisco (S. Catarina): I, 256, 327; VI, 443, 448, 452, 461, 462, 468, 470, 495, 501, 502; VIII, 5; IX, 132, 133.
— *S. Inácio* (1): VI, 374.
— *S. Inácio (Córrego)* (2): VI, 212.
— *S. Inácio (Córrego)* (3): VI, 191.
— *S. Inácio (Ribeirão)* (4): VI, 191.
— *S. Jorge:* VIII, 402.
— *S. Mateus:* I, 230; VI, 179.
— *S. Teresa:* VI, 211, 212.
— *Saúde:* III, 344.
— *Seco:* I, 222.
— *Sergipe:* VIII, 405.
— *Siri:* V, 341.
— *Sirinhaém (Boipeba):* VIII, 403.
— *Serinhaém (Pernambuco):* VIII, 405.
— *Solimões:* Dos primeiros contactos dos Padres até à última Aldeia de S. Francisco Xavier do Javari, III, 405-421. — Índices: III, 476, 487; IV, 429; VI, 627; VII, 476; — VIII, p. 119, 126, 191, 276; IX, 51, 114, 158, 349.
— *Surubim:* V, 562.
— *Tabocas:* V, 323.
— *Tacanhapes (dos):* IX, 70.
— *Taípe:* VIII, 403.
— *Tamanduateí:* VI, 411.
— *Tamisa:* V, 79.
— *Tapajós:* Chegada dos primeiros Padres, a Aldeia de Tapajós (Santarém) e as outras Aldeias, III, 357-366. — Índices: III, 476, 486; IV, 429; VI, 627; VII, 476; — VIII, 153, 154, 233, 234, 276, 311, 384; IX, 50, 51, 139, 395, 396, 404.
— *Tapiiranema:* I, 256, 542.
— *Tapirema:* VIII, 194.
— *Tapuias (dos):* V, 551; IX, 349.
— *Taquanhunas:* VIII, 385.
— *Taquari:* IX, 132.
— *Taubaté:* VI, 111.
— *Tejo:* I, 399; II, 134; III, 129; IV, 93; VII, 5, 116, 357; VIII, 206, 221, 398, 403.

Rio Temona: III, 55, 74.
— *Tibagi:* I, 333; VI, 452, 460.
— *Tibaíba:* I, 334.
— *Tibre:* VI, 520.
— *Tietê:* I, 270, 333; VI, 218, 243, 245, 362-365, 373, 375, 377, 411; IX, 432.
— *Tigre (del):* IX, 114.
— *Tiranhaém:* VIII, 403.
— *Tocaiúnas:* III, 344; IX, 18.
— *Tocantins:* Aldeias e entradas, III, 313-344. — Índices: III, 476, 486; IV, 429; VI, 628; VII, 476; — VIII, 66, 264, 311, 385; IX, 18, 184, 186, 187, 368, 400, 404.
— *Touro:* V, 380.
— *Tramandataí:* I, 330.
— *Três Barras:* IX, 396.
— *Trindade:* V, 106, 199; VIII, 403.
— *Trombetas:* III, 277; IV, 135.
— *Tucambira:* IX, 133.
— *Tupinambará:* III, 384.
— *Tupinambaranas:* III, 385, 388.
— *Turiaçu:* III, 185.
— *Uamucá:* III, 397.
— *Uberaba:* VI, 191.
— *Ubuquaras:* III, 394.
— *Ucaiali:* III, 405.
— *Umbiaçaba:* I, 305.
— *Una (Baía):* II, 155; V, 217.
— *Una (Paraná):* VI, 447.
— *Una (Pernambuco):* V, 333, 346.
— *Uniixi:* IX, 27.
— *Urubu (ou dos Urubus):* III, 381-385, 411; IV, 135; IX, 113.
— *Urubuquara:* III, 273.
— *Uruguai:* I, 326; V, 281; VI, 256, 525.
— *Urupaú:* IV, 312.
— *Vaza-Barris:* I, 441, 448; V, 320, 321; VIII, 405.
— *Velhas:* VI, 190, 191, 212; IX, 133, 134.
— *Verde:* II, 17.
— *Verde (Minas):* VI, 185.
— *Verde (S. Paulo):* VI, 365.
— *Vermelho:* I, 93, 153; V, 128; IX, 81.

Rio Vicente Pinzón: III, 255, 257, 266, 410; IX, 49, 51.
— Xingú: Aldeias e Entradas, III, 345–356. — Índices: III, 477, 486; IV, 429; VI, 628; VII, 476; — VIII, 140, 153, 169, 235, 251, 276, 303, 307, 311; IX, 35.
— Zambeze: IV, 281.
*Riou, Luiz: Provincial. III, p. XXI.
*Ritter, José: Confessor da Rainha D. Maria Ana. VII, 162, 337; VIII, 130, 342.
Rivara, Joaquim Heliodoro da Cunha: Escritor. — Índices: I, 591; II, 640; III, 463; IV, 420; V, 610; VI, 615; VII, 476; — VIII, p. XII, XXV e passim; IX, passim.
*Rivière, Ernest-M.: II, 550; VII, p. XIX, 120; VIII, p. XI, XXV e passim; IX, passim.
*Rocha, António da (de Baltar): I, 216, 221, 232, 386, 563; II, 189, 246, 264, 406, 502, 503, 509, 512, 540; V, 219; VI, 136; IX, 76–77 (bibliogr.).
Rocha, António da: Pai do P. José da Rocha. IX, 78.
*Rocha, António da (do Porto): V, 586.
*Rocha, António Francisco da (de Minas Gerais): VII, 281.
*Rocha, Félix: VII, 359.
Rocha, Gonçalo de Castro: Capitão. VIII, 121.
*Rocha, João da: Procurador em Lisboa. IV, 381; V, 581; VI, 431; VIII, 110; IX, 77–78 (bibliogr.); — ass. autógr., IX, 72/73.
*Rocha, João da: Procurador do Malabar. VII, 279.
*Rocha, João da (do Rio de Janeiro): VII, 427, 428.
*Rocha, José da (do Maranhão): III, 133; IV, 361, 363; VII, 320, 352–353; IX, 78–79 (bibliogr.), 124, 150.
*Rocha, José da (do Recife): V, 497; VII, 425, 451.
Rocha, José Ortiz da: VI, 353.
*Rocha, Luiz da: VII, 280.

*Rocha, Luiz da: V, 254; VIII, 44; IX, 79–80 (bibliogr.), 123.
Rocha, Luiz Carneiro da: V, 266.
*Rocha, Manuel da: Companheiro do P. Luiz Figueira. IV, 148, 335.
*Rocha, Manuel da: VII, 429, 443.
Rocha, Manuel da: III, 166, 167.
Rocha, Manuel da: Juiz. VII, 197.
Rocha, Manuel Caetano da: Contraste da prata. VII, 377.
*Rocha, Martim da: Místico. — Índices: I, 599; II, 648; — VI, 405; IX, 80–81 (bibliogr.); — ass. autógr., IX, 72/73.
*Rocha, Miguel da: IX, 76.
*Rocha, Pedro da: Provincial de Portugal. IV, 16, 18.
*Rocha, Pedro da: (Ir. C.): V, 585.
Rocha, Teodósio: Capitão. VIII, 121.
Rocha Pita, Sebastião da: Escritor. — Índices: II, 648; V, 623; VI, 628; IX, 66.
Rocha Pombo, Francisco José da: Escritor. — Índices: I, 599; II, 648; IV, 429; V, 623; VI, 628; X, 307.
Rochel, Capitão: I, 490.
Rochela: I, 567, 570; II, 135, 136, 492; IV, 12; IX, 281, 403, 407.
*Rodrigues, Afonso: Escritor. VI, 30; VIII, 346, 347.
*Rodrigues, B. Afonso: Mártir. V, 102; VI, 590.
*Rodrigues, S. Afonso: VIII, 7.
Rodrigues, Afonso: Morador de Pernambuco. I, 551.
*Rodrigues, Agostinho (de Lisboa): Pintor e Escultor. III, 221; IV, 354.
Rodrigues, Álvaro: II, 23, 123.
*Rodrigues, Amaro: V, 238, 582; VI, 375, 409; VIII, 53.
Rodrigues, Amélia: IX, 360.
*Rodrigues, António (dos Açores): Cativo dos Holandeses. V, 33, 35, 47, 239, 362; VI, 9, 133, 270, 300, 407, 592; IX, 83–84 (bibliogr.); — retrato, V, 34/35; — ass. autógr., VI, 440/441.
*Rodrigues, António (de Braga): IV, 362.

*Rodrigues, António (de *Lisboa*): Soldado, fundador, mestre de tupi-guarani, cantor e músico. — Índices: I, 599-600 (1.º); II, 648 (1.º); V, 623 (1.º); VI, 628 (1.º);— VIII, p. 107; IX, 63, 81-83 (bibliogr.), 417, 423, 425.

*Rodrigues, António (do *Porto*): VI, 605.

*Rodrigues, António (de *Paiopires*): Reitor de S. Paulo. V, 33, 35, 47, 239, 362, 583; VI, 379, 383, 397, 431, 459, 462, 542, 598; VIII, 51, 194; IX, 84; — ass. autógr., IX, 72/73.

*Rodrigues, António: Nos cárceres de Azeitão. VIII, 87.

Rodrigues, António: Algarvio. II, 378.

Rodrigues, António: Morador de S. Vicente. I, 255, 541.

Rodrigues, António: Tecelão. II, 263.

*Rodrigues, Bartolomeu (de *Copeiro*): III, 386, 393, 400; IV, 308, 346; IX, 84-85 (bibliogr.); a sua viagem de Lisboa ao Maranhão, IX, 391.

Rodrigues, Bartolomeu (de *S. Paulo*): VI, 391.

*Rodrigues, Belchior de (*Santarém*): VI, 593, 594.

Rodrigues, Belchior: No Rio de Janeineiro. VIII, 143.

*Rodrigues, Bento: IV, 341.

*Rodrigues, Bernardo: III, 167; IV, 352, 364; IX, 85.

*Rodrigues, Caetano: VII, 431, 443, 453.

Rodrigues, Catarina: Mãe do P. Pero Rodrigues. IX, 91.

Rodrigues, Diogo: IV, 244.

Rodrigues, Diogo: Pai do P. Luiz Figueira. VIII, 234.

*Rodrigues, Diogo: VII, 34.

Rodrigues, Domingas (de *S. Paulo*): VI, 391.

*Rodrigues, Domingos: Pacificador dos Aimorés. I, 571, 572; II, 124; V, 200, 216, 228.

*Rodrigues, Domingos (de *Torres Vedras;* algum catálogo diz *Torres Novas*): Pintor. III, 451; V, 122, 124, 128, 138, 139, 585; VI, 595.

*Rodrigues, Francisco (do *Rio de Janeiro*): Enfermeiro dos Escravos. VII, 433, 437.

*Rodrigues, Francisco: Escritor. — Índices: I, 600 (1.º); II, 648; III, 477 (1.º); IV, 429 (1.º); V, 623; VI, 628; VII, 476; — VIII, p. XXV, 11, 13, 68, 72, 77, 157, 212, 232, 242, 267, 280, 281, 309, 310, 339, 389; IX, 16, 60, 91, 94, 95, 98, 148, 175, 283, 322, 362; X, p. XII.

Rodrigues, Francisco: Morador do Sergipe. I, 441.

Rodrigues [Banhes], Francisco: Benfeitor do Pará. III, 289, 304; IV, 199, 362.

*Rodrigues, Gonçalo: VI, 233.

Rodrigues, Grácia: Mulher de Pero Lima. II, 324.

Rodrigues, Inácia: Mãe do P. Tomás da Costa. VIII, 182.

*Rodrigues, Inácio: Pregador. Um dos Irmãos Gusmões. I, 535; VII, 189, 422, 435; IX, 85-86 (bibliogr.).

Rodrigues, Isabel: Mãe do P. Caetano Xavier. IX, 369.

Rodrigues, J. C.: Bibliógrafo. VIII, p. XXV, 54.

*Rodrigues, Jerónimo: Missionário dos Carijós. — Índices: I, 600; II, 648, 653; VI, 628; VII, 476; — IX, 86-87 (bibliogr.), 399; — ass. autógr., IX, 72/73.

Rodrigues, João: Pai do P. João Rodrigues. IX, 87.

*Rodrigues, João (da *Baía*): V, 585; VIII, 339; IX, 87.

*Rodrigues, João (Ir. C.): Recebido no Brasil. I, 575.

*Rodrigues, João (de *S. Fins*): Enfermeiro. I, 583.

Rodrigues, João: Pastor. II, 263.

*Rodrigues, João (de *Touro*): VII, 430, 437.

*Rodrigues, João (de *Vale de Todos*): Missionário dos Acroás. III, 154; IV, 315, 352.

*Rodrigues, Jorge: I, 190, 191, 313, 561, 581; II, 396, 548, 589; VIII, p. XX; IX, 87.
Rodrigues ou Roiz, Jorge: Vigário de Santos. I, 295.
*Rodrigues, José (de *Évora*): IV, 352.
*Rodrigues, José (de *Monte-mor-o-Velho*): VI, 602.
*Rodrigues, José (do *Porto*): — Ver Rodrigues de Melo, José.
Rodrigues, José Honório: Escritor. V, 26, 395; X, 301.
Rodrigues, José Vicente: I, 221, 397.
Rodrigues, Lourenço: III, 348.
*Rodrigues, Luiz: I, 190, 237, 562, 563; II, 192, 571, 653; V, 218; VIII, p. XX; IX, 88 (bibliogr.).
*Rodrigues, B. Luiz: Mártir do Brasil. II, 262.
*Rodrigues, B. Manuel: Mártir do Brasil. II, 261.
*Rodrigues, Manuel: Provincial de Portugal. I, 12, 64, 567.
*Rodrigues, Manuel (de *Coura*): V, 586.
*Rodrigues, Manuel (do *Rio de Janeiro*): VI, 401, 457.
*Rodrigues, Manuel (de *Torre de Bouro*): VII, 430, 437.
*Rodrigues, Manuel (Ir. Est., 1.º): I, 583.
*Rodrigues, Manuel (Ir. Est., 2.º): VI, 598.
*Rodrigues, Manuel (outro): VI, 603.
*Rodrigues (Júnior), Manuel: Missionário do Maranhão. IV, 349.
*Rodrigues (Sénior), Manuel (de *Ponta Delgada*): Missionário do Maranhão. III, 188, 194; IV, 82, 164, 339, 340, 344; VIII, 170; IX, 88 (bibliogr.).
*Rodrigues, Manuel: Missionário do Maranhão, chegado em 1743. IV, 356.
*Rodrigues, Manuel: Escritor. III, 407.
Rodrigues, Matias: Impressor. — Ver Tipografias.
*Rodrigues, Matias (de *Portelo*): III, p. XXIII, 116, 226, 344; IV, p. XXI, 277, 287, 317, 319, 356, 365; VII, 25, 345, 347; VIII, 69, 233, 234, 349; IX, 88-90 (bibliogr.), 127.
Rodrigues, Melchior: IV, 75.
*Rodrigues, Miguel: I, 571, 572; II, 261; V, 50, 51, 80, 219; IX, 90.
*Rodrigues, Nicolau: VI, 146, 457, 467; VII, 422, 449.
*Rodrigues, Pedro (de *Barcelos*): V, 587; VI, 481.
*Rodrigues, Pero: Provincial. Biografia, II, 496-498. — Índices: I, 600; II, 648; III, 477; VI, 628; VII, 476; — VIII, 25, 34, 42, 93, 136, 159, 271, 358; IX, 56, 91-98 (bibliogr.), 138, 165, 192; X, 308; — ass. autógr., II, 464/465.
*Rodrigues, Pero: Recebido no Brasil. I, 576.
*Rodrigues, Salvador: I, 35, 58, 560; II, 106; VIII, 24.
*Rodrigues, Silvestre: III, 228; IV, 355, 364.
*Rodrigues, Simão: Fundador da Província de Portugal. — Índices: I, 600; II, 648; — VIII, p. IV/V, 284; IX, 4, 5, 7, 8, 57, 383, 398, 414, 419, 420; X, 313.
*Rodrigues, Vicente (de *S. João da Talha*): Primeiro Mestre Escola do Brasil. I, 58; VII, 146. — Índices: I, 600; II, 648; VI, 628 (1.º); — VIII, p. XX; IX, 58, 99-100 (bibliogr.), 397, 398, 416, 417.
*Rodrigues, Vicente (de *S. Paulo*): VI, 260, 261, 405.
Rodrigues Alves Filho: III, 448.
Rodrigues Cavalheiro: V, 27.
Rodrigues da Costa, António: VI, 525.
Rodrigues Ferreira, Alexandre: Escritor. II, 10; III, 227, 270, 379; IV, 276.
Rodrigues Lapa, M.: V, 411; IX, 234.
Rodrigues Marques: IV, 26.
*Rodrigues de Melo, José: Poeta. I, 537 V, p. XXIX, 73, 147, 150, 436, 485; VI, p. XXII, 63-65, 72, 432, 457; 458, 603; VII, 166, 425, 445; VIII,

14, 89; IX, 100-102 (bibliogr.); — ass. autógr., IX, 72/73; "Geórgicas Brasileiras", VIII, 132/133; IX, 56/57; "Vita", IX, 88/89.
Rodrigues de Oliveira, Bento: III, 337.
Rodrigues Pimenta, Francisco: III, 300.
Rodrigues Portela, Matias: VII, 161.
Rodrigues Velho, António: VI, 373.
Rodrigues Velho, Garcia: VI, 254, 300, 317.
Rodrigues Velho, Miguel: VI, 384.
*Roiz, João: Das Missões da Castela. VIII, 322.
Rojas, D. Luiz de: General. V, 361.
*Rolando, Jacobo: V, 281-286, 289; VI, 311, 312, 343, 344, 597; VII, 87, 121, 274; VIII, 11, 54, 211, 259, 297, 386; IX, 22, 70, 102-104 (bibliogr.), 182; — ass. autógr., IX, 72/73.
*Roldão, António: IV, 351.
*Rolim, Manuel Leonardo: VII, 429, 437; VIII, 146; IX, 104, 105, 127.
Rolim de Moura, D. António: Governador de Mato Grosso. VI, 216-219, 221, 224, 539; VIII, 250, 322; IX, 395.
Rolim de Moura, Manuel: Governador do Maranhão. VIII, 109, 229, 230; IX, 116, 144.
Rolim, Zalina: VIII, 38.
Rolland, Romain: IV, p. XII.
Roma: — Índices: I, 600; II, 648; III, 477; IV, 430; V, 623; VI, 628; — VII, acolhe os exilados da Assistência de Portugal, 358 e *passim;* VIII, *passim;* IX, *passim;* X, p. XII.
*Román, Manuel: III, 379.
*Romão de Oliveira, Francisco: VII, 137, 169; VIII, 310.
Romário Martins, Alfredo: I, 274, 334.
*Romeiro, João (*de Minas Gerais*): VII, 428, 437.
*Romero, João: I, 488.
Romero, Nelson: Escritor. III, 453.
Romero, Sílvio: Escritor. I, 76; II, 14, 531; IV, p. XX; VIII, 38.

Rommerskirchen, G.: Escritor. X, 301.
Rónai, Paulo: Escritor. VIII, 206, 220, 221, 308, 312.
*Ronconi, José: IV, 355, 364.
Rondon: General. II, 83, 120.
*Roothaan, João: Geral da Companhia. Noviço de um antigo Jesuíta do Brasil. VII, 360; VIII, 204.
Roquete, J. I.: IX, 302, 358.
Roquette-Pinto, E.: Escritor. II, 18; III, 193, 343, 467; IV, 94, 172, 301; V, 298; IX, 432; X, p. XV.
Roriz: VIII, 219.
*Roriz, Manuel (de *Minas Gerais*): VII, 428, 448.
Rosa, João Ferreira da: Médico. V, 449, 456; VIII, 209.
Rosa, Manuel Cardoso da: V, 471.
Rosa, Maria da: I, 473.
Rosa Pimentel, Miguel da: III, 261.
Rosário da Cachoeira: V, 174; VIII, 298.
Rosemblat, A.: II, 71.
Rossel, Pero: I, 323.
ROTEIROS E CAMINHOS: — Ver Geografia (das Comunicações).
Roterdão: V, 48; VII, 274.
Roure, Agenor de: Escritor. IX, 432.
Rousseau, Jean Jacques: IV, p. XII; VII, 336.
Röwer, Fr. Basílio: VI, 230, 435, 436; VII, 46.
Ruão: V, 132; VI, 60; IX, 173, 235, 350.
Rúbens: V, 138.
Rúbens, Carlos: V, 122.
Rubim, Brás da Costa: I, 220, 226.
*Rubiati, João: Carpinteiro. V, 154; VII, 434, 441.
Rufinela: VIII, 91, 226; IX, 55, 88, 366, 369.
Ruiz Guiñazú: II, 217.
Rusca, Ângela: Mãe do P. Gabriel Malagrida. VIII, 340.
Rússia Branca: IV, 322, 359; VII, 359, 360; VIII, 204, 307, 310.
Ruyter, Almirante: V, 414.

S

*Sá, António de: Missionário do Maranhão. IV, 356.
*Sá, António de (do Rio): Pregador. I, 533; V, 203; VI, 4, 137; VII, 34, 51, 237; VIII, 68, 336; IX, 106-111 (bibliogr.), 175, 232/233; — ass. autógr., IX, 72/73; "Sermão... no dia em que S. Magestade faz annos", IX, 104/105.
*Sá, António (Séc. XVI): I, 235, 451, 479, 480, 575; II, 348, 377, 447, 549; VIII, p. XX; IX, 106.
Sá, Fr. António de: Beneditino. IX, 110.
Sá, António Gomes de: V, 301, 302.
Sá, Artur de: Capitão. VI, 44, 295.
Sá, Constantino de: III, 126.
*Sá, Custódio de: VII, 429, 443.
Sá, Duarte de: I, 432.
Sá, Estácio de: Capitão da Conquista do Rio de Janeiro, I, 381-387. — Índices: I, 600; II, 648; VI, 628; — VIII, 68/69, 70, 398; IX, 24, 427, 428, 431, 432.
Sá, Fernão de: II, 150, 152.
Sá, D. Filipa de: — Ver Linhares, Condessa de.
Sá, Francisco de: Filho de Mem de Sá. V, 243-248.
Sá, Gonçalo Correia de: I, 407; VI, 477, 565.
Sá, Gonçalo Mendes de: II, 152.
Sá, Isidro Tinoco de: VI, 315.
Sá, João Nogueira de: IX, 363.
Sá, José de Andrada e: V, 266, 267.
Sá, José da Cunha de: IV, 392.
Sá, Fr. Luiz de: Monge de Cister. IX, 249, 313.

Sá, Luiz José Correia de: VI, 91.
*Sá, Manuel de (de Braga): I, 572, 578; II, 503, 507; IX, 97, 111.
*Sá, Manuel de (de Viana): V, 585.
*Sá, Manuel de: Patriarca da Etiópia. VIII, 155.
Sá, Manuel de (da Câmara de S. Paulo): VI, 317.
Sá, Fr. Manuel de: Escritor. V, 475.
Sá, Martim de: Capitão-Mor do Rio de Janeiro. I, 407, 435; VI, 42, 80-82, 103, 115, 119, 236, 484, 493, 565, 580; VII, 7.
Sá, Martinho Correia de: Escritor. VIII, 20.
Sá, Mem de: Governador Geral do Brasil. O seu grande governo, II, 153. — Índices: I, 600; II, 648; III, 477; V, 623; VI, 628; — VII, 55, 60; VIII, 28, 143, 222, 398; IX, 60, 81-83, 141, 156, 424-426; — ass. autógr., I, 128/129.
Sá, Salvador Correia de: Embaixador do Rio de Janeiro a D. João IV. VI, 8, 44; VIII, 222.
Sá, Salvador Correia de: Governador do Rio de Janeiro. I, 395, 405-407, 423, 436; II, 71, 182, 217, 386, 445, 527; VI, 477-480, 564-565; VIII, 8, 400; IX, 164, 430.
Sá, Veríssimo de: IV, 361, 367.
Sá, Simão Pereira de: Escritor. VIII, 90.
Sá e Benevides, Salvador Correia de: General Almirante e Restaurador de Angola. Quis ser da Companhia e teve carta de Irmandade, VI, 424; aclama D. João IV, no Colégio do Rio de Janeiro, VI, 42; funda o

Colégio de S. Miguel, de Santos, VI, 423-424; escudo de armas, IX, 180/181; I, 267; IV, 38; V, 97, 249, 256, 273, 399, 415; VI, 100. — Índices: VI, 628; VII, 476; — VIII, 144, 222, 223, 274; IX, 48, 174, 181; X, 315.

Sá (Correia de): — Ver Correia de Sá.

Sá e Mendoça, José de: VII, 162; VIII, 112.

Sá de Meneses, Artur de: Governador do Maranhão e Rio de Janeiro. III, 257, 264, 265, 271, 392, 409, 410; VI, 278, 346; VII, 106.

Sá de Meneses, Francisco de: Governador do Maranhão. IV, 72, 74, 94, 196; VII, 98; VIII, 169, 369.

Sá de Miranda, Francisco de: Escritor. II, 152.

Sá Pessoa, Ambrósio de: II, 152.

Sá e Silva, Domingos de: V, 78.

Saavedra, Hernandarias de: I, 354.

Saavedra, João Fernandes: VI, 253-256, 258.

Sabino, Sebastião: I, 117, 118, 134, 142, 418.

Sabino Álvares da Rocha Vieira, Francisco: "Estudante bahiense". Tradutor de Vieira, IX, 341.

Saboia: V, 128; VIII, 35.

Sabotica: IX, 148.

Sabugosa: IV, 351, 353, 365; VIII, 299.

Sabugosa, Conde de (Vasco Fernandes César de Meneses): Vice-Rei do Brasil. V, 85, 86, 146, 201, 224, 288, 292, 321, 325, 556; VI, 545, 604; VII, 218; VIII, 118, 357.

Sacavém: I, 58; IX, 99.

*Sacchini, Francisco: VII, 171; VIII, 77.

Sacramento, D. Fr. Timóteo do: Bispo do Maranhão. III, 121; VII, 309; VIII, 109, 232; IX, 197.

Sacramento Blake: II, 607.

SACRAMENTOS (NAS ALDEIAS E COLÉGIOS):

— BAPTISMO: II, 271-279; dos Índios, IV, 249; nas Aldeias, IV, 114-115; baptismo da Aldeia do Rio Pacajá, IV, 250-251; os Índios tomam os nomes dos Padres, VIII, 401; os Livros dos Baptismos, IX, 153; baptistérios, IV, 251; — a pia baptismal de Reritiba, VII, 332/333;

— CONFIRMAÇÃO: II, 298; VIII, 124; faculdade de administrar o santo Crisma, VIII, 302.

— CONFISSÃO, II, 279-282; desobriga nas Aldeias, IV, 116; por intérprete, II, 282-287; de mulheres, II, 280; de mulheres suspeitas, IX, 94; de Freiras, VIII, 218.

— EUCARISTIA: II, 289-290; 313; fica permanente em S. Paulo (1573), I, 309; no Arraial do Rio Grande do Norte, I, 517; binação da Missa, IV, 117; 40 Horas, II, 240, 241, 328; V, 442, 447, 448; VIII, 50, 141, 145, 185, 363; IX, 205; confraria do *Laus Perenne* (1695), com propaganda impressa, IV, 240; V, 90; VI, 386; VIII, 162; Confraria do *Laus Perenne* no Colégio de S. Paulo, VII, 447; Hora de Adoração, VI, 386; — Comunhão (1.ª Comunhão), II, 290; preceito pascal e viático, IV, 116; comunhão frequente, IV, 396-397; — sacrário de Ibiapaba, III, 68/69; do Geru, V, 322/323, da Baía, V, 242/243; do Rio, VI, 56/57; — Literatura eucarística: Poesia tupi (Cristóvão Valente), IX, 172; poema latino da Píxide (Vieira), IX, 314; Sermões (Vieira), IX, 206, 213, 215-217, 219, 221; "Ephemerides Eucharisticae" (Bonucci), VIII, 111, 116; outros sermões: supra, 40 Horas.

— MATRIMÓNIO: II, 294-298; casamentos dos Índios, IV, 117; de índias e brancos, I, 474-475; dispensas matrimoniais, IV, 252; VIII, 50, 164; IX, 47; Nóbrega pede dis-

pensa de todo o *direito positivo* para os índios que se converterem e para os mestiços, II, 295; IX, 422, 427.
— Frequência de Sacramentos: II, 287, 305; outras referências a Sacramentos, I, 239-241, 352, 435, 497, 559; II, 34; em Caravelas, V, 241; Espírito Santo, I, 216; Ilhéus, I, 195; Maranhão, IV, 395; Paraíba, I, 505; Pernambuco, I, 491, 495; Rio de Janeiro, I, 397; S. Paulo, I, 312.
— Ver Culto Divino; Ministérios Sagrados; Aldeias.
Sacro Monte de Granada: IX, 326.
*Saderra, Juan: VIII, 60.
Sagrada Escritura: — Ver Instrução.
Sahagún, D. Manuel Fernández de Santa Cruz y: Bispo de Puebla. IX, 355.
Saia, Luiz: VI, 357.
Saint-Adolphe, Milliet de: I, 526; III, 66.
Saint-Hilaire, Augusto de: Escritor. — Índices: II, 648; VI, 628.
Saint-Laurent,Grimouard de: VIII, 37.
Saint-Priest: IV, 195.
Sainte-Foy, Charles de: Escritor. VIII, 9, 36, 37; IX, 13.
Salado: I, 351.
Salamanca: I, 4, 222; II, 26, 460, 462, 522; III, 428; VI, 399; VII, 208; VIII, 34; IX, 98, 357, 414, 415; X, 314.
Salazar, António de Oliveira: Professor e Ministro. VI, p. XVI.
*Salazar, Francisco de: VIII, 344.
Salazar, João de (1.º): I, 323, 324, 333, 339, 341.
Salazar, João de (2.º): I, 341.
Salcedo, Francisco: I, 344-346, 348.
Salcedo, D. Miguel de: VI, 546, 547.
Salcete: I, p. XI; VII, 309.
Saldanha, Bento Teixeira de: VII, 203.
Saldanha, Cardeal: III, 82; VIII, 264, 384.

Saldanha, João de: VIII, 186.
Saldanha, Manuel de: V, 556.
Saldanha, Pero de: II, 619.
Saldanha da Gama, João: Bibliotecário. VIII, p. XX.
Saldanha da Gama, José de: Engenheiro. I, 420, 422; VI, p. XXII, 54, 55, 61, 65, 66.
Saldanha da Gama, Luiz Filipe de: Almirante. VI, 66, 92.
Saldanha da Gama, Manuel de: V, 133.
Salema, António: Governador do Rio de Janeiro. VII, 287. — Índices: I, 600; II, 648; — VIII, p. 400.
*Salembé, José: VI, 596.
*Sales, Francisco de (de *Lisboa*): IV, 276, 361, 365; VII, 428, 442.
*Sales, João de: VII, 426, 450.
*Sales, Joaquim: VI, 210; VII, 430, 437.
Sales Ribeiro, Francisco de: VI, 210, 401.
Salgado, César: II, 381; IX, 8.
Salgado, Generosa: VI, 93, 122.
*Salgado, Paulo: V, 296; VI, 598.
*Salgado, Rafael; VI, 598.
*Salgueiro, António: VII, 426, 451.
Salinas: — Ver Indústria.
Salinas de Cabo Frio: VIII, 399.
Salinas de Curuçá: III, 289, 400.
Salinas do Upanema: III, 16.
Salisbury: IX, 373.
Salisbury, Conde de (Sir Robert Cecil): VII, 6; VIII, 11, 135-136.
*Salmerón, Afonso: I, 4; II, 437.
*Saloni (ou Soloni), João: Missionário do Brasil e do Paraguai. — Índices: I, 600; II, 648; VI, 630.
Salústio: VII, 151, 169.
Salvador (Cidade do): VII, p. VII, 286 (criação do Bispado), 373; VIII, p. VII; a "Lisboa do Brasil", VIII, 403. — Ver *Baía.*
Salvadores, António Madeira: VI, 288.
Salvaterra: VI, 595; VII, 203; VIII, 200, 250; IX, 351.
*Samartoni: — Ver Szentmartonyi.
Samatra: II, 334.

Samhaber, Ernesto: III, 449.
Samil: IV, 365.
Samos, Arcebispo de: VIII, 120.
Sampaio, Alexandre Monteiro de: VI, 353.
*Sampaio, António de (de *Refontoura*): IV, 347, 349.
Sampaio, António de: Morador no Rio de Janeiro. VI, 576.
Sampaio, Conde de: VIII, 348.
*Sampaio, P. Francisco de: III, 82; V, 559; VII, 423, 440; IX, 111.
Sampaio, Jacinto de: Cabo de bandeira. III, 176-179.
*Sampaio, João de (de *Abrunheira*): Apóstolo do Rio Madeira. III, 400; socorre a expedição que foi ao descobrimento do Peru, IV, 170; VI, 214; III, 285, 286, 289, 379, 388, 401; IV, 347, 349, 388; VII, 340; VIII, 153; IX, 112, 153; sobe o Rio Madeira e Mamoré, IX, 395.
*Sampaio, João de (do *Lumiar*): V, 559; VII, 424, 440.
Sampaio, Jorge de: III, 272; IV, 51, 74, 80, 84, 186; V, 629; IX, 308.
Sampaio, José Dias: VI, 442.
Sampaio, J. Zeferino de: VIII, 38.
Sampaio, Luiz Teixeira de: IX, 249.
*Sampaio, Manuel de: V, 325.
Sampaio, Manuel Barreto de: VI, 240.
Sampaio, Manuel Pereira de: Ministro de Portugal em Roma. VIII, 82.
*Sampaio, Miguel de: V, 446.
Sampaio, Monsenhor: VIII, 348.
Sampaio, Teodoro: Escritor. — Índices: I, 600; II, 648; III, 477; V, 623; — VIII, 38, 41; IX, 432.
Sampaio (Bruno), José Pereira de: VII, 26; IX, 183.
*Samperes, Gaspar de: Engenheiro e Capelão Militar. — Índices: I, 600; II, 648; III, 477; V, 623; — VII, 163; IX, 112.
*San Martín, B. João de: Mártir do Brasil. II, 260.
San Nicolás, Gil Gonzáles de: VI, 331.

San Román, Fray António de: I, 174; II, 38.
Sanches, António: IV, 391.
*Sanches, Bartolomeu: VIII, 223.
*Sanches, B. Fernão: Mártir do Brasil. II, 260.
*Sanches, João (1): II, 261; VIII, 77.
*Sanches, João (2): I, 582.
*Sanches, Manuel (de *Alcains*): VI, 160, 589; IX, 113.
*Sanches, Manuel (de *Lisboa*): VI, 601.
Sande, António Pais de: Governador do Rio de Janeiro. VI, 15, 25; VII, 117, 118, 203; VIII, 370; IX, 292, 299.
Sandelgas: IV, 327.
Sandoval, D. Diogo Gomes de: III, 100.
Sandoval Ocampo, Bartolomeu de: I, 354.
Sanfins (Minho): II, 245, 256; IV, 352; VIII, 197, 204, 271, 384; IX, 185, 414.
Sangue (Circulação do): VII, 225-228.
Sanlúcar: I, 323, 335.
*Sanna, João Baptista: III, 407, 414, 415.
Sanson: IV, 284.
Santa... — Ver Hagiografia.
Santa Ana, José Pereira de: Carmelita. IX, 357.
S. Ana das Capoeiras: VI, 22.
S. Ana de Japuíba: VI, 115.
Santa Catarina: Primeiros contactos, VI, 463-467; em S. Francisco do Sul, VI, 461-463; na Vila do Desterro (assistência aos açorianos), VI, 468-472; o Ginásio, VI, 471-472. — Índices: I, 594, 600; II, 648; VI, 619, 628, 639; VII, 477;—VIII, 5, 216, 381; IX, 48, 132, 133, 371.
Santa Catarina, José de: III, 439, 443.
Santa Catarina de Cornes: VI, 603.
Santa Catarina do Monte Sinai: IX, 143.

Santa Comba Dão: VIII, 268.
Santa Cristina: III, 76.
Santa Cruz (Cuiabá): VI, 214.
Santa Cruz (Espírito Santo): I, 231, 243; VI, 179.
Santa Cruz (Porto Seguro): I, 210, 211; V, 205, 229, 240; VI, 582; VIII, 402.
Santa Cruz (Rio de Janeiro): — Ver Fazenda de Santa Cruz (Engenho).
Santa Cruz (Médico): VII, 227.
Santa Cruz, Alonso de: I, 262.
Santa Cruz, Conde de: V, 58.
*Santa Cruz, Martinho de: I, 18; VIII, 284.
Santa Cruz do Castelo (Lisboa): VIII, 384.
Santa Cruz de la Sierra: IX, 395.
Santa Eulália (Fafe): IX, 73.
Santa Eulália de Ferreira: IV, 353, 367.
Santa Fé: I, 351; VI, 542, 555.
Santa Filomena: V, 564.
Santa Helena, Fr. António de: Capucho. VIII, 87.
Santa Justa (Lisboa): VIII, 188.
Santa Maria: VII, 434.
Santa Maria, Fr. Agostinho de: Escritor. — Índices: I, 600; II, 648; III, 477; V, 623; VI, 629.
S. *Marta (Braga):* IV, 348; IX, 144.
Santa Rita Durão: V, p. XIX, XXII.
Santa Rosa, Henrique A. de: Escritor. III, 306, 389; IV, 283.
SANTA SÉ: Bulas e Convénios com Portugal, VII, 285-286.
Santa Teresa, D. Inácio de: Comentador de Vieira. IX, 341, 358.
Santa Teresa, João José de: V, 348.
Santa Teresa, D. Fr. Luiz de: Bispo de Olinda. V, 436, 469; VIII, 328.
Santa Vera Cruz: V, 267.
Santana, Hermano: III, 451.
Santana, Nuto: VI, 377.
Santander: II, 492: V, 379; VI, 407; VIII, 228, 229; IX, 48.
*Santander, Padre: II, 249.

Santarém (Baía): V, 199, 206.
Santarém (Pará): III, 270, 359, 361-363; IV, 292, 293; VIII, 154; IX, 42. — Ver *Aldeia do Tapajós.*
Santarém (Portugal): I, 97; IV, 4; V, 73, 206; VI, 591-593, 602; VII, 15, 119, 423; VIII, 10, 171, 346, 357; IX, 48, 210.
Santarém, Visconde de: IV, 165.
Santaromana, Jacinto: Dominicano. IX, 340.
Santiago, Bento Dias de: I, 116, 124, 126.
Santiago, Diogo Lopes de: V, p. XXIX, 348, 350, 352, 359, 366, 382, 398, 399.
*Santiago, Filipe: IV, 347.
Santiago, D. Fr. Francisco de: III, 123; VII, 309; VIII, 233.
Santiago, Fr. Jerónimo de: Beneditino. IX, 197, 200.
Santiago, Manuel de: Vereador. VI, 462.
Santiago, Fr. Manuel de: Franciscano. IX, 195.
Santiago de Besteiros: IX, 125.
Santiago de Compostela: II, 462; IX, 3, 33, 414.
Santiago del Estero: I, 350, 351.
Santiago de Jerez: I, 335, 351, 352, 357.
*Santillan, Luiz de: IX, 30.
Santinelli, Bartolomeu: Tradutor de Vieira. IX, 331.
Santíssimo Sacramento, Fr. Francisco do: Carmelita. IX, 321.
Santivánez, António Rodrigues: IX, 329.
SANTO...: — Ver Hagiografia.
S. Agostinho: IX, 98.
S. *Agostinho:* VI, 179.
S. *Amaro (Baía):* V, 253, 254, 579; VII, 430; VIII, 242; IX, 104.
S. *Amaro (Porto Seguro):* I, 198, 207, 210; VIII, 402.
S. *Amaro (S. Paulo):* VI, 364.
Santo André (Biscaia):—Ver *Santander.*

Santo André da Borda do Campo: I, 256-258, 273, 280-285, 298, 341, 543; II, 378, 632; III, 448; VI, 374.
S. André de Ferreira: IV, 349, 361.
S. Antão: — Ver Colégio de S. Antão.
S. Antão de Benespera: IX, 4.
S. António de Alcântara: IV, 76. — Ver Alcântara (Tapuitapera).
S. António da Barra (Forte de): VIII, 403, 404.
S. António de Conquista: V, 171.
S. António das Queimadas: V, 559.
S. António de Vila Nova Real: V, 324.
S. Bartolomeu: VI, 198; VII, 362.
S. Benedito: III, 58.
S. Bento, Fr. Inácio de: VII, 46.
S. Bento, P. Fr. Leão de: VII, 46.
S. Bernardo, Francisco de: VIII, 111.
S. Boaventura, D. Fr. Fortunato de: Escritor. IX, 311.
S. Cristóvão (Portugal): VI, 591.
S. Cristóvão (Sergipe): V, 321, 579.
S. Domingos: — Ver Ilhas.
S. Domingos, Fr. Tomás de: VIII, 61.
S. Domingos do Prata: VI, 185.
S. Elias, Fr. Francisco de: VII, 318.
S. Elias, Fr. Manuel de: VIII, 86.
S. Filippo, Amat di: VIII, 339.
S. Fins: — Ver Sanfins.
S. Francisco (Vila de): VII, 430; VIII, 14, 379; IX, 186.
S. Francisco do Sul: VI, 453, 461-463.
S. Gens de Cavalos: VII, 434.
S. Gião: IV, 343; VIII, 163.
S. Gonçalo: V, 564.
S. Francisco, Mateus de: V, 401.
S. Jerónimo, D. Francisco de: Bispo do Rio de Janeiro. VI, 5, 6, 73; VIII, 315.
S. João (Braga): IV, 367.
S. João (Coimbra): IV, 355.
S. João, Gaspar de: V, 175.
S. João, Paulo de: III, 439, 443.
S. João de Atibaia: VI, 379.
S. João de Cortes: III, 201; VIII, 312.

S. João da Foz: IV, 27.
S. João de Longos Vales: IX, 114.
S. João de Macaé: VI, 90, 128.
S. João da Madeira: III, 456; IX, 24.
S. João da Pesqueira: VIII, 7.
S. João de Rei: VIII, 69.
S. João da Talha: I, 58; IX, 99.
S. João de Tarouca: VIII, 278.
S. José (Goiás): VI, 207.
S. José, D. Fr. António de: VII, 309, 324, 345.
S. José, Fr. Cristóvão de: III, 346, 357.
S. José, Fr. Francisco de: VI, 30.
S. José, D. Fr. Guilherme de: Bispo do Pará. III, 226, 295; VII, 315; IX, 146.
S. José, Fr. Manuel de: Carmelita. V, 175; VII, 70; VIII, 297.
S. José dos Campos: Fundada pelo Ir. Manuel de Leão. I, 306; VI, 367-368. — Ver Aldeias; ver Fazendas.
S. José e Queirós, D. Fr. João de: IV, 290, 293; VII, 325, 326.
S. José de Ribamar (Algés): VIII, 265.
S. José de Ribamar (Ceará): III, 78, 81.
S. José de Ribamar (Maranhão): III, 142.
S. José e Santa Rosa, F. Manuel de: IX, 198.
S. Julião da Barra: Fortaleza e lugar de martírio de muitos Padres da Companhia. — Índices: III, 477; IV, 430; V, 623; VI, 629; VII, 477; — VIII, passim; IX, passim; — gravuras, VII, 316/317, 364/365.
S. Julião de Moreira: V, 386.
S. Lourenço (Braga): IV, 354, 364.
S. Lourenço, Conde de: — Ver Silva, D. Pedro da.
S. Lourenço, Conde de (1757): VIII, 123, 345, 346, 348.
S. Lourenço de Pericumã: III, 202.

S. *Luiz do Maranhão:* Conquista aos Franceses, invasão holandesa e reconquista, III, 99-116; VIII, 270; a Cidade em 1696, IX, 391; Colégio de N.ª S.ª da Luz; igreja (hoje Sé), Seminário, Recolhimento do Sagrado Coração, Casa de Exercícios da Madre de Deus, III, 117-134; estudos, IV, 261-270. — Índices: II, 554; III, 477, 484; IV, 430, 439; VI, 629; — VIII, 106, 172, 264; IX, 78, 211. — Ver *Maranhão;* ver Colégio do Maranhão; ver *Madre de Deus.*
S. *Mamede:* IV, 347, 349; VI, 602.
S. *Marcos (Braga):* IV, 364.
S. *Marcos (Évora):* IV, 354.
S. *Marcos (Rio de Janeiro):* VI, 62.
S. Marsano, Marquês de: IX, 147.
S. *Martinho (Braga):* IV, 354.
S. *Martinho (Coimbra):* IV, 366.
S. *Martinho de Argoncilhe:* IV, 354, 367; VIII, 226.
S. *Mateus:* VI, 178.
S. *Miguel:* V, 476.
S. *Miguel (Fortaleza de):* VI, 528, 530.
*S. Miguel, João de: II, 471; VIII, 285.
S. *Miguel de Porreiras:* IV, 352, 353; VIII, 213.
SANTO OFÍCIO: — Ver Inquisição.
S. *Paio (Braga):* IV, 361, 365.
S. *Paio de Arcos:* VIII, 122.
S. *Paulo:* Fundação, I, 269-314; VII, 367-368; IX, 420-422; os Jesuítas, primeiros Párocos da Vila, I, 312; guerras, I, 285-295; S. Paulo em 1610, VIII, 394-396; Maria Castanha, a única mulher portuguesa da vila, VIII, 395; o sacrilégio da Aldeia dos Pinheiros, VI, 584-585; o atropelo da Aldeia de Marueri, VI, 237-239, 491; festa fluvial no Tietê, VI, 234; — os escravagistas impedem as missões portuguesas do sul e o alargamento do Brasil, VI, 244-248; rivalidade com os moradores do Rio de Janeiro, VI, 474; efeitos despovoadores da jurisdição das Câmaras nas Aldeias, VI, 239-240; — destruição das Missões castelhanas e seus efeitos civis e canónicos, VI, 248, 250-252; o Breve de Urbano VIII (1639), contra os cativeiros injustos, VI, 251-252, 569-571; motim de 1640 no qual se colocam a favor dos Padres, as mulheres, os meninos e os estudantes, e muitas pessoas religiosas e seculares, VI, 253; expulsão violenta dos Padres Portugueses (1640), por defenderem a liberdade dos Índios, VI, 254-258; interdito local, VI, 269, 271; IX, 84, 179, 180; o "sebastianismo", VI, 273-274; a Santa Sé mantém o interdito, VI, 264-272; proposta paulista de concertos, rejeitada, VI, 278-280; a paz de 1653, VI, 285-289; regozijo com a volta dos Padres, VI, 289-292; — distinção necessária entre Jesuítas Portugueses e Jesuítas Espanhóis nos conflitos nacionais entre os dois países colonizadores da América, VI, 251, 308-309, 547-548, 556-557; Portugueses e Castelhanistas em S. Paulo,. VI, 292-298; 304-305; Facções dos Garcias e Camargos, VI, 281; pacificação dos Garcias (Pires) e Camargos, VI, 294-305; outras pacificações de lutas sangrentas, VI, 302, 305; — feita a paz com Castela renasce a questão servil, VI, 306-310; opõe-se o povo e a Câmara à saída dos Padres, VI, 310-318; resolução para não sairem, VIII, 174, 294; — as administrações dos Índios e o voto do P. António Vieira, VI, 320-354; o mau trato dos Índios no caminho do mar, VI, 334; — Aldeias de S. Majestade, VI, 227-243; Aldeias da Companhia, Fazendas e Missões do Colégio, VI, 355-381; VIII, 287; em 1757, VII,

447–448; — ministérios com Portugueses e Índios, VI, 303–304; o Colégio e a confiança paulista, VI, 392; intervenção do Colégio para que se não tire a S. Paulo o seu General, VIII, 172; — a Botica do Colégio, "officina Charitatis", VI, 413; — o Seminário e seus alunos, VI, 412–413; — o Pátio do Colégio, VI, 394–414; VIII, 60; IX, 367; — a Igreja do Colégio e paulistas nela sepultados, VI, 382–393; VIII, 222; a sua destruição e renovação moderna dos estudos Jesuíticos, VI, 393; — toponímia da cidade, VI, 365, 375; — a despedida de 1760, VI, 414; vocações religiosas, VI, 304; os Jesuítas, filhos de S. Paulo em 1757, VII, 420–434. — Índices: I, 601, 608; II, 649; III, 477; IV, 430; V, 623; VI, 629, 637; VII, 477; — VIII, passim; IX, passim; — o Pátio do Colégio, I, 272/273; altar da Igreja, VI, 392/393; projecto de Noviciado, VI, 408/409; mapa, VI, 381. — Ver Colégio de S. Paulo.

S. Pedro de Espinho: IV, 354.
S. Pedro de Ibiapina: III, 58.
S. Pedro de Pedrela: IV, 354.
S. Pedro (Porto de): IX, 137.
S. Pedro do Rego: IV, 361.
S. Pedro do Sul: IV, 350; VIII, 300.
S. Roque (Baixos): V, 380, 381; VII, 62; IX, 32.
S. Sebastián: VIII, 26.
S. Sebastião: VI, 278, 378.
S. Sebastião do Acupe: IX, 201.
*S. Sebastião, João de: I, 575.
*S. Tiago, Filipe de: IV, 347.
S. Tiago de Besteiros: IV, 349.
S. Tiago de Valado: IV, 352, 365.
S. Tomás, Fr. António de: Franciscano. IX, 196, 198.
S. Tomé: I, 84.
S. Tomé (Capitania de): VI, 84.
S. Vicente: Situação da Capitania à chegada dos Jesuítas, Colégio dos Meninos de Jesus, terras e bens, zelo e actividade, I, 251–262, 543, 544; a Igreja, VI, 433–434. — Índices, I, 601; II, 649; III, 477; IV, 430; VI, 624; VII, 477; — VIII, passim; IX, 3, 7, 8, 16, 24, 62, 81, 169, 291, 377–385, 418, 419, 426, 428, 429. — Ver Santos; ver S. Paulo.

S. Vicente da Beira: I, 254; IX, 16.
S. Vicente de Pinheiro: V, 386.
Santos: Chegada dos Padres, I, 262–267; o drama da Liberdade dos Índios e expulsão dos Padres, VI, 255–263; 415–421; VIII, 254; regozijo com a volta dos Padres, VI, 282–283, 421–423; — fundação do Colégio de S. Miguel, VI, 423–433; Capela de S. Catarina, VI, 430; edifícios do Colégio e da Igreja, VI, 429–433; trocadilho de "santos", VIII, 260; desavença entre a Câmara e um Mestre de Campo, IX, 366. — Índices: I, 601; II, 648; IV, 430; V, 624; VI, 629, 638; VII, 477; — VIII, passim; IX, 23, 25, 54, 77, 84, 85, 100, 133, 137, 156, 158; — mapa, I, 256/257. — Ver Colégio de Santos.

*Santos, António dos (de Aveiro, 1.º): IV, 355.
*Santos, António dos (de Aveiro, 2.º): Boticário. VII, 434, 437.
*Santos, António dos (de Bairro): IV, 358, 366.
*Santos, António dos (de Lisboa): V, 498; VI, 600.
*Santos, Bruno dos: VII, 431, 437.
Santos, Cristóvão dos: V, 267.
Santos, D. Estêvão dos: Bispo do Brasil, VII, 360.
Santos, Felício dos: VI, 446.
*Santos, Francisco dos: Enfermeiro. VII, 433, 451.
Santos, Francisco Duarte dos: IV, 207, 208.
*Santos, Inácio dos: VII, 428, 437.
Santos, João Antunes dos: VI, 110.

*Santos, José dos (de *Miranda do Corvo*): IV, 356, 366.
*Santos, José dos (do *Recife*): VII, 429, 443.
Santos, Lúcio José dos: Escritor. I, 266; II, 174; III, 453; VI, 346; VIII, 41; IX, 131.
*Santos, Manuel dos (dos *Açores*): V, 74; VII, 423, 436; IX, 115, 116.
*Santos, Manuel dos (de *Pereira*): IV, 343, 345; IX, 113, 392.
*Santos, Manuel dos (do *Porto*): Apaziguador na guerra civil entre Olinda e Recife. V, 189, 239, 453, 458, 482, 583; VI, 137; IX, 113.
*Santos, Manuel dos (de *Sardoal*): III, 354, 418, 419; IV, 354, 363; VII, 326, 352; VIII, 311; IX, 114.
Santos, Manuel dos: Ajudante. III, 164.
Santos, Manuel dos: Escritor (1). I, 387.
Santos, Manuel dos: Escritor (2). V, 453.
Santos, Manuel Rodrigues dos: III, 70.
*Santos, Nicolau dos: VII, 430, 439.
*Santos, Pedro dos: VI, 92, 457, 545; VII, 426, 445.
Santos, Simão dos (*Amazonas*): III, 276.
Santos, Simão dos (*Pernambuco*): VIII, 119.
*Santos, Tomás dos: IX, 114.
Sanz, Fr. Lucas: Tradutor de Vieira. IX, 327.
Saquarema: VI, 90, 97.
Saragoça: II, 160.
*Saraiva, António: V, 90.
Saraiva, Desembargador António: I, 547.
Saraiva, Cardeal: V, 411.
Saraiva, Catarina da Fonseca: Mãe do P. Manuel de Lima. VIII, 318.
*Saraiva, Manuel (de *Olinda*): Superior do Maranhão. IV, 228, 266, 346; V, 189, 431, 581; VII, 155; IX, 116, 146, 365.
*Saraiva, Manuel (do *Recife*): V, 583.
Sardenha: VIII, 113.
Sardinha, Afonso: I, 312; VI, 355, 356, 385, 391.
Sardinha, Maria: III, 139.
Sardinha, D. Pedro Fernandes: Primeiro Bispo do Brasil, suas relações com os Padres da Companhia, II, 515-522; o procedimento, em S. Vicente, do seu Visitador, IX, 377-378. — Índices: I, 601; II, 649; — VII, 183; VIII, 335; IX, 7, 100, 416, 417, 419, 421, 424.
Sardoal: IV, 348, 354, 363; VI, 602; IX, 114.
*Sarmento, Francisco (da Prov. de Goa): VII, 72.
Sarmento, Manuel: Ouvidor do Maranhão. VIII, 329.
Sarmento, Nicolino Pais: V, 454.
Sarmiento, Pero: I, 219, 344, 499; II, 168, 182, 217, 445, 577.
Sarzedas, Conde de: VI, 346, 349, 454, 527; IX, 131.
Satow: VII, 158.
Saubara: VIII, 279.
Saúde (Sítio da): VII, 137, 181, 374.
*Sauras, Francisco: I, 31.
Savigliano: VIII, 214.
*Savy, Pedro Maria: IX, 89.
Sayler: II, 344.
Schandinn: II, 579.
Schermer, Frz. Jos.: IX, 323.
Schetz, Gaspar: I, 267; VII, 6; VIII, 22, 37.
Schilling, Dorotheus: II, 585.
*Schinberg, André: IV, 298; VII, 151, 167.
Schkoppe, Sigismundo Van: V, 65, 378, 402; VI, 29.
Schmidel, Ulrich: I, p. XXXI, 243, 334-336, 341; II, p. XV, 195, 505.
Schmidt, Wilhelm: II, 14, 16; III, 306; IV, 301, 303; VI, 479.
*Schmitt, L.: I, 12; II, 39.
Schmitz-Kallenberg, Ludovicus: II, 523.

Schmnitz: IV, 358; VIII, 312.
Schomberg: VI, 413.
*Schoonjans, J.: V, 414.
*Schoot, André: VIII, p. XI, 77.
Schreiber, G.: VIII, 317.
*Schurhammer, Jorge: II, 516; V, 33; X, 301.
*Schwartz, Martinho: IV, 358, 364; VIII, 206; IX, 117.
Scipião: VII, 151.
*Scotti, António Maria: IV, 198, 220, 350; VI, 603, 604; — ass. autógr., IV, 230/231.
Screta, Carlos: II, 630.
Sé Catedral da Baía: — Ver Igreja do Colégio da Baía.
Sea, Manuel da Costa: VI, 462.
*Seabra, Manuel: IV, 361.
Seabra, Pedro de: Escravo alforriado. II, 359.
Seabra, Pedro de: Capitão. II, 65.
Seabra da Silva, José: III, 197; VIII, 56.
Sebastião, El-Rei D.: Fundador (com dotação real) dos Colégios da Baía, Rio de Janeiro e Olinda; Padrões de fundação, I, 538-540, 544-547, 552-556. — Índices: I, 661; II, 649; IV, 431; V, 624; VI, 629; — VII, 202, 373; VIII, 76; IX, 94, 230, 231, 319, 428.
Sebastianismo: Arma patriótica de Vieira. VI, 273-274; IX, 310, 311, 319.
*Seco, António: IV, 347.
*Seco, João: III, 224.
Seco de Macedo, Jorge: VII, 49.
*Sederra, Juan: II, 259.
*Ségneri, Paulo: IV, 254; VIII, 54, 193.
Segóvia: IX, 162.
Segura, Fr. Alonso: IX, 356.
*Segura, Nicolás: Do México. IX, 352.
Seisa, Francisco Simões de: VIII, 275.
Seixas, António Rodrigues de: VI, 459.
Seixas, Isabel de: Mãe do P. José de Seixas. VII, 63.
*Seixas, João (Prov. de Portugal): VIII, 354.

Seixas, João Pereira: III, 303.
*Seixas, José de: Visitador e Provincial. Biografia, VII, 63-65; IV, 218, V, 82, 83, 123, 285, 286, 311, 340, 397, 462; VI, 189, 368; VII, 63-65, 67, 72, 192, 211, 456; VIII, 169, 201; IX, 117-118 (bibliogr.), 178, 315; — ass. autógr., VII, 108/109.
*Seixas, Manuel de (de *Arrifana de Sousa*): V, 431, 498; VII, 453; VIII, 119-120 (bibliogr.); — ass. autógr., IX, 72/73.
*Seixas, Manuel de (de *Rio Bom*): Visitador do Maranhão. III, 224; IV, 229, 349, 351, 387, 394; VIII, 126, 151; IX, 118-119 (bibliogr.), 150.
Seixas, Pero de: II, 624.
Seixas, D. Romualdo António de: IV, 4, 6; V, p. XX; IX, 360.
Seixas Pinto, Francisco de: III, 303.
Selano: IV, 359; VIII, 230.
*Selvaggi, João Baptista: X, p. XII.
*Semery, André: IX, 342.
Seminário: Movimento a favor de Seminários no Brasil, I, 34-35, 82; III, 223; o Colégio de Olinda supre a falta de Seminário diocesano, V, 433-434; o mesmo na Baía e Rio de Janeiro, V, 150; VI, 5-6; diferença entre Seminários e Colégios, VII, 142-143; isenção pontifícia, VIII, 302. — Ver Confrarias (dos Meninos de Jesus).
— Aldeias Altas: III, 123, 154.
— Baía: V, 151-155; VII, 137, 181, 420, 441; VIII, 301, 355; principais efemérides, VII, 373-375.
— Belém da Cachoeira: V, 167-198; VII, 116, 441; VIII, 3, 96, 154, 174, 267, 289, 293, 294, 295.
— Camutá: VIII, 343.
— Guanaré: III, 123; IX, 78.
— Irlandês: Em Lisboa. Por outros nomes: dos Ibérnios ou de S. Patrício: VIII, 9, 120, 142, 168, 327; IX, 133.
— Maranhão: III, 122-124.

Seminário de Mariana: VI, 198-201; VIII, 267; IX, 14.
— N.ª S.ª das Missões do Pará: III, 223-229; IV, 275; VII, 345; VIII, 55, 58, 149; IX, 45, 368; láureas académicas e vocações religiosas, VII, 194 (nota).
— Paraíba: V, 496-498; VII, 451; VIII, 267.
— Paranaguá: VI, 455.
— Real Hospício de Aquirás: III, 80-83.
— Rio de Janeiro: VI, 30.
— Rio Parnaíba: III, 123; V, 563; VIII, 304.
— Romano: V; 49; VII, 120; VIII, 178.
— S. Paulo: VI, 412-413.
— Simbaíba: III, 123; V, 564.
Semperes, Gaspar de: — Ver Samperes.
Sena: IX, 29.
Sena, Nelson: VIII, 41.
Sena Freitas: V, 269; IX, 360.
Senabria, Diego de: I, 323, 337.
Sendelgas: VIII, 86, 87.
Séneca: IV, 7; VII, 151, 152, 156; IX, 347.
Sennert: Médico. VII, 227.
Sento Sé: V, 129, 309.
Sepetiba: VI, 22.
*Sepúlveda, José de: VI, 20; IX, 120; — "Annuae Litterae", *ms.*, IX, 120/121.
Sepúlveda, Miguel Rodrigues de: V, 475, 476.
Sequeira: — Ver também Siqueira.
*Sequeira, António de: VI, 593.
*Sequeira, António de (do *Rio de Janeiro*): Cirurgião e enfermeiro. VII, 432, 444.
Sequeira, António Fernandes de: VI, 187.
*Sequeira, Baltasar de: Provincial. I, 69; V, 61, 81, 249, 416; VI, 121, 302, 304; VII, 10, 28, 29, 37, 55, 237, 456; VIII, 294; IX, 120, 121; — ass. autógr., VII, 108/109.
*Sequeira, Bento de: V, 248, 249.

*Sequeira, Bernardo de: V, 336.
*Sequeira, Domingos de: I, 582; V, 228, 267, 268.
Sequeira, Francisco Nunes de: VI, 301.
*Sequeira, Inácio de: Pacificador dos Goitacases. I, 580; V, 219. — Índice: VI, 629; — VII, p. 16; VIII, 381; IX, 121-122 (bibliogr.); — ass. autógr., IX, 72/73.
Sequeira, Jerónimo de: I, 553.
*Sequeira, José de: VII, 429, 443.
Sequeira, Lourenço de: VI, 392, 487.
*Sequeira, Luiz de: V, 429; VI, 83, 137, 187, 188; VII, 270, 271.
*Sequeira, Manuel de: Vice-Provincial de Portugal. I, 137; II, 135.
*Sequeira, Manuel de: Provincial do Brasil. V, 87, 149, 189, 483, 585; VII, 131, 138 (biogr.), 421, 435, 456; IX, 80, 122-123 (bibliogr.), 142; — ass. autógr., VII, 108/109.
*Sequeira, Nicolau de: V, 583; VI, 21, 22, 116, 549.
Sequeira de Mendonça, Ana de: VI, 369.
Sequeira e Sá, Manuel Tavares de: Secretário da Academia dos Selectos. VIII, 128, 129, 216.
*Serafim Gomes, João: IX, 361.
Sérgio, António: IV, p. XX; IX, 233.
Sergipe (do Conde): I, 497. — Ver *Fazendas.*
Sergipe de El-Rei: Aldeias de Cereji e conquista de Sergipe, I, 439-450; tentativa da Câmara para fundar Colégio, missões e fazendas, V, 316-327. — Índices: I, 601, 609; II, 649; VI, 624, 633; VII, 477; — VIII, 280, 405; IX, 77, 156, 163, 183.
Sermide: VIII, 276.
Sermões: IX, 448-449. — Ver Ministérios Sagrados.
Serpa (Amazonas): III, 389; VII, 327, 328.
Serpa (Portugal): IV, 344; VI, 600; VII, 425.
Serpa, Fr. António de: IV, 13.

*Serpe, Maurício: I, 566; VIII, 76, 77, 80.
Serra (Nossa Senhora da): VIII, 273.
Serra do Arabó: — Ver Arabó.
— Arari: I, 168, 448; II, 160, 184, 186.
— Araripe: II, 186; III, 75.
— Baitaraca: VIII, 403.
— Cantareira: VI, 377.
— Cariris Velhos: V, 530.
— Corvos: III, 6.
— Cubatão: VI, 365.
— de El-Rei: VII, 429.
— Ererê: III, 272.
— das Esmeraldas: VII, 16; VIII, 401; IX, 121. — Ver Entradas.
— Fagundes: V, 501.
— Ibiapaba: III, 3–72; IV, 136, 149, 150, 185, 313, 412; V, 305; VI, 184; VIII, 235, 239, 287; IX, 56, 307, 405.
— de Ibira Suiaba: VIII, 395.
— Itauajuri: III, 273.
— Jacuru: V, 308.
— Leoa: I, p. XI.
— Mar: VI, 404, 475.
— Matacães: VI, 55.
— Minde: VI, 24.
— Órgãos: VI, 123, 128; VIII, 398, 300.
— Orobó: — Ver Arabó.
— Padres: V, 480.
— Pai-Tuna: III, 273.
— Paranapiacamirim: VI, 378.
— Paranarepiacaba (Paranapiacaba): II, 590; VI, 290; VIII, 396.
— Ponaré: III, 4.
— Rariguaçu: III, 39.
— Samambatiua: VI, 378.
— S. Inácio: V, 308.
— Tabainha: III, 57; VIII, 359.
— Tabanga: V, 323, 362.
— Tumuc-Humac: III, 276.
— Urubu: V, 308.
— Urubuquara: III, 273.
— Uruburetama: III, 6.
*Serra, Jerónimo: II, 260.
Serra, José da: Governador do Maranhão. III, 167; IV, 254; IX, 152, 190.

Serrano, Jónatas: I, 374; II, 44; III, 455; VIII, 40, 41.
Serrão, André: I, 234.
*Serrão, Gregório: Vice-Provincial. Biografia, I, 63; VII, 455; VIII, 24, 315; IX, 58, 123–124 (bibliogr.), 166. — Índices: I, 601; II, 649.
*Serrão, Jorge: II, 64, 265; IX, 80.
Serrão Palmela, Bernardo: III, 302.
⸱Serrinha de D. Simão: III, 54.
Sertão, Domingos Afonso: Fundador do Noviciado da Jiquitaia. Testamento e funerais, V, 141–145; III, p. IX. — Índices: V, 624; VII, 477; — VIII, 53, 166, 196, 334, 387; IX, 41, 111.
Sertões da Baía: V, 270–315; VII, 126; IX, 182, 409.
Servet, Miguel: VII, 228.
SERVIÇO DOS ÍNDIOS: — Ver Aldeias.
SERVIÇO DO PATRIMÓNIO HISTÓRICO E ARTÍSTICO NACIONAL (RIO): III, p. XVIII, 452; IV, 414; V, p. XXI, 600; VI, 606; VII, 420; X, p. XIII.
SESMARIAS: — Ver Fazendas.
Setúbal: III, 102; IV, 343; V, 379, 384; VI, 590, 593; VII, 357; VIII, 171, 228, 340, 341, 345, 346.
Setúbal, Fr. António de: IX, 386, 387.
*Severim, Luiz: V, 581; VI, 600.
Sevilha: I, p. XXIII, 262, 339; II, 61, 541; V, 354; VIII, 377; IX, 67, 81, 380.
Seutterus: I, 352.
*Sexti, Cúrcio: VIII, 28.
*Sgambata, Scipião: VIII, 35.
Sião: IV, 337.
Sibrão, Manuel Lopes: VI, 442.
Sicília: I, 352; IV, 269, 357; V, 83, 358, 387, 388; VI, 406; VII, 124, 360; VIII, 15, 65, 93, 258, 266, 335, 377; IX, 23, 67.
Sierra, Vicente D.: VI, 601.
Siguenza: II, 477.
Silésia: IV, 354; IX, 367.
Silva, Agostinho Cardoso da: V, 471.
*Silva, Alexandre da: VII, 361.

Silva, Antónia da: Mãe do P. Valentim Mendes. VIII, 373.
*Silva, António da (de *Lisboa*, 1.º): V, 431, 582; VI, 598.
*Silva, António da (de *Lisboa*, 2.º): V, 584; VI, 600.
*Silva, António da (de *Lisboa*, 3.º): VI, 605; VII, 424, 450.
*Silva, António da (de *Lisboa*, 4.º): IV, 367; IX, 124.
*Silva, António da (do *Porto*): Missionário da Amazónia. III, 211, 271, 274, 301, 309, 359; IV, 340, 342, 361.
*Silva, António Álvares da: V, 259, 309.
*Silva, Bernardo da: Escultor. IV, 354, 367.
*Silva, Domingos da: VI, 152, 178, 604; VII, 154.
Silva, Edson: X, p. XIII.
Silva, Fernão da: Ouvidor Geral. I, 484, 554; II, 200, 362.
*Silva, Francisco da: Ir. Boticário. V, 426, 432, 438.
*Silva, Francisco da: Chegado em 1665. VI, 597.
*Silva, Francisco da: Missionário do Maranhão. IV, 351.
*Silva, Francisco da (de *Lisboa*): VI, 605; VII, 425, 445.
Silva, Francisco da: Congr. Mariano. V, 471, 477.
Silva, Francisco da: Capitão. I, 18.
Silva, Francisco da: Vigário de Santos. VI, 487.
Silva, Francisco Xavier da: Cónego de Mariana. VI, 201.
Silva, Francisco Xavier da: Da Nunciatura de Lisboa. VIII, 132, 135.
*Silva, Gaspar da: V, 31, 48, 274, 340, 530, 533, 534; VI, 590.
Silva, Henrique da: I, 179.
*Silva, Inácio da: Enfermeiro. VI, 23; VII, 433, 449.
Silva, Inácio da Fonseca: IV, 75.
Silva, Inácio José da: VI, 371.
Silva, Inocêncio Francisco da: Bibliógrafo. — Ver Inocêncio.

*Silva, João da (da *Baía*): V, 584; VII, 279; IX, 124.
*Silva, João da (de *Itália*): VI, 596, 597.
*Silva, João da (do *Maranhão*): III, 230, 387; IV, 343, 361.
*Silva, João da (de *Pousadela*): Farmacêutico. VII, 432, 449; IX, 124.
*Silva, João da (do *Rio de Janeiro*): V, 582.
Silva, João Fernandes da: V, 472.
Silva, João Gomes da: II, 133.
Silva, João de Melo da: IV, 182.
Silva, João Pedro Henriques da: V, 242.
*Silva, Joaquim da: Carpinteiro. VII, 433, 437.
Silva, Jorge Correia da: III, 26.
*Silva, José da: VI, 591.
*Silva, José da (do *Rio de Janeiro*): VII, 425, 447.
*Silva, Luiz da: VII, 432, 443.
Silva, Luiz da Costa da: VI, 442.
*Silva, Luiz G. da: VII, 281.
*Silva, Manuel da (do *Porto*): V, 585; VI, 602.
*Silva, Manuel da (do *Rio de Janeiro*): VI, 92; VII, 426, 444.
*Silva, Manuel da (de *Santiago de Besteiros*): Apóstolo dos Exercícios Espirituais de S. Inácio. III, 125, 155, 274; IV, 244, 255, 257, 367, 368; VI, 211; VII, 210; IX, 125-126 (bibliogr.); — ass. autógr., IX, 136/137.
*Silva, Manuel da: Mestre de Obras, Oleiro e Salineiro. III, 121, 211; IV, 82, 339, 244.
Silva, Manuel da: Boticário. Pai do P. Bento da Fonseca. IV, 321.
Silva, Manuel da: Defensor dos Padres do Rio de S. Francisco. V, 302, 303.
Silva, Manuel da: Almoxarife. IX, 126.
Silva, Manuel da: Sargento-mor. III, 154; VIII, 345.
Silva, Manuel Gonçalves da: IX, 154.
Silva, Manuel Vicente da: Cónego. I, p. XXV; VIII, 38.

*Silva, Marcelino da: VI, 92; VII, 433, 437.
Silva, Maria Rocha da: Mãe do P. Salvador da Silva. V, 352; IX, 126.
*Silva, Miguel da: Missionário do Brasil. V, 189.
*Silva, Miguel da: Missionário do Maranhão. IV, 346; a sua ida em 1696, VIII, 172; IX, 386, 391.
Silva, Miguel da: Sertanista. IX, 396.
Silva, D. Pedro da (Conde de S. Lourenço): Governador Geral do Brasil. V, 60, 62.
*Silva, Pedro da (de *Olinda*): V, 586; VII, 153, 180, 181, 425, 426.
*Silva, Pero da: IV, 234, 235, 340.
*Silva, Salvador da (de *Guimarães*): V, 344; VI, 47.
*Silva, Salvador da (do *Rio de Janeiro*): V, 340, 344, 351, 352; IX, 126.
Silva, Sebastião da: I, 441.
Silva, Timóteo da: V, 471.
*Silva, Tomás da: VII, 433, 438.
*Silva, Veríssimo da: VI, 549; IX, 367.
Silva Araújo: VIII, 40.
Silva Araújo e Amazonas, Lourenço da: III, p. XXVII, 379, 387, 389, 392, 402, 408.
Silva Bastos: Escritor. IX, 330.
*Silva Belo, António da: X, p. XII.
Silva Campos, Carlos Augusto da: IX, 230.
Silva Carneiro, A. da: VI, 458.
Silva Carvalho, Augusto da: II, 583; IX, 320, 330.
Silva e Castro, João Manuel da: VI, 366, 374.
Silva Coutinho, J. N.: III, 382, 387, 389.
Silva e Freitas, Matias da: III, 439.
Silva Leme: Genealogista. VIII, 253.
Silva Morro, Domingos da: V, 255, 256; VIII, 96, 127.
Silva Nunes, Paulo da: III, 192, 197; como tratava a verdade, III, 285-286; IV, 186, 207.

Silva Pais, José da: Brigadeiro. VI, 469, 527; VIII, 140, 167.
Silva de Sampaio, D. Pedro da: Bispo do Brasil. IV, 6, 7; V, 61, 97, 247, 372; VII, 17, 23; IX, 178.
Silva e Sousa, Luiz António da: VI, 207.
*Silva Tarouca, Carlos da: V, 398.
Silva Tarouca (Família): IX, 23.
Silva Teles, Tomás da: VI, 554.
Silvano, Mons. Almeida: IX, 359.
Silveira (Senhora da): VIII, 349.
Silveira, Antónia da: Mãe do P. João Pereira. VII, 119.
Silveira, Carlos da: X, 311.
Silveira, Estácio da: IV, 137, 282.
*Silveira, D. Gonçalo da: Protomártir da Companhia em África. II, 236, 245, 477; IX, 383.
*Silveira, Francisco da (Ilhéu dos Açores): Escritor. — Índices: III, 478; IV, 431; V, 624; VI, 630 e a p. 390 (não Silva); VII, 424, 436, 484;—VIII, 89, 146; IX, 65, 89, 126-127 (bibliogr.), 130; — ass. autógr., IX, 136/137.
*Silveira, João da: Escultor. V, 131, 586; VII, 269.
*Silveira, José da: V, 584; VI, 601.
Silveira, Manuel Nunes da: III, 170.
Silveira Camargo, Paulo F. da: Escritor. VI, 239, 391, 471.
Silveira Carneiro, Carlos da: IX, 432.
Silveira Frade, Florentino da: III, 250.
Silvestre: Escritor. II, 544.
Simancas: I, p. XXIII.
Simbaíba: III, 123.
*Simeão, Teotónio: VII, 358, 431, 437, 452.
*Simões, António: Chegado ao Brasil em 1607. VI, 589.
*Simões, António (de *Gondolim, Penacova*): VI, 138, 471, 549; VII, 423, 445.
*Simões, António (de *Miranda do Corvo*): IV, 349, 365, 368.
*Simões, Bernardo: VII, 430, 437.

*Simões, Francisco: Carpinteiro. V, 321, 322, 586.
Simões, Hélio: III, 455.
*Simões, João: V, 219, 239, 431, 583; IX, 127.
*Simões, Manuel: IV, 352.
*Simões, Manuel (de Cantanhede): Enfermeiro. VII, 432, 450.
Simões, Pero: II, 157, 617.
*Simões, Tomás: V, 584; VI, 601.
Simões Pereira, D. Bartolomeu: Prelado do Rio de Janeiro. I, 392, 395, 406; II, 298, 483, 505, 526, 527; VI, 25; IX, 26.
Simões dos Reis, António: Bibliógrafo. VIII, 41.
Simonsen, Roberto C.: Escritor. I, 184; II, 344; IV, 157, 209; VI, 535.
SÍNODO DA BAÍA: VII, 113-114, 188.
Sintra (Pará): VII, 327.
Sintra (Portugal): I, 63, 222; III, 291; VI, 597; VIII, 241, 315; IX, 123.
Sioga do Campo: IV, 350.
Siqueira: — Ver também Sequeira.
Siqueira, António Fernandes de: Pai do P. Luiz de Siqueira (ou Sequeira). VII, 270.
Siqueira, António Pais de: VI, 373.
Siqueira, António Ribeiro de: VI, 365.
Siqueira, D. Ângela de: Benfeitora. VI, 383, 392.
Siqueira, Domingos Lopes de: Sargento-mor. IX, 60.
Siqueira, Duarte: V, 433.
*Siqueira, João (da Baía): V, 585.
Siqueira, João de: Morador de Curitiba. VI, 459.
Siqueira, D. Leonor de: Benfeitora. VI, 383, 392.
Siqueira, Fr. Manuel de: Augustiniano. IX, 196.
Siracusa: V, 383; VI, 591; VIII, 377.
Smith, Robert C.: Escritor. III, 455; V, 600; VII, 374, 420; X, 301.
*Soares, B. António: Mártir do Brasil. II, 257.

Soares, Fr. António: Carmelita. IX, 179.
Soares, António: Vigário da Paraíba. V, 496.
*Soares, António (de Lisboa): IV, 340; VII, 92.
*Soares, Barnabé (da Baía): Visitador do Maranhão. III, 272; IV, 74, 75, 80, 82, 226, 543; V, 84, 257, 258, 493, 497, 498, 581; VI, 137, 140; VII, 38, 51, 53-55, 57-59, 66, 68, 105, 478; VIII, 325, 339, 386; IX, 128-129 (bibliogr.); — ass. autógr., IX, 136/137.
*Soares, Bento (de Coimbra): VI, 600.
*Soares, Bento (de S. Paulo): VI, 206-210, 380; VII, 423, 444; IX, 130 (bibliogr.).
*Soares, Bernardo: V, 150; VII, 360, 429, 449.
*Soares, Cipriano: VII, 152; IX, 163, 164.
Soares, Cristóvão: IX, 20.
*Soares, Diogo: Cartógrafo e matemático. II, 534; IV, 286, 287; VI, p. XIII, 115, 212, 346, 460, 524, 526, 527, 549, 550, 557, 604; VII, 165, 172/173, 226; VIII, 130-132; IX, 130-137 (bibliogr.); inicia os trabalhos astronómicos e cartográficos, IX, 393; Mapa do "Grande Rio da Prata" (gravura), VI, 552/553.
*Soares, Domingos: VII, 437, 447.
Soares, Ernesto: Escritor. VIII, p. XXV, 42, 82, 370; IX, 148.
Soares, Feliciano de Araújo: Escrivão. VII, 195.
Soares, Fernão: I, 225.
Soares, Filipa: Mãe do P. Diogo Sores. IX, 130.
Soares, Francisca: Mãe do P. João Honorato. VIII, 301.
*Soares, Francisco: Missionário do Maranhão (1.º). IV, 82, 343, 344; VII, 279; IX, 139-140.
*Soares, Francisco: Missionário do Maranhão (2.º). IV, 347, 348.

*Soares, Francisco (de *Ponte de Lima*): Procurador. — Índices: I, 601 (2.º); II, 649 (2.º); — VIII, 279, 283; IX, 138-139 (bibliogr.).
*Soares, Francisco (de *Mainha*): VII, 429, 443.
*Soares [Granatense]: — Ver Suárez.
*Soares [Lusitano], Francisco: IV, p. IX, XII; VI, 26; VII, 227, 228; IX, 139, 241.
*Soares, Francisco [Portuense]: Professor. — Índices: I, 601 (1.º); II, 649 (1.º); VI, 600; — VII, 180; IX, 138-139 (bibliogr.).
Soares, Gomes de Abreu: V, 371.
*Soares, Jerónimo: I, 581; V, 267, 268.
Soares, D. João: II, 271.
*Soares, Joaquim: IV, 356, 365.
*Soares, José (de *Lisboa*): Companheiro do P. António Vieira. III, 185; IV, 336; V, 90; VII, 74, 89, 92 (biografia), 97; VIII, 46; IX, 220, 266, 333, 408, 410.
Soares, José: Morador do Rio de Janeiro. VI, 112.
*Soares, Pedro (de *Évora*): I, 264, 293, 310, 568, 583; II, 305, 503; V, 238; VI, 145.
Soares de Abreu, Francisco: IX, 20
Soares Ferreira, José Cipriano: VI, 219.
Soares da Franca, Gonçalo: Poeta. IX, 352.
Soares da Franca, João Álvares: Capitão. VII, 218.
Soares de Macedo, José: VI, 538.
Soares de Sousa, Gabriel: Escritor. — Índices: I, 601; II, 649; — VIII, 92.
Sobreiro: VII, 433.
SOCIOLOGIA: VII, 144. E *passim* (Liberdade; Escravatura; Teologia Moral e Direito, etc.).
Sodomala: I, p. XI.
Sodré Pereira, Duarte: III, 81.
*Soeiro, João: I, 137, 141, 143; II, 212.
Soeiro, João Luiz: Morador da Baía. VIII, 97, 141.

Soeiro de Vilhena, Francisco: III, 362.
Sófocles: VII, 151.
SOLA: Artefactos, VII, 268/269. — Ver Indústria (cortumes).
Solórzano Pereira, Juan de: II, 61; VI, 251, 335, 337.
Sombra, S.: IV, 164; VII, 86.
*Sommervogel, Carlos: Escritor. — Índices: I, 601; II, 649; III, 478; IV, 431; V, 624; VI, 630; VII, 478;—VIII, p. XI, XXV e *passim;* IX, *passim;* X, 311.
Sora (Pálacio de): VII, 137, 257, 258; VIII, 170, 182, 227, 301, 308, 326; IX, 48, 70, 88, 143.
Sória, Jacques: II, 253, 254, 263; VIII, 81.
Sorocaba: I, 333; VI, 374, 379.
Soto: Escritor. II, 544.
Soto, António Gonçalves: VI, 462.
Soto Maior, Francisco: Governador de Angola. V, 82; VI, 594; VII, 272; IX, 60.
*Sotomaior, João de: Fundador do Colégio do Pará. — Índices: III, 478; IV, 431; V, 625; — IX, 140 (bibliogr.), 307; — autógr., III, 388/389.
Sotomaior, Manuel António da Cunha: Chanceler da Relação. VII, 374; VIII, 329, 355.
Sotomaior, Manuel David de: Cabo da Tropa. III, 299, 358; IV, 182.
Sotomaior, Maria de: Mãe do P. João de Sotomaior. IX, 140.
Sotomaior, Pedro Marinho: Vereador. VII, 54.
*Sotomaior, Simão de: V, 31, 48, 61, 221, 246, 247; VI, 592-594; VII, 290; VIII, 279; IX, 141-142 (bibliogr.).
Sotomaior: – Ver também Souto Maior.
Sotto-Mayor, Dom Miguel: VII, p. XIX, 338.
Soure (Baía): V, 288.
Soure (Ceará): III, 14, 85, 91.
Soure (Portugal): IV, 355, 365; VII, 430.
Soure, Conde de: IX, 405.

Sousa (Caeté): III, 297.
Sousa, A. de: V, 494.
Sousa, Alberto de: IV, 354.
*Sousa, Amaro de: IV, 361.
*Sousa, António de (de Amarante): Dramaturgo. V, 58, 59.
*Sousa, António de (de Lisboa): VI, 601.
*Sousa, António de (de Muía): VI, 437, 457, 603; VII, 423, 446; IX, 142.
*Sousa, António de (em S. Vicente): I, 576; VI, 405.
Sousa, D. António Caetano de: Escritor. VIII, p. XXXII, 365; IX, 135.
Sousa, António Nunes de: III, 401.
Sousa, António Pereira de: Aluno dos Jesuítas. IX, 73.
Sousa, Augusto de: IV, p. XIX; IX, 359.
*Sousa, Bento de: V, 584.
Sousa, Bernardino José de: Escritor. II, 184; III, 171; V, 382; VI, 324.
*Sousa, Carlos de: VII, 429, 443.
Sousa, D. Fr. Carlos de S. José e: Bispo do Maranhão. III, 119.
*Sousa, Diogo de: Entalhador. IV, 341, 362.
Sousa, Domingos de: Capitão-mor. III, 248.
*Sousa, Domingos de (de Barcelos): Feitor de Engenho. V, 586; VI, 155.
*Sousa, Domingos de (do Porto): VI, 603; VII, 154, 423, 452.
*Sousa, Estêvão de: V, 226; VII, 427, 439.
Sousa, Eusébio de: III, p. XVIII, 58, 66, 83.
Sousa, Fausto de: I, 396.
Sousa, Fernão Ribeiro de: I, 153.
*Sousa, Francisco de (da Baía): III, p. X; VII, 280.
*Sousa, Francisco de (de Guimarães): Reitor do Colégio da Baía. IV, 228; V, 85, 128, 574, 581; VI, 11, 51, 597; VII, 131; VIII, 46; IX, 41, 142-143 (bibliogr.), 336, 411.
Sousa, D. Francisco de: Governador Geral do Brasil. — Índices I, 601; II, 649; V, 624; VI, 630; — VII, 7; VIII, 395, 400, 402.
Sousa, Francisco de: Procurador da Câmara do Maranhão. III, 107.
*Sousa, Gaspar de (de Portel): I, 584; V, 342.
Sousa, Gaspar de: Governador. III, 425, 426; V, 3, 22, 24, 331; VII, 305.
*Sousa, Gonçalo de: V, 584.
Sousa, D. Helena de: II, 146.
Sousa, Hilário de: IV, 274.
*Sousa, Inácio de (de Lisboa): V, 431; VI, 7; VII, 422, 449; IX, 143.
*Sousa, Inácio de (de Minas): VII, 431, 440.
Sousa, D. Inês de: Heroina contra os invasores do Rio de Janeiro. I, 396.
*Sousa, Jerónimo de: IX, 143-144.
*Sousa, João de: Protomártir. II, 236-242. — Índices: I, 601; II, 649; III, 478; V, 625; VI, 630; — VIII, 175, 176; — Estampas, II, 224/225, 240/241.
*Sousa, João de (em Lisboa): IX, 178.
*Sousa, João de: Missionário do Brasil. I, 221, 577; II, 189.
*Sousa, João de: Missionário do Maranhão. III, 250; IV, 361, 364; VIII, 248; IX, 144.
Sousa, João de: Desembargador. VIII, 168.
Sousa, João de: Escrivão. VI, 407.
Sousa, João de (Morador do Maranhão): IV, 75.
Sousa, D. João de: Governador de Pernambuco. IV, 81.
*Sousa, Joaquim de: VII, 430, 437.
Sousa, José de: Aluno do Pará. IV, 274.
*Sousa, José de (de Minas Gerais): VII, 431, 443.
*Sousa, José de (de Porto Seguro): VII, 431, 437.
*Sousa, José de (de Santa Marta): III, 222, 231, 280, 281, 295, 377-379; IV, 230, 348; VII, 298; VIII, 153; IX, 42, 43, 144-146 (bibliogr.), 152, 188, 191.

Sousa, Fr. José de: IX, 200.
Sousa, José Fernando de: Escritor. III, 455; IV, p. XX; IX, 233, 274, 353, 360.
Sousa, José Soares de: VIII, p. XXIV.
Sousa, Juliana de: Mãe do P. José de Sousa. IX, 144.
*Sousa, Lourenço de: Boticário e Enfermeiro. V, 206; VII, 432, 439.
*Sousa, Luiz de (da Baía): V, 431, 581; IX, 146.
Sousa, D. Luiz de (Conde do Prado, Senhor de Beringel): Governador Geral do Brasil. V, 152, 316; VI, 80, 81, 121, 566, 590; VII, 373; VIII, 6, 201; IX, 56.
Sousa, D. Luiz de: Rei das Maldivas. V, 100.
Sousa, Fr. Luiz de: Escritor. V, 412; VIII, 77; IX, 316.
Sousa, Manuel de: Cirurgião. IV, 288.
Sousa, Manuel de: Oratoriano. IX, 196.
*Sousa, Manuel de: Coadjutor. IV, 358, 367.
*Sousa, Manuel de (da Baía): Dourador. V, 124.
*Sousa, Manuel de (de Coimbra): VI, 605; VII, 426, 440.
*Sousa, Manuel de (de Gandra): VI, 601. — Ver Pereira, Manuel.
*Sousa, Manuel de (de Olinda): V, 584; VI, 379.
*Sousa, Manuel de: Missionário da Amazónia. — Índices: III, 478; IV, 431 (1.º); — VIII, 193, 318; IX, 307.
*Sousa, Manuel de: Missionário do Paraguai. VI, 295.
Sousa, D. Manuel Caetano de: VII, 90; IX, 305, 356, 411.
Sousa, Manuel Lopes de: III, 439, 443.
Sousa, Marcos António de: V, 326.
Sousa, Martim Afonso de: Donatário. I, 240, 251, 256, 257, 262, 280, 283, 298, 315, 319, 420, 541-544; VI, 374; IX, 423.
*Sousa, Mateus de: VI, 594.
Sousa, Matias Ferreira de: V, 471.

*Sousa, Miguel de: Visitador de Portugal. I, 462, 566; II, 428, 429.
Sousa, Octávio Tarquínio de: Escritor. III, 455.
Sousa, Pero Lopes de: I, 251, 264, 321.
Sousa, Teodoro Alves de: V, 496.
*Sousa, Tomás de: Apóstolo e Pai dos Negros. VII, 276; — ass. autógr., VI, 440/441.
Sousa, Tomé de: Primeiro Governador Geral do Brasil. O seu bom governo, II, 140-146. — Índices: I, 601; II, 649; IV, 431; V, 625; VI, 630; — IX, 3, 10, 377, 415, 416, 420, 421, 432.
*Sousa, Valério de: V, 586.
Sousa de Azevedo, João de: Sertanista. VIII, 306; IX, 396.
Sousa da Câmara, João de: V, 84; 132; VIII, 98.
Sousa Coelho, Lourenço de: V, 436.
Sousa Coelho, Mateus de: III, 208; IV, 34.
Sousa Coutinho, D. Francisco de: Embaixador. V, 368, 407, 408, 410-415; IX, 239.
Sousa Coutinho, D. Francisco de: Governador do Pará. IV, 140.
Sousa de Eça, Manuel de: III, 207.
Sousa e Faria, Francisco de: Sargento-mor. IX, 137.
Sousa Ferreira, João de: III, 248, 276, 382.
Sousa Fontes, José Ribeiro de: I, 174.
Sousa Freire, Alexandre de: Governador Geral do Brasil. V, 205, 278; VII, 62.
Sousa Freire, Alexandre de: Governador do Maranhão e Pará. III, 31, 153, 166, 189, 192, 284; IV, 206, 296, 320; VII, 314; VIII, 150-152; IX, 152, 189.
Sousa Henriques, António de: Tenente da Vila da Praia. IX, 389.
Sousa de Macedo, António de: Barão da Ilha Grande. III, 248.
Sousa de Macedo, D. António de:

Embaixador. V, 408, 414, 415; VII, 36, 56; IX, 322.
Sousa Machado, José de: II, 153.
Sousa e Melo, José de: III, 295.
Sousa de Meneses, António de ("O Braço de Prata"): Governador Geral do Brasil. VIII, 369.
Sousa Pereira, Baltasar de: Capitão-mor do Maranhão. IX, 241.
Sousa Viterbo: Escritor. II, 332; V, 243, 452.
Sousel: IV, 354.
Souselas: IV, 363; VIII, 305; IX, 75.
Southey, Roberto: Escritor. — Índices: I, 601; II, 649; III, 478; IV, 431; V, 625; VI, 630; — IX, 431, 432.
*Southwell, Natanael: VII, 62; VIII, p. XI, XXVI, 24, 28, 62, 67, 68, 148; IX, 363.
Souto (Braga): II, 502; VIII, 268.
Souto (Porto): IV, 351.
Souto (Viseu): II, 257.
Souto, Sebastião do: V, 62, 84, 360.
Souto Maior, Estêvão Barbosa de: VI, 317.
Souto Maior, Félix Joaquim: III, 296.
Souto Maior, João de: Congr. Mariano. V, 471.
Souto Maior:—Ver também Sotomaior.
Souto de Vide: IV, 361.
*Soveral, André do: I, 583; V, 342, 507.
Spalding: II, 12.
Spanheimio: VIII, 362.
Spenser, Edmundo: VII, 6.
Spezzia: I, 567; VIII, 267.
*Spínola, B. Carlos: V, 137; X, 255.
Spínola, Hortênsio: Prisioneiro inglês. VIII, 136.
Spix, J. B. von: I, 29; II, 292; III, 407; V, p. XXVIII, XXIX, 135, 204, 212, 217, 225, 226.
Spoleto: IV, 359.
*Squarçafigo, Jácome: Provincial de Andaluzia. IX, 293, 303, 337, 349.
Staden, Hans: I, 361; II, 6, 9, 21.
Staeb, Dom Plácido: V, 165.
Stafford: VI, 593.

*Stafford, Inácio: VI, 593, 594; VII, 164, 270; IX, 147–148 (bibliogr.).
Staffordshire: IX, 147.
*Stancel, Valentim: — Ver Estancel.
Stanley: IV, p. XV.
Stegmüller, Frederich: Escritor. VII, 6; VIII, 314, 317; IX, 139, 163.
*Stein, J.: VII, 225.
Steinen, Carlos von den: III, 356; IV, 302.
*Stöcklein, José: V, 73; VIII, 94, 123, 130, 286; IX, 165, 367.
*Stöger, João Nepomuceno: IX, 149.
Streit, Rob.: II, p. XV, 102, 550, 559, 627; VIII, p. XXVI e *passim;* IX, 14 e *passim.*
Strozi, João Baptista: Marquês. IX, 334.
Studart, Barão de: Escritor. — Índices: I, 601; II, 649; III, 478; IV, 431; V, 625; — VIII, p. XXVI, 54, 237–239, 254, 270, 311; IX, 55, 155, 163, 242, 244, 246, 303, 307, 308.
Studart Filho, Carlos: III, 86.
Sturm, J.: I, 73.
Sturzenek, Gastão Ruch: VI, 49.
Stuttgart: VIII, 14.
*Suárez, Francisco: VII, 177, 185, 219; VIII, 156; IX, 138; X, 314.
SUBTERRÂNEOS: V, 109–110; VII, 417–418.
SUCESSÃO DE ESPANHA (GUERRA DA): VII, 111; VIII, 47.
*Succhesini, Carlos: II, 266.
Sucre: I, 358; IX, 29.
Sudhoff, Karl: II, 579.
Suécia: III, 18; VII, 74.
Suetónio: VII, 151, 169.
Suíça: III, 266; VII, 340; IX, 48, 90.
Suriname: III, 378.
Surucumbu: VI, 529.
Swieten: VII, 337, 338.
*Szentmartonyi, Inácio: Astrónomo Régio. III, 380; IV, 364; VII, 168; IX, 148, 149.
*Szluka, João Nepomuceno: III, 192; IV, 358; VIII, 307; IX, 149.

T

Tabatinga: III, 421; IX, 114.
Tabocas: V, 366.
Taborda: V, 414.
*Taborda, Manuel: IV, 352, 365.
*Taborda, Pedro: V, 584; VI, 600.
*Tacchi-Venturi: V, p. XVII, 138; X, 302.
Tácito: VII, 151; X, 303.
Tagasta, Bispo de: VII, 133.
Tamanca: VI, 603.
Tamayo de Vargas, Tomás: V, 27.
*Tamburini, Miguel Ângelo: Geral. IV, 220; V, 93, 174; VI, 195; VII, 111, 179, 244, 293, 296, 309; VIII, *passim;* IX, 75, 168, 189, 191.
Tamel: VIII, 182.
Tancos: III, 150; IV, 343; IX, 364.
*Tanho (Taño), Francisco Díaz: Procurador do Paraguai. I, 307; VI, 32-39, 248, 250, 262, 572, 573, 578; VIII, 27.
*Tanner, Matias: II, 242, 630; III, 8, 451; V, 138; IX, 57.
Tanque: — Ver *Quinta do Tanque.*
Tapajónia: IV, 304.
Tapajós, Torquato: IV, 191.
Tapiranga, Elpídio: IX, 360.
Tapuitapera: III, 199. — Ver *Alcântara (Maranhão).*
Taques, Lourenço Castanho: VI, 254, 317.
Taques, Pedro: VI, 254, 269, 407.
Taques de Almeida, Pedro: Capitão-mor. VI, 317, 385, 392; VII, 165.
Taques de Almeida Pais Leme, Pedro: Escritor. I, 257, 282; VI, 152, 292, 299, 301, 359, 367, 369, 371, 385, 401-403, 409, 430; VII, 122, 219; VIII, 147.

Tarija: I, 358; IX, 29.
Tarouca: VII, 424.
Tarouca (Família): IX, 23.
Tasso: VII, 157, 171.
Taubaté: VI, 369, 378, 401.
Taubaté, Modesto Rezende de: V, 295.
Taunay, Afonso de E.: Escritor. — Índices: I, 602; II, 650; III, 479; V, 625; VI, 631; — VII, 478; VIII, 41, 47, 257, 260/261, 294; IX, 137, 350; X, p. XV, 301.
Tavares, Adelmar: Escritor. X, 304.
*Tavares, André: V, 585.
*Tavares, Anselmo: Mestre Pedreiro. VII, 434, 438.
Tavares, Cipriano: Capitão-mor. VI, 369.
*Tavares, Domingos (de *Montalvão*): IV, 355, 364; IX, 150 (bibliogr.).
*Tavares, Estêvão: VI, 369.
*Tavares, Francisco: VI, 208, 210.
*Tavares, Jacinto: IV, 356, 365.
Tavares, João: Capitão. I, 503.
*Tavares, João: Deputado da Junta das Missões. III, 224.
*Tavares, João: Estudante. IV, 362, 366.
*Tavares, João (do *Rio de Janeiro*): Fundador de Tutoia. — Índices: III, 479 (1.º); IV, 432 (1.º); V, 625; — VII, p. 279; IX, 150-152 (bibliogr.). 191; — autógr., III, 388/389.
*Tavares, João (do *Porto*): VII, 429, 443.
*Tavares, Joaquim da Silva: Escritor. IV, 156.
*Tavares, José: IV, 351, 365; IX, 152, 153.

*Tavares, Luiz: Fundador Espiritual do Convento de S. Teresa (Rio). VI, 19, 20, 603; IX, 120.
*Tavares, Manuel (da *Baía):* V, 585.
*Tavares, Manuel (do *Rio de Janeiro*): VI, 201; VII, 424, 445.
Tavares, Manuel Francisco: IV, 388, 391.
Tavares, Manuel Roís: III, 443.
*Tavares, Mateus: I, 578; II, 354; V, 107; VII, 270.
*Tavares, Nicolau: VI, 401, 403.
*Tavares, Pero: Sapateiro. I, 582.
Tavares de Almeida, João: Capitão. III, 86.
Tavares de Lira, Augusto: Escritor. I, 85, 513; III, 95; V, 523.
Taveira, António: II, 471.
*Taveira, Inácio (da *Baía*): IX, 153.
Taveira, Rui: II, 471.
Taveira de Neiva, Francisco: VI, 584.
Távora: V, 326.
Távora, Álvaro José Xavier Botelho de: VI, 205.
Távora, D. Francisco de: Governador do Rio de Janeiro. VI, 445.
Távora, D. Francisco de: Vice-Rei da Índia. — Ver Alvor, Conde de.
Távora, Inácio Rodrigues de: Clérigo. III, 122.
*Tavora, José de: IV, 358, 366.
Távora, José Maria de: Cónego da Patriarcal. VIII, 347.
Távora, D. Leonor, Marquesa de: VIII, 342-349.
*Távora, Manuel de: I, 567.
*Távora, Marcos de (de *Bragança*): V, 259; VI, 13, 412, 602; VII, 213, 422, 435; IX, 153 (bibliogr.), 371.
Teatro: Introdução e primeiras representações no Brasil, II, 599-613; I, 101, 103, 224; IX, 428; Diálogo na Baía, VII, 369; em Pernambuco, I, 492; no Maranhão e Pará, IV, 294-300; os papéis femininos, IV, 296-298; Teatro do Colégio das Artes de Coimbra, IX, 93-94; lista de Autores Jesuítas do Brasil, em cuja bibliografia se dá notícia das respectivas obras, IX, 450.
*Techo (Dutoit), Nicolás del: I, p. XXXII, 355-358.
*Tedaldi, Pedro Maria: III, 174; IV, 357, 367, 368; VI, 211; VII, 250, 331, 484.
Tefé: III, 408.
Tefé, Barão de: I, 373.
Teixeira, Álvaro Fernandes: I, 417.
Teixeira, António José: I, 97, 141; VII, p. XX, 192, 195, 211.
*Teixeira, Bernardo: IV, 356.
*Teixeira, Bonifácio: Morto no Apodi. V, 547-549.
*Teixeira, Caetano: VI, 137.
*Teixeira, Diogo: VI, 94, 471, 605; VII, 425, 445.
*Teixeira, Dionísio: VIII, 227; IX, 154.
*Teixeira, Domingos: V, 586.
*Teixeira, Francisco (de *Vila Real*): I, 568.
Teixeira, Francisco: Vereador. VI, 462.
*Teixeira, Inácio: V, 321, 323; VII, 154, 358, 423, 438.
*Teixeira, João (da *Colónia do Sacramento*): VII, 431, 440, 453.
*Teixeira, João (de *Lisboa*): III, 232, 289; IV, 347, 352, 353, 389; VII, 323; VIII, 299; IX, 145, 154-155 (bibliogr.).
Teixeira, João: Cosmógrafo. I, 586; III, 306; V, 199, 333, 348, 508, 601.
*Teixeira, José: VII, 358, 426, 440.
Teixeira, Lourenço: Benfeitor da Baía. V, 126.
*Teixeira, Lourenço (de *Vidago*): VI, 594.
Teixeira, Manuel: Vigário do Pará. III, 113, 280; IV, 137.
Teixeira, D. Marcos: Bispo do Brasil. V, 21, 31, 43, 44, 50-54, 58, 152, 155, 261; VII, 181; VIII, 165; IX, 90.
*Teixeira, Mateus: VII, 428, 437.
Teixeira, Miguel: Cabo da Tropa. VIII, 140.

*Teixeira, Nicolau: IV, 148, 335; IX, 155 (bibliogr.).
*Teixeira, Paulo: V, 476; VI, 471; VIII, 83.
*Teixeira, Pedro: Administrador do Engenho de S. Ana. IX, 156.
Teixeira, Pedro: Capitão da Jornada a Quito. III, 207, 267, 268, 280, 357, 369, 405, 406, 412, 417; IV, 137, 281; V, 25; VI, 245, 246; VII, 101; "imortal", IX, 51, 52.
*Teixeira, Rui: VII, 483.
Teixeira, Rui: Licenciado. I, 497; II, 69.
*Teixeira, Sebastião: Missionário da Amazónia. III, 19, 269, 270, 340, 341, 358; IV, 337, 340; IX, 187.
*Teixeira, Sebastião (de Montalegre): Boticário. VII, 433, 447.
Teixeira, Simão: Tesoureiro-mor da Sé da Baía. V, 53.
*Teixeira, Timóteo: VII, 431, 440.
Teixeira de Barros, J.: I, 24; II, p. XI, 152; V, 155, 164, 165.
Teixeira de Melo, António: Capitão-mor. III, 109, 111-113, 115, 129.
Teixeira de Melo, J. A.: Escritor. II, 471, 483, 631; VIII, 18, 20, 21, 108.
Teixeira Pinto, Bento: I, 84, 237; II, 607; V, 103.
*Teles, Baltasar (Prov. de Portugal): Escritor. I, p. XXXII, 17, 20, 366, 561; II, p. XV, 107, 266, 462, 489, 595; V, 250, 251, 412; VII, 36, 221, 222; VIII, 77, 337; IX, 12, 175, 319.
Teles, Brás: Senhor de Engenho. I, 209; IX, 58.
Teles, Domingos: III, 178, 179.
Teles, Manuel: Sertanista. IX, 386.
Teles Barreto, Manuel: Governador Geral. O seu Governo, II, 155-169. — Índices: I, 602; II, 650; — VIII, 255, 256, 282.
Teles de Meneses, António (Conde de Vila Pouca de Aguiar): Governador Geral do Brasil. V, 398.
Teles de Meneses, Rodrigo Xavier: — Ver Unhão, Conde.

Teles da Silva, António: Governador Geral do Brasil. V, 65, 262, 383, 392, 394-400, 413; VI, 271; VII, 22, 26, 83; VIII, 224; IX, benemérito, 61; 23, 64, 147, 183, 204.
Teles da Silva, Manuel: Marquês de Alegrete. VIII, 48; IX, 297.
Telhado: VII, 453.
*Telo, Barnabé: I, 569; II, 104, 132, 492, 539, 584; VIII, 279.
Tempête, Pierre: I, 88.
Temudo, Antão: Almirante. V, 385; IX, 71, 184.
Temudo, Diogo Marchão: Correspondente de Vieira. IX, 292-299, 410.
Temudo, Manuel da Fonseca: Jurisconsulto. VII, 188; VIII, 194.
Tenerife: II, 427, 428, 481; VIII, 25, 36.
Tenório, João Martines (Ilha de S. Domingos): III, 426.
Tenório, Rosa Lourenço: V, 498.
Tenório Vanderlei, Arnóbio: V, 392.
*Tenreiro, Manuel: Prof. de Filosofia e Teologia, morto cativo dos Holandeses. I, 571, 579; V, 33, 35, 47, 245, 378, 384; VI, 592; VII, 216; IX, 156; — retrato, V, 34/35.
Tentúgal: IV, 350; VII, 432.
Teodósio, Príncipe D.: — Ver Bragança.
Teofrasto: VII, 151.
TEOLOGIA DOGMÁTICA: Matérias, I, 78, 79; VII, 175-178; IX, 441. — Ver Apologética; ver Instrução.
TEOLOGIA MORAL E DIREITO: VII, 180-188; IX, 441-442. — Ver Instrução.
TEOLOGIA PASTORAL: IX, 442.
Terça-Corte: II, 253; VIII, 69.
Terceira (Ilha): I, 501; II, 263; IV, 181; V, 74; VI, 20, 410; VIII, 232, 278; IX, 115, 127, 156, 404.
Terêncio: II, 543; IV, 298, 410.
Teresa Francisca Josefa, D.: Infanta de Portugal. IX, 223, 411.
Teresina: III, 165; V, 361, 562, 564.
Ternate: I, p. XI.
Ternaux Compans: IX, 92.

Terra Nova: V, 26; VIII, 256.
Terreiro de Jesus (Baía): VII, 217; IX, 168. — Ver *Baía.*
*Teschauer, Carlos: Escritor. I, 330, 352; VI, p. XXIII, 249, 479, 531.
*Teschitel, José: Arquivista. X, p. XII.
TESTEMUNHO DO SANGUE:
— Irmãos Pero Correia e João de Sousa, Protomártires (entre os Carijós), II, 236-242.
— Bem-Aventurados Inácio de Azevedo e 39 Companheiros, Mártires do Brasil (mortos pelos piratas Calvinistas às estocadas e no mar), II, 242-266.
— P. Pedro Dias e 11 Companheiros (mortos pelos Calvinistas, como os precedentes), II, 254.
— P. Francisco Pinto (Ibiapaba), III, 8.
— P. António Bellavia, Capelão Militar (Pernambuco), V, 352.
— P. Luiz Figueira e 11 Companheiros (no mar e Marajó), IV, 148; VIII, 235; IX, 155.
— P. Francisco Pires, Manuel Moniz e Gaspar Fernandes (Itapicuru, Maranhão), III, 143-146.
— P. Domingos Fernandes, morto pelos piratas, VII, 68.
— P. António Pereira e Bernardo Gomes (Cabo do Norte, Amapá), III, 257-263.
— P. Bonifácio Teixeira, Capelão Militar (Apodi), V, 549.
— P. João de Vilar (Itapicuru, Maranhão), III, 147-150.
— Para mais notícias: — Ver os respectivos nomes.
— Todos estes padeceram morte violenta, excepto alguns Companheiros de Luiz Figueira, vítimas de naufrágio. Para outras vítimas do mar: — Ver Trabalhos e Naufrágios
*Testore, Celestino: Escritor. VIII, 80.
Teve Barreto, Pedro: IX, 317.

Texier, Abbé: VIII, 248.
Thevet, André: Escritor. I, 181, 362, 363; II, 20, 547.
Tibete: IV, 281.
Ticiano: V, 138.
Tijuca: III, 93.
Tijucopapo: V, 341.
Tinharé: I, 155; II, 23, 58; V, 207.
Tinoco, Cícero F.: VI, 154.
Tinoco, Gonçalo Ribeiro: VI, 286, 288.
*Tinoco, Miguel: IX, 178.
*Tinoco, Pero: Carpinteiro. I, 580; V, 199, 200.
TIPOGRAFIA: — Ver Ofícios mecânicos.
TIPOGRAFIAS:
— *Amacusa (Japão):* Dos Jesuítas da Assistência de Portugal, VII, 158.
— *Antuérpia:* Impr. de Becker, VIII, 37.
— — Miguel Knobaert, VIII, 209.
— *Augsburgo:* Gebrüdern Vagner, IX, 323.
— *Aveiro:* Gráfica Aveirense, IX, 304.
— *Avignon:* Aubanel Frères, VIII, 79
— *Baía:* Manuel António da Silva Serva, IX, 101.
— — B. Sena Moreira, VIII, 236.
— — Tipogr. Imperial e Nacional, IX, 101.
— — Manuel Feliciano Sepúlveda, VIII, 236.
— *Bar-le-Duc:* Contant-Laguerre & Cie, IX, 329.
— *Barcelona:* Esteban Liberòs, VIII, 34.
— — Jacinto Andreu, IX, 328.
— — José Llopis, IX, 355.
— — Iuan Piferrer, IX, 328.
— — Maria Martí Viuda, IX, 328, 329, 357.
— — Rafael Figueredo, VIII, 291.
— *Bolonha:* L'Herede del Benacci, VIII, 35.
— *Bruxelas:* L. Wageneer, VIII, 78.
— *Budapeste:* Hunydai Mátyás, VIII, 220.
— *Cádis:* Francisco Requena, IX, 324.

— *Coimbra:* António de Mariz, VIII, 16.
— — Bento Seco Ferreira, VIII, 244.
— — Colégio das Artes da Companhia de Jesus, VII, 210; VIII, 13, 244-246; IX, 75.
— — João Antunes, IX, 15, 109.
— — José António da Silva, VIII, 154.
— — José Ferreira, IX, 108, 109.
— — Manuel de Carvalho (e Viuva de), IX, 108, 205, 209.
— — Manuel Rodrigues de Almeida, IX, 108.
— — Rodrigo de Carvalho Coutinho, IX, 108.
— — Tomé de Carvalho, impressor da Universidade, IX, 108, 203-206, 208.
— — Imprensa da Universidade, IX, 204, 238, 302-304.
— *Colónia:* Imprensa da Companhia de Jesus, IX, 15.
— — Fratrum Huguetan, IX, 15.
— *Cracóvia:* Schedeliana, IX, 335.
— *Dilinga:* João Federle, IX, 45.
— *Douay:* Marc Wion, VIII, 34, 93.
— *Évora:* Imprensa da Universidade da Companhia de Jesus, VIII, 145, 172, 208, 209, 290, 300, 362, 364; IX, 131, 205, 206, 217.
— *Jerez de la Frontera:* João António Taraçona, VIII, 36.
— *Leipzig:* Brockaus, VIII, 352.
— — W. Drugulin, VIII, 17, 236.
— *Liège:* Lemarié, IX, 89.
— *Lisboa:* Academia das Ciências, VIII, 20.
— — Adolfo Modesto & C.ª, IX, 232.
— — António Álvares, IX, 147.
— — António Craesbeeck de Melo, IX, 205.
— — António Isidoro da Fonseca, VIII, 301, 374.
— — António Manescal, VIII, 150.
— — António Pedroso Galrão, VII, 169; VIII, 95, 111, 314, 363, 386; IX, 69, 74, 231.
— — António Pedroso Galrão (Herdeiros de), VIII, 7; IX, 231.
— — António Rodrigues de Abreu, IX, 109.
— — António da Silveira, VIII, 374.
— — António de Sousa da Silva, VIII, 6, 301.
— — António Vicente da Silva, VIII, 354.
— — Augustiniana, IX, 125.
— — Bernardo da Costa de Carvalho, Impressor da Religião de Malta, VIII, 95, 293; IX, 66, 355.
— — Congregação do Oratório, IX, 301.
— — Craesbeeckiana, IX, 174, 198, 208, 313.
— — Deslandesiana (Oficina Real), VIII, 46, 292, 364.
— — Domingos Carneiro, VIII, 185, 363; IX, 175.
— — Domingos Lopes Rosa, IX, 204-206, 208, 209.
— — Domingos Rodrigues, IX, 311.
— — Elzeviriana, IX, 302.
— — Eugénio Augusto, IX, 301.
— — Filipe de Sousa Vilela, VIII, 290.
— — Francisco Luiz Ameno, IX, 31, 293, 305.
— — Francisco da Silva, VIII, 257.
— — Francisco Xavier de Andrade, VIII, 300.
— — G. M. Martins, IX, 302.
— — Gráfica Lisbonense, IX, 234.
— — Henrique Valente de Oliveira, IX, 107, 175, 177, 244.
— — Imprensa Nacional, VIII, 133; IX, 232, 363.
— — Imprensa Portuguesa, IX, 302.
— — Imprensa Régia, IX, 311, 352.
— — João Álvares, VIII, 84.
— — João Antunes, VIII, 185.
— — João da Costa, VIII, 36, 360; IX, 108, 176, 177, 194.
— — José António da Silva, VIII, 97; IX, 357.

— — Lourenço de Anveres, IX, 204, 330.
— — Lourenço Craesbeeck, IX, 147.
— — Luiz José Correia Lemos, IX, 319.
— — Manuel Fernandes da Costa, VIII, 373, 374; IX, 74, 110.
— — Manuel Lopes Fernandes, VIII, 110.
— — Manuel da Silva, VIII, 235; IX, 200.
— — Manuel Soares, VIII, 341.
— — Mateus Pinheiro, V, 60.
— — Matias Pereira da Silva & João Antunes Pedroso, VIII, 300.
— — Matias Rodrigues, V, 349; VII, 210; VIII, 238, 239; IX, 147.
— — Miguel Deslandes, VIII, 61, 99, 100, 110, 196/197, 199, 201, 235, 236, 290-292, 313, 351, 361, 362; IX, 172, 194-199, 221, 325.
— — Miguel Manescal, II, 355; VIII, 291, 292, 360, 363, 375; IX, 69, 218.
— — Miguel Manescal da Costa, VIII, 55, 373; IX, 14, 26, 120.
— — Miguel Rodrigues, VIII, 246, 354, 360; IX, 110, 231, 305.
— — Minerva Central, IX, 233, 360.
— — Oficina da Música, VII, 210; VIII, 4, 47, 292.
— — Pascoal da Silva, VIII, 13, 364, 366.
— — Pedro Crasbeeck, II, 560; VIII, 61; IX, 172.
— — Pedro Ferreira, VIII, 97, 374; IX, 86.
— — Pedro Galrão, VIII, 110 [António Pedroso Galrão ?].
— — Patriarcal (Oficina), VIII, 235.
— — Patriarcal de João Procópio Correia da Silva, IX, 101.
— — Revista Universal, IX, 228, 302, 306.
— — Rolandiana, IX, 232.
— — Silviana, VIII, 176, 301.
— — Silviana (Nova Oficina), IX, 357.
— — Silviana e da Academia Real, VIII, 176.
— — Simão Tadeu Ferreira, VIII, 99.
— — União Tipográfica, IX, 228.
— — Valentim da Costa Deslandes, VIII, 201, 363, 364; IX, 66, 69, 199.
— *Madrid:* Augustín Fernandes, IX, 328.
— — Ángel Pasqual Rubio, IX, 355.
— — António Francisco de Zafra, IX, 325.
— — António González de Reyes, IX, 325, 326.
— — António de Marín, IX, 329.
— — António Román, IX, 327.
— — António Sanz, IX, 329, 356.
— — Francisco Fernández, IX, 328.
— — Francisco de el Hierro, IX, 328.
— — Gregório Rodrigues, IX, 326.
— — Imprenta Imperial, IX, 324.
— — Juan García Infanzón, IX, 326-328.
— — Lorenço García, IX, 326, 327.
— — Manuel Fernández, VIII, 78.
— — Manuel Ruiz de Murga, IX, 328.
— — Paulo de Val, IX, 324.
— *Mallorca:* Miguel Capó, IX, 355.
— *Messina:* Pietro Brea, VIII, 35.
— *México:* Alexandre Valdés, VIII, 291.
— *Milão:* Francisco Vigone, IX, 331.
— *Monza:* Luigi Annoni, VIII, 78.
— — Padini, VIII, 36.
— *Múrcia:* Miguel Lorenti, IX, 328.
— *Nápoles:* Andrea Festa, VIII, 35.
— — Felice Mosca, IX, 334.
— — G. Nobile, VIII, 78.
— — José Cacchione, VIII, 198.
— — Luca António Tusco, IX, 331.
— — Scoriggio, VIII, 35.
— *Niterói:* Salesiana, IX, 232.
— *Norimberga:* Monath et Kussler, VIII, 206.
— *Novara:* Francisco Cavalli, VIII, 69.

— *Paderborn:* Schöningh, IX, 323.
— *Pamplona:* Alonso Bonguete, IX, 357.
— *Pará:* Revista "España", IX, 362.
— *Paris* (?): Casimir, IX, 302.
— *Pésaro:* Amatina, VIII, 13.
— *Poitiers:* Oudin, VIII, 37.
— *Porto:* Tipografia Fonseca, VIII, 56/57.
— — Imprensa Moderna de Manuel Lelo, IX, 229.
— — Pereira da Silva, IX, 302.
— — Porto Médico, I, 612; II, 660.
— — Visconde de Azevedo (Particular), VIII, 341.
— — Empresa Industrial Gráfica do Porto Maranus, VIII, 76.
— *Praga:* Académica, VIII, 208.
— *Presburgo:* Aloys Schreiber, VIII, 79.
— *Puebla de los Ángeles:* Imprenta de Diego Fernandes de León, IX, 355.
— *Regensburgo:* G. Joseph Mans, IX, 323.
— *Rio de Janeiro:* António Isidoro da Fonseca, VII, 230/321; VIII, 216.
— — Arquivo Nacional, VIII, 25.
— — Central de Brown & Evaristo, VIII, 352.
— — Colégio da Companhia de Jesus (particular), V, 93; VI, 26.
— — Comércio de Brito & Braga, VIII, 382.
— — Imprensa Nacional, III, p. XVIII, 490; IV, 412, 413, 440; V, p. XXI, 638; VI, 606, 607, 642; VII, 492; VIII, 17, 18, 351, 438; IX, 11, 177, 363, 431, 460; X, p. XIV, 303, 305.
— — Imprensa Régia, VIII, 190, 358.
— — João Inácio da Silva, IX, 176.
— — J. de Villeneuve & C.ª, VIII, 46.
— — Laemmert & C.ª, VIII, 108, 379.
— — Lombaerts & C.ª, VIII, 236.
— — S. José: IX, 304.

— *Roma:* Ângelo Bernabò del Verme, VIII, 336.
— — António de Rossi, VIII, 77, 95, 110-113.
— — António de Rubeis, VIII, 111.
— — Arcângelo Casaletti, VIII, 36.
— — Bernabò, VIII, 112-114.
— — B. Morini, 78.
— — Câmara Apostólica, VIII, 31, 32, 72-75.
— — Francisco Tizoni, VIII, 8.
— — Fratres Puccinelli, VIII, 14; IX, 100.
— — Giorgio Placcho, VIII, 77; IX, 333, 352.
— — Guerra et Mirri, VIII, 33.
— — Ignazio de' Lazari, IX, 333.
— — Joseph Brancadoro, VIII, 75.
— — Komarek, VIII, 36, 95, 112.
— — Lazzari Verese, IX, 334.
— — Michele Ercole, IX, 331.
— — Nicolò Angelo Tinassi, IX, 331.
— — Paolo Moneta, IX, 332.
— — Pietro Francisco Malatesta [Roma e Milão], VIII, 78.
— — Salomoni, VIII, 43.
— — Varesi, VIII, 72, 77; IX, 331, 334.
— — Zinghi et Monaldi, VIII, 31.
— *Sacer* (?): RR. PP. Servitas, VIII, 78.
— *Salamanca:* Antónia Ramírez Viuda, VIII, 34.
— *S. Cruz de Tenerife:* Vicentius a Bonnet, VIII, 25.
— *S. Paulo:* G. Gerke, VIII, 38.
— *Santiago de Chile:* Imprenta Nacional, VIII, 355.
— *Saragoça:* Diogo Iturbi, IX, 217.
— — D. García Infazón, IX, 327.
— *Sevilha:* Tomás Lopes de Haro, IX, 355.
— *Sigmaringen:* P. Liehnner, VIII, 79.
— *Tirnau:* Academia S. I., VIII, 219.
— *Tournai:* Adrianus Quinquius, VIII, 35.
— *Turim:* Giacinto Marietti, VIII, 36.
— — HH. di Gio. Dom., VIII, 35.

— *Valência:* Nicolao Droget, IX, 324.
— *Veneza:* António Zatta, VIII, 293.
— — Bastian Menegati, IX, 332.
— — Domenico Lovisa, IX, 332.
— — Federico Agnelli, IX, 332.
— — Giovani Tavernin, VIII, 78.
— — Lorenzo Baseggio, IX, 331.
— — Marino Rosetti, IX, 332.
— — Nicolò Pezzana, VIII, 8; IX, 332.
— — Paulo Bagloni, VIII, 113, 114; IX, 15, 332, 333.
— — Tramezini, VIII, 20.
— *Viena de Áustria:* Pedro Paulo Viviani, IX, 334.
— *Vilna:* Academia S. I., IX, 336.
— *Viseu:* Imprensa da "Revista Catholica", IX, 357.
— *Viterbo:* Poggiarelli, IX, 105.
— *Zagreb:* Fer. Xav. Zerauscheg, IX, 323.
— Ver Editores.
Tirol: III, 220; IX, 45.
Tito Lívio: VII, 151, 169.
Tívoli: IV, 410; VIII, 227, 379.
Tocantins, A. M. Gonçalves: III, 276.
Tojal: I, 571.
Toledo: II, 251, 260; VIII, 58, 266.
Toledo, Fr. André de: III, 406; IV, 283.
Toledo, D. Fradique de: V, 56.
*Toledo, Francisco de: Visitador do Maranhão ao sobrevir a perseguição geral. III, 196, 233, 288; IV, 231, 232, 363; V, 190; VI, 385, 401, 432; VII, 318, 319, 321, 322, 352, 353, 421; VIII, 57, 86, 213, 220, 221, 265, 384; IX, 79, 150, 156–162 (bibliogr.), 368; — autógr., IV, 326/327.
Toledo, Francisco Eugénio de: I, 306.
*Toledo, Pero de: Provincial. Biografia, I, 404; VII, 10. — Índices: I, 602; II, 650; V, 625; VI, 650; VII, 479; — VIII, 8, 61; IX, 162, 166.
Toledo Castelhanos, João de: Pai do P. Francisco de Toledo. VI, 385.
Toledo Piza, António de: I, 279, 282, 312; VI, 374.
Tolosa: IX, 138, 407.

*Tolosa, Inácio: Provincial. Biografia, II, 477–479; dá explicação natural do Fogo de Santelmo, I, 79. — Índices: I, 602; II, 650; V, 625; VI, 650; VII, 479; — VIII, 30, 77, 92, 159, 237, 254, 256, 282; IX, 162–165 (bibliogr.); X, 314; — ass. autógr., II, 464/465.
Tomar (Portugal): IV, 356, 366; V,ʳ124; VI, 252; VIII, 43.
Tomar (Rio Negro): IV, 312.
Tomar (Sergipe): V, 326.
*Tomás, Francisco: IV, 349.
*Tomás, José: IV, 342.
Tomé de Jesus, Fr.: I, 18.
Tondela: II, 263.
Tonquim: VIII, 56, 125.
Topografia (Nomenclatura): V, p. XXI–XXII.
Tordesillas: II, 172; III, 416; IV, 412; IX, 50–52.
Toríbio (S.): I, 346.
Torrão: IV, 345; IX, 187.
Torre (Casa da): VI, 9; VII, 241, 242; VIII, 258, 259; IX, 47, 103, 182. — Ver Ávila.
Torre, Conde da (D. Fernando de Mascarenhas): II, 3; IV, 30; V, 381; VII, 62, 265.
Torre de Bouro: VII, 430.
Torre Revello, José: IV, 335.
Torre do Tombo: — Ver Arquivo Nacional da Torre do Tombo.
Torres, Domingos: VI, 250.
Torres, João Nepomuceno: IX, 360.
*Torres, José de: Construtor naval. V, 205, 321, 585; VI, 596; VII, 251.
*Torres, Miguel de: Provincial de Portugal. — Índices: I, 602; II, 650; — VIII, 71, 324; IX, 9, 11, 57, 426.
*Torres, Manuel de (da *Baía*): V, 583.
*Torres, Manuel de (de *Coimbra*): Livreiro. VII, 433, 443.
Torres, Pedro da Silva: VI, 27.
Torres Câmara, J. E.: III, 14.
Torres Novas: V, 122; VI, 596, 604; VII, 279, 426, 428, 432; VIII, 185, 186.

Torres de Oliveira, José: Escritor. VI, p. XVI; VIII, 40.
Torres Vedras: IX, 140, 210.
Torrijos: II, 260.
Torroselo: IV, 366.
*Torsellini, Horácio: VII, 169.
Toscana: VIII, 45, 66.
Toscana, Grão Duque de: VIII, 95; IX, 281, 316.
Toscano, Francisco: IX, 185.
Toulon: VII, 252; VIII, 356.
TOURADAS: II, 99.
Tourinho, Eduardo: VI, 67.
Tourinho, Pero do Campo: I, 206.
Tourinho, Sebastião Fernandes: II, 177.
Tournai: VIII, 9, 35, 36, 160.
Tournon, Cardeal de: VIII, 352.
Touro: VII, 430, 433.
Tovar, Conde de: VIII, p. XXVI, 369; IX, 235, 310
TRABALHOS E PERIGOS: Naufrágios, de Nóbrega, II, 188; de Anchieta, II, 189-190; de João Baptista (e morte), II, 190; de João Vieira (Milet) e morte, VI, 179; de Leonardo Nunes (e morte), II, 189; IX, 16; de Manuel Nunes (e morte), IX, 18; de Luiz da Grã, II, 189; do P. Inácio Tolosa, II, 189; IX, 165; do Ir. Traer, escultor, (e morte), III, 220; do P. António Vieira, IX, 212; — o desterro das Antilhas, V, 354-358; o desterro e cativeiro de Holanda, V, 34-50, 377-380; os sertões e cachoeiras do Rio Doce, VI, 173-176; fome, II, 103; os "matos sem caminho" (Nóbrega), IX, 422; as areias das praias (Vieira), III, 21; o arrastar das Canoas, III, 22; ferimentos e grosserias de brancos por causa da liberdade dos Índios, III, 362-363; IX, 379; tormentos recebidos de piratas e corsários do mar, I, 347, 570-571; II, 492; IV, 82; as cruzes do Maranhão e Pará, IV, 147-150. — Ver Colonização; Entradas; Piratas; o Testemunho do Sangue (Mártires).
Trucunhaém: V, 476.
*Traer, João Xavier: Escultor e Pintor. III, 220, 221; IV, 147, 346; V, 600; IX, 165-166 (bibliogr.); — o púlpito do Pará, IX, 152/153.
Trafaria: IV, 356, 365; VII, 356.
Tramandataí: VI, 475, 480.
Trancoso (Brasil): V, 242.
Trancoso (Portugal): II, 257.
Trás-os-Montes: II, 246, 257, 553, 611; III, 137, 272; VII, 427; VIII, 274, 323; IX, 43, 186.
Trastevere: VII, 358, 361; VIII, 226.
Travanca: VII, 434.
Travancor: I, p. XI.
Travassos: IV, 324.
Travassós: IV, 325, 355, 363; VIII, 190.
Travassos, Mário: Escritor. IV, 283.
*Travassos, Simão: Capelão da Conquista da Paraíba. I, 464, 500, 503, 504, 568, 583, 591; II, 396, 397, 564; V, 418, 491; VIII, 283; IX, 166 (bibliogr.).
*Travi, Tomás J.: X, p. XII.
Tregian: Francis: IX, 147.
Treixedo: — Ver Crexido.
Trelles, Manuel Ricardo: VIII, 27.
Trento: I, 161; II, 86, 383, 437, 438; VIII, 303; IX, 14, 427.
Trepane: VI, 591; VII, 30; VIII, 177.
Tréveris: IV, 257, 274, 363; VIII, 98, 121, 307, 372, 377.
Trezidela: III, 154.
Trigueiros, Domingos: Entalhador. V, 122, 132, 467, 585; VI, 135.
Trindade, Fr. Diogo da: IV, 169, 171.
Trindade, Raimundo: Escritor. VI, 188, 199-203.
Trindade Salgueiro, D. Manuel: Escritor. IX, 353.
*Tristão, Manuel: Enfermeiro. I, 579; V, 340, 342; VIII, 133; IX, 167.
Tromp, Almirante: V, 414.
TROPAS DE RESGATE: — Ver Liberdade dos Índios.

Trübner: VIII, 66, 187.
Trujillo: III, 429.
Tubarão: VI, 480.
Tubuci: VIII, 385. — Ver *Abrantes (Portugal)*.
Tucumã: I, 345-350, 353, 357; II, 554, 611; III, 406; VI, 247, 541; VIII, 65.
Tupinambaranas: — Ver *Aldeias e Ilhas*.

Turi-Açu: III, 202.
Turim: V, 174; VIII, 34; IX, 47.
Turner: III, 421.
Turquel: VII, 433.
*Tursellini, Horácio: — Ver Torsellini.
*Turtureli, Estêvão: Revisor de Livros VIII, 65.
Tutoia: IV, 201; VII, 279; VIII, 152. 312; IX, 79, 150, 151, 369.

U

Ubatuba: VI, 368, 471, 605.
Uberaba: VI, 191, 212.
"Ufanismo Brasileiro": VII, 28; VIII, 337-338; IX, 174, 178.
*Ugarte de Ercilla, E.: V, 62.
Ulhoa, António Lopes de: V, 279.
Ulhoa, Lopo Rodrigues: VI, 515, 317.
Una: IV, 324.
Unhão, Conde de: IV, 4; V, 398.
Unhão, Conde de (Rodrigo Xavier Teles de Meneses): VI, 12; VIII, 9, 139, 140; IX, 210.
Unidade do Brasil (A): No pensamento de Nóbrega, IX, 419, 421, 426, 432, 433.
Universidades de:
— Alcalá: I, 4; II, 260; X, 314.
— Baía: Faculdade de Medicina no Antigo Colégio dos Jesuítas, I, 57; IX, 413.
— Brasil: Tentativas para se fundar a Universidade do Brasil nos Séculos XVI e XVIII, I, 98-100; V, p. XXX, 77; VII, 191-209, 228, 229; VIII, 266, 293; actual, X, 312, 314, 315.
— Coimbra: I, 99, 100; II, 460, 462, 522; IV, 274; VII, 135, 142, 164, 165, 168, 194, 196, 204, 205, 209, 214, 219, 340; VIII, 56/57, 241, 267, 374; IX, 3, 93, 94, 158, 162, 216, 235, 280/281, 313, 352, 398, 414; X, 313-315. — Ver Colégio das Artes; ver Coimbra.
— Dilinga: IX, 44, 45; X, 314.
— Estados Unidos: As dos Jesuítas, III, 447; X, 315-316.
— Estrasburgo: I, 73.
— Évora: I, 97; IV, 274; VII, 133, 158, 168, 194, 211, 213, 219, 227; VIII, 171, 253, 279, 282, 316, 317, 387, 389; IX, 94, 117, 162, 342; X, 314.—Ver também Évora.
— Friburgo: IX, 90.
— Gregoriana: IX, 93, 127, 340, 342, 357.
— Olmutz: VIII, 208.
— Paris: I, 4, 73, 88; IX, 414; X, 313.
— Perúsia: VII, 110. — Ver Perúsia.
— Praga: VII, 208, 222.
— Salamanca: I, 4; II, 26, 460, 462, 522; IX, 414; X, 314.
— Rio de Janeiro (Católica): VII, p. XI, 225, 362; X, p. XV, 312-315; voto para que se institua nalguma grande Universidade brasileira a "Cadeira de Estudos Jesuíticos", I, p. XXIV; X, 316.
— Tréveris: IV, 274; VIII, 98.
Up de Graff, F. W.: IV, p. XV, 172.
Upanema (Salinas do): III, 16.
Urbânia: VI, 210; IX, 126, 152.
*Urbano: — Ver Fernandes, Urbano.
Urbano VIII: Papa. II, 483; III, 210; VI, 250-252, 267, 287, 296, 415, 416, 521, 569; VII, 17, 21, 30; VIII, 30, 31, 147, 322, 389.
Urbino: VIII, 114.
Ureña, Pedro Henrique: IX, 355.
Urgel: II, 259, VIII, 59.
*Uriarte, J. Eugénio de: VIII, 206, 236.
Uruguai: I, 358; VI, 220, 250, 535, 550; VIII, 250.
Utinga (Pará): III, 283.
Utinga (Sul): VIII, 195.
Utrecht: VI, 525, 544.

V

Vaía Monteiro, Luiz: Governador do Rio de Janeiro. V, p. XII; VI, 56, 93, 109, 467, 525; VIII, 5.
Val de Cães: IV, 324.
Val de Reis, Conde de: VI, 224; VII, 289.
Val do Rosal: II, 250, 251.
*Valada, Manuel: I, 571, 572.
Valadão, Alfredo: Escritor. IX, 432.
Valadão, Haroldo: Escritor. III, 453; VII, 185.
*Valadão, João: III, 147; IV, 343, 346.
Valadares, Francisco: III, 341.
Valáquia: II, 214.
Valazim: VII, 430.
Valbom: V, 74; VIII, 187.
Valcácere, Paulo: I, 465, 466.
*Valderas, Afonso de: II, 260.
Valdés, Diogo Flores: — Ver Flores Valdés, Diogo.
Valdés Inclan, Alonso Juan: VI, 544.
Valdigem: VIII, 377.
Vale, Álvaro Luiz do: VI, 489.
*Vale, António do: I, 574. — Ver Vale, Leonardo do.
*Vale, António do (de *Évora*): V, 85, 149, 189, 584; VI, 545, 549, 600; VII, 217; VIII, 195; IX, 168-169 (bibliogr.); — ass. autógr., IX, 136/137.
Vale, António do: Escrivão das dadas. I, 542, 574.
*Vale, Bernardo do: V, 586.
Vale, Gonçalo do: Pai do P. Jerónimo Rodrigues. VI, 150.
*Vale, João do: VII, 153, 426, 439.
Vale, João Ribeiro do: VI, 459.
Vale, João Velho do: III, 37, 52, 53, 58, 60.

*Vale, José do: VII, 424, 447.
*Vale, Leonardo do: O seu "Vocabulário na Língua Brasílica", II, 555-556. — Índices: I, 602; II, 650; V, 625; VI, 631; — VIII, p. XX, 30, 158, 314; IX, 17, 169-171 (bibliogr.), 428; — ass. autógr., IX, 136/137; "Vocabulário", IX, 168/169.
*Vale, Manuel do: VII, 429, 443.
Vale, Manuel Ferreira do: VI, 450.
*Vale, Salvador do: III, 237, 292, 348, 349; IV, 70, 272, 337, 339; VI, 123, 126; VIII, 10; IX, 171-172 (bibliogr.), 307.
Vale, Simão do: IX, 185.
Vale Cabral, Alfredo do: Escritor. — Índices: I, 602; II, 650;— VIII, p. XX, XXVI, 42, 62, 106, 236, 240, 272, 353; IX, 4, 6, 7, 8/9, 10, 12, 14, 297, 431.
Vale do Corvo: IV, 349.
*Vale Régio, Alexandre: Procurador em Lisboa. — Índices: I, 602; II, 650.
Vale de Todos: IV, 352.
Valença (Brasil): II, 155; V, 212, 598.
Valença, Marquês de: V, 202.
Valência: II, 249, 259, 588; V, 384, 386; VIII, 59; IX, 112.
*Valente, Cristóvão: Mestre e Poeta da Língua Tupi. I, 580; V, 216, 342; VIII, 61, 313; IX, 172-173 (bibliogr.); — "Cantigas na Lingoa", IX, 88/89.
*Valente, Francisco: Recebe em S. Roque a Profissão solene de Vieira. IV, 12; IX, 192, 376/377.

*Valente, José: V, 150; VII, 361, 434, 440, 453.
*Valente, Luiz: I, 497, 575, 584; VI, 404.
Valente, Osvaldo: V. p. XX, 601.
*Valeriano, José: Pintor. VIII, 281.
*Valério, José Borges: IV, 240.
Valério Máximo: VII, 151.
Valkenburg: II, 630.
Valladolid: I, 135, 136; II, 492.
Valleius Paterculus: VII, 151.
Valmaseda, D. Carlos de los Reis: IX, 136.
Van Dyck: V, 129, 138.
Van Prat, Teresa Margarida Jansen Moller: III, 197.
Van der Vat, O.: Escritor. III, 455.
*Van der Velde: IV, 339.
Van der Linden, Herman: II, 374.
*Vanderstraeten, Filipe: IX, 102, 104.
Vareiro, Manuel André: VII, 20.
Varejão: Armador. IV, 22.
Varejão, Pedro de Sequeira: Advogado. VII, 215, 218, 219; IX, 71.
Vargas, Getúlio: Presidente do Brasil. III, p. IX; IV, p. XV, 413.
Varnhagen, Francisco Adolfo: — Ver Porto Seguro, Visconde de.
Varsóvia: VII, 359; IX, 89.
Várzea: V, 437, 439.
Vasco, João: III, 15.
Vasconcelos, Amaro Velho de: V, 500, 503.
Vasconcelos, António Furtado de: IX, 188.
Vasconcelos, António de Mendonça: III, 107.
Vasconcelos, António Pedro de: Governador da Colónia do Sacramento. VI, 526, 545, 546, 549; VIII, 180, 218; IX, 137.
Vasconcelos, Bartolomeu de: Comandante. I, 377; IX, 426.
Vasconcelos, Diogo de: VI, 186; VII, 349.
*Vasconcelos, Feliciano de: VI, 601.
Vasconcelos, Inácio Rebelo de: VII, 26.

*Vasconcelos, João de: VI, 45.
Vasconcelos, João Mendes de: Juiz. VII, 195.
Vasconcelos, Lisuarte de Andrade: Escrivão da Fazenda. I, 552, 554.
Vasconcelos, D. Luiz de: Governador do Maranhão. III, 171.
Vasconcelos, Luiz de: Governador eleito do Brasil. II, 254; VIII, 157.
*Vasconcelos, Luiz de: Reitor nos Açores. II, 254.
Vasconcelos, Luiz Aranha de: Capitão. III, 346.
Vasconcelos, Moacir N. de: V, 395.
Vasconcelos, Paula de: VII, 26.
*Vasconcelos, Pedro de (do *Rio de Janeiro*): VII, 426, 444.
Vasconcelos, Salomão de: VI, 202.
*Vasconcelos, Simão de: Provincial. Biografia, VII, 26-28. — Índices: I, 602; II, 650; III, 479; IV, 432; V, 626; VI, 631; VII, 479; — VIII, p. XXVI e *passim;* IX, 173-183 (bibliogr.), 232/233 e *passim;* — autógrafos, II, 464/465; VI, 440/441; "Chronica", II, 96/97; IX, 184/185; "Vida" de João de Almeida, VIII, 8/9; IX, 172/173, 180/181; "Vida" de Anchieta, IX, 188/189; aprovações à "Summa", VIII, 360/361.
Vasconcelos e Sousa, João Rodrigues de: Governador Geral do Brasil. — Ver Castelo Melhor, Conde de.
Vasconcelos e Sousa, Luiz de: Ministro. — Ver Castelo Melhor, Conde de.
Vasconcelos e Sousa, Pedro de: Governador Geral do Brasil. — Ver Castelo Melhor, Conde de.
Vascongadas: I, 3.
*Vásques, Dionísio: VIII, 70.
*Vásquez, Gabriel: VII, 185.
Vasqueanes, Martim: — Ver Correia Vasqueanes.
Vassouras: VI, 55.
Vaticano: — Ver Archivio Vaticano; ver Santa Sé.
Vätgen, Hermann: V, 393.

Vaz, Afonso: I, 225.
*Vaz, B. Amaro: Mártir do Brasil. II, 259.
*Vaz, António (de *Setúbal*): III, 141, 293, 351, 352; IV, 220, 291; VII, 98; — ass. autógr., IV, 230/231.
*Vaz, António (de *Abrigada*): V, 116; VI, 594.
Vaz, Gonçalo: Escritor. V, 411.
*Vaz, Gonçalo: Ir. C. VI, 593.
*Vaz, Gonçalo: Provincial de Portugal. I, 563; VIII, 373; IX, 55, 88, 169.
*Vaz, José: V, 584.
*Vaz, Manuel: VII, 433, 450.
Vaz, Marçal: I, 65, 419, 540, 547.
*Vaz, Martim: I, 569.
Vaz, Pero: II, 263.
*Vaz, Sebastião: I, 580; V, 81, 111, 117, 249, 316, 429; VII, 38, 39, 55; VIII, 338; IX, 16, 141, 181, 183.
Vaz Miranda, António: V, 436.
Vaz Pereira, M.: X, p. XIII.
Vaz Resende, Luiz: I, 540, 547.
*Vaz Serra, António: V, p. XXIV; VI, p. XVIII; VII, p. XVII; VIII, p. XXI.
Vaz de Siqueira, Rui: Governador do Maranhão. III, 29, 130, 169, 382; IV, 69, 71, 216.
Vazabarris: II, 163.
Vega, Garcilazo de la: VII, 171.
Vega, Juan de: VIII, 81.
Veiga, António Correia da: VI, 369.
Veiga, Diogo Lourenço da: Governador Geral do Brasil. II, 140, 155, 210.
*Veiga, Francisco da (de *Reveles*): IV, 352, 364, 368; IX, 184 (bibliogr.).
*Veiga, Francisco da: Missionário do Maranhão e do Oriente. IV, 337; VII, 280; IX, 307.
*Veiga, Inácio da: IV, 353, 365.
Veiga, João da: VI, 443, 450.
Veiga, João de Espínola: Capitão-mor da Vila da Praia. IX, 389.
Veiga, José Pedro Xavier da: VIII, 47.

Veiga, Manuel Francisco da Silva e: VI, 66.
Veiga, Manuel Pita da: Provedor-mor do Maranhão. III, 146; IX, 64.
Veiga, Maria Lopes da: Mãe do P. Manuel Pinheiro. IX, 55.
Veiga, Fr. Teodósio da: III, 383.
Veiga, Cabral, Francisco Xavier da: Governador das Armas. VIII, 249.
Veiga Cabral, Sebastião da: Governador da Colónia do Sacramento. VI, 543.
*Veigl, Francisco Xavier: VIII, 204.
Veiros: III, 345, 352.
Velasco, D. Catarina Ugarte e: VI, 42, 426.
Velasco, Juan de: III, 407.
Velasco, Pedro Ramírez de: VI, 42.
*Velez, António: IV, 358, 366.
Velha, Francisca: Benfeitora. I, 153.
*Velho, António: V, 585.
Velho, António Rodrigues: VI, 242.
Velho, Diogo: Inquisidor. IX, 258.
*Velho, Jorge: I, 575; II, 175, 177.
*Velho, Manuel (de *Braga*): IV, 198; V, 584.
*Velho, Manuel (do *Porto*): VII, 426, 447.
*Velho, Pedro: VI, 594.
Velho de Melo, António: VI, 262.
Velho de Azevedo, João: VI, 281, 284, 297, 299.
*Veloso, Francisco: Missionário da Amazónia. — Índices: III, 479; IV, 432; — IX, 184-185 (bibliogr.), 307; — ass. autógr., III, 372/373.
Veloso, Francisco Dias: VI, 445.
Veloso, Jerónimo (de *Guaratiba*):VI, 54.
*Veloso, Jerónimo (de *Lisboa*): I, 504, 576, 580; V, 268; IX, 166.
*Veloso, Jerónimo (do *Recife*): V, 585; VII, 425, 449.
*Veloso, João: VI, 122, 604; VII, 424, 445.
Veloso, Fr. José Mariano da Conceição: IV, 314; VIII, 14, 99, 236; IX, 101.

*Veloso, Luiz: V, 253; IX, 79, 185-186 (bibliogr.).
Veloso, Manuel: VI, 54.
Veloso de Espinho, Manuel: VI, 54.
Veloso Rebelo, Aníbal: Escritor. IX, 432.
Veneza: I, 5, 68; V, 82, 451; VIII, 19-21, 95, 132, 256, 277, 335; IX, 320, 398, 399.
Venezuela: III, 101, 207, 406, 429, 431; V, 356; VII, 340; VIII, 270.
*Ventidio, Baiardo: I, 568.
Ventosa: IV, 353, 365.
Ventoso, Fr. Inácio: IV, 75.
Ventura Fuentes: I, 19.
Vera Cruz (Gurupí): III, 291.
Vera Mujica, António de: VI, 538, 539.
*Veras, Gonçalo de (de *Montalegre*): Missionário do Tocantins e Araguaia. III, 341. — Índices: III, 479; IV, 432; V, 626; — IX, 186-187 (bibliogr.), 246.
Vercelli: VIII, 340.
Verdemilho: IX, 55.
Vergara, Pedro: VII, 351.
Veríssimo, Cardeal D.: IV, 9. — Ver Lencastre, Cardeal D. Veríssimo de.
*Verjus, António: Tradutor de Vieira. IX, 329.
Verjus, Luiz (Conde de Crecy): IX, 329.
*Vermeersch, Artur: II, 4.
Vespúcio, Américo: IX, 397.
Via Longa: VIII, 345.
Viana (Espírito Santo): VI, 179.
Viana (Maranhão): III, 190.
Viana (Portugal): VI, 161, 592. — Ver infra (*do Castelo* e *do Alentejo*).
Viana, António Ferreira: I, p. XXV.
Viana, Artur: III, p. XVIII, 265, 283, 301.
Viana, Cândido Francisco: VI, 153.
*Viana, Domingos: V, 220; VII, 422, 439.
*Viana, Félix: VII, 427, 441.
Viana, Francisco Martins: Congregado Mariano. V, 471.

Viana, Francisco Vicente: Escritor. — Índices: I, 602; II, 650; V, 626.
Viana, Hélio: Escritor. I, 85; III, 256, 453; V, 360; X, 301.
Viana, Joaquim Francisco: VI, 153.
*Viana, Manuel: Feitor de Engenho. V, 424.
Viana, Silvestre Rodrigues: V, 559.
Viana, Urbino: II, 174.
Viana do Alentejo: II, 257, 262; VII, 4, 17; VIII, 132, 223.
Viana do Castelo: I, 67; II, 378; IV, 361, 365; V, 236, 385; VII, 254, 272, 425, 429, 432; VIII, 8, 12, 270; IX, 387.
Viana Filho, Luiz: Escritor. III, 453; V, 87; IX, 18, 362.
*Vicariis, Padre de: A sua morte, VIII, 223.
Vicente, Agostinho: VI, 75.
Vicente, Gil: V, p. XXII.
*Vicente, José: VII, 431, 443.
*Vicente, Manuel: IV, 148, 335.
Vicente do Salvador (Fr.): Escritor. — Índices: I, 602; II, 650.
Vico, Mons. Francisco de: VIII, 113.
Vidal, Pedro: Vigário do Pará. III, 237; VII, 306; VIII, 67.
Vidal de Negreiros, André: Governador. — Índices: III, 479; IV, 432; V, 626; — VII, 62; pede missionários Jesuítas para o Maranhão, IX, 181.
Vide, Baltasar da: Pai do P. João de Sotomaior. IX, 140.
*Vide, Francisco da: V, 583; VI, 21.
Vide, D. Sebastião Monteiro da: — Ver Monteiro da Vide.
*Vidigal, José: Visitador e Vice-Provincial do Maranhão. — Índices: III, 479; IV, 432; V, 626; — VII, 310, 314, 316; VIII, 66, 125, 126, 149, 233, 319; IX, 28, 85, 152, 178-191 (bibliogr.).
Vidigal, José Teles: Aluno do Colégio do Maranhão. VIII, 244.
Vidigueira: VIII, 321.

Vidigueira, Conde da: V, 58, 404.
Viegas, Antónia: Mãe do P. António Viegas. IX, 191.
*Viegas, António: I, 534; V, 583; VII, 152; IX, 191.
*Viegas, Artur (Pseud.): IV, 126; V, p. XIX; VI, 265; VII, 272; VIII, p. XXIII; IX, 60. — Ver Antunes Vieira, António.
Viegas, Damião: VIII, 61.
*Viegas, Francisco: I, 200, 562, 563.
*Viegas, Gonçalo: I, 568.
Viegas, João Peixoto: V, 91, 205, 279, 280; VII, 200; IX, 72.
*Viegas, Manuel: "Pai dos Maromimins", I, 45, 293, 575; II, 565, 568; VI, 232, 241, 404; VIII, 30; IX, 191-192 (bibliogr.), 384, 385; — ass. autógr., IX, 136/137.
*Viegas, Pedro: VII, 432, 447.
*Vieira, António: O Grande. Biografia (adolescência, embaixador e tribuno da Restauração), IV, p. XVI-XX, 1-41; a sua expulsão do Maranhão, por causa da Liberdade dos Índios, a sua defesa contra a Inquisição, ida a Roma e volta ao Brasil, IV, 43-68; Visitador Geral do Brasil, VII, 72-92; efemérides gerais da sua vida, IX, 402-412; defensor e protector dos Índios do Brasil, IV, passim; VII, 330; "Regulamento das Aldeias", IV, 105-126; as visitas dos Bispos às Aldeias, VII, 305; jornada de Ibiapaba, III, 15-28; jornada dos Nheengaíbas, III, 236-247; jornada do Tocantins, III, 313-337; grande abalo em Lisboa com os seus sermões, IX, 180; o Sermão Amazónico, VII, 354; reprova a ida aos géneros do sertão, VII, 292-295; o lucro dos seus livros, V, 291; IX, 77; o "Voto" contra as administrações particulares, VI, 330-346; VII, 60-70, 78-81; campeão dos naturais do Brasil, VII, 78; defende os Negros e a sua catequese, VII, 78, 81; — contra a invasão holandesa da Baía, V, 25-68; campanhas da Restauração de Portugal e de Pernambuco, V, 391-415; pede missionários estrangeiros, VII, 95-96; ao mesmo tempo promove a fundação do Noviciado no Maranhão e a vinda de missionários portugueses, para o prestígio nacional, VII, 96-98; estranha a pouca selecção de Noviços, VII, 238-239; levanta os estudos, VII, 211-212, 369-372; preconiza a obediência aos Bispos, VII, 370-371; pontos da sua "Visita", VII, 85; institui nos Colégios o cargo de Irmão comprador, VII, 85; a "Clavis Prophetarum", VII, 88; IX, 78, 311, 312, 336-342, 349; a sua espiritualidade, VII, 90-91; falecimento, VII, 89; IX, 89, 411; o seu crânio e despojos mortais, VII, 90; IX, 75; o seu espírito jornalístico, IX, 400; a sua obra literária: Sermões, Cartas, Obras Várias (bibliografia geral), IX, 192-363; traduzido nas principais línguas cultas, IX, 322-336; texto escolar, IX, 243, 302; retratos, IX, 363; selos, IV, p. XIV. — Índices: I, 603; II, 650; III, 480; IV, 432 (1.º); V, 626; VI, 531 (1.º); VII, 480; — VIII, p. XIV, 3, 10, 17, 28, 45, 46, 48, 49, 62, 67, 68, 98, 99, 106, 110, 113, 116-118, 120, 135, 142, 160, 168-170, 181, 183, 185, 186, 201, 202, 211, 212, 215, 235, 264, 275, 290, 295, 317, 318, 333, 334, 336, 337, 347, 352, 362, 368, 369, 381; IX, p. VII, 18, 25, 26, 48, 51, 54, 60, 68, 69, 71, 102, 104, 107, 111, 140, 142, 143, 171, 175, 181, 191-363 (bibliogr.), 370, 400, 402-413, 431, 432; X, 308-310; — Gravuras: Retratos, "Protector dos Índios", III, 20/21; "Escritor", IV, p. IV/V; "Tribuno da Restauração", IX, p. IV/V; — "Alegorias", IV, 38/39, 54/55; — autógrafos: uma carta, IV, 22/23; profissão solene, IX, 376/

377; — Sermões, IX, 196/197; primeiro sermão na Capela Real, IX, 200/201; da Sexagéssima, IX, 216/217; — "Cartas", IX, 248/249, 280/281; Novas Cartas Jesuíticas, IX, 20/21; — "Proposta", IX, 280/281; História do Futuro, IX, 296/297; Versão flamenga, IX, 328/329; "Aproveitar Deleytando", IX, 344/345; o "Espírito de Vieira" (Cairu), IX, 360/361; Exposição Bibliográfica, IX, 360/361; autógrafos de Abreu e Bonucci, seus amanuenses, VIII, 40/41.
*Vieira, António (da *Madeira*): Mestre Oleiro. IV, 361.
*Vieira, António (de *Évora*): VI, 604; VII, 426, 444.
*Vieira, António (da Prov. de Portugal): Professor. VII, 222; IX, 347.
*Vieira, António (outro da Prov. de Portugal): Professor. VII, 222; IX, 347.
Vieira, António: Morador de S. Vicente. VI, 256.
*Vieira, Arlindo: VIII, 40.
*Vieira, Belchior: VI, 594.
*Vieira, Bernardo: VII, 428, 442.
Vieira, Celso: II, 388, 483; VIII, 39, 41.
*Vieira, Domingos: VII, 429, 443.
Vieira, Domingos Nunes: VI, 66.
*Vieira, Francisco: VIII, 434, 448.
Vieira, Francisco Sabino Álvares da Rocha: " Estudante bahiense". Tradutor do P. Vieira. IX, 341.
*Vieira, João (do *Rio de Janeiro*): V, 325, 586; IX, 364.
*Vieira (Milet), João (da *Escócia*): VI, 179; VII, 268.
*Vieira, José (*de Arrifana*): V, 584.
*Vieira, José (de *S. Paulo*): VI, 208–210; VII, 448.
*Vieira, Luiz: VII, 280.
*Vieira, Manuel: IV, 347.
*Vieira, Manuel (de *Minas Gerais*): VII, 430, 437; VIII, 193.
Vieira, Manuel Martins: V, 492; IX, 21.

*Vieira, Marcos: IV, 82, 71, 338, 344.
*Vieira, Simão: Enfermeiro. V, 200, 268.
*Vieira, Vicente: III, 94; IV, 385; V, 542, 543, 546, 547, 571, 584..
Vieira de Almeida, João: I, 303; VIII, 18–20.
Vieira Antunes, Inácio: VI, 210, 353.
Vieira da Cunha, Maria: VI, 210.
Vieira Darea, Manuel: V, 471.
Vieira Fagundes, José: II, 577.
Vieira Fazenda: I, 177, 384, 425, 433.
Vieira Ferreira: I, 387.
Vieira Grande (Canal do): III, 306.
Vieira Machado, Francisco: Ministro. III, p. XVIII.
Vieira de Melo, Bernardo: V, 457, 526–528, 536, 545.
Vieira Ravasco, Bernardo: V, 116; VII, 46; VIII, 209; IX, 317, 352, 407.
Vieira Ravasco, Cristóvão: Pai do P. António Vieira. IV, 3, 4, 17; IX, 192.
Vieira da Silva, Luiz: VI, 202.
Vieira da Silva, Manuel: V, 471.
Vieira da Silva, Pedro: Ministro. IV, 26, 38; V, 415; IX, 236, 239, 240, 243.
Vieira Souto, Luiz Filipe: Escritor. VIII, 40.
Viena de Áustria: I, 27; III, 220; VII, 337; VIII, 94, 219; IX, 93, 165.
Vigia: — Índices: III, 480; IV, 433; — VII, 171, 327; VIII, 140, 177, 249; IX, 114, 144, 146, 189, 369. — Igreja da Mãe de Deus, III, 308/309; Colunata, III, 324/325; Sacristia, 340/341; naveta de prata, III, 356/357; figuras do Presépio, IV, 102/103; a Imaculada Conceição, IV, 118/119.
Vila Bela da Imperatriz: III, 387.
Vila Bela de Mato Grosso: III, 389.
Vila Boa de Goiás: VI, 191, 205, 206, 219; VIII, 370.
Vila Chã: II, 446.
Vila do Conde: IX, 70.
Vila Cova: IV, 352; V, 559; VI, 605.
Vila Franca (Brasil): III, 364.
Vila Franca (Portugal): VII, 428.
Vila Franca (Arredores de Coimbra):

Quinta do Colégio de Coimbra, donde Vieira data muitas das suas cartas. IX, 248-250, 253-257, 313, 406.
Vila Franca, Conde de: IV, 4.
Vila-Longa: VI, 598.
Vila Maior, Conde de: V, 398.
Vila Nova: IV, 345.
*Vila Nova, José de: VII, 433, 437.
*Vila Nova, Tomás de: VII, 426, 447.
Vila Nova de El-Rei (Pará): VII, 328.
Vila Nova de Marquesa: IV, 229.
Vila Nova do Porto: VI, 592; VIII, 163.
Vila Nova da Rainha: III, 387.
Vila Nova de S. José de El-Rei: I, 434.
Vila Pouca: VI, 598; VIII, 274.
Vila Pouca de Aguiar, Conde de: Governador Geral do Brasil. — Ver Teles de Meneses, António.
Vila Real: I, 446, 501; II, 446; IV, 345, 346; VI, 602, 605; VII, 425, 426; VIII, 11, 232; IX, 43.
Vila Real, Manuel Rodrigues: IX, 146.
Vila Rica: VI, 192, 194, 197, 198, 201; VII, 123, 219, 282; VIII, 370.
Vila Rica del Espírito Santo: I, 335, 351, 352, 354, 357, 358; VI, 246, 247, 250, 307; IX, 30.
Vila Seca: IV, 347.
Vila Velha: I, 19, 21, 63.
Vila Verde, Conde de: V, 58.
Vila Viçosa (Alentejo): VI, 272; IV, 351, 364; VII, 115, 427; VIII, 109, 321; IX, 23, 369.
Vila Viçosa (Maranhão): III, 349.
Vila Viçosa Real (Ceará): III, 58, 63, 64, 69, 71.
Vilar (Braga): IV, 367.
Vilar (Miranda): IV, 358.
*Vilar, João de: Mártir do Itapicuru. — Índices: III, 480; IV, 433; — VIII, 150, 276; IX, 364-365 (bibliogr.).
Vilar de Amargo: VII, 430.
Vilar de Frades: VI, 596.
Vilar do Monte: V, 386.
Vilar de Ossos: IV, 366.

Vilar de Pinheiro: VII, 430.
*Vilares, Luiz: VII, 431, 443, 453.
Vilarinho do Monte: III, 349.
Vilarinho Seco: VII, 430.
Vilarouco: VIII, 7.
Vilas Boas, João de Aguiar: VII, 195.
*Vilassa, José: V, 585.
*Vilela, Domingos: VI, 603.
*Vilela, Miguel: IX, 367.
*Vilhena, António de: VI, 590.
*Vilhena, Francisco de: Herói da guerra de Pernambuco. — Índices: V, 626; VI, 632; — VIII, p. 165.
Vilhena, Luiz dos Santos: Escritor. — Índices: II, 650; IV, 433; V, 626; VII, 210.
Vilhena de Morais, Eugénio: Escritor. II, 649, 611; III, p. XVIII; V, p. XXI; VII, 278; VIII, 25, 349; IX, 432; X, p. XIII, 302.
Villagarcia: IX, 147.
Villegaignon, Nicolas Durand de: — Índices: I, 603; II, 650; — IX, 426.
Villegas, Catalina de: I, 336.
*Villes, Francisco de: VIII, 76.
Vimieiro, Conde de: V, 268.
Vimieiro, Condessa de: VI, 100, 255.
Vimioso, Conde de: V, 58.
Vinhais: III, 135.
Viñaza, Cipriano Muñoz y Manzano, Conde de la: VIII, p. XXVI, 29, 84; IX, 171.
*Viotti, Hélio Abranches: X, p. XII.
Virgílio: I, 75, 80; II, 534; IV, 410; V, 220; VII, 151, 152, 157; traduzido por José Rodrigues de Melo, IX, 102.
Viseu: II, 257, 258; IV, 325, 345, 350, 355-358, 361, 363-367; V, 462; VI, 590, 599; VII, 9, 164, 428, 432, 434; VIII, 12, 140, 299; IX, 57, 75, 125.
VISITADORES GERAIS DO BRASIL: B. Inácio de Azevedo, II, 244; Cristóvão de Gouveia, II, 489-493; Manuel de Lima, VII, 8-9; Henrique Gomes, VII, 14; Pedro de Moura,

VII, 16-17; Jacinto de Magistris, VII, 31-40; Antão Gonçalves (Visitador e Comissário), VII, 31, 53-60; José de Seixas, VII, 63-65; António Vieira, VII, 73-92; João Pereira, VII, 119; José de Almeida, VII, 123; Miguel da Costa, VII, 130-131.
VISITADORES GERAIS DO MARANHÃO: IV, 225-231.
VISITAS GERAIS DO BRASIL: IX, 452.
Visscher, Claes Jansz: V, 34/35.
*Visscher, João Baptista: VIII, 210; IX, 102, 104.
Vital, D.: Bispo de Olinda. V, 469.
*Vitelleschi, Múcio: Geral. I, 31; V, 52, 61, 353; VI, 423, 424; VII, p. XVIII, 37; VIII, 28, 61, 165, 224, 229, 270, 271; IX, 64, 172.
Viterbo: IX, 105.
Víctor, Hugo: III, p. XVIII.
*Vito, António: VI, 457.
Vitória: — Índices: I, 603; II, 651; VI, 632; — VIII, 257, 271, 378; IX, 86, 366. — Ver *Espírito Santo.*
Vitória, D. Francisco: Bispo do Tucumã. I, 344-346, 348.
Vitória, O. P., Francisco de: II, 202.
*Vitoriano, André: VI, 148; VII, 423, 441; IX, 366; — ass. autógr., IX, 136/137.
Vitoriano Portuense, D. Fr.: Bispo de Cabo Verde. O seu modo de vida e caridade, IX, 389.
*Vitorino, José: V, 239; VI, 432; IX, 366.
*Vitorino, Manuel: VII, 431, 443.
*Viveiros, António de: IX, 366.
Viveiros, António de: Vigário da Paraíba. V, 492, 493; IX, 366.
*Viveiros, José de: V, 239, 584; VI, 411; VII, 279, 425, 435; IX, 366.
*Vivier, Alexandre: VII, p. XX, 360; VIII, p. XXVI, 232, 268.
VOCAÇÃO E RECRUTAMENTO: II, 424-454; vocações dos órfãos de Lisboa, I, 45; os primeiros Jesuítas entrados no Brasil, I, 573-577; os nascidos na terra (Brasil), II, 429, 508; IV, 304; VII, 53, 69; deficiência de vocações no Brasil e estudo das suas causas, VII, 233-246; as limitações dos Padres Gerais, II, 435-436; VII, 36-37, 236-239; progresso, VII, 245; de estrangeiros, II, 437-444; VII, 87, 93-114, 246-247; VIII, 173, 272-273, 275; cristãos-novos, II, 442; Irmãos Coadjutores, II, 444-446; VII, 235; "Irmãos de fora", II, 446; IX, 61; tentações e saídas, II, 447-454; entradas no Maranhão e Pará, IV, 236, 361-362; VII, 242-245; noviciado do Maranhão proposto por Vieira, IX, 404; as razões de Vieira, IV, 141-146; VII, 206-208; IX, 222, 343, 344; as razões de Bettendorff, IV, 146-148; VIII, 102; dispensa da idade, IX, 154; Catálogo das expedições de Lisboa para o Brasil, I, 560-572; VI, 589-605; para o Maranhão, IV, 333-359; gastos com a vinda deles, IV, 178; Portugal, a grande fonte, IV, 237; VII, 34, 245; os Colégios de Coimbra e Évora, VII, 243; os Jesuítas do Brasil e Maranhão em 1760 (quadro estatístico), VII, 240. — Ver Noviciado.
VOCAÇÃO PARA O CLERO SECULAR E REGULAR: Os Colégios e Seminários da Companhia foram os primeiros mananciais de vocações no Brasil, I, 459; II, 508; V, 177-178; VII, 194, 246, 327; "apenas se achará hum Religiozo nos Claustros ou hũ Presbitero no seculo que não deva o ser à Companhia de Jesu", VIII, 298. — Ver Seminários.
*Vögele, Jorge: Fotógrafo. X, p, XII.
Vogeli, F.: IV, p. XXII.
Volmar: IX, 45.
Volmar, Francisco de: IX, 45.
Voltaire: II, 351; IV, 298; VII, 336, 355; VIII, 341.
Voturuna: VI, 370.
Vouzela: II, 378, 381, 382; III, 447; IV, 353; IX, 75.

W

Waerdenburch, Diederik Van: V, 349.
Wald: Médico. VII, 227.
Wanderley e Araújo, Vicente Ferrer de Barros: V, 453.
Wanderley de Araújo Pinho, José: Escritor. V, p. XXIX, 52, 165, 222, 243, 254, 255; VIII, 41, 111; Prefeito da Cidade do Salvador da Baía, IX, 413.
Washington: VIII, 237.
Waterford: IV, 338; VIII, 142.
Wavrin, Marquês de: II, 295.
Weiss, Juan B.: II, 238.
Weldência: VIII, 362.
Weremale, Barão de: VII, 6.
Werneck, Paulo: III, 452.
Westefália: V, 406.
Westerhout: IX, 231.
Westminster: V, 414; IX, 331.
Wetzer-Welte: II, 488.

Whiffen, Thomas W.: III, 274.
Wied-Neuwied: — Ver Maximiliano.
*Wilheim, Hubert: Provincial da Galo-Belga. IV, 314; VI, 595; VII, 164; VIII, 101, 161.
Wilhelmo, D. Filipe: VIII, 362.
Willekens, Jacob: V, 27.
Williamson, James A.: III, 345, 346.
Withrington, Roberto: I, 347; II, 138, 526.
Wlasek Filho, Francisco: X, p. XIV.
Wolf, Paulo: V, p. XXVIII.
Wolff, Ferdinand: Escritor. II, 612; VIII, 361.
*Wolff, Francisco: Vice-Provincial do Maranhão. III, 125, 228, 291, 300, 308, 315; IV, 232, 354, 358, 364; VII, 194, 342; VIII, 126, 311; IX. 367; — ass. autógr., IX, 136/137.
Wright, Almon R.: III, 456.

X

Xantonge, Madre Ana de: IX, 49.
*Xavier, António (de *Braga*): V, 586.
*Xavier, António (de *Minas Gerais*): VII, 427, 442.
*Xavier, Bento: IV, 343.
*Xavier, Caetano (de *Vila Viçosa*): Missionário da Amazónia. III, 133, 232, 233; IV, 351, 364, 409; VI, 221, 548; VII, 342, 483; VIII, 221, 248, 322; IX, 146, 155, 369.
*Xavier, Diogo: VII, 431, 443.
*Xavier, Domingos (de *Cerdeira*): IV, 358, 366.
*Xavier, Domingos (de *Tomar*): Escultor. V, 124, 131, 585.
*Xavier, Félix: V, 149, 189, 190; VI, 13; VII, 421, 441; IX, 370.
*Xavier, S. Francisco : Festa de canonização na Baía, VIII, 65, 165. A primeira igreja que se se lhe dedicou, (no Morro do Galeão, Baía), V, 208, 212; VIII, 163; a nau do seu nome, V, 210-212; Procissão na Baía, originada de uma grande tempestade, II, 317; Padroeiro da Cidade da Baía, V, 89-92; VIII, 180; soldado de praça paga, V, 483; relíquia da Baía, VII, 378; busto chapeado de prata, VII, 408; Sermões de Vieira, IX, 197; I, p. X, 4, 5, 17, 454; II, 196, 516, 517, 633; III, 213-215, 217, 301; IV, 148, 245, 281, 411. — Índices: V, 626; VI, 398, 403; VII, 480; — VII, pp. 378-380; VIII, 7, 38, 47, 83, 243, 291, 318, 354, 364; IX, 13, 69, 119, 226, 227, 327, 332, 354, 386, 388, 390, 391-430; X, 313.— Orago de diversas Aldeias e Igrejas.

*Xavier, Francisco (de *Lisboa*): V, 149, 584; VI, 12, 22, 87, 601.
*Xavier, Francisco (do *Pará*): IV, 361.
*Xavier, Francisco (de *Souto*): IV, 351; VIII, 243; IX, 145.
*Xavier, Francisco: Piloto. VII, 256, 257, 269, 433, 435; IX, 123.
*Xavier (Castelim), Francisco: IV, 347.
*Xavier, Inácio (de *Castro Verde*): III, 122, 132, 232; IV, 364; VIII, 119, 243; IX, 152, 370-371 (bibliogr.).
*Xavier, Inácio (de *Santos*): VII, 426, 439.
*Xavier, João: — Ver Xavier Padilha, João.
*Xavier, José: V, 497, 498; VII, 281, 422, 451.
*Xavier, Julião: Poeta. VI, 602; IX, 371.
*Xavier, Lucas: III, 418; IV, 309; XI, 155.
*Xavier, Manuel: V, 73.
*Xavier, Tomás: VII, 424, 440.
*Xavier de Burgos, Manuel: VII, 281; IX, 89.
*Xavier Caturro, Vicente: VII, 281.
Xavier da Cunha, Estêvão: VIII, 190.
*Xavier Ferreira, Vicente (de *Elvas*): VII, 282, 431, 443; VIII, 231, 234.
Xavier Marques: II, 438.
*Xavier Padilha, João: VI, 22, 379, 380; VII, 234; IX, 371-372 (bibliogr.); — ass. autógr., IX, 136/137.
*Xavier Ribeiro, Manuel (do *Recife*): I, 536, VII, 182, 219, 423, 436; VIII, 198; IX, 372.
*Ximenes, Diogo: Secretário Geral da Companhia. II, 317.
Xisto IV: Papa. VII, 285.

Y

*Yate, John Vincent (de *Salisbury*): Índices: I, 603; II, 651; V, 626; IX, 373 (bibliogr.); — ass. autógr., IX, 136-137; Carta de 21 de Junho de 1593, IX, 376/377.

Yuncos: II, 260.

Z

Zacuto Lusitano: VII, 227.
*Zafra, B. João: Mártir do Brasil. II, 260.
*Zalenski, Estanislau: Escritor. VIII, 207.
Zambrana, D. José de Barcia y: IX, 326.
Zambrano: VI, 251.
*Zárate, André de: Visitador. III, 416.
Zavala, Sílvio: Escritor. II, 61, 232, 653.
Zelândia: V, 30, 48, 368, 386.
ZOOLOGIA INDÍGENA BRASILEIRA: VIII, 416-425; e cf. Jesuítas do Brasil que escreveram sobre Ciências Naturais, IX, 438.

Zorrilha, Diogo de: II, 74, 86.
Zorro, António Maria: X, 302.
Zuazola (Família): II, 544; VIII, 28.
*Zubillaga, Félix: Escritor. III, 456; X, 302.
Zuccherini, João: VIII, 31, 32, 73.
Zúniga, D. Esteban de Aguilar y: Tradutor de Vieira. IX, 326.
Zúniga, Juan de: I, 137.
*Zurara, B. Estêvão de: Mártir do Brasil. III, 260.
*Zuzarte, Manuel (Ir. C.): III, 255; IV, 341; IX, 46.
*Zuzarte, Manuel: Visitador do Maranhão. — Ver Juzarte.
Zweig, Stefan: III, 449; VI, 607.

CORRIGENDA & ADDENDA

(Ver supra, p. 67)

TOMO II

Pág. 600, nota 1   leia-se   Luiz da Cruz

TOMO V

Pág. 102, linha 19   acrescente-se E ainda o P. Carlos Spínola e mais algum ou alguns da Carreira das Índias.

A passagem do B. Spínola pela Baía já a assinalamos noutro estudo (*S. João de Brito na Baía*, 36) e consta de Daniel Bartoli, *Opere*, IV (Torino 1825) 211. — É possível que entre os numerosos mártires da Assistência de Portugal no Oriente, já beatificados, outros tenham passado pelo Brasil, por ser frequente a ida ou arribada à Baía ou Rio de Janeiro das naus da Índia. Mas o estudo das rotas das expedições da Índia, que no Catálogo de Franco (*Synopsis*, in fine) vêm assinaladas com a cruz do martírio, não é da competência da história do Brasil. Convinha em todo o caso assinalar o facto da estada na Baía de S. João de Brito, o único santo canonizado da Companhia de Jesus que até hoje pisou terras brasileiras. Por esta circunstância. E também por outra, importante, de laços de sangue, a saber, a de ser filho de um Governador do Rio de Janeiro.

TOMO VII

Pág.	linha	leia-se	
83,	linha 21	leia-se	tantos outros
97,	» 23	»	significa
176,	» 33	»	habilitação
180,	» 29	»	*ad limina*
272,	» 2	»	dela
377,	» 3	»	Arcebispo D. José

TOMO VIII

Pág. 238, n.º 8, linha 3   leia-se   *Gurupá*

TOMO IX

Pág.	6, linha 10	leia-se	*Apêndice G.*
»	80, » 8	»	1746
»	163, » 17	»	Felisbelo
»	186, » 16	»	1712 [não 1812]
»	305, » 11	»	Patriarca
»	329, » 11	abra-se	parágrafo: trata-se de obra autónoma.
»	367, » 13 e 17	leia-se	1724 [talvez lapso por 1727]
»	407, » 17	»	Garona

Na pág. 405, a efeméride de Vieira de 1662, para a publicação da primeira colectânea de Sermões no estrangeiro, deve recuar pelo menos um ano, porque, segundo a gravura da p. 344/345, a intitulada *Aprovechar deleytando*, é datada de Saragoça, 1661, e, já, 2.ª edição.

TOMO X

Pág. 44, linha 15   leia-se   João (não José)

NÚMEROS — Com ser permanente o cuidado de conferência e revisão, seria inverossímil não haver nenhuma troca de números (um Tomo por outro ou uma página por outra), introduzida durante a longa e laboriosa organização deste Índice — verbetes, dactilografia, composição e impressão.

Submetidas as páginas impressas ao exame de revisores especializados e pacientes, apurou-se que as trocas de números, na proporção de uma por mil, andarão por 75, ao todo, dentro de uma enorme massa avaliada em 75.000 números. Quer dizer: 74.925 estão certos. Galardão bastante para quem sabe o que valem Índices, como instrumento de trabalho, e ousou correr o risco de fazer este.

Índices Parciais

Índice das Estampas

TOMO I

	PÁG.
Manuel da Nóbrega	II/III
Baía de Todos os Santos	16/17
Baía — Planta da Cidade	32/33
Plano da Igreja e Colégio da Baía	64/65
Igreja e Colégio da Baía	80/81
Padrão da fundação do Colégio da Baía	128/129
S. Jorge de Ilhéus — Camamu — Boipeba	144/145
Espírito Santo e Aldeia de Reis Magos	240/241
S. Vicente — Santos	256/257
S. Paulo — o Pátio do Colégio	272/273
Costa do Rio de Janeiro e S. Vicente	288/289
Rio de Janeiro — Baía de Guanabara	400/401
Pernambuco — Vila de Olinda	416/417
Mapa da Expansão da Companhia de Jesus no Brasil (Séc. XVI)	512/513

TOMO II

José de Anchieta	II/III
Frontispício da "Chronica da Provincia do Brasil" do P. Simão de Vasconcelos	96/97
Fortaleza dos Reis Magos — Rio Grande do Norte	112/113
Pero Correia e João de Sousa	224/225
Dois Irmãos Coadjutores	240/241
Catálogo dos que foram este ano para o Brasil (1570)	256/257
B. Inácio de Azevedo	272/273
Martírio dos 40 mártires do Brasil	368/369
Martírio de Pero Dias e Companheiros	384/385
Assinaturas autógrafas	464/465
Nossa Senhora de S. Lucas	480/481
Frontispício da "Arte de Grammatica" (Língua tupi) do P. José de Anchieta	544/545
Frontispício do "Catecismo na Lingoa Brasilica" pelo P. António de Araújo	560/561

TOMO III

	PÁG.
Luiz Figueira	IV/V
Francisco Pinto	4/5
António Vieira	20/21
Igreja de Ibiapaba	52/53
Sacrário de Ibiapaba	68/69
A primeira planta de Fortaleza	84/85
Autógrafos de Jesuítas do Ceará	100/101
Igreja de Nossa Senhora da Luz do Maranhão (Hoje Catedral)	116/117
Interior da Igreja do Maranhão	180/181
Aldeia de Guajajaras no Alto Pindaré (ou Pinaré)	196/197
Igreja de S. Francisco Xavier do Pará (S. Alexandre)	212/213
Planta da Igreja do Pará	228/229
Interior da Igreja do Pará	244/245
Autógrafos de Jesuítas do Cabo do Norte	260/261
Sacristia do Pará	276/277
Púlpito da Igreja do Pará	292/293
Igreja da Mãe de Deus, da Vigia	308/309
Colunata da Vigia	324/325
Sacristia da Vigia	340/341
Naveta de prata da Vigia	356/357
Autógrafos de Jesuítas do Rio Negro e Solimões	372/373
Autógrafos de Jesuítas do Maranhão e Pará	388/389
Mapa da Expansão dos Jesuítas do Norte	452/453

TOMO IV

António Vieira	IV/V
Autógrafo de António Vieira	22/23
O Jesuíta e o exercício das virtudes (Da "Vida" do P. Vieira)	38/39
Nas praias do Maranhão (Vieira)	54/55
Autógrafo de João Filipe Bettendorff	70/71
Docel e coroamento do púlpito do Pará	86/87
Figuras do Presépio da Vigia	102/103
A Imaculada da Vigia	118/119
Duplo monograma do Maranhão (Da Companhia de Jesus e Mariano)	134/135
Família de Índios do Rio Pinaré (ou Pindaré)	150/151
As praias da "viração" da Amazónia	166/167
Conta Corrente dos Colégios do Pará e Maranhão com a Procuratura de Lisboa	182/183
Conta Corrente do Colégio do Pará	198/199
Autógrafo do Governador João da Maia da Gama	214/215
Autógrafos dos Fundadores da Vice-Província	230/231
"Conclusões Teológicas"	262/263
Colégio de S. Alexandre e Igreja do Pará	278/279

	PÁG.
Tecto interior do Colégio do Pará	294/295
"Arte da Língua Brasílica" do P. Luiz Figueira	310/311
Autógrafos de Missionários do Norte que padeceram por Cristo	326/327
Lisboa, metrópole missionária do Mundo no século XVI	342/343
Estátuas de S. Inácio e S. Francisco de Borja, do Maranhão	358/359
Altar de S. Miguel, da Igreja do Pará	374/375
"Mappa Vice Provinciae Maragnonii", do P. Kaulen	390/391

TOMO V

Alexandre de Gusmão	IV/V
Os Jesuítas na Baía e seu Recôncavo (mapa, no texto)	XXX
Os Cativos do Brasil em Holanda (1624)	34/35
O Colégio da Baía e a Igreja de Mem de Sá em 1625	50/51
Recuperação da Cidade da Baía em 1625	66/67
Livraria do Colégio da Baía	82/83
O Colégio da Baía em 1758	98/99
Planta da Igreja do Colégio da Baía (hoje Sé Catedral)	114/115
"Antigua estãpa da Igreja" (no texto)	120
Igreja do Colégio da Baía (Fachada)	130/131
Noviciado da Anunciada na Jiquitaia	146/147
Quinta do Tanque	162/163
Planta do Seminário de Belém da Cachoeira (no texto)	166
Igreja do Seminário de Belém da Cachoeira	178/179
Capela Interior do Colégio da Baía	194/195
Sacristia da Igreja do Colégio da Baía	210/211
Tecto da Sacristia do Colégio da Baía	226/227
Altar-mor da Igreja do Colégio da Baía	242/243
Tecto da Igreja da Baía	258/259
Igreja do Colégio da Baía (pormenor interno)	274/275
Retábulo das Relíquias da Igreja da Baía	290/291
Sacrário da Igreja do Socorro da Aldeia do Geru (Sergipe)	322/323
A Vila de Olinda (Colorida)	338/339
Os Jesuítas em Pernambuco (mapa, no texto)	390
O Colégio de Jesus do Recife	466/467
Fundação do Rio Grande do Norte (1597-1606)	514/515

TOMO VI

S. Inácio (Do tecto da Sacristia da Baía)	IV/V
O Colégio do Rio de Janeiro em 1728	8/9
Igreja Quinhentista do Colégio do Rio	24/25
Igreja Nova do Morro do Castelo	40/41
Altar de S. Inácio, do Rio	56/57
Os Jesuítas no Rio de Janeiro (mapa)	72/73
Fazenda dos Campos dos Goitacases (hoje *Colégio*)	88/89

	PÁG.
Altar de Nossa Senhora, do Colégio do Rio	104/105
Aldeia de S. Pedro de Cabo Frio	120/121
Colégio de Santiago, no Espírito Santo	136/137
Os Jesuítas no Espírito Santo (mapa)	152/153
Aldeia dos Reis Magos	168/169
Aldeia de Reritiba	184/185
Seminário de Mariana (Minas Gerais)	200/201
Igreja de Reritiba (Interior)	216/217
Altar dos Reis Magos	232/233
Fazenda de Araçatiba (Nossa Senhora da Ajuda)	248/249
Igreja de S. Maurício ou de Santiago (Vitória)	264/265
Fazenda do Saco de S. Francisco em Jurujuba	280/281
Fazenda de S. Inácio de Campos Novos	296/297
Aldeia de S. Lourenço dos Índios (Niterói)	312/313
Aldeia de S. Miguel (S. Paulo)	344/345
Aldeia de Embu ou Mboi (Campanário)	360/361
Aldeia de Embu (Interior da Igreja)	376/377
Os Jesuítas em S. Paulo (mapa, no texto)	381
Altar da Igreja de S. Paulo (pormenor)	392/393
Noviciado de S. Paulo (Projecto)	408/409
Bom Jesus dos Perdões (Rio de Janeiro)	424/425
Autógrafos	440/441
Colégio de Paranaguá	456/457
Ponte do Guandu (Fazenda de Santa Cruz)	520/521
Colégio da Colónia do Sacramento (Rio da Prata)	536/537
Mapa do "Grande Rio da Prata", do P. Diogo Soares	552/553

TOMO VII

S. João de Brito, Padroeiro das Missões do Mundo Português	IV/V
Assinaturas autógrafas de Provinciais	60/61
Idem	76/77
Idem	108/109
Imagem da Capela de S. Bárbara (Rio de Janeiro)	124/125
Lição de Aritmética	156/157
Antigo Observatório Astronómico do Rio de Janeiro	172/173
"Sedes Sapientiae", da Livraria da Baía	188/189
Relógio de Sol da Fazenda de S. Francisco Xavier (Niterói)	204/205
"Conclusiones Metaphysicae", do P. Francisco de Faria	220/221
Abertura da letra P, da "Collecção de Varias Receitas" (Panaceia Mercurial)	236/237
Interior da Igreja dos Jesuítas da Baía (hoje Catedral)	252/253
Cadeira de sola lavrada, da Aldeia de S. Lourenço dos Índios	268/269
"Noticia do Antidoto ou nova Triaga Brasilica"	284/285
A Flebotomia dos Jesuítas	300/301
O Cativeiro de S. Julião da Barra	316/317

	PÁG.
A Catequese Cristã do Brasil — Pia baptismal de uma antiga Aldeia dos Jesuítas (Reritiba)............	332/333
P. Gabriel Malagrida............	348/349
Trigrama da Companhia de Jesus inspirado num desenho da "Relação do Brasil" do P. Jácome Monteiro (1610). No texto............	363
"Rudis Ichnographia" dos Cárceres de S. Julião da Barra.........	364/365
Planta do Colégio da Baía (1760–1782): Figura 1.ª...............	380/381
Idem: Figura 2.ª............	396/397
Idem: Figuras 3.ª e 4.ª............	412/413

TOMO VIII

"Cartas do Brasil", do P. Nóbrega e outros Padres, recebidas em Portugal em 1551............	IV/V
P. João de Almeida (retrato)............	8/9
Autógrafo da "Arte" do P. Anchieta............	16/17
Autógrafo do P. Manuel Dias (Provincial e Jurista)............	16/17
Portada das "Cartas, Informações, Fragmentos históricos e Sermões" de Anchieta............	20/21
V. P. José de Anchieta (Composição)............	36/37
10 Assinaturas autógrafas............	40/41
"Cultura e Opulencia do Brasil", de Antonil (P. João António Andreoni)	48/49
"Collecção dos Crimes e Decretos", de Domingos António.........	56/57
"O Diario do P. Eckart"............	56/57
"Catecismo na Lingoa Brasilica", do P. António de Araújo........	64/65
"Compendio da Doutrina Christam Na Lingua Portugueza & Brasilica", de João Filipe Bettendorff............	64/65
Carta do B. Inácio de Azevedo, do Rio de Janeiro, 20 de Fevereiro de 1567, dia da morte de Estácio de Sá............	68/69
B. Inácio de Azevedo e seus 39 Companheiros, Mártires do Brasil.....	84/85
"Economia Christaã dos Senhores no Governo dos Escravos", do P. Jorge Benci (ms.)............	100/101
O mesmo livro, impresso............	100/101
'Epitome Chronologico, Genealogico e Historico", do P. António Maria Bonucci............	116/117
"Adnotationes", do P. João de Brewer............	116/117
"Tratados da Terra e da Gente do Brasil", de Fernão Cardim.....	132/133
"Geórgicas Brasileiras" (ed. da Academia Brasileira), de Prudêncio do Amaral e José Rodrigues de Melo............	132/133
"Cartas Avulsas" (ed. da Academia Brasileira)............	148/149
10 Assinaturas autógrafas............	168/169
Ir. Pero Correia (retrato)............	176/177
Quinta Parte do "Thesouro Descoberto no Rio Maximo Amazonas", do P. João Daniel............	180/181
"Arte da Lingua de Angola", de P. Pedro Dias............	196/197

	PÁG.
"Arte de Grammatica da Lingua Brasilica da Naçam Kiriri", do P. Luiz Vincêncio Mamiani....................................	196/197
"Catecismo da doutrina Christãa na Lingua Brasilica da Nação Kiriri", do P. Luiz Vincêncio Mamiani............................	196/197
"Relaçam de Varios Successos", do P. Luiz Figueira.............	228/229
"Luiz Figueira — A sua vida heróica e a sua obra literária"......	244/245
"Vida do Veneravel Padre Belchior de Pontes", pelo P. Manuel da Fonseca..	260/261
10 Assinaturas autógrafas................................	276/277
"Escola de Belem", do P. Alexandre de Gusmão................	292/293
"Arte de crear bem os Filhos na idade de Puericia", de Alexandre de Gusmão...	292/293
"História do Predestinado Peregrino e seu Irmam Precito", de Alexandre de Gusmão...................................	296/297
"Meditações" de Alexandre de Gusmão.......................	304/305
"Eleiçam entre o bem e o mal eterno", de Alexandre de Gusmão..	308/309
"Arvore da Vida, Jesus Crucificado", de Alexandre de Gusmão.....	308/309
"Vera effigies" do P. Gabriel Malagrida.......................	324/325
"Juizo da verdadeira causa do terremoto que padeceo a corte de Lisboa", do P. Gabriel Malagrida............................	340/341
"Brasilia Pontificia", de Simão Marques.......................	356/357
Aprovações autógrafas à "Summa da Vida do P. José de Anchieta", do P. Simão de Vasconcelos (Inácio Faia, António de Oliveira, Eusébio de Matos e Gaspar Álvares)........................	360/361
"Ecce Homo, Praticas", de Eusébio de Matos...................	368/369
"Desejos de Job", de Francisco de Matos.....................	368/369
"Vida Chronologica de S. Ignacio de Loyola", de Francisco de Matos.	372/373
9 Assinaturas autógrafas.................................	388/389
"Vulcanus Mathematicus", do P. Valentim Estancel (Dedicatória)..	404/405
"História da Companhia de Jesus na Provincia do Maranhão e Pará", de José de Morais (Dedicatória)..........................	404/405
"Relação da Provincia do Brasil. 1610", pelo P. Jácome Monteiro (ms.)	420/421

TOMO IX

P. António Vieira. Grupo alegórico de Columbano Bordalo Pinheiro no Parlamento Português (Assembleia Nacional)...............	IV/V
"Cartas do Brasil", de Nóbrega. Edição de Vale Cabral..........	8/9
"Cartas do Brasil", de Nóbrega. Edição da Academia Brasileira de Letras...	12/13
"Novas Cartas Jesuíticas — de Nóbrega a Vieira"...............	20/21
9 Assinaturas autógrafas.................................	24/25
"Sermam da Restauraçam da Bahia", do P. Ângelo dos Reis......	40/41
"Geórgicas Brasileiras", de José Rodrigues de Melo e Prudêncio do Amaral (1.ª ed.)......................................	56/57
10 Assinaturas autógrafas................................	72/73

TOMO X — ÍNDICE DAS ESTAMPAS

	PÁG.
"Vita Venerabilis P. Emmanuelis Correae", do P. José Rodrigues de Melo..	88/89
"Cantigas na lingoa, pera os Mininos da Sancta Doctrina", do P. Cristóvão Valente...	88/89
"Sermão" nos anos de S. Majestade, do P. António de Sá.........	104/105
"Annuae Litterae ad annum 1746", do P. José de Sepúlveda (ms.)..	120/121
11 Assinaturas autógrafas..	136/137
Púlpito da Igreja do Pará, do Ir. Traer e seus discípulos..........	152/153
"Vocabulario da Lingoa Brasilica", do P. Leonardo do Vale........	168/169
"Vida do P. Joam d'Almeida", do P. Simão de Vasconcelos.......	172/173
Escudo de Salvador Correia de Sá e Benavides, no mesmo livro...	180/181
"Chronica", do P. Simão de Vasconcelos.........................	184/185
"Vida do Veneravel Padre Joseph de Anchieta", do P. Simão de Vasconcelos..	188/189
"Sermões" do P. António Vieira. Frontispício do 1.º vol. da ed. *princeps* (1679)...	196/197
"Sermão que pregov o R. P. Antonio Vieira na Capella Real o primeiro dia de Ianeiro do anno de 1642"................................	200/201
"Sermam da Sexagesima". Duas edições no mesmo ano de 1679....	216/217
Púlpito da Igreja dos Jesuítas da Baía (1663) do tempo de Vieira..	232/233
"Cartas do P. António Vieira". Frontispício do 1.º Tomo da ed. *princeps* (1735)...	248/249
"Cartas do P. António Vieira". Frontispício da edição feita na Imprensa da Universidade de Coimbra (Lúcio de Azevedo), 1928....	280/281
"Proposta feita a El-Rei D. João IV" para a Companhia de Comércio e admissão dos Judeus mercadores, do P. Vieira...............	280/281
"Historia do Futuro", do P. António Vieira......................	296/297
"Translaet..." Versão flamenga do Sermão de Vieira pregado em Lisboa a 1 de Janeiro de 1642.................................	328/329
"Aprovechar Deleytando... en cinco Sermones varios", do P. António Vieira..	344/345
"Espírito de Vieira" por José da Silva Lisboa (Visconde de Cairu).	360/361
"Exposição Bibliographica" da Bibl. Nac. de Lisboa no Bi-centenário do P. António Vieira (1897).....................................	360/361
Profissão solene de Vieira, 1646. (Autógrafo)....................	376/377
Carta do P. John Vincent Yate, 1593............................	376/377
"Collecção de Varias Receitas e Segredos Particulares das principaes Boticas... e do Brazil" (ms.)..................................	392/393

TOMO X

| Medalha Comemorativa.. | IV/V |

Indice dos Apêndices

TOMO I

PÁG.

APÊNDICE A — Scriptores Provinciae Brasiliensis [1780].............. 533
» B — Padrão de Redízima de todos os dízimos e direitos que pertencerem a El-Rei em todo o Brasil de que a Sua Alteza faz esmola pera sempre pera sustentação do Collegio da Baya (1564)............................ 538
» C — Confirmação das terras que Pero Correia deu à Casa da Companhia da Ilha de S. Vicente (1542-1553)........ 541
» D — Sesmaria de Geraibatiba (1560)..................... 543
» E — Padrão da fundação do Collegio do Rio de Janeiro (1568). 545
» F — Enformación de las tierras del Macucu para N. P. General [Enviada pelo Visitador Cristóvão de Gouveia — 1585]. 548
» G — Representação da Câmara de Olinda ao P. Geral (1577).. 550
» H — Treslado do Padrão do Collegio de Pernãobuco (1576).... 552
» I — Relação das cousas do Rio Grande, do sítio e disposição da terra (1607)...................................... 557
» J — Catálogo das Expedições Missionárias de Lisboa para o Brasil (1549-1604)................................. 560
» K — Catálogo cronológico dos primeiros Jesuítas recebidos no Brasil (1549-1566).................................. 573
» L — Catálogo dos PP. e Irmãos da Prouincia do Brasil em Jan.ro de 601...................................... 578
» M — Estampas e Mapas................................. 585

TOMO II

APÊNDICE A — Representação ao Cardeal Alberto, Arquiduque de Áustria (1584)....................................... 617
» B — Copia da certidão que deu o Vigario Geral do Brasil em fauor do padre dos Ilheus (1584)..................... 619
» C — Representação de Luiz da Fonseca a El-Rei (1585)..... 620
» D — Lei de 26 de Julho de 1596 sobre a Liberdade dos Índios 623
» E — Informaçaõ dos Casamentos dos Indios do Pº Frºº Pinto. 625
» F — Certidão de baptismo de Anchieta (7 de Abril de 1534).. 627
» G — Certidão por que o Bispo do Brasil certifica o que os Padres da Comp.ª fasem na conversão dos Indios e em outras cousas do serviço de Deus e de El-Rei (1582).. 629

		PÁG.
APÊNDICE H —	Estampas e autógrafos.....................	630
» I —	A primeira notícia, no Brasil, do I Tomo da "História da Companhia de Jesus no Brasil"..................	631

TOMO III

APÊNDICE A —	Informação do Rio Maranhão e do grãde Rio Para, 1618.	425
» B —	Informação da Ilha de S. Domingos, Venezuela, Maranhão e Pará, 1621.................................	427
» C —	Inventário da Igreja do Maranhão, 1760...............	433
» D —	Inventário da Casa dos Exercícios e Religiosa Recreação de Nossa Senhora Madre de Deus, 1760............	437
» E —	Têrmo da Junta de Missões, em S. Luiz do Maranhão, 30 de Março de 1726...............................	439
» F —	Esclarecimentos e rectificações......................	445
» G —	Estampas, mapas e autógrafos........................	451
» H —	A Imprensa e a sua valiosa contribuição bibliográfica sobre a "História da Companhia de Jesus no Brasil".	453

TOMO IV

APÊNDICE A —	Catálogo das expedições missionárias para o Maranhão e Grão-Pará (1607–1756)................................	333
» B —	Entradas no noviciado do Maranhão e Grão-Pará......	361
» C —	Catálogo dos Religiosos que tinha a Vice-Província do Maranhão e Grão-Pará em 1760.....................	363
» D —	"Regimento das Missoens do Estado do Maranham & Pará" (21 de Dezembro de 1686).....................	369
» E —	"Traslado de outro Alvará de sua Magestade que Deos guarde sobre os resgates", de 28 de Abril de 1688....	377
» F —	Contas Correntes e Facturas........................	381
» G —	"Informação do Maranhão, Pará e Amazonas para El-Rei" do P. Visitador Manuel de Seixas, de 13 de Junho de 1718	387
» H —	"Brevis notitia laborum, qui pro animarum salute a Patribus Collegii Maragnoniensis suscepti sunt ab anno 1722 ad 1723"......................................	395
» I —	Catálogo da Livraria da Casa da Vigia................	399
» J —	A edição brasileira dos Tomos III e IV..............	411

TOMO V

APÊNDICE A —	Informação para a Junta das Missões de Lisboa, 1702 [Carácter informativo e económico]..................	569
» B —	Fundação do Noviciado da Jiquitaia (Baía) — Escritura de Domingos Afonso Sertão, de 23 de Novembro de 1704	574
» C —	Bens do Colégio da Baía em 1760.....................	577

		PÁG.
APÊNDICE	D — Catalogus Primus Provinciae Brasilicae, 1701..........	581
»	E — Catalogus Rerum Temporalium, 1701.................	588
»	F — A Capela Interior do Colégio da Baía (antes do incêndio de 1905, que a destruiu)............................	597
»	G — Estampas e gravuras................................	600

TOMO VI

APÊNDICE	A — Informação do Colégio do Rio de Janeiro pelo P. António de Matos, 1619...................................	563
»	B — Breve do Papa Urbano VIII, *Commissum Nobis*, de 22 de Abril de 1639, sobre a Liberdade dos Índios da América.	569
»	C — Resposta a uns capítulos ou *Libelo Infamatório*, que Manuel Jerónimo procurador do Conselho na Cidade do Rio de Janeiro com alguns apaniguados seus fez contra os Padres da Companhia de Jesus da Província do Brasil, e os publicou em juízo e fora dele, em Junho de 640	572
»	D — Catálogo das Expedições Missionárias para o Brasil (Séculos XVII-XVIII).................................	589
»	E — Cooperação Brasileira...............................	606

TOMO VII

APÊNDICE	A — A data da fundação de S. Paulo......................	367
»	B — Carta do P. António Vieira, Visitador Geral do Brasil, ao Padre Geral da Companhia de Jesus, Baía, 4 de Agosto de 1688....................................	369
»	C — Seminário da Baía — Principais efemérides de 1550 a 1759	373
»	D — Tesouro Sacro dos Jesuítas da Baía — Inventário de 1760.	377
»	E — Planta da Igreja e Colégio da Baía em 1782...........	417
»	F — Catalogus 1.us Provinciae Brasiliensis Romam missus a R. P. Provinciali Ioanne Honorato anno 1757........	421
»	G — Catalogus Brevis Provinciae Brasiliensis an. 1757.......	435
»	H — Provinciais, Vice-Provinciais e Visitadores Gerais do Brasil	455

TOMO VIII

APÊNDICE	— Relação da Província do Brasil, 1610. Pelo Padre Jácome Monteiro...	391

TOMO IX

APÊNDICE	A — Carta do Ir. Pero Correia a um Padre de Portugal sobre os "males do Brasil" e remédios que se propõem. S. Vicente, 10.III.1553............................	377

PÁG.

Apêndice B — Carta do P. Manuel Viegas ao P. Geral sobre a visita do P. Cristóvão de Gouveia, a língua Tupi e os Índios Maromemins. S. Vicente, 21.III.1585 384

» C — Relação da viagem que fez o Padre Fructuozo Correa mandado por ordem de Nosso Reverendo Padre Geral Tyrso Gonzales a ler Theologia ao Maranhão *ad tempus*, e de algũas couzas notaveis, que vio em Cabo Verde, e na Cidade de S. Luiz do Maranhão, levando para aquella Missão o Irmão Miguel da Sylva, e dous pertendentes da Companhia de Jesus. 1696 386

» D — Carta do P. Diogo Soares a S. Majestade sobre o começo das observações astronómicas e trabalhos cartográficos no Brasil. Rio, 4.VII.1730 393

» E — Carta do P. Inácio Correia, Reitor do Colégio de S. Paulo, a Sua Majestade, para que não tire a S. Paulo o seu General. S. Paulo, 30.XII.1748 394

» F — Carta do P. Bento da Fonseca, sobre descobrimentos do Rio Amazonas, a um Padre que esteve no Maranhão. Lisboa, 14.VI.1749 395

» G — Os Jesuítas e o primeiro jornalismo no Brasil 397

» H — Efemérides do P. António Vieira 402

» I — Nóbrega, Fundador. Efemérides principais da sua vida (No 4.º Centenário da sua chegada ao Brasil em 1549 ou seja no 4.º Centenário Brasileiro da Companhia de Jesus) 413

Índice das Matérias de Cada Tomo

TOMO I

Século XVI — O Estabelecimento

PÁG.

PREFÁCIO... IX–XVIII
INTRODUÇÃO BIBLIOGRÁFICA............................. XIX–XXXII

LIVRO PRIMEIRO

A EMPRESA DO BRASIL

CAP. I — *Pressuposto histórico:* 1 — Santo Inácio de Loiola; 2 — Fundação da Companhia de Jesus; 3 — Fórmula do Instituto; 4 — As Constituições; 5 — O governo da Companhia; 6 — Observância religiosa; 7 — Os Exercícios Espirituais... 3

CAP. II — *Os Jesuítas na Baía de Todos os Santos:* 1 — Padre Mestre Simão Rodrigues; 2 — P. Manuel da Nóbrega e companheiros; 3 — Armada e viagem do Governador Geral Tomé de Sousa; 4 — Desembarque; 5 — Fundação da Cidade do Salvador e da Capela da Ajuda; 6 — Fundação da Igreja do Colégio; 7 — Relíquias; 8 — Projecto de nova Igreja.. 17

CAP. III — *O Colégio dos Meninos de Jesus:* 1 — A instrução, meio de catequese; 2 — Dificuldades económicas; 3 — A chegada dos órfãos de Lisboa; 4 — Contradições do Bispo; 5 — Supressão do Colégio; 6 — Destino dos órfãos.............. 31

CAP. IV — *Colégio de Jesus da Baía:* 1 — O Terreiro de Jesus; 2 — A construção do Colégio; 3 — Planos arquitectónicos; 4 — Reitores... 47

CAP. V — *Educação e Instrução:* 1 — O "Ratio Studiorum"; 2 — Letras Humanas; 3 — O Curso de Artes; 4 — Teologia moral; 5 — Teologia especulativa; 6 — Os Estudantes; 7 — Os Estudantes externos; 8 — Os Professores; 9 — Disciplina colegial; 10 — Férias; 11 — Graus académicos; 12 — Prémios e festas literárias......................... 71

LIVRO SEGUNDO

MEIOS DE SUBSISTÊNCIA

PÁG.

CAP. I — *Dotação real:* 1 — A pobreza religiosa e a necessidade de bens; 2 — Informações para o sustento dos Colégios; 3 — O alvará de D. Sebastião, de 7 de Novembro de 1564; 4 — Escrúpulos e dificuldades; 5 — Parecer do Visitador Cristóvão de Gouveia; 6 — Pagamento em açúcar.............. 107

CAP. II — *Procuratura em Lisboa:* 1 — Atribuições do Procurador; 2 — Na côrte de Filipe II; 3 — Contas da Província do Brasil; 4 — Permutas, compras e vendas............... 131

CAP. III — *Terras e heranças:* 1 — Razão de se possuirem terras; 2 — Terras do Colégio da Baía; 3 — Camamu; 4 — Contratos e enfiteuses; 5 — Heranças; 6 — Litígios; 7 — O navio da Companhia..................................... 149

CAP. IV — *Indústria Pastoril e Agrícola:* 1 — Criação de gado; 2 — Indústria agrícola; 3 — Canaviais; 4 — Os bens da Companhia.. 173

LIVRO TERCEIRO

A CAMINHO DO SUL

CAP. I — *Capitania de S. Jorge de Ilhéus:* 1 — Chegada dos Padres e construção de edifícios; 2 — Defesa contra os Aimorés e piratas; 3 — Ministérios; 4 — Obstáculos e imprudências 189

CAP. II — *Capitania de Porto Seguro:* 1 — Os primeiros Padres; 2 — Condições morais e económicas da terra; incêndios; 3 — Trabalhos apostólicos; 4 — Conflito com as autoridades locais; 5 — A ermida e peregrinação de Nossa Senhora da Ajuda; 6 — Actividade nas Vilas e Aldeias da Capitania.. 197

CAP. III — *Capitania do Espírito Santo:* 1 — Estado da Capitania; 2 — Ministérios; 3 — Acção contra os piratas franceses; 4 — Acção contra os piratas ingleses; 5 — A Igreja de Santiago; 6 — Situação económica...................... 213

CAP. IV — *Aldeias do Espírito Santo:* 1 — Características gerais; 2 — Aldeias do Maracajaguaçu ou da Conceição; 3 — Aldeia de S. João; 4 — Aldeia de Guaraparim; 5 — Aldeia dos Reis Magos; 6 — Reritiba......................... 229

CAP. V — *Capitania de S. Vicente:* 1 — Situação da Capitania de S. Vicente à chegada dos Jesuítas; 2 — Colégio dos Meninos de Jesus; 3 — Terras e bens; 4 — Zelo e actividade dos Padres; 5 — Os Jesuítas no porto de Santos.......... 251

TOMO X — ÍNDICE DAS MATÉRIAS 273

PÁG.

CAP. VI — *São Paulo de Piratininga:* 1 — Fundação de São Paulo; 2 — Os fundadores; 3 — Os primeiros edifícios; 4 — A mudança de Santo André da Borda do Campo; 5 — Guerras; 6 — O Colégio de Jesus; 7 — As Aldeias dos Jesuítas; 8 — Actividade apostólica.................... 269

CAP. VII — *Ao Sul de S. Vicente:* 1 — Os Jesuítas em Itanhaém; 2 — Em Iguape; 3 — Na Cananeia; 4 — Entre os Carijós; 5 — Missão dos Padres João Lobato e Jerónimo Rodrigues 315

CAP. VIII — *Fundação da Missão do Paraguai:* 1 — Primeiras tentativas dos Padres da Assistência de Portugal; 2 — Expedição de 1586 e entrada no Paraguai; 3 — Trabalhos e actividade dos Padres idos do Brasil.................... 333

LIVRO QUARTO

RIO DE JANEIRO

CAP. I — *Conquista e fundação do Rio de Janeiro:* 1 — Os Jesuítas no Rio, antes de Villegaignon; 2 — Expedições contra os Índios Tamóios; 3 — O armistício de Iperoig por Nóbrega e Anchieta; 4 — A tomada do Forte Coligny; 5 — Villegaignon tenta trazer para o Brasil Jesuítas franceses; 6 — A campanha de Estácio de Sá; 7 — A parte dos Jesuítas na fundação da capital do Brasil.................... 361

CAP. II — *O estabelecimento da Companhia no Rio de Janeiro:* 1 — A Igreja de S. Sebastião; 2 — Relíquias; 3 — Os Jesuítas e a defesa da Cidade; 4 — Construção do Colégio; 5 — Os primeiros estudos no Rio; 6 — Os Reitores; 7 — Os Jesuítas e as autoridades civis.................... 391

CAP. III — *Fontes de receita:* 1 — A dotação do Colégio do Rio; 2 — Terras e prédios; 3 — Terras de Iguaçu; 4 — Terras de Macacu; 5 — Fazenda de Santa Cruz.................... 409

CAP. IV — *Aldeias do Rio de Janeiro:* 1 — Aldeia de Geribiracica ou do Martinho; 2 — A expedição de Cabo Frio; 3 — Aldeia de S. Lourenço; 4 — Aldeia de S. Barnabé.................... 423

LIVRO QUINTO

RUMO AO NORTE

CAP. I — *Sergipe de El-Rei:* 1 — Aldeias de Cereji; 2 — Guerra e destruição das Aldeias; 3 — Conquista de Sergipe; 4 — Sesmaria e missões dos Jesuítas; 5 — O Rio de São Francisco.................... 439

		PÁG.
CAP.	II — *Pernambuco: Estabelecimento:* 1 — Igreja de Nossa Senhora da Graça; 2 — Colégio de Olinda; 3 — Estudos; 4 — Reitores do Colégio; 5 — Terras do Colégio; 6 — Dotação real..	451
CAP.	III — *Pernambuco: Actividade apostólica:* 1 — Situação moral da Capitania; 2 — O Donatário Duarte Coelho; 3 — Abertura definitiva do Colégio de Olinda em 1568; 4 — Contradições do clérigo António de Gouveia, o "padre nigromante"; 5 — Reconciliações agenciadas pelos Jesuítas; 6 — Harmonia com os Donatários; 7 — Projecto de Casa no Recife; 8 — Saque do Recife pelos piratas ingleses e derrota que sofreram; 9 — Ministérios na Vila de Olinda; 10 — Missões pelos Engenhos; 11 — Aldeias de Índios..	473
CAP.	IV — *Paraíba:* 1 — Conquista da Paraíba; 2 — Missões; 3 — Retiram-se os Jesuítas por oposição de Feliciano Coelho e dos Padres Franciscanos.................................	499
CAP.	V — *Rio Grande do Norte:* 1 — Conquista do Rio Grande; 2 — Actividade e pazes agenciadas pelos Padres Francisco de Lemos e Gaspar de Samperes; 3 — O P. Francisco Pinto e os Índios principais "Pau-Sêco" e "Camarão Grande"; 4 — Pazes gerais com os Índios Potiguares...............	513

APÊNDICES (A–M)... 533–586
ÍNDICE DE NOMES.. 587–603
ÍNDICE DE ESTAMPAS.. 604
CORRIGENDA.. 605

TOMO II

Século XVI — A Obra

NOTA LIMINAR... VII–VIII
INTRODUÇÃO BIBLIOGRÁFICA...................................... IX–XV

LIVRO PRIMEIRO

CATEQUESE E ALDEAMENTOS

CAP.	I — *A Catequese dos Índios:* 1 — Obra da conversão; 2 — Disposição do gentio; 3 — Religião primitiva dos Índios do Brasil; 4 — A superstição da "santidade"; 5 — Catequese dos meninos; 6 — Catequese dos adultos; 7 — Catequistas Índios...	3

PÁG.

CAP. II — *Luta contra a antropofagia:* 1 — A antropofagia dos Índios; 2 — Combate e vitória.................................. 35

CAP. III — *Fundação das Aldeias:* 1 — Porque se fundaram Aldeias de Índios; 2 — Primeiro ensaio; 3 — Aldeias da Baía...... 42

CAP. IV — *O governo das Aldeias:* 1 — Origem e necessidade do governo das Aldeias; 2 — Os Capitães; 3 — Os seus inconvenientes; 4 — Fuga dos Índios; 5 — O Direito Penal das Aldeias; 6 — "Menoridade" dos Índios................ 61

CAP. V — *A vida nas Aldeias:* 1 — Habitação dos Índios; 2 — Terra para cultivos; 3 — Vestuário; 4 — Isenção de dízimos; 5 — Sustento dos Padres; 6 — Regime de trabalho; 7 — Recepções solenes e folguedos; 8 — Cantos, músicas e danças 84

LIVRO SEGUNDO

COLONIZAÇÃO

CAP. I — *Força e Autoridade:* 1 — O plano colonizador de Nóbrega; 2 — Guerra do Paraguaçu; 3 — Guerra dos Aimorés; 4 — Assistência aos Índios de guerra; 5 — Piratas franceses na Baía; 6 — Piratas ingleses; 7 — Piratas holandeses...... 113

CAP. II — *Relações com os Governadores Gerais:* 1 — O governo Geral do Brasil e o Regimento do 1.º Governador; 2 — Tomé de Sousa; 3 — D. Duarte da Costa; 4 — Mem de Sá; 5 — D. Luiz de Brito e Almeida; 6 — Diogo Lourenço da Veiga; 7 — Manuel Teles Barreto; 8 — D. Francisco de Sousa.. 140

CAP. III — *Entradas e Minas:* 1 — Expedições mineiras; 2 — Entradas ao sertão a buscar Índios; 3 — Perigos e naufrágios 172

CAP. IV — *A liberdade dos Índios:* 1 — Legislação portuguesa sobre a liberdade dos Índios; 2 — A Mesa da Consciência e o P. Nóbrega; 3 — A lei de 20 de Março de 1570; 4 — A lei de 26 de Julho de 1596; 5 — Processos dos colonos para a escravização dos Índios; 6 — As escravas; 7 — Escrúpulos e reacções; 8 — Conclusão.......................... 194

CAP. V — *O testemunho do sangue:* 1 — Os Protomártires da Companhia de Jesus no Brasil, Irmãos Pero Correia e João de Sousa; 2 — P. Inácio de Azevedo, Visitador do Brasil; 3 — Sua actividade na Europa; 4 — Martírio do B. Inácio de Azevedo e 39 companheiros; 5 — Morte do P. Pedro Dias e companheiros; 6 — Lista geral dos componentes da expedição martirizada; 7 — Processo canónico............

LIVRO TERCEIRO

MINISTÉRIOS

PÁG.

CAP. I — *Administração de Sacramentos:* 1 — Primeiros ministérios dos Jesuítas no Brasil; 2 — Baptismo; 3 — Confissão; 4 — Confissão por intérprete; 5 — Comunhão; 6 — Casamentos indígenas. 269

CAP. II — *Culto divino:* 1 — O ministério da pregação; 2 — Missões no Recôncavo da Baía, Engenhos e Fazendas; 3 — As festas dos jubileus; 4 — Procissões solenes; 5 — Ornamentos e objectos sagrados; 6 — Confrarias; 7 — Devoção à Santa Cruz; 8 — Devoções da Semana Santa; 9 — Disciplinas particulares e públicas; 10 — Devoção a Nossa Senhora e Congregações Marianas. 299

CAP. III — *Assistência religiosa aos escravos negros:* 1 — O tráfico da escravatura; 2 — Como a Companhia a aceitou; 3 — Ministérios com os Negros. 343

CAP. IV — *Assistência moral:* 1 — Os Jesuítas pacificadores de inimigos; 2 — Esmolas; 3 — Moralidade pública e amparo a mulheres e órfãs; 4 — Mancebias de brancos e mamelucos; 5 — O caso de João Ramalho; 6 — Assistência a presos e condenados civis ou da Inquisição. 361

LIVRO QUARTO

REGIME INTERNO DA COMPANHIA

CAP. I — *A formação dos Jesuítas:* 1 — O noviciado e como se constituiu no Brasil; 2 — Votos e 3.ª Provação; 3 — Observância religiosa; 4 — Obstáculos à perfeição da castidade; 5 — Prática dos Exercícios Espirituais; 6 — Promulgação das Constituições da Companhia; 7 — O "Costumeiro" do Brasil. 393

CAP. II — *Recrutamento:* 1 — Fontes de recrutamento para a Companhia: Portugal; 2 — Nascidos no Brasil; 3 — Estrangeiros e cristãos-novos; 4 — Irmãos Coadjutores; 5 — Tentações e saídas. 424

CAP. III — *O Governo:* 1 — Criação da Província do Brasil; 2 — Padres Provinciais: Manuel da Nóbrega (1549; 1553-1559); 3 — Luiz da Grã (1559-1570); 4 — António Pires (1570-1572); 5 — Inácio Tolosa (1572-1577); 6 — José de Anchieta (1577-1587); 7 — Cristóvão de Gouveia, Visitador (1583-1589); 8 — Marçal Beliarte (1587-1594); 9 — Pero Rodrigues (1594-1603); 10 — Congregações Gerais; 11 — Congregações Provinciais do Brasil. 455

		PÁG.
Cap.	IV — *Relações com o Clero e os Prelados:* 1 — Clero regular; 2 — Clero secular; 3 — D. Pedro Fernandes Sardinha (1552–1556); 4 — D. Pedro Leitão (1559–1573); 5 — D. António Barreiros (1576–1600); 6 — Bartolomeu Simões Pereira (1578–1602 ou 1603)............................	505

LIVRO QUINTO

CIÊNCIAS, LETRAS E ARTES

Cap.	I — *Actividade cultural:* 1 — Manifestações literárias em geral; 2 — Epistolografia e documentação; 3 — As primeiras Bibliotecas do Brasil...................................	531
Cap.	II — *Fundação da Linguística americana:* 1 — Primeiros monumentos da língua tupi-guarani; 2 — A Arte de Gramática; 3 — O primeiro vocabulário tupi; 4 — O catecismo e a doutrina cristã; 5 — Curso da língua tupi; 6 — Os Maromomins e a sua língua...........................	545
Cap.	III — *Contribuição para as Ciências médicas e naturais:* 1 — Os Jesuítas e as doenças da terra; 2 — Cirurgia de urgência; 3 — Flebotomia; 4 — Epidemias; 5 — Assistência domiciliária e hospitalar; 6 — A Misericórdia do Rio de Janeiro; 7 — Doenças venéreas; 8 — Tratamento do cancro?; 9 — Ciências naturais e farmacologia...................	569
Cap.	IV — *Artífices e artistas:* 1 — Os primeiros passos da indústria no Brasil; 2 — Pintura; 3 — Arquitectura..............	587
Cap.	V — *Introdução do Teatro no Brasil:* 1 — Primeiras manifestações declamatórias e cénicas; 2 — Motivos e cenários; 3 — Cronologia das representações teatrais; 4 — Prioridade e sentido do teatro jesuítico........................	599
Apêndices (A–I)..		617–633
Índice de nomes		635–651
Índice de estampas...		652
Corrigenda...		653

TOMO III

Séculos XVII e XVIII — Norte: Fundações e Entradas

Prefácio..	IX–XIII
Introdução Bibliográfica......................................	XV–XXVIII

LIVRO PRIMEIRO

CEARÁ

CAP. I — *Primeira Missão e viagem à Serra de Ibiapaba:* 1 — Períodos históricos dos Jesuítas no Ceará; 2 — O caminho doloroso da Serra; 3 — Na Serra, entre os Índios; 4 — Ataque dos selvagens e morte do P. Francisco Pinto; 5 — Volta a Pernambuco o P. Luiz Figueira.................... 3

CAP. II — *Fundação da Missão de Ibiapaba:* 1 — O Ceará na invasão holandesa; 2 — A Serra de Ibiapaba; 3 — Pedro de Pedrosa e António Ribeiro, enviados ao Maranhão, fundam a primeira casa e escola; 4 — Lutas e inquietações; 5 — Visita do P. António Vieira e seus resultados; 6 — Perfídia de Simão Tagaibuna; 7 — A missão de Ibiapaba passa à influência da Província do Brasil.................... 15

CAP. III — *Fase definitiva da Missão de Ibiapaba:* 1 — Ascenso Gago e Manuel Pedroso; 2 — Origem da nação Tobajara; 3 — Aldeias descidas para o mar e costumes dos Índios; 4 — Pazes com os Reriiús e outros Tapuias e modo delas; 5 — Volta para a Serra e pazes com os Guanacés e Aconguaçus; 6 — Igrejas e Catequese; 7 — A vida material da missão; 8 — Tropelias de João Velho do Vale; 9 — Utilidade nacional da missão e meios temporais para a sustentar...... 37

CAP. IV — *A Aldeia de Ibiapaba na Tabainha:* 1 — A Serra de Tabainha; 2 — Missão pelo sertão, atrás da Serra; 3 — D. Simão Taminhobá; 4 — Pazes com diversas nações de Tapuias e ameaças da Casa da Torre; 5 — Fundação e organização da maior Aldeia do Brasil; 6 — As suas fazendas; 7 — Baluarte da civilização; 8 — Período final............... 57

CAP. V — *Real Hospício do Ceará:* 1 — Primeira idéia do Hospício em Ibiapaba; 2 — Na Fortaleza e primeiros estudos; 3 — Em Aquirás; 4 — Fundação do Seminário; 5 — A noite de Natal de 1759................................ 73

CAP. VI — *Aldeias da Fortaleza e Rio Jaguaribe:* 1 — Aldeias; 2 — Parangaba, primeira e segunda vez; 3 — Caucaia (Soure); 4 — Paranamirim e Paupina (Messejana); 5 — Paiacus; 6 — No Rio Jaguaribe............................ 85

LIVRO SEGUNDO

MARANHÃO

CAP. I — *Os primeiros Jesuítas no Maranhão:* 1 — Chegada dos Padres Manuel Gomes e Diogo Nunes; 2 — Serviços pres-

		PÁG.
	tados na conquista do Maranhão; 3 — Estabelecimento definitivo com Luiz Figueira; 4 — A ocupação holandesa e a reconquista..	99
CAP.	II — *Casas na Cidade de S. Luiz:* 1 — O Colégio de Nossa Senhora da Luz e as suas oficinas de pinturía e outras; 2 — A Igreja, hoje Sé Catedral; 3 — O Seminário; 4 — Recolhimento do Sagrado Coração; 5 — Casa dos Exercícios e religiosa recreação de Nossa Senhora Madre de Deus; 6 — Reitores do Colégio...................................	117
CAP.	III — *Aldeias e Fazendas na Ilha de S. Luiz:* 1 — Primeira catequese e Aldeia de Uçaguaba; 2 — Fazenda de Anindiba (Paço do Lumiar); 3 — Ilha de S. Francisco e terras de S. Marcos; 4 — S. Brás; 5 — Nossa Senhora da Vitória de Amandijuí; 6 — Nossa Senhora de Belém de Igaraú; 7 — Aldeia de S. Gonçalo; 8 — Aldeia de S. José.............	135
CAP.	IV — *Rio Itapicuru:* 1 — Morte, à mão dos bárbaros, dos Padres Francisco Pires e Manuel Moniz e do Ir. Gaspar Fernandes; 2 — Aldeia de S. Miguel; 3 — Morte, ainda às mãos dos bárbaros, do P. João de Vilar; 4 — Aldeia Grande e Aldeia Pequena dos Barbados; 5 — Aldeia e Seminário das Aldeias Altas (Trezidela — Caxias); 6 — Outras missões........	143
CAP.	V — *Rio Monim:* 1 — Fazendas do Monim e Iguará; 2 — Aldeia de S. Jacob do Icatú............................	157
CAP.	VI — *Rio Parnaíba:* 1 — Primeiras explorações do Parnaíba e expedições aos Teremembés (1676-1679); 2 — Fundação de Tutoia, Aldeia de Nossa Senhora da Conceição........	161
CAP.	VII — *Rio Mearim:* 1 — Indústria pastoril: Fazendas de Serranos, Morcegos, Matadouro, Cachoeira e Mouxão; 2 — Exploração do Rio Mearim e Arraial Velho dos Mineiros; 3 — A Missão dos Gamelas; 4 — A guerra dos Acroás; 5 — Na Aldeia de Nossa Senhora da Piedade; 6 — Etnografia dos Gamelas; 7 — Lapela.................	169
CAP.	VIII — *Rio Pindaré:* 1 — Primeiras Aldeias dos Guajajaras; 2 — Lutas no sertão; 3 — Aldeia de Maracu (Viana); 4 — Engenho de S. Bonifácio; 5 — Aldeia de S. Francisco Xavier do Carará (Monção); 6 — As pseudo-minas de oiro do Alto Pinaré; 7 — A redução dos Amanajós e a "Relação Abreviada"..	185
CAP.	IX — *Alcântara e dependências:* 1 — Fundação da Casa-Colégio; 2 — Aldeias de Serigipe, S. Cristóvão e S. João; 3 — Fazendas do Pindaré, Peri-Açú, Gerijó e Pericumã........	199

LIVRO TERCEIRO

PARÁ

PÁG.

CAP. I — *Cidade de Belém do Pará:* 1 — Os primeiros Jesuítas; 2 — O Colégio de S. Alexandre e suas oficinas de escultura e pintura; 3 — Igreja de S. Francisco Xavier; 4 — Outras igrejas reedificadas ou construídas de novo; 5 — O Seminário de Nossa Senhora das Missões; 6 — Reitores do Colégio 205

CAP. II — *Ilha de Joanes ou Marajó:* 1 — A embaixada do Crucifixo; 2 — A redução dos Nheengaíbas pelo P. António Vieira; 3 — A Aldeia de Joanes; 4 — Indústria pastoril; 5 — Fazendas de Marajoaçu; 6 — Fazendas do Arari 235

CAP. III — *Cabo do Norte:* 1 — A Guiana e antecedentes internacionais; 2 — Expedições de reconhecimento e o mapa da região; 3 — Missão e morte dos Padres António Pereira e Bernardo Gomes às mãos dos bárbaros; 4 — Causas e circunstâncias do martírio; 5 — A cruz de 34 palmos 253

CAP. IV — *Baixo Amazonas:* 1 — Aldeia de Gurupatuba (Monte Alegre); 2 — Aldeia de Urubuquara (Outeiro — Prainha); 3 — Aldeia de Jaquaquara; 4 — Rio Paru, Jarí e Anauerapucu; 5 — De Gurupatuba (Monte Alegre) para cima; 6 — Aldeia de Santa Cruz do Jamundá (Faro) 267

CAP. V — *Aldeias de baixo até o Salgado ou Costa Mar:* 1 — Primeiras Aldeias; 2 — Casa-Colégio da Vigia; 3 — Fazenda de S. Caetano; 4 — Aldeia do Cabu ou dos Tupinambás (Colares); 5 — Maguari, Muribira, e Mocajuba; 6 — Aldeia de Tabapará; 7 — Fazenda de Mamaiacu (Porto-Salvo); 8 — Fazenda de Curuçá; 9 — Aldeia de Maracanã; 10 — Aldeia de S. João Baptista de Gurupi; 11 — Aldeia de Caeté (Bragança) 279

CAP. VI — *Aldeias de cima até à região das Ilhas e dos Furos:* 1 — Aldeia de Mortigura (Conde); 2 — Fazenda de Gibirié; 3 — Aldeia do Guamá; 4 — Fazenda de Jaguarari no Rio Moju; 5 — Fazenda de Ibirajuba; 6 — O Rio Pacajá e a "Jornada do Oiro"; 7 — Aldeia de Sumaúma (Beja); 8 — Aldeia de Aricarú ou dos Nheengaíbas (Melgaço); 9 — Aldeia de Arucará (Portel); 10 — Aldeia dos Bocas e Araticum (Oeiras) 299

CAP. VII — *Rio Tocantins:* 1 — Aldeias de Camutá, Inhaúba e Parijó; 2 — Entrada de António Vieira; 3 — Preparativos e contradições; 4 — A viagem; 5 — A "viração" das tartarugas; 6 — Os "touros de água" ou jacarés; 7 — As canoas

PÁG.

e as cachoeiras da Itaboca; 8 — Entre os Índios; 9 — Entrada de Francisco Veloso e Tomé Ribeiro aos Tupinambás; 10 — Entrada de Tomé Ribeiro aos Carajás; 11 — Entrada de Manuel Nunes e Tomé Ribeiro aos Poquiguaras; 12 — Entrada de Gaspar Misch; 13 — Entrada de Gonçalo de Veras aos Catingas, Aruaquis e Nambiquaras; 14 — Entrada de Manuel da Mota e Jerónimo da Gama aos Jaguaris e Tocaiúnas; 15 — A Aldeia da Itaboca........... 313

Cap. VIII — *Gurupá e Rio Xingu:* 1 — Luiz Figueira em Muturu (Porto de Mós); 2 — Reflexos em Gurupá do Motim de 1661; 3 — Aldeias do Distrito de Gurupá; 4 — Aldeia de Itacuruçá (Veiros); 5 — Aldeia de Piraviri (Pombal); 6 — Aldeia de Aricari (Sousel); 7 — Entradas ao Rio Xingu   345

Cap. IX — *Rio Tapajós:* 1 — Primeiros Jesuítas no Tapajós; 2 — Fundação da Aldeia dos Tapajós (Santarém) e reminiscências do "matriarcado" amazónico; 3 — Iburari (Alter do Chão); 4 — Arapiuns ou Cumaru (Vila Franca); 5 — S. Inácio (Boim); 6 — S. José de Maitapus (Pinhel); 7 — Santa Cruz e Aveiro; 8 — A "Breve Notícia"...... 357

LIVRO QUARTO

AMAZONAS

Cap. I — *Rio Negro:* 1 — A primeira entrada e a cruz de Tarumás, Francisco Veloso e Manuel Pires (1657); 2 — Exploração a fundo, Manuel Pires e Francisco Gonçalves; 3 — Residência do Rio Negro; 4 — Os Índios Manaus; 5 — Últimas entradas.. 369

Cap. II — *Alto Amazonas:* 1 — O Rio dos Aruaquis; 2 — O Rio Urubu; 3 — Aldeia dos Tupinambaranas e adjacentes; 4 — Aldeia de Abacaxis (Serpa — Itaquatiara).......... 381

Cap III — *Rio Madeira:* 1 — Aldeia dos Iruris; 2 — Conspecto geral dos Índios, descimentos, e Aldeias do Madeira e de toda a região; 3 — Aldeia de Santo António das Cachoeiras; 4 — Aldeia do Trocano (Borba-a-Nova)................ 391

Cap. IV — *Rio Solimões:* Primeiros contactos; 2 — O P. Samuel Fritz e a sua descida ao Pará; 3 — A "Aldeia do Oiro", argumentos e vias de facto; 4 — A Aldeia de S. Francisco Xavier do Javari, fronteira definitiva do Brasil.......... 405

Apêndices (A-H)... 425-456
Índice de nomes... 457-480
Índice de estampas... 481

TOMO IV

Séculos XVII e XVIII — Norte: A Obra e Assuntos Gerais

PÁG.

Prefácio... IX-XIV
Introdução Bibliográfica..................................... XV-XXV

LIVRO PRIMEIRO

A MAGNA QUESTÃO DA LIBERDADE

Cap. I — *António Vieira antes de embarcar para o Norte do Brasil:* 1 — Seu nascimento em Lisboa e formação na Baía; 2 — Volta a Lisboa na Embaixada da Restauração e D. João IV escolhe-o para seu conselheiro e pregador; 3 — Embaixadas a França e Holanda e a questão dos Cristãos-Novos; 4 — A crise do ano 49 e a sua situação dentro da Companhia; 5 — Resultados positivos da actividade política e diplomática de Vieira; 6 — Embarca para as missões do Norte do Brasil.. 3

Cap. II — *A Liberdade dos Índios:* 1 — A primeira batalha ganha por Vieira; 2 — Lei de 9 de Abril de 1655, restringindo os cativeiros; 3 — Alterações gerais e expulsão dos Padres; 4 — A lei libertadora de 1 de Abril de 1680 e outras leis agenciadas em Lisboa por Vieira........................ 43

Cap. III — *Do perdão de 1662 ao motim de 1684:* 1 — Perdão geral de 1662 e suas consequências; 2 — O "Estanco" e violências de 1684 contra o mesmo "Estanco", o Governador e os Padres da Companhia; 3 — Restabelecimento da ordem pública por Gomes Freire de Andrade................ 69

Cap. IV — *O Regimento das Missões:* 1 — Pensam os Jesuítas em deixar as Missões do Maranhão e Grão-Pará; 2 — Ficam mediante a garantia régia do "Regimento das Missões" e leis subsidiárias; 3 — A liberdade no ambiente amazónico.. 87

LIVRO SEGUNDO

ALDEAMENTO E CATEQUESE DOS ÍNDIOS

Cap. I — *As Aldeias:* 1 — Espécies diferentes; 2 — Aldeias de catequese e serviço dos Padres; 3 — Aldeias de catequese e administração... 97

Cap. II — *Regulamento das Aldeias ou "Visita" do P. António Vieira:* 1 — A "Visita" de Vieira, e tentativas frustradas para a modificar; 2 — O que pertence à observância religiosa dos

PÁG.

Padres; 3 — O que pertence à cura espiritual das almas; 4 — O que pertence à administração temporal dos Índios.. 105

CAP. III — *Governo das Aldeias:* 1 — Administração espiritual e regime de curadoria; 2 — Seu âmbito nas entradas ao sertão; 3 — Regime penal privativo........................ 125

CAP. IV — *Divisão das Aldeias da Amazónia:* 1 — A grande divisão de 1693; 2 — A Aldeia do Xingu; 3 — Demografia e estatística.. 133

CAP. V — *Dificuldades destas Aldeias e Missões:* 1 — As razões de Vieira; 2 — A carta "exortativa" de Bettendorff; 3 — O testemunho do sangue; 4 — As cruzes do calvário........ 141

LIVRO TERCEIRO

O GRAVE ASSUNTO DAS SUBSISTÊNCIAS

CAP. I — *O ambiente amazónico e seus reflexos económicos:* 1 — O problema da alimentação; 2 — As "drogas" do sertão e da Índia Oriental e as primeiras plantações de canela no Brasil; 3 — As primeiras plantações de cacau; 4 — Actividades industriais... 153

CAP. II — *Legitimidade canónica dos bens da Companhia:* 1 — A doutrina certa; 2 — O *comum* da Vice-Província; 3 — Movimento e aplicação; 4 — Necessidade civilizadora do trabalho nas Missões e Fazendas......................... 165

CAP. III — *A caridade no orçamento dos Jesuítas:* 1 — O destino dos bens da Companhia e a lenda dos tesoiros; 2 — Vieira e o desinteresse pessoal dos Jesuítas; 3 — Assistência caridosa, social e hospitalar; 4 — As boticas dos Colégios, saneamento e epidemias..................................... 173

CAP. IV — *Legalidade civil dos bens:* 1 — Erro de visão e premeditação do sequestro; 2 — Origem legal dos bens da Companhia ou a questão "de iure"; 3 — A questão "de facto", o processo de 1718 e discriminação dos bens de raiz; 4 — Os diplomas régios; 5 — Conflito moral entre a evangelização e a colonização, com prevalência da colonização, exigida pelas condições sociais e económicas da terra............ 197

LIVRO QUARTO

REGIME INTERNO E APOSTOLADO EXTERNO

CAP. I — *A Vice-Província do Maranhão e Grão-Pará:* 1 — Missão e dependência do Brasil; 2 — Dependência de Portugal e Visitadores do Brasil; 3 — Elevação a Vice-Província... 213

		PÁG.

CAP. II — *O governo interno:* 1 — Noções práticas; 2 — Os Superiores da Missão; 3 — Os Vice-Provinciais 223

CAP. III — *Noviciado e Recrutamento:* 1 — Pareceres sobre noviciado próprio; 2 — Os recebidos na terra; 3 — Portugal, a grande fonte 233

CAP. IV — *Obras do Culto:* 1 — Jesus Cristo: Devoção à Cruz, à Eucaristia, ao Coração de Jesus; 2 — Devoção a Nossa Senhora, Têrço do Rosário e Congregações Marianas; 3 — Devoção aos Santos; 4 — Regalias espirituais nas festas e na catequese 239

CAP. V — *Ministérios:* 1 — Administração dos Sacramentos; 2 — Exercícios Espirituais; 3 — Pregação e missões urbanas; 4 — Missões rurais 249

LIVRO QUINTO

CIÊNCIAS, LETRAS E ARTES

CAP. I — *Os Estudos no Maranhão:* 1 — Artes e ofícios; 2 — Colégio de Nossa Senhora da Luz e as suas "Escolas Gerais"; 3 — Ensino Superior; 4 — As festas do Padroeiro e estúrdias de estudantes; 5 — Conclusões públicas e graus acadêmicos 261

CAP. II — *Os Estudos no Pará:* 1 — Instrução primária; 2 — Curso de Humanidades e regalias dos estudantes; 3 — A Filosofia no Pará e primeiras formaturas; 4 — Período final 271

CAP. III — *Geografia, Cartografia e Bibliotecas:* 1 — A Geografia e Cartografia amazónica; 2 — Cartografia oficial; 3 — Livrarias dos Colégios e Aldeias 281

CAP. IV — *Belas-Letras e Teatro:* 1 — Oratória e Poesia clássica; 2 — Versos tupis; 3 — Cantos e Música; 4 — Teatro e papéis femininos; 5 — O "Auto de S. Francisco Xavier" .. 291

CAP. V — *Etnografia e Linguística americana:* 1 — A religião dos Índios do Tapajós; 2 — A Etnografia brasileira; 3 — Cultura indígena e cultura cristã; 4 — A "Língua Geral" e a "Língua Portuguesa"; 5 — Novos estudos de Linguística americana 301

CAP. VI — *Historiadores e Cronistas da Amazónia:* 1 — João Filipe Bettendorff; 2 — Jerónimo da Gama; 3 — Domingos de Araújo; 4 — Jacinto de Carvalho; 5 — Bento da Fonseca; 6 — José de Morais; 7 — João Daniel 317

APÊNDICES (A–J) 333–414
ÍNDICE DE NOMES 415–433
ÍNDICE DE ESTAMPAS 435

TOMO V
Séculos XVII e XVIII — Da Baía ao Nordeste

PÁG.

Prefácio.. IX–XV
Introdução Bibliográfica....................................... XVI–XXX

LIVRO PRIMEIRO
BAÍA

Cap. I — *A Baía ao começar o século XVII:* 1 — A Liberdade dos Índios; 2 — A Lei de 30 de Julho de 1609 e o motim que provocou; 3 — A Confraria dos Oficiais Mecânicos (1614); 4 — Outros ministérios na Cidade; 5 — Os piratas e o naufrágio de Baltasar de Aragão; 6 — Caminhos ásperos das Aldeias dos Índios; 7 — As Aldeias e o bem comum; 8 — D. Diogo de Meneses, Gaspar de Sousa e Alexandre de Moura; 9 — Continuam os Padres nas Aldeias.......... 3

Cap. II — *Tomada da Baía pelos Holandeses em 1624:* 1 — A tomada da cidade e a narrativa do P. António Vieira; 2 — Os Padres do Colégio e as notícias do P. Manuel Fernandes; 3 — Cativeiro do Provincial Domingos Coelho com outros Padres, desterro de Holanda e "Relação" do mesmo Provincial; 4 — D. Marcos Teixeira, "Religioso e Militar Pontífice"... 25

Cap. III — *Derrota dos Holandeses na Baía:* 1 — A recuperação da Baía em 1625; 2 — Os Jesuítas durante o cerco e derrota de Maurício de Nassau em 1638; 3 — No último bloqueio de 1647; 4 — A pena e a palavra do P. António Vieira contra as armas de Holanda.......................... 55

Cap. IV — *Real Colégio das Artes:* 1 — Estudos Superiores (Teologia, Filosofia, Matemática) e Estudos Inferiores (Letras Humanas e Escola de Meninos); 2 — Reitores; 3 — A Botica ou Farmácia do Colégio; 4 — O aparecimento do "mal da bicha" (febre amarela) e a Festa de S. Francisco Xavier, Padroeiro da Cidade; 5 — A Livraria do Colégio; 6 — Últimas obras artísticas do Colégio (Arquitectura e Pintura); 7 — Casa de Hóspedes, personalidades ilustres que passam pelo Colégio, e cerimónia da transmissão de poderes dos Vice-Reis; 8 — Derradeiros dias do Colégio (1759–1760) e provas admiráveis da solidariedade e sentimento dos Baianos... 69

Cap. V — *A Igreja do Colégio (hoje Catedral Primaz do Brasil):* 1 — Os planos da nova Igreja; 2 — O P. Simão de Vasconcelos e o grupo de benfeitores da família de Francisco Gil de Araújo, fundador da Capela-mor; 3 — As condições; 4 — O sítio da Igreja velha de Mem de Sá; 5 — Lançamento solene

		PÁG.
	da primeira pedra da Igreja nova, a actual, em 1657, e efemérides da sua construção, obras de arte e Irmãos entalhadores, escultores, pintores e arquitectos; 6 — Os retratos do tecto da Sacristia..................................	106
CAP.	VI — *Noviciado da Anunciada na Jiquitaia:* 1 — Fundado por Domingos Afonso Sertão, famoso "descobridor" do Piauí; 2 — A primeira pedra (1709) e a inauguração (1728); 3 — As obras da Igreja; 4 — Meios de subsistência; 5 — Reitores; 6 — A despedida no dia 19 de Abril de 1760...........	141
CAP.	VII — *Instituições e Casas Urbanas:* 1 — Seminário Maior de Nossa Senhora da Conceição (1743); 2 — Casa de Exercícios Espirituais; 3 — Convento ou Colégio Feminino da Soledade; 4 — Quinta do Tanque; 5 — Outras casas e prédios urbanos..	151
CAP.	VIII — *Seminário de Belém da Cachoeira:* 1 — Seminário-Internato fundado pelo P. Alexandre de Gusmão: suas bases económicas e declaração régia de utilidade pública; 2 — Benfeitores, dotações e bens apurados; 3 — Frequência de alunos; 4 — Organização interna e Regulamento escolar; 5 — Reitores; 6 — Os primeiros alicerces do Seminário em 1687; 7 — A Igreja e influência da arte oriental (Macau e China)	167
CAP.	IX — *Camamu:* 1 — Engenho no Rio da Trindade e Aldeia de Nossa Senhora da Assunção (Camamu); 2 — Aldeia de Santo André e S. Miguel de Serinhaém (Santarém); 3 — Aldeia de Boipeba; 4 — Cairu e S. Francisco Xavier no Morro do Galeão; 5 — Aldeia de Nossa Senhora das Candeias de Maraú (Barcelos); 6 — Fazendas de S. Inês e Santa Ana; 7 — O Rio das Contas (1657).......................	199
CAP.	X — *Ilhéus:* 1 — Casa-Colégio de Nossa Senhora da Assunção; 2 — Engenho de Santa Ana do Colégio de S. Antão de Lisboa; 3 — Aldeia dos Índios Socós; 4 — Aldeia de Nossa Senhora da Escada (Olivença); 5 — Aldeia dos Índios Grens (Almada)...	216
CAP.	XI — *Porto Seguro:* 1 — Voltam os Jesuítas a pedido do Povo; 2 — Fundação da Casa do Salvador, no Natal de 1622; 3 — Ministérios e Escolas de Primeiras Letras e Humanidades; 4 — Superiores; 5 — Aldeias do Espírito Santo da Patatiba (Vila-Verde) e S. João Baptista (Trancoso); 6 — Caravelas; 7 — As despedidas em 1760.................	227
CAP.	XII — *Engenhos do Recôncavo da Baía:* 1 — A herança de Mem Sá; 2 — O Engenho de Sergipe do Conde; 3 — O Engenho de Pitinga; 4 — O Engenho da Pitanga; 5 — O Engenho de Cotegipe...	243

PÁG.

CAP. XIII — *Aldeias do Distrito da Baía:* 1 — Aldeia do Espírito Santo (Abrantes); 2 — Aldeia e Fazenda de Capivari; 3 — As duas Aldeias de S. João; 4 — Ilha de Itaparica; 5 — Aldeia de S. António em Jaguaripe; 6 — As duas Aldeias de S. Sebastião 261

CAP. XIV — *Sertões da Baía:* 1 — Entrada à Serra do Arabó; 2 — Entrada aos Sapoiás e Paiaiás, seus usos e costumes e os dos Moritises; 3 — Aldeia dos Paiaiás; 4 — Aldeias de S. Francisco Xavier na Jacobina; 5 — Aldeias dos Boimés, Caimbés e Mongurus; 6 — As Aldeias dos Quiriris: Natuba (Soure); 7 — Canabrava (Pombal); 8 — Saco dos Morcegos (Mirandela) 270

CAP. XV — *Rio de S. Francisco:* 1 — O P. João de Barros, apóstolo dos Quiriris; 2 — A festa de Varaquidrã e as Aldeias de Rodelas, Zorobabé, Acará e Curumambá; 3 — Atentado dos curraleiros em 1696 contra os Missionários com o pretexto de serem senhores das terras; 4 — El-Rei manda dar terras às Aldeias dos Índios; 5 — Aldeias do Curral dos Bois e dos Carurus e outras Aldeias e Fazendas no Rio de S. Francisco; 6 — A Etnografia dos Quiriris e a lição dos Sertões 293

CAP. XVI — *Sergipe de El-Rei:* 1 — Tentativa da Câmara para fundar Colégio na Cidade de Sergipe; 2 — Missão no Rio Real; 3 — Fazenda de Aracaju; 4 — Fazenda de Tejupeba; 5 — Fazenda de Jaboatão; 6 — Aldeia de Geru 316

LIVRO SEGUNDO

PERNAMBUCO

CAP. I — *Aldeias de Pernambuco:* 1 — Pernambuco ao abrir o Século XVII; 2 — Aldeias do Colégio de Olinda; 3 — S. Miguel de Muçuí; 4 — Seus serviços na Paraíba contra os Holandeses; 5 — Aldeias da Assunção e S. Miguel de Urutaguí; 6 — S. André de Goiana; 7 — S. João Baptista de Itambé; 8 — S. André de Itapicirica; 9 — Nossa Senhora da Escada, Caeté e Ipojuca; 10 — S. Miguel de Una 331

CAP. II — *Contra a invasão holandesa:* 1 — Tomada de Olinda e Recife; 2 — Vida e últimos dias do Arraial do Bom Jesus; 3 — O exílio das Antilhas; 4 — Primeira retirada salvadora para Alagoas; 5 — A vida incoerente do P. Manuel de Morais; 6 — A vida coerente do P. Francisco de Vilhena; 7 — O desterro de Holanda; 8 — Segunda retirada glo-

		PÁG.
	riosa de Luiz Barbalho; 9 — Jesuítas em Pernambuco ao dar-se a invasão holandesa......................	347
CAP. III —	*Restauração de Pernambuco:* 1 — Situação intolerável e preparação do levante; 2 — Assistência dos Jesuítas desde a primeira hora; 3 — Campanha militar no Brasil e expulsão dos holandeses; 4 — Campanha diplomática na Europa, em particular do P. António Vieira e do Embaixador Sousa Coutinho; 5 — O "milagre" da restauração de Pernambuco........................	391
CAP. IV —	*Real Colégio de Olinda:* 1 — Reconstrução do Colégio; 2 — Restauração da Igreja; 3 — O Engenho de Monjope e outros meios de subsistência; 4 — Quinta da Madalena; 5 — Reitores; 6 — Estudos.................	416
CAP. V —	*Missões rurais e Assistência pública:* 1 — Missões pelas Vilas, Fazendas e Engenhos; 2 — Assistência aos feridos da peste da "bicha" (febre amarela?), aparecida no Recife em 1685; 3 — A "bicha" em Olinda; 4 — Os Jesuítas na Guerra dos Mascates (1710-1714)...................	437
CAP. VI —	*Colégio de Jesus do Recife:* 1 — Fundação do Colégio; 2 — Igreja de Nossa Senhora do Ó; 3 — Igreja das Congregações Marianas e solenidades religiosas; 4 — Recolhimento do Coração de Jesus de Iguaraçu; 5 — O Engenho da Luz e outros meios de subsistência do Colégio; 6 — A Fazenda de Urubumirim no Rio de S. Francisco (Alagoas); 7 — Reitores do Colégio; 8 — Os Estudos..............	460

LIVRO TERCEIRO

NORDESTE

I —	*Paraíba:* 1 — Fundação da segunda Residência; 2 — Trâmites económicos para a fundação do Colégio e' Seminário; 3 — Estudos; 4 — Superiores e Reitores; 5 — A Igreja de S. Gonçalo; 6 — Catequese dos Índios; 7 — Ministérios na Cidade; 8 — Manifestação geral contra a saída dos Jesuítas (1760)........................	491
CAP. II —	*Fundação do Rio Grande do Norte:* 1 — O P. Francisco Pinto e a primeira cruz do sertão riograndense; 2 — A Aldeia de Antónia e Aldeia do Camarão; 3 — Os dois Camarões Potiguaçus; 4 — Pormenores vivos da catequese volante: Aldeias, Índios, trabalhos..................	504

PÁG.

Cap. III — *Aldeias de Guaraíras e Guajuru:* 1 — Aldeia de S. João Baptista das Guaraíras; 2 — Aldeia de S. Miguel de Guajuru; 3 — Repercussão da "Guerra dos Bárbaros" nestas Aldeias.. 525

Cap. IV — *Nas fronteiras do Rio Grande e Ceará:* 1 — "Guerra dos Bárbaros" e rivalidade dos Brancos; 2 — Aldeia de S. João Baptista do Apodi e Aldeia de Nossa Senhora de Anunciação do Jaguaribe; 3 — Paiacus, Janduins e Icós, lutas e transmigrações; 4 — Morte, às mãos dos Bárbaros, do P. Bonifácio Teixeira................................... 536

Cap. V — *Piauí:* 1 — O "descobridor" Domingos Afonso Sertão; 2 — Dotação do Noviciado da Jiquitaia, na Baía; 3 — Fazendas da "Capela Grande", da "Capela Pequena" e outras; 4 — Administração e contrastes; 5 — Missões rurais; 6 — Seminário do Rio Parnaíba.................. 550

Apêndices (A–G).. 569–601
Índice de nomes.. 603–626
Índice de estampas... 627
Corrigenda... 628

TOMO VI
Séculos XVII e XVIII — Do Rio de Janeiro ao Prata e ao Guaporé

Prefácio... IX–XIV
Introdução Bibliográfica....................................... XV–XXIII

LIVRO PRIMEIRO
RIO DE JANEIRO

Cap. I — *Real Colégio das Artes:* 1 — Faculdade de Filosofia, Graus Académicos e outros Cursos; 2 — Reitores; 3 — A evolução construtiva do Colégio e suas dependências, Botica e Hospital; 4 — A Igreja e seu ornato interno, culto e missões; 5 — Primeira pedra da nova Igreja monumental, a 1 de Janeiro de 1744; 6 — A Livraria do Colégio, primeira biblioteca pública do Rio; 7 — O Colégio, parte integrante da vida citadina... 3

Cap. II — *Fastos do Colégio do Rio:* 1 — Tumulto no Rio com a publicação do Breve de Urbano VIII, de 22 de Abril de 1639, sobre a Liberdade dos Índios da América; 2 — Restauração de Portugal e aclamação de El-Rei D. João IV (1641); 3 — Invasão francesa de 1710 e o heroísmo dos Estudantes; 4 — Segunda invasão de 1711 e a mediação dos Jesuítas.. 32

		PÁG.
Cap.	III — *Fazendas e Engenhos do Distrito Federal:* 1 — Fazenda de Santa Cruz; 2 — Caminho do Rio a S. Paulo através da Fazenda; 3 — Sua vida económica e social; 4 — Obras de Engenharia hidráulica; 5 — A ponte do Guandu; 6 — O Engenho Velho e o Engenho Novo na Cidade do Rio; 7 — Fazenda de S. Cristóvão; 8 — Outras Fazendas e Chácaras da Cidade....................................	54
Cap.	IV — *Nos Campos dos Goitacases:* 1 — Pazes com os Índios Goitacases, pelos Padres João Lobato e Inácio de Sequeira (1619); 2 — Intervenção económica de Salvador Correia de Sá e Benevides; 3 — A Fazenda do Colégio; 4 — Aspectos da sua actividade e missões; 5 — Santa Ana do Macaé; 6 — Santo Inácio de Campos Novos.....................	78
Cap.	V — *Aldeias do Triângulo Fluminense:* 1 — Sua significação política, militar e económica; 2 — Crise e encampação das Aldeias motivada pelos motins de S. Paulo (1640-1646); 3 — Parecer de Salvador Correia de Sá e Benevides; 4 — Carta Régia de 1647 mandando retomar as Aldeias; 5 — Testemunho do P. António Vieira; 6 — Aldeia de S. Lourenço (Niterói); 7 — Fazenda do Saco (S. Francisco Xavier); 8 — Aldeia de S. Barnabé e Fazenda de Macacu ou Papucaia; 9 — Aldeia de S. Francisco Xavier no Itinga e em Itaguaí; 10 — Ilha Grande e Angra dos Reis; 11 — Aldeia de S. Pedro do Cabo Frio; 12 — Aldeamento dos Índios "Gesseraçus"....................................	95

LIVRO SEGUNDO

ESPÍRITO SANTO

		PÁG.
Cap.	I — *Na Vila da Vitória:* 1 — Colégio de Santiago; 2 — Igreja de S. Maurício; 3 — Reitores do Colégio; 4 — Contra as invasões holandesas; 5 — Obras de assistência; 6 — A despedida de 1760....................................	133
Cap.	II — *Aldeias e Fazendas do Espírito Santo:* 1 — Aldeias de Índios; 2 — Guaraparim; 3 — Reritiba (Anchieta); 4 — Fazenda de Carapina; 5 — Fazenda de Itapoca; 6 — Fazenda de Muribeca; 7 — Engenho de Araçatiba..........	143
Cap.	III — *Aldeia dos Reis Magos:* 1 — Residência dos Reis Magos e Igreja de S. Inácio de Índios Tupinanquis; 2 — Redução de Índios Aimorés; 3 — Entradas aos Índios Paranaubis (Mares Verdes) do Alto Rio Doce (Minas Gerais); 4 — Os Índios Pataxós; 5 — Período de prosperidade e missões ao norte da Capitania....................................	159

LIVRO TERCEIRO

CAPITANIAS DO OESTE

PÁG.

CAP. I — *Minas Gerais:* 1 — Entradas aos Mares Verdes ou Índios Paranaubis (1621-1624); 2 — Entradas ao descobrimento das Esmeraldas; 3 — Aldeia de Santa Ana do Rio das Velhas; 4 — Residência da Vila de Ribeirão do Carmo (1717-1721); 5 — No Seminário de Mariana; 6 — O papel "sedicioso" de Vila-Rica, no Juízo da Inconfidência (1760) ... 183

CAP. II — *Goiás:* 1 — Ambiente revôlto da terra, à chegada dos Padres (1749); 2 — Missões do Duro ou Aldeias da Formiga, S. José e S. Francisco Xavier; 3—As Fazendas de Goiás ... 204

CAP. III — *Mato Grosso:* 1 — Primeiros contactos; 2 — Instruções Régias tirando os Índios da administração dos particulares e confiando-os aos Jesuítas; 3 — Chegam os Padres Estêvão de Crasto e Agostinho Lourenço com o primeiro Governador de Mato Grosso; 4 — A Missão de Cuiabá; 5 — A Missão do Guaporé; 6 — Como se extinguiram as Missões ... 213

LIVRO QUARTO

SÃO PAULO

CAP. I — *Aldeias de Sua Majestade:* 1 — Aldeias de El-Rei e Aldeias particulares; 2 — Aldeia de S. Miguel; 3 — Aldeia de N. Senhora dos Pinheiros; 4 — Aldeia de N. Senhora de Barueri; 5 — Aldeia da Conceição dos Maromimins, Guarumemins ou Guarulhos.................................. 227

CAP. II — *Motins e Desterro dos Padres do Colégio:* 1 — A destruição das missões castelhanas do Guairá; pressuposto histórico; 2 — Consequências gerais canónicas e civis; 3 — A primeira notícia do Breve de Urbano VIII contra o cativeiro dos Índios da América; 4 — Desterro de S. Paulo e descída a Santos; 5 — Diferença de pareceres entre os Paulistas ou primeiras manifestações das lutas de Garcias e Camargos ... 244

CAP. III — *Voltam os Padres e reabre-se o Colégio:* 1 — Processo canónico, Interdito da Vila de S. Paulo e recurso à Santa Sé; 2 — Sentença de 3 de Junho de 1651, da Sagrada Congregação do Concílio, que manda prosseguir o Interdito e cita perante si "os que devem ser citados"; 3 — O Processo civil na Corte e no Rio de Janeiro; 4 — A sentença da Santa Sé de 1651 determina a chamada dos Padres: condições inaceitáveis e rejeitadas (1652); 5 — Condições aceitáveis e volta dos Padres, primeiro a chamado dos Garcias (Pires), e depois de toda a Vila de S. Paulo; 6 — Escritura de transacção amigável (1653); 7 — Piratininga em festa........ 264

PÁG.

CAP. IV — *Pacificação dos Garcias e Camargos:* 1 — Portugueses e Castelhanistas; 2 — A primeira intervenção pacificadora dos Padres, sobretudo Simão de Vasconcelos (1654); 3 — Segunda intervenção na grande luta do Vigário Albernás; 4 — Terceira e última, com a paz de 1660.................. 294

CAP. V — *Em crise outra vez a Liberdade dos Índios:* 1 — Feita a paz com Castela renasce a questão servil; 2 — Os Padres pensam em deixar definitivamente S. Paulo e fechar o Colégio (1682); 3 — Opõe-se o povo de S. Paulo e acede o Provincial Alexandre de Gusmão (1685); 4 — Mantém-se a crise.. 306

CAP. VI — *As Administrações dos Índios:* 1 — Continua a caça ao Índio brasileiro: nove bandeiras escravagistas; 2 — As administrações particulares; 3 — Dúvidas dos moradores de S. Paulo; 4 — O famoso "Voto" do P. António Vieira a favor dos Índios (1694); 5 — Administrações dos Jesuítas e dos moradores: analogias e diferenças; 6 — Posição do Colégio, ao terminar a grande batalha da liberdade dos Índios e início do ciclo mineiro (1700).................. 320

CAP. VII — *Aldeias da Companhia, Fazendas e Missões:* 1 — Carapicuíba; 2 — Itapicirica; 3 — Embu; 4 — Itaquaquecetuba e Capela; 5 — Pacaembu; 6 — Porto do Cubatão; 7 — S. José dos Campos; 8 — Cabeceiras do Anhembi; 9 — Araçariguama; 10 — Guareí e Botucatu; 11 — Santa Ana; 12 — Missões rurais.................................... 355

CAP. VIII — *A Igreja do Colégio:* 1 — Edifícios renovados; 2 — Altares e Devoções; 3 — O primeiro Bispo de S. Paulo e a Igreja do Colégio; 4 — O seu chão sagrado; 5 — Destino depois de 1760.. 382

CAP. IX — *O Pátio do Colégio:* 1 — A "Casa de S. Inácio"; 2 — Os benfeitores Amador Bueno da Veiga e Guilherme Pompeu de Almeida; 3 — O "Pátio do Colégio" e os seus estudos de Português, Humanidades e Filosofia; 4 — A Vida dos Estudantes; 5 — Reitores; 6 — O primeiro Seminário de S. Paulo; 7 — Equilíbrio económico................... 394

CAP. X — *Santos:* 1 — O drama da publicação do Breve de Urbano VIII sobre a Liberdade dos Índios; 2 — Desterro e volta dos Padres; 3 — Fundação do Colégio de S. Miguel por Salvador Correia de Sá e Benevides; 4 — Dotação e bens do Colégio; 5 — Edifícios do Colégio e da Igreja; 6 — Ministérios em Santos; 7 — Superiores e Reitores; 8 — Estudos; 9 — Missões em S. Vicente, Itanhaém, Iperuíbe, Iguape e Cananéia................................ 415

LIVRO QUINTO
AO SUL ATE O RIO DA PRATA

CAP. I — *Paraná:* 1 — A Câmara de Paranaguá pede Casa da Companhia de Jesus; 2 — Primeiros princípios dela; 3 — O moroso expediente burocrático; 4 — Interregno, missionário e educativo, com a instituição de um Seminário; 5 — O Alvará de 1738 e suas bases económicas nos Campos de Curitiba e Pitangui; 6 — Superiores de Paranaguá e actividade religiosa e literária; 7 — Missões em Curitiba e Residência em Pitangui.................................... 441

CAP. II — *Santa Catarina:* 1 — Missões na Ilha de S. Francisco; 2 — Na Ilha de Santa Catarina; 3 — Na Laguna e Embituba; 4 — Colégio do Desterro, hoje Florianópolis...... 461

CAP. III — *A Missão dos Patos:* 1 — A missão dos Patos ou Carijós; 2 — A expedição de João Lobato e Jerónimo Rodrigues, e o Índio "Tubarão"; 3 — Expedição de Afonso Gago e João de Almeida, os Índios "Abacuís" e o principal "Mequecágua" (1609); 4 — Expedição de João Fernandes Gato e João de Almeida, os Índios "Tubarão", "Papagaio" e o "Anjo" do Sertão do Rio Grande (1619); 5 — O P. António de Araújo funda a Aldeia dos Patos (1622); 6 — A Aldeia de Caiibi no Rio Grande do Sul (1626); 7 — Expedição de Francisco Carneiro, Manuel Pacheco e Francisco de Morais (1628); 8 — Fecha-se a Residência dos Patos; 9 — Tropelias e desumanidades dos escravagistas....................... 473

CAP. IV — *Derradeiras Missões aos Patos:* 1 — Expedição de Inácio de Sequeira e Francisco de Morais (1635); 2 — A nação dos Carijós e economia da terra; 3 — Costumes e condição da gente; 4 — Feitiçarias e superstições; 5 — O "Caraibebe" ou "Anjo" do Rio Grande e outros "Anjos"; 6 — O "Ocara-Abaeté" ou "Terreiro Espantoso"; 7 — De novo as bandeiras escravagistas; 8 — Actividade dos Jesuítas portugueses do Brasil; 9 — Os territórios do "Anjo" e "Grande Papagaio"; 10 — A Antropofagia e cerimónias rituais; 11 — Escravidão dos Guaianás e Carijós; 12 — Conversão do "Grande Papagaio" e seus filhos; 13 — Baptismo solene destes Índios no Rio de Janeiro; 14 — Última expedição de 1637.... 493

CAP. V — *Rio Grande do Sul:* 1 — Antecedentes; 2 — O topógrafo Luiz de Albuquerque e os cartógrafos Diogo Soares e Domingos Capassi; 3 — Missão de 1749-1751; 4 — Aldeia do Estreito e Fortaleza do Rio Pardo..................... 524

CAP. VI — *Residência Portuguesa do Rio da Prata:* 1 — A Colónia do Sacramento; 2 — A epopeia de D. Manuel Lobo e os Jesuítas que nela tiveram parte; 3 — Os Jesuítas do Brasil

		PÁG.

e Jesuítas do Paraguai em campo adverso; 4 — Período florescente da Residência-Colégio dos Padres do Brasil. ... 533

CAP. VII — *As Aldeias ou Sete Povos das Missões Castelhanas:* 1 — Diferença entre as Aldeias do Paraguai e do Brasil; 2 — O Tratado de "Limites" de 1750 (no Sul apenas Tratado de "Permuta"): arrumação sumária de conceitos............. 551

APÊNDICES (A–E)... 563–607
ÍNDICE DE NOMES... 608–632
ÍNDICE DE ESTAMPAS...................................... 633
CORRIGENDA.. 634

TOMO VII

Séculos XVII e XVIII — Assuntos Gerais e Conclusão

PREFÁCIO... IX–XII
CONSPECTO GERAL E MÉTODO............................. XIII–XIV
INTRODUÇÃO BIBLIOGRÁFICA.............................. XV–XX

LIVRO PRIMEIRO

O GOVERNO DA PROVÍNCIA

CAP. I — *Primeiros Provinciais e Visitadores do Século XVII* (1603-1663): 1 — Fernão Cardim; 2 — Manuel de Lima; 3 — Henrique Gomes; 4 — Pero de Toledo; 5 — Simão Pinheiro; 6 — Domingos Coelho; 7 — António de Matos; 8 — Pedro de Moura; 9 — Manuel Fernandes; 10 — Francisco Carneiro; 11 — Belchior Pires; 12 — Francisco Gonçalves; 13 — Simão de Vasconcelos; 14 — Baltasar de Sequeira; 15 — José da Costa............................. 3

CAP. II — *Crise de Autoridade* (1663-1668): 1 — A Província do Brasil pede Visitador e o Geral nomeia o P. Jacinto de Magistris; 2 — A "Jacintada" ou a sua deposição na Baía; 3 — O Engenho de Sergipe do Conde e o espírito regionalista dos naturais do Brasil; 4 — Intervenção da Câmara da Baía e resposta do P. João de Paiva; 5 — O Comissário P. Antão Gonçalves e a conspiração frustrada sobre as terras dos Padres; 6 — Apaziguamento da Província e restabelecimento da autoridade............................ 33

CAP. III — *Provinciais até ao P. Vieira* (1669-1688): 1 — Francisco de Avelar e José da Costa; 2 — José de Seixas; 3 — António de Oliveira; 4 — Alexandre de Gusmão; 5 — Diogo Machado... 61

PÁG.

CAP. IV — *António Vieira, Visitador Geral* (1688-1691): 1 — Ideias de Vieira sobre as Missões do Maranhão e Pará; 2 — Sobre as Missões do Brasil e a necessidade de Missionários portugueses; 3 — O governo de Vieira e os seus detractores; 4 — Ordens da Visita de Vieira, o predomínio dos Estrangeiros, administrações particulares dos Índios, privação de voz activa e passiva, e justiça póstuma; 5 — A "Clavis Prophetarum", a última carta e a morte de Vieira........ 73

CAP. V — *Os cargos de governo e os Missionários Estrangeiros:* 1 — Necessidade e utilidade de Missionários Estrangeiros; 2 — O pensamento do P. António Vieira; 3 — Cautelas e limitações; 4 — Decretos Régios para que não fossem Superiores; 5 — Reacção contra o P. Vieira; 6 — Ordem do P. Geral para a dispersão dalguns Padres Estrangeiros do Colégio da Baía; 7 — O ano trágico de 1711 e a "Cultura e Opulência do Brasil por suas Drogas e Minas"........ 93

CAP. VI — *Provinciais e Visitadores do século XVIII* (1697-1761): 1 — Francisco de Matos; 2 — João Pereira; 3 — João António Andreoni; 4 — Mateus de Moura; 5 — Estanislau de Campos; 6 — José de Almeida e Estêvão Gandolfi; 7 — Miguel Cardoso; 8 — José Bernardino; 9 — Manuel Dias; 10 — Gaspar de Faria; 11 — Marcos Coelho; 12 — Miguel da Costa; 13 — João Pereira e Manuel de Sequeira; 14 — Simão Marques; 15 — Tomás Lynch; 16 — José Geraldes; 17 — João Honorato; 18 — Manuel de Sequeira, pela 2.ª vez, e último... 115

LIVRO SEGUNDO

O MAGISTÉRIO DE DOIS SÉCULOS

CAP. I — *Instrução e Educação:* 1 — Instrução e Educação pública; 2 — Gratuita; 3 — Popular; 4 — A Escola de ler, escrever e contar ou de Gramática Portuguesa.................. 141

CAP. II — *Ensino Secundário:* 1 — O Curso público de Humanidades; 2 — As Classes de Latim, distribuição e duração; 3 — Os tratadistas; 4 — O Grego e o Hebraico; 5 — Matemática e Física; 6 — História e Geografia; 7 — Língua Pátria... 149

CAP. III — *Ciências Sacras:* 1 — Teologia Especulativa ou Dogmática; 2 — A questão "de Auxiliis"; 3 — A questão do Probabilismo; 4 — Teologia Moral; 5 — Direito Canónico e questões canónico-morais do Brasil; 6 — Patrística e Exegese da Sagrada Escritura............................ 175

CAP. IV — *O Curso das Artes e tentativas para se criar a Universidade do Brasil:* 1 — Estatuto Universitário do Colégio das Artes da Baía; 2 — Petições do Brasil e parecer da Universidade de Coimbra; 3 — O grau de Teologia; 4 — Exclusão e readmissão dos Moços Pardos e solução final, não Universidade, mas graus públicos; 5 — Consolação e apelo de Vieira para os graus que se dão na imensa Universidade de almas "da Amazónia e sertões e bosques das gentilidades" ... 191

CAP. V — *O ensino da Filosofia no Brasil:* 1 — "Conclusiones Philosophicae" impressas e manuscritas; 2 — Exames, Actos Públicos e Cartas de Bacharel, Licenciado e Mestre em Artes; 3 — Graduados eclesiásticos, civis e militares; 4 — S. Tomás, o "Curso Conimbricense" e outros livros de texto europeus e brasileiros; 5 — O ensino da Companhia de Jesus e a cultura colonial ... 209

LIVRO TERCEIRO

ASPECTOS PECULIARES DO BRASIL

CAP. I — *Naturalidade dos Jesuítas do Brasil:* 1 — Deficiência de vocações no Brasil e o estudo das suas causas; 2 — Quadro estatístico; 3 — Os Portugueses do Brasil e de fora dele; 4 — Dificuldades particulares do Maranhão e o Colégio de Coimbra; 5 — A percentagem estrangeira ... 233

CAP. II — *A Fragata do Provincial e a divisão da Província:* 1 — A extensão da costa do Brasil e o navio da Companhia; 2 — Os Irmãos construtores navais; 3 — Os Irmãos pilotos, companheiros do Provincial; 4 — O regime e serviços do navio provincial; 5 — A extensão do Brasil e a divisão da Província em duas, a da Baía e a do Rio de Janeiro ... 249

CAP. III — *Missões navais e missões externas:* 1 — O Apostolado do Mar; 2 — Conversões de marinheiros estrangeiros; 3 — Ingleses convertidos entrados na Companhia; 4 — Visita e Reconquista de Angola; 5 — A catequese dos Escravos e os "línguas de Angola", à chegada dos navios de África; 6 — Jesuítas do Brasil missionários na Índia Oriental; 7 — Na Guiana Francesa ... 265

CAP. IV — *Dízimos a Deus e a El-Rei:* 1 — Os Dízimos e a Ordem de Cristo; 2 — A isenção dos Dízimos dos Padres da Companhia; 3 — A sua aplicação na Província do Brasil; 4 — Na Vice-Província do Maranhão e Pará; 5 — As "Instruções Secretas" de 1751 e a destruição da ordem jurídica, pródromo da perseguição geral ... 285

		PÁG.

CAP. V — *A Visita dos Bispos às Aldeias ou Missões dos Índios:* 1 — Não se praticou nas Dioceses do Estado e Província do Brasil em dois séculos de harmonia; 2 — Debates e concórdia na Diocese do Maranhão; 3 — Controvérsia na Diocese do Pará; 4 — Destruição violenta das Missões amazónicas; 5 — Funestas consequências para a vida local ... 301

LIVRO QUARTO

PERSEGUIÇÃO E SOBREVIVÊNCIA

CAP. ÚNICO — *Perseguição e Sobrevivência:* 1 — A Europa religiosa e política em 1750; 2 — A situação portuguesa; 3 — Do início da perseguição (1751) à lei de 1759; 4 — Os Missionários da Amazónia os mais perseguidos do Mundo; 5 — Sadismo e crueldade; 6 — Os cárceres do Reino e a dispersão da Itália; 7 — Continuação ininterrupta e restauração oficial da Companhia de Jesus; 8 — A volta ao Brasil 335

APÊNDICES (A–H)..........................	367–456
ÍNDICE DE NOMES..........................	457–480
ÍNDICE DE ESTAMPAS	481
CORRIGENDA & ADDENDA...................	483–485

TOMO VIII

Suplemento Biobibliográfico, I

NOTA LIMINAR............................	IX–X
INTRODUÇÃO BIBLIOGRÁFICA.................	XI–XXVI
ABREVIATURAS............................	XXVII–XXVIII

TOMO PRIMEIRO

ESCRITORES JESUÍTAS DO BRASIL (Letras A–M).............	3–389
APÊNDICE...............................	391–425
ÍNDICE DE ESTAMPAS.......................	427–428
ÍNDICE GERAL DOS ESCRITORES DESTE TOMO................	429–436

TOMO IX

Suplemento Biobibliográfico, II

NOTA LIMINAR.. VII

TOMO SEGUNDO

	PÁG.
Escritores jesuítas do brasil (Letras N–Z)..............	3–373
Apêndices (A–I)...	377–433
Índice de estampas.....................................	435–436
Índice ou classificação sumária da obra escrita dos jesuítas do brasil......................................	437–452
Índice geral dos escritores deste tomo.................	453–458

TOMO X

Índice Geral

(Ver infra, p. 317)

"História da Companhia de Jesus no Brasil"

Ao reproduzir aqui estas notícias e documentos, o autor já-lo ainda como historiador: porque, no seu conteúdo, a maior parte interessa à própria história dos Jesuítas. Não exclui porém a sua humilde condição de autor, como agradecimento e justa homenagem, quer a nomes ilustres, quer a entidades que houveram por bem manifestar-se, e são cada qual na sua esfera, do mais alto prestígio.

I

NOTÍCIAS E RECENSÕES (1)

AFRÂNIO PEIXOTO, J. — "História da Companhia de Jesus no Brasil" na Rev. *Verbum*, II (Rio 1945) 429-435.

AMEAL, João. — "Uma obra monumental". No "Diário da Manhã", secção de "Cultura" (Lisboa), 28 de Maio de 1946.

AUSTREGÉSILO, António. — Na Academia Brasileira de Letras, supra, *História*, IV, 413.

BANDEIRA, Manuel. — No "Manual Bibliográfico de Estudos Brasileiros". Sob a direcção de Rubens Borba de Morais e William Berrien (Rio 1949) 706.

BARBOSA, Francisco de Assis. — "História da Companhia de Jesus no Brasil" em "Directrizes" (Rio), 31 de Dezembro de 1942; "Foi o primeiro Jesuíta que penetrou a Amazónia" em "A Noite" (Rio), 13 de Janeiro de 1943.

BARROSO, Gustavo. — Na Academia Brasileira de Letras, "Jornal do Commercio" (Rio), 31 de Dezembro de 1949.

BRAGA, Osvaldo. — No "Anuário da Academia Brasileira de Letras", 1946-1947 (Rio) 187-191.

BRIQUET, Raul. — No "Manual Bibliográfico de Estudos Brasileiros" (Rio 1949) 183, 186.

BUARQUE DE HOLANDA, Sérgio. — No "Manual Bibliográfico de Estudos Brasileiros" (Rio 1949) 392, 399, 404.

CALMON, Pedro. — Na Academia Brasileira de Letras, sobre os tomos V e VI, "Jornal do Commercio", 30 de Outubro de 1945; sobre os tomos VII, VIII e IX, *ib.*, "Jornal do Commercio", 22 de Outubro de 1949; e cf. infra.

CANABRAVA, Alice P. — No "Manual Bibliográfico de Estudos Brasileiros" (Rio 1949) 494.

---

(1) Cf. supra, *História*, III, 453-456, cujo breve preâmbulo se aplica igualmente a esta segunda lista de Notícias e Recensões.

CARDIM, Elmano. — No Discurso sobre o Padre Natuzzi, "Jornal do Commercio" (Rio), 15 de Abril de 1944.
CARDOSO, Manuel. — "Notes and Comments" em "The Catholic Historical Review" (Washington, Abril de 1943) 128.
CONDÉ, João. — "Flash" em "Letras e Artes", Suplemento literário de "A Manhã" (Rio), 22 de Maio de 1949.
CORREIA, Dom Francisco de Aquino. — Na Academia Brasileira de Letras (sobre os Tomos VII, VIII e IX) no "Jornal do Commercio", 22 de Outubro de 1949; reproduzido infra.
CORREIA FILHO, Virgílio. — Na "Rev. do Instituto Histórico e Geográfico Brasileiro", vol. 182 (Rio 1944) 142–153.
CORREIA MARQUES, Pedro. — "Una Historia de la Compañia de Jesús en el Brasil", no diário "Hoy", Badajoz, 6 de Junho de 1946.
COUTO, Mário. — "O Quarto Centenário da fundação da Baía", na "Voz de Portugal" (Rio), 3 de Abril de 1949.
ESPINOSA, J. Manuel. — Em "Mid-America", XXV (Chicago 1944) 253.
FREIRE, Gilberto. — "Livros sobre o Brasil" em "O Jornal" (Rio), 4 de Junho de 1944 e em "Directrizes" (Rio), 8 de Junho de 1944; "Perfil de Euclides e outros perfis" (Rio 1944) 59–60.
GARCIA, Rodolfo. — Sobre o Tomo III, supra, *História*, IV, 413; sobre o Tomo VI, "Jornal do Commercio" (Rio), 30 de Outubro de 1945; sobre os Tomos V e VI, "Bibliografia de História do Brasil", Ministério das Relações Exteriores, 2.º Semestre de 1945 (Rio 1946) 29–31.
HEITOR CORREIA DE AZEVEDO, Luiz. — No "Manual Bibliográfico de Estudos Brasileiros" (Rio 1949) 745, 769.
"JORNAL DO COMMERCIO" (Rio de Janeiro). — "História da Companhia de Jesus no Brasil". "Vária" de abertura na secção "Várias Notícias": 4 de Agosto de 1938; 4 de Novembro de 1938; 5 de Janeiro de 1943; 5 de Fevereiro de 1943; 7 de Setembro de 1945; 18 de Outubro de 1945. — Reproduziram-se três destas "Várias", supra, *História*, II, 631–633; IV, 411–412; VI, 607–608.
LACERDA, Jorge. — Em "Letras e Artes", Suplemento Literário de "A Manhã" (Rio), 20 de Novembro de 1949, p. 3.
LACOMBE, Américo. — "História da Companhia de Jesus no Brasil", na Rev. *Verbum*, I (Rio 1944) 188–189.
LAMALLE, Edmond. — Em "Archivum Historicum Societatis Iesu", Anno XV (Ian.-Dec. 1946), n.ºs 109–111, 195, 345; Anno XVII (Ian.-Dec. 1948) n.ºs 99, 101–105, 223, 224, 365.
LAMEGO, Alberto. — No "Jornal do Commercio" (Rio), 1 de Novembro de 1942.
LEITE CORDEIRO, José Pedro. — "A Fundação de São Paulo", no "Jornal do Commercio" (Rio), 22 de Fevereiro de 1948.
LUSO, João. — "História da Companhia de Jesus no Brasil", na "Revista da Semana" (Rio, 29 de Maio de 1943) 9.
MAÑÉ, Jorge Ignacio Rubio. — Na "Revista de Historia de América" (Instituto Panamericano de Geografia e História) XVII (México, Junio de 1944) 223–224.
MARCHANT, Alexander.—Em "The Hispanic American Historical Review", XXIV (Duke University Press, Durham 1944) 124–126; em "Handbook of Latin American Studies", n.º 9 (Harvard University Press 1946) 304, 307–308.

MATEOS, F. — "História da Companhia de Jesus no Brasil" em "Razón y Fe", Tomo 132, fasc. 7 (Madrid, Nov. de 1945) 597-598.

MAURÍCIO GOMES DOS SANTOS, Domingos. — "História da Companhia de Jesus no Brasil" na "Brotéria", XXXVII (Lisboa, Outubro de 1943) 331-334; *ib.*, XLIV (Lisboa, Junho de 1947) 856-860.

MILLARES CARLO, Agustín. — Na "Revista de Historia de América" (México, Agosto de 1941) 227.

MOREIRA, Roberto. — "A Fundação de São Paulo". Discurso na Academia Paulista de Letras, em "O Estado de S. Paulo", 27 de Janeiro de 1944.

NEVES, Berilo. — "História da Companhia de Jesus no Brasil", na secção de "Livros Novos" do "Jornal do Commercio" (Rio), 24 de Janeiro de 1943; apareceu transcrita na "Revista Eclesiástica Brasileira", III, fasc. I (Petrópolis, Março de 1943) com a indicação de J. C.; no "Jornal do Commercio", de 10 de Outubro de 1948; e sobre os Tomos VII, VIII e IX, *ib.*, 23 de Outubro de 1949 — que se transcreve infra. [Estas recensões não saem assinadas por serem da Redacção do "Jornal do Commercio"].

OLIVEIRA, Miguel de. — "História da Companhia de Jesus no Brasil" (Tomos V e VI) em "Letras e Artes", Suplemento literário das "Novidades" (Lisboa), 9 de Junho de 1946.

PACHECO, Armando. — "Nomes do Dia", Em "A Manhã" (Rio), 31 de Janeiro de 1943 (com retrato feito por Armando Pacheco).

PEREGRINO JÚNIOR. — Na Academia Brasileira de Letras, "Jornal do Commercio" (Rio), 16 de Outubro de 1948.

PIERSON, Donald. — No "Manual Bibliográfico de Estudos Brasileiros" (Rio 1949) 820 (n.os 5474-5475).

PIRES, Heliodoro. — "Os construtores da história eclesiástica no Brasil", na "Revista Eclesiástica Brasileira", III (Petrópolis, Março de 1943), 81, 92.

PRADO JÚNIOR, Caio. — No "Manual Bibliográfico de Estudos Brasileiros" (Rio 1949) 631 (n.os 4418-4420).

RODRIGUES, José Honório. — "A Historiografia Brasileira em 1945", em "O Jornal" (Rio), 10 de Março de 1946.

ROMMERSKIRCHEN, O. M. I. — "Bibl. Missionaria", Anno V (Roma 1939) 126.

SCHURHAMMER, Jorge. — Em "Monumenta Niponica" (Tokyo, Sophia University, 1939) 299-300.

"O SÉCULO" (Lisboa). — "História da Companhia de Jesus no Brasil", 29 de Julho de 1946.

SMITH, Robert. — No "Handbook of Latin American Studies" (1943) n.º 9 (Cambridge, Massachusetts, Harvard University Press 1946) 87, 92 (n.º 877); no "Manual Bibliográfico de Estudos Brasileiros" (Rio 1949) 40 (n.º 201), 44 (n.º 250), 64 (n.º 496).

TAUNAY, Afonso de E. — "Notável documento monçoeiro inédito", no "Jornal do Commercio" (Rio), 27 de Março de 1949.

VIANA, Hélio. — Em "Estudos Brasileiros", n.os 25-26-27 (Rio, Julho a Dezembro de 1942); *ib.*, n.os 34-35-36 (Janeiro a Julho de 1944) — secção bibliográfica; em "Bibliografia de História do Brasil", do Ministério das Relações Exteriores, 1.º Semestre de 1944 (Rio 1944) 48; na "Revista do Instituto Histórico e Geográfico Brasileiro", vol. 190 (Rio, Março de 1946) 123-124; na "Revista de Historia de América" (do Instituto Panamericano de Geografia e História) XXVI (México, Dezembro de 1948) 568-569.

VILHENA DE MORAIS, Eugénio. — "A Igreja Católica e o Brasil holandês" em "O Globo" (Rio), 22 de Abril de 1948.

ZORRO, António Maria. — Entrevista com o Autor da "História da Companhia de Jesus no Brasil", no "Diário da Manhã" (Lisboa), 1 de Junho de 1946, e em "A Voz" (Lisboa), 3 de Junho de 1946.

ZUBILLAGA, Félix. — No "Archivum Historicum Societatis Iesu", XI (Roma 1942) 154-155, 161-162; XVI (Roma 1947) 199-201.

II

ACADEMIA BRASILEIRA DE LETRAS

Sessão de 20 de Outubro de 1949

1. DISCURSO DE DOM FRANCISCO DE AQUINO CORREIA, ARCEBISPO DE CUIABÁ

"Senhor Presidente, Senhores Académicos. Acabava eu de chegar ao Rio, em 13 do corrente, quando fui surpreendido, na sessão daquela quinta-feira, nesta Academia, com a apresentação de três novos e alentados volumes da "História da Companhia de Jesus no Brasil", da lavra do nosso preclaro confrade, Padre Serafim Leite.

Com máxima atenção e não menor prazer intelectual, ouvi as palavras, com que V. Excia., Senhor Presidente, em elegante improviso, como sóe fazê-los, teceu rápido, mas alto elogio à obra, a que me refiro, sagrando-a, com a sua reconhecida autoridade literária, realçada ainda mais pela eminência da curul presidencial, que ora ocupa, em monumento das nossas letras.

Em seguida, tendo V. Excia. anunciado à Casa, que naquele dia, as efemérides da Academia nada registravam de notável, atalhou o ilustre colega, Sr. Manuel Bandeira, para dizer que daquele dia em diante, não mais seria assim, porquanto ficava a data para sempre assinalada com o aparecimento dos três referidos tomos. O que não parecerá exagerado a quem quer que considere serem êsses volumes exactamente o sétimo, oitavo e nono, ou seja o remate e coroa triunfal da magnífica obra, a que só está faltando agora o décimo, que mais não será, que o respectivo índice.

Tudo isto ouvi, Sr. Presidente, a tudo bati palmas em uníssono com os Srs. Académicos presentes, e podia ter acrescentado que tudo subscrevia entusiàsticamente. Achei, porém, que seria pouco da minha parte, e devia dizer algo mais à nossa Academia.

É o que faço neste momento, lembrando, desde logo, que o trabalho em apreço resultou de um como concurso internacional, entre os mais exímios historiadores. Quando a Companhia de Jesus, em princípios do fluente século, resolveu mandar redigir a história do seu apostolado, através das várias nações do globo, confiou tão insigne tarefa, como era natural, aos seus historiadores de melhor nota e maior vulto. Daí surgiram os laureados nomes de Pedro Tacchi Venturi, na Itália; de António Astrain, na Espanha; de Henrique Fouqueray, em França;

de Bernardo Duhr, na Alemanha; de Tomás Hughes, nos Estados Unidos, e outros. Em Portugal dada a magnitude ciclópica da missão jesuítica, força foi desdobrar-lhe a história em três campos distintos, dos quais o da metrópole coube à competência do Padre Francisco Rodrigues e o do Brasil, ao nosso Padre Serafim Leite.

Hoje que nos entrega êste a sua obra monumental, é-nos dado ver quão bem aquinhoado foi o Brasil. Dentre todos os valiosos trabalhos dos autores, que há pouco citei, o do Padre Serafim Leite é, no mundo inteiro, o primeiro e até hoje, único, que se possa dizer completo; é o mais volumoso, apesar de se estender apenas de 1549 a 1760; e conquanto me não seja permitido cotejá-lo minuciosamente com os demais, penso não errar, afirmando possa encontrar-se-lhe igual, mas não superior, na organização do material histórico, na elegância da edição tipográfica, que é mais um florão de honra para a nossa Imprensa Nacional, e sobretudo, nas prendas excelsas do historiador.

Destas pude eu avaliar o quilate, em diuturna e amiga privança com o autor, verificando que dois grandes amores o inspiraram e sustentaram na hercúlea empresa, a Religião e a Pátria, concretizada a primeira no díptico de ouro: Igreja Católica e Companhia de Jesus, e a segunda nestoutro: Portugal e Brasil. Acima, porém, de todos êsses amores, um há que domina a sua vida de historiador, o amor à Verdade histórica, esta esplêndida Musa, venerável Clio cristã, de cujo culto fez êle, já sacerdote do Altíssimo, um novo e digno sacerdócio. Nem admira, por isso que a Verdade, qualquer que seja, é sempre uma luminosa manifestação da divindade, sendo que a própria Beleza, no conhecido conceito de Platão, mais não é que o esplendor da Verdade: *splendor veri*. E a esta Verdade, diz o mesmo filósofo, há de se ir "com toda a alma".

Foi o que fez o Padre Serafim Leite: de outra forma, não teríamos hoje a "História da Companhia de Jesus no Brasil". Com mão diurna e noturna, no sentido literal da expressão horaciana, veio êle compulsando, ao longo de 18 anos a fio, um sem-número de documentos inéditos e preciosíssimos, em bibliotecas e arquivos públicos e particulares, de São Paulo ao Pará, no Brasil; de Lisboa ao Porto, de Évora a Coimbra, em Portugal; de Espanha à Holanda; desde a famosa Torre do Tombo, até os riquíssimos depósitos do Vaticano e da Companhia em Roma.

E quem poderá imaginar os sentimentos antagónicos, que em tão longo itinerário, terão ameaçado perturbar-lhe aquela serenidade imparcial, de que fala Tácito, o austero historiógrafo, no proémio dos seus "Anais": *sine ira ac studio* ? Quantas vezes, quem sabe, a tentação de converter a narrativa em dialética tendenciosa, ou pior ainda, acendê-la na flama das paixões para os efeitos da eloquência, contrariando o preceito de Quintiliano, quando ensina que a história se escreve para narrar, que não para provar: *scribitur ad narrandum, non ad probandum!* (Inst. Orat. X, 1, 31). Que de torturas, enfim, não só para não admitir falsidade alguma, mas para dizer, e saber dizer toda a verdade, consoante a fórmula clássica de Cícero, dada por Leão XIII a Ludovico Pastor, como divisa dos historiadores: *Ne quid falsi audeat, ne quid veri non audeat!* (De Orat. II, 15).

Quem discorre com o Padre Serafim Leite, sobre a dignidade da história, ou quem lhe perlustra os escritos históricos, reconhece fàcilmente o senso e critério, com que sabe ele vencer todos esses escolhos, para nos brindar com trabalhos de solidez e equilíbrio admirável. Eis porque tenho para mim, Senhor Presidente, que é um simples veredicto de justiça, a consagração que V. Excia. e outros já fizeram da sua obra máxima, arrolando-a entre os monumentos da literatura histórica.

Praz-me, entretanto, acrescentar que para nós, é um monumento do presente, do passado e do futuro: do presente, porque glorifica neste século, ao mesmo tempo, a Academia Brasileira, de que é conspícuo membro o autor, a Portugal e ao Brasil, a Companhia de Jesus e a Igreja; do passado, porque comemora mui oportuna e gloriosamente, neste ano centenário, os quatro séculos que nos separam da chegada de Nóbrega e seus primeiros Jesuítas, facto inaugural e auspicioso da própria história, de que se trata; e finalmente, do futuro, porque de acôrdo com o pensamento de Capistrano de Abreu, que declarou não ser possível escrever a verdadeira história do Brasil, sem que se escrevesse antes a da Companhia de Jesus no Brasil, vai ficar a obra do Padre Serafim Leite, à maneira de majestoso vestíbulo em dez colunas gregas, tão sóbrias quão artísticas, por onde há-de entrar quem quer que nos séculos provindouros, se proponha a escrever a História do Brasil. Tenho dito".

2. Outros Senhores Acadêmicos:

— "O Sr. José Carlos de Macedo Soares disse que "inteiramente solidário com as palavras de D. Aquino Correia, pedia licença para invocar naquele instante a memória de Afrânio Peixoto, tão intimamente associado à esplendida realização do prezado companheiro Serafim Leite.

— O Sr. Pedro Calmon, depois de referir-se à sua ausência na sessão anterior, disse que se associava aos justos e merecidos aplausos proferidos pelo Sr. D. Aquino Correia e à invocação da memoria de Afrânio Peixoto, recordada pelo Sr. José Carlos de Macedo Soares, discorrendo a propósito dos três últimos volumes da História dos Jesuítas no Brasil, cujos méritos exaltou, exaltando igualmente o seu ilustre e infatigável autor, a quem chamou de grande mestre, pela sabedoria, pelo trabalho e pelo amor à verdade histórica. "Um admirável homem de letras", concluiu o Sr. Pedro Calmon: "Português de lei como um roble de sua terra, ele construiu o monumento que a Companhia de Jesus esperava e merecia, por tamanhos serviços prestados ao Brasil".

— O Sr. Levi Carneiro associou-se, reavivando pormenores da acção de Afrânio Peixoto, na Academia e na Imprensa, e em particular no *Jornal do Commercio*.

— O Sr. Adelmar Tavares recordou as muitas vezes que Afrânio Peixoto, consagrou os méritos do Sr. Serafim Leite.

— O Sr. Rodrigo Octávio Filho lembrou o interesse despertado pelos primeiros volumes da grande obra do Sr. Serafim Leite, na curiosidade de Rodrigo Octávio.

— O Sr. Manuel Bandeira declarou que um dos momentos mais emocionantes de sua carreira literária foi o de se ver citado nessa grande obra pelo Sr. Serafim Leite.

— O Sr. Ataulpho de Paiva propôs, com entusiasmo, que os Acadêmicos abraçassem fraternalmente o Sr. Serafim Leite pela esplêndida vitória.

— O Sr. Gustavo Barroso [Presidente] associou-se em nome da Mesa, acrescentando seus aplausos pessoais".

O Sr. Serafim Leite respondeu:

"Não tenho palavras para agradecer a generosidade dos eminentes confrades, que nesta e na sessão precedente, houveram por bem referir-se à *História da Companhia de Jesus no Brasil.* Sensibilizou-me a oportuna menção à Imprensa e em particular ao "Jornal do Commercio" e ao grande e saudoso Afrânio Peixoto, unido indissolùvelmente ao livro que está chegando agora ao seu termo; e estou grato à Academia Brasileira não só pela honra insigne do seu convívio, como até pelo seu subsídio literário que, integralmente dispendido na elaboração material da obra, ajudou a levá-la mais depressa ao fim; nem esqueço o Instituto Nacional do Livro e a Imprensa Nacional e outras cooperações valiosas: a todas a expressão do meu reconhecimento. Mas se a beleza é o esplendor da verdade, devo acrescentar que as belíssimas palavras aqui proferidas sobre a *"História da Companhia de Jesus no Brasil"* e a sua utilidade para a história e cultura nacional, aumentaram em mim a pena sem remédio de a não ter sabido escrever melhor".

(Do *Jornal do Commercio* (Rio), 22 de Outubro de 1949)

III

INSTITUTO HISTÓRICO E GEOGRÁFICO BRASILEIRO

Sessão de 21 de Outubro de 1949

1.

Rio de Janeiro, Avenida Augusto Severo 4, 30 de Outubro de 1949.

Muito Reverendo Padre Geral da Companhia de Jesus, P. João Baptista Janssens. — *Roma.*

Tenho a honra de comunicar a V.ª Paternidade que na sessão magna do Instituto Histórico e Geográfico Brasileiro, comemorativa do 111.º aniversário da sua fundação, realizada no dia 21 de Outubro do presente ano de 1949, Sua Excelência o Sr. Adroaldo Mesquita da Costa, Sócio do Instituto e Ministro da Justiça do Governo do Brasil, propôs que ficasse consignado na Acta um voto de congratulação pela publicação dos Tomos VII, VIII e IX da *História da Companhia de Jesus no Brasil* do R. P. Serafim Leite, da mesma Companhia, Sócio do Instituto, com os quais se conclui a parte orgânica dessa obra, faltando apenas o Tomo X (Índice Geral) já também a entrar no prelo; — o Sr. Pedro Calmon, Sócio do Instituto e Reitor Magnífico da Universidade do Brasil, propôs que o mesmo voto se transmitisse ao M. R. P. Geral da Companhia de Jesus; — e o Sr. José Pedro Leite Cordeiro, Sócio do Instituto, propôs que, tratando-se de uma realização fora do comum, a assinalasse o Instituto Histórico, cunhando uma medalha comemorativa do auspicioso facto.

Sendo as três propostas submetidas a votação, cada uma de per si, e aprovadas todas três por unanimidade, é com o maior prazer que o Instituto Histórico se congratula com V.ª Paternidade Reverendíssima, reconhecendo desta maneira mais este insigne serviço prestado pela benemérita Companhia de Jesus ao Brasil e às suas letras históricas.

Aproveito a oportunidade para apresentar a V.ª Paternidade o protesto de minha mais elevada consideração.

José Carlos de Macedo Soares
Presidente Perpétuo

2.

Roma, 21 de Dezembro de 1949.

Excelentíssimo Sr. Presidente.

Agradeço muito de coração a V. Excia. as delicadas palavras de sua carta de 30 de Outubro, em que V. Excia. me comunica as honrosas distinções com que o egrégio Instituto Histórico e Geográfico Brasileiro se dignou galardoar a obra do R. P. Serafim Leite, S. I., "História da Companhia de Jesus no Brasil", felizmente levada a termo neste ano centenário.

Entre os serviços que a bondade de Deus concedeu à mínima Companhia de Jesus poder prestar à Santa Igreja, figura sem dúvida em primeira plana o ter velado pela formação espiritual e nacional do Brasil, "nossa empresa", segundo a sugestiva expressão daqueles nossos Padres.

Peço a V. Excia. queira ter a gentileza de transmitir aos ilustres Consócios promotores das três referidas moções, bem como a todos os demais Sócios do Instituto, que unanimemente as aprovaram, o profundo reconhecimento meu e da Companhia de Jesus inteira, por mais este gesto de fidalguia, tão brasileira, que vieram juntar às muitas atenções de que a nossa Ordem lhes é devedora.

Imploro a protecção de Deus Nosso Senhor sobre os trabalhos e empreendimentos do Instituto Histórico e Geográfico Brasileiro, e de modo muito especial sobre Vossas Excelências e Excelentíssimas Famílias.

De todos ínfimo servo em Jesus Cristo,

João Baptista Janssens, S. I.
Prepósito Geral da Companhia de Jesus

Exmo. Sr. Embaixador José Carlos de Macedo Soares — Presidente Perpétuo do Instituto Histórico e Geográfico Brasileiro. — Rio de Janeiro.

(*Jornal do Commercio* (Rio), 22 de Outubro de 1949 e 1 de Fevereiro de 1950).

IV

"JORNAL DO COMMERCIO". (RIO DE JANEIRO)

(23 de Outubro de 1949).

"Por um desígnio feliz da Providência, essa grande epopéia espiritual que é a obra dos Padres Jesuítas no Brasil deveria ter como cronista e relator principal um filho da benemérita Companhia. O P. Serafim Leite, que, há largos anos, vem edificando, pedra por pedra, este monumento de saber, que é a *"História da Companhia de Jesus no Brasil"*, terá seu nome ligado aos fastos da historiografia nacional, à maneira de um Varnhagen ou de um Rocha Pombo, pois o seu livro é dos que, feitos sem pressa, hão-de resistir ao Tempo e ao Tempo sobrepor-se. Do ponto de vista da justiça histórica, nada se poderá acrescentar, de substâncial, ao que fica registado nos dez volumes que formam a obra.

O Tomo VII, que acaba de sair, juntamente com o VIII e o IX, conclui verdadeiramente a parte descritiva do plano geral. O VIII trata dos *Escritores Jesuítas do Brasil*, da letra A a M. O IX tem o mesmo assunto, completando a enumeração daqueles escritores, da letra N a Z. Quanto ao Tomo X, e último, é o Índice Geral de toda a obra. O conjunto — que deve orçar em 5.000 páginas, aproximadamente — representa insuperável soma de dados, notícias, documentos e comentários acerca da portentosa obra, de catequese religiosa, formação espiritual e administração civil, levada a efeito pelos beneméritos Padres Jesuítas no Brasil, desde o meado do século XVI até os nossos dias. O plano, de si gigantesco e cabal, a serenidade da exposição, a minudência do estudo, a elegância e vernaculidade da forma, tudo se reune, nesta obra, para a fazer excelente e modelar. O apoio, dado ao labor do eminente Jesuíta, Padre Serafim Leite, pelo Ministério da Educação e Saúde, através do Instituto Nacional do Livro, é digno de especial registo. Trata-se de empreendimento dificilmente realizável — dado seu vulto editorial — sem o concurso do poder público. O Governo da República, compreendendo a significação e valia de semelhante obra, houve por bem ajudá-la no que estava a seu alcance, que era o custeio material dela. Os dez Tomos formam, assim, como já temos acentuado nestas colunas, verdadeiro monumento — de equilíbrio, de bom senso, de saber, de justiça. Estas virtudes exornam a obra inteira — da primeira à última página. O Padre Serafim Leite faz, de maneira admiràvelmente serena, o que se poderia chamar a revisão do processo histórico da obra dos Jesuítas no Brasil — obra que teve opositores e críticos apaixonados, mas cuja benemerência é, já, um postulado incontrastável. A revisão faz-se, não com argumentos artificiosos, ou silogismos brilhantes — senão com documentos, factos e dados de irrespondível eloquência. O erro de um sacerdote, assim como a truculência de um administrador, o abuso de uma autoridade — não podem, nem devem, empanar o brilho assombroso do conjunto. Muitas vezes, os Padres Jesuítas tiveram de enfrentar a ambição material dos colonos, ou o interesse mercantil das sociedades organizadas para explorar a América Portuguesa. Nasceram desse conflito irremediável, lutas e recriminações cujos écos chegaram até à centúria em que vivemos. A mais elementar boa fé não recusará, porém, aos Padres Jesuítas, o intuito nobilíssimo da sua tarefa.

Nenhum deles ganhou nada, no seu labor de anos, senão o ajustarem a sua vida ao lema da sua Ordem: *ad majorem Dei gloriam*. Foi pela maior glória de Deus que lutaram, sofreram e, não raramente, morreram. Esta é a súmula de sua gigantesca obra nesta parte do Mundo de Colombo. É o que diz, de outro teor, e por palavras diversas, o eminente autor deste livro, nas linhas com que apresenta o Tomo VII dela. "Dizia Newman a Gladstone que para se apreciar com justiça uma instituição é preciso conhecê-la bem, *dentro do seu próprio ponto de vista*. Tendo o Autor nascido em Portugal, e passado no Brasil a juventude, antes de ser homem da Igreja, talvez estas circunstâncias pessoais hajam sido úteis ao melhor conhecimento da Companhia de Jesus no Brasil no período em que pertencia à Assistência Portuguesa, e em que, portanto, o Brasil, Portugal e a Igreja, numa das suas instituições, são objecto directo e permanente deste livro. Nele surgem, durante dois longos séculos, muitas pessoas e muitas obras. Ao fixarem-se no seu ambiente histórico, ficaram intactos Portugal, o Brasil e a Igreja, porque diante de uma lei, rei ou ministro mau, de uma Câmara, colono ou governador poderoso, de um Padre, Jesuíta ou Bispo indigno, prevaleceu o instinto elementar de que nem a Igreja, nem Portugal, nem o Brasil, estavam em causa, colocados acima de quaisquer factos transitórios, pessoais ou locais". Esta observação, ou reparo, do ilustre historiógrafo lusitano define, de maneira feliz, o intuito geral da sua obra. Não se trata, assim, de louvar ou defender intransigentemente Homens ou Factos, Pessoas ou Idéias: o de que se trata é de estudar a acção dos Padres Jesuítas no Brasil, de um ponto superior, de uma altura — que é a mesma eminência ou altura da História.

No Tomo VII, faz o Padre Serafim Leite a análise do governo da Província do Brasil, incluindo os primeiros Provinciais e Visitadores do século XVII (1603-1663). Os factos relativos ao governo da Província do Brasil no século do Descobrimento vêm narrados em volume anterior, o segundo da série, e trazem à frente os nomes famosos dos Padres Manuel da Nóbrega (fundador), Luiz da Grã, Bem-aventurado Inácio de Azevedo, António Pires, Inácio Tolosa, José de Anchieta, Cristóvão de Gouveia, Marçal Beliarte e Pero Rodrigues. Entre os Provinciais do século XVII figura o nome do Padre Fernão Cardim (1604-1609), autor da "Narrativa Epistolar", que o Barão do Rio Branco diz ser *"documento de alto valor para quantos estudam o Brasil do século XVI".*

No último quartel do século XVII, encontramos, como Visitador Geral da Companhia no Brasil, o mais famigerado dos Padres da Ordem — o grande António Vieira, que exerceu o cargo no período 1688-1691. A patente respectiva data de 17 de Janeiro de 1688 "com a faculdade de exercer o ofício sem sair da Baía, por o não consentirem já os seus 80 anos de idade". Diz o Padre Serafim Leite que a nomeação era como uma homenagem do púlpito da Companhia de Jesus ao púlpito português, tendo-a lavrado o Padre Tirso González, missionário que subira a Geral da Ordem em 1687. O P. Vieira empossou-se no cargo em 15 de Maio de 1688, no Colégio da Baía, tendo vindo, para esse fim, da Quinta do Tanque, que era sua habitual morada. Acentua o autor que o P. Vieira — e aqui existe uma significação psicológica digna de registo — iniciou o seu governo com um acto a favor das missões do Maranhão e Pará *"que nunca mais lhe saíram do coração, desde que nelas esteve e por elas padeceu afrontas e o destêrro".* O amor da terra brasileira fá-lo, ao pregador insigne, abandonar honras e glórias na Europa, visto que, depois de se ter sentado no banco dos réus, perante a Inquisição, tendo voltado de Roma, em 1675, com o Breve que o livrava de novos assaltos inquisitoriais, escusou-se, quatro anos mais tarde, de regressar à capital do mundo católico, onde a Rainha da Suécia o queria para seu confessor. Naquele ano de 1679, põe nas mãos do Padre Geral o decidir seu destino — se para o Maranhão, se para a Baía. Mal tomou posse do cargo de Visitador Geral, reuniu o pregador a comunidade do Colégio da Baía, fazendo-lhe a "Exortação I", em que aponta a imensidade das Almas *a ganhar para Deus e para o Estado nas selvas da gentilidade, sertões e rios do Amazonas*. Neste passo de sua obra, há por bem o Padre Serafim Leite de, contrastando afirmações ligeiras e desbaseadas na realidade, fazer justiça ao insigne autor de "Os Sermões". Bem é que o tome a seu cargo, porque dessa justiça é que necessitam os varões do mérito e grandeza do Padre Vieira: "O amor da Pátria e o amor da Liberdade haviam de ser as suas últimas batalhas, esta com o *Voto* contra as administrações dos Índios, aquela com a resistência ao predomínio dos estrangeiros dentro da Província do Brasil. Desmentindo a desconfiança e insensibilidade dos anos avançados preferiu a luta à lisonja e à aura amável do deixar correr. Em 1692, fizera um "Regimento dos Índios" com o Governador Câmara Coutinho, que tinha ordem de El-Rei para se aconselhar com Vieira. O "Regimento", cujos precisos termos desconhecemos, devia ter conexão com as administrações paulistas, resolvidas pouco depois em sentido oposto ao de Vieira, com a aquiescência de outros Padres da Companhia, cuja preponderância era então maior no governo interno da Província. Mas El-Rei também aqui ordenara que fosse ouvido Vieira e ele fez-se ouvir com a argumentação e energia de sempre. *Voto* vencido o seu, e ainda mal para a liberdade e a própria Companhia de Jesus no Brasil, que, com o triunfo e concessão à doutrina contrária, pareceu sair mais estimada em São Paulo e outras partes, mas não saiu com mais autoridade, nem houve daí em diante voz alguma que se erguesse à mesma altura de Vieira na defesa da Liberdade dos Índios".

Esta é a verdade histórica que o Padre Serafim Leite proclama com desassombro digno do Jesuíta eminentíssimo, que tanto trabalhou pela justiça que se devia aos naturais da terra, e donos legítimos dela. Fica-lhe excelentemente essa atitude, que contrasta com a de outros cronistas, ou desviados da trilha da Verdade por motivos alheios à serenidade histórica, ou apostados, realmente, em denegrir a memória do Padre e os méritos da Sociedade de Jesus. Não poderia ser outra, aliás, a atitude do autor desta obra monumental. A vida do Padre António Vieira, advogado e defensor dos selvícolas do Brasil, inspira-lhe especial carinho. Ele no-lo mostra ao Padre Vieira, nos últimos anos de sua trabalhosa vida, ocupado em rever e ordenar a *Clavis Prophetarum*, bem como em repolir os *Sermões*, que seriam o maior padrão da sua glória literária. Em 1696, não podendo, já ocupar o púlpito, ditou o sermão gratulatório do nascimento da Infanta Francisca Josefa. O Padre Serafim Leite rebate as afirmações, em grande parte falsas e caluniosas, que se têm feito acerca do espírito aparentemente profano do sacerdote ilustre. Para alguns, Vieira teria sido mais cortesão envaidecido e fútil, do que sacerdote supercilioso em questões de fé. O autor desta "História" aponta-o deste teor, mais consentâneo com os documentos da época e o espírito mesmo dos *Sermões*: "A fôrça motora da vida vieirense provinha da Paixão de Jesus Cristo, que era a meditação a que se entregava com mais frequência. E das grandezas mais altas da terra, que encontrou no seu caminho, capaz da mais prodigiosa dispersão mental, sabia evadir-se a tempo e refugiar-se no Horto, com o Divino Mestre, assumindo como própria e repetindo-a mais vezes que nenhuma outra, a jaculatória da provação suprema: *Non mea voluntas, sed tua!* O amor a Nossa Senhora era outra manifestação da alma religiosa de Vieira, que difundia por onde passava a devoção do Rosário, como exercício prático, e não apenas nos seus Sermões, nos quais se podem inventariar ainda outras devoções piedosas pelos próprios termos com que fala delas. Incorporada porém mais profundamente à sua espiritualidade é a Paixão de Cristo, onde hauria ânimo e fortaleza com que sabia retribuir o bem a quem lhe queria mal nas duras controvérsias da vida. Pertence ainda à fisionomia íntima de Vieira, o conhecimento que ele tinha do valor do tempo. Nas Casas e nos Colégios, onde vivia, ou por onde passava, quem o não achasse no cubículo a escrever, sabia que o iria encontrar na Capela diante do Santíssimo ou na Livraria a estudar". Aí está, nesse quadro, esboçado, muito em sombra, pelo Padre Serafim Leite, o verdadeiro resumo da vida do Padre António Vieira. É acto digno de registo, esse, do autor da "História", em prol do restabelecimento da verdadeira fisionomia espiritual do maior prégador do idioma vernáculo.

Outras excelências grandes encerram estes volumes VII, VIII e IX da "História da Companhia de Jesus no Brasil". Um capítulo, de suma importância histórica e religiosa, é o que se intitula "Naturalidade dos Jesuítas do Brasil". Nele versa o autor os temas: Deficiência de vocações no Brasil e o estudo de suas causas", "Os portugueses do Brasil e de fora dele", "Dificuldades particulares do Maranhão e o Colégio de Coimbra" e outros. Ainda hoje — acentua o Padre Serafim Leite — é complexo e difícil o problema das vocações sacerdotais em nosso país. Enquanto, por exemplo, nos Estados Unidos, para uma população católica de 35 milhões, há nada menos de 6.509 Jesuítas, no Brasil, para um conjunto de 45 milhões, existem apenas 994. Elementos diversos, como a *influência do clima, a educação familiar frouxa, a mestiçagem* e outros, referidos às épocas estudadas nesta História, são passados em revista pelo autor. O número de Jesuítas estrangeiros no Brasil sempre foi pequeno — acrescenta o Padre Serafim Leite. No primeiro período (século XVI) o contingente maior era de nacionalidade espanhola. Um ou outro padre inglês ou irlandês aqui veio ter. Os de origem italiana, raros no primeiro século, avultam mais tarde (século XVII). No século XVIII sobressaem dois grupos o britânico, algum filho isolado da Irlanda católica, e o grupo, provindo dos países do Centro da Europa. Na Província do Brasil, a média geral de jesuítas estrangeiros não ia além de 6,30%, e, na Vice-Província do Maranhão e Pará, 9,60%.

A análise, ainda que perfuntória, de tão magnífica obra, demandaria largas colunas desta folha. O público, interessado em assuntos históricos, sabe, já, o quanto vale esta obra e o quanto o Padre Serafim Leite grangeou, com ela, a gratidão sincera de brasileiros e portugueses — pois que o esfôrço aqui relatado se fez, todo, em benefício da chamada América Portuguesa, justo padrão de glória do espírito colonizador dos Lusitanos e a jóia mais rara da Igreja de Cristo neste pedaço do mundo de Colombo — onde a Companhia de Jesus fixou marcos perenes de altíssima benemerência".

V

INSTITUTO HISTÓRICO E GEOGRÁFICO DE SÃO PAULO

Sessão de 29 de Outubro de 1949

S. Paulo, 3 de Novembro de 1949.

...Padre Serafim Leite, S. J.

Tenho a honra de comunicar a V. Revdma. que o Instituto Histórico e Geográfico de São Paulo, em sessão realizada no dia 29 de Outubro último, aprovou por unanimidade a proposta formulada pelo Exmo. Sr. Dr. José Pedro Leite Cordeiro, orador oficial do sodalício, no sentido de se consignar na acta dos respectivos trabalhos um voto de congratulações com o eminente autor da "História da Companhia de Jesus no Brasil", pela publicação dos volumes VII, VIII e IX dessa obra monumental que tantos serviços vem prestando aos estudiosos do passado luso-brasileiro. Salientou-se então, pela palavra erudita do proponente, o facto altamente consagrador de ter sido V. Revdma., entre tantos outros historiadores da Companhia de Jesus, incumbidos de missão análoga em diferentes regiões do globo, o primeiro a terminar sua árdua, grandiosa e honrosíssima tarefa.

Aproveito a oportunidade para apresentar ao egrégio confrade os protestos de minha elevada estima e distinta consideração.

Prof. Dr. Carlos da Silveira
1.º Secretário

VI

"ARCHIVUM HISTORICUM SOCIETATIS IESU" (ROMA)

Do R. P. Edm. Lamalle, director especializado da secção *Bibliographia de Historia Societatis Iesu:*

Roma, Borgo S. Spirito 5, 30-XI-49.

Révérend et cher Père: P. C. — Toutes mes félicitations et mon grand merci pour vos trois volumes VII, VIII-IX, qui vous mettent presque au terme de votre *opus magnum*, ou plutôt *maximum*. Je suis resté bouche bée devant votre bibliographie, refaisant de fond en comble le Sommervogel pour le Brésil. Comme c'est un peu ma partie, je me réserve de dire moi-même aux lecteurs de l'*Archivum* le bien que je pense de vos vol. VIII-IX et j'espère que vous en serez content, malgré les quelques petites chicanes qui ne peuvent guère manquer dans une revue comme la nôtre (d'Estansel, p. e. je connais quelques autres lettres). Mais quel aliment allez-vous donner maintenant à votre robuste appétit de travail? En union de vos SS. SS. bien vôtre in X.º

Edm. Lamalle S. I.

VII

UNIVERSIDADE CATÓLICA DO RIO DE JANEIRO

13 de Dezembro de 1949

Por proposta e aclamação da Faculdade de Filosofia, a que pertence o sector das Ciências Históricas, a Pontifícia Universidade Católica do Rio de Janeiro conferiu ao autor desta obra o grau de Doutor *Scientiae et Honoris Causa*, dando como título esta mesma obra. O diploma tem a data de 10 de Dezembro de 1949 e assinam-no o R. P. Paulo Bannwarth, Reitor Magnífico, o R. P. Augusto Magne, Director da Faculdade de Filosofia, e o R. P. José Gomes Bueno, Secretário Geral da Universidade.

O acto da colação realizou-se no dia 13 no Auditório do Ministério da Educação, sendo paraninfos, por parte da Universidade, o Professor da Faculdade de Filosofia, Dr. Ary da Mata, e por parte das instituições de cultura, o Dr. Pedro Calmon, Professor de Direito na mesma Universidade e Reitor Magnífico da Universidade do Brasil.

Como é do espírito destes actos académicos, a Universidade houve por bem dar-lhe relevo público e convidou as autoridades e instituições de cultura, em particular a Academia Brasileira de Letras e o Instituto Histórico e também os Portugueses do Rio. Estiveram presentes o senhor Embaixador de Portugal, e as beneméritas Associações Portuguesas; e da Companhia de Jesus, o R. P. Provincial Artur Alonso, o Reitor do Colégio Santo Inácio R. P. José Coelho de Sousa, o Director do Aloisianum R. P. Murilo Moutinho, o Redactor da Revista *Verbum* R. P. Francisco Leme Lopes, e outros Padres. Na ausência em Roma de Sua Eminência, o Sr. Cardeal Arcebispo D. Jaime de Barros Câmara, Grão Chanceler da Universidade Católica, presidiu à sessão o Sr. Arcebispo de Cuiabá, Dom Francisco de Aquino Corrcia; e na sessão seguinte da Academia Brasileira, o seu Presidente Sr. Miguel Osório de Almeida recordou o facto, assim como o fez o Sr. Queirós Veloso na Academia Portuguesa da História (Lisboa). Os formosos discursos dos Srs. Professores paraninfos e mais actos desta cerimónia académica constituirão uma das próximas publicações da Universidade. Dá-se esta objectiva e sumaríssima notícia para se compreender o agradecimento do Autor, que, pelo que diz sobre a significação desta homenagem e pelo que propõe, no fim, sobre estudos da Companhia, se deixa neste lugar, por fecho geral deste livro.

Discurso que serve de Posfácio

Depois da investidura académica, espera-se, neste género de solenidades, um discurso do agraciado. O agradecimento claro que é devido, e não se poderá nunca exprimir na medida justa. Mas bem melhor seria que se dissesse simplesmente. Meus Senhores, está acabada a cerimónia: muito obrigado à Universidade Católica do Rio de Janeiro e ao seu Reitor Magnífico, muito obrigado ao eminente Director da Faculdade de Filosofia e ao digno Secretário Geral, muito obrigado ao ilustríssimo Corpo Docente e ao estudiosíssimo Corpo Discente, muito obrigado aos nobres e obsequiosos Oradores, muito obrigado ao Senhor Arcebispo de Cuiabá, honra salesiana e glória do Episcopado, muito obrigado ao Sr. Embaixador de Portugal, muito obrigado aos Senhores Membros da Academia Brasileira de Letras, Instituto Histórico e ilustres representantes das Autoridades e das Associações Portuguesas no Brasil, muito obrigado ao R. P. Provincial e a quantos — minhas Senhoras e meus Senhores — houveram por bem realçar esta festa universitária com a sua presença: muito obrigado a todos. Não é porém isto o que se costuma, e ainda mal para os que hão-de ouvir discursos de quem não é orador; mas ainda bem, porque há oportunidade para se desfazer um equívoco, que não poderia passar sem nota. Se o novo Doutor *Scientiae et Honoris Causa* dissesse apenas muito obrigado, a conclusão seria que ele aceitava para si a homenagem. E ele não o poderia fazer, nem como escritor nem como religioso. Seria substituir-se ao verdadeiro objecto dela, a Companhia de Jesus, cuja *História*, no sector da antiga Assistência de Portugal, na sua parte americana, isto é, brasileira, se assume como ocasião desta solenidade. Porque foi ainda a Companhia de Jesus dos tempos modernos, na sua Província de Portugal, por indicação e aprovação do M. R. P. Geral, que designou o humilde escritor que vos fala, e lhe facilitou os meios e a indispensável liberdade de movimentos, de método, e de tempo, para a escrever. Cabe portanto à Companhia de Jesus toda a honra e glória ou mais pròpriamente a Deus, nosso lema e galardão; cabe ainda aos muitos e grandes amigos da cultura portuguesa e brasileira, que o mesmo benigníssimo Deus suscitou sempre a esta obra, entre os quais seja lícito nomear Afrânio Peixoto na impossibilidade de os enumerar a todos; e ao historiador — para não se excluir de todo — cabe um pouco de tenacidade e as muitas deficiências, que nos 18 anos de elaboração da *História da Companhia de Jesus no Brasil*, não soube ou não pôde evitar.

Mas, enfim, pois é da praxe um discurso nestas festividades académicas: para não sair do espírito e assunto desta de hoje, diga-se que ela não é nem inédita, pois outros Jesuítas têm recebido distinção idêntica noutras Universidades do Mundo, nem é acto que caia fora da tradição da Companhia de Jesus. Colocados no seu plano histórico, os graus universitários vão-se entroncar nada menos que com o próprio fundador dela. Não obstante ter sido Capitão e já homem feito, S. Inácio entendeu que lhe dariam autoridade (além da Ciência) as insígnias académicas e foi conquistar na Universidade de Paris as de Mestre em Artes. A Universidade de Paris era então o meridiano da cultura universal; e perdoe-se a um Jesuíta português a satisfação de verificar que tanto S. Inácio como os seus primeiros companheiros, S. Francisco Xavier, o P. Simão Rodrigues, e outros do famoso grupo fundador da Companhia de Jesus, foram discípulos do Doutor Diogo de Gouveia, português do Alentejo, Reitor da Universidade de Paris, como se lê no seu epitáfio na Sé de Lisboa, o mesmo que falou a El-Rei D. João III nos seus discípulos da Capital de França, e os recomendou, como homens sábios, competentes e zelosos, para evangelizar as novas terras descobertas, introduzindo assim em Portugal e nas suas Províncias do Ultramar os Padres da Companhia. Para a Índia foi S. Francisco Xavier, o glorioso apóstolo; para o Brasil esteve para vir o P. Simão Rodrigues. Não veio o companheiro de S. Inácio, por sentir que era mais conveniente ficar no Reino, mas faz este ano quatro séculos (e felicito-me por esta festa de hoje ainda cair dentro do *Quarto Centenário Brasileiro da Companhia de Jesus*), o que veio ser o primeiro apóstolo da Companhia no Brasil, Manuel da Nóbrega, também este era Bacharel em Cânones pela Universidade recentemente restaurada em Coimbra, como o era pela mesma Universidade o P. Luiz da Grã, que sucedeu no Provincialato ao P. Nóbrega.

Além da Universidade de Coimbra, em breve se erigiu outra em Évora, que com o Mestrado das Artes dava o grau de Doutor em Teologia. E sucedeu que o primeiro da Companhia, que na Universidade de Évora recebeu o grau de Doutor, foi o P. Inácio Tolosa, também eleito Provincial do Brasil, logo depois do P. Luiz da Grã. De maneira que os três primeiros Provinciais efectivos do Brasil foram homens de cultura universitária, o que parece novidade e é sem dúvida um sintoma de alta consideração em que era tida a América Portuguesa.

O Doutoramento no caso de Inácio Tolosa tinha o fim claro de habilitação para o magistério público, que ele de facto exerceu em Coimbra. Magistério que se poderia exercitar sem o grau de Doutor, porque os Padres da Companhia estavam dispensados dele por direito pontifício e régio; mas entendeu-se que a igualdade em tudo, até no diploma civil, com os Professores das Universidades, era requisito útil para dar lustre aos Mestres. Por isso, o que foi o maior Mestre do seu tempo, o P. Francisco Suárez, o "Doctor Eximius" das Escolas, já depois de ter sido Professor no Colégio Romano, em Alcalá e Salamanca, e depois de ter sido nomeado Professor de Prima na Universidade de Coimbra, achou conveniente ir doutorar-se em Évora, para evitar melindres e ficar no mesmo pé de igualdade com os demais Professores da preclara Universidade do Mondego.

Tal foi a prática dos primeiros tempos da Companhia, e que se renova nos actuais. Muitos Jesuítas cursaram e cursam as Universidades de diferentes países, para se habilitarem, seja qual for a legislação civil, a exercer o ensino superior com prestígio e autoridade. É de esperar, portanto, que também desta nossa do Rio de Janeiro saiam com o tempo muitos Licenciados e Doutores nas suas diversas Faculdades; e seria dar uma feição concreta ao doutoramento de hoje, na pessoa de um modesto historiador, se pudesse ser o primeiro e feliz augúrio nela de outros muitos doutores e mestres da Companhia. Aliás entre os Jesuítas do Brasil antigo, houve-os que vieram para cá depois de terem sido Professores nas Universidades de Coimbra e Évora, e ainda nas de Dilinga e Praga, assim como outros se haviam formado nas de Perúsia e Tréveris. Não se fala, é claro, dos muitos Padres da Companhia do Brasil formados nas duas Universidades portuguesas e mais ainda nos Colégios das Artes do Brasil em que receberam o grau de Filosofia ou, como outrora se dizia, de Mestre em Artes Liberais.

Os três graus académicos de Artes ou de Filosofia eram os de Bacharel, Licenciado e Mestre, por onde este grau de Mestre se apresentava com a equivalência de Doutor, nome que assim expresso não existia antigamente nesta Faculdade, e se reservava à Teologia e outras Faculdades universitárias. O que não significa que os graus de Filosofia se dessem ainda nas Escolas Menores (Humanidades); davam-se já nas Escolas Maiores (Universidade). Estas Escolas, Menores e Maiores, existiram também na Baía, Pernambuco e Rio de Janeiro, e conheciam-se com o nome único de *Escolas Gerais*, ou *Estudos Gerais* — Humanidades, Filosofia, Teologia, Matemática — sem chegar nunca a ser Universidade como Coimbra ou Évora. Convém todavia lembrar que se os Padres da Companhia não chegaram a ter Universidade formal no Brasil antigo não foi por o não haverem proposto. E em todo o caso, o germe remoto da Universidade

Brasileira tem de se ir buscar aos primeiros graus dados pelos Jesuítas, em que se conferiu o de Mestre em Artes. Foi na conclusão do Curso professado pelo P. Gonçalo Leite, *o primeiro Professor de Filosofia no Brasil*, começado em 1572. Deram-se com festiva ostentação que, se ainda hoje se usara, adaptada ao gosto moderno, traria lustre e dignidade ao Ensino Superior. E se descreve com pormenores em 1581.

O novo Mestre convidava o padrinho, e organizava-se um cortejo com trombetas e charamelas, em que ele seguia à direita do Reitor indo à frente os Professores.

As insígnias eram o anel do grau, o capelo e borla de seda azul, e, levado por um pagem, o livro de Filosofia "fechado e aberto", símbolo de que o novo Mestre daí em diante já o poderia interpretar e ensinar em público.

O cortejo ia dos Estudos Gerais até à Igreja do Colégio, transformada em salão para esse efeito (em 1581 era ainda a Igreja de Mem de Sá, mas na Igreja dos Jesuítas, que é hoje Sé Catedral, se repetiram as mesmas cerimónias na colação dos graus), e assistiam o Governador Geral e o Bispo (mais tarde, os Arcebispos e Vice-Reis). Recitavam-se poesias e havia música instrumental e vocal. À saída, o novo Mestre em Artes montava a cavalo, ajaezado a preceito, e passeava pela cidade as insígnias da formatura.

Cerimónia universitária da Europa, sem dúvida. Mas a Europa foi a *Alma Mater* da cultura da América, e isto não se passava em Paris ou Salamanca, em Évora ou Coimbra, passava-se na Baía e no século XVI.

Nesta nossa Cidade de S. Sebastião do Rio de Janeiro, a Faculdade de Filosofia estabeleceu-se tempo depois, na aurora da Restauração, mas ainda assim já lá vão mais de três séculos. Os primeiros graus académicos conferiram-se em 1641 e tiveram a honrá-los a presença do Almirante dos mares do Sul e Governador do Rio de Janeiro, Salvador Correia de Sá e Benevides. Depois seguiram-se os graus académicos, com as suas festas peculiares, em Pernambuco, S. Paulo, Maranhão e Pará... outros tantos elos de uma brilhante tradição, que sem o nome de Universidade, é, na realidade, a gloriosa antepassada das modernas Universidades brasileiras.

Por serem regidas as Faculdades públicas de Filosofia por Padres da Companhia de Jesus, justifica-se esta recordação histórica neste dia e nesta Pontifícia Universidade Católica do Rio de Janeiro, à qual os mesmos Padres da Companhia dão o seu concurso directivo, com a colaboração eficiente de um admirável corpo de Professores, e já com uma frequência notável, para os breves anos que leva de vida. Vida que sem dúvida será longa e proveitosa para a cultura tradicional cristã do Brasil. Porque segue o seu caminho sob as bênçãos de Deus e do Sr. Cardeal Arcebispo, e com a ajuda eficaz dos poderes públicos. E também com a simpatia certa e crescente do nobre povo carioca.

*

Dito isto, poderia concluir. Permitam-me, entretanto, que o não faça sem lembrar que a Universidade de Loiola, em Chicago, possui um Instituto de História da Companhia (*The Institute of Jesuit History*), com uma notável revista de história, *Mid-America*. Facto a que se aludia na Introdução Bibliográfica do I Tomo da "História da Companhia de Jesus no Brasil", onde se lêem estas palavras:

> *Fazemos votos para que se institua, nalguma grande Universidade Brasileira, a Cadeira de Estudos Jesuíticos, como já se fez nos Estados Unidos da América do Norte, com menor dívida à Companhia de Jesus do que o Brasil, não só sob o ponto de vista nacional, como até o de simples cultura científica, histórica e literária.*

Aspiração que é de 1938, quando ainda não existia a Universidade Católica do Rio de Janeiro, nem se podia prever que a obra histórica, então começada a imprimir-se, viria a ser título para exercício da sua generosidade. Mas, pois assim o quis a Providência, não há outra, nem melhor fórmula para a agradecer, senão a de renovar hoje o voto de 1938, e desejar que seja esta Universidade quem tenha a honra e faça jus à gratidão das letras históricas do Brasil, criando nela o Instituto de História dos Jesuítas. Porque a *História da Companhia de Jesus no Brasil*, redigida em 10 Tomos, traz os elementos essenciais da actividade dos Padres da Companhia no Brasil, não traz, nem podia trazer, todos os desenvolvimentos dela. Na mente do autor não se constitui termo final, mas ponto de partida para inúmeras monografias, publicações e estudos diplomatísticos dignos de uma grande Universidade. Basta repassar os dois Tomos Bibliográficos (VIII-IX) e a classificação sistemática dos escritos dos Jesuítas do Brasil, no Tomo IX, com as suas seis grandes divisões — *Ciências, Ciências Sacras, Epistolografia, Historiografia, Letras* e *Varia* — e as 42 subdivisões em que se repartem (não entrando nesta conta os elementos artísticos, nem os de artesanato e ofícios) para se calcular quão volumoso e rico é o cabedal de estudo para a cultura brasileira. Da simples leitura de tantos documentos e livros (só os de Vieira são um mundo... e, em grande parte, ainda a descobrir!), da leitura desse índice de classificação, se infere com a evidência dos factos — e sem encarecimento nem esforço — que a Companhia de Jesus, como instrumento da Igreja de Jesus Cristo e em estreita colaboração com a Nação Colonizadora durante dois séculos, de D. João III a D. João V, os mais decisivos na gloriosa formação do Brasil, foi não só defensora da liberdade dos Índios e os ensinou a crer em Deus e a rezar, foi não só desbravadora de matas, rios e sertões, missionária, filóloga, directora espiritual, propugnadora da unidade brasileira, nacionalista e conselheira de Governadores e Vice-Reis, mas também e verdadeiramente Mestra e Doutora.

Mestra e Doutora! — Este, sim, é o Doutoramento que se subentende hoje. E aqui me curvo. E termino.

Índice deste Tomo X

	PÁG.
Nota Liminar..	IX
Gratiarum Actio...	XI-XVI
Observações e Abreviaturas.....................................	XVII-XXII
Índice alfabético geral de todo o livro....................	1
Corrigenda & Addenda..	255
Índice das estampas de cada tomo...........................	259
Índice dos apêndices de cada tomo..........................	267
Índice das matérias de cada tomo............................	271

A "História da Companhia de Jesus no Brasil":

I — Notícias e Recensões.................................	299
II — Academia Brasileira de Letras.....................	302
III — Instituto Histórico e Geográfico Brasileiro.....	305
IV — "Jornal do Commercio" (Rio de Janeiro).......	307
V — Instituto Histórico e Geográfico de S. Paulo...	311
VI — "Archivum Historicum Societatis Iesu" (Roma)......	311
VII — Universidade Católica do Rio de Janeiro........	312

Discurso que serve de posfácio a todo o livro............... 312

ESTE ÍNDICE GERAL
DA HISTÓRIA DA COMPANHIA DE JESUS NO BRASIL
ACABOU DE IMPRIMIR-SE COM AS LICENÇAS NECESSÁRIAS
DIA DO 4.º CENTENÁRIO DO GLORIOSO SANTO PORTUGUÊS
S. JOÃO DE DEUS
8 DE MARÇO DE 1950
NO
DEPART. DE IMPRENSA NACIONAL
RIO DE JANEIRO

A presente edição de HISTÓRIA DA COMPANHIA DE JESUS, de Serafim Leite S. L., é o volume n° 209 e 210 da Coleção Reconquista do Brasil (2ª série). Capa Cláudio Martins. Impresso na Líthera Maciel Editora e Gráfica Ltda., à rua Simão Antônio 1.070 - Contagem, para a Editora Itatiaia, à Rua São Geraldo, 67 - Belo Horizonte - MG. No catálogo geral leva o número 00841/0C. ISBN. 85-319-0133-2.

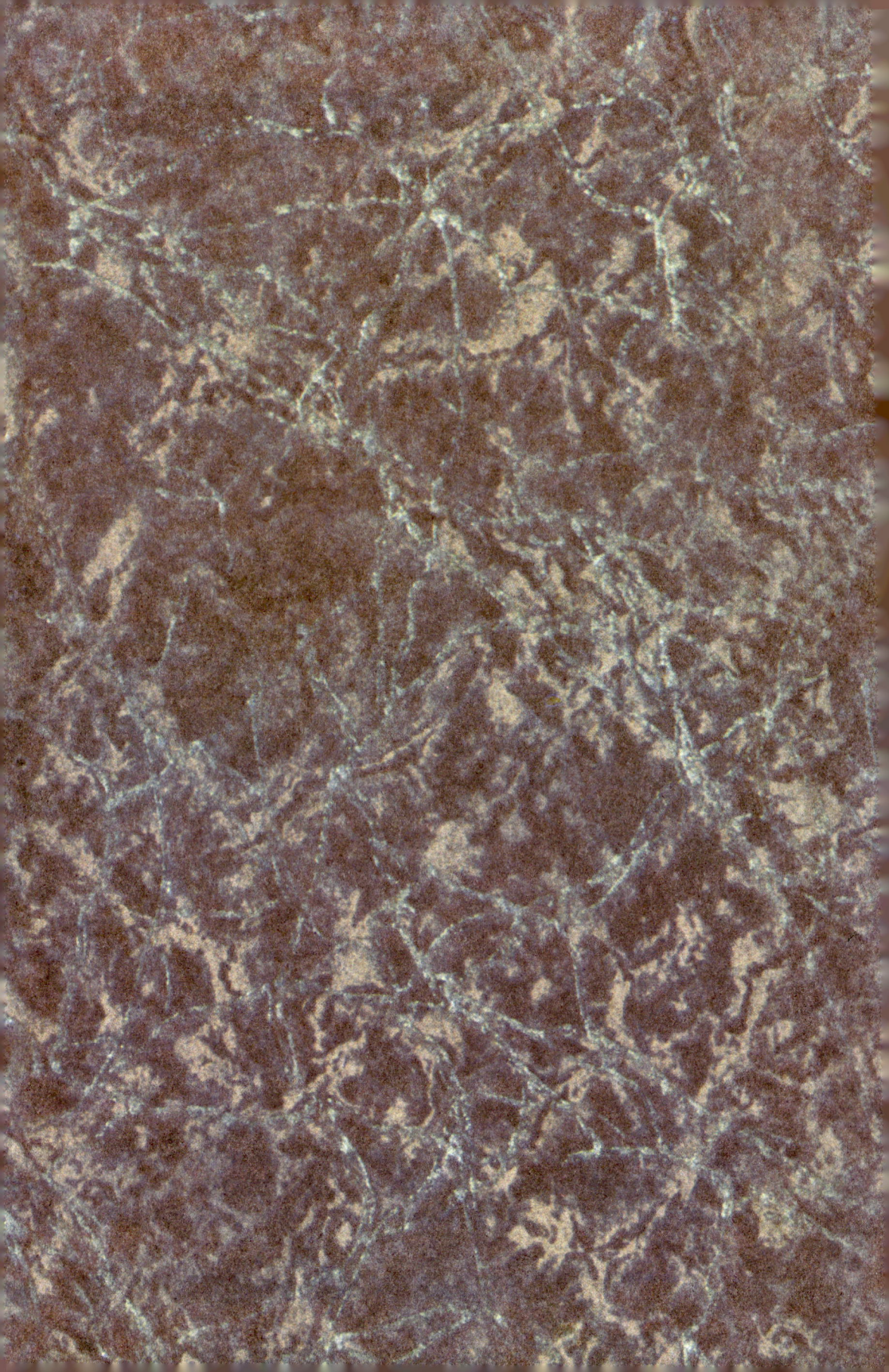